ALLAN COLE · CHRIS BUNCH

Die Reise in die Fernen Königreiche 1

Buch

Als Amalric Antero, verwöhnter Sohn eines reichen Kaufmanns aus Orissa, den Abenteurer Janos Greycloak kennen lernt, beschließen beide, eine Reise in die Fernen Königreiche zu machen, die kein Auge vor ihnen erblickt hat. Niemand kann sie von ihrem Vor-haben abhalten, weder Kannibalen noch Sklavenhändler, weder schwarze Magier noch finstere Kreaturen. Doch auf den Fernen Königreichen lastet ein furchtbares Geheimnis, dunkler als die Nacht und schlimmer als der Tod ...

Auch Amalrics Schwester Rali Emilie treibt es in die Ferne – wenn auch nicht ganz freiwillig. Eigentlich ist die Kriegerin der Maranon-Wache der ewigen Schlachten und Belagerungen müde. Doch General Jinnah beauftragt sie, den Tyrannen Lycanths zu verfolgen, der mit einer kleinen Flotte über das Meer geflohen ist. Mit einer Truppe getreuer Kriegerinnen bricht Rali auf in die unbekannten Gefilde, aus denen noch niemand wiederkehrte. Es wird eine Reise ans Ende der Meere, wo in schwarzen Fluten Dämonen und Ungeheuer lauern – eine Fahrt ins Auge der Finsternis ...

Autoren

Allan Cole und Chris Bunch, Freunde seit dreißig Jahren, haben sich als Schöpfer der »Sten«-Saga, einer Science-Fiction-Serie der Superlative, einen Namen gemacht. »Die Fernen Königreiche« war ihr begeistert aufgenommenes Debüt in der Fantasy. Chris Bunch lebt im US-Bundesstaat Washington, Allan Cole in Boca Raton/ Florida.

Außerdem lieferbar:

CHRIS BUNCH, DIE DRACHENKRIEGER: 1. Herrscher der Lüfte. Roman (24197), 2. Dunkle Schwingen. Roman (24198)

CHRIS BUNCH, DIE VERLORENE LEGION: 1. Die Rekruten. Roman (24331)

Weitere Titel sind in Vorbereitung.

Allan Cole
Chris Bunch

Die Reise in die Fernen Königreiche I

Die Fernen Königreiche
Das Reich der Kriegerinnen

Zwei Folgen in einem Band!

Ins Deutsche übertragen
von Jörn Ingwersen

BLANVALET

Die Originalausgabe von »Die Fernen Königreiche« erschien
unter dem Titel »The Far Kingdoms«,
die Originalausgabe von »Das Reich der Kriegerinnen«
unter dem Titel »The Warrior's Tale«,
beide bei Del Rey Books, New York.

Umwelthinweis:
Alle bedruckten Materialien dieses Taschenbuches
sind chlorfrei und umweltschonend.

Der Blanvalet Verlag ist ein Unternehmen
der Verlagsgruppe Random House.

1. Auflage
Taschenbuchausgabe Juni 2005
»Die Fernen Königreiche«

»Das Reich der Kriegerinnen«

published in arrangement with
BAROR INTERNATIONAL, INC. Armonk, New York, U.S.A.
Umschlaggestaltung: Design Team München
Umschlagillustration: Agt. Schlück/Krasny
Druck: GGP Media GmbH, Pößneck
Verlagsnummer: 24344
UH · Herstellung: H. Nawrot
Printed in Germany
ISBN 3-442-24344-0
www.blanvalet-verlag.de

Die Fernen Königreiche

Für
Jason Cole
und
Elizabeth Rice Bunch

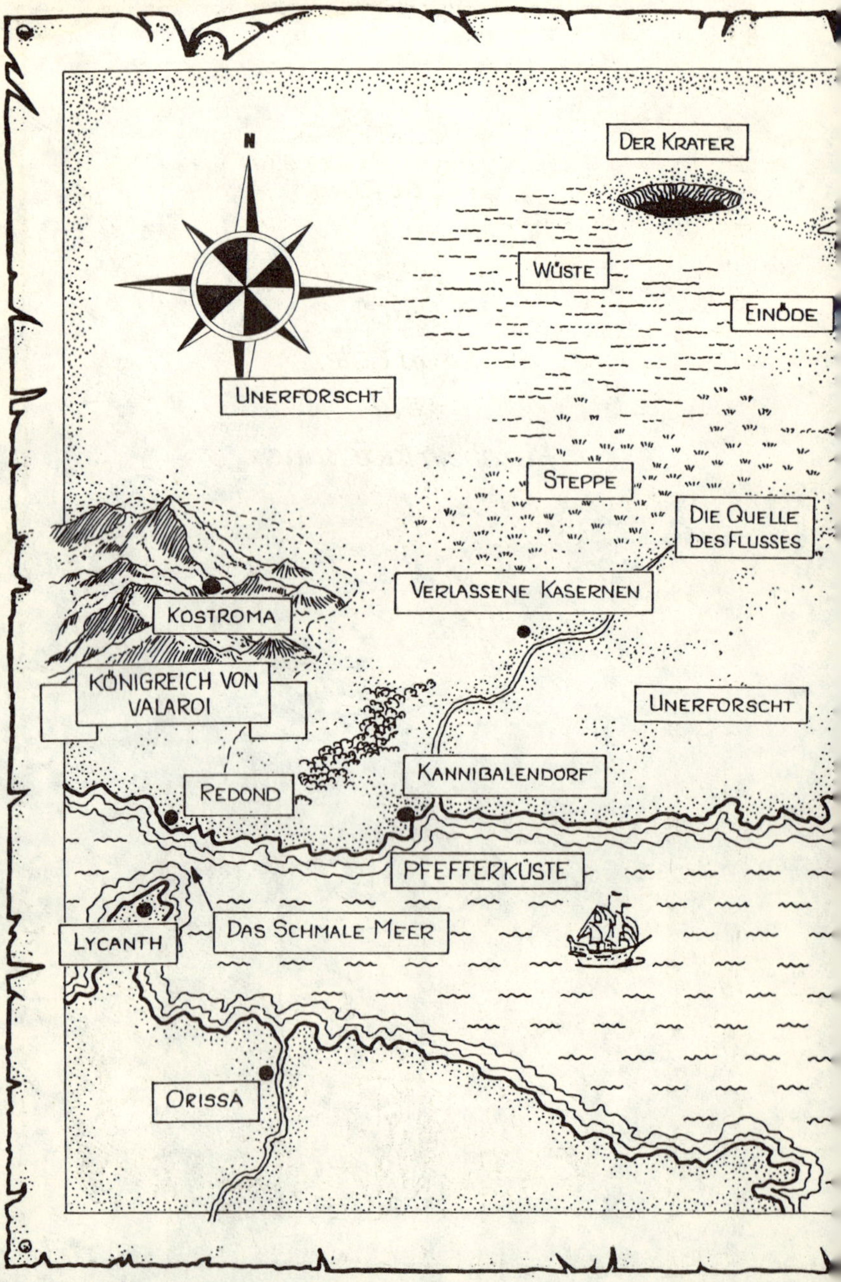
N
Der Krater
Wüste
Einöde
Unerforscht
Steppe
Die Quelle des Flusses
Verlassene Kasernen
Kostroma
Königreich von Valaroi
Unerforscht
Kannibalendorf
Redond
Pfefferküste
Lycanth
Das Schmale Meer
Orissa

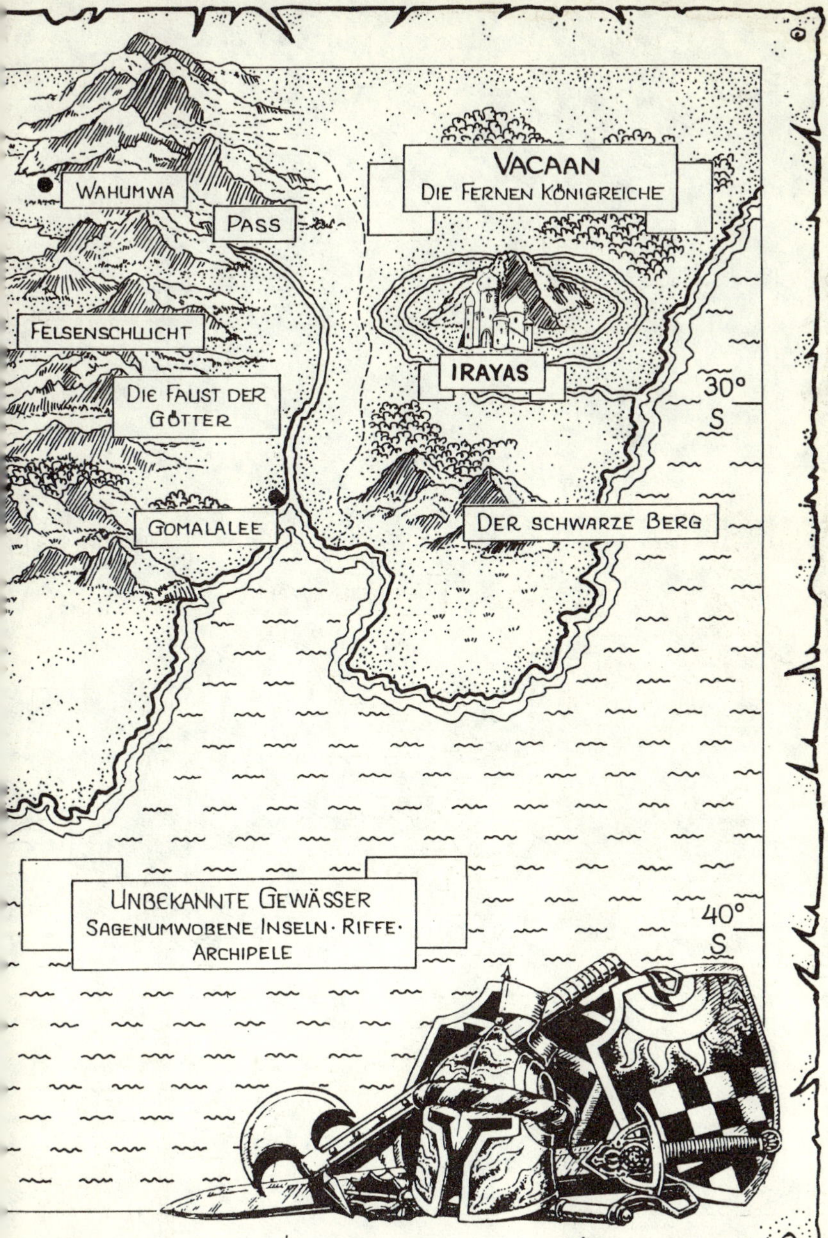

Wahumwa
Pass
Vacaan
Die Fernen Königreiche
Felsenschlucht
Irayas
Die Faust der Götter
30° S
Gomalalee
Der schwarze Berg
Unbekannte Gewässer
Sagenumwobene Inseln · Riffe · Archipele
40° S

Die erste Reise

Kapitel Eins

Die Kurtisane

König des Feuers

König des Wassers

Königin der Musen

Ich, Amalric Emilie Antero, setze meine Feder auf das Leinentuch an diesem zweiten Kerzentag des Erntemonats im zehnten Jahr der Echsenzeit. Bei den Seelen meiner Vorfahren gelobe ich, daß alles, was ich schreibe, der Wahrheit entspricht. Ich beschwöre Euch, edle Herren, edle Dame, dieses Tagebuch wohlwollend zu betrachten. Feuer, leuchte mir den Weg durch trübe Erinnerung. Wasser, nähre die Frucht meiner Gedanken. Muse, verzeih mir mein mageres Talent, laß meine Worte der Geschichte würdig sein, die ich erzählen will. Der Geschichte meiner Reise zu den Fernen Königreichen.

Und dessen, was ich dort fand.

Als ich diese Zeilen noch einmal las, konnte ich Janos' Lachen hören. Es war ein tiefes, dröhnendes Lachen, das eine kalte Nacht erwärmen oder einen Narren zu Stein erstarren lassen konnte. Ich hörte es laut, als säße er neben mir, anstatt aus der Distanz von mehr als vierzig Jahren. Sein Lachen verspottete mich. Nicht, weil ich diese Geschichten aufschreibe. Er mochte Geschichten und alle klugen Bücher. Er hielt sie für heiliger als jeden Zedernhain, für vielsagender als den Spiegel eines Sehers. Ja, es hätte ihm gefallen, auch wenn mein Bericht ihn zuweilen in schlechtem Licht zeigt. Und so wird es sein. Ganz bestimmt. Denn habe ich nicht geschworen, die Wahrheit zu sagen? Janos war der Wahrheit leidenschaftlichster Verfechter. Selbst wenn er log... Besonders wenn er log.

Der Spott, da bin ich sicher, galt meinem überkommenen Eröffnungszauber, in dem ich Feuer, Wasser und die Musen bat, mir bei meinem Bemühen zu helfen.

»Es ist eine alberne Sitte«, hätte er gesagt. »Darüber hinaus ist es eine Vergeudung deiner Energien und deiner Substanz. Es ist, als wollte man sich von Warzen befreien und hätte dann keine Kraft mehr für so Wichtiges wie einen Dämon im Schädel. Geknotetes Garn ist für eine Warze ebensogut wie dreimal gesegnete Krötenhaut, und außerdem weit weniger kostspielig.«

Dann hätte er mir auf die Schulter geklopft und unsere Weingläser bis zum Rand vollgeschenkt. »Fang das Buch einfach an, Amalric. Es wird dir schon alles einfallen, wenn du erst dabei bist.«

Also gut, dann... Es begann mit einer Frau.

Ihr Name war Melina, und sie war die exquisiteste Kurtisane von ganz Orissa. Selbst nach all den Jahren noch zuckt es in meinen Lenden, wenn ich an sie denke. Sie hatte große, dunkle Augen, in denen ein Mann seine Seele verlieren konnte, und langes, duftendes, schwarzes Haar, das diesen Mann bedeckte, wenn sie ihn in ihre Arme schloß. Sie hatte die Formen einer Göttin, mit goldener Haut, hennafarbenen Lippen, Brüste mit roten Knospen und seidene

Schenkel, die vom willkommensten Hafen kündeten, den ein Reisender des Fleisches sich erträumen konnte. Kurz gesagt, ich war ein Mann von zwanzig Sommern, und ich verzehrte mich nach ihr mit all dem blinden Übermut, den dieses ungestüme Alter mit sich bringt. Hätte sie meine Lust befriedigt, würde ich diese Geschichte nicht erzählen. Statt dessen fesselte sie mich nach allen Regeln der Kunst mit nichts als Versprechungen.

An jenem Tag, als ich mich in ihrem Netz verfing, hatte ich, was selten war, einen Auftrag meines Vaters zu erledigen. Eine Schiffsladung mit Waren aus dem Westen wurde in einem seiner Lagerhäuser verstaut, und meine Aufgabe war es, die Buchhaltung zu überwachen. Nicht, daß ich mich in die ausgezeichnete Arbeit der Sklaven einmischen sollte. Ich war dort, um die »Präsenz der Obrigkeit« zu demonstrieren, wie mein Vater das nannte, was bedeutete, daß ich die Bestechungsgelder für den Hafenmeister, den städtischen Steuerkassier und den Zehnteintreiber der Geisterseher auf ein vernünftiges Maß zu beschränken hatte. Ich bekam einen Beutel mit Gold- und Silbermünzen, die ich in gierige Hände verteilen sollte, aber man hatte mich gewarnt, nicht alles davon wegzugeben, da sonst der Gewinn aus dieser Lieferung allzu mäßig ausfallen würde. Die Reise war lang und ereignisreich gewesen, und noch vor der Mündung des Flusses, der durch unsere Stadt fließt, hatte das Schiff mit einem Sturm zu kämpfen gehabt. Meine Aufgabe war schwierig, und es erstaunte mich damals, daß mein Vater sie mir anvertraut hatte. Offenbar wollte er mich in einer Zeit jugendlicher Orientierungslosigkeit anspornen. Er sah Talente in mir, die ich selbst nicht erkennen konnte.

Der Hafenmeister war naiv, aber – um diesen Mangel auszugleichen – übervorsichtig. Als wir die Kisten, Bündel, Fässer und Krüge inspizierten und deren Wert zusammenrechneten, sah ich an seinem listigen Blick, daß er sich Schweigegeld in Höhe eines Jahreslohns ausrechnete. Je mehr er mich bedrängte, desto verzweifelter suchte ich nach einer Lösung. Mein Blick fiel auf ein geplatztes Bündel Tuch. Ich stöhnte, riß es auf und ließ den schweren Stoff auf den staubigen Boden des Lagerhauses fallen. Ich rief nach dem Kapitän des Schiffes und ignorierte dabei die verblüffte Miene des Hafenmeisters. Er muß geglaubt haben, ich wäre verrückt geworden. Aber dann staunte er, als der Kapitän kam, ich ihm das betreffende Tuch zeigte und dessen schlechte Qualität bemängelte.

»Entweder seid Ihr ein Dummkopf, der sich hat betrügen lassen«, rügte ich ihn, »oder Ihr *selbst* seid der Betrüger.« Ich schimpfte, das Tuch sei von minderer Qualität und jeder Trottel könne sehen, daß es in Orissas feuchtem Klima nach einer Woche verrotten würde. Und was war dann mit den anderen Waren? »Verflucht noch eins, Kapitän, seht mich gefälligst an, wenn ich mit Euch rede!«

Der Kapitän war ein alter Seemann und verstand schnell. Ich schickte ihn fort, damit er sich auf den Zorn meines Vaters gefaßt machen konnte, und wandte mich wieder dem Hafenmeister zu. Der lächelte dünn, als ich mich bei ihm entschuldigte, und sein Lächeln wurde immer dünner, je länger ich mich entschuldigte und – während ich ihm eine einzelne Münze zusteckte – den offensichtlich minderwertigen Zustand der Ladung beklagte. Er protestierte nicht, sondern nahm die Münze und entfloh, bevor ich zu Verstand kam und es mir anders überlegte.

Der städtische Steuerkassier machte sich über so etwas keine Gedanken – er schuldete meinem Vater so manchen Gefallen – und war zufrieden mit einem seltenen Schmuckstück aus dem Westen, mit dem er seine erheblich jüngere Frau erfreuen konnte. Überzeugt davon, ein neuer Meister im Handeln zu sein, erwartete ich den Zehnteintreiber vom Rat der Geisterseher. Es war eine Prüfung, die ich fürchtete. In jenen Jahren war das Verhältnis zwischen meiner Familie und den Geistersehern ausgesprochen feindselig. Gerade überlegte ich mir ein paar Gemeinheiten, als man mir die

Nachricht von der Ankunft des Zauberers überbrachte. Doch der Hexenmeister, der kurz darauf erschien, machte meine Vorfreude sogleich zunichte. Prevotant war bekannt als der feisteste, gierigste Geisterseher in ganz Orissa. Berüchtigt war er sowohl für seine minderen Zauberkünste als auch für sein Talent, einem Händler den Geldbeutel aus der Tasche zu ziehen. Als er mich sah, kicherte er hämisch, weil zwischen ihm und dem Reichtum nur noch ein dummer Junge stand. Sein Kichern hallte wider im schrillen Geplapper des Günstlings, der sich an seine Schulter klammerte.

In jener Zeit gab es noch einige, meist ältere, Geisterseher, die sich einen Günstling hielten, der ihnen beim Zaubern helfen sollte. Halb Tier, halb Dämon, konnten diese Kreaturen so groß werden wie zwei Menschen oder kleiner noch als das schuppige Ding, das sich um Prevotants Nacken rollte. Das Geplapper des Ungeheuers wurde immer wilder, je mehr es sich in seine Aufregung hineinsteigerte. Die meisten Günstlinge waren nervös und manchmal schwer zu kontrollieren, aber diese Kreatur war hysterisch wie ein zu oft geprügelter Hund. Anstatt sie mit sanften Worten zu beruhigen und die lederne Haut zu streicheln, fluchte Prevotant und versetzte ihr einen heftigen Hieb. Der Günstling heulte auf vor Schmerz und Wut, schwieg dann aber. Dennoch konnte ich sehen, daß er kochte, denn seine sonst schwarze Haut hatte sich blutrot verfärbt. Mit kleinen, scharfen Zähnen nagte er an einer wunden Stelle.

»Vielleicht hat er Hunger«, sagte ich, um mich einzuschmeicheln. »Ich könnte nach einem kleinen Happen schicken, der ihm gefallen würde.«

Der Günstling zirpte, doch Prevotant schüttelte den Kopf, wobei seine Hängebacken hin und her wackelten. »Achtet nicht auf ihn. Kommen wir gleich zur Sache.« Er plusterte sich auf und fixierte mich mit bösem Blick. »Man berichtet mir von wertvoller Schmuggelware, die in Eurer Ladung versteckt sein soll.«

Mein gesunder Menschenverstand versagte gegenüber dieser Beschuldigung. Es war ein alter Trick hier im Hafen, besonders unter den Zehnteintreibern der Geisterseher. Mein Vater hätte ihn mit einem Lachen abgetan. Das wußte ich. Er hatte mich lange auf diese kleinen Konfrontationen und Herausforderungen vorbereitet. Aber es zu *wissen* und es zu *tun* – nun ja, da ist ein großer Unterschied. Mein Gesicht, der ewige Verräter der Rothaarigen, färbte sich so feurig wie mein Haar.

»Aber... aber... das ist unmöglich«, stotterte ich. »Wir haben sämtliche Vorsichtsmaßnahmen treffen lassen. *Sämtliche* Vorsichtsmaßnahmen!«

Prevotant verzog das Gesicht und nahm einen Block aus seinem fleckigen Umhang. Er betrachtete einige mit der Feder gekritzelte Worte und hielt eine Hand davor, um sie vor meinen Blicken zu verbergen. Mit finsterer Miene schüttelte er den Kopf, dann steckte er seine Notizen wieder ein. Sein Günstling schnappte nach der Tasche und bekam dafür den nächsten Hieb. »Abscheuliches Getier«, zischte der Geisterseher, dann wandte er sich mir zu. »Nichtsdestoweniger«, sagte er, »sind diese Anschuldigungen ernst. Sehr ernst sogar.« Verliebt betrachtete er die Waren meines Vaters. »Ich habe keine andere Wahl, als... als...«

Doch ich war wie benommen, taub. Er ruckte ungeduldig mit dem Kopf und starrte mich finster an. *»Als was...«*

Etwas verspätet dämmerte es mir. »Oh. Oh... natürlich!« Ich packte meinen Gürtel und schüttelte den Geldbeutel. Seine Augen weiteten sich, als er das Klimpern hörte, und sein Gesicht erglühte, als er im Geist schon seinen neuen Reichtum zählte. Heftiges Krächzen des Günstlings deutete an, wie tief die Emotionen gingen. Zum Tadel kniff er die Kreatur gedankenverloren. Ich erkannte meinen Fehler sofort. Jetzt wußte Prevotant, wieviel ich besaß, und alles, was ich hatte, würde er mir nehmen. Auf der einen Seite wartete die Katastrophe, auf der anderen Erniedrigung. Ich suchte einen Ausweg. Und der Handel begann.

»Nun, *ja*«, sagte er schließlich, »es gibt verschiedene Dinge, die ich tun *sollte*. Mancher würde sagen, Dinge, die man von mir *verlangt*. Aber ich würde dafür Hilfe brauchen. Zehn Kollegen ... oder mehr.«

Wieder schüttelte ich den Gurt, wütend auf mich selbst. »Aber Sie ...«, sagte ich und ließ mich unwillig auf sein Spiel ein. *»Aber Sie ...«*

»... aber ich muß nicht notwendigerweise die Vorschriften befolgen«, antwortete er. »Ich habe gelernt, in diesen Dingen meinem Instinkt zu folgen.« Er betrachtete den Beutel, doch ich ließ meine Hand, wo sie war.

»Ich könnte es selbst tun«, sagte er mit gierigem Blick auf das Gold. »Nur bräuchte ich dafür ...« Wieder schweifte sein Blick über die Waren. »Meine Herren würden mir nicht gestatten, Euch weniger als ... drei Kupfermünzen für jeden Zehnten vom Gewicht abzuverlangen.«

Ich seufzte. »Dann muß ich augenblicklich fort zum Haus meines Vaters und ihm die furchtbare Nachricht von seinem Ruin bringen.« Ich klopfte auf den Geldbeutel. »Der Zehnte, den Ihr verlangt, wird dieses alles und noch mehr aufbrauchen.«

Prevotant verzog schmerzverzerrt das Gesicht. Seine Wangen wackelten wie Pudding. Aber ich sah die Augen seines Günstlings funkeln, und die Zunge des Ungeheuers schnappte nach mir, witterte die Angst. Ich behielt die Nerven, gab nichts preis. Der Geisterseher brach das Schweigen als erster.

»Ich hab's«, sagte er. »Ich werde eine einfache Reinigung vornehmen. Um aber sicherzugehen, schließe ich das ganze Warenhaus mit ein. Die Gebühr dafür beträgt eine Kupfermünze für jeden Hundertsten des Gewichts.«

Er hob eine Hand. »Allerdings ... sind nur mein Günstling und ich da, diesen Zauber zu vollbringen. Dazu gehört eine Menge Arbeit und Vorbe ...«

Ich zog den Beutel von meinem Gurt und händigte ihn aus. Gierig heulte der Günstling auf, als sein Meister das Geld einsteckte.

»Das ist im Handumdrehen geschehen«, sagte er hastig. »Im Handumdrehen.«

Ich schickte einen Sklaven, die Sachen des Geistersehers aus der Sänfte zu holen, und nur wenige Augenblicke später hatte er einen Dreifuß aufgebaut, unter dem eine Messingschale voll heißer Kohlen hing. Dann streute er verschiedene Prisen von Staub und Erde und Pulver in die Schale. Ein gräßlicher Geruch stieg auf, aber man sah keinen Qualm. Der Günstling sprang zu Boden, hüpfte herum und kreischte aus Protest über das, was folgen sollte. Sicher hätte er die Flucht ergriffen, wäre da nicht die lange, dünne Kette gewesen, die Prevotant in der Hand hielt.

Als Standort des Dreifußes hatte der Geisterseher den schmalen Gang zwischen Kisten voller Holzspielzeug gewählt. Dies sollte helfen, die Macht des Zaubers zu lenken, sagte er. Er watschelte den Gang entlang und zerrte den Günstling hinter sich her. Dieser wehrte sich mit aller Kraft, schrie wie ein Kind und würgte sich mit der Kette. »Hör auf«, zischte Prevotant. »Du machst es nur noch schlimmer.«

Er ließ sich auf ein Knie nieder und kritzelte einen Kreis auf den Boden, dann ein Quadrat drum herum. Er verkürzte die Kette und zog den Günstling zu sich heran. Voller Panik schnappte der mit kleinen Zähnchen nach Prevotants Fingern, aber schließlich packte der Zauberer ihn im Nacken und warf ihn in den Kreis. Die Kreatur blieb ein paar Augenblicke still, benommen von dem Sturz. Ihr Meister nickte. »Gut. Und wenn du mir noch weiter Ärger machst, zieh ich dir die Haut ab und laß mir Schuhe daraus nähen.« Schnaufend kam er wieder auf die Beine und trat an den Dreifuß. Er winkte mir, ich solle zu ihm kommen, und ich fügte mich.

»Der Besitzer muß in der Nähe sein«, erklärte er, »sonst hält der Reinheitszauber nicht an.«

Er grub einen weiteren Beutel aus seinen Sachen hervor. »Ich will, daß es gut und kräftig wird«, sagte er. »Ich habe gern zufriedene Klienten.«

Es waren einige Leute im Lagerhaus, Angestellte, Arbeiter und potentielle Kunden, die einen ersten Blick auf die Ware warfen. »Soll ich die Halle räumen lassen?« fragte ich.

»Muß nicht sein. Es ist nicht gefährlich.« Er ließ aus seiner großen Faust etwas in die Schale fallen, das aussah wie braune Hobelspäne. Ein feuchtes Zischen war zu hören. Ich trat näher heran und sah auch diesmal keinen Rauch.

Abrupt begann er. »Oh, Dämonen, die die Finsternis bewohnen«, intonierte er. »Hütet euch! Hü-tet euch!« Es folgte ein Zischen, als er noch mehr von dem braunen Zeug auf die Kohlen streute. Und ich sah, daß die Kohlen ihre Glut verloren, als würde die Hitze aus ihnen herausgesogen.

»Feuer zu Kälte. Kälte zu Feuer. Ich sammle die Flammen, nach euch zu suchen. Hütet euch, Dämonen! Hü-tet euch!«

Er leerte den Rest des Beutels in die Schale. Es gab einen Blitz, und der Kohlenhaufen sank in der Mitte zusammen, grau und tot. Ein gräßliches Heulen kam von der Kreatur im kreidenen Gefängnis. Der Kreis war voll züngelnder Flammen. Der Günstling brabbelte vor Schmerz, tanzte und zuckte wie wild, während das Feuer ihn versengte. Die Flammen hinterließen keine Spuren auf seiner Haut, aber ohne Zweifel spürte er die Hitze. Sein gequältes Heulen war echt. Dann schrumpfte die Kreatur zur Größe eines Kieselsteins, auch wenn die Schreie so laut blieben wie vorher. Ich schreckte zurück, als das Geschöpf plötzlich wieder groß wie ein Hund wurde und dann weiterwuchs, bis es über dem Kreis aufragte, die kleinen Zähne jetzt mächtige, schimmernde Hauer, knirschend vor Schmerz. Doch die Größe half ihm nicht zu entkommen, denn die Flammen schlugen nur noch höher, umfaßten alles bis aufs Heulen. Prevotant rief: »Hinfort!«

Der Günstling saß mucksmäuschenstill, mit offenem Maul, gespenstisch in den Flammen. Stille breitete sich aus. Doch bald hörte ich ein Klicken, dann ein weiteres. Schließlich war es, als hätte sich das Dach geöffnet und einen Schwarm Insekten hereingelassen. Ganze Wolken von ihnen fielen tot von Dachsparren und Wänden: Flügeltiere, Bohrtiere, Kriechtiere. Ein dichter, trockener Regen von Insekten prasselte auf mich nieder. Ich hörte, wie sich etwas rührte, was zu einem Trippeln, einem Kratzen wurde, das sich verdoppelte und wieder verdoppelte, und der Boden war ein Meer von Pelz und Schuppen, als Ratten und Echsen aus dem Lagerhaus flohen. Überall in der Halle wurden Schreie der Angst und des Ekels laut.

»Kein Grund zur Sorge«, meinte der Geisterseher gelassen. »Der Zauber mag etwas stark sein, aber dafür seid Ihr auch das Ungeziefer los.« Bevor ich antworten konnte, riß er die Arme hoch und rief: »Finit!« Ein Rauschen, und das Feuer verschwand. Erschrocken sah ich, daß die Kohlen im Dreifuß zu neuem Leben erwachten.

Der Geisterseher zerrte an der Kette und zog den Günstling aus dem Kreidekreis. Die Kreatur hatte ihre normale Größe wiedererlangt, sich jedoch noch längst nicht beruhigt. »Na, wenn das keine gute Arbeit war«, sagte Prevotant zu mir gewandt und zerrte weiter wütend an der Kette. »Ich muß nur …« Beide zuckten wir zusammen, als der Günstling knurrte und zur halben Größe eines Mannes wuchs. Er riß an der Kette, und Prevotant schrie auf, als die Leine ihm in die Hand schnitt.

»Hierher«, donnerte er. »Was soll das werden? Hör sofort auf damit!« Mit erhobener Faust watschelte er voran. Wieder knurrte der Günstling, und das Knurren wurde zum Schnappen gieriger Zähne. Er duckte sich, als Prevotant näher kam, wurde aber nicht kleiner, und seine Haut blitzte in zornigen Farben auf. Der Geisterseher versetzte ihm einen bösen Tritt. Das Biest kreischte auf und sprang über seinen Meister hinweg. Der Geisterseher fuhr herum, fluchte und rief ihn zurück. Der Günstling stellte die Ohren auf Durchzug und hetzte durch das Lagerhaus wie ein Hund, dem man Pfefferöl unter den Schwanz geschmiert hat. Eine teuer gekleidete Dame schrie auf und warf sich in die Arme ihrer Sklaven. Ihr Schrei zog allgemeine Aufmerksamkeit auf sich. Der Günstling bog scharf ab und schoß an ihr vorbei, trieb ihre Sklaven auseinander und ließ einen blutigen Biß am Arm der Frau zurück.

Prevotants Wut wich der Panik. »Komm zurück zu Herrchen«, flehte er mit weinerlicher Stimme. »Herrchen hat was Leckeres für dich... Bitte, komm zurück.« Doch der Günstling tobte weiter, zerfetzte Warenbündel mit den Zähnen, riß Kisten mit den Klauen auf. Meine Männer versuchten, ihn in eine Ecke zu drängen, aber er trieb sie zurück, wurde immer größer und schnappte bedrohlich nach ihnen. Dann wütete er wieder in der Ware herum. Das Chaos mußte meinen Verstand geschärft haben, denn ich sah nicht nur, daß der Schaden minimal war, sondern auch, daß dieser Schaden meine Rettung vor dem Geisterseher bedeutete.

»Ah, ha!« rief der Geisterseher, als der Günstling sich umdrehte und wieder zu uns kam. »Jetzt nimmst du Vernunft an.« Die Kreatur schrumpfte und drängte sich zwischen uns hindurch. Ich sah eine Gelegenheit und kippte eilig den Dreifuß um. Die qualmenden Kohlen kullerten über die Kisten mit dem Holzspielzeug. Jetzt war es am Geisterseher, hysterisch zu werden. Er hastete hinüber und begann, die kleinen Flammen mit dem Saum seiner Robe auszuschlagen. »Helft mir«, rief er, »sonst ist alles verloren.« Er hatte Visionen, sah vor sich, wie das Lagerhaus – und dann das ganze Hafenviertel – ein Raub der Flammen wurde. Lässig ging ich hinüber, schob ihn beiseite und trat das Feuer aus.

Ich murmelte eine Entschuldigung, ließ ihn stehen und holte den Vorarbeiter, besorgte ein Netz, einige große Stangen und ein paar stämmige Sklaven. Es dauerte nicht lange, bis wir den erschöpften und verängstigten Günstling im Netz hatten und ihn seinem Meister übergeben konnten. Prevotant betrachtete mich voller Bewunderung. Ich ignorierte ihn und sah mir kühl den Schaden an.

»Bitte, laßt es mich wiedergutmachen«, sagte er.

Ich streckte eine Hand aus. »Sie können gleich mit dem Gold meines Vaters beginnen«, gab ich zurück.

Das schockierte ihn. »So viel?« Aber es war kaum ein Flüstern, und dann gab er mir den Geldbeutel zurück.

»Und das ist nur der Anfang«, fuhr ich fort. »Wenn ich erst alles zusammengerechnet habe ...« Ich schüttelte den Kopf. »Ich möchte bezweifeln, daß Ihr die Mittel habt, es uns zurückzuzahlen. Ich werde meinem Vater anraten, sich beim Rat der Geisterseher um eine Entschädigung zu bemühen.« Ich hatte ihm eigentlich nur einen gehörigen Schrecken einjagen wollen und wirklich nicht erwartet, noch mehr zu kassieren. Die Forderungen, die die Buchhalter meines Vaters errechneten, würden Prevotant in den kommenden Jahren vielleicht zu etwas mehr Bescheidenheit mahnen. Schon wollte ich selbst mit dem »aber« und »andererseits« beginnen, als er mich mit erhobenem Finger zum Schweigen brachte. Er sah sich verstohlen um, um sicherzugehen, daß keiner uns zusah.

»Vielleicht habe ich hier etwas, das den jungen Herrn beruhigen wird«, sagte er mit öligem Charme. Er griff in seine Robe und zog etwas hervor. Dann warf er mir einen anzüglichen Blick zu. »Ihr werdet sehen, es ist etwas ganz Besonderes«, sagte er.

Er reichte mir eine Karte. Sie war weiß und rot umrandet. In der Mitte fand sich das Siegel der Hetärengilde: die splitternackte Gestalt von Butala, der Erntegöttin, mit schweren Brüsten und übertriebener Scham. Darunter, in Blattgold: *Melina wird heute abend für ihre besonderen Freunde und Gönner tanzen.*

Ich wußte, wer sie war, wie jeder Mann in Orissa. Melina gehörte zur Crème de la crème des Vergnügungsgewerbes, wie vielleicht noch ein Dutzend schöner Frauen. Sie alle waren gebildet und mit allen Raffinessen vertraut. Große Männer, reiche Männer, schöne

Männer und Helden umwarben sie, sowohl um ihrer Gesellschaft als auch um ihrer Körper willen. Und was die gottgegebenen Talente der Liebeskunst anging, suchten sie ihresgleichen. Ein Mann tat viel für die Liebe einer Melina. Besonders ein sehr junger Mann, der außer seiner Jugend nicht viel zu bieten hatte.

Ich glotzte ihn an. »Wie seid *Ihr* denn dazu gekommen?« Es war unmöglich, daß ein Mann wie Prevotant zu einer solchen Gesellschaft geladen wurde, auch wenn er Geisterseher war.

Mit einem weiteren anzüglichen Grinsen ging der Zauberer über meine unterschwellige Beleidigung hinweg. »Wollen Sie es wirklich wissen?«

Noch einmal sah ich mir die Karte an. Butala war nicht mehr allein. Jetzt wachte sie über eine ausschweifende Orgie. Als ich näher hinsah, fingen die nackten Figuren an, sich zu bewegen, paarten und trennten sich auf vielfältigere Art und Weise, als ich mir je hätte träumen lassen.

»Ich wollte sie verkaufen«, flüsterte der Geisterseher in mein Ohr. »Sie würde zweifellos einen beträchtlichen Preis bringen.«

Wieder starrte ich den gedruckten Namen an, und Hitze stieg in mir auf. Die Buchstaben wurden immer größer, bis sie mein ganzes Blickfeld ausfüllten. »Melina«, hörte ich das scharfe Flüstern des Geistersehers. »Wäre das nichts für Euch?«

Ich nahm die Karte und zwang mich, gleichgültig zu tun. »Oh, ich denke, das könnte von Interesse sein.« Ich schob die Karte in mein Lederwams.

»Dann sind wir uns einig?« fragte Prevotant.

Ich zögerte, spürte aber, wie die Karte an meiner Brust brannte. Schon jetzt hatte sie mich in ihrem Bann. Diese Frau mußte ich mit eigenen Augen sehen. Ich nickte. Prevotant nahm das als formelle Zusage, schüttelte mir die Hand und stürmte vor sich hinmurmelnd aus dem Lagerhaus, den kleinen, plappernden Dämon auf der Schulter. Doch sein anzügliches Grinsen ging mir nicht aus dem Sinn, selbst als er schon fort war, und ich fühlte mich ein wenig albern, weil ich die Karte angenommen hatte. Statt das wiedergewonnene Gold einzupacken und triumphierend direkt nach Haus zu laufen, ging ich in eine Schenke und trank und spielte mit meinen Freunden bis spät in die Nacht. Branntweindünste mischten sich mit meinem jugendlichen Leichtsinn und zerstreuten die anfänglichen Zweifel. Warum sollte ich mich von Abschaum wie Prevotant schrecken lassen? Außerdem, war er nicht ein Geisterseher? Und waren die Geisterseher nicht der Fluch der Familie Antero? Würde ich ihnen nicht, falls ich ging, im Namen meiner Familie eins auswischen?

Ich trennte mich von meinen Gefährten und trat in die Nacht hinaus, um eine Sänfte zu mieten. Sklaven trugen mich durch die engen Straßen. Als sie mich endlich absetzten, stand der Mond hell am Himmel. Das Gebäude, dessen Adresse auf der Einladung stand, war in einem sehr schäbigen Zustand. Tatsächlich bestand die ganze Straße aus Wohnungen, Läden und Tavernen für die unterste der freien Klassen. Echsen und Schweine rauften in Bergen von Müll um Abfallreste. Ich betrat das Mietshaus, und Zweifel begannen an mir zu nagen. Die Dunkelheit hier war erdrückend. Ich zog Feuerperlen aus der Tasche, flüsterte einen Zauberspruch, und sie begannen, trübe zu leuchten. In diesem düsteren Licht war das Innere des Hauses sogar noch furchterregender. Dunkle Schatten hockten hier und da, und kleinere Kreaturen huschten aus dem Weg. Doch ich stürmte voran, eine wacklige Treppe hinauf, und stieg dann vorsichtig über gebrochene Stufen und schnarchende Gestalten.

In diesem Schmutz begann der Branntweindunst in meinem Hirn sich zu zerstreuen. Ich zog meinen Degen aus seiner Scheide. Dies war ein Ort der Diebe und Hexen, und wieder zweifelte ich an meinem Verstand. Dann hörte ich, wie leise Musik erklang und Gelächter. Auf dem letzten Treppenabsatz fand sich eine mächtige Tür. Blumenduft drang hindurch, verdrängte den Gifthauch von Armut und allzu vielen fehlgeschlagenen Zaubern. Ich zog an der

Kette. Glocken läuteten. Dann Schritte, und die Tür ging auf, knarrte in ihren Angeln. Licht ergoß sich auf den Treppenabsatz, und ich hob eine Hand, um meine Augen zu schützen.

»Wie kann ich Euch zu Diensten sein, edler Herr?« hörte ich eine tiefe Stimme sagen. Meine modische Kleidung war ein Zeichen des Standes und Reichtums.

»Ich habe ... eine Einladung«, sagte ich und rieb mir die Augen, um wieder sehen zu können. »Ich habe sie hier ... irgendwo.« Ich war nervös, als ich mein Wams nach der Karte durchsuchte.

Dann hatten sich meine Augen ans Licht gewöhnt. Das Herz schlug mir bis an die Kehle, als ich die riesige schwarze Spinne sah, die auf dem Gesicht meines Gegenübers hockte. Sie hatte einen ekelerregenden, knolligen Körper mit dürren Beinen und riesigen, roten Augen, aus denen sie mich anstarrte. Die Spinne sprach. »Willkommen, edler Herr.«

Ich verdrängte meine Panik. Die Spinne war eine kunstvolle Tätowierung, ein Stammeszeichen. Mein Gegenüber war ein großer, knochiger Mann mit langem, schmalem Gesicht und fahler Haut, die kaum je Sonne gesehen hatte. Er trug reichgeschmückte, brokatbesetzte Kleidung und die rote Hüftschärpe eines Kupplers, eines Wirtschafters mit der Lizenz der Hetärengilde.

»Es ist schon spät«, sagte der Mann. »Aber Ihr könnt Euch glücklich schätzen. Melina hat noch nicht getanzt.« Er winkte mir. »Hier entlang, bitte.« Ich trat in ein weites, hell erleuchtetes Foyer, ausgelegt mit dicken, farbenfrohen Teppichen aus den westlichen Ländern. Musik und Gelächter wurden lauter. Der Mann blickte über seine Schulter. »Ich heiße Leego, junger Herr. Falls es irgend etwas geben sollte, mit dem ich Euch heute abend zu Diensten sein kann, so nennen Sie nur einem der Sklaven meinen Namen.«

Ich fand meine Stimme wieder. »Das ist sehr freundlich von Euch, Leego«, sagte ich. »Möge Euch Butalas Gunst sicher sein.«

Leego nickte, dann riß er eine große Doppeltür auf. »Begrüßt unseren neuen Gast«, bellte er. Weibliche Freudenschreie und Gelächter antworteten seiner Ankündigung, und ich sah mich umgeben von einem Dutzend der prachtvollsten Wesen, die ich je gesehen hatte, allesamt so gut wie nackt. Nun war ich kein unerfahrener Junge mehr, ich hatte schon mit vielen kessen jungen Hausmädchen Fangen und ähnliches gespielt und war mit mancher Cousine auf dem Gut meines Vaters durchs Heu gerollt. In den letzten Jahren hatte ich mich an so vielen Kneipenmägden und billigen Dirnen ergötzt, daß mein Vater schon in Sorge war, ich könne mich auf diesem Wege ruinieren. Aber noch nie im Leben hatte ich derartig viel verfügbares, nacktes Fleisch vor mir gesehen. Jeder der Frauen schien lieblicher als die nächste. Eine war groß und am ganzen Körper geschoren. Ihre Arme und Beine waren lang genug, jeden Mann zu umschlingen. Eine andere hatte wallendes, blondes Haar und war so geschmeidig, daß sie sich in jede nur erdenkliche Stellung winden konnte. Manche waren üppig, andere schlank. Und sie alle kicherten und drängten sich an mich, begruben mich unter bebenden Körpern und zerrten mich immer weiter in den Raum.

Jemand fragte nach meinem Namen. »Amalric«, krächzte ich. »Aus der Familie Antero.« Ich hörte ein Raunen, als einer es dem anderen flüsterte, dann fand ich mich auf dicken, duftenden Kissen ausgestreckt, in einer Hand einen Kelch mit berauschendem Getränk, und neben mir eine nackte Frau, die mich mit kandierten Köstlichkeiten auf einem Silbertablett verwöhnte. Da ich fürchtete, jeden Augenblick könne jemand dies alles als Schwindel entlarven, sah ich mich um und versuchte, so zu tun, als könne mich nichts wirklich beeindrucken.

Niemand schenkte mir auch nur die geringste Aufmerksamkeit. Etwa zwanzig weitere Männer waren anwesend. Reiche Männer, wichtige Männer, ältere Männer, die lachten und sich unterhielten. Wie ich lagen auch sie auf dicken, reichverzierten Kissen und wurden von Melinas nackten Dienerinnen umsorgt. Der Raum war groß, hatte eine gewölbte Decke und war angenehm ausgeleuchtet. Im Hintergrund umwehte sanfte Musik seidene Vorhänge an einem Torbogen. Neben diesem Durchgang stand eine große, goldene Statue von Butala. Ihre Figur war schlanker als in traditionellen Darstellungen, lud mehr zur Liebkosung ein. Teppiche aus den Ländern des Westens lagen am Boden. Noch nie hatte ich solche Webkunst gesehen: erotische Gestalten, ineinander verwoben und verschmolzen. An den Wänden leuchteten Gemälde, die wilde Orgien in jeder nur vorstellbaren Umgebung zeigten, von baumbewachsenen Tälern bis zu den Lusträumen der Götter und Göttinnen. Berauschender Duft stieg aus einer kupfernen Feuerschale auf. Es war der schwere, rote Rauch, mit dem reiche Dirnen die Phantasie der Männer entflammten. Für mich war dies absolut unnötig. Meine Phantasie war längst weißglühend wie der Ofen eines Waffenschmieds. Die Frau, deren Obhut man mich übergeben hatte, hielt eine Scheibe mit Honig bestrichenen Pfirsichs an meine Lippen. Gehorsam öffnete ich den Mund.

Dann sah ich Melina – und mein Mund klappte zu. Ich habe bereits ihre Schönheit beschrieben, ihren Charme, ihre Intelligenz und ihre Fertigkeiten. Doch waren dies armselige, schwache Worte, die nicht im Ansatz der sinnlichen Ausstrahlung jener Frau gerecht werden können, die ich nun zum ersten Mal sah. Sie ruhte auf einer niedrigen, vergoldeten Liege am anderen Ende des Zimmers. Die Liege stand erhöht auf einem mit Teppichen bedeckten Podest. Ärgerlicherweise war sie im Gegensatz zu ihren Sklavinnen vollständig bekleidet. Sie trug durchsichtige Pantalons von der Farbe brennender Kohlen und eine ebensolche, hauchdünne Bluse mit einem enganliegenden Lederwams darüber. Die Knöpfe waren aus Juwelen. Ihre Füße waren nackt und ziemlich klein, mit rotlackierten Nägeln und goldenen Fußspangen, die Hände schlank, mit langen, zarten Fingern, deren Nägel ebenfalls lackiert waren. An jedem Finger glitzerte ein Ring. Teure Armreife klimperten an ihren Handgelenken. Langes, schwarzes Haar fiel bis auf die Rundung ihrer Hüfte herab. Sie spielte damit herum, während sie einem dicklichen Mann lauschte, der am Boden neben der Liege saß. Er war nicht mehr der Jüngste und gekleidet wie ein reicher Kaufmann. Ein halbes Dutzend weiterer Männer war ebenfalls auserwählt, in Melinas Nähe zu sitzen.

Ich haßte jeden einzelnen von ihnen. Ich konnte sehen, daß alle nur vortäuschten, sich für ihr jeweiliges Gesprächsthema zu interessieren. Das Lachen war falsch, das Gerede nur hohles Geplauder. In Wahrheit dachten alle nur an Melina. Immer wieder schweiften die Blicke zu ihr hinüber, gierig, verschlingend. Die nackte Haut der liebreizenden Sklavinnen bedeutete ihnen nichts. Ebensowenig wie mir. Ich hatte nur Augen für das Schimmern der goldenen Gliedmaßen unter Melinas hauchdünnen Kleidern, die Brüste mit ihren roten Knospen und den rötlichen Schimmer von Henna zwischen ihren seidigen Schenkeln. Die Nacktheit ihrer Mädchen verstärkte nur meinen Wunsch, mehr – weit mehr – von Melina zu sehen.

Dann blieb mir das Herz stehen. Der Haß auf die anderen war vergessen. Melina hob träge den Kopf, und unsere Blicke trafen sich. Mir war, als wäre ein schwerer Knüppel auf mich niedergesaust. Noch nie im Leben hatte ich mich einem solchen Geheimnis gegenübergefunden. Anfangs wirkte ihr Blick leicht gelangweilt. Dann sah ich – oder erhoffte mir – einen Funken von Interesse. Volle, hennafarbene Lippen teilten sich. Eine rosige Zungenspitze blitzte auf. Melina musterte mich von oben bis unten. Leego trat vor, um ihren Kelch zu füllen, und ich sah, wie sie flüsterte und deutete. Sie deutete auf mich!

Ich glaubte, mein Herz müsse bersten vor so viel Glück. Dann fing ich an, mir Sorgen zu machen. War ich irgendwie häßlich geworden? Hatte mich auf dieser schrecklichen Treppe der Zauber einer Hexe mit Warzen überzogen? Hatte mir eine Fledermaus ins Haar geschissen? Instinktiv faßte ich mir an den Kopf, und mir wurde klar, was ihr

Interesse geweckt hatte. Es *war* mein Haar. In jenen Tagen, bevor der Winter des Alters über mich hereingebrochen war, leuchtete mein Haar wie die Fackel eines Geistersehers. Ich war einer der ganz wenigen rothaarigen Männer in Orissa. Bis zu diesem Augenblick war es meinen Freunden nur Grund zu Belustigung gewesen, ebenso wie meine blasse Haut, die jede Gefühlsregung verriet. Leego flüsterte. Meinen Namen, vermutete ich. Sie lachte. Ich spürte, wie meine Haut die Farbe meines Haars annahm. Ich war beschämt und überzeugt davon, daß mein Haar mich ein weiteres Mal zum Gespött gemacht hatte.

Um meine Verlegenheit zu verbergen, wandte ich mich der Sklavin zu und nahm noch eine Scheibe Pfirsich. Mein Mund war so trocken, daß ich kaum kauen konnte und erst recht nicht schlucken. Dann verklang die Musik, wie auch die plappernden Stimmen der Männer. Ich vernahm den süßen Klang gezupfter Saiten. Ich wandte mich wieder um und sah, daß Melina sich aufgesetzt hatte. Auf ihrem weichen Schoß ruhte eine Laute. Ihre sanften Finger fuhren über die Saiten, und eine wundervolle Melodie erklang. Doch war dies nichts gegen ihre volle Stimme, die sich zu einem Lied erhob.

Melina sang eine Ballade aus alter Zeit. Es war die Geschichte einer jungen Kurtisane, die von ihrer verarmten Familie an die Gilde verkauft worden war. Das Mädchen verliebte sich in einen edlen Kapitän, der in den Krieg ziehen mußte. Er versprach, er würde sie zur Frau nehmen, wenn er wiederkäme. Doch er fiel in der Schlacht. Die junge Dirne wuchs zu einer Schönheit heran, und ihre Fertigkeiten waren vielgerühmt. So mancher Mann stand mit großen Geschenken und noch größeren Versprechungen auf ihrer Schwelle. Sie gab sich ihnen hin, wie es ihre Pflicht war, und nahm auch die Geschenke an. Doch keinen konnte sie wirklich lieben. Denn es gab eine geheime Stelle, die nur der edle Kapitän berührt hatte, eine Stelle, der kein anderer Mann je nahe kommen durfte.

Als das Lied zu Ende war, konnte ich den Applaus der anderen kaum hören. Ich spürte, wie mir Tränen auf den Wangen brannten. Ich fühlte mit Melina und den Qualen, die sie leiden mußte, denn von Anfang an hatte ich sie mit der Heldin dieses Liedes gleichgesetzt. Und in mir brannte das Bedürfnis, sie zu trösten und an die Stelle des edlen Kapitäns zu treten. Wie in allen anderen Männern im Raum auch.

Melina war, wie ich schon sagte, äußerst geschickt.

Ihr einnehmendes Dankeslächeln wurde jedem einzelnen von uns zuteil. Sie beugte sich vor, als wolle sie etwas sagen, und es wurde still im Raum. Statt dessen streckte sie voller Grazie einen Arm aus. Ein makelloser Finger deutete auf Butala. Eine alte Frau im schweren, roten Umhang trat hinter den Vorhängen neben der Statue hervor. Eine goldene, mit Quasten besetzte Schärpe lag um ihre Taille. Sie gehörte zu den Geisterseherinnen der Hetärengilde.

»Zum Gruße, Ihr Edlen«, sagte sie mit einer Stimme, die für so welke Wangen seltsam jugendlich klang. »Gelobt sei Butala.«

»Gelobt sei Butala«, erwiderten wir im traditionellen Antwortgesang. »Mögen unsere Lenden stark sein, und die Schöße unserer Frauen fruchtbar und tief.«

Ich blickte über meine Schulter und sah zu meiner großen Enttäuschung, daß Melina fort war. Die Worte der Geisterseherin holten mich zurück. »Ihr Herren werdet froh sein, zu hören, daß ich eben die Knochen geworfen habe und die Zeichen günstig stehen. Dies wird ein ganz besonderer Abend werden. Butala ist zufrieden mit der Ehrenhaftigkeit und Frömmigkeit der Versammelten. Sie hat mir angezeigt, daß sie Melina einen heiligen Tanz erlauben will, dessen Zeugen bisher nur wenige werden durften.«

»Gelobt sei Butala«, riefen wir alle. Die Stimmen der anderen Männer waren so belegt wie meine. Die Geisterseherin klatschte in die Hände. Die Statue der Butala bewegte sich, eine graziöse Drehung des Oberkörpers, die Arme ausgebreitet, den Kopf zurückgeworfen. Dicke, farbige Flüssigkeit spritzte aus den Brüsten der Statue. Zwei Sklavinnen sprangen vor, wiegten die Hüften. Sie fingen die Flüssigkeit in einer großen, goldenen Schale. Wenige Augenblicke später war diese randvoll, und die Fontänen versiegten. Die Frauen gingen durch den Saal und boten jedem Mann die Schale an. Als eine von ihnen zu mir kam, beugte ich gehorsam den Kopf und roch einen schweren, angenehmen, moschusartigen Duft. Ich trank. Die Flüssigkeit rann mir weich und süß durch die Kehle und entzündete ein warmes Feuer in meinem Bauch. Wärme breitete sich aus, und ich spürte, wie mein Blut in Wallung kam und alle Sinne zu vollem, klarem Leben erwachten.

Ein weiteres Händeklatschen der Geisterseherin, und eine dicke Wolke roten Rauchs platzte aus den duftenden Kohlen hervor. Es roch nach Rosen und Veilchen, und auf meiner Haut prickelte die Vorfreude. Die Vorhänge aus wehender Seide teilten sich. Im dunklen Alkoven sahen wir am Boden nur Saiteninstrumente und Flöten, von den Musikern verlassen.

Wieder klatschte die Geisterseherin in ihre Hände. »Oh, schöne Butala«, intonierte sie, »schenke uns Musik so süß wie dein Schoß.« Mit gichtigem Finger deutete sie auf die Instrumente. »Spielt«, befahl sie. Staunend saßen wir da und sahen, wie die Instrumente sich vom Boden erhoben. Flöten und Harfen und Dulcimer wiegten sich im Takt. Zwei kleine, vergoldete Trommeln tanzten. Saiten wurden von unsichtbaren Fingern gezupft. Umwickelte Hämmerchen entlockten den Dulcimern zauberhafte Klänge. Flöten weckten Bilder von Lauben im Wald. Trommeln schlugen den Rhythmus der Liebe.

Melina trat aus dem Dunkel wie ein Geist aus den Bergen der Götter. Zu beiden Seiten flammten Fackeln auf, entzündet von unsichtbaren Händen. Melinas nackte Haut schimmerte wie pures Gold. Wir sahen die erregende Perfektion ihres weichen Körpers nur einen so kurzen Augenblick, daß man nicht sicher sein konnte, ob es nicht doch nur der heilige Trunk oder unsere Phantasie gewesen war. Plötzlich war Melina vom Kopf bis zu den Zehenspitzen von zuckenden Farben überzogen. Sie stand ganz still, einen, zwei, dann drei Herzschläge lang. Wir sahen Bilder von sich paarenden Männern und Frauen, weitere Gestalten in spielerischer Jagd, Frauen, die andere Frauen liebend umarmten, hübsche Jungen, die dasselbe taten, und wundervoll verquere Kombinationen beider Geschlechter. Melina drehte eine langsame Pirouette, und auf ihrem Körper zeigten sich weitere Szenen lebendiger Erotika.

Die Musik veränderte sich, und Melina begann zu tanzen. Erst langsam, mit wiegenden Hüften und sich schlängelnden Armen. Dann wurde ihr Tanz schneller, wie auch die Musik und die spielerischen Geisterbilder auf ihrem Körper. Sie warf die Beine, wirbelte herum und schüttelte ihre Brüste und Hüften, bis ich glaubte, ich müßte vor Lust den Verstand verlieren. Ich spürte, daß auch in den anderen Männern die Erregung wuchs. Es wurde stickig im Raum. Als wir es nicht mehr ertragen konnten, hörte Melina auf. Sie blieb in einer Pose stehen, die einen Bildhauer zu Tränen gerührt hätte. Die Bilder waren verblaßt, und wir konnten Melina in all ihrer Pracht sehen. Ich verschlang sie mit den Augen wie ein Verhungernder, ihre Lippen, ihre Brüste und die weiche, rasierte Scham, von Henna eingerahmt. Dann wurde der Alkoven schwarz. Wir starrten einander an, mit trockenen Mündern und schmerzenden Augen ... unsere Hoden hart wie Stein.

»Nun, meine Herren«, sagte eine wundersame Stimme, »habe ich Ihnen gefallen?« Unsere Köpfe fuhren herum. Dort auf der Liege ruhte Melina, wie zuvor in Pantalons und Lederwams gekleidet. Nur ein leichter Glanz auf ihrer Haut verriet, daß sie diesen unglaublichen Tanz getanzt hatte.

»Gelobt sei Butala«, riefen wir. Der Applaus war ohrenbetäubend. Männer taumelten vor, um ihre Kunst zu rühmen. Ein lautes, anhaltendes Klirren von Münzen und Edelsteinen war zu hören, als man ihr ein Geschenk nach dem anderen vor die Füße warf. Leego strich zwischen den Männern umher, lächelte, klopfte ihnen auf die Schultern und entlockte ihnen immer mehr. Ich konnte nicht an mich halten. Ich sprang auf, suchte nach dem einzigen Geschenk, das ich bei mir hatte: dem prallen Geldbeutel meines Vaters. Ich drängte mich durch die Menge, die Melina umgab, und stieß meine Konkurrenten beiseite, als hätte ich die Kraft zweier Männer. Sie sah mich an, und ich stand vor ihr. Ich sah, daß in ihren Augen Freude aufblitzte. Sinnliche Lippen kräuselten sich zu einem Lächeln. Ich warf den Beutel zu den anderen Geschenken. Man hörte, daß er schwer war.

»Ah ... da ist der edle junge Herr mit dem feurigen Haar«, sagte sie. Ihre Stimme war warm und einladend. Ihr kräftiges Parfüm nahm mir den Atem. Es blieb mir nur übrig, zu nicken.

»Amalric Antero, wenn ich nicht irre?« Keine Musik konnte so lieblich sein wie mein Name aus ihrem Munde.

Ich verbeugte mich. »Zu Euren Diensten, gnädige Frau«, sagte ich.

Sie lachte über meine steife Förmlichkeit. Es war nicht unhöflich gewesen, dennoch errötete ich. Melinas weiße, makellose Zähne schimmerten. »Oh, nennt mich doch bitte Melina. All meine Freunde nennen mich so. Das heißt, all meine *engen* Freunde.« Mit den Fingern strich sie über meine Hand, und ich erzitterte unter ihrer Berührung. »Und besser als jeder Wahrsager, junger Amalric, kann ich sehen, daß wir beide ausersehen sind ... enge Freunde zu werden.«

Ich bin nicht sicher, was ich stammelte. Aber sie kicherte, als wäre ich der geistreichste Mann in ganz Orissa. »Verrate mir«, sagte sie, »ist dein Haar echt? Oder verdankst du es einer raffinierten Kosmetik, die die jungen Recken von Orissa jetzt verwenden?«

»Es ist ganz echt, versichere ich Euch, gnädige – mh ... Melina. Auf mein Wort.«

»Vielleicht sollte ich mich nicht nur auf dein Wort verlassen«, gab sie keck zurück. »Schließlich gibt es interessantere Möglichkeiten, es zu beweisen, junger Amalric.« Das Blitzen in ihren Augen zeigte mir, daß sie nicht auf meine spärliche Brustbehaarung anspielte. »Ich könnte herausfinden, ob es wahr ist, was kenntnisreiche Frauen über rothaarige Männer und deren Leidenschaft sagen.«

War ich bisher stumm gewesen, hatte man mir jetzt die Zunge herausgerissen. Ich wollte die Götter anrufen, daß sie es mich beweisen ließen. Auf der Stelle! Ich wollte ihr wahre Leidenschaft zeigen. Nicht die betrügerische Liebe, die diese … diese Tiere ihr boten. Bevor ich mich gefangen hatte, drängte Leego voran. Bei ihm stand ein vornehmer, älterer Herr. Ich erkannte in ihm einen der wohlhabendsten Konkurrenten meines Vaters.

»Wenn du die Güte hättest, teure Melina«, sagte Leego, »würde ich dir gern einen ganz besonderen Bewunderer vorstellen.«

Der Mann trat vor, mit erwartungsvollem Blick. Bevor ich diesem Gespräch lauschen mußte, stürmte ich lieber davon. Ich wußte, dies war der Mann, der auserwählt war, Melinas Gunst an jenem Abend zu erfahren. Das Geschenk, das er ihr überreichte, hätte mich und die meisten anderen Männer im Raum an den Bettelstab gebracht. Wenn ich nicht sofort gehe, dachte ich, töte ich ihn auf der Stelle.

Melinas Stimme hielt mich zurück. »Einen Augenblick, Amalric.«

Ich wandte mich um; ich fürchtete aufzublicken, da ich wußte, ich würde meine Empfindungen verraten. Aber ich konnte nicht anders – ich mußte sie noch einmal sehen. Zum ersten Mal fiel mir die Farbe ihrer Augen auf. Sie waren grün wie Steine aus den Wäldern des Nordens.

»Was gibt es, Melina?« Meine Stimme war heiser.

»Du wirst doch wiederkommen, nicht? Bitte versprich es mir.«

Meine Antwort war leidenschaftlich, ungezügelt. »Ich würde dir mein Leben als Geschenk zu Füßen legen, schöne Melina«, sagte ich, »wenn ich dafür noch eine Einladung bekäme.«

Sie antwortete nicht. Hätte sie es getan, hätte ich mir sicher die Kehle durchschnitten, weil ich ein solcher Dummkopf war. Statt dessen küßte sie einen ihrer makellosen Finger und legte ihn auf meine Hand. »Ich werde warten, Amalric«, flüsterte sie. »Mein edler Rotschopf.«

Ich erinnere mich nicht, wie ich nach Haus gelangt bin. Nach diesen Worten fühlte ich mich so göttergleich, daß ich ganz sicher schweben konnte.

Nach diesem Abend besuchte ich Melina, sooft es ging. Was bedeutete: immer dann, wenn ich genügend Geld zusammengekratzt hatte, um ihr ein angemessenes Geschenk überreichen zu können – Leego hatte mir unmißverständlich klargemacht, daß ich ohne ein solches nicht willkommen wäre. Ihn machte ich dafür verantwortlich, nicht meine schöne Melina. Ich war sicher, daß sie mich um meinetwillen wollte, nicht wegen des schnöden Goldes. Was konnte er schon wissen von den hehren Gefühlen, die in unser beider Brust schlugen? Schließlich war er ein Kuppler, den nur der Profit der Hetärengilde interessierte. Und ich wußte, er mußte der habsüchtigste Vertreter seines geldgierigen Gewerbes sein.

Verzweifelt suchte ich, Melinas wilde Stimmungswandel zu ertragen. Einen Augenblick schien nur *ich* zu zählen. Im nächsten war ich der Staub zu ihren Füßen. Ich suhlte mich in ihrer Verachtung, den teuren Gaben, die sie nicht rührten, den kalten Blicken, ihren übertriebenen Zeichen der Zuneigung gegenüber anderen Männern. Gemeinsam mit den anderen legte ich ihr meine Geschenke zu Füßen. Ertrug ihre Verachtung. Ertrug ihre Scherze auf meine Kosten. Ertrug Leegos zunehmend höhnische Bemerkungen.

Ich brauchte alles auf, was ich hatte. Dann verkaufte ich meinen Besitz. Ich belog meinen Vater und erbettelte eine Summe nach der anderen. Als er sich weigerte, borgte ich mir so viel Geld bei Freunden, daß sie mich zu meiden begannen. Denn sobald ich in Verzweiflung geriet, gab sich Melina weichherzig, warf mir lange, eindringliche Blicke zu, streichelte und tätschelte mich, bis ich vor Verlangen in Flammen stand. Lauthals pries sie mich vor den anderen Männern, machte ein Schmuckstück, das ich ihr gegeben hatte, zu ihrem Schatz oder klagte, sie sei müde und der ganze Leib täte ihr von der Arbeit weh – ich wagte mir nicht vorzustellen, *wie* sie zu diesen Schmerzen gekommen war –, und bat mich, sie zu massieren. Oft genug war ich ihr Sklave und knetete ihren Körper geschmeidig. Unter meinen Händen stöhnte sie wie vor Lust. Dann drehte sie sich ein wenig und gestattete es meinen Händen, geheime Orte zu berühren. Schließlich schickte sie mich mit Versprechen fort, die in ihren Augen brannten. Also kehrte ich jedesmal zurück, reich beladen und voller Erwartung. Diesmal, dachte ich immer, wird sie in meine Arme sinken und mich bitten, sie fortzutragen wie der edle Kapitän in ihrem Lied. Aber dieser Augenblick kam nie. Denn so sicher wie der Sonnenkönig jeden Morgen seinen Wagen in Bewegung bringt, war ihre nächste Begrüßung so kalt wie das Herz eines Sklavenhändlers.

So ging es Monat für Monat. Ich wurde bei dieser fieberhaften Jagd blaß und dünn. Wenn ich schlief, dann so unruhig, daß ich beim Erwachen so erschöpft war wie zuvor. Zu jener Zeit hatte ich zum ersten Mal diesen seltsamen Traum. Einen Alptraum, der mich immer öfter heimsuchte, je länger die Tage meiner Besessenheit anhielten. Selbst jetzt, wenn ich mich daran erinnere, um diese Zeilen in mein Tagebuch zu schreiben, wird der Traum wieder lebendig und erschüttert mich wie schon vor Jahren.

Aber ich habe geschworen, die Geschichte zu erzählen. Und nichts zu verschweigen, trotz der Qualen, die ich dabei durchleben mag …

Ich war nicht gefesselt, doch erhob ich mich, als er mir winkte, als trüge ich Ketten und er hielte das Ende dieser Fesseln in der Hand. Unbeholfen stieg ich über die Ruderbänke des Bootes und sprang dann auf den schleimverschmierten Pier. Meine Füße schlurften, und mein Verstand schrie: Lauf fort! Du kannst die Treppe nicht hinauf. Du darfst es nicht.

Das Wasser neben dem Boot schwappte träge, eine dunkle, übelriechende Flüssigkeit. Ich konnte das Rauschen des großen Flusses hören, der dort hinten durch die schwarze Schlucht drängte, durch die der Fährmann mich gefahren hatte. Außerdem hörte ich ein Heulen. Es kam von oben aus den Ruinen der verwunschenen Stadt auf dem Plateau über der Schlucht. Es war nicht das Jaulen von Schakalen oder gar von Werwölfen. Weit oben, weit außerhalb des vom Fluß gegrabenen Schlundes, in der Stadt, im zerstörten Amphitheater, auf von Göttern behauenen Steinen, saßen die Wesen geduldig im Kreis. Sie saßen dort oben in der mondlosen Nacht und heulten wie Hunde, und sie hatten keinerlei Ähnlichkeit mit irgend etwas Irdischem. Der Gedanke keimte auf, sie könnten Menschen gewesen sein, irgendwann einmal. Menschen, die einen schrecklichen Pakt eingegangen waren.

Der Fährmann nahm eine der Fackeln, die zu beiden Seiten der Treppe flackerten, und winkte erneut. Im Schein des brennenden Pechs sah ich deutlich seinen Arm, die angespannten Muskeln, und schreckte zurück: ein Arm, knorrig wie ein Olivenbaum, der sich durch öden Stein zum Sonnenlicht emporgekämpft hatte. Doch fiel kein Sonnenlicht in seine Welt. Ich wußte, daß die Mißbildungen seines Körpers von der Folterbank stammten, von der glühend heißen Stange. Er wandte sich um, zufrieden, da ich ihm folgte, und stieg die abgewetzten Steinstufen hinauf, Stufen, die schon viele hinaufgestolpert waren, laut schreiend vor Schmerz. Doch niemand war sie je wieder heruntergekommen. Niemand außer den Meistern. Oder diesem Mann und seinen Kumpanen.

Ich wußte das, ohne mir erklären zu können, woher dieses Wissen kam.

Der Mann trug nichts als schwarze Kniebundhosen. Auf seinem Rücken sah ich die Spuren der Peitsche, alte und neue. Ich wußte, er rühmte sich dieser Peitschennarben. Auch auf meinem Rücken brannten Wunden, und ich spürte das Glühen, die Scham, den Kampf und den Augenblick des Stolzes, der nicht nachlassen wollte.

Auch ich war gefoltert worden.

Irgendwo dort oben wartete jemand. Eine große Trommel setzte ein, und ihr Donnern verdrängte das düstere Heulen aus den Ruinen auf dem mitternächtlichen Plateau über uns.

Die Stufen endeten.

Wir traten in ein großes Zimmer. Steinerne Rundbögen ragten in die Finsternis: das Begrüßungszimmer eines Königs. Es war leer, bis auf den Mann und mich. Noch einmal winkte er mir. Ich hörte das Scheppern eines Beckens, vielleicht nur in Gedanken, während ich meinem Begleiter ins Gesicht sah. Es war zerfurcht von tausend Sünden, von tausend sorgsam ausgewählten Qualen. Seine Nase war gebrochen, dann noch einmal gebrochen, bevor sie verheilt war. Seine Lippen waren verkniffen und seine Ohren gestutzt. Sein Gesicht war von einem Grinsen durchschnitten, und schiefe, schwarze Zähne verhöhnten mich. Ein Auge glitzerte schwarz. Das andere war eine klaffende Höhle. Doch etwas rührte sich in dieser Höhle. Ein winziges, rot zuckendes Feuer. Ein Feuer, das mehr sah als das Auge, das mich anstarrte.

»Ja, Amalric, meine Beute, mein Feind, mein Freund, mein Lohn, mein Partner in spe und mein Ehrgeiz«, sagte er. »Wir sind bald da. Du hast es so gewollt. Dies ist dein Schicksal. Komm... komm... Es dauert zu lang, und Er wartet schon.«

Er lachte, und das Lachen wurde begleitet von einem lauten Donnern aus der Ferne. Dieses Brüllen kam von einem, der nur im Peitschen Freude finden konnte. Es nahm zu, hallte wider im wahnsinnigen Heulen der Alptraumgestalten in der verwunschenen Stadt, dann begrub es sie und wurde seine eigene Dissonanz.

Ich lächelte und trat vor, mit offenen Armen, und hieß die dunkle Kameradschaft willkommen.

Ich schreckte hoch, bebend und schwitzend, erschöpfter als vor dem Schlafengehen. Anfangs glaubte ich, dieser Traum könnte ein Omen oder ein Fluch wegen meiner Besessenheit von Melina sein. Doch um das wirklich zu akzeptieren, hätte ich mich dieser Besessenheit stellen und den Wahnsinn meines Tuns erkennen müssen. Also verdrängte ich den Traum jedesmal und schmiedete weitere Pläne, wie ich an Geld oder Geschenke für Melina kommen konnte.

Schließlich kam der Tag der Abrechnung. Von meinen Freunden verschmäht, von meinen Feinden verhöhnt und kurz davor, von meinem Vater enterbt zu werden, saß ich in meinem Zimmer und betrachtete den spärlichen Besitz, den ich noch nicht versetzt hatte. An jenem Abend sollte ich Melina wiedersehen. Einer ihrer Sklaven hatte mir eine Einladung ins Haus gebracht. Unten auf die Karte hatte sie selbst mit ihrer zarten Handschrift geschrieben: *Komm früher, mein Geliebter, damit wir ein paar kostbare Augenblicke für uns allein haben.* Hoffnung brannte in meiner Brust und meinen Lenden und ließ wieder nach, als ich merkte, daß ich nichts von Wert mehr zu verkaufen hatte, um ihr ein Geschenk zu machen. Ich dachte schon daran, an den Fluß zu gehen und mich dem Dämon der Strömung anheimzugeben.

Ernsthaft zog ich in Erwägung, in die Stahlkammer meines Vaters zu schleichen und dort das nötige Geld zu stehlen. Dann war ich entsetzt, daß ich überhaupt an so etwas denken konnte. Meinen Vater bestehlen? Welcher Teufel hat dich geritten, Amalric? Wie konntest du es soweit kommen lassen? Das muß aufhören. Es muß ein Ende haben. Außerdem, was ist, wenn sie mich wieder verschmäht, auch nachdem ich den Mann bestohlen habe, der mir das Leben geschenkt hat und seinem nutzlosen Sohn gegenüber so großzügig und verständnisvoll war? Es wäre unerträglich.

Aber ich *muß* sie haben, dachte ich. Sie *muß* mein werden. Ja... aber wie? Ein böser Plan reifte heran. Es widerte mich an, überhaupt daran zu denken, und ich wies ihn von mir, warf mich aufs Bett und verbarg mein Gesicht vor dem verräterischen Sonnenlicht, das über den Balkon hereinkam.

Draußen schrie ein Vogel, und ich schwöre, er rief: »Melina... Melina... Melina.« Wieder wuchs die böse Idee heran. Wenn ich genügend Geld zusammenborgen konnte ... ich kannte dunkle Orte in Orissa, an denen man angeblich gewisse Zaubertränke erwerben konnte, ohne daß einem Fragen gestellt würden und ohne daß man die Erlaubnis eines Geistersehers erfragen mußte. Ich wollte einen Liebeszauber kaufen.

Das war nicht nur böse, sondern auch illegal. Ich wußte sehr gut, daß es streng verboten war, einer Hetäre einen Liebestrank zu geben. Das gesamte Kurtisanensystem konnte zusammenbrechen – eine Verhöhnung der heiligen Butala. Die Strafen, die der Rat der Geisterseher vorsah, begannen bei der Entmannung und wurden sehr bald weit schlimmer. Und du wirst Schande über deine Familie bringen, mahnte ich mich. Denk an die furchtbare Bedrohung, unter der deine Familie bereits leidet, weil sie die Geisterseher schon früher einmal verärgert hat. Denk an die schreckliche Enttäuschung, die du deinem Vater bereiten wirst.

Ich versuchte es. Ich versuchte es wirklich. Aber alles, woran ich denken konnte, waren Melinas Lippen und Brüste und Schenkel, die sie mir so lange vorenthalten hatte. Diese Gedanken wurden drängender durch den Schwur, den ich bei unserer ersten Begegnung abgelegt hatte: Seitdem war ich bei keiner anderen Frau gewesen.

Die Lust behielt die Oberhand. Bereit, mein Leben und die Ehre meiner Familie aufs Spiel zu setzen, hastete ich hinaus, um meinen Plan in die Tat umzusetzen.

Kapitel Zwei

Janos Greycloak

In der Abenddämmerung lief ich vor Melinas Haus auf und ab. In meiner Tasche trug ich eine Flasche mit Branntwein, durchmengt mit einem Liebestrank vom Schwarzmarkt. Ich dachte nur noch an den Zauber, den der Trank versprach. Ich wartete auf die Dunkelheit... und den nötigen Mut. Der Mond war eine schmale Sichel über dem Gebäude, als ich sah, wie Leego heraustrat und davonschlenderte, ein fröhliches Lied auf den Lippen. Ich wußte, er würde sich ein paar Stunden in seiner Lieblingstaverne niederlassen. Wenige Augenblicke später stand ich oben an der Treppe, zog am Glockenstrang, und dann führte mich ein Diener in Melinas Schlafzimmer.

»Ich bin es, dein rothaariger Sklave, meine schöne Melina«, flötete ich beim Eintreten, meine Stimme so ruhig wie möglich, obwohl mein Herz vor Panik flatterte.

»Oh, mein lieber, lieber Amalric«, sagte sie, als sie mich sah. Sie strahlte so sehr, daß ich schon glaubte, es wäre vielleicht dumm von mir gewesen, zu glauben, ich bräuchte einen Liebestrank. »Ich langweile mich so sehr«, sagte sie und streckte sich auf ihrem riesigen Bett aus, das aussah, als könne sie darin eine ganze Legion empfangen. »Ich habe genug von spitzbäuchigen, alten Männern mit dürren Beinen.«

Ich warf mich ihr zu Füßen. Sie trug nichts als einen grob gewebten, sorglos drapierten Umhang. Sie kam direkt aus dem Bad und sah aus wie ein frischgewaschenes Milchmädchen mit vielsagendem Blick. Als sie den Kopf hob, um ihn auf einen Arm zu stützen, öffnete sich der Umhang. Ich sah die Haut ihrer zarten Brust, rosarote Knospen, und als sie träge am Stoff zupfte, enthüllte der Umhang das weiche Dreieck zwischen ihren Schenkeln, das Paradies, nach dem ich mich schon so lang sehnte, und ich war bereit, alles zu riskieren.

»Dann laß mich dich von alledem befreien, Melina, meine Liebe«, sagte ich mit gespielter Unbeschwertheit.

»Du würdest mich zu deiner Frau nehmen?« fragte sie. Ihre Stimme klang spöttisch, wenn auch nur ein wenig.

Jetzt war es mir ganz ernst. »Dafür würde ich alles geben«, sagte ich voller Inbrunst.

»Ich glaube kaum, daß du eine Hetäre als Mutter deiner Kinder möchtest«, lachte sie.

»Dann kennst du mich nicht, Melina«, antwortete ich. »Denn ich liebe dich mehr, als es einem Mann zusteht. Ich fürchte schon den Zorn der Götter, wenn sie merken, wie tief ich für dich empfinde.«

Melina seufzte. »Du bist wirklich süß und lieb«, sagte sie. »Aber eines Tages wirst du wieder zu Verstand kommen und unter deinesgleichen eine passende Frau finden.«

»Niemals«, sagte ich so ernst und heißblütig, wie nur die Jugend es kann.

»Außerdem«, sagte Melina, »bist du zu jung, als daß du mich

bezahlen könntest. Sei nicht gekränkt. Du weißt doch selbst, wie recht ich habe.« Sie hielt meine Hand. »Verdirb doch nicht die wenigen Stunden, die wir gemeinsam haben. Mein Rücken ist so müde, und ich brauche deine starken Hände, den Schmerz zu lindern.« Sie warf mir einen verführerischen Blick zu. »Und... danach... wenn die Zeit bleibt... wer weiß? Möglicherweise ist heute der Tag, an dem ich erfahre, ob du *tatsächlich* ein rothaariger Mann bist.«

Das Herz wurde mir schwer. Trotz ihres vagen Versprechens, wahrscheinlich gerade *wegen* ihres vagen Versprechens, sah ich zum ersten Mal ein, daß dieser Tag nie kommen würde. Inzwischen weiß ich, daß ich sie tatsächlich interessiert, vielleicht sogar erregt habe. Neugier ist ein starkes Aphrodisiakum, und Melina machte sich ernstlich Gedanken wegen der exotischen Farbe meines Haars. Außerdem weiß ich, daß es sie erregte, einen so jungen Mann ganz nach ihrem Belieben, sexuell oder anderweitig, als willigen Sklaven zu haben. Doch darüber ging es nie hinaus. Sie hätte mir alles genommen, was ich hatte, einschließlich meiner Ehre. Und dann hätte sie mich fallenlassen.

Ich zwang mich, unbeschwert zu klingen. »Zuallererst habe ich ein kleines Geschenk für dich«, sagte ich.

Melina lachte auf. »Oh, wie hübsch. Ich hoffe doch, es ist etwas Außergewöhnliches. Bitte. Bitte. Zeig es mir.«

Ich holte die Flasche aus meinem Rock. Sie verzog das Gesicht. »Was ist das?«

»Oh, nichts weiter. Nur ein alter Branntwein aus dem Keller meines Vaters. Ich dachte, wir könnten ihn probieren... und dann zeige ich dir mein Geschenk. Es ist etwas sehr Seltenes... Das verspreche ich dir.«

Wieder war Melinas Neugier geweckt, und sie benahm sich wie ein kleines Mädchen. Sie setzte sich im Bett auf, die Beine so sorglos übereinandergeschlagen, daß ich beinah den Verstand verlor. Ich holte zwei Kelche vom Tablett und schenkte ein. Melina nahm einen Kelch, roch daran, kräuselte die zarten Nüstern. »Mmmmh, köstlich«, sagte sie. Und trank alles in einem Zug. Dann sank sie in die Kissen und streckte die makellosen Beine von sich. »Jetzt zeig mir mein Geschenk«, sagte sie.

»Möchtest du noch Branntwein?« fragte ich.

»Nein. Das reicht. Ich kenne nichts Abstoßenderes als eine Hetäre, die sich dem Trunk ergibt.«

»Wie fühlst du dich?« fragte ich voller Erwartung.

»Gut. Warum fragst du?« Ihre Stimme klang scharf, gereizt.

»Oh... nichts.« Was in Gottes Namen war fehlgeschlagen? Hatte diese Hexe in der dunklen Gasse mich betrogen? Dann fiel mir ein, daß ich den Reim singen sollte, den mir die Hexe genannt hatte. Nur waren mir vor lauter Sorge die Worte entfallen.

»Nun? Wo ist das Geschenk, das du mir versprochen hast?« drängte Melina.

Da erinnerte ich mich. »Mein Herz ist dein Herz«, stimmte ich an und ahmte die tiefe Stimme eines Geistersehers nach. »Mein Anblick füllt dein Denken aus. In dunkler Nacht will ich die Kerze sein, die deinen Schoß erhellt.«

Melina legte ihre Stirn in Falten. »Was plapperst du da? Einen albernen Knittelvers aus den Tavernen?«

Bevor ich eine Lüge hervorstottern konnte, stöhnte Melina auf. Aus grünen Augen starrte sie mich an. Ihre Pupillen waren weit, wie die einer Besessenen. Sie leckte sich die Lippen. »Butala, gelobt sei dein Name«, seufzte Melina. »Amalric, du bist so schön und jung, daß mir das Herz brechen will. Ich wette, du kannst eine Frau glücklich machen wie ein Hengst und stoßen und stoßen, die ganze Nacht.«

»Äh... mh... mh«, war meine wortgewandte Antwort.

»Oh, bei den Göttern... nimm mich! Nimm mich!« Sie schleuderte ihren Umhang fort und warf sich in meine Arme, zerrte mit scharfen Fingernägeln an meinen Kleidern. »Ich will alles tun, was dir gefällt«, stöhnte sie. »Nimm mich. Wie immer du möchtest. Mein Liebhaber. Mein Mann. Mein hübscher, rothaariger Amalric.«

Leidenschaft ergriff mich, als hätte auch ich den Zaubertrank genossen. Ich riß mir die Kleider vom Leib und warf sie achtlos auf den Boden. Eine leise Stimme rief, ich solle mich schämen, doch ein Hahn kennt keine Ehre, und so verscheuchte ich die Stimme wie eine lästige Fliege. Melina lehnte sich zurück, Lust wanderte ihre Brust hinauf und rötete den schlanken Hals. Sie hatte die Beine schamlos weit gespreizt, und der rasierte Freudenspalt flehte mich an, einzudringen.

»Oh, schnell ... schnell, bitte«, stöhnte sie und wand sich, als hätte sie den Verstand verloren.

Ich warf mich auf sie wie ein siegreicher Soldat, packte die weiche, weiße Rundung ihres Hinterns, dann stieß ich in die heiße, seidige Feige, von der ich schon so lange träumte. Ich hielt mich tatsächlich für den Hengst, von dem sie gesprochen hatte, und zog mich zurück, um wieder zuzustoßen.

Hände schlossen sich um meine Kehle. Mit Wucht wurde ich dem Tor zum Paradies entrissen und durch den Raum geschleudert. Selbst noch in der Verwirrung des gestörten Liebesakts erinnerte ich mich mitten im Flug meiner sportlichen Ausbildung. Ich drehte mich im Fallen und sprang auf. Schwer atmend stand ich da, beschämend nackt, und mein rotes Schamhaar beantwortete endlich Melinas Frage, wenn auch nicht so, wie ich es mir erträumt hatte.

»Tu ihm nichts, Leego«, flehte Melina. Der Kuppler hatte einen Dolch gezückt, die blassen Lippen ein Strich hinter der Spinnenmaske.

»Ich liebe ihn so sehr«, fuhr Melina fort. »Laß ihn nicht gehen. Ich muß bei ihm sein. Für immer bei ihm.«

Leegos Antwort war ein Schrei. Ich hörte Schritte näher kommen. Der Kuppler trat auf mich zu. Ich hatte keine Angst vor ihm. Ich war Manns genug, ihn seinen eigenen Dolch spüren zu lassen. Doch war ich im Unrecht, ein Feind im Schlafgemach eines anderen mit einer Frau, auf die ich kein Anrecht hatte. Es gibt für einen Mann in solcher Lage nur eines. Hastig raffte ich meine Kleider und das Rapier zusammen, dann rannte ich zum Fenster.

Kopfüber hechtete ich hinaus und hörte noch Leegos Stimme hinter mir. »Das wirst du mir bezahlen, Amalric Antero. Das wirst du mir bezahlen.«

Angst schüttelte mich, als ich durch das Fenster segelte. Es waren mindestens zwanzig Meter bis zum harten Boden, der mich zum Krüppel machen würde. Gerade noch rechtzeitig bekam ich ein Kloakenrohr zu fassen. Der Schwung ließ mich im Bogen fliegen, und ich schlug gegen die Hauswand. Mit instinktivem Schamgefühl hielt ich meine Kleider fest. Einen Herzschlag lang klammerte ich mich mit nur einer Hand ans Rohr. Ich fand festen Halt, warf mir Kleider und Rapier über die nackte Schulter, umfaßte das Rohr mit beiden Händen und glitt zu Boden. Im letzten Moment war ich klug genug, mich abzustoßen, und ich landete ein paar stinkende Zentimeter entfernt von der Grube, in die sich das Abwasserrohr entleerte. Von drinnen hörte ich Stiefelgetrampel auf der Treppe. Eine große Echse zuckte aus dem Dunkel hervor. Ich trat nach ihr, und sie zischte, sie hielt meinen nackten Leib wohl für ein seltsames Schwein auf zwei Beinen. Ich hetzte in die Nacht hinein. Und bald schon waren die Stimmen und Schritte in meinem Rücken verklungen.

Barfüßig stampfte ich in die Taverne und band mir das Rapier um meinen dreckverschmierten Staat. Schuldgefühle und Verwirrung kreiselten in meinem Kopf. Ich mußte dringend wieder zu mir finden, bevor ich heimschlich wie der Hundsfott, zu dem ich mich gemacht hatte. Die finsteren Männer, deren Augen glitzerten, als sie mich sahen, nahm ich kaum wahr. Ich sah auch kaum, daß sich einige Soldaten in strammen Uniformen auf ihren Stühlen lümmelten. Der

Schankwirt, ein kleiner, rattengleicher Mann, starrte mißtrauisch zu mir herüber. »Wein, mein guter Mann«, krächzte ich. »Kein Wasser. Besser noch, vergeßt den Wein. Gebt mir Branntwein.«

»Laßt erst eine Münze sehen, junger Herr«, knurrte der Wirt. »Ich werde mich von Euresgleichen nicht noch einmal täuschen lassen.«

Ungeduldig langte ich in meine Tasche, dann merkte ich, daß mein Geldbeutel fort war. Der Wirt nickte wissend. Mit einer Hand griff er nach dem Knüppel unter seinem Tresen. Ich riß einen Knopf von meinem Wams. Er stammte aus einem fernen Hafen, war aus feinsten Knochen gearbeitet und wertvoll genug, einen Gutteil der Taverne zu erwerben. »Nehmt es davon«, sagte ich.

Ich spürte jemanden in meinem Rücken. Ich drehte mich um und sah einen der Soldaten, einen Sergeanten, wie ich an seinen Rangabzeichen erkannte. Er war ein älterer Mann mit ehrlichem Gesicht. Er wirkte besorgt. »Etwas Gesellschaft ist an einem Ort wie diesem keine schlechte Sache.« Er nickte zu den dunklen Gestalten hinüber.

»Ich danke Euch«, antwortete ich, »aber ich ziehe es tatsächlich vor, allein zu sein. Ich habe über einige ... Probleme nachzudenken.«

Er sah meine verdreckten Kleider an und erriet die Art meiner Probleme. »Ich hoffe, niemand wurde verletzt«, sagte er.

»Nur mein Stolz, Sergeant«, versicherte ich ihm. Ich deutete auf den Wirt. »Gebt diesen ehrenwerten Herren etwas zu trinken«, sagte ich. »Zieht es von dem ab, was ich Euch schon gegeben habe.« Ich spürte die groben Dielen unter meinen nackten Füßen. »Und wenn Ihr schon dabei seid«, fuhr ich fort, »wäre ich froh, wenn ich bei Euch ein Paar Schuhe kaufen könnte.«

Dem Wirt gefiel das alles nicht. Er wollte soviel wie möglich vom Wert des Knopfes für sich behalten. »Holt ihm ein paar Stiefel«, fuhr der Sergeant ihn an. »Und wenn ich erfahren muß, daß Ihr dem jungen Herrn hier Ärger macht, kostet es Euch die Lizenz.« Der Wirt fluchte, ging aber, um Stiefel zu holen.

»Seid Ihr sicher, edler Herr«, fragte der Sergeant, »daß Ihr uns die Freude Eurer Gesellschaft vorenthalten wollt?«

»Ich danke Euch noch einmal«, antwortete ich. »Aber, nein. Branntwein und meine Gedanken: Das ist genau die Medizin, die ich jetzt brauche.«

Der Sergeant kehrte zu seinen Gefährten zurück. Ich packte den Kelch, den der Wirt mir gebracht hatte, und trank den Branntwein aus. Ich winkte nach mehr und band die Lederreste zu, die mir das Rattengesicht gebracht hatte. Dann, verlassen, wie ein Zwanzigjähriger nur sein kann, kehrte ich zu meinem angeschlagenen Kelch zurück, starrte hinein und dachte über meine Sünden nach. Es waren unzählige, begonnen mit dem Liebestrank. Ich hatte Melina hinterhältigerweise zu einem Verhalten genötigt, das keineswegs in ihrem Sinne war. Ihr nackter Leib, der sich mir entgegenwand, erschien vor meinem inneren Auge. Das Bild war nicht erotisch, eher beschämend. Es kam der Augenblick, der hoffentlich im Leben eines jeden Menschen einmal kommt. Mein Blickwinkel änderte sich. Man hatte mich hinters Licht geführt. Abgezogen und ausgenommen, zum Objekt des Betrugs gemacht, wie jene, die sich von den Falschspielern auf dem Marktplatz vorführen lassen. Ich verwende bewußt nicht das Wort *Opfer*, denn wie bei den Betrogenen im Basar war es meine eigene Gier gewesen, die mich in diese Lage gebracht hatte. Ich, Amalric Emilie Antero, hatte Melina und Leego mit großem Enthusiasmus geholfen und sie unterstützt. Niemand hatte mir einen Zaubertrank eingeflößt, wie ich es mit Melina getan hatte. Ich hatte sie begehrt und war bereit gewesen, jeden Preis dafür zu zahlen – die Achtung meiner Freunde, die Liebe meiner Familie. Und hatte mit der Zeit einen unglaublichen Trottel aus mir gemacht.

Wind ließ die Fensterläden der Taverne klappern, und es kam mir vor, als stünde ich zu Hause vor dem Altar meines langverstorbenen Bruders. Ich spürte sogar, wie sein Geist in die schäbige Hütte trat. Halab war das Glückskind der Familie gewesen, und sein Schicksal in den Händen der Geisterseher warf noch immer einen langen Schatten auf die Familie der Anteros. Obwohl meine Erinnerung an ihn die eines Dreijährigen war, der zu seinem großen Bruder, dem strahlenden Helden, aufsah, meinte ich, sein Gesicht dort bei der Tavernentür zu sehen. Halab lächelte. Er hielt den Daumen hoch, er ermutigte mich, weiterzumachen. Das Bild verflog, aber ich spürte, wie mein Ehrgefühl zurückkehrte. Es war nur ein Anfang, aber immerhin ein Keim, den ich pflegen konnte. Ich beschloß, mich reinzuwaschen. Ich wollte meine Gewohnheiten ändern, angefangen mit meiner lang überfälligen Jungfernfahrt als Kaufmann. »Suche deinen eigenen Wind«, wie es in der Tradition hieß. Mein Vater hatte mich mit wachsender Ungeduld gedrängt, mich meiner Pflichten zu besinnen. Doch war ich diesem feinen, alten Herrn stets nur zur Last gefallen.

Die Tür flog auf, und drei Männer traten ein. Es waren große Männer, harte Männer, die etwas an sich hatten, das selbst die anderen Ganoven nervös werden ließ. Einer sah mich an, dann flüsterte er seinen Kumpanen etwas zu. Sie bestellten zu trinken und zogen sich in eine Ecke zurück. Ich widmete mich wieder meinen Gedanken.

Ich war das mit Abstand jüngste Kind aus der ersten und einzigen Ehe meines Vaters, mit Brüdern und Schwestern in den Dreißigern und Vierzigern. Daher neigte ich zu Eigensinn. Von vorn bis hinten verwöhnt, neugierig nur um der Neugier willen, sagten meine Kritiker. Eanes, mein Leibsklave, behauptete, ich sei einfach stur wie alle Rothaarigen und mein Temperament entspräche eben meinem Schopf.

Ich war ein intelligenter, wenn auch fauler Schüler gewesen. Dabei hatte auch sicher nicht geholfen, daß es sich bei dem Hauslehrer, der meine Streiche am längsten ertrug, um einen Schulmeister handelte, der mit Hilfe gefälschter Papiere zu seiner Anstellung gekommen war. Er war nicht nur langweilig, sondern irrte sich wiederholt grundlegend und beharrlich. Um etwas gegen die Langeweile zu tun, forderte ich ihn bei jeder Gelegenheit heraus. Bei unseren Studien der Anatomie beispielsweise behauptete er, der Körper eines Mannes sei dem einer Frau unendlich überlegen. Ich lachte laut über diese Theorie. Meine Schwester Rali war den meisten Männern von Orissa physisch ebenbürtig. »Aber das ist etwas anderes, junger Herr«, sagte er.

»Warum ist es etwas anderes?« höhnte ich. »Rali ist eine Frau. Eine schöne Frau, wie viele sagen. Außerdem ist sie eine großartige Kriegerin, die Euch mit einem Hieb den Kopf abschlagen könnte.« Zur Demonstration ließ ich eine imaginäre Klinge durch die Luft sausen.

»Eine Ausnahme widerlegt keine Tatsache, junger Herr«, beharrte mein Lehrer. Langsam wurde er böse, ließ sich von mir provozieren.

»Meine Schwester ist nicht die Ausnahme«, stachelte ich ihn an. »Sie gehört zu einem ganzen Regiment von Frauen. Heldinnen Orissas. Erklärt mir das.«

Der Hauslehrer fing vor Wut bald an zu stottern und schlug mit der Faust auf das dicke Lehrbuch der Anatomie. »Tatsachen bleiben Tatsachen«, brüllte er. »Es ist allgemein bekannt, daß Frauenkörper minderwertig sind. Allein schon ihre Zähne sind Beweis genug.«

»Was stimmt nicht mit ihren Zähnen?«

»Frauen haben weniger Zähne als Männer.« Er schlug das Buch auf, um mir die Seite zu zeigen, auf der es stand. »Seht her ... Männer haben zweiunddreißig Zähne, Frauen niemals mehr als achtundzwanzig.«

Ich sah ein junges Hausmädchen vorübergehen. »Das werden wir sehen«, sagte ich und lief ihr nach, um sie einzufangen. Mit freundlichen Worten und dem Versprechen auf ein paar Münzen für ihre Mühe lockte ich sie herein und brachte sie dazu, den Mund zu öffnen. Ich zählte und kam auf zweiunddreißig. Ebenso viele wie ein Mann. Mein Lehrer stürmte hinaus; er weigerte sich, seinen Irrtum zuzugeben. Den Rest des Tages verbrachte ich mit meinen Freunden in der Sporthalle, in die ich mich im Laufe der Jahre immer wieder flüchtete, während ich lernte, meinen Lehrer und seine Nachfolger bis aufs Blut zu reizen.

Als ich so in meinen Branntwein starrte, wurde mir klar, daß mein Vater mir trotz allem eine Erziehung hatte angedeihen lassen. Er hätte mich bestrafen können, als der Lehrer sich beklagte. Statt dessen hatte er mich stets ermutigt, althergebrachtes Wissen in Frage zu stellen und die Wahrheit durch eigene Beobachtung herauszufinden. Es war ein Geschenk, daß er mir erlaubte, mir eine eigene Meinung zu bilden. Tränen der Scham brannten in meinen Augen. Ich wischte sie fort und nippte an meinem Branntwein. Es wurde Zeit, so dachte ich, mein kindisches Gehabe abzulegen und meinem Vater Grund zum Stolz zu geben. Er brauchte mich, damit ich ihm die Bürde des Kaufmannslebens erleichterte. Jedesmal, wenn er zum Reisen gezwungen war, kehrte er entsetzlich erschöpft von seinen Bemühungen heim. Mit jedem Jahr fiel es ihm schwerer, sich davon zu erholen. Meine älteren Brüder waren ihm keine Hilfe. Sie waren steife, förmliche Männer, die besser darin waren, die Landgüter zu leiten oder die Bücher zu führen. Fast alle Eigenschaften, die ein Kaufmann braucht, gingen ihnen ab. Sie verachteten fremde Menschen und Dinge und zeigten nicht die leiseste Risikobereitschaft.

Sie waren das Gegenteil von mir, denn ich hatte mich immer schon an den Geheimnissen des Hafens von Orissa erfreuen können, an all den fremden Sprachen und Trachten auf den Schiffen, die entladen wurden. Außerdem hatte Geographie zu den wenigen Studienfächern gehört, an denen ich nie das Interesse verlor. Alte Karten und Legenden von kühnen Entdeckungsfahrten hatten mich fasziniert, bis ich ein Alter erreicht hatte, in dem es als kindisch galt, dies zuzugeben. Ich hatte sogar die Weltsicht meines Lehrers hingenommen, obwohl sie konventionell war, und mein gesundes Mißtrauen gegenüber jeglicher Konvention habe ich bereits erwähnt. Die Erde habe die Form eines großen, schwarzen Hühnereis, sagte er. Die Sonne, die uns Licht und Feuer schenkte, sei von den Göttern in Bewegung gesetzt. Nur die bekannten Länder und das Meer, das sie trennte, seien mit diesem Licht gesegnet. Alles andere liege in tiefstem Dunkel, in dem strenge Hexenmeister regierten, die uns unterwerfen und schließlich die Sonne zum Erlöschen bringen wollten, womit sie uns der kalten Finsternis und der Gnade fremder Götter ausliefern würden. Mein Lehrer sagte, früher einmal sei überall Licht gewesen, und unsere Vorfahren hätten viel von der Zauberei verstanden. Aber sie waren faul und dekadent, sagte er, sie hatten den Respekt vor den Traditionen der Familie, der Stadt und ihren Geistersehern verloren. Als die Zauberer der Finsternis sie bedrohten, hatte es sie völlig unvorbereitet getroffen. Doch unsere Götter hatten Mitleid gehabt und diesen kleinen Hoffnungsschimmer vor der vollkommenen Barbarei gerettet. Im Laufe der Zeit hatten wir uns wieder einiges von dem verlorenen Wissen angeeignet. Und unsere Schiffe setzten wieder Segel und schoben die Finsternis mit jeder erfolgreichen Suche weiter zurück. Aber unsere Zukunft sei begrenzt, lehrte er. Und diese Grenze sei beinahe erreicht.

Es gab eine Geschichte – eine Fabel eigentlich – die mich besonders interessierte. Es war die Legende von den Fernen Königreichen. Ein Land, so die Sage, in dem die Nachfahren unserer Großen Alten lebten, ein Land, an dem die Sonne inmitten einer schwarzen Wüste schien, über die die bösen Hexenmeister wachten. Angeblich sollten die Prinzen und Geisterseher der Fernen Königreiche unvorstellbar gut und weise sein. Es war ein Land, in dem die Lieder und Weine stets lieblich waren. Alle Taschen waren voller Gold und alle Herzen unbeschwert. Könnten wir uns ihnen nur anschließen, so fuhr die Sage fort, würden all unsere Feinde fortgeschwemmt, und die Welt könne sich wieder im ewigen Licht sonnen.

Es war eine hübsche Geschichte, die mich früher einmal sehr bewegt hatte. Aber ich hatte sie zu meinem Kinderspielzeug geworfen, sobald ich alt genug war, ein Rapier anzulegen und mir einzureden, ich sei ein Mann.

Ein harsches Lachen entfuhr mir, als ich daran dachte, und ich schwor erneut, mich umgehend zu ändern. Ich kippte meinen Branntwein hinunter, um diesen Handel zu besiegeln. Als ich mich umwandte, um mir noch einen Nachttrunk zu bestellen, stellte ich besorgt fest, daß die Atmosphäre umgeschlagen war. Die Soldaten waren fort, und ebenso die ursprünglichen Gäste. Nur die harten Männer, die nach mir gekommen waren, saßen noch an ihrem Tisch. Sie beäugten mich ganz unverhohlen, gluckstén leise und stießen einander mit den Ellbogen an. Ich sah, daß auch der Wirt verschwunden war. Ein Schauer lief mir über den Rücken. Irgend etwas würde geschehen – besonders wenn ich blieb und das Schicksal herausforderte. Lässig erhob ich mich von meinem Stuhl und wollte zur Tür hinüber, gab vor, mich für die drei Männer nicht zu interessieren. Falls sie mir folgten, so dachte ich, wäre draußen zumindest genügend Platz für einen Kampf.

Es ist nicht die Prahlerei eines alten Mannes, wenn ich behaupte, daß ich damals ein guter Schwertkämpfer war. Zwar gehörte ich nicht zu den Besten von Orissa, doch war ich gut genug, mich dieser Besten erwehren zu können. Zwei Duelle hatte ich ausgefochten und beide Male als erster getroffen. Außerdem war ich – nach all den Jahren, in denen ich meinem Lehrer auf das Sportfeld entflohen war – ein schneller Läufer. Wenn nötig, würde ich Fersengeld geben und laufen wie der Wind.

Als ich nach draußen trat, hörte ich, wie die Männer ihre Stühle zurückschoben und mir folgten. Bevor ich meinen Schritt beschleunigen konnte, ragten in der Dunkelheit zwei finstere Gestalten vor mir auf. Als ich nach meinem Rapier griff, sah ich das Spinnenzeichen auf dem Gesicht eines der beiden. Leego! Hinter mir ließen die drei Ganoven aus der Taverne die Falle zuschnappen. Augenblicklich hatte ich meine Klinge draußen und wollte ihnen Respekt beibringen – und machte mich erneut zum Narren, als ich mit meinem Rapier an einem Knopf hängenblieb. Klirrend fiel die Waffe zu Boden, und ich stand da und grinste wie ein Affe, den rechten Arm ausgestreckt, die Faust geballt und dann geöffnet. Ein Arm hielt mich im Würgegriff, ich trat nach dem Mann in meinem Rücken und hörte ihn vor Schmerz aufschreien. Aber für Häme blieb mir keine Zeit, denn starke Hände packten und hielten mich, während Leego vorstürmte und mir seine Faust in den Magen rammte. Mit meinen Bauchmuskeln fing ich den Schlag ab, und an Leegos ersticktem Grunzen hörte ich, daß er sich weh getan hatte.

Ich empfand keine Freude über seinen Schmerz, denn schon einen Augenblick später drückte er mir sein Messer an den Hals.

»Seid kein Narr, Leego«, sagte ich, und mein gesunder Menschenverstand hielt meine Zunge im Zaum. »Wenn Ihr mich tötet, seid Ihr der erste Kandidat für den Kuß der Steine im kommenden Jahr.« Ich meine den Pflanzfestritus, bei dem die Geisterseher ein Opfer brachten, indem sie einen Menschen zwischen zwei riesigen Steinen zerquetschten. Vorzugsweise Verbrecher fanden sich bei diesem jährlichen Geschenk an die Götter wieder.

Leego lachte mir seinen üblen Atem ins Gesicht. »In dieser Gegend gibt es keinen Schutz für Euch, junger Herr«, schnarrte er. »Keine Zeugen für das,was immer ich mit Eurem wertlosen Leben anzufangen gedenke.« Er drückte die Klinge fester an meinen Hals. Ich spürte ein Stechen, dann Blut. »Andererseits«, fuhr er fort, »ist Euer Ruf ein Schutz für *mich*. Jeder weiß, daß Ihr in den dunklen Vierteln dieser Stadt verkehrt. Man kennt Eure ausschweifenden Gewohnheiten. Eure extravagante Art, Geld auszugeben und Eure unehrenhaften Schulden nicht zu begleichen. Wenn ich Euch die Kehle durchschneide, werden die Leute glauben, Wegelagerer hätten es getan. Oder ein betrogener Schuldner. Nein, mein Freund,

Eure Herkunft ist Euch hier kein Schutz. Und am liebsten wäre es mir, wenn Eure Eingeweide in der Morgensonne glänzten.«

Wieder lachte er und schlug mir ins Gesicht. Einmal, zweimal und dann noch einmal. Harte, brennende Schläge, die mir nicht wirklich etwas ausmachten, aber ich wußte, er wollte sich nur für das, was kommen sollte, in Stimmung bringen. Hinter ihm, im Schlund einer dunklen Gasse, sah ich eine große, düstere Gestalt, die an einem Haus Wasser ließ. Einer von Leegos Schlägern dachte ich, leert seine Blase, bevor er sich dem Spaß anschließt. »Der einzige Grund, warum ich Euch noch nicht getötet habe, junger Herr«, fuhr der Kuppler fort, »ist der, daß ich zwischen Rache und Profit schwanke. Was Ihr Melina angetan habt, kostet mich so manchen fetten Geldbeutel. Ich werde sie weit fortschicken müssen. Und es wird ein Vermögen kosten, sie von der Wirkung dieses Zaubertranks zu kurieren.«

»Ich scheiße auf Euer Geld, Leego«, sagte ich. »Ihr habt mir in den letzten Monaten mehr als genug abgenommen. Und bekommen habe ich dafür nichts.«

Wieder schlug Leego zu. »Das kommt davon, wenn man einen kleinen Jungen an einem Männerspiel teilnehmen läßt«, schnarrte er. »Ihr glaubt noch immer, Ihr hättet in dieser Sache die Wahl«, sagte er. »Das habt Ihr nicht. Die Wahl liegt bei mir. Wenn ich mich für den Profit entscheide, werdet Ihr mir alles Geld geben, das ich verlange. Was wohl der Rat der Geisterseher sagt, wenn ich diese Angelegenheit melde? Einer Hetäre einen Liebestrank zu geben, ist ein schweres Verbrechen. Ich kann mir gut vorstellen, wie glücklich die Geisterseher wären, einen Antero in die Hand zu bekommen.«

»Ich habe kein Geld, Leego«, sagte ich müde. »Ihr und Melina habt mir alles genommen.«

»Euer Vater wird es Euch geben, junger Herr«, lachte Leego. »Er möchte doch sicher nicht, daß sein kleiner Liebling in die Hände der Geisterseher gerät.«

»Dann könnt Ihr mich ebensogut umbringen«, antwortete ich. »Denn ich werde meinen Vater um keine einzige Münze bitten. Und wenn er versucht, sie mir dennoch zu geben, werde ich sie zurückweisen.«

»Oh, das glaube ich kaum«, sagte Leego. »Ich kenne die Männer. Insbesondere die reichen Männer. Und trotzdem ... Profit ist dabei nicht unbedingt mein Motiv. Denn ich verachte Euch und Euresgleichen, Amalric Antero. Euch und Eure weichliche, verwöhnte Art. Ihr glaubt, Ihr seid besser als andere, nur weil Ihr in einem feinen Bett geboren seid.« Seine Klinge fuhr über meine Brust. Mein Wams und Hemd klafften auf, legten nackte Haut frei. »Euch zu töten wäre so viel angenehmer«, sagte er und strich mit der Klinge über meine Haut. Ich spürte das Blut. »Ein schöner, langsamer Tod. Ich reiße Euch das Gesicht vom Knochen und schneide das rote Haar ab. Euren Schwanz und die Eier auch. Niemand wird je erfahren, daß Ihr es seid.«

Wieder gewann meine Wut die Oberhand. Ich spuckte ihm ins Gesicht. Er taumelte rückwärts, und ein dicker Klumpen Speichel hing am Spinnennetz. Dann brüllte er auf, hechtete vor und stach mit seinem Dolch nach meiner Brust. Bevor er mich erreichte, kam die dunkle Gestalt aus der Gasse gesprungen und stieß Leego mit einem mächtigen Schlag zu Boden.

»Macht euch fort, ihr Hunde«, donnerte der Mann, und ich sah Stahl blitzen, als er sein Schwert zog.

Einer meiner Häscher lockerte den Griff, und ich bückte mich, fiel auf die Knie. Ein Mann segelte über meinen Kopf. Der andere sprang zur Seite und griff nach seinem Dolch. Er schlug nach meinem Retter, der die Klinge mit Leichtigkeit parierte, dann stieß er zu, und das Gedärm des Mannes spritzte in den Dreck. Ich suchte mein Rapier im Schlamm und fand es gerade, als ein Mann nach mir schlug. Ich duckte mich unter dem Hieb und stach dem Angreifer in die Kehle. Dann war ich auf den Beinen, Schulter an Schulter mit meinem Retter, als unsere Feinde sich neu formierten und uns übermannen wollten. Nur das Klirren von Stahl war zu hören, schweres Atmen und angestrengtes Stöhnen. Leego sprang auf, rief seine Männer zum Angriff. Einen Moment lang sah es aus, als würden wir überwältigt. Dann zückte mein neuer Freund ein langes Messer und griff an. Schwert und Dolch bahnten sich ihren Weg. Einer trat hinter ihn, doch diesem Mann durchbohrte ich den Rücken und hörte das Pfeifen, als die Luft aus seinen Lungen wich. Plötzlich rannten die Männer und stießen Leego um, panisch bemüht, meinem dämonischen Retter zu entkommen. Ich wollte ihnen folgen, doch mein Freund streckte einen Fuß aus, und ich stürzte mit dem Gesicht voran in den Dreck.

Als ich aufgestanden war, hatte der Mann Leego schon seinen schweren Stiefel an den Hals gesetzt und hielt ihn so am Boden. Ich zog Feuerperlen aus meiner Tasche, hielt sie hoch und flüsterte den Zauber, der sie zu Leben erweckte.

»Bring sie näher, Kamerad«, sagte der Mann. »Ich brauche bei der Arbeit etwas Licht.«

Jetzt konnte ich ihn deutlich sehen. Er war Soldat, so nahm ich an, ein Offizier. Er war ziemlich groß, muskulös und auf geheimnisvolle Weise gutaussehend, mit einer zerklüfteten Narbe über dem Bart, die sein Äußeres trübte. Seine Zähne glitzerten so hell wie sein Schwert.

»Bitte, Herr«, flehte Leego, »es ist nur ein kleines Mißverständnis. Ich bin sicher, ich kann alles erklären.« Er heulte auf, als mein Freund ihn fester gegen die Luftröhre trat.

»Wie heißt er?« fragte der Soldat.

»Leego«, antwortete ich. »Er ist ein Kuppler.«

Der Mann hörte zu, dann beugte er sich über ihn. »Sieh dir mein Gesicht genau an, Leego«, sagte er. »Ich möchte, daß du es dir gut merkst.« Leego gurgelte und nickte. »Mein Name ist Janos Greycloak, elender Hurensohn«, fuhr der Mann fort. »*Hauptmann* Greycloak, um genau zu sein. Ich habe dein Gespräch mit diesem Herrn dort belauscht, also könnte ich deine Drohungen bezeugen.«

»Nichts für ungut«, krächzte Leego. »Es war nur geschäftlich, edler Hauptmann.«

»Na, wenn Erpressung dein Geschäft ist«, sagte Janos, »will ich dich warnen: Falls du diesen Mann anzeigst, werde ich ihm zur Seite stehen und jede deiner Behauptungen lächerlich machen. Falls du ihn töten willst, muß ich dir ganz deutlich etwas sagen: Sollte ihm etwas zustoßen, werde ich dich finden, Leego, und du wirst noch darum betteln, daß man dich ermordet.«

»Kein Haar werde ich ihm krümmen, guter Herr«, jaulte Leego. »Ich schwöre bei allem, was mir heilig ist.«

»Keine Blasphemie«, sagte Hauptmann Greycloak. Er trat zurück, als wollte er Leego aufstehen lassen. Dann schob er sein Schwert in die Scheide, und als Leego sich auf die Ellbogen stützte, trat der Hauptmann wieder zu. Er nahm Leegos Ohr zwischen zwei kräftige Finger. Leego heulte auf. »Um absolut sicherzugehen, daß wir eine Vereinbarung haben«, sagte Greycloak, »werde ich dir etwas abnehmen.«

Sein Messer zuckte, und Leego schrie auf. Hauptmann Greycloak hielt das Ohr des Kupplers in der Hand, und Blut rann über das Spinnengesicht. Der Hauptmann schüttelte das Ohr, er ließ das Blut wie Regen spritzen. »Wenn dieser junge Mann in Zukunft Ärger mit dir hat«, sagte er, »werde ich diesen Stumpf einer alten Hexe geben, die ich kenne. Sie weiß ganz besonders abscheuliche Flüche. Verstehst du, was ich meine?«

»Ja, edler Herr«, wimmerte Leego.

»Dann geh mir aus den Augen«, sagte der Hauptmann.

Leego floh die Straße hinunter, ohne sich noch einmal umzusehen. Als er fort war, betrachtete der Hauptmann den blutigen Fetzen in seiner Hand. Er lachte, schleuderte ihn von sich und wischte seine Finger seltsam pedantisch an den Kniebundhosen ab. »Als hätte ich was für Hexen übrig«, sagte er.

»Hauptmann Greycloak«, sagte ich, »für das, was Ihr heute abend für mich getan habt, werde ich Euch immer zu Diensten sein.«

»Wie ich mich freue, das zu hören«, sagte er, »denn ganz plötzlich bekomme ich furchtbaren Durst.« Er schlug mir auf die Schulter und führte mich in die Taverne. »Ihr würdet mir einen großen Gefallen tun, edler Herr, wenn Ihr mich wie einen Freund anredetet. Und meine Freunde – leider nur sehr wenige, wie ich fürchte – nennen mich Janos.«

»Dann also Janos, mein Herr«, sagte ich voll Inbrunst. »Und Ihr müßt mich Amalric nennen. Wenn ich noch Knöpfe habe, die mir der Wirt hier tauschen kann, kaufe ich ein Meer von Branntwein, um diese Freundschaft zu besiegeln.« Benommen vor Erleichterung marschierte ich in die Kneipe, um den rattengesichtigen Wirt zu einem reichen Mann zu machen.

Bald schon hatten wir den ersten Becher Branntwein geleert und waren beim zweiten. Ich dachte daran, daß ich eben einen Mann in den Tod geschickt hatte. Höchstwahrscheinlich würde auch der, dessen Lunge ich durchstochen hatte, die Nacht nicht überleben, und doch empfand ich weder Schuld noch Scham, ganz im Gegensatz zu dem, was uns in alten Balladen vorgegaukelt wird. Je länger ich über die Rauferei vor der Tür nachdachte, desto deutlicher wurde mir, daß ich eine solche Rettung nicht verdient hatte.

»Der Streit«, sagte ich, »ging um eine unehrenhafte Tat meinerseits. Ich war Euer Eingreifen nicht wert.«

»Nun quält Euch nicht voreilig, mein Freund«, antwortete Janos. »Ich weiß nur sehr wenig über Männer wie Leego, aber ich bezweifle stark, daß Ihr bei Euren Geschäften mit ihm jemals die Oberhand gewonnen hättet.«

»Ich war ein Narr«, sagte ich. Diese Worte auszusprechen, hatten reinigende Wirkung.

Janos nickte. »Ich vermute, Ihr habt recht«, sagte er. »Das passiert normalerweise, wenn ein Mann mit seinen Lenden denkt und nicht mit seinem Hirn.« Er lachte. »Allerdings *habe* ich etwas belauscht, das mich neugierig gemacht hat. Etwas von einem Liebestrank, der einer teuren Hure eingegeben wurde.« Seine Augen funkelten. Ich hielt es für amüsierte Neugier. Später erfuhr ich, daß sein Interesse an mir keineswegs zufällig war.

Ich errötete. »Ich fürchte, was Ihr gehört habt, war die Wahrheit. Ich habe eine furchtbare Sünde begangen und bereue sie zutiefst.«

»Ach, seid nicht so ein prüder Stoffel! Was gibt es zu bereuen? Die Dirne und Leego werden Euch schon genügend Geld abgeluchst haben, das garantiere ich Euch.«

Ich legte eine vollständige Beichte ab, angefangen bei dem Augenblick, in dem Melina und ich uns kennengelernt hatten, bis zu meiner Flucht aus ihrem Schlafzimmer. Janos war ein bemerkenswerter Beichtvater. Er zeigte Mitgefühl, ohne sentimental zu werden. Er unterbrach mich nur, um ein Detail zu erfragen – stets eines, das angetan war, mir Mut zu machen – oder um einen Witz zu reißen, der mich aufheitern sollte. Es war, als würde ich mit einem wesentlich älteren Bruder sprechen, obwohl ich wußte, daß er kaum fünf Jahre älter sein konnte als ich. Als ich fertig war, schenkte er den letzten Branntwein ein, dann drehte er die Flasche um, als Zeichen dafür, daß es unsere letzte war.

»Meiner unmaßgeblichen Meinung nach, Amalric«, sagte er, »ist dies eine Geschichte, die traurig beginnt und glücklich endet. Ihr habt eine Lektion erhalten, der die meisten – wenn überhaupt – erst im Alter gegenüberstehen. Vergeßt Eure angebliche Schande. Ich versichere Euch, diese Geschichte werdet Ihr einmal ganz wunderbar Euren Söhnen erzählen können, wenn Ihr ein alter Mann seid. Heute abend jedenfalls habt Ihr Eure Sache gut gemacht. Also laßt es gut sein.«

Ich dankte ihm, obwohl ich nicht überzeugt davon war, daß es so leicht sein sollte, sich von seinen Sünden reinzuwaschen.

Janos hob seinen Becher zu einem Trinkspruch. »Auf den neuen Amalric Antero! Möge seine Zukunft so süß sein wie dieses hier.« Unsere Becher klirrten aneinander, und wir tranken. Als wir die Trinkgefäße senkten, sah ich, wie Janos mich über den Tisch hinweg nachdenklich betrachtete. »Ich glaube, auch mein Glück hat sich heute abend gewendet, Amalric«, sagte er ganz ernst. »Denn habe ich nicht einen rothaarigen Mann kennengelernt? Und ist das nicht ein Zeichen größten Glücks, wie es die Seher in ihren Kristallkugeln finden können?«

»Ich hoffe es«, sagte ich, »um Euretwillen. Ich fürchte nur, das gilt nicht für den Rothaarigen selbst.«

Janos lachte, dieses tiefe, dröhnende Lachen, von dem ich anfangs schon gesprochen habe. »Nun, hier ist das Rätsel, das des größten Geistersehers würdig wäre«, sagte er. »Weit eher als die Frage, wie viele Dämonen auf einem Stecknadelkopf herumtollen können. Wenn das Omen etwas Gutes ankündigt, heißt es auch, daß es schließlich zu einem guten *Ende* führt?«

Selbst aus der Distanz, nach allem, was seit unserem ersten Treffen geschehen ist, kenne ich die Antwort auf dieses Rätsel nicht. Und ich werde sie wohl auch erst erfahren, wenn eines Abends der Dunkle Sucher kommt, um meine Seele mit sich fortzunehmen.

Meine Stimmung verbesserte sich zusehends, während ich über sein Rätsel nachsann. Endlich ein geistreicher Freund! Schließlich gab ich mich geschlagen und schüttelte den Kopf. »Selbst wenn es nicht so spät wäre«, sagte ich, »bezweifle ich, daß ich Euer Rätsel lösen könnte. Tatsächlich scheint es mir von einer Art zu sein, dessen Antwort so schwer zu finden ist wie...« Ich suchte nach einem Vergleich, und ein bestimmter kam mir in den Sinn. »Die Fernen Königreiche.« Ich lachte, doch ich lachte allein. Janos starrtemich an, mit feurigem Blick.

»Was ist?« fragte ich.

»Warum habt Ihr das gesagt?« fragte er.

Ich war verwundert. »Ihr meint... das mit den Fernen Königreichen?«

»Ja.« Seine Stimme klang schroff, provozierend.

»Ich... kann es nicht sagen. Nur, daß ich gerade daran gedacht hatte, als Leegos Schläger kamen.«

Janos betrachtete mich eingehender, und plötzlich fühlte ich mich ziemlich albern.

»Das ist die Sorte Kindereien in meinem Kopf, die mich daran hindern, Verantwortung zu übernehmen«, sagte ich leicht erhitzt. »Vergebt mir mein Geplapper.«

»Wenn Ihr *mich* kennen würdet«, sagte Janos, »wüßtet Ihr, daß wenn es um zielloses Geplauder geht, Janos Greycloak erst noch seinen Meister finden muß.« Ich lachte, als er mich zur Tür zog. »Wir sollten lieber gehen, mein Freund«, sagte er, »sonst erleiden wir noch Schiffbruch an den Ufern von Branntwein und Geplapper.«

Wir traten in die Nacht hinaus. Am Ende der Straße sah ich eine Fackel und mußte noch einmal an die Fernen Königreiche denken. Doch schon war der Gedanke fort, und was blieb, war nur die Nacht.

Kapitel Drei

Die Suche

Als ich am nächsten Morgen erwachte, war ich noch ganz umnebelt, und wie eine sterbende Fliege klebte mein Verstand im Bodensatz des Weins vom vorangegangenen Abend. Ich atmete den frischen, reinen Frühlingswind, der an das Fenster meiner Kammer wehte, und der Nebel verflog. Überrascht stellte ich fest, daß ich seit Tagen zum ersten Mal nicht von diesem schrecklichen, einäugigen Mann geträumt hatte. Ich trat vom Schlafgemach ins Vorzimmer, wusch mich, dann kniete ich nieder und sprach leise das rituelle Gebet an den Hausgott. Der Handspiegel – wie nah ich ihn auch halten mochte – zeigte mir, daß ich heute eine Rasur brauchen würde. Also zog ich die Kleider über, die man mir bereitgelegt hatte.

Da stutzte ich. »Eanes!« Lautlos trat er in mein Schlafgemach, mit der sorgsam einstudierten Miene höflichen, wenn auch nur beiläufigen Interesses, die – wie ich später einmal erfuhr – für Leibsklaven überlebensnotwendig war. Ich deutete auf die Kleider, die er mir bereitgelegt hatte: Das Hemd war schlicht, die Kniebundhosen von gedeckter Farbe, der Wams von schlechter Qualität, und die Mütze hätte auch einem Senior gestanden. »Was, glaubst du, ist geschehen?«

Ein Lächeln zuckte über sein Gesicht und verflog. »Ich glaube gar nichts, Mylord. Aber da meine Anwesenheit nicht vonnöten war, nachdem Ihr erst kurz vor Morgengrauen in Begleitung zweier Soldaten heimkehrtet *und* ich Wein- und Schmutzspuren an Euren Kleidern fand, die verstreut lagen, als hätte der Monat der Winde vorzeitig in Eurer Kammer gewütet, *und* ...«

»Genug!«

»Wie Ihr wünscht, Herr.«

»Ich hatte nur ein paar unerwartete Begegnungen.«

»Ich wußte nicht, daß man das *so* nennt.«

Ich zog es vor, seine Worte zu ignorieren. Von Kindesbeinen an hatten mich meine Lehrer immer wieder gemahnt, ich ginge allzu vertraulich mit den Sklaven und den unteren Schichten um und brächte meinen Eltern und Vorgesetzten nur ungenügenden Respekt entgegen. Allerdings dürfte es jedem, in dessen Brust ein Herz schlägt, unmöglich sein, einem kahlen, kleinwüchsigen Sklaven gegenüber den jungen Lord zu spielen, wenn dieser einen schon beim Namensgebungsritual aus den Armen des Vaters genommen und dem wartenden Geisterseher gebracht hat.

»Aber ich dachte«, fuhr Eanes fort, »Eure Kleidung für den heutigen Tag solle... sagen wir: von einer Farbe sein, die weder ein blutiges Auge betont noch einen Vater schmerzt, der den Krawall gehört hat, als Ihr heut nacht nach Hause kamt.« Es mag Eanes überrascht haben, daß ich nicht erblaßte, aber ich mußte tatsächlich meinen Vater sprechen. Es gab eine Schuld zu begleichen, und dank Melina und meiner eigenen Torheit fehlten mir die entsprechenden

Mittel. Ich trat in die Kleiderkammer und wählte sorgsam mein Kostüm: grüne Kniebundhosen und die dazu passende Mütze mit goldenem Garn, einen blumenbestickten, gegürteten Waffenrock, knöchelhohe Stiefel, da das Wetter mild zu sein schien, und einen kurzen Umhang. Eingedenk der peinlichen Situation in der letzten Nacht wählte ich ein einfaches Rapier ohne verschnörkelte Quillons, nahm es von einem Degengehenk, auf dem das Familiensiegel prangte, und betrachtete mich. Mein Spiegelbild zeigte genau das, was ich darstellen wollte: Dort stand ein vernunftbegabter, junger Erbe, aber keine Trauergestalt. Ein junger Mann, der – wenn auch lebensfroh in seiner Art – nicht der Typ war, der mit Huren verkehrte, egal welcher Preislage, ganz zu schweigen von deren Zuhältern.

»Ich verstehe«, sagte Eanes. »Sie hat Euch also wieder alles aus der Tasche gezogen. Und jetzt wollt Ihr ausgehen und Euch noch etwas amüsieren. Ich nehme an, dafür braucht Ihr mein Beisein nicht.«

»Ich mag meinen Lehrern keine übermäßige Beachtung geschenkt haben, aber an einen erinnere ich mich – wenn auch nicht daran, ob es der Bursche war, der irgendwann ins Hafenbecken fiel, oder der, dessen Robe auf unerklärliche Weise Feuer fing. Er erzählte mir die Geschichte von dem Gelehrten, der sich der Genauigkeit seiner Vorhersagen rühmte. Und während er so eines Tages vor seinen Schülern prahlte, spazierte er noch an einem Kliff entlang, als der feste Boden unter seinen Füßen längst ein Ende genommen hatte. Also starb die Plaudertasche unter dem Beifall und zur Erleichterung seiner gepeinigten Schüler. Die Wahrheit ist: Ich wäre unendlich froh, wenn du mich begleiten könntest, selbst wenn ich fürchten muß, daß die Senilität von dir Besitz ergreift. Wir werden in Kürze gehen.«

»Ja, edler Amalric, mein niemals hinreichend zu preisender Eigner. Obwohl ich hinzufügen muß: Es stimmt, daß Ihr Eurem Unterricht nie die nötige Beachtung geschenkt habt. Nehmt die Fabel, deren Moral Ihr soeben verdrehtet. In Wahrheit begingen nach dem tragischen Tod dieses armen, weisen Mannes mehrere seiner Schüler Selbstmord, aus Verzweiflung darüber, daß sie nicht mehr auf seinen Rat zurückgreifen konnten. Und bedenkt man, daß es heute allem Anschein nach stürmen und regnen wird und ich mehr als nur den Anflug einer Erkältung habe – hervorgerufen durch mein langes Warten bis tief in die Nacht, in Sorge um meinen armen Herrn, der betrunken durch irgendeine verdreckte Straße taumelt und sich von üblen Strolchen überfallen läßt – solltet Ihr von den beschämenden Suiziden dieser Schüler erfahren und einige Zeit darüber nachsinnen, daß ich nicht ewig bei Euch sein werde.«

Wie üblich hatte Eanes das letzte Wort.

Brunnen glitzerten im Garten im Herzen unserer Villa, und zahme Vögel in allen Farben des Regenbogens flatterten auf knospenden Bäumen von Ast zu Ast. Mein Vater saß an einem langen Tisch, neben sich einen Teller Obst und ein Glas gut verdünnten Weins zum Frühstück. Um sich herum hatte er Tegry, sein Faktotum, und eine stattliche Reihe von Schriftrollen, Tafeln, Günstlingen und Lakaien versammelt. Ich setzte mich ans andere Ende des Tisches und wartete. Vater bemerkte mich, ließ mich jedoch grußlos lange Minuten sitzen. Er drückte sein Siegel auf ein Dokument, und dessen Überbringer ging hinaus. Vater hob eine Hand, und der nächste wartete respektvoll in einigen Metern Abstand.

»Hast du gegessen?« fragte er mich.

»Noch nicht.«

»Sicher hast du keinen Appetit.«

»Nein, Sir. Ich meine, ja, doch, habe ich.«

»Hmmm. Nachdem man mir erzählt hat, was für ein Spektakel du gemacht hast, als du nach der letzten Drehung der Sanduhr nach Hause kamst, hätte ich gedacht, du könntest heute nur Branntwein und Milch vertragen.« Er ließ mir keine Gelegenheit zu antworten.

»Ich nehme an, du willst etwas. Weiterhin nehme ich an, daß ich voraussagen kann, was es sein wird, selbst mit meinen äußerst mäßigen seherischen Fähigkeiten.« Ich starrte zu Boden, dann nickte ich.

»Es wäre das dritte Mal ...«, setzte Tegry an.

»Ich glaube, ich bin mir der Wünsche meines Sohnes sehr wohl bewußt und erinnere mich der Quantitäten gut. Ich habe nicht die Absicht, unsere Zeit damit zu vergeuden, einem erneuten Flehen um Gold zu lauschen, mit dem du eine dahergelaufene Dir ...« Mein Vater hielt inne. Trotz seiner Gefühle, die ich damals als Wut verstand, von denen ich heute jedoch weiß, daß sie eher seine Enttäuschung widerspiegelten, wollte er mich vor einem Sklaven nicht beschämen. »Amalric, ich glaube, du solltest noch einmal in dich gehen, bevor du deinen Wunsch äußerst.«

Ich sah zu ihm auf. »Das Geld ist nicht für ... sie. Ich möchte eine Schuld begleichen.«

Tegry sah mich an. »Ein Geldverleiher, Lord Antero.«

Meine Ohren brannten wie Feuer. »Eine Ehrenschuld, Tegry. Vielleicht sollte man das Wort in eine Euch bekannte Sprache übersetzen.« Tegrys Miene verfinsterte sich, und mein Vater warf ihm einen bösen Blick zu.

»Eine Ehrenschuld«, sagte mein Vater langsam. »Also gut. Ich werde dein Ansinnen nicht zurückweisen – und auch dich nicht dafür, daß du mich gebeten hast. Tegry! Kümmere dich darum.«

»Danke, Vater.«

»Bleib sitzen. Du hast noch nichts gegessen. Komm zur Vernunft: An jede Mahlzeit, die du jetzt ausläßt, wird dich dein Körper in späteren Jahren oft genug erinnern.« Mein Vater hob die Hand, und ein Hausdiener trat neben mich. »Nun, Tegry«, fuhr er fort, als sei ich plötzlich unsichtbar geworden, »ich habe über das Elfenbein aus Laosia nachgedacht und bin zu dem Schluß gekommen, daß sich die Familie J'hana entweder aus Dummköpfen zusammensetzt oder sie uns für solche halten. In beiden Fällen möchte ich, daß spätestens gegen Mittag ein Kurier entsandt wird, und zwar mit folgenden Instruktionen ...«

Tegry händigte mir den Geldbeutel mit so ungerührter Miene aus, daß man glauben konnte, die unfreundlichen Worte zwischen uns seien nie gefallen. Oft genug hatte man mir gesagt, solches Verhalten zeuge von Geschick, aber noch immer verstand ich diesen Mann nicht, dessen Blut aus Tinte bestand, die Knochen aus Gold und Silber, und dessen Verstand eine Vermögensaufschlüsselung war. Ich schauderte in der dunklen Kühle des Vorzimmers unserer Villa. Vor dem Altar blieb ich stehen, nahm ein Quentchen Sand und wollte es schon in Gedanken vor dem Bild meines Bruders Halab verstreuen, wie wir alle es jedesmal taten, wenn wir das Haus verließen. Dann sah ich mir das Bild noch einmal genauer an: Die Darstellung war angeblich nicht nur gut getroffen, sondern ein getreues Abbild, dessen Pigmente aus Halabs liebsten Besitztümern gefertigt waren. Der Maler schwor, man habe sämtliche Riten befolgt, und Halabs Schatten sei dem Gemälde wohlgesonnen. Ich verstreute den Sand und fragte mich: Genügte das? Man hatte keine Leiche gefunden, nicht mal einen Knochensplitter, als der Prozeß zu Ende war. Gab dieser Sand Halabs Geist den Frieden wieder? Oder wanderte er noch immer in dieser Welt hin und her und konnte keine Ruhe finden? Wieder schauderte ich: Ich hoffte, wenn ich einmal starb, nicht ohne Beichte, unbestattet und ungerächt zu bleiben, sollte mich kein natürlicher Tod ereilen.

Eanes wartete beim inneren Tor. Er sah meinen Gesichtsausdruck und erkannte ihn: Halab ... sein Tod ... was hätte sein sollen ... und was niemals sein würde ... all das hing noch immer drohend über uns. Ich war sehr froh, als ich die Wärme der Frühlingssonne spürte.

»Ihr wollt Euch freiwillig zum Militär melden?« erkundigte sich Eanes und klang ernstlich besorgt. »Ich weiß, es entspricht der Tradition, daß junge Männer, die sich in Herzensangelegenheiten verstrickt haben, zu derart drastischen Maßnahmen greifen, und dennoch muß ich mich dagegen aussprechen. *Imprime*, meine Gesundheit würde keinem Feldzug standhalten, nicht einmal dem seichten Kriegsspiel, das unsere Armee in letzter Zeit betreibt. Daher müßte Eure Rüstung allzuoft unpoliert bleiben, und Ihr wäret gezwungen, Eure Rationen kalt zu essen. *Secun*, die beiden Männer unter meinen Bekannten, die sich wegen einer Frau gemeldet haben, schwören, sie konnten sich nicht einmal mehr an den Namen der Schönen erinnern, nachdem sie sich von dem Trinkgelage anläßlich ihrer Musterung erholt hatten. *Tert*, sie schwören außerdem, sie seien Narren gewesen, da sich alle anderen gemeldet hatten, um Schulden oder einer Rache zu entgehen, oder aber, weil sie mehr als einmal täglich essen wollten. *Quat*...«

»Viertens«, sagte ich. »Ich melde mich nicht, dafür verkaufe ich dich als Kanonenfutter. Halt den Mund. Wir sind geschäftlich hier.« Die beiden Wachtposten am Kasernentor sahen meine Kleidung und wußten, daß sich ihnen ein Edelmann näherte. Sie grüßten und schlugen die Kolben ihrer Spieße auf das Kopfsteinpflaster.

»Ich suche Hauptmann Janos Greycloak von der Wache des Hohen Rates«, sagte ich.

Einer der Wachen runzelte die Stirn. »Oh. Der Lycanther. Er ist bei der Zweiten Kohorte, Herr.« Er blinzelte in die Sonne. »Höchstwahrscheinlich sind sie noch auf dem Übungsplatz. Er nimmt seine Männer hart ran.«

Der Soldat erklärte mir den Weg. Als wir durch das Labyrinth von Unterkünften liefen, wunderte ich mich über das, was der Soldat gesagt hatte. Ein Lycanther? In Orissas Diensten? In einer Eliteeinheit, die für die Sicherheit des Hohen Rates zuständig war? Wenn ich genau überlegte – obwohl ich am Abend zuvor keinen Gedanken daran verschwendet hatte –, war mir tatsächlich die Spur eines Akzents in Janos' Aussprache aufgefallen, nur ähnelte dieser kaum dem, was ich von lycanthischen Kaufleuten im Ohr hatte.

Ich sah Staub und Bewegung am anderen Ende des Exerzierplatzes. Dicke Balken standen vertikal in den Boden gerammt, um als Zielscheiben oder Übungsfeinde zu dienen. Zwei solcher Balken standen auch hinter der Villa meines Vaters, wo ich im Umgang mit Waffen unterrichtet worden war. Man hörte, daß jemand »*Stillgestanden*« bellte, und der Staub legte sich und gab etwa fünfzig Soldaten in Zweiergruppen preis. Sie trugen kleine, runde Schilde, Lederwamse mit hohen Kragen, lederne Beinschienen und Helme. In Kriegszeiten würde das Leder an strategischen Stellen mit Eisen oder Stahlplatten verstärkt, und darüber hinaus – falls es eine schwere Schlacht werden sollte – außerdem noch mit Kettenhemden. Einer aus jedem Paar hielt einen kurzen Speer, der andere ein Schwert. Der Speer hatte eine Schutzhülle, und die Schwerter steckten fest in ihren Scheiden. An der Seite stand Janos Greycloak. Im Gegensatz zu den anderen trug er einen Vollschutzhelm mit Nasensteg und ein ungewöhnliches Lederwams, das links einen langen Ärmel hatte. Dieser Ärmel war eng mit Stahlplatten besetzt und stellte zusammen mit einer Verstärkung des Wamses einen Brustpanzer mit Schulterschutz dar. In seiner Rechten hielt Janos das lange, schmale Schwert, das ich ihn am Abend vorher so wirkungsvoll hatte einsetzen sehen, und im Gegensatz zu seinen Soldaten trug er in seiner Linken einen runden Schild. Den Mann, der die Soldaten hatte stillstehen lassen, erkannte ich ebenfalls. Es war der ältere Sergeant, der mir am Abend zuvor zum Branntwein geraten hatte.

Janos sah mich und nickte, grüßte aber nicht. Er trat in die Mitte. »Das war ganz gut«, sagte er, doch lag nur wenig Lob in seiner Stimme. »Gut genug für einen Paradesoldaten. Sergeant?«

»Hier!«

»Wenn Ihr vortreten und wie von der Tarantel gestochen mit Eurem Speer nach mir stoßen würdet?«

Der schwergewichtige Mann tat wie geheißen. Kaum hatte er ausgeholt, wies Janos ihn an, aufzuhören.

»Ein Exerzierplatz ist ein Exerzierplatz«, sagte er wie nebenher. »Ein Krieg ist etwas ganz anderes. Ich werde euch vieles beibringen, ganz abgesehen von dem, was ihr als frischgebackene Rekruten gelernt habt. Nichts davon ist falsch, wenn ihr den Angriff überlebt, und nichts davon ist richtig, wenn der Speer euren Geist in alle Winde versprengt. Hier ist einiges, was man tun kann.« Während er sprach, bewegte er sich langsam wie ein Mann unter Wasser. »Packt den Speer, der auf euren Schild eindrischt, dreht den Schild zur Seite und schlagt zu. Oder schlagt den Speer mit eurem Schwert hinter dem Heft... vielleicht könnt ihr ihn so zerbrechen. Eine weitere Methode, falls euer Feind sein Gleichgewicht verliert – danke, Sergeant, genau so –, wäre, ihm auszuweichen und dann direkt über oder unter der Rüstung zuzustechen. Nur, wenn ihr es tut, vergeßt nie, daß euer Feind einen Nebenmann hat, und wenn ihr euch zu sehr auf euer Ziel versteift, wird es euch nur den eigenen Tod bringen. Ein guter Trick – einer, den junge Herren nirgendwo lernen – ist es, eine Handvoll Staub in der Faust zu halten und sie dem Gegner ins Gesicht zu schleudern, bevor er angreifen kann. Wenn ihr schnell genug seid, könnt ihr euch ducken und ihm die Achillessehne durchtrennen, obwohl das ein riskantes Unterfangen ist. Eine weitere riskante Sache – je kräftiger ihr seid, desto geringer das Risiko – ist es, den Speer mit einem Schwerthieb zu parieren und dann mit dem Schild wie mit einer Waffe zuzuschlagen. Ich habe gesehen, wie Männer vom Schildbuckel geblendet waren und ohne Gegenwehr niedergemetzelt werden konnten. Das Wichtigste, was ihr lernen müßt, ist, nie auf den Schild zu achten, nie auf das Schwert, sondern in die Augen des Mannes zu sehen, gegen den ihr kämpft. Sie verraten *immer*, was er vorhat.«

Janos trat zurück. »Nun, Sergeant Maeen wird euch dieselbe Figur ausführen lassen. Aber diesmal ohne das Eins-Zwei-Drei – und ohne vorgegebene Parade oder Attacke. Sergeant!« Sein Befehl rief weiteres Gebrüll des Sergeanten hervor, und wieder wirbelte Staub auf. Ich beschloß, keines der beiden Duelle zu erwähnen, die ich ausgefochten hatte, denn sicher wären sie in Hauptmann Greycloaks Augen nichts als konventionelle Kämpfe um die Hackordnung junger Hähne auf dem Bauernhof gewesen. Achillessehne durchtrennen … Sand werfen … Blenden … nein. Auch wenn ich sie damals ernst genommen hatte, wie sicher auch meine Gegner, hatte es sich bei diesen beiden Ehrenhändeln, die schon nach dem ersten Blutstropfen geklärt waren, zweifelsohne nicht um echte Schlachten gehandelt.

Janos sah dem Drill ausdrucks- und kommentarlos zu, dann kam er zu uns herüber. »Guten Morgen, mein Freund«, sagte er. »Wie Ihr seht, verhindere ich gerade, daß aus diesen feinen Soldaten Kleiderständer werden. Wie geht es Eurem Kopf heute morgen?«

»Das ist das erste, was mich alle fragen«, sagte ich. »Ich glaube kaum, daß ich *so* betrunken war.«

»Das glauben wir nie«, sagte Janos. »Womit kann ich Euch zu Diensten sein?«

Ich nahm den Geldbeutel von Eanes und reichte ihn weiter. »Bitte nehmt diese kleine Entschädigung für meine ungebrochenen Knochen – und meinen Ruf.«

Janos wog den Beutel, dann gab er ihn zurück. »Danke, aber es bedarf keiner Belohnung dafür, daß man eine Hyäne von einem schlafenden Opfer verjagt.«

»Ich … ich wünschte, Ihr würdet es annehmen«, sagte ich vorsichtig. »Allen Ernstes, der Schatten meiner Schuld Euch gegenüber ist schon überlang.«

Janos nickte nachdenklich und nahm den Beutel. Dann wandte er sich den Kämpfenden zu. *»Stillgestanden.«* Sein Schrei ließ den des

Sergeanten wie das Quieken einer Maus erscheinen. »Dieser hohe Herr«, sagte er ohne Vorrede, »hat aus mir unbekanntem Grund beschlossen, euch eine Vergünstigung zukommen zu lassen.« Janos warf Maeen den Beutel zu. »Die Kohorte wird heute zum Abendessen Fleisch bekommen«, kündigte er an. »Und je einen Schlauch Wein für zwei.«

Vereinzelt war Beifall zu hören, dann fiel Stille wie ein Vorhang über die Männer, als Janos' Miene zu Eis erstarrte. »Keineswegs«, sagte er mit ruhiger Stimme, »habe ich irgend jemandem von euch Erlaubnis zu sprechen gegeben. Von Rechts wegen sollte ich mich für euch schämen und eurem hochgestellten Bewunderer das Geld zurückgeben. Doch das werde ich nicht tun. Ihr scheint noch gut bei Atem zu sein, und das ist gut so. Sergeant, schickt sie auf den Gipfel des Aephens'. Ihr selbst bleibt unten. Schickt sie hinauf und hinunter, bis Ihr nicht mehr zusehen mögt.« Der Berg Aephens war drei Wegstunden entfernt und beinah eine Wegstunde hoch, mit dichtem Gestrüpp, tiefen Schluchten und zerklüfteten Felsen. »Da sie heute abend schlemmen werden, wird ihnen das Fasten über Mittag guttun. Das wäre alles.« Wenige Augenblicke später trotteten die Soldaten der Kohorte von dannen, und Maeen bellte irgendeinen obskuren Singsang.

»Niemals«, sagte Janos, als er sich zu uns gesellte, »darf man Soldaten glauben lassen, man versuche, sich bei ihnen einzuschmeicheln.« Dann blieb er stehen und lächelte entschuldigend. »Tut mir leid. Den ganzen Morgen spiele ich jetzt den Einpeitscher, und es fällt mir schwer, dieses Mäntelchen wieder abzulegen.«

Er schob sein Schwert in die Scheide. Mit einigem Interesse hatte ich bemerkt, daß die Klinge dieser Waffe länger und schmaler war als die üblichen Schwerter der Armee. Dazu war sie auf beiden Seiten geschärft. Seltsamer noch fand ich das Wellenmuster darauf. Offensichtlich bestand sie aus feinstem, gewässertem Stahl, doch der Korb war schlicht und einfach. Sicher hätte sich ein Hauptmann doch –

selbst wenn er erst kurz in Orissas Diensten stand – ein wenig Gold und Silber oder Verzierungen leisten können, um mit seinem Rang zu prahlen. Greycloak trug die Scheide um den Rücken geschlungen, so daß der Griff des Schwertes über seiner rechten Schulter aufragte. Höchst ungewöhnlich, aber ein solches Arrangement hatte ich schon gesehen, und zwar bei einem Barbaren aus dem Grenzgebiet jenseits von Lycanth. Darauf angesprochen hatte mir der Bursche erklärt, diese Lösung erleichtere es einem nicht nur, die Waffe zu ziehen, wenn man zu Fuß oder zu Pferde unterwegs war, sondern sie verhindere außerdem, daß einem das Schwert zwischen die Beine geriet und einen stolpern ließ, wenn man betrunken war. Wie der Barbar trug auch Janos seinen Dolch so in seinem Gürtel, daß er ihn mit links greifen konnte: eine praktische Waffe mit einer Klinge, die nicht länger als ein Unterarm war, ganz im Gegensatz zu den großen, spitzen Dolchen, die Meuchelmörder bei sich trugen. Wie bei dem Schwert waren auch Knauf, Griff und Korb des Dolchs ohne jeden Schmuck. Ich nahm mir vor – sollte mein Plan gelingen –, dafür zu sorgen, daß Greycloak auf eine Weise bewaffnet würde, wie es einem Gefolgsmann der Familie Antero gebührte – und bewies damit, daß ich sogar noch weniger von echten Waffen verstand, als man annehmen sollte.

»Laßt mich den Staub vom Gesicht waschen und mich umziehen«, sagte Janos. »Ich kenne eine Weinschänke, die für den Sold eines Soldaten ganz anständige Trauben bietet. Wollt Ihr mich begleiten?«

Das wollte ich allerdings.

Das Wirtshaus war mir nicht unbekannt. Es handelte sich um einen beliebten Treffpunkt für Kaufleute, nicht nur nah am Zentralmarkt gelegen, sondern auch direkt am Fluß. Ein mißtrauischer Händler konnte zusehen, wie seine Ware ge- oder entladen wurde, und dabei schon den nächsten Vertrag abschließen. Ich warf Eanes eine Viertelmünze zu, und er gesellte sich in einer nahegelegenen Laube zu anderen Sklaven, die dort der Anweisungen ihrer Herren harrten. Wir fanden einen Tisch, und ein Kellner brachte Wein, Wasser, einen Teller mit eingelegten Oktopus-Tentakeln, Oliven in Öl und dazu Käse. Beide verdünnten wir unseren Wein. Ich wollte nicht, daß Greycloak mich für einen Säufer hielt.

»Heute morgen beim Essen«, begann Janos beiläufig, »erwähnte ich unser Treffen gestern abend, wenn auch ohne die interessanten Details preiszugeben. Einer der Offiziere sagt, Ihr plant eine Reise. Er nannte es … suche deinen eigenen Wind? Er sagte es, als wäre es ein Brauch, den ich kennen sollte, was nicht der Fall ist.«

Ich nahm mich zusammen, versprach jedoch, unserem Hausgott zu opfern und allen anderen Göttern, die über unsere zufällige Begegnung gewacht hatten. Es war, als wäre ich ein alter Mime, und ein anderer Schauspieler rezitiere die einstudierten Worte … und gäbe mir mein Stichwort. Ich erklärte, die Suche nach dem eigenen Wind sei weder ein Gesetz noch ein Ritus in Orissa, sondern ein Brauch, genau wie Janos es ausgedrückt hatte. Wenn der Sohn eines Kaufmanns mündig wurde, leitete er der Sitte nach eine Handelsexpedition. Zur Mannschaft gehörten dabei der junge Mann, so viele Begleiter oder Freunde, wie er für nötig erachtete, selbstverständlich ein Geisterseher, und um der Sicherheit willen eine kleine Militäreskorte. Der junge Händler sollte neue Länder entdecken, neue Reichtümer und neue Kunden, wie schon sein Vater und der Vater seines Vaters es getan hatten. Dieser Brauch diente dem Zweck, daß Orissa auch in der kommenden Generation Königin der Handelsstädte der uns bekannten Welt blieb, bis der junge Mann selbst einen Sohn großzog und diesen auf die Suche nach seinem eigenen Wind schickte.

Janos lauschte aufmerksam, als wären meine Worte das einzige, was auf dieser Welt existierte. Ich muß zögerlich geklungen haben. Etwas zu erklären, was man stets für allgemein bekannt gehalten hat, ist sehr schwierig, aber ich wollte mich klar und präzise ausdrücken, denn der Grund, weshalb ich Hauptmann Greycloak aushorchte, war der, daß ich testen wollte, ob er zum Kommandeur meiner eigenen Wache geeignet wäre. Ich kannte nur wenige Soldaten, und die hatten sich eher in Weinschänken und bei Zeremonien bewährt als in einem Hinterhalt von Feinden. Traditionell wurden die Teilnehmer an Entdeckungsfahrten und Handelsexpeditionen aus der Armee Orissas rekrutiert. Die Stadt sparte Sold, wenn die Männer einem Kaufmann dienten, und die Soldaten erhielten außerdem einen Bonus, der sich nach dem Erfolg der Expedition richtete.

Nachdem ich meine sorgsam formulierten Ausführungen beendet hatte, dachte Janos einen Moment lang nach und fragte dann: »Wie lange wird das schon so gehandhabt?« Ich wußte es nicht genau, aber mein Vater hatte mir von der Entdeckungsfahrt des Vaters seines Vaters seines Vaters erzählt. Soweit ich wußte also: schon immer.

»Das verblüfft mich«, sagte Janos. »Jedes Jahr fährt jemand – oder fahren mehrere – hinaus, um neue Welten zu entdecken. Und doch gibt es auf den Karten, die ich in Orissa gesehen habe, große Gebiete, die als unbekannte Länder gekennzeichnet sind. Werden die Funde einer solchen Suche denn geheimgehalten und sind nur euch Kaufleuten und euren Herrschern gekannt?«

Alle Händler haben Geschäftsgeheimnisse, und jede Neuentdekkung behält man für sich, solange sie profitabel ist, aber das war nicht alles. In Wahrheit führte die Suche der jungen Männer heute nicht mehr in vollkommen unbekannte Länder, sondern mit großer Wahrscheinlichkeit gen Westen in Städte und Regionen, die den Orissanern bekannt waren. Ein verwegener Sucher mochte vielleicht ein Stück gen Süden reisen, wenn nicht gar bis zum Reich der Eisbarbaren. Eben das hatte mein Vater bei *seiner* Suche getan. Aber damit hatte er sich auch gleich den Ruf erworben, unnötig verwegen zu sein – so zumindest hatte ich es die Kaufleute seiner Generation sagen hören, wenn der Wein ihre Zungen gelöst hatte. Manch junger

Mann hoffte, seine Reise würde vor allem zur Erkundung feiner Weine und williger Mädchen fremder Städte beitragen. Außerdem war es in gewisser Weise ein Test: Ein Mann, der von der Suche heimkehrte und die Fähigkeit bewiesen hatte, mit den Kunden seines Vaters auszukommen, oder ein paar neue Märkte oder Waren erschlossen hatte, und dem es gelungen war, sich nicht von Banditen überfallen und umbringen zu lassen … einen solchen Mann lobte und rühmte man. Es war tatsächlich nicht ganz ungefährlich: Ich hätte mir Janos nicht ausgesucht, wenn die Suche nicht mehr als eine Abfolge üppiger Landschaften, Frauen, Mahlzeiten und Getränke gewesen wäre. Doch da ich der wahre Sohn des wortgewandtesten Kaufmanns von ganz Orissa war, legte ich das Hauptgewicht auf die Romantik, nicht auf die Gefahr.

»Jetzt verstehe ich.« Janos drehte den Kelch zwischen den Fingern. »Also dann: In welche Richtung soll Eure Suche gehen?«

Ich starrte ihn an. Entweder hatte ich mich nicht deutlich genug ausgedrückt, oder eine solche Suche war in der Welt, aus der er kam, etwas vollkommen Unbekanntes. »Nun, nach Westen natürlich.«

Es folgte eine Pause. Janos sah mich an, dann lächelte er, und die Sonne kam noch einmal durch. »Ja. Wie Ihr sagtet: Natürlich.« Er leerte seinen Kelch. »Vielleicht sollten wir etwas Gehaltvolleres als diese Bissen zu uns nehmen, bevor wir weitertrinken. Wenn ein Ausländer wie ich jegliche Ambitionen auf eine Beförderung über den Rang eines Hauptmanns hinaus aufgeben will, torkelt er am besten schon vor Sonnenuntergang durch die Straßen. Betrachtet Euch von mir eingeladen.«

Er klopfte mir auf die Schulter, warf Münzen auf den Tisch, und wir verließen die Schänke. Er sagte nichts … und seine Miene gab noch weit weniger preis. Dennoch hatte ich das Gefühl, als hätte ich eine Prüfung nicht bestanden.

Orissa war damals, als wir an diesem sonnigen Frühlingstag durch die verschlungenen Straßen wanderten, eine wunderschöne Stadt. Und wenigstens dieses eine Mal versuchte Eanes nicht, seine Weisheit zur Schau zu stellen, und blieb fünf Schritte hinter uns. Orissa war damals viel bescheidener als heute. Man fand noch einen Bauernhof neben einer Schmiede und die Hütte eines freien Bauern gleich hinter einer weitläufigen Villa wie der meines Vaters. Damals gab es noch viel weniger Menschen hier, und daher war das Land offener. Die große Stadt und ihre Vororte und Außenbezirke zählten nicht mehr als dreimal zehntausend Freie und dieselbe Anzahl Sklaven. Kein Narr hatte bisher einen großen Plan für die Stadt erarbeitet, wie er erst kürzlich vorgelegt wurde, der Orissa in einen ebensolchen Alptraum an Ordnung wie Lycanth verwandeln sollte. Die Hügel, auf denen die Zitadelle des Hohen Rates thronte, schillerten wie Regenbogen, jedes Haus und jeder Laden bunt bemalt, wie es seinem Besitzer gerade gefiel. Die zahllosen Schattierungen von Rot, Blau, Gold und sogar Violett ließen Orissa wie die Palette eines Malers aussehen. Ein Besucher aus dem Westen hatte einmal gesagt, Orissa wirke wie ein Elsternnest, würdelos durch die Vielfalt der Farben. Mein Vater hatte ihn mit kaum verhohlener Geringschätzung angesehen und gefragt, ob er glaube, man würde Orissa auch noch als Königin der Städte bewundern, wenn – wie in Lycanth – die Häuser und Straßen grau und schwarz wären oder man sie schamerfüllt in ihren üblichen steinernen oder hölzernen Farben beließe. So machten es die großen, behaarten Unmenschen der nördlichen Tropen, um ihre Unterstände im Dschungel zu verbergen, und auch die Barbaren im Eis versuchten vorzugeben, ihre großen, nackten Steinmonolithen demonstrierten allein tugendhafte Schlichtheit und keineswegs einen Mangel an Phantasie oder an Mut, neidischen Göttern ihre Pracht ins Gesicht zu schreien.

Schließlich fanden wir uns auf der Straße der Götter wieder. Mitten auf der Fahrbahn – als wäre dort kein anderer Verkehr – kam uns ein Meistergeisterseher entgegen. Sein Name war Jeneander. Vor ihm schritten nackte Dienerinnen, die Leiber kahlgeschoren, und hinter ihm sein Gefolge von Handwerkern, Experten und Sekretären. Ich wandte mich ab, verbeugte mich nicht und tat, als sei ich urplötzlich wie entzückt von einem schäbigen Tabernakel, in dem einer Gottheit der Obstbauern gehuldigt wurde. Aus dem Augenwinkel sah ich, daß Janos ein Zeichen der Ehrerbietung machte. Dann drehte er sich in dieselbe Richtung um, in die ich blickte. Er stieß ein kaum hörbares Glucksen hervor.

»Selbst hier in Orissa«, murmelte er, »gilt es als Zeichen größten Unglücks, wenn ein Geisterseher deinen Weg kreuzt. In manchen Orten, die ich besucht habe, bedeutete die Begegnung mit einem solchen Mann oder einer solchen Frau, daß man heimkehren und umgehend ins Bett sollte, oder sonst mit dem allerschlimmsten aller namenlosen Schicksale rechnen muß.«

Ich nickte und sagte etwas in der Art von: Ja, sogar die Vernünftigsten von uns folgten einem gewissen Aberglauben. Doch die wahre Erklärung gab ich ihm nicht. Es war kein Aberglaube, sondern blanker Haß, denn die Geisterseher hatten meinen Bruder ermordet.

Kapitel Vier

Tanz der Fernen Königreiche

Wir schlenderten durch einen Skulpturengarten in der Nähe unserer Villa, als ich wieder auf mein Thema zu sprechen kam. Wir hatten uns über alles und nichts unterhalten und jeder den anderen beäugt. Schließlich hatte ich meinem neuen Freund gegenüber genug Vertrauen geschöpft, daß ich etwas äußerte, was mich schon länger beschäftigte. »Ich habe Euren mißbilligenden Blick gesehen, als ich sagte, meine Entdeckungsfahrt solle gen Westen gehen«, sagte ich.

Abrupt blieb Janos stehen, brummte gedankenverloren und strich seinen Bart glatt. Was er tat, ermöglichte mir einen weiteren Einblick in die Absichten des Gottes, der über die Gesichtsbehaarung wacht: Bartstreichen schien einem argwöhnischen Mann eine wundervolle Möglichkeit zu geben, seine Worte genau zu wählen, bevor sie herausstolperten. »Ich muß wohl um Verzeihung bitten«, sagte er.

»Ich dachte, ich sei geübter in der Kunst der Höflichkeit, als dies offensichtlich der Fall ist. Ihr scheint einiges Talent zum Seher zu besitzen.«

»Das ist keine Zauberei«, sagte ich. »Ich bin nur jemand, der es leid ist, für einen reichen Dummkopf gehalten zu werden. Ihr solltet die unzähligen Fliegen sehen, die einen umschwirren, wenn man einen reichen Vater hat, und die einem unaufhörlich versichern, wie klug man sei, wie gutaussehend, wie fähig als Mannschaftskapitän beim Sport. Selbst deine Liebeskunst ist angeblich schwindelerregender als alles, was sie je erlebt haben. Und könntest du vielleicht etwas aus deinem Geldbeutel entbehren, nur für ein paar Tage, Amalric, mein Freund?«

Janos nickte. »Die beste Art zu leben – und ich wünschte, sie wäre möglich – besteht darin, ehrlich zu sein. Wir müssen nur eine Welt finden, in der alle um uns herum ebenso tugendhaft sind. Und so dickhäutig. Ich gestehe, daß ich mißbilligt habe, was Ihr für die Suche nach Eurem eigenen Wind geplant habt, weil ich Euer Vorgehen nämlich nach dem beurteilt habe, was *ich* an Eurer Stelle tun würde.«

»Und was *würdet* Ihr tun, Freund Janos? Wenn Ihr Euch auf geheimnisvolle Weise in Amalric Antero verwandeln könntet?«

»Zuerst würde ich einen gewissen Janos Greycloak mit Reichtümern ausstatten, die seine kühnsten Träume übersteigen, damit er niemals wieder vor fetten, alten Narren strammstehen muß. Dann würde ich meinen eigenen Wind suchen – im Osten. Und falls ich es überlebte, würde meine Suche mich nicht nur reich machen und mir Wissen und Macht verleihen, die selbst die des altehrwürdigsten Geistersehers überstiege, sondern dafür sorgen, daß mein Name von jenem Tag an bis ans Ende aller Zeiten unvergessen bliebe.«

»Ah«, sagte ich lächelnd. »Ihr würdet die Fernen Königreiche suchen.«

»Genau die.«

Ich fing an zu lachen, denn ich hatte nur im Scherz gesprochen. Aber dann sah ich, daß es ihm todernst war. »Ihr glaubt, daß dieses Land existiert?«

»Ich glaube es nicht, ich *weiß* es.«

»Oh.« Ich merkte, daß bei mir eine Klappe fiel, wie es geschieht, wenn ein anerkannter Lehrer verkündet, es gäbe Welten jenseits unserer eigenen, oder ein weiser Mann wegen einer hohlköpfigen Dirne wie ein läufiger Ziegenbock zu sabbern beginnt.

Als Junge hatte ich begierig den Geschichten von der Macht der Fernen Königreiche gelauscht, die im fremden Osten liegen sollten, weit abseits der bekannten Welt. Die meisten Darstellungen stimmten darin überein, daß sie am anderen Ufer der Meerenge des Schmalen Meeres liegen sollten, jenseits der gottverlassenen Pfefferküste, in unerforschtem Territorium. Wenn ein Mann eine derart haarsträubende Seereise überstand, was – worin sich alle einig waren – kein Lebender schaffen würde, da wir den Riesen aus alten Zeiten nicht das Wasser reichen konnten, sollte er sich angeblich in einem Land sagenhaften Reichtums und phantastischer Zauberkünste wiederfinden. Stets war ich – obwohl ich einige der Geschichten als Knirps selbst erzählt hatte – davon ausgegangen, die Fernen Königreiche seien Denkbeispiele der Philosophen, Bauernträume oder Märchen der Barden. In der Vergangenheit hätte ich bei einer Bemerkung, wie Janos sie eben gemacht hatte, höflich gelächelt, eine Weile weitergeplaudert, mich entschuldigt und mich dann aus dem Staub gemacht, um mir für meine Suche einen anderen Offizier zu suchen. Doch jetzt – hart auf meinem neuen Kurs der Ehrlichkeit – drängte ich ihn, fortzufahren.

»Wie mein Vater und alle *gebildeten* Männer, die ich kenne, habe ich immer angenommen, die Fernen Königreiche wären nur ein Traum. Es gibt ja auch Bauern, die glauben, es hätte früher mal ein Goldenes Zeitalter existiert, in dem alle Männer Helden waren, alle Frauen Jungfrau-Hure-Mutter, und in dem alles umsonst war.«

Und Janos fragte: »Was könnte Euch davon überzeugen, daß ein Traum tatsächlich wahr ist?«

Seine Frage ließ mich zusammenzucken, was ich verbarg, da mir eben ein anderer Traum einfiel: der Traum von dem einäugigen Mann in der Höhle am Fluß – der Alptraum, der mich plagte, seit ich Melina kannte. Es war, als sei der Frühlingstag ganz plötzlich abgekühlt. Dann zwang ich mich, nicht mehr daran zu denken und mich statt dessen Janos' Frage zu widmen. »Ich weiß nicht so genau. Und ich will auch nicht klingen wie ein Gelehrter, der darüber lamentiert, ob ein Mann träumt, er sei ein Schmetterling, oder ein Schmetterling träumt, er sei ein Mann. Schmerzen? Ich habe in Träumen schon geblutet. Daß sie scheinbar ewig weitergehen? Ich habe fast alles im Leben schon geträumt.«

»Ich will Euch drei Argumente nennen, wenn auch nicht so, wie die Logiker es uns lehren«, erwiderte Janos. »Mit dem schlagendsten fange ich an. Mit diesem.« Er nahm eine dünne Kette von seinem Hals und reichte sie mir. Es hing etwas daran: die kleine, zerbrochene Statuette eines tanzenden Mädchens, das seine Arme über dem Kopf ausstreckte. In einer Hand mochte die Tänzerin einmal ein flatterndes Tuch oder einen Schleier gehalten haben. An der Hüfte war die Figur zerbrochen. Sie war vielleicht aus Silber oder irgendeinem anderen mehr oder weniger kostbaren Material gefertigt, doch inzwischen war sie angelaufen. Die Qualität jedoch war exquisit. Das Mädchen strahlte vor Glück, und mit einem Goldschmiedeglas hätte man jedes Detail des Gesichts und der Arme erkennen können. »Eine Schönheit«, sagte ich schließlich. »Aber in den Werkstätten unserer Meister habe ich schon ähnliche Arbeiten gesehen.«

»Berührt sie.« Das tat ich – und die Figur begann zu leben. Die Kette schien zu verschwinden, und die halbe Frau tanzte auf einer unsichtbaren Plattform direkt vor meinen Augen. Statt des angelaufenen Silbers war ihre Haut nun von sanftem Elfenbein, mit dunkelroten Knospen. Ihr Haar war schwarz, ihr dünnes Kleidchen violett. Ich zog meinen Finger zurück, und wieder hielt ich nur ein schmutziges, zerbrochenes Schmuckstück in Händen.

»*So* etwas habe ich noch nie gesehen und auch nie davon gehört«, gab ich zu.

»Und auch sonst niemand in diesem Land«, sagte Janos. »Ich habe Priester und Geisterseher konsultiert, aber keiner kennt die nötigen Zaubersprüche, mit denen sich ein solches Ding erschaffen ließe. Tatsächlich hat mir ein Dummkopf erklärt, es widerspräche sämtlichen Gesetzen der Thaumaturgie, und daher müsse es sich hier um Schwarze Magie handeln. Er verlangte, ich solle es ihm aushändigen, damit er es ›reinigen‹ könne. Ich nahm es wieder an mich und beschrieb ihm detailliert, womit er rechnen müsse, wenn er die Figur irgend jemandem gegenüber erwähnen sollte.«

»Woher habt Ihr sie?«

»Mein Vater hat sie mir zu meinem ersten Geburtstag geschenkt. Damals war sie noch nicht zerbrochen. Als ich sechs war, erzählte er mir, woher sie kam. Meine Mutter sagte, die Tänzerin habe ihn drei Schlachtrösser gekostet, Hengste, deren Stammbaum bis zum Pferdegott persönlich zurückreichten.«

»Euer Vater sagte, sie stammt aus den Fernen Königreichen?« mutmaßte ich.

»Ja.«

Ich schwieg und dachte wieder an jene Bauernmärchen von den geheimnisvollen Ländern im Osten. Daß dort große Hexenmeister herrschten und sie Schlachtenzauber schaffen konnten, der selbst dem stärksten Gegenzauber widerstand. Daß die Straßen und Statuen aus purem Gold seien. Hier hatte ich den Beweis für die Arbeit eines echten Meisterzauberers, etwas, das selbst der geschickteste Geisterseher von Orissa als Krönung seiner Laufbahn betrachtet und eines königlichen Hochzeitsgeschenks für würdig erachtet hätte.

»Wie ist es zerbrochen, wenn ich fragen darf?«

Janos' Miene rührte sich nicht. »Heute ist nicht der Tag für eine solche Geschichte«, sagte er.

Ich wechselte das Thema. »Euer erstes Argument hatte Gewicht«, sagte ich und gab Janos die Figur zurück. »Aber um der Sturheit willen muß ich sagen, daß niemand alle Zauberer der Welt kennt. Nicht nur solche aus noch unentdeckten Städten, sondern auch diejenigen, die in einsamen Refugien leben ... im Dschungel oder in den Bergen.«

»Wohl wahr. Doch keine sehr schlagende Erwiderung. Mein zweites und mein drittes Argument sind etwas weniger substantiell, da ich Euch nichts in die Hand geben kann. Ihr habt gehört, daß man mich einen Lycanther nennt. Allerdings bin ich keiner, auch wenn ich einige Jahre in ihren Diensten gestanden habe. In Wahrheit komme ich aus einem Land am Schmalen Meer gegenüber von Lycanth, aus Valaroi. Ein Land mit hohen Bergen und kleinen Tälern. Kostroma heißt die Stadt.«

»Ich habe noch nie davon gehört«, gestand ich.

»Nein. Das habt Ihr sicher nicht.« Er wollte sich näher erklären, dann änderte er seine Meinung. »Nicht weit von der Festung meiner Familie verlief eine Handelsroute. Die Händler zahlten meinem Vater Wegezoll und hielten dort Basare ab. Diese Märkte fanden zweimal, manchmal dreimal jährlich statt, und für uns waren sie so aufregend wie der Tag der Ansaat. Manchmal lud mein Vater einen der Kaufleute in unser Haus und bewirtete ihn überschwenglich. Nicht nur aus Höflichkeit, sondern weil es für unser abgelegenes Land die einzige Möglichkeit war, die Welt kennenzulernen. Unter den Geschichten, die sie erzählten, war auch die von den Fernen Königreichen.«

»Ich muß Euch unterbrechen«, sagte ich. »Ihr wollt mir doch nicht erzählen, Ihr würdet dem Wort eines Händlers trauen? Wir sind bekannt dafür, daß wir schwören, ein Meter Ware sei speziell für die große Zeremonie einer Hohepriesterin gewoben worden, wenn so der Preis um eine Kupfermünze oder zwei nach oben zu treiben ist.«

»Nichtsdestoweniger«, sagte Janos, »war es höchst interessant, ihren Erzählungen zu lauschen, und keiner von ihnen hat je behauptet, er habe die Fernen Königreiche bereist. Ebensowenig hat einer vorgegeben, er sei auch nur deren Grenzsteinen nahe gekommen. Aber *alle*, die gen Osten gereist waren, hatten bestimmte Waren gesehen. Luxusgüter, die man von Hand zu Hand gereicht hatte und deren Preis mit jedem Tausch gestiegen war. Manchmal zeigten sie uns sogar ein solches Spielzeug, etwas, das den bescheidenen Gewinn aus den Herden meines Vaters weit überstieg: Lauten, die einen Stallburschen wie einen erstklassigen Troubadour klingen ließen, einen Umhang oder auch einen Schleier, der die derbste Dienstmagd in eine strahlend schöne Verführerin verwandelte. Und es gab noch andere Dinge – wie mein kleines, tanzendes Mädchen –, die noch viel erstaunlicher waren. Zauberdinge jenseits von allem, was wir kannten. Und bis heute übertreffen sie alles, was ich auf meinen Reisen erlebt habe.«

Ich sagte nichts. Für Janos mag dieses zweite Argument nur leeres Geschwätz gewesen sein, doch nicht für den Sohn eines Handelsfürsten. Auch wir hatten von Dingen gehört, die uns in Staunen versetzten, selbst wenn sie nicht so exotisch waren wie Janos' kleine Tänzerin. Und es wurde behauptet, sie stammten aus den Fernen Königreichen, was rundum stets schallendes Gelächter hervorrief. Da bekannt war, daß sich manch mächtiger Zauberer an einsamen Orten versteckte, schrieb man diese Dinge gewöhnlich dem einen oder anderen unter ihnen zu. Doch wieso – das fragte ich mich plötzlich – hielt man es für logischer, an einen Hexenmeister zu glauben, der sich in einem Sumpf versteckte, an einen Zauberer im Dschungel, einen Magier auf dem Gipfel eines Berges, als theoretisch davon auszugehen, es könne eine einzige Quelle für all diese Wunderdinge geben?

Diese Frage stellte ich Janos. »Das ist leicht zu beantworten«, sagte er. »Seit wann nimmt ein Mensch gern an, daß es einen Menschen oder einen Ort gäbe, der kultivierter und zivilisierter wäre als er selbst und seine Heimat?«

Ich nickte. »Ja. Mein Vater hat mich oft genug daran erinnert, wenn ich in die Ferne ginge, solle ich nicht laut mit den Wundern Orissas prahlen. Solche Großtuerei, selbst wenn sie der Wahrheit entspricht, erntet bei Provinzlern nichts als Ablehnung, selbst wenn sie zu staunen vorgeben, während man prahlt. Eure Argumente greifen besser als ich dachte, Hauptmann Greycloak. Was ist das dritte davon?«

»Vielleicht sollten wir eine andere Weinschänke finden, bevor ich es Euch unterbreite, denn diese Geschichte scheint einem gut geölt leichter einzugehen. Und sie sollte nur erzählt werden, wenn man genug getrunken hat, denn draußen herrscht Sturm, und bald ist Mitternacht.«

»Eine Geistergeschichte? Dafür habe ich eine Schwäche«, sagte ich.

»Geister? Ich weiß nicht. Ihr könnt sagen, was Ihr wollt, aber dieses Geschichte habe ich selbst erlebt.«

Wir fanden eine Schenke mit angrenzendem Garten und ein freundlich lächelndes Mädchen, das uns edlen Wein servierte.

»Es gab Zeiten«, sagte Janos, »in denen unser Aruspex träumte, der Augenblick sei gekommen, ein bestimmtes Tier zu opfern, das man aus der Herde meiner Familie wählte. Meist gaben die Eingeweide nichts preis, nur gelegentlich sah der Wahrsager etwas Entsetzliches. In einem solchen Fall verfügte er eine Ausgangssperre. Alle Männer und Frauen, Mädchen und Jungen aus unserem Tal mußten von Sonnenuntergang bis Sonnenaufgang in den Häusern bleiben. Die Herden wurden freigelassen, die Wachttürme vier Nächte nicht besetzt.

Unser Volk saß kauernd um die Öfen, die Fensterläden und

Vorhänge fest verschlossen. Manchmal … selten … hörte man ein Donnern wie von Reitertruppen, wenn sie auf Patrouille gehen. Es gab welche, die behaupteten, sie könnten das Knarren der Geschirre und sogar das Klappern von Hufen auf dem Kopfsteinpflaster hören, wenn die Patrouille über einen unserer wenigen gepflasterten Plätze ritt. Nur fanden sich im Morgengrauen keine Hufspuren auf den Straßen. Nirgendwo.«

»Was war bei Nacht da draußen?« fragte ich. »Oder war es nur ein Gewitter? Die Götter können bezeugen, daß ich mir – wenn ich als kleiner Junge nachts wach lag – oft genug sicher war, alle möglichen Dämonen auf den Straßen vor unserer Villa gehört zu haben, oder manchmal auf dem Dach gleich über meinem Balkon, wo sie darauf warteten, über mich herzufallen. Ich nehme an, ich wäre dumm genug gewesen, unbemerkt hinauszuschleichen, um mir diese Geisterreiter anzusehen.«

»Genau das habe ich getan.« Janos lächelte beinah, zur Anerkennung meiner theoretischen Kühnheit. »Ich ließ mich aus meiner Schlafkammer mit einem Seil hinunter, das ich aus dem Wachraum gestohlen hatte, als der Prophet gerade seine letzte Warnung rief.«

»Aber natürlich erschienen die Reiter an diesem Abend nicht«, mutmaßte ich.

»Im Gegenteil. Klugerweise hatte ich allen Berichten gelauscht und mir eine kleine Karte der Gegend um unsere Zitadelle geschnitzt. Auf ihr hatte ich markiert, wo die Reiter am häufigsten gehört worden waren. Einer dieser Orte war ein schmaler Paß, etwa acht Speerwürfe – so maßen wir die Dinge in Kostromo, was etwa das Drittel einer Wegstrecke wäre – jenseits der Ställe meines Vaters. Ich versteckte mich in einem Olivenbaum unterhalb des Passes. Der Mond stand etwas mehr als halbvoll. Dann wartete ich. Da ich vielleicht acht oder neun war, habe ich wahrscheinlich geschlafen, trotz der Aufregung. Lärm weckte mich. Genau wie die Hirten gesagt hatten, hörte ich das Donnern von Pferdehufen.«

»Aber gesehen habt Ihr nichts.«

»Nicht auf dem Paß«, sagte Janos und blickte in seinen Kelch, als wäre dieser ein Orakelteich, in dem die Vergangenheit zu sehen war. »Aber ich sah, wie etwas – zweimal etwas – auf den Hügel über dem Paß kam. Zwei Reiter. Männer, so glaubte ich. Sie trugen Rüstungen, oder zumindest sah ich Schild und Speere schimmern. Helme mit hohen Kämmen. Selbst ihre Pferde schienen gepanzert, denn ich sah, wie sich der Mond am Schädel eines Rosses spiegelte. Sie postierten sich genauso, wie ich es jetzt anordnen würde, wenn ich eine Patrouille in feindliches Gebiet führen sollte – mit Blick über den Paß, damit meine Streitkräfte nicht in einen Hinterhalt gerieten. Das Donnern der Hufe wurde lauter und verging. Als das Geräusch vom Paß verschwunden war, galoppierten die beiden Vorreiter hinab, um sich den anderen anzuschließen. Dann erstarb das Donnern. Sie ritten gen Osten – wo der Legende nach die Fernen Königreiche liegen sollen. Ich floh zurück in unsere Burg und in mein Bett, als würde ich verfolgt.«

»Und am nächsten Morgen, als Ihr noch einmal dort wart?«

»War nichts zu sehen. Keine Hufspuren im weichen Boden des Hügels und auch nicht auf dem Paß. Keine Anzeichen dafür, daß ein Spähtrupp vorbeigeritten war.«

»Ein Traum«, sagte ich enttäuscht, weil in Janos' Geschichte weder ein blutiger Schädel, ein verschollener Bauer oder eine Herde vorgekommen war, die sich in Panik über ein Kliff gestürzt hatte.

»Zweifelsohne«, stimmte Janos mir zu. Er sah auf die Sonnenuhr draußen vor dem Garten. »Und im Augenblick habe ich den Alptraum, daß ich heute abend Wachhabender bin und mir kaum noch Zeit bleibt, in die Kaserne zurückzukehren und mich herauszuputzen, damit ich auf meinem Posten mit den Waffen klirren kann.

Ich habe diesen Tag genossen, mein Freund«, sagte er und zog gegen meinen Einwand Silber aus seinem Gürtel. »Und Ihr habt mich davon überzeugt, daß es so etwas wie die Fernen Königreiche gar nicht geben kann. Vielleicht treffen wir uns eines Tages wieder? Vielleicht kann ich Euch helfen, Eure Suche zu planen, denn einige kleinere Reisen gen Westen habe ich schon unternommen.« Und fort war er.

Ich blieb sitzen und bestellte noch einen Krug Wein, zum Teil, weil ich neugierig war, wen von uns beiden die Kellnerin angelächelt hatte, zum Teil, um darüber nachzudenken, was er mir erzählt hatte. Denn irgendwie spürte ich – trotz Janos' Beteuerungen, er sei zur Logik bekehrt – irgendwo dort draußen, weit im Osten, die drohende Finsternis und das Gold der Fernen Königreiche.

In den folgenden Wochen traf ich Janos mehrmals, wenn er dienstfrei hatte. Von Melinas Zauber befreit, bereitete ich mich auf meine Suche vor, sprach mit älteren Händlern und sammelte unten am Hafen Erzählungen von Reisenden und Seeleuten, wie ich es schon als Junge getan hatte. Nur wußte ich diesmal, was ich suchte. Vater nahm meine neue Ernsthaftigkeit offenbar anerkennend auf, denn immer seltener bekam ich seine ironischen Kommentare zu hören. Außerdem sammelte ich alle möglichen Erzählungen über die Fernen Königreiche, in dem Versuch, einen Sinn darin zu finden. Es war unmöglich. Für jede Geschichte, die Fernen Königreiche hätten einen Zauber, der Pferde fliegen ließ, gab es andere, die besagten, die dortigen Geisterseher seien so mächtig, daß gar keine Pferde nötig waren – Dinge und Menschen flögen aus eigener Kraft durch die Lüfte.

Einige dieser Geschichten erzählte ich Janos. Höflich, wenn auch skeptisch, hörte er zu. Fast war es, als interessiere er sich gar nicht so sehr dafür. Tatsächlich verhielt er sich so, wie ich es heutzutage tue, wenn ich einem knauserigen Schneider eine Ladung Brokat anbiete, die etwas mehr kostet, als er zu zahlen bereit ist. »Ich gebe Euch recht, mein Herr, daß dieser Stoff, egal wie außergewöhnlich und fein er sein mag, teuer ist. Ich selbst mußte zwei Wochen lang schrecklich schachern, bis ich ihn mir leisten konnte.« Oder: »Natürlich muß dieses Material sorgsam bearbeitet werden und ist nur für anspruchsvollste Kunden gedacht.« Und so weiter und so fort, bis sich der arme Kerl mit Mordgedanken trägt, wenn ich ihm die Ware nicht verkaufen will.

Eines Abends lud Janos mich ein, in der Offiziersmesse gemeinsam mit anderen, ranghöheren Soldaten zu speisen. Ich fühlte mich geehrt, denn die Wache des Hohen Rates zählte sich zur Elite Orissas, und Einladungen waren höchst selten. Außerdem gab es etwas, was ich Janos möglicherweise erzählen, und etwas, was ich ihn fragen wollte. Das Problem war nur, wie ich ihm die Sache unterbreiten sollte. Janos begleitete mich zur Villa meines Vaters, wo ich mich wusch und Hosen und Weste aus schwarzem Samt überzog, dazu ein rotes Seidenhemd mit breitem Spitzenkragen, kniehohe Stiefel und einen langen Umhang mit Kapuze. Eanes erklärte ich, er brauche mich nicht zu begleiten, Diener gäbe es dort mehr als genug.

Als wir in der Abenddämmerung zur Kaserne spazierten, wagte ich die Frage, wieso Janos, wenn er doch so dringend fremde Welten sehen wolle, bei der Hohen Wache diente? Sicher sei es eine Ehre, aber seine Pflichten bestanden doch größtenteils darin, die Ratsmitglieder, Geisterseher und die großen, öffentlichen Gebäude Orissas zu bewachen, was nicht gerade Abenteuer versprach. Janos gab mir recht. Es *war* eine zweifelhafte Ehre, aber er hatte keine Wahl gehabt. Als er sich in der Kaserne vorstellte, war er im selben Augenblick verdammt, als sie den Namen seiner Mutter hörten.

»Sie würden es nie wagen, die Familie Kether zu entehren – obwohl ich kaum Verbindung zu meinen Verwandten habe –, indem sie einen davon als Kundschafter an der Grenze dienen lassen, wo möglicherweise Blut fließen könnte oder ein Schwert im Zorn geschwungen wird. Was ursprünglich mein Wunsch gewesen war. Stattdessen wurde ich Hauptmann bei der Wache des Hohen Rates.

Intellektuell ein ungemein fordernder Posten. Wußtet Ihr, daß es gegen die guten Sitten verstößt, sich in der Offiziersmesse über den Krieg, die Taktik der Einheit, Religion oder Frauen zu unterhalten! Pferde, Hunde und die Jagd, immer und immer und immer wieder. Wenn ich noch einmal erzählt bekomme, daß eine Meute Hunde bei der Suche nach Wild fast magische Qualitäten an den Tag legt, sehe ich mich gezwungen, davon zu berichten, wie ich mich einen Monat lang von Hunden ernährt habe, als ich einen Wachtturm der Lycanther im Süden besetzt hielt. Gar nicht übel eigentlich, gespickt mit Schinken und mit Kartoffeln gebraten«, sagte er träumerisch. »Ach, na ja. Es gibt keinen Soldaten, der nicht bei jeder Gelegenheit sein Leid klagen würde. Es ist sein gutes Recht und wird ihm zusammen mit Übungsschwert und Messingputztuch zugeteilt.«

Die Offiziersmesse der Hohen Wache war prunkvoll. Teller und Besteck bestanden aus Silber, die Kelche waren aus Kristall und alle Tische mit feinem Leinen bedeckt. In der Mitte der Tische standen die Regimentstrophäen, und die Kriegsehrungen hingen von den hohen Dachsparren herab und füllten die Wände. Janos entschuldigte sich, dann kehrte er in voller Montur zurück: kurze, weiche Lederstiefel, Schultercape, brokatbesetztes Hemd und Waffenrock. Darüber trug er ein ärmelloses Wams, gepolstert und so gearbeitet, daß er aussah wie gepanzert. An Stelle des üblichen Schwerts auf dem Rücken trug er einen Gurt mit einem konventionellen, kurzen Schwert und einem Dolch. Auf seinem polierten, offenen Helm saß eine große Feder. Die anderen Offiziere trugen ähnliche Gewänder.

Diener mit vollen Weintabletts schoben sich durch die Menge. Einer blieb vor Janos stehen. Mein Freund zögerte, dann schüttelte er den Kopf. »Zum Essen trinke ich Wasser.«

Ich hörte ein lautes, wissendes Lachen. Ich staunte ... Janos war keineswegs Asket. Dann fiel mir etwas ein, was mein Vater einmal gesagt hatte, als ich mich in tiefster Verzweiflung meines jugendlichen Alters quälte und schwor, ohne eine Münze in der Tasche alle

Brücken hinter mir abzubrechen und zur Armee zu gehen. Er hatte freundlich gelacht und gefragt, welcher Einheit ich beitreten wolle. Vielleicht der Hohen Wache? Damals hatte ich – angetan von deren Pracht und Herrlichkeit – schmollend ein »vielleicht« hervorgepreßt. Er erklärte mir, was es kostete, im Regiment zu dienen. Der Sold eines jungen Subalternen würde gerade reichen, seine Essensrechnung zu bezahlen, seinen Wein, den Branntwein und den Beitrag zu speziellen Diners. Die Hohe Wache war nur etwas für Reiche. Nach einigen Schätzungen brauchte man bis zu zehntausend Silberstücke im Jahr, um sich seinem Rang entsprechend auszustatten. Wenn man das gute Dutzend verschiedener Uniformen bedachte, das halbe Dutzend Schlachtrösser, die persönlichen Bediensteten, noch über die üblichen Untergebenen hinaus, und so weiter. Ich erinnerte mich, daß Janos heute zweimal von Armut gesprochen hatte.

Ich verstand seine Misere. Als Junge hatte ich mich einer Fechtmannschaft angeschlossen, der ausschließlich Söhne anderer Kaufleute, Geisterseher und Ratsmitglieder angehörten. Niemand dachte an Geld, aber es gab einen Jungen – ein Jahr jünger als ich selbst –, dessen Vater ein paar unglückliche Investitionen getätigt hatte, so daß der junge Mann nicht jedesmal einen neuen Waffenrock trug. Außerdem besaß er nur ein Florett, und das war auch noch gebraucht. Es war für ihn entwürdigend, obwohl ich mich nicht erinnern kann, daß meine Freunde oder ich irgend etwas dazu gesagt hätten. Der Junge war begabt, das fiel mir noch ein, und dann überlegte ich, was aus ihm geworden war. Ich konnte mich nicht erinnern. Eines Tages war er einfach nicht mehr dagewesen.

Janos konnte sich keinen Wein leisten. Also schön. Ich rief einen der Diener zu mir und stellte sicher, daß den Sitten und Gebräuchen Genüge getan wurde. Wenige Augenblicke später verkündete der Kellermeister der Versammlung, der Wein an diesem Abend sei eine bescheidene Spende von Amalric Antero zu Ehren der ehrenwerten Soldaten, deren Gast er heute sein dürfe. Kelche wurden gefüllt, und man trank mir zu. Ich fing einen Seitenblick von Janos auf, wenn auch nur einen flüchtigen.

Nach der nächsten Runde Wein wurde gegessen, weit besser als ich es von Soldaten erwartet hätte. Ich dachte an die Sergeanten und Speerträger draußen in den Kasernen, und mir fiel ein, daß ich dem Regiment schon einmal Proviant spendiert hatte. Ein Fleischgericht für die einfachen Soldaten, was darauf hindeutete, daß sie normalerweise nicht besser aßen als das gemeine Volk. Das war nicht recht. Vater hatte mir erklärt, ein Kaufmann äße entweder dasselbe wie seine Angestellten oder aber im stillen daheim. Niemand hatte etwas für die Protzerei eines reichen Mannes – oder eines Offiziers – übrig, wenn nicht alle den Luxus teilen konnten.

Als das Mahl beendet war, empfahlen sich die hohen Offiziere. Jetzt gehörte der Abend den unteren Rängen, dem Trester und den Trauben. Immer mehr wurde getrunken, Wein und Branntwein. Der Abend versprach, in ein langweiliges Besäufnis auszuarten. Ich versuchte, mich im Zaum zu halten, da ich meiner Familie keine Schande machen wollte, indem ich kopfüber aufs Desserttablett kippte. Andere jedoch ließen nicht die gebotene Vorsicht walten. Die Stimmen wurden lauter, die Scherze rüder, das Gelächter lärmender. Dann hörte ich in einer kurzen Pause deutlich die Worte: »Natürlich ist ein Halbblut nicht *vollkommen* wertlos. Mischlingsfrauen sind manchmal sensationell. Und als Soldaten können sie wohl tapfer sein, obwohl ich vermute, daß sie ebenso schnell vor einer Schlacht fliehen, wie sie sich hineinstürzen.«

Es wurde totenstill. Alle sahen Janos an. Sein Gesicht hinter dem gewachsten Lockenbart war leichenblaß, eine starre Totenmaske. Der Offizier, der gesprochen hatte, trug die stilisierten Schulterstücke eines Hauptmanns. Jemand versuchte, das Schweigen mit einem Scherz aufzulockern, kam aber über die ersten drei Worte nicht hinaus.

Janos winkte einem Diener. Er nahm dem Mann das Silbertablett aus der Hand, zückte seinen Dolch und legte ihn mit dem Heft zuerst auf das Tablett. Dann winkte er einem Untergebenen. »Bringt diese Klinge Hauptmann Herron. Sagt ihm, sie hätte eine Schwester, die Hauptmann Janos Kether Greycloak aus Kostroma und Orissa gehört. Die beiden sollten sich treffen. In einer Stunde auf dem Exerzierplatz.«

Ich wußte, diese Herausforderung würde nicht – wie damals bei mir – nach dem ersten Treffer zu Ende sein. Heute abend würde mindestens einer tot im Sand liegen. Der junge Offizier – aschfahl wie Janos – ging zu dem anderen Hauptmann hinüber, hielt ihm das Tablett mit dem Dolch hin und wiederholte Janos' Worte. Herron nahm den Dolch nicht an. Statt dessen errötete er, starrte zu Boden und murmelte: »Es war doch nur ein Scherz.«

»Setzt den ehrenwerten Hauptmann davon in Kenntnis, daß ich den Witz darin nicht sehen kann. Vielleicht kann unser Treffen mich belehren. Oder vielleicht möchte der Hauptmann sich entschuldigen«, sagte Janos und umging das Protokoll des Ehrenhandels, indem er – wenn auch indirekt – mit dem Beleidiger sprach.

Wieder folgte bleierne Stille. Schließlich sprach Herron, noch immer undeutlich und zögernd: »Ich möchte mich für jede Kränkung entschuldigen, die meine beiläufige Bemerkung bei Hauptmann Greycloak hervorgerufen haben mag.«

Janos holte dreimal tief Luft. »Ich nehme die Entschuldigung an«, sagte er. »Und die Sache ist vergessen. Meine Einladung ziehe ich zurück, Herron.« Als der Dolch zurückgenommen und weggesteckt war, dachte ich – wie jeder andere im Raum – darüber nach, daß Janos absichtlich vermieden hatte, Herron mit seinem Rang anzusprechen oder ihn als Waffenbruder zu bezeichnen, »kommentfähig« oder welche Formulierung auch immer wahre Vergebung signalisieren mochte. Herrons Feigheit würde lange Zeit unvergessen bleiben. Zumindest hielt ich den Hauptmann damals für feige, als mein Blut noch so rot war wie mein Haar. Inzwischen weiß ich, was einem Mann ein Grund zum Kampf ist und wie ein Narr leichtfertig den Tod findet.

Janos griff schon nach dem nächsten Kelch, dann sah er meinen Blick. »Vielleicht«, sagte er, »sollten wir spazierengehen? Die Luft hier drinnen ist dick geworden.« Ohne eine Antwort abzuwarten, trat er in den Garderobenraum hinaus. Ich folgte ihm. Draußen zog er seinen Umhang um die Schultern und sah zu den erleuchteten Kasernen unter uns hinab.

»Ihr seht, wie es ist«, sagte er ebenso zu sich selbst wie zu mir. »Wenn ich weiter in diesem Käfig bleibe, auf und ab laufe, wütend knurre und die Gitterstäbe anstarre, wird früher oder später jemand den Tod finden. Vielleicht ein Bauer wie Herron, vielleicht ich selbst. Diese Stadt und ihre protzige Leere kann mich nicht länger halten.« Er schritt den Hügel hinab, und ich folgte ihm.

»Wohin gehen wir?«

»Wer weiß?« sagte Janos. »Ich brauche Männer um mich, nicht Laffen. Männer... und Frauen. Vielleicht am Hafen.«

Ich zuckte die Achseln. Warum nicht? Auch ich hatte genug von Förmlichkeiten und hielt sie für ebenso hohl wie die Zunftbankette meines Vaters.

Unser Weg führte uns durch eines der Stadttore. Wie gewöhnlich – nur nicht in Zeiten großer Gefahr – standen die gepanzerten Portale aus Eisenbaum offen. Nur die feinverzierten Ausfalltore waren abgesperrt. Durch sie konnten wir – nicht weit entfernt auf einem Feld – ein Feuer flackern sehen, das die Tücher vieler Zelte beleuchtete. Wir konnten Stimmen hören, Lachen, das Wimmern von Flöten und das Schlagen der Trommeln.

»Wache«, rief Janos einem Posten zu. »Wer liegt da draußen?«

»Ein Stamm der Ifora, Hauptmann. Sie dürfen bei Nacht nicht in die Stadt, weil...«

»Die Gründe sind mir bekannt, Soldat. Öffnet das Tor. Die kommen mir heute gerade recht.«

Ich wußte ebensogut wie Janos, warum diese Leute nicht in die Stadt durften. Sie gehörten zu den Gefahren, mit denen ein Kaufmann fertig werden muß, und daher hatte mein Vater mir ihre barbarische Kultur gründlich erklärt. Die Ifora waren Nomaden, umherziehende Stämme aus den Wüsten im Süden. Sie waren als verschlagene Diebe bekannt, die sich an den Wachen einer jeden Karawane vorbeischlichen, die ihr Gebiet durchfuhr, und stahlen, wo sie konnten. Oder – wenn sie zu vielen waren oder die Leiter der Karawane nicht klug genug – massakrierten sie die Männer und verschleppten die Frauen in ihre Lager. Auch für ihren Mut waren sie bekannt, ihre Unnachgiebigkeit gegenüber Feinden und für ein außergewöhnliches Talent im Foltern. Gelegentlich kamen sie nach Norden in zivilisierte Gebiete, und dann nur, um ihre kunstvoll gewobenen Teppiche, feine Ziegenwollkleider und exotischen Silberschmuck zu tauschen. Keine Stadt ließ sie in ihre Mauern, denn die Ifora hielten es für ihre heilige Pflicht, Leute wie uns, die sie als kränkliche Schwächlinge betrachteten, von allem Besitz zu befreien, den sie brauchen konnten, und dafür war ihnen jedes Mittel recht – per Diebstahl oder mit dem Schwert – und ohne Rücksicht auf mögliche Folgen wie Verhaftung und Prozeß.

Mir war danach, Janos etwas zu fragen. Er hatte die Gelegenheit versäumt, seinen Hals bei einem Duell zu riskieren ... Suchte er jetzt eine andere Möglichkeit, jemandem die Kehle durchzuschneiden? Doch da ich jung war und zu stolz, meine Angst zu verraten, sagte ich nichts. Außerdem, all die Sagen von Schädelhaufen und schreienden Frauen, die in die Wüste verschleppt wurden ... Ich war neugierig, was für Monstren die Ifora wirklich waren. Ich lockerte mein Rapier in seiner Scheide und bereute, keinen Dolch und auch kein Kettenhemd bei mir zu haben. Außerdem wünschte ich, ich hätte Janos, der vorauslief, noch erinnert, daß er nur das traditionelle, kurze Schwert seiner Einheit trug, statt der zweischneidigen Klinge, die er doch bevorzugte.

Ein Riese von einem Mann ragte aus den Schatten auf, als wir dem

Lager näher kamen. »Orissaner ... nein. Nicht kommen. Nicht willkommen. Wird verletzt. Kommt um.« Janos schleuderte ihm einen Schwall von Worten entgegen. Der Koloß knurrte und antwortete ihm anscheinend im selben Idiom. Auch hierin also war Janos gebildet: Er kannte sich mit den Ifora aus. Ich hätte es mir denken können, obwohl ich in gewisser Weise spürte, daß er an diesem Abend ebenso in ihre Zelte getreten wäre, wenn es sich um todbringende Fremde gehandelt hätte. Ein Wort gab das andere. Der Fremde lachte wie ein Bär. Janos wandte sich um, deutete auf mich. Weitere Worte. Ein Grunzen. Janos runzelte die Stirn, dann sprach er noch einmal. Wieder lachte dieser grobe Mensch.

»Nehmt Eure Waffe«, sagte Janos. »Drückt sie Euch an die Stirn und reicht sie ihm.« Ich zögerte, doch dann fügte ich mich. Der Mann nahm die Waffe entgegen, drehte sich um und bellte etwas zum Lager hinüber. Einen Augenblick später kam ein großer, eindrucksvoller Mann auf uns zu. Seine Haut schimmerte im Licht der Flammen schwarz wie die Nacht. Flankiert wurde er von Wachen mit Schwertern, beide hellhäutig, wie auch der Riese, der uns aufgehalten hatte.

»Das«, sagte Janos leise, »wird ihr *Ham'u* sein, ihr Häuptling. Die Ifora glauben, je dunkler die Haut eines Mannes ist, desto mehr sei er von den Göttern gesegnet. Da sie vorwiegend hellhäutig sind, halten sie einen schwarzen Mann automatisch für auserwählt. Wenn er oder sie Menschen führen kann, ist solch ein Mann oder eine Frau dazu bestimmt, dem Stamm voranzustehen. Dieser Glaube stammt noch aus alten Zeiten, als die Ifora etwas waren, was sie als ›barbarisch‹ bezeichnen. Ihre Sklaven haben revoltiert, die Macht übernommen und ihnen gezeigt, wie man sich die Wüste untertan macht. Damit begann ihre Größe.« Verständnislos sah ich ihn an, und die Gefahr war für den Moment vergessen. Nichts davon hatte mein Vater mir erzählt, und auch in den grotesken Märchen, die andere Händler so gern zum besten gaben, kam davon nichts vor.

Der schwarze Mann grüßte Janos, der sich verbeugte. Ich verstand den Wink und tat dasselbe. Janos zog sein Schwert, hielt es an seine Stirn und reichte es dem Häuptling, dem *Ham'u*. Der schwarze Mann tat es ihm nach und gab die Waffe zurück. Wieder sprach Janos und deutete auf mich. Der *Ham'u* nahm mein Rapier von der Wache, tat, was er mit Janos' Klinge getan hatte, und gab es mir zurück. Noch einmal verbeugten wir uns, und der *Ham'u* trat beiseite, winkte uns ins Lager.

»Jetzt sind wir die ehrenwerten Gäste der Ifora. Von nun an bis zum Morgengrauen in drei Tagen sind wir Blutsbrüder. Während dieser Zeit werden sie uns mit dem Besten bewirten, was sie haben, und sollten uns Feinde bedrängen, werden sie diese vernichten, als hätte man einem der Ihren Unrecht getan.«

»Was geschieht, wenn wir nach drei Tagen noch da sind?«

»Ach«, sagte Janos und wackelte mit dem Kopf, als wollte er sagen ›vielleicht dies, vielleicht das‹. »Wir müßten dann noch ein bißchen reden. Zumindest würden sie uns einen gewissen Vorsprung lassen.«

Man führte uns zur Mitte des Lagers, wo das Feuer brannte. Der Boden war mit Teppichen ausgelegt, und Kissen zu Sitzen und Lehnen gestapelt. Im Hintergrund standen lange Zelte mit runden Dächern, die aus irgendwelchen rotgefärbten Tierhäuten gearbeitet waren. Fünfzig bis sechzig Männer und Frauen lagen um das Feuer. Ich wurde einem Mann vorgestellt, der sich verbeugte, als hätte er eben den König der Welt kennengelernt, und mir einen Platz suchte. Er winkte, und ein Mädchen, das einige Jahre jünger war als ich, trat aus dem Schatten hervor. Die beiden unterhielten sich. Sie kicherte und verbeugte sich vor mir. Dann verschwand sie in einem der Zelte und kehrte mit einer Schale zurück. Ich nahm sie entgegen und sah hilfesuchend zu Janos. Der hatte sich schon in der Nähe auf einem Kissen ausgestreckt. Zwei junge Frauen schmiegten sich an ihn.

»Trinkt.«

»Was ist das?«

»Trinkt einfach. Ich sag es Euch hinterher. Nehmt einen tiefen Zug, sonst beleidigt Ihr sie.« Ich fügte mich, und mein Hinterkopf explodierte. Die Welt um mich herum wurde unscharf. Mein Magen bäumte sich protestierend auf, aber irgendwie blieb der Trunk unten. Wärme breitete sich aus, Wärme, die zu Feuer wurde, Feuer, das zu einem heißen Regenbogen wurde, und ich hielt es für das beste, mich zu setzen. Sofort. Das Mädchen nahm mir die Schale ab, als ich zusammensank.

»Der Trunk heißt *depish'*«, sagte Janos. »Gegorene Milch von ihren Stuten, gegorenes Blut von ihrem Vieh. Das wird dann mit bestimmten Sträucherblüten vermischt, die ihr *Ham'u* nimmt, um einen klaren Kopf zu bekommen. Man könnte glauben, sie wären der Destillation kundig, bedenkt man die Wirkung. Aber der *Ham'u* spricht nur eine Zauberformel über der Mixtur, und sie nimmt ihre jetzige Form an. Bis jetzt ist es mir noch nicht gelungen, einen von ihnen zu überreden, mir die Formel zu verraten«, sagte er. »Wenn ich sie wüßte, bräuchte ich keine Armee, kein Schwert und niemanden, der mir die Reisen finanziert, die ich unternehmen will.«

Eine der beiden Frauen neben ihm hielt Janos eine ebensolche Schale hin. Er leerte sie und warf sie über seine Schulter. »Die beste Ware der Ifora sind ihre Töchter. Obwohl sie die Schwächlinge der Wasserländer, wie sie – bis auf die Ifora – alle Menschen nennen, verachten, meinen sie, es wäre für junge Frauen ein Segen, eine Zeitlang Kurtisane zu sein. Sie kehren mit Silber beladen zurück, von dem Ziegen und Pferde gekauft werden, und sie heiraten in allen Ehren. Wie reich sie heiraten, hängt von dem Erfolg in ihrem früheren Beruf zusammen. So sieht das Schicksal einer jungen Frau aus, falls nicht die Auspizien – wenn sie ein Jahr alt ist – zeigen, daß sie entweder Häuptling oder Ratsmitglied wird, was die allergrößte Ehrung ist. Ansonsten wird aus ihnen eine Lagerfrau, was in gewisser Weise eine Enttäuschung darstellt. Die Frau neben Euch ist übrigens die Tochter des Mannes, den der *Ham'u* als wert erachtet hat, Euer Gastgeber zu sein. Sie heißt Tepon.«

Es mag der *depish'* gewesen sein, oder vielleicht gewöhnte ich mich schon an die beunruhigenden Vorgänge jenseits der Mauern Orissas, doch anstatt die Stirn zu runzeln über etwas, was für die meisten Orissaner übelste Verworfenheit bedeutete, wandte ich mich um und lächelte das Mädchen an, das, davon ermutigt, näher rückte, wodurch ihr Kleid ein Stück weit klaffte. Ich roch Rosen und Moschus.

Tepon lächelte. Ihre Lippen waren rauh, ihr Atem süß, und ihre Zähne zu hübschen Nadelspitzen gefeilt, die ihrem Aussehen etwas Exotisches verliehen. Ich nahm noch einen Schluck vom *depish'*. Das Mädchen sprach auf mich ein, mit sanfter, singender Stimme. Ich schüttelte den Kopf. Ich verstand sie nicht.

»Sie sagt, ihr gefällt Eure Haarfarbe. Wie ein Sonnenaufgang in der Wüste«, übersetzte Janos.

Meine Reaktion war geistlos. Dann wurde ich mir der Realitäten wieder bewußt. »Janos, mein Freund. Ich nehme doch an, die Ifora sind Menschen?«

»Allerdings.«

»Dann muß ihre Gastfreundschaft einen Preis haben. Es sei denn, sie wären schlichtweg fasziniert von meinem Haar und deinem Vokabular.«

»Es gibt einen Preis«, begann Janos, und da erhob sich ein Mann und tippte an einen kunstvoll geschnitzten Glockenstiel. Eine Flöte ertönte, dann eine weitere. Glöckchen klingelten. Eine große Trommel schlug rhythmisch. »Ah«, sagte Janos. »Das kenne ich. Der Preis ist gering.«

Er stand auf, löste sich von einem der Mädchen, das neugierig geworden war, was unter seinem Waffenrock sein mochte, und zog sein kurzes Schwert. Er warf es in die Luft, daß es sich drehte, und fing es am Griff. »Nein«, sagte er, »ich brauche ein richtiges Schwert, kein Ornament«, und wieder warf er die Klinge. Diesmal bohrte sie sich bis zum Heft in die Erde. Er rief etwas in der Sprache der Ifora, und aus dem Dunkel wurde ihm ein mächtiger Krummsäbel zugeworfen. Janos warf, fing, warf wieder, die Klinge wirbelte herum, spiegelte den Feuerschein, daß es in meinen Augen blitzte. Der *Ham'u* erhob sich und begann einen rhythmischen Singsang. Es mögen die Kräuter in meinem Trunk gewesen sein oder auch nur meine Einbildung, doch verstand ich die Geschichte sehr deutlich, die Janos darstellte, indem er tanzte, langsam erst, dann immer schneller. Bald trug er nur noch seinen Kilt. Es war die Geschichte eines großen Kriegers, der von einem bösen Zauberer besiegt und gezwungen wurde, aus seinem Lager in die Wüste zu ziehen, wo nicht einmal die Knochen wilder Esel zu finden waren. Er wanderte eine Weile. Es gab böse Wesen in den trockenen Salzseen, die versuchten, ihn zu fressen – hier blitzte Janos' Schwert in einer Reihe von Arabesken auf. Doch er überwältigte sie. Er war verloren, verlassen, taumelte, bereit zu sterben, und der Gott des Wüstenwinds zeigte Mitleid. Die beiden Mädchen, die bei Janos gewesen waren, standen neben ihm, wiegten sich, Feuerschein und Seide, berührten ihn. Er sammelte Kraft, und die Geschichte ging weiter. Der Odem des Windes nährte ihn, stärkte ihn und führte ihn über den wehenden Sand zurück zu den Zelten seiner Feinde. Plötzlich tanzte Janos allein, sein Schwert ein hektisches Flirren, als kämpfe er mit einem unsichtbaren Gegner. Schließlich triumphierte der Krieger, und sein Feind lag tot am Boden. Alle Reichtümer des Mannes gehörten nun ihm. Statt dessen jedoch wählte der Krieger den anderen Weg. Er zog es vor, in die Wüste zurückzukehren, in die Arme des Wüstenwinds.

Janos hielt inne, als der Singsang endete. Nur das Knistern der Flammen war zu hören. Dann erklang ein Glöckchen, einmal, zweimal, dreimal. Plötzlich wehte Wind durchs Lager. Janos verneigte sich. Vor den Ifora? Vor dem Wind? Vor dem Tanz? Ich wußte es nicht. Die beiden Frauen näherten sich ihm und nahmen ihn bei der Hand. Sie führten ihn fort in eines der Zelte.

Eine Schale berührte meine Lippen. Ich nahm einen großen Schluck. Dann lehnte ich mich zurück, an Tepons Körper, und ihre Finger fuhren zart über meine Haut. Aus irgendeinem Grund schien der richtige Zeitpunkt gekommen.

»Janos!« Meine Stimme war nicht laut.

»Ich höre.«

»Willst du mich begleiten? Zu den Fernen Königreichen?«

Gelächter erscholl aus dem Nichts. »Natürlich! Natürlich! Ich dachte schon, du würdest niemals fragen.«

Und dann war nur noch Tepon da, das Zelt, das plötzlich um uns wuchs, und ihr Körper und der Feuerschein.

Kurz nach Morgengrauen erwachte ich. Ich war nackt, nur mein Umhang lag um meine Hüften. Ein neugieriger Ziegenbock starrte mich aus kaum einem halben Meter Entfernung an. Ich lag im prallen Sonnenlicht auf felsigem Boden. Tepons Kopf ruhte auf meinem Bauch. Die große Trommel der letzten Nacht war jetzt in meinem Kopf.

Und ich war unterwegs zu den Fernen Königreichen.

Kapitel Fünf

Die Geisterseher

Meine Schwester kam vom Übungsplatz hereingestapft, legte ihren Harnisch ab und warf ihn auf den Boden. »Wenn du mich liebst, bester Bruder«, stöhnte sie, »hol mir was zu trinken, bevor ich verdurste.« Eilig lief ich zur Feuerstelle und brühte ihr einen starken, würzigen Punsch, nahm den Eisenkrug von der Asche und goß den dampfenden Trunk in einen Kelch. Es war Ralis Lieblingsgetränk. Sie lächelte, als ich ihr den Kelch reichte. »Welch ein aufopfernder Bruder!« sagte sie. »Und so selbstlos. Liest mir jeden Wunsch von den Augen ab und erwartet niemals etwas dafür.« Sie nahm einen tiefen Zug.

»Verspotte mich nicht, Rali«, flehte ich. »Seit wir uns zum letzten Mal gesehen haben, habe ich kaum geschlafen.«

»Oh, bitte beklag dich nicht bei mir über deine Schlafgewohnheiten«, sagte sie lachend. »Wahrscheinlich hast du wieder irgendeiner

Dirne einen Liebestrank eingeflößt, und seither schleicht sie ständig um dein Bett.« Rali zog die Sandalen aus, ließ sich auf dem Sofa nieder und streckte genüßlich die hübschen langen Beine aus. »Komm, reib mir die Füße«, befahl sie, »und dann werde ich dir nach und nach alles erzählen.«

Eilig tat ich ihr den Gefallen, begierig zu erfahren, auf wessen Seite meine Schwester stehen würde. Sollte sie dagegen sein, standen die Chancen schlecht, daß mein Vater Janos' Plan, die Fernen Königreiche zu suchen, zustimmen würde. Falls sie versprach, auf meinen Vater einzuwirken, bestand eine geringe Chance, daß er den Plan absegnete und meine Jungfernfahrt finanzierte.

Rali seufzte, während ich mit Bedacht die verkrampften Muskeln und Sehnen an ihren müden Füßen lockerte, und nahm noch einen Schluck. »Das süße Leben wird mich noch umbringen«, sagte sie. »Jeden Tag dasselbe. Bei Tagesanbruch aufstehen und meine Frauen drillen und trainieren. Verwaltungsarbeit bis zum Abend, und dann noch einen Trunk und ein Stück Braten oder zwei mit Otara. Am Abend bin ich vor lauter Langeweile so erschöpft, daß es ein wahres Wunder ist, wenn ich überhaupt Notiz von Otara nehme. Was sie in letzter Zeit sehr oft beklagt.«

Otara war seit vielen Jahren Ralis Lebensgefährtin. Sie war eine kleine, mütterliche Frau von zarter Schönheit, die meine Schwester abgöttisch liebte und bis in den Tod kämpfen würde, um sie zu beschützen. Nicht, daß Rali Hilfe benötigt hätte. Sie war groß, mit langen, sehnigen Muskeln und schmalen Hüften. Rali war gut zehn Jahre älter als ich und stand in der Blüte ihrer Kampfkraft. Flink wie ein Schattenwolf im Angriff und doppelt so tödlich. Sie war mit dem Schwert ebenso begabt wie mit dem Wurfspieß und ihrem kräftigen Bogen aus den Hörnern eines Widders. Doch niemand hätte sie versehentlich für einen Mann gehalten, und ebensowenig ahmte sie in ihrer Art die Männer nach. Rali hatte eine ansehnliche Figur und war geschmeidig und zart in ihren Bewegungen, wenn auch unverblümt wie ein Soldat in ihren Worten. Ich erinnere mich – als ich klein war und noch in ihr Schlafgemach durfte – wie verblüfft ich von der weichen, milchigen Farbe ihrer Haut an den Stellen gewesen war, die die Sonne auf dem Exerzierplatz nicht erreichte. Während ich feuerrotes Haar hatte, war ihres von der Farbe blassen Strohs, und ihre Augen waren klar und blau wie das Meer.

»Was ich brauche, ist ein richtiger Kampf, damit mein Blut in Wallung kommt«, fuhr Rali fort, während ich ihre wunden Füße rieb. »Oder wenigstens einen Gewaltmarsch mit einem Ziel, nicht nur zur Übung. Einen Feind zum Einschüchtern. Eine Stadt zum Besiegen.« Sie hob den Kelch an ihre vollen Lippen und trank noch etwas. »Allerdings habe ich keine große Hoffnung, daß so etwas demnächst passiert«, sagte sie. »Die Ratsmitglieder fürchten sich, uns aus Orissa fortzulassen. Ich glaube, sie haben Angst, eine Horde Barbaren würde sich zusammenraufen und in unserer Abwesenheit die Stadt plündern.«

Rali bekleidete den Rang eines Hauptmanns in der Maranonischen Garde. Damals bestand diese Truppe aus fünfhundert Kriegerinnen – Frauen, die der Kriegsgöttin Maranonia einen Eid geleistet hatten. Sie schworen der Ehe ab, der Mutterschaft und auch allen anderen »normalen« Funktionen einer Frau in unserer Kultur. Die Wächterinnen waren gut trainiert und hatten sich ganz der Verteidigung Orissas verschrieben. Nur wenige waren Männerhasserinnen, obwohl sie alle Frauen für ihr Liebesleben bevorzugten.

»Soll ich dir noch einen Becher Punsch holen?« fragte ich. »Oder etwas zu essen? Ich könnte dir dein Badewasser einlassen, wenn du willst. Oder sonst einen Botengang erledigen, der einem Bruder gebührt, wenn er am Boden kriecht und um die Gunst seiner Schwester buhlt. Einer Schwester, die so schön wie weise ist. So kriegerisch wie zart besaitet. So ...«

»Hör auf, bevor mir schlecht wird«, lachte Rali. »Also schön, Amalric. Du hast gewonnen.«

Mein Reiben wurde zu sanftem Streicheln. »Oh, sprich zu mir, Seherin«, intonierte ich. »Sag mir, was dir auf dem Herzen liegt.« Rali wurde von einem Lachkrampf geschüttelt. Nicht unbedingt, weil ich so verschlagen war, sondern weil ich ihr geschickt die Füße kitzelte. Ihren Schwachpunkt hatte ich schon gefunden, als ich noch ein kleiner Junge und sie eine grüne Rekrutin war.

Rali gehörte zu den ganz wenigen Menschen, bei denen ich vollkommen unbefangen war. Es gab kein Geheimnis, das ich ihr nicht anvertraut, keine Sünde, die sie mir nicht vergeben hätte. Und niemals mißbrauchte sie dieses Vertrauen, indem sie sich in meine Angelegenheiten mischte. Ich schätzte ihren Rat über alles. Wahrscheinlich war dies der Grund, warum ich mich während der Monate, in denen ich Melina verfallen war, von ihr ferngehalten hatte. Ich war viel zu brünstig, um auf einen vernünftigen Rat hören zu wollen. Doch als ich schließlich zu ihr kam, äußerte sich Rali ähnlich wie Janos: »Ich sage dir nicht: Geh fort und sündige nie mehr«, hatte sie erklärt. »Aber *was* ich sage, ist: Beim nächsten Mal solltest du versuchen, nicht so teuer zu sündigen... und nicht so öffentlich.« Dann hatte sie mich mit ihren klaren, blauen Augen angesehen und gefragt, was ich als nächstes plane. »Es wird Zeit, daß ich mich auf meine Suche mache«, hatte ich geantwortet, »und unseren Vater bei seinen Geschäften unterstütze.«

»Noble Worte, bester Bruder«, gab sie zurück. »Aber ich frage mich, ob es das ist, was du *wirklich* willst. Ich vermute schon länger, daß dein Betragen in jüngster Zeit einen tieferen Grund als nur jugendliche Torheit haben muß. Vielleicht siehst du dem Leben eines Kaufmanns nicht gerade mit Freude entgegen.« Ein weiteres Mal wurde mir klar, wie klug meine Schwester doch war. Vielleicht wehrte ich mich tatsächlich gegen eine langweilige Zukunft und fürchtete die Gesellschaft von Männern, die sich nur für Geld interessierten.

»Du siehst es genau richtig«, hatte ich ausgerufen. »Wenn ich ein

Kaufmann wie unser Vater werden soll, will ich weit mehr tun als nur die Familiengeschäfte übernehmen. Ich will meinen eigenen Weg gehen und mehr sein als nur der Sohn eines reichen Mannes, der von den Jugendtaten seines Vaters lebt.«

»Wie willst du das erreichen? Hast du dir darum schon Gedanken gemacht?« hatte sie gefragt.

Ich erzählte ihr von den Fernen Königreichen und meinem Wunsch, sie zum Ziel meiner Suche zu machen. Und ich erzählte ihr von Janos. Sie hatte gut zugehört und sich nicht weiter dazu geäußert, bis ich fertig war. Dann hatte sie gesagt: »Ich sage nicht nein. Und ich sage auch nicht ja. Tatsächlich werde ich mich vorläufig einer Meinung enthalten. Allerdings ... möchte ich Näheres darüber erfahren. Und wenn ich mehr weiß, besonders über deinen neuen Freund Janos Greycloak, werde ich dir meinen Entschluß mitteilen.«

Und jetzt war der Zeitpunkt gekommen. Obwohl ich scherzte und kitzelte, wartete ich doch voller Spannung auf das Ergebnis. Meine Schwester zog die Füße weg und setzte sich auf. »Hol mir bitte noch etwas zu trinken«, sagte sie, »und ich werde dir erzählen, was ich herausgebracht habe.« Einen Augenblick später hatte ich ihren Wunsch erfüllt und saß wieder neben ihr, kaum fähig zu atmen.

»Du wirst mir vergeben, Amalric«, sagte sie, »denn ich bin in dieser Sache auf etwas unhöfliche Weise vorgegangen. Anstatt der Frage nachzugehen, ob deine Suche von Wert ist, habe ich zuerst nach dem Beweis gesucht, daß dein Freund ein Ganove ist.« Mit erhobener Hand erstickte sie meinen Protest im Keim. »Du mußt zugeben, daß deine Begleiter in letzter Zeit von höchst fragwürdiger Art waren. Nach allem, was ich wußte, war Janos Greycloak nur ein neuer bester Freund.« Ich nickte, gab ihr recht.

»Zuerst«, sagte sie, »habe ich in aller Stille ein paar Worte mit einem meiner Bekannten aus der Hohen Wache gewechselt. Ich bin zu dem Schluß gekommen, daß Janos nicht nur ein ausgezeichneter Soldat, sondern auch ein erfahrener Führer und Organisator ist.«

Erleichtert stöhnte ich auf. »Nicht so vorschnell«, warnte Rali. »Nicht alles ist eitel Sonnenschein. Hauptmann Greycloak scheint ein Mann zu sein, der sich in seiner kurzen Zeit bei der Wache so manchen Feind gemacht hat. Wenn auch sicher meist, weil er ihren Neid weckt. Außerdem ärgert seine siegessichere Art einige dieser reichen Hurensöhne, die ihre Soldaten von der Taverne aus führen.«

Ich unterbrach sie. »Und dann ist da noch seine Abstammung und die Zeit, die er in Diensten Lycanths stand.«

»Darüber bin ich mir im klaren«, antwortete meine Schwester. »Aber auf seltsame Weise sprechen all diese Dinge am Ende für ihn. Janos' Mutter kam aus Orissa, sie entstammte der Familie Kether. Sie hatte den Ruf, eine hitzköpfe junge Frau mit sturem Hang zur Romantik zu sein. Janos' Vater war ein Prinz aus Kostroma, der auf Handelsreise nach Orissa kam, wo er die junge Kether kennenlernte. Sie verliebten sich ineinander. Es war damals ein großer Skandal. Besonders, da Janos' Mutter sich dem Willen ihrer Familie widersetzte und mit dem strahlenden jungen Prinzen davonlief.«

Das erklärte zum Teil Janos' Widerwillen, mir viel von seinen Eltern zu erzählen. »Wie er in die Dienste Lycanths geraten ist, weiß ich nicht«, fuhr meine Schwester fort. »Aber ich vermute, er mußte irgendwie seinen Lebensunterhalt verdienen, nachdem sein Vater und seine Mutter tot waren.«

»Er ist ziemlich arm«, sagte ich. »Ich habe den Eindruck, als würde er all seine Ersparnisse brauchen, um bei der Wache bleiben zu können.«

»Ganz genau«, sagte meine Schwester. »Offenbar war es für ihn eine Investition. Damit er den Richtigen kennenlernt, der seine Karriere fördert.«

»Und ich bin dieser Richtige?« fragte ich, erneut beunruhigt. Hatte man mich wieder einmal zum Narren gehalten?

Rali strich mir über die Hand. »Zieh keine voreiligen Schlüsse«, sagte sie. »Er mag arm sein, aber ich glaube nicht, daß er es auf Geld abgesehen hat.«

»Er hat es selbst gesagt«, gab ich zurück und bereute, ihn eben noch verteidigt zu haben.

»Es scheint, daß die Familie Kether – oder was davon übrig ist – sehr beunruhigt war, als Janos in Orissa auftauchte. Sie glaubten, er würde ihnen bald einen Besuch abstatten und aufgrund der Blutsverwandtschaft um ihre Hilfe bitten. Natürlich hätten sie ihn zurückgewiesen. Ihrer Ansicht nach hat er kein Anrecht, da die direkte Linie seiner Mutter nicht mehr existiert. Ihr Vater, so wird gesagt, starb an gebrochenem Herzen, nachdem seine Tochter Schande über ihn gebracht hatte und mit einem Barbarenprinz durchgebrannt war.«

»Aber er ist nicht hingegangen, *oder*?« sagte ich zufrieden.

»Wenn ich ehrlich sein soll, doch. Nach einiger Zeit stattete er seinem Onkel, dem alten Geizhals, einen Besuch ab. Zu dessen Erleichterung aber gab sich Hauptmann Greycloak nicht nur respektvoll, sondern machte seinem Onkel auch unmißverständlich klar, daß er keineswegs die Absicht habe, seine Verwandtschaftsbeziehungen zu Geld zu machen.«

»Gut für Janos«, sagte ich.

»Ja. Es sieht so aus, als hätte er ehrliche Absichten. Leider trug dies nicht dazu bei, den stetigen Geldfluß aus seiner Börse zu stoppen.« Rali trank aus und stellte den Kelch auf den Tisch. »Um sicherzugehen, daß mich mein Eindruck nicht täuschte«, fuhr sie fuhr fort, »habe ich ihn besucht.«

Mir fehlten die Worte. Ich saß da, gespannt, wartete. »Und?« drängte ich.

Meine Schwester lachte. »Ich glaube, dein Freund ist ein Verrückter, ein Halunke und Schlawiner.« Ich runzelte die Stirn, da sie bei ihren Worten lachte. »Besonders, was Frauen angeht«, sagte sie. »Er weiß, wie man mit Frauen spricht; daß man eher ihrem Verstand als ihrem Aussehen schmeicheln muß. Und er blickt einem offen in die

Augen und lauscht jedem deiner Worte, als wäre es ein Schatz. Wir haben uns ganz wundervoll unterhalten. Am Ende machte er deutlich – auf subtile, vornehme Weise – daß ihm nichts lieber wäre, als mit mir ins Bett zu gehen!«

»Was?« Fast schrie ich, wütend auf Janos, daß er meine Schwester beleidigt hatte.

Rali lachte nur noch um so mehr. »Oh, du solltest dein Gesicht sehen! Zusammen mit deinem Haar könntest du eine Arena bei Neumond beleuchten. Du mußt mich nicht beschützen. Zumal das gar nicht nötig ist. Wie gesagt, blieb er sehr vornehm, deutete seine Absichten nur an. Eigentlich ganz schmeichelhaft. Um die Wahrheit zu sagen: Sollte ich je in Erwägung ziehen, mit einem Mann das Bett zu teilen – so widerwärtig der Gedanke auch sein mag –, käme dein Freund in die engere Wahl. Er ist *äußerst* attraktiv. Hätte er nicht diese Narbe, wäre er vielleicht sogar zu hübsch.«

Ich war besänftigt. »Dann bist du mit Janos einverstanden?«

»Das bin ich allerdings. Er ist ein guter Soldat. Ein echter Soldat. Und ich glaube, er würde alles tun, um dafür zu sorgen, daß du gesund von deiner Suche heimkehrst.«

»Was ist mit der Reise selbst?« fragte ich. »Mit meinem Plan, die Fernen Königreiche zu finden?«

»Ich halte den Plan für verrückt«, verkündete meine Schwester und wurde ernst. »Aber ich glaube, du würdest es den Rest deines Lebens bereuen, wenn du es nicht tätest.«

Sie beugte sich vor, vertieft in das, was sie sagen wollte. »In gewisser Weise bin ich neidisch auf dich, Amalric. Ein Neid, der mich gegen alle Männer aufbringt. Als ich ein Mädchen war, habe ich von einem solchen Abenteuer geträumt. Nur mußte ich bald lernen, daß ich aufgrund meines Geschlechts von Geburt an verdammt bin. Ich durfte heiraten, einem Schwein von Mann Kinder gebären und mich jeden Augenblick meines Lebens herumkommandieren lassen. Ich konnte Konkubine werden, was bei meinen Vorlieben eine ebensolche Hölle wäre. Und auch dieses wäre mir verweigert worden, da ich aus einer angesehenen Familie stamme. Zum Glück wurde ich mit der athletischen Gabe der Anteros geboren und hatte einen liebenden Vater *und* eine liebende Mutter, die so verständnisvoll waren, mir den Eintritt in die Maranonische Garde zu gestatten. Glaub mir, ich ziehe meine Langweile der meiner Schwestern jederzeit vor.«

»Also wirst du dich bei unserem Vater für meine Sache einsetzen?« fragte ich.

»Das werde ich. Wenn auch aus einem ernsteren Grund als zur Befriedigung deines jugendlichen Wandertriebs. Wenn du Erfolg hast, wirst du für die gesamte Familie Antero eine Lanze brechen. Und wir könnten diese Gerüchte aus der Welt schaffen, die der Rat der Geisterseher verbreitet. Halab wird nicht gerächt werden, aber zumindest kann unser armer Bruder in Frieden ruhen.«

»Neulich in der Taverne habe ich geglaubt, ich hätte seinen Geist gesehen«, sagte ich. »An dem Abend, als ich Janos kennenlernte. Er hat mich angelächelt und aufmunternd seinen Daumen hochgereckt.«

»Ein ausgezeichnetes Omen«, sagte meine Schwester. »Halabs Geist muß geahnt haben, was geschehen würde.«

Langes Schweigen folgte. So war es immer, wenn Halabs Name fiel. Es war sein Unglück gewesen, daß er die Familie in die Nähe der Geisterseher geführt hatte. Es war ein noch größeres Unglück gewesen, daß er mit dem Talent eines Geistersehers zur Welt gekommen war. Als Kind hatte er die Mädchen mit Prophezeiungen ungewollter Schwangerschaften erschrecken können, die sich später als zutreffend herausstellen sollten. Rali hatte mir einmal anvertraut, Halab habe im voraus gewußt, daß unsere Mutter sterben würde, und schon sechs Monate getrauert, als es schließlich geschah.

Ich erinnere mich nur an ein paar Tricks, mit denen er mich

amüsiert oder getröstet hatte. Ich hatte ein kleines Frettchen, das ich überallhin mitnahm. Es wohnte in meiner Tasche und schlief bei Nacht auf meinem Kissen. Mein Frettchen wurde krank und starb. Es geschah kurz nach dem Tod unserer Mutter und war ein schwerer Schlag für einen so kleinen Jungen. Ich trauerte so sehr, daß ich krank wurde und beinah am Fieber starb. Halab aber holte das Frettchen aus seinem Grab im Garten, wo ich es bestattet hatte. Ich weiß noch, daß ich von seinen Gesängen wach wurde. Er saß am Boden vor meinem Bett und ließ den vertrockneten Leichnam des winzigen Tieres über einer blauen Flamme baumeln, die aus einer Kupferschale flackerte. Der Geruch von brennendem, verwestem Fleisch stieg mir in die Nase. Halab streute ein Pulver in die Flammen, sang immer weiter, und plötzlich wurde der üble Gestank ganz lieblich. Dann hauchte er das tote Tier an und wirbelte es am Schwanz herum.

Er setzte es mir auf die Brust und legte meine Hand auf den kalten Körper. »Hauch es an, Amalric«, sagte er mit einer Stimme, die so sanft war, daß ich sie noch jetzt durch all die Jahre hören kann. Ich hauchte. Und ich spürte, wie aus der Kälte Wärme wurde. Dann ein Zucken. Dann ein Quieken. Und die Nase des Frettchens lugte zwischen meinen Fingern hervor. Ich stieß einen lauten Freudenschrei aus, als das maskenhafte Gesicht erschien und die kleinen Augen lebendig blitzten. Man sagt, mein Fieber habe sich nach einer Stunde gelegt. Eine Woche später sprang ich wieder herum, so quirlig wie eh und je, mit meinem Frettchen in der Tasche.

Bis heute weiß ich nicht, ob ich lachen oder weinen soll, wenn ich daran denke. Wir alle liebten meinen Bruder und bewunderten seine Gaben. Inzwischen weiß ich, daß diese Bewunderung, was meinen Vater anging, von Sorge getrübt war. Halab war entschlossen, Geisterseher zu werden. Er wollte das Wissen erwerben, das nur sie lehren durften. Doch dieser Wunsch widersprach der damaligen Politik. Mein Bruder war ein Idealist, ein Romantiker, der seine

Gaben für das Wohl der Menschen von Orissa nutzen wollte. Er träumte davon, die Kranken zu heilen und die Not der Armen und Versklavten zu lindern.

Die Geisterseher jedoch wollten ihren Einfluß auf Orissa erhalten. Kein Ratsmitglied – wie wichtig oder alteingesessen seine Familie auch sein mochte, durfte ohne ihren Segen handeln. Kein Kaufmann, Handwerker, Händler und auch keine Kurtisane durfte seinen oder ihren Beruf ausüben, ohne den verordneten Zehnten zu entrichten. Mein Bruder war offen und ehrlich, was seine Absichten anging. Nur höchst widerwillig einigten sich die Geisterseher darauf, ihn für eine Aufnahme in Erwägung zu ziehen. Sie testeten ihn gründlicher – so erzählte mir meine Schwester – als die meisten. Und sie waren rüde in ihren Fragen, als sei er von niedriger oder fragwürdiger Geburt.

Sie wiesen ihn zurück, behaupteten, er sei gescheitert. Doch Halab ließ sich nicht beirren. Er forderte das Äußerste: ein Gottesurteil. Die gesamte Stadt, so sagt man, sei auf den Beinen gewesen, als der Tag kam. Mein Bruder hatte sich geweigert, die Weisheit des Rates zu akzeptieren, und zog es vor, sein Anliegen den Göttern direkt zu unterbreiten. Die Einzelheiten des Verfahrens blieben geheim, doch alle wußten, daß ein Scheitern für ihn den Tod bedeutete. An diesem Tag betrat er den Tempel ... und kehrte nie zurück. Die Geisterseher verbreiteten, er sei gestorben. Nur gab es keine Leiche, die wir in Ehren hätten bestatten können. Es wurden keine Riten vorgenommen, die ihm seine Reise erleichtert hätten. Halabs Geist war dazu verdammt, in einer kalten Vorhölle zwischen dieser und der nächsten Welt umherzuwandern.

Es war ein hoher Preis, den wir alle für Halabs Träume zahlten. Meine Brüder beklagten sich im stillen ständig darüber. Sie waren Duckmäuser, die vor Scham zu Kreuze krochen. Mein Vater sprach vor anderen nie darüber. Nicht aus Angst um mich, sondern um seine Familie und die kommenden Generationen. Ich weiß, daß er die Geisterseher haßte. Es war ein Haß, den meine Schwester und ich mit ihm teilten.

Rali lehnte sich zurück. Sie lächelte mich an, doch an ihren Mundwinkeln sah ich, daß ihre Gedanken durch dieselben düsteren Wälder gewandert waren wie die meinen. »Laß mir eine Woche Zeit«, sagte sie. »Du weißt, wie sehr Vater in mich vernarrt ist. Aber trotzdem brauche ich Zeit, um meine töchterlichen Ränke zu schmieden.«

»Nimm Otara mit, wenn du ihn besuchst«, riet ich. »Er ist gern in ihrer Gesellschaft.«

»Oh, das werde ich. Das werde ich. Nur eines mußt du mir versprechen, Bruderherz«, sagte sie.

»Alles. Nenne mir den Berg, und ich werde ihn besteigen. Die Wüste, und ich werde sie durchqueren. Den Schatz, und ich werde ihn für dich stehlen.«

»Geh einfach jeglichem Ärger aus dem Weg.«

»Schon schwieriger«, sagte ich. »Aber ich werde mein Bestes tun. Versprochen.«

»Ich habe nicht die Absicht, diese Expedition zu unterstützen«, sagte mein Vater. Seine Worte trafen mich vollkommen unerwartet. Rali hatte gute Vorbereitungen getroffen, und ich war sicher, er würde zustimmen.

»Ihr müßt, Vater«, flehte ich. »Ich bezweifle, daß sich jemals in meinem Leben wieder eine solche Gelegenheit ergibt. Bitte, Ihr müßt mir Euren Segen geben.«

»Ich *muß* überhaupt nichts, Amalric«, erwiderte mein Vater. »Das einzige, was ich wirklich muß, ist, den Zehnten an die Geisterseher, meine Steuern an den Hohen Rat und eine Goldmünze an den Dunklen Sucher zu zahlen, damit meine Reise in die andere Welt schmerzlos und zügig vonstatten geht. Diese Dinge *muß* ich tun. Die törichte Reise eines hitzköpfigen Knaben von einem Sohn zu unterstützen, stellt für mein Dasein glücklicherweise keine Notwendigkeit dar.«

»Verzeiht mir das Wort, Vater«, flüsterte ich ernüchtert. »Nur sagt mir doch, wie ich Euch überzeugen kann. Ist es das Ziel, das Ihr unwürdig findet? Ihr bezweifelt die Existenz der Fernen Königreiche?« Mein Vater blickte mich nur an. Nicht böse, nur ernst, wenn auch mit großer Müdigkeit. Er mußte nichts sagen. Ich erinnere mich, daß mein Vater damals schon sehr alt war, obwohl ich jetzt weit älter bin als er am Tage dieser Konfrontation. Sein Haar war weiß und nach der Mode seiner Generation kurzgeschoren wie ein Helm. Er trug einen kleinen, gepflegten Bart, und seine Haut war ledern von dem vielen Reisen, die Hände übergroß und voller Altersflecken. Inzwischen jedoch bin ich mir darüber im klaren, daß Paphos Karima Antero, der Patriarch unserer Familie, seine besten Jahre noch nicht lange hinter sich hatte, und das hohe Alter, an das ich mich erinnere, eher eine Frage meines jugendlichen Blickwinkels war. Er wirkte damals so *weise*. Ich denke, ich habe in ihm eine Art Gott gesehen. Als er mich mit seinem Blick fixierte, verließ mich der Mut, und ich fühlte mich klein und wertlos. Denn ich verstand, daß *ich* der Mangel war. *Ich* war der Grund, warum die Reise zu den Fernen Königreichen nicht stattfinden würde.

Nur das Knistern des Feuers im Kamin hinter dem Schreibtisch meines Vaters war im Raum zu hören, während ich überlegte, wie ich für meine Sache kämpfen konnte. »Ich weiß, ich bin Euch eine große Enttäuschung gewesen, Vater«, sagte ich schließlich. »Mein Betragen war unverzeihlich. Zu sagen, es täte mir ehrlich und zutiefst leid, wäre nur ein schwacher Ausgleich für meine Sünden, und keine Entschuldigung – möge sie noch so verzweifelt sein – könnte die Waage zu meinen Gunsten ausschlagen lassen.«

Ruhig und prüfend sah er mich an.

»Es mag Euch wie plötzliche, ungestüme Begeisterung erscheinen. Und bedenke ich meine Vergangenheit, würde auch ich diesen

Plan ablehnen, wenn ich der Vater eines solchen Sohnes wäre. Nur flehe ich Euch an, in Eurem Herzen zu suchen und die Wahrheit zu erkennen, die dort liegt. Ich wünsche nichts sehnlicher, als Euch zu erfreuen. Das Mißtrauen gegenüber meinen Motiven auszumerzen. Mich des Namens Antero würdig zu erweisen, damit mein Vater auf dem Marktplatz voller Stolz von mir sprechen kann.« Ich schwieg, unsicher, wie ich fortfahren sollte.

»Ist das alles, was du mir zu sagen hast?« fragte mein Vater scharf.

»Nein. Ich möchte außerdem deutlich machen, daß ich Eure Entscheidung – wie immer sie ausfallen mag – klaglos akzeptieren werde, und ich will mein Bestes tun, jede Suche zu vollenden, die Ihr meiner als würdig erachtet. Bevor Ihr jedoch die Tore fest verschließt, bedenkt bitte folgendes: Für die meisten Männer meines Alters ist eine solche Suche nur eine Ausflucht, auf Kosten ihrer Väter reisen und sich vergnügen zu können. Nie wird etwas Neues entdeckt. Das Wissen der Welt wird nicht erweitert. Und unsere Handelsrouten enden nach wie vor an den Grenzen von Einflußsphären, die die Orissaner an ihrer wahren Bestimmung hindern. Eure Generation war die letzte, die diese Grenzen verschoben hat. Ihr selber habt es gewagt, die Karten nach Eurer Suche vor vielen Jahren neu zu zeichnen. Und vieles von Eurem Wissen der entferntesten westlichen Regionen basiert auf Euren späteren Handelsreisen. Nur müßt Ihr zugeben, daß die Tradition, seinen eigenen Wind zu suchen, heutzutage eine Farce geworden ist. Sie ist eine Ausrede für die Söhne der Reichen, das Geld ihrer Väter für fremden Luxus, Frauen und Wein auszugeben, außer Sichtweite der prüden Augen Orissas. Und sie kehren mit nichts als dem Wissen um die besten Tavernen und Sporthallen der zivilisierten Welt zurück.«

»Du gedenkst, es anders zu machen?« sagte mein Vater trocken.

»Ja, das tue ich, Vater. Aus diesem Grunde bitte ich nur um ein Zehntel des Geldes, das normalerweise für eine solche Reise bestimmt ist. Es soll eine *echte* Suche werden. Ich will mir keine eleganten Kleider kaufen, um Kurtisanen zu beeindrucken. Ebensowenig verlange ich auch nur eine Münze für das übliche Gefolge von Freunden. Ich brauche auch keines der Luxusgüter, die derartige Karawanen für gewöhnlich mit sich führen: feine Zelte und Teppiche und Kissen zur Erleichterung der Reise, Weine und Delikatessen als Ausgleich zur Barbarenkost, Sklaven, die die Arbeit machen, oder Frauen, die unseren Trieb befriedigen, wenn man uns die Schönheiten der Gastländer vorenthält. Ich habe die Absicht, diese Expedition so knapp und professionell wie möglich auszurüsten. Und bei so geringen Kosten ist die Wahrscheinlichkeit groß, daß sie Gewinn abwirft, selbst wenn wir unser Ziel nicht erreichen. Weiterhin glaube ich, daß ich großes Glück hatte, Hauptmann Greycloak kennengelernt zu haben, dessen Teilnahme an einem solchen Unternehmen die Erfolgschancen sicher verdoppelt.«

»Was wäre, wenn ich der Suche zustimmte, nur zu einem anderen Ziel?« fragte mein Vater.

»Ich würde es ebenso machen«, antwortete ich. »Nur würde ich es nicht so gut machen, weil Hauptmann Greycloak nicht bei mir wäre. Ich wäre enttäuscht, ganz sicher. Aber Euch meinen Wert zu beweisen, Vater, ist wichtiger als einer Enttäuschung zu entgehen.« Damit schwieg ich. Mir wollten keine weiteren Argumente einfallen. Ich machte mich auf seine Ablehnung gefaßt und flehte Halabs Geist an, mir dabei zu helfen, diese Ablehnung gut aufzunehmen.

Ein Klopfen an der Tür war zu hören. Tegry, der Diener meines Vaters, steckte seinen Kopf herein. In seinem Gesicht sah ich ein feines Lächeln der Genugtuung. Es wurde breiter, als er mein offensichtliches Unwohlsein bemerkte. Ohne Zweifel lachte er in sich hinein, weil ich endlich die gerechte Strafe für mein Tun erhielt.

»Was ist?« fragte mein Vater gereizt. Tegrys Grinsen verflog. Der Ton meines Vaters klang bedrohlich. »Ihr wolltet informiert werden, Herr, wenn Hauptmann Greycloak eintrifft.«

Ich war perplex. Offenbar hatte mein Vater Janos gebeten, meiner endgültigen Erniedrigung beizuwohnen. Ich versuchte, mich nicht aufzuregen, weil dies auch Janos gegenüber unhöflich gewesen wäre. »Schick ihn herein«, sagte mein Vater. »Und bring uns etwas Wein. Nur nicht diesen Essig vom Markt! Hol eine gute Flasche aus dem Keller.« Der Magen zog sich mir zusammen, als Tegry einen bösen Blick in meine Richtung warf und verschwand, um zu tun, was man ihm aufgetragen hatte.

Das Verhalten meines Vaters war verwirrend. Und was er als nächstes zu mir sagte, war noch verwirrender. »Dies eine Mal habe ich gegen einen deiner Gefährten nichts einzuwenden. Und ich habe mich bei meinem Urteil über Janos Greycloak nicht allein auf die Einschätzung deiner Schwester verlassen. Hauptmann Greycloak scheint ein ausgezeichneter Soldat zu sein, der die militärische Seite einer solchen Expedition übernehmen kann ... falls sie genehmigt wird. Um die Wahrheit zu sagen, hat er mich so sehr beeindruckt, daß ich ihn persönlich eingeladen habe, um ihm zu sagen, daß ich an ihm nichts auszusetzen habe. Alles andere wäre unhöflich.«

Ich hörte Janos' Stiefel auf dem Korridor und wollte mich am liebsten davonstehlen wie ein inkontinenter Köter, der eben seinen Lieblingsplatz am Kamin beschmutzt hat. »Kommt herein, guter Hauptmann«, rief mein Vater mit lauter Stimme, als Tegry Janos ankündigte. »Danke, daß Ihr meinem Wunsch so prompt nachgekommen seid.«

Janos hatte sich sorgfältig gekleidet und machte einen guten Eindruck, als er eintrat und sich tief verneigte. »Es war meine eigene Freude über Eure freundliche Einladung, die mich so schnell hierher geführt hat, Lord Antero«, antwortete er.

»Nein, nichts davon«, sagte mein Vater. »Wir sollten hier als Gleichberechtigte sprechen, wenn Ihr die Expedition meines Sohnes zu den Fernen Königreichen leiten wollt. Nennt mich Paphos ... bitte.«

Mein Kinn schlug beinah am Holzboden auf. Mein Kopf drehte sich vor Verwirrung, dann vor reiner Freude. Tränen stiegen mir in die Augen, und ich hatte einen Klumpen im Hals, der drohte, ein schwerer Seufzer der Erleichterung zu werden. Ich wollte mich meinem Vater zu Füßen werfen, um mich wimmernd zu bedanken.

Er lächelte und zwinkerte mir zu. »Schenk uns doch etwas von dem Wein ein, den Tegry geholt hat, Amalric«, sagte er. »Ich möchte Janos' Meinung dazu hören.«

Ich schenkte ein und reichte die Kelche herum. Janos warf mir einen seltsamen Blick zu, doch ich wandte mich ab, um mich nicht komplett zum Esel zu machen. Das Gespräch, das sich während der folgenden Stunde entspann, nahm ich kaum wahr. Die Unterhaltung muß angenehm gewesen sein, nicht zuletzt durch Janos' Beiträge, denn ich hörte viel Gelächter über die Scherze meines Vaters und respektvolles Schweigen, wenn er einige seiner Lieblingsanekdoten erzählte.

Noch immer fragte ich mich – was war mir entgangen? Einen Augenblick zuvor war mir meine Suche verweigert worden. Jetzt wurde sie herzlich begrüßt und mit Trinksprüchen beim besten Wein meines Vaters besiegelt. Mit anderen Worten: Was hatte ich richtig gemacht? Was hatte ich gesagt, um den notorischen Dickkopf eines Paphos Karima Antero umzustimmen? Dann verstand ich, zumindest teilweise. Seine Weigerung war ein Test gewesen. Es war nicht das, *was* ich gesagt hatte, sondern die tiefe Leidenschaft meiner Verteidigung. Es war ein Trick, den ich seit jenem Tag oft angewendet habe. Er hat mir gute Dienste geleistet.

»Da ist eine Sache, über die wir uns von Anfang an im klaren sein müssen«, hörte ich meinen Vater zu Janos sagen.

»Und was ist das, Sir?« fragte Janos.

»Meiner Erfahrung nach liegt einer der wichtigsten Gründe für das Scheitern solcher Expeditionen in der mangelhaften Klärung von Autorität und Verantwortung.«

»Eure Weisheit ist weit größer als meine«, sagte Janos. »Daher würde ich Euch hierin nicht widersprechen. Besonders, da meiner geringen Erfahrung nach Eure Worte voll und ganz zutreffen.«

»Gut«, sagte mein Vater. »Dann werdet Ihr meiner ersten und einzigen Anweisung auch nicht widersprechen. In allen Fragen der Sicherheit dieser Expedition seid allein Ihr zuständig. Mein Sohn wird bei Eurem Vorgehen, was die Soldaten betrifft, in keiner Weise eingreifen.

In sämtlichen Fragen des Geschäfts jedoch, des Budgets oder des Handels, ist das Wort meines Sohnes Gesetz. Es ist *seine* Suche. *Seine* Expedition. Und am Ende wird er mir für den Erfolg oder Mißerfolg Rechenschaft ablegen. Abgemacht?«

»Ohne das leiseste Zögern«, sagte Janos.

Mein Vater wandte sich mir zu. »Amalric... Sollte darüber Uneinigkeit bestehen, ist jetzt der Augenblick, davon zu sprechen. Du solltest es nicht aufschieben, bis du in der Wüste bist und eine Horde Dämonen über die Dünen stürmt. Also... stimmst du ebenfalls zu?«

Noch immer war ich viel zu ergriffen, als daß ich mehr hätte tun können als wild zu nicken und meine Zustimmung zu krächzen.

Janos schaltete sich ein. »Wenn ich so unverschämt sein dürfte, Sir«, sagte er. »Ich hätte selbst auch eine kleine Bedingung.«

Seine Worte ließen mich zusammenzucken. Was tat er? Mein Vater hatte schon zugestimmt. Warum drängte Janos nach mehr? Ich war sicher, mein Vater würde es sich auf der Stelle anders überlegen.

»Und was sollte das sein, Hauptmann?« hörte ich meinen Vater fragen und war erstaunt über seinen jovialen Tonfall.

»Ich möchte nur Eure Meinung über unser Ziel hören, Sir. Denn ich muß Euch warnen, daß ich alles riskieren werde, was wir gewonnen haben, wenn wir uns diesem Ziel einmal nähern. Doch falls Ihr glaubt, wir würden nur einer Fabel nachjagen... das wäre der Punkt, an dem sich unsere Wege trennen.«

Jetzt hat er alles kaputtgemacht, dachte ich. Mein Vater war kein

Freund von Fabeln. Ich bekam meinen Willen, so dachte ich, weil er sich von dieser Reise einigen Gewinn versprach. Es war egal, wie das Ziel hieß, solange auf dem Weg dorthin Gelegenheit zum Handeln war. Und jetzt wurde sein guter Wille von Janos' Ultimatum zerstört. Dennoch war ich neugierig, wie er reagieren würde. Ich erinnerte mich daran, daß auch ich diese Frage gestellt hatte … ohne eine Antwort bekommen zu haben.

Ich erwartete zu sehen, daß mein Vater wütend das Gesicht verzog. Aber statt dessen wirkte er sanft und nachdenklich. »Das ist nur fair«, sagte er schließlich. »Ich würde dasselbe wissen wollen, wenn ich in Euren Stiefeln steckte.« Er schenkte sich nach und trank. »Wir haben einen gemeinsamen Traum, Hauptmann«, sagte er schließlich. »Die Fernen Königreiche halten mich in ihrem Bann, seit ich ein kleiner Junge war.«

Er muß gehört haben, daß ich nach Atem rang, denn er wandte den Kopf und warf mir ein seltsam ironisches Lächeln zu. »Ich habe nie jemandem davon erzählt«, erklärte er. »Aber ich habe einmal dort gesessen, wo du jetzt sitzt, mein Sohn. Und ich habe meinen Vater angefleht, mich auf eine solche Expedition gen Osten ziehen zu lassen. Er hat es mir verweigert. Und seit damals habe ich es jeden Tag bereut.«

Ich suchte nach Worten. Vor wenigen Augenblicken noch hatte ich meinen Vater im stillen beschuldigt, ein geldgieriger Kaufmann zu sein, mit einer Seele, die zu klein für Fabeln oder Träume war. »Aber … wie konnte er? Jeder weiß, was für ein großer Reisender du warst. Viele unserer Handelswege würden ohne dich nicht existieren!«

Mein Vater winkte ab. »Das hätte jeder tun können. Und aus mir spricht keine falsche Bescheidenheit, denn Gott weiß, ich bin kein bescheidener Mann. Tatsache ist, daß zu meiner Zeit keine jungen Männer auf eine wichtige Suche gehen wollten. Daher fiel es mir leicht, mich hervorzutun. Ich sah damals, daß Orissas Welt schrumpfte, statt weiter zu expandieren. Und seit unserem Sieg über Lycanth ist das noch schlimmer geworden. Inzwischen gehört nicht viel dazu, reich zu werden. Wir müssen nur die alten, sicheren Häfen anlaufen. Deshalb hat es seit meiner Zeit nur noch so wenige wichtige Entdeckungen gegeben. Und das ist auch der Grund, warum ich dir meinen Segen gebe. Wenn Orissa sich nicht auf die Suche begibt, wird es bald nicht mehr existieren.«

»Dann *glaubt* Ihr an die Fernen Königreiche?« fragte ich.

Mein Vater zögerte lange. Dann: »Laß es mich so sagen… Ich möchte daran glauben. Es muß für Suchende immer einen Ort geben, den sie suchen können. Wir alle sind mit derselben Sehnsucht im Herzen geboren. Und wenn die Antwort darauf nur ein Kanten Brot ist, den wir unseren Brüdern nehmen, was hat das alles dann für einen Sinn? Deshalb gebe ich dir meinen Segen, Sohn. Und auch Euch, mein guter Hauptmann. Sucht die Fernen Königreiche! Findet sie, wenn Ihr könnt. Bei den Göttern, falls die Fernen Königreiche existieren, werde ich glücklich aus dem Leben scheiden, denn ich weiß, ein Antero hat ihre Luft geatmet.« Er hob den Kelch an die Lippen und trank. »Ist Euch das Antwort genug, Hauptmann?« fragte er energisch.

»Mehr, als ich mir zu erhoffen wagte, Sir«, antwortete Janos respektvoller, als ich es je von ihm gehört hatte. »Ich danke Euch.«

»Keine Ursache«, erwiderte mein Vater. Er wandte sich mir zu. »Dann ist es also abgemacht. Jetzt fehlt dir nur noch die Genehmigung vom Rat der Geisterseher.«

Mein Herz setzte einen Augenblick beinahe aus. Die Geisterseher hatte ich ganz vergessen! Keine Handelsexpedition durfte ohne ihre Zustimmung durchgeführt werden, und diese Zustimmung war nicht zu bekommen, wenn nicht Geld und die Aussicht auf noch mehr Geld im Spiel war. Und selbst dies war keine Garantie, daß die Omen günstig ausfielen. Besonders für ein Unternehmen wie dieses, von dem ich meinem Vater gegenüber geprahlt hatte, es sei mit den gewöhnlichen Suchen meiner Altersgenossen nicht zu vergleichen. Man würde Knochen werfen. Und wie die Geisterseher diese Knochen deuteten, war stets zweifelhaft. Besonders bei einem Antero.

Mein Vater sah mich an und füllte unsere Gläser. »Mal sehen, wie ich dir helfen kann«, sagte er. »Ich habe da einige offene Rechnungen, die längst hätten beglichen werden sollen. Bis dahin . . .« Er hob seinen Kelch. »Auf die Fernen Königreiche!«

»Auf die Fernen Königreiche«, wiederholten wir. Während wir tranken, sah ich Janos über meinen Kelch hinweg an. Auch er lächelte, aber ein wenig unsicher. Zumindest war ich nicht der einzige, der sich wegen des Rats der Geisterseher sorgte.

Zu Zeiten meiner Suche erstellte man die Kostenplanung einer Expedition mit Hilfe von etwas, das wir Kaufleute das »Gesetz der Drei« nannten. Ein Drittel der Kosten war für die Ausrüstung bestimmt, das zweite für die Mannschaft und das dritte für die Götter. Gewinne aus einer erfolgreichen Expedition teilte man nach dem »Gesetz der Vier«: zwei Viertel für Kaufmann und Geldgeber, ein Viertel für die Mitglieder der Expedition oder deren Hinterbliebene in der Heimat, und das letzte Viertel ging wiederum an die Götter. Die Geisterseher kassierten die Gottessteuer, und damals sagte man im Scherz, der Älteste der Geisterseher würde die Münzen wohl in die Luft werfen. Was oben blieb, gehörte den Göttern. Was wieder herunterkam, blieb bei den Geistersehern.

Unseligerweise waren beide Faustregeln für eine korrekte Buchhaltung nicht zu gebrauchen. Allein die Kosten für eine Anhörung vor dem Rat konnten einen kleinen Silbersee füllen, wenn der Kaufmann den Schreibern der Geisterseher und den Priesterhelfern »Geschenke« zusteckte. Ein noch kostbareres »Geschenk« war jenem Mitglied des Rates zu machen, das die Interessen des Kaufmanns vor seinen Kollegen vertreten sollte. Es gab keine Möglichkeit, sich dem zu entziehen, obwohl das Gerücht ging, manch einer hätte es versucht, sei erwischt und dann lebenslang von jeglichem Handel ausgeschlossen worden... vorausgesetzt, die Geisterseher waren überhaupt so freundlich, den Abtrünnigen am Leben zu lassen.

Es folgten endlose und ausschweifende Läuterungsriten, dann wurden von einem der Bittsteller die Knochen geworfen. Ein gutes Omen war nicht unbedingt gesichert, selbst wenn aus dem kleinen Silbersee inzwischen ein ganzes Meer geworden war. Manchmal war ein böses Omen so stark, daß es sich unmöglich leugnen ließ. Garantiert war dieses böse Omen jedoch, wenn sich der Kaufmann knauserig mit seinen Geschenken gab. Was die Regeln der Gewinnaufteilung anging, so vergrößerte ein umsichtiger Kaufmann den Anteil der Geisterseher am besten mit einigen zusätzlichen Silberstücken aus eigener Tasche. Dieses geschah, um ein weiteres Gesetz Orissas zu umgehen, welches besagte, daß jedes Objekt, das eine heimkehrende Expedition bei sich führte, auf seine spirituelle Reinheit zu prüfen war. Außerdem war es üblich – und keine noch so große Menge an »Geschenken« konnte dies verhindern –, daß alles, was den Zauberkünsten förderlich war, automatisch den Geistersehern zufiel. Jedes Buch, jeder Talisman, jedes Pulver, jeder Trank, auf den das zutraf, war ihnen unverzüglich zu übereignen. Die Strafe für einen Verstoß gegen dieses Gesetz war der Tod.

Da meine Suche aus dem einzigen Grunde unternommen wurde, einen Weg über die geheimnisvollen und tödlichen Grenzen – manche greifbar, andere durch Zauberkraft gesetzt – zu finden, die unsere Welt damals beengten, würde man diesem Gesetz viel Aufmerksamkeit schenken. Kompromißlos würde der Rat der Geisterseher Garantien fordern, falls er unsere Expedition zu den legendären Fernen Königreichen gestatten sollte.

Mein Vater jedoch war in solchen Dingen ungemein erfahren. Die Kunst, Geistersehern zu schmeicheln, beherrschte Paphos Karima

Antero wie kaum ein anderer. Trotz seiner Unbeliebtheit im Rat kannte er sich in den Nischen und Winkeln des Verwaltungslabyrinths so gut aus, daß er nur selten seinen Willen nicht bekam und fast immer einen besseren Preis als die meisten erzielte. Ein Federstrich in einem Hauptbuch oder das Fehlen eines solchen kann manchmal zu erstaunlichen Resultaten führen. Während ich also aus dem Blickwinkel des jungen Mannes einen schier unüberwindlichen Berg vor mir sah, machte sich mein Vater ans Werk, ließ hier ein Wort fallen, dort eine Geldbörse, und löste alte Verbindlichkeiten ein.

Endlich kam der entscheidende Tag. Es war Frühsommer, die Zeit der Morgennebel und der warmen Nachmittage. Der Duft von Orangen und knospendem Rosmarin hing in der Luft. Wir warteten im Garten hinter dem Palast der Geisterseher, in die blütenweißen Roben der Bittsteller gekleidet, frisch geschrubbt und mit Ölen gesalbt. Unsere Mägen knurrten nach dem dreitägigen Fasten und Entschlacken, das für die Riten nötig war. Meine Anspannung hatte sich durch die letzten Worte meines Vaters noch verstärkt, als wir das Haus verließen. »Sei auf der Hut«, hatte er mich gewarnt. »Tu genau, was man dir sagt, und nichts weiter. Das Ziel, das du dir für deine Suche gewählt hast, hat das Interesse unserer Feinde geweckt. Sie werden dich beobachten und genau zuhören.«

Auch Janos war ungewöhnlich schweigsam. Ich blickte über den Kopf des kleinwüchsigen Schreibers hinweg, der unseren Fall bearbeitete, und sah, daß er nervös an seinem Bart zupfte. Er sah mich, und der fragende Ausdruck auf seiner Miene wandelte sich zu einem leisen Lächeln. »Kein Grund zur Sorge«, sagte er. »Das Schlimmste, was sie tun können, ist, nein zu sagen.« Ich dachte an Halab und antwortete nicht.

Ein Sklave kam die Treppe heruntergelaufen. »Man ist bereit für Euch, Ihr Herren.« Der Schreiber zupfte an meinem Ärmel. »Legt das hier an, Herr«, sagte er und reichte mir einen langen Streifen aus rotem Tuch. »Zieht es fest und entfernt es erst, wenn man Euch die Erlaubnis gibt.« Dann gab er auch Janos eine Augenbinde, und ich betete leise zu unserem Hausgott und legte das Tuch über die Augen, bis alles dunkel war. Dann stolperten wir hinter dem Schreiber her eine breite Steintreppe hinauf in den Palast.

Der Palast war voller Düfte und fremder Geräusche: eine Mischung aus Parfum und Schwefel, klingelnder Glöckchen und dem *klapp, klapp, klapp* von hohlem Holz auf Stein. Als wir von Raum zu Raum gingen, wurde die Luft kalt, dann warm, dann plötzlich wieder kalt. Gleichbleibendes Flüstern war zu hören, dunkles Zischen drang aus allen Ecken. Es rauschte, als eine große Tür geöffnet wurde, und wir traten in einen Raum, der nach trockener, schuppiger Echsenhaut roch. Ein Zupfen an meinem Ärmel brachte mich zum Stehen.

»Ihr könnt Eure Tücher abnehmen, edle Herren«, sagte eine unbekannte, barsche Stimme. Ich zog die Augenbinde ab und fand mich in einer Welt von grauem Stein und schmutzig gelbem Licht wieder. Eine Gestalt im Talar stand vor uns. Es war der Geisterseher, dem Janos und ich vor einiger Zeit auf der Straße begegnet waren.

»Ich heiße Euch willkommen, edle Herren«, sagte er. »Mein Name ist Jeneander. Ich werde Euer Führer sein an diesem entscheidenden Tag.«

Einen Augenblick stand ich ganz still, dann spürte ich Janos' Ellbogen in meinen Rippen. »Gepriesen seien die Götter, daß Ihr uns leuchten sollt«, intonierte ich, zog eilig eine Börse aus meiner Robe und preßte sie in Jeneanders wartende Hände. Er ließ sie so schnell verschwinden, wie eine Meerechse Möwen aus der Luft schnappt.

Jeneander beugte sich vor und flüsterte: »Ich werde Euch jetzt einen Moment allein lassen. Erfrischt Euch in meiner Abwesenheit mit diesem hier.« Er reichte uns ein kleines, in Öltücher gewickeltes Bündel. »Ich freue mich, verkünden zu können, daß einer unserer vielversprechendsten jungen Geisterseher Interesse an Eurer geplanten Expedition zeigt«, sagte er laut. »Er wird gleich kommen, um dem Werfen der Knochen beizuwohnen. Ihr mögt von ihm gehört haben. Sein Name ist Cassini.«

Ich unterdrückte ein Stöhnen. »Das Glück scheint uns auch weiterhin hold zu sein«, brachte ich hervor. Wir verneigten uns voreinander, und Jeneander schwebte davon, um sich auf die Zeremonie vorzubereiten. Hastig wickelte ich das Bündel aus und fand mehrere große Brocken von weingetränktem Schwarzbrot darin. »Aber was ist mit unserem Fasten?« flsüterte ich Janos zu. »Ich dachte, alles Essen sei verboten?«

Janos lachte leise und griff sich ein Stück Brot. »Ich habe gelernt, mein lieber Amalric, daß es so viele Nuancen dieses Wortes gibt wie Münzen in der Schatzkammer eines reichen Mannes.« Er schlang das Brot herunter. »Iß! Ich glaube, unser neuer Freund sorgt sich mehr um unseren ausgehungerten Verstand als um diesen kleinen Akt der Blasphemie.« Ich aß, kaute das Brot mit Genuß. Augenblicklich wandelte sich meine Stimmung, und ich begann, die Dinge klarer zu sehen.

»Wer ist dieser Cassini?« fragte Janos. »Ich dachte, wir könnten uns den Geisterseher aussuchen, den uns der Rat mit auf die Reise gibt.«

»Manchmal«, sagte ich. »Manchmal nicht.«

Janos nahm mich in Augenschein. »Deine Miene – kunstvoll verborgen, wie ich gern zugebe – hat mir den Eindruck vermittelt, als hättest du von diesem Cassini schon gehört.«

»Du meine Güte«, sagte eine Stimme. »Es ist kaum Mittagszeit, und schon höre ich ständig meinen Namen.« Beide drehten wir uns um, den Sprecher zu begrüßen. Er war hochgewachsen und etwa in meinem Alter, mit wenig Fleisch auf den Knochen und einem verwöhnten Zug um den weichen Mund. Seine Robe war für einen so jungen Mann reich bestickt und deutete auf eine wohlhabende Familie hin.

»Ah, da seid Ihr ja, Cassini«, erwiderte ich. »Gerade wollte ich meinem Begleiter ... Hauptmann Janos Greycloak ... Eure einnehmende Persönlichkeit beschreiben.«

Als ich ihn vorstellte, verbeugten sich beide. »Cassini und ich waren einmal Kameraden auf dem Sportfeld und in der Taverne«, erklärte ich Janos. »Manch einer trauerte, als Cassini berufen wurde und uns den kindlichen Spielen überließ.« Janos sah an meinem Fingerzeig, daß ich nicht zu den Trauernden gehört hatte. »Wir kannten einander nicht sonderlich gut, was mein Pech und sein Glück war.«

Cassini trat vor, ein betuliches Lächeln auf den weichen Lippen. »Dann seid Ihr nicht enttäuscht, daß ich Euch auf Eurer Suche begleiten möchte? Seid bitte ehrlich, mein Freund, wenn ich Euch so nennen darf.«

»Oh, absolut nicht«, log ich. »Verflucht will ich sein, wenn ich so etwas je gedacht haben sollte.«

Ich wandte mich Janos zu. »Unsere Reise ist von Anbeginn gesegnet«, sagte ich. »Denn in Cassini wirst du einen gelehrten und gottesfürchtigen Geisterseher wie auch einen höchst angenehmen Gefährten finden.«

»Nicht so übermäßig gottesfürchtig, daß ich gegen die Leckerbissen in Euren Händen etwas einzuwenden hätte«, sagte Cassini mit künstlichem Lachen und deutete auf die Reste unseres Festmahles aus Brot und Wein. Wir waren klug genug, zu erröten und uns eilig von den Spuren zu befreien.

»Willkommen in unseren Reihen, guter Mann«, sagte Janos. »Mir ist beinah, als wären die Knochen schon geworfen und wir befänden uns schon auf dem Weg, mit einem guten Omen, das uns den Weg leuchtet. Darf ich fragen, was Euch erlaubt, unseren Bemühungen freundlich gesonnen zu sein?«

»Nun, das Ziel natürlich«, sagte Cassini.

»Dann gehört Ihr nicht zu denen, die die Existenz der Fernen Königreiche in Frage stellen?«

»Soweit würde ich nicht gehen«, antwortete Cassini. »Bisher liegen nicht ausreichend Beweise vor, daß ich zu einer abschließenden Meinung kommen könnte. Das Unternehmen selbst ist sicher nützlich. Was immer am Ende wahr sein sollte: Es wäre mir in jedem Falle eine Ehre, meinen Obersten die Nachricht zu bringen.«

Janos nickte. Am Funkeln in seinen Augen sah ich, daß er mehr verstanden hatte, als Cassini lieb sein konnte. Denn Cassini war ein junger Mann von vornehmer Abstammung, doch nur geringem Talent. Tatsächlich bezweifle ich, daß er auch nur ein Zehntel der Fähigkeiten meines Bruders besaß. Reichtum und Verbindungen seiner Familie hatten ihm einen Platz unter den Geistersehern eingebracht, doch jetzt stagnierte seine Karriere – vielleicht endgültig. Er brauchte dringend einen Erfolg, um diese Erstarrung abzuschütteln. In den Fernen Königreichen sah er seine Chance. Janos verstand, daß Cassini aus persönlicher Not handelte, denn in der Stimme des Geistersehers lag ein Unterton, in seinem Habitus eine erzwungene Ruhe, die durch das Scharren der Füße und nervöse Spielereien der Finger Lügen gestraft wurde.

»Ihr habt recht, wenn Ihr glaubt, mit dieser Expedition ließe sich viel erreichen«, sagte Janos. »Doch würde ich Euch keinen Dienst erweisen, wenn ich nicht darauf hinwiese, daß auch eine große Gefahr darin liegt. Niemand ist jemals dort gewesen, wohin wir fahren wollen ... und keiner wäre je zurückgekehrt, um davon zu erzählen.«

»Ich bin nur ein leerer Krug, den die Götter füllen ... oder brechen werden«, sagte Cassini. »Das Wissen um ihre Ziele ist mir Gewinn genug.« Wie üblich folgte auf diese pathetische, verlorene Bescheidenheit drückendes Schweigen, unterbrochen von Jeneanders Rückkehr.

Er begrüßte Cassini mit einem Lächeln. »Nun hat sich auch der dritte Abenteurer zu uns gesellt.« Er winkte. »Kommt. Der Rat erwartet uns.«

Wir folgten ihm durch schwere Vorhänge einen langen Korridor entlang, von Feuerperlen erleuchtet, die an den Köpfen alter Götterstatuen und mit Reißzähnen versehener Untiere hingen, die einmal Günstlinge gewesen sein mochten. Unheimliche Schatten tanzten an den Wänden. Hörner, spitze Zähne und scharfe Klauen. Der Korridor führte in eine riesige, dunkle Grotte von einem Raum. Jeneander führte uns auf eine steinerne Plattform, die einige Fuß hoch über dem Boden stand. Sie war von großen Fackeln eingefaßt, die tropften, qualmten und Funken sprühten. Lange standen wir da, blinzelten und versuchten, uns zu orientieren. Ich kann nicht für Janos sprechen, doch mein Herz war voller Furcht. Es tat einen Ruck, als eine mächtige Stimme rief: »Wer sind diese Sterblichen, die hier vor uns stehen?«

»Suchende aus der Stadt Orissa, Hohe Herren«, antwortete Jeneander.

»Und wer bürgt für ihre Gottesfürchtigkeit und ihren Wert?«

»Ich bürge, Hohe Herren. Ich ... Jeneander, bringe sie zu Euren Gnaden.«

»Wer wird für sie sprechen?«

Schweigen. Dann spürte ich, daß Janos' Zeh an meinen Absatz stieß. Es dauerte, bis ich meine sieben Sinne beisammen hatte. »Ich spreche für sie, Hohe Herren«, antwortete ich. »Ich, Amalric, Sohn Eurer Tochter Emilie, Sohn Eures Sohnes Paphos Karima Antero.«

Inzwischen sah ich etwas klarer. Direkt vor der Plattform konnte ich nackten Steinboden ausmachen. Er war überzogen von Zauberquadraten, Dreiecken, geheimnisvollen Ziffern und Symbolen. Das Ganze war von einem enormen Kreis umgeben, gezeichnet mit reinem Goldblatt. Der Rat der Geisterseher saß auf der anderen Seite des Zirkels, in all seinem Prunk, mit schwarzen, goldbetreßten Roben. Es waren zehn, und sie saßen auf Thronen aus geschliffenen Smaragden. An der Wand darüber wirbelten Farben und Rauch und schlängelnde Schatten herum. Der Sprecher saß auf dem mittleren

Thron. Sein Gesicht war faltig und falkengleich, als hätte man den Raubvogel aus einem Apfel geschnitzt und ihn dann vertrocknen lassen. Sein Haar und der Bart glänzten weiß und fielen herab, als wären sie seit Jahren nicht geschnitten. Die Augen glühten gelb und schienen bis in meine Seele vorzudringen. Das war Gamelan, der Älteste der Geisterseher.

»Und was ist dein Begehr, Amalric, Sohn der Emilie, Sohn des Paphos Karima Antero?« fragte Gamelan.

»Wir wollen zu den Fernen Königreichen, Hohe Herren. Zum Nutzen Orissas und der Ehre seiner Götter.«

Es folgte eine Pause, als die Geisterseher untereinander flüsterten. Ich wußte nicht, ob das so üblich war, sah dann aber an Cassinis besorgtem Blick, daß dem nicht so war. Schließlich sprach Gamelan. »Einer unter euch ist ein Fremder, geboren aus dem Schoß einer Tochter Orissas.«

»Dieser Mann bin ich, Hohe Herren«, antwortete Janos. »Janos, Sohn der Kether, Sohn des Prinzen Greycloak von Kostroma.«

»Wir haben von deinem Interesse an der Kunst der Geisterseher gehört.«

Furcht ergriff mich. Welchen Zweck verfolgte diese Frage? Wer verbreitete Geschichten über meinen Freund? Das war nicht mit Sicherheit zu sagen. Seher sind allwissend. Falls Janos es bestritt, zweifelte er ihre Macht an. Doch wenn er es zugab, mochte es sein, daß wir Halabs Schicksal teilten. »Es ist wahr«, antwortete Janos leichthin. »Ich habe ein geringes Talent, was nicht von Zauberei und Hexenkünsten stammt, das kann ich Euch versichern. Als Soldat bei den Lycanthern war ich gezwungen, mich auf meinen in Orissa geschulten Verstand zu verlassen. Ich hatte einigen Erfolg mit Furunkeln und der Fußfäule, unter der meine Männer litten. Und einmal habe ich eine Wunde am Hintern meines Sergeanten behandelt.«

Ich meinte, gedämpftes Lachen zu hören, doch es muß wohl meine Phantasie gewesen sein, denn war nicht Gelächter für so hochstehende Persönlichkeiten unschicklich? »Hatte ich erst einmal Orissas Tore geküßt«, fuhr Janos fort, »warf ich das wenige, das ich erfahren hatte, eilig beiseite. Ich halte selbst die Heilung von Furunkeln ohne professionellen Beistand für tollkühn. Und als ich vor wenigen Augenblicken erfuhr, daß einer der geschicktesten jungen Geisterseher des ganzen Reiches uns auf unserer Reise begleiten soll, gelobte ich noch im selten Moment, dem Gott, der uns gewogen ist, ein fettes Lamm zu opfern.«

Fast konnte ich spüren, wie Cassini sich plusterte und sein Ego die Federn spreizte wie ein Pfau beim Balztanz. Dem Nicken der Geisterseher nach zu urteilen schien Janos' Antwort auf Zustimmung zu stoßen. »Nun gut, also«, sagte Gamelan, als das Flüstern erstorben war. »Die Zeit ist gekommen, die Knochen zu werfen. Bist du bereit, Amalric Emilie Antero?«

»Ich bin bereit, Hohe Herren«, antwortete ich.

Jeneander trat an mich heran und öffnete eine verzierte Schachtel. Sie war in zwei Fächer geteilt. Auf einer Seite lagen zwei dicke Stücke von etwas, das einmal der Oberschenkel eines Lebewesens gewesen sein mußte. Im anderen lagen Teile eines menschlichen Schädels. Doch was sollte ich zuerst nehmen? Meine Hand zögerte, dann ergriff eine Macht von ihr Besitz und zog sie nach links. Ich nahm die Oberschenkelknochen aus der Schachtel. Ich hielt sie in der rechten Faust, und mit der Linken schlug ich mir fünfmal an die Brust, während ich sprach: »Oh, großer Herr Te-Date – Gott und Beschützer aller Reisenden. Ich rufe deine Weisheit für unsere heilige Suche der Fernen Königreiche.« Ich warf die Knochen in den goldenen Zirkel. Dann nahm ich die Schädelstücke heraus, schlug mir noch dreimal an die Brust und beendete meine Beschwörung. »Segne uns, großer Te-Date, mit deiner Weisheit. Und enthülle unser Schicksal mit diesen Knochen.« Die Schädelstücke gaben ein trockenes Klappern von sich, als ich sie neben die anderen warf.

Eine Stille folgte, die in der Welt der Menschen ihresgleichen sucht. Kalte Dunkelheit breitete sich aus, bis nur noch der leuchtende Zirkel zu sehen war, doch meine Kopfhaut juckte und brannte, als stünde ich vor einem gewaltigen Feuer. Meine Zunge wurde so trocken wie die Schuppen einer Echse, und meine Augen waren heiße, tränenlose Höhlen. Die Oberschenkelknochen rührten sich. Sie lösten sich vom Boden, und ihr Scharren auf dem Stein schmerzte in meinen Ohren. Sie schwebten einen Augenblick, dann schoben sie sich langsam zusammen, bis sie einander berührten. Bei dieser Berührung stiegen roter Rauch und Schwefelwolken auf. Entsetzen nahm von mir Besitz, und ich wollte fliehen, doch eine ungeheure Macht hielt mich zurück. Die Wolke wirbelte, sprühte Funken und nahm Form an. Ein mächtiges Tier trat daraus hervor, knurrte und brüllte und drohte mit den Klauen. Auf zwei massiven Beinen ragte es über uns auf und schlug mit seinem scharfkantigen Schwanz um sich. Das Untier war gehörnt, mit grausigen, roten Augen und blutigen Zähnen von der Größe meines Unterarms. Die Schuppen waren grün wie eine Leiche aus dem Fluß. Dann sah es mich. Als ich in diese Augen blickte, schien mir, als hätte ich so etwas Böses noch nie gesehen.

Der Dämon brüllte auf, sprang vor, und ein Stöhnen war zu hören, als er die Grenze des goldenen Zirkels überschritt. Wieder versuchte ich zu fliehen, doch ich war gefesselt, als sollte ich geopfert werden. Der Rachen des Ungeheuers klaffte weit, und fast war ich überwältigt von seinem heißen Atem, der nach allen toten und faulen Dingen dieser und aller anderen Welten roch. Das Untier beugte sich, um mich mit seinen Riesenzähnen zu zerreißen. Aber plötzlich war ein schwerer Donnerschlag zu hören, der durch die Höhle der Geisterseher hallte. Der Dämon hielt inne. Ich war nur Zentimeter vom Tod entfernt. Wieder donnerte es, erschütterte mich bis ins Mark.

Das Untier drehte sich, wandte den gehörnten Kopf dem goldenen Zirkel zu. Ich sah, wie es zuckte, als es etwas entdeckte. Es stieß ein Kreischen aus, das die Luft weißglühend machte, und sprang vor, die Klauen kampfbereit erhoben. Jetzt sah auch ich den Herausforderer. Ein nackter, unbewaffneter Mann stand dort, wohin ich die Schädelstücke geworfen hatte. Doch war er kein Mann, wie ich ihn bis dahin – oder seither – gesehen hatte. Er war nicht groß, sondern dick und kräftig gebaut, mit kurzen Säulen von Beinen und Armen. Brust und Rücken waren dicht behaart, und sein Gesicht von einem langen Bart verdeckt. Sein Kinn ragte vor, und dunkle Augenhöhlen funkelten unter knochigen, geschwungenen Brauenbögen. Der Mann brüllte den Dämon an und stampfte mit dem Fuß auf. *Wumm.* Der Raum erzitterte. Der Nackte stampfte mit dem anderen Fuß. *Wumm.* Wieder und wieder forderte er den Dämon heraus. *Wumm. Wumm. Wumm.* Alle drei wußten wir, daß unsere einzige Hoffnung auf diesem nackten, unbewaffneten Mann ruhte.

Er lief dem drohenden Dämon entgegen und schlug ihn mit der Faust, daß der Raum erbebte. Das Untier taumelte rückwärts, und der Mann fletschte seine gelben Hauer und machte sich bereit, ihm an die Kehle zu springen. Mir entrang sich ein Stöhnen, als der Dämon Feuer und Rauch spie und unseren Krieger blind machte. Der Mann stolperte, und schon war das Untier über ihm, und Zähne ließen Knochen bersten. Der Dämon packte den Mann, schüttelte ihn, daß es Blut regnete, und warf die Leiche auf den Stein. Dann hob er den gehörnten Kopf und trompetete seinen Sieg heraus. Als es mir beim Lärm seines furchtbaren Freudengeheuls in den Ohren summte, wußte ich, daß sich unser Traum von den Fernen Königreichen zerschlagen hatte.

Das Herz schlug mir bis zum Hals, als ich sah, wie Leben in die Leiche unseres Kriegers kam. Der nackte Mann erhob sich geschmeidig. Seine Haut zeigte keine Spur von Verletzungen. Er stampfte einmal auf, und wieder erschütterte uns das *Wumm.* Der Dämon zuckte, und vor Staunen stand das Maul mit den Reißzähnen weit offen. Dann fing er sich und schlug mit seinem stacheligen Schwanz. Doch unser Krieger wehrte den Hieb ab und drosch dem Dämon vor die Brust. Lautes, trockenes Bersten von Knochen war zu hören, und das Untier heulte vor Schmerzen. Der Mann sprang hoch und packte seinen Gegner im Nacken. Er legte seine säulendicken Arme um den Dämon und drückte fest zu. Ein Aufschrei war zu hören, ein Knakken, und der Mann sprang zurück, als das Untier zu Boden taumelte. Der Krieger wandte sich uns zu. Hob seine Hand triumphierend und stieß einen Schrei aus. Weißer, süßlich riechender Qualm stieg auf... und fort war er.

Der Qualm teilte sich und wurde zu einem Fenster auf einen fernen Ort. Das Bild raubte mir den Atem. Ich sah grünen Wald, silberne Bäche und eine zerklüftete Ebene von der Farbe blühenden Senfs. Dahinter, weit am Horizont, erhob sich eine Bergkette. Sie kauerte auf dem Land wie eine grobknochige Faust. Vier Gipfel hatte die Kette, und ein runder fünfter war der Daumen. Die Gipfel waren aus schwarzem, schneebedecktem Vulkangestein. Schneewehen hoben die einzelnen Finger der Faust hervor. Das Tal zwischen Daumen und Zeigefinger stieg sanft an... ein Weg über die schwarzen Berge.

Ein Weg in – mit staunendem Flüstern vollendete Janos meine Gedanken – »... die Fernen Königreiche«. Dieser Anblick beflügelte mich. Ich konnte fliegen wie ein Drache und sehnte mich danach, das fremde Land zu sehen. Ein Land, das kein Reisender aus der bekannten Welt jemals betreten hatte.

Ein Kreischen zerriß das Bild, und es verschwand. Mit offenem Mund stand ich da, als der Dämon sich erhob, unbefleckt und stark wie zuvor. Ihm gegenüber stand der nackte Mann. Wieder stampfte er auf, der Dämon brüllte, und sie stürmten durch den Zirkel aufeinander zu. Doch bevor die Kämpfer sich berühren konnten, waren sie verschwunden. Der goldene Kreis war leer.

Ich blinzelte, als die Finsternis verflog. Ich drehte mich um und sah Janos an. Über dem Bart war sein Gesicht blutleer, doch die Augen strahlten von innerem Feuer. Er sah mich an, als wollte er sprechen, dann schüttelte er den Kopf. Neben mir rührte sich Cassini. Ich wandte mich um, und unsere Blicke trafen sich. Seine Augen strahlten wie Janos', doch waren sie von Gier und Ehrgeiz entflammt. Ich bin nicht sicher, ob ich mir dessen damals bewußt war. Vielleicht beschönige ich meine Erinnerung. Doch ich weiß noch, daß ich Freude empfand ... und Unbehagen.

»Gepriesen sei Te-Date«, sagte Gamelan von der anderen Seite des Raumes her, »Beschützer der müden Reisenden.«

»Gepriesen sei Te-Date«, murmelten wir alle zur Antwort.

»Das Omen ist deutlich«, sagte Gamelan. »Eure Expedition hat gleiche Chancen auf Erfolg wie auf einen Mißerfolg.«

»Zumindest wissen wir, daß das Ziel ein wertes, heiliges ist«, sagte Cassini. »Das Omen zeigte an, daß die Fernen Königreiche jenseits der schwarzen Berge liegen, die wie eine Faust aussehen.«

»Laßt nicht zu, daß Euch die Wünsche den Verstand vernebeln, junger Bruder«, mahnte Gamelan. »Das Bild zeigte Berge ... nicht was dahinter liegt.« Cassini zögerte, und ich fürchtete in dieser Pause, wir könnten unsere Chancen vertan haben. Das Omen sagte weder ja noch nein. Die endgültige Entscheidung lag noch immer beim Rat der Geisterseher.

»Darf ich etwas fragen, Hohe Herren?« fragte Janos. Gamelan nickte, gab ihm die Erlaubnis. »Ihr sagt, vor uns läge eine große Gefahr, und der Ausgang der Expedition sei fraglich?«

»So sagt es das Omen«, stimmte Gamelan ihm zu.

»Aber war dort eine Gefahr für Orissa zu erkennen? Wird jemand bedroht oder muß jemand leiden, falls wir scheitern?«

»Nur eure Familien«, sagte Gamelan. »Denn ein Scheitern bedeutet den unmittelbaren Tod. Darin war das Omen ganz deutlich.«

»Jeder hier ist gewillt, alles zu riskieren, Hohe Herren«, unterbrach ich. »Tief in unseren Herzen wissen wir, daß großer Ruhm daraus entstehen kann. Ruhm für unser geliebtes Orissa ... die Blüte der zivilisierten Welt.«

Die Geisterseher dachten lange nach, dann flüsterten sie miteinander. Schließlich drehte sich Gamelan wieder zu uns um. »Die Erlaubnis ist erteilt«, sagte er. »Gepriesen sei Te-Date.«

»Gepriesen sei Te-Date.« Unsere Antwort war ein Freudenschrei. Vor meinem inneren Auge erhoben sich die Faust der Berge und der verschneite Paß, der sie durchzog. Und einen Moment lang meinte ich einen Schimmer zu sehen. Nur ein Blitzen von goldenem Licht, wo Daumen und Zeigefinger sich trafen. Ein Blitzen, wo die Fernen Königreiche warteten.

Kapitel Sechs

Lycanth

Die Götter hätten die Kulisse kaum sorgfältiger wählen können. Der Tag war sonnig, der wolkenlose Himmel von zartem Blau, und eine sanfte, salzige Brise wehte vom Meer herein. Vor diesem freundlichen Hintergrund erhob sich Lycanth – ein unpassender Ort an einem solchen Tag. Dunkel hätte es sein sollen, mit Sturmwolken, die über den Himmel zogen. Ein eisiger Wind hätte klagen sollen wie verlorene Seelen, das Meer ein gräulich weißer Mahlstrom. Das hätte dem alptraumhaften Bild entsprochen, das Lycanth selbst bot.

Es hat sich seit damals sehr verändert, daher will ich es genau beschreiben. Man hatte die Stadt auf dem Ende einer Halbinsel errichtet, deren Spitze sich wie ein Finger krümmte, und innerhalb dieser Krümmung liegt einer der größten bekannten Tiefwasserhäfen. Der Sage nach gab es an der Spitze der Halbinsel früher einen Vulkan. Als dieser ausbrach, Ewigkeiten bevor der Mensch seine Ketten sprengte und aus dem Götterheim floh, um sich auf der Erde niederzulassen, rang hier das Feuer mit dem Wasser. Doch wie immer blieb das Meer Sieger. Der Hafen ist der Krater dieses Vulkans, von dem viele Orissaner hofften, er möge wieder zu Leben erwachen, da Lycanth unserer Stadt oft genug Tod und Verderben gebracht hat. Der Krater ist steil und zerklüftet, und es gibt nur einen Weg von der Halbinsel hinunter zum Hafen, einen sanft abfallenden Pfad, der wohl aus erkalteter Lava besteht. Der Zahn der Zeit und Menschenhand hatten diesen Pfad geglättet, bis er beinah eine Rampe war. Um den Hafen herum und auf dieser Halbinsel haben die Lycanther ihre Stadt errichtet.

Die Halbinsel ist schmal, und während man Orissa flächig über die Hügel gezogen hatte, bauten die Lycanther in die Höhe. Mächtige Gebäude ragten in den Himmel, als hätte ein finsterer Riese sie aus einem einzigen Stein gehauen. Die Sonne schien täglich nur wenige Augenblicke in die dunklen Straßen zwischen den Häusern. Janos hatte mir erzählt, die Gebäude seien wahre Labyrinthe von Wohnungen und Werkstätten. Je höher das Stockwerk, desto teurer der Wohnraum. Doch das Auge nahm die Steintürme anfangs kaum wahr. Es wurde von der drohenden Festung an der Spitze der Halbinsel angezogen. Von dort aus regierten die Archonten, die beiden Priesterkönige von Lycanth, zusammen mit ihrem Rat der Zauberer. Hier befanden sich ihre Schatzkammern, und tiefer unten Lycanths feuchte Kerker und Folterkammern.

Die Festung schien uneinnehmbar. Und doch war sie einmal bezwungen worden, in einer Schlacht, die bei Nacht mit einem Verrat begonnen und mit Feuer und Schwert geendet hatte. Zwanzig Jahre vor meiner Geburt war Lycanth während der entscheidenden Schlacht im zweiten Krieg der Städte in Orissas Hände gefallen. Nach fünf Generationen Knechtschaft unter der Knute der Besatzer hatten wir unsere Freiheit wiedererlangt. Als der Sieg unser war, schlossen wir – anstatt Lycanth und alle Lycanther dem Erdboden gleichzumachen – mit ihnen einen ehrenhaften Frieden. Unsere Ratsmitglieder führten an, gäbe es Lycanth nicht, würde sich eine andere Macht aufschwingen, die uns vielleicht ebenso feindlich gesonnen war. Möglich auch, daß das unbesiedelte Land den Nährboden für Anarchie bieten würde. Wir waren auch nicht bereit, Lycanth als Vasallenstaat zu halten, denn mit einem besetzten und feindlich gesonnenen Land ist wenig Gewinn zu machen. Aus diesem Grunde ragte die Festung noch immer am Hafen auf. Wenn man die Stadt schon stehen ließ, verlangten sowohl die Menschlichkeit und auch die Götter, Lycanth in die Lage zu versetzen, daß es sich gegen die Piraten verteidigen konnte, von denen es im Schmalen Meer nur so wimmelte. Wir forderten nur Reparationen für die Schäden, die in Orissa entstanden waren, Opfer für die Geister der Gefallenen in diesen beiden Kriegen und Totengaben für deren Hinterbliebene. Doch es gab noch eine andere Bedingung. Es sollte eine bleibende Erinnerung an den Irrtum geben, Orissa sei eine Stadt der feisten Händler und machtlosen Götter. Aus diesem Grunde ließen wir die riesige Mauer einreißen, die sich über die Halbinsel erstreckte. Wir zwangen die Zauberer, uns den Schutzbann der Mauer preiszugeben, und unsere einflußreichsten Geisterseher verbanden ihre Kräfte zu einem mächtigen Zauber von Zerstörung und Verfall. Ihre Reinigung vor diesem Ritual dauerte über ein Jahr, der Bannspruch selbst einen vollen Monat. Drei Geisterseher starben während der Beschwörung, und selbst noch als sie beendet war, mußten Legionen lycanthischer Kriegsgefangener den Schutt beseitigen und die zum Teil noch stehenden Steine umreißen.

Als wir uns Lycanth näherten, winkte mir Eanes. Ich fiel ein wenig zurück. Eanes fuhr gemeinsam mit Sergeant Maeen und den zehn Gardisten, die sich freiwillig für die Reise gemeldet hatten, in einem großen, von Ochsen gezogenen Kremser. In diesem befanden sich auch unser Gepäck und die Kisten mit dem Gold und Silber. Janos, Cassini und ich reisten zu Pferd.

»Warum nur«, fragte Eanes, während er auf das Ödland deutete, auf dem die Mauer einst gestanden hatte, »bauen die Lycanther nicht hier draußen, nachdem ihre Zinnen bei den Fischen liegen? Oder fürchten sie die Waldgeister?«

»Eine gute Frage, mein Freund«, sagte Janos. »Und es gibt auch eine Erklärung dafür. Lycanth hält es für eine Schmach, daß die Mauer eingerissen wurde, und ich habe gehört, wie Männer böse knurrten, eines Tages würde man sie neu errichten. Daher reichen die Baupläne nur bis zu dieser Ödnis, und kein Lycanther wird hier bauen, aus Angst, man könne dies für ein Eingeständnis ihrer Niederlage halten.«

»Wir hätten ihre Männer an die Ifora verkaufen sollen«, sagte Cassini, »ihre Frauen entführen, die Stadt Stein um Stein einreißen und den Boden versalzen. Mein Talent für Prophezeiungen ist nicht sonderlich ausgebildet, aber ich spüre in den Knochen, daß wir Probleme mit Lycanth bekommen.«

»Harte Worte«, sagte Janos. »Ich weiß nicht, ob ich Euch zustimmen soll, daß Lycanth hätte ausradiert werden sollen. Auf der anderen Seite des Schmalen Meeres, in Valaroi, ist das, was Ihr vorschlagt, Methode, und ich habe das Ergebnis gesehen. Doch habt Ihr recht, daß Lycanth seine alte Macht wiedererlangen will. In Lycanths Diensten habe ich solcherart Gerede oft genug gehört. Und falls dies geschieht, werden sie erneut gegen Orissa ziehen. Die Lycanther vergessen nie, was sie für Unrecht halten. Ich hielt es für nötig, meine Zunge zu hüten ... wie wir alle es von jetzt an tun werden. Wir mögen Orissaner sein oder in Orissas Diensten stehen, doch ein Beharren darauf wird uns nur wenig neue Freunde bringen. Nicht hier in Lycanth und sicher noch viel weniger am anderen Ufer des Schmalen Meeres in Valaroi. Ich weiß nicht, wie weit der Einfluß Lycanths reicht, obwohl ich geholfen habe, manchen ihrer Wachtürme zu besetzen, die wir während der letzten zwei Tage gesehen haben. Wir werden als anonyme Kaufleute reisen und uns den Anschein geben, als seien wir niemandem verpflichtet. Das ist weit sicherer.«

Er hielt inne und lächelte etwas beschämt. »Ich bitte um Verzeihung, Lord Amalric«, sagte er ganz förmlich. »Ich meinte natürlich, ich würde Euch einen solchen Anschein der Neutralität empfehlen... aber die Entscheidung liegt selbstverständlich bei Euch.«

Ich lachte, denn ich nahm es ihm nicht übel. Cassini mochte etwas dagegen einzuwenden haben, aber ich weigerte mich, meine Suche rangbesessen wie eine Armee zu führen. »Jeder von uns, der meint, etwas besser zu wissen, sollte seine Stimme erheben, da wir es ansonsten nie bis zu den Fernen Königreichen schaffen. Wir reisen ohne Banner und Signalhörner, ganz, wie du es uns geraten hast.« Janos nickte und wirkte immer noch etwas beschämt.

Eanes kicherte und sagte ganz leise, nur für meine Ohren bestimmt: »Man sagt, kein Löwe fräße gern verdorbenes Fleisch.«

Wir hatten eine zügige, wenn auch besonnene Reise hinter uns. Besonnenheit war wegen der Menge an Münzen, die ich mitgenommen hatte, besonders nötig. Wäre meine Suche nach dem gängigen Muster verlaufen, hätten wir nur wenig Geld gebraucht, und was immer für Handel und Auslagen nötig war, hätte sich mit dem Kreditbrief meines Vaters bei lokalen Banken beschaffen lassen. Doch da unsere Reise in Lycanth beginnen sollte, war dies nicht möglich. Die Stadt war nicht nur militärisch ein alter Feind, sondern auch ein erbitterter Handelsrivale. Der meistgehaßte Konkurrent meines Vaters, ein Clan mit Namen Symeon, dem jetzt der jüngste und – wie mein Vater schwor – übelste Sohn Nisou vorstand, stammte aus Lycanth. Sie hatten uns nicht nur bei manchen Geschäften hintergangen, sondern auch – da war er sicher – ihr Wissen um unsere Handelspraktiken ausgenutzt und ortsansässige Wegelagerer angeheuert, die dann mehrere unserer Karawanen überfielen. Mein Vater hatte mir geraten, sehr vorsichtig zu sein, solange wir uns in Lycanth aufhielten.

Auf der Reise hatte es keine Zwischenfälle gegeben – wenn man einmal von der Hexe absah. Die Straße war schmal und ausgefahren gewesen und hatte unter riesenhaften, knorrigen Bäumen hindurchgeführt. Wir alle waren nervös, da es der perfekte Ort für einen Hinterhalt war. Plötzlich hatte mitten auf der Straße eine Frau gestanden und uns den Weg versperrt.

Sie war nackt, doch kein Mann hätte bei ihrem Anblick Lust verspürt, auch nicht nach einem Liebestrank, selbst wenn er zehnmal so stark gewesen wäre wie der, den ich Melina verabreicht hatte. Ich hielt sie eher für jung, war mir dessen jedoch nicht sicher, denn sie war dreckig, als hätte sie ihr letztes Bad in der Flüssigkeit im Schoß ihrer Mutter genommen. Das blonde Haar hing ihr zottig ins Gesicht. Bevor die Kutscher ihre Zügel an sich reißen konnten, hob sie eine Hand – die Innenfläche zu uns gewandt – und die Ochsen blieben stehen, als hätten sie mit dem Schlachtermesser einen Schlag zwischen die Augen bekommen. Ich konnte das Flüstern der Soldaten hören, das Sergeant Maeen mit einem Knurren zum Schweigen brachte. Sie hob die andere Hand. Darin lag ein Stück Seil. »Ein Tribut... eine Liebesgabe«, leierte sie.

»Wir zahlen niemandem, Mütterchen«, sagte der Kutscher.

Sie wedelte mit dem Seil herum. »Tribut... oder dieses Seil... dieses Tau... dieses Garn... baumelt lose, baumelt schlaff... tapfere Soldaten... baumeln schlaff, baumeln lose, und keiner von euch wird seine Frau beehren können... baumelt lose... baumelt schlaff...« Die Soldaten wurden unruhig, und ein Protest war zu hören, trotz des Befehls des Sergeanten.

Cassini glitt von seinem Pferd und trat vor. Er sah zur Sonne auf, die durch die Zweige schien... dann lächelte er die Hexe freundlich an: »Ach, Frau, ach, Frau, siehst du den Baum... siehst du den

Schatten ... der Schatten des Baumes ist der Baum ... der Baum wurzelt tief, weit unten in der Erde ...«, sang er. »Wie dieser Baum sollst du stehen, wirst du stehen, stehen mußt du ... und kein Reisender wird dich sehen ... und das nächste soll die Axt des Baumes sein, die Axt zu *deinem* Baum.«

Die Frau stand starr wie eine nackte Statue. Ich sah, wie ihre Lippen sich zu regen versuchten.

Cassini stieß ein grausames Lachen aus und sagte: »Sprechen darfst du, sprechen darfst du, hast auch meinen Segen, Baum.«

»Verzeihung, Verzeihung«, kamen die Worte hervor. »Ich wußte nicht, daß einer mit der Macht unter Euch ist. Ich bitte inständig um Verzeihung.«

»Nicht mich, oh, Baum«, sagte Cassini. »Bitte diese Männer um Verzeihung, die du tapfere Soldaten genannt hast.«

»Eisenmänner, Eisenmänner, Ihr seid wie Eisen, wenn Ihr liebt, das Seil ist fort, das Tau ist fort, das Garn ist fort, ward nie gewoben ... Ihr seid Eisen, Ihr seid Stahl.«

»Wir danken dir, Frau«, sagte Cassini. Er kehrte zu seinem Pferd zurück und stieg auf. »Amalric«, fragte er, »spricht etwas dagegen, sie ihrem Schicksal zu überlassen?« Ein Heulen kam von ihren Lippen.

»Du bist ein Baum, o Baum«, fuhr der Geisterseher sie an, und sie schwieg. Ich betrachtete die versteinerte Frau. Nein. Es gab keinen Grund. Ich nahm drei Goldstücke aus meinem Beutel und warf sie auf den Weg.

»Sie kann gehen«, sagte ich.

»Du hast gehört, o Baum«, sagte Cassini zögernd. »Du sollst frei sein, doch wirst du stehen, sollst du stehen, stehen sollst du, bis der Schatten dieses Baumes, der du bist, dich nicht mehr berührt.«

Ich nickte den Kutschern zu, und sie schlugen den Ochsen die Zügel auf dem Rücken, lenkten den Kremser um die Hexe herum, und wir setzten unsere Fahrt fort. Ich blickte zurück, bevor wir um die nächste Kurve bogen, und sah zum letzten Mal diese Frau, die mitten auf der Straße stand, als sei sie die Gestalt eines Verdammten in einem Fries entlang der Straße der Götter.

Janos ritt neben Cassini. »Ein interessanter Bann.«

»Das stimmt«, gab er zurück. »Ziemlich unkompliziert ... und er hilft ungeheuer, wenn man ihn bei einem einfachen Gemüt anwenden kann.«

Ich wunderte mich. Cassinis Worte machten keinen Sinn. Zaubersprüche wirkten bei jedem gleich, vom Ratsmitglied zum Bauern, vom Herrn zum Sklaven ... oder nicht? Meine Gedanken kehrten in die Gegenwart zurück, als die Räder des Kremsers schepperten und die Hufe meines Pferdes klapperten.

Wir waren nicht mehr auf dem unbefestigten Weg, sondern auf einer mit Steinen gepflasterten Straße. Eine Schranke versperrte die Straße, daneben stand ein niedriger Bau. Aus diesem Bau kamen fünf Soldaten gelaufen. Neben der Straße blieben sie stehen und nahmen Grundstellung ein. Sie waren adrett und sauber gekleidet und behandelten ihre Waffen, als wären sie mit deren Gebrauch vertraut. Einer von ihnen – ich vermutete, ihr Wachhabender oder Sergeant, rief uns zu, wir sollten halten. Zollkontrolle.

»Wer sind Eure Passagiere?« fragte der Mann.

»Lord Amalric Antero. Ein Kaufmann aus Orissa. Und sein Gefolge.«

Ein finsterer Ausdruck zuckte über das Gesicht des Mannes. »Passiert ... wartet.« Er trat zu Janos und sah ihn sich genau an. Er wollte etwas sagen, dann hielt er inne und trat zurück. »Passiert. Willkommen in Lycanth«, sagte er in einem Tonfall, als hätte er es mit Steuereintreibern zu tun.

Der Kremser setzte sich in Bewegung, und ich trieb mein Pferd an, bis ich neben Janos ritt. »Was hatte das zu bedeuten?«

»Der Kerl hat mich erkannt«, sagte er. »Er wollte mich gerade fragen, was ein lycanthischer Offizier im Gefolge eines Schleimwurms aus Orissa zu suchen hat. Dann hat er sich eines Besseren besonnen... vielleicht bin ich ein Spion, der von einem Auftrag heimkehrt.«

»Dann hat er noch nicht gehört, daß du die Armee von Lycanth verlassen hast?«

»Manchmal werden lycanthische Soldaten entlassen oder sogar unehrenhaft hinausgeworfen, um dann einen geheimen Auftrag auszuführen.«

Inzwischen erröte ich über meine Naivität, doch damals saß ich tatsächlich staunend da und fragte: »So etwas tut Lycanth?« Es gereicht Janos zur Ehre, daß er nur nüchtern nickte, anstatt seine Verachtung für jemanden zu zeigen, der derart unbedarft war. Um uns herum ragten Bauten auf. Wir waren in Lycanth.

Wir fanden ein Gasthaus und begannen unsere letzten Vorbereitungen. Die Soldaten erfuhren nicht, in welche Richtung unsere Reise gehen sollte, und keiner erwähnte ihnen gegenüber die Fernen Königreiche. Ihre Aufgabe war es, das Gold zu bewachen und zu helfen, wo es nötig war. Eanes sollte unser Haushofmeister sein, und Cassini wurde damit beauftragt, Glücksbringer und andere Zauberutensilien zu besorgen, wie etwa unsere Windgeister. Ich sollte ein Schiff beschaffen, das uns zum entferntesten Hafen Valarois brachte, den Janos kannte. Als ich seine Karte betrachtete, war ich erneut schockiert, wie wenig über diese Gegend bekannt war. Unser Reiseziel, der Hafen von Redond, lag nur zwei Fingerbreit östlich von Lycanth am gegenüberliegenden Ufer. Noch weiter nach Osten schloß sich die Pfefferküste an, über die üble Gerüchte kursierten. Alles andere war ein Mysterium. Auf diesem Teil der Karte war nichts eingezeichnet, keine Städte, keine Angaben über Stämme oder Staaten. Und jenseits der Pfefferküste lag eine große Bergkette, die Janos auf der Karte verzeichnet hatte. Diese Berge waren nur ihm bekannt, da seine Heimat Kostroma irgendwo dort oben lag.

»In Lycanth habe ich Geschichten gehört«, erklärte er mir, »in denen behauptet wurde, die Archonten hätten heimlich Kundschafter nach Osten geschickt, jenseits von Redond, jenseits selbst der Pfefferküste. Nur habe ich nie jemanden getroffen, der ehrlich von sich behaupten konnte, er habe an einer solchen Expedition teilgenommen. Daher habe ich diese Geschichten immer mit Vorbehalt betrachtet.«

Sergeant Maeen fiel die Aufgabe zu, unsere Waffen zu bewachen, gemeinsam mit Janos, damit wir mit unserer Herkunft aus Orissa niemanden provozierten. Den Rest unserer Ausrüstung – Pferde oder Mulis, Vorräte, Zelte und ähnliches, wollten wir in Redond kaufen oder fertigen lassen.

Janos ließ mich wissen, er müsse noch einiges regeln, um den Erfolg unserer Expedition zu sichern – Angelegenheiten, in die sich jemand von meinem Stand nicht verwickeln lassen sollte. Er meinte, ich solle mich von seinem unsteten Kommen und Gehen nicht beunruhigen lassen, und auch nicht von einigen der Leute, mit denen er zu tun hatte. Es war gut, daß er mich gewarnt hatte, denn sonst hätte ich Maeen und die lycanthische Wache gerufen, als ich den Mann über den Hof des Gasthauses schlurfen sah. Im Laufe der Jahre habe ich gelernt, daß diejenigen, vor denen man sich am meisten in acht nehmen sollte, die Züge eines Gottes oder einer Göttin und die mildtätige Art eines Heiligen haben können, wohingegen der wahre Heilige die äußere Erscheinung eines Monstrums haben mag. Doch Greif sah aus wie der Schurke, der er war. Eanes fiel er zuerst auf. Er stieß einen leisen Pfiff aus und wies mich auf den Mann hin, der unter uns vorüberging. »Bestimmt ist er reich«, meinte Eanes. »Mütter sichern sich seine grausigen Dienste schon Monate im voraus, um ihren Kindern Benehmen beizubringen.« Greif war vielleicht zwei, drei Zentimeter größer als ich, aber doppelt so schwer. Er hatte die kräftige, stämmige Statur eines Lastenträgers oder Brauers. Doch sollte er je in einem dieser beiden Berufe gearbeitet haben, waren die Gründe für seine Entlassung offensichtlich. Greifs Ohren waren gestutzt – auch in Orissa das Zeichen für einen dreimal verurteilten Dieb. Seine Arme waren verkrüppelt. Zuerst glaubte ich, sie seien mißgebildet, dann sah ich unter den aufgekrempelten Ärmeln seiner schmutzigen Seidentracht Narben, die von den Seilen einer Streckbank stammten.

Ich rief hinunter und fragte, was er wolle. Er erklärte, er suche Hauptmann Janos Greycloak, einen Mann, der früher in Lycanths Diensten gestanden habe. Seine Stimme war ein sanfter Baß, der einem Betenden gut zu Gesicht gestanden hätte. Eanes erkundigte sich nach seinem Namen.

»Greif.«

»Gut gewählt«, murmelte mein Leibsklave. »Und in welcher Angelegenheit?«

»Privat ... mit dem Hauptmann«, sagte der Mann.

Janos trat aus seinen Gemächern auf den Balkon hinaus. »Ich bin Greycloak. Wer schickt dich?« Der Mann antwortete nicht, zumindest nicht mit Worten. Statt dessen hob er die Hand vor seinen Körper und tat heimlich drei schnelle Bewegungen.

»Hier oben, Kamerad«, sagte Janos. »Eanes. Wir brauchen Wein.« Der Schurke mochte die Folterkammer kennen, doch war er kaum ein Krüppel. Er sprang die Treppe hinauf, wie ich es bei großen Affen aus dem Norden gesehen hatte, wenn sie in den Gärten Orissas durch ihre Käfige stiegen. Seine Robe flatterte, und ich sah die Scheide einer verborgenen Waffe. Janos rief ihn in sein Zimmer, wo sie zwei volle Stunden blieben. Dann kam Janos wieder heraus und bat mich um ein doppelt Maß an Goldmünzen. Ich zögerte, denn ich fand keinen Gefallen an irgendwelchen Geschäften mit diesem Greif, doch mir wurde klar, daß ich mich albern verhielt. Ohne Zweifel würden wir in den vor uns liegenden Tagen Schurken begegnen, angesichts derer wir uns an Greif nur mit Wohlwollen erinnern würden.

Ich hatte selbst genug Probleme, denn was ich für die leichte Aufgabe, ein Schiff zu mieten, gehalten hatte, entpuppte sich als schier endlose Verhandlungsarbeit. Ich interessierte mich für ein langes, elegantes Schiff, welches – wie mir ein Tagedieb am Pier erzählte – mit einem Lateinsegel ausgerüstet war, das momentan an Deck um eine Rah gewickelt lag. Das große, geschwungene Zwei-Mann-Ruder führte im Bogen hinauf zu einem Möwenschnabel, was sicher ein gutes Omen war, wenn ich die See sanft und schnell durchfahren wollte. An Bug und Heck war das Schiff zum Teil überdacht, doch die Quartiere sahen eng aus. Es war entweder neu oder außergewöhnlich gut gepflegt. Da ich fürchtete, mein Magen würde auf meine erste Seereise empfindlich reagieren, war es für mich von größtem Interesse, daß es entlang der linken Seite einen Ausleger gab, der an zwei hübsch geschwungenen Trägern hing. Ich stieg vom Umleger zum Schiff über drei Boote, von Deck zu Deck. Ein Mann erwartete mich. Er sah aus, wie ich mir einen Seemann vorstellte, barfuß und kahl, mit formlos-wollenem Wams und Kniebundhosen.

Er bemerkte meine Kleidung und nickte respektvoll. »Mein Herr. Ihr sucht eine Überfahrt?«

Der Mann stellte sich als L'ur vor, Herr und Eigner der *Möwenschwinge*. Bevor er auf mein Eröffnungsangebot reagierte, bestand er darauf, mich auf seinem Schiff herumzuführen. Damals verstand ich nicht viel von Schiffen, doch inzwischen weiß ich notgedrungen eine ganze Menge über diese verdammenswerten Erfindungen, da ich weit mehr von ihnen besitze, als ich mir je hätte träumen lassen. Ehrlich gesagt fände ich es nur angemessen, ein Schiff als Boot zu bezeichnen, den Bug als Kopf und das Heck als Hintern, und all die sinnlosen Namen, die Seeleute benutzen, abzuschaffen. Endlich kehrten wir zum Heck des Schiffes zurück, was L'ur als Achterdeck bezeichnete, und er ließ uns miserablen Wein bringen. Ich verdünnte meinen stark. L'ur sagte, er habe über meinen Wunsch nachgedacht und fühle sich geehrt, uns nach Redond bringen zu dürfen. Er nannte den Preis – in Gold – im voraus. Ich mußte mich anstrengen, ihm das harzige Gesöff nicht aufs Deck zu speien, dann erklärte ich, ich wolle sein kleines Spielzeug mieten, nicht kaufen. Er lächelte, als machte ich Witze, und wies mit trauriger Stimme auf die Gefahren der Pfefferküste hin.

Ich bat ihn, mir mehr von diesen angeblichen Gefahren zu berichten. Seine Liste war eindrucksvoll: Felsen, die ihren Standort von Reise zu Reise änderten, große Strudel, Meeresungeheuer, Piraten, windumtoste Klippen ohne jede Möglichkeit zur Landung, Stürme, die trotz klaren Himmels wehten und zweifellos von einem großen, bösen Geisterseher irgendwo an der Pfefferküste hervorgerufen wurden, außerdem Sterne, die den Kurs nicht hielten, so daß sich ein Navigator seines Standorts niemals sicher sein konnte. Nachdem er diese beängstigenden Erscheinungen aufgezählt hatte, sagte er: »Mein Schiff ist schnell, und ich werde die fähigsten Männer anheuern, die sowohl einen Stopp oder eine Balliste beherrschen als auch ein Segel einrollen können. Und ich hoffe, einige aus Eurem Gefolge wissen, wie herum man einen Pfeil auf die Kerbe legt.«

So fing alles an. Jeden Tag fuhr ich zum Hafen, und wir schacherten und logen, hin und her und her und hin. Als wir dann eine Vereinbarung für Schiff und Mannschaft getroffen hatten – etwa das Doppelte meines ursprünglichen Angebots, die erste Hälfte bei Abreise, die andere bei der Ankunft in Redond –, war ich willens und wäre wahrscheinlich auch in der Lage gewesen, mir alle vierzehn Mann auf den Rücken zu schnallen, dazu die Geldkisten, und an die Küste des gottverfluchten Valaroi zu *schwimmen*. Nichts, das sollte ich hinzufügen, hat sich am Geschäftsgebaren der Seeleute geändert, seit damals bis zum heutigen Tag.

Einen Tag bevor ich L'ur endlich breitgeschlagen hatte, geschah etwas höchst Merkwürdiges. Greif wartete schon, als ich ins Gasthaus kam. Er trug einen fest verschlossenen Beutel bei sich, in dem, wie er sagte, einige der »Preziosen« steckten, die er für Janos besorgt hatte. Ich bot an, sie entgegenzunehmen, doch das lehnte er ab. Hauptmann Graycloak hatte darauf bestanden, daß Greif sich von ihm bezahlen ließ und auch nur ihm verantwortlich war. Ich wollte entgegnen, ich sei Janos' Dienstherr, und vor mir sollte es keine Geheimnisse geben, doch ich spürte, wie müde ich nach dem endlosen Feilschen mit L'ur war. Aus reiner Höflichkeit bot ich Greif Wein an. Er nahm das Angebot an, und wir suchten uns eine ruhige Ecke im Schankraum des Gasthauses.

»Ist schon komisch«, sagte er. »Ich, der Findling, trinke hier mit einem Handelsfürsten. Das glaubt mir zu Hause keiner.« Er lachte vor Freude und zeigte seine schwarzen Zähne. »Der Wein schmeckt sogar noch süßer, wenn ich weiß, daß ich einem Antero zu Gefallen bin.«

»Woher kennst du meinen Namen?«

»Einer der Soldaten hat ihn erwähnt. Seinem Kameraden gegenüber. Weil er nicht wußte, daß meine Ohren zwar gestutzt sind, aber – in die richtige Richtung gehalten – so gut hören wie alle anderen auch. Nur keine Sorge! Geheimnisse, die Greif über einen Freund weiß, behält er für sich. Ich habe gelernt, meinen Mund zu halten.« Seine Hand strich fast zärtlich über den vernarbten Arm. Ich wünschte mir Janos herbei. Dieser Mann ließ mich erschauern, als wäre ich von Läusen befallen.

»Du hast von meiner Familie gehört?« fragte ich.

Greif nickte, drehte den Stuhl und hob seinen Umhang. Mein Magen rebellierte. Ich hatte schon früher Narben von Auspeitschungen gesehen, weiß und kreuz und quer auf einem Rücken, doch niemals so tiefe. Die Peitsche schien bis auf den Knochen gegangen zu sein. »Damals«, sagte Greif, drehte sich wieder um und zog seinen Umhang herunter, »hatte mich das Glück verlassen, und ich ließ mich auf einen Job für Nisou, den obersten der Symeonen, ein. Ja. Ich sehe Euren erschrockenen Blick. Die Symeonen. Selbst ein

Straßenköter wie ich hat von Eurer Fehde gehört. Jedenfalls war es nicht er, der zahlte, sondern ich. Ein volles Dutzend. Die Peitsche hat er selbst geführt. Unter dem Familienbesitz der Symeonen gibt es Zellen und eine Folterkammer. Ich weiß nicht, ob ich geschrien habe oder nicht. Wahrscheinlich schon. Die meisten schreien, wenn Metall ins Leder der Peitsche gewoben ist.« Er lächelte und leckte sich die Lippen, als erinnerte er sich an die Umarmung seiner Liebsten. »Dann hat er mich ins Hafenbecken werfen lassen. Sie haben nicht geglaubt, daß ich überleben würde. Und doch lebe ich. Und ich habe geschworen, daß meine Zeit kommen wird. Irgendwann. Irgendwo. Ich habe alles mögliche Zeug vor mich hingeredet, um nicht ohnmächtig zu werden. Und wenn ich Euch bei dem helfe, was Ihr gegen die Symeonen vorhabt, kann ich es ihnen vielleicht heimzahlen. Nur ein wenig. Ein bißchen hier und ein bißchen da ... Ich habe Mäuse gesehen, die auf diese Weise ein ganzes Brot gefressen haben.«

Er leerte seinen Becher und winkte nach mehr. Dann schlurfte er zum Abort. Ich sah mich im Schankraum um. Die wenigen Gäste interessierten sich eher für Greifs Hinken als für mich. Ich bückte mich und betastete das Bündel, das er für Janos hatte, wie ein Kind, das herauszufinden sucht, was es zum Geburtstag bekommen soll. Ein paar Flaschen ... eine Schachtel ... einige andere Dinge, die raschelten wie getrocknete Pflanzen ... ein paar Päckchen mit rundlichen Samen ... und dann schnitt ich mich. Der Schimmer einer Klinge war zu sehen, sie hatte das Leinen des Bündels durchtrennt. Eilig riß ich es ein Stück weit auf. Die Klinge war geschwungen. Es handelte sich um eine winzige Sense, eine Miniatur des Gerätes, mit dem Bauern das Getreide schneiden. Doch diese war aus Gold gefertigt, und ohne hinzusehen wußte ich, daß auf der Klinge selbst geheimnisvolle Buchstaben zu sehen wären. Die Sichel war zum Schneiden von Kräutern und anderen Pflanzen gedacht, wenn auch nicht für einen Koch oder eine Dienstmagd. Diese Pflanzen würden für einen Bann gebraucht. Von einem Geisterseher.

Ich fragte mich, was Janos Greycloak mit dem verbotenen Zauberwerkzeug wollte. Ich fragte mich, was sonst noch in dem Bündel war, und glaubte, es zu wissen. Ich erinnerte mich an die Frage, die Gamelan, der Älteste der Geisterseher, Janos noch in Orissa gestellt hatte, und wie Janos sie mit einem Scherz beiseite geschoben hatte, ohne sie zu beantworten. Doch erzählte ich Janos nicht, was ich gesehen hatte, als er eintraf – fast gleichzeitig mit Greifs Rückkehr vom Abtritt. Darüber würde ich später mit ihm unter vier Augen sprechen, denn die Strafen für den Besitz oder die Benutzung von Zaubergeräten durch einen Nichteingeweihten reichten von Kerker über Verbannung bis hin zum Tod.

In dieser Nacht suchte mich zum ersten Mal seit drei Monaten wieder mein Alptraum heim. Ich weiß nicht, wie das Gesicht meines Wächters vorher ausgesehen hatte, aber von diesem Tag an sah der Mann, der mich vom Boot in die Verdammnis führte, aus wie Greif. Doch fehlte ihm in meinem Traum ein Auge, und eine Art Wurm oder Feuer quoll aus der Augenhöhle hervor.

In der Nacht darauf befiel mich erneut Entsetzen, doch diesmal war es ausgesprochen realer Art. Der Vollmond fiel mir auf, als ich hinauf in mein Zimmer ging. Ich las noch vor dem Einschlafen, als das Bellen begann. Ich nahm mein Rapier und trat auf den Balkon hinaus. Zwei flackernde Fackeln am Tor zeigten mir die Kreatur, die dort mitten im Hof kauerte. Sie war keinem irdischen Schoß entstiegen, sondern dem Zauber eines Geistersehers. Man stelle sich eine Hyäne vor, eine haarlose Hyäne, fast verhungert und mit Menschengesicht.

Das Wesen sprach mit der Stimme eines Mannes, der direkt den Verliesen der Archonten entstiegen sein mochte. »Man ruft Euch«, kreischte die Kreatur. »Man ruft Euch ins Schloß. Alle Männer, alle Frauen, die nicht Lycanther sind. Man ruft Euch. In einer Stunde. Das Orakel hat den Zeitpunkt bestimmt. Euer Erscheinen wird befohlen.

Euer aller. Es ist ein Befehl der Archonten. Ihr müßt gehorchen. Man ruft Euch. Laßt jene, die nicht folgen wollen, den Tod finden, den Tod im Feuer, den Tod im Wasser, den Tod zwischen Steinen, den Tod im Fallen. Ich bin die Stimme der Archonten. Eine Stunde.«

Das Wesen hoppelte vom Hof über das Kopfsteinpflaster der Straße zu einem anderen Gasthaus. Ich wandte mich um und sah Janos' steinernes Gesicht. »Er bringt den Tod«, sagte er. »Ich hatte schon befürchtet, daß sie uns aufspüren würden.« Er nickte mir zu. »Befiehl, daß sich alle anziehen. Niemand darf eine Waffe tragen, nicht mal ein stumpfes Messer. Wir müssen auf dem Platz sein, bevor der Sand durchs Uhrenglas gelaufen ist... Andernfalls werden wir *alle* sterben.«

Die Straßen von Lycanth waren unheimlich. Hier und da sah man Fackeln in den Händen verwirrter Fremder. Schweigende Patrouillen von lycanthischen Soldaten marschierten durch die Straßen, weigerten sich, Fragen zu beantworten, und wiederholten nur, den Befehlen der Archonten sei Folge zu leisten. Die hohen Gebäude waren finster, als wäre niemand hinter den Fenstern, aber dann entdeckte ich durch Zufall ein bleiches Gesicht, das herausblickte und schnell hinter Vorhängen verschwand.

Janos hatte sich eilig auf sein Zimmer zurückgezogen, während ich die Anweisungen gab. Ich hörte, daß etwas zerschlagen wurde, dann nichts mehr. Dreimal mußte ich rufen, bis er herauskam. Und als wir durch die Straßen liefen, hörte ich, wie er mit Maeen sprach. Dann trat er an Eanes heran, und ich hörte ihn im Flüsterton fragen, ob Eanes lesen könne. Mein Sklave mochte sich fürchten, hatte aber noch genug Selbstvertrauen, daß er zurückgab, selbstverständlich könne er lesen, er sei doch kein lycanthischer Barbar.

Dann kam er zu mir. »Hier«, flüsterte er und hielt ein Stück in der Hand. »Präge es dir ein. Rezitiere es zum gegebenen Zeitpunkt. Du wirst wissen, wann. Ich habe auch Maeen und Eanes eins gegeben.«

»Was ist mit Cassini?« flüsterte ich zurück. Unser Geisterseher ging ein paar Schritte vor uns.

»Er muß sich keine Sorgen machen«, sagte Janos. »Das Mäntelchen der Ebenbürtigkeit wird sich über ihn decken.« Er reichte mir eine Mütze, wie Diener sie benutzen, um ihr Haar vor Staub zu schützen. »Setz sie auf. Wir sollten denen nicht auch noch den Weg leuchten.«

Vor uns lag die Festung. Über ihrem Haupteingang – das Tor war herabgelassen, die Fallgitter aufgezogen – sah man ein großes Licht, eine wilde Flamme, freischwebend in der Luft. Ich hörte das Flüstern eines der Soldaten. »Gestank ... Zauberei ...«

»Bei deinem Leben«, zischte Janos, »sag nichts und denk nichts Schlechtes über das, was gleich geschehen wird.«

Inzwischen war es hell genug, daß ich erkennen konnte, was ich in Händen hielt. Es war ein Stück poliertes Messing. Jetzt verstand ich den Lärm, den ich vorher gehört hatte. Das Messing gehörte zum Schirm einer der Zimmerlampen in unserem Quartier. Mit einer Messerspitze eingeritzt standen dort die Worte:

Spiegel bin ich
Bleibe ungesehen
Ich denk wie du
Gedanken sind die Mauer
Spüre nichts
Denke nichts
Was du siehst, ist was du bist
Was du siehst, ist was wir sind
Spiegel bin ich

Sosehr ich mich fürchtete, machte ich mir doch meine Gedanken. Erst das Bündel thaumaturgischer Objekte und dann dieser Zauberspruch. Hielt Janos Greycloak sich für einen Magier? Doch blieb mir keine Zeit für weitere Überlegungen. Soldaten nahmen uns in ihre Mitte, als wir durch das Tor und in den großen Hof im Innern der Festung kamen.

Am gegenüberliegenden Ende erhob sich eine Tribüne wie ein großes Podium. Darauf standen zwei Männer. Ihre Körper leuchteten, und sie schienen größer zu sein, als Menschen sein sollten. Beide trugen das Diadem der Archonten. Ich schauderte … Das ließ Schlimmes vermuten. Gewöhnliche Menschen – ganz zu schweigen von Fremden – durften Lycanths Archonten, die Meistergeisterseher, nicht zu Gesicht bekommen. Ich hörte einen Soldaten beten, und dann das dumpfe Geräusch, als Maeen ihn schlug. Von lycanthischen Soldaten wurden wir zu Zweierreihen formiert. Drei- bis vierhundert von uns standen wohl auf dem Platz. Bekleidet oder halb bekleidet, trug doch keiner von uns die Tracht Lycanths. Männer und Frauen, Edelmänner und Sklaven, Kinder und Alte. Manche von uns weinten, manche waren betrunken und gaben sich den Anschein der Courage.

Dann erschien eine weitere Kreatur zwischen den beiden Archonten. Ich hörte eine Stimme von überall, von nirgendwo.

»Unheil, Unheil, Unheil droht in dieser Nacht
Für mich, für Lycanth, Unheil, das ein Ende haben muß
Das Bild ist klar, das Bild ist klar
Dies ist die Stunde
Dies ist die Stunde
Such, Bote, Inquisitor, Geliebter.«

Die dritte Kreatur – ich sah jetzt, daß es der unheimliche Bote war, der uns herbestellt hatte, ein Wesen Schwärzester Magie – sprang vom Podium herab. Sie hüpfte zu uns herüber, und ich wußte, worin ihre Aufgabe bestand: sie war ein Spürhund. Ich hörte sein Schnüffeln, als er näher kam. Ich wußte, daß die Zeit gekommen war.

Spiegel bin ich/Bleibe ungesehen...

Langsam schritt das Wesen unsere Reihe ab. Als es zu mir kam, fiel ein Soldat in Ohnmacht. Ich hörte, wie er auf die Steinplatten sackte.

...*Spüre nichts/Denke nichts*...

Der Dämon stand direkt vor mir. Ich wagte nicht, nach unten zu sehen. Ich spürte, wie sein abscheuliches Maul mein nacktes Bein berührte, und konnte mich kaum zurückhalten.

Was du siehst, ist was du bist...

Ich stürzte nicht. Das Untier war fort. Ich hörte ein verdutztes Jaulen am Ende der Reihe, wagte jedoch nicht, hinzusehen. Die Kreatur klang genau wie einer meiner Hunde, wenn er wußte, daß, was er suchte, ganz nah war, doch immer noch verborgen. Dann kehrte das Schnarren der Krallen zurück... zu mir.

Was du siehst, ist was wir sind...

Wieder zog das Untier weiter. Diesmal trat es aus unserer Reihe und trottete auf das offene Feld zwischen uns und den Archonten. Es hockte da und heulte den untergehenden Mond an. Einmal. Zweimal. Ein drittes Mal. Eine Gestalt trat aus der Menge, ging zum Spürhund, vom Heulen magisch angezogen.

Es war eine junge Frau. Noch jetzt kann ich mich genau erinnern, wie schön sie war. Sie war sehr jung, vielleicht noch Jungfrau. Sie trug nichts als ihr Nachtgewand. Bei anderer Gelegenheit hätte ich vielleicht Lust verspürt, doch nicht diesmal. Nicht hier. Lycanth hatte seine Opfer gewählt. Sie trat vor die Bestie. Es war, als wolle sie laufen, fliehen. Doch der Zauber ließ sie nicht los. Ihr hübsches Gesicht war vor Entsetzen ganz verzerrt. Dann sahen wir ein Leuchten in der Luft vor ihr, ein Leuchten, wie es auch die Archonten umfing. Das Leuchten wurde ein Dolch, nicht groß und mit leicht gebogener Klinge. Die Jungfrau selbst hatte vielleicht so ein Messer in ihrer Küche, falls sie eine Bürgerliche war, oder einer ihrer Sklaven hatte ihr damit die Morgenfrucht geschnitten, sollte sie von Adel sein.

Ganz langsam nahm die Frau den Dolch. Sie drehte die Klinge zu sich. Dann führte sie den ersten Stoß. Der Zauber, dem sie unterlag, erlaubte ihr zu schreien. Keiner von uns konnte sich rühren oder auch nur den Kopf bewegen. Wieder stach sie zu. Und wieder. Bis zum heutigen Tag gehen mir die Schreie nicht aus dem Kopf. Es war fast Morgengrauen, bis sie nicht mehr schreien konnte und man sie sterben ließ. Der Dämon verschwand, und das Podium war leer.

Wir wandten uns ab und taumelten hinaus. Auf dem Platz – beleuchtet von sterbenden Fackeln – lag nur die ausgestreckte Leiche von einer, die einmal sehr schön gewesen war.

»Das ist in Lycanth so Sitte«, erklärte mir Janos später, als ich endlich darüber sprechen konnte. »Wenn die Archonten oder ihre Wahrsager ein Verhängnis oder ein Unheil für die Stadt voraussehen, muß es ein Opfer geben.«

»Und natürlich ist es jedesmal ein Ausländer.«

»Nicht immer«, sagte er. »Ich habe auch schon gesehen, daß sich Einwohner der Stadt freiwillig melden, einmal sogar ein junger Geisterseher. Wer sich freiwillig zur Rettung Lycanths meldet, ist meist jung. Meist gutaussehend. Manchmal haben sich die Auserwählten gegen Lycanth geäußert. Oder sie sind Erbfeinde der Stadt. Oder sie fallen einfach auf. Deshalb hatte ich dich gebeten, die Mütze aufzusetzen. Vielleicht war das der Grund, warum die ... die Kreatur, deren Name man nicht sagen darf ... bei uns stehengeblieben ist. Aber vielleicht auch nicht. Vielleicht hatte die Frau größere Geheimnisse und tiefere Gefühle zu verbergen als irgendeiner von uns. Und – das war nicht der schlimmste Tod, den ich bei einem Auserwählten gesehen habe.«

Ich zögerte, wollte ihn schon fragen, woher er den Gegenzauber kannte, entschied mich aber dagegen. Eine solche Frage durfte man in Lycanth nicht laut stellen.

Es wurde Zeit für unsere Abreise. Schiff und Mannschaft waren bereit. In zwei oder drei Tagen wollten wir fahren, eine Nippflut nutzen. Janos hatte offenbar alles, was er vom Schwarzmarkt brauchte, denn Greif ward nicht mehr gesehen.

Janos, Cassini und ich gingen in eine der größten Waffenhandlungen der Stadt und suchten passende Ausrüstung für die Reise, Waffen, die unsere Herkunft nicht allzu deutlich verrieten. Ich fand ein wunderschönes Rapier aus gewässertem Stahl, dessen Stichblatt, Knauf und Griff aus juwelenbesetztem Gold gearbeitet waren. Daneben lag der passende Dolch. Der Schmied murmelte etwas davon, ein Geisterseher habe beide Waffen mit einem Zauber belegt, der sie unbesiegbar mache. Ich fragte den Schmied, ob ich sie ausprobieren dürfe. Beide schienen in meiner Hand zu fließen. Doch da ich kein erfahrener Krieger war, wandte ich mich an Janos, um ihn zu fragen, was ich bei mir tragen solle. Er selbst hatte seine Waffen schon dabei, dieselben wie auf dem Exerzierplatz in Orissa.

»Nimm, was du willst«, sagte er. »Niemand sollte sich seine Waffen vorschreiben lassen, wenn er in die Schlacht zieht, es sei denn, der Befehlshaber hätte besondere Gründe dafür. Nur diese beiden, so hübsch wie sie sein mögen, würde ich persönlich nicht wählen. Erstens ist es nicht ratsam – besonders nicht in einer kleinen Gruppe – wenn Offiziere leicht zu erkennen sind. Daher trägt man keinen Helmbusch, keine Goldverzierungen an der Rüstung … und auch keine Juwelen an der Klinge. Nichts läßt einen Soldaten so schnell den Mut verlieren wie der Anblick seines Kommandeurs im Todeskampf. Außerdem habe ich schon gesehen, wie Strolche aus dem Hafenviertel einen Mann nur wegen seines Schwerts ermordet haben. Und was diese Zaubersprüche angeht … Kannst du dir vorstellen, daß jemand in die Schlacht zieht – sei es ein Bauer mit einem messingbeschlagenen Knüppel oder ein hoher Herr – ohne daß seine Waffen gesegnet worden wären? Von einem Geisterseher, einer Hexe, einem kleinen Magier oder gar einem der Archonten?

Auf einem Schlachtfeld wimmelt es nur so von Zauber und Gegenzauber, dichter als der Staub, den der Kampf aufwirbelt. Ich habe schon immer das Gefühl gehabt, daß Schlachtenzauber und Waffenamulette gegeneinander arbeiten und sich so negieren. Aber das ist nur mein Eindruck oder vielleicht auch mein Zynismus. Ansonsten mag das Rapier gut gearbeitet sein, aber sieh dir statt dessen lieber diesen Pallasch an.«

Er zeigte darauf, und der Schmied reichte ihm das Schwert eilig herüber. Es war geformt wie ein Säbel, aber kürzer, und der Griff war für nur eine Hand gedacht. »Robust. Doppelklinge. Unverwüstlich. Wahrscheinlich könnte man das, was ich dir gleich zeige, mit beiden Klingen anstellen.« Er nahm die Spitze der Klinge in eine Hand, den Griff in die andere, und bog die Klinge mit schwellenden Muskeln. Ich wußte, das Metall würde brechen, aber statt dessen ließ es sich beinah zu einem Halbkreis biegen. Janos löste langsam die Spannung und nickte dem Schmied zu. »Keine Zauberei, Meister Kanadis. Nur allerbeste Metallurgie.«

»Ihr habt mich durchschaut.« Der Schmied grinste. »Ich teile Eure Skepsis, was die Zauberei auf dem Schlachtfeld angeht, obwohl ich der letzte wäre, der vor einem Kampf den Segen eines Geistersehers ablehnt. Allerdings hat ein Geisterseher einen Zauber gegen den Rost gesprochen – wie bei allen anderen damaszierten Klingen – damit man sie zum Beispiel auch an Bord eines Schiffes benutzen kann, ohne daß der Besitzer den lieben, langen Tag fluchend und schrubbend mit einem Öllappen verbringen muß.«

»Ein robustes Schwert«, fuhr Janos fort. »Für die Reise besser als ein Rapier, da du dieses Schwert für alles mögliche benutzen kannst, als Zeltstange, als Buschmesser und als Bratspieß, auch wenn ich dich harsch zurechtweisen werde, wenn ich sehe, daß du das Metall auf diese Weise schändest. Und diese simplen, geraden Quillons dienen dazu, den Hieb eines Feindes aufzufangen, ohne seinen zu behindern wie ... wie manche andere Waffe, die mir dazu einfällt.«

Ich errötete leicht. Ich hatte gehofft, Janos hätte meine mißlungene Vorstellung als Meister des Duells unten am Hafen von Orissa inzwischen vergessen.

»Hier ist das passende Messer dazu«, sagte Janos und reichte mir ein eher schlicht gearbeitetes Scramasax, ein einschneidiges Messer mit langer, breiter Klinge, auf beiden Seiten eingekerbt. »Damit kannst du dir Unterholz, Kadaver oder Diebe vornehmen, und du kannst es immer bei dir tragen. Das Schwert wird unbequem werden, und gerade, wenn du es am dringendsten bräuchtest, wird dir einfallen, daß du es am Sattel oder am Lagerfeuer zurückgelassen hast. Dieser Dolch kann deine Rettung sein. Ansonsten brauchst du nur ein kleines Messer zum Fleischschneiden, das du dir drüben in der Besteckabteilung aussuchen kannst. Gebt Ihr mir recht, Meister Kanadis?«

»Allerdings.«

»Zwei Männer, die es besser wissen müssen«, sagte ich. »Nur fühle ich mich manchmal gar nicht mehr als Leiter dieser Expedition, mehr als ihr Schirmherr, als wäre ich ein alter Tattergreis, der sich von seichtem Geschwätz einwickeln läßt.«

»Und wir Huren danken dir«, sagte Janos lächelnd.

»Eins noch«, fuhr er dann fort. »Da wir gerade vom … mh … Gepränge sprechen. Dein Haar. Ich kenne große Häuptlinge, die sehr stolz auf ihre Locken sind. Und wage es nur kein Feind, sie zu scheren! Ich habe sie bewundert! Aus der Ferne. Besonders in der Schlacht. Wir werden durch Gegenden reisen, in denen es die Leute für eine von den Göttern gesegnete Tat halten, einen feuerköpfigen Mann zu jagen und ihn vom nächsten Kliff zu stürzen, um sich eine gute Ernte zu sichern oder auch nur besseres Wetter für den nächsten Tag.«

Ich überlegte. Janos hatte ein Lächeln auf den Lippen, doch es breitete sich nicht aus. Ich dachte an den Schloßhof und den Spürhund. »Wenn wir wieder im Gasthof sind, werde ich mich von Eanes scheren lassen wie ein junges Lamm«, versprach ich und griff nach meinem Geldbeutel, um den Schmied zu entlohnen.

Cassini, der unserem Gespräch wortlos gelauscht hatte, erstand das exotische Rapier und dessen Gefährten.

»Gib mir nicht den Spiegel«, flehte ich Eanes an. »Sag mir nur, wonach ich aussehe.« Meine Hand griff ins Leere, wo mir mein Haar in Wellen auf die Schultern gefallen war.

»Vielleicht«, sagte Eanes nachdenklich, »wie ein Galeerensklave.«

»Oder ein Dieb kurz vor dem Kuß der Steine«, warf Janos hilfreich ein und lugte um die Ecke.

»Ein Verbrecher«, stöhnte ich. »Ein Verdammter.«

»Ihr seid zu streng, Herr! Ihr könntet ebenso als heiliger Mann durchgehen, der sich dem Zölibat verschrieben hat.«

»Das bestimmt«, sagte Janos. »Wahrscheinlich sogar ein Kastrat.«

»Ich glaube«, sagte ich, »ich sollte nach nebenan in die Gemächer von Geisterseher Cassini gehen und ihn bitten, einen kleinen Zauber vorzubereiten, der euch beiden Kahlköpfigkeit beschert.«

»Zu spät«, sagte Eanes und tätschelte seinen schimmernden Schädel. »Und paßt auf, daß der Bann nicht – wie so viele Zaubersprüche – seinen Verursacher trifft.«

»Langsam glaube ich, von einem hohen Kliff gestürzt zu werden, ist besser, als euch beiden zuzuhören. Janos. Es war deine Idee. Du darfst mir unten einen Branntwein... nein, mehrere Gläser davon... spendieren.«

Ich stand auf und nahm mein neues Schwert. Noch immer mußte ich mich an sein Gewicht gewöhnen, da es etwas schwerer war als die Rapiere oder Kurzschwerter, die ich in Orissa getragen hatte. Sorgsam sammelte Eanes die Tücher ein, die er vor dem Haareschneiden um meinen Stuhl herum ausgebreitet hatte. Er schüttelte sie in einen Lederbeutel.

»Du warst klug genug, keine von seinen Locken auf den Teppich fallen zu lassen?« fragte Janos ernst.

»Das war ich, Hauptmann. Wie ich es gewesen bin, seit man mich zu seinem Leibsklaven ernannt hat, als er noch ein wimmerndes Baby war. Behutsam mit dem Haar, behutsam beim Schneiden seiner Nägel, behutsam mit dem Flaum, der irgendwann einmal ein Bart werden soll, sogar behutsam, als er noch ein widerwärtiger Schnösel war und sich wie ein Brunnen in alle Richtungen erbrach. Und das, obwohl ich hin und wieder liebend gern einer bösen Hexe ein Stück von meinem Herrn verkauft hätte, vorausgesetzt, sie würde Höflichkeit und gesunden Menschenverstand unter den Zauber mischen, dem sie ihm auferlegt.«

»Gut«, sagte Janos noch immer ernst. »Nur werft das geschnittene Haar nicht in den Abort. Bringt es hinaus zum öffentlichen Abfallgraben, wo man sicher sein kann, daß ständig Wasser fließt.«

Eanes' Lächeln verschwand, und er wurde so ernst wie Janos. »Ich will tun, was Ihr sagt«, sagte er. »Ich weiß zwar nicht, ob Ihr eine Vorahnung habt, aber allein der Umstand, in dieser Stadt der toten Steine und verdammten Seelen zu sein, läßt mich glauben, unser Schicksal wartet ständig hinter der nächsten Ecke.«

Wir alle kreuzten die Finger. Eanes stieß einen tiefen Seufzer aus. »Es ist so schlimm«, sagte er, »daß ich mich schon auf das Meer freue, wo ich Lord Amalrics Kopf über die Reling halten und ihn dann darauf hinweisen muß, wie unklug es ist, gegen den Wind zu spucken. Gott sei Dank besitze ich selbst einen solide geschmiedeten Magen.« Er nahm den Beutel und ging hinaus.

»Nach allem, was ich weiß«, sagte ich, »ist Klatschbase Eanes in seinem ganzen Leben noch nicht auf einem Boot gewesen, außer vielleicht auf einem Gartenteich.«

Janos lächelte ein wenig. »Er erinnert mich an mein Kindermädchen. Hastend, heulend, klagend, sich sorgend, aber immer ...«

Ein Schrei ließ die Nacht erstarren. Janos und ich stürzten auf den

Balkon. Mein Freund hatte sein Schwert schon in der Hand. Mühsam zerrte ich meines hervor. Wir klapperten die Treppe zum Hof hinunter. Die beiden Wachsoldaten am Tor spähten hinaus, die Waffen bereit. Weitere Soldaten kamen aus ihren Kammern geschlurft und legten ihre Rüstung an.

»Eanes«, rief einer der Soldaten und deutete auf die Straße hinunter. Die Wache hatte Order, sich durch nichts und niemanden von ihrem Posten locken zu lassen. »Er ist nur eben...«

Den Rest hörte ich nicht mehr, da wir auf die Straße stürmten. Janos nahm im Vorübergehen eine Fackel aus ihrer Halterung. Am Ende der Straße sah ich drei Männer kämpfen. Wir griffen an. Einer von ihnen machte sich los und verschwand in der Dunkelheit. Der andere blieb lang genug, daß ich sehen konnte, wie sein Arm über die Brust des Dritten fuhr, der daraufhin zusammenbrach. Dann lag nur noch ein schlaffer Körper auf dem Pflaster.

Es war Eanes. Wir drehten ihn um. Zweimal war auf ihn eingestochen worden – einmal am Arm bis auf den Knochen, und dann einmal tief in seinen Körper. Noch lebte er.

»Ruf Cassini«, rief ich Janos zu. Er stürzte los, um den Geisterseher und seine Heilkräuter herbeizuholen.

Eanes schlug die Augen auf, dann sah er mich. »Sie... haben es nicht bekommen«, ächzte er. »Sie wollten...«

»Sei still.« Janos kniete neben ihm. Er hielt den kleinen Lederbeutel mit meinem geschnittenen Haar. Mir zog sich der Magen zusammen. Die Schurken hatten geglaubt, der gutgekleidete kleine Mann hätte einen Beutel mit Münzen bei sich.

»Sie sagten... sie wollten, was von... Euch käme... daß ich belohnt würde, wenn ich es ihnen gäbe. Und wenn nicht...« Eanes sog die Luft in sich hinein, auch wenn es seinen aufgeschlitzten Lungen keine Linderung war.

»Warte«, sagte ich. »Cassini hat die Macht. Er kennt Mittel und Zaubersprüche. Du wirst wieder gesund.«

Eanes schüttelte den Kopf. »Nein«, flüsterte er. »Eine letzte Gunst, Herr. Eine allerletzte Gunst.« Ich wußte, er würde sterben. »Laßt mich frei«, brachte er hervor. »Laßt mich als freien Mann sterben.«

Es war keine Gunst. Es war mein Fehler, daß er auf diesem rauhen Kopfsteinpflaster in dieser verdammten Stadt sterben mußte. Doch war es alles, was mir zu tun blieb. Ich suchte nach Worten. Noch nie hatte ich einen Sklaven freigelassen. Janos rührte sich.

»Sprich mir die Worte nach«, sagte er. Ich wurde sein Echo.

»Ich … Lord Amalric Antero aus Orissa, erkläre diesen Sklaven Eanes, Eanes aus … aus …«

»Aus Mangifera«, kam das Flüstern.

»Aus Mangifera … zu einem freien Mann. Jetzt muß er keinem Menschen Referenz erweisen … nur denen, die ihm durch Rang oder Pflicht vorstehen … Er hat das Recht auf Besitz … auf eine Frau … auf Kinder, die ebenso frei sein sollen … und er hat das Recht auf ein eigenes Leben … bis zu seinem Tode … Ich, Amalric Emilie Antero, erkläre dies … freiwillig und öffentlich … hier vor den Augen aller Götter … Ich erhebe keine Ansprüche … nicht jetzt und nie mehr … diesem Mann gegenüber, seinen Kindern, seiner Familie oder seiner Seele.«

Eanes' Lippen öffneten sich, als wolle er sich bedanken oder lächeln. Dann wandelte sich sein Blick, und er sah durch mich hindurch, sah in die Weite. Ins Nichts. Plötzlich wurde sein Körper ganz schwer.

Sein Gesicht konnte ich im Dunkel nicht erkennen. Jemand nahm mir den Toten ab. Janos half mir aufzustehen. Dann erinnerte ich mich. Ich kratzte eine Handvoll Sand zwischen den Steinen hervor und ließ sie auf Eanes' Leiche rieseln. Jetzt brauchte sein Geist nicht mehr auf Erden zu wandeln. Und ich versprach, den Rest meiner Pflicht zu erfüllen, daß er vom Dunklen Sucher gesegnet und sein Tod gerächt würde. Doch empfand ich damals keine Wut, nur große Trauer und Scham, denn während all seiner Jahre in meinen Diensten hatte ich meinen treuesten Diener und besten Freund nicht einmal gefragt, aus welchem Land er stammte.

Janos legte einen Arm um meine Schultern. »Wir trauern später«, sagte er schroff. »Heute segeln wir.«

Wir packten in Eile. Ungeschickt suchte ich meine Sachen zusammen, da es zum ersten Mal in meinem Leben niemanden gab, der mir sagen konnte, wohin welche Bürste kam, welche Robe wie zu falten war und so weiter. Als mir bewußt wurde, was ich gerade dachte, verfluchte ich mich für meine Gefühllosigkeit. Eben erst war ein Mensch gestorben, und ich dachte nur daran, ob meine Pomade ordentlich verkorkt und im richtigen Koffer verstaut war. Sergeant Maeen stellte einen Soldaten für mich ab, aber leider war der Mann keine große Hilfe. Wenigstens war ich höflich genug, ihn nicht anzuknurren.

Ich suchte den Gastwirt und beglich unsere Rechnung. Er schwor, er würde jemanden kennen, der mit den Zeremonien Orissas vertraut war und Eanes' Leiche nach dem Ritual verbrennen ließe, wie unser Glauben es uns befahl, so daß kein Magier die tote Erde wecken und zu dienstbarem Fleisch machen konnte. Janos hatte gesagt, dem Wirt sei zu trauen, also sparte ich mir die Mühe, ihn darauf hinzuweisen, daß die Familie Antero nie etwas vergißt und es höchst unklug wäre, wenn er sein Versprechen nicht hielt. Ich glaube, er hat mir in die Augen gesehen und wußte es auch so.

Als wir uns im Hof versammelten, stellte Janos uns in einer Reihe auf und gab jedem einen kleinen Zahn, vergoldet und an einer Kette. Er sagte, sie stammten von Frettchen und würden es schwer machen, uns zu töten. Ich dachte an mein kleines Frettchen, als ich Kind war, und wie Halab es zum Leben erweckt hatte. Vielleicht war das ein gutes Omen für eine Reise, die von Anfang an unter einem schlechten Stern gestanden hatte. Cassini runzelte die Stirn – eigentlich sollten Glücksbringer von ihm kommen –, sagte aber kein Wort, und wie alle anderen zog er sich das Amulett eilig über den Kopf.

Janos stand mitten auf dem Hof und starrte den überzähligen Zahn an. Vielleicht fragte er sich, ob Eanes noch leben würde, wenn er ihm den Glücksbringer zwei Stunden früher gegeben hätte.

Erst lange nach dem Morgengrauen konnte die *Möwenschwinge* auslaufen. Es dauerte, bis L'ur aufgestanden war, bis er die angeheuerten Seeleute gefunden, bis er eine Hafenhexe aufgetrieben hatte, die eine zufriedenstellende Prophezeiung für unsere Reise aussprach. Dichter Sommernebel hing über dem Hafen, als wir endlich unsere Leinen losmachten, und vier Matrosen standen an den langen Rudern, um uns weit genug hinauszubringen, daß wir ein Segel setzen und die leichte Brise vom Land her einfangen konnten. Unser Bug deutete auf die offene See. Zur einen Seite lag die monströse Festung der Archonten, und zur anderen der schmalen Hafeneinfahrt der Hafenturm, wie Klauen einer Felsenhand, die uns nur widerstrebend gehen ließ.

Ich drehte mich um und sah Lycanth im Nebel verschwinden. Der Nebel lichtete sich, und ich sah den Pier, von dem wir abgelegt hatten. Dort stand jemand ... so reglos, daß ich ihn anfangs für einen Poller hielt. Dann erkannte ich ihn, obwohl die Entfernung eigentlich zu groß war, als daß meine Augen ein solches Detail hätten ausmachen können. Und doch wußte ich es. Ich wußte es.

Der Mann, der unsere Abreise beobachtete, war Greif.

Kapitel Sieben

Der Sturm der Archonten

In den folgenden Tagen schwor ich reuig Rache für Eanes. Die Sonne schien, der Wind war frisch, die Wogen gingen hoch. Wie ein Lebewesen pflügte die *Möwenschwinge* durch die See, und das große Segel trieb uns prallgefüllt voran. Dieses eine Mal erfüllten sich Eanes' Vorhersagen nicht. Ich fühlte mich auf See so wohl wie an Land. Oft mußte ich an ihn denken, wenn die Wellen über das Schiff hereinbrachen und uns alle bis auf die Haut durchnäßten. Die Soldaten waren ständig an der Reling zu finden, wo sie sich – zum Vergnügen von L'ur und den anderen Seeleuten – in die Gischt erbrachen. Zu den Gebeutelten gehörte auch Cassini, was Janos eine persönliche Genugtuung war. Seekrankheit, so lachte mir Janos ins Ohr, ließe sich nicht wegzaubern. Damals konnte ich darüber lachen, denn noch nie im Leben hatte ich mich so gesund gefühlt.

Während wir uns zum Hafen von Redond vorkämpften, fühlte ich mich von Stunde zu Stunde kräftiger. In meinem Blut brodelte der Abenteurergeist, und alle Gedanken an Greifs finstere Gestalt waren verflogen. Was Eanes anging, schwor ich, daß ich aus seinem Tod lernen wollte, wenn ich auch nicht recht wußte, welche Lektion daraus zu ziehen war. Im stillen widmete ich ihm diese Expedition, versprach, ihm ein fettes Schaf zu opfern, und verwahrte ihn in meiner Schachtel der Tragödien, zusammen mit Halab und meiner Mutter.

Es ist kein Wunder, daß Reisende auf ihrer Fahrt zu neuen Ufern den Mitreisenden anfangs wenig Beachtung schenken. Jeder Ausblick ist so neu und anders, daß das Verhalten und Vorgehen der Gefährten dagegen im Schatten steht, daher kann ich nicht genau sagen, womit die anderen ihre Tage verbrachten. Ich erinnere mich, daß Cassini ununterbrochen krank war. Ich erinnere mich an die knurrenden Seeleute, auch wenn ich ihr Knurren für unbedeutend hielt. An unsere Soldaten erinnere ich mich kaum, nur daß Sergeant Maeen sie von den Seeleuten fernhielt und mit kleinen Aufgaben und Übungen beschäftigte. Ich erinnere mich, daß Janos meist für sich allein blieb und über Karten und geheimnisvollen Dokumenten brütete.

Anfangs sah ich andere Schiffe – allesamt aus weiter Ferne, denn L'ur war ein umsichtiger Kapitän, der Piraten nicht in Versuchung führen wollte. Doch wie alle Landratten träumte ich ihnen hinterher, fragte mich, woher sie kamen und wohin sie fahren mochten. Mir wurde klar, daß niemand ein so wundersames Land suchte wie ich, und ich lachte über ihre armseligen Erwartungen. Als wir erst einmal weit draußen auf See waren, sahen wir keine Schiffe mehr, denn nur wenige wagten diese Reise, und taten sie es doch, waren sie ebenso vorsichtig wie wir.

Das Meer wimmelte von den unterschiedlichsten Kreaturen. Es gab Fische, die aus dem Wasser flogen, Schildkröten mit Panzern, auf denen Platz für mehrere Männer gewesen wäre, Insekten so groß wie Menschenköpfe mit langen, spindeldürren Beinen, auf denen sie flink von einem Algenteppich zum nächsten hüpften. Ich erspähte ein Wesen, das doppelt so lang war wie unser Schiff und Wasser aus einem Loch auf seinem Kopf spritzte. Es floh bei unserem Anblick. Später sah ich zwei mächtige Vögel oder Tiere, die wie Vögel aussahen, mit riesigen, ledernen Flügeln und langen, scharfen Schnäbeln. Sie ließen sich auf einem dunklen Ding nieder, das auf den Wellen trieb, kreischten vor Vergnügen und rissen an seinem Fleisch. Als wir näher kamen, entdeckte ich, daß es der Kadaver des spritzenden Ungetiers war, das ich gesehen hatte. Mehrere Speere steckten in seiner Flanke.

An einem anderen Tag brach eine Meerechse aus dem Wasser hervor. Sie war riesenhaft und alt, mit langen Muschelstreifen an den Seiten. Anfangs sagten die Männer, sie brächte uns Glück. Doch sie folgte uns, und mit der Zeit wurden die Seeleute argwöhnisch und warfen finstere Blicke zurück. Lange Zeit folgte uns das Tier, und aus den Blicken wurden Flüche, bis die Meerechse schließlich verschwand. Doch die Männer vergaßen sie nicht.

Kurz darauf wechselte das Meer seine Farbe und das Aussehen, als wir in eine Region von großer Tiefe kamen. Die Matrosen flüsterten, hier hätte die See keinen Boden und ein böser Gott wohne in der ungeheuren Tiefe, ein Gott, dessen Name kein Lebender je hatte nennen können. Der Kapitän lachte über das Gerede, verspottete es als abergläubisches Geschwätz, eines wahren Seemanns unwürdig. Doch spürte ich, daß sein Spott falsch war, und sah, wie er mit seinem Talisman spielte. Er tat nichts, um das Geflüster zu unterbinden.

Trotz aller Befürchtungen der Seeleute gab es auf unserer Fahrt über die Tiefe keine besonderen Vorkommnisse. Und doch verstand ich ihre Nervosität. Während wir diese Gewässer durchfuhren, bekamen wir kein einziges Lebewesen zu Gesicht, keinen Fisch, keine

Meerechse und auch keinen verirrten Vogel. Es war, als seien wir in eine Wasserwüste geraten. Als dann ein Seemann eines Tages fremde Segel erspähte und dies meldete, liefen alle zum Schanzkleid, anstatt eilig die Flucht vorzubereiten. L'ur wollte die Gelegenheit nutzen, seine Position zu überprüfen und frische Lebensmittel einkaufen, und hielt auf das fremde Schiff zu, während an unserem Mast die Flagge der Freundschaft mit dem darauf abgebildeten Händedruck flatterte. Wie wir führte auch das andere Schiff Lateinsegel, nur hatte es drei davon. Es hielt seinen Kurs, während wir uns näherten, und versuchte weder heranzukommen noch zu fliehen. Wir riefen hinüber, wir seien Freunde. Niemand antwortete. Als wir einen Speerwurf weit an das Schiff herankamen und sein Deck deutlicher sahen, wurde uns klar, daß niemand antworten konnte. Die Segel des Schiffs spannten sich und knarrten und knackten unheimlich im Wind. Entsetzt erkannten wir, daß das Ruder eingeholt worden war. Wer steuerte, und wie? »Magie«, hörte ich einen Seemann.

L'ur bellte die Anweisung, Abstand zu halten, aber es ließ sich nicht verhindern, daß wir dem seltsamen Schiff näher kamen. Das Deck war mit geronnenem Blut bespritzt, frisch geronnenem Blut, das wie Pocken rot das Deck überzog, und noch mehr Blut tropfte vom Hauptmast. Doch Leichen waren keine zu sehen und auch kein Stöhnen Verwundeter zu hören. Erschrocken flohen wir. Die Seeleute fegten über Deck, um L'urs laut gebrüllte Befehle zu befolgen, als hätte der Dunkle Sucher seine Hunde losgelassen. Die *Möwenschwinge* setzte sich von dem Geisterschiff ab, und als wir ein ganzes Stück gefahren waren, drehte L'ur bei, damit wir uns berieten.

Einige Männer glaubten, es sei das Werk eines bösen Zauberers. Andere vermuteten, Menschen hätten es getan. Die Menschen, die sie sich dabei vorstellten, waren halb Mann, halb Dämon und lauerten unschuldigen Seeleuten auf, um sich aus deren Fleisch eine Mahlzeit zu bereiten oder sie in ihre Viehställe zu treiben. Auf Janos'

Drängen hin beruhigte Cassini seine bebenden Eingeweide soweit, daß er eine kleine Rede über freundlichere Götter und sanftmütigere Menschen halten konnte. Seine Worte zeigten wenig Leidenschaft und waren nicht gerade überzeugend, nicht so sehr aus Übelkeit als aus Angst. Er hatte sich offenbar mit den Dingen abgefunden, die ihm im Laufe der Expedition widerfahren und die ihn wohl übermannen würden. Er merkte, wie wenig seine Worte bewirkten, daher drängte er auf ein Opfer für die Götter dieser Gegend. Das rief einen Streit hervor. Manche sagten, wir sollten auch unseren eigenen Göttern opfern, damit diese nicht neidisch würden. Manche sagten, wir sollten *nur* unseren eigenen Göttern opfern, sonst würden sie uns für immer verlassen. Es gab nur ein kleines Schwein, das geopfert werden konnte, das Schiffsmaskottchen. Cassini blieb bei seinem ersten Rat, hielt sich eher an das Naheliegende als an das Ferne. Das Schwein quiekte, als er ihm den Hals durchschnitt, und er ließ es in eine Kupferschale bluten, in die Geheimsymbole graviert waren.

»Das wird nichts nützen«, hörte ich einen Mann sagen.

»Wir brauchen ein besseres Geschenk«, meinte ein anderer.

»Es ist nur unser armes Schwein«, flüsterte einer neben mir.

»Er tötet unser ganzes Glück«, war zu hören.

Ich hörte jemanden sagen: »Der Rotschopf ist schuld. Jeder weiß, daß rotes Haar auf einem Schiff Unglück bringt.« Janos packte meinen Ellbogen, und ich ließ mir nicht anmerken, daß ich es gehört hatte. Als er mich wegzog, hörte ich eine letzte Bemerkung. »Er sollte es sein, nicht das Schwein. Dann wäre das Glück auf unserer Seite.«

»Ich verstehe, was du mit meinem roten Haar gemeint hast«, seufzte ich. »Es war von jeher ein Fluch.«

»Es nützt nichts, etwas zu beklagen, mit dem du geboren wurdest«, beruhigte mich Janos. »Es sollte mich nicht wundern, wenn es Königreiche voller Rothaariger gäbe, in denen ein beklagenswerter Schwarzhaariger verflucht ist.«

»Was soll ich tun?« fragte ich.

»Mach dir keine Sorgen. Es sind nur noch wenige Tage bis Redond. Warum den Kessel zum Kochen bringen, wenn ein leichtes Sieden niemandem schadet? Außerdem haben wir unsere eigenen Leute, gute, loyale Soldaten Orissas, mit denen sich die Seeleute kaum anlegen werden.« Er betrachtete mich trotz der warmen Worte grimmig. »Aber halte deinen Dolch bereit. Falls sich bei Nacht jemand über dich hermacht.«

Cassini beendete das Opfer, schüttete das Blut und eine Mixtur aus Zauberingredienzen ins Meer und rief den Göttern mit lauter Stimme zu, wir seien friedliche Männer und würden ihr Reich schon bald verlassen. Wir setzten das Segel, und die Gemüter der Männer beruhigten sich etwas. Das Geflüster erstarb, doch nach wie vor zog mein Haar die Blicke an. Als wir dann in eine Gegend kamen, von der jemand sagte, sie sei mit frischen Winden gesegnet, war die Mannschaft wieder bester Laune. L'ur änderte unseren Kurs, um geradewegs nach Redond zu fahren, und wir flogen über die Wellen wie ein geflügelter Fisch. Am Nachmittag legte sich der Wind.

L'ur sagte seinen Männern, sie sollten sich keine Sorgen machen, es sei nur eine vorübergehende Flaute, und er versichere ihnen die allseits bekannte Verläßlichkeit der Winde in dieser Region. Die ganze Nacht über blieb es still. Am Morgen sprangen wir auf, bereit für die frischen Winde des neuen Tages. Nichts geschah. Auch am späten Nachmittag blieben die Winde aus. Ebenso versagten sie uns während der Nacht ihre Gunst. Groß und heiß ging die Sonne am nächsten Morgen auf. Uns taten die Köpfe weh, je länger die Flaute dauerte. Die Matrosen bekamen Blasen an den schwieligen Händen und Füßen, und die Haut löste sich, wenn sie zu fest ruderten. Am strahlenden Himmel war keine Wolke zu sehen, die uns Hoffnung auf frischen Wind vom Horizont her hätte geben können.

Am späten Nachmittag kam L'ur zu mir. »Es wird Zeit, daß Euer Priester die Windgeister ruft«, sagte er. »Ich habe sie in dieser Gegend noch nie gebraucht und wollte eigentlich vorschlagen, sie für die tückische Gegend vor Redond aufzubewahren.« Er blickte in den wolkenlosen Himmel auf und schüttelte den Kopf »Aus irgendeinem Grund sind wir verflucht«, sagte er. »Und ich denke, wir sollten schnell von hier verschwinden.«

Ich setzte mich mit Janos und Cassini zusammen. Man zahlte einen hohen Preis für einen ordentlichen Beutel Windgeister, und manche alte Hexe verdiente sich ihren Lebensunterhalt in einem der Häfen, die ihr Gewerbe erlaubten, indem sie verirrte Windgeister in einem Zaubersack fing und sie an Seeleute verkaufte, für den Fall, daß der Wind ausblieb. Die Beutel jedoch waren äußerst kostspielig, und man benutzte sie nur im Notfall. Wir waren alle einig, daß ein solcher Notfall gekommen war.

Cassini machte eine enorme Zeremonie daraus und zeichnete gleich hinter dem Schiffsschnabel mit Kreide ein Pentagramm aufs Deck. Er läuterte den Bereich ums Pentagramm, verstreute Asche aus seltenen Gewürzen und den verbrannten Teilen ebenso seltener Tiere. Er legte seinen besten Talar an und nahm den Beutel mit den Windgeistern. Wir alle versammelten uns, als er die Hände hob und mit lauter Stimme Te-Date anrief. Diese erste Anrufung des Gottes der Reisenden dauerte eine halbe Stunde, danach brachte er fast eine Stunde damit zu, Te-Dates Namen zu preisen und ihn um Wohlwollen gegenüber unserer Reise zu bitten. Die Hitze war unerträglich, doch niemand klagte, aus Furcht zu stören und einen Fehlschlag hervorzurufen. Wir ertrugen Cassinis schier endlose Zeremonie und hielten Kameraden aufrecht, die von der Hitze überwältigt wurden. Ich erinnere mich sehr gut an die pralle Sonne und Cassinis sonore, flehentliche Worte. Nicht die kleinste Wolke beglückte uns.

Endlich kam der Augenblick. Cassini legte den Beutel aufs Deck, packte das Zugband, riß fest daran und trat eilig zurück, um der Wucht der austretenden Windgeister zu entgehen. Man erzählt sich Geschichten von Männern, die dabei umgekommen waren. An diesem Tag war keine Wucht zu spüren. Statt einer großen Wolke, die zum Himmel eilte, um Winde auszubrüten, rülpste nur ein kränklicher Seufzer aus dem Sack hervor. Er brach an Deck zusammen, ein armes, flaues, totes Ding ohne jede Hoffnung für uns. Bestürzt stand Cassini da, mit offenem Mund, ein Narr, herausgeputzt im Talar eines Geistersehers. Überrascht schrien die Männer auf.

Einer trampelte dreist in das heilige Pentagramm und hob den Beutel auf. Ich kannte seinen Namen nicht, aber er hatte die gestutzten Ohren eines Mannes, der den Preis als Dieb gezahlt hatte. Er betrachtete das Siegel am Band und heulte ungläubig auf. »Ich kenne dieses Zeichen«, rief der Gestutzte, »und auch die Schwindlerin, die dahintersteht. Sie verkauft ihre Geister billig, die Alte. Kümmerliche Dinger, die nicht die kleinste Wolke bringen.« Er drehte sich zu mir um und schüttelte vorwurfsvoll den Sack. »Der Rotschopf ist ein Geizkragen, Leute«, rief er. »Will lieber unsere Frauen zu Witwen machen als einen fairen Preis für faire Ware zahlen.« Wütend schrie die Mannschaft auf, ignorierte L'urs Flehen um Ruhe. Mancher von ihnen legte die Hand an den Dolch und forderte meinen roten Skalp, um die Götter zu besänftigen.

Janos bellte einen Befehl, und urplötzlich waren Sergeant Maeen und die Soldaten da. Schwerter kamen klirrend aus den Scheiden, und die Mannschaft schwieg. Janos sprang auf ein kleines Faß. »Hört mich an, Männer der *Möwenschwinge*«, rief er. »Sollte einer von euch Hand an diesen Mann legen, werde ich unseren Soldaten Befehl geben, euch alle niederzumachen. Wir sind nah genug an Redond, daß mir der Verzicht auf eure Seemannskünste keine Sorgen macht. Das kann ich euch versprechen.« Maeen schlug mit dem Schwert an seinen Schild, um die Worte des Hauptmanns zu untermauern. Die Soldaten taten es ihm nah, und dieses Klirren von Eisen auf Eisen ließ die Mannschaft weichen. Schweigend zogen sie sich zurück.

»Der Wind kommt, wenn der Wind kommt«, sagte Janos. »Wir

haben genug zu essen und zu trinken und müssen nur die Hitze ertragen. Bald schon wird Te-Date uns segnen. Offenbar ist er augenblicklich mit dem Kummer anderer beschäftigt, die *wirklich* in Gefahr sind. Sicher wird er sich uns bald widmen. Hat nicht ein großer Geisterseher Orissas ihn gerufen? Niemals würde Te-Date so jemand ignorieren. Nun geht euren Geschäften nach und laßt uns allein.«

»Ihr habt ihn gehört, Hurensöhne«, bellte L'ur. »Es gibt genug, womit ihr die Zeit totschlagen könnt. Und wenn ihr keine Arbeit findet, gebe ich euch welche.«

Die Seeleute zerstreuten sich, und L'ur gab einigen von ihnen Eimer, damit sie Meerwasser an Bord holten und zur Abkühlung das Deck spülten. Ich suchte den Mann mit den gestutzten Ohren, der mich beschuldigt hatte, sah ihn aber nirgendwo. Janos sprang von seinem Faß und ging zu Cassini. Ich folgte ihm auf dem Fuße. Das Gesicht des Geistersehers war kalkweiß, und seine Augen zuckten nervös, als wir näher kamen.

»Was habt Ihr getan, Mann?« knurrte Janos wütend und vergaß dabei den üblichen Respekt vor einem Geisterseher. »Ich habe Euch reichlich Geld gegeben. Ich habe Euch zum besten Laden für Windgeister geschickt. Warum habt Ihr nicht auf mich gehört?«

Cassini schüttelte den Kopf. Er wußte keine Antwort.

»Ich werde Euch sagen, was Ihr getan habt«, sagte Janos. »Ihr dachtet, Ihr kauft billig ein und behaltet den Rest für Euch. Ihr habt geglaubt, Ihr hättet genug Talent, die Guten unter den Schlechten rauszusuchen. Habe ich recht?«

Noch immer antwortete Cassini nicht. An seinem Blick erkannte ich, daß Janos ins Schwarze getroffen hatte. Dann sah ich Cassinis geröteten Hals und wußte, daß in seinem Innern Schuldgefühle mit Wut rangen. Es hatte keinen Sinn, Lügner oder nicht, Narr oder nicht, wir brauchten Cassini. Das Gesetz Orissas und der Rat der Geisterseher hatten ihn zu uns gebracht, und er mußte uns begleiten, bis wir heimkehrten.

»Es war sicher nur ein Versehen, Janos«, sagte ich. »Vielleicht ist er bei seiner Suche nach dem Laden falsch abgebogen.«

Cassini griff nach dem rettenden Strohhalm. »So wird es gewesen sein«, sagte er. »Ich war mir sicher, den richtigen Laden gefunden zu haben. Und ich habe den vollen Preis bezahlt. Mein Irrtum tut mir leid.«

»Macht Euch keine allzu großen Gedanken«, sagte ich. »Wir alle werden auf dieser Reise Fehler machen. Und bitte verzeiht Hauptmann Greycloak seinen Zorn. Das Wetter macht uns allen zu schaffen.«

Janos verstand, was ich im Schilde führte, und änderte sogleich seinen Kurs. »Du hast recht«, sagte er. Er wandte sich Cassini zu. »Bitte verzeiht meine Grobheit... und die dummen Anschuldigungen. Ich war nur aufgebracht.«

»Da gibt es nichts zu verzeihen«, sagte Cassini. »Vergeben und vergessen.« Wir lächelten alle drei und versuchten, die Mißstimmung zu verdrängen. Doch an der Spannung in Cassinis Lächeln sah ich, daß Janos' ungezügelte Worte keineswegs vergeben und vergessen waren.

Die Winde, die Janos versprochen hatte, kamen nicht, und die Tage vergingen in erstickender Not. Während die *Möwenschwinge* dahintrieb, die Segel schlaff und leblos, lagen wir, wo immer Schatten zu finden war, und hechelten wie die Hunde. Eines Tages, als ich unter einem Sonnensegel lag und mir mit Janos einen Krug gut verdünnten Weins teilte, fiel mir jener erste Abend ein, an dem wir uns kennengelernt hatten, als Leego und seine Häscher mir vor der Taverne auflauerten.

»Überleg mal, Janos«, sagte ich. »Vielleicht bringt mir mein Haar *Glück*. Der rote Schopf hat mich in Melinas Klauen geführt, was vordergründig ein Unglück sein mag. Aber die Götter sind wundersam in ihren Taten, denn ohne dieses Unglück hätte ich dich nie kennengelernt und wäre nicht auf diese Reise gegangen. Und die

Begegnung selbst war ein ungeheures Glück. Denn hättest du dir keine Gasse gesucht, um dich zu erleichtern, hätte Leego mich sicher getötet.«

Ich hatte es mir als eine Art müden Scherz gedacht, doch Janos schenkte mir nicht das leiseste Lächeln. Statt dessen legte er die Stirn in Falten und rang einen Moment lang mit sich. Was ich dann hörte, erstaunte mich. »Ich schäme mich, dir sagen zu müssen, daß dieses Zusammentreffen keineswegs ein Zufall war«, kam seine Erwiderung. »Ich glaube, es ist an der Zeit, dir zu gestehen, was tatsächlich geschehen ist.« Er nahm einen Schluck Wein. Dann: »Maeen kam, um mich zu holen, nachdem du ihn zurückgewiesen hattest. Er sagte, da sei ein junger Mann von edler Geburt, der den Anschein machte, als suche er Streit. Zuerst habe ich ihn ausgelacht. Was kümmern mich die Söhne reicher Männer?«

Er sah mich an, doch ich zeigte keine Reaktion, denn ich war ganz verwirrt von diesem verspäteten Geständnis. »Doch dann dachte ich, vielleicht wäre das eine Gelegenheit«, fuhr er fort. »Wie du weißt, habe ich seit meiner Ankunft in Orissa nach Unterstützung für eine Expedition gesucht. Ich wußte nicht, ob du der richtige Mann wärst, mir zu helfen, doch es schien mir klug, es zu versuchen.«

»Also hast du die ganze Zeit draußen gewartet?« fragte ich.

Janos nickte. »Ich hätte aus Pflicht- oder Ehrgefühl auf Maeens erste Aufforderung hin kommen sollen, aber zu meiner Schande muß ich gestehen, daß mein Motiv der pure Eigennutz war.«

Ich war wie verzaubert von seinem Geständnis. Es ließ Janos viel menschlicher wirken. Keinen Augenblick zweifelte ich daran, daß unsere Freundschaft von nun an auf dem Boden dieser Ehrlichkeit erblühen würde. Warum sonst hätte er so etwas eingestehen sollen? Es brachte ihm keinen Vorteil, ein schlechtes Licht auf seine Taten zu werfen. Ich habe, seit mir mein kindlicher Verstand nur schwacher Schutz war, einiges dazugelernt, denn Männer und Frauen tun vielerlei Dinge aus vielerlei Motiven. Ich bin inzwischen überzeugt, daß er mich als Freund betrachtete, aber trotzdem hatte er mit meinen Schwächen spielen müssen. Denn er war ein Opfer seiner Besessenheit.

Ich schenkte uns Wein nach, und was ich erfahren hatte, ließ mich die Hitze vergessen. »Ich danke dir dafür«, sagte ich. »Es braucht einen starken Mann, um einen Fehltritt zuzugeben.«

Janos lächelte reumütig. »Ich habe mehr Fehler als Stärken, mein Freund«, sagte er. »Aber ich bin dir für deine Worte trotzdem dankbar.«

»Du bist ein wirklich seltsamer Mensch«, sagte ich. »Meine Schwester nennt dich einen Verrückten, einen Halunken, einen Schlawiner. Und meine Schwester täuscht sich nicht oft. Erzähl mir doch von dir. Alles, was ich weiß, sind die Gerüchte vom Marktplatz und ein paar Andeutungen, die du gemacht hast. Wie kommt es, daß du hier bei mir bist und auf die Winde eines faulen Gottes wartest?«

Janos' Miene verfinsterte sich. Zuerst glaubte ich, ich hätte ihn mit meiner Neugier gekränkt. Seine nächsten Worte erschütterten mich. »Verdammt sollen alle Götter sein«, sagte er mit heiserer Stimme. »Sie kommen nie, wenn man sie braucht! Und sie treffen erst ein, wenn die Katastrophe nicht mehr abzuwenden ist. Verlaß dich nicht auf Götter, Amalric. Denn sie sind verschlagen und böse wie Dämonen.«

Ich war zu erschrocken über diese Lästerung, als daß ich hätte sprechen können. Eilig fuhr Janos fort. »Ich will dir sagen, was mit denen geschieht, die auf Götter vertrauen, anstatt sich auf sich selbst zu verlassen. Wie du weißt, war meine Mutter die Tochter eines Edelmanns aus Orissa und mein Vater ein Prinz aus Kostroma, als sie heirateten. Als er mit seiner Braut in die Heimat zurückkehrte, war sein Vater inzwischen gestorben, und das Volk wartete darauf, ihn zum König zu krönen. Es war eine große Verantwortung, und er hatte Brüder, die diese Last hätten auf sich nehmen können, doch die Leute wollten ihn; höchst widerwillig nahm er an.«

»Wieso wollte er nicht König werden?« fragte ich.

»Aus vielen Gründen, wie du sehen wirst, wenn du alt genug bist. Doch in Kostroma war das Los eines Königs besonders schwierig, denn ein König von Kostroma trug die Verantwortung für das Glück der ganzen Stadt. Dem Gesetz nach mußte der König, wenn es eine Katastrophe gab und alle Hoffnung verloren war, als höchstes Opfer sein Leben für das Königreich geben. Die Familie meiner Mutter hatte zum Teil recht, wenn sie Kostroma als Barbarenland bezeichnete. Nur war meine Familie weit zivilisierter, als sie es sich vorstellen konnten, und in den wenigen Jahren, die ich meine Eltern erlebt habe, hatte ich verschiedene hochbegabte Hauslehrer, die jeden Mangel an Zivilisation ausglichen.«

»Verzeih, wenn ich an einen wunden Punkt rühre«, sagte ich, »aber ich habe gehört, deine Eltern wären tot. Hat diese Geschichte etwas damit zu tun?«

»Mit all dem«, sagte Janos. »Kostroma hatte viele Feinde, doch mit Geschick sorgte mein Vater dafür, daß sie sich nicht zusammenschlossen, und vertrieb sie von unseren Feldern. Dann erreichte uns eines Tages die Nachricht, eine mächtige Horde Soldaten nähere sich unseren Ländereien. Ich weiß nicht, wer sie waren oder sind, denn ich war zu jung, um mehr zu wissen, als daß sie gefährliche und besonders bösartige Feinde waren. Mein Vater schickte Späher aus, und diese kehrten mit Berichten von so vielen Feinden wieder, daß er wußte, wir waren verloren. Kostroma war dem Untergang geweiht.

Da legte mein Vater seine Priesterrobe an und nahm das Banner unseres Gottes und Beschützers. Allein trat er auf das Feld vor unserer Stadt hinaus, wo sich das Heer der Feinde versammelt hatte, und rief unseren Gott an, er möge sein Opfer annehmen und die Stadt retten. Das war die Abmachung, die wir mit unserem Gott getroffen hatten. Ich will seinen Namen nicht nennen, denn mein Haß könnte ihn zum Leben erwecken.

Der Feind griff an, und mein Vater stand zwischen den Fremden und der Stadt. Noch einmal flehte er um Hilfe und blieb tapfer stehen. Ein Reiter lachte und schlug ihm mit einem einzigen Hieb den Kopf ab. Sein Körper wankte, der Reiter spießte den Kopf mit der Schwertspitze auf und führte die Armee durch die Tore der Stadt. Sie töteten jeden, der sich ihnen widersetzte, und verschleppten die anderen als Sklaven. Meine Mutter war unter den Toten. In gewisser Hinsicht war es ein Glück, denn als endgültige Erniedrigung Kostromas wurden sämtliche Edelfrauen den Horden vorgeworfen, damit sie mit ihnen tun konnten, was sie wollten.

Erst später erfuhr ich, was in der Stadt vor sich gegangen war, denn ich war an diesem Tag bei meinem Vater gewesen. Obwohl ich ihm kaum bis zur Hüfte reichte, war ich doch ein Prinz und wußte, daß ich ihm zur Seite stehen mußte. Als er stürzte, tat ich alles, um das Banner aufrecht zu halten. Ich weiß noch, wie schwer es war. Wie ängstlich ich war. Aber ich wußte, wenn ich es aufstellte und den Gott rief, würde er schnell kommen und alles wieder gutmachen. Jemand ritt auf mich zu, rief etwas und schwenkte sein Schwert. Ich schlug ihn mit dem Banner, aber er stieß es beiseite und hob mich vom Boden in den Sattel.«

Janos' Blick wirkte gequält. »Nach der Schlacht steckte man mich in den Sklavenstall.«

»Doch du bist entkommen«, rief ich. »Das mußt du, sonst könntest du mir die Geschichte nicht erzählen.«

»Nein«, sagte Janos leise. »Sie trieben mich manche Tagesreise vor sich her, ich war fast tot vor Erschöpfung und Durst. Schließlich kamen wir nach Redond zum Sklavenmarkt, wo ein Käufer der lycanthischen Armee für mich bot, als sei ich eines der Lämmer meines Vaters.«

Ich glotzte ihn an und staunte über mich selbst, daß ich nicht vor jemandem zurückschreckte, der mir eben eröffnete, daß er der niedrigsten Schicht angehört hatte. Wieder starrte ich den Mann mit dem dunklen Bart und der vernarbten Wange an und sah nur meinen Freund. »Wie hast du überlebt? Du bist geflüchtet und heimgekehrt. Ja, so muß es gewesen sein.«

Und wieder schüttelte Janos den Kopf. »Nein. Ich bin geblieben. Und was Kostroma angeht... es existiert nicht mehr. Unsere Feinde haben die Stadt vollständig zerstört und die Steine verstreut. Jetzt leben nur noch Tiere dort.«

Er holte das tanzende Mädchen unter seinem Hemd hervor. »Nur das ist mir als Erinnerung an meinen Vater geblieben. Das ist alles, womit ich die Erinnerung an ihn wachhalten kann. Und die an meine Mutter. Es ist an jenem Tag zerbrochen und war so besudelt, daß niemand seinen Wert erkannte und es mir nahm.«

Janos leerte seinen Becher und verlangte nach mehr. Eilig schenkte ich nach, begierig, auch den Rest seiner Geschichte zu hören. »Viele Jahre diente ich den Soldaten als Sklave«, sagte er. »Anfangs mühte ich mich in den Küchen ab oder putzte die Latrinen. Ich war ein widerborstiger Bursche mit üblen Launen und hielt ein scharfes Messer für jeden bereit, der mich zu seinem Liebesdiener machen wollte. Man entdeckte meine Sprachbegabung. Als man eine Armee zusammenstellte, die dort kämpfen sollte, wo einst Kostroma gewesen war, nahm man mich mit, weil ich die Sprache dieser Gegend beherrschte. Von da an fuhr ich immer mit, wenn eine Armee ausrückte. Man bildete mich zum Töten aus und behandelte mich verächtlich. Doch ich war ermutigt, meine Sprachtalente einzusetzen, so daß ich mit der Zeit viele Völker und Kulturen kennengelernt habe.«

»Wie kommt es dann, daß du frei bist?« fragte ich.

»Die Lycanther sind ein übler Haufen, und ich verachte sie alle, wie sie da sind«, antwortete Janos. »Aber in einer Hinsicht sind sie den Orissanern weit voraus. Lycanther gestatten es Sklaven, sich freizukaufen. Von da an können sie jede gesellschaftliche Position einnehmen. Und genau das habe ich getan. Ich habe gespart, alles, was ich verdienen ... oder stehlen konnte. Und schließlich hatte ich genug beisammen, um mir die Freiheit zu erkaufen. Von jeher hatte ich das Land meiner Mutter sehen wollen. Doch mein Stolz hielt mich noch Jahre zurück. Stolz und anderes.«

Wieder betastete er das tanzende Mädchen. »Das hier hat in all den Jahren verhindert, daß ich verrückt wurde«, sagte er. »In zahllosen Nächten habe ich von den Fernen Königreichen geträumt und mir vorgestellt, sie wären ein wundersamer Ort, in dem mein Leid ein Ende finden sollte. Ich stellte sie mir als ein Land noch oberhalb der Götterheime vor. Ein Ort, in dem niemand des anderen Sklaven ist und nur freundliche Worte geprochen werden. Wohin auch immer ich ging, was immer ich tat, das Ziel, die Fernen Königreiche zu finden, war das Motiv für mein Tun. Es war die Phantasie eines Kindes. Doch es wurde zu weit mehr. Ich schwor, ich würde sie zu Gesicht bekommen. Also blieb ich bei den Lycanthern und stieg bis zum Hauptmann auf. Wieder legte ich Kapital beiseite, bis ich genug beisammen hatte, daß ich die Stadt verlassen konnte.«

»Träume hätten mich nie davor bewahren können, verrückt zu werden«, sagte ich. Ich war erschüttert, denn ich konnte mir nicht vorstellen, Sklave eines anderen zu sein.

»Du wärest überrascht, mein Freund«, sagte Janos, »was ein Mensch für seinen nächsten Atemzug zu tun bereit ist. Was den Wahnsinn angeht, so bin ich ihm vielleicht verfallen. Aber, wie gesagt, was ich noch an Verstand besitze, verdanke ich meinem Traum. Ich habe Sprachen erlernt. Ich habe Völker studiert, damit ich sie aus allen Richtungen betrachten und auch in ihre Herzen sehen konnte. Und es wird dich nicht überraschen – da ich deinen Blick sehen konnte, als ich in einer stillen Ecke des Schiffs geübt habe –, daß ich ein unziemliches Interesse an der Kunst der Geisterseher entwickelt habe. Ich habe mit Schamanen in abgelegenen Dörfern gesprochen und die Sitten barbarischer Priester studiert. Ich hoffe, ich bleibe noch immer dein Freund, wenn ich gestehe, daß ich einiges Wissen um die Zauberei angesammelt und mich in alte Texte vertieft habe.«

»Das hatte ich vermutet, als du mir den Frettchenzahn gegeben hast«, sagte ich. »Und obwohl ich weiß, daß die Geisterseher sagen, es wäre für gewöhnliche Menschen gottlos, ihre Kunst zu betreiben, ist doch meine Meinung von diesen Hurensöhnen so schlecht, daß mir die Sünde, die du hier gestehst, geringfügig erscheint.« Ich sagte es barsch heraus, doch ein tiefer Schauer in meinem Innersten erinnerte mich an Janos' Lüge, als die Geisterseher ihn befragt hatten. Ich betete, daß diese Lüge nie entdeckt würde.

Ich verbarg mein Unbehagen mit einem Lachen und füllte unsere Kelche. »Auf neue Freunde und alte Feinde«, sagte ich, und Janos' Kelch klang an meinem.

»Was ist mit den Winden?« fragte ich und nahm den Ausgangspunkt unseres Gespräches wieder auf. »Wann, glaubst du, werden sie kommen?«

Janos zuckte mit den Achseln. »Wenn wir sie am wenigsten erwarten«, antwortete er. Dann drehte er sich um und schlief ein.

Am nächsten Morgen wachten wir auf und stellten fest, daß das Schiff in einem unübersehbar großen Algenteppich festsaß. Er erstreckte sich in alle Richtungen, so weit das Auge reichte. Als wir entdeckten, daß wir in der Falle saßen, begannen manche zu verzweifeln. Der Verwesungsgeruch war überwältigend, wenn auch nicht so überwältigend wie das Gefühl, *beobachtet* zu werden. Das Gefühl wurde zur Gewißheit, als ein Seemann aufschrie und wir zwei riesige Augen entdeckten, die aus dem Tang hervorlugten. Die Augen waren nicht weiter als eine Schiffslänge von unserer Backbordseite entfernt. Wir sollten sie noch bestens kennenlernen. Es waren gelbe Augen, mit roten Adern durchzogen. Während sie uns beobachteten, war unter der Oberfläche ein ständiges Blubbern und Arbeiten, als weidete das Tier. Der Kapitän befahl einem der Seeleute, auf den Mast zu klettern, um nachzusehen, ob er von dort oben mehr erkennen könne. Während der Mann hinaufkletterte, rollten die Augen nach oben, folgten ihm.

Kurz bevor er die Spitze erreicht hatte, schoß ein enormes, purpurrotes Seil aus Fleisch aus dem Wasser hervor. Der Seemann schrie, als die Zunge – denn das war es, besetzt mit kleinen, scharfen Zähnen – zulangte und den vor Entsetzen heulenden Mann vom Mast riß. Er wand und wehrte sich, als die Zunge ihn ins Wasser und dann in den Schlund des noch immer nicht erkennbaren Untiers zerrte. Ein letzter, blubbernder Schrei war zu hören, als er verschwand. Es folgte ein kurzer Kampf, und Blut stieg auf. Die Augen kehrten zu ihrer vorigen Position zurück... und beobachteten uns weiter.

Die Nacht brach über uns herein, schwärzer als ich es je erlebt hatte. Wir konnten die Augen des Untiers nicht mehr sehen, aber wir wußten, daß wir beobachtet wurden. Ich hörte Männer weinen. Ich hörte ängstliches Flüstern. Ich hörte jemanden rufen: »Den Rotschopf will der Dämon!« Janos ließ Sergeant Maeen die Soldaten rufen. Nach ihren Stimmen zu urteilen, hatten sie ebensolche Angst wie die Matrosen. Maeen beruhigte sie, wappnete sie gegen die Nacht. Nur wußten wir nicht, woher die größere Gefahr drohte – von dem Wächter im Meer oder unseren eigenen Leuten.

Ich fiel in unruhigen Schlaf und hatte einen Traum von seltsamen Stimmen ohne Gesichter. Anhaltendes Geflüster war zu hören, dessen Sinn ich nicht ausmachen konnte, aber ich wußte, sie besprachen mein Schicksal. Unheimliches Licht breitete sich aus. Das Licht wandelte sich zu blauen Flammen, die höher und höher schlugen, als würden sie von Zauberhand angefacht. Ich wollte fliehen, nur waren meine Glieder steinerne Säulen. Ein Schrei war zu hören, der in meiner Seele hämmerte, und aus den Flammen platzten die beiden Archonten von Lycanth hervor. »Hebt an, ihr Winde«, rief der eine, und seine Stimme war ein Donner.

»Von Nord und von Süd«, rief der andere, »Ost und West. Sammelt euch, ihr Winde, sammelt euch.« Seine Stimme war ein Blitz.

»Sucht den Rothaarigen«, befahl der Donner. »Und den mit Namen Greycloak. Sucht ihn auf dem Meer, wo kein Wind weht.«

»Wehet widrig, wehet wild«, sagte der andere. »Dann noch wilder und widriger. Weht, ihr Winde, weht.« Eine schwarze Wolke explodierte aus den Flammen, und die schwarzen Archonten waren fort. Die Wolke strotzte vor schwarzen Mächten, wirbelte hierhin und dorthin. Dann konnte ich die Archonten in der Wolke erkennen. Sie deuteten auf mich! *»Weht, ihr Winde, weht!«* hörte ich sie rufen. Die schwarze Wolke stürmte mir entgegen.

Ich schreckte hoch. Es war Morgen. Ich sah mich um, erschüttert von meinem Traum, und sah, wie die anderen Männer sich vom Deck erhoben. Sie lächelten. Ich spürte eine kühle Brise an meiner Wange, was der Grund für ihr Lächeln war. Janos schlug mir auf den Rücken. »Unser Glück ist wieder da«, rief er. »Die Winde sind zurück.« Die Seeleute beeilten sich, Kapitän L'urs Befehle zu befolgen. Schon bald rührte sich das Segel im aufkommenden Wind. Ich lief an die Reling und sah, daß das Ungeheuer fort war. Der Wind teilte die treibende Masse von Tang. Ein Knall war zu hören, als sich das Segel füllte, und die *Möwenschwinge* machte einen Satz nach vorn. Ich hörte die Männer jubeln, doch mir blieb die Freude versagt. Denn drüben am Horizont ragte die dunkle Wolke aus meinem Traum auf – wenn es denn ein Traum gewesen war und nicht ein Ausblick auf unser Schicksal. Die Antwort kam, als sich die Wolke schwarz und bedrohlich einfärbte und bald den ganzen Himmel ausfüllte. Janos schrie etwas, aber seine Worte wurden fortgerissen, als der Wind von einer steifen Brise zum wilden Sturm wurde, der die See aufbrachte und gegen das Schiff warf. Aus Freudenschreien wurde entsetztes Geheul. Ein Seil riß und peitschte herab, fegte übers Deck. Ich warf mich auf die Planken, um der Wucht des Windes zu entgehen. Jemand prallte gegen mich, und ich packte und hielt den Mann unten, als der Wind ihn mit sich reißen wollte. Als er festen Halt gefunden hatte, sah ich, daß dieser Mann Janos war.

Eine mächtige Hand hob das Schiff und schleuderte uns voran. Die *Möwenschwinge* grub sich in eine Woge, und wir alle ertranken beinah, als die See über uns hereinbrach. Das Schiff kam wieder hoch, und ich fühlte mich wie schwerelos, als es über die Wellen flog. Stunde um Stunde klammerten wir uns an alles, was wir finden konnten, während der Sturm ohne Unterlaß wütete. Oft waren wir so lange unter Wasser, daß ich die Götter um Kiemen anflehte. Irgendwie tauchten wir aber immer wieder auf, da die *Möwenschwinge* sich den Winden der Archonten nicht beugen wollte. Wir waren, das keuchte mir Kapitän L'ur ins Ohr, weit ab von Redond, in unbekannten Gewässern. Vor uns mußte die verwunschene Pfefferküste liegen! Niemand wagte es, ein Segel einzuholen, und vielleicht war das unsere Rettung. Oder vielleicht genügte das Schweineblut, welches Cassini geopfert hatte, die lokalen Götter zu besänftigen, denn unser Lateinsegel hielt, als wäre es mit Zaubergarn genäht, und ließ uns über die See fliegen.

Eine Faust schlug mir an die Schulter, und ich drehte mich um und sah, daß Janos auf etwas deutete. Ich blickte auf, hörte ein trockenes Knacken, und der Mast spaltete sich kurz über dem Fuß. Wenn er nachgab, wäre alles verloren. Janos zerrte an mir, schrie Worte, die ich nicht hören konnte. Ich wußte, was er wollte – irgendwie mußten wir den Mast retten. Wir kämpften uns vorwärts. Ich glaubte, Janos hätte den Verstand verloren, denn er nahm ein dickes Stück Tau und begann es um den Mast zu wickeln. Es schien mir eine nutzlose Verstärkung, die nur einen kurzen Moment aushalten würde.

Dann verstand ich sein Rufen. »Hilf mir, Amalric!« Da ich diesen Augenblick für den letzten meines Lebens hielt, tat ich, was er mir zeigte, und wickelte Tampen um den wachsenden Spalt im Mast. Janos riß einen eisernen Marlpfriem aus dem Ständer und stieß ihn durch das Tau. Er tastete in seiner Tasche herum und nahm etwas hervor, das am Ende eines Fadens hing. Ich sah, daß es ein Frettchenzahn war, der Zahn, der für Eanes gedacht gewesen war. Janos wickelte das Halsband um den Spieß, schloß die Augen und hob einen mächtigen Singsang an, wobei er über den Zahn strich. Wieder gab der Mast ein Knacken von sich, und das Segel klapperte furchterregend. Bevor es jedoch nachgeben konnte, spürte ich, wie sich die Taue unter meinen Händen härteten und strafften, bis sie stark wie frischgeschmiedeter Stahl waren, und der Mast hielt.

Erschöpft brachen wir auf dem Deck zusammen. Weitere Stunden verrannen, doch jetzt ließen die Winde nach. Janos und ich erhoben uns, um eine Bestandsaufnahme zu machen. Wir entdeckten L'ur, der allein versuchte, das Ruder wieder an seinen Platz zu bringen. Wir kämpften uns zu ihm hinüber und mußten dabei peitschenden Leinen und loser Ladung ausweichen. In der Ferne hörte ich ein Tosen, und als ich herumfuhr, sah ich Land. Im grauen Licht konnte ich das Ufer erkennen. Felsenriffe bleckten ihre Zähne in der weiß wogenden Brandung. Eine Welle schleuderte uns auf diese Riffe zu. Wir machten uns für den Schiffbruch bereit. Als wäre sie ein lebendes Wesen, schüttelte sich die *Möwenschwinge* im Wasser und neigte sich zur Seite, als sie auflief. Eine Ewigkeit brach das Meer über uns herein. Gerade als ich glaubte, ich könnte die Luft nicht länger anhalten, zog sich das Wasser zurück.

Das Schiff war gestrandet und hockte auf dem höchsten Riff. Die nächste Woge rollte herein, doch der Sturm ließ nach, und die Brandung umschäumte harmlos unseren Kiel. Janos und ich richteten uns auf. Beinah lachte ich, denn sein Staunen darüber, noch am Leben zu sein, war sicher ein Zwilling meiner eigenen Überraschung. Ich hörte, daß Männer etwas riefen, und wandte mich um, weil ich helfen wollte. Erstaunlicherweise hatten Maeen und seine Soldaten überlebt, und auch die Zahl der Seeleute schien nicht wesentlich geringer zu sein.

»Dort drüben«, keuchte Janos und deutete auf etwas. Drei Seeleute waren bei der Strandung über Bord gegangen. Sie wateten durch die hüfthohe Brandung zum felsigen Strand. Einer von ihnen war der Mann mit dem gestutzten Ohr. Er wirkte kräftiger als die anderen und schritt energisch voran. Einer seiner Begleiter, geschwächt und blutend, griff hilfesuchend nach ihm, doch er schüttelte ihn ab und stampfte weiter.

Plötzlich stieß Janos ein Stöhnen aus. »Die armen Schweine.« Ich sah den Grund für sein Klagen. Hunderte dunkler Gestalten huschten über den Strand hinüber zu den watenden Seeleuten. Sie reichten einem Menschen bis zur Hüfte und schienen eine harte Schale und ein scharfes Rückgrat zu haben. In diesem Augenblick durchbrach die Sonne den Sturmhimmel. Die Gestalten waren keine Tiere. Es waren kleine Menschen, eigentlich Wilde, jeder mit einem Dreizack bewaffnet, sie trugen Schilde und Waffen, die aus einer Art dickschaligem Tier gearbeitet waren. Unmengen von ihnen stürzten in die Brandung, den Seeleuten entgegen. Der Gestutzte bellte eine Warnung und versuchte zu fliehen. Augenblicke später machten sie sich über ihn her. Bald schon lagen er und die anderen Seeleute am Strand. Einer der kleinen Krieger beugte sich über ihn und schnitt ein Stück Fleisch aus dem strampelnden, schreienden Mann heraus.

Der Wilde hielt den Streifen blutender Haut hoch. Herausfordernd rief er zum Schiff herüber, dann hob er den Kopf und verschlang das Fleisch am Stück, wie ein Kormoran einen Fisch. Er fuhr herum und machte sich weiter über sein Opfer her. Wir konnten nichts tun, nur zusehen, wie die Wilden unseren Kameraden bei lebendigem Leibe verspeisten.

Kapitel Acht

Der Krieger im Bernstein

Janos bellte: »Mir nach!« Ich sah, daß er ein Fischnetz in der Hand hatte. Es hatte sich verhakt, und ich fragte mich, wieso mein Freund ans Fischen dachte, wenn uns doch diese gräßlichen Gestalten am Ufer fressen wollten. Wieder bellte er, löste damit meinen ängstlichen Griff um das Geländer, und ich stolperte ihm zur Hilfe. Wir befreiten das Netz, dann warf Janos es sich über die Schulter und stieg auf die Reling. »Komm schon«, rief er. Er sprang hinunter. Ich überlegte nicht, sondern warf mich ihm hinterher. Spritzend und hüpfend folgte ich ihm über das Riff ins seichtere Wasser, wohl wissend, daß er verrückt war, aber scheinbar war ich noch verrückter.

Janos schrie die Ufermenschen an. Anfangs waren die Worte unverständlich, dann merkte ich, daß es die Sprache der Kaufleute war. »Hütet euch vor Geistern!« rief er. »Hütet euch! Das waren böse

Menschen. Hütet euch vor Geistern! Hütet euch!« Damit waren wir unter den Feinden. Auch sie müssen uns für verrückt gehalten haben, denn anstatt wie echte Wilde über uns herzufallen, traten sie zurück, glotzend, Schilder und Speere gesenkt. »Böse Menschen… Hütet euch vor Geistern!« rief Janos immer wieder, und sie machten Platz und ließen uns durch. Ich sah in erschrockene Gesichter, verdutzte Gesichter, auch einige dankbare. Jeder Schritt, den wir taten, und jeder Schrei, den Janos ausstieß, ließ sie glauben, sie seien einer schrecklichen Gefahr ausgesetzt, wobei nicht wir diese Gefahr waren. Als wir zu dem Haufen kamen, der sich an unseren Kameraden gütlich tat, breitete Janos das Netz aus. »Zurück«, rief er. »Tretet zurück. Hütet euch vor Geistern!«

Die kleinen Männer sprangen erschrocken zur Seite, als Janos das Netz in die Luft warf. Wie ein Bergvogel breitete es seine Flügel aus und segelte herab, weiter, immer weiter. Die Wilden hielten den Atem an, sahen, wie es fiel, und ich weiß, sie riefen ihre eigenen Götter an, das Netz zu lenken. Ein Seufzen hob an, als es über die Toten fiel. Sie waren vor den Geistern sicher.

Janos fuhr herum, und als er den Krieger entdeckte, der uns gedroht hatte, als wir noch an Bord des Schiffes waren, sprach er ihn an. »Den Göttern sei Dank, daß Ihr diese Männer getötet habt«, sagte er aufgebracht. »Bitte sagt uns, welche Gottheiten dieses Land segnen, und wir werden sogleich ein Opfer bringen. Denn wir sind Männer aus Orissa, der ganzen Welt für seine Frömmigkeit bekannt.« Ich hörte, wie das Wort Orissa durch die Menge ging. Verständiges Seufzen war zu hören, aber auch Staunen. Die Krieger hatten von unserer Stadt am Fluß gehört, doch offenbar waren wir die ersten Orissaner, die sie zu sehen bekamen.

Der Anführer starrte Janos an. Seine Muschelrüstung raschelte leise, als er sich unschlüssig rührte. »Diese Lycanther waren Eure Feinde?« fragte er. Ich hörte weiteres Rascheln, als die anderen Krieger näher kamen.

»Aus Lycanth zu kommen heißt, ein Feind aller zivilisierten Völker zu sein«, sagte Janos wie selbstverständlich. Grimmige Zustimmung war zu hören. »Aber diese Männer, die Ihr getötet habt, waren schlimmer«, sagte Janos erhitzt. »Entweder waren sie Dämonen in Menschengestalt oder von Dämonen besessen. *Ihretwegen* finden wir uns gestrandet an Euren Ufern wieder und bitten um Eure Gastfreundschaft.«

Halb wandte er sich zu mir um und redete noch immer mit der Sprache der Kaufleute, damit alle ihn verstehen konnten. »Wir können uns sehr glücklich schätzen, auf dieses Volk gestoßen zu sein, edler Lord. Ich fürchte, Euer alter Vater müßte bald um seinen jüngsten Sohn weinen, wären sie nicht Zeugen unserer Misere geworden. Und hätten uns nicht geholfen, uns dieses, dieses...«, Janos spuckte auf die Leichen, »...lycanthischen Abschaums zu entledigen!« Ich blickte zum Netz und sah, daß der Gestutzte noch im Tod zu grinsen schien. Doch Janos drängte mich, schnell auf sein verzweifeltes Spiel einzugehen. Die meisten Krieger machten einen verwirrten Eindruck, schienen zu allem bereit. Doch immer noch sah ich Zweifel. Einige beäugten uns sogar grüblerisch. Wenn sie unsere Retter waren, welchen Preis konnten sie dann für unsere Rettung verlangen?

»Die Verbrechen der Lycanther sind aller Welt bekannt«, sagte ich und setzte eine feierliche Miene auf. »Doch nicht alle diese Männer waren böse. Seht Ihr nicht, Hauptmann Greycloak, wer zwischen unseren Feinden liegt?« Ich deutete auf den einzigen, der sofort ins Auge fiel: den Gestutzten.

Janos verstand meinen Plan. Er sah sich das Netz genauer an, und alle Krieger taten es ihm nach. Als er den Gestutzten »entdeckte«, stieß er einen tiefen, traurigen Seufzer aus. »Wenn das nicht unser Bruder, der Heilige Stutzohr, ist.« Er unterdrückte ein Schluchzen. »Der arme Stutzohr! Und er war so gut zu heimatlosen Kindern und hungernden Witwen.«

»Dieser Mann war nicht böse?« sagte der Krieger verwirrt. »Aber ... aber er ist Lycanther! Man sieht es an seiner Tracht.«

»Natürlich ist er das«, sagte ich. »Aber er ist einer, den die Götter mit dem Wissen um die Verderbtheit seines Volkes gesegnet haben. Er kam vor vielen Jahren nach Orissa und hat so viel Barmherzigkeit geübt und Frommes getan, daß unsere Geisterseher ihn für geläutert erklärten. Seither war er einer unserer Helden und ein Vorbild für die Kinder.«

Der Krieger war noch immer nicht überzeugt. Er deutete auf die narbige Erinnerung, daß der Gestutzte ein mehrfach verurteilter Schurke war. »Warum trägt er diese Narben?«

»Er hat sie sich selbst beigebracht«, sagte ich. »Der Heilige Stutzohr wollte, daß die Götter ihm die Sünden anderer aufbürden.«

Ich hörte mitfühlende Äußerungen aus der Menge. Der oberste Krieger war so niedergeschlagen, daß Janos es wagte, einen Schritt näher zu treten, und schrumpfte dabei ein wenig – mit Geschicklichkeit, nicht Zauberei –, um nicht allzusehr über dem kleinen Mann aufzuragen. »Trauert nicht, mein Freund. Ihr konntet es nicht wissen.« Er zeigte hinaus zu unserem Boot auf dem Riff. »Die Lycanther haben uns auf See überfallen. Mit Zauberei, versichere ich Euch, nicht mit Waffen, denn unsere Soldaten hätten die Piraten schnell überwältigt. Sie wollten unser Schiff benutzen, mit uns als Sklaven, um ihren verderblichen Einfluß zu verbreiten, wo immer es ging. Aus irgendeinem Grund wollten sie hierher, um ihre ersten finsteren Verbrechen zu begehen.«

Das Gemurmel in der Menge wurde lauter, was bewies, daß Janos richtig geraten hatte. Mehr als einmal waren Piraten und Lycanther mit den Ufermenschen aneinandergeraten. »Unser eigener Geisterseher war krank – sonst hätte ihr Zauberer nicht sein Spiel mit uns treiben können –, aber er tat sich später mit dem Heiligen Stutzohr zusammen, um ihnen ein Strich durch die Rechnung zu machen. Denn wir alle hatten von dem stattlichen Volk der Pfefferküste gehört, und was es von den Lycanthern hatte erleiden müssen. Als wir in den Sturm gerieten, glaubten wir, wir seien gesegnet. Wenn wir sterben mußten, wären damit zumindest diese Teufel aufgehalten. Doch der Sturm warf uns an Eure Küste, und diese Männer«, verächtlich deutete er mit dem Daumen auf sie, »versuchten, an Euer Ufer zu fliehen, wo sie großes Unheil anrichten wollten. Der Heilige Stutzohr versuchte, sie aufzuhalten. Doch ...« Er schüttelte den Kopf. »So ein Fehler kann einem leicht unterlaufen, mein Freund. Ich bin sicher, er würde Euch verzeihen.«

Der Kriegerhäuptling nahm seinen Helm ab und wischte eine Träne fort. Ich hörte, wie einige Soldatennasen geschneuzt wurden. Mein Kaufmannsinstinkt meldete sich. Es wurde Zeit, den Handel zum Abschluß zu bringen. »Das würde er sicher«, sagte ich. »Und ich glaube, daß aus alledem etwas Gutes erwachsen wird. Denn endlich sind wir Orissaner und die Ufermenschen zusammengekommen. Sicher werden unsere Götter eine solche Verbindung gutheißen. Und außerdem ist daraus für beide Völker einiger Gewinn zu erzielen. Freundschaft und Handel werden an diesen überreichen Ufern blühen.«

Ich hob meine Hand zum förmlichen Gruß. »Ich bin Amalric Emilie Antero, Sohn des Paphos Karima Antero, des größten Handelsfürsten von ganz Orissa. Und in seinem Namen entbiete ich Euch die Freundschaft unseres edlen Hauses.«

Auch der Krieger hob eine Hand. »Ich bin Haizahn, Schamane und Häuptling der Ufermenschen. Willkommen, Männer von Orissa. Willkommen.« Als seine Hand herabsank, deutete er mit dem Kinn auf die Toten. »Und außerdem schulden wir Euch Dank dafür, daß Ihr deren Geister gefangen habt. Wir wußten nicht, daß sie Dämonen sind, als wir anfingen, sie zu essen.«

»Macht Euch darum keine Sorgen, Haizahn«, sagte Janos. »Aber wenn es Euch nicht allzu große Mühe macht ...« Er deutete auf die ramponierte *Möwenschwinge* und unsere verzweifelten Kameraden, die vom Wrack zu uns herüberspähten. »Vielleicht könnten wir ein Kommando abstellen, das diese Leute dort ans Ufer holt?«

Haizahn lächelte. Es war freundlich gemeint, wurde jedoch von den gefeilten Zähnen verdorben.

»Vergeßt die Ladung nicht«, sagte ich.

»Richtig«, sagte Janos »Könntet Ihr auch die Ladung holen?«

»Es wird geschehen sein, bevor die Flut kommt«, sagte Haizahn. Er bellte Anweisunen in seiner Sprache, und während ich mir gratulierte, daß ich noch am Leben war, legten die Kannibalen von der Pfefferküste ihre Waffen nieder und schwärmten zur *Möwenschwinge* aus, um unseren Freunden zu helfen. Haizahn hielt Wort und holte alle herunter und unsere Sachen auch, bevor die Flut das Riff überspülte. Bis zum Einbruch der Dunkelheit hatten sie uns geholfen, einen Unterstand zu bauen, mitten in ihrem Dorf, das in einer nahen Bucht, nicht weit von der Mündung eines Flusses, lag, und Janos, Cassini, Kapitän L'ur und ich saßen um ein Treibholzfeuer und schlürften das Fleisch aus gerösteten Krebsscheren.

Der Tribut an Menschenleben war gering. Abgesehen von dem Gestutzten und seinen armen Matrosenfreunden, gab es nur noch einen weiteren Toten, und auch dieser war ein Seemann. Haizahn und seine Leute hatten unsere Beteuerungen willig angenommen, daß die Lycanther – L'ur eingeschlossen – wie der Heilige Stutzohr zu einer neuen, erstaunlichen Sorte von reformierten Lycanthern gehörten. Die Soldaten hatten nur leichte Blessuren erlitten, und Sergeant Maeen kümmerte sich um sie, als wir am Feuer saßen und über unsere Zukunft sprachen. Doch konnte ich mich meines Glücks nicht so recht freuen, als ich dort saß und aß. Statt dessen starrte ich trübsinnig in die Flammen und sann nach. »Könnt Ihr ein neues Schiff bauen?« fragte ich den Kapitän.

»Aye«, sagte er. »Das wäre zu schaffen. Natürlich keines wie die *Möwenschwinge*. Aber es wird ein stabiles Boot. Wir haben einen ganzen Wald von Pfefferbäumen, und das ist erstklassiges Holz für den Schiffbau. Ich werde nicht genug Zeit haben, das Holz zu lagern, aber es ist, auch wenn es grün ist, robust genug für unsere Zwecke.«

»Es tut mir leid um die *Möwenschwinge*«, sagte ich. »Aber ich werde es wiedergutmachen, wenn wir zurückkommen.« L'ur lächelte erleichtert, was ich auch beabsichtigt hatte. Ich brauchte seine volle Unterstützung. »Wie lange wird es dauern, ein neues Schiff zu bauen?«

»Zwei, vielleicht drei Monate«, sagte L'ur. »Das hier sind unberechenbare Gewässer, wie wir alle gesehen haben. Also werden wir beim Bau sorgsam vorgehen. Das neue Schiff wird mehr sein müssen als nur seetüchtig, wenn wir es bis nach Redond schaffen wollen.«

»Das ist kein so langer Zeitraum«, sagte Cassini. Unter den gegebenen Umständen wirkte er seltsam gut gelaunt. »Wir werden bald zu Hause sein, und ganz Orissa wird uns feiern.«

»Wie könnt Ihr das sagen?« rief ich. »Wir haben Schiffbruch erlitten, bevor meine Suche überhaupt *begonnen* hat.«

»Oh, ich denke, das Orakel hat sich klar geäußert, als es unsere Schwierigkeiten voraussah«, sagte Cassini. »Aber außerdem hat es einen Erfolg angedeutet. Und da sind wir, an der Pfefferküste, wo kein Orissaner je gewesen ist. Ihr habt selbst gesagt, die Handelsmöglichkeiten wären fabelhaft. Der Kapitän hat gerade den Wert des Holzes angesprochen. Sicher gibt es hier kostbare Metalle, und wir haben wundervolle Tiere und Vögel gesehen, mit denen wir die Menschen daheim erfreuen können. Wir haben unseren Schatz *gefunden*, mein Freund Amalric. Es gibt keinen Grund, weiterzusuchen.«

»Aber ... die Fernen Königreiche bleiben uns versagt«, warf ich ein. »Ich kann nicht dafür garantieren, daß mein Vater eine weitere Expedition finanzieren wird. Und ich bezweifle außerdem, daß Eure Obersten einer weiteren Reise zustimmen.«

»Nein«, sagte Cassini. »Ich bin sicher, das würden sie nicht. Bestimmt werden sie sagen, es hieße, das Orakel zu mißachten. Aber seht Ihr denn nicht? Wir brauchen die Fernen Königreiche gar nicht mehr.«

Ich antwortete nicht. Ja, an dieser Küste war viel zu verdienen, Profit und Ruhm für die Anteros. Obwohl wir unsere Reise nicht beendet hatten, war dies doch das erste neue Land, das Orissa seit vielen Jahren erschlossen hatte. Doch all das bedeutete mir nichts. Das einzige, woran ich denken konnte, war der Glanz von goldenem Sonnenlicht, das von jenseits der schwarzen Faust lockte. Zu den Fernen Königreichen.

»Ihr könnt Euer Gold behalten, Cassini«, knurrte Janos. »Und auch den Jubel der guten Leute von Orissa könnt Ihr allein einstreichen. Ich für meinen Teil habe die Absicht, weiterzuziehen.«

Obwohl ich wußte, daß er sich wie ein Narr verhielt, tat mein Herz einen Sprung, als ich Janos sprechen hörte. »Das obliegt nicht Eurer Entscheidung, Hauptmann Graycloak«, sagte Cassini. »Diese Expedition kann ohne meinen Segen nicht weitergehen, selbst wenn es möglich wäre. Was es definitiv nicht ist.«

Janos war so wütend, daß ich dachte, er würde sein Messer ziehen. Eilig mischte ich mich ein. »Warte, Janos. Und auch Ihr, Cassini, bitte. Es gibt keinen Grund für harsche Worte zwischen uns. Ebensowenig wie es einen Grund für eine schnelle Entscheidung gibt. Warum überdenken wir es nicht einige Tage ... bis unsere Lage klarer ist.«

»Ich brauche keine weitere Klarheit.« Cassini weigerte sich, das Thema fallenzulassen.

»Ach, braucht Ihr nicht, ja?« gab Janos zurück. »Nun, ich will Euch etwas fragen..Wovon, schlagt Ihr vor, sollen wir uns drei Monate lang ernähren?«

Cassini setzte an: »Die Ufermenschen ...«

»Kommen ganz gut zurecht, besten Dank«, unterbrach Janos. »Und sie haben auch manches übrig, was sie entbehren können.« Er deutete auf die Reste des gerösteten Krebses. »Aber sie sind ein Volk von Fischern. Im Grunde nicht einmal das. Sie leben von allem, was sie auf den Felsen oder aus der Brandung unter Wasser sammeln können. Sie pflanzen hier und da etwas Getreide und ernten Früchte und Nüsse. Aber es reicht nicht, um uns drei Monate oder länger zu ernähren.«

»Wir haben unseren Proviant«, protestierte Cassini.

Janos schnaubte. »Trockenfutter. Und ein paar Delikatessen aus der Heimat. Aber die waren zur Sicherheit gedacht. Wir wollten uns im Land selbst verpflegen, wenn Ihr Euch erinnert. Und sagt nicht, wir könnten es, denn wir können es nicht. Wenn wir hierbleiben, wird der Ertrag dieser Küste bald dürftig sein. Und Ihr werdet sehen, daß die Früchte und Nüsse nicht in Gärten wachsen, sondern spärlich im Wald verstreut, was in diesem Landstrich üblich ist. Und selbst das Jagen wird sich nach einem Monat kaum noch rentieren. Die Ufermenschen werden schon bald merken, daß wir schlechte Gäste sind. Die Seeleute mögen uns nützen, weil sie beim Fischen helfen können. Aber wir drei und die Soldaten sind keine großen Jäger, die mehr erlegen können, als sie verzehren. Denkt an meine Worte: Sie werden uns eher töten als selbst zu verhungern.«

»Woher wollt Ihr das alles wissen?« höhnte Cassini. »Wir sind erst wenige Stunden hier. Eine solche Einschätzung läßt sich unmöglich bereits jetzt treffen.«

Ich trat zwischen die beiden, bevor der Streit weiterging. »Ich habe Euch gebeten, ein paar Tage ins Land ziehen zu lassen«, sagte ich mit Nachdruck. »Noch ist es *meine* Suche. Finanziert von meinem Vater. Und ich bestehe auf dieser Bedenkzeit.«

»Ich werde nicht...«, begann Cassini, doch mit ungeduldiger Geste schnitt ich ihm das Wort ab.

»Ich vertraue Euch soweit, daß Ihr dann tun werdet, was für uns das beste ist«, sagte ich. »Laßt es für den Augenblick genug sein.«

Danach schwiegen die beiden. Cassini zog sich schmollend in eine Ecke des Zeltes zurück, und Janos trat hinaus, wahrscheinlich um Sterne zu zählen. Oder um sich mit Maeen zu besprechen. Ich blieb mit L'ur am Feuer, denn ich wußte, dies war nicht der Augenblick, mit meinem Freund zu diskutieren. L'ur schlief bald nach dem Streit ein, und im Schlaf legte sich ein Lächeln auf sein Gesicht. Er murmelte Dinge wie: »Das Plankenmaß.« Und: »Denkt an den Mast.« Ein seliger Handwerker, der die vor ihm liegende Arbeit plante. Ach, wenigstens hatte er ein Ziel. In drei Monaten wollte er ein Schiff bauen. Glücklich war in dieser Nacht nur L'ur.

Nach einiger Zeit trieben mich meine eigenen Gedanken nach draußen. Ich fand Janos zusammengekauert auf einem Felsen vor, wo er der einsamen Brandung lauschte. Ich grüßte ihn nicht, setzte mich nur neben ihn, vertieft in meine Gedanken. »Danke ... für den Aufschub der Entscheidung«, brachte Janos schließlich mühsam hervor. Ich antwortete nicht, denn die Gnadenfrist war im Grunde keine. Wenn die Zeit kam, würden wir kaum eine Wahl haben. Dann sagte er: »Ich frage mich, was dein Vater sagen würde, wenn er hier wäre.«

»Kehrt um, denke ich. Für gewöhnlich denkt mein Vater weit voraus.«

»Nicht immer«, sagte Janos. »Er bereut noch jetzt, daß er auf *seinen* Vater gehört und vor langer Zeit nicht selbst die Fernen Königreiche gesucht hat.«

»Er hatte keine andere Wahl. Er mußte sich fügen«, antwortete ich.

Janos seufzte. »Dein Vater ist ein weit besserer Mann, als ich es je sein könnte. Er sagte, er würde glücklich sterben, wenn er wüßte, daß sein eigener Sohn geschafft hat, was ihm verwehrt blieb. Das allein würde mir keine Befriedigung geben.« Grimmig lächelte er mich an. »Ich würde ihn verfluchen, weil ich nicht der erste war.«

»Was willst du tun?« fragte ich, »wenn unsere schlimmsten Befürchtungen wahr werden?«

Janos zögerte, dann: »Darüber möchte ich jetzt lieber nicht nachdenken«, sagte er. »Aber ich muß dich warnen. So leicht werde ich nicht aufgeben. Laß mir den Hauch einer Chance, und ich werde diese Expedition auf meinem eigenen Rücken tragen, wenn ich muß.«

»Hüte dich vor Cassini«, warnte ich. »Er kann uns sehr schaden.«

Janos legte eine Hand an sein Messer. »Nicht so sehr wie ich ihm«, sagte er. Seine Worte ließen mich erschauern. Es war kein inhaltsloses Gerede, das am nächsten Morgen vergessen wäre.

»Du wirst nicht hören, daß ein Antero einen Geisterseher in Schutz nimmt«, sagte ich. »Aber du solltest wissen, daß Cassini nur versucht, unserem Versagen die Maske des Frohsinns aufzusetzen. Er *braucht* einen Erfolg. Er übt schon, was er in Orissa sagen will. Denk daran, daß seine eigene Karriere auf dem Spiel steht.«

»Gottverfluchte Karrieren«, knurrte Janos. Doch im selben Augenblick schien er seinen Ausbruch zu bereuen und schwieg. Dann fragte er: »Was ist mit dir, Amalric? Was ist mit deiner eigenen Karriere?«

»Ich fühle mich ähnlich wie du«, sagte ich. »Ja, hier gibt es Reichtümer. Und, ja, auch ich könnte eine fröhliche Maske aufsetzen und mit diesem Erfolg vor ganz Orissa prahlen. Aber ...« meine Stimme versagte.

Scharfes, höhnisches Gelächter kam von Janos. »Dich hat es also auch erwischt, mein Freund! Du hast dich mit der Krankheit der Fernen Königreiche infiziert. Bald schon wirst du bereuen, daß wir uns je getroffen haben.« Der Mond brach hinter einer Wolke hervor, umgab Janos mit unheiligem Glanz. »Gegen dieses Gebrechen gibt es kein Mittel«, sagte er. Er zeigte mit dem Finger. »Bis auf eines.« Ich brauchte nicht hinzusehen. Er deutete nach Osten zu den Fernen Königreichen.

Am nächsten Tag kam Haizahn zu uns. Er trug keine Rüstung, war statt dessen gekleidet wie das einfache Volk, mit einer braunen Robe aus Fell. Als einziges Zeichen seines Standes hatte er sich ein Schamanenauge auf die Stirn gemalt. Er war nervös, fast demütig, falls ein so wilder Mann überhaupt demütig sein konnte.

Es begann ohne Vorrede. »Ich bin gekommen, um eine Gunst für mein Volk zu erbitten«, sagte er. »Wir haben keinen Anspruch darauf, da wir an unserem Leid selbst die Schuld tragen. Wegen einer unverzeihlichen Sünde, die wir vor langer Zeit begangen haben.«

Ich konnte mir nicht vorstellen, welche Sünde ein Kannibalenvolk bedrücken sollte, doch äußerte ich höflich das eine oder andere, was die großen Dienste anging, die sie uns erwiesen hatten, und versprach, wir würden tun, was wir konnten. Haizahn wandte sich Janos zu. »Ihr habt großes Geschick mit Geistern bewiesen«, sagte er. Cassini hüstelte daraufhin, doch Haizahn schien es nicht zu bemerken. »Wir dachten, Eure Begabung könnte uns helfen.«

»Bitte, fahrt fort«, sagte Janos. »Obwohl Ihr wissen solltet, daß es sein«, er deutete auf Cassini, »Zaubernetz war, das ich geworfen habe. Allerdings könnte es sein, daß wir als Außenseiter einen klaren Blick für den Grund Eures Unglücks haben.«

Haizahn zeigte sich über Janos' Bescheidenheit hocherfreut. Er ließ Kissen aus Seegras bringen und Trinkschalen, randvoll mit einer berauschenden Flüssigkeit. Wir nahmen Platz, um seine Geschichte zu hören. »Es war zu Zeiten meiner Großmutter«, begann er. »Sie war noch eine junge Frau und hatte ihr erstes Kind noch nicht geboren. Damals waren wir ein glückliches Volk, das Meer segnete uns mit seinem Reichtum, und auch die Wälder schenkten uns ihre Früchte, so daß die Ufermenschen immer genug zu essen und zu trinken hatten. In jenen Zeiten war die Welt freundlicher, und wir hatten nur wenige Feinde. Dann rief eines Tages der Schamane, der ihr Vater war, sein Volk eben an diesem Ort zusammen«, Haizahn deutete mit der Hand auf die Stelle, an der wir saßen, »und warnte, im Dorfkessel brodelten böse Omen. Der Geruch sei nicht richtig, sagte er, und als er mit einem Stock in den Topf stach, tauchte ein doppelköpfiges Robbenjunges auf.

Wie es dorthin gelangt war, konnte niemand sagen, aber alle waren einig, daß keiner von uns es hineingetan haben konnte, denn wer würde seinem eigenen Volk schon so etwas wünschen? Die Leute fürchteten sich und riefen dem Schamanen zu, er solle ihnen sagen, wovor sie sich hüten müßten. Aber er konnte es ihnen nicht enthüllen, denn der böse Zauber in diesem stinkenden Topf hatte seine seherischen Fähigkeiten zunichte gemacht. Die Leute fingen an zu raten, welches Übel zu erwarten sei. Manche sagten, ein schwerer Sturm würde über uns hereinbrechen. Andere sagten, wir sollten unsere Waffen holen, denn es könne nur einen Angriff von unseren Feinden, den Dalree, bedeuten, die wenige Wegstunden von hier leben.«

Haizahn sah uns mit ernstem Blick an. »Ihr solltet wissen, daß Ihr großes Glück hattet, an unserem Strand zu landen«, sagte er. »Die Dalree sind ein böses Volk, denen das Leben eines Fremden nur wenig gilt. Es sind wilde Männer, die ihren Opfern nicht einmal die Ehre tun, ihr Fleisch zu essen.«

Wieder hüstelte Cassini. Es mochte auch ein Lachen gewesen sein. Ich füllte Haizahns Schale, damit er die Grobheit nicht bemerkte.

»Aber es waren nicht die Dalree, die wir zu fürchten hatten, obwohl meine Großmutter sagte, Vorsichtsmaßnahmen seien getroffen und Angebote gemacht worden. Viele Male kam und ging die Flut, bis selbst der Schamane das Omen fast vergessen hatte. Eines Morgens, kurz bevor die Sonne die Nebelgeister vom Strand vertrieben hatte, hörte das ganze Dorf ein lautes Donnern. Es war der Sturm, dachten sie, der schließlich doch noch kam. Nicht die Dalree. Alle rannten hinaus, um zu kreischen, zu heulen und sich im Kreis zu drehen, wie der Schamane ihnen geraten hatte. Auf diese Weise, sagte er, würde der Sturm glauben, sein Bruder griffe uns an, und er würde sich andere suchen, denen er Unglück bringen konnte. Wie etwa die Dalree.«

Im Augenwinkel sah ich, daß Cassini zustimmend nickte. Seltener Beifall eines Geistersehers aus Orissa. »Doch war keine Wolke in Sicht, und bald schon merkten die Leute, daß der Donner nicht von einem Sturm kam. Und er kam auch nicht vom Meer, sondern vom Land in unserem Rücken.«

Haizahn deutete nach hinten, und wir alle drehten uns um und sahen zu den hohen Klippen jenseits eines kleinen Waldbestandes. »Östlich«, sagte er, »gleich hinter diesen Klippen, gibt es eine Schlucht. Einen Abgrund, von dem niemand weiß, wie tief er ist. Und hinter dieser Schlucht liegt ein so steiles Kliff, daß nicht einmal ein Teufel es erklimmen könnte. Von dort, edle Herren, kam das Geräusch.

Der Schamane befahl den Kriegern, sich für die Schlacht zur rüsten, und er schickte einen Trupp unserer mutigsten Männer, damit sie herausfanden, was uns bedrohte. Als sie an die Schlucht kamen, konnten sie niemanden entdecken, und der Donner war verklungen. Sie staunten über dieses Mysterium und machten sich für den Rückweg bereit. Bevor sie es jedoch konnten, setzte der Donner wieder ein. Anfangs sahen sie nichts, dann deutete einer von ihnen schreiend auf das Kliff. Oben, am Rand des Abgrunds, sahen sie Metall blitzen. Dieses Kliff, wie ich schon sagte, war nicht zu ersteigen. Aber dennoch waren dort Männer zu sehen, wie das Blitzen von Metall bewies. Männer und auch Pferde.«

Janos beugte sich vor, konzentriert, die Stirn in Falten, und plötzlich erinnerte ich mich an die Geschichte, die er von seinem Kindheitserlebnis mit den Geisterreitern erzählt hatte. Haizahn bemerkte es. »Ihr wißt von solchen Männern?«

»Ich bin nicht sicher«, sagte Janos. »Trugen sie Rüstungen?«

»Ja, sie waren gepanzert. Sowohl die Männer als auch die Pferde, auf denen sie saßen. Die Helme waren merkwürdig geformt, sagten die, die es bezeugen konnten. So etwa ...« Mit einem Finger zeichnete Haizahn einen hoch aufragenden Helm in die Luft. Genau wie die Helme, die Janos beschrieben hatte.

»Was ist passiert?« fragte ich.

»Zuerst nichts«, erwiderte Haizahn. »Sie schienen nur zu beobachten, oder zumindest wurde es später so beschrieben. Die meisten Männer waren klug genug, Zauberer zu erkennen, wenn sie welche sahen, also warfen sie sich demütig auf den Boden. Dann flohen sie, bevor ihre Anwesenheit den Zorn der mächtigen Reiter weckte. Doch einer der Männer war nicht so klug. Meine Großmutter sagte, es sei einer der älteren Krieger gewesen, der den Jüngeren ihren Erfolg neidete. Anstatt sich in Demut zu üben und zu fliehen, wie es weise gewesen wäre, forderte er die Reiter heraus. Einer von ihnen sah ihn an, fühlte sich beleidigt und warf seinen Speer.«

Haizahn stöhnte auf. »Das Kliff war zu hoch, als daß der Speer eine Gefahr hätte sein können«, sagte er, »doch das war den Göttern, die die Ufermenschen hassen, kein Hindernis. Das Pferd des Mannes scheute, und der Zauberer stürzte in den Abgrund, der zu tief war, als daß seine Gefährten die Leiche hätten bergen können. Sie ritten davon, ohne ihm ein angemessenes Begräbnis zu geben. Und bis zum heutigen Tag liegen seine Knochen dort, ein Fluch über unser aller Leben.«

Ergriffen von seiner eigenen Erzählung zog Haizahn die Nase hoch, dann leerte er sein Gefäß. »An diesem Tag verließ uns das Glück«, fuhr er fort. »Jeglicher Handel versiegte, und nur Piraten und lycanthische Diebe kamen an diese Küste. Und wißt Ihr...«, er beugte sich vor und sprach leise und vertraulich, wie es sich für ein aufrichtiges Eingeständnis gehört, »...man hat furchtbare Lügen über uns erzählt. Es gibt viele, die uns wegen dieser teuflischen Lügen fürchten.«

»Was Ihr nicht sagt«, antwortete Janos ohne den leisesten Spott in der Stimme. »Ein so sanftmütiges Volk wie das Eure?«

Haizahn nickte traurig, die Augen rot vom Trinken. »Es ist nicht recht, aber was können wir tun? Wir haben kein Glück.«

»Was wäre, wenn wir diesen Krieger heraufholen würden?« fragte Janos. »Wenn Ihr einen Schrein bauen und seine sterblichen

Überreste unter diesem Schrein bestatten würdet, damit der Geist des Zauberers Ruhe findet?«

Tränen traten in Haizahns Augen. Er war beinah zu ergriffen, um sprechen zu können, doch sein Nicken war bemitleidenswert vielsagend. »Das hatten wir … uns erhofft …«, brachte er erstickt hervor.

Janos sah mich ernst an und dann Cassini. »Was meint Ihr, meine Freunde? Wie können wir uns diesen guten Menschen versagen?«

Der Mond verbarg sein Gesicht, als man uns in jener Nacht durch den Wald führte. Es war unnatürlich still. Weder das Schnarren des Fleischfressers noch das Fauchen einer Schattenkatze auf der Jagd war zu hören. Es war, als hätten sämtliche Lebewesen des Waldes von unserem Vorhaben gehört und versteckten sich. Haizahn und seine Männer brachten uns bis an die Klippen. Dann bat er uns um Verzeihung und zog aus seinem Beutel eine kleine Seegraspeitsche. Er schlug uns symbolisch damit, einen nach dem anderen, damit man den Ufermenschen nichts von dem anlasten konnte, was wir tun würden. Dann verschwanden sie in die Nacht. Mit einem seltsamen Glanz in den Augen blickte Cassini ihnen nach. »Das Peitschen wird nichts nützen«, sagte er leise, »wenn diese Zauberer so mächtig sind, wie er sagt.« Er öffnete das Bündel, das er trug, und nahm die Dinge heraus, die er den ganzen Tag über vorbereitet hatte.

»Dann glaubt Ihr seine Geschichte von dem Fluch?« fragte ich.

»Ich wäre ein Narr, wenn ich es nicht täte«, kam seine Antwort. Janos murrte. Ich wußte, *er* glaubte es. Die Beschreibung der Späher zu Pferde war dem, was er als Kind beobachtet hatte, nur allzu ähnlich. Wir zogen unsere Kleider aus und schwärzten uns mit Kohlenstaub, damit kein böser Blick auf uns fallen konnte. Cassini flüsterte einen Bann, der die Geister überlisten sollte. Dann schlangen wir uns Bündel von gräsernen Seilen um die Schultern und kletterten den steilen Hang der Klippen hinauf. In dieser Nacht war ich stolz auf meine Kameraden. Janos ging vor, leise wie ein Panther, und zeigte den Weg. Cassini folgte ihm, so tapfer wie möglich, eine goldene Scheibe bereit, um jeden Zauber abzuschmettern, den man uns entgegenschleudern mochte. Die jämmerliche Seekrankheit und seine generell abscheuliche Art hatten mich vergessen lassen, daß sich Cassini in der Sporthalle sehr wohl den Ruf eines mutigen Mannes erworben hatte. Was mich anging, so würde ich nicht gerade behaupten, daß ich mutig war, ich war nur zu jung und zu dumm, um zu wissen, was Angst ist.

Oben auf den Klippen erstreckte sich ein breites, felsiges Plateau. Doch anstelle herumliegender Findlinge oder scharfer Steine, die unsere Füße auf eine harte Probe stellten, schien der Boden weich, wie von Zauberhand gegossenes Glas, und wir kamen gut voran. Man konnte kaum die Hand vor Augen sehen, spürte jedoch die Nähe des mächtigen Kliffs, das Haizahn beschrieben hatte. Es war, als lächelten uns die Götter, denn plötzlich hellte sich der Mond hinter seinem Wolkenschleier auf, und abrupt kamen wir zum Stehen, als es direkt vor unseren Füßen in die Tiefe ging.

»Wir müssen verrückt sein«, flüsterte ich, »es bei Nacht zu versuchen.«

»Tritt *aus* der Finsternis *in* die Finsternis«, flüsterte Cassini zurück. »So lautet die Regel.«

»In jedem Fall«, sagte Janos mit normaler Stimme, die uns zusammenzucken ließ, »haben wir den Streit darüber, ob ein Geist bei Nacht sehen kann oder nicht, bald beigelegt.«

»Schscht«, zischte Cassini. »Er könnte uns hören.«

»Es wäre mir fast lieber, wenn er es täte«, sagte Janos. »Wenn wir uns anschleichen, wird er glauben, wir wären ihm feindlich gesonnen.« Doch auch dies kam als Flüstern. Cassini deutete auf den Packen, den ich trug. Ich stellte ihn hochkant, und ein dicker Ballen von trockenem Unkraut rollte heraus. Cassini entkorkte eine Flasche, die er an einem Band um seine nackten Hüften trug, und träufelte langsam eine stinkende Flüssigkeit auf das Kraut. Er flüsterte einen Zauberspruch, und tief im Inneren des Ballens sah ich etwas leuchten. Eine Flamme züngelte, und als sie zu knisterndem Feuer wurde, trat Cassini das ganze Ding eilig über die Kante.

Wir sahen, wie es fiel, doch anstatt sich unseren Blicken zu entziehen, wurde das Feuer immer größer, bis es den Spalt von einer Seite zur anderen auszufüllen schien. Dann schlug es auf, explodierte zu schwarzem, öligem Qualm und blieb liegen. Offenbar war der Abgrund doch nicht endlos. Ich spähte hinunter. Mein Magen krampfte sich zusammen, denn endlos oder nicht, es war jedenfalls ein weiter Weg nach unten. Janos wickelte sein Seil ab. »Ich gehe zuerst«, sagte er zu meiner Erleichterung.

»Was, wenn das hier nicht die richtige Stelle ist?« fragte ich. Janos deutete nur auf die Tiefe. Jenseits des Feuers blitzte wie zur Antwort etwas Metallenes auf. Das mußte der Krieger sein.

Als zweiter zu gehen, war nur ein geringer Trost. Wir mußten alle drei Seile zusammenbinden, und noch immer waren sie gut sechs Meter zu kurz. Doch bevor ich etwas dazu sagen konnte, schlang Janos unser Seil um einen Findling und warf es über die Kante. Eilig glitt er hinab, kam ans Ende, trat sich von der Wand ab und fiel. Ich hörte, wie er einen Zauber flüsterte, und sah den Glanz von Leuchtperlen. Ich folgte ihm, und meine Hände rutschten auf dem Schweiß seiner Hände. Es hätte einfach sein sollen. Ich war in solchen Dingen, wie schon erwähnt, geübt, doch hatte ich kaum ein Drittel des Weges hinter mir, als ich alle Hoffnung verlor. Ich sah hinab, und plötzlich schien das Licht am Boden des Abgrunds unendlich weit entfernt. Aus den fehlenden sechs Metern wurden plötzlich vierzig, dann zweihundert. Die Oberfläche des Seils verwandelte sich in Schleim, und sehr schnell glitt ich hinab. Ich trat mit den Beinen, um meinen Fall zu bremsen, doch der Fels unter meinen Füßen zerstob zu Kiesel und Staub.

Janos rief etwas, und sein Rufen gab meinen Händen Kraft, bis sie durch den Schleim drangen. Abrupt kam ich zum Stehen. Meine

Finger brannten, und mein ganzer Körper fühlte sich an, als hinge ein schweres Gewicht daran. Dann merkte ich, daß ich die Augen geschlossen hatte, und schlug sie wieder auf. Zuerst sah ich Cassinis Gesicht, das mit großen Augen im fahlen Mondlicht zu mir herabspähte. Seltsamerweise schien er gar nicht so weit entfernt. Dann schaute ich hinab. Ich war ebenso weit vom Boden entfernt wie vor dem Fall.

»Es passiert nur in deinem Kopf«, rief Janos voll Sorge. »Ein Zauber, den die Freunde des Kriegers zurückgelassen haben.«

Ich wollte schreien: Was soll ich tun? Ich bin kein Zauberer. Cassini leerte einen Beutel über der Kante, ich sah das Glitzern von Zauberstaub auf mich herabrieseln. Bald bin ich in Sicherheit, dachte ich, doch während der Staub noch rieselte, wußte ich, er würde mich erst erreichen, wenn es zu spät war. Wieder krampfte mir die Hoffnungslosigkeit den Magen zusammen, und ich spürte, wie meine Finger nachgaben. Ich hörte eine Stimme, ganz nah an meinem Ohr. »Amalric«, flüsterte sie. »Fürchte dich nicht.«

»Halab?« rief ich, denn ich glaubte, es sei mein Bruder.

»Leicht wie die Luft«, sagte die Stimme. »Schnell wie ein Falke auf der Jagd.«

Die Hilflosigkeit verflog, meine Hände packten zu, und dann rieselte der Staub auf meine Schultern. Ich brach aus dem Zauber hervor wie ein Ertrinkender, der an die Luft strampelt. Ich glitt am Seil herab, leicht wie ein Baumbewohner. An seinem bitteren Ende ließ ich mich fallen und landete auf beiden Beinen. Janos legte eine Hand auf meine Schulter. »Alles in Ordnung, Amalric?« fragte er. Einen Augenblick glaubte ich, es sei seine Stimme gewesen, die mir ins Ohr geflüstert hatte. »Paß auf«, sagte Janos. »Cassini kommt.« Und schon schien keine Ähnlichkeit mehr zu bestehen. Ich trat zur Seite, als sich Cassini neben uns fallen ließ. Jetzt war es egal, wessen Stimme es gewesen war, denn der Zauber war gebannt, und wir standen sicher am Boden des Abgrunds. Uns blieb keine Zeit für

Gratulationen, denn ein plätscherndes Geräusch durchbrach die Stille. Einen endlosen Augenblick später hörten wir das Plätschern wieder, und dann wieder. Es kam von dort, wo der alte Krieger lag. Kaum hatten wir das herausgefunden, als ein höchst wunderlicher Duft aufstieg, süßer als jede Blume, schwerer als jedes Parfüm einer Kurtisane. Zögernd näherten wir uns dem Geräusch und dem Duft.

Der tote Krieger lag zerschmettert auf einem großen, flachen Stein. Im Schein von Cassinis Läuterungsfeuer war seine Leiche deutlich zu sehen. Janos murmelte etwas, und obwohl ich ihn nicht verstehen konnte, wußte ich, daß es eine Reaktion auf die Form der Rüstung und des Helms war, die der Krieger trug. Sie waren genau so, wie er die Reiter aus seiner Kindheit beschrieben hatte. Der Krieger war ein großer Mann gewesen, größer noch als Janos, mit breiten Schultern und mächtiger Brust. Er hatte ein spitzes Gesicht wie ein Raubvogel, mit tiefliegenden, noch immer geöffneten Augen, die auf ewig in unendliche Ferne starrten. Ein Schwert war um seine Hüften geschnallt, und ein zerbrochener Speer lag neben ihm. Sein ganzer Körper schimmerte in tiefem, irdenem Braun, als sei er von mehreren Farbschichten überzogen.

Cassini deutete nach oben, und wir sahen, wie sich dickliche Flüssigkeit an einem Felsen über der Leiche sammelte, zu einem Tropfen wurde und auf den Krieger herabklatschte. Als der Tropfen zerplatzte, stieg erneut der süße Duft auf, und fasziniert beobachteten wir, wie sich die Flüssigkeit auf dem Krieger ausbreitete und eine braune Spur hinterließ. Janos winkte uns heran, und wir konnten sehen, daß der Tote von der seit Generationen herabtropfenden Flüssigkeit konserviert worden war. Schmerzverzerrt stierte der Mann zu uns auf, als hätte er eben erst sein Leben gelassen.

»Ich habe einmal Insekten gesehen, die auf diese Weise konserviert waren«, sagte Janos, »aber nur in uralten Wäldern. Die Einheimischen sagten, sie seien gefangen im Saft, der aus den Bäumen lief. Sie verkaufen sie als Glücksbringer, wenn der Saft getrocknet ist.

Man nennt es Bernstein, glaube ich.« Neugierig berührte Janos den konservierten Leichnam. »Ein Krieger im Bernstein«, brummte er.

»Ich sehe hier keine Bäume«, sagte ich. »Nur Stein.«

»Offensichtlich ist es ein Zauber, den seine Gefährten zurückgelassen haben«, sagte Cassini, »um ihren Kameraden vor den Elementen zu schützen. Da sie ihn nicht gebührend zur Ruhe betten konnten, haben sie getan, was sie konnten, um seinen Geist zu trösten.«

Cassini füllte eine Gurde mit der Asche seines Läuterungsfeuers und schüttete diese über dem Toten aus. Funken und Rauch regneten herab, als Cassini um den Stein ging und beschwichtigende Worte sang, um den Geist des Kriegers zu versöhnen. Er versprach ihm einen hübschen Schrein, mit vielen Gaben der Ufermenschen, die ihn in Ehren halten wollten. Aus dem Dunkel hörte ich ein langes Seufzen. Die Augen des Kriegers schienen zu glitzern, dann waren sie leer. Wir nahmen dies als Zustimmung und hoben den Leichnam zu dritt vom Stein. Es ging so einfach, daß ich beinah stürzte. Er war leichter als ein Kind, ohne all die Flüssigkeiten und das Fleisch, das einem Lebenden sein Gewicht verleiht. Als wir den Krieger auf den Boden legten, rutschte ein Beutel herunter und zerriß, so daß sein Inhalt auf die Erde fiel. Es waren einige durchbohrte, alte Münzen, ein Wetzstein für das Schwert und etwas, das wie eine Schriftrolle aussah. Ich streckte die Hand aus.

»Warte«, sagte Janos. Aber ich hatte sie schon mit einem Finger berührt, bevor ich meine Hand zurückreißen konnte. Eine Ecke des Leinens zerfiel zu Staub.

»Tut mir leid«, sagte ich. Niemand hörte mich.

»Sieht aus wie eine Art Landkarte«, sagte Cassini.

Janos' Augen wandten sich dem Geisterseher zu. »Könnt Ihr sie rekonstruieren?«

Cassini antwortete nicht, doch auch er schien neugierig zu sein. Er fischte in seinem Bündel nach einer kleinen Phiole mit schwarzer Flüssigkeit und einem Kräutermesser. Er schüttete ein paar Tropfen der Flüssigkeit in die Meßkerbe, dann sprenkelte er eine Prise des Leinenstaubs darüber. Die Worte seines Zauberspruchs waren nicht zu verstehen, so schnell und leise sprach er sie. Es wurde deutlich, daß er lange Erfahrung in solchen Dingen hatte. Ich erinnerte mich, daß alle jungen Geisterseher in der Bibliothek arbeiten und täglich Fetzen von Schriftrollen oder Manuskripten zu Dutzenden von Duplikaten vervielfältigen mußten.

Während er sich dem Zauber widmete, warf ich einen Blick auf den Beutel, aus dem die Karte gefallen war, und staunte, daß der Bernstein sogar das Leder, aus dem er geschnitten war, bewahrt hatte. Auf der Oberfläche war etwas zu sehen, das ich anfangs für eine entfärbte Stelle hielt, dann merkte ich, daß sie zu regelmäßig war. Ich beugte mich vor, ohne den Beutel zu berühren, denn ich hatte meine Lektion gelernt.

Ins Leder war ein Emblem geprägt: eine Schlange, die einen Stern umschloß. Auf dem Emblem waren Farbpigmente zu sehen, blau die Schlange und gelb der Stern, der, wie ich dann feststellte, in Wahrheit ein Sonnenrad war. Ich wies Janos darauf hin, und er prüfte das Emblem so eingehend, wie ich es getan hatte.

»Ein Familienwappen«, mutmaßte ich.

Er schüttelte den Kopf. »Unwahrscheinlich bei einem Soldaten, der in einer Truppe dient. Ich würde sagen, es ist das Wappen der Leute, deren Späher er war. Vielleicht ein Prinz, vielleicht ein Zauberer, vielleicht ein König. Vielleicht ist es das Emblem der Fernen Königreiche selbst.«

Gerade wollte ich mich über die Bestimmtheit seiner Worte wundern, als Cassini verkündete, daß der Zauber jetzt wirkte. Er blies über die Mixtur. Ein Stückchen Pampe fügte sich ans nächste, ein kleiner Klumpen fügte sich an seinen Bruder. Im nächsten Augenblick sahen wir, wie das Stück Leinen wuchs, und hastig warf Cassini das, was auf seinem Messer war, auf die Mutterrolle. Ein Knistern und Zischen war zu hören, als würde ein Feuer geschürt, und die Leinenrolle begann, sich zu bewegen. Augenblicklich war keine Spur von Alter mehr zu sehen, und das Leinen breitete sich vor uns aus, frisch und weiß wie an dem Tag, als es gewebt worden war. Die Federkritzeleien waren zu deutlichen Strichen schwarzer Tinte geworden, die glitzerte, als käme sie eben erst aus der Flasche.

Cassini hob die Leuchtperlen an, und zu dritt lehnten wir uns vor, um die Schrift zu beobachten. Es war, wie er vermutet hatte, eine Karte. Aber eine höchst ungewöhnliche, denn dort, wo ein menschlicher Kartograph Gefahren wie Sümpfe, Abgründe und undurchdringliche Dschungel eingetragen hätte, war das Leinen leer. Eingezeichnet waren Berggipfel, jede Klippe sorgsam skizziert, Flüsse, die aus der Luft zu sehen waren, und bestimmte Stellen, an der ein Späher Posten beziehen konnte. »Eine Karte«, murmelte ich, »für die Vögel.«

»Oder«, sagte Janos, »für Menschen, die fliegen oder sich zumindest per Zauberkraft von einem Gipfel zum nächsten bewegen können.«

Zu erkennen waren die Umrisse der Pfefferküste, als sei dies die Grenze dessen, was den Späher interessierte, dann breitete sich die Karte gen Osten aus. Am östlichsten Rand lag eine große Bergkette, wie eine große, schwarze Faust.

Wir hörten ein Seufzen, fuhren herum und sahen, daß die Augen des Kriegers wieder glitzerten. Er schien mich anzusehen. Ich bin sicher, die anderen empfanden es ebenso, doch einen Augenblick lang glaubte ich, der tote Krieger versuche, mit mir zu sprechen. Dann drang ein fürchterliches Rasseln aus seiner Kehle, als habe er sich all die Jahre an sein Leben geklammert und würde jetzt erst erlöst. Wieder verloren seine Augen jeden Ausduck, doch jetzt glich die Grimasse eher einem Lächeln.

Janos sprach mit rauher Stimme. »Genügt Euch dieses Omen, Cassini? Was braucht Ihr mehr?«

Cassini schwieg, doch ich spürte die wachsende Anspannung und sah, daß seine Mundwinkel vor Wut zuckten.

»Also?« drängte Janos. »Kehren wir immer noch um? Oder ziehen wir weiter?«

Vier Tage später marschierten wir gen Osten. Wir ließen L'ur und seine Mannschaft bei Haizahns Leuten zurück, der ewige Dankbarkeit geschworen hatte, weil wir sie von diesem alten Fluch befreit hatten. Der Häuptling verkaufte uns sogar kleine Esel, die uns mit den Lasten helfen sollten, und wies uns einige seiner Leute als Eseltreiber und Führer zu, »bis ans Ende der Welt, wenn Ihr wollt«. Außerdem versprach er – wenn der Schrein für den Krieger in Bernstein gebaut wäre –, L'ur beim Bau eines neuen Schiffes zu helfen, das uns heimwärts bringen sollte, wenn wir zurückkehrten.

L'ur selbst war jetzt ein enger Freund der Familie Antero. Für den Fall, daß uns ein Unglück ereilte und wir innerhalb von sechs Monaten nicht wieder da wären, hatte ich ihm einen Brief für meinen Vater übergeben, mit der Bitte um Bezahlung seiner Wartezeit und einer Entschädigung für die *Möwenschwinge*. Ich zweifelte nicht daran, daß L'ur warten würde, und nicht nur wegen des kleinen Vermögens, das ich ihm versprochen hatte. Wie uns alle hatte auch ihn das Fieber gepackt, als ich die Karte zu den Fernen Königreichen entrollte.

»Zum ersten Mal in meinem Leben«, sagte der alte Seemann, »wünschte ich, ich wäre zum Wanderer geboren.«

Kapitel Neun

Nomaden am Ende der Welt

Der Fluß führte landeinwärts durch eine hügelige Gegend, die wir meist vergeblich nach einem Hof, einem Dorf oder nach Menschen absuchten. Es gab wenige Hinweise auf menschliche Existenz in dieser Wildnis. Wir kamen an ein paar kleinen Dörfern vorbei, deren zerlumpte Siedler uns ohne ein Lächeln oder irgendeine Geste weiterziehen ließen. Unsere Soldaten hatten bald genug davon, den wenigen gutaussehenden Frauen Obszönitäten hinterherzurufen, weil diese ihre Derbheiten überhaupt nicht beachteten.

»Diese Menschen«, erzählte Janos, »sehen aus wie die armen Leute in den Bergen, da oben, wo ich aufgewachsen bin. In jedem Mann mit einem Schwert, so fest es auch in der Scheide stecken mag, sehen sie einen Feind. Vielleicht erinnerst du dich, was ich zuvor gesagt habe«, fuhr er fort und hob die Stimme, an Cassini gewandt, der nicht weit von uns ging, »was es mit dem Krieg auf dieser Seite des Schmalen Meeres auf sich hat? Der Blick in den Augen dieser Menschen sagt mehr, als ich über ihr Leben erzählen kann.«

Cassini zuckte mit den Achseln. »Die Starken haben immer schon auf Kosten der Schwachen gelebt, und sie werden es auch weiterhin tun. Die Natur und Gott befehlen, der Mensch gehorcht.«

Nach einiger Zeit sahen wir keine bewohnten Dörfer mehr. Ein- oder zweimal identifizierte Janos eine nachträglich von Unkraut überwachsene Stelle als den wahrscheinlichen Standort eines vor vielen Jahren verfallenen Landgutes oder Dorfes. Das Klima war vielleicht etwas wärmer als in Orissa, doch regnete es öfter. Nur fiel der Regen weich wie Nebel und war eine willkommene Erleichterung angesichts der Hitze am Tage. Wir hielten mit Hilfe des Kompasses eine östliche Richtung ein und überprüften sie von Zeit zu Zeit anhand der Zauberkarte des Spähers, die Cassini neu erschaffen hatte. Auf ihr waren zwar nur Gipfel und gewisse Besonderheiten der Landschaft verzeichnet, dennoch war sie von Nutzen, und wir konnten unsere Reise in der vorherbestimmten Richtung fortsetzen.

Für mich gab es viele Dinge von Interesse, und nicht nur, weil ich zu den ersten zivilisierten Menschen gehörte – zivilisierte Menschen aus Orissa, sollte ich sagen –, die dieses Land sahen, sondern auch, weil ich zu diesem Zeitpunkt begann, die Dinge mit den Augen meines eigenen Volkes zu betrachten. Der Ehrlichkeit halber muß ich hinzufügen, daß ich als Kaufmannssohn auch das viele Gold sah, das sich im Tresor der Anteros häufen würde. Hier gab es einen Fisch, dessen delikates, weißes Fleisch sich räuchern ließ. Und eine grünviolett leuchtende Frucht, deren Geschmack im Mund explodierte. Ein kleiner Zauber gegen die Fäulnis würde genügen, und sie könnte zur neuesten Nachspeise Orissas werden. Wir entdeckten Samen, schärfer als jeder getrocknete und gemahlene Pfeffer, den irgendeiner von uns je probiert hätte.

Nach fünf Tagen war unser größtes Problem das ständige Niesen, das uns alle bei Anbruch der Dämmerung heimsuchte. Wir reisten, als schlenderten wir durch einen Park – ein Park nur zu unserer persönlichen Erbauung. Dann, nach einer weiteren Woche, änderte sich manches. Ich lief gerade neben Cassini und dachte müßig daran, wie leicht der Weg in der vergangenen Stunde doch gewesen war. Die Route war über kleine Hügel gegangen, gefolgt von einer Reihe flacher Täler. Plötzlich blieb Cassini stehen, und Sergeant Maeen, der direkt hinter uns ging, konnte gerade noch ausweichen, um ihn nicht umzustoßen. Cassini achtete nicht darauf. Leeren Blickes und reglos starrte er... ins Nichts. Ich nahm ihn zur Seite und winkte Janos heran, der augenblicklich zu uns kam. Ich fürchtete, unser Geisterseher könne plötzlich auf unbekannte Weise verzaubert sein. Doch das war nicht der Fall, da Cassini sogleich wieder völlig aufmerksam wurde. Er sah sich um und bemerkte, daß die ganze Gesellschaft angehalten hatte und ihn anblickte.

»Dieses Land«, sagte er ohne Einleitung, »war so, wie der Schamane der Ufermenschen sagte. Ich habe die Seelen Tausender Menschen gespürt. Einige haben auf diesen Hügeln gelebt, einige sind auf diesem Weg gereist, auf dieser Straße, deren Resten wir folgen.« Ich nickte unwillkürlich, weil ich verstand, warum unser Weg so leicht gewesen war. Natürlich waren wir auf einer lange vergessenen, verschütteten Straße. »In diesem Tal dort hinter uns«, sagte Cassini, »das man von hier nicht sehen konnte, gab es ein berühmtes Wirtshaus... an einer Kreuzung. Viele kehrten dort ein. Es war ein fröhliches Haus.«

»Was ist geschehen?« fragte Janos.

»Mord«, sagte Cassini. »Mord und Totschlag. So viel Blut über so viele Jahre, daß diejenigen, die noch lebten, geflohen sind. Sie flohen oder gaben die Hoffnung auf.«

»Wer hat ihnen den Tod gebracht? Woher kam er? Was war es? Stahl... oder Hexerei?«

»Ich glaube... beides«, sagte Cassini langsam. »Ich fühle ein starkes Echo von diesen Hügeln. Einen Zauber. Wer hat ihn gebracht? Ich weiß es nicht. Woher ist er gekommen? Ich weiß auch das nicht.«

Dann war er wieder ganz normal. »Genug«, sagte er. »Ich bin kein Versager, keine Hexe, die ungewaschenen Bauern beim Pflanzfest Ehrfurcht einflößt. Du! Soldat! Bring mir Wein. Und sieh nach den Schnürsenkeln an meinen Stiefeln, wenn du zurückkommst. Ich fürchte, ich laufe mir eine Blase.« Cassini war ein kaltherziger Mann, selbst für einen Geisterseher.

Eine Stunde später schrie einer der Esel, bäumte sich auf, und seine Last fiel zu Boden. Das Bündel war klein, aber recht schwer, da es den Leinensack mit der Hälfte unseres Goldes enthielt. Der Sack schlug dumpf am Boden auf und zerriß. Die Münzen rollten über den Rasen. Maeen wies den Eseltreiber zurecht, aber der schüttelte den Kopf, er habe dem Tiere keine Angst gemacht. Er sei gar nicht in der Nähe des Esels gewesen, als die Ladung fiel. Die anderen Ufermenschen bestätigten, daß er die Wahrheit sagte.

»Dann trifft dich doppelt Schuld«, schrie Maeen. »Weil du dann die Knoten heute morgen beim Beladen schon so schlecht gebunden hast, daß das Seil durchgescheuert und gerissen ist. Du bist selbst ein Esel, und dein Tier sollte eher dich führen als umgekehrt.« Der Ufermensch stammelte, das Seil müsse alt gewesen sein, aber davon wollte Maeen nichts wissen.

Ich ging zu dem Bündel und seinem verstreuten Inhalt und hob das Seil auf. Es war recht neu … L'ur hatte es aus dem Wrack der *Möwenschwinge* geholt, um daraus Trageriemen zu machen. Ich untersuchte das Ende des Seils. Es war abgeschnitten worden, sauber durchtrennt, als habe ein sehr starker Mann es mit einem sehr großen, sehr scharfen Messer gekappt. Ich nahm das Seil mit zu Janos, der es Cassini zeigte. Janos sagte Sergeant Maeen, es sei genug. »Laßt die Esel beladen, setzen wir die Reise fort.« Keiner von uns sagte ein Wort, aber was wir dachten, war klar. Ich erinnerte mich an die kleine, goldene Sense, die Janos in Lycanth erworben hatte und die sich jetzt in seinem Gepäck befand. Ich wußte, daß man mit ihr nicht nur magische Kräuter und dergleichen schneiden und verarbeiten, sondern auch aus der Ferne Zauber bewirken konnte. Sicherlich gab es noch andere solcher Sensen und Zauberer, die sie zu nutzen wußten. Ich mußte wieder an die Opferwahl in Lycanth denken, und wie nah diese Kreatur mir gekommen war. Dann fiel mir der Sturm der Archonten ein. Ich blickte zurück über die Schulter und schauderte, obwohl ich nichts entdeckte, was dies hätte rechtfertigen können.

Kleinere Ärgernisse häuften sich auf unserer weiteren Reise. Wir wurden von Schwärmen schwarzer Milben angegriffen, deren Bisse wie Feuer brannten. Viele kleine Mißgeschicke ließen den Eindruck erwecken, als steckten wir alle plötzlich tief in den Wirren jugendlicher Unbeholfenheit. Auch die geheimnisvollen Niesanfälle suchten uns wieder heim.

Deutlich wurden unsere Probleme in jener Nacht, als wir die Ruinen fanden. Ein niedriger Paß hatte es uns erleichtert, dem Flußlauf zu folgen. Der Fluß wurde plötzlich seicht und war mit seinen Sandbänken gut zwei Speerwürfe breit. Das erschien mir unnatürlich, zumal ich bemerkt hatte, daß der Fluß in der Ferne wieder sanft dahinfloß wie zuvor. Da ich in einer Stadt am Fluß aufgewachsen war, glaubte ich zu wissen, was mich erwartete, und sah genauer hin. Dieser Fluß mußte vor Ewigkeiten umgelenkt worden sein. Ich ließ anhalten und durchstreifte das Unterholz auf der Suche nach weiteren Hinweisen. Ohne große Schwierigkeiten fand ich, wonach ich suchte. Die »Ufer« des Flusses bestanden aus sorgfältig gemörtelten Steinmauern. Und diese Mauern lagen beinahe zehn Meter voneinander entfernt. Janos stand neben mir. Auch er wunderte sich über die U-förmige Konstruktion.

»Von Menschenhand erbaut«, sagte er. »Aber wozu?«

»Eine Reihe von Schleusen«, erklärte ich. »An jeder Seite müssen

Holztore gewesen sein. So konnten Boote hineinfahren und entweder angehoben oder auf eine andere Ebene abgesenkt werden, um dann weiter ihrem Kurs zu folgen. Da drüben«, ich zeigte auf die Sandbänke, »war wahrscheinlich der Überlauf, wenn die Schleusen nicht in Betrieb waren. Nachdem man sie dann verlassen hat und einige Zeit vergangen war, wurde der Fluß seiner Fesseln überdrüssig, hat den Überlauf durchbrochen und sich ein neues Bett gesucht.«

Keiner von uns sagte ein Wort. Alle stellten sich die Schleusen voller Boote vor, mit Handelsgütern beladen, wartend auf die Weiterreise auf dem Fluß. Die Größe der Schleuse bewies, daß das Land tatsächlich so wohlhabend gewesen war, wie Cassini es sich ausgemalt hatte.

Janos ließ Maeen Kundschafter aussenden, und sie kamen schnell mit weiteren Hinweisen auf Zivilisationsspuren zurück. Weiter flußaufwärts fand ein Mann einen gewundenen Pfad. Es mußte ein Treidelpfad gewesen sein, nahm ich an, damit Boote flußaufwärts nicht auf Muskelkraft, Wind oder energieraubende Zauber angewiesen waren, derer es bedurfte, um schwerbeladene Boote zu bewegen. Einige Meter entfernt, hinter einer Wand von Weinreben versteckt, lag ein Gebäude mit dicken Steinmauern und kleinen Fensterschlitzen. Die großen Balken, die das Dach gehalten hatten, standen noch an ihrem Platz, auch wenn sie vom Alter schwarz geworden waren. Davor befand sich ein kleineres, kreisförmiges Gebilde.

Hierfür war Janos der Experte. »Eine Kaserne«, sagte er. »Der kleine Bau war für den Zoll und die Wache. Wir können hier Schutz suchen«, sagte er. »Die Zeltbahnen der Lasten können wir als Dach über die alten Balken ziehen.« Er befahl einen Halt für die Nacht, obwohl bis zur Dämmerung noch zwei Stunden vergehen würden. Er kommandierte zwei der Ufermenschen ab, die behaupteten, einige Erfahrung mit Netzen, Gift und Fischzauber zu haben, damit sie etwas Frisches für das Abendessen fingen.

Gedankenverloren stand ich mitten in dem Treiben. Ich gehörte damals wie heute nicht zu jenen Dummköpfen, die glauben, man hätte ein Recht, Häuser und Läden zu errichten, wo immer man will. Doch damals habe ich erkannt, und habe seither immer gedacht, daß Ruinen etwas Trauriges und Erschreckendes an sich haben. Hier lebten einmal Menschen und sind dann verschwunden: freiwillig oder nicht, wer konnte das wissen?

Dann kam mir ein anderer, noch merkwürdigerer Gedanke. Leise erzählte ich Janos davon. »In welche Richtung, glaubst du, haben die Soldaten auf ihrer Wache gesehen? Kamen ihre Feinde aus dem Osten? Oder wollten sie einer Gefahr von hinten begegnen?« Janos hob die Schultern und verzichtete auf eine Vermutung.

Wir hörten einen Schmerzensschrei, dann verärgerte Stimmen. Plötzlich klirrte Schwert an Schild. Wir liefen in die Ruinen. Zertretenes Feuer ... ein umgekippter Kochtopf ... zwei Soldaten mit gezückten Schwertern. Janos brüllte, doch die beiden Männer, die einander wütend umkreisten, schenkten ihm keine Beachtung. Seine Hand zuckte schnell und gewaltsam vor, wie ich es schon vor der Taverne in Orissa gesehen hatte. Sein Breitschwert blitzte auf und schlug beide Klingen der Soldaten fort. Sie kamen wieder zur Besinnung und murmelten etwas in der Art wie: »... der Kerl hat mich angestoßen ...« »... gelacht ...«, »tumber Affe ...«, dann ein Befehl.

»Genug!« bellte Janos. »Nieder mit den Schwertern, alle beide!« Stahl klapperte auf Stein. »Gegen einen Bruder den Arm zu heben! Wie könnt ihr es wagen? Ihr kennt die Strafe: Verbannung, wenn kein Schaden entstanden ist, Tod, wenn einer verletzt wurde! Das ist ...«

Eine ruhige Stimme unterbrach ihn. »Das ist ein Zauber, Hauptmann.« Wir drehten uns um. Es war Cassini.

»Wir sind verflucht«, sagte er in seiner gewohnt schroffen Art und schenkte der Reaktion auf seine Feststellung keinerlei Beachtung. »Kleine Flüche«, fuhr er fort, »aber sie verfolgen uns seit Tagen. Das Niesen ... diese Milben, die zu den unangenehmsten Zeiten erscheinen ... und daß wir alle so schnell und ohne Grund in Zorn ausbrechen.«

»Wer hat uns verflucht?« knurrte ein Soldat trotz Maeens finsterer Miene. »Die verdammten Ufermenschen?« Düstere Blicke richteten sich gegen unsere kleinen Gefährten.

»Ich denke nicht«, sagte Cassini. »Aber es muß für diesen Zauber einen Gegenzauber geben. Jeder dieser Flüche ist klein, ein Geisterseher kann sie ohne Kraftverlust aus weiter Ferne ausüben und leicht aufrechterhalten.«

»Aber sie können töten«, sagte Janos ruhig. »Lione, wenn dieser erste Schlag mit dem Schwert getroffen hätte, dann müßten wir jetzt womöglich für Cherfas beten.«

Dann war ich an der Reihe. Ich fühlte ein leichtes Aufflackern von Stolz, als mir die Worte so leicht über die Lippen kamen. »Gut gefolgert, Geisterseher. Wiederum müssen wir feststellen, wie glücklich wir uns schätzen können, daß Ihr uns begleitet.« Mein Kompliment war natürlich nicht ganz aufrichtig. Nur wußte ich, daß die Männer größtmögliches Vertrauen in Cassini haben mußten, wenn die Zeremonie gelingen sollte. »Hauptmann Greycloak«, fuhr ich feierlich fort. »Schickt einen Mann ... zwei Männer ... zum Fluß und laßt unsere Fischer holen. Heute abend sollte niemand das Lager verlassen. Stellt außerdem Wachtposten in angemessener Stärke auf. Geisterseher Cassini, unsere geballten Kräfte stehen Euch zur Verfügung, um den Gegenzauber auszusprechen.«

Cassini sonnte sich in meinem Lob, bis mir beinahe der Geduldsfaden riß, und schickte dann die Leute hierhin und dorthin, um seine Vorbereitungen zu treffen. Eine Stunde später, als die Nacht hereinbrach, begann die überraschend simple Zeremonie. Cassini ließ zwei Soldaten einen Umhang voller Lehm vom Flußufer holen. Wir stellten uns in einer Reihe auf, jeder von uns mußte eine Handvoll Lehm nehmen und, während Cassini in einer uns unbekannten Sprache betete, daraus eine Figur formen. Danach ließ er uns ein Stück von unserer Kleidung abschneiden und es in die Figur kneten. Er schärfte uns ein, weder Speichel noch Fingernägel oder sonst etwas zu benutzen, das von unseren Körpern kam. Dann führte er uns aus der Kaserne ins Unterholz, wo ein kleines Feuer vorbereitet worden war. Er beschrieb einen Kreis um dieses Feuer und wies uns an, die Puppen in den Kreis zu legen. Wir bildeten dann einen zweiten Kreis, um unsere ganze Aufmerksamkeit auf die Puppen zu konzentrieren. Wir sollten versuchen, an nichts anderes als an unsere Figur zu denken und daran, daß sie uns vollkommen glich. Der eine oder andere Soldat mag über die ungelenken Skulpturen gelacht haben. Doch wir alle hatten Angst, vor diesem Zauber hier, wie vor der Zauberei im allgemeinen. Ich glaubte, spüren zu können, wie die Kräfte der Nacht uns umfingen, als Cassini das Feuer entzündete und dann zu singen begann, als Rauch sich erhob.

»Rauch soll steigen
Rauch soll fliegen
die Augen ersticken
den Geist ersticken...«

Leise warnte er uns, in unserer Konzentration nicht nachzulassen, bis er dreimal in die Hände klatschte, und wie befohlen wandten wir uns ab, drehten Puppen und Feuer den Rücken zu. Ohne uns noch einmal umzusehen, kehrten wir ins Lager zurück. Ich hörte, wie Cassini hinter uns seinen Gesang fortsetzte.

»Nun schlafen wir
Nun bleiben wir
Nun suchest du
Nun findest du
Der Kreis wird halten
Der Kreis wird greifen
Der Kreis wird sammeln
Der Kreis wird halten...«

Eine Stunde später stieß er wieder zu uns und sagte, wir sollten jetzt essen und dann schlafen gehen. Wenn die Natur ihr Recht fordere, könnten wir ruhig im Unterholz austreten, nur dürfe keiner von uns zu den Überresten des Feuers zurückkehren. Wir sollten so wenig Lärm wie möglich machen, uns aber auch entspannen und nicht mehr sorgen. Der Gegenzauber sei ausgesprochen, und ab jetzt würden die Figuren all den ärgerlichen Zauber an sich ziehen.

Die Soldaten und die Ufermenschen machten einen erleichterten Eindruck. Sie vertrauten Cassini und seinen Künsten. Für sie waren die Probleme bereinigt. Ich nahm Cassini beiseite, und auch Janos trat zu uns. Ich versprach, dem Geisterseher in Orissa eine Prämie für das zukommen zu lassen, was er in dieser Nacht für uns getan hatte. Ich fragte, ob diese Flüche jetzt tatsächlich dort draußen in finsterer Nacht an die Puppen gekettet seien. Cassini sagte, er sei sicher, man brauche keinen allzu starken Gegenzauber, um unsere Gegner zu täuschen, da sie keine tödlichen Absichten verfolgten. Er hielt es für besser, die Flüche abzulenken und sie weiter wirken zu lassen, als sie völlig zu brechen. »Ich hoffe, unsere Feinde sind zufrieden, wenn sie davon ausgehen können, daß wir immer noch von ihren Zaubern geplagt werden und daher keine weitere Aufmerksamkeit verdienen.«

»Unsere Feinde?« fragte Janos. »Wer?«

Cassini schien seiner Sache nicht sicher zu sein. »Zuerst dachte ich, diese Beschwörungen kämen aus Lycanth, wo wir bekanntlich Feinde haben, angefangen bei den Symeonen bis... hin zu anderen.

Tatsächlich habe ich Emanationen aus dieser Richtung gespürt. Doch war da noch etwas anderes. Etwas... von Euch ist niemand Geisterseher, ich kann also nicht die Sprache meiner Zunft sprechen... etwas wie eine große rollende Welle, eine Flut vielleicht. Es kommt von Osten her.«

Janos und ich merkten auf. »Aber … keiner von uns war schon über diese Gegend hinaus, dessen bin ich sicher«, sagte ich. »Außer vielleicht der eine oder andere Ufermensch.«

«Es macht kaum Sinn«, stimmte Cassini zu. »Was ich jedoch noch verwirrender fand … diese Flut, diese Präsenz – ich habe sie nicht als böse empfunden. Zumindest habe ich keine besondere Bedrohung für irgendeinen von uns gespürt. Es war …«, er suchte nach Worten, »… als sei eine große unsichtbare Kraft über uns, eine Kraft, die … die … ah, mir fehlen die Worte«, sagte er. »Denkt an einen großen Fisch in einem See, der weiß, daß er von vielen kleinen Barschen umgeben ist. Im Moment ist er nicht hungrig, doch er behält die kleinen Fische im Auge. Und in einer Stunde oder in einer Woche, wenn er hungrig ist, sieht er sie sich näher an.« Cassini schüttelte den Kopf. »Das ist der beste Vergleich, der mir einfällt.«

Es wurde beschlossen, in dieser Nacht besonders aufmerksam Wache zu halten. Wir sorgten uns nicht so sehr wegen eventueller Eindringlinge als wegen unserer eigenen Männer, die vielleicht neugierig werden, den Schauplatz von Cassinis Zauberspruch untersuchen und damit die ganze Arbeit zunichte machen konnten. Janos, Cassini, Sergeant Maeen und ich wollten Wache halten. Cassini übernahm die erste Schicht, die gleich begann. Janos erzählte mir später, er habe den Geisterseher ausersehen, weil noch alle wach waren und er sich keine Sorgen über die Fähigkeiten des Zauberers als Wächter machen mußte. Maeen war der nächste, dann kam ich an die Reihe, und Janos würde die letzte Wache in den gefährlichen Stunden vor Sonnenaufgang übernehmen.

Ich hatte fest geschlafen, als Maeen mich für meine Wache weckte. Ich nahm meine Waffen und fand Platz direkt hinter der Kasernentür, von wo aus ich in die sternenglänzende Nacht blicken konnte, ohne gesehen zu werden. In regelmäßigen Abständen verließ ich das Gebäude und umrundete es, um sicherzugehen, daß niemand sich anschlich. Alles war friedlich und still. Das Rauschen des Flusses wirkte beruhigend. Ich fühlte mich durch den Schlaf gestärkt. Es war, als sei durch Cassinis Kunst eine schwere Last von mir genommen. Ich stellte fest, daß ich mich ebenso wie meine Männer von kleinen Zaubereien beeindrucken ließ. Ich sah zum Paß zurück. Es lag vielleicht ein Sechstel einer Wegstunde hinter uns. Mein Blick wurde von einer Felsformation auf dem Hügel angezogen. Dann bewegte sich der Fels, und es wurden zwei Männer daraus. Zwei Männer zu Pferd.

Eigentlich hätte ich auf solche Distanz nicht derart deutlich sehen können, wie mein Verstand es mich glauben machen wollte. Aber ich schwöre, daß ich sogar ihre Rüstung erkennen konnte, sowie Helme mit einem Helmbusch, was in diesem von Armut heimgesuchten Land höchst eigenartig war. Innerlich hörte ich noch einmal Janos' Erzählung an jenem sonnigen Nachmittag unter der Laube einer Weinschänke in Orissa. *»Selbst ihre Rösser schienen gepanzert, als ich im Mondlicht einen Blick auf den Kopf eines ihrer Tiere werfen konnte. Die Position, die sie einnahmen, war genau die, die ich anordnen würde, wenn ich eine Patrouille in feindliches Gebiet anführen sollte: mit freiem Blick über den Paß …«*

Fast hätte ich Alarm geschlagen, hielt mich jedoch zurück. Der Tag hatte mit Beschwörungen geendet, und alle waren ängstlich. Alte Soldaten, Freunde meines Vaters, hatten Geschichten von jungen Wachtposten erzählt, die in einem Busch einen angreifenden Feind sahen, der sich sofort wieder in einen Busch verwandelt hatte, nachdem der Wachhabende alarmiert oder ein Speer geworfen worden war. Dann konnte ich auf dem Hügel nichts mehr erkennen. Die Reiter waren fort. Offenbar hatte es sich um eine nächtliche Sinnestäuschung gehandelt. Als ich Janos zur letzten Wache weckte, wartete ich dennoch, bis er ganz wach war, und berichtete ihm von meiner Vision.

Janos zupfte nachdenklich an seinem Bart. »Also«, sagte er nach einer Weile, »könnte es doch sein, daß Cassinis großer Fisch eigene

Absichten verfolgt. Wir könnten, wenn wir wollten, nach Sonnenaufgang auf den Hügel reiten. Bestenfalls werden wir dort Pferdeäpfel und Hufabdrücke finden und damit beweisen, daß uns in diesem Land irgendein menschliches Lebewesen beobachtet. Wenn wir solche Spuren aber nicht entdecken ... dann hast du sie dir entweder eingebildet oder ...«, Janos schnaubte. »Ich glaube, wir sollten weder etwas davon erzählen noch überhaupt etwas unternehmen, mein Freund. Wenn dort auf dem Felsen Späher sind ... woher wissen wir überhaupt, daß sie uns gesehen haben? Nimm einmal an, es wäre so. Sind sie notwendigerweise unsere Feinde? Noch nie hat man in Kostroma davon gehört, daß diese geisterhaften Wächter jemandem ein Leid zugefügt hätten. Und ... selbst wenn sie uns beobachten, und angenommen, sie wüßten alles über die großen Zauberkünste ihrer Führer, wäre es nicht denkbar, daß sie uns nichts Böses wollen? Immerhin haben wir einem ihrer Kameraden nach Kräften das letzte Ritual bereitet. Soldaten jeder Rasse ... selbst solche, die nicht menschlichen Lenden entstammen, wissen gewiß Ehren wie diese zu schätzen. Selbst wenn man bedenkt, daß wir den Talisman entwendet haben.«

Darüber mußte ich lächeln. »Freund Janos, jetzt klingst du wie ein Dummkopf beim Glücksspiel. Hatte ich beim letzten Mal nur einen Stein in meiner Hand, dann sollte ich diesen einen auch diesmal in der Hand behalten, selbst wenn ich sage, ich hätte einen, zwei oder keinen. Vielleicht sollte ich es meinem Freund nachtun, doch nein, er wüßte gleich, daß ich es ihm nachgetan, und drei Würfe zuvor war eben dies mein Plan, so daß ich also dieses Mal ...« Meine Stimme wurde leiser. Janos kicherte.

»Ich danke dir. Ich habe mich selbst durcheinandergebracht wie eine Schulklasse, die sich fragt, ob ein Spiegel Reflexion oder Wirklichkeit ist. Ob diese Späher für uns Gutes oder Schlechtes bedeuten, ob sie sich für unser Leben so wenig interessieren wie der satte, große Fisch, wird sich zweifellos in absehbarer Zeit herausstellen.«

»Sollten wir Cassini um Rat fragen?«

»Ich ... ich würde vorschlagen, es nicht zu tun. Laß uns beobachten, wie sich die Situation entwickelt.« Ich vermutete, Janos Greycloak machte sich mehr Sorgen, als er mich spüren ließ. Schließlich war er derjenige, der sie als Junge schon einmal gesehen hatte.

Zwei Nächte später, weiter flußaufwärts, wo das Wasser sich schon flach und schmal in Nebenflüssen verzweigte, wurden die Späher wiederum gesehen. Diesmal von drei Männern: Sergeant Maeen, einem Soldaten und einem der Ufermenschen. Wieder saßen sie nur auf ihren Pferden und verschwanden dann. Cassini bestand darauf, einen Fragezauber auszusprechen, um herauszufinden, wer diese Späher seien und ob ihre Anwesenheit uns Gutes oder Böses versprach.

»Einen Zauber in ihre Richtung auszusprechen«, murmelte Janos. »Wie intelligent. Wenn sie uns bisher noch nicht entdeckt haben, dann jetzt.«

Cassinis Zauber blieb ohne Ergebnis. Seinen Zauberkünsten zufolge konnten diese Späher nichts anderes als eine natürliche Täuschung sein, eine Art Wunder. Auch Janos hatte überlegt, ob die Späher einen viel weitreichenderen Schutzpanzer als jenen haben mochten, der mit bloßem Auge zu erkennen war. Diesem ersten Fehler ließ Cassini etwas folgen, was ich für gefährlich arrogant hielt. Am nächsten Tag trug er eine brennende Fackel auf den höchsten Gipfel in Sichtweite, um im Namen Orissas Anspruch auf das Land zu erheben. Ich meine damit nicht, daß er physisch Ansprüche im Namen seiner selbst oder unserer Stadt stellte. Selbst in jenen Tagen hätte keiner von uns, nicht mal ein Geisterseher, eine derartige Unverfrorenheit besessen. Die Zeremonie bestand aus Gebeten und dem Pflanzen von Samen, die wir aus unserer Stadt mitgebracht hatten. Sie sollte von den körperlichen und körperlosen Wesen der Stadt Orissa und seiner Menschen künden. Weiter bat die Zeremonie – und in meinen Ohren klang es eher wie eine Forderung – um das gleiche Maß an Respekt, Ehrfurcht und Schutz, das auch sämtliche Wesen dieses Landes nach den Gesetzen der Richter und Geisterseher Orissas für sich beanspruchen konnten.

Ich habe solche Zeremonien noch nie für gut befunden und bin dankbar, daß es mir gelungen ist, diesen Brauch der Orissaner auf Auslandsreisen zu verbieten. In solch einem fremden Land nun hielt ich ihn für höchst unangemessen, in diesem Land mit all seinen »Zauberschwingungen«, seinen unbekannten Menschen und Bräuchen, und vor allem seinen geisterhaften Spähern. Weder Janos noch ich konnten jedoch etwas einwenden. Hätte ich Cassini befohlen, die Zeremonie weder hier noch irgendwo anders abzuhalten, hätte er mich zweifellos nach seiner Rückkehr dem Rat der Geisterseher gemeldet. Und dieser hätte mir meinen Befehl, da ich ein Antero war, sicher als selbstsüchtig und gar verräterisch ausgelegt. Wieder ein Problem, das ich nicht lösen konnte – also versuchte ich, es aus meinen Gedanken zu verbannen.

Cassinis Eitelkeit verärgerte alle. Er schien zu glauben, die gesamte Expedition sei seinem Kommando unterstellt, und es sei die Pflicht aller Mitreisenden, für die gute Ernährung, gute Kleidung und die Sicherheit ihres Geistersehers zu sorgen. Je beschwerlicher unsere Reise wurde, desto dringlicher fragte ich mich, ob es wohl ein großes Risiko wäre, eine solche Reise ohne einen Geisterseher durchzuführen, und wie heiter es mich stimmen würde, wenn Cassini etwas zustoßen sollte, was ihn unschädlich machte.

Der Fluß wurde zusehends flacher, später sahen wir kleine Tümpel und Marschland. Irgendwann standen wir vor einem malerischen Teich, in dem eine Quelle sprudelte.

»Es ist das erste Mal, daß ich jemals einem Fluß von seiner Mündung bis an die Quelle gefolgt bin«, bemerkte Janos. »Berechtigt es mich, oh, Geisterseher, zu einer besonderen Segnung?« Cassini lächelte dünn, sagte aber nichts. Wenn die anderen sich schon nicht gut mit Cassini verstanden, so mußte man, was Janos'

Verhältnis zu ihm anging, schon fast von offener Feindschaft sprechen.

Glücklicherweise war keiner von beiden so dumm, die Fehde weiterzutreiben, wenn ich auch vermutete, daß es nach unserer Rückkehr unweigerlich zur Konfrontation kommen würde.

In dieser Nacht lagerten wir an der Quelle. Janos und ich unterhielten uns längere Zeit darüber, woran wir uns von hier aus orientieren wollten. Die alte Karte des Spähers zeigte wenig von dem, was uns auf den langen, öden Wegstunden erwartete. Wir bestimmten zwei Orientierungspunkte hinter uns, die auch auf der Karte der Späher zu finden waren, und setzten von dort eine Kompaßrichtung an, die uns dem Gefühl nach zum nächsten Orientierungspunkt führen würde. Ich hatte ein verborgenes Talent entdeckt: Ich konnte Karten lesen und zeichnete sie gern selbst. Sorgfältig hatte ich das Gebiet hinter uns festgehalten, und selbst wenn wir umkehren müßten, war ich sicher, daß ich schnell wieder an diese Stelle zurückfinden konnte, ohne die bisherigen Streifzüge zu wiederholen, die uns gelegentlich in die Sümpfe geführt hatten, in Sackgassen oder durch quälende Täler.

Nach dem Abendessen suchte mich der Mann auf, der für unsere Viehtreiber sprach. Er sagte, die Ufermenschen wollten – entgegen unserer Vereinbarung – nicht weitergehen. Am nächsten Tag würden sie sich mit ihren Reittieren auf den Weg zurück zur Küste machen. Beinah hätte ich einen Wutanfall bekommen und war stolz, daß ich mich gerade noch beherrschen konnte. Ich sagte dem Mann, er und seine Brüder hätten sich für die gesamte Reise verpflichtet, und diese habe eben erst begonnen. Das sei nicht richtig, antwortete er. Sie hätten zugestimmt, mit uns bis ans Ende der Welt zu kommen. Diese Quelle – der Ort, an dem der Fluß begann – sei dieses Ende. Mit einer Geste in die Ferne erkundigte ich mich nach dem Land jenseits der Quelle. Oder nach dem kleinen Wäldchen dort in der Nähe. Der Mann zuckte mit den Schultern. Die Antwort war offensichtlich. Er sagte, es müsse eine andere Welt sein, denn alle wüßten, daß diese Welt an der Quelle ende. Die Welt dort hinten müsse ganz gewiß einem anderen Stamm gehören. Er lächelte und sagte, jener Stamm würde so gute Menshen wie uns sicher wohlwollend behandeln. Ihr werdet neue Freunde finden, meinte er, und vielleicht könnt ihr von denen auch neue Lasttiere bekommen.

Der Streit begann. Bald schon nahm ich Abstand von moralischen Argumenten und konzentrierte mich auf Belohnungen. Es hatte offenbar eine Art Mißverständnis gegeben, ob nun mein Fehler oder ihrer, das war jetzt egal. Ich eröffnete ihnen nicht nur Gelegenheit, bei ihrem eigenen Volk zu Ruhm zu kommen, Ruhm, der auch mich in meine Heimat begleiten würde, sondern außerdem zu Reichtum. Gold hatte ich ihnen bereits versprochen, und jetzt verdoppelte ich mein Angebot. Ich sagte ihnen, wenn wir zur Pfefferküste zurückkehrten, könnten sie sich aus unseren Waffen und unserer Kleidung eine Auswahl zusammenstellen, ausgenommen nur die persönlichen Dinge. Das interessierte den Mann. Aber es würde sehr schwierig werden, sagte er traurig. Sehr, sehr schwierig. Ich erhöhte mein Angebot: Wir würden L'ur und seine geschickten Seeleute und Schiffbauer noch vor unserer Abreise neue und bessere Hütten für sie bauen lassen. Und da ich sofort von Orissa wieder zurückkehren würde, um diese neue Handelsregion weiterzuentwickeln, würden sie bei meiner Rückkehr mit kostbaren Geschenken aus Orissa belohnt. Noch immer schüttelte er den Kopf: sehr, sehr schwierig. Gewürze, die ihre Fische vor lauter Geschmack das Fliegen lehren würden? Hm? Ein Schimmer von Interesse, dann: Tut mir leid, aber es bleibt sehr, sehr schwierig. Ich nahm Gold aus der Kiste und gab jedem Mann als Beweis meiner Ernsthaftigkeit zwei Stücke. Wir sind sehr dankbar. Aber … ich muß nachdenken … Vielleicht … wenn wir der Weiterreise zustimmen … aber, nein, das wäre sehr, sehr schwierig. Neue Netze und sogar neue Boote zum Fischen. Schön, aber sehr, sehr schwierig. Stell dir vor, welche Kleidung eure

Frauen, eure Konkubinen, eure Töchter besitzen würden, die besten Farben und die feinste Seide. Hm?

Es war nach Mitternacht, als ich mit meinen Angeboten am Ende war. Der Mann saß nachdenklich da, umgeben von den anderen Ufermenschen. Dann sagte er: »Ihr habt uns große Ehre erwiesen. Haizahn war weise, Eure Freundschaft zu suchen.«

»Dann werdet ihr weiter mit uns kommen?«

»Die Reise ... sie wird sehr, sehr schwierig werden.« Er lächelte dann und klopfte mir als Zeichen des Respektes für einen Ebenbürtigen auf die Schulter. »Aber was ist das Leben schon ohne das sehr, sehr Schwierige ...«

Erschöpft ging ich zu Bett, während in der Feuerstelle noch die Asche flackerte, doch war ich von Stolz erfüllt: vielleicht war die honigsüße, diplomatische Zunge des Paphos Karima Antero doch auf seinen zunehmend ehrerbietigen Sohn übergegangen. Mit erhabenem Gefühl schlief ich ein. Doch als ich erwachte, fühlte ich mich wie ein Idiot. Irgendwann vor Sonnenaufgang waren die Ufermenschen verschwunden. Ihre Spuren führten gen Westen, zurück zur Küste in ihre Heimat. Anfangs war ich ärgerlich. Hatten sie nicht zugestimmt? Janos gab sich Mühe, nicht zu lachen, als er erklärte, es gäbe eben Leute, die nicht nein sagen könnten und jede Möglichkeit ergriffen, dem zu entgehen.

»Wie zum Beispiel mit ›sehr, sehr schwierig‹«, sagte ich bitter.

»Wie zum Beispiel mit ›sehr, sehr schwierig‹, um nicht jemanden direkt zurückweisen zu müssen und ihn sich damit zum Feind zu machen«, erwiderte Janos.

Soviel zu meiner honigsüßen Zunge und zu den Goldstücken, die ich ihnen zugesteckt hatte. »Eigentlich«, sagte Janos, »hast du es ganz gut gemacht. Du hast es vielleicht noch nicht bemerkt, aber sie haben ihre Esel dagelassen, und das Geschirr. Vielleicht war das der Gegenwert fürs Gold. Vielleicht lag es aber auch an deiner, hm, honigsüßen Zunge.«

Wir hatten keine Zeit mehr zu verlieren, so unangenehm mir die Sache auch sein mochte. Mühsam beluden wir die Esel, was bei den Ufermenschen immer so leicht ausgesehen hatte, wofür wir jedoch fast einen halben Tag brauchten. Wir zogen weiter und lernten dabei die Aufgaben eines Eseltreibers kennen. Noch eine ganze Weile kam es immer wieder vor, daß jemand einen Freund mit ernster Miene ansah und dann eben noch in meiner Hörweite sagte: »Die Lage ist sehr, sehr schwierig.« Ich bemühte mich, es zu überhören.

Das Land wurde immer trockener: hügeliges Grasland, selten ein Wäldchen, darin immer schlammigere Quellen und später Bäche. Eine Zeitlang waren uns diese Haine ein Hinweis auf Wasser, doch dann wurden die Bäume zunehmend dorniger, ohne feuchte Erde in der Nähe. Ihre Wurzeln mußten wohl auf der Suche nach Wasser bis in die Unterwelt reichen, um auf Feuchtigkeit zu stoßen. Wir selbst waren jedoch nie in Gefahr, und das verdankten wir Janos' Erfahrung. Er lehrte uns, der Antilope zu folgen, ihre Wasserlöcher bei Sonnenuntergang auszumachen und sie dann sauber und schnell zu töten. Wir aßen die Tiere und fertigten aus ihren Mägen Wasserschläuche. Die Häute waren grün und stanken, doch hielten sie das Wasser. Die geduldigen Esel schrien, nahmen die zusätzlichen Lasten jedoch auf sich. Die Sohlen unserer Sandalen wurden immer dünner, so daß Janos die Zeit für gekommen hielt, daß wir gehen lernten, wie die Götter es geplant hatten: barfuß. Er sagte, wir müßten unser Schuhwerk für rauhere Gegenden schonen. Cassini jammerte so sehr, daß wir ihm lieber alle zwei, drei Tage aus der grünen Antilopenhaut neue Sohlen für seine Stiefel machten, als ihn zu zwingen, barfuß zu reisen. Weitere Lektionen folgten: Wild mußte mit Speeren gejagt werden, oder besser noch mit dem Netz. Pfeilspitzen aus Metall wurden ersetzt durch handgeschnitzte, stumpfe, dicke Holzspitzen. Sie waren für die gutgenährten, flugunfähigen Vögel um uns herum gedacht. Die Spitze betäubte den Vogel gerade so lange, wie der Jäger brauchte, ihm den Hals umzudrehen, doch der Pfeil durchschlug die Beute nicht und ging entsprechend auch nicht im Unterholz verloren. Wir lernten, daß es generell unklug ist, eine neue Frucht oder Beere zu essen, wenn der Saft wie Milch aussieht, und daß rote Beeren und Früchte manchmal gefährlich sein können. Wenn du eine Pflanze oder Frucht für eßbar hältst, schneide sie auf und reibe sie über deinen Arm. Wenn auf deiner Haut Pusteln entstehen, iß sie nicht. Neben manchen Wasserlöchern entdeckten wir große Bäume, die in ihrem Innern Wasserreservoirs aus der Regenzeit gebildet hatten.

Wenn das eben Beschriebene den Eindruck vermitteln sollte, meine Suche habe sich plötzlich in einen rauhen Überlebenskampf verwandelt, dann war das keineswegs meine Absicht. Trotz aller Schwierigkeiten aßen wir gut, hatten ausreichend Wasser und waren gesund, wenn auch verdreckt.

Während unserer Reise zog die Sonne ihren Bogen über unsere Köpfe, und die Luft schien in der trockenen Stille zu glühen. Die Welt war überwiegend braun, ein gelegentliches Grün sprang sofort ins Auge. Vor uns schien nichts anderes zu liegen als immer nur Steppe. Ich bemerkte kaum, wie sich die Steppe allmählich in Wüste verwandelte. Neben den Antilopen gab es noch andere Tiere. Rudel wilder, hundeähnlicher Kreaturen, jagende Familien von Schattenwölfen, die uns eine Zeitlang folgten, bis sie merkten, daß es keine Nachzügler gab, die sie leicht hätten überwältigen können. Außerdem sahen wir verschiedene Exemplare mächtiger Schattenkatzen. Sie lungerten herum, und die Jungen kletterten ausgelassen aus den Beuteln der Mütter. Die Katzen bedeuteten keine Gefahr für uns, dennoch näherten wir uns ihren Höhlen und Verstecken nie. Einmal entdeckten wir in der Morgendämmerung einen großen Löwen mit schwarzer Mähne auf einem steilen Fels. Neben ihm tauchten plötzlich zwei der berittenen Späher auf. Der Löwe beachtete sie gar nicht. Einer der Späher streckte eine gepanzerte Hand nach ihm aus, der Panzer glitzerte in der gerade aufgehenden Sonne, und er streichelte dann den Kopf des großen Tieres. Der Löwe putzte sich, als sei er zahm … und schon waren die Späher verschwunden.

Schließlich ging auch dieser Traum von einem heißen Sommertag zu Ende. Jetzt waren wir endgültig in der Wüste. Der Boden wellte sich um uns herum, glühende Felsen und Sand, durchzogen von Schluchten voll trockener Büsche. Wir verfügten über mehrere Kompasse, um nicht einer einzigen Magnetnadel mit vielleicht nachlassender Kraft vertrauen zu müssen. Die Landkarte vervollständigte ich angesichts der wenigen erkennbaren Orientierungspunkte, so gut ich konnte, aber dennoch waren wir verunsichert, was die einzuschlagende Richtung anging. Janos sprach sich dafür aus, die gegenwärtige Richtung beizubehalten. Beim nächsten Orientierungspunkt auf der Karte, einer Bergkette in weiter Ferne, wären wir dann in der Lage, unseren Standort genauer zu bestimmen. Wir dürften das Vertrauen weder in unseren Kompaß noch in unseren gesunden Menschenverstand verlieren, sonst würden wir bald immer kleinere Kreise durch die Wüste ziehen und schließlich um unser eigenes Sitzfleisch rotieren. Es beruhigte mich, daß wir nicht die ersten Menschen waren, die diese Wüste durchquerten, denn wir hatten Spuren einer Karawane entdeckt. Wir folgten ihnen, wodurch es noch schwerer wurde, unseren Kompaßkurs einzuhalten, doch blieb uns keine Wahl. Die Spuren führten nicht nur jeweils durch das Gelände, das am leichtesten zu bewältigen war, sondern auch von einem Wasserloch zur nächsten Oase.

Dann entdeckten wir die Urheber der Spuren. Weit am Horizont sahen wir eine Reihe von Reitern. Nomaden, vermutete Janos. Sie schienen uns noch nicht gesehen zu haben, obwohl wir das kaum glauben konnten. Seine Annahme bestätigte sich einige Stunden später, als wir ihre Fährte kreuzten und Pferde- und Ziegenkot fanden. Janos bezweifelte, daß die Späher in solchen Gruppen reisten und ihren eigenen Proviant mitnähmen.

»Welch ein Pech«, sagte ich, »daß diese Leute nicht Blutsverwandte der Ifora sind. Auf diesem Weg könnten wir alte Bindungen erneuern. Ich fand dieses Mädchen Tepon *ziemlich* reizvoll. Trotz ihrer eingefeilten Zähne.«

Janos lächelte. »Wenn du deine Memoiren schreibst, Freund Amalric; und diesen Teil der Reise als beschwerlich und auf Schritt und Tritt gefährlich wiedergibst, dann solltest du deine letzte Bemerkung nicht erwähnen. Es ist unmöglich, gleichzeitig zu verdursten und mit dem Unterleib zu denken. Und was die Ifora angeht, so sollte ich dir nicht verheimlichen, daß ich beim ersten Zusammentreffen mit ihnen eine berittene Patrouille der lycanthischen Kavallerie zur Verfügung hatte, und sie selbst waren nicht mehr als zwanzig Mann, ein Verhältnis, das man um jeden Preis aufrechterhalten sollte. Soweit ich feststellen konnte, sind Wüstenvölker allesamt günstigenfalls unberechenbar, und besitzt du ihrer Meinung nach etwas Interessantes, sind sie zu erstaunlichen Grausamkeiten fähig.«

»Laßt uns also hoffen, daß wir unbeobachtet geblieben sind«, sagte ich. Janos nickte und blieb zurück, um Sergeant Maeen Anweisung zu geben, seine Männer jederzeit in Alarmbereitschaft zu halten.

Am nächsten Tag entdeckten wir zwei Reiter zu beiden Seiten unseres Weges. Zuerst nahm ich an, sie seien wieder die geisterhaften Späher, doch hielten sie stundenlang dieselbe Richtung ein, jeweils etwa eine halbe Meile neben uns. Cassini verkündete, man habe weitere Beschwörungen gegen uns ausgesprochen, die sich anders »anfühlten« als die bisherigen Zaubereien. Auch Janos spürte etwas. Das altbekannte Jucken in den Daumen? fragte ich. Er schüttelte den Kopf: anders, eher, als schaue ihm jemand über die Schulter.

Bei Tagesanbruch sahen wir weitere Reiter hinter uns sowie Fußvolk bei den beiden Reitern, die uns flankierten. Auch sie hielten Distanz. Wir versuchten, einen gleichmäßigen Schritt zu halten, um Kraft zu sparen und keine Angst zu zeigen. Gegen Mittag verdoppelte sich die Gruppe auf zwanzig. Janos ermahnte uns zu doppelter Vorsicht.

Der Angriff begann fast unsichtbar. Hätte ich nicht zufällig gerade in die Richtung gesehen, wäre er mir beinah entgangen. Bewegung ... dann bäumte sich schreiend einer der Esel auf, zwei Pfeile in seiner Flanke. Erneutes Rufen, Schmerzensschreie, und ein Mann stolperte aus der Reihe. Ein dritter Pfeil steckte tief in seinem Schenkel. Wir wurden angegriffen – und der nächste Bogenschütze war noch eine halbe Wegstunde entfernt! Schon erschallten Befehle ... ich wies die Männer an, sie sollten sich zu Boden fallen lassen und darauf achten, daß ihnen die Esel nicht durchgingen ... Janos und Maeen brüllten, die Soldaten sollten Kettenpanzer anlegen ... Schreie von Verwundeten ...

Ich packte Cassini am Arm. Er starrte die aus dem Nichts heransurrenden Pfeile an. »Verdammt«, rief ich. »Ein Gegenzauber ... schnell!«

Cassini öffnete und schloß den Mund wie ein gestrandeter Fisch. Sein Blick ... sein Verstand ... waren leer.

Janos hörte meinen Ruf und verstand. »Ungewißheit«, rief er. »Der Zauberer ist verunsichert.«

Cassini sah ihn verwirrt an, dann riß er sich zusammen. Er stammelte einen Satz, und schließlich wurden die Wörter flüssiger. Allmählich kam ihm der Zauberspruch wieder ins Gedächtnis. Wieder flogen Pfeile, landeten kurz vor uns im Sand. Sechs Stück waren es gewesen.

»Gut«, sagte Janos. »Noch einmal. Die nächsten sollten noch weiter vorn bleiben.« Dann besann er sich. Er zog einen der Pfeile aus dem Sand und reichte ihn dem Geisterseher. »Ein besserer Zauber: Bruder zu Bruder.«

Cassinis sonnenverbranntes Gesicht wurde noch ein wenig röter. »Wie könnt Ihr ...«

»Tu es, Mann, oder wir sterben hier!«

Cassini nahm den Pfeil in beide Hände und führte ihn an die Lippen. Ich konnte sein Flüstern nicht verstehen, doch wurde es zu einem Singsang. Dann brach er den Pfeil sauber in der Mitte durch. Erwartungsvoll sah ich zu den anderen Pfeilen, die uns angegriffen hatten ... auch sie waren zerbrochen.

»Gut«, lobte Janos. »Sprecht den Zauber jetzt. Und laßt ihn weithin hören.«

Cassini gehorchte. Mit welcher Wirkung weiß ich nicht, doch folgten keine Pfeilattacken mehr. Janos wollte etwas sagen, unterbrach sich jedoch und formulierte als Frage, was sonst wie ein Befehl geklungen hätte. Es schien wie der Gedanke eines Mannes, der nur wenig von Zauberei verstand: »Nun, Cassini, könnt Ihr etwas zwischen die Feinde und uns stellen? Vielleicht Unsichtbarkeit?«

Cassini hatte wieder Kraft genug gesammelt, um die Lippen zu schürzen. »Es würde mich überanstrengen und allzusehr angreifen. Es gibt etwas Einfacheres ... und Besseres.«

Er nahm eine Handvoll Sand und ließ sie durch die Finger rinnen. Dann warf er sich zu Boden, noch immer murmelnd. Ich blickte zurück zu den Nomaden und bemerkte zwischen ihnen und uns kleine, herumwirbelnde Staubteufel in Kniehöhe. Cassini, durch den Erfolg ermutigt, lief zum Esel, der seine Ausrüstung trug, und suchte seine Zauberutensilien hervor. Unsere Soldaten trugen jetzt den vollen Kettenpanzer und schmorten entsprechend in der Sonne, waren jedoch bei weiteren Angriffen geschützt. Ich erinnerte mich an den Verletzten und ging zu ihm, doch er war schon tot. Auf mein Zeichen kam Janos herüber, sah den Toten und nickte grimmig. Eines unserer Packtiere war ebenfalls tot, obwohl es nur eine kleine Verletzung davongetragen hatte.

»Auf den Pfeilen liegt ein Zauber«, vermutete ich.

»Unwahrscheinlich«, entgegnete Janos. »Eher ein Gift an der Pfeilspitze. Die Wüste brütet viele Mörder aus, von Schlangen bis zu Skorpionen. Es gibt keinen zwingenden Grund, Zaubersubstanzen zu verschwenden, wenn die Natur einen schnelleren Tod bereithält, der auch aus großer Entfernung wirkt.«

Cassini hatte Puder und Trunk zur Hand, Pentagramm und Symbole in den Sand gezeichnet. Die Staubteufel waren größer geworden, erhoben sich wohl fünfzehn Fuß in die Höhe.

»Gut«, sagte Janos. »Der Sandsturm wird zumindest weitere Angriffe verhindern. Solange jemand unsere Flanken bewacht, können wir allerdings kaum fliehen. Zumal diese Männer unser Ziel kennen werden... Ich muß jetzt zwei Wunden heilen.«

Er wandte sich den am Boden kauernden Soldaten zu. »Gut«, sagte er. »Ihr wart sehr schnell. Ich habe meine Männer gut gewählt.« Ich blickte in ihre Gesichter, sah keine Furcht, allenfalls Ärger und einen Anflug von Besorgnis. Selbst der Tod ihres Kameraden, mochte auch Zauberei ihn verursacht haben, war kein schwerer Schock. Alle wußten, was das Wort vom »Soldatenschicksal« bedeutete.

»Steht auf«, befahl Janos. »Wir marschieren, und zwar sofort. Sergeant Maeen, zwei Männer zu jedem Esel, damit sie uns im Falle eines Angriffs nicht durchgehen. Und verteile das Bündel vom toten Esel auf die anderen. Wir werden für unseren toten Kameraden ein Gebet sprechen, sobald der Geisterseher seine Beschwörung beendet hat.«

Cassini hatte sein Werk schließlich vollbracht, und Janos ging zu ihm hinüber, als er gerade seine Sachen packte. »Ich bitte um Entschuldigung, Geisterseher«, begann er. »Ich wußte nicht, daß Ihr schon Pläne hattet.«

Kalt sah Cassini ihn an. »Ihr habt einmal Interesse an der Zauberei bekundet«, sagte er. »Es muß recht groß sein, wenn Euch eine Beschwörung wie die von Bruder zu Bruder bekannt ist. Solches Wissen könnte in Orissa eine Erklärung vor dem Rat erfordern.«

»Offen gesagt«, erwiderte Janos leichthin, »erinnerte ich mich nur an den Regimentszauberer aus meiner Zeit in Lycanth. Wir hielten damals eine ausländische Streitmacht besetzt und mußten mit Attakken von den Dächern rechnen.«

Ich fragte mich, ob Cassini dumm genug war, ihm zu glauben. Der Geisterseher sah Janos an. »Euer Gedächtnis«, sagte er kalt, »arbeitet in Augenblicken der Gefahr ausgesprochen schnell.«

»Das hat man mir schon öfter gesagt. Darf ich Euch beim Befestigen Eurer Ausrüstung behilflich sein? Wir müssen bald aufbrechen.«

Nah der Zeremonie für den getöteten Soldaten fragte ich Janos nach seinen Plänen. »Angenommen«, antwortete er, »dieser Teil der Route gleicht den anderen, so werden wir binnen zwei Tagen auf eine Wasserquelle treffen, sei es ein Brunnen oder eine Oase. Sollten wir die Nomaden dann noch nicht abgeschüttelt haben, warten wir dort so lange, bis der Durst sie zum Rückzug zwingt.«

»Du glaubst nicht, Cassinis Zauber könnte sie so sehr entmutigt haben, daß sie einfach aufgeben?«

»Niemals«, antwortete Janos. »Wir haben ihnen gezeigt, daß wir uns zu wehren wissen, was nur bedeutet, daß wir etwas Wertvolles bei uns führen. Nein, die Schlacht hat eben erst begonnen.« Ich betete, Janos möge unrecht behalten.

Wir marschierten die ganze Nacht, orientierten uns an den Sternen und der Fährte. Bei Sonnenaufgang glaubte ich schon, meine Gebete seien erhört worden, denn von unseren Verfolgern war nichts zu sehen. Janos wirkte allerdings noch besorgter, wollte mir jedoch den Grund nicht nennen. Zwei Stunden später sahen wir am Horizont ein schimmerndes Grün, das kein Trugbild sein konnte. Wir erreichten die Oase eine Stunde vor der Dämmerung. Sie war schön. Blaue Teiche spiegelten das Licht durch niedriges Unterholz und schattenspendende Bäume. Erwartungsvoll sahen wir der Oase entgegen – endlich Farben nach all dem Braun, durch das wir gestrauchelt waren.

Wir waren zwei Speerwürfe von der Oase entfernt, als das Geheul begann. Die Nomaden waren uns zuvorgekommen. Ein Pfeilhagel, von Muskel-, nicht von Zauberkraft in Gang gesetzt, schoß bis wenige Meter vor uns aus dem Busch.

Janos bellte einige Befehle. »Ihr Männer dort, bewegt eure Hintern in die Senke. Sergeant Maeen, übernehmen. Cassini... Amalric... bleibt hier bei mir. Sie werden mit Sicherheit einen Unterhändler schicken.«

Wie konnte Janos nach einigen Pfeilen, die zudem ihr Ziel verfehlt hatten, zu einem solchen Schluß kommen? »Laßt eure Waffen in der Scheide, solange ich nichts anderes befehle«, fuhr Greycloak fort, bevor ich fragen konnte. »Wenn sie kommen, will ich stolze und kampfbereite Männer sehen, keine geschlagenen. Unsere Feinde wollen uns lebend.«

Cassini fragte, woher Janos das wußte. »Der Pfeilangriff sollte uns einschüchtern, nicht verletzen. Die Nomaden wollen uns entweder als Sklaven oder für den Opferstein. Wahrscheinlich ersteres, da kein Wüstenbewohner freiwillig etwas an unsichtbare Götter verschwendet.«

Drei Männer traten aus dem Unterholz, das die Oase umgab. Sie waren in etwa gleich gekleidet: sackartige Reithosen und Tunikas mit weiten Kapuzenumhängen. Krummsäbel steckten an der Hüfte in Scheiden. Zwei von ihnen trugen umgedrehte Speere mit einem weißen Tuch dazwischen, der dritte öffnete die Hände weit. Sie kamen näher, und auch ich wollte ein Symbol unserer Friedfertigkeit zeigen. Janos schüttelte den Kopf. »Nein.«

Er hob die Stimme. »Halt!« Die drei blieben stehen. »Wie könnt Ihr Frieden verkünden«, fragte er in der Sprache der Kaufleute, »und uns mit Pfeilen empfangen? Einen von uns habt Ihr bereits getötet, obwohl wir keinerlei Feindseligkeit gezeigt haben. Haltet Ihr uns für Narren?«

Der vordere Mann lachte scharf und antwortete gebrochen in derselben Sprache, als spräche er sie nicht oft. »Ich halte Euch nicht für Narren, nein. Ich sehe Euch als... vielleicht als Lämmer. Lämmer, die ihre Herde verloren haben und durch diese Einöde irren, bedroht von Wölfen und Adlern. Ich … ich bin der Hirte, der Sicherheit und Schutz bietet.«

»Ohne Zweifel nur, weil Ihr eine gütige Seele seid«, sagte Janos.

Der Mann hob leicht die Schultern. »Niemand handelt nur aus Gutmütigkeit«, sagte er. »Sonst wäre er ein Gott. Der Hirte bietet dem Lamm Sicherheit. Das Lamm versorgt ihn mit Wolle und schließlich mit seinem Fleisch, damit der Hirte die nächste Generation beschützen kann. So ist es vorherbestimmt.«

»Wie gütig von Euch«, sagte Janos. »Aber … vielleicht stimmt etwas mit meinem Sehvermögen nicht. Ihr sprecht davon, ein Hirte zu sein … und ich sehe nur drei krächzende Krähen, die nach Dung riechen und von Honig reden.« Er nahm das verärgerte Zischen nicht zur Kenntnis und fuhr einfach fort. »Außerdem sind wir keine Lämmer.« Als Janos sein Schwert zückte, sprang auch der Sklavenhändler mit der Hand am Schwert zurück. »Lämmer haben keine Reißzähne«, sagte Janos. »Vielleicht hat die Wüstensonne Eure Sinne benebelt und Ihr merkt nicht, daß wir Wölfe sind.« Dann wandte er sich an mich. »Möchtest du das Angebot dieses Schakals annehmen und Ketten tragen?« fragte er in der Sprache der Kaufleute.

Die Antwort erübrigte sich. »Ich auch nicht«, fuhr Janos fort. »Nie wieder.« Cassini machte einen zögerlichen Eindruck. »Geisterseher«, sagte Janos, »Ihr seid in dieses freundliche Angebot nicht einbezogen, sondern werdet vielmehr geopfert, um die Macht ihrer Schamanen zu vergrößern.«

Cassini überspielte sein Zögern. »Ich stehe natürlich zu Euch.«

»Und ich spreche für die Soldaten«, schloß Janos. »Ihr müßt uns mit dem Schwert holen, Leichenfresser«, sagte er zum Sklavenhändler. »Und werdet nur Kummer in Eure Zelte tragen.«

Der Nomade hob anerkennend die Hände. »Du hast tapfer gesprochen. Morgen … oder vielleicht am Tag danach, wenn Ihr kein Wasser mehr habt … wird es anders klingen. Oder meine Wüstenlöwen werden nicht mehr gnädig warten wollen, bis Ihr zur Besinnung kommt.« Die drei zogen sich zur Oase zurück und verschwanden.

»Cassini«, bellte Janos, »einen Schutzzauber. Sofort!« Cassini hatte mit seinem Gemurmel kaum begonnen, als aus der Deckung ein Pfeil direkt auf Janos flog. Als wären wir mit Bernstein überzogen, konnte ich sehen, wie der Pfeil zitterte und der Zauber des Geistersehers ihn erfaßte. Janos trat einen Schritt zur Seite, streckte die Hand aus, ein Huschen, und plötzlich hielt er den Pfeil in der Hand. Er zerbrach ihn, warf ihn fort und drehte sich um, eilte zur Senke. Wir folgten ihm.

Janos versammelte die Männer und erklärte ihnen, was geschehen war. Ein oder zwei Soldaten machten den Eindruck, als seien sie zu einem anderen Schluß gekommen, wichen seinem Blick jedoch ebenso schnell aus wie Cassini. Wir drei zogen uns zurück, um Pläne zu machen.

Janos sagte: »Vielleicht warten sie mit weiteren Schritten, bis wir alle zusammengebrochen sind. Allerdings ist soviel Geduld höchst unwahrscheinlich. Eher lassen sie unsere Gehirne zwei oder drei Tage schmoren und greifen dann an. Wenn wir wachsam sind, werden sie jetzt bestimmt nicht zuschlagen. Krieg wird immer blutiger, je mehr Soldaten ins Feld ziehen. Wenn nur wenige kämpfen und viele sterben, verlieren letzten Endes alle. Daher kämpfen Nomaden aus dem Hinterhalt und greifen plötzlich und unerwartet an.«

Cassini runzelte die Stirn. »Wenn das stimmt, Hauptmann ... können wir sie dann nicht zur Aufgabe zwingen, indem wir ihnen standhalten und Verletzungen beibringen?«

»Genau«, sagte Janos. »Weshalb wir noch vor Einbruch der Dämmerung den Eindruck erwecken müssen, als hätten wir kein Wasser mehr und würden von Stunde zu Stunde schwächer. Getrunken wird nur in der Dunkelheit, und alle müssen Kräfte sparen. Sollten sie weiter abwarten, können wir die Esel töten und Blut und Magensäfte trinken.«

Es war keine wirkliche Idee, und ich hatte auch keine konkreten Vorstellungen, was ich sagen wollte, aber ich begann langsam und wurde dann aber immer schneller, als sich ein Gedanke an den nächsten fügte: »Die Sklaventreiber halten uns für Städter oder vielleicht Bauern, richtig? Wenn sie ihr Spiel mit uns gespielt haben, können wir das nicht auch gegen sie verwenden? Wie etwa... wie etwa ein Läufer von niemandem ernst genommen wird, wenn sein Öl ranzig ist oder die Gewänder, die er auf der Linie ablegt, zerfleddert und schmutzig sind?« Dessen hatte ich mich selbst schuldig gemacht und seither immer bereut.

Janos grinste breit. »Ich möchte wetten, du hältst ihren Gedanken den Spiegel vor. Und ich gebe dir recht. Fahre fort. Das Glas des Redners ist in deiner Hand.« Selbst in diesem gefährlichen, sonnenüberfluteten Augenblick bewunderte ich Janos' Fähigkeit, seine Zunge im Zaum zu halten und nicht mit dem Naheliegenden herauszuplatzen.

»Heute nacht«, sagte ich. »Du und ich, Sergeant Maeen und noch einer. Jeder wird von einer Wache gesichert, wie du es deine Truppen gelehrt hast.«

Janos war überrascht. »Aber die anderen...«

»Nein. Laß die anderen ihre Rolle als Schafe spielen, damit sie keine Fehler machen. Ihr, Geisterseher, müßt bei ihnen bleiben. Wir brauchen einen Zauber, wie sie ihn zuvor selbst benutzt haben – Ungewißheit, oder etwas Ähnliches.« Mir fielen Janos' Worte im Geschäft des Waffenschmieds bezüglich der Zauberei auf dem Schlachtfeld ein, doch dieses war etwas anderes. Mein Plan hatte – wenn er funktionierte – ebensowenig mit einer Schlacht zu tun, wie es die bevorstehende Attacke der Sklaventreiber in zwei oder drei Tagen haben würde.

»Besser noch als Ungewißheit«, ergänzte Janos, »wäre ein Zauber, der im rechten Augenblick Angst hervorruft. Wie ein armer Bauer sie empfindet, wenn im Sommer aus klarem Himmel ein Gewitter herabfährt.«

»Sobald ich den Sinn von Lord Anteros Plan wirklich verstanden habe«, sagte Cassini mit einiger Schärfe, »kann ich auch mit ebenso subtilen und komplizierten Kunstgriffen aufwarten wie Ihr auf Eurem eigenen Feld, in das ich mich nie einmischen würde.«

Janos schluckte seine Antwort herunter. »Sehr gut, also zu viert. Die beste Zeit wird sein ... kurz nach Monduntergang, dann bleibt noch genügend Zeit bis zur Morgendämmerung. Zunderbüchsen ... wir kratzen Teer von den Bündeln unserer Tiere, machen ihn im Feuer flüssig und schmieren unsere Vogelpfeile damit ein. Sobald wir in der Oase sind, zünden wir sie am Feuer an, um ihr Sterben zu beleuchten ...« Sein Murmeln war nicht zu verstehen, als er meinen Plan zu Ende dachte.

Der Mond ging unter, und zu viert machten wir uns auf den Weg, ausgerüstet nach Janos' Anordnungen, dazu je einen kurzen Speer. Sergeant Maeen hatte den heißblütigen Lione, der schnell zuschlagen konnte, als vierten Mann gewählt.

In der Oase brannten noch drei Feuer, die das Lager der Nomaden verrieten. Verirren konnten wir uns jedenfalls nicht. Wir liefen ein Stück weit im Bogen, dann hielten wir auf die Oase zu. Sie erinnerte mit ihrem starken Unterholz und den hoch aufschießenden Palmen an einen Park, nur gab es wenig Gras und Wurzeln, über die man hätte stolpern können. Wir entdeckten einen gewundenen Pfad, von Reisenden zwischen Wasserteichen und Lagerplätzen ausgetreten, und trotteten den Nomaden entgegen. Janos hatte mir geraten, nicht den Blick auf ihr Lagerfeuer zu richten, sobald meine Augen sich an die Dunkelheit gewöhnt hätten, doch stellte sich dies als schwierig heraus. Außerdem wurde es immer schwieriger, zwischen uns und dem Feuerschein etwas zu erkennen, je näher wir dem Lager kamen.

Ich stolperte im Schlamm und wäre fast in einen der Teiche gefallen, wenn der Sergeant mich nicht aufgefangen hätte, dann drückte er mich auf die Knie. Eine massige Gestalt ragte vor uns auf. Es konnte keine Palme sein, nur ein Wachtposten. Eine weitere Gestalt folgte, und ich hörte das dumpfe Keuchen eines Mannes, der einen Schlag unter die Lungen bekommt. Janos ließ den Wachtposten los, dann blitzte Stahl auf, als er seinen Dolch aus der Leiche zog.

Wir waren jetzt am Rand ihres Lagers. Janos winkte uns heran. Wir versteckten uns im Unterholz und beobachteten. Das Lager bestand aus zwei Zelten für ungefähr zehn Mann. Dort schliefen vermutlich die Nomaden. Zwischen dem langsam verglimmenden Feuer und den Zelten lagen schlafende Frauen und Männer. Ich bemerkte das Schimmern von Metall und eine Kette, die sich von einem Menschen zum nächsten zog. Die Sklavenhändler hatten einen Teil ihrer »Herde« schon gefunden. Ein halbwacher Mann bewachte die Sklaven, ein weiterer Posten stand vor einem kegelförmigen Zelt. Vermutlich gehörte es dem Anführer der Nomaden.

Ich schauderte, als wehe ein kühler Wind durch meine Seele, als wandere ich unsichtbar durch eine dunkle Wüste voll riesenhafter Ungeheuer, die mich lieber ohne mein Wissen schlachten sollten, als ihre ganze Schrecklichkeit in meinem letzten Augenblick zu offenbaren. Cassinis Zauber funktionierte.

Maeen und Janos legten Pfeile auf, während Lione und ich die Zunderbüchsen öffneten, Funken in ein kleines Feuer bliesen und unsere geteerten Pfeile daran entzündeten. Eine Flamme ... und Janos zischte. Bogensehnen peitschten ... und schon schlugen die Pfeile hart und tödlich ein. Die Wachen fielen lautlos. Erst schossen Lione und ich unsere Feuerpfeile auf die Zelte ab, dann folgten Maeen und Janos. Wir sprangen auf und griffen an.

Werden die Ereignisse so knapp auf weißem Leinen zusammengerafft, könnte der Eindruck entstehen, ich sei entweder ein Selbstmörder oder ein Lügner. Nichts wäre falscher. Stellt euch einen

Wüstennomaden vor, der friedlich schläft und vielleicht gerade von der reichen Beute törichter Händler draußen in der Wüste träumt. Dann Schreie... Flammen... Angst erfaßt dich... du greifst nach deinem Schwert... stolperst aus deinem Zelt... und stehst vor heulenden Dämonen. Ein Speer kommt aus dem Dunkel geflogen, dann schlagen bluttriefende Schwerter zu wie Staubteufel mit tödlichem Stahl in die Hand, die mit Fackeln aus deinem eigenen Feuer die Zelte anzünden. Hättest du, mit solchen Tatsachen konfrontiert, nicht ebenso reagiert wie die Sklavenhändler? Hättest du uns nicht auch mit deinem Schreien zu übertönen versucht, um dann in die Nacht zu fliehen? Und hätte der grauenvolle Anblick von sechs Kameraden mit aufgeschlitzten Bäuchen deine Flucht in die Wüste nicht beschleunigt?

Ich stand neben dem kegelförmigen Zelt, das Schwert zum tödlichen Stoß bereit, als die Eingangsplane weggerissen wurde. Der Nomadenhäuptling sollte den Tod aus meiner Hand empfangen. Ich holte zum tödlichen Hieb aus, und in den Lichterschein des Feuers stolperte eine Frau. Heute danke ich den Göttern, daß ich damals noch kein Krieger war wie Janos oder Maeen – oder wie ich selbst in späteren Jahren. Mein Angriff erfolgte langsam genug, daß ich innehalten und den Hieb ins Leere gehen lassen konnte. Die Konkubine des Häuptlings, vermutetete ich, dann sah ich im Flackern des Feuers das Glitzern zwischen ihren Handgelenken. Auch sie war für die Sklaverei bestimmt.

Die Frau war jung, sie trug ein weites Männerhemd und eine ebensolche Hose. Ihr schwarzes Haar fiel ihr bis auf die Schultern. Als stünden wir in der Mittagssonne, als hätte ich alle Zeit der Welt, bestaunte ich Gold und funkelnde Edelsteine an ihrem Hals. Sie war sehr schön.

»Wer seid...« fragten wir gleichzeitig. So glaubte ich jedenfalls, denn die Frau sprach in einer mir unbekannten Sprache. Ich sagte etwas wie »Retter«, und sie schien zu verstehen. Sie blickte hinter mich. Ich fuhr herum und sah unsere Soldaten ins Licht des Feuers stürmen, unter ihnen auch Cassini. Die Sklaven waren aufgesprungen. Maeen hatte Schlüssel gefunden und öffnete ihre Ketten. Janos bevorzugte die direkte Methode und brach mit der großen Klinge die Kettenglieder auf.

Etwas hatte die Neugier der Frau geweckt. Sie ging an mir vorbei zu einem der Nomaden, ohne auf das blutige Schwert in meiner Hand zu achten. Er lag auf dem Rücken, und sie beugte sich über ihn. Da erkannte ich den Mann. Es war der Häuptling der Bande. Die Frau spuckte ihm ins Gesicht, lachte bitter und sagte dann etwas in ihrer Sprache.

»Janos!« Er befreite den letzten Gefangenen und kam zu mir, nahm dabei Feuerholz von einem Stapel und stieß es in die Flammen, daß sie in die Höhe schossen. Die Gefangenen machten verdutzte Gesichter.

Janos versuchte es mit der Sprache der Kaufleute. Ein Mann schien etwas zu verstehen, wenn auch nur wenig. Janos untermalte seine Worte mit möglichst allgemeinverständlichen Zeichen.

»Ihr seid frei« – er warf eine der Ketten von sich – »wir müssen weiter ... wir reisen nach Osten«, er schlug sich an die Brust und zeigte, »ihr müßt mit uns kommen ... die Sklaventreiber werden wiederkommen ... morgen schon«, er deutete in die Dunkelheit und krümmte eine Hand wie die aufgehende Sonne, »mit mehr Männern ... mehr Waffen«, wieder die Kette, dann spreizte er die Finger mehrmals, zeigte Zahlen. »Kommt mit uns ... ihr seid frei.«

Die Männer und Frauen sahen sich zögernd an. Keiner bewegte sich. Schließlich trat die schöne Frau vor. Sie kam zu mir und sagte ein Wort, das ich nicht verstand. Dann wiederholte sie es, diesmal in einer anderen Mundart, und ich verstand das Wort »frei«. Sie benutzte es mit sichtlichem Gefallen. Daraufhin drehte sie sich um und rief den befreiten Gefangenen einige Sätze zu, die nun ihrerseits die Sprache wiederfanden und alle durcheinanderredeten. Erst ging einer, dann zwei, dann fünf zu Janos. Die anderen waren plötzlich still, senkten den Blick und setzten sich. Janos versuchte es noch einmal: Keiner reagierte. Janos faßte sogar einen Mann am Arm und zog ihn hoch. Der humpelte nur und ließ sich fallen. Janos war verärgert, er kochte innerlich – ich wußte, er hätte jetzt am liebsten zugeschlagen oder laut geschrien.

Maeen griff rechtzeitig ein. »Sir, Hauptmann Greycloak! Es dämmert bald. Wir müssen weiter.«

Janos zwang sich zur Ruhe. »Ich hätte mich erinnern sollen«, sagte er zu den Gefangenen. »Es gab schon Menschen wie euch, als ich … war, was ich war. Menschen, die lieber in Ketten leben wollten als frei zu sterben.«

Dann existierten sie für ihn nicht mehr. Er feuerte uns an, zum Lager zurückzulaufen und die Esel zu packen. Die Nomaden würden wahrscheinlich mit Verstärkung zurückkommen. Bis dahin mußten wir weit weg sein … in der Wüste. Wir plünderten das Lager und ließen nur Nahrung für die ewigen Sklaven zurück. Alles andere wurde verbrannt. Wir schickten ihre Pferde in verschiedene Richtungen, um falsche Spuren zu legen. Sie mitzunehmen wagten wir nicht. Die Nomaden mochten jede Wasserquelle genau kennen, wir nicht. Und wir wollten unseren Weg nicht mit einer Reihe von Kadavern säumen. Dann marschierten wir los. Als wir im ersten Morgenrot die Oase verließen, kam die Frau zu mir, klopfte mir an die Brust und fragte etwas. Ich brauchte einen Augenblick, bis ich verstand.

»Amalric«, antwortete ich. Sie berührte ihre eigene Brust.

»Deoce.«

Dann zogen wir weiter in die Wüste, und die letzten Flammen des Nomadenlagers verloren sich im Glanz der aufgehenden Sonne.

Kapitel Zehn

Deoce

Während der nächsten Tage mochten Deoce und ihre Gefährten ihre Rettung oft genug bedauert haben. Die Nächte in der Wüste waren so kalt, daß unsere Knochen schmerzten. Die Tage waren das genaue Gegenteil, und wir sehnten uns nach der Annehmlichkeit der Nacht. Es war fast unmöglich, den schnellen Schritt beizubehalten, den Janos vorgab. Erleichtert bemerkten wir eines Tages, daß die Sklavenhändler uns nicht folgten. Während die Sonne auf uns niederbrannte, die Esel elendig brüllten und wir wünschten, wir hätten nur genug Tränen, um weinen zu können, wurde uns klar, daß nur ein Dummkopf uns verfolgen würde. Wie wir alle wäre er dem Untergang geweiht. Die Tiere dort draußen, stammten sie aus dieser Welt? Nachts heulten sie nach unserem kühlen Blut. Am Tage folgten sie uns, gerade außer Sichtweite.

Zum dritten Mal brach die Abenddämmerung über unser Martyrium herein, als Cassinis Wünschelrute schwach zuckte. Sofort fielen wir alle in den Sand und begannen, wie Hunde zu wühlen und zu graben. Ich knurrte zufrieden wie die anderen auch, als ich nassen Sand in den Fingern spürte, schaufelte ihn heraus, stopfte ihn in den Mund, sog begierig daran und spuckte ihn schließlich trocken wieder aus. Dann füllte ich die Hand erneut. Als ich meinen Durst beinah gestillt hatte, doch immer noch am Sand lutschte, als handelte es sich um süßes Fruchteis, hob ich den Blick und sah Deoce. Ihr Gesicht war schmutzig, und als sie mich anlächelte, sah ich Sand an ihren Zähnen kleben. Ich selbst sah wohl kaum besser aus, Deoce mußte darüber lachen, und als auch ich über sie lachte, fand sie dies noch lustiger und lachte immer lauter.

Deoces Lachen war wundervoll. Ich kann es immer noch hören, während ich hier schreibe und nach den rechten Worten suche. Es war nicht melodisch und klang auch nicht wie eine Glocke. Ebensowenig paßt einer dieser Vergleiche vom »Wind im heiligen Hain«. Ihr Lachen lief von den Zehen aufwärts, ein tiefes, herzliches Lachen, das jeden in ihrer Gesellschaft berührte. Bald lachten wir alle, und Janos brauchte die Männer kaum aufzufordern, das Loch zu vergrößern und zu vertiefen, damit auch die Tiere trinken konnten.

Ich behaupte nicht, daß wir nach dieser Nacht völlig wiederhergestellt oder auch nur erfrischt gewesen wären, doch waren wir weit besserer Laune. Als eines der Tiere in der Ferne heulte, ahmte Lione es nach, und bald heulten alle Männer, bis wir nur noch uns selbst hörten.

Deoce saß während des Essens neben mir, und nach einiger Zeit versuchten wir eine Unterhaltung. Sie deutete auf mich, nannte meinen Namen und gestikulierte herum. Dann wiederholte sie meinen Namen, diesmal fragend. »Ah«, sagte ich. »Du willst wissen, woher ich komme.« Ich zeigte nach Westen. Sie runzelte die Stirn und schüttelte den Kopf, als sei das unmöglich. Ich nickte bekräftigend und zeigte erneut nach Westen. Als sie darüber nachdachte, nannte ich ihren Namen und gestikulierte, wie sie zuvor es getan hatte. Woher kam sie? Sie deutete gen Süden und dann mehrere Male mit den Fingern auf mich, womit sie eine große Entfernung andeuten wollte. Fragend hob ich beide Hände, zeigte nach Süden und dann wieder dorthin, wo wir den Nomaden begegnet waren. »Was ist geschehen?« fragte ich. »Wie bist du in ihre Hände geraten?« Deoce schüttelte ratlos den Kopf. Also deutete ich auf ihre Handgelenke, ahmte Fesseln und Ketten nach und hob wieder fragend die Hände. Ihre lieblichen Augen leuchteten auf, als sie verstanden hatte. Aufgeregt antwortete sie in ihrer Sprache, dann ahmte sie mit den Fingern im Sand Gehbewegungen nach. Ihr Gesicht nahm den Ausdruck seliger Unschuld an, und sie summte, als gäbe es keine Sorgen auf dieser Welt. Sie stellte den Beginn ihrer Reise dar, machte Bewegungen, die viele Begleiter und eine starke Bewachung andeuteten. Dann nahm sie plötzlich die Rolle der Nomaden ein, das Gesicht verschlagen, böse, lauernd. Und ich verstand, daß ihre Gesellschaft in einen Hinterhalt der Nomaden geraten war. Sie ahmte einen Sprung nach, machte Geräusche eines Kampfes, fiel in die Rolle von Soldaten, die sich ein hartes Gefecht lieferten, und legte dann die Arme um sich, zeigte ihre Gefangennahme. Sie berührte beide Handgelenke als Hinweis auf die Handfesseln und machte dann Gehbewegungen, jetzt mit einem Ausdruck schrecklicher Verzweiflung. Sie seufzte und markierte unterdrücktes Schluchzen. Dann zeigte sie gen Osten. In diese Richtung hatten die Sklavenhändler sie verschleppt. Sie deutete einen Beutel voller Münzen an, der den Besitzer wechselte. Ich verstand, daß sie an einen weit entfernten Ort gebracht werden sollte, um dort verkauft zu werden.

Selbst in der weiten Hose und dem großen Hemd und mit einer schmalen Sandspur auf den Lippen war Deoce eine bemerkenswert schöne Frau. Der Nomadenhäuptling hätte einen guten Preis für sie erzielt.

Eine Weile schwiegen wir und überlegten beide, wie das Gespräch fortzusetzen wäre. »Vielleicht kann ich helfen, mein Freund«, sagte Janos. Ich hatte nicht bemerkt, daß er zu uns gekommen war, und sah ihn überrascht an. Er gab mir eine kleine hölzerne Schreibschachtel und kauerte sich an meine Seite. »Ich habe in diesen Dingen einige Erfahrung, wie du dich erinnern wirst.«

»Ich bin nicht sicher, ob du helfen kannst«, sagte ich. »Unsere Sprachen scheinen überhaupt keine Ähnlichkeit zu besitzen.«

Janos lachte. »Ich habe es dir schon einmal gesagt, Amalric. Das beste Wörterbuch ist eines, das man mit ins Bett nehmen kann.«

Ich war von diesem Vorschlag schockiert. »Also wirklich, Janos! Ich würde das Mädchen niemals ausnutzen. Sicher stammt sie aus guter Familie, mindestens so gut wie meine eigene. Und sicher ist so noch Jungfrau. Es wäre schlecht von mir...«

»Du solltest nicht so tun, als wärest du gerade jetzt im friedlich-langweiligen Orissa, Amalric. Das hier ist das Leben, das richtige Leben.« Er deutete in die Wildnis. »Nimm, was du kriegen kannst, mein Freund. Oder du wirst es den Rest deiner Tage bereuen.«

Ich wollte protestieren, doch Janos wandte sich in unserer Sprache an Deoce. »Mein Freund findet Euch wundervoll, edle Dame«, sagte er. »Und er hält Euch für eine Prinzessin. Solltet Ihr eine sein, so würdet Ihr gut zu ihm passen. Amalric ist beinahe ein Prinz.«

Deoce runzelte die Stirn über seine unverständlichen Worte, lächelte jedoch und nickte, während er sprach. Sie antwortete in ihrer Sprache, zeigte auf die Schreibschachtel, und Janos öffnete sie. Er entnahm ihr unbeschriebene Leinenbögen und Schreibutensilien. Deoce griff lachend danach, hatte sofort seine Absicht begriffen. Sie zog an ihrem Ärmel, sagte ein Wort, wiederholte das Wort dann... langsam... und schrieb es auf das Leinen. Sie überreichte es mir und gab mir zu verstehen, das gleiche zu tun. »Ärmel«, sagte ich. »Ärm...«

»Sei nicht so eng in deinem Denken, Kaufmannsfreund«, ermahnte mich Janos. »Offensichtlich meint sie das ganze Kleidungsstück. Mach du so weiter, und du wirst die ganze Nacht über Einzelheiten der Bekleidung reden. Von der Masche über die Manschette bis zum Kragen.«

»Du glaubst also, sie meint das ganze Hemd?« fragte ich und kam mir etwas dumm vor.

»Darauf möchte ich wetten«, antwortete Janos.

Während wir uns unterhielten, blickte Deoce ungeduldig vom einen zum anderen. Sie zog an ihrem Hemd, sagte wieder dasselbe Wort. Dann zeigte sie auf das geschriebene Wort. »Hemd«, sagte ich. »Hemd.« Ich schrieb das Wort auf. Deoce klatschte vor Freude in die Hände. Sie ergriff eines ihrer Hosenbeine. »Hose«, sagte ich. Und Deoce wiederholte… »Ho-se.«

Janos stand auf. »Interessant wird es erst«, sagte er, »wenn ihr über die Kleidung zur Anatomie kommt.«

Ich errötete vor Zorn, so sicher war ich, daß Deoce seinen Tonfall verstanden hätte. Ich wandte mich um und wollte mich für die lüsterne Bemerkung meines Freundes entschuldigen, bemerkte aber Deoces fragenden Blick. Vorsichtig hob sie die Hand und berührte erst mein Haar, dann mein Gesicht. Für den nächsten Begriff brauchte ich kein Wörterbuch, es konnte sich nur um ein Wort handeln… »rot«.

Janos verschwand in der Dunkelheit und rief mir noch über die Schulter zu: »Ich verstehe nicht, warum du für die liebreizende Melina einen Liebestrank benötigt hast, Amalric. Dein feuriges Haar reicht bei den meisten Frauen völlig aus.«

Deoce tätschelte meine Hand. »Me-li-na?« fragte sie. »Melina?« Ich sollte das Wort auf den Block schreiben.

»Melina gehört in eine spätere Lektion«, sagte ich und schüttelte den Kopf. »Viel später.«

Am Ende des nächsten Tages kamen wir in freundlichere Gefilde, und in einer schmalen Schlucht entdeckten wir sogar einen kleinen

Bach, an dessen Ufern eine Reihe von Bäumen und Unterholz stand. Als wolle man uns besänftigen, wurde der Bach bald darauf größer und die Vegatation üppiger. Das Wasser kam von einer großen Spitzkuppe, die weit aus der Ebene emporragte. Auf der Karte war sie mit einem großen X in der Mitte versehen, daher hofften wir auf einen Rastplatz. Alle waren wir vom langen Marsch allzu erschöpft und wünschten uns nichts sehnlicher als ein ruhiges Plätzchen. Aber auch wenn Wasser über die Felsen schoß, schien die Spitzkuppe so verlassen wie die große Ebene. Janos versetzte Maeen und die Männer in Alarmbereitschaft, für den Fall, daß dort Menschen leben sollten. Und als die Sonne unterging, kämpften wir uns hinauf.

Ein Wunder erwartete uns. Die Spitzkuppe war in ihrem Innern hohl, dicke Wände schützten sie vor den widrigen Elementen. Der Krater war von Wand zu Wand mit Bäumen und Blumen übersät, kleine Bäche flossen kreuz und quer. Wir sahen Tiere an diesen Bächen trinken, und im schwindenden Tageslicht entdeckten wir am Himmel Tausende von zwitschernden Vögeln, die in dichten Wolken nach fetten Insekten jagten.

Deoce stieß einen leisen Schrei der Verwunderung aus und zeigte auf einen der zahlreichen Teiche. Dort entdeckten wir sechs schlanke, im Wasser spielende Antilopen. Zwei Tiger gesellten sich dazu, spritzten mit Wasser und drehten sich auf den Rücken, schlugen ihre Tatzen in spielerischem Kampf wie Kätzchen in die Luft. An Beute waren sie nicht interessiert. Über allem lag ein wunderbares Gefühl von Frieden und Freude, und plötzlich hatte ich das Bedürfnis, zu den Tieren zu laufen und mit ihnen zu spielen. Deoce lachte mir mit funkelnden Augen zu, als sie etwas in ihrer Sprache sagte, und ich erwiderte ihr Lachen. »Glücklich«, sagte ich. »Sehr glücklich.«

»Glücklich«, wiederholte sie. Dann fügte sie hinzu: »Ja ... glücklich. Deoce sehr glücklich.« Dies war ihre erste Äußerung in der Sprache der Orissaner.

Es war dunkel geworden, und wir waren vorsichtig genug, nicht weiterzuwandern, denn der Weg am Kraterrand entlang konnte gefährlich sein. Am Morgen schickte Maeen Lione und ein paar andere Männer aus, die Gegend zu erkunden und sich zu überzeugen, daß nirgendwo Feinde lauerten. Während wir warteten, wurde wenig gesprochen. Alle waren zufrieden damit, herumzulümmeln und müßig die Landschaft zu betrachten. Deoce und ich verbrachten Stunden damit, unsere Wörterbücher mit weiteren Tieren, Pflanzen und Bäumen zu vervollständigen.

Lione kam kurz vor Einbruch der Dunkelheit lachend und scherzend mit den Männern zurück. Als Soldaten waren sie kaum wiederzuerkennen, eher benahmen sie sich wie herumtollende Lämmer. »Es gibt ein Problem, Hauptmann«, sagte er zu Janos. »Wie dumm müssen wir sein, von hier wieder wegzugehen?« In den höchsten Tönen schwärmte er von ihrem Tagesausflug. Überall gab es Leben im Überfluß. Tiere mit Hufen und Pfoten, mit Fell und Schuppen. Grasfresser mit stumpfen Zähnen und Fleischfresser mit Hauern. Schattenbäume und Obstbäume sowie alle nur denkbaren Sorten von Blumen, und zu jeder gehörte ein Tier, das ihren Nektar trank. »Das ist alles, was wir rauskriegen konnten«, sagte Lione. »Nur Menschen fehlen, keine Spur von ihnen, nirgendwo. Aber doch. Eins noch. Große Sache, wirklich. Die Tiger und das Wild, das wir gestern beim Spielen gesehen haben?« Janos nickte. »So was gibt es überall im Tal. Tiere, die sich ducken und verstecken müßten, laufen mutig herum, daß es eine Freude ist. und Tiere, die jagen und töten müßten, interessieren sich überhaupt nicht dafür.«

»Aber wovon leben sie?« fragte ich stellvertretend für alle.

Lione bekam große Augen, als er über eine Antwort nachdachte. »Das ist das Verrückteste daran. Es war den ganzen Tag friedlich, wie ich sagte. Kurz bevor wir zurückkamen, wurde das anders. Das Wild raste erschrocken herum, die Tiger immer hinterher, genau wie die anderen Viecher. Tiere, die nach einem guten Abendessen aussahen, suchten sich plötzlich ein Versteck, und andere waren hinter ihnen her, um zu töten und zu fressen. Aber das Merkwürdigste war, daß die Jäger nur das nahmen, was sie fressen konnten … mehr nicht. Dann, ganz plötzlich, war das ganze Spektakel zu Ende.« Er kratzte sich am Kopf, ein albernes Grinsen auf dem ganzen Gesicht. »Ist das nicht das Verrückteste, was Ihr je gehört habt?«

Ich sah Cassini an, ein wenig unsicher ob dieser Friedfertigkeit. »Ein Zauber?«

Cassini überlegte, dann schüttelte er den Kopf. »Ich kann nichts Derartiges spüren«, sagte er. »Aber ich fühle so etwas wie … Gutartigkeit. Ja, das ist es. Gutartigkeit. Ihren Ursprung kenne ich nicht. Ich vermute allerdings, daß meine Beschwörungen zu unserer Sicherheit endlich zusammenwirken und uns schützen.« Er deutete auf die dicken Kraterwände. »Vielleicht hat dieser Ort dazu beigetragen, meinen Zauber zu konzentrieren.«

Janos schnaubte. »So sind also all diese Kreaturen plötzlich zahm geworden, als Ihr am Kraterrand erschienen seid? Gesegnet durch die Gegenwart des Meistergeistersehers? Ich bitte Euch, Cassini! Wäre das die Erklärung, so müßten Eure Oberen in Orissa ihre heiligen Texte neu schreiben.«

Cassinis Miene verfinsterte sich. »Genug davon«, unterbrach ich. »Statt zu fragen und zu streiten, schlage ich vor, wir genießen, worauf wir so zufällig gestoßen sind. Wir können uns hier ausruhen und erholen, solange es notwendig erscheint. Das ist alles, was mich im Augenblick interessiert.«

»Genau, genau«, unterbrach Lione. Maeen, der neben ihm stand, sah ihn böse an. »Verzeihung«, sagte Lione, »ich wollte nicht meine Nase in Dinge stecken, die mich nichts angehen. Aber ich glaube, Lord Antero hat einen guten Vorschlag gemacht. Hier gibt es viel zu genießen. Wenn der Morgen graut, werdet ihr schon sehen.«

Am nächsten Morgen, als der Tau noch frisch war, stiegen wir mit unserer ganzen Habe und den Tieren ins Tiefland hinab. Dort war die mildeste Luft, die ich je geatmet habe, und Vögel sangen laut und klar. Alles, was Lione berichtet hatte, stimmte. An diesem Tag schlugen wir kaum ein Lager auf, befreiten lediglich die Esel von ihren Lasten, und sie brüllten erleichtert, liefen zum nahen Teich und tollten wasserspritzend dort herum. Zwei große Echsen, jede dreimal so groß wie ein Mensch, kamen aus dem Wasser und beobachteten ihr Spiel. Lächelnd zeigten sie ihre großen Zähne, zwischen die problemlos ganze Esel gepaßt hätten. Die Esel beachteten sie nicht, schienen sich vollkommen sicher zu fühlen, und wenig später waren wir mitten unter ihnen, streiften die Zivilisation mit unserer Kleidung ab. Wir benahmen uns wie Verrückte, als das kalte Wasser den Schmutz des langen Marsches von uns wusch.

Ich schwamm wie eine Wasserratte, tauchte tief, glitt leicht durch das kalte Wasser. Es war so klar, daß ich ohne Probleme meine herumtollenden Kameraden ausmachen konnte, wie auch die fetten Körper der Echsen mit ihren kurzen, kräftigen Beinen. Auf einer Seite entdeckte ich eine dunkle Öffnung, die aus dem Teich herausführte. Ich schnappte nach Luft, tauchte wieder ab und folgte dem Wasserlauf, der von sanften, moosbedeckten Ufern gesäumt war. Jedes Kind in Orissa wird praktisch bei der Geburt mit unserem großen Fluß vertraut gemacht, kleine Kinder spielen in Strömungen, die anderswo selbst Männer meiden. Auch ich hatte es stets genossen, unter Wasser zu schwimmen und den Atem so lang wie möglich anzuhalten, um die vielen Wunder dort unten zu erforschen. Daher hatte ich eine größere Strecke zurückgelegt, bevor ich wieder Luft holen mußte.

Träge glitt ich an die Oberfläche und entdeckte dabei zarte Gliedmaßen in der Nähe des Ufers. Anstatt ganz aufzutauchen, schwamm ich näher und sah die hellbraunen Beine einer Frau, und den zarten, schwarzen Fleck, wo sie sich trafen. Darüber Hüften und eine schlanke Taille. Gedankenverloren stieg ich weiter auf, genoß den Anblick und kam an die Oberfläche. Dann machte ich den Mund auf, um nach Luft zu schnappen, und hörte ein Kichern, ein Planschen, und schon schluckte ich Wasser. Hustend und nach Luft ringend stolperte ich aufs Ufer zu. Ich versuchte gleichzeitig, das Wasser aus meinen Lungen zu bekommen und die Augen zu öffnen. Ich hörte weiteres Planschen, als jemand ans Ufer watete. Zwar konnte ich jetzt wieder atmen und sehen, doch die Besitzerin dieser Gliedmaßen war nirgendwo in Sicht. Nicht, daß ich Zweifel gehabt hätte, wem sie gehörten.

Deoces Gesicht lugte zwischen wippenden Weidenzweigen hervor. »Ich sehe Amalric«, rief sie. Zwischen den Zweigen erhaschte ich einen Blick auf ihre wohlgeformte Brust. Sie bemerkte es und zog die Zweige zusammen. Dann schnitt sie eine Grimasse. »Amalric sieht auch Deoce.« Sie lachte. »Macht Amalric glücklich, ja?«

»Sehr glücklich«, antwortete ich, und zum ersten Mal wußte ich Janos' Ausführungen über die Sprache so richtig zu schätzen. Deoce zeigte auf mich, ich sah an mir herab und stellte fest, daß ich nur noch bis zur Mitte der Oberschenkel im Wasser stand. »Deoce sehr glücklich. Amalric schön.«

Während ich mit offenem Mund dastand, verschwand sie. Einen Augenblick später flog ein vielfach geflicktes, langes Hemd zwischen den Zweigen hervor. Ich zog es über. Es reichte mir bis zu den Knien. »Amalric, komm sprechen mit Deoce, jetzt«, rief sie. Ich stieg aus dem Wasser und sah sie ausgestreckt am Ufer liegen. Sie hatte ihr Kleid gewaschen und genäht – kaum vorstellbar, daß es vor kurzem noch fast ein Lumpen gewesen war. Sie berührte den Boden neben sich. »Sprich mit Deoce«, sagte sie. Meine Herrin befahl. Ich konnte mich nur fügen.

Meine Hoffnungen schwanden allerdings, als sie die Schreibschachtel hervorholte, sobald ich mich gesetzt hatte. »Deoce lernt mehr viele ...« Sie runzelte die Stirn und suchte. Dann murmelte sie ungeduldig etwas und holte ihr Wörterbuch aus der Schachtel. Sie berührte die Fingerspitzen mit ihrer rosigen Zungenspitze und blätterte. »Aha«, rief sie und deutete auf eine Kritzelei. »Deoce lernt mehr viele … Wörter.« Sie lächelte mich an und blinzelte. »Ja?«

»Absolut«, sagte ich. Ich erinnerte mich an Janos' Rat einer Lektion in Anatomie und berührte ihren kleinen Zeh. »Zehe«, sagte ich. »Zehe.« Deoce wiederholte gehorsam: »Zehe.« Sie kritzelte etwas ins Wörterbuch und gab es mir, um das orissanische Wort daneben zu schreiben. Danach ließ ich meine Hand weitergleiten. »Bein«, sagte ich. »Bein.« Sie riß die Augen weit auf, als sie meine Absicht verstand, dann zeigten sich Lachfältchen. Meine Hand glitt weiter. »Knie«, sagte ich. »Knie«, wiederholte sie, doch ich spürte, wie sie ihre Muskeln spannte, um das Objekt meiner Forschungen in Sicherheit zu bringen. Anstatt also weiter in diese Richtung zu gehen, berührte ich ihren Arm. »Arm«, sagte ich. Mit schiefem Blick sah sie mich an, als ich meine Taktik änderte. »Arm«, wiederholte sie vorsichtig. Ich beugte mich zu ihr, und sie zuckte nicht zurück. »Kuß?« fragte ich und kam ihrem Gesicht noch näher. Ihre Antwort war ein Flüstern. »Kuß?« Ich berührte ihre Lippen und erzitterte, als ich spürte, wie weich sie waren. Ich legte meine Hand in ihren Nacken, um sie näher zu mir zu ziehen und mehr von diesen wundervollen Lippen zu spüren. Eine kleine Hand jedoch stieß mich sanft von sich. Ich gehorchte ein wenig atemlos. »Kein Kuß mehr«, sagte sie, doch war ihre Stimme heiser, und Röte stieg ihr ins Gesicht. »Amalric lehrt Deoce Wörter, nicht Kuß«, sagte sie.

Ich nickte und nahm das Wörterbuch, innerlich um Gleichgewicht ringend. Deoce bemerkte meine Verwirrung und streichelte meine Hand. »Kuß schön«, sagte sie. »Macht Deoce glücklich.« Sie strich ihr Kleid glatt und setzte sich aufrecht hin – züchtig. »Lern Kuß später«, sagte sie. Und als Hoffnungsschimmer über mein Gesicht glitt, lachte sie. »Viel später«, sagte sie. Dann: »Vielleicht …«

In jener Nacht berief Janos ein Treffen der Expeditionsleiter ein. »Ich halte es für klug«, sagte er, »über einige Dinge Einigkeit zu erzielen. Zum Beispiel, wie lange wir hierbleiben wollen, und wie wir uns während dieser Zeit verhalten.«

»Ich weiß, wie gern du weitermarschieren würdest, Janos«, entgegnete ich, »aber wir brauchen etwas Ruhe, bevor wir wieder losziehen. Die Reise dürfte kaum leichter werden, und wir können den kommenden Herausforderungen besser trotzen, wenn wir ausgeruht sind und unsere Ausrüstung überholt haben.«

»Dagegen ist nichts einzuwenden«, entgegnete Cassini. »Nur Eure Frage zu unserem Verhalten wundert mich.«

»Ich spreche von dem Abkommen, das die Kreaturen in diesem Krater offenbar miteinander geschlossen haben«, sagte Janos. »Ich finde, wir sollten ihre Regeln befolgen, wenn man das so sagen kann, und unsere Jagd ebenso begrenzen, wie sie es tun.«

Cassini warf ihm einen scharfen Blick zu. »Ihr glaubt also, geistlose Tiere könnten eine solche Abmachung treffen?« spottete er. »Ihre Friedfertigkeit ist zu unserem Vorteil, und allein zu unserem Vorteil.«

»Ihr denkt also immer noch, das alles hätte mit Euch zu tun?« fragte Janos, ohne seinen Mißmut zu verbergen.

»Welche andere logische Erklärung könnte es geben?« entgegnete Cassini. »Seit Beginn dieser Reise habe ich mit meinem Zauber für unsere Sicherheit und unser Wohlergehen gesorgt. Außerdem haben wir den mächtigen Segen des Rates der Geisterseher. Deshalb sind bisher keine Pfeile in unsere Haut gedrungen, und wir haben mitten in der Einöde Wasser gefunden. Jetzt haben sie uns eine Ruhepause gegeben.«

Janos bedachte Cassinis Worte und antwortete keineswegs hitzig. »Helft mir, mein erfahrener Geisterseher«, sagte er, und sowohl Cassini als auch ich waren über das Fehlen jeglichen Spottes in seinem Tonfall erstaunt, »die Weisheit Eurer Logik zu verstehen.

Ohne die tiefen Geheimnisse Eurer Kunst zu verraten: Wie wählt Ihr einen Zauber aus? Und woher wißt Ihr, wie dieser Zauber letztlich wirken wird?«

»Das ist sehr einfach«, antwortete Cassini, »für uns, die wir mit den Kräften eines Geistersehers gesegnet sind. Wir studieren die Zauber, die unter der weisen Aufsicht eines Meistergeistersehers aufgeschrieben wurden, und vertrauen diese Zauber unserem Gedächtnis an.«

»Aber es muß unzählige Zauber geben«, sagte Janos. »Ist es nicht selbst einem Geisterseher unmöglich, sich alle zu merken?«

»Gewiß«, antwortete Cassini. »Und wie es Geisterseher mit größerer und geringerer Kraft gibt, so können sich auch einige besser erinnern als andere. Ich zum Beispiel habe ein ausgezeichnetes Gedächtnis. Ich will mich nicht preisen, aber diese Eigenschaft hat schon mein erster Lehrer herausgestrichen, als ich von meinen Brudergeistersehern aufgenommen worden bin. Wer nicht damit gesegnet ist – und auch ich kann mich selbstverständlich nicht an alles erinnern –, muß nur in die Archive gehen, wo alle Zauber aufbewahrt werden.«

»Wenn Ihr auf Reisen seid«, bemerkte Janos, »könnt Ihr keine Bibliothek bei Euch tragen.«

Cassini deutete auf seine Stirn. »Ich bewahre sie hier auf«, erklärte er. »Weswegen Ihr Euch glücklich schätzen könnt, Hauptmann, daß ich dieser Expedition zugeteilt wurde.«

»Ja, das verstehe ich«, antwortete Janos. »Ich möchte allerdings klarstellen, daß Eure Beschwörungen mechanisch auswendig gelernt sind. Heißt es nicht, Weisheit sei über die Jahrhunderte durch die alten Texte überliefert worden?«

»Genau«, sagte Cassini. »Wir wissen, daß sie gelingen, weil sie noch immer gelungen sind. Man muß nicht wissen, warum. Menschen können das nicht verstehen, nur die Götter wissen es.«

Janos starrte ihn an. Cassini errötete, als er merkte, welche Wendung das Gespräch genommen hatte. Nur um sicherzugehen, fügte Janos hinzu: »Dann können wir den Ursprung dieses kleinen falschen Paradieses also nicht ergründen. Oder habe ich etwas falsch verstanden?« Cassini stotterte, fand keine Antwort. »Wir wissen also nicht«, fuhr Janos fort, »ob der Frieden, den wir hier gefunden haben, das Werk von Menschen ist... oder von Tieren. Richtig?«

»Richtig«, antwortete Cassini gezwungenermaßen.

»Dann schlage ich vor, die Absichten der Götter nicht zu durchkreuzen«, sagte Janos. »Vielmehr sollten wir die Regeln, die wir hier vorgefunden haben, befolgen, als hätten die Götter sie selbst erlassen.«

»Das ist in jedem Fall das Sicherste«, sagte ich und stellte mich auf Janos' Seite. »Sollte sich Janos dennoch täuschen, so ist kein Schaden entstanden. Und für den Fall, daß er recht hat, können wir überhaupt keine Vermutungen anstellen.«

»Also gut«, sagte Cassini und biß die Zähne zusammen. »Ihr habt gewonnen.«

»Wir halten alle die Zeiten ein?« fragte Janos nach.

»Ja«, antwortete Cassini. Er erhob sich, bevor Janos weitere Fallstricke sprachlicher Art auslegen konnte, und stolzierte davon, fort vom Feuer.

»Ist es nicht verblüffend, mein Freund«, sagte Janos, »daß etwas so Grundlegendes wie die Zauberei über keinerlei Gesetzmäßigkeit verfügt, abgesehen von den Regeln der Zauberer selbst, mit denen sie dafür sorgen, daß sie ihr Wissen für sich behalten?«

»Ich nehme an, es ist der Gang der Dinge«, antwortete ich.

»Glaubst du das wirklich?« fragte Janos.

Ich setzte zu einer Antwort an, schüttelte dann aber den Kopf. »Wer kann das sagen? Ich habe meinen Lehrer mit solchen Fragen fast zum Wahnsinn getrieben, als ich ein Junge war.«

»Aber jetzt bist du ein erwachsener Mann!«

»Ich bin nicht Cassini«, sagte ich, »du brauchst mir nichts vorzumachen. Sag, was dir auf der Zunge liegt! So aufgewühlt wie du bist, wirst du es ohnehin nicht für dich behalten können.«

Janos mußte über meinen Weitblick lachen. »Oh, hören wir uns nicht alle gern reden?« sagte er. »Es muß einen kleinen Teufel der Selbstbewunderung geben, der den Klang unserer eigenen Stimme abgöttisch liebt.« Er nahm einen Schluck vom süßen Wasser aus einer Kürbisflasche und gab sie dann mir. »Ich habe meine eigenen Theorien, wie du schon sagtest, und sie haben nichts mit Cassinis Geplapper zu tun, wonach eine Sache gelingt, weil sie immer gelungen ist.«

Ich nickte ihm ermutigend zu. »Ich glaube, es gibt hinter allem bestimmte Prinzipien«, sagte Janos. »Eines ist, daß ähnliche Dinge wiederum Ähnliches produzieren, woraus folgt, daß das Ergebnis an seinen Ursprung erinnert. Ein anderes lautet, daß Dinge, die einmal Kontakt miteinander hatten, sich weiterhin aufeinander beziehen, wie groß die Entfernung zwischen ihnen auch sein mag. Ein Beispiel, das beide Prinzipien illustriert: Will ein Geisterseher jemanden vernichten, sucht er nach etwas Persönlichem, einer Locke vom Haar zum Beispiel. So hat man es mit dir in Lycanth versucht. Er stellt etwas dem Feind Ähnliches her, wozu das Haar benutzt wird, und greift dann dieses Ähnliche an, durch Verbrennen zum Beispiel. Ist dies richtig vollbracht, muß der Feind leiden und manchmal sogar sterben.«

»Schwarze Magie«, murmelte ich.

»Das ist ein Beispiel für die Gesetze der Geisterseher«, sagte Janos. »Sie teilen die Zauberei in schwarz und weiß, gut und böse.«

»Du glaubst nicht an den Unterschied?«

»Niemals. Wer einen Feind zu vernichten sucht, wird vielleicht Zauberei benutzen. Weiß, mit anderen Worten. Für das Opfer ist sie mit Sicherheit schwarz, es kommt nur darauf an, wo man steht.«

»Warum belastest du dich mit solchen Dingen?« fragte ich. »Warum läßt du sie nicht, wie sie sind?«

»Es ist ein Mittel zum Zweck, nehme ich an«, erklärte Janos. »Als Sklave fing ich an, mich dafür zu interessieren, um eine Art von Kontrolle über ein Leben zu bekommen, das andere nach Gutdünken auslöschen konnten.«

Ich schüttelte den Kopf. »Ist das gesund? Oder vielmehr – ist es weise?«

»Beides nicht, fürchte ich«, entgegnete Janos. »Eine andere meiner Theorien besagt, daß jeder Zauber auch eine Auswirkung auf den Zauberer hat. Er sollte sich also darüber im klaren sein, daß nach vielen Beschwörungen seine eigene Substanz Schaden nimmt. Das Problem ist, daß Zauberei eine derart verführerische Wissenschaft ist… und eine Wissenschaft wird sie eines Tages tatsächlich sein, davon bin ich fest überzeugt. Wenn man ein Ziel vor Augen hat, das nicht mehr angezweifelt werden kann, dann darf alles aufs Spiel gesetzt werden.«

Ich dachte an den Liebestrank und Melina und mußte ihm einfach zustimmen. »Was willst du mit diesen Studien bewirken?« fragte ich.

»Ich will mein Ziel erreichen«, antwortete Janos sanft. »Sonst nichts.« Er sah tief ins Feuer. »Es wird in der Zukunft weisere Menschen geben, Amalric«, sagte er. »Menschen, die alle Gesetze aufspüren… sei es die der Zauberei oder dessen, was wir Natur nennen. Warum fließt ein Fluß den Berg hinunter und nicht hinauf? Warum hebt ein Stock, auf einen Stein gelegt, einen Gegenstand, den du mit bloßer Muskelkraft niemals bewegen kannst? Wie findet ein geweihter Stab das Wasser? Wie ist es möglich, die Windgeister in einem Lederbeutel zu fangen, und später damit Segel zu füllen? Vielleicht bin ich ein Dummkopf, aber hinter diesen Dingen müssen Gesetzmäßigkeiten stehen. Und wäre es nicht wunderbar, mein Freund, wenn sie alle ein und dasselbe wären? Ohne Unterschied zwischen dem Natürlichen und dem Spirituellen?«

»Glaubst du das wirklich?« fragte ich verwundert.

Ein leises Lachen von Janos. »Nein, das wäre zu einfach. Solltest du lange genug leben, um einige dieser Denker in ferner Zukunft zu treffen, sei nicht überrascht, wenn sich wenigstens einiges von dem, was ich sage, als wahr herausstellt.«

Das war das Ende unseres Gesprächs. Ich habe seit jenen Tagen im Paradies oft über die Worte meines Freundes nachgedacht. Ganz deutlich erinnere ich mich an eine plötzliche Herausforderung, die von seinen Ansichten ausging. Wenn es tatsächlich Gesetze gäbe, Gesetze der Zauberkraft, die jeder Mann und jede Frau lernen könnten, dann wäre das ein großer Segen für alle. Wenn dieser Tag je käme, grübelte ich, würde dann der Einfluß der Geisterseher auf einfache Menschen wie mich geringer werden? Oder auf meinen Bruder? Mir kam ein Gedanke: Janos' Ideen können ebenso wichtig sein wie meine Suche selbst. Dann hörte ich Deoce an einem nahen Lagerfeuer lachen, und der Gedanke war dahin.

Die folgenden Tage vergingen sehr schnell. Heute zähle ich sie zu den glücklichsten meines Lebens. Wir paßten uns schnell der würdevollen Lebensweise im Krater an. Wir schwammen und tobten mit den Tieren, ernährten uns von Früchten und Nüssen, und jagten nur in der vorgesehenen Zeit zu unserem eigenen Bedarf. Vom Schmutz des Marsches war unsere Haut bald gereinigt, und die erschlafften Muskeln wiederhergestellt.

Deoce und ich kamen uns näher. Sie hatte mir gleich gefallen, doch in diesen friedlichen Tagen wurde sie bemerkenswert schön. Ihre Gliedmaßen wirkten noch wohlgeformter, ihre Haut und ihr Haar strahlten vor Gesundheit. Ihre Augen waren blinkende Leuchtfeuer, die jede Kluft überbrückten, wenn die Sprache versagte. Unsere Kameraden gaben vor, uns zu ignorieren, wenn wir Hand in Hand durch den üppigen Krater spazierten. Viele ruhige Bäche und sanfte grüne Täler luden zum Verweilen ein. Wir haben sie während dieses Intermezzos wohl alle besucht. Mit großen Fortschritten setzten wir unsere Sprachlektionen fort, und nach kurzer Zeit wechselten wir so geschickt von ihrer Muttersprache in meine, daß sie uns fast wie ein und dieselbe erschienen.

Wie ich vermutet hatte, war Deoce eine Prinzessin. Ihre Mutter war das Oberhaupt eines kleinen, aber wohlhabenden Fürstentums mit Namen Salcae. In ihrem Stamm, erzählte Deoce, waren die Männer für die Zelte und die Herden verantwortlich, da sie dabei am geschicktesten waren, nur nicht in Kriegszeiten, wenn alle kämpfen mußten. Die Frauen waren Kundschafter, Befehlshaber und Kriegshauptleute. Aus politischen Gründen hatte ihre Mutter Deoce mit einem Adligen eines anderen Landes verlobt, auf dem Weg zur Hochzeit jedoch geriet ihre Gesellschaft in den Hinterhalt der Sklavenhändler.

Ich war äußerst bestürzt, als ich von der bevorstehenden Heirat erfuhr. Deoce versuchte, mich zu beruhigen, und erklärte, der »Adlige« sei ein Junge, noch keine sechs Jahre alt. Da sie sich nun über einen längeren Zeitraum ohne Anstandsdame in der Gesellschaft fremder Männer aufgehalten habe, sei ihr Wert auf dem Heiratsmarkt ohnehin gesunken. Als ich das hörte, wich mein Selbstmitleid der Sorge um sie.

Deoce kicherte, als sie den Grund dafür erfuhr. »Es bedeutet nur, daß ich keinen kleinen Jungen heiraten muß«, erklärte sie. »In meinem eigenen Stamm ist es nicht so bedeutsam, Jungfrau zu bleiben. Es ist nur wichtig... für andere Leute. Menschen wie...«, ein Schauer lief ihr über den Rücken, »die Sklavenhändler, die mich als Ernteopfer verkaufen wollten.« Deoce lachte bitter. »Wäre ich keine Jungfrau, hätte ich bessere Überlebenschancen gehabt.«

Gedankenverloren sah sie mich an. Was mochte wohl in ihr vorgehen? Dann seufzte sie: »Manchmal«, sagte sie, »wäre es einfacher, wenn wir weniger... Worte hätten.«

»In welcher Hinsicht?« fragte ich. Sie schüttelte nur den Kopf und sagte: »Unwichtig.« Trotz meiner Frage hatte ich verstanden. Seit jenem Tag am Ufer, als ich einen Kuß riskiert hatte, war ich als Freier überhöflich. Die neuerworbene Leichtigkeit beim Sprechen brachte mich ihr viel näher, als reine Lust es gekonnt hätte. Beim Plaudern waren wir schnell Freunde geworden, und unsere Freundschaft wurde enger, als sie mich nach meiner Reise fragte und ich genug Zutrauen gewonnen hatte, ihr meine Absicht zu erklären.

»Die Fernen Königreiche?« rief sie, als ich das Ziel unserer Reise genannt hatte. »Glaubst du wirklich, du wirst sie finden?« Ihre Augen glänzten vor Begeisterung und Ehrfurcht, und mehr denn je war ich froh, diese Route gewählt zu haben.

»So die Götter wollen«, sagte ich.

»Ich bin sicher, sie wollen es«, sagte sie. »Sonst wärst du nicht so weit gekommen. In Salcae heißt es, eines Tages würden unser Volk und die Völker der restlichen Welt mit den Fernen Königreichen vereint, und alle Gewalt finde ein Ende, keine Räuber mehr und auch kein Krieg.«

»Kein Krieg mehr?« Ich lachte. »Das ist ein schöner Gedanke. Ich fürchte, meine schöne Deoce, Krieg ist eine immerwährende Sorge und hat nichts mit den erleuchteten Menschen der Fernen Königreiche zu tun. Mit Zauberei vielleicht, in diesem Falle böser Zauberei. Das Töten gehört zum Lauf der Dinge. Dazu bedarf es nicht der Hilfe dunkler Kräfte.«

Als Antwort deutete sie auf die Quelle, die an den Wurzeln eines großen Baums sprudelte. Unter diesem Baum floh eine Hyäne in gespielter Angst vor der Attacke eines fetten jungen Affen. »Hier ist es nicht so«, meinte sie. Das konnte ich nicht widerlegen.

Dann sagte sie wie aus heiterem Himmel: »Ich will es selbst herausfinden. Ich werde mit dir gehen.«

»Das ist unmöglich«, gab ich beunruhigt zurück.

»Was sonst hast du mit mir vor?« fragte Deoce. Eine vernünftige Frage. Ich hatte sie schon seit einiger Zeit vor mir her geschoben. »Ihr könnt mich nicht nach Salcae zurückschicken. Ihr könnt nicht umkehren … nicht so nah vor dem Ziel. Ich kann mich in diesem öden Land auch keiner Handelskarawane anschließen, denn so etwas gibt es hier nicht. Wir können nur weiterziehen. Es scheint mir nur vernünftig, wenn ihr mir Waffen gebt – ich bin eine erfahrene Kriegerin wie alle Frauen in Salcae. Nimm mich als Reisegefährtin mit, nicht als lästiges Gepäck.«

Erneut konnte ich ihr nicht widersprechen. Ich lachte, und sie schien gekränkt, daher erklärte ich ihr, wie sehr sie mich an meine Schwester Rali erinnerte, die auch nie ein Blatt vor den Mund nahm. »Meine Schwester würde dir gefallen«, sagte ich.

»Das glaube ich bestimmt«, meinte ich zu verstehen, aber sie sprach so leise, daß ich mir nicht sicher war. »Wie bitte?« fragte ich.

Sie öffnete den Mund zur Antwort, dann schüttelte sie den Kopf. »Oh, Amalric«, sagte sie, »sind alle Männer in Orissa so wie du?«

»Ich weiß nicht, was du meinst.«

»Genug«, rief sie. »Was muß eine Frau für den Kuß tun, den du ihr versprochen hast?«

Damit stürzte sie sich auf mich. Sie war zwar klein, aber es gelang ihr, mich zu Boden zu werfen, und sie küßte mich. Einen Augenblick war ich verblüfft, doch nur einen kurzen Augenblick, bis ich das gierige Fleisch einer Frau auf meiner Haut spürte und das Feuer, das ich so lange unterdrückt hatte, aufflackerte. Wir rissen an unseren Kleidern, bis uns nichts mehr trennte. Ich warf mich auf sie, sie hatte die Beine weit gespreizt, ihr Becken kam mir entgegen, und wie ein Wilder drang ich in sie ein. Ich spürte einen Widerstand und hörte sie stöhnen. Ich hielt es für Schmerz, wollte zurück, doch sie packte mich beim Hintern und zog mich fester an sich. Der Widerstand gab nach, und wieder ergriff mich Lust. Ich trieb sie immer weiter. Unsere Hüften schlugen aneinander, mit nie gekannter Heftigkeit fand mein Mund zu ihrem Mund, meine Hand zu ihrer Hand.

Wir liebten uns die ganze Nacht. Am Morgen badeten wir, schlangen ein schnelles Frühstück herunter und entfernten uns dann wieder weit von unseren Gefährten. Bis zur Erschöpfung liebten wir uns immer wieder. Die Tage vergingen, und unsere Leidenschaft wuchs ungehemmt. Es war keine Frage, daß Deoce uns auf der Reise begleiten würde. Freimütig gestehe ich, wenn ich ein Meistergeisterseher wäre, würde ich einen mächtigen Zauber sprechen und mich in diese Zeit mit Deoce in der friedvollen Wildnis des rätselhaften Kraters zurückversetzen. Dort würde ich mit ihr leben bis an das Ende unserer Tage.

Ich weiß nicht, wie lange wir dort geblieben sind, so sehr war ich mit Deoce beschäftigt. Als die Zeit vorüber war, ging etwas Wertvolles verloren, das ich in meinem ganzen Leben nicht wiedergefunden habe.

Es war kurz nach der Jagdzeit, in der die Tiere zu ihrem normalen Wesen zurückkehrten und fraßen. Sorgfältig hatten wir unseren Teil des Abkommens während des Aufenthaltes im Krater eingehalten. An jenem Tag hatten wir zwei Antilopen und einige Fische erlegt, die wir grillten und mit großem Appetit verspeisten. Das übriggebliebene Fleisch legten wir zum Trocknen aus. Janos und ich hatten uns auf einer Bank ausgestreckt und aalten uns nach dem Mahl zufrieden im letzten Sonnenlicht. Cassini zog seinen Bogen neu auf, nachdem – zu seiner großen Freude – eine Antilope seinem Pfeil zum Opfer gefallen war. Es war merkwürdig, daß ein Geisterseher eine derartige Befriedigung aus Dingen ziehen konnte, die einfache Menschen zum täglichen Überleben leisten mußten. Cassini stolzierte wie der männlichste aller Jäger umher, nachdem er das Tier erlegt hatte.

Deoce stieß einen Schrei des Entzückens aus. Ich stützte mich auf den Ellbogen. Sie stand unter einem wild wuchernden Obstbaum und deutete nach oben. »Sieh dir den Affen an«, rief sie. »Er ist wunderbar.«

Ich versuchte, einen Blick zu erhaschen und entdeckte ihn auf einem Zweig. Er kaute an einer reifen Frucht und schimpfte mit Deoce. Sein Fell war erstaunlich, funkelte in vielen Farben, grün, rot, blau und gold wild durcheinander, in den bemerkenswertesten Mustern. »So einen habe ich noch nie gesehen«, sagte Janos. Wir erhoben uns, um ihn näher zu betrachten.

Aus dem Augenwinkel sah ich, wie auch Cassini sich erhob, den Bogen in der Hand, doch dachte ich mir nichts dabei. Wir gesellten uns zu Deoce unter den Baum. Der Affe sprang von Ast zu Ast, und wir lachten über seine Eskapaden. »Genau die Größe für einen schönen Hut«, sagte Cassini.

Ich drehte mich verwundert um. »Was tut Ihr ...« Voller Entsetzen sah ich, daß er den Bogen gespannt und einen Pfeil eingelegt hatte.

Janos rief: »Nein, Cassini!« In diesem Augenblick ließ er den Pfeil losschnellen. Fast hätte er sein Ziel verfehlt, weil die kleine Kreatur gerade von einem Ast zum nächsten sprang. Nur ist das Glück Mensch und Tier in solchen Momenten selten hold. Hilflos sahen wir, wie der Pfeil sein Ziel erreichte, er sank in die Brust des Affen. Das Tier stieß einen Schmerzensschrei aus. Es klang so sehr wie ein Mensch, daß man glauben mußte, Cassini habe eben einen Mord begangen.

Der Affe fiel Cassini vor die Füße, und voller Stolz hob er ihn auf. »Ich habe nicht mal einen Zauber gebraucht«, prahlte er.

Starr vor Schreck stand Deoce da, Augen und Mund weit aufgerissen.

»Verflucht, Cassini«, rief Janos. »Ihr habt das Abkommen gebrochen.«

Cassini zuckte die Achseln. »Na und? Es war ohnehin ein dummer Handel. Und jetzt habe ich das Material für einen wundervollen Hut, der meinem Kopf Schatten spenden wird.« Janos hob die Faust, als wollte er ihn schlagen. Ich sah, daß Deoce nach dem Schaft ihres Messers griff. Auch in mir kochte die Wut, und mit einer Waffe zur Hand hätte ich mich über ihn hergemacht. Ekel überkam mich, und ich wandte mich ab, um auszuspucken. Plötzlich hörten wir ein schreckliches Brüllen, ein Tiger heulte nach Blut. Jemand schrie vor

Angst, wir fuhren herum und sahen Männer, die um ihr Leben liefen. Der Tiger war ihnen direkt auf den Fersen.

Janos rannte hinterher, im Lauf nahm er ein Holzscheit aus dem brennenden Lagerfeuer, schleuderte es dem Tiger ins Gesicht, und das Biest heulte auf. Es sprang über die Männer hinweg und verschwand in den Bäumen. Doch kaum war die Gefahr gebannt, hörten wir schon Wutgeschrei.

»Was ist?« rief Deoce. Dann schrie sie vor Schmerz auf, als etwas aus dem Baum geschleudert wurde und sie am Arm traf. Es folgten noch ein Dutzend Wurfgeschosse, dann prasselten jede Menge harter Gegenstände aus den Bäumen auf uns herab. Wir konnten die Angreifer nicht sehen, erkannten jedoch die wütenden Schreie der Affen. Hunderte mußten sich versammelt haben, denn die Bäume bogen sich unter ihrem Gewicht. Die Tiere im Krater schrien nach Vergeltung. Im Teich sah ich die beiden großen Echsen ans Ufer schwimmen, wo sich ein Haufen Hyänen zu ihnen gesellte. In wenigen Augenblicken wimmelte das Ufer von Fleischfressern, die sich zum Angriff sammelten.

»Lauft um euer Leben«, rief Cassini und rannte zum Lager. In diesem Augenblick brach der Himmel auf, und eine Sintflut stürzte über uns herein. Der Regen war so schwer, daß wir kaum atmen konnten. Erleichtert bemerkten wir, daß der Regen auch die Tiere behinderte. Unsere Feinde gingen in Deckung. Die Ruhepause konnte jedoch nicht lange währen. Nach dem Sturm würden sie wieder angreifen. Es gab keine Hoffnung, daß sich unser Trupp gegen die vereinigten Kräfte des Kraters würde behaupten können.

Wortlos wußten wir, was zu tun war. Während wir unsere Sachen packten, sie auf die Esel luden und flohen, blitzte und donnerte es, und der Regen prasselte auf uns nieder.

Deoce und ich blieben am Rand des Kraters stehen. Wir warfen einen letzten Blick auf den Ort, an dem unsere Liebe erblüht war. Im wilden Sturm war nichts mehr zu erkennen. Janos trat hinzu und legte uns die Hände auf die Schultern, um uns zu besänftigen. Zu dritt blieben wir dort lange stehen, und der Regen prasselte auf unsere verlorenen Gestalten nieder.

Dann sagte er: »Es wird Zeit zu gehen, Freunde. Kommt.« Wir drehten uns um und verließen stolpernd das Paradies.

Kapitel Elf

Die Einöde

Wir flohen aus dem Tal in eine Einöde. Über endlose Wegstunden erstreckte sich das flache Land voller Steine, Flint und Schiefer. Die einzigen Bäume waren grau und verbogen, und ihre Äste hingen wie die Arme eines alten Mannes tief auf den Boden herab. Wildlebende Tiere konnten wir nicht entdecken, und die einzige Wasserstelle, die wir fanden, war so brackig, daß wir stundenlang graben mußten, bis wir auf feuchte Erde stießen.

Wir trugen wieder unser zerlumptes Fußwerk, doch schon bald waren die Sohlen so durchgescheuert, daß wir Lappen um die Füße wickeln mußten. Für die armen Tiere, die sich mit dem Gepäck quälten, schnitten wir Leinenstrümpfe zurecht, um ihnen die Last ein wenig zu erleichtern. Cassini muß bitter bereut haben, daß er sich Stiefel hatte fertigen lassen, bevor wir in das Tal kamen. Es dauerte keinen Tag, bis sein letztes Paar durchgescheuert war, und es gab nichts, woraus man neue machen konnte. Nicht, daß jemand sich für ihn die Mühe gemacht hätte. Alle sprachen nur das Notwendigste mit dem Geisterseher. Unser Ärger wuchs noch, als es ihm zunehmend schwerer fiel, den Zauber für die Reste der alten Karte zu sprechen. Immer mehr waren wir darauf angewiesen, uns nach der Sonne zu orientieren und nachts die Sterne für den nächsten Tag zu lesen.

Wir sprachen immer weniger miteinander, und wenn, dann mit aufgesprungenen Lippen, und es schien, als haßten wir einander zunehmend. Nur zwischen Deoce und mir gab es keinen Streit, allerdings hatten wir auch kaum noch genug Energie für die Liebe. Einige Männer, insbesondere Lione, murmelten etwas von den Privilegien der Reichen. Sie warfen mir vor, ich täte weniger als die anderen Männer, und nahmen überhaupt keine Notiz davon, daß ich mich zum Koch der Expedition gemacht hatte, nicht wegen eines besonderen Talents oder der Neigung zur Kochkunst, sondern weil ich meinem Vater recht gab, der mir vor vielen Jahren einmal gesagt hatte: »Wenn du das größte Stück des Kuchens nimmst, mußt du am Tag auch die meiste Arbeit geleistet haben und dabei gesehen worden sein.« Das Kochen war keine schwierige Aufgabe: man gab Wasser, zerstampfte Maiskörner und getrocknetes Gemüse mit Gewürzen in einen Topf und schnetzelte ein wenig getrocknetes Fleisch in die »Suppe«. Noch wollte niemand die Esel töten, um sie zu essen.

Ansonsten fiel uns vor allem die Abwesenheit der Späher auf. Sollte ich darüber erleichtert sein, ängstlich oder vielmehr besorgt, daß wir eine falsche Richtung eingeschlagen hatten? Mochten sie nun gut- oder böswillig sein, wir hatten uns daran gewöhnt, sie als Punkte am Horizont oder auf einem der Tafelberge zu sehen.

Eines Nachts schlugen wir wieder einmal unser Lager auf, kauten mechanisch herunter, was unsere Mägen aufnehmen wollten, und legten uns dann schlafen. Jeder grub sich ein kleines Loch, in dem er sich einrollte. Ich lag auf dem Rücken, eine Hand nach Deoce ausgestreckt. Es war weder heiß noch kalt, der Himmel war klar und dunkel, die Sterne schienen besonders nahe zu sein. Dann wurde es plötzlich diesig, als stünde ein Sandsturm bevor. Starr blieb ich liegen, schlief bald ein und träumte.

Die ganze Nacht mußte ich geträumt haben, denn als ich erwachte, schmerzten alle Muskeln, als hätte ich kein Auge zugetan. Deoce wirkte nicht wacher: sie hatte dunkle Ringe unter den Augen. Ich war dumm genug, eine Bemerkung darüber zu machen, und sie fuhr mich an, entschuldigte sich jedoch sogleich. Alle anderen sahen ebenso mitgenommen aus wie wir. Wortlos packten wir unsere Sachen für die Reise. Plötzlich machte Janos unserer Benommenheit ein Ende, als er uns zu sich rief.

Ohne Vorrede begann er: »Cassini, ich habe in der letzten Nacht geträumt.« Ich erwartete eine sarkastische Erwiderung des Geistersehers, doch Cassini nickte nur, als wüßte er schon, wovon Janos sprach.

»Ich glaube«, fuhr Greycloak fort, »keinem ist es anders ergangen. Habe ich recht?« Überraschtes Nicken, Grunzen, Zustimmung von allen Seiten. »Ich könnte euch meinen Traum in allen Einzelheiten erzählen, aber wir sollten nicht zuviel Zeit darauf verwenden. Kurz gesagt: In meinem Traum war die Gegend, durch die wir gerade marschieren – diese verbrannte Heide – nicht von den Göttern erschaffen, sondern anderen Ursprungs. Ich habe geträumt, dies sei früher einmal friedliches Brachland gewesen. Es gab Städte und Dörfer, größer noch als in dem Land, das Cassini in seiner Vision jenseits der Grenzen der Ufermenschen gesehen hat. Dieses Land wurde zerstört und niedergebrannt, in nur einer Woche vernichtet. Die Menschen wurden getötet oder vertrieben, daran erinnere ich mich nicht mehr genau. Das Wasser im Boden sank immer tiefer, und selbst Hügel und Berge wurden zerstört, als wären sie Ameisenhügel, die ein Stiefel zertritt. Habt ihr auch davon geträumt? Dann lasse ich unseren Geisterseher fortfahren. Was hat diese Zerstörung ausgelöst?«

Cassini machte einen weitaus gequälteren Eindruck als wir alle. »Ein Zauber«, flüsterte er. »Ein Zauber oder ein Netz von Zaubersprüchen. Sie müssen von Geistersehern stammen, deren Kräfte weit über den meinen liegen, weit über der Zauberei, die die große Mauer von Lycanth niederriß oder den Sturm der Archonten auslöste, dem wir knapp entronnen sind. Dieses Land wurde nicht nur zwischen Dämmerung und Morgengrauen ausgelöscht. Die Kräfte des Zaubers wirken fort. Es kann niemals wieder fruchtbar sein.«

Janos fragte: »Könnt Ihr sagen, woher der Zauber kommt?«

Cassini schüttelte den Kopf. »Nur, daß Euer Traum richtig war, und daß der Zauber von Menschen ausgesprochen wurde ... oder von Wesen, die einmal Menschen waren, aber keine Götter.«

»Aus den Fernen Königreichen«, murmelte einer der Männer. Sein Name war Sylv. »Und wir laufen ihnen in die Arme wie Rehe, die durch das Netz bis in den tödlichen Ring laufen.«

»Nein«, entgegnete Cassini matt. »Ich spüre großen Zauber aus dem Osten, wo unserer Karte zufolge die Fernen Königreiche liegen müssen. Aber dieser hier kommt nicht aus der Richtung ... er kommt von überall ... und nirgends.«

Janos erhob sich. »Wenn sich dieser Zauber also hält ... um auf deine Worte über die tödliche Falle zurückzukommen, Sylv, schaffen wir uns am besten außer Reichweite von Speeren, selbst wenn diese Speere verzaubert sein sollten.«

Beide hatten kurz und knapp gesprochen, und ebenso schnell packten und marschierten wir. Nur waren die Ängste der Männer keineswegs besänftigt. Immer mehr finstere Blicke fielen uns auf, Blicke voller Ärger, Furcht und Schuldgefühlen. Blicke, die gesenkt wurden, sobald einer der vier Expeditionsleiter sie bemerkte. Janos hielt sich jetzt ständig in der Nähe der beiden Esel mit dem Wasservorrat auf, Maeen blieb bei unserem Schatz. Ich fragte Janos, ob er mit einer Meuterei rechne, doch er glaubte nicht daran. »Noch nicht«, sagte er. »Sie sind zu müde, keiner ist bisher umgekommen, und vor allem weiß niemand, wohin er fliehen sollte. Am wahrscheinlichsten wäre es, daß diejenigen revoltieren, die wir vor den Sklavenhändlern gerettet haben, denn deren Zuhause liegt am nächsten. Nur sind sie noch immer von ihrer Gefangenschaft ganz ausgezehrt. Nein, keiner wird uns im Schlaf ermorden, noch nicht.«

Am nächsten Tag verlor Cassini seine Zauberkraft. Seine Rufe weckten mich in der Morgendämmerung, und ich rannte zu ihm, in dem Glauben, eine Wüstenschlange hätte wohl wegen der Wärme bei ihm Unterschlupf gesucht. Cassini saß dort, in den Umhang gewickelt, den er meist als Decke nahm, und wirkte so verständnislos und verängstigt wie ein Kind, das gerade nach seinem ersten Alptraum aufgewacht ist.

»Ich... ich habe keine Macht mehr«, sagte er. »Ich... mein Verstand ist wie leergefegt!« Er konnte kaum sprechen, und erst nach einiger Zeit fanden wir heraus, was geschehen war. Er war aufgewacht und hatte einen einfachen Zauber gegen die Fliegen versucht, die sich in seinem Umhang niedergelassen hatten. »Aber ich kann mich nicht... nicht... an die Götter in der Zauberformel erinnern, und auch nicht an die Zauberformel selbst, oder welche Symbole gezeichnet werden müssen... Ich kann mich tatsächlich an kein anderes Symbol erinnern als an den Kreis. Und der einfachste Tölpel weiß, daß der mit der Zauberei zu tun hat.«

»Dann stehen wir wie nackt da«, sagte Maeen unbeherrscht. Ich glaube nicht, daß ihn irgend jemand sonst gehört hatte, und das war auch besser so. Hatte Cassini seine Zauberkräfte wirklich verloren, waren auch all die kleinen Zauber unmöglich, angefangen bei solchen, die ein Leck in unseren Wasserhäuten beseitigten, bis hin zu schützenden Worten, die uns vor fremden Beschwörungen abschirmten. Wir waren nackt. Schlimmer noch war, daß auch so der Talisman des Spähers, unsere Landkarte, wertlos war. Immerhin waren wir vorgewarnt gewesen, und Janos hatte andere, wenn auch weniger verläßliche Formen der Orientierung entwickelt. Mit etwas Glück führte uns der eingeschlagene Weg noch immer zu den fünf Gipfeln, die ich für die Faust der Götter hielt. Betrübt marschierten wir voran, und die Verzweiflung wuchs.

Ich wartete, bis Janos einmal etwas abseits von den anderen ging, und gesellte mich zu ihm. Ich wählte meine Worte sehr genau. »Du hast mir einmal anvertraut, daß du ein wenig von der Zauberei verstehst«, begann ich. »Wenn mir ein Plan einfiele, um Cassini zu beschäftigen, ihn zum Beispiel unter einem Vorwand mit einem Soldaten als Späher vorzuschicken ...« Ich schwieg. Janos sah mich ebenso abgespannt an wie zuvor Cassini.

»Mein Freund«, sagte er. »Ich habe schon lange die wenigen Worte vergessen, die ich einmal gekannt haben mag. Ich habe nichts gesagt, nicht wegen der Gesetze, nur ...«

Er brach ab, brauchte nichts weiter zu erklären. Wenn die Männer erfahren würden, daß sowohl Janos als auch Cassini ihre Kräfte zur selben Zeit verloren hatten, würden sie diesen Verlust mit Sicherheit einem anderen Geisterseher zuschreiben, einem Zauberer, der nur unser Feind sein konnte und jetzt selbst in dieser Einöde nach uns suchte, um uns zu vernichten. Lione beobachtete uns mißtrauisch, und ich bemühte mich um eine fröhliche Miene, genau wie Janos. Ich lachte und wußte doch, daß es gespielt wirken mußte.

Und es geschah, was Cassini befürchtet hatte: Schutzlos wurden wir von einer Unzahl von Widrigkeiten heimgesucht. Deoce und ich fuhren uns wegen Nichtigkeiten an und vertrugen uns bald wieder, doch unsere Worte blieben gezwungen und oberflächlich. Ich erwischte mich dabei, daß ich eine Liste aller Expeditionsteilnehmer aufstellte und darin festhielt, wie unfähig, böse und arglistig ein jeder war und daher nicht wert, an meiner Suche teilzunehmen. Dann wandte sich mein Abscheu nach innen: Woher nahm ich die Kühnheit, die Fernen Königreiche zu suchen? Hatten es nicht schon tapfere Männer versucht und waren dabei umgekommen? Hatten die so mächtigen Fernen Königreiche nicht ebenso mächtige Feinde, deren Territorien wir durchqueren müßten, um das Land zu finden? Falls die Fernen Königreiche überhaupt existierten, was mein innerer Dämon bestenfalls für eine alberne Idee hielt. Wir sollten umkehren, und zwar sofort. Vielleicht könnten wir zum Fluß zurückkehren und zu unseren Freunden, den Ufermenschen. Oder... aber was machte es schon, wenn wir in der Wüste von Sklaventreibern überwältigt würden? Wenigstens wären wir dann noch am Leben. Und selbst wenn sie uns töteten, was machte das schon? Unsere schmutzigen und stinkenden Leiber waren ohnehin am besten für den Misthaufen geeignet. Meine Gedanken drehten sich immer weiter, der Kopf verschluckte den Schwanz, und der Kreislauf ging weiter. Doch kamen wir voran... oder sollte ich sagen, daß Janos uns mit meiner Unterstützung zwang, weiterzumarschieren? Er machte uns Versprechungen, stieß Drohungen aus, überredete uns zu jedem nächsten Schritt, zur nächsten Wegstunde, zu einem weiteren Tag. Deoce stellte unter Beweis, daß sie die Tochter einer starken Königin war, und trieb die Männer auf jede erdenkliche Art an, genau wie Janos und ich.

Am folgenden Tag kam die Krankheit: Lethargie, Fieber, Schmerzen in den Gliedern, Schwäche. Zwei Männer, Sylv und Yelsom, wurden so krank, daß wir ihnen aus Decken und Speeren Tragbahren fertigen mußten, die von den Eseln gezogen wurden. Yelsom starb am nächsten Tag. Dann wurden wir alle mehr oder weniger krank. Gequält sagte ich mir, zumindest brächte jetzt keiner mehr die Energie für eine Meuterei auf. Doch der Bann blieb über uns – weder Cassini noch Janos konnten sich im geringsten an irgendwelche Einzelheiten der Zauberei erinnern. Ihre Geräte, Utensilien und Kräuter waren ihnen unbekannte Wunderdinge.

Zwei Tage nachdem wir Yelsom beerdigt hatten, veränderte sich das Land um uns herum. Es war nicht mehr flach und steinig, sondern sandig. Von Zeit zu Zeit sahen wir ein wenig Grün, niedriges Buschwerk. Einmal glaubte ich sogar, ein Tier entdeckt zu haben, eine kleine Antilope vielleicht, die von einem Dickicht zum nächsten schoß. Nie hätte ich mir träumen lassen, daß ich mich einmal über eine Wüste würde freuen können, doch genau so war es. Ich hoffte, wir hätten das Schlimmste hinter uns. Die Wüste würde grüner werden, dann müßte bewässertes Land folgen, und schließlich würden sich Berge vor uns erstrecken.

Wegen der vielen tiefen Gruben waren wir von nun an zu manchem Umweg gezwungen. Ich lernte mehr darüber, wie man sich orientieren konnte. Wenn wir uns einer solchen Grube näherten, versuchten wir, solange wie möglich auf dem von Janos vorbestimmten Kompaßkurs zu bleiben. Dann schlugen wir eine Richtung im rechten Winkel dazu ein und zählten die Schritte, bis wir weitab von der Grube waren. Dort nahmen wir den ursprünglichen Kurs wieder auf, bis wir am Loch vorüber waren, bogen wieder im rechten Winkel ab, und gingen dieselbe Anzahl von Schritten zurück, mußten somit wieder in die richtige Richtung laufen. Es war zum Verrücktwerden.

Einige dieser Vertiefungen waren sehr flach, andere wiederum so tief wie fünfzig Speerwürfe. Ich fragte mich, woher sie stammen konnten. Vielleicht stimmte, was ich gehört hatte, daß die Sternschnuppen, die Orissas Sommernächte erhellten, nicht Signale der Götter waren, sondern Steine aus dem Jenseits, richtige Steine, die aus dem Haus der Götter auf die Erde fielen. Doch warum sollten es so viele sein, ausgerechnet in dieser Einöde?

Während ich noch darüber nachgrübelte, fanden wir den ersten Kadaver. Unser Späher brauchte einige Zeit, bis er herausgefunden hatte, worum es sich handelte, dann rief der Mann Sergeant Maeen zu sich. Zwar taten mir alle Knochen weh, aber ich schaffte es, mit Janos nach vorn zu stolpern. Wir sammelten uns um die Überreste einer Antilope, zumindest hielt ich sie dafür. Es war kein ganzer

Kadaver, nur das sonnenverbrannte Fell irgendeiner vierbeinigen Kreatur. Sie lag etwa zehn Fuß von der nächsten Grube entfernt. Weiter hinten sah Maeen noch ein Fell. Wie zerfetzt sah es aus. Von einer Wildkatze vielleicht? Aber eine Katze hätte das Fell verschlungen und Knochen zurückgelassen, dachte ich. Wir gingen weiter. Zumindest bedeutete dies, daß wir mehr Wasser finden würden, und auch frisches Fleisch, wenn es uns gelingen sollte, eine dieser Kreaturen zu fangen. Wir entdeckten weitere Gruben und noch mehr Tierfelle. Sie erinnerten mich an die Haut von Trauben, die man zuerst ausgelutscht und dann weggeworfen hatte. Der nächste Kadaver, den wir entdeckten, war der eines Menschen, auch dieser war auf dieselbe Art und Weise getötet worden: keine Spur von Knochen, nur die Haut lag vertrocknet am Boden. Haut von der Brust bis zu den Füßen, denn der Kopf fehlte ebenfalls. Der Mensch hatte in etwa meine Größe gehabt und war von normaler Statur. Es fanden sich keine Spuren von Kleidung oder Waffen, und somit wußten wir nicht, ob es sich um die Leiche eines Wilden oder eines Gelehrten handelte. Janos empfahl, während des Marsches enger zusammenzurücken und in Gegenden mit Buschbewuchs besondere Vorsicht walten zu lassen. Vielleicht hatte ein großes Raubtier diesen Menschen ergriffen und ihm den Kopf abgerissen. Niemand hatte eine bessere Theorie zu bieten.

Wir umwanderten gerade eine weitere Grube, als der Boden unter uns nachgab. Schon rutschten wir, obwohl wir krampfhaft im nachgebenden Sand scharrten, direkt in die Grube hinein. Ich sah, wie einer der Esel – einer, der unsere Schatzkisten trug – stürzte und vor Panik schrie. Goldmünzen flogen herum, rollten herunter – ein Soldat taumelte, versuchte, festen Boden unter die Füße zu bekommen – Cassini schrie vor Angst ...

Etwas hob sich vom Boden der Grube. Ein schwarzer Alptraum. Ich habe nicht das ganze Untier gesehen, oder vielleicht wollte mein Geist es nicht zugeben. Es hatte einen riesigen, pulsierenden Unterleib, der Kopf war keilförmig, der Hals gebogen ... die Kiefer wie Krummsäbel auf beiden Seiten des gespitzten Mundes ... die Krallen kratzten im Sand, schaufelten, schaufelten und schaufelten, weshalb wir mit dem Sand in die Tiefe glitten – dem Tod entgegen. Cassini verlor den Halt, stürzte und rollte hinunter. Der Schrei des Esels gellte durch die Grube, dann wurde es still. Cassini bekam mit weit gespreizten Beinen wieder Boden unter die Füße, dann rutschte er ganz langsam weiter. Er schrie um Hilfe.

Auch Janos war in die Falle des Untiers gerutscht und lag ausgestreckt einige Fuß über dem Geisterseher. Er kämpfte sich hoch, kam auf die Knie ... Cassini streckte flehentlich die Hand nach ihm aus, Janos bewegte sich ... und hielt dann inne. Wir alle wurden Zeugen dieser fürchterlichen Situation, sekundenlang wie erstarrt. Dann sprang ich los, meine Füße gruben sich tiefer in den Sand, und ich landete unterhalb von Cassini, bis zu den Knien im Sand stekkend. Er rutschte auf mich, dann torkelten wir beide weiter. Irgendwie bekam ich mich wieder unter Kontrolle ... ich stand ... wagte nicht, zurückzublicken, weil ich nicht wissen wollte, wie nah wir dem furchtbaren Ding schon gekommen waren. Ich hatte mein Gleichgewicht noch nicht soweit gefunden, daß ich mein Schwert hätte ziehen können. Ich rief Cassini zu, kriech, Mann, kriech, und er kroch nach oben. Mühsam folgte ich ihm. Dann hörte ich lautes Zischen hinter mir, als fühlte sich die Kreatur betrogen, und zwischen ihren Lippen schnellten Speere hervor, gerade über meine Schultern hinweg. Aus dem Zischen wurde ein Schrei, ich stolperte hoch, rutschte wieder abwärts ... Plötzlich war Janos neben uns, irgendwie gelang es ihm, in diesem trockenen Schlamm zu gehen. Und so entkamen wir der Höhle des Ungeheuers, waren ihm noch einmal durch die Fänge geschlüpft. Deoce und Maeen spannten die Bögen, und beide hielten Pfeile bereit. Nur gab es nichts mehr, worauf sie hätten schießen können.

Die Hänge der Grube rutschten immer weiter, während der Sand wieder die vollendete Form eines Trichters annahm. Am Boden der Grube war nichts zu sehen. Kein Untier, kein Esel, keine Schatztruhe. Ich glaubte, das Glitzern von einigen Münzen zu sehen. Wenn das Untier nicht die Fähigkeit besaß, sich unsichtbar zu machen, oder ein Dämon aus irgendeiner unbekannten Hölle war, dann konnte es sich nur selbst beerdigt haben. Ich mußte an all die anderen Gruben denken, die wir passiert hatten. Womöglich beherbergte jede davon ein solches Monstrum, doch wies ich diesen abscheulichen Gedanken zurück. Dann bemerkten wir, daß einer der Soldaten – Aron – fehlte. Wir haben seine Leiche nie gefunden. Ich befahl den Abmarsch unseres Trupps, bevor das Untier genug Zeit gehabt hatte, die Körpersäfte unseres Kameraden zu trinken und die hohle Leiche zwischen uns zu spucken. Cassini blickte Janos finster an, aber Greycloak wich diesem Blick aus. Dann marschierten wir weiter, immer weiter.

In jener Nacht wachte ich auf und sah einen massigen Schatten abseits von unserer Gruppe. Das konnte nur Janos sein. Leise stand ich auf und gesellte mich zu ihm. »Ich hätte verdient«, sagte er sanft, »daß man mich in den Mannschaftsstand zurückversetzt und Sergeant Maeen die Verantwortung übernimmt. Ich habe heute versagt.«

Langsam aber sicher hatte ich genug davon, daß Janos nicht zugeben konnte, auch nur ein Mensch mit Fehlern zu sein. »Der mächtige Greycloak, er fürchtet sich«, sagte ich so sarkastisch wie möglich. »Die Sterne brechen aus ihrer Bahn, die Erde bebt, am Mond klebt Blut. Als hätte dieses verdammt große Ungeheuer nicht auch all die alten Helden erschauern lassen!«

»Es war keine Angst«, sagte Janos, und ich wußte, daß er die Wahrheit sagte. »Kein Soldat darf sich von seiner Todesangst, die wir alle kennen, lähmen lassen.«

»Du hast dir also gewünscht, Cassini würde sterben. Verdammt, ich habe keine Ahnung, warum ich ihm nachgelaufen bin, wenn man bedenkt, wie oft ich ihm schon die Pest an den Hals gewünscht habe.«

»Was ich Cassini gegenüber empfinde, hat nichts damit zu tun. Und ich muß hinzufügen, daß wir ohne ihn nicht auskämen, sosehr wir ihn auch verachten mögen. Um die Fernen Königreiche zu erreichen, brauchen wir seine Fähigkeiten als Geisterseher dringend, und ich spüre, daß wir unserem Ziel jetzt sehr, sehr nah sind.«

»Also was?« fragte ich ungeduldig.

»Wie gesagt: die Fernen Königreiche«, fuhr Janos fort. »Der Gedanke kam mir, als ich Cassini wie einen gestrandeten Karpfen zappeln sah. Wie idiotisch wäre es, wenn ... ich ... hier sterben würde, dem Traum meines Lebens so nah. Um diesen Traum in Erfüllung gehen zu lassen, hätte ich in Kauf genommen, daß Cassini die Lebenssäfte ausgesaugt werden.«

Ich hätte nicht fragen sollen, tat es aber doch. »Und wäre ich an seiner Stelle gewesen? Wäre in den Rachen des Ungeheuers gerutscht? Wärst du wie eine Statue stehengeblieben?«

Langes Schweigen folgte, und ich wurde schon ärgerlich. Dann: »Ich glaube nicht, mein Freund. Jedenfalls hoffe ich es nicht. Nein. Ich hätte dir geholfen.« Doch die Frage blieb im Raum stehen.

Ich kehrte zu meinen Decken und Deoce zurück und ärgerte mich über das, was eben geschehen war. Wenn ich an jene Nacht zurückdenke, suche ich nach Worten, um meine kindlichen Überlegungen zu beschreiben, und mir wird klar, wie verletzt ich damals war, wie sehr ich mich von meinem Freund betrogen fühlte. Doch verstehe ich aus der Distanz, was ich damals noch nicht einsehen konnte, da ich heute weiß, was der junge Amalric noch nicht wußte. An den folgenden Tagen machte Janos' Haltung mir gegenüber eine subtile Wandlung durch. Er wirkte irgendwie ... unbeschwerter in meiner Gegenwart. Als sei eine Schranke gefallen und eine starke Bindung entstanden. Bis zu diesem Tag hatte ich Janos zwar längst als Freund betrachtet, das war keine Frage, doch hatte er mir gegenüber immer noch Distanz gewahrt. Nach dem Erlebnis am Abgrund war Janos Greycloak wahrhaftig mein Freund geworden, soweit er überhaupt irgend jemandes Freund sein konnte.

Am nächsten Morgen zeigte Janos mir die Figur des tanzenden Mädchens. Sie schimmerte, als hätte ein Silberschmied viele Stunden daran poliert. Noch verblüffender war jedoch, daß die Figur stellenweise neu gestaltet war. Bisher war sie an den Hüften zerbrochen gewesen, jetzt war sie bis zu den Knöcheln hin vollständig. In ihrer Hand steckte jetzt eine silberne Feder, und der Schal, den ich für einen Teil des Originalgusses gehalten hatte, bestand aus feinem Gewebe... und war echt. In diesem Moment zweifelte ich nicht mehr daran, daß wir uns den Fernen Königreichen näherten!

Einen Tag später bemerkte Deoce als erste, daß sich der Horizont dunkelblau färbte. Wir beteten, dies möge auf Berge hindeuten. Wenn dem so wäre, mußten sie allerdings manchen Tagesmarsch von uns entfernt sein. Die Frage war, ob wir noch die Kraft hatten, sie zu erreichen. Ich glaubte nicht daran. Allenfalls glaubte ich an eine Oase, mit Wild und Fischen. Wir brauchten Ruhe, um uns zu erholen, da die Krankheiten schlimmer wurden. Wenn wir rasteten, würde der Fluch, der uns verfolgte, vielleicht verschwinden und Cassinis Kräfte zurückkehren.

Lione war der erste in der Reihe, ich selbst ging etwa einen Speerwurf hinter ihm. Die Landschaft war inzwischen hügelig geworden. Ich kam über eine dieser Kuppen, und direkt vor uns öffnete sich ein kleines Tal, wie ein Spalt in der Erde, als hätte ein Riese beide Hände in die Erde gezwungen und sie auseinandergedrückt. Darinnen konnte ich gerade noch ein tiefes Grün ausmachen, das auf gut bewässerte Bäume hindeutete. Ich rief Lione, der noch immer auf den Spalt zulief, als wolle er direkt hineinfallen. Verwundert sah er mich an und kam dann zurück.

Ich fragte ihn: »Warum hast du nicht gerufen, als du es gesehen hast?«

»Was gesehen?«

Ich hielt ihn für halsstarrig, dann merkte ich, daß auch er krank war. Ich deutete auf den Horizont. Lione drehte sich um, und es war, als risse man ihm einen Schleier vom Gesicht. »Es ... es ... war noch nicht da. Ich habe ... nur Berge gesehen«, stotterte er. »Ich wollte schon zurückkommen und vorschlagen, eine andere Richtung zu nehmen.«

Vielleicht wolle jemand ihn das glauben machen, überlegte ich. Langsam bewegten wir uns zum Rand des Kliffs vor, bemüht, einen unkriegerischen Eindruck zu machen, doch hatten wir Bogen und Speere bereit. Als wir ankamen, erwarteten uns dort zwei Männer und eine Frau. Die Frau stand vorn, daher hielt ich sie für die Anführerin. Sie zeigten uns ihre leeren Hände, die Handflächen nach oben. Alle drei waren festlich gekleidet, trugen farbenfrohe, weite Kleider, deren Stoff wie Seide aussah. Offenbar waren sie nicht bewaffnet. Die Frau sagte etwas. Ich verstand sie nicht direkt, eher war es, als erinnerte ich mich an ein bekanntes Gesicht oder einen Traum, kurz nachdem ich aus tiefem Schlaf erwacht war. Deoce hielt vor Überraschung den Atem an. »Sie sprechen meine Sprache«, sagte sie. Dann fuhr sie in ihrem eigenen Idiom fort. »Seid ihr von meinem Volk?«

Die Frau lächelte und plapperte los, so daß ich nur hin und wieder ein Wort verstand. Deoce runzelte die Stirn, denn auch sie konnte nicht ganz folgen. Sie hob eine Hand, und die Frau hielt inne. »Die Sprache ist ... nicht ganz wie meine«, sagte sie und suchte vorsichtig nach Worten. »Sie spricht wie die alten Leute ... nein, das ist nicht das richtige Wort ... wie nach Ansicht der Weisen mein Volk früher gesprochen hat, vor vielen Jahren.«

Deoce stellte uns vor. Der eine Mann hieß Morgendunst und war ihr Schamane, der andere hieß Landhüter. Die Frau nannte sich Tauperle, und sie war das Oberhaupt. Sie sprach mich an, sehr langsam, damit ich sie besser verstehen konnte. »Wir beobachten euch schon seit zwei Tagen. Wir hofften, ihr würdet uns auch sehen.« Ich verstand zwar die Worte, doch nicht ihren Sinn, und bat um weitere Erklärungen. Diese gab sie mir mit Deoces Hilfe, und ich erfuhr so, warum Lione das Tal nicht gesehen hatte. Ein mächtiger Schutzzauber lag darüber. Niemand, der Böses im Sinn hatte, konnte den Spalt sehen. Er würde nur immer mehr Hügel erblicken, von denen er sich schließlich abwenden müßte, ohne zu wissen, warum.

Cassini hörte sich die Übersetzung an. »Es gibt wahrlich große Geisterseher in diesem Land«, sagte er halb ängstlich, halb trauernd, und ich spürte einen Anflug von Sympathie. Cassini wirkte wie ein Mann, dessen Leben und Arbeit auf klarem Blick beruhten und der nun blind geworden war. Es war ein Anflug von Mitleid, weiter nichts. Noch war mir das Paradies, das er aufs Spiel gesetzt hatte, in zu frischer Erinnerung. Außerdem war ich jetzt, wie jeder Reisende, der ein neues, freundlich gesonnenes Volk trifft, damit beschäftigt, Menschen zu begrüßen und kleine Willkommensgaben auszutauschen. Wir wurden eingeladen, Land und Hütten dieser Leute zu teilen, solange wir wollten und ihre Bräuche und Gesetze beachteten. Diese folgten, so sagte Landhüter, der ihr Gesetzesgeber war, nur dem gesunden Menschenverstand und seien kaum lästig. Ich hielt mich mit einem Urteil zurück, denn schließlich empfanden auch die Ufermenschen ihren Kannibalismus als eine völlig natürliche Sache. Doch fühlte ich mich von diesen friedlichen Menschen in keiner Weise bedroht oder provoziert. Sie führten uns zum Rand der Klippen, von wo aus eine in den Stein gehauene Treppe im Zickzack den Fels hinab zu den Bäumen führte. Von dort unten schimmerte ein See herauf, und es duftete nach Lagerfeuern. In der Nähe stürzte ein Wasserfall vom Fels ins Tal. Wir verbanden den Eseln die Augen, und sie brachten noch die Kraft auf, zu protestieren, bis sie das Wasser witterten und bergab liefen.

Kaum hatten wir ein Dutzend Stufen hinter uns gebracht, als ich Cassini schreien hörte und mit der Hand am Schwert herumfuhr.

Verblüfft stand er da und wankte, als würde er gleich in Ohnmacht fallen. Einer der Männer stützte ihn, doch Cassini schien es nicht zu merken. »Meine Macht... meine Zauberkraft... sie ist zurückgekehrt!« Schnell sah ich zu Janos, fand ein Lächeln in seinem Gesicht und wußte, Cassini hatte sich nicht getäuscht. Der Stamm an diesem Felsspalt mußte wirklich über mächtige Geisterseher verfügen.

Der ganze Stamm wartete im Dorf, das aus mehreren zentralen Gebäuden, einer Festwiese und kleinen Wohnhäusern bestand, die offensichtlich wahllos um den Versammlungsplatz herum angeordnet waren. Man hatte ein Fest vorbereitet, doch leider hätte dies keinem von uns gutgetan. Wir hätten unsere Gastgeber nur beschämt. So brachte man uns in Hütten unter, und die Frauen und Männer des Stammes boten uns frische Kleider an. Andere halfen, unsere Kranken zu entkleiden und sie in Hängematten zu betten. Die Heilerinnen teilten uns mit, Arzneien seien schon bereitgestellt, sie zu behandeln. Offensichtlich waren wir nicht die ersten Menschen, die diesen Spalt entdeckt hatten, und auch nicht die ersten, die durch diese furchtbare Einöde getaumelt waren.

Deoce und ich badeten im See und zogen uns um. Wir fühlten uns wie wandelnde Tote, zwangen uns jedoch, zum Fest zu gehen. Nur wenige von uns, darunter Deoce, Janos, Sergeant Maeen und Lione, saßen an dem großen runden Tisch. Ich aß nicht viel, weil ich fürchtete, mir würde von zuviel Speisen übel werden. Lione und Maeen passierte das tatsächlich, doch unseren Gastgebern war das egal. Schließlich konnten wir die Augen nicht mehr offenhalten, entschuldigten uns und schwankten zu unseren Hütten. An die nächsten Tage erinnere ich mich kaum, nur daß ich aufwachte, aß, badete und darauf achtete, daß meine Männer versorgt wurden.

Schließlich dann fand ich doch zu meinem wahren Ich zurück, schneller als ich es für möglich gehalten hätte. Wieder und wieder bin ich in meinem Leben daran erinnert worden, wieviel grobe Behandlung so ein Körper vertragen kann, und habe nie aufgehört, mich zu wundern, wie leicht so mancher Mensch sein Leben aushaucht. Hier in diesem Tal habe ich es zum ersten Mal beobachtet. Einer der Männer, die wir aus der Sklaverei befreit hatten, starb, später ein weiterer. Trotz der besten Beschwörungen und Kräuter, die Cassini und Morgendunst bereitstellten, ließ die Krankheit nicht von unseren Leuten ab, so daß sie nicht zu Kräften kamen. Nur Janos, Cassini, Deoce, Sergeant Maeen und ich waren nicht krank geworden. Lione weigerte sich, einzugestehen, daß auch er befallen war.

Als ich wieder zu Kräften kam, erkundigte ich mich nach dem Stamm in diesem Felsspalt. Im ganzen Tal gab es etwa zweihundert Menschen. Sie lebten ein friedliches und normalerweise langes Leben. Durch vorbeiziehende Flüchtlinge oder gelegentlich durch Händler, die sich von der Welt zurückziehen wollten, kam frisches Blut in den Stamm. Die Menschen hier lebten von den Früchten, die sie weiter oben im Tal pflanzten, wo der Wald nicht mehr so dicht war. Sie benutzten lange, ausgehöhlte Flaschenkürbisse als Rohrleitungen, um das Wasser von Quellen und Bächen auf ihre Felder umzuleiten. Mit großer Umsicht jagten sie das Wild. Jeder Hirte mußte selbst entscheiden, welches Tier getötet werden konnte, ohne die Herde zu schädigen. Früher einmal hatten sie auch Ziegen gehalten, die jedoch in der letzten Generation gestorben waren. An Rinder und Pferde erinnerten sie sich nur dunkel aus längst vergangener Zeit. Sie schienen sich ein wenig vor unseren Eseln zu fürchten – die sich – robust, wie sie waren – schnell von den Strapazen erholt hatten.

Der Stamm der Felsenmenschen war vor vielen Generationen in dieses Tal gekommen. In ihrer Heimat waren sie zwischen zwei große kriegführende Völker geraten und dem Untergang geweiht. Doch hatten sie einen großen Zauberer gehabt, wie Morgendunst mir anvertraute. »Kräfte groß ... sehr groß ... mehr als ich ... mehr als euer Schamane ... er kam aus den Fernen Königreichen. Du hast gehört davon?«

Ich konnte meine Aufregung kaum verbergen. Ich rief Deoce und Janos, um keine meiner Fragen zu vergessen, und Morgendunst gab sein Bestes, sie zu beantworten. Ja, der Zauberer sei aus den Fernen Königreichen gekommen, ein großer Mann, der sich entschlossen hatte, seine Welt von Gold und Seide zu verlassen und anderen, die nicht so stark waren, zu helfen. Zufällig war er auf den Stamm gestoßen, kurz nachdem der Krieg begonnen hatte. Er hatte sich angeboten, sie nach Westen zu führen, fort von Tod und Zerstörung. Janos unterbrach ... wußte Morgendunst, wie weit die Fernen Königreiche von den Gefilden des Stammes waren? Er wußte es nicht. Er wußte auch nicht, wie weit der Stamm unter der Führung des Geistersehers gezogen war, bis sie in dieses Tal gekommen waren. »Die alten Geschichten sagen, daß es eine lange, schreckliche Reise war.« Er zuckte die Achseln. »Aber ist nicht jede Reise eine Sage voller Gefahren, wenn man sie nachts am Lagerfeuer erzählt?«

Ich hatte eine Frage, die mir fast unerheblich schien: Die Flüchtlinge und Händler, von denen er uns zuvor berichtet hatte, waren sie aus den Fernen Königreichen gekommen? Nein, sagte Morgendunst. Tatsächlich waren, seit er denken konnte, nie Reisende aus dem Osten gekommen.

»Was«, wollte Deoce wissen, »berichten eure Geschichten von den Fernen Königreichen? Sind sie von Menschen oder von Göttern bewohnt? Sind sie gut oder böse?« Den Rest des Tages berichtete Morgendunst von den Legenden des Stammes, am Abend gesellten sich dann andere alte Männer und Frauen zu uns. Es gab nicht viel zu berichten, was wir von diesem Land der sagenhaften Zauberei und unermeßlichen Reichtums nicht schon gehört hätten. Zwei Dinge blieben festzuhalten: Sämtliche Legenden des Stammes stimmten darin überein, daß die Fernen Königreiche mildtätig waren. Warum sonst sollte dieser große Geisterseher ein so guter Mensch gewesen sein? Das Problem waren die Länder um sie herum, und hier lag nach Meinung von Morgendunst auch die Ursache für unsere Zauberprobleme – er nannte sie die Entzweiten Länder. Es waren diese Königreiche gewesen, die den Stamm der Felsenmenschen mit ständigem Krieg in die Zange genommen hatten.

Was die Späher anging, so hatte noch niemand im Tal von ihnen gehört oder sie je gesehen. Sie fürchteten sich, als wir diese geisterhaften Wächter beschrieben.

»So werden wir also weiter durch Finsternis reisen, wenn wir von hier aufbrechen«, murmelte Janos.

»Ihr müßt nicht weiterreisen«, sagte Morgendunst. »Es gibt viele junge Frauen in unserem Stamm, die noch keinen Mann gefunden haben. Den Legenden unseres Volkes nach ist auch dies ein Geschenk des großen Geistersehers, daß nämlich Reisende, die meistens männlich sind, das Gleichgewicht nicht stören, wenn sie sich zum Bleiben entschließen.« Sämtliche Männer schienen Gefährtinnen gefunden zu haben, selbst wenn die meisten zu wenig mehr imstande waren, als Brühe zu schlürfen und sich ihre fiebrige Stirn waschen zu lassen. Klar war auch, daß der Stamm mit geschlechtlichem Leben sehr freizügig umging. Die Frauen des Stammes wechselten häufig die Partner und besuchten gelegentlich paarweise besonders attraktive und potente Männer. Zwei von ihnen fragten Deoce, ob sie nicht, wie sie sich ausdrückten, »mit ihnen im Mondschein gehen« wolle. Deoce gab vor, entsetzt zu sein, doch eigentlich war sie, glaube ich, geschmeichelt. Selbst Cassini wurde ein- oder zweimal dabei beobachtet, wie er mit einer der Frauen im Dunkel verschwand. Ein weiterer Beweis, daß entgegen meiner Auffassung unter seinen Ahnen im Laufe der Jahrhunderte doch ein oder zwei menschliche Wesen gewesen sein müssen.

Am erstaunlichsten war Janos' Benehmen. Er wirkte wie ein Bulle in der Brunst. Ständig liefen Frauen, manchmal allein, manchmal in Gruppen, kichernd zu dem Haus, in dem er schlief. Eigentlich kann er kaum Zeit zum Schlafen gefunden haben.

Ich selbst brauchte niemand außer Deoce. Ihre Liebe war erfinderisch, stets feurig, manchmal zurückhaltend, dann wieder schamlos. Ich war damit beschäftigt, meine Stärke wiederzugewinnen, ging sogar spazieren und lief jeden Tag eine Stunde um das Tal herum. Dann fing ich an, die große Treppe in die Außenwelt hinauf- und wieder hinunterzurennen, was sich als noch anstrengender erwies. Es war eine seltsame Zeit, was mir schon damals klar war. Ich fühlte mich wie in einem großen Gewölbe unter einem Glasdach. Und draußen wütete ein schwerer Sturm, ein Sturm, in den wir wieder hinausmußten.

Ich nahm Cassini mit der Karte mehrmals bis knapp unter die Felskante und ließ ihn seinen Zauber versuchen. Der Talisman arbeitete wieder. Wir konnten die Faust der Götter sehen, und inzwischen lagen weniger von diesen rätselhaften Orientierungspunkten zwischen dem Paß und dem Standort, an dem der Talisman uns vermutete.

Ich wurde immer ungeduldiger, weiterzuziehen. Dafür gab es Gründe. Es wurde immer später, und schon nahte der Herbst. Wenn der Talisman und das Traumbild damals in Orissa recht behalten sollten, waren auf dem Weg in die Fernen Königreiche noch Berge zu überqueren. Und wir mußten unserer langen Liste von Widrigkeiten nicht noch Schnee, Eis und Stürme hinzufügen. Doch meine Männer erholten sich nur langsam. Ich wollte hier nicht überwintern, wie reizend und liebenswürdig die Menschen im Felsental auch sein mochten. Schließlich kam ich zu einer Entscheidung. Ich mußte die Gruppe teilen. Die Kranken sollten hierbleiben. Sergeant Maeen würde die Verantwortung übernehmen.

Nur vier Mann blieben übrig. Ich wollte sie antreiben, um so schnell wie möglich die Faust der Götter zu erreichen. Wir mußten den Paß überqueren und, sollten die Fernen Königreiche in Reichweite liegen, zum Felsental zurückkehren. Wären meine Männer bis dahin wiederhergestellt und wir auf keine weiteren Hindernisse gestoßen, würden wir den Weg weitermarschieren, den der Spähtrupp gegangen war. Wenn nicht, mußte ich hinnehmen, daß wir hier bei unseren Freunden überwinterten. Aus den Gesprächen der Soldaten wußte ich, daß kleine Spähtrupps oftmals schneller vorwärts kamen als große Kommandos, vor allem unbemerkter und somit sicherer. Doch hatte ich auch Geschichten davon gehört, wie verwundbar ein so kleiner Trupp sein konnte, wenn er von Feinden überrascht wurde.

Außerdem entschied ich, daß Deoce zurückbleiben sollte. Nach so vielen Jahren weiß ich jetzt, daß ich damals dumm war, denn ihr Durchhaltevermögen hatte sie genügend unter Beweis gestellt, indem sie Sklaventreiber und Einöde überlebt hatte. Nur ... wenn sie wegen meiner tollkühnen Idee, mit einigen wenigen weiterzuziehen, hätte sterben müssen ... Das hätte ich mir nie verziehen. Sie tobte, als ich es ihr sagte. Was war mit ihren Gefühlen, wenn ich entführt würde – oder Schlimmeres? Was sollte sie meinem Vater sagen, wenn sie nach Orissa käme? Wie könnte er auch nur höflich zu ihr sein, wenn sie, die Tochter eines Stammesfürsten und Enkelin eines mächtigen Satraps, ihre große Liebe hatte in die Wildnis ziehen lassen? Eines wurde mir klar, während sie mich bestürmte: Inzwischen gingen wir beide davon aus, daß wir gemeinsam nach Orissa zurückkehren und dort zusammenbleiben würden. Ich hielt mich für besonders klug, als ich ihre wütenden Beschimpfungen unterbrach und ihr die Heirat vorschlug. Fast hätte sie mich geschlagen. Statt dessen warf sie mich aus ihrer Hütte. Ich könnte schlafen, wo und mit wem ich wollte. Und was die Hochzeit betrifft ... das heißeste und staubigste Leben soll dir nach deinem Tode blühen, Amalric Antero. Der Großteil der Dorfbewohner hatte unseren Streit mitangehört. So wurde ich mit spöttischem Mitgefühl und verstecktem Lächeln begrüßt. Ich fand eine kleine, freie Hütte und brütete darüber nach, wie kompliziert die Frauen seien – nicht ohne weiter meine Pläne zu bedenken.

Nichts von dem, was Deoce gesagt hatte, änderte etwas an meinen

Vorstellungen. Janos, Cassini und ich würden weiterziehen. Ich fragte mich nur, wie ich das Thema dem Geisterseher gegenüber anschneiden konnte, und kam zu keiner Lösung. Er mochte ebenso neugierig auf die Fernen Königreiche sein wie ich, oder es zumindest irgendwann einmal gewesen sein. Ein solcher Vorstoß zu dritt jedoch würde ihm wohl eher selbstmörderisch erscheinen. Während der Reise war er kaum ein Segen gewesen, als er die Soldaten noch als persönliche Sklaven behandeln konnte. Jetzt würde er sein Gepäck allein tragen müssen. Außerdem war der Mann kein Soldat, während ich mich selbst inzwischen für mindestens so fähig hielt wie den geringsten unter Maeens Soldaten, insbesondere nach dem Überfall auf das Lager der Sklavenhändler.

Also blieben Janos und ich. Ihn hatte ich in den letzten Tagen, während ich mit meinen Plänen zu kämpfen hatte, kaum gesehen. Er war mit seinen Konkubinen beschäftigt und, so nahm ich an, mit jenen geheimnisvollen Utensilien, die er aus Lycanth mitgebracht hatte. Ich ging zu seinem Häuschen. Gesang war zu hören, dann ein Stöhnen. Ich wartete einige Minuten, bevor ich an seinen Türrahmen klopfte.

»Wer da?«

»Amalric. Dein gelegentlicher Führer.«

»Tritt ein, mein Freund.«

Ohne zu ahnen, was mich erwartete, trat ich ein. Was ich sah, hätte ich mir so nie ausmalen können: Weihrauch hing dick im Zimmer. Alle Möbel hatte man entfernt. An den Wänden hingen drei Pergamentrollen mit Symbolen, die ich nicht entziffern konnte. Der Boden war mit weißem Sand bedeckt. Darauf war mit rotgefärbtem Sand ein Pentagramm gezeichnet, darin ein Dreieck in einem Kreis. Im Raum befanden sich sieben Personen. Sechs davon waren Frauen, der siebte war Janos. Er trug ein dünnes, rotes Gewand. Fünf der Frauen trugen nur eine rote Schnur um ihre Hüften. Sie knieten an jeder Ecke des Pentagramms und hielten die sechste Frau an

Händen, Füßen und dem Haar, ohne wirklich Kraft zu brauchen. Sie war nackt. Keine von ihnen schien mich zu bemerken, nur Janos. Mir war klar, warum die sechste nichts mehr wahrnahm: Sie kehrte eben von jenem fernen Ort zurück, den wir im Orgasmus erreichen. Der Sand und das Pentagramm um ihre Schenkel waren aufgewühlt. Die anderen schienen verzaubert, als würden sie einer Erfahrung teilhaftig, die nicht zu übertreffen war.

»Es ist vorbei, meine Freundinnen«, sagte Janos sanft, und die Mienen der Frauen wurden wieder normal. Sie halfen der sechsten, sich aufzurichten, und brachten ihr Wein. Dann erkannten und begrüßten sie mich. Keine von ihnen schien sich der etwas bizarren Umstände bewußt zu sein.

Janos führte mich in ein anderes Zimmer. »Ich fürchte, die Nachwehen unserer Vergnügungen könnten ein wenig zu sehr ablenken«, sagte er trocken. »Was führt dich zu mir?« wollte er wissen. »Ich dachte, du und Deoce, ihr hättet inzwischen … euren eigenen Himmel gefunden.«

Ich sagte ihm nicht, daß Deoce und ich im Augenblick nicht einmal die Existenz des anderen anerkannten. Doch erzählte ich ihm von meiner Entscheidung. Er griff nach der Figur des tanzenden Mädchens, die an seiner nackten Brust hing.

»Interessant«, grübelte er. »Eine kleine Gruppe, die das Land erkunden soll. Amalric, manchmal glaube ich, du hättest besser Kundschafter werden sollen, nicht reicher Kaufmann.«

Ich bedankte mich und setzte ihn davon in Kenntnis, daß ich in den nächsten ein, zwei Tagen aufbrechen wollte, sobald wir Proviant und Waffen zusammengestellt hatten.

»Ah«, sagte er, und plötzlich schien es mir, als hätte er jegliches Interesse an unserer Suche verloren, wie auch in allem anderen außer dem, womit er sich gerade beschäftigte. »Ja. Wir sollten aufbrechen. Nur sollten wir die Stunde und den Tag unseres Aufbruchs sorgfältig wählen. Vielleicht«, sagte er und klang dabei äußerst unbestimmt, »sollten wir unseren Geisterseher Runen werfen lassen, um die günstigste Stunde zu ermitteln. Vielleicht sollten wir auch besser warten, bis alle Männer gesund sind. Bedenke dies, Amalric. Keiner von uns ist bisher erkrankt, doch ist es keine Garantie. Es wäre unangenehm, irgendwo dort drüben zu sein und einem Leiden zum Opfer zu fallen. Ich glaube, meine Freundinnen im Nebenzimmer wären weitaus bessere Pfleger als du.«

Ich wollte etwas entgegnen, hielt mich jedoch zurück. »Ich verstehe.« Ich blieb stehen. »Offenbar habe ich dich zu einem schlechten Zeitpunkt besucht. Wir sprechen später darüber. Morgen.« Ich versuchte, meinen Ärger zu verbergen, was mir kaum gelang, und ging.

Ohne weiteres hätte ich noch wütender werden können, doch bot sich mir keine Gelegenheit, denn in meiner Junggesellenhütte wartete Deoce. Es ist unerheblich, was gesagt wurde und wie viele Tränen flossen. Liebende, die sich wieder versöhnen, stehen unter einem guten Stern. Auf alle anderen jedoch wirken sie entweder langweilig oder abscheulich sentimental.

Janos erwartete mich in der Morgendämmerung, als ich mich eben waschen wollte. Überschwenglich entschuldigte er sich. Er konnte sich überhaupt nicht vorstellen, was in ihn gefahren sei, außer vielleicht ... nun, ich würde mich sicher an seine Freundinnen erinnern. Ich möge ihm verzeihen. Natürlich würde er an meinem Spähtrupp teilnehmen. Es sei ein trefflicher Plan. Der Traum unseres Lebens könne schon in einigen Stunden oder Tagen in Erfüllung gehen, so zumindet hoffe er das. Wenn mir danach sei, könnten wir noch heute aufbrechen. Vorausgesetzt, ich wolle noch immer einen Dummkopf oder ein Faultier als Begleiter. Ich mußte lachen. Als wäre ich selbst nie in einem ungeeigneten Augenblick mit einer guten Idee konfrontiert worden und hätte sie abgelehnt.

Schon konnte ich die Fernen Königreiche ahnen, ihren Geruch schmecken und mir die Reichtümer durch die Finger rinnen lassen, als wäre ich ein vom Wahn besessener Geizhals mit seinen Säcken voller Gold.

Zwei Tage später brachen wir auf, mit leichtem Gepäck und getrockneten Lebensmitteln. Janos Greycloak und ich griffen nach der Faust der Götter.

Kapitel Zwölf

Die Faust der Götter

Unser Marsch dauerte länger als die paar Stunden und Tage, die mein Freund veranschlagt hatte. Janos lachte und hielt das für eine wertvolle Lektion, die jeder gute Befehlshaber von Soldaten lernen sollte. Sage einem einfachen Soldaten nie, eine Entfernung übersteige fünf Wegstunden, um seinen Elan nicht zu zerstören. Fünf Stunden zur Zeit, erklärte er mir, und du kannst die ganze Welt erobern.

Wir marschierten schnell, viel schneller als zu Beginn unserer Reise, als wir von der Pfefferküste losgezogen waren. Doch kamen wir nur umständlich voran, da wir offenes Gelände mieden, und falls dies nicht möglich war, hielten wir sorgfältig nach Gefahren Ausschau, bevor wir von Deckung zu Deckung preschten. Unsere Nachtlager blieben ohne Feuer. Mittags kochten wir mit trockenem Holz und aßen abends und morgens kalt. Außerdem bestand ich darauf, Karten anzulegen, wodurch sich unsere Reise weiter verzögerte. Janos genügte es, die Fernen Königreiche zu entdecken. Ich dagegen mußte in der Lage sein, hierher zurückzukehren und, was noch wichtiger war, meinen Händlern die Route zu erklären.

Aus den Hügeln wurden Gebirgsausläufer, die zu den Bergen in der Ferne führten. Sie schienen nie näher zu kommen. Cassini hatte Janos widerwillig die Zauber zur Beschwörung des Talismans beigebracht, und wir nahmen die erste Peilung vor, als wir drei Tagesmärsche vom Felsental entfernt waren. Das war unser erster Fehler. Der Talisman zeigte uns, wir wären genau auf der beabsichtigten Route, die Faust der Götter läge direkt in unserer Marschrichtung. Doch weniger als zwei Stunden nach der Beschwörung hatte ich plötzlich das Gefühl, beobachtet zu werden. Es war ein Gefühl – das merkte ich jetzt –, das mich begleitete, seit die Ufermenschen uns verlassen hatten. Und selbst Cassinis Zauber auf dem Fluß hatte es nicht verdrängt. Nur im Felsental hatte ich es nicht gespürt. Ich hielt es für törichte Gedanken, bis Janos darauf zu sprechen kam. Er hatte dieselbe Empfindung. Zuerst verglich er sich mit einem Kaninchen, das einen hungrigen Habicht über sich entdeckt, oder mit Cassinis Vorstellung von einem großen Fisch, der sich in seinem Becken treiben läßt. Dann verbesserte er sich. Er hatte nicht das Gefühl, daß derjenige, der nach uns suchte, unbedingt böse war – falls es sich nicht überhaupt um ein Hirngespinst handelte. Doch spürte er auch kein Wohlwollen. Was immer es war, es schien lediglich Interesse an uns zu haben.

Es war der Tag, an dem wir die Späher wieder sahen. Zwei von ihnen saßen auf einem Bergrücken, nicht allzuweit entfernt, auf ihren Rossen. Wir entdeckten sie, als wir gerade aus einem Wäldchen kamen. Ich wäre weitergegangen und hätte sie ignoriert, wie wir es schon früher getan hatten, doch Janos blieb stehen. Wortlos bedeutete er mir, mich hinter einem Busch auf den Boden zu legen.

»Du bist das Reh«, flüsterte er. »Versuch, wie ein Reh zu denken.« Ich glaubte schon an einen Sonnenstich, tat jedoch mein Bestes, ohne zu verstehen, was er wollte. Ich wußte nur wenig über das Leben der Rehe, und so versuchte ich, mich an diejenigen zu erinnern, die wir auf dem Weg gesehen hatten, und mir ihre Sorgen vorzustellen. Meine Gedanken wanderten zu den Reitern auf dem Bergrücken, und irgendwie wußte ich, daß dies nicht gut war. In diesem Augenblick *nicht* an die Späher zu denken, war, als würde man jemandem sagen, er solle nicht an die Farbe Rot denken. Einige Augenblicke später stieß Janos mich an, ich solle mich aufrichten. Er deutete auf den Bergrücken – die Späher waren verschwunden.

»Das gefällt mir nicht«, sagte er. »Wir kennen die Absichten der Späher nicht. Wir wissen noch nicht mal, ob sie uns im Visier haben. Allerdings, ich befürchte das Schlimmste. In letzter Zeit waren sie nicht zu sehen, aber gerade als wir die Zauberkarte gebraucht haben, sind sie wieder aufgetaucht. Ich kann nicht vergessen, daß diese Karte einem von ihnen gehört hat. Gleiches zieht immer Gleiches an, in der Zauberei wie im Leben. Den Talisman sollten wir nur so wenig wie möglich benutzen. Wir dürfen jetzt keine Aufmerksamkeit auf uns lenken.«

Ich persönlich hielt es für zu spät. Es konnte kaum Zufall sein, daß die Späher quer zu unserer Richtung auf einem Berg erschienen, kurz bevor wir ihn passierten. Doch Janos' Vorsicht konnte nicht schaden. Von diesem Augenblick an nahmen wir uns noch mehr in acht. Während der nächsten Tage versuchten wir, uns nie auf Hügelkuppen sehen zu lassen, beim Überqueren eines Stromes lieber auf Steine zu treten, als Fußabdrücke im Sand des Ufers zu hinterlassen, und niemals den natürlichsten und einfachsten Weg zu wählen.

Wir fanden Ruinen. Die erste war eine runde, steinerne Festung. Sie war nicht einfach verlassen, sondern im Sturm erobert und vernichtet worden. Das große, hölzerne Tor war niedergerissen und lag einige Fuß weit vom Eingang entfernt. Alles Holz, ob Dächer oder

Stützbalken, war verkohlt. Die Eroberer hatten die Festung niedergebrannt. Jetzt verstand ich, warum Janos Cassinis Begleitung für so wichtig gehalten hatte. Es hätte mich interessiert, ob die Soldaten der Festung in fairer Schlacht oder durch Zauberei geschlagen worden waren. Und obwohl die Schlacht schon vor vielen Jahren stattgefunden haben mußte, spürte ich dennoch an diesem düsteren Tag die Gegenwart eines Zaubers. Zumindest jedoch machten die Ausmaße des Portals und der Treppen klar, daß dieses Land von Wesen menschlicher Größe und nicht von Riesen besiedelt worden war. Wir nutzten die Ruinen nicht als Zuflucht, sondern marschierten eilig weiter.

Das Fort mochte ein Grenzposten gewesen sein, jedenfalls wurden die Ruinen immer zahlreicher. Ich fragte Janos, wie lange es her sei, daß der Krieg diese Berge überzogen hatte. Er wußte es nicht genau, doch mußte es wohl ein Menschenleben her sein. Außerhalb eines niedergebrannten Dorfes hörten wir ein Bellen und sahen, wie ein Rudel Hunde eine gestreifte Antilope jagte. Das unterschiedliche Aussehen der Hunde deutete darauf hin, daß sie nicht wirklich wild waren. Ein bäuerlicher Stamm, was die Menschen hier gewesen sein mußten, hätte seine Hunde nicht freiwillig ausgesetzt. Dennoch fand ich neben einer zerstörten Hütte ein kleines, handgeschnitztes Pferd, wie es ein Vater für seinen Sohn schnitzen würde. Kein Kind läßt ein Spielzeug zurück, wenn es nicht kaputt ist oder ihm gewaltsam entrissen wird. Soldaten mußten in dieses Dorf eingefallen sein und alles Wertvolle mitgenommen haben, auch die Einwohner. Keiner hatte fliehen können, anders als unsere Freunde vom Felsental. Die Entzweiten Länder hatten ihren Namen verdient.

Wir schliefen in dieser Nacht nicht weit hinter dem Dorf und wurden von Pferdehufen geweckt. Fast versanken wir im Boden und hofften, unsichtbar zu sein. Dem Geräusch nach mußten es mehrere Reiter sein. Janos hob die Finger einer Hand dreimal. Ich glaubte, weniger als einen Speerwurf entfernt, Federbüsche auf den Helmen gesehen zu haben, doch wahrscheinlich hatte ich mich getäuscht. Am nächsten Morgen untersuchten wir die Gegend vorsichtig, konnten aber dort, wo die Reiter vorbeigekommen sein mußten, weder Kot noch Spuren finden.

»Jetzt reiten die Späher ihre Patrouillen in halber Kompaniestärke«, sagte Janos. »Wir sind nahe dran.«

Eine Stunde später etwa betraten wir einen dichten Wald, der weit über unsere Köpfe reichte. Hier waren lange keine Bäume mehr gefällt worden. Wir sahen die Sonne nicht mehr und mußten uns auf unseren Kompaß verlassen. Als die Nacht hereinbrach, waren wir immer noch tief in der Wildnis. Wir schliefen schlecht, nicht nur wegen der vielen Geräusche unbekannter Kreaturen, die in der schwarzen Nacht jagten und gejagt wurden. Ich fühlte mich wie eingesperrt, denn schließlich war es der erste Dschungel, in dem ich je gewesen war. Einmal hörte ich den Flügelschlag eines mächtigen Nachtvogels über unseren Köpfen. Am nächsten Morgen aßen wir hastig und eilten weiter. Wir mußten uns einen Weg durch Ranken und dichtes Unterholz bahnen.

Plötzlich war der Wald zu Ende. Wir standen am Rande einer großen, zerklüfteten Ebene, die braun zu werden begann, da der Monat des Rauches bevorstand. Kurz zuvor mußte das Gras noch gelb wie blühender Senf gewesen sein. Ansonsten herrschte das Grün der Wälder und das Silber fließender Gewässer vor.

Dahinter lag die Bergkette. Zu ihr gehörten vier Gipfel, ein fünfter bog sich wie ein großer Daumen. Wir hatten die Ebene erreicht, die sich zur Faust der Götter erstreckte. Es war noch zu früh für Schnee, und wir schienen noch näher dran zu sein, als ich es im Traumbild vor mir gesehen hatte, so daß man an den Gipfeln die Riefen gleich unterhalb des pechschwarzem Vulkangesteins erkennen konnte. Bei allem, was mir heilig ist, dachte ich, wir *haben* die Faust der Götter gefunden. Dahinter liegen die Fernen Königreiche.

Janos sah mich an, und ich drehte mich zu ihm. Beide waren wir in den nächsten Augenblicken wie im Wahn. Zuerst kamen Verwirrung und Schock, ungläubiges Starren, dann redeten wir durcheinander, ohne daß einer dem anderen zuhörte. Schweigen.

»Wir haben es gefunden«, sagte ich.

»Das stimmt.«

»Hast du wirklich geglaubt, daß wir es schaffen würden?«

Keiner sah dem anderen in die Augen oder gab eine Antwort. Vielleicht hatte es während dieser Suche zuviel Zauberei, Gefahr und Enttäuschung gegeben, als daß man sich die Überheblichkeit hätte bewahren können. Dann aber war es mit der Feierlichkeit vorbei, und wir alberten herum wie die kleinen Kinder. Schließlich kamen wir wieder zu uns.

»Verdammt und zugenäht«, sagte ich. »Ich hätte in meinem Gepäck Platz für eine Flasche lassen sollen, mit der wir es begießen könnten.«

»Das brauchen wir nicht, Amalric«, entgegnete Janos. »Der Strom da vorn wird uns besser schmecken als jeder Wein. Wir können uns dort niederlassen, und ich schätze, daß wir nicht mehr als drei oder vier echte Tagesmärsche bis zum Paß brauchen.«

»Dann drei Tage in den Bergen vielleicht«, murmelte ich, »über den Paß und ...«

»Und die Fernen Königreiche liegen vor uns«, fuhr Janos fort.

Wir schulterten unser Gepäck und gingen dem Strom entgegen. Ich hätte fliegen oder schweben mögen. Ich spürte die Wunden, die der dornige Dschungel auf meiner Haut hinterlassen hatte, die wunden Zehen und Sohlen nicht mehr. Wir hatten es geschafft. Wir waren so weit vorgedrungen wie kein Orissaner und Lycanther je vor uns. In diesem Augenblick wußte ich, daß wir nicht nur Geschichte gemacht, sondern auch die zukünftige Geschichte verändert hatten. Wenn wir erst die Fernen Königreiche auf der anderen Seite des Passes gesehen haben und sicher zurückgekehrt sein würden, woran ich keinen Zweifel hatte, würde nichts mehr sein wie zuvor.

Ich bemerkte ein paar Späher weit entfernt auf einer Seite, abseits unserer Marschrichtung, beachtete sie jedoch nicht weiter.

Wir waren keine zehn Meter jenseits der Baumgrenze, als eine Trompete erscholl. Aus einem Wäldchen, nur wenige Speerwürfe entfernt, kamen drei Reiter. Von der Seite kamen weitere zwanzig. Es konnten keine Späher sein, denn wir hörten ihr Rufen, wie das der Jäger aus Orissa, wenn der Eber seine Deckung verläßt, sie ihre Speere anlegen und ihn jagen. Es waren auch keine Kavalleristen im makellosen Paradepanzer, sie steckten im praktischen, stahlverstärkten Leder einfacher Soldaten. Ich sah, wie sich einige Männer in den Steigbügeln aufrichteten und ihre Bogen spannten. Die Pfeile schlugen wenige Meter vor uns im Boden ein, und wir kehrten um und rannten weg. Wir liefen in den Dschungel zurück. Noch nie war ich so froh, Dornenzweige, Gestrüpp, Ranken und strangulierendes Gebüsch zu sehen, wie in diesem Augenblick.

Ich brauchte jetzt keinen Hinweis von Janos, wie ein verblüffter Hase, Backenhörnchen, Igel oder Dachs zu denken, der von Hunden oder Jägern gehetzt wird. Während wir uns einen Weg durch das Dickicht bahnten und die Ranken uns festhalten wollten, als sei dies alles der Alptraum eines kleinen Kindes, hörten wir hinter uns Pferde, die in den Wald eindrangen, Schreie, Befehle und Kommandos. Jetzt verloren sie Zeit, weil sie absteigen und uns zu Fuß folgen mußten oder vielleicht umkehrten und den Wald umkreisten, damit sie uns in einen Hinterhalt locken konnten. Doch das war einerlei. Wir zwei hätten in diesem Dickicht jahrelang ausharren können, bis sie mit ganzen Armeen wiederkommen würden. In diesen Waldungen konnten wir den Feind warten lassen. Sie waren mir so wertvoll wie mein eigenes Schlafgemach, wenn draußen Winterstürme tobten.

Mein Mut erlebte einen Höhenflug. Wir hatten die Faust der

Götter gesehen. Jetzt brauchten wir nur noch unsere Verfolger abzuschütteln, zum Felsental zurückzukehren und uns dann gewitzt noch einmal auf die Reise zu machen. Unsere Männer würden sich inzwischen erholt haben. Sergeant Maeen und seine Leute waren mehr als fähig, eine Kavalleriepatrouille abzuschütteln, der wir nicht ausweichen konnten.

Es gab nichts, was uns aufhalten konnte. Noch vor Wintereinbruch würden wir in den Fernen Königreichen sein.

Das glaubte ich zumindest. Als wir jedoch zum Felsental zurückkehrten, trafen wir nur Deoce und Sergeant Maeen an. Die anderen hatten uns verlassen.

Janos und ich hatten die Gebirgsausläufer und das hügelige Land ohne jeden Zwischenfall durchquert. Es hatte allerdings Patrouillen gegeben, die nach uns suchten. Sie alle hatten aus sehr realen, echten Soldaten bestanden. Auf Janos hatten sie einen fähigen Eindruck gemacht. Nur unser Geschick als Waldläufer hatte es uns ermöglicht zu entkommen. Janos vermutete, sie hätten nach einer wesentlich größeren Gruppe gesucht und uns nur für die Vorhut gehalten. Wir hüteten uns, den Talisman für einen schwarzen Zauber zu mißbrauchen, und hielten uns statt dessen an meine sorgfältig gezeichnete Karte, die Janos anfänglich als reine Zeitverschwendung angesehen hatte.

Im sicheren Felsental angelangt, kam meine Welt ins Wanken, da ich den Schaden sah, den dieser Schweinehund von einem Geisterseher angerichtet hatte. Niemand sagte etwas, während ich wütete. Janos stolzierte mit düsterer Miene zum See hinab.

Schließlich hatte ich mich wieder unter Kontrolle und fragte, was geschehen sei. Nur zwei Tage nach unserem Aufbruch war Sergeant Maeen erkrankt. Da mußte Cassini seine Chance gewittert haben. In jener Nacht war Rauch in seltsamsten Farben aus seiner Hütte gedrungen.

In der nächsten Morgendämmerung hatte er düster bekanntgegeben, Janos und mir sei Schlimmes zugestoßen. Wir seien in Feindeshand geraten. Er war sich nicht einmal sicher, ob wir überhaupt noch lebten.

Ich verfluchte Cassini mit allen unflätigen Schwüren, die mir einfallen wollten. Dann sagte ich: »Deoce, wie ist es dir ergangen? Es tut mir so leid, daß er euch überflüssigen Kummer bereitet hat.«

Deoce schüttelte den Kopf. »Ich habe mich nicht gegrämt, Amalric. Ich wußte, daß du noch lebtest und unverletzt warst.«

»Wie das?«

»Glaub mir ... wenn – wenn du je von uns gehst, dann werde ich es wissen. Ich werde es wissen.«

Ich fragte nicht weiter. »Und nachdem Cassini seine Lügen verbreitet hatte?«

Deoce hatte versucht zu widersprechen. Sie hatte Morgendunst gebeten, Knochen zu werfen, um sich ihre Ahnung bestätigen zu lassen. Morgendunst hatte keine Anzeichen gefunden, daß uns etwas passiert sei, allerdings auch keine Hinweise auf unser Wohlergehen. Die Gruppe müsse, so sagte Cassini, augenblicklich den Rückzug antreten, zur Pfefferküste ... und dann nach Orissa.

An diesem Punkt wäre Sergeant Maeen, der sich von seiner Krankheit beinah schon erholt hatte, fast in Tränen ausgebrochen. »Ich habe sie ausgebildet«, sagte er gebrochen. »Ich glaubte, diese Mistkerle zu kennen. Ich dachte ... ich dachte, sie würden durchhalten.«

Das taten sie nicht. Insbesondere nicht, als Cassini behauptete, daß wir Spuren zurückgelassen hätten ... Spuren, die unsere Feinde zum Felsental führen würden. Es machte nichts, daß die Obersten des Felsentals dies für unmöglich hielten. Panik breitete sich aus. Innerhalb eines Tages hatten sie Vorräte gesammelt, die Tiere bepackt und waren die Treppen aus dem Felsental hinaufgestiegen – in Richtung Westen.

»Ich habe sie verflucht«, sagte Deoce. »Aber ich bin kein Geisterseher. Ich habe auch Morgendunst gebeten, sie zu verfluchen, aber er erwiderte, dazu sei sie nicht in der Lage. Es würde den großen Zauber zerstören, und sie wären in der Einöde so nackt, wie wir es gewesen waren.«

»Hoffentlich kommen die Schweine in der Wüste um«, schimpfte Maeen. »Oder werden von den Ungeheuern des Abgrunds gefressen.«

»Nein.« Es war Janos. Er war zurückgekehrt und hatte sich wieder unter Kontrolle. »Nein, das wird nicht geschehen. Ich mache eine andere Prophezeiung. Wer vor den Fernen Königreichen flieht, hat wenig zu befürchten, höchstens die Treulosigkeit gegenüber seinem eigenen Land. Irgendwie habe ich das Gefühl, daß Cassini es bis nach Orissa schaffen wird.«

»Dann werden wir dort mit ihm abrechnen«, sagte ich düster.

»Falls wir dazu in der Lage sind. Aber das ist nicht von so großer Bedeutung«, sagte Janos, und seine Augen glänzten wie beim ersten Mal, als er mir von seinem großen Traum erzählt hatte. Ich wußte, was er meinte. Wir hatten einen Fehlschlag erlitten, das stimmte. Aber es war der erste Versuch gewesen. Es würde einen weiteren geben und noch einen… und noch einen, falls erforderlich. Ich streckte meine Hand aus, und Janos ergriff sie.

Bei den Göttern, wir würden zurückkehren… und die Fernen Königreiche würden unser sein.

Die zweite Reise

Kapitel Dreizehn

Helden und Lügner

Zwei Monate später segelten wir mit einer steifen Morgenbrise im Rücken in den Haupthafen von Orissa. Es war zwar schon vormittags, doch war niemand im Hafen, der L'urs gekonnte Manöver mit der *Möwenschwinge Zwei* im starken Wind hätte bewundern können. Ich suchte das Ufer nach bekannten Gesichtern ab, doch erwiderte lediglich ein alter Fischer meinen Blick.

»Wie ich sehe, hast du Orissas Größe nur geringfügig übertrieben, mein Lieber«, sagte Deoce trocken. »Der von Menschen wimmelnde Hafen, die breiten Alleen, das geschäftige Treiben auf dem Marktplatz.« Erneut blickte sie zum verlassenen Flußufer und wandte sich dann Janos zu. »Sag mir, Janos, ist es hier immer so voll, oder sind wir an einem besonders geschäftigen Tag gekommen?« Janos schüttelte den Kopf ebenso erstaunt wie ich.

»Ich verstehe nicht«, sagte ich. »Normalerweise könnten wir uns in dem Stimmengewirr nicht einmal verständigen.«

Deoce lachte. »Und wieder versucht er, der hübschen Barbarin den Kopf zu verdrehen.« Sie ahmte die tiefe Stimme eines Mannes nach. »Ja, meine Liebe, ich bin ein großer Mann in meinem Land. Ein reicher Mann. Mit einer schönen Villa und vielen Dienern. Verweile nur noch einen Augenblick in meinem Zelt …« Sie kniff mich, weil ich die Stirn runzelte. »Sei nicht traurig. Selbst wenn du arm bist, liebe ich dich doch genauso.«

»Glaube mir, Deoce«, sagte Janos, und er genoß ihren Scherz sichtlich. »Unser Freund ist nicht arm. Nimm mein Wort dafür.«

»Das werde ich, Janos«, entgegnete Deoce. »Erspare mir in Zukunft nur bitte Beschreibungen …«, sie deutete auf das verlassene Ufer, »von Häfen voller Menschen.«

Ich sprang vom Schiff und lief mit großen Schritten zu dem alten Fischer hinüber. »Wo sind all die Menschen geblieben, Großvater?« fragte ich.

Aus wäßrigen Augen sah er zu mir auf, band mit knotigen Fingern sein Netz, während er mich, meine Aufmachung und meine zwei Begleiter musterte. »Wenn Ihr heute entladen wollt, habt Ihr großes Pech«, sagte er und nickte in Richtung der *Möwenschwinge*. »Genaugenommen hättet Ihr auch gestern Pech gehabt, am Tag davor und dem Tag *davor* ebenso.« Er schüttelte den Kopf, als er sich unser Unglück ausmalte, und genoß es in vollen Zügen. »Und achtet auf meine Worte, morgen wird es nicht anders sein. Vielleicht wird es danach wieder normal. Doch viele werden noch vor Euch an der Reihe sein, sehr viele.«

»Wir kommen schon zurecht, Großvater«, sagte ich, »doch danke ich Euch für Euer Mitgefühl. Ich möchte allerdings gern wissen, was hier geschehen ist. Wohin sind sie alle verschwunden?«

»Ihr seht wie ein Orissaner aus«, sagte der alte Mann. »Ihr müßt lange weg gewesen sein, wenn Ihr nichts davon wißt.« Er musterte

Deoce und ließ seinen wachen Blick einen Augenblick verweilen. »Sie kommt nicht aus Orissa«, sagte er. Ruckartig wandte er sich ab, als Deoce schon aufbrausen wollte, und sein Blick fiel auf die Münze, die ich ihm entgegenhielt. Er entriß sie mir und fing dann wieder an, Knoten zu knüpfen. »Danke dafür«, sagte er. »Ich hab mächtigen Durst, und der will gelöscht werden. Nun zu Eurer Frage, junger Lord. Und zu meiner Antwort. Es ist 'ne Menge los, seit vier oder fünf Tagen. Die meisten Leute haben vom vielen Feiern dicke Köpfe. Ich hab' nur deswegen keinen dicken Kopf, weil mir das Geld ausgegangen ist. Hab' meinen ganzen Beutel leergetrunken.«

»Und was wird hier gefeiert, mein Freund?« fragte Janos.

»Ihr Jungs müßt 'ne ganze Weile weg gewesen sein«, sagte der alte Mann. »Wußtet Ihr nicht, daß wir die Fernen Königreiche entdeckt haben?«

Ich tauschte Blicke mit Janos und Deoce. »Das sind ja erstaunliche Neuigkeiten«, entgegnete ich.

Der alte Mann lachte keuchend. »Nicht im geringsten«, sagte er. »Wir Orissaner sind jetzt Sieger auf der ganzen Linie. Und die Lycanther schlucken unser Kielwasser. Natürlich haben wir nicht wirklich einen Fuß reingesetzt, sind aber doch verdammt nah dran, sag' ich Euch. Verdammt nah.«

»Und wer ist der Held, der so weit gekommen ist?« fragte ich und gab mir Mühe, nicht mit scharfer Stimme zu sprechen.

»Ein junger Geisterseher«, sagte der alte Mann. »Vorher war der Kerl nicht viel wert, hab' ich gehört. Jetzt ist er in den Augen der Leute was Besonderes. Er heißt Cassini. Schon von ihm gehört?«

»Ja, das haben wir«, war meine ganze Antwort.

»Jetzt ist Cassini wahrscheinlich der größte Held in der Geschichte von Orissa«, fuhr der Alte fort. »Er ist vor einigen Monaten zurückgekommen. Die Mächtigen haben es erst geheimgehalten, bis sie sich die ganze Geschichte angehört hatten. Hat nichts genutzt, in der ganzen Stadt schwirrten Gerüchte herum. Wir haben doch alle immer gedacht, das mit den Fernen Königreichen wär nur 'ne Geschichte für Kinder, oder? Aber jetzt stimmt sie. Bald geht's zurück, und dann schütteln wir den Leuten aus den Fernen Königreichen die Hände. Nichts kann uns dann noch halten. Ja, mein Herr, auf Orissa warten glorreiche Zeiten. Und ich bin froh, daß ich es noch erleben durfte. Von jetzt an gibt's Gold und Spaß im Überfluß.«

Der alte Mann grinste und entblößte dabei blaues Zahnfleisch. »Jedenfalls wollten sie eine große Ankündigung machen. Ist auch passiert. Und die Geisterseher und der Hohe Rat haben eine ganze Woche zum Feiern bestimmt. Die ist jetzt fast zu Ende. Heute nachmittag sollen sich alle Bürger, die noch nicht zu betrunken sind, im großen Amphitheater versammeln. Cassini erhält eine große Ehrung. Und wahrscheinlich wird er die nächste Expedition leiten, die jetzt gerade vorbereitet wird. Und diesmal werden sie's richtig machen. Keine halben Sachen mehr mit ein paar Soldaten, sondern eine große Streitmacht. Und ich sag' Euch, nichts wird uns im Wege stehen. Ja, mein Herr, es ist eine stolze Zeit für einen Orissaner.«

Plötzlich hämmerte es in meinen Schläfen wie verrückt. »Wir müssen schnell zum Haus meines Vaters«, sagte ich zu Janos und Deoce. Sie fragten nicht weiter nach, wir waren schon im Begriff zu gehen, als der alte Mann fragte: »Wer mögt Ihr sein, junger Lord? Laßt mich Euren Namen wissen, damit ich auf Euch anstoßen kann, wenn ich in der Taverne Eurer gütiges Geschenk einlöse.«

Ich fuhr herum, gab mein Schauspiel auf. »Ich bin Amalric Emilie Antero, zu Euren Diensten.«

Der alte Mann sah mich an, den Mund weit aufgerissen. Dann johlte er los. »Amalric Antero. Das ist ein guter Witz, würde ihn aber nicht bei anderen versuchen, junger Lord. Weil die Fernen Königreiche *seine* Suche waren. Nur hat der gute Amalric es nicht zurück geschafft. Er und der Rest sind tot wie stinkender Fisch. Cassini hat's gesehen.«

Es war keine Überraschung, daß Cassini uns für tot erklärt hatte. Er hatte seine Lügen schon bei Sergeant Maeen und Kapitän L'ur versucht und viele Wochen Zeit gehabt, seine Rolle einzustudieren, bevor er nach Orissa kam. Auf unserer Heimreise hatte ich mir den Kopf darüber zerbrochen, wie meine Familie auf die traurige Nachricht reagieren würde. Die Sorge hatte uns Flügel verliehen. Auch Treue hatte geholfen, unsere Rückkehr zu beschleunigen, denn L'ur hatte Cassinis Geschichte ebensowenig Glauben geschenkt wie Sergeant Maeen. Als Cassini erschienen war, hatte er eingewilligt, den Geisterseher bis nach Redond zu bringen, doch nicht weiter. Dort war der gute Kapitän geblieben und hatte, wie vereinbart, an der Pfefferküste gewartet.

»Es konnte nicht sein, daß ausgerechnet einer wie Cassini es als einziger schaffen sollte«, hatte er erklärt. »Ich hab' ihm gesagt: ›Ich bleib beim jungen Antero, Sir. Und bei Hauptmann Greycloak.‹ Cassini gefiel das überhaupt nicht, aber er konnte nicht viel machen, weil er jemanden brauchte, der ihm eine Koje auf einem schnellen Schiff nach Orissa besorgte.«

Als ich nun zur Villa meines Vaters eilte, kochte mein ganzer Haß auf Cassini hoch. Und dieser Haß erwies sich als begründet. Mein Vater schwebte zwischen Leben und Tod, und meine Schwester Rali erschrak bei meinem Eintreffen, weil selbst gute Nachrichten einen solchen Schock bedeuteten, daß er vielleicht sterben würde. Sie ging zu ihm, um ihn auf meine Wiederauferstehung vorzubereiten, kam nach einer Weile zurück und führte mich in sein Zimmer. Ich war entsetzt, als ich ihn so schwach und totenbleich dort liegen sah. Sein Körper war der eines alten Mannes, die Haut war wächsern und hing schlaff von den zerbrechlichen Knochen. Seine Augen jedoch, tief in dieser Totenmaske, glänzten vor Freude, als er mich sah. »Te-Date sei Dank, du bist in Sicherheit«, rief er und rang nach Luft. Ich war so überwältigt, daß ich mich ihm zu Füßen warf und beinah weinte. »Weine nicht, Amalric«, beruhigte mein Vater mich. »Noch vor einer Stunde spürte ich die Gegenwart des Dunklen Suchers. Ich war versucht, ihm zu folgen, doch habe ich ihn noch einmal vertrieben. Hätte ich es nicht geschafft ...«, er legte mir eine zitternde Hand auf den Kopf, »... ich hätte dieses Glück nicht mehr erlebt.«

Er redete mir gut zu und klopfte neben sich aufs Bett. Ein wenig Farbe kehrte auf seine fahlen Wangen zurück. »Komm, berichte von deinen Abenteuern, Sohn«, sagte er. »Hast du die Fernen Königreiche gefunden?«

»Nein«, sagte ich. »Allerdings habe ich die schwarze Faust der Berge gesehen und den Paß zur anderen Seite.«

»Ich habe es gewußt«, sagte mein Vater. »All die Jahre habe ich davon geträumt. Jetzt weiß ich, daß es nicht nur der Traum eines Narren war.«

Ich blieb nicht lange bei ihm und schilderte nur kurz unsere Abenteuer. Vor allem war er von der Nachricht entzückt, daß ich mit meiner zukünftigen Frau heimgekehrt war. Er nahm meine Hand. »Was auch immer dich noch erwarten mag, Amalric«, sagte er, »halte sie stets vor allem anderen in Ehren, und du wirst als glücklicher Mann sterben.« Sein Griff löste sich, die Augen fielen zu, schon befürchtete ich, er sei tot. Dann entdeckte ich ein Lächeln auf seinem Gesicht, und sein Bart zuckte leicht. Er schlief. Ich schlich aus dem Zimmer und gesellte mich zu den anderen.

Meine Schwester war zwischen ihrem Zorn auf Cassini und der Freude über unsere sichere Heimkehr hin- und hergerissen. »Der Schweinehund hat allen Ruhm für sich beansprucht«, sagte sie, als ich eintrat. »Ihr seid der Held, Janos Greycloak. Ihr und mein Bruder.«

»Die Frage ist«, entgegnete Janos, »wie wir reagieren sollen. Um ehrlich zu sein, spiele ich nicht gern den Helden. Es belastet mich eher, als daß es mir Freude macht, und schnell ist man von seinem Podest gestürzt.«

»Während wir hier reden, wird schon die nächste Expedition

vorbereitet«, sagte ich. »Und ein Held muß sie anführen. Im Augenblick ist Cassini dieser Held.«

»Er ist ein Lügner«, sagte Deoce. »Fordert ihn heraus. Seine Lügen haben genug Schaden angerichtet. Tötet ihn. So würden wir Frauen aus Salcae mit einem solchen Mann umgehen.«

Rali lachte, und es war eine Freude, sie nach so langer Zeit wieder zu hören. »Ich mag sie, Amalric. Sie ist viel zu gut für dich.« Dann, an Deoce gewandt: »So anders sind wir hier in Orissa gar nicht, meine liebe Deoce. Cassini ist allerdings ein Geisterseher. Man kann einen Geisterseher nicht zum Duell fordern. Ein wenig angenehmer Tod wäre noch die geringste Strafe, die du zu erwarten hättest.«

Deoce verzog das Gesicht. »Jetzt weiß ich mit Sicherheit, daß hier Männer regieren«, sagte sie. »Keine Frau mit Charakter würde ein solches Gesetz gutheißen.«

Janos schlug schwer mit der Faust auf den Tisch, daß dieser erzitterte. »Und auch kein Mann sollte es tun«, sagte er. »Aber es wäre zu einfach, ihn zu töten und dann um das betrogen zu werden, wonach ich mich am meisten sehne. Die Fernen Königreiche werden mir gehören, verdammt. Und keinem anderen.«

»Dann laß ihn uns stellen«, sagte ich. »Bald werden die Menschen sich versammeln, um ihn zu ehren. Laß uns hingehen und demonstrieren, daß wir noch leben, was wir mitnichten diesem lügnerischen Feigling zu verdanken haben, der uns im Stich gelassen und auch die anderen dazu verleitet hat.«

Und genau das taten wir. Ich überredete Rali und Deoce dazu, die Villa zu bewachen, falls es nicht gut ausgehen sollte. Ich ließ Pferde satteln, und ohne unsere derben Kleider von der Reise zu wechseln, ritten wir zum großen Amphitheater. Hier waren die Straßen schon belebter. Und hatte der alte Fischer mir auch nicht geglaubt, so mußte er anderen von dem jungen Narren erzählt haben, der behauptete, er sei Amalric Antero. Die Menschen starrten die reitenden Männer an, und manche erkannten uns. »Ist das nicht Greycloak?«

hörte ich die Leute fragen. »Und ist das daneben nicht Lord Antero selbst? Dann stimmt es also. Sie sind am Leben!«

Einer rief aus: »Wohin des Weges, Hauptmann Greycloak?«

Janos rief zurück: »Wir wollen einen großen Lügner beschämen.« Diese Worte und die Nachricht von unserer Rückkehr sprachen sich schnell herum, so daß uns bald eine große Menge folgte, die uns unterstützte und Cassini einen Lügner schimpfte. Bald kamen wir zum großen Amphitheater. Vom Lärm der Menge alarmiert, eilte eine starke Wachmannschaft herbei, um uns den Weg zu versperren. Der Hauptmann der Wache erhob seinen Speer und forderte uns lautstark auf, anzuhalten.

»Wie könnt Ihr es wagen, so mit einem Bürger von Orissa zu sprechen«, rief ich zurück. Doch war mein Protest überflüssig. Sobald der Mann Janos gesehen hatte, senkte er staunend seinen Speer. »Bei Te-Date, es ist Janos Greycloak«, rief er. »Lebendig wie am Tag, als seine Mutter ihn gebar.« Er trat zu Janos. »Ich wußte, daß ein Geisterseher solche Taten nicht vollbringen kann.« An seine Männer gewandt: »Hab ich's nicht gesagt, Freunde? Hab' ich nicht gesagt, nur ein Soldat könne vollbringen, wessen er sich gerühmt hat?« Die anderen Soldaten jubelten. Der Hauptmann der Wache schlug Janos aufs Bein. »Hinein mit Euch, Mann«, brüllte er. »Die Fernen Königreiche gehören uns allen –, Soldaten und Bürgern, und keinem verdammten Geisterseher.« Wir stiegen ab, übergaben der Wache die Zügel und traten durch die Tore. Die Menge strömte uns nach.

Cassini war an diesem Tag in keiner beneidenswerten Lage. Ich stelle mir vor, wie es ihm ergangen war, bevor wir eintrafen. Das große Amphitheater war voll besetzt. Wie groß wäre sein Triumph gewesen. Sicher hatte er die Ehrenzeremonie genau einstudiert und nächtelang die Rede des demütigen Helden geübt. Während er geduldig den einleitenden Ansprachen lauschte, hätte er sich in der Bewunderung gesonnt. Dies war der Gipfel, der Höhepunkt seines Lebens, eines Lebens, so hatte er noch vor kurzem befürchtet, das bisher nicht ausreichend geschätzt worden war. Schon bald hätte er von künftigen Triumphen geträumt. Er würde die nächste Expedition bis zum Tor der Fernen Königreiche führen und mit noch größerem Ruhm zurückkehren. Ja, eine Zeitlang wußte Cassini, was es hieß, der Mann der Stunde zu sein. Dann traten wir hinzu, und alles zerrann zwischen seinen Fingern.

Jeneander, der alte Schwindler, stand bereit, seinen Protegé vorzustellen, als wir eintraten. Er befand sich auf der breiten Hauptbühne, und Stimme und Erscheinung wurden vielfach durch einen besonderen Zauber verstärkt, den einhundertzwölf Geisterseher ausgesprochen hatten, als der erste Stein gemauert worden war. Um ihn scharten sich Würdenträger aller Schichten und Berufe Orissas. Besonders hervorgehoben saßen Gamelan, der Älteste aus dem Rat der Geisterseher, und Sisshon, sein Pendant im Hohen Rat. In der Mitte, auf dem Thron der Helden und mit einem Heldenkranz geschmückt, saß Cassini.

Jeneander war mitten in seiner Ansprache, als die uns folgende Menge unsere Namen rief, so daß sich alle im Amphitheater zu uns umwandten. Dann wurde das Theater zum Tollhaus. Man hörte Rufen und Schreie, und plötzlich gab es wilde Raufereien. Im Chor rief man meinen Namen, doch hauptsächlich riefen sie Janos. Janos. *Janos.* Cassini stand verblüfft neben Jeneander, das Entsetzen wie eine offene Wunde im Gesicht. In seiner Erniedrigung war er wie erstarrt, doch kam allmählich wieder Leben in die Männer um ihn herum. Einige beendeten durch fluchtartiges Verlassen der Bühne jede weitere Beziehung. Andere begannen, ihn zu schelten, doch leider konnte ich ihre Worte bei dem Lärm der Menge nicht verstehen. Unter den Geistersehern fand zuerst Gamelan seine Beherrschung wieder. Er eilte zu Jeneander und Cassini, legte seine Arme um sie, hob den Kopf zum Himmel und sprach einen Zauber. Rauch und Feuer stiegen auf, und schon waren sie verschwunden.

Dann hoben uns wohl tausend Arme in die Luft, und weitere

tausend trugen uns quer durch die Arena zur Hauptbühne. Ich war der erste, der wieder auf den Füßen stand. Kaum hatte ich mich zurechtgefunden, als Janos schon neben mir auftauchte. Er sah sich um, ein wenig verwirrt, ganz wie ein Soldat, dem die Blicke so vieler Zivilisten nicht geheuer sind. Ich schob ihn weiter und erriet die Stelle auf der Bühne, an der wir ins Riesenhafte vergrößert würden. Aus dem plötzlichen Schweigen der Menge schloß ich, daß ich richtig geraten hatte.

»Volk von Orissa«, sagte ich. Die Wörter explodierten förmlich und hallten dann zurück, so daß ich durch die bloße Wucht ihres Klanges schwankte. »Ihr kennt mich, denn ich bin einer von euch.«

Die Menge rief meinen Namen. »Amalric. Amalric. Amalric.«

Ich hob meine Hand, und sie beruhigten sich. »Und wenn ihr ihn vielleicht noch nicht kennt, so habt ihr doch gewiß von meinem Freund gehört.«

Jubel brandete auf, als ich Janos vorstellte. Ich drängte ihn nach vorn, da ich merkte, daß die Menschen sich Janos eng verbunden fühlten. Ich flüsterte ihm zu: »Sprich zu ihnen. Sie wollen dich hören.«

Janos' Augen wurden glasig. »Was soll ich sagen?«

Ich stieß ihn wieder an. »Erzähl' ihnen einfach die Wahrheit.«

Es war das letzte Mal, daß Janos an Lampenfieber litt. Plötzlich richtete er sich auf, und alle Furcht und Unsicherheit fiel von ihm ab. Voller Zutrauen trat er vor, als sei er für diese Rolle geboren.

»Volk von Orissa«, donnerte er. »Ich bringe euch Neuigkeiten von den Fernen Königreichen...«

Noch wochenlang wurde die Rede gepriesen, die Janos an jenem Tag hielt. Es hätte auch nichts ausgemacht, wenn sie aus lauter Unsinn bestanden hätte; einen Helden wie Janos Greycloak hatte Orissa noch nie gehabt. Er war ein Mann von vornehmer, und doch exotischer Abstammung. Und er war ein Kämpfer, ein Soldat, der zu leiden gelernt hatte. Und nicht nur das: Es hieß, er sei sogar einmal

Sklave gewesen, und daher war man sicher, daß ihm die Last und die Mühe der einfachen Menschen nicht unbekannt waren. Außerdem hatte er einen Geisterseher als Narren und Lügner entlarvt, und trifft es nicht bis zum heutigen Tage zu, daß sogar die liebenswürdigsten Zauberer zwar respektiert, doch nie *geliebt* werden? Vor allem jedoch hatte er ihnen Stolz zum Geschenk gemacht. Was man noch vor wenigen Monaten für unmöglich gehalten hatte, war einem völlig durchschnittlichen Menschen gelungen. Und dann versprach er noch, diese Leistung zu überbieten, indem er seinen Fuß in ein magisches Land setzen wollte, das jedem Herz Versprechungen im Überfluß bot.

Was mich anging, so gab es Ehrungen, Bankette, und viele Menschen erhoben Anspruch auf meine Zeit. Ich will keine falsche Bescheidenheit bemühen: auch ich war ein Held. Schließlich war es meine Suche gewesen, die diese ganze Sache ins Rollen gebracht hatte. Ich hatte jeden Schritt getan, den Janos gegangen war, und hatte erlitten, was er erlitten hatte. So entschlossen ich auch gewesen sein mochte, sofort eine neue Expedition zusammenzustellen und dort weiterzumachen, wo wir aufgehört hatten, war ich doch nun zu Hause, und mein Herz sehnte sich nicht mehr so sehr nach den Fernen Königreichen. Mein Vater war krank, und meine Brüder waren eher sanftere Naturen, so daß die Last der Familiengeschicke auf meinen Schultern lag. Meine Brüder hatten keinen Grund zum Streit, als unser Vater bekanntgab, ich sei zum Oberhaupt der Familie ausersehen. Die Anerkennung, die ich durch meine Suche gewonnen hatte, hatte den Makel von unserem Namen genommen. Zumindest schien es nicht mehr ratsam, uns zu attackieren.

Und dann war da noch etwas... Deoce. Sie entzückte meinen Vater, und er nutzte jeden Vorwand, in ihrer Gesellschaft zu sein. Wenn seine Gesundheit auch weiterhin zu wünschen übrig ließ, hätte man ihn doch für einen jungen Mann halten können, sobald sie sein Zimmer betrat. Kein Wunder, denn sie scherzte mit ihm und umgarnte ihn erbarmungslos. Bis zum heutigen Tag bin ich davon überzeugt, daß ihre Aufmerksamkeit die Zeit, die ihm noch blieb, verlängerte. Auch Rali hielt sie in ihrem Bann, indem sie ohne Vorankündigung auf den Exerzierplatz stürmte, wo sie sich nach den neuesten Kniffen erkundigte, was Waffen anging, und auch selbst mehr als nur einen Trick beisteuerte.

»Es gibt keine einzige Frau in meiner Garde, die nicht mit dir um sie kämpfen würde«, erzählte mir Rali. »Was sie zurückhält, ist nur die Tatsache, daß dieses liebreizende Wesen so offenkundig bis über beide Ohren in dich verliebt ist.«

Unsere Hochzeit blieb notgedrungen eine kleinere Feier. Mein neugewonnener Ruhm hätte jede Gästeliste, die über die unmittelbaren Familienangehörigen hinausging, zum Anlaß für Kränkungen gemacht. Daher planten wir eine einfache Feierlichkeit in der Villa, unter dem Schutz unseres Hausgottes. Zuerst war ich besorgt, es könne Deoce kränken.

»Warum sollte ich beleidigt sein?« Sie zuckte die Schultern, als ich fragte. »Bei uns in Salcae ist die Ehe wichtiger als die Hochzeit selbst. Das wirklich große Fest findet erst statt, nachdem das Paar einen vollen Erntezyklus überlebt hat. Und nach jeder Ernte werden die Feiern immer größer. In Orissa ist es deswegen genau umgekehrt, glaube ich, weil Frauen in Eurer Stadt so wenig zu sagen haben. Die Hochzeitszeremonie ist nur ein armseliger Knochen, den man dem Mädchen hinwirft, bevor sie ein Leben der Knechtschaft antritt. Es ist praktisch der einzige Augenblick in ihrem Leben, da sie im Mittelpunkt des Interesses steht, wichtiger als alle anderen.« Ich konnte kaum etwas einwenden, denn hatte Rali sich nicht bitter über ähnliche Ungerechtigkeiten beschwert?

Deoce ergriff meine Hand und legte sie sanft auf ihren Bauch, der sich leicht um unser Kind wölbte. Wir wußten, es würde ein Mädchen sein, da Rali die Hexe, die sich um die kleineren Probleme ihrer Truppe kümmerte, um eine Weissagung gebeten hatte. Ich mußte lachen, als ich ihren Tritt fühlte.

»Wie wollen wir sie nennen?« fragte ich.

»Laß uns deine und auch meine Mutter ehren«, antwortete Deoce. »Wir sollten sie Emilie nennen nach der Familie deiner Mutter. Und Ireena nach meiner Mutter.«

»Dann stell' dir ihren Namen vor. Emilie Ireena Antero … Das gefällt mir.«

»Ich möchte, daß du mir etwas versprichst, Amalric«, sagte meine zukünftige Braut.

»Alles.«

»Ich möchte nicht, daß unsere Tochter in dem Glauben aufwächst, Frauen müßten sich so verhalten, wie sie es in Orissa tun. An ihrem Tritt kannst du schon erkennen, daß sie einen starken Willen hat. Und nachts, wenn es ganz ruhig ist, kann ich ihr kleines Herz schlagen hören. Es ist ein empfindsames Herz, Amalric, und glaub mir bitte, daß ich es weiß, selbst wenn sie und ich uns noch nicht gesehen haben.«

»Ich werde die besten Lehrer einstellen«, sagte ich. »Außerdem wird Rali ihr ein Vorbild sein und sie ausbilden.«

»Das reicht nicht«, antwortete Deoce. »Emilie wird erleben, daß andere Frauen sich gehenlassen, ihre Köpfe in Gegenwart der Männer einziehen, sich weniger wichtig vorkommen, weil sie keinen Schwanz und keine Eier haben, und sich statt dessen mit der niederen Aufgabe begnügen müssen, die Quelle allen Lebens zu sein.«

»Mit welchem Versprechen kann ich das verhindern?« fragte ich.

»Ich möchte, daß sie auch von meiner Mutter aufgezogen wird«, war die Antwort. Ich war bestürzt, denn welcher Vater möchte schon, daß ihm seine Tochter genommen wird? Sie bemerkte es und nahm meine Hand. »Bitte, du mußt es für mich tun. Wenn du nein sagst, werde ich es akzeptieren, nicht als ergebene Orissanerin, weil ich das nie sein kann, sondern weil ich dich liebe, Amalric. Kein Kind kann jemals wichtiger als diese Liebe sein. Ich möchte auch nicht, daß sie fortgeschickt wird, weil ich es ebensowenig ertragen könnte wie du. Aber ich denke, nach Ablauf von drei Jahren, noch bevor schlechte Einflüsse auf sie einwirken, sollte Emilie Ireena meiner Mutter einen langen Besuch abstatten, bis zu den Riten der Weiblichkeit im Alter von sechzehn Jahren. Danach kann nur noch persönliche Schwäche ihr Denken beeinflussen. Und ich verspreche dir, Amalric, dieses Kind wird keinen schwachen Willen haben.«

Je länger ich darüber nachdachte, desto mehr stimmte ich Deoce zu. Ich war sogar begeistert, sah es als großes Experiment. Zwei Kulturen trafen aufeinander und schufen ein perfektes Kind, ein Goldkind. Ich legte ein formelles Gelübde ab, und danach umschlangen wir uns so fest, wie zwei Liebende sich nur umschlingen können. Ich fühlte, wie Deoces Hand an meinem bloßen Schenkel entlangglitt. Sie ergriff mich, beugte sich herab, beschnupperte mich und küßte den dicken Muskel, den sie dort gefunden hatte. Dann blickte sie auf, und das dunkle Haar glitt ihr aus der Stirn, ihre Augen strahlten vor Freude. »Nach all dem Mann-gegen-Frau-Gerede«, flüsterte sie, »muß ich wohl sichergehen, daß seine Gefühle nicht verletzt wurden.« Und dann fuhr sie fort, ihn mit ihrem heißen Mund zu beschwichtigen.

Eine Woche später heirateten wir. Mein Vater konnte wegen seiner Schwäche nur im Stuhl sitzen und sich Freudentränen aus dem Gesicht wischen. Rali übernahm seine Aufgabe, durchschnitt die Kehle des Lammes und ließ das Blut in die Opferschale fließen. Janos übernahm die Rolle von Deoces Bruder und salbte unsere Stirn mit dem Blut des Opfertieres. Danach gab es ein Festgelage, und alle waren lustig und vergnügt, drei volle Tage lang.

Kurz bevor Deoce und ich auf Hochzeitsreise gingen, starb mein Vater. Ich glaube, er starb als glücklicher Mann. Sein abtrünniger Sohn war schließlich doch zurückgekehrt. Die Familie, die er zurückließ, hatte triumphiert, und der Traum seines Lebens war in Erfüllung gegangen. Wenn ich jedoch über seine Gefühle nachdenke und nach den Worten suche, die ich in diesem Tagebuch verwenden soll, muß ich an Janos' Worte an der Pfefferküste denken. Er hatte damals erklärt, daß mein Vater ein besserer Mensch als er selbst sei, weil er sich damit zufriedengab, daß sein Sohn erreichte, was ihm selbst vorenthalten blieb. Mein Vater *war* ein guter Mensch, und sicher ein besserer Mensch als Janos oder ich. Dennoch war er nicht vollkommen, und nur ein vollkommener Mensch hätte glücklich sterben können. Aber auch ihm war klar gewesen, daß die Welt nie mehr dieselbe sein würde, nachdem die Fernen Königreiche entdeckt waren.

Kapitel Vierzehn

Die zweite Expedition

Es ist keine Übertreibung, wenn ich sage, daß die Beisetzung des Paphos Karima Antero eine der größten in der Geschichte unserer Stadt war. Es wollten so viele teilnehmen, daß der Hohe Rat das große Amphitheater für die Besichtigung des Scheiterhaufens öffnen ließ. Dann traf sich ganz Orissa zur langen Prozession am Fluß entlang zu den Gräbern am Hain der Wanderer, wo wir Te-Date opferten und die Asche meines Vaters in alle Winde verstreuten.

Alle, auch ich, waren überrascht, wie beliebt mein Vater gewesen war. Von Natur aus war er ein ruhiger Mann gewesen, der Ehrungen und große Gesellschaften scheute. Wie ich in diesem Tagebuch bereits erwähnt habe, verfügte er über die geradezu unheimliche Fähigkeit, das Unglück eines verdienten Mannes förmlich zu wittern und sein Bestes zu tun, die Qualen dieses Menschen zu lindern. Er führte seine Geschäfte immer so, daß er selbst dann nie den Zorn eines Konkurrenten auf sich zog, wenn er einen Handel zu besseren Bedingungen abschloß. Daß seine allgemeine Beliebtheit nie öffentlich bekundet wurde, kann ich nur den Geistersehern und allem, was sie Halab angetan hatten, zuschreiben. Ein weiterer Preis, den meine Familie für dieses Unrecht bezahlen mußte. Jetzt jedoch zögerte niemand, seine Zuneigung zu zeigen. Mein Sieg war einfach noch zu neu. Dieses Mal mußte sich die andere Seite fürchten, denn der prachtvolle Rahmen des Begräbnisses wirkte noch lange nach, als die letzte Asche meines Vaters schon in alle Winde verstreut war. Mächtige Männer einigten sich, suchten neue Verbündete. Die Meinungsverschiedenheiten durchzogen selbst die Reihen der Geisterseher.

Das Begräbnis meines Vaters – mit all den Tränen, dem Haareraufen und den schwülstigen Reden – war ein wichtiger Nebenschauplatz der intensiven Debatte, die Orissa erfaßt hatte. Im Brennpunkt dieser Debatte stand die zweite Expedition ... und Janos Greycloak. Keiner von uns bemerkte, welch großen Einfluß die Fernen Königreiche auf unser Leben genommen hatten. Plötzlich war alles Gewohnte in Frage gestellt. Menschen von den höchsten Amtsträgern bis hinab zum geringsten Sklaven beanspruchten einen Teil von dem, was geschehen würde. Alle wollten Veränderungen, und zwar sofort. Für den gewöhnlichen Mann und die Frau aus dem Volk, die Kesselflicker, die Soldaten und Sklaven, für die Jungen und Abenteuerlustigen, oder einfach für die Vorausdenkenden, wurde Janos zum Bannerträger.

Greycloak erstrahlte im hellen Licht seiner neugewonnenen Popularität. Er nahm an endlosen Banketten zu seinen Ehren teil, sammelte dann die reichhaltigen Essens- und Getränkereste ein und verteilte sie an die Armen in den Straßen. Bei vielen Gelegenheiten erzählte er wieder und wieder die Geschichte unserer Reise, sei es in luxuriösen Villen oder bei improvisierten Erzählstunden in

Elendsquartieren am Fluß. Je öfter er die Geschichte erzählte, desto frischer wurde sie. Seine Gefühle wirkten nie falsch oder abgestanden, wenn er auf den Moment zu sprechen kam, als wir zum ersten Mal die schwarze Faust und die Bergkette vor Augen hatten. Frauen sprachen ihn auf der Straße an und wollten ihm ein Kind gebären, Mütter benannten ihre Söhne nach ihm, Väter warteten stundenlang, bis er zufällig vorbeikam und sie ihm die Hände schütteln konnten. Und alle hatten sie Fragen. »Ich bin schon alles gefragt worden, von der Höhe der Steuern bis zum Preis des Weins in einer Taverne«, erzählte Janos mir eines Nachmittags, als er ein paar Augenblicke Zeit hatte. »Ob der Brotteig am besten bei Ebbe oder Flut geht und ob Pferde mit großen Hinterbacken Schlepper oder Läufer sind. Ein Fischer hat gefragt, ob es am besten sei, die Netze bei Neumond auszulegen. Und bei Butula, eine Frau hat sogar gefragt, ob ich ihre Tochter liebreizend fände, und mich dann gedrängt, herauszufinden, ob sie eine gute Liebhaberin ist.« Durch seinen dunklen Bart blitzte ein Lächeln, und er strich sich über den Schnurrbart. »Glücklicherweise war es keine Prüfung meiner Aufrichtigkeit, beide Fragen zu bejahen.«

Wenn solche Vergötterung Janos verwirrte, so ließ er sich davon doch nicht beeinflussen. Er stellte sich diesem Wahnsinn mit dem einzigen Ziel, schließlich die nächste und – so schwor er – letzte Expedition zu den Fernen Königreichen zu führen. »Ich bin kein Politiker«, sagte er. »Ich habe kein Bedürfnis, dem Hohen Rat anzugehören, oder König zu werden, wenn es so etwas in dieser Stadt gäbe. Reichtum ist für reiche Leute. Laß sie ihre Habgier genießen, wenn sie können. Eine Idee ist das einzig Wertvolle in diesem Leben, und allmählich nehme ich an, auch im nächsten wird es nicht anders sein.«

Es könnte der Eindruck entstehen, Janos habe für die Wahl der Expeditionsleitung schon festgestanden. Tatsächlich lag es eine Zeitlang *derart* nahe, daß es schon wieder unwahrscheinlich war. In unserer Naivität waren wir sogar überrascht, daß die lauteste Stimme der Opposition von Cassini kam.

Heldentum, beziehungsweise seine öffentliche Anerkennung, ist eine sonderbare Angelegenheit. Ein Mensch geht aus einer schweren Probe nicht mit einem Heldenmal auf der Stirn hervor. Heldentum muß verliehen werden. Andere müssen es per Dekret verfügen, und wieder andere müssen dies akzeptieren und gefügig den Kopf senken, wenn der Held vorbeigeht. Ist erst jemand zum Helden ernannt, so fällt es nicht leicht, wie wir feststellen mußten, diesen Deckmantel wieder loszuwerden. Cassinis Gefolgsleute hielten ihn mit großer Überzeugung für ein Opfer von Ungerechtigkeit. Seine Behauptungen wurden im allgemeinen Durcheinander völlig verfälscht. Einige vergaßen die Lügen zweckmäßigerweise, andere behaupteten, seine Worte seien vorsätzlich verdreht worden, und wieder andere vermuteten, Janos und ich hätten unseren Tod aus einem ungenannten, dunklen Grund vorgetäuscht. Wenn du die Hand eines Helden geschüttelt und seinen Namen am Herd und in der Taverne gepriesen hast, dann kannst du nicht plötzlich schlecht von ihm denken, da sein Heldentum auf dich herabstrahlt. Cassinis mächtigste Gefolgsleute hatten jedoch andere, vielschichtigere Gründe. Einfluß und somit Reichtum standen auf dem Spiel. Seine Niedertracht zuzugeben, hätte Erniedrigung bedeutet. Und an den Schalthebeln der Macht, wo Schlachten durch ein verfehltes Wort gewonnen und verloren werden, kann man Demütigung nicht dulden.

Und noch ein weiterer Hinweis stand Janos im Weg: eine unauffällige, wenn auch mächtige kleine Gruppe, die kein Interesse an den Fernen Königreichen hatte. Sie waren zufrieden mit den Dingen, wie sie waren. Ihre Geldsäckel waren prall gefüllt, ihre Sklaven fügsam, und von jeder Veränderung ging nur Gefahr für ihre Bequemlichkeit aus.

Malaren, ein Freund und Handelsgenosse, faßte es eines Tages sehr gut zusammen. Er war in meinem Alter, und auch wenn er etwas von einem Gecken hatte, war er doch ein nüchterner Denker, der seine Talente hinter einer blasierten, eher gleichgültigen Haltung versteckte. »Oh, Ihr braucht mich nicht zu überzeugen, mein lieber Amalric«, sagte er. »Ich finde das alles ziemlich aufregend. Wirklich. Jeder weiß allerdings, daß ich Orissa für eine eintönige, alte Hexe mit einem häßlichen Bart halte. Meinen Vater und seinesgleichen müßt Ihr umstimmen. Er hält Orissa noch immer für eine vornehme Schönheit. Und von seiner Warte aus hat er ja auch recht. Er braucht noch nicht einmal einen Finger zu heben, und schon strömt Gold aus seinen Schiffen. Es interessiert ihn nicht im geringsten, wenn ich ihm erzähle, daß seine Söhne und Töchter es nicht so leicht haben werden, und daß es für seine Enkelkinder noch schwerer werden wird.«

»Er muß doch verstehen, daß wir auf einen Streich den Einfluß unserer Stadt enorm vergrößern könnten«, argumentierte ich. »Und schließlich geht es nicht nur um Gewinn und Einfluß. Denkt an all das Wissen, das wir hinzugewinnen werden, Mann! Nach allem, was man hört, haben uns die Menschen aus den Fernen Königreichen viel zu bieten. Allein ihre Existenz unter so widrigen Umständen beweist ihre Überlegenheit in vielerlei Hinsicht.«

»Genau davor fürchtet er sich am meisten«, erwiderte Malaren. »Noch ist mein Vater eine große Schlange in seichten Gewässern. Er ernährt sich nach Belieben und ohne Anstrengung. Wie soll er zurechtkommen, wenn er seine Gegenspieler aus den Fernen Königreichen trifft? Was, wenn sie doppelt so groß sind wie er… oder größer?«

»Es geht nicht nur nach uns«, sagte ich. »Wir dürfen die Fernen Königreiche nicht im Land der Legenden verschwinden lassen, indem wir uns einfach abwenden. Lycanth, das versichere ich Euch, wird unseren Platz schnell einnehmen. Und dann, das garantiere ich Euch, wird sein seichter Tummelplatz schnell Vergangenheit sein.

Sein Gewinn, sogar sein Leben selbst, sind dann in Gefahr. Glaubt mir, die Lycanther werden nicht die Geduld aufbringen, ihn in Würde sterben zu lassen und dann seinen Kindern gegenüberzutreten.«

Malaren grübelte ein wenig, dann nickte er. »Euer letzes Argument«, sagte er, »ist noch nicht ausreichend hervorgehoben worden. Laßt es mich versuchen, und dann sehen wir weiter.«

Kurz danach arrangierten Cassinis Freunde zu seinen Ehren im engsten Kreis ein üppiges Bankett. Niemand wußte, was passierte, so geheim war die Veranstaltung, doch in der folgenden Woche kamen alle möglichen Gerüchte über Janos auf. Man behauptete, er stünde im Dienste Lycanths. Er solle Sohn eines Archonten sein und Schwarze Magie praktizieren, um die guten Menschen von Orissa zu verwirren.

Janos schien diese Attacken nicht zu berühren. Als ich ihn drängte, sich zu wehren, auf die Verleumdungen zu antworten, weigerte er sich. »Hinter all dem steckt Cassini, und jeder weiß es«, sagte er. »Ich kann nur wiederholen, was wir bereits angeführt haben. Er ist ein feiger, selbstsüchtiger Lügner. Unglücklicherweise fürchte ich, je öfter ich es wiederhole, desto eher wird mir wieder derselbe Vorwurf gemacht.«

»Was schlägst du also vor?«

»Kurs halten«, entgegnete Janos. »Jeden Tag wechselt eine weitere Gruppe auf unsere Seite. Außerdem werde ich mit Anfragen von potentiellen Teilnehmern an der nächsten Expedition förmlich überschüttet. Ich wollte dich um Geldmittel bitten, um das alles zu bewältigen. Ich bin Soldat, kein Schreiber. Aber ich schwöre im Namen des blutleeren Gottes dieser Zunft, wie immer er auch heißen mag, ich werde ihre Gattung nie wieder schlechtmachen. Mein Quartier quillt über von allen möglichen Schriftrollen, Dokumenten, und endlosem Für und Wider.«

»Schon geschehen«, sagte ich. »Ich kann dir jemanden ausleihen und Platz in einer unserer Schreibstuben schaffen. Aber greifst du damit nicht etwas vor? Die zweite Expedition ist offiziell noch nicht einmal genehmigt, ganz zu schweigen von einem Leiter.«

»Das weiß ich«, sagte Janos. »Aber ich will weitermachen, als stünde das überhaupt nicht in Frage. Zu viele Menschen glauben an diese Sache. Wir sollten unseren Gegnern keine Blöße bieten.«

»Das ist eine hervorragende Einstellung«, erwiderte ich. »Wenn du aber schon von all den Leuten sprichst, die dein Vorhaben ablehnen: Es gibt eine kleine Gruppe mit weitreichendem Einfluß. Und das sind die Geisterseher. Sie stehen geschlossen hinter Cassini. Ich vermute, sie haben gar keine andere Wahl, denn wenn sie ihn verdammten, könnte es ihre eigene Verdammung bedeuten. Wie viele in Orissa auch immer auf unserer Seite sein mögen… letzten Endes stehen uns die Geisterseher im Weg.«

»Glaubst du wirklich?« fragte Janos, und ich hörte den Zweifel aus seiner Frage heraus. »Laß noch etwas Zeit vergehen, und das gemeine Volk würde selbst den großen Te-Date persönlich in Stücke reißen, wenn er ihm den Weg zu den Fernen Königreichen versperrte.«

»Vielleicht hast du recht«, sagte ich. »Obwohl ich glaube, daß du die Dinge ein wenig zu rosig siehst. Die Geisterseher sind in jedem Fall eine starke Macht. Man darf sie nicht ignorieren, wenn man nicht am Ende weit mehr als nur die zweite Expedition verlieren will.«

Schließlich bewies Rali, daß meine Befürchtungen, wenn auch begründet, doch übertrieben waren. Ich entspannte mich gerade im öffentlichen Bad, als ich die Nachricht erhielt. Es war einer jener seltenen Tage, an denen es mir gelang, dem Druck der Geschäfte und der Politik zu entkommen und in der Sporthalle ausgiebig zu trainieren. Gerade entspannte ich meine müden Muskeln in einem Dampfbad. Es war später Nachmittag, und außer dem Sklaven, der sich um die heißen Steine kümmerte, waren nur vier oder fünf Männer anwesend. Während meine Verspannungen sich lockerten und ich an persönlichere Dinge dachte, wie zum Beispiel daran, für ein kleines Stelldichein mit Deoce nach Hause zu gehen, hörte ich, wie der Bademeister laut protestierte.

»Ihr könnt dort nicht hinein!«

»Aus dem Weg, du Floh«, kam die dröhnende Antwort. Sie kam ohne Zweifel von Rali.

»Kommt morgen wieder«, entgegnete der Floh. »Morgen ist Damentag. Heute ist nur für Männer geöffnet.«

»Belästige mich nicht. Ich habe schon alles gesehen, was es da drinnen zu sehen gibt.«

Es folgte ein Handgemenge, ein Schmerzensschrei, dann kam Rali herein. Sie erkannte mich im Dampf, kam herüber und ignorierte dabei die entsetzten Blicke der anderen Männer. Ich deutete neben mich auf die Steinbank und genoß das Unbehagen meiner Geschlechtsgenossen, als meine Schwester wieder einmal alle Gewohnheiten auf den Kopf stellte. »Ich habe den ganzen Morgen nach dir gesucht, Amalric«, sagte sie. Sie blickte in die Runde, und schnell sahen die Männer zur Seite. Sie wußten nicht, was sie tun sollten. Sie fühlten sich gedemütigt, ob sie nun blieben oder flohen.

»Tatsächlich bin ich von der Suche so erschöpft«, sagte sie schließlich, »daß ich mich dir anschließen werde.«

Damit stieß sie ihre Sandalen von sich und legte ihre Tunika ab. Im Nu war sie nackt und ließ ihre wundervollen Hinterbacken auf die Bank sinken. »Mehr Dampf«, rief sie dem Aufseher zu. Er gehorchte sofort. Ebenso schnell waren bis auf zwei oder drei – alle Männer geflohen.

Rali streckte sich aus, die Beine weit gespreizt. Einer der zurückgebliebenen Männer wagte es, sie anzugaffen. Anstatt die Beine zusammenzunehmen und die Brüste zu bedecken, starrte Rali zurück. »Ich könnte dich bei lebendigem Leib verspeisen, kleiner Mann«, knurrte sie. Er rannte los, und bevor noch ein weiterer

Schweißtropfen von meiner Stirn perlen konnte, waren die anderen ihm gefolgt. Ich mußte lachen, bis ich Seitenstiche bekam.

»Gut«, prustete Rali los. »Ich brauche Abgeschiedenheit für die Geschichte, die ich dir erzählen muß. Zuerst... ein wenig Wein, lieber Bruder, um meinen Durst zu stillen.«

Ich schenkte ihr Wein ein, und sie kippte ihn hinunter. Dann hob sie einen großen Krug mit kaltem Wasser und übergoß sich damit. Das Wasser lief über den Boden in einen steinerne Grube und ließ eine mächtige Dampfwolke nach oben schießen.

»Was können das für Neuigkeiten sein, Schwester, daß du mit solcher Freude diese armen Männer schikanierst?«

»Ach, vergiß es, Amalric. So haben sie was, worüber sie reden können. Was ihr langweiliges Leben würzt. Wenn ihre Frauen Glück haben, dann habe ich diese Heren jetzt so erregt, daß sie nach Hause rennen, um unter Beweis zu stellen, daß sie echte Männer sind.«

»Hör bitte auf, die Schlaue zu spielen«, sagte ich. »Die Neuigkeiten, wenn's beliebt. Die Neuigkeiten.« Ich füllte ihren Kelch, dann stürzte sie sich ohne weitere Ermahnungen in ihren Bericht.

»In meiner Truppe gibt es eine junge Frau«, sagte sie, »deren Mutter seit vielen Jahren bei den Geistersehern als Scheuerfrau arbeitet. Sie reinigt ihre Hallen seit so langer Zeit, daß sie dabei schon gar nicht mehr wahrgenommen wird. Da diese Frau klug genug war, ihre Tochter bei uns unterzubringen, damit sie nicht einer weiteren Generation von Steintopfkratzern angehört, bietet sich die Überlegung an, daß sie den Geistersehern nicht gerade wohlgesonnen ist. Tatsächlich lehnt sie diese so sehr ab, daß sie bei vielen ihrer Gespräche mein gefügiges Ohr geworden ist.«

Ich richtete mich auf. Das war wirklich ein großes Glück. Die Maranonische Garde war auf Neutralität in allen städtischen Angelegenheiten eingeschworen. So mußte sie viele »Ohren« haben, wie meine Schwester sich ausdrückte, damit nicht der Eindruck entstand, daß sie jemandem den Vorzug gab. »Erzähl mir mehr, o weise und schöne Schwester«, sagte ich.

Rali lachte, versetzte mir einen betäubenden Schlag auf den Arm und fuhr mit ihrer Geschichte fort. »Gestern mittag gab es ein Treffen des Ältestenrats. Cassini war dort, und auch sein Mentor Jeneander. Unsere Scheuerfrau fand einen schönen, schmutzigen Platz direkt daneben und hörte mit. Die Stimmen klangen recht ärgerlich, und der Gegenstand dieser hitzigen Debatte waren die Fernen Königreiche.«

»So steht uns jetzt also eine Entscheidung bevor«, sagte ich bitter. »Sie lassen ihre Truppen gegen uns antreten.«

»Weit gefehlt«, kam die überraschende Antwort meiner Schwester. »Es ist vielleicht schwer zu glauben, aber die Geisterseher sind ebenso zerstritten wie das restliche Orissa. In der Öffentlichkeit unterstützten sie Cassini, aber nur weil er zu ihnen gehört und sie sich ihm verpflichtet fühlen. Im engsten Kreis hat das Thema dazu geführt, daß mehrere Lager sich bekämpfen. Zur Zeit haben diejenigen, die hinter Cassini stehen, die Macht. Nach Auskunft unserer tapferen Scheuerfrau ist ihr Halt jedoch nicht gesichert. Der lautstärkste Verfechter eine Expedition unter Janos' Leitung ist Gamelan selbst.«

Ich ging fast zu Boden. »Er ... ist doch der Älteste von ihnen, der sich immer am stärksten bedeckt hält und die Sphäre der Geisterseher um jeden Preis schützt.«

»Das hätte ich auch angenommen«, entgegnete Rali. »Aus seinen Äußerungen geht jedoch das Gegenteil hervor ... nur stellt Gamelans unbestreitbares Alter ein Problem dar. Jedenfalls hat er wohl eine leidenschaftliche Rede gehalten, in der er von drohender Stagnation in der Stadt und von bösen Feinden außerhalb Orissas sprach. Nicht nur solle so schnell wie möglich eine zweite Expedition gestartet werden, sondern Janos solle sie leiten, da so viel von ihrem Erfolg abhinge.«

»Und was ist mit Cassini?« Ich stotterte beinahe vor Verwunderung.

»Gamelan kann ihn offensichtlich nicht brauchen. Er hat ganz offen dargelegt, Cassini habe nicht nur die Geisterseher gedemütigt, sondern auch das Vertrauen der Menschen in sie untergraben.«

Ich mußte lachen. »Vertrauen? Es ist doch mehr Angst als Vertrauen.«

»Nun ... ja. Auf jeden Fall ist Gamelan auf unserer Seite. Ich habe nie damit gerechnet, einmal den Tag zu erleben, an dem ein Geisterseher die Anteros unterstützt.«

»Ich auch nicht«, sagte ich. »Wie ist die Debatte ausgegangen?«

»Natürlich hat Gamelan verloren. Cassini ist noch immer ihr Mann. Unsere hart arbeitende Spionin sagt allerdings, der Sieg sei so knapp gewesen, daß sich jederzeit alles ändern kann. Wir müssen also nur einen Weg finden, diesem Umschwung in aller Stille nachzuhelfen.« Gegen ihre Argumentation hatte ich keine Einwände. Nur das Wie war mir nicht ganz klar. Mein Kopf schwirrte auf der Suche nach einer Lücke, die wir nutzen konnten. »Noch eins«, sagte meine Schwester. »Es scheint eine sehr kleine Gruppe zu geben, die den anderen voraus ist. Unsere Spionin berichtet von einem höchst mysteriösen Kommen und Gehen im Kellergeschoß des Gebäudes. Viele Zaubersprüche und merkwürdige Geräusche und Gerüche, selbst für ein Versteck von Zauberern. Es ist eine äußerst geheime Gruppe. Die anderen scheinen nichts davon zu wissen.«

»Was hält unsere Freundin, die Scheuerfrau, davon?«

Rali hob die Schultern. »Sie weiß es nicht. Sie hat nicht einmal eine Vermutung. Sie sagt, wenn sie eine hätte, dann wären Gamelan und die anderen auch schon darauf gekommen.«

Auch wenn alles nun nach einer schnellen Lösung aussah, zögerte es sich doch noch einige Wochen hinaus. Janos erhielt Ralis Informationen und fuhr fort, seine Widersacher einen nach dem anderen auszuschalten.

Ich selbst hatte Familie und Geschäfte, um die ich mich kümmern mußte. Kurz nach unserer Rückkehr nach Orissa hatte ich begonnen, eine Idee zu verfolgen. Die Saat dieser Idee war schon bei Eanes' Tod gelegt worden. Zuerst hielt ich es für idiotisch, mit einem solchen Gedanken zu spielen. Je mehr ich allerdings die Menschen auf den Straßen beobachtete, die die Fernen Königreiche als ihren Besitz betrachteten, als ein Geburtsrecht, desto mehr verfestigte sich der Gedanke. Ich schnitt das Thema Deoce gegenüber an.

»Wir sind erst kurze Zeit zusammen, meine Liebe«, begann ich. »In dieser Zeit bist du mir nicht nur eine liebende Ehefrau und eine gute Freundin, sondern auch die beste Ratgeberin geworden.«

»Danke, daß du das sagst, mein Gatte«, entgegnete Deoce. »Deine Einleitung ist allerdings vollkommen unnötig. Der Tag, an dem du mich nicht mehr um meinen Rat fragst und ihn nicht mehr akzeptierst, ist der Tag, an dem ich meine Rückreise nach Salcae buche. Dort bedarf es keines süßen Balsams, um eine Frau nach ihrer Meinung zu fragen.«

Ich errötete, doch Deoce lachte und umarmte mich. »Keine Angst, lieber Amalric. Ich hätte längst gemerkt, wenn du mich behandeln könntest, wie andere Orissaner Männer ihre Frauen behandeln. Und dann hätte ich ohnehin gar nicht erst mit dir geschlafen.«

Nach Bequemlichkeit suchend, drehte sie sich auf den Kissen herum und tätschelte ihren Bauch, der wegen unserer Tochter Emilie jetzt schon sehr rund war. Nach Auskunft der Hebamme sollte das Kind sehr bald schon unter uns sein. »Hör gut zu, mein Kleines«, sagte Deoce zu ihrem runden Bauch. »Dein Vater möchte dir etwas sagen.«

Ich lächelte und sagte dann: »Ich glaube, ich habe den Grund für die Unruhe in Orissa gefunden. Und genau deswegen haben die Fernen Königreiche auch jedermanns Phantasie so sehr eingenommen. Du selbst hast dieses Leiden – und als Krankheit muß man es bezeichnen – schon zu spüren bekommen.«

»Die Stellung der Frau, oder der Mangel daran, meinst du?« fragte sie.

»Es hängt eng damit zusammen. Frauen sind allerdings nur ein Faktor. In Orissa wird jeder bei seiner Geburt in eine Rolle gezwängt. Eine Frau kann nur wenig tun, was offiziell akzeptiert wird. Dasselbe trifft auf sämtliche Schichten dieser Stadt zu. Mit wenigen Ausnahmen gilt: einmal Handwerker, immer Handwerker. Ein Stalljunge wird immer Stalljunge bleiben, ein Arbeiter wird sich immer plagen müssen, und so weiter. Halab rührte an der äußersten Grenze, als er versuchte, Geisterseher zu werden.«

»Es ist eine sehr schwierige Stadt für jemanden, der Träume hat«, stimmte Deoce zu.

»Du hast es genau getroffen«, sagte ich. »Träume sind zwar in Orissa nicht verboten, bestimmt werden sie jedoch nicht gefördert. Oh, wir betrügen uns selbst. Wir erfreuen uns am frechen Gerede, und Damen und Herren belustigen sich an der Dreistigkeit des gemeinen Volkes. Doch laß diese Freiheit mehr als eine charmante Exzentrizität werden, und dieser Mann oder diese Frau sind erledigt.«

»Was schlägst du vor, um das zu ändern?« fragte sie.

»Ich würde ganz unten anfangen«, sagte ich. »Ich würde die Sklaven befreien. Beseitige diese Schranke, und die Flut wird steigen. Dann werden alle Dämme brechen, wenn jede Klasse flußabwärts donnert und dort auf die nächste trifft, bis ... Nun, wer weiß. Vielleicht könnte eines Tages auch ein Sklave ein hoher Herr oder eine Dame werden.«

Deoce erfreute mich mit einem glühenden Lächeln, das mir mehr Freude bereitete als jedes andere Gefühl in meinem Leben. Sie sagte: »Als Frau, die fast eine Sklavin geworden wäre, und als Frau in Orissa fühle ich mich – außer in diesem Haus – fast überall als Sklavin und stimme dir von Herzen zu. Unser tapferer Freund Janos Greycloak ist ein Beispiel dafür, was ein Sklave erreichen kann.«

»Unsere eigenen zu befreien, wäre nur ein kleiner Anfang«, sagte ich. »Zunächst dürfen wir kein Wort darüber verlieren, weil die öffentliche Ankündigung so viele Leidenschaften wecken würde, daß es den Plan gefährden könnte.«

»Das ist klug«, sagte sie. »Wenn wir es nur wenige zur Zeit wissen lassen und die Neuigkeit erst langsam durchsickern und dann zu einem Sturzbach werden kann, wird das einen viel größeren Effekt haben.«

»Das einzige Problem stellen meine Brüder dar«, entgegnete ich. »Um den Standpunkt deutlich zu machen, müssen die Anteros ihre Sklaven komplett befreien. Es wird einen großen Familienkampf geben.«

»Gut. Das wird ihr Blut in Wallung bringen. Deine Brüder müssen ohnehin ein wenig wachgerüttelt werden. Sie haben lange genug erst von der Kühnheit eures Vaters und jetzt von deiner gelebt.«

Meine Brüder nahmen es nicht gut auf. Der Familie Antero gehörten vielleicht einhundertundfünfzig Seelen, darunter viele teure Haushaltssklaven, geschickte Hafen- und Landarbeiter, dazu ausgebildete Schreiber und Verwalter. Durch ihre Befreiung würden wir den Reichtum unserer Familie um ein Fünftel mindern. Mein ältester Bruder Porcemus sprach sich am vehementesten dagegen aus. Er war doppelt so alt wie ich und ähnelte, abgesehen von den weicheren Gesichtszügen, unserem Vater am deutlichsten. »Dein Plan ist verrückt«, sagte er. »Du bringst uns an den Bettelstab. Wer wird die Stellung der Sklaven einnehmen? Denk an die Löhne, Mann! Wir können es uns einfach nicht leisten.«

Ich entgegnete: »Um Geld geht es hier überhaupt nicht. Wenn eine Sache richtig erscheint, dann sollte man sie tun, ungeachtet der Kosten. Aber wenn du darauf bestehst ...« Ich nahm vom Stapel vor mir ein Hauptbuch. »Überprüf die Zahlen, die ich zusammengestellt habe, und du wirst sehen, daß es billiger ist, einen Menschen zu beschäftigen, als ihn zu versklaven. Ein freier Mann bezahlt selbst für seinen Unterhalt. Außerdem arbeitet er härter, weil er sein Schicksal verbessern kann, während ein Sklave immer ein Sklave bleiben wird. Warum also sollte er sich kümmern?« Ich öffnete das Dokument und zeigte auf eine Zahlenreihe. »Sieh her, Porcemus. Die Ernte in deinen Obstplantagen bleibt seit fünfzehn Jahren auf demselben Niveau. Nur einmal hat sie sich verändert, und in dieser Saison gab es einen Zuwachs.« Stirnrunzelnd betrachtete er die Zahlen. »Es war das Jahr, als ein Fieber deine Sklaven lahmgelegt hat«, fuhr ich fort. »Wir mußten freie Männer und Frauen einstellen, um ihre Arbeit zu erledigen. Und die Ernte war reicher, oder? Es ist uns auch weniger verdorben, weil alle schneller und härter arbeiteten, um mehr Geld zu verdienen.«

Meine Brüder machten einen recht überraschten Eindruck, Porcemus jedoch blieb engstirnig – ein echter Kleingeist. »Solch eine Feststellung kann man nicht auf der Grundlage einer Saison treffen«, sagte er.

»Das habe ich nicht.« Ich schob ihm einen Stapel Hauptbücher hin, die er einsehen mochte, wenn er es wünschte. »Ich habe viele Beispiele gefunden, wo sich ähnliche Vergleiche ziehen ließen. Über die Jahre verteilt, sind unsere Gewinne immer größer, wenn wir einen fairen Preis zahlen, anstatt Sklaven auszunutzen. Gerechterweise muß ich sagen, daß ich den Handel über unsere Schiffe nicht einbezogen habe, obwohl dies der Hauptteil unserer Einnahmen ist. Wie ihr wißt, nutzen wir bei den Handelsgeschäften kaum Sklaven … aus den eben genannten Gründen. Selbst der untalentierteste Händler weiß, daß es kein besseres Motiv als den Gewinn geben kann.«

»Ich behaupte immer noch, daß ein Dämon von dir Besitz ergriffen hat«, sagte Porcemus. »Wenn jeder seine Sklaven befreien würde, hätten wir sofort doppelt so viele Bürger. Die meisten unserer Leute sind schon ignorant und schmutzig genug. Dann hätten wir noch dreißigtausend mehr davon, und das würde unweigerlich zur

Anarchie führen. Es wäre das Ende des uns vertrauten Orissa.« Verärgert schob er mir die Bücher wieder zu. »Hat deine Familie noch nicht genug gelitten? Erst Halab … und jetzt – du.«

Ich hatte mit einer Attacke auf mich selbst gerechnet. Darauf war ich vorbereitet gewesen, und ich hatte mir vorgenommen, ruhig und vernünftig zu bleiben. Die Eifersucht meiner Brüder darauf, daß einem so jungen Sohn wie mir der Vorsitz der Familie anvertraut wurde, war nicht weiter verwunderlich, doch die Attacke auf Halab traf mich unvorbereitet, und ich reagierte töricht, indem ich vom Tisch aufsprang und dabei einen Stuhl umwarf. »Wenn du nicht von meinem Blut wärst«, sagte ich, »würde ich dich dort, wo du sitzt, töten.«

Porcemus wurde gespenstisch blaß. Meine anderen Brüder versuchten, mich zu beruhigen. Doch nicht ihre Worte besänftigten mich, sondern der Anblick von Porcemus' ängstlichem Gesicht. In meiner Wut war ich stark, und meine Muskeln hatten leichtes Spiel, waren durch die lange Reise gehärtet und auf Gewalt eingestellt. Was für ein hilfloser Haufen, dachte ich. Dann verlor sich der Ärger. Also gut, dachte ich, sie sind eine Last, na und? Für deinen Vater waren sie eine ebensolche Plage, und dir hat er die Verantwortung anvertraut.

Ich seufzte, hob den Stuhl auf und stellte ihn wieder an seinen Platz. »Entschuldige meine Verärgerung, Bruder«, sagte ich. »Ich hätte gern deine Zustimmung zu meinem Plan. Um deine Befürchtungen zu zerstreuen, werde ich dir den Wert deiner Sklaven aus meiner eigenen Tasche erstatten.« Dann wandte ich mich an die anderen. »Wird das reichen?« Allgemeine Zustimmung. Porcemus wurde sehr freundlich, umarmte mich und entschuldigte sich. Dann gingen sie.

So wurde ich, Amalric Emilie Antero, der erste, der in Orissa seinen Sklaven die Freiheit schenkte. Es war kein stolzer Augenblick, weil Habgier ihn erst möglich machte, doch immerhin war etwas geschehen. Ich lehnte mich zurück und wartete auf Reaktion. Die erste war eine, die ich am wenigsten erwartet hatte. Sie kam von Tegry.

»Was habt Ihr getan?« schrie er.

Es verschlug mir den Atem. So sprechen Sklaven nicht mit ihren Herren. Dann fiel mir ein, daß er kein Sklave mehr war. Das alles war höchst gewöhnungsbedürftig, insbesondere bei jemandem, den ich so sehr ablehnte wie Tegry und den ich nur aus Rücksicht auf meinen Vater behalten hatte.

»Beruhige dich, Tegry«, sagte ich. »Erkläre mir meinen Fehler, und ich werde mein Bestes tun, ihn zu korrigieren.«

»Ihr ... Ihr ... habt mich befreit!«

Wie ein Fisch mit offenem Maul muß ich ausgesehen haben. »Was ist daran falsch?« stotterte ich. »Ich habe alle Sklaven befreit.«

Haß lag in Tegrys Blick. »Mein ganzes Leben habe ich für meine jetzige Position gearbeitet«, stieß er mit zusammengebissenen Zähnen aus. »Jetzt ist alles vorbei. Ihr habt mir meinen Stolz geraubt.«

»Wie konnte ich das tun? Du hast noch deine Arbeit, nur für ein Gehalt. Und du bist immer noch Herr der Dinge, die vorher deine Domäne waren.«

»Ich ... ich ... verrichte meine Notdurft auf Eurem Gehalt! Ich habe – wie es mein gutes Recht ist – an einem Tag mehr gestohlen, als Ihr mir für acht bezahlt. Und was meine Stellung angeht, so habe ich bei den Dienern keine Autorität mehr. Keine echte Autorität. Ihr habt sie befreit. Was für ein Dummkopf! Wenn ich ihnen befehle zu arbeiten, lachen sie mir ins Gesicht, weil meine Art ihnen nicht gefällt. Gerade eben habe ich einem Stallburschen die Peitsche gegeben, und der Bastard hat die Dreistigkeit besessen, sie mir aus der Hand zu reißen. Und dann ... hat er gekündigt. Er ist gegangen. Ich kann ihn nicht zurückrufen, weil er mir nicht mehr gehorchen muß.«

»Du mußt dir eben ein ruhigeres Verhalten angewöhnen«, entgegnete ich. »Wenn du mit deiner Bezahlung unzufrieden bist, dann werde ich sie erhöhen. Allerdings nicht auf das Achtfache. Das, Tegry, wäre mehr Diebstahl, als dir zusteht. Aber ich verdoppele sie, und wir vergessen ...«

»Nein, das tut Ihr nicht«, schrie Tegry. »Ich bin frei, und ich werde nicht für einen Mann wie Euch arbeiten. Ich habe Euren Vater gewarnt. Er wollte nicht hören. Also gut, was ein Stallbursche kann, kann ich auch. Lord Antero, ich kündige meine Stellung. In einer Stunde bin ich verschwunden, und Ihr werdet es noch bedauern, mich so mißbraucht zu haben.« Er machte auf dem Absatz kehrt und schritt hinaus.

Wenn wir meine Entscheidungen auch nicht lautstark bekanntmachten, so sprach es sich doch schnell genug herum, und es gab viel hitziges Gerede über den »verrückten Antero«, der seine Sklaven befreit hatte. Andere stellten sich jedoch auf meine Seite, besonders jüngere Geschäftsleute, die mein Argument der höheren Gewinne verstanden. Einige von ihnen befreiten ebenfalls ihre Sklaven, und allmählich floß in die Argumentation auch so etwas wie Moral und Bürgerstolz ein.

»Es heißt, wenn Barbaren wie die Lycanther ihren Sklaven erlauben, sich ihre Freiheit zu erkaufen«, berichtete Janos lachend, »dann kann Orissa es sicher besser.«

»Ich hoffe, dein Anliegen hat darunter nicht gelitten«, sagte ich.

»Im Gegenteil, es hat sogar gewonnen«, entgegnete Janos. »Dieselben Leute, die mich unterstützen, sind auch diejenigen, die zuerst ihre Sklaven befreien. Wir marschieren tatsächlich wieder Hand in Hand, als wären wir noch auf unserer Reise.« Natürlich lief nicht alles perfekt. Hitzige Wortgefechte arteten gelegentlich in Schlägereien aus. Viele Herren ärgerten sich, wenn sie auf offener Straße von ehemaligen Sklaven angepöbelt wurden, die sie beschimpften, weil sie ihre Sklaven noch nicht freigelassen hatten.

Dann wurde im großen Amphitheater eine öffentliche Versammlung einberufen. Es hieß, eine zweite Expedition zu den Fernen

Königreichen sei beschlossen worden, und nun müsse die Leitung dieser Expedition bestimmt werden. Wieder wurde Cassinis Name ins Spiel gebracht. Ich ritt mit Janos zu dem Treffen. Er trug Uniform, immer noch lieber die einfache, leichte Rüstung mit dem schlichten Schwert auf dem Rücken. Zu Pferde, den schwarzen Bart gebürstet, bis er glänzte, und mit einem Lächeln, das die großen weißen Zähne zeigte, sah er wie ein junger König aus. Vor dem Amphitheater wurden wir von einer großen Gruppe zorniger junger Männer begrüßt, darunter auch Malaren.

»Vielen Dank für die Begrüßung«, sagte Janos. »Aber was geht hier vor?«

»Das will ich Euch sagen, bester Mann«, schäumte Malaren. »Sie wollen die Leitung der Expedition übernehmen.«

»Wer sind sie?« unterbrach ich, weil Janos zu schockiert schien, um zu fragen.

Ein stämmiger Mann mit kräftigen Händen voller Schwielen antwortete: »Dieser tollwütige Hohe Rat ist es, um den es geht«, rief er. Ich bemerkte das Zeichen auf seinem Arm. Er war ein ehemaliger Sklave. »Und die verdammten Geisterseher stecken auch dahinter.«

»Nicht alle«, warf Malaren ein. »Aber in beiden Gruppen gibt es genug alte Männer und Feiglinge, die hinter Cassini stehen.«

Ich sah Janos an. Er wirkte stahlhart, seine Hand zuckte nach dem Schwert. Er schien jederzeit bereit, seinem Pferd die Sporen zu geben und im Galopp ins Amphitheater zu stürmen. Jemand rief: »Wir stehen zu Euch, Greycloak!« Andere fielen in den Ruf ein. »Wir lassen nicht zu, daß sie Euch wieder betrügen.« Weitere Stimmen erhoben sich, und viele hatten sich angeschlossen, sowohl edle Herren wie Malaren als auch gemeines Volk, Schmiede, Seeleute und auch ehemalige Sklaven. Eine schwere Auseinandersetzung schien sich anzubahnen.

Ganz plötzlich war Janos die Ruhe selbst. Er hob eine Hand, und es war ruhig. »Wir werden uns nicht wie der Pöbel benehmen«, sagte er. »Wenn Ihr mitkommt, dann in aller Ruhe. Ich will, daß ihr alle beieinander sitzt, und schwöre, daß ich für euch alle sprechen werde, wie auch für mich selbst.«

Es gab einiges Gemurmel, doch Janos' gebieterisches Wesen setzte sich durch. Wir bereiteten uns darauf vor, einzutreten. Ich fühlte, wie jemand an meiner Reithose zerrte, blickte nach unten und erkannte eine junge Dienerin aus unserem Haushalt. Sie machte große Augen und wirkte ängstlich.

»Was gibt es?« fragte ich.

»Es geht um Eure Frau«, rief sie. »Kommt schnell. Euer Kind wird geboren.«

Ihre Worte trafen mich schmerzlich. Ich war zerrissen zwischen der Glut des Augenblicks und meiner Angst um Deoce. Janos schob sich an meine Seite. »Geh«, sagte er.

»Aber ... die Versammlung ... die ...«

Er drängte mich hart. »Ich erledige das. Ich brauche dich später. Geh jetzt!« Mein Zaudern nahm ein Ende. Ich hob die Dienerin in den Sattel und jagte durch die Straßen zu unserer Villa. Hinter mir hörte ich noch das tosende Echo aus dem Amphitheater.

Das Bett bot ein Bild des Grauens, voll Blut und Schmerz. Zwei Hebammen kümmerten sich um meine arme Deoce, doch alle Medizin und aller Zauber konnten ihre Qual nicht lindern. Meine Tochter kam, aber sie kam nicht leicht. Deoce griff so fest nach meiner Hand, daß ich glaubte, sie würde mir die Finger brechen. »Ich wußte, du würdest kommen«, weinte sie. »Sie sagten, es gäbe ... eine Versammlung. Die Expedition! Aber ... ich wußte, du würdest trotzdem kommen.«

Ich suchte nach Worten, doch klang angesichts ihrer Schmerzen und ihres Glaubens an mich alles kläglich. Ich brachte nur heraus, daß ich sie liebte und daß ich sie lieben würde, bis aller Sand ins Meer gespült sei. Sie stieß einen entsetzlichen Schrei aus – und ich fürchtete schon, meine Deoce für immer verloren zu haben. Stille ...

so tief und schwer nach diesem Schrei, es droht mich noch heute zu ersticken, da ich diese Worte schreibe. Dann kam der Kopf meiner Tochter zwischen Deoces blutigen Schenkeln hervor. Wieder schrie meine Frau, und das Kind drang weiter heraus in die erfahrenen Hände der Amme. Einen Augenblick später ließ Emilie ihren ersten Schrei hören. Meine Tochter war geboren.

»Ist sie schön?« fragte Deoce mit schwacher Stimme.

Ich sah auf das blutige, kleine Wesen. Die Augen hatte sie fest zugekniffen. Sie schrie jetzt wütend, weil man sie der Wärme und Geborgenheit entrissen hatte. »Ja, meine Liebe«, antwortete ich. »Sie ist schön.« Und als sie von den Hebammen gereinigt und in weiches Leinen gewickelt worden war, um zum ersten Mal ihrer Mutter zu begegnen, glaubte ich das auch wirklich.

Von Kriegszeiten abgesehen, stellte die zweite Expedition die größte Streitmacht der Geschichte Orissas dar. Es war nicht mehr die Suche eines einzelnen, bei der ein junger Mann losgaloppierte, wohin auch immer es ihn zog, mit allen Trinkgenossen, die sein Vater sich leisten konnte. Diesmal forderten wir das Schicksal heraus, und jeder Mensch aus dieser Stadt beanspruchte einen Platz am Tisch. Insgesamt sollten sich zweitausend Leute auf die Reise machen: Truppen, Pferde und ihre Pfleger, Offiziere und deren Diener, Marketenderinnen in großer Zahl, um die Männer zu erfreuen, Köche, Bäcker, Waffenschmiede, Träger sowie schlicht Neugierige, die genug Einfluß besaßen, ihre Namen auf die Liste setzen zu lassen. Janos Greycloak wurde einstimmig zum Leiter dieser großen Streitmacht ausgerufen.

»Es war kein großer Kampf«, erzählte Janos in jener Nacht. »Cassini erschien nicht einmal auf der Bühne. Ich sah ihn nur hinter den Seitenflügeln stehen, vor Wichtigtuerei ganz aufgeblasen. Er rannte auf und ab und studierte seine Dankesrede ein. Wenn das noch kein Hinweis für einen armen, beschränkten Soldaten wie mich war, dann sagte die Tatsache, daß sämtliche Männer auf der Bühne unsere Feinde waren, zumindest soviel, daß jemand die Augen des Würfels mit Blei gefüllt hatte.« Janos schüttelte den Kopf, immer noch voll Verwunderung. »Sobald ich meinen Platz eingenommen hatte, begann die ganze Menge wieder zu schreien: ›Janos. Janos.‹ Und den ganzen Blödsinn.« Seine Zähne blitzten auf, ich wußte, daß er es überhaupt nicht für »Blödsinn« gehalten hatte. »Nur war es diesmal viel lauter. Die Stimmen klangen so wütend, daß nur ein Idiot nicht bemerkt hätte, wie ihnen das Blut in den Adern kochte. Einige Kerle waren so mutig, aufs Podium zu rennen, zogen sich jedoch zurück, als ich sie aufforderte, nicht so unhöflich zu sein, und diese ehrenwerten Herren sprechen zu lassen.«

Janos stürzte einen Becher Wein herunter, dann lachte er. »Oh, ich wünschte, du wärest dabeigewesen, mein Freund«, sagte er. »So etwas hast du noch nie erlebt.« Jeneander und seine Freunde hatten eine eilige Besprechung abgehalten, ohne auf die ungestümen Bemerkungen aus der Menge zu achten. Wie Janos schon andeutete, war in Orissa etwas Derartiges noch nie geschehen, und unsere Feinde waren in Panik gewesen, zuckten vor den Beschimpfungen der Menge zurück, als würden Steine nach ihnen geworfen. Einer aus der Menge entdeckte Cassini, und eine Gruppe wollte ihn stellen, doch er konnte gerade noch rechtzeitig fliehen. Auf der Bühne war eine Entscheidung getroffen worden, doch dann begannen sie, sich zu streiten, wer sie den wütenden Bürgern von Orissa bekanntgeben sollte. Die Menge lachte über diese Misere und stürmte wieder gegen die Bühne. Dann gab einer aus dem Hohen Rat Jeneander einen Stoß, und er stolperte nach vorn und wurde vom Vergrößerungszauber erfaßt. Bebend stand er neben Janos.

»Ich brachte unsere Freunde zum Schweigen und hieß Jeneander mit meinem freundlichsten Lächeln willkommen«, sagte Janos. »Ich legte meinen Arm um ihn wie um einen Bruder und sagte so laut, daß alle es hören konnten: ›Wie immer auch Eure Wahl ausgefallen sein mag, mein Freund, alle hier wissen, daß Ihr ehrenwerte Herren lange an Eurem weisen Entschluß gearbeitet habt.‹«

Janos lachte und nahm noch einen Schluck Wein, um seine Kehle zu entspannen. »Dann begann der arme Jeneander zu sprechen«, fuhr er fort. »Seine ersten Worte hörten sich sehr piepsig und quakend an, als hätte sich eine Maus mit einer Ente gepaart. Schließlich brachte er es dann heraus, mit zitternden Knien, als stünde er in einer winterlichen Brise. Immer noch mit dieser hohen Stimme sagte er: ›Wir geben bekannt, daß der Leiter der zweiten Expedition ... Hauptmann Janos Greycloak sein wird.‹

Danach konnte man sein eigenes Wort nicht mehr verstehen. Sobald der gute Geisterseher sein Sprüchlein aufgesagt hatte, nahmen er und die anderen Reißaus von der Bühne, als wären sie Kaninchen, die gerade die Vision eines großen brodelnden Eintopfs gehabt hatten.« Ich lachte Tränen bei dieser Vorstellung. Dann füllte ich unsere Becher neu, und wir tranken auf Te-Date, der unsere Feinde so verwirrt hatte.

Dann wurde Janos ernst. »Du sollst wissen«, sagte er, »was uns auch immer noch bevorstehen mag: Ich schulde dir so viel, daß ich es nie wieder gutmachen kann.« Ich gab undefinierbare Geräusche von mir, wollte meiner Bescheidenheit Ausdruck verleihen, doch war mein Herz voller Freude. Irgendwo im Haus schrie Emilie, dann war die sanfte Stimme des Kindermädchens zu hören, das sie beruhigte. Es war ein höchst bemerkenswerter Tag.

Auch Janos hörte das Schreien und lächelte. »Ich weiß, daß es dir diesmal nicht möglich sein wird, mitzukommen«, sagte er. »Du hast jetzt zuviel Verantwortung. Du sollst nur wissen, daß ich dich schmerzlich vermissen werde.«

»Das ist sehr freundlich«, entgegnete ich. »Nur war ich beim letzten Mal so unerfahren, daß ich kaum eine Unterstützung für dich gewesen bin. Und jetzt wirst du eine große Armee zur Verfügung haben, mit vielen erfahrenen, fachmännischen Ratgebern.«

Janos schüttelte entschieden den Kopf. »Dein einziger großer Mangel, mein Freund«, sagte er, »liegt darin, daß du deinen eigenen Wert nicht kennst. Wenn sich das ändert, wirst du ein gefährlicher Mann sein, weil du ein natürliches Talent zum Abenteuer hast. Darüber hinaus hast du die Strenge eines unbeugsamen Herzens und beständigen Weitblick. Versuche nicht, es abzustreiten. Ich kenne dich gut. In manchen Dingen vielleicht besser als du dich selbst. Wir sind uns sehr ähnlich, Amalric Antero. So ähnlich, daß wir Zwillinge sein könnten. Doch, den Göttern sei gedankt, du hast nicht meine dunklen Seiten.«

Er schielte mich an, und an der Röte seiner Augen erkannte ich, wie betrunken er war. »Ich schwöre dir, Amalric«, sagte er, »wenn ich in den Fernen Königreichen stehe, werde ich dir zu Ehren ein Opfer bringen. Und ich werde den Herren dort sagen, daß ich Grüße von meinem guten Freund und Zwillingsbruder bringe ...« Er brach mitten im Satz ab. Sein Kopf war auf den Tisch gesackt. Ich nahm ihm den Becher aus der Hand, bevor er umfallen konnte, und als ich aus dem Zimmer schlich, hörte ich ihn schon erschöpft schnarchen.

Einen Monat später reiste die Expedition ab. Jedes Schiff, das sich erübrigen ließ, war zum Dienst genötigt worden, damit diese mächtige Gesellschaft in See stechen konnte. Die ganze Stadt erschien, um sie zu verabschieden. Ich stand auf einem Hügel in der Nähe der Biegung, als sie vorübersegelten, und ich muß zugeben, ich empfand ein leichtes Bedauern, daß ich nicht dabeisein konnte. Aber als das letzte Schiff verschwunden war und ich mich nach Haus umwandte, dachte ich an Deoce und Emilie, und sofort wurden meine Schritte leicht.

Kapitel Fünfzehn

Der Dunkle Sucher

Was ich nun schreiben muß, fällt mir schwer. Fast alles würde ich geben, wenn ich diese Zeit aus meinem Leben streichen könnte. Seit Jahren war Orissa von den Göttern gesegnet worden. Sie hatten unsere Opfer vielfach belohnt: die Ernte war üppig, der Fluß ruhig, die Soldaten siegreich, die Gesundheit vorzüglich und unsere Kinder folgsam. Dann verlangten die Götter ihren Anteil.

Für eine kurze Zeit nach Janos' Abreise war mein Leben die reine Freude. Jede freie Minute – und ich nahm mir auf Kosten meiner Geschäfte auch mehr Zeit – verbrachte ich mit Deoce und Emilie. Meine Frau war mir so vieles: Geliebte, Partnerin, Ratgeberin und Freundin. Sie zeigte einen Sinn für Geschäfte und kam mit mir zum Hafen, um den Handel in die Länder mitzuorganisieren, zu denen Janos und ich einen Zugang eröffnet hatten. Zu Hause entzückte sie meine Diener – viel fröhlichere Menschen, da sie nun befreit waren –, indem sie sich sofort in die Arbeit stürzte und keine dunklen Ecken scheute, in denen sich die Spinnweben sammelten. Und manchmal überraschte sie mich an meinem Pult und lockte mich in eine ruhige, grüne Laube, wo wir uns liebten, wie in den Tagen im Tal des Paradieses.

Emilie entpuppte sich als genauso reizend, wie Deoce es vorhergesagt hatte. Sie war ein fröhliches, kleines Mädchen mit pummeligen Wangen, heller Haut und Augen voller Neugier. Mir brach fast das Herz, wenn sie lachte, und sobald sie mich erblickte, schrie sie vor Vergnügen und schlang mir ihre rundlichen Arme um den Hals. Ihr Lachen und ihr milchiger Duft überwältigten mich beinah.

»Du bist wie Lehm in ihren Händen«, zog Deoce mich auf. »Wenn je ein Kind ihres Vaters kleine Tochter war, dann unsere Emilie. Du solltest vorsichtiger sein, Liebster, sonst verwöhnst du sie zu sehr.«

Natürlich war nicht alles reiner Sonnenschein. Es gab Probleme. Deoce litt an einer Verstauchung, Emilie an einer Kolik, und ein kleines Handelsschiff aus den Nordländern wurde vermißt. Als Janos abreiste, ließ er zudem unsere Feinde zurück. Eine Zeitlang waren sie noch zu ängstlich, um mehr als üble Nachrede zu riskieren.

Es geschahen jedoch auch Dinge, die wir als Warnung vor dem hätten verstehen können, was uns bevorstand. Die meisten allerdings waren in süße Träume von all den Schätzen eingelullt, die bald von den Fernen Königreichen aus fließen würden. Der Kuß der Steine war in jenem Jahr schlecht verlaufen. Der Schurke, den die Geisterseher bestimmt hatten, die Ernte zu segnen, war ein zum Dieb gewordener Hungerleider, der nur ein mageres Tröpfchen von Blut zustande brachte, als er zwischen den beiden alten Steinen zermalmt wurde. Dann gab es viele Gewitter, die die Luft mit ihrem heißen Atem aufheizten, und Hunde und Echsen heulten nächtelang. Oft tauchte die untergehende Sonne den Himmel in glühendes Rot, und dicke schwarze Wolken wirbelten herum und ließen schauderhafte Bilder entstehen. In der Gerüchteküche brodelte es. Es gab Berichte, wonach die zweite Expedition schon mehrmals die Orientierung verloren hätte, daß Janos mit seinen Offizieren im Streit läge und viel Schwarze Magie praktiziert würde, hauptsächlich zu sexuellen Zwecken. Und als reichten die Geschichten über Janos nicht aus, erhielten wir Nachrichten von Reisenden, wonach die Lycanther in heller Aufregung waren, ihre Truppen exerzieren ließen und vom Wiederaufbau der großen Mauer sprachen, die wir nach dem Sieg über sie niedergerissen hatten. Außer in müßigen Tavernengesprächen kümmerten wir uns nicht weiter darum und hielten auch dies für allgemeinen Klatsch, genau wie die Berichte über merkwürdige Lichter und Brandgeruch, der aus der Zitadelle der Geisterseher aufstieg. Ich fragte Rali danach, doch ihre Spionin erzählte nur, die Geisterseher befehdeten sich noch immer, hielten ihren Streit jetzt aber hinter dicken Türen verschlossen, wo selbst die Anwesenheit einer Putzfrau Verdacht erregen würde.

Dann kehrten die ersten Mitglieder aus Janos' Expedition zurück und verliehen den Gerüchten über ihn weitere Nahrung. Sie warfen ihm vor, ein launenhafter Expeditionsleiter zu sein, der nur seine eigene Meinung gelten ließe und öffentlich alle erniedrigte, die sich ihm entgegenstellten. Die Expedition habe sich nicht nur mehrmals verlaufen, sondern irre noch immer im Land herum und habe mehrfach Gepäck, Schätze und Menschen an plündernde Stämme verloren. Das meiste davon wurde für Unsinn gehalten, da die Rückkehrer notorische Faultiere und Feiglinge waren, die sich nach allgemeiner Einschätzung nur des schnellen Ruhmes wegen der Expedition angeschlossen hatten.

Cassini ergriff jedoch sogleich seine Chance, trat erneut öffentlich auf, kanzelte Janos ab und tat überhaupt alles, um dem Ruf meines Freundes zu schaden. Die Anhänger des Geistersehers kamen vereinzelt aus ihren Höhlen hervor, und bald war er wieder mutig genug, an öffentlichen Riten teilzunehmen. Er assistierte Jeneander bei der alljährlichen Regenzeremonie und brachte die Silberglocken zum Klingeln, die wie Regentropfen klangen, während Jeneander einem fetten Ochsen die Kehle durchschnitt.

Der Regen kam wie gerufen, aber dann hörte er nicht mehr auf. Es regnete stundenlang so stark, daß man den Tag nicht von der Nacht unterscheiden konnte. In ganz Orissa kauerten sich alle in ihre Häuser und lauschten dem schweren Niederschlag auf den Dächern. Es war ein kalter Regen. Wir mußten das Feuer in unserem Herd ständig brennen lassen, und bald wurde Brennstoff knapp. In dem starken Regen gedieh ein grüner Schimmel, der unsere Kleidung befiel und unsere Nahrung verdarb. Die Geisterseher sprachen eilends Zaubersprüche gegen diesen Schimmel. Gerade hatte er nachgelassen, als Millionen von Ameisen einfielen, die durch jede Ritze in die Häuser drangen und uns alle verrückt machten, weil wir uns immerzu kratzen mußten, während wir die Wände, uns selbst und unsere Kinder nach ihnen absuchten.

All diese Probleme waren jedoch unbedeutend angesichts der plötzlichen Angst, die uns befiel, als der Wasserspiegel des Flusses zu steigen begann. Niemand konnte sich erinnern, daß der Fluß je über seine Ufer getreten war, doch weit von seinem Bett entfernt gab es alte Narben an den Hängen, die alte Geschichten von panischer Angst und großer Zerstörung erzählten. Als der Fluß dann zu einer brodelnden Masse aus Schlamm und Geröll anwuchs und dabei eines der kleineren Docks wegschwemmte, ergriff Panik die Stadt. Nach Rücksprache mit den Geistersehern holte der Hohe Rat einen Schwerverbrecher, der seine Frau und Kinder erschlagen hatte, um sie dann für den eigenen Verzehr zu grillen, aus seiner Zelle. Die ganze Stadt wurde hinausbefohlen, aber es war eine trübe Parade zum Opferplatz. Unglücklich und unterkühlt drängten wir uns im Regen aneinander, als Jeneander und Cassini mit einer großen Zahl von Geistersehern Gesänge zur Besänftigung des Flusses anstimmten. Es schien eine Ewigkeit zu dauern. Gamelan war nicht anwesend, was ich recht aufschlußreich fand. Prevotant, der alte Dieb, war da, was mir noch mehr sagte. Die Zeremonie ging daneben, die Weihrauchtöpfe brannten nicht, und als sie den Verbrecher festbanden, lösten sich die Knoten immer wieder. Der arme Kerl kreischte und stöhnte und warf sich herum, denn der betäubende Trank, den man ihm gegeben hatte, zeigte keine Wirkung. Über all diese Mißgeschicke gerieten die Menschen in große Angst. Selbst als Jeneander mit dem Opfer rang und dabei in den Schlamm stürzte, konnte niemand lachen. Einigen tat der Mann leid, und man behauptete, er sei nur vom Regen verrückt geworden, und das sei schließlich der Fehler der Geisterseher, die zuviel Regen herbeigezaubert hätten.

Dann trat Cassini vor und schlug dem Opfer mit einem Holzscheit über den Kopf. Er und Jeneander packten ihn an Händen und Füßen und warfen ihn ohne weiteres Aufheben ins Wasser. Alle gingen unglücklich nach Hause, verärgert über die Führung der Stadt.

Niemand war überrascht, daß die Opfergabe folgenlos blieb und das Wasser des Flusses weiter stieg. Ich hetzte mit anderen umher, deren Lebensunterhalt ebenfalls vom großen Strom abhing. Wir räumten die Lagerhäuser, zogen die Boote an Land und schickten größere Schiffe fort. Als ich an jenem Abend nach Hause ging, lief das Wasser schon in die Lagerhäuser.

Noch vor Morgengrauen weckte Deoce mich. »Was ist?« fragte ich und stand sofort auf, eine Angewohnheit, die von meiner Reise mit Janos stammte und die ich seither beibehalten habe. Sie stand in einem weißen Morgenmantel neben unserem Bett und hielt Emilie fest umklammert. Deoce sah blaß aus und zitterte. Emilies Augen waren groß, jeden Moment würde sie anfangen zu weinen.

»Hör nur«, sagte Deoce.

Ich hörte ein entferntes Donnern, oder vielmehr ein Tosen. Dazwischen war noch das Krachen und Knarren größerer Gegenstände auszumachen, die zusammenbrachen. Ich sprang aus dem Bett und riß das Fenster auf. Das Geräusch übertönte selbst den prasselnden

Regen. Dieser war allerdings so dicht, die Nacht so schwarz, daß ich nicht sehen konnte, was draußen geschah. Dennoch wußte ich Bescheid. Ich sah Deoce an.

»Es ist der Fluß.«

»Sollen wir fliehen?« Deoces Stimme zitterte. Nie zuvor hatte sie Angst gezeigt, aber ich wußte ja, daß sie noch nie an einem Fluß gelebt hatte.

»Wir sind hier einigermaßen sicher«, beruhigte ich sie. »Abgesehen von dem alten Deich, den der Fluß erst selten überspült hat, liegen noch viele Hügel dazwischen.«

Ich machte mir Sorgen um die Docks und die Lagerhäuser, und noch besorgter war ich wegen der Menschen, die am Fluß lebten und arbeiteten; doch was sollte ich tun? Ich war kein Gott, der eine Flut stoppen konnte. Also zog ich meine Frau mit unserem Kind zu mir ins Bett und nahm sie in die Arme. Am Morgen hörte der Regen auf, und als ich erwachte, war mein erster Gedanke, daß Emilie kein einziges Mal geweint hatte.

Der Fluß war beinah auf seinen Normalzustand zurückgefallen. Der Schaden war groß, doch nicht so schlimm, wie ich befürchtet hatte. Einige Docks waren beschädigt, Lagerhäuser in sich zusammengefallen, Boote und Schiffe zerstört, doch hatte es nur wenige Menschen das Leben gekostet. Als wir uns sammelten, um unseren Mitbewohnern aus Orissa beizustehen und die Trümmer zu beseitigen, wurde mir klar, daß es weitaus schlimmer hätte kommen können. Ich sah mir die Markierungen an, die das abfließende Wasser hinterlassen hatte: sie waren nur halb so hoch wie die alten Narben.

Allerdings gab es nur wenige, die dankbar waren. Auf dem Weg nach Hause hörte ich bitteres Gezeter über die Lage in Orissa. Da ich für die Arbeit dieses Tages grobe Kleidung trug und eine Mütze mein rotes Haar bedeckte, konnte mich niemand erkennen.

»Ich habe gehört, in den Fernen Königreichen kennen die Geisterseher Zauber, die auch Flüsse besänftigen können«, erzählte ein Mann.

»Das hilft uns nicht«, entgegnete ein anderer. »Paß nur auf, wenn Hauptmann Greycloak wiederkommt, dann wird unser von Läusen befallener Haufen ihn einsperren. Sie schwören bei Te-Date, daß es für uns in den Fernen Königreichen nichts zu holen gibt ... Egal, was der Hauptmann gefunden hat.«

»Hängt Greycloak«, keifte eine alte Frau. »Er ist der Grund für unsere Probleme. Er ist bloß ein Schwätzer.«

»Verschwinde, du bist widerlich«, gab der erste zurück. »Greycloak ist unser größtes Glück. Er und Lord Antero mit all dem glücklichen, roten Haar. Ohne sie hätten wir überhaupt keine Chance.«

Sie zankten sich weiter, und ich ging schnell fort, bevor man mich erkannte. Zum ersten Mal seit Monaten machte ich mir Sorgen. Ich wußte zwar, daß bei der zweiten Expedition einiges in der Schwebe hing, doch mit einer so starken Truppe müßten sich die Widrigkeiten dieses harten und fernen Landes meistern lassen – so hatte ich jedenfalls immer geglaubt. Jetzt mußte ich an all die Drehungen und Wendungen auf unserer ersten Reise denken. Unsere Zauberkraft hatte versagt, dann die mysteriösen Späher, das tödliche Terrain, Fallen, die uns feindlich gesonnene Zauberer gestellt hatten. Ich mußte auch mit einem Mißlingen rechnen.

Als ich dann nach Hause kam, herzlich von Deoce begrüßt wurde und das Gesicht meiner lächelnden Tochter sah, schob ich alle Zweifel beiseite. Für sie mußte es eine Zukunft geben, eine bessere Zukunft, als sich selbst mein Vater für mich erträumt hatte. Wie konnten die Götter ein solches Paar im Stich lassen, und all die anderen Mütter und Kinder in Orissa? Es wird schon alles wieder gut werden, sagte ich mir ... alles wieder gut.

Aber die trostlose Stimmung verschlimmerte sich noch, als wir uns dem Erntemonat näherten. Die schweren Regenfälle und Fluten hatten viele Samen und junge Pflanzen fortgewaschen, die schon in die Felder gesetzt worden waren. Magere Zeiten und steigende Lebensmittelpreise standen uns bevor. Diese düstere Stimmung wurde dadurch verschlimmert, daß es überhaupt keine Nachrichten mehr von Janos und der zweiten Expedition gab. Es war, als seien sie plötzlich verschollen, doch versicherte ich jedermann, wie auch mir selbst, es habe lediglich damit zu tun, daß sie schon sehr weit gereist seien und die Nachrichten uns entsprechend langsam erreichten.

Genau zur Erntezeit, nur wenige Tage bevor die Bauern gewöhnlich auf die Felder gingen, geschah das nächste Unglück, diesmal in Gestalt eines für die Jahreszeit ungewöhnlichen Windes, der von den Bergen her wehte. Er war heiß und trocken und nahm kein Ende. Er sog jegliches Leben aus den Ackerfurchen und tötete das meiste, was der Regen für unsere Tische noch übriggelassen hatte. Der Hohe Rat erließ eine Katastrophensteuer für sämtliche Haushalte, Geschäfte und Waren, um Getreide aus dem Ausland kaufen zu können. Die Geisterseher begaben sich auf die Felder, sangen dort und sprachen endlose Zaubersprüche. Immer noch wehte der Wind, bis er eines Tages plötzlich von allein aufhörte.

Die Stadt staunte über die fortgesetzten Mißerfolge der Geisterseher. Unser ganzes Leben lang hatten sie uns vor dem Bösen in der natürlichen wie auch in der spirituellen Welt geschützt. Was war geschehen? Warum hatten wir so wenig Glück? Wenn sich nicht bald etwas änderte, könnten die Lycanther auf Ideen kommen, die gar nicht nach unserem Geschmack wären.

Einige Zeit später erfuhr ich einen der Gründe indirekt durch meinen Freund Malaren. Er kam zu mir mit der Nachricht, ein Mitglied des Hohen Rates wolle mich privat sprechen. Sein Name war Ecco, und er war ein starker, wenn auch stiller Befürworter unserer Sache gewesen, und daher sagte ich sofort zu. Wir trafen uns am folgenden Abend. Ecco war ein älterer Herr mit mehr Falten und grauem Haar, als seinem Alter entsprochen hätte. Sein Blick und sein

Schritt waren der eines Jungen, ebenso wie seine Ansichten. Er war vor seiner Zeit im Hohen Rat als Kaufmann sehr erfolgreich gewesen, und er hatte nicht vergessen, wie man schnell zur Sache kommt.

»Wenn Ihr eine Nachricht von Hauptmann Greycloak erhalten habt«, sagte er, »so wäre es für uns alle von großem Nutzen... unabhängig davon, wie diese Nachricht lautet.«

»Auf mein Wort, Sir«, antwortete ich, »ich weiß nicht mehr als alle anderen in Orissa, also gar nichts. Das ist aber nicht weiter verwunderlich. Immerhin ist jetzt die Zeit der Stürme, und Janos muß sicher Schutz suchen, bis sie vorüber sind.«

Er sah mich prüfend an, konnte keine Unehrlichkeit in meiner Miene entdecken und senkte seufzend den Blick. »Dann gibt es keine Hilfe für uns.«

»Wo liegt das Problem, Sir? Ich meine, wo genau, denn immerhin haben wir heutzutage in Orissa viele Probleme.«

»Ihr schwört, niemandem zu erzählen, was ich Euch jetzt sagen werde?« Ich schwor. Er nickte befriedigt und sagte: »Ich befürchte den Zusammenbruch. Unsere Leute verlieren zunehmend jedes Vertrauen in uns. Es gab schon kleinere Kämpfe auf den Straßen, wie Ihr wißt, und wir hatten Probleme mit dieser rebellischen Stimmung. Und wer will es den Leuten verübeln? Wenn wir noch nicht einmal den Regen und die Ernte in den Griff bekommen, warum sollten sie uns trauen? Aber ich liebe diese Stadt, mit all ihren Mißständen, und würde mich lieber zu Tode foltern lassen, als daß sie Schaden nimmt.«

»Warum tun die Geisterseher nichts?« fragte ich. »Der Hohe Rat trifft sich doch regelmäßig mit ihnen. Was sagen sie dazu?«

»Wenn Ihr Jeneander und Cassini meint«, erwiderte er voller Abscheu, »die haben nichts zu sagen. Sie kommen zu unseren Sitzungen, machen leere Versprechungen, kassieren ihren Zehnten und verschwinden wieder.«

»Was ist mit Gamelan?« fragte ich. »Und all den anderen Geistersehern?«

»Sie kommen nicht mehr, oder dürfen nicht mehr kommen – ich weiß nicht, was zutrifft. Ich kann Euch jedoch berichten, daß im Palast der Geisterseher eine Schlacht ausgetragen wird und sich unter den potentiellen Siegern keiner unserer Freunde befindet.«

»Es muß doch etwas anderes sein als ein simpler Machtkampf«, sagte ich. »Jeneander ist ein Idiot und Cassini ein Lügner. Es gibt auch fähige Geisterseher. Warum helfen sie uns nicht? Es kann doch keine Verschwörung sein, denn sie würden sich selbst ebenso schaden wie uns.«

»Mir ist nichts Genaues bekannt«, sagte Ecco, »und es widerstrebt mir, Gerüchte zu verbreiten.«

»Zögert nicht länger, Sir«, entgegnete ich. »Nicht, wenn die Gerüchte eine Erklärung nahelegen.«

»Habt Ihr von den befremdlichen Ereignissen gehört oder sie selbst beobachtet?« fragte er. Ich sagte, das hätte ich. »Nun, die Gerüchte hängen mit diesen merkwürdigen Lichtern und Gerüchen und dergleichen zusammen. Es heißt, Cassini und seine Kollegen betrieben böse Zauberei. Weiter heißt es, daß durch die Ausübung Schwarzer Magie die Stadt ihrer natürlichen Zauberenergien beraubt werde. Und deswegen hätten die Beschwörungen zu unseren Gunsten versagt, oder seien einfach zu schwach.«

»Glaubt Ihr diese Geschichten?« fragte ich.

»Nein, ich glaube sie nicht. Die Versuchung ist allerdings groß, denn es würde einiges erklären.«

»Und es würde Orissa von jeder Schuld befreien, die Götter herausgefordert zu haben«, sagte ich.

»So ist es. Aber es gibt ohnehin keine Möglichkeit, es herauszufinden, also braucht man nicht weiter zu spekulieren.«

Ecco leerte das Glas Branntwein, das ich ihm angeboten hatte, und erhob sich. »Wenn Ihr von Hauptmann Greycloak hört...«

»Ich werde Euch sofort informieren«, antwortete ich. Und schon war er gegangen und hinterließ viele offene Fragen.

Es blieb uns nichts, als zu hoffen. Doch die Hoffnung war in jenem Jahr eine Kuh mit verkümmerten Zitzen. Die schlechten Zeiten dauerten an. Kurz vor dem ersten Frost kam der schlimmste Schlag.

Es war an einem dieser idyllischen, frühen Wintertage, an denen es gerade so kalt ist, daß man sich an einem Feuer erfreut, vielleicht läßt ein kleiner Sturm die Fenster ein wenig klappern, und man gönnt sich ein warmes Bad und geht früh zu Bett. Deoce und ich liebten uns schläfrig in unserem großen Federbett. Danach wollte ich, von allen Sorgen unbelastet, noch ein wenig Brennstoff ins Feuer geben und uns einen heißen Branntwein bereiten. Ich bemerkte Deoces gerötetes Gesicht, als ich ihr das Getränk reichte, und nahm an, sie sei noch erhitzt von der Leidenschaft. Als ich meinen eigenen Branntwein holen wollte, schnappte sie nach Luft und ließ den Becher auf den Boden fallen.

Voller Besorgnis drehte ich mich um. »Was ist, meine Liebe?« Sie antwortete nicht, faßte sich dann an den Kopf und verzog das Gesicht voller Schmerz. »Du bist krank«, sagte ich besorgt. »Ich hole sofort einen Heiler.«

Ihre Antwort war schwach. »Nein, Amalric. Dort draußen tobt ein Sturm, du wirst dich erkälten und naß werden.«

»Unsinn.« Schnell zog ich mich an. Sie versuchte aufzustehen und mich zurückzuhalten, doch dann schrie sie vor Schmerz so furchtbar auf, daß ich nach der jungen Spoto, dem Zimmermädchen, rief, damit sie sich um Deoce kümmerte, während ich Hilfe holte.

Der Sturm war schlimmer geworden. Es war sehr kalt, und Hagelkörner prasselten mir ins Gesicht, während ich die Straße hinunterrannte. Bis ich das Haus des Heilers erreicht hatte, war es schon dunkel, und ich konnte gerade noch das leuchtende Symbol seiner Zulassung als Geisterseher erkennen. Er saß bei einem späten Abendbrot, doch folgte er mir ohne Murren, und schon bald ritten wir wieder zurück. Diesmal ging der beißende Wind uns bis auf die Knochen, und wir kämpften uns mit den Pferden durch Hagel und Schneeregen. Dennoch hatten wir die Villa bald erreicht, und ich eilte mit dem Heiler zum Zimmer meiner Frau.

Stöhnend lag Deoce im großen Federbett. Die Schmerzen mußten unerträglich sein, denn sie gehörte nicht zu denen, die schnell klagen. Sie schlug die Augen auf, als wir eintraten. Sie waren groß und glänzten unnatürlich. Der Heiler packte seine Sachen aus, ich trat ans Bett und küßte meine Frau. Sie war so hitzig, daß ich mir fast die Lippen verbrannte.

»Es ist nur eine Wintergrippe«, sagte Deoce, um mich zu beruhigen. Sie streckte eine Hand aus, ließ sie mit einem leisen Schmerzensschrei jedoch wieder fallen. »Bei den Göttern von Salcae, ich fühle mich schrecklich«, sagte sie.

»Jeder Knochen tut mir weh, und in meinem Kopf hämmert es ganz furchtbar.«

Ich zwang mich zu einem fröhlichen Lächeln. »Eine Wintergrippe, du hast völlig recht. Schon bald wirst du wieder auf den Beinen stehen, meine Liebe, und Emilie auf den Knien schaukeln.«

Deoce sah beunruhigt aus, als ich unsere Tochter erwähnte. »Emilie? Wie geht es ihr? Hast du dich um sie gekümmert?«

»Es geht ihr gut, Lady Antero«, sagte Spoto. »Ich komme eben aus dem Kinderzimmer. A'leen sagt, Eure Tochter schläft friedlich.«

Erleichtert atmete Deoce auf und gab sich dann in die Obhut des Heilers, der seine Glücksbringer ausgelegt hatte und einen Trank gegen den Schmerz mischte. Zuerst untersucht er sie, stieß sie hier und dort, um empfindliche Stellen zu entdecken, roch ihren Atem, leuchtete ihr mit einer Kerze in die Augen. Dann blieb mir fast das Herz stehen, als er zögerte… als sei er verwundert. Kaum wahrnehmbar schüttelte er den Kopf. Dann lächelte er, vermutlich genauso gezwungen wie ich selbst, der ich wie ein Idiot grinste, um meine Frau zu ermutigen.

»Eine Wintergrippe, wie schon gesagt, ist es nicht so, lieber Herr?« fragte ich.

Wieder ein Zögern, dann: »Uh ... Ja ... Ja! Genau das. Eine Wintergrippe. Würdet Ihr Euch jetzt bitte entspannen, Lady Antero, und diesen Trank einnehmen? Ich habe einen Löffel Honig beigegeben, um ihm die Bitterkeit ein wenig zu nehmen. Ihr werdet den Geschmack trotzdem nicht mögen. Doch seid so gut, bitte, und trinkt es mit einem Zug ...« Sie tat wie ihr geheißen und leerte den Becher so schnell sie konnte. »Jetzt könnt Ihr die Augen schließen, wenn Ihr mögt, meine Lady, und bald werdet Ihr schlafen. Ich spreche meinen Zauber, und wir werden die kleinen Dämonen austreiben. Dann werdet Ihr Euch, wie Euer Mann schon sagte, morgen früh beim Aufstehen wieder wohl fühlen.«

Ich saß neben ihr, als sie die Augen schloß, und hielt ihre Hand fest umschlossen. Die Hand war heiß vom Fieber, die Gelenke waren geschwollen. Noch einmal schlug sie die Augen auf. »Wirst du heute nacht gut auf Emilie aufpassen?« fragte sie.

»Natürlich werde ich das«, versicherte ich ihr. »Und Spoto wird die ganze Nacht an ihrem Bett wachen. Außerdem bleibt der Heiler bei uns. Du brauchst dir um Emilie also keine Sorgen zu machen, selbst wenn auch sie die Grippe bekommen sollte.« Ich küßte sie, und sie schloß die Augen.

»Ich liebe dich, Amalric«, flüsterte sie. Ich sagte ihr, daß auch ich sie liebte. »Du bist mir ein guter Ehemann gewesen. Und ein guter Vater für Emilie.« Ich antwortete, indem ich über ihre heiße Hand strich. Sie gähnte ... der Trank begann zu wirken. »Weißt du ... ich finde, Emilie sieht ... aus ... wie ... du.« Dann schlief sie ein.

Der Heiler winkte, ich solle mich zurückziehen, und ich saß auf einem Stuhl in der Ecke und beobachtete, wie er die Weihrauchtöpfe entzündete und die Ingredienzen hineinstreute, mit denen er eine Wintergrippe heilen wollte. Durch seinen Gesang erweckte er einen kunstvollen Satz von Feuerperlen zum Leben, zerbrach sie dann und verteilte sie um ihr Bett. Er warf noch mehr von dem besonderen Staub hinein, und die Lichtpunkte wurden zu einem leuchtenden Kranz. Dann hob er die Hände und flüsterte schnell den Zauber. Plötzlich verdunkelte sich das Licht, und Deoce schrie auf, ohne zu erwachen. Der Heiler schien sehr überrascht zu sein. Er schüttelte den Kopf, holte dann eine Schachtel mit einem anderen Puder und streute es in die Töpfe. Die Feuerperlen wurden heller, und erleichtert atmete der Geisterseher auf. Auf mich wirkte seine Erleichterung jedoch eher beängstigend, da ich glauben wollte, dies alles sei für ihn nur Routine. Als er erneut zu singen begann, erwartete ich starr den nächsten Schmerzensschrei. Er kam nicht, stattdessen entspannte sich Deoces Miene, die Lippen zeigten ein leises Lächeln: ein süßer Traum, betete ich. Eintönig leierte der Heiler immer weiter, und die Weihrauchtöpfe füllten den Raum mit ihrem berauschenden Duft. Bald war er fertig, holte seinen kleinen Hocker hervor, klappte ihn auseinander und setzte sich neben das Bett. Konzentriert neigte er den Kopf und ersann einen weiteren Schutzzauber. Ich hatte es viele Male gesehen, auch bei mir selbst, ja, das alles war reine Routine, die normale Heilung einer weitverbreiteten Krankheit. Ich schlief ein.

Es war kein leichter Schlaf, nicht der, nach dem ich mich gesehnt hatte. Es war, als wäre plötzlich ein Kissen in meinem Kopf, und ich triebe davon. Der Alptraum wütete, und ich traf den Bootsmann wieder ... den grauenerregenden Burschen mit der weit klaffenden Augenhöhle. Wieder mußte ich die Stufen erklimmen, hörte das Heulen und begegnete dem Schicksal, zu dem der Alptraum mich noch jedesmal entführt hatte.

Als ich erwachte, war der Dunkle Sucher gekommen und wieder gegangen.

Deoce war tot.

Ich möchte die Erinnerung an sie nicht mit weinerlichen Beschreibungen meiner Gefühle entweihen. Ich kann nur sagen, eine solche Verlassenheit, solchen Schmerz habe ich nur einmal in meinem Leben gespürt. Es gab keine Narben, die mich fürs Leben gezeichnet hätten, denn eine Narbe bedeutet keine bleibende Erinnerung. Es war ein gespenstisches Gefühl, als würde einem das Herz amputiert und man könne dennoch weiterleben.

An das, was dann geschah, erinnere ich mich kaum. Der Heiler weinte, weil er versagt hatte, doch trafen seine Tränen nur auf kalten Haß, den ich für ihn empfand. Rali kam, um mich zu trösten, und kümmerte sich um Deoces Leichnam. Ein konservierender Zauber wurde gesprochen, damit der Körper bis zur Beerdigung frisch blieb. Ich erinnere mich an die Mitteilung meiner Schwester, auch andere seien erkrankt und daran gestorben. Ihre Worte bedeuteten mir nichts, sie erreichten mich nicht in meiner Betäubung. Jahre schienen zu vergehen, aber tatsächlich waren es kaum mehr als zwei Tage. Ich verbrachte die ganze Zeit mit Emilie. Wir spielten im Garten, sie konnte jetzt laufen und »Mama« und »Papa« sagen. Ich erklärte ihr, Mama sei auf eine lange Reise gegangen und bliebe noch viele Tage weg. Emilie weinte nicht, sondern klammerte sich nur noch enger an mich. Schließlich raffte ich mich auf. Bestimmte Dinge mußten erledigt werden, ein Begräbnis will geplant sein. Es war, als wäre ich aus einem zweiten Schlaf erwacht. Im ersten war Deoce gestorben, nach dem zweiten erwachte ich und stellte fest, daß der Dunkle Sucher und seine Günstlinge in ganz Orissa tobten.

Eine solche Plage hatte noch nie an unserer Küste gewütet. Sie verheerte die Stadt, ohne daß ein Zauber der Geisterseher etwas hätte ausrichten können. Arm und reich starben ohne Unterschied, es war keine Logik zu erkennen. Ganze Viertel wurden vernichtet, in anderen wiederum war niemand betroffen. Manchmal wurde eine ganze Familie krank und starb, und die Nachbarn zogen sich verängstigt in ihre Häuser zurück, blieben jedoch bei bester Gesundheit. Manchmal war auch nur einer aus dem Haushalt betroffen, und die anderen litten nur an ihrer Trauer. Die Krankheit rief keine entsetzlichen Pusteln oder wunde Stellen hervor, dafür jedoch furchtbare Schmerzen und Fieber. Einige überlebten … andere starben beim ersten Anfall.

Die Stadt war vor Angst wie gelähmt. Läden und Geschäfte waren geschlossen, auf dem Fluß herrschte kein Verkehr. Die Geisterseher trafen sich zu Notstandssitzungen und suchten in alten Schriftrollen nach einem Hinweis, wie der Zorn dieser Plage zu besänftigen sei. Und doch wütete sie ohne Unterlaß. Es gab keine öffentlichen Begräbnisse, weil jeder sich fürchtete, nach draußen zu gehen. Ich bestattete Deoce auf unserem Grundstück, mit einer kleinen Zeremonie, an der Rali und die Hausangestellten teilnahmen.

Die Tage vergingen, und ich wartete auf die Rückkehr des Dunklen Suchers, beobachtete ängstlich Emilies Augen und die der Diener. Draußen grassierte das Fieber nach wie vor, uns blieb jedoch weiterer Kummer erspart. Ich weiß nicht, wie viele in dieser Zeit starben, vielleicht zweitausend, vielleicht mehr.

In der Nacht, als der erste Schnee fiel, wachte Emilie auf und schrie vor Schmerz. Ich eilte zu ihr, schob Spoto und A'leen zur Seite. Emilie schrie lauter, als sie mich sah, und ich schloß sie fest in meine Arme. Mit größter Anstrengung versuchte ich, die Schmerzen mit meinem bloßen Willen zu vertreiben. Sie griff nach mir, weinte und sagte: »Pa … Pa … Pa.« Ich gab ihr einen Schlaftrunk und badete den schlummernden, kleinen Körper in eiskaltem Wasser, um das Fieber zu vertreiben. Es half nichts. Ich wiegte sie die ganze Nacht und summte ihre Lieblingslieder. Es hatte keinen Sinn, einen Heiler zu rufen, doch mußte ich etwas tun, was auch immer es sei.

Dann erinnerte ich mich daran, wie Halab mich geheilt hatte, indem er mein Lieblingsfrettchen wieder zum Leben erweckte. Ich eilte hinaus in den Schnee, fand das Haus eines Tierhändlers und hämmerte wie ein Besessener an die Tür. Für ein kleines Tier in einem Käfig gab ich eine Handvoll Münzen und ritt eilig damit nach

Hause. Ich suchte in meinem Zimmer und fand auch die Kette aus Tierzähnen, die mir Janos zum Schutz auf unserer Reise gegeben hatte. Ich nahm die Kette, den Käfig und Emilie mit zu Halabs Altar, wo ich ihr auf dem Boden ein Bett bereitete. Ich legte die Halskette über sie und warf mich vor dem Altar auf den Boden.

»Lieber Bruder«, sagte ich, »du hast mir schon einmal geholfen, und ich bitte dich jetzt, es wieder zu tun. Emilie stirbt. Sie ist deine Nichte, und du wärest stolz, was für ein tapferer, kleiner Antero sie geworden ist. Oh, bitte komm, Halab, heile ihre Schmerzen. Vertreibe den Dunklen Sucher von meiner Tür.«

Halab sah von dem Gemälde auf mich herab. Plötzlich kam es mir vor, als wirke sein Gesicht traurig. Meine Bitte mußte ihn berührt haben. Ich faßte mir ein Herz und nahm das Frettchen aus dem Käfig. Es zappelte um sein Leben, und die kleinen Augen waren voller Neugier. Ich legte es in die Hände der schlafenden Emilie.

Dann sah ich wieder auf Halabs Bild. »Komm zu uns, Bruder. Komm zu uns, ich flehe dich an.«

Plötzlich wurde es dunkel im Zimmer, ein Schatten huschte vorbei. Emilie stöhnte, doch das Frettchen blieb still liegen, nur seine Schnurrhaare zitterten zum Zeichen, daß es kein Stofftier war.

Dann hörte ich eine Stimme. »Amalric.« Es war Halab, ich wußte es, und mein Herz schlug voller Hoffnung. Aus dem Nichts schien ein Licht und verharrte über Emilie. Ich nahm den Geruch starken Weihrauchs wahr.

Dann flüsterte Halab wieder: »Emilie ... Emilie.«

Emilie rührte sich. Sie schlug die Augen auf und lächelte, als sie mich sah. Das Frettchen bewegte sich, Emilie sah an sich herunter und entdeckte es. Sie kicherte. »Pa«, sagte sie. »Pa.«

Ich weinte vor Erleichterung. »Ja, mein Liebes«, sagte ich. »Es ist für dich. Ein Frettchen, wie ich es als kleiner Junge hatte. Frettchen. Kannst du das sagen? Frettchen.«

»Frettchen«, antwortete sie sehr deutlich und fügte ihrem kleinen

Wörterbuch ein neues Wort hinzu. Dann schloß sie die Augen und atmete erleichtert auf. Ihre Hand öffnete sich, und das Frettchen huschte davon. Noch ein langer Seufzer … und sie starb.

Ich schrie vor Kummer und Schmerz. Ich warf mich auf ihren kleinen Körper, betete, es könne nicht wahr sein, es dürfe nicht wahr sein. Ich selbst wollte sterben – warum sollte ich weiterleben? Alles war mir genommen, alles, wofür es sich zu leben lohnte.

Dann spürte ich wieder diese Nähe, und Halabs Stimme rief: »Amalric!« Durch verweinte Augen sah ich seine Umrisse über mir, Kalter Rauch, flackernd, doch mit festen Umrissen. Die Lippen des Geistes öffneten sich. Mit großer Anstrengung flüsterte er: »Es tut mir leid … es tut mir so leid.« Seine Hand schwebte vor und berührte mein Gesicht. Die Berührung hatte keinerlei Kraft, sie war nicht kalt, nicht warm, sie war einfach da, wie ein beruhigender Atem an meiner Wange.

Dann wieder ein Flüstern: »Du darfst nicht … aufgeben. Du darfst dich nicht … fügen.«

Ich wollte laut schreien, doch wozu? Welchen Sinn konnte es haben? Der Hauch einer Berührung auf meinem Gesicht. »Werde wieder gesund, Bruder«, flüsterte er. Dann: »Schlafe, Amalric … schlafe.«

Ich schlief. Es war der Schlaf eines Toten, niemand konnte mich wecken. Die Diener trugen mich in mein Zimmer und legten mich ins Bett. Sie kümmerten sich um die arme Emilie und begruben sie im Garten neben meiner Frau. Sechs Tage später wachte ich auf. Der Kummer war wie ein großer dumpfer Knoten in meiner Brust. Ich wollte ihn mit einem Messer herausschneiden, doch nach solch düsteren Gedanken fiel mir wieder Halabs Flehen ein. Unter größten Schwierigkeiten gehorchte ich. Ich aß und trank wieder. Ich schleppte mich mit meinen Sorgen von einem Tag zum nächsten.

Draußen in der Stadt mischte sich Freude unter all die Trauer. Die Plage war vorüber. Der Dunkle Sucher hatte gespeist, und er hatte gut gespeist. Jetzt war er satt, und Orissa war wieder in Sicherheit. Für mich war alles einerlei. Tot oder lebendig, krank oder gesund, unser Schicksal hätte mir nicht gleichgültiger sein können.

Eines Nachts klopfte es an unserem Tor. Alle schliefen schon. Sie waren erschöpft von den Sorgen um mich und meine Familie, so sah ich also selbst nach, wer es war. Ich öffnete das Tor und zuckte zusammen. Ein zerlumpter, verletzter Mann sank gegen den Torpfosten. Es war Sergeant Maeen.

»Sergeant«, mir verschlug es vor Überraschung fast den Atem. »Woher kommt Ihr? Was ist geschehen?«

Maeen antwortete, und seine Stimme klang rauh und gebrochen. »Es ist alles verloren, Herr. Alles verloren.«

Kapitel Sechzehn

Die Geschichte des Sergeanten

»Was ist geschehen?« verlangte ich zu wissen. »Wo ist er?«

»In... in Lycanth«, brachte Sergeant Maeen hervor. »In ihren Kerkern. Oder schlimmer noch...« Er brach ab, und ich bemerkte, daß meine Diener sich versammelt hatten und ihn anstarrten. Schnell führte ich Maeen ins Haus. Ich ließ Speisen und Wein auftragen und schärfte allen ein, nicht weiterzuerzählen, was sie belauscht haben mochten, obwohl ich wußte, daß dies ein frommer Wunsch bleiben mußte. Maeen wollte fortfahren, doch ich befahl ihm, nicht weiterzusprechen, es sei denn, wir müßten innerhalb der nächsten Stunde Maßnahmen ergreifen. Maeen war verbittert. »Nicht in der nächsten Stunde, Lord Antero... und auch nicht am nächsten Tag. Vielleicht nie.«

Fast trug ich Maeen in ein Gästezimmer, wo Speisen und Getränke bereitstanden. Drei meiner vertrauenswürdigsten Männer ließ ich bei ihm, während er wie ein Verhungernder aß, einen Kelch Wein leerte und dann zusammenbrach. Zähneknirschend ließ ich den Mann vier Stunden schlafen, denn ich wußte, daß es zwecklos war, ihn vorher wachzurütteln. Seine zerrissenen Kleider ließ ich verbrennen. Außerdem hatte ich bemerkt, daß er ohne Waffen gekommen war. Es mußte etwas Schreckliches geschehen sein, um einen solchen Soldaten seiner Ausrüstung zu berauben. Als er erwachte, wurde er gebadet, massiert und dann in mein Studierzimmer gebracht. Ich schenkte ihm einen belebenden Kräutertrank ein, setzte mich zu ihm und bat ihn, seine Geschichte so gut zu erzählen, wie es ihm möglich sei. Ich erwartete zusammenhangloses Gerede, doch hätte ich den guten Sergeanten nicht so unterschätzen dürfen, und ebensowenig die Ausbildung, die er bei Janos genossen hatte.

Der Sergeant war erschöpft und stand sichtlich unter Schock, doch berichtete er kurz und bündig: »Lord Antero, die zweite Expedition zu den Fernen Königreichen ist aufgerieben worden. Zauberkraft von außen hat uns vernichtet... und Unfähigkeit von innen. Meines Wissens ist der einzige überlebende Offizier Hauptmann Janos Greycloak. Er wird gegenwärtig in Lycanth gefangengehalten. Ich weiß nicht, wo und unter welcher Anklage. Er gab mir die Möglichkeit zur Flucht, als wir verhaftet wurden. Daher weiß ich nichts Genaueres.«

»Aber Janos lebt?«

»Wenn die Lycanther ihn nicht hingerichtet oder zu Tode gefoltert haben. Die Soldaten gaben sich größte Mühe, den Hauptmann bei der Gefangennahme nicht zu verletzen.«

Ich bat ihn, von vorn zu beginnen, und nichts auszulassen, wie schmerzlich es ihm auch erscheinen mochte. Das tat er. Maeen war kein Barde, der die Geschichte mit einer klagenden Einleitung über den Sinn und Zweck der Reise begonnen hätte, und wie sich dann die Götter beim ersten Segelsetzen abwandten. So deutlich brauchte er nicht herauszustellen, daß vom ersten Tag an alles schiefgegangen war. Die Schiffe waren überladen gewesen, denn sobald sie die Flußmündung erreicht hatten und ins Schmale Meer gesegelt waren, wurde klar, daß man den falschen Schiffstyp gewählt hatte. Viele von ihnen waren flache Flußbarkassen oder eilig umgebaute Küstensegler.

Es kam schlechtes Wetter auf, und wenn es auch nicht so schlimm war wie der Sturm der Archonten, der die *Möwenschwinge* gebeutelt hatte, so wurde die Flotte doch dadurch auseinandergetrieben. Das Schiff der Offiziere, auf dem sich auch Janos und Sergeant Maeen befanden, hatte als eines der ersten Land gesichtet, nur wenige Wegstunden vom Land der Ufermenschen an der Pfefferküste entfernt. »Das war das einzige Glück, daß die Götter uns gewährten«, fügte Maeen hinzu.

Der Rest der Flotte hatte mehrere Wochen gebraucht, um bis zum Dorf der Ufermenschen vorzudringen; fünf der Schiffe wurden nie mehr gesehen. Pferde wurden über Bord geworfen und sollten nun an die Küste schwimmen, kleine Boote dienten als Pontons oder wurden als Lastkähne benutzt, und leichtere Teile wurden von Soldaten in langen Reihen von gestrandeten Schiffen zur Küste weitergereicht. Schließlich war die Expedition an Land. Bis zu diesem Zeitpunkt hatte es mehrere Zwischenfälle zwischen Soldaten und Ufermenschen gegeben. Einige hatten die Frauen der Ufermenschen belästigt, es hatte Schlägereien gegeben, und Vorräte der Expedition waren gestohlen worden. Es hatte großer Diplomatie von Janos und ebenso großer Vernunft von Haizahn bedurft, damit die Dinge nicht eskalierten. Maeen, der den Wachzug befehligte, war bei den meisten Besprechungen anwesend. Dort habe General Versred alle Verhandlungen für Unsinn erklärt. Die Ufermenschen seien die Aufmerksamkeit schlicht nicht wert.

Schließlich walzte die Expedition mehr oder weniger über denselben Weg, den wir bei meiner Suche genommen hatten, soweit es einer Heerschar von fast zweitausend Menschen möglich war, dieselben Pfade und Wege zu benutzen und sich vom Land zu ernähren, wie wir es getan hatten. Sie bestanden darauf, Luxusgegenstände wie etwa Zelte mitzunehmen; Verpflegungsausgabestellen, eine für die Männer und eine für die Offiziere, und auch komplette Garderoben verlangsamten die Reise enorm. Der Weg wurde von den Planwagen bestimmt. Maeen erzählte, fünf oder sechs Offiziere hätten »Freundinnen« mitgebracht, und diesen Freundinnen habe man es nicht zumuten können, zu Fuß zu reisen. Die Pferde selbst waren ein Ärgernis, viel unruhiger und wählerischer bei ihrer Verpflegung als unsere Esel. Zudem beanspruchten sie mehr Aufmerksamkeit. Männer starben schon, als die Expedition sich durch das idyllische, verlassene Land bewegte, das uns wie ein Park vorgekommen war. Sie starben aufgrund von Irrtümern, Krankheit und Ignoranz. Zweimal verirrte sich die Expedition und mußte den Weg zurückgehen. Ich verstand es einfach nicht. Wozu waren die Geisterseher da? Der Sergeant berichtete, ihre Zauber seien blockiert gewesen und fehlgeschlagen, und das in größerem Maße als bei Cassini. Ich fragte nach dem Talisman, der Landkarte des Spähers. Er hatte nur zeitweise funktioniert. Am verläßlichsten war noch eine Abschrift der Karte gewesen, die ich gezeichnet hatte. Und was war mit Janos? Janos hatte sich für eine der »Freundinnen« der Offiziere interessiert. Der Offizier schien keine Einwände zu haben. Nach Sergeant Maeens Auskunft war Janos nur mit halber Konzentration bei der Reise gewesen, doch »vielleicht schonte er seine Kräfte für die Einöde«. Ich erinnerte mich an Janos' Trägheit in der Felsenschlucht, sagte jedoch nichts.

Maeen sagte, die Expedition habe einen verwüsteten Pfad von beinahe einer Wegstunde Breite hinterlassen. Wie die Heuschrekken seiner Jugendzeit, fuhr er fort, nur daß die Heuschrecken sich erheblich schneller fortbewegt hatten. Sie erreichten das Quellgebiet des Flusses und marschierten weiter in die Wüste. Ich fragte, ob die Sklavenhändler oder ihre Zauberkräfte sie belästigt hatten. Maeen verneinte es. Ich fragte, ob die Kräfte der Geisterseher zurückgekehrt seien, und er sagte, nicht in nennenswertem Maße.

Dann sah er sich nervös im Raum um. »Seid Ihr, Herr vielleicht mit Hauptmann Greycloaks … Interessen vertraut?«

»Ihr meint die Zauberei?«

»Ja, Sir. Er ließ eines der Zelte zu seinem persönlichen Gebrauch abstellen und verbrachte dort viel Zeit. Wenn er das tat, mußte ich eine Wache vor das Zelt stellen und ihn benachrichtigen, sobald Offiziere oder Geisterseher sich näherten. Ich glaube fest, Sir, was der Hauptmann hier getan hat, war der Grund dafür, daß wir an diesem Ort nicht wie vorher von Zauberei betroffen waren.« Von den Spähern hatte es ebenfalls keine Spur gegeben.

Die Expedition hatte den Krater gemieden, fuhr Sergeant Maeen fort, obwohl Janos daran gedacht hätte, ihn als Vorratslager zu benutzen. Ich biß die Zähne zusammen, als ich mir vorstellte, was die Soldatenhorde in dem Paradies angerichtet hätte, das Deoce und ich entdeckt hatten. Dann mußte ich fast weinen, als mir wieder bewußt wurde – als sei es das erste Mal, wie zu jeder Stunde jeden Tages –, daß meine Liebe für immer von mir gegangen war. Doch ließ ich mir nichts anmerken, zeigte lediglich Interesse für Maeens Geschichte. Janos hatte seine Meinung nicht aus romantischer Rücksicht geändert, sondern weil er befürchtete, der Zauber des Kraters könne zu stark sein, und sollte der Tod das Paradies erneut heimsuchen, dann müßte die Expedition es mit fürchterlichen Verlusten bezahlen. Außerdem hatten sie ausreichend Proviant und Wasser. Sie hatten auch nicht erwogen, die Felsenschlucht zu suchen, denn das Tal hätte die Expedition nie ernähren können, auch wenn sie nur noch aus fünfzehnhundert Mann bestand.

Die Einöde war ein einziger Alptraum, doch Maeen hatte sich davon nicht verrückt machen lassen, da er wußte, daß das Ödland ein Ende haben würde. Sie folgten Janos' und meinem Weg zu den

Gebirgsausläufern, doch jetzt wurde es bereits sehr spät. Schon war der Herbst da. Vielleicht, so vermutete Maeen, lag hier die Ursache für die meisten ihrer Probleme. Janos schien aus seiner Lethargie zu erwachen, je näher sie dem Paß kamen, und er benahm sich wie ein Viehtreiber, der die Expedition zu immer größerer und größerer Geschwindigkeit anfeuern wollte. Maeen schüttelte darüber den Kopf. »Ich habe die Absicht des Hauptmanns verstanden, aber wir konnten die Strecke ja nicht gut einfetten. Wären wir eine kleinere Gruppe gewesen, mit weniger Gepäck, besser ausgebildet...« Seine Stimme versagte. »Ich hatte das Gefühl, ohne den Hauptmann und seine Art kritisieren zu wollen, daß man nicht mehr auf ihn hörte. Der General und die anderen Offiziere hielten ihn für ein zeterndes Fischweib.« Janos, General Versred und sein Stab hatten beschlossen, den Paß vor dem ersten Schneefall zu bezwingen. Auf der anderen Seite könne man dann Winterquartier beziehen.

»So weit ist es nie gekommen«, sagte Maeen. »Wir marschierten weiter und erreichten eine Stadt genau am Fuße des Passes.«

Ich erinnerte mich an den Ort. »Das muß dort gewesen sein, wo die Kavallerie uns angegriffen hat.«

Maeen nickte. »Das haben auch die Oberen der Stadt gesagt und sich dafür entschuldigt. Sie alle beherrschten die Sprache der Kaufleute. Sie sagten, sie hätten furchtbare Feinde dort drüben, und der Befehlshaber der Einheit habe vorschnell gehandelt. Sie entschuldigten sich, wie der Hauptmann sagen würde, ausgesprochen überschwenglich.« Maeen wirkte einen Augenblick lang so, als wolle er ausspucken, doch dann fiel ihm wieder ein, wo er war. »Von jenem Tag an war unser Schicksal besiegelt«, sagte er.

Die Stadt war wunderschön, ebenso wie ihre Einwohner. »Sie erzählten dem General und Hauptmann Greycloak, wie sehr sie sich über unser Kommen freuten. Es sei die Morgenröte eines neuen Tages, erklärten die Stadtväter, sich mit Orissa zu verbünden und die Krieger der Entzweiten Länder nicht länger fürchten zu müssen. Besonders angetan waren sie vom Ziel der Expedition. Im Frühling wollten sich einige der jungen Soldaten aus der Stadt der Gesellschaft anschließen und nach Osten marschieren, den Fernen Königreichen entgegen. Vor langer Zeit sei die Stadt mit Namen Wahumwa eng mit den friedlichen Gelehrten der Fernen Königreiche befreundet gewesen.

Der Sergeant hielt inne, zog eine zerfledderte Stoffrolle aus seiner Tunika und gab sie mir. »Als Beweis«, sagte er, »haben diese verlogenen Hunde dem Hauptmann das hier gegeben.«

Ich entrollte den Stoff und starrte auf das, was sich mir dort eröffnete. Es war ein Banner, wie es die Kavallerie benutzt, das Leinen alt und schmutziggrau. Doch die Zeichen waren noch recht deutlich: Vor einem gezackten Sonnenrad ringelte sich eine Schlange. Ich erinnerte mich gut an das Symbol. Meine Gedanken flogen sofort zur Pfefferküste und dem Krieger im Bernstein, dessen Geist wir beruhigt hatten. Die Schlange und das Sonnenrad waren in der Ledertasche eingraviert gewesen, die der tote Krieger bei sich hatte.

Sergeant Maeen sagte: »Sie erzählten uns, das Banner hätte ein Soldat aus den Fernen Königreichen getragen. Es sei zurückgelassen worden, als sie ihnen zuletzt beim Kampf geholfen hätten.«

»Was hielt Janos davon?« fragte ich.

»Oh, er sagte, es könne aus den Fernen Königreichen stammen. Er hielt es für das Wappen der Herrscher dort.«

»Er war seiner Sache *so* sicher«, sagte ich. Ich erinnerte mich, daß wir es beide für etwas in der Art gehalten hatten.

»Später hat er es dann mir übergeben«, erklärte Maeen, »damit ich es Euch aushändige, falls ich Euch je erreichen sollte.«

Ich rollte das Tuch wieder zusammen und legte es in meine Schreibtischschublade. Dort liegt es bis zum heutigen Tag. Dann drängte ich den Sergeant freundlich, dort weiterzuerzählen, wo er abgebrochen hatte. »Die Menschen dieser Stadt behaupteten also, mit den Fernen Königreichen gut befreundet zu sein?«

»Ja, Sir. Das haben diese Lügner behauptet«, sagte Maeen bitter. »Sie haben behauptet, mit den Barbaren aus den Entzweiten Ländern mehrere Kriege ausgefochten zu haben und dann den Kontakt zu den Fernen Königreichen verloren zu haben. Aufgrund dieser Kriege gab es ausreichend freie Wohnungen für uns. Wir brauchten unsere Zelte nicht aufzubauen oder auf dem Boden zu schlafen. Und was die Gesellschaft der zahlreichen Witwen oder ungebundenen Frauen der Stadt anging … so brauchten wir nur zu fragen.« Maeen führte den Kräutertrunk an die Lippen, setzte ihn dann ab und bat um Branntwein.

Ich schenkte ihm einen Becher voll, und er fuhr fort. »Wir zogen also ein, und nach und nach fiel die Truppe auseinander, als die Winterstürme begannen. Warum sollten wir exerzieren oder auch nur Aufstellung nehmen, wenn wir uns am Feuer mit einer Geliebten und Glühwein stärken konnten? Ich mochte diese Tage nicht. Ich fühlte mich wie ein schlechter Scherz, als würde man uns alle zum Narren halten, und diese Leute lachten hinter unseren Rücken.«

Ich fragte mich, wieso Janos und ich bei unserer ersten Reise nicht am Tage Rauch von den Feuern der Stadt gesehen hatten, oder bei Nacht die Reflexion des Feuers in den Bergen. Aber vielleicht lag die Stadt auch in einer Senke. Maeen erzählte, Janos habe versucht, den Paß auszukundschaften, sei jedoch jedesmal vom Wetter wieder zurückgetrieben worden. Schließlich habe er sich damit abgefunden, in dieser üppigen Falle zu sitzen, bis der Schnee schmelzen würde. Und wieder widmete er sich seinen privaten Studien. »Wenn sie ihm, oder uns, letzten Endes auch wenig nützten.«

Um die Mitte des Winters zu feiern, kündigten die Bewohner der Stadt ein Fest an. Es fand in einer großen Halle statt, mit langen Tischen, seltenen Speisen, und neben jedem Mann saß eine Frau. Diener rannten mit Tellern und Krügen auf und ab, Musikanten spielten auf, und parfümierte Kerzen erfüllten die Luft mit ihrem Duft. »Ich weiß nicht, warum ich bewaffnet hinging«, sagte Maeen. »Doch genau das tat ich. Ein Kampfdolch steckte im Ärmel meines Umhanges, auch wenn es gegen alle Gesetze der Gastfreundschaft verstieß. Und den Göttern sei Dank für meine Unhöflichkeit!«

Er bemerkte kein Signal, doch die Frau ihm gegenüber stieß plötzlich einen Dolch in den Rücken ihres Gefährten. Der Wahnsinn brach los, die Halle wurde ein schreiendes Blutbad und Schlachthaus, als die Orissaner mit Schwertern und Messern niedergemetzelt wurden. »Meine Klinge schlug zu, bevor die Frau an meiner Seite die ihre ziehen konnte. Sie fiel, dann sprang der Hauptmann auf und schlug mit einem großen Kandelaber um sich. Es schien, als seien alle durch das vergossene Blut berauscht.« Er schauderte. »Über General Versred kniete eine Frau, schön und blond, wie eine Löwin, und schnitt ihm die Kehle durch. Und dann ... stillten sie und die anderen ... ihren Hunger.«

Die Männer und Frauen der Stadt machten sich über die Leichen her, sie interessierten sich nicht für die noch lebenden Orissaner. Und solange ihr Rausch andauerte, flohen die Teilnehmer der vernichteten Expedition, nahmen so viele Waffen und Vorräte mit, wie sie konnten, und rannten in den Sturm hinaus, in die Nacht und in den Winter. Unheimlicherweise wurden sie von den schrecklichen Menschen der Stadt Wahumwa nicht weiter verfolgt. »Vielleicht hatten sie nun alles, was sie brauchten«, sagte Maeen. Ich war derselben Ansicht. Doch Menschenfleisch war nicht ihr eigentliches Ziel gewesen, nur behielt ich das für mich.

Ungefähr zwei- bis dreihundert Orissaner überlebten das Massaker. Der ranghöchste Offizier war Janos, sonst hatten von den Offizieren nur zwei Legaten überlebt. Der lange Rückzug begann. Und der Sensenmann schlug stündlich zu, die Männer starben vor Erschöpfung und Durst oder wurden von Wüstenstämmen gefangen oder ermordet.

»Schließlich waren es nur noch dreißig, und Janos der einzige Offizier. Wir konnten uns nur noch an den Sternen und der Sonne orientieren. Und wir kamen von der Richtung ab. Wir erreichten das Meer an einer verlassenen Küste, westlich vom Land der Ufermenschen. Zwei der Männer waren am Meer aufgewachsen und konnten Flöße bauen. Wir banden ein primitives Boot zusammen, nähten aus entbehrlicher Kleidung ein Segel zusammen und gaben unser Schicksal in die Hände der Götter, in der Hoffnung, die Strömung möge uns nach Redond tragen.«

Sie erreichten die Handelsstadt nie. Statt dessen wurden sie von einer plündernden Galeere gefangengenommen. »Sie gaben sich als Piraten aus, doch machten allesamt den Eindruck gut ausgebildeter Seeleute. Marine aus Lycanth, vermute ich. In der Schlacht fielen acht weitere von uns. Der Rest wurde im Bug angekettet und segelte mit nach Lycanth.

Hauptmann Greycloak und ich heckten einen Plan aus, und als wir kurz vor der verfluchten Bucht von Lycanth an Deck gebracht wurden, setzten wir ihn in die Tat um. Greycloak sollte einen Streit beginnen, in der Hoffnung, daß die anderen sich beteiligen würden. Da ich als Junge ein guter Schwimmer gewesen war, sollte ich ins Wasser springen und an Land schwimmen. Wenn der Hauptmann ebenfalls ausbrechen konnte, würde er mir folgen.« Maeen schüttelte schamerfüllt den Kopf, als habe er versagt. »Zuletzt sah ich noch, wie der Hauptmann von zwei Wachen überwältigt wurde. Dann schwirrten Pfeile um mich herum, und ich mußte unter Wasser weiterschwimmen.«

Maeen erreichte die Küste gerade noch rechtzeitig, um sehen zu können, wie die Galeere die große Kette passierte, die den Hafen von Lycanth umgab. Er konnte für Janos und die anderen nichts weiter tun, als ihre Geschichte in Orissa zu erzählen. Er sprach sehr sachlich von dieser letzten Heldentat, als seien die wilden Untiere und die allgegenwärtigen Patrouillen der Lycanther nicht weiter erwähnenswert. Vielleicht war dies nach einer so langen und strapaziösen Reise auch tatsächlich der Fall.

Maeen war am Ende seiner Geschichte angelangt. Ich schenkte ihm noch einen Branntwein ein und überlegte, was zu tun sei. Binnen zweier Stunden jedoch waren mir die Dinge aus der Hand genommen. Die Nachricht hatte sich herumgesprochen, von einer Wache am Tor, jemandem auf der Straße, vielleicht sogar aus meinem Haushalt. Orissa weinte und zerriß seine Gewänder. Es hatte schon andere Katastrophen in dieser Stadt gegeben, doch ein solches Desaster hatte noch niemand erlebt. Kein Überlebender von zweitausend bis auf Maeen. Alle entweder tot, in der Wildnis verschollen oder versklavt, darunter drei Ratsmitglieder, jung, aber von allen respektiert, General Versred und sein Stab, weitere Offiziere, alle für ihre Tapferkeit bekannt, die Wache des Hohen Rates, außer der Rumpfbesetzung im Hauptquartier und einer Kohorte, und darüber häuften sich Hunderte von Leichen der einfachen Soldaten, Scharen der tapfersten und abenteuerlustigsten jungen Männer Orissas.

Maeen wurde vor den Hohen Rat gerufen und erzählte dort seine Geschichte. Ich hatte einige Auslassungen empfohlen, wie jede Kritik an General Versred, dem tödlich langsamen Vorgehen der Expedition und auch an Janos selbst. Es änderte nichts, das mußte ich einsehen, als ich die Wutschreie und die Trauerklagen hörte. Maeen erzählte seine Geschichte noch einmal auf einer Stadtversammlung im großen Amphitheater, und wieder brach Raserei aus. Orissa war hysterisch. Gerüchte, Beschuldigungen und Anklagen schossen durch die Stadt wie Flammen durch trockenes Unterholz. Sie wurden von den Geistersehern noch angefacht, Cassini allen voran. Nicht nur hätte die Expedition einzig auf Zaubermittel vertrauen sollen, sondern sie war auch dem Untergang geweiht gewesen, weil Janos Greycloak sie in eine Falle führte. Er war ein Verräter, ein Doppelagent der Archonten. Schlimmer noch, ein Teufel aus dem

Jenseits, nicht einmal menschlich. Wer sei schließlich je tief ins Landesinnere jenseits von Redond vorgedrungen und habe diese Provinz Kostroma gefunden? Es war Janos, der Orissa an seiner heiligen Mission hinderte, sich mit den Fernen Königreichen zu vereinen. Auf die Argumente von Janos' Anhängern, daß diese Tragödie von den Geistersehern ausgelöst worden sei, die den Ruhm, die Fernen Königreiche entdeckt zu haben, für sich beanspruchen wollten, um so ihre jämmerliche Theokratie zu erhalten, hörte so gut wie niemand. Selbst Gamelan hielt es politisch für angebracht, sich an seinen Zufluchtsort jenseits der Stadt zurückzuziehen, sich dort in die Weisheit anderer Welten zu vertiefen und erst später eine Erklärung zu den schrecklichen Ereignissen abzugeben.

Und wieder kamen Verleumdungen gegen die Familie Antero auf. Auch wir seien keine wahren Orissaner, sondern nur den Goldmünzen und Silberbarren ergeben. Eines Abends hörte ich sogar, wie jemand sagte, die ehrenwerten Geisterseher hätten bei meinem Bruder Halab Bestechlichkeit gewittert, aufgrund derer er gestorben sei. Ich schlug dem Mann mit dem Schaft meines Dolches die Zähne weit in den Hals und hätte ihn wie ein Schwein geschlachtet, hätte Rali mich nicht weggezogen. Sie und Maeen waren jetzt mein einziger Trost. Doch selbst diese Schlägerei gehörte schon zu den wenigen Lichtblicken, an die ich mich erinnern kann. Die ganze Welt schien in grauen Nebel gehüllt zu sein, und ein Schleier zwischen mir und dem Leben. Deoce und Emilie beanspruchten meine Gedanken mehr als alles Geschrei.

Etwa um diese Zeit kehrte der Traum zurück, der Alptraum, ein gefolterter Gefangener zu sein, der von jemandem, den ich jetzt als Greif, den Lycanther, erkannte, durch seltsame Höhlen geführt wurde, der Vernichtung entgegen, einem Schicksal, das ein Teil meiner selbst im Traum begrüßte.

Ich erwischte mich dabei, wie ich bei Tagesanbruch düster in den Fluß starrte, das dunkle Wasser beobachtete, wie es ins Meer floß, und wie ich dachte, wie sanft das Wasser doch sei, was für ein willkommenes Bett für einen alten Mann. Dann riß ich mich zusammen. Mein Vater hätte mich geschlagen, wenn er noch am Leben gewesen wäre und meine Gedanken hätte lesen können. Kein Antero hatte es sich je gestattet, im Selbstmitleid zu versinken. Doch ich mußte etwas tun, und zwar sofort.

Sobald ich diesen Gedanken hatte, wußte ich auch schon, was zu tun wäre. Orissa würde nichts zu Janos' Rettung unternehmen, selbst wenn die Stadt urplötzlich zur Besinnung käme. Also gut, dann mußte ich das übernehmen. Ich eilte heim. Ich weckte den ganzen Haushalt und gab Anweisungen. Ich erzählte Rali von meinem Vorhaben, und sie zuckte die Achseln. »Du könntest in tieferes Wasser springen, als du dir träumen läßt«, sagte sie, und bei diesem Vergleich zuckte ich unwillkürlich zusammen. »Vielleicht ist Janos wertvoller für Lycanth ... oder sie glauben es jedenfalls ... als wir uns vorstellen.«

»Das glaube ich nicht«, sagte ich. »Ich habe noch keinen Lycanther kennengelernt, der sich dem Gold versagt hätte. Und ich werde Janos vor der Befreiung instruieren, den Lycanthern alles zu erzählen, was er weiß. Sollen sie doch ihre eigene Expedition aufstellen, wenn sie wollen, und die Wüste überstehen, die Sklavenhändler und die Aasfresser. Janos hat nur eine fehlerhafte Karte im Kopf, wie die Tatsache beweist, daß er sich auf der Rückreise verirrt hat. Es gibt keine außer der, die ich gezeichnet habe, und meiner Erinnerung daran.«

Rali schüttelte den Kopf. »Du denkst wie ein logischer Mann, mein Bruder. Das könnte dich in Schwierigkeiten bringen. Wenn Männer sich nur noch um die Farben ihre Flaggen sorgen, wie es in unseren beiden Städten zur Zeit der Fall ist, dann schwindet alle Vernunft. Füge noch den Irrsinn hinzu, den die bloße Erwähnung der Fernen Königreiche heute auslöst ...« Ihre Stimme verlor sich. »Geh, Amalric, wenn es sein muß, aber ich mache mir Sorgen um dich.«

Bei Tagesanbruch wartete die schlichte Kutsche, die ich gemietet hatte, hinter den Toren der Stadt. Darin befanden sich zwei Kisten reiner, weicher Goldbarren, die ich aus den Gewölben unter unserer Villa geholt hatte. Das würde die Lycanther begeistern, wenn nötig selbst ihre von der Zauberei berauschten Archonten. Nicht eben ein königliches Lösegeld, doch sicher ausreichend für einen Baron oder auch zwei. Das Gold wurde von sechs meiner besten Diener bewacht. Gern hätte ich Sergeant Maeen mitgenommen, doch wenn der einzige Überlebende der Tragödie die Stadt in Richtung Lycanth verließe, würden meine Feinde sich dies sofort erklären können und innerhalb von Stunden Truppen nach uns ausgesandt haben.

Die Reise nach Lycanth verlief ohne Zwischenfälle. Ich ließ die Kutsche mit meinen Männern bis auf weiteres beim letzten anständigen Wirtshaus zurück, etwa eine Tagesreise von der Stadt entfernt, und ritt allein nach Lycanth. Weder das Wetter noch eventuelle Reisende nahm ich wahr. Ich überlegte meine Argumentation und die Art und Weise, wie ich Janos befreien wollte, genau. Ohne Zwischenfall erreichte ich die Stadt und ritt zum selben Gasthaus, in dem wir schon zuvor abgestiegen waren. Ich wollte mich erfrischen und dann herausfinden, wie ich mich den Herrschern von Lycanth am besten nähern konnte, wenn ich sie um eine Gefälligkeit bitten wollte. Bis zum Wirtshaus bin ich nie gekommen.

Es dämmerte bereits, und die Straßen waren überfüllt, da die Arbeiter Lycanths auf dem Heimweg waren. Ich mußte mein Pferd durch diese Menschenmenge drängen. Plötzlich jedoch war ich ganz allein in einer fast verlassenen Straße und sah die letzten Lycanther eben noch in ihre Häuser fliehen.

Ich hörte ein Bellen, hatte gerade noch Zeit, mich zu erinnern, und dann sprang in großen Sätzen diese ekelhafte, haarlose Hyäne mit dem Menschengesicht um eine Ecke. Es war dieselbe Kreatur, die uns zum Schloß der Archonten befohlen und dann den Tod der jungen Frau bekanntgegeben hatte. Die Kreatur saß auf ihren Hinterbacken und starrte mich an. Wieder bellte sie, und die steinernen Bauten rings um mich herum warfen das Echo zurück.

Dann sprach sie. »Amalric Antero. Ihr seid vorgeladen. Ihr müßt Euch fügen.«

Hart riß ich am Zügel, um mein Roß von dem Untier abzuwenden. Doch eine Reihe Soldaten näherte sich im Laufschritt mit erhobenen Schwertern. Eine zweite Reihe tauchte hinter mir auf.

»Amalric Antero. Ihr seid vorgeladen.«

Kapitel Siebzehn

Im Kerker der Archonten

Ich wurde zur großen Festung am Ende der Halbinsel gebracht, dann durch lange, hallende, feuchte Korridore, bewachte und verschlossene Tore und hohe Zimmer geführt. Die einzigen Lebewesen in der Festung schienen Wachen zu sein, und natürlich diese üble Kreatur, die vor mir lief. Wir kamen an einen Eingang, der nur von einem schweren, dunkelgrünen Vorhang versperrt war. Die Soldaten drehten ab, wie immer ohne jeden Befehl, und marschierten davon... Nur das Untier blieb zu meiner Bewachung zurück.

»Amalric Antero. Ihr seid vorgeladen«, und dann trat es durch den Vorhang. Benommen folgte ich ihm in einen weiteren, leeren Raum. Alles in diesem Zimmer war aus Stein, angefangen bei der gewölbten Decke bis hin zu den Pfosten mit flackernden Fackeln und dem flachen Podest am anderen Ende des Raums. Auf diesem Podest befanden sich zwei flache Sockel. Die Kreatur baute sich vor der Bühne auf. Ich hörte, oder fühlte eher, ein Brummen, als sei die Luft in Bewegung. Das Brummen wurde lauter, dann sah ich ein Schimmern auf jedem der Sockel, ein Schimmern, das höher ragte als ein großer Mensch. Das Untier verneigte sich. Ich tat es nicht.

Ich nehme an, ich hätte niederknien sollen. Ich hatte und habe auch seitdem vor manchem fremden Gott, König oder vor Banditen gekniet, die sich selbst den Titel eines Lords verliehen hatten. Es kostete einen nichts und ist oft dem künftigen Gewinn oder dem unmittelbaren Überleben dienlich. Manchmal ist es auch nur eine Angelegenheit allgemeiner Höflichkeit. Doch hier, im Inneren der Festung der Archonten, blieb ich stehen. Wahrscheinlich wollte ich meinen Stolz als Antero und Orissaner zeigen. Ich wollte vor diesem wirbelnden Dunst nicht knien. Das Brummen wurde immer lauter, änderte seine Tonhöhe und wuchs zu einem verärgerten Baßsummen, wie es aus einem Nest riesiger Wespen kommen könnte, doch weiter geschah nichts, bis es schließlich erstarb.

Die Stille hielt an, und dann trat ein Mann aus der Dunkelheit jenseits der Pfeiler. Er war recht schön, ein Ausdruck, den ich sonst bei Männern nicht häufig verwende, doch dieser Mann war schön, angefangen bei seinem leicht gekräuselten, blonden Haar, bis hin zu den lächelnden, jungenhaften, vollen Lippen und seinem schlanken Körper.

»Lord Amalric. Ich hatte gehofft, unsre, äh, Aneignung Eures Lakaien würde Euch nach Lycanth locken. Ich heiße Nisou Symeon.« Das war also der Mann, fast noch ein Junge, den sowohl mein Vater als auch Greif für den Finstersten der Symeonen gehalten hatte, dieser Familie, die die Anteros seit drei Generationen bekriegte. Auch wenn ich in größten Nöten war, beobachtete ich doch interessiert sein Gesicht und stellte erneut fest, daß nur ein Dummkopf Gut und Böse nach dem Maß an Schönheit beurteilt.

Ich ging die möglichen Erwiderungen durch, verwarf die ängstlichen, überraschten, verächtlichen und stolzen. »Lord Symeon«, sagte ich schließlich. »Offenbar habt Ihr Eure Herrscher also davon überzeugt, daß Ihr einen Edelmann aus Orissa gefangennehmen könnt, ohne auf weitere Konsequenzen achten zu müssen.«

»Du meine Güte, die Archonten brauchten nicht überzeugt zu werden«, sagte Symeon. »Solltet Ihr Euch, wie die meisten Orissaner, in Träumen von Eurer Vergangenheit verloren haben, so ist Euch wahrscheinlich nicht aufgefallen, daß ein neuer Geist Lycanth durchweht. Es ist an der Zeit, unsere historische Pflicht zu bestätigen und einen angemessenen Platz an der Sonne zu suchen.« Ich erinnerte mich an Cassinis schroffes Urteil, als er kurz vor Lycanth gesagt hatte, wir hätten die Stadt und seine Bevölkerung vernichten sollen, bevor sie noch einmal an Macht gewinnen würde. Selbst jemandem wie Cassini gelingt manchmal ein Blick über den eigenen Tellerrand hinweg.

»Weiterhin«, fuhr Symeon fort, »selbst wenn wir uns um eine Reaktion aus Orissa Gedanken machten, glaube ich kaum, daß sich dort noch irgend jemand darüber aufregt, was einem Antero widerfährt. Eure Heimat singt dieser Tage kein Loblied auf Euch.« Ich bewahrte mir meinen steinernen Gesichtsausdruck und antwortete nicht, doch gewiß hatte er recht.

»Was wir von Euch verlangen«, fuhr Symeon fort, »ist eine vollständige Beschreibung Eurer Route in die Fernen Königreiche. Selbstverständlich ist Lycanth die einzig angemessene Macht, die ein Bündnis mit den Fernen Königreichen anstreben kann, insbesondere, wenn man die Katastrophe in Orissa in Betracht zieht, der Euer Untergebener bei seinem letzten Versuch, die Königreiche zu erreichen, Vorschub geleistet hat.«

»Ihr geht fehl in der Annahme, wenn Ihr meint, Hauptmann Greycloak sei in irgendeiner Hinsicht mein ›Untergebener‹ oder ›Landsmann‹.«

»Ah, Ihr seid also aus reiner Nächstenliebe nach Lycanth gekommen, um ihn zu retten? Und wenn er nicht Euer Untergebener ist, was ist er dann?« Er schürzte die Lippen. »Euer Liebhaber?«

Ich staunte. Mir war nicht klar gewesen, daß die Einstellungen der Lycanther ebenso zurückgeblieben waren wie ihre Gebäude. Es fiel mir nicht schwer, diese offensichtlich beleidigend gemeinte Frage zu übergehen. Ich grinste lediglich zynisch. »Also gut, welche Schmeicheleien habt Ihr für meine Mitarbeit anzubieten?«

»Es könnte unklug sein«, entgegnete er, »Euch Gold oder eine hohe Position in Lycanth zu versprechen. Selbstverständlich kann ich Euch nicht gestatten, nach Orissa zurückzukehren, bis es eine ... Einigung zwischen unseren beiden Städten gibt. Doch beides werde ich Euch nicht anbieten, da ich kein Dummkopf bin und auch Euch für keinen solchen halte. Es kann für Euch nur einen Preis geben ... alles andere ist daneben wertlos. Tatsächlich bräuchte ich Euch gar nichts zu versprechen, und meine Herren, die Archonten, würden mich nicht weniger als ihren treuherzigen Diener betrachten. Wir erheben Anspruch auf Euer und Hauptmann Greycloaks Wissen über die Routen zu den Fernen Königreichen, über die Gezeiten, eßbare Früchte, lästige Insekten, die Eingeborenen und jede Zauberei, der Ihr begegnet seid. Wir sind darauf vorbereitet, *sämtliche* Talente und Kunstgriffe Lycanths aufzubieten, um uns von Euch aufklären zu lassen, und wir haben keinerlei Skrupel, diese auch einzusetzen, wenn Ihr damit zu überreden seid. Wir haben es nicht sonderlich eilig, da sowohl meine Herren als auch ich uns über die Probleme im klaren sind ... die aus übereifrigem Fragen entstehen können.«

»Wie zum Beispiel Tod?«

»Entweder das«, sagte Symeon ruhig, »oder Irrsinn, oder, falls der Folterknecht nicht skeptisch genug ist, eine absichtliche oder zufällige Lüge, die geglaubt wird. Das also sind unsere Absichten. Möchtet Ihr einen Kommentar abgeben, oder vielleicht eine Bemerkung machen, Eure tapfere Ablehnung betreffend, an der wir uns gemeinsam erfreuen könnten?« Ich schüttelte den Kopf. Symeon nickte. »Das ist dann alles... für den Augenblick. Wir alle werden bald wissen, wann Ihr und Greycloak uns wieder zu sprechen wünscht, von ganzem Herzen zu sprechen wünscht. Wenn Ihr nun also dem Boten meiner Herren in Euer Quartier folgen wollt...« Ohne eine Erwiderung abzuwarten, drehte sich Symeon um und verschwand im Dunkel. Im selben Augenblick war auch der Schimmer verflogen, die Fackeln loderten auf und flackerten dann.

Ich hatte keine Wahl und folgte dem Untier zurück durch hallende Steinkorridore. Ich erwartete, in einen Kerker geführt zu werden. Statt dessen brachte mich die Kreatur zu einer Treppe, die sich immer höher und höher wand. Dann ging es durch weitere Korridore, bis wir offenbar im obersten Geschoß des riesigen Schlosses waren. Schließlich hielt das Biest vor einer riesigen, gewölbten Tür. Es riß sein Maul auf, heulte, und plötzlich war ich taub. Mein Hörvermögen kehrte zurück, als die Tür sich öffnete. Vor mir erstreckte sich die Eingangshalle palastartiger Gemächer. An den Wänden hingen Gemälde, und die Decke war mit Seide abgehängt. Ich zögerte.

»Tritt ein, wenn du von dieser Welt bist, wenn nicht, dann sei verflucht«, rief jemand von drinnen. Es war Janos' Stimme. Ich gehorchte, und die Tür schloß sich hinter mir. Ich griff nach dem Knauf, doch drehte er sich wirkungslos in meiner Hand, und ich wußte, das Untier hatte den Schließzauber erneuert. Ich ging den Korridor entlang zu dem Raum, aus dem ich Janos' Stimme gehört hatte. Auf beiden Seiten lagen große Zimmer mit hohen Decken, einige mit Betten ausgestattet, einige mit Sofas, andere waren zum Essen und zum Vergnügen gedacht. Wäre nicht der dunkle Stein, für den die Lycanther eine solche Vorliebe entwickelt hatten, so übermächtig gewesen, und hätten die Darstellungen der Gemälde, Tapeten und Skulpturen nicht diesen Hang zum Morbiden gehabt, so hätte ich, ohne mich schämen zu müssen, meinen besten Freund oder wichtigsten Gast mit seinem Gefolge dort unterbringen können.

Die nächste Überraschung erwartete mich, als ich den Hauptraum betrat. Janos saß zurückgelehnt auf einem gut gepolsterten Sofa. Er war von Büchern, Schriftrollen und Tafeln umgeben. Vor ihm stand eine Staffelei, darauf ein großes Papier, das mit Kritzeleien und Zeichnungen übersät war, die allesamt offenkundig mit Zauberei im Zusammenhang standen. Dahinter befanden sich sechs große, geöffnete Fenster, durch die ich die Lichter Lycanths und seines Hafens sehen konnte. Janos sah aus wie ein Edelmann in seiner Freizeit, gekleidet mit lässigem Umhang, Seidenhemd und Kniehose. Er entsprach kaum dem Bild eines Gefangenen, der gefoltert worden war, ob nun körperlich oder durch Zauberei. Dann schaute ich ihm ins Gesicht. Er wirkte unbeweglich, verhärmt und so erschöpft wie am Ende unserer Suche, als wir zur Pfefferküste zurückgekehrt waren.

»Willkommen, mein Freund, und als Freund hast du dich mir mehr als einmal erwiesen«, sagte er. Er stand auf und umarmte mich. »Ich kann mir keinen besseren Partner denken, wenn ich mir auch zu deinem eigenen Vorteil wünschen würde, daß du eogistischer gewesen wärest.«

»Es war nicht gerade so geplant«, sagte ich mit ein wenig Schärfe, »daß ich als Gast bei den Archonten bleibe.«

Janos ließ ein leises Lachen hören. »Vor ein paar Stunden wurde mir gesagt, du stündest vor der Stadt und würdest in Kürze erwartet. Ich hatte gehofft, du wärest vorsichtig genug, ihre Falle zu bemerken.« Er schüttelte den Kopf.

»Wie konnten sie mein Kommen voraussagen?«

»Ich weiß es nicht. Sie haben sich geweigert, es mir zu sagen, und die Schlüsse, die ich ziehen konnte, halfen mir nicht weiter. Vielleicht eine Art von Alarmzauber, oder eine Kreatur, die auf der Einfallstraße postiert wurde, oder ein Spion mit der Ausbildung eines Geistersehers aus Orissa selbst. Ich gehe davon aus, daß die treibende Kraft hinter dieser Verschwörung ein persönlicher Feind von dir ist.«

»Nisou Symeon. Ich bin ihm gerade zum ersten Mal in meinem Leben begegnet.« Ich berichtete Janos, was vorgefallen war. Er äußerte sich nicht dazu, und das war auch nicht nötig. Er bot mir von einem Getränketisch in der Nähe Wein, Säfte oder Wasser an. Ich schenkte mir einen Becher Wein ein, besann mich dann jedoch eines Besseren, setzte ihn ab und griff zum Saft.

»Nimm nur den Wein«, sagte Janos. »Oder was immer du wünschst. Soweit ich feststellen kann, sind keine Betäubungsmittel darin enthalten. Bisher hat ihr Wissensdrang sie noch nicht dazu verleitet, mich zu benebeln. Wir sollten beide soviel wie möglich essen und trinken, denn die Umstände werden sich bald genug ändern.«

Ich schenkte ein und nahm einen tiefen Zug; erst jetzt merkte ich, wie durstig ich gewesen war, und füllte den Becher wieder auf. Ich trat an ein Fenster und sah hinaus. Unsere Wohnung, beziehungsweise unsere Zelle, lag genau über dem Wasser, und weit unten konnte ich die weiße Gischt der Brandung auf den Felsen jenseits des Hafens sehen. »Liegt ein Zauber auf den Fenstern?«

»Natürlich. Nicht, daß es nötig wäre – es sei denn, du hättest irgendwo einen Satz Flügel versteckt.«

Ich drehte mich um und lächelte gezwungen. Dieses Martyrium, und so etwas würde es wohl werden, wäre mit ein wenig Humor leichter zu ertragen. Ich hatte Fragen und riskierte es, sie offen zu stellen. »Müssen wir vorsichtig sein, wovon wir sprechen?«

»Ja, in Maßen. Ich würde zum Beispiel keine Einzelheiten unserer … gemeinsamen Abenteuer erwähnen. Im allgemeinen können wir über alles reden. Ich habe einen Zauber bewirkt, bei dem jeder, der unserer Unterhaltung lauscht, tatsächlich eine höchst langatmige Rezitation aus den Religionsstunden meiner Kindheit hört. Bisher haben sie nur geringfügige Gegenzauber versucht, denen ich widerstehen und die ich meist neutralisieren konnte. Große Beschwörungen habe ich zweimal gespürt, doch wer weiß, ob sie nicht wahrhaft große Zauber ausgelegt haben? Es wäre zum Beispiel denkbar, daß ich im Moment mit einem Werk der Archonten spreche. Und du mußt dich fragen, ob ich selbst nicht nur ein Dämon ihrer Macht bin. Hier erwartet uns der Wahnsinn.«

»Sie haben dir deine ... mh ... Interessen zugestanden«, staunte ich und benutzte einen harmlosen Ausdruck aus meiner Jugend, als ich zum ersten Mal bemerkt hatte, daß die »Interessen« meines Bruders Halab sich zum Verbotenen hin orientierten.

»Erlaubt? Diese Formulierung trifft nicht genau. Sie können keine umfassende Ächtung der Zauberei aussprechen, da es auch ihren eigenen Zauber blockieren würde. Doch sie können spezielle Bereiche abtrennen, so daß ich mich nicht mehr genau an einen bestimmten Zauber oder eine Art von Zauber erinnern kann, mit dem ich zum Beispiel Ketten oder Fesseln sprengen könnte.«

»So wie du und Cassini die Erinnerung an die Magie ... an einem bestimmten Ort verloren hattet?«

»Mehreren Göttern sei gedankt, daß ihr Zauber nicht so weit reicht. Doch sie haben es versucht. Vergib mir, wenn ich unaufmerksam erscheine oder gedankenverloren. Doch ...«

Von der Seite des Zimmers kam ein Flimmern, und einen Augenblick lang schien es, als öffne sich blitzschnell die Tür zu einer dunklen Kammer, und ich sah Männer, die von schwarz gekleideten Peinigern grausamen Torturen ausgesetzt wurden. Dann war plötzlich nichts weiter als die Wand zu erkennen.

»Das war ein Beispiel für das, was ich einen geringfügigen Zauber nenne«, sagte Janos. »Sie dienen einzig dazu, uns zu zermürben und unsere Stärke und unser Durchhaltevermögen zu erschüttern. Andere Zauber umgeben diesen Raum, Schlaflosigkeit, Gereiztheit, Einsamkeit, Niedergeschlagenheit und viele unangenehme, wenn auch harmlose, physische Schwächungen. Sie alle habe ich in Schach gehalten.«

»Dein Studium der Prinzipien der Geisterseher ist weit gediehen, seit ich zum ersten Mal dein geheimes Interesse daran bemerkt habe«, sagte ich und wunderte mich, daß ich die Abgeklärtheit besaß, eine derart unbedeutende Unterhaltung zu führen, während ich in der Falle eines so grausamen Feindes saß.

»Danke, doch empfinde ich keinen Stolz. Wenn ich wirklich so fähig wäre, sollte ich meine Bemühungen fortführen können, ohne mehr Energie zu verbrauchen, als man in der physischen Welt benötigt, einen Mückenstich zu kratzen. Vielleicht spare ich aber unbewußt auch meine Kräfte für einen Anschlag größeren Ausmaßes auf.«

»Du sagtest, sie hätten schon zweimal große Zauber versucht, wie du dich ausdrücktest. In welcher Form? Wie kann ich mich vor ihnen hüten?«

»Beide waren abscheulich. Der erste und erträglichere war eine Variation auf den Sukkubus, bei dem eine junge und schöne Zauberin in meine Träume trat und versprach, Realität zu werden, sobald wir verschiedene Arten magischer Geschlechtsakte vollbracht hätten. Im Gegenzug sollte ich ihr einige Geschichten erzählen, wie in fremden Ländern Zauberkünste ausgeübt werden. Das konnte ich ohne große Gegenwehr ablehnen, da ich erkannte, daß solche Geschichten einen Zugang zum Rest meiner Seele öffnen könnten. Daraufhin verschwand die Erscheinung wieder.

Der zweite Versuch war gefährlicher. Er begann mit vielen kleineren Zaubersprüchen, doch ausgesprochen mit der ganzen Macht eines Meistergeistersehers. Ich war niedergeschlagen, auf alles und jeden ärgerlich, vor allem auf mich selbst. Ich hielt mich für einen vollkommenen Versager.«

»War es das«, fragte ich, »was die kleinen Zaubersprüche bewirken sollen?«

»Nicht ganz«, sagte Janos. »Sie waren ein wenig anders gemeint. Sie hatten den Unterton, daß ich Großes verdient hätte und daß Götter und Menschen sich gegen mich verschworen hätten, um mir den vollen Ruhm vorzuenthalten.« Ich wußte, welche Resonanz ein solcher Zauber in Janos' gesundem Ego finden mußte. »Letztlich beschloß ich, meinem Leben ein Ende zu setzen. Nicht aus wirklichem Schmerz heraus, sondern um jemandem zu ›zeigen‹, ich weiß nicht wem oder was, wieviel Böses sie mir angetan hatten, als sie mir mein rechtmäßiges Erbe vorenthielten.«

»Ich kann erkennen, was diesen Zauber so heimtückisch macht«, sagte ich. »Nur verstehe ich nicht, wie es irgendeine Information provozieren sollte über... ein gewisses Thema von Interesse. Schlimmer noch, du könntest tot sein, und damit wäre ihre beste Möglichkeit, an dieses Wissen zu gelangen, verloren.«

»Oh, nein. Es waren Gegenzauber ausgelegt und vielleicht sogar greifbare Netze unter diesen Fenstern für den Fall, daß ich mich entschließen sollte, hinauszuspringen, ebenso weitere Schutzzauber um alles, mit dem ich mich hätte töten können, wie die Messer in unserer Küche oder die Kordeln der Vorhänge. Ich nehme auch an, daß ich beobachtet wurde. Doch ich habe den Zauber noch nicht vollständig beschrieben. Am verlockendsten kam es mir vor, der ganzen Welt eine lange Nase zu drehen, indem ich eine vollständige Beschreibung von allem gab, was die Lycanther wissen wollten.«

»Die Fer...«

»Genau. Die Suche wäre genau beschrieben.« Ich hatte verstanden und schauderte. Das war wirklich subtil, und ich fragte mich, ob ich einem so sorgfältig ausgelegten Zauber widerstehen könnte, der meine vielfältigen Schwächen ausnutzen würde.

Ich kam auf ein anderes Thema zu sprechen und fragte, warum wir seiner Meinung nach jetzt gut essen und trinken sollten und wieso unsere Umstände sich ändern würden. Ich konnte nicht glauben, daß die Archonten und ihre Geisterseher keine Zauber eingesetzt hatten, um eine Vorahnung zu verhindern. Oder hätte ich eine solche Frage nicht stellen sollen? Janos antwortete mit einem echten Lächeln, er habe überhaupt keine Vorahnung, doch würden wir einer standardisierten Frageprozedur unterzogen, die von Inquisitoren bis zu militärischen Informationsspezialisten und höchstwahrscheinlich, fügte er hinzu, selbst von Eltern auf der ganzen Welt benutzt wurde. Er nannte es gute Seite/böse Seite. Zuerst gibt man dem Gefangenen gute Speisen und Weine und behandelt ihn zuvorkommend, doch immer mit der Warnung, »andere« würden anders darüber denken, wie ein Gefangener zu behandeln sei. Der Häftling solle am besten gleich kooperieren, um wirklich furchtbare Foltern zu vermeiden. »Hat deine Mutter dir als Kind nie empfohlen, ihr die Sünden zu gestehen, die du eben begangen hattest, um deinen Lehrer zu ärgern, bevor dein Vater nach Hause käme und es erführe und du dann wirklich in der Klemme säßest?« Ich stimmte zu, denn ich wußte, was er meinte, und brauchte nicht zu erwähnen, daß ich an meine richtige Mutter keine Erinnerung hatte.

»Also«, sagte ich, »was tun wir, bis wir die andere Seite der lycanthischen ›Gastfreundschaft‹ kennenlernen?«

»Wir tun, was Gefangene immer getan haben, wir warten, wir trainieren unsere Muskeln und reden. Reden über alles … außer dem, was von Bedeutung sein könnte.«

Genau das taten wir während der nächsten Tage. Ich war nervös und fürchtete mich, doch schien ich entspannter als Janos zu sein, auch wenn meine Nächte durch die sich wiederholenden Träume zur Hölle wurden. Immer wieder führte mich der Bootsmann ohne Gesicht in die Höhle, und immer wieder wurde ich von jenem Lebewesen in die Kammer geführt, dem ich Greifs Gesicht gab, seit ich ihn das erste Mal in dieser Höllenstadt getroffen hatte. Doch mit Träumen kann man leben, mit diesem lebe ich jetzt seit Jahren.

Janos hatte noch nicht von Deoces und Emilies Tod gehört und brach in Tränen aus, laute, quälende Schluchzer eines Kriegerhäuptlings darüber, daß die besonders Unerschrockenen sinnlos sterben mußten. Doch meist waren unsere Unterhaltungen belanglos und seicht: wie man zum Beispiel am schnellsten eine Sprache erlernt, nach Janos' Theorie im Bett, und da er mindestens dreiundzwanzig Sprachen und zehn Dialekte sprach, nahm ich seine Hypothese ernst. Und ob den Lycanthern ihr Sinn für Humor bei der Geburt amputiert würde oder die Götter sie verflucht hätten. Wir einigten uns auf einen göttlichen Fluch in der Hoffnung, daß die unsichtbaren Wesen, die uns entweder durch geschickt verborgene Gucklöcher oder durch Zauberei beobachteten, sich ärgerten, und so weiter. Unsere Übungen vertrieben die Stunden der Langeweile. Endlos trainierten wir unsere Muskeln und liefen in den Gemächern wie Tiger im Käfig einer Menagerie herum. Janos zeigte mir verschiedene Techniken, wie ein Mann ohne Waffen nicht alle Hoffnung fahrenlassen muß, außer wenn er von einem oder mehreren bewaffneten Gegnern angegriffen wird.

Ich brachte Stunden damit zu, vor den Fenstern auf und ab zu laufen und mir einen Fluchtplan auszudenken. Janos dagegen schien in jenen Halbschlaf zu verfallen, den ich von der Felsenschlucht her kannte. Ich hätte ihn zurechtweisen können, doch erinnerte ich mich an die Geschichte eines kleinen Händlers, der von den Eisbarbaren im fernen Süden gefangen worden war und mehrere Jahre als ihr Gefangener verbracht hatte, bevor er freigelassen wurde. Dort hatte er gelernt, daß es nur zwei Gelegenheiten zur Flucht gab, die erste gleich nach der Gefangennahme, bevor die Wachen noch all ihre Gegenmaßnahmen ergreifen konnten, die zweite nach langer Zeit, wenn die Wachen sicher sind, daß du scheinbar dein Elend akzeptierst. Und ich wußte, daß auch Janos mit den Regeln einer Flucht vertraut war, wenn ich seine leuchtenden Augen sah, die über Lycanth hinweg zu den Bergen blickten, die die Freiheit bedeuteten, und daß er nur den rechten Augenblick abwartete.

Wir wurden gut genährt, zweimal am Tag, die Gerichte wechselten beständig. Doch sahen wir nie einen Aufseher, und ich erinnerte mich an Symeons Wort, daß er und die Archonten wüßten, wann wir gebrochen und bereit seien, alles zu erzählen. Das jedoch schien in ferner Zukunft zu liegen. Langeweile, Ärger, Verdruß, Enttäuschung, Sorge über das, was in Orissa vor sich gehen mochte, selbst wachsende Nervosität, die Janos auf die unsichtbaren Anschläge schob, welche seine Gegenzauber durchbrachen, all das reichte nicht aus. Ich beging den Fehler, mich für so unerschütterlich zu halten, daß Symeon vor mir an Langeweile sterben würde.

Es war nach Mitternacht, als sie zu uns kamen. Die äußere Tür brach auf, und schwere Schritte dröhnten durch den Korridor in Richtung meines Schlafgemachs. Ich sprang aus dem Bett. Ich hörte Schreie aus Janos' Zimmer, dann Schläge. Sechs Männer platzten in meine Kammer, Männer mit Kettenpanzern und Helmen mit Visier. Sie waren mit eisernen Schlagstöcken bewaffnet und trugen lange Dolche an den Hüften. Einen Augenblick fragte ich mich, wenn jetzt die böse Seite kommt, warum haben sie dann nicht das Untier oder andere Kreaturen aus der Tiefe geschickt, die uns Ehrfurcht und Schrecken einflößen könnten? Meine Frage wurde beantwortet, indem man mich auf den Boden warf. Ich kam wieder auf die Beine, und einer der Männer schlug mir mit dem Handschuh ins Gesicht.

»Nur um sicherzugehen, daß ihr tut, was wir sagen«, knurrte er, und ich roch schales Bier in seinem ekelhaften Bart. In jenem Moment habe ich verstanden, und seither oft bestätigt gefunden, daß der Mensch furchtbarer sein kann als der abscheulichste Dämon aus der Unterwelt. Sie befahlen mir, mich anzuziehen, ketteten Hände und Füße zusammen und schoben mich aus dem Zimmer. Janos lehnte, mit blutigem Gesicht, draußen an der Korridorwand, weitere sechs Männer und ein Offizier standen um ihn herum. Wir wurden hinabgetrieben, immer weiter hinab, noch unter das Hauptgeschoß der Festung und weit unter die Erde. Die Luft wurde feuchter, es tropfte von der Decke, und die Stufen wurden schmaler und waren mit Schimmel bedeckt. Die steinernen Böden waren Jahrhunderte lang von Männern und Frauen abgewetzt worden, die man hier heruntergebracht hatte, und ich fragte mich, wie viele dieser Opfer wohl je das Tageslicht wiedergesehen hatten.

»Jetzt seid ihr unterhalb der Bucht«, knurrte eine der Wachen. »Das gibt euch was zum Nachdenken, wenn ihr hochguckt und keinen blauen Himmel und kein grünes Gras über euch seht. Besonders, wenn die Decke anfängt zu tropfen.«

An den vergitterten und verschlossenen Toren waren keine Wachen postiert, und doch öffneten sie sich, als wir uns näherten. Schließlich hatten wir den tiefsten Punkt erreicht. Die Steine um uns waren vom Salpeter weiß und sehr alt, aufeinandergesetzt ohne sichtbaren Mörtel. Die Eisentore und Fackelständer waren schwarz und verrostet, die hölzernen Türen, gelegentlichen Tische und rohen Stühle vor Alter dunkel. Wir kamen an einer großen Zelle vorüber. Darin waren Skelette, einige hingen an rostigen Ketten, andere lagen herum, wo die Menschen gerade gestorben waren. Es schien keine Tür zu geben. Waren diese toten Gefangenen durch Zauberei hierhergebracht und dann vergessen worden? Außer Janos und mir schien niemand die Knochen zu bemerken. Danach sah ich im Schein der Fackel eine runde Metallplatte im Boden mit einer Öffnung in der Mitte, vielleicht einen Fuß lang und einen halben breit. Als wir darüber hinweggingen, hörte ich von unten ein Kichern, unterbrochen vom Fiepen der Ratten. Offensichtlich war die Platte von Anfang an in die Steinfliesen zementiert worden.

Jetzt war der Korridor gewölbt wie ein Faß. Auf einer Seite sah ich eine offene Tür, nicht größer als im kleinen Ofen eines Bäckers. Sie war der Eingang zu einer Zelle, weniger ein Raum, eher ein Sarg. In die Wand war eine steinerne Bank eingelassen. Hier konnte sich ein Gefangener weder strecken noch aufstehen. Auf einer Steinwand war ein Fleck, der aussah, als habe jemand einen Eimer Farbe verteilt und dann trocknen lassen. Eine der Wachen beobachtete, daß ich den Fleck bemerkt hatte. Der Mann berührte mich mit dem Knüppel und lächelte, als sei ihm gerade etwas besonders Amüsantes eingefallen. Ich blickte in einen anderen Raum, es war der Wachraum. Aus dem, was ich dort sah, schloß ich, daß es den Wachen gestattet war, die Gefangenen aus ihren Zellen zu holen, wann immer sie wollten. Ich wandte mich ab.

Der Korridor führte schließlich in einen großen, halbrunden Raum. In der Deckenwölbung waren schwere Stangen zwischen Steinsäulen angebracht, die ich zuerst für Trennwände zwischen den Zellen hielt; dann sah ich, daß es ein einziger großer Bereich war. Der Grund für die ungewöhnliche Anordnung des Kerkers war klar. Die Gefangenen in den Zellen sollten Zeugen dessen werden, was im offenen Raum vor sich ging. Das war die Folterkammer, durch zwei große Gittertüren gesichert, die jetzt offenstanden. Vielleicht war es dieselbe Kammer, die ich gesehen hatte, als Janos für einen Augenblick seinen Gegenzauber vernachlässigt hatte. Ich sah einen blassen Frauenkörper, auf ein Gestell geschnallt, neben ihr ein glühendes Kohlenfeuer, Zangen und andere Eiseninstrumente, die rot und weiß auf den Kohlen glühten. Der Mund der Frau stand offen, als schreie sie, doch war nichts zu hören. Vielleicht gab es einen Zauber, damit die Wachen nicht vom Schreien gestört wurden, oder die Gefangenen konnten keinen Laut mehr von sich geben. Bevor ich mich abwandte, sah ich noch mehr dem Untergang geweihte Gefangene, sechs der schwarz gekleideten Inquisitoren, Ketten, die von der Decke und von den Wänden hingen, und weitere Folterinstrumente, vom Stiefel bis zur Streckbank.

Der Offizier der Wache hielt die Hand über einen Zellenriegel, und eine Tür öffnete sich. Unsere Ketten wurden aufgeschlossen, und wir wurden in die Zelle gestoßen. »Achtet auf den Raum gegenüber«, befahl der Offizier, »damit ihr nicht denkt, wir hätten euch auf ewig vergessen.« Seine Männer fanden das urkomisch. Sie marschierten aus der Zelle, und dann gab es kein Licht mehr außer der

Fackel am Ende des großen Raums und dem grellen Schein der Schreckensszenerie gegenüber. Ich sackte in mich zusammen, in den Kot und Dreck, den vor langer Zeit verteiltes Stroh nicht mehr aufnehmen konnte.

»Amalric!« Janos' Stimme klang scharf. Ich richtete mich auf und sah sie. Unsere Mitgefangenen. Es waren etwa fünfzig Männer in der Zelle. Die meisten standen oder lagen apathisch da, nahmen die neuesten Opfer gar nicht wahr. Doch nicht alle... eine Gruppe schlurfte zu uns herüber. Ich konnte sie riechen. Ihre Augen schienen zu glühen, so wie man sagt, daß die Augen einiger Wölfe glühen, bevor sie töten, obwohl ich selbst es nie gesehen hatte.

Ein etwas Größerer baute sich vor der Gruppe auf. »Wir nehmen die Kleider«, sagte er so monoton, daß es sich weder nach einer Drohung noch nach einem Versprechen anhörte, »und der hübsche Junge wird alle bedienen, die es verlangen.«

Janos hielt mich beim Arm, und wir gingen rückwärts zur Wand. Ohne Hast schlurften die Gefangenen hinter uns her. Warum nicht? Sie hatten alle Zeit auf Erden, und wahrscheinlich konnten sie ihr Spiel noch mehr genießen, wenn es länger dauerte. Janos warf immer wieder Blicke hinter sich. Ich glaubte, wir suchten nur Deckung für unsere Rücken. Dann schaufelte Janos etwas hervor... etwas Weißes... einen Stock, und gab ihn mir. Ich hatte noch genug Zeit, um festzustellen, daß ich den Schenkelknochen eines Mannes in der Hand hielt, dann langte Janos noch einmal nach unten – die Gefangenen kamen immer näher –, und er hielt die Manschette von einem Paar Eisenfesseln in der Faust. Die Knochen des Toten, der hier gefesselt gewesen war, zersplitterten am Boden. Der erste Gefangene sprang brüllend auf uns zu, und Janos ließ die Kette wie einen Morgenstern in sein Gesicht krachen. Der Mann schrie wie ein angestochener Bär, bäumte sich auf, Blut spritzte in den Schatten, dann fiel er, als ein anderer auf mich einstürzte. Ich schlug mit meinem Knochenschläger zu, der Knochen splitterte, wie es auch die Arme der Leiche getan hatten. Ich tat einen Satz nach vorn, mein Knüppel jetzt ein scharfer Dolch, mit dem ich tief in den Magen des anderen stach. Mit einem Ruck zog ich ihn heraus, als einer von ihnen mich mit den Schultern an die Wand drückte. Ich bückte mich, um ihn über Kopf zu werfen, doch schon kam Janos mit der Kette. Die Knochen des Mannes krachten, und seine Arme sackten herab. Ich richtete mich auf. Ein weiterer Angreifer stürmte heran, wollte mich würgen, doch ich erinnerte mich an einen von Janos' Tricks, riß beide Arme hoch, kreuzte sie zwischen den Armen des Angreifers, riß sie zur Seite und schleuderte so seine Arme nach außen. Ohne abzuwarten, trat ich dem Mann gegen die Kniescheibe, wie Janos es mich gelehrt hatte, fing mich, drehte mich um und schmetterte ihm die Faust in den Rachen, so daß er glucksend zur Seite stolperte. Noch ein Krachen und ein Schrei, als Janos' Morgenstern erneut traf. Die restlichen drei Angreifer zogen sich mit erhobenen Händen zurück.

»Schon gut. Schon gut«, stieß einer hervor. »Aber es wird eine Gelegenheit geben.«

»Nein, wird es nicht«, entgegnete Janos kategorisch. »Und wenn doch, dann tötet ihr am besten uns beide ... oder wagt nie wieder zu schlafen. Schau mich an – du.« Der Angesprochene hielt inne. »Ich weiß von Dingen, die du und die Schweinehunde da drüben«, er wies mit dem Daumen nach draußen zur Folterkammer, »euch nicht einmal träumen laßt.« Bevor der Mann noch reagieren konnte, ließ Janos die Fesseln fallen, sprang vor, die hohle Hand ausgestreckt, und holte aus. Ich schwöre, er hat ihn mit seinen gekrümmten Fingern kaum berührt, doch der Mann heulte auf und krümmte sich, kreischte und hielt sich mit beiden Händen den Kiefer. »Du wirst es überleben«, verkündete mein Freund, »doch der Schmerz wird dich noch eine Woche lang an mich erinnern.« Die anderen halfen ihrem Spießgesellen und fanden Zuflucht am anderen Ende der Zelle.

»Werden sie es wieder versuchen?«

»Vielleicht«, sagte Janos gleichgültig. »Wir werden ohnehin nur leicht schlafen. Ich kann mir einige Worte ausdenken, die das Stroh unter ihren Füßen knacken lassen wie berstende Äste, falls sich uns jemand nähert.«

So begann die zweite Phase unserer Gefangenschaft. Während wir dösten, wurden die Leichen der Erschlagenen aus der Zelle entfernt. Von der Bande von Gefangenen, die unsere Zelle mit ihrer Brutalität kontrollierte, wurden wir nicht weiter belästigt. Einmal beobachtete ich, wie sie Schwächere behandelten, und wollte eingreifen. Doch Janos hielt mich zurück. »Wir haben uns eine Nische in dieser kleinen Gesellschaft von Verdammten eingerichtet. Sie werden uns in Ruhe lassen, solange wir uns nicht in ihre Angelegenheiten mischen.« Widerwillig akzeptierte ich seine Worte und versuchte, die Geräusche zu überhören, als sie sich gegenseitig befriedigten. Schließlich konnte ich auch diese Wahrnehmung ebenso abstellen, wie ich durch die Gitter in die Folterkammer schauen konnte, ohne die Qualen zu registrieren, die anderen dort zugefügt wurden. Zweimal wurden Gefangene aus unserer Zelle geführt und auf das Gestell gespannt. Einige ihrer Spießgesellen fanden das höchst unterhaltsam.

Wir konnten den Tag nicht von der Nacht unterscheiden. Ich versuchte, anhand der Mahlzeiten auf dem laufenden zu bleiben, denn ich nahm an, daß wir einmal am Tag den stinkenden Haferschleim und das verrottete Brot bekamen. Janos hielt es nicht für wichtig, denn ein weiterer allgemein beliebter Trick in Gefängnissen war es, die Mahlzeiten unregelmäßig auszuteilen. So würde der Gefangene an einem Tag dreimal essen und denken, drei Tage seien vorüber, dann wiederum bekam er drei Tage lang gar nichts und glaubte schon, der längste Tag seines Lebens sei angebrochen. Später habe ich ausgerechnet, daß wir ungefähr einen Monat in jener übelriechenden Zelle zugebracht haben.

Wir fragten unsere Mitgefangenen aus. Einige hatten sich politisch unbeliebt gemacht, sei es bei den Archonten oder in ganz Lycanth, die meisten jedoch waren gemeine Kriminelle, wenn auch von einer besonders verkommenen Art, doch befanden wir uns nicht in der Zitadelle der Verdammten. Dies bestätigte sich, als ein Mann aus der Zelle entlassen wurde. Er murmelte seinen Dank, weinte und versuchte den Stiefel des Aufsehers zu küssen, der ihm die Zellentür geöffnet hatte.

Ich wußte, wir würden bleiben müssen, bis unser Widerstand schwächer wurde. Als nächstes drohte uns wahrscheinlich die Folterkammer. »Möglich«, sagte Janos. »Vielleicht werden sie uns auch absondern und uns mit ihrer vollen Zauberkraft treffen.« Dies bestätigte, daß wir nicht im schlimmsten Teil des Kerkers der Archonten waren, doch sagte ich davon nichts zu Janos. Unsere Stimmung mußte nicht unbedingt weiter gedrückt werden.

Dann geschah etwas. Ein Gefangener bekam Besuch! Es war eine Frau, eine Hure, die behauptete, seine Frau zu sein. Sie durfte ihn nicht nur besuchen, sie durften sogar den Wachraum ein paar Minuten lang für ihre privaten Zwecke nutzen. Einige Tage später, wenn es denn Tage waren, kam der Bruder eines Mannes. Die meiste Zeit verbrachten sie damit, Pläne vom Innern eines Gebäudes zu zeichnen und dabei leise zu sprechen. Begierig erkundigten wir uns nach Einzelheiten des Besuchsrechtes und erhielten zur Antwort, daß alle Gefangenen mit ausreichend Gold Besuch bekommen könnten, ausgenommen die Gefangenen, die aus Glaubensgründen eingesperrt waren. Es kam immer auf die Laune des Wachoffiziers an. Manchmal würde auch mehr als nur Geld gefordert, sagte ein Gefangener. Die Hure, vermutete er, habe bestimmt einigen Wachen zu Diensten sein müssen, bevor sie ihren »Ehemann« habe sehen dürfen.

»Wenn jemand von draußen hereinkommt«, grübelte Janos, »dann könnte es auch möglich sein, für eine ... oder zwei Personen von drinnen nach draußen zu gelangen, oder nicht? Bevor der dritte Teil des Plans der Archonten in Kraft tritt.«

»Wie?«

»Ich weiß es nicht«, sagte er. »Laß mich darüber nachdenken, wie wir zu einem Besucher ganz für uns allein kommen können.« Doch wir brauchten keinen Plan. Kurz danach kam unser Besucher. Zwei Wachen brachten einen Mann in die Zelle. Er war nicht groß, doch unförmig und mißgebildet. Die Wachen bellten nach einem Gefangenen, der überrascht knurrte und dann zum Gitter ging. Ich sah Gold glitzern, dann zogen sich die Wachen zurück. Der Mißgebildete sagte einige Worte zum Gefangenen, dann kam der Mann, ein Schläger, der für einen besonders barbarischen Mord einsaß, zu uns herüber.

»Ihr da, er kommt zu euch.« Ich schnappte nach Luft, und dann erkannten sowohl Janos als auch ich den Mann hinter dem Gitter. Ich hätte ihn gleich erkennen müssen. Es war Greif, der Aufseher aus meinem Alptraum und Janos' Vermittler in Zauberdingen. Wieder hörte ich die weiche Baßstimme aus dem zerschlagenen Gesicht.

»Lord Antero, Hauptmann Greycloak, sieht so aus, als sei das Ruder wieder mal herumgefahren.«

»Wie habt Ihr gewußt, daß wir hier …«, begann Janos.

»Schweigt«, sagte Greif ungeduldig. »Greif erfährt alles Wissenswerte in Lycanth. Ich hab's gehört und mich reingekauft, weil ich Rolfe kenn'. Es wird hinterher also keinen Verdacht geben.«

»Hinterher?« fragte ich.

»Ihr auch«, sagte er. »Haltet den Mund! Wir haben keine Zeit. Brauch' nicht hier zu sein, wenn ein Geisterseher der Archonten plötzlich auftaucht. Und ich nehm' an, Symeon hat seine eigenen Geisterseher, die Warnzauber um Euch errichtet haben, damit Ihr bleibt, wo er Euch hingesteckt hat.«

»Ihr könnt uns hier rausholen?« Janos hatte verstanden, was Greif meinte. Greif lächelte sein verdrehtes Lächeln und nickte.

»Kann ich. Aber es wird kosten, viel kosten. Ich kenn' auch einen Geisterseher. Arbeitet auf der dunklen Straßenseite, und ist dafür rausgeworfen worden. Ich brauche Gold ... Gold genug, damit ich weit fort von Lycanth komme, weit fort vom Zorn Symeons und der Archonten.«

»Ihr bekommt es«, sagte ich. »Es wird ein neues Leben für Euch sein. In Orissa oder sonstwo. Wieviel Gold?«

»Die Hälfte«, gab Greif entschieden zu verstehen. »Die Hälfte des Goldes der Anteros. Pro Kopf gerechnet, ist das billig – da ist nur die Schwester, die kein Interesse an Gebären hat, und Brüder, deren Brut nur rechnen kann.«

»Ihr wißt sehr viel über meine Familie«, sagte ich.

»Das hier ist die eine große Chance, die ich habe«, sagte Greif. »Genug Gold, daß keine Hure und kein Bursche mein Angebot ablehnen kann. Gold, damit ich jedem Wachoffizier sagen kann, er soll in seinen Hut scheißen, und er wird es tun, ihn wieder aufsetzen und mit einem Lächeln davonstolzieren! Weil ich das wußte, habe ich mich schon umgehört, bevor ich zu Euch gekommen bin.«

»Ich habe Gold ... einen großen Batzen Gold, nicht weit von Lycanth«, sagte ich. »Aber es würde viel Zeit kosten, die Hälfte meines Besitzes zu tauschen und es dann dort hinzubringen, wohin Ihr es haben wollt.«

»Und Zeit haben wir auch nicht«, warf Janos ein. »Die Geduld der Archonten ist nicht als allzu groß bekannt.«

»Tatsache ist«, stimmte Greif zu, »daß Ihr in ein paar Tagen zur Befragung kommt. Zuerst da drüben ...«, er nickte in Richtung der geschlossenen Tür der Folterkammer, er wußte wirklich viel über dieses Gefängnis und unsere Probleme. »... und dann vor drei Geisterseher, die die ganze Macht des Archonten hinter sich haben. Ihr werdet zerbrechen ... und es wird nichts zurückbleiben als ein paar ausgebrannte Hülsen, die nur noch auf den Straßen betteln können, wenn sie Euch eines Tages tatsächlich entlassen.«

»Wie kann ich Euch dann also reich machen?« fuhr ich fort. »Ich erwarte nicht, daß Ihr mir soweit traut, daß ich Euch nach unserer Befreiung bezahle. Und wie genau wollt Ihr uns hier eigentlich befreien?«

»Das braucht Ihr nicht zu wissen«, sagte Greif. »Und zum ersten, ich traue Euch. Hab' noch nie gehört, daß ein Antero sein Wort bricht. Um sicherzugehen, brauche ich Geschenke von Euch beiden. Ein bißchen Blut, ein bißchen Haar, ein bißchen Haut, etwas von Euren Säften. Nur zur Sicherheit.«

Ich sah Janos an. Er verzog keine Miene. Welche Wahl hatten wir? Selbst wenn die Flucht fehlschlagen würde, was sollten sie uns antun? Sie würden uns nicht töten, solange sie noch nicht hatten, wonach sie suchten. Allenfalls könnten wir geschlagen und dann in die Zelle zurückgebracht werden, und unser Treffen mit dem Inquisitor wäre nähergerückt. Ich schob meine Hände durch das Gitter, und Greif und ich berührten uns mit den Handflächen.

»Mögen meine Augen geblendet, mein Mund verbrannt, meine Ohren versiegelt werden, wenn ich den Schwur breche, Euch beide außerhalb dieser Zelle als freie Menschen wiederzusehen«, sagte er. Ich wiederholte seinen Schwur, änderte nur den Zusatz: »... wenn ich diesen Mann nicht belohne, wie er es verdient hat, und ihm die Ehre erweise, die er verdient hat.«

»Jetzt müßt Ihr warten, einfach warten«, sagte Greif, ging zurück in den Korridor und rief nach den Wachen.

Das taten wir. Eine Schale Haferschleim ... noch eine ... und dann eine dritte. Janos ging auf und ab, aß nicht und schlief nicht. Ich gab vor, die Ruhe selbst zu sein, hätte es ihm jedoch am liebsten nachgetan.

Ich erwachte beim Geräusch rauschenden Windes, schnellte hoch und sah Greif in den Raum kommen. Er hielt eine Art von Stab. Ich hörte ihn etwas murmeln, während er sich näherte. Das Murmeln und das Rauschen des Windes hörte auf. Greif flüsterte, und die

Gitter öffneten sich, das alte rostige Eisen bewegte sich geräuschlos wie neuer, gefetteter Stahl. Sofort waren Janos und ich draußen. Keiner der anderen Gefangenen schien das Öffnen der Tür, unseren Abgang oder das Schließen der Tür bemerkt zu haben. Greif setzte den Stab ab und entnahm der kleinen Tasche, die er bei sich trug, zwei Umhänge mit Kapuzen. Er gab uns Zeichen, sie umzuhängen, dann händigte er jedem ein Stück Papier aus. Auf meines waren die Worte gekritzelt: SAG NICHTS. FOLGE MIR. FLÜSTERE DIE WORTE ALOTHEM, BERENTA, ALOTHEM. Er nahm den Stab ab, hielt ihn wieder hoch und ging in Richtung der Treppe und des Wachraums, murmelte dabei weiter seinen Zauber. Das Rauschen des Windes setzte wieder ein. Trotz der feuchten Kühle trat Schweiß auf Greifs Stirn. Wir folgten ihm, gehorchten den Anweisungen und flüsterten die beiden Worte, die er von dem »verbrecherischen« Geisterseher erfahren hatte. Wir passierten den Wachraum. Die Hälfte der Wachen schnarchte, doch fünf oder sechs schienen wach zu sein. Sie sahen uns nicht. Wir gingen die Stufen hinauf. Jedesmal, wenn wir uns einer versiegelten Tür näherten, berührte Greif sie zuerst mit dem einen, dann mit dem anderen Ende seines Stabes, und danach sprangen sie auf.

Wir erreichen das Hauptgeschoß der Festung. Wachen gingen auf und ab, doch keine entdeckte uns. Janos blieb stehen und drehte sich um. Er streckte sich zu einer Fackel voller Pech und berührte sie kurz, dann ließ er die Hand sinken, als Greif sich ebenfalls umdrehte und ungeduldig Zeichen machte. Wir verließen die Seefestung und kamen in den Hof, wo es in Strömen regnete. Ich schmeckte die Süße und hörte das Plätschern des Regens, womit ich nie mehr im Leben gerechnet hatte. Eine Kutsche mit vier Pferden und einem Kutscher wartete, daneben vier Reiter. Sie sah aus, als gehörte sie einem reichen Mann, der zu dieser Tageszeit höchst private Geschäfte mit den Archonten oder seinen Priestern zu erledigen hatte. Greif schob uns in die Kutsche, dann beendete er seinen Zauber.

»Also, Ihr bleibt hier drin. Seht nicht hinaus. Das ist der nächste

Schritt. Danach geht es zur Stadt hinaus. Denkt schon mal darüber nach, Antero, wie schnell Ihr das Gold zusammenkratzen könnt.« Er knallte die Tür der Kutsche zu. Wir konnten durch die Vorhänge nichts sehen. Die Kutsche federte tief durch, als Greif auf den Bock kletterte, und dann ging es los. Erleichtert atmete ich auf.

»Noch nicht«, sagte Janos. »Erst müssen wir dort sein, wo einst ihre Mauer stand, hinter ihren Patrouillen.«

Ich zwang mich zur Wachsamkeit. »Was hast du da drinnen mit der Fackel gemacht?«

»Kein Bogenschütze trägt nur eine Sehne bei sich«, sagte Janos geheimnisvoll. »Ich hatte den Eindruck, ich könnte etwas Pech gebrauchen.« Er hielt die Finger in die Höhe und fing an zu flüstern:

»Feuer mein Freund
Feuer hörst du
Feuer mein Freund
Feuer hörst du
Feuer erinnerst du
Feuer hörst du...«

Er sagte noch andere Worte in einer Sprache, die ich nicht verstand. Ich hatte keine Ahnung, was er da vorbereitete, und warum. Also konzentrierte ich mich auf die Geräusche von draußen, die krachenden Räder auf Kopfsteinpflaster. Ich hörte die Rufe von Patrouillen oder Wachen, Greif antwortete mit dem Paßwort, dann wieder das Knallen der Peitsche und das Klappern von Hufen. Die Kutsche schwankte, wenn wir um Ecken bogen. Ich versuchte herauszubekommen, wohin wir fuhren, und gab es dann wieder auf, da ich die Straßen von Lycanth kaum kannte. Ich fragte Janos, ob er eine Ahnung hätte, doch er gab mir Zeichen, still zu sein und sein Flüstern nicht zu unterbrechen.

Ich hörte das Geräusch großer Scharniere, als die Kutsche weitere

Tore passierte. Die Räder drehten sich jetzt nicht mehr auf Kopfsteinpflaster, sondern auf glatterem Untergrund. Das Tor schloß sich hinter uns, und die Kutsche blieb stehen. Schweigend blieben wir in der Dunkelheit sitzen, dann wurde die Tür aufgerissen, und das Licht von Fackeln leuchtete auf.

»Raus da!« Es war ein Befehl. Blinzelnd glitt ich hinaus. Wir standen in einem großen Hof. Die Kutsche hatte neben einer großen Mauer gehalten. Vor uns stand Nisou Symeon, dahinter zwanzig schwerbewaffnete Soldaten. Wir waren von einer Falle in die nächste getappt.

»Willkommen, Lord Amalric Antero, zu den gewissermaßen einzigartigen Vergnügungen meines Hauses.«

Die Welt bebte und drehte sich. Ich wollte Obszönitäten schreien, mich auf Greif werfen, der nicht weit hinter Symeon stand, ein entstelltes Lächeln voller Spott im Gesicht, wollte Symeon zerreißen, auch wenn ich wußte, daß seine Wachen mich sofort mit den Speeren aufspießen würden. Ich kämpfte um Selbstbeherrschung, der schwerste Kampf meines Lebens, und ich gewann, auch wenn es Sekunden oder Minuten dauerte.

»Was soll das?« brachte ich heraus. »Ihr hattet uns im Kerker. Früher oder später hätten die Geisterseher oder Folterer mit ihrer Arbeit begonnen. Oder erwartet uns ein besonders niederträchtiger Zauber? Ich nehme an, Ihr seid noch immer hinter den Geheimnissen her, die wir angeblich kennen.«

»Möglich«, sagte Symeon. »Und was das Warum angeht... Die Umstände könnten sich seither geändert haben.«

»Ach so, Ihr wollt Euren Herren die Information, die Ihr von uns bekommt, vorenthalten?«

Janos ging zu Symeon hinüber, bewegte sich wie ein großer, verwirrter Trottel. »Warum wollt Ihr die Archonten betrügen?« Er streckte die Hände aus, als sei er völlig durcheinander. Mit einer Hand berührte er Symeons Mantel.

»Zurück mit Euch!« bellte Symeon, und einer der Soldaten ließ seinen Speer sinken, bis er Janos' Brust berührte. Janos gehorchte. »Ich spreche nicht mit Lakaien«, fuhr Symeon fort. »Insbesondere nicht mit einem, der seine Sache verraten hat.«

»Verraten, Nisou Symeon?« fragte ich. »Und das sagt einer, der die Archonten gerade betrügt?«

»Ich bin dem Meister treu«, sagte er, »dessen Eid ich geschworen habe! Wie ich schon sagte, die Umstände haben sich geändert. Das Wissen, das ich von Euch erhalten möchte, ist nun zweitrangig. Genug. Geht hinein, die Soldaten werden Euch zu Eurem Ruheplatz bringen. Er ist ebenso sicher wie jeder Kerker der Archonten. Ich sage Euch jetzt, daß Ihr zum letzten Mal einen Blick auf den Himmel werfen könnt, so verregnet er auch sein mag. Genießt es und verschwendet keine Worte.«

Ich merkte, daß Janos etwas flüsterte.

»Feuer mein Freund
Feuer hörst du
Feuer brennst du
Erinnere deinen Bruder
Feuer mein Freund
Feuer *brennst* du!«

Das Pech der Fackel »erinnerte« sich, flackerte auf, und Symeons Robe fing plötzlich Feuer. Flammen schossen in die Höhe, genährt von Zauberei wie von trockenem Stoff. Der Regen zeigte keine Wirkung. Symeon schrie vor Schmerz. Die Soldaten riefen verwirrt durcheinander.

»Auf«, rief Janos, sprang zur Tür der Kutsche und streckte sich nach dem Dach. Der Soldat mit dem Speer, der ihn eben bedroht hatte und etwas aufmerksamer war als die anderen, sprang wurfbereit nach vorn, doch ich trat ihm die Füße weg und hielt den Speer in der Hand. Janos federte zweimal auf dem Dach der Kutsche nach oben, dann ein drittes Mal, und er erwischte eine Ecke der Mauer und zog sich hoch. Auch ich schnellte vor, sprungbereit hatte ich den Fuß auf dem Rad, als ich zurückgezogen wurde. Ich stieß den Schaft des Speeres nach hinten und hörte einen Schrei, lauter noch als die der lebenden Fackel, zu der Symeon geworden war, und hockte auf dem Dach der Kutsche. Ich war leichter, kleiner und ein besserer Turner als Janos, so sprang ich und spürte die Mauerkante unter meinen Ellbogen. Janos zog mich hoch.

Ich hatte nur einen Augenblick Zeit, mich umzudrehen, und sah, wie Greif rückwärts taumelte, heulte und die Hände über die Augen hielt. Nisou Symeon lag am Boden. Die Soldaten versuchten, ihn zu bedecken und die Flammen zu ersticken, doch dann sprangen wir, riskierten den weiten Sprung hinunter, was immer dort auch sein mochte.

Wir landeten auf Kopfsteinpflaster und dann liefen wir, rannten so schnell wie nie in unserem Leben, rannten in die Nacht, in den Regen, und ich dankte den Göttern von Orissa, daß wir Lycanths große Mauer niedergerissen hatten. Wir mußten unbemerkt von Nachtpatrouillen durch die Straßen schleichen, dann erwartete uns die Freiheit. Freiheit und Heimat. Ich wußte, wir waren in Sicherheit. Nachdem wir den Archonten und Symeon entkommen waren, konnte uns nur noch Gutes erwarten.

Kapitel Achtzehn

Cassinis Rache

Unser erster Eindruck von Orissa machte jedoch deutlich, daß »gut«, was immer das bedeuten mochte, noch in weiter Ferne lag. Rauch stieg an mehreren Stellen der Stadt auf, und der Fluß lag ungewöhnlich verlassen da. An den Docks waren keine Anzeichen für Aktivitäten zu bemerken. Das Stadttor, dem wir uns näherten, bestätigte, daß es Probleme gab. Die mächtigen Eisenholzpforten waren verriegelt, was nur in dringendsten Notfällen geschah. Darüber, auf dem Steg, stand ein Kommando von Soldaten, nicht in Paraderüstung, sondern in vollem Kampfgeschirr.

»Wer da?«

»Lord Amalric Antero und Hauptmann Janos Greycloak aus Orissa.«

Überraschtes Rufen war von oben zu hören, der scharfe Befehl eines Feldwebels, und dann schwangen die Pforten auf, ohne daß jemand uns begrüßt hätte. Wir traten ein. Auch die Ausfalltore waren verriegelt, und einen Moment lang hatte ich das Gefühl, wir wären in eine weitere Falle getappt. Dann öffneten sich die Pforten. Die Soldaten blieben in Grundstellung und grüßten auch nicht, obwohl es ihre Pflicht gewesen wäre. Wir sagten nichts, hasteten nur zur Villa der Anteros.

Als wir die Mauern Lycanths hinter uns gelassen hatten, waren wir in jenem Gasthaus eingekehrt, in dem ich meine Männer und das Gold zurückgelassen hatte. Der Wirt erklärte, meine Leute seien heimgekehrt, überzeugt davon, daß ihr Herr schon seit Wochen nicht mehr lebe. Vielleicht war es zum Guten, daß wir nur zu zweit waren. An Waffen hatten wir nur den Speer bei uns, den ich mir auf Symeons Hof genommen hatte, und eine finster wirkende Machete, die Janos dem Wirt aus dem Kreuz geleiert hatte. Wir waren so weit wie möglich querfeldein gereist, da es auf den Straßen und Hügeln vor Patrouillen nur so wimmelte. Nicht nur lycanthische Uniformen waren zu sehen, sondern auch Reitertrupps in der Tracht der Symeonen. »Also habe ich ihn doch nicht eingeäschert, wie ich es wollte«, sagte Janos. Auch ich war enttäuscht. Eigentlich sollte kein Mensch einem anderen kaltblütig den Tod wünschen, doch ich kannte mein Leben, meine Familie, meine Sippe, meinen Haushalt. Jede kommende Generation von Anteros wäre in Gefahr, bis die Symeonen vernichtet waren. Ich wußte, ich würde diese Blutsfehde in nächster Zeit nicht ausfechten können. Doch das war eine Frage der Zukunft; im Augenblick reichte es, daß wir uns problemlos an den lycanthischen Einheiten vorbeigestohlen hatten und zu Hause waren.

Viele Orissaner waren auf den Straßen, wenn auch fast nur Männer. Einige junge Frauen waren darunter, jedoch kein einziges Kind. Ihre Mienen waren düster, und ich hörte Schreie und Streit. Wir sahen den Grund für eine der Rauchfahnen: die qualmenden Ruinen eines Gebäudes, das vor nicht allzu langer Zeit niedergebrannt war.

Hier hatte ein kleines Kontor gestanden, das die Geisterseher nutzten, um von jeder Karawane, die durch dieses Tor kam, einen Zoll zu kassieren. Ich dachte an den hochverehrten Prevotant – vor langer Zeit in meinem Lagerhaus – und gratulierte dem Gott, der Unheil über diese Bestechungskasse gebracht hatte.

Wir wußten nicht, was vor sich ging, spürten aber, daß wir uns am besten zuerst um die Sicherheit der Villa kümmern sollten, bevor wir näheres in Erfahrung brachten. Doch so weit kamen wir nicht. Eine Streife – sechs Speermänner, zwei Bogenschützen, ein Sergeant und ein junger Legat – traten aus einer Seitenstraße. Sie alle trugen den Brustharnisch der Uferwache, einer Einheit, deren Aufgaben meist außerhalb Orissas lagen.

»Halt!« erscholl der Ruf. Speere wurden gesenkt, und Bogenschützen legten Pfeile auf die Kerbe. Janos und ich blieben stehen. Der Legat zog eine Schriftrolle aus seiner Gürteltasche. »Amalric, Oberhaupt der Familie mit Namen Antero, durch die Gnade des Hohen Rates und der Götter Orissas berechtigt, sich Lord zu nennen?«

»Der bin ich.«

»Janos Greycloak, ehemals Kostroma, ehemals Lycanth, der bisweilen den Titel eines Hauptmanns trägt?«

»Ich höre auf den Namen ... und für diese Beleidigung werdet Ihr eines Tages noch von mir hören«, fuhr Janos ihn an.

»Schweigt! Es sollte keine Beleidigung sein. Ich füge mich nur den Befehlen des Hohen Rates bezüglich der Ansprache. Ich habe hier einen Haftbefehl für Lord Antero und, falls Janos Greycloak bei ihm ist, auch für ihn.«

»Aufgrund welcher Anklage?«

»Die Anklage ist noch nicht erhoben, wird jedoch zu gegebener Zeit vorliegen.«

»Wer hat diesen offenen Haftbefehl erwirkt?«

»Geisterseher Cassini, gegengezeichnet vom Hohen Rat Sisshon.«

»Wie kann ein solcher Befehl von der Uferwache ausgeführt werden? Es ist die Pflicht der Maranonischen Garde, die Sicherheit der Stadt zu gewährleisten.«

»Die Wache hat den Dienst verweigert und steht unter Kasernenarrest!«

Ich konnte meine Überraschung nicht verbergen. Was mochte geschehen sein? War Rali in Sicherheit?

»Ihr werdet aufgefordert, Euch augenblicklich zu ergeben«, sagte der Legat mit lauter Stimme. Ich sah Janos an. Er zuckte die Schultern. Uns blieb keine Wahl, und als gesetzestreue Bürger dieser Stadt mußten wir uns sicher nur der ärgerlichen Prozedur unterziehen, in der Zitadelle des Hohen Rats unsere Unschuld erklären. »Also gut«, sagte ich.

»Legt Eure Waffen nieder«, befahl der Legat. »Weiterhin bin ich angewiesen, Euch zum Palast der Geisterseher zu bringen und Euch in deren Obhut zu geben.«

»Niemals!« knurrte Janos »Seit wann kontrollieren die Geisterseher die öffentlichen Gesetze Orissas?«

»Seit es nach den Aufständen unumgänglich wurde, ein Notstandsgesetz zu erlassen. Als Teil dieses Erlasses wurden verschiedene, vorübergehende Maßnahmen in Kraft gesetzt. Dies ist eine davon.«

Ich packte meinen Speer fester. Nein, ich würde mich nicht in Cassinis Hand geben. Wir waren nicht zwei großen Wolfsrudeln entkommen, um uns von *diesem* Schakal verschlingen zu lassen. Einer der Schützen hob den Bogen an.

»Spann deine Sehne, und ich spalte dir die Brust wie einem Stör!« Der Schrei kam von einer Frau, die auf dem Dach eines niedrigen Gebäudes stand. Sie gehörte zu den Fischersfrauen vom Fluß und drohte mit einer langen, widerhakenbesetzten Harpune. Ich sah mich um. Auf der Straße drängten sich die Orissaner. Alle waren schäbig gekleidet – wir befanden uns im Armenviertel der Stadt –, und alle waren sie bewaffnet. Hinter uns drängte sich ein Pulk knüppelschwingender Männer. Andere hielten Latten oder Pflastersteine in Händen, die sie herausgerissen hatten. Ich sah gezückte Dolche und Küchenmesser blitzen, und sogar ein paar gezogene Schwerter.

»Du wirst Janos nicht den Geistersehern bringen, mein Freund«, fuhr die Frau fort. »Und auch nicht Lord Antero. Die gottverfluchten Geisterseher haben schon genug Unheil angerichtet!« Zustimmendes Gemurmel war zu hören, und die Menge drängte vorwärts. »*Ihr* werdet es sein, die ihre Waffen niederlegen«, sagte sie. »Und wenn es so weitergeht, werden einige von uns diese Waffen gut brauchen können.«

Ein Stein traf einen der Speerträger. Trotz seines Brustpanzers schrie er vor Schmerz und fiel auf die Knie. Dann folgte ein Schauer aus Steinen und Dreck. Das Gebrüll der Menge wurde lauter, und mit einem Bein standen die Soldaten schon im Grab.

»Halt!« Es war Janos, dessen Stimme wie ein Bellen auf dem Exerzierplatz klang. Für einen kurzen Augenblick erstarrten alle. »Orissaner!« fuhr er fort. »Auch diese Männer entstammen unserer Stadt. Wollt ihr ihr Blut auf eure Seelen laden?«

»Würde *mir* nichts ausmachen«, riefen einige aus der Menge. Zustimmung war zu hören.

»Nein! Seht sie euch an! Ich kenne diesen Legaten«, sagte Janos, und ich wußte, daß er log. »Als er vereidigt wurde, habe ich gesehen, wie seine Mutter und seine Schwester vor Glück weinten. Wollt ihr sie aus ganz anderem Grund jetzt wieder zum Weinen bringen?« Gemurmel. »Seht euch die anderen an. Es sind einfache Soldaten. Jeder von euch könnte die Uniform tragen. Einige von euch haben zu den Waffen gegriffen, um unsere Stadt zu verteidigen. Nichts anderes tun diese Männer. Sie tun, was sie für ihre Pflicht halten. Ist es ihre Schuld, daß sie fehlgeleitet wurden?«

»Die verdammten Dummköpfe sollten es besser wissen«, rief ein Mann, und ich meinte, es sei derselbe, der gesagt hatte, er hätte keine

Angst zu töten. Einen Moment lang erwiderte Janos nichts, doch dann brach er in Gelächter aus, sein mächtiges, dröhnendes Gelächter. Die Menge war verblüfft, dann wurde gekichert, man fing an zu lachen, unsicher, was so amüsant sein sollte. Janos hörte auf zu lachen, und der Frohsinn erstarb.

»Ich freue mich, von einem Mann zu hören, der es besser weiß«, sagte Janos. »Wenn das hier vorbei ist und die öffentliche Ordnung wiederhergestellt, komm zu mir, Mann. Ich bezahle dich in Gold und Wein, um sicherzustellen, daß *ich* es besser weiß.« Jetzt hatte die Menge etwas Greifbares, worüber sie lachen konnte, doch Janos wartete nicht, bis Stille einkehrte. Er drehte sich zu der Patrouille um. »Ihr dort. Legat.«

Der Mann mochte jung sein, doch entschlossen übernahm er die Führung. »Ja, Sir.« Er salutierte.

»Nehmt Eure Männer und kehrt zu Eurem Vorgesetzten zurück. Meldet ihm, Ihr hättet direkten Befehl von Hauptmann Janos Greycloak aus der Wache des Hohen Rates bekommen. Er wird Euch weitere Befehle erteilen.« Erneut salutierte der Legat, befahl seinen Soldaten, stillzustehen, eine Kehrtwendung zu machen, und ließ sie davonmarschieren. Sie verschwanden in einer Seitenstraße, blieben in Formation, sogar der verletzte Speerträger, dem seine Kameraden geholfen hatten. Janos wartete, bis sie fort waren, dann wandte er sich der Menge zu.

»Ihr tapferen Leute . . . ich danke euch. Lord Antero dankt euch. Ich glaube, wir schulden euch unser Leben. Ihr solltet stolz darauf sein, daß ihr Orissaner seid. Wenn alles vorbei ist, haben Lord Antero und ich eine Schuld zu begleichen. Und unsere Schulden halten wir immer in Ehren.«

Äußerungen des Glücks, der Zustimmung, der Ablehnung, Rufe, die Freude sei ganz ihrerseits, und die Menge begann, sich zu zerstreuen. Mehrere, darunter auch die eiserne Harpunenfrau, wollten Janos sprechen und berühren. »Also«, sagte er nach einiger Zeit mit leiser Stimme. »Wir müßten diesem Naseweis und seiner Strandwache genug Zeit zum Entkommen gegeben haben.« Stück für Stück entzogen wir uns der jubelnden Menge. Dann nahmen wir kleine Gassen und hielten uns von den Trupps verschiedenster Einheiten fern, die auf den Straßen patrouillierten, und erreichten meine Villa.

Sie sah aus, als hätte man sie auf eine Belagerung vorbereitet. Sämtliche Fenster im Erdgeschoß waren mit festen Eichenläden verrammelt. Der Vater meines Vaters hatte sie anbringen lassen, und wir hatten diese Maßnahmen für den Notfall, je nach Bedarf, teilweise behalten und teilweise ersetzt oder erweitert.

Sergeant Maeen hatte das Kommando übernommen, war praktisch von der Armee desertiert, obwohl niemand daran Anstoß zu nehmen schien, besonders, da die Wache des Hohen Rates nicht mehr existierte. Eine selbsternannte Vierergruppe half ihm, die Ordnung aufrechtzuerhalten: J'an, der verantwortliche Stallknecht, Rake und Mose, die Soßenköchin und der Lagerist, und Spoto, das jüngste der Zimmermädchen. Ich dachte an diejenigen, die den Haushalt während meiner Abwesenheit hätten führen sollen: Eanes und Tegry, und sprach ein Gebet in Erinnerung an beide, von denen der eine ein Held, der andere ein Narr war.

Rali hatte sich von Zeit zu Zeit hereinschleichen können, doch keiner wußte wie. Ich wußte es, sagte jedoch nichts. Sie hatte es geschafft, meinen Brüdern auf den Ländereien außerhalb der Stadt Bescheid zu geben, daß sie bleiben sollten, wo sie waren. Tatsächlich *war* die Villa bereit für eine Blockade. Rali hatte einen Lagerverwalter angewiesen, haltbare Lebensmittel einzulagern, und die beiden Kellerbrunnen von einem vertrauenswürdigen Geisterseher mit einem Frischezauber versehen lassen. Sie hatte die Waffenkammer geöffnet und die Waffenschränke aufgeschlossen. Stundenlang lehrte Maeen ihren Gebrauch, und J'an, der mir früher oft beim Schießtraining zugesehen hatte, assistierte ihm dabei. Das Quartett hatte jeden ausbezahlt, der sich fürchtete, sorgte oder meinte, an den

Verunglimpfungen meiner Familie müsse etwas dran sein. Ich war beinah zu Tränen gerührt, als Spoto sagte, nur drei hätten ihren Lohn gefordert und seien gegangen. Genau wie die Leute aus dem Armenviertel belohnt werden sollten, wenn Friede einkehrte, so würde ich jeden Mann und jede Frau in meinem Haus bedenken.

Ich war müde, hungrig und verdreckt, aber irgendwie wußte ich, daß keine Zeit zu verlieren war. Ich ließ mich von meinen Haushaltsvorständen – ich nannte sie inzwischen meine »Hauptmänner« – durchs Haus und übers Grundstück führen und mir alles erklären, was getan worden war. Inzwischen hatte sich Janos erfrischt, und ich nahm ein kurzes Bad, schlang etwas Eßbares und ein Glas Wein herunter. Sehnsüchtig betrachtete ich das große Federbett in meinem Gemach, ohne jedoch schwach zu werden. Ich ging nach unten und stellte fest, daß Janos – erfahrener Soldat, der er war – einige Ergänzungen vorgenommen hatte. Zu diesen zählten mehrere Eimer mit Erde oder Wasser für den Fall eines »unerklärlichen« Feuers. Er postierte eine Wache auf dem Dach und befahl, Alarm zu schlagen, falls diese auch nur das Geringste sah oder hörte, was verdächtig erschien. Sämtliche Türen – abgesehen vom Hauseingang – wurden doppelt verbarrikadiert und mit Eisenspitzen versehen. Dann schob man schwere Möbelstücke davor.

Plötzlich stand Rali hinter mir. Außer Janos schien es niemanden zu überraschen. Vermutlich hatte sie dem Personal erklärt, sie wüßte einen Zauber, mit dem sie das Haus betreten konnte, ohne eine Tür zu benutzen, oder sonst irgendeinen Unsinn. Ich wußte – und erklärte Janos später –, wie sie in die Villa gekommen war. Als Teil eines Notplans für den Fall der Fälle hatten unsere Familienoberhäupter zwei Tunnel anlegen lassen. Einer begann hinter einem falschen Bücherbord im Arbeitszimmer meines Vaters, das jetzt meines war, und führte unter der Erde zu einem Ausgang etwa hundert Meter hinter der Villa. Der zweite führte von einer Falltür im zweiten Stock einen ungenutzten Schornstein hinab unter die Straße vor unserem Haus, um dann hinter einem kleinen Laden herauszukommen, von dem niemand – einschließlich des Pächters – wußte, daß er der Familie Antero gehörte.

Rali erzählte uns, was geschehen war, seit ich mich aus der Stadt gestohlen hatte. Wie befürchtet, hatte mein Verschwinden den Mächten Gewicht verliehen, die nicht einsehen wollten, daß Orissa am Wendepunkt seiner Geschichte stand, einem Wendepunkt, der bedingte, daß wir geradezu gezwungen waren, die Fernen Königreiche zu suchen, daß wir nicht länger zögern durften, uns einer neuen Epoche zu stellen. Viele derer, die sich der alten Garde mutig entgegengestellt hatten, fanden es diplomatischer, sich der Kontroverse zu entziehen. Solche, die es sich leisten konnten, wie etwa Malaren, hatten sich Gamelans Beispiel angeschlossen und die Stadt verlassen.

Worte wurden zu Gewalt. Zuerst hatte man einen besonders verhaßten Mann erschlagen, der als Vermieter von Wohnungen in den Elendsvierteln fungiert hatte, die einigen der reichsten und konservativsten Familien unserer Stadt gehörten. Eines der Wachlokale der Nachtwache war niedergebrannt worden, nicht weit vom Armenviertel. Dann meldete mein alter Freund Prevotant dem Hohen Rat, Schurken hätten ihm und seiner Wache bei Nacht aufgelauert, und diese hätten »Nieder mit den Geistersehern« gerufen und »Lycanth wird uns befreien«. An diesem Punkt hielt Rali inne, zog eine Augenbraue hoch und wartete auf einen Kommentar. Weder Janos noch ich wollten etwas dazu sagen. Lycanth würde uns befreien! Prevotant war noch dümmer, als ich ihn in Erinnerung hatte.

Irgendwie wurde der Hohe Rat dazu bewegt, Notstandsverordnungen zu erlassen, die die Geisterseher in die Lage versetzten, »Rat und Beistand jeglicher Art beizusteuern, um die anhaltende Krise zu bewältigen«. Dieses wiederum rief den Pöbel auf die Straße. Irgendwie brannten im Laufe der nächtlichen Proteste zwei Häuser ab, und sieben Männer und zwei Frauen, sämtliche aus der Schicht der Handwerker, »attackierten die nächtliche Wache in mörderischer Absicht und zwangen sie, sich mit Waffengewalt zu verteidigen«. Das war zuviel, selbst für den Hohen Rat, der daraufhin beinah vollständig von der Alten Garde beherrscht wurde.

Man rief die Maranonische Garde, damit sie Frieden brachte. Doch den Anweisungen nach bedeutete »Friede« die Unterdrükkung derer, die den Umschwung wollten. Man wollte die alte Ordnung sichern.

»Wir hielten eine Versammlung ab«, sagte Rali mit eisiger Miene. »Wir alle, von den Offizieren bis zu den untersten Stallknechten, und jede Stimme war gleichberechtigt. Es dauerte fast die ganze Nacht, aber wir kamen überein, daß Maranonia uns segnet, weil wir tatsächlich der Geist Orissas *sind*. Nicht des ehemaligen Orissas und nicht des zukünftigen Orissas. Wenn wir uns für eine Seite entschieden, würde das nur die Achtung zerstören, die man uns entgegenbringt, und mit Sicherheit würden wir damit den Fluch der Göttin auf uns ziehen.

Wir verweigerten den Befehl, zum ersten Mal in der Geschichte der Maranonischen Garde.« Rali wandte sich ab, die Augen feucht im Schein des Feuers. »Es war ein stolzer und beschämender Augenblick.

Man schickte uns in die Kaserne, wo wir noch immer liegen. Wir wissen nicht, was wir – wenn überhaupt – tun können, um diese Katastrophe zu beenden, die Orissa zu zerreißen droht. Einige Geisterseher, denen wir trauen, haben uns heimlich in der Kaserne besucht. Stündlich befragen wir die Runen. Aber bisher ...« Ihre Stimme erstarb. »Es gab Zeiten, Janos Greycloak«, sagte sie offen, »in denen ich dich verdammt habe, dich und die Fernen Königreiche.«

»Es wird einen Umschwung geben«, sagte Janos. »Ob wir es wollen oder nicht. Das beste ist, im eigenen Interesse zu formen, was mit etwas Geschick den meisten Menschen das größte Glück bringt.«

»Ich weiß.« Rali seufzte. »Ich weiß. Aber es ist schrecklich, zu sehen, wie die Stadt, die ich liebe, zerrissen wird. Jetzt kriechen die Armen bei Nacht aus ihren Löchern, um zu stehlen und zu brandschatzen. Bei Tag posaunen die Geisterseher ihren verlogenen Triumph heraus, und diejenigen, die diese Katastrophe beenden können, kauern hinter steinernen Wänden.«

Sie stand auf. »Die Nachricht eurer Ankunft erreichte die Kaserne Minuten, nachdem ihr durch das Tor gekommen wart«, sagte sie. »Ich vermute, daß der Kessel bald überkochen wird, und dann werden wir wissen, wem die Götter gnädig sind.«

Sie zerzauste mein Haar. »Willkommen daheim, Bruder. Ich möchte wetten, du hättest nie gedacht, daß ihr, du und dein Räuberhauptmann, einmal eine Revolution anführen würdet.« Sie war fort, bevor ich wieder bei mir war. Rali hatte – wie üblich – recht. In gewisse Weise *führten* wir eine Revolution an. Ich wünschte wirklich, ich könnte sagen, wie die Sache am Ende ausging. Und noch heute, während ich hier schreibe, wünsche ich es mir.

Als die Wachen eingeteilt waren, zogen Janos und ich uns in unsere Gemächer zurück. Sergeant Maeen beaufsichtigte die erste Schicht. Beide hatten wir unsere Waffen bereit. Janos hinterließ die Anweisung, ihn eine Stunde vor Morgengrauen zu wecken, wenn die Gefahr eines Angriffs am größten war. Doch die Bedrohung ließ nur bis kurz nach Mitternacht auf sich warten. Ich wurde aus tiefem, traumlosem Schlaf geweckt von Rufen, einem Krachen und entsetztem Geschrei. Es kam vom Haupteingang. Nackt, mein Schwert in Händen, fand ich mich unten an der Tür wieder, als sich hinter mir die Dienerschaft mit brennenden Fackeln sammelte. Zwei meiner Diener, deren Namen ich nicht nennen möchte, um ihren Familien heute die Schande zu ersparen, drückten sich an die Wände. Zu ihren Füßen lag die mächtige Holzschranke der Eingangstür. Ich hielt sie für Verräter und packte mein Schwert, dann besann ich mich, als sie um Gnade flehten, und darum, sich erklären zu dürfen.

Doch eins nach dem andern. Ich wies sie an, die Tür wieder zu verriegeln, was sie eilig taten. Janos kam die Treppe herunter, die Waffe bereit. »Ich habe Männer gesehen«, sagte er. »Zwanzig vielleicht, Bewaffnete, die auf der anderen Straßenseite warteten. Sie sind verschwunden, als der Tumult begann.« Mit einem Blick wußte er, was vorgefallen war.

»Also«, sagte er. »Es sollte wohl eher ein Verrat als ein frontaler Angriff werden. Was haben sie euch dafür versprochen, daß ihr uns verratet?« wollte er wissen. Die beiden faselten durcheinander, und ich schrie, sie sollten still sein. Dann forderte ich einen von beiden auf, mir ganz langsam zu erzählen, was geschehen war. Nach Aussage des Dieners war er zu Bett gegangen, nachdem man ihn von seinem Wachdienst abgelöst hatte. Irgendwann sei er hochgeschreckt, doch es sei wie in einem Traum gewesen, und ohne sich dagegen wehren zu können, war er zur Tür gegangen. Der andere erwartete ihn schon. »Es war ein Zauber«, beteuerte er. »Ich habe versucht, dagegen anzukämpfen... vergeblich.«

Ich zögerte, dann ließ ich meine Klinge sinken. Ich erinnerte mich, daß beide Männer meiner Familie seit Jahren dienten. Doch war ich noch immer nicht überzeugt. Ebensowenig Janos. »Was hat den Zauber gebannt?« fragte er skeptisch. »Ein solcher Zauber, falls er denn tatsächlich angewendet wurde, hätte keine Wirkung, wenn er nicht richtig eingesetzt wird, oder wenn er stark genug war, hätte er euch gezwungen, den Plan auszuführen.«

»Es war... es war ein Schrei.«

»Von wem?« wollte ich wissen.

Beide Männer begannen zu beben, und dann deutete einer – mit zitternden Fingern – hinter mich. Er zeigte auf das Porträt meines Bruders Halab über dem Altar. »Es kam... von ihm. Von dort.«

Jetzt plapperte die gesamte Dienerschaft durcheinander, und wieder mußte ich sie zur Ruhe bringen. Die beiden Diener fingen wieder an zu faseln – ja, es sei von dem Gemälde gekommen, und es könne nur der selige Halab sein, der versuche, die Familie vor dem Untergang zu retten. Ich war hin- und hergerissen zwischen Staunen und Skepsis. Janos befahl, die Diener in einen Lagerraum zu bringen. Er sagte, er würde die Wahrheit schon herausbringen. »Eine Folter kann ich nicht gutheißen«, erklärte ich ihm leise. »Egal, was sie getan haben. Wenn du sie für schuldig hältst, wirf sie hinaus. Oder töte sie, was unser gutes Recht wäre, weil sie ihr Gelöbnis gebrochen haben.«

»Ich werde sie nicht anrühren, nicht physisch jedenfalls«, sagte Janos. »Es gibt andere, bessere Möglichkeiten.« Er ging in die Küche, um ein paar Dinge zu besorgen. Ich wußte, was er tun wollte. Nach einer Stunde wußte er die Antwort. Die Männer hatten tatsächlich die Wahrheit gesagt. Jemand hatte von außen einen Zauber eingesetzt, einen mächtigen Bann gesprochen, der die Menschen eine Zeitlang zu willenlosen Sklaven machte. Zwar sollte er nur bei Schlafenden wirken, die nicht auf der Hut waren, aber trotzdem mußte der Zauberer ein großer Geisterseher sein, der seine Fähigkeiten voll ausschöpfte und wahrscheinlich von einem Kollegen unterstützt wurde.

»Schwarze Magie«, sagte ich.

Zögernd stimmte Janos mir zu, fragte allerdings, ob ich ebenso denken würde, wenn der Zauber ausgesprochen worden wäre, um – sagen wir – einen üblen Schurken daran zu hindern, einem guten Menschen zu schaden? Nicht, daß wir Zeit zum Philosophieren gehabt hätten. Er besorgte einige Dinge aus unseren Vorratsräumen, und als die Sonne aufging, schickte er heimlich Diener auf Märkte, um weiteres zu beschaffen. Er sprach an diesem Tag mehrere Beschwörungen aus. Die erste und stärkste betraf den gesamten Haushalt. »Ich kann nicht verhindern, daß noch einmal ein solcher Zauber wie heute nacht versucht wird, aber ich kann verhindern, daß er seine volle Kraft entfaltet.« Außerdem legte er einen Schutzbann um jeden einzelnen von uns und gab sich dabei größte Mühe mit den beiden Männern, die schon einmal Opfer des Zaubers geworden waren. »Genau wie jemand, der an einer Lungenkrankheit leidet, stets Feuchtigkeit und regnerische Orte meiden muß, kann ein Mensch, der dem Zauber bereits einmal erlegen ist, sehr leicht zum Opfer einer weiteren Beschwörung desselben Magiers werden. Oder zumindest glaube ich das, auch wenn ich es noch nie von einem Geisterseher gehört oder in einem Zauberbuch gefunden habe.«

Ich fragte, wie die Diener es aufgenommen hätten, Beschwörungsformeln von jemandem zu hören, der nicht zur Klasse der Geisterseher gehörte. Janos grinste und sagte, da habe es keine Probleme gegeben. »Du bist dir nicht darüber im klaren, Amalric, daß es im geheimen eine ganze Welt der Zauberei gibt, auf die arme Leute bauen. Sie können sich keinen Geisterseher leisten, oder sie halten bestimmte Sprüche und Gegenstände, die ihre Familie und ihre Freunde seit Jahren verwenden, für wirkungsvoller als alles, was ihnen Geisterseher verschreiben mögen. Manchmal ist es Aberglaube, aber ebensooft haben sie auch recht damit. Und schließlich sind die Dinge, die sie mit Hilfe der Zauberkraft erlangen wollen, wie etwa ein Liebestrank, der Fluch über einen Feind oder ein Zauber, der sie reich macht, alle mehr oder weniger gesetzwidrig, und sie wagen nicht, offizielle Geisterseher darum anzugehen.«

»Für mich war so etwas immer einfacher«, sagte ich zögernd, »denn ich habe immer genug Geld gehabt, mir Schweigen zu erkaufen, wenn der gewünschte Zauber ausgesprochen war.«

»Geld ... oder einfach die Macht des Namen Antero.«

»Es gibt schreckliche Ungerechtigkeiten in unserer Stadt«, sagte ich.

»Brillante Schlußfolgerung.« Janos versuchte erst gar nicht, seinen Sarkasmus zu verbergen. »Wenn du ein Land findest, wo das nicht auf die eine oder andere Weise zutrifft, laß es mich unbedingt wissen, damit wir beide dorthin auswandern können.« Ich schenkte ihm Branntwein ein und riet ihm, sich nicht mehr allzusehr zu grämen. Dann trat ich allein vor Halabs Altar und sprach ein Dankgebet. Ich wußte nicht, ob er eine Opfergabe billigen würde, wenn alles vorüber war, aber ich versprach es ihm dennoch. Außerdem schwor ich, daß man sich seine heutigen Taten oder die seines Geistes erzählen würde, bis der letzte Antero vom Antlitz dieser Erde verschwunden war.

Die nächste Attacke erfolgte am späten Nachmittag. Ich hörte ein Horn und spähte aus einem der oberen Fenster. Unten auf der Straße stand Cassini! Er trug die Paraderobe eines hochrangigen Geistersehers. Zwei weitere Geisterseher standen hinter ihm, und flankiert wurde er von weißbetuchten Gehilfen. Weiter hinten sah ich zwanzig Soldaten.

»Lord Amalric Antero«, rief Cassini. »Ich lade Euch vor Gericht.« Ich antwortete erst, als Janos ins Zimmer gekommen war. Bis dahin hatte Cassini noch zweimal gerufen. Ich fragte Janos, was wir tun sollten. Er überlegte. »Du kannst ihn ignorieren, wenn du willst«, sagte er. »Oder du redest mit ihm. Ich sehe da unten weder Bogenschützen noch Armbrüste, und ich glaube nicht, daß er sich selbst zum Katalysator eines Zaubers gemacht hat.«

Ich öffnete die Balkontür und trat hinaus. »Ich höre Euch, Geisterseher.«

»Ihr seid vorgeladen, Lord Antero«, rief Cassini wieder.

»Aus welchem Grund? Ich habe kein Gesetz gebrochen. Und Ihr seid mitnichten Ratsmitglied. Bisher zumindest nicht.« Wahrscheinlich hätte ich letzteres nicht hinzufügen sollen, doch konnte ich mich nicht beherrschen, nach allem, was aus unserer Stadt geworden war.

»Ihr lügt«, rief er. »Wir Geisterseher haben jemanden aufgespürt, der in Eurem Haus lebt, der zu Eurem Haushalt gehört und die Zauberei betreibt. Da in dieser Villa keine uns bekannten Geisterseher wohnen, habt Ihr und derjenige, den Ihr zu schützen beliebt, Euch gegen Orissa, gegen die Geisterseher und gegen die natürliche

Ordnung unseres Landes vergangen. Ihr werdet daher aufgefordert, mir jene Person auszuliefern, von der Ihr wißt, daß sie sich dieses ungeheuerlichen Verbrechens schuldig gemacht haben könnte. Ich gebe Euch eine Drehung des Stundenglases«, ein Gehilfe hielt die Sanduhr hoch, »Euch darauf vorzubereiten und alles vorzulegen, was Eurer Verteidigung dienlich sein mag. Folgt dieser Aufforderung, Lord Amalric, und unterwerft Euch unseren Gesetzen. Denn ein ehrlicher Mann hat vom Rat der Geisterseher nichts zu fürchten.«

»Da höre ich den Geist meines Bruders lachen«, rief ich zornig. »Und vergeudet Eure Zeit nicht mit der Sanduhr. Weder ich noch sonst jemand in diesem Haus wird sich ergeben und sich zum Laffen der Geisterseher machen! Sollte eine Anhörung nötig sein, laßt sie nach Vorschrift von den Ratsmitgliedern durchführen, nicht von Scharlatanen in Talaren!«

Ich sah Cassinis Lächeln. Er hatte gewußt, welche Antwort er auf seine Vorladung bekommen würde. Er nahm einen langen Säbel von einem der Gehilfen entgegen, einen Säbel, der in der Nachmittagssonne golden glänzte. Er nahm den Griff in beide Hände und hielt die Klinge aufrecht vor sich.

»Dann bleibt mir keine Wahl.« Ein weiterer Gehilfe trat neben ihn und entrollte ein Pergament. »Ich, Cassini, sammle die Macht der Götter und Dämonen dieser und anderer Welten. Ich lenke diese Macht gegen Amalric Antero und alle, die ihm dienen, willentlich oder unwillentlich, und erkläre sie allesamt für geächtet und verbannt, von diesem Augenblick an, bis der Gerechtigkeit Genüge getan und der Geächtete Antero in Gewahrsam genommen wurde.

Ich verfluche und verdamme ihn im allgemeinen und besonderen, und der Fluch soll folgende, abschreckende Form finden, so daß die Anteros und alle, die ihnen dienen, gezeichnet sind, damit kein ehrlicher Mann, der die Götter und ihre Diener fürchtet und respektiert, sich täuschen läßt: Der erste Fluch soll ...«

Cassini blinzelte, als ein Lichtfleck über die Rolle und dann über sein Gesicht zuckte. Er blickte auf, schrie und ließ den Säbel zu Boden fallen. Er versuchte, sich die Kapuze seiner Robe übers Gesicht zu ziehen, doch es war zu spät.

Janos stand hinter mir. Mit beiden Händen hielt er den großen, versilberten Spiegel aus meinem Schrank. Er flüsterte die letzten Worte eines Zauberspruchs, dann sagte er laut: »Geisterseher Cassini! Ich habe Euer Bild gefangen, und auch die Bilder derer hinter Euch, in diesem Glas. Somit mache ich Euch im Namen der Götter Orissas und der Dämonen Kostromas zu Geiseln für alle weiteren Flüche und Zaubereien gegen die Familie Antero oder deren Bedienstete oder sonst jemanden, der sich als Freund der Anteros bezeichnet. Widersetzt man sich meinem Befehl, fliegt das Bild im Spiegel in die Nacht hinaus, geschleudert von allen Kräften, die ich aufbringen kann. Weiterhin kehrt dieser Spiegel Euren Bann um, fort von diesem Haus und seinen Bewohnern. Ich biete den Göttern meine eigene Seele als Beweis, daß Ihr und alle Geisterseher, die an diesem Mummenschanz teilgenommen haben, Hexenmeister seid! Magier der allerschwärzesten Sorte!«

Cassinis Mund stand offen. Von einem seiner Gehilfen war ein leises Heulen zu hören. »Das ist absurd«, brachte er hervor. »Wie könnt Ihr – kaum mehr als ein Amateur und Übeltäter – behaupten, Ihr könntet einen solchen großen Bann aussprechen?«

»Ich behaupte es eben«, rief Janos, »mit Wissen und Hingabe. Doch eher noch mit meiner Macht und meiner Gelehrtheit. Und wie der Tag stets die Nacht überwindet, so soll das Recht über Euer Übel triumphieren!«

Cassini sah sich um und merkte, daß seine Begleiter und die Soldaten zurückgewichen waren. »Das ist eine Farce!«

»Wenn Ihr das glaubt ... dann setzt Euren Zauber fort und erklärt uns weiter zu Verbrechern.«

Ich sah, daß Cassini sich die Lippen leckte. Dann fuhr er herum, ohne zu antworten, und stakste davon. Der Saum seiner Robe verfing sich um seine Beine, und beinahe wäre er gestürzt. Er fing sich und verschwand in der Stadt, seine Lakaien im Schlepptau.

Unter mir hörte ich das erstaunte Gemurmel meiner Diener. Ich wandte mich Janos zu, der den Spiegel ganz vorsichtig absetzte. »Ich wußte gar nicht«, sagte ich, »daß deine Macht *so* weit geht.«

Janos zwang sich zu einem grimmigen Lächeln. »Ich auch nicht. Und ich bin auch nicht sicher, ob die ... Jenseitigen mir einen solchen Gegenzauber gestatten würden. Ich werde erst versuchen, ihn aufzubauen, wenn Cassini und die Geisterseher mich dazu zwingen. Vielleicht mache ich mich mit der bloßen Planung schon des Hochmuts schuldig. Allerdings bin ich bereit, mich dafür richten zu lassen.«

»Also hast du ihm etwas vorgetäuscht?«

Janos zuckte mit den Achseln. »Wie soll irgend jemand, selbst der größte Zauberer, in der Welt des Unsichtbaren den Unterschied zwischen Täuschung und Eingebung erkennen? Was zählt, ist, daß die anderen, die Leute, die uns dienen, für den Augenblick beruhigt sind.«

»Was ist, wenn Cassini es noch einmal versucht? Oder wenn er sämtliche Geisterseher versammelt, um den Bann auszusprechen?«

»Ich glaube nicht, daß so etwas passieren wird. Vielleicht habe ich sein Bild tatsächlich in meinem Spiegel gefangen, und falls er es wieder versucht, werde ich zum Angriff übergehen. Falls ich es nicht gefangen habe ... bleibt alles wie vorher. Für den Augenblick *glaubt* Geisterseher Cassini jedenfalls, er sei in Gefahr, was schon genügt.«

»Er wird nicht aufgeben«, sagte ich. »Und ebensowenig die anderen Geisterseher und Ratsmitglieder, die er hinter sich hat.«

»Nein«, stimmte Janos mir zu. »Aber ich vermute, sie werden etwas anderes versuchen. Und sie werden es sehr bald tun. Cassini ist zu besorgt, daß ich tatsächlich Macht über ihn haben könnte, als daß er Zeit verstreichen ließe. Wir müssen uns heute abend auf größere Schwierigkeiten gefaßt machen.«

In der Dämmerung wußte ich, daß Janos recht hatte, zumindest, was seine letzte Vorhersage anging. Ich meinte, vom großen Amphitheater her Trommeln zu hören, und Schreie der Menge aus der Stadt. Nach Einbruch der Dunkelheit waren die Straßen von Fackeln gesäumt. Vielleicht hätten wir aus der Villa fliehen können, doch wozu? Ich wußte, Cassini würde seinen Zauber erneut aussprechen, und falls ein Kopfgeld auf uns ausgesetzt war, wären uns Jäger und Soldaten auf den Fersen. Die Situation mußte hier und jetzt entschieden werden.

Der Nachthimmel war klar, und weit über uns leuchtete das kalte, harte Licht der Sterne. Der Mond war nicht zu sehen, doch schien es, als läge über allem ein Glanz. Obwohl die Nacht wolkenlos war, hörte ich von irgendwo – nicht weit entfernt – leises Donnern.

Janos befahl, alle Lichter zu löschen, die von außen zu sehen waren. Er sammelte die zehn stärksten Männer um sich und teilte sie unter Maeens Kommando in zwei Gruppen. Sie würden als Reserve bereitstehen, oder besser: wenn wir angegriffen würden. Die vier Männer, die etwas vom Bogenschießen verstanden, wurden auf dem Dach postiert. Die Wachposten besetzte man mit den jüngsten Dienern, deren Augen und Ohren noch am besten waren. Große Fackeln wurden vor unseren Toren entzündet, an allen Ecken der Villa und auf der Rückseite. Weitere Fackeln, an Speere gebunden, standen bereit. Sollten die großen Lichter gelöscht werden, konnte man diese als Notbeleuchtung über die Mauer schleudern. Wer etwas essen wollte, bekam es, obwohl Janos sagte, es wäre ihm lieber, wenn alle fasteten. Bauchwunden, erklärte er mir, seien auch ohne einen vollen Magen schon schlimm genug. Außerdem ließ er uns, um zu verhindern, daß Schmutz in eine Wunde geriet, saubere, dunkle Kleidung anlegen. Dann warteten wir.

Zwei Stunden später strömten die Fackeln aus dem Zentrum der Stadt zur Villa. Das Rufen der Menge wurde lauter. Etwas Seltsames fiel mir auf, und ich machte Janos darauf aufmerksam.

»Man will die Stadt glauben machen, wir seien von einer Horde zerrissen worden, die aufgebracht war, weil ich die Götter verhöhnt habe.«

»Wer sagt dir«, fragte Janos trocken, »daß es sich bei dem Pöbel dort drüben *nicht* um den üblichen Mob handelt, der im Namen von allem, was gut und heilig ist, Rache übt?«

»Ich sehe Fackeln vorn und an den Seiten, und sie marschieren in Reihen, als würden sie von ausgebildeten Soldaten geleitet. Und das, was sie rufen, klingt auswendig gelernt. Ich würde sagen, sie haben loyale Männer der Armee in Zivilkleidung gesteckt.«

»Nein«, widersprach Janos. »Auch diesmal haben wir es mit Zauberei zu tun. Soldaten würden später reden, egal, ob man ihnen befohlen hat, den Mund zu halten. Männer und Frauen jedoch, die von einem fein gewobenen, geschickt angewandten Zauber aus dem Haus gelockt werden, richten dieselben Verwüstungen an... und das ohne jedes Schuldgefühl und ohne jede Erinnerung am nächsten Morgen. Die Geschichte dieser Nacht wird in kein Historienbuch Eingang finden.«

Nach einer halben Stunde war der Mob da und umstellte die Villa. »Ein weiterer Hinweis auf ihre Organisation«, erklärte Janos. »Ein echter Mob würde sich da sammeln, wo höchstwahrscheinlich etwas passiert, also vor der Villa. Statt dessen sitzen wir jetzt in der Falle.«

»Was kommt als nächstes?«

»Steine, Sprechchöre, dann wird eine Gruppe an unserem schwachen Punkt angreifen. Wir sollten fest zuschlagen und sie mit Pfeilen und Speeren zurücktreiben. Wir müssen hart und eilig durchgreifen, wenn sie einen solchen Angriff durchführen. Früher oder später haben sie entweder genug davon, auszubluten, oder...«

Ich mußte nicht fragen, was die Alternative war. »Ich nehme an, es besteht keinerlei Hoffnung, daß der Hohe Rat uns zu Hilfe eilt?«

Janos schüttelte den Kopf. »Günstigstenfalls sind wir noch da, wenn die Sonne aufgeht.«

Die Menge wog und schrie, und Steine und Töpfe wurden uns entgegengeworfen. Nur gab es keine Anzeichen für den erwarteten Angriff. »Vielleicht«, überlegte Janos, »planen sie, daß der erste Schlag von Zauberhand geführt werden soll. Sieh dich in der Menge um, Amalric. Such nach ihren Führern. Dieser Mob wird von Menschen direkt gelenkt, nicht von Geisterhand aus dem Palast. Da! Siehst du?«

Im hinteren Teil der Menge entdeckte ich mehrere Lichtpunkte. »Blendlaternen«, vermutete Janos. »Der oder die Führer der Gruppe – wahrscheinlich von Wachen umgeben – da er mit seinem Zauber beschäftigt sein dürfte.«

»Cassini?«

»Glaubst du, er würde uns vernichten lassen, ohne dem Ereignis beizuwohnen? Da drüben ist Cassini, und ich weiß, wenn wir ein Zauberglas hätten und in den Palast der Geisterseher blicken könnten, könnten wir sehen, daß seine Freunde dort wie Dämonen wild durcheinander murmeln.«

Die Zeit verging, ohne daß etwas geschah. Janos machte sich Sorgen. »Sie warten auf etwas, irgend etwas, das die Wende bringt. Sonst würden sie die Menge nicht so eng zusammenhalten.«

Eine Frau schrie. Schrie aus dem *Inneren* der Villa! »Lauf!« befahl Janos. »Ich behalte Cassini im Auge und versuche ihm zuvorzukommen, was immer er vorhaben mag.«

Ich rannte nach unten, hörte Schreie, dann das Klirren von Stahl. Irgendwie ... wie auch immer ... war der Mob in mein Haus eingedrungen. Ein hakennasiger Mann schwang eine blutige Axt und stürmte zum Fuß der Treppe. Ich sprang mit gezücktem Schwert über das Geländer, ihm entgegen. Die Klinge bohrte sich tief in seine Schultern, und er taumelte und fiel, riß sie mir aus der Hand. Ich landete, zog mit der Linken eine Kopie des langen Scramasax hervor, das ich bei meiner Suche getragen hatte. Der nächste Schurke machte sich mit erhobenem Knüppel über mich her, bevor ich mein Schwert aus der Leiche gezogen hatte. Ich duckte mich und schnitt ihm die Eingeweide heraus. Ich packte seinen Knüppel mit meiner freien Hand, und zwei weitere Männer waren über mir. Ich parierte, holte aus, und sie schreckten zurück.

Ich schrie: »Anteros! Anteros! Zu mir! Zu mir!« und Sergeant Maeen und meine Reserve platzten aus dem Raum hervor, in dem ich sie hatte warten lassen. Der Raum am Fuß der Treppe, der zur Eingangstür führte, war ein Meer von brüllenden, schlagenden, kämpfenden Männern – von irgendwoher kamen sie herein. Und dann sah ich ihren Anführer und wußte, woher der Angriff rührte.

Auf der anderen Seite des Raumes stand Tegry! Er war einer der wenigen, denen man das Geheimnis des Tunnels anvertraut hatte, und er schien es Cassini verraten zu haben. Er trug einen Speer und eine Art rostiger Rüstung. Auch er sah mich, schrie vor Zorn und schleuderte den Speer. Der verfehlte sein Ziel und prallte gegen die Wand, und dann war ich an der Reihe. Ich sprang auf, riß die fackelähnliche Öllampe aus ihrer Halterung und warf sie ... warf mit all der Wucht, die ein Mensch bei diesem unfaßbaren Verrat – nicht nur an mir und meiner Familie, sondern auch an meinem Vater – empfinden konnte.

Die brennende Lampe traf Tegry im Gesicht, und selbst noch durch den Schlachtenlärm hörte ich seine Schmerzensschreie. Er stürzte rückwärts, und ich verlor ihn aus den Augen, als meine Anhänger wieder zuschlugen. Ich hörte, wie Pfeile vorbeiflogen, und sah, daß meine Bogenschützen von der Balustrade aus in die Menge schossen. Ein Befehl, dann noch einer, und die Überlebenden kehrten um, schoben sich zur Tür, in den Tunnel zurück. Nur sehr wenige schafften es.

Der Raum war ein Meer von Blut. Ich zählte fünf, nein, sechs meiner eigenen Leute am Boden, verwundet oder im Sterben. Noch einmal sah ich Tegry. Er zog sich hoch, lehnte sitzend an der Wand, sein Gesicht gespenstisch, schwarz, rot und von Blasen überzogen.

Sein Haar und seinen Bart hatte das Öl verbrannt, die blinden Augen sahen nichts, doch schien er meine Nähe zu spüren. Er streckte seine Hände aus, murmelte etwas, das ein Flehen um Gnade sein mochte. Diese Gnade gewährte ich ihm, und er starb einen saubereren und schnelleren Tod als jenen, den er mir und den Meinen hatte bringen wollen.

Ich hörte Janos rufen. Ich befahl zwei Dienern, den Eingang zum Tunnel zu blockieren, brachte mein Schwert an mich und rannte mit den anderen die Treppe hinauf, stolpernd, erschöpft, atemlos. Janos stand auf dem Balken mit einem Bogen in der Hand. Gezielt schoß er Pfeile in die Menge. »Jetzt greifen sie an«, rief er. »Ihr Bogenschützen ... in Formation. Wählt eure Ziele gut. Die Männer dort zuerst. Denkt daran, ihr könnt sie nicht alle treffen, wenn ihr nicht jeden einzelnen trefft.«

Von irgendwo hatte der Pöbel einen Rammbock besorgt. Acht Mann hielten ihn an den Griffen, stürmten vor und zurück, stießen die mit Bronze überzogene Faust an seiner Spitze immer wieder gegen die Tür der Villa. Das schwere, eisenbesetzte Eichenholz dröhnte trotzig bei jedem Schlag, doch ich wußte, irgendwann würde es nachgeben. Bogensehnen surrten und Pfeile schwirrten, doch immer, wenn einer der Männer am Rammbock fiel, eilten zwei weitere herbei, ihn zu ersetzen. Ob es Cassinis Zauberkraft oder die Mordlust der Menge war, wagte ich nicht zu sagen. Wieder schlug der Rammbock gegen die Tür, und ich hörte das laute Splittern von Holz, als sie nachgab.

»Nach unten«, rief ich. »Janos. Bleib bei mir. Ihr anderen ... reißt die Sperre am Tunnel weg. Wir halten sie so lange wie möglich auf.«

Wieder stürmten wir hinunter in den blutgetränkten Raum. Der letzte Augenblick der Anteros war gekommen. Halabs Bild erschien vor mir. In wenigen Augenblicken würde ich bei ihm sein. »Männer«, rief ich. »Euer Dienst ist zu Ende. Flieht durch den Tunnel, solange es noch geht.«

»Zum Teufel mit Euch und Euren Befehlen, Lord Antero«, knurrte J'an, und seine Muskeln spannten sich, als er eine große Axt bereitmachte, mit der sonst Rindskadaver gespalten wurden. »Ich sterbe, wann und wo ich will. Heute nacht sieht mich kein verdammter Geisterseher und keiner seiner Speichellecker von hinten.«

Maeen stand neben ihm und sagte nichts, spuckte nur aus. Ich sah mich um und merkte, daß mehr als zehn meiner Diener es wie J'an vorzogen, hier zu sterben. Ein dicker Klumpen bildete sich in meinem Hals. Ich sah Janos an. Seine Zähne glänzten weiß, eingerahmt vom schwarzen Bart.

»Also«, sagte er. »Richten wir ein Blutbad an, daß selbst die Götter das Wehklagen hören und wissen, daß Janos Kether Greycloak, Herrscher von Kostroma, in Kürze zu ihnen stößt.« Er grinste. »Ich wette, davon wird man noch Lieder singen. Und ich bin bereit.«

Da ich mit Grabreden nicht sonderlich vertraut war, zwang ich etwas hervor, was ich für ein todesverachtendes Grinsen hielt, sagte nichts, hob nur mein Schwert und den Dolch.

Die Tür splitterte ... und das Geschrei begann. Von draußen! Ich hörte das Jaulen der Flöten, das Donnern der Trommeln, erneut Armbrüste, und Speere, die draußen in die Wände schlugen, Schreie und Raserei. Wir alle wurden von diesen Lauten aus unserem heldischen Wahn in die Wirklichkeit zurückgeholt. Wir sahen einander an, verwundert, als der Lärm einer mächtigen Schlacht von draußen zu hören war. Janos entriß J'an die Axt, und mit drei Hieben schlug er die Tür ein. Wir stürzten hinaus.

Aus dem Dunkel der Nacht traten drei Phalangen der Maranonischen Garde. Langsam und zielstrebig schritten sie voran, die Speere über Kreuz, stiegen über Leichen. Hinter den angreifenden Gruppen kamen Bogenschützen und Speerwerfer, Flötenspieler und Trommler der Garde spielten eine tödliche Kadenz. Ich sah, daß Rali ihre Kolonne anführte, aber sie hatte keine Zeit, zu mir herüberzuschauen.

Der Mob zerstreute sich und floh, ins Umland, auf die Felder, dorthin zurück, woher sie gekommen waren. Ich steckte meinen Dolch weg und nahm einen Speer, der sich fest in die Erde gebohrt hatte. Cassini würde mit den anderen fliehen. Es war ein schlimmes Verbrechen, seine Hand gegen einen Geisterseher zu erheben, doch hatte ich schon so viel Blut an meinen Händen, daß ich mich um ein paar Tropfen mehr oder weniger nicht sorgte, mochten sie nun von einem Zauberer stammen oder nicht.

Nur war Cassini nicht geflohen. Er lief nicht weg. Ich sah ihn dort, wo er gewesen war, als der Pöbel angegriffen hatte. Mitten auf der Straße. Er war ganz allein. Seine Ratgeber und Gehilfen schienen mit den anderen verschwunden zu sein. Ich wußte nicht, ob er unter Schock stand oder unter dem Einfluß eines Zaubers stand.

Plötzlich breitete er die Arme zum Himmel aus und rief etwas, Worte in einer unbekannten Sprache. Ich hielt meinen Speer zurück und erstarrte. Der Donner vom Himmel nahm zu, hallte lauter als die Trommeln der Garde, lauter als die Pauken einer ganzen Armee. Alle – Soldaten, Diener, Janos, die Verwundeten – standen wie versteinert. Fahle Gesichter blickten auf.

Der Donner wurde lauter. Dann formte sich am völlig wolkenlosen Himmel eine riesige Hand aus blauen Flammen. Die Hand stieß herab, in unsere Richtung. Ich wollte schreien, im Boden versinken, doch ich konnte mich nicht rühren.

Die Hand näherte sich Cassini. Seine Schreie wurden zu einem Kreischen, und dann berührten die Finger den Geisterseher. Sie hoben ihn vielleicht drei Meter vom Boden … und drückten zu, als zerquetsche ein Gärtner einen Wurm. Schließlich öffnete sich die Hand wieder und ließ, was von Cassini übrig war, zu Boden fallen. Flammen, Hand und Donner verschwanden, als hätte es sie nie gegeben.

Ich wandte mich um. Dort stand Janos, noch immer sprachlos. Ich ging an ihm vorbei durch die Ruine meiner Tür, stieg über die

Leichen im Vorraum. Draußen konnte ich Rufen und Schreie hören, als ich mich in der Realität – oder dem, was wir dafür halten – wiederfand.

Im Augenblick wollte ich niemandem meine Gedanken anvertrauen. Wir hatten gesiegt, ja. Doch der »Krieg« – denn nichts anderes war es – hatte für mich sein Ende noch nicht gefunden. Eine Schlacht mußte noch geschlagen, ein Sieg noch errungen werden, den wir den Toten und denen, die noch erst geboren werden sollten, schuldig waren.

»Lord Amalric Antero und Sir Janos Kether Greycloak, tretet bitte vor.«

Janos und ich befanden uns in der Zitadelle des Hohen Rates. Kaum eine Woche war vergangen, und doch schien es, als sei eine ganze Ära in Orissa vergangen. Die Alte Garde, die sich des Sieges sicher gewesen war, hatte die heiligen Hallen der Macht verlassen. Jetzt saß Ecco in der Mitte der Ratsmitglieder. Sisshon hatte nach der Schlacht bei der Villa verkündet, er leide an einer seltenen Krankheit und müsse sich zu intensiver, privater Behandlung zurückziehen. Auch seine Anhänger hatten Aufgaben gefunden, deretwegen sie die Stadt verlassen mußten.

Drei Tage nach der Schlacht wurden die Notstandsverordnungen aufgehoben, und Orissa gab sich alle Mühe, zum normalen Leben zurückzukehren. Doch gab es einige Veränderungen. Eine der bemerkenswertesten war, daß man Janos zum Ritter geschlagen hatte. Ein wenig amüsiert erklärte er nach der Zeremonie, sein Ritterstand sei *nicht* vererblich. »Offenbar machen sie sich Sorgen, was der Nachkomme eines Halbbluts später einmal über sie bringen könnte, vorausgesetzt, ich sollte mich vermehren. Aber auch mit dieser Ehre bin ich ganz zufrieden, da, wie wir alle wissen, die Welt mit meinem Tod ohnehin untergeht.« Er lachte laut und trank.

Das Wichtigste war, daß die Stadt von der Knute der Geisterseher befreit war. Cassinis Lager war in der Öffentlichkeit nicht mehr zu sehen. Tatsächlich stolzierte kein Geisterseher mehr mit solcher Pracht durch die Stadt, wie sie es in der Vergangenheit getan hatten. Jenander, Prevotant und ihresgleichen waren damit beschäftigt, herauszufinden, wie die neue Ordnung aussehen sollte und wie sie zu kontrollieren sei.

Gamelan war zurückgekehrt und Sprecher der Geisterseher geworden. Jetzt saß er neben Ecco auf der Bank. Wir standen reglos, während er sprach. Hinter uns drängten sich unsere Anhänger, von Rali über Malaren bis zu, wie es schien, der halben Einwohnerschaft des Hafenviertels.

»Es ist der Beschluß dieses Rates«, fuhr Ecco fort, »nach intensiven Überlegungen und Beratungen mit den entsprechenden spirituellen Mächten, daß die Stadt Orissa eine große Suche bekanntgibt, eine Reise, die die Männer und Frauen dieser Stadt mit den sagenhaften Lebewesen jenes Landes vereinigen soll, die als die Fernen Königreiche bekannt sind. Aus diesem Grunde weisen wir alle Bürger Orissas und sämtliche Bewohner der Länder unter seinem Schutz an, Lord Antero und Sir Greycloak mit allem zu versorgen, was sie brauchen, um ihre Aufgabe erfüllen zu können. Wir geben einen Kreuzzug bekannt, einen Kreuzzug des Friedens, der ein neues und goldenes Zeitalter eröffnen wird.

Lord Antero... Sir Greycloak, geht nun dahin. Und sucht die Fernen Königreiche.«

Die letzte Reise

Kapitel Neunzehn

Stadt der Geister

Wir waren nicht mehr als zwanzig, allesamt hartgesotten, kerngesund und jung. Wir hatten nur ein Ziel, die Fernen Königreiche, und nur eine Regel: Tu nie, was man von dir erwartet. Es war gut, daß wir diese Expedition behandelten, als zögen wir in den Krieg, denn von unserer Abreise nach dem letzten Wintersturm über die Landung an der Pfefferküste bis zur Reise an die Quelle des Flusses war nichts friedlich oder alltäglich.

Als wir in der Mündung des Flusses, der durch Orissa fließt, heimlich an Bord eines meiner neuen, schnellen Doppelrumpfschiffe gingen, das wieder Kapitän L'ur unterstellt war, überkam uns ein seltsames Gefühl, als sammelten sich Nebelgeister um ein Herbstfeuer. Zügig überquerten wir das Schmale Meer und wollten nicht weit unterhalb des Dorfes der Ufermenschen an Land gehen.

Janos und ich planten, Haizahn zu besuchen, ihn über unsere Anwesenheit in seinem Land zu unterrichten, den nötigen Proviant aufzunehmen und ihn zu bitten, daß sowohl er als auch seine Leute Stillschweigen über unsere Landung bewahrten. Wir entluden das Schiff am Strand und stellten unsere Ausrüstung zusammen, während L'ur eilig wieder in See stach, um uns nicht zu verraten. Wir hatten zwei Esel pro Mann, jeder einzelne davon mit einem Bann belegt, der ihn stumm machte. Mit ihnen transportierten wir unsere Waffen, getrocknete Lebensmittel und reiche Geschenke, die wir in den Fernen Königreichen brauchen würden. Wir beabsichtigten, die Tiere selbst wie wertvolle Güter zu behandeln. Mit uns reisten zwei Stallknechte, die einen ausgezeichneten Ruf hatten, was Fachkenntnis und die Hingabe an ihren Beruf anging.

Janos und ich überließen das Löschen der Ladung dem äußerst verläßlichen Maeen und machten uns auf den Weg zu Haizahns Dorf. Glücklicherweise graute der Morgen, bevor wir dort waren, denn wir wären hindurchgelaufen, ohne es zu bemerken. Kein einziger Bewohner war mehr da. Die Hütten waren abgerissen und niedergebrannt, ansonsten aber gab es keine Anzeichen von Gewalt. Wir suchten die Küste ab, dann das Ufer des Flusses. Ein einziges Boot war zu finden, ein altes Vier-Mann-Kanu, das in der Nähe der Stelle gesunken war, wo der Pier gelegen hatte. Ich fragte Janos, ob er sich vorstellen konnte, was geschehen war. Er schüttelte den Kopf, wußte es nicht. Er watete in den Fluß hinaus und bat mich, ihm bei der Bergung des Wracks zu helfen, was ich tat, obwohl ich nicht verstand, was er damit wollte. Er zog seinen Dolch, hackte Splitter aus dem Kanu und tat sie in seine Gürteltasche. Dann ritten wir zu unseren Leuten zurück und begannen unseren Marsch.

Wir kamen sowohl schnell als auch langsam voran, was wie ein Widerspruch klingen mag, es aber nicht ist. Janos und ich hatten lange über diese Expedition gesprochen, bevor wir uns überhaupt um Freiwillige bemühten. Hatten wir unsere Pläne erst einmal umrissen, wurde verbreitet, was für Männer wir suchten. Trotz des Desasters der zweiten Reise meldete sich halb Orissa freiwillig. Wir nahmen nur die Jungen, die Gesunden, die Geduldigen mit einem Sinn für Humor, der so gestählt war wie ihre Muskeln. Rali wollte ebenfalls mitkommen, doch ich überzeugte sie davon, daß mindestens ein Antero zurückbleiben müsse, und sei es nur, um sicherzustellen, daß Orissa in unserer Abwesenheit nicht wieder seinen alten Zwängen verfiel. Zähneknirschend willigte sie ein. Die zwanzig Freiwilligen, die wir mitnahmen, waren so unterschiedlich, wie man nur sein kann: Zwei hatten beispielsweise in Diensten der Grenztruppen gestanden, einer war Förster gewesen, zwei Brüder hatten sich, wie ich vermutete, als Wilddiebe betätigt, und so weiter. Sogar ein eher schwächlich wirkender Musiklehrer war darunter, zu dessen Zeitvertreib es gehörte, ohne Seile oder Haken steile Burgmauern zu erklimmen. Das letzte Mitglied unserer Gruppe war Lione, der sich durch einen Gefängnisaufseher mit uns in Verbindung setzte. Offenbar hatte der Mann noch immer nicht gelernt, mit anderen Menschen auszukommen, und hockte inzwischen in einer Todeszelle. Er mochte humorlos sein und unangenehm, aber Mut und Härte zählten bei diesem Unternehmen viel. Er zahlte seinen Blutzoll und wurde unser zwanzigster Mann.

Am ersten Tag versammelten sich die zwanzig auf einem meiner abgelegenen Landgüter. Janos erklärte, wir sollten uns verhalten, als stünde die ganze Welt gegen uns. Er sagte, wir sollten uns als Deserteure oder Banditen betrachten und müßten allesamt bei bester Gesundheit sein. Um letzteres kümmerte sich während des trüben Winters Maeen, den ich inzwischen für einen Dämon in Menschengestalt halte und der uns über Land hetzte, bis wir um Gnade flehten. Daraufhin ließ er uns individuelle Übungen machen: Bäumeklettern oder Bergsteigen. Wir spielten auch Spiele, die unseren Blick für Deckung und Landschaft schärfen sollten. »Hund und Hase« klingt so kindisch, bis die Regeln abgewandelt werden und der Hase, wenn er gefangen wird, im Mühlteich landet. Mitten im Winter ist eine solche Strafe keineswegs lächerlich. Waren wir völlig entkräftet, ließ uns Maeen Karten zeichnen oder verzwickte Rätsel lösen. Stück für Stück wuchsen wir zusammen. Der Alptraum von den unbekannten Höhlen verfolgten mich erneut, doch war ich nach Maeens Übungen so erschöpft, daß er mich nicht mehr als zweimal quälte.

Als wir nun durch das Land jenseits der Pfefferküste zogen, übten wir uns in der Kunst der Räuber. Endlose Stunden verbrachten wir in Deckung, beobachteten das offene Gelände, bevor wir es durchquerten, und achteten besonders auf das Verhalten der Tiere. Seltsam war, daß wir nur wenig Wild zu sehen und nur selten Vogelstimmen zu hören bekamen, als sei das Land wie leergejagt. Oder, dachte ich, als seien die Tiere klug genug, vor einem Sturm zu fliehen, der ihrem Land drohte. Die wenigen Dörfer, denen wir auf meiner Suche begegnet waren, lagen ebenfalls verlassen da, und kein einziges Mal sahen wir die Jäger und Späher, die uns damals aus der Deckung heraus beobachtet hatten.

Zur Quelle des Flusses reisten wir ohne jeglichen Zwischenfall, obwohl wir alle die böse Ahnung hatten, daß wir nicht allein waren. Eine Erleichterung jedoch gab es, denn wir hatten nicht, wie bei der ersten Suche, mit kleineren Zaubereien zu kämpfen. Vielleicht spürten unsere Feinde, daß uns solche Schikanen nicht beeindrucken konnten, und zogen es vor, uns in naher Zukunft mit einem großen Zauber zu vernichten. Mehrmals sahen wir Späher und versteckten uns. Da wir nicht wußten, ob sie Gutes oder Böses verhießen, hielten wir es für das beste, einfach unsichtbar zu bleiben.

Wir gingen niemals vor, wie man es von uns erwartete. Falls also der einfachste Weg durch eine Talsohle oder diese alte, lang verlassene Straße, die wir auf meiner Suche genommen hatten, führte, hielten wir uns von dort fern. Nicht nur waren Hügelkuppen das Revier der Späher, sondern wir wären von unten gut zu sehen. Wir reisten im Zickzack, hielten uns immer in der Nähe von Gegenden, die wir von unserer früheren Reise her kannten, nahmen jedoch nie die ursprüngliche Route. Außerdem war diese Expedition keine Belastungsprobe. Normalerweise reisten wir zwei Umdrehungen der Sanduhr, dann machten wir eine halbe Drehung Pause. Erschöpfung, erklärte Janos uns, sei so tödlich wie ein Hinterhalt. Ein müder Mann mochte beispielsweise auf dem Weg einen Hügel hinauf in eine Falle tappen, weil seine Augen blind vor Schweiß waren und er die Gedanken bei seinen schmerzenden, pfeifenden Lungen hatte. Wie zuvor kochten wir nur mittags, und dann mit windgeschützten Feuern aus trockenem Holz. Eine Weile kochten wir überhaupt nicht und gaben uns mit Getreide zufrieden, das in Wasser verrührt und gewürzt wurde. Zweimal fingen wir am Fluß Fische im Netz, filettierten sie und »kochten« sie im sauren Saft einer Frucht aus der Region. Trotz aller Umsicht erreichten wir die Ebene schneller als bei der ersten Reise. Dann gingen wir noch vorsichtiger weiter, da es, abgesehen von Gestrüpp und gelegentlichen Gräben, nur wenig Dekkungsmöglichkeiten gab.

Vier Tage waren vergangen, seit ich despotisch bestimmt hatte, daß die Steppe jetzt zur Wüste geworden sei, da entdeckten wir die Sklavenhändler. Wie beim letzten Mal tauchte ihre Vorhut auf und eskortierte uns in gebührendem Abstand. Janos rief zum Halt und nahm mich zur Seite. »Wir haben die Wahl«, sagte er. »Wir könnten entweder warten, bis sie uns angreifen, mit Zauber- und Körperkraft, und dann mit der Situation fertig werden . . . oder wir schlagen zuerst zu. Meiner Ansicht nach sollten wir letzteres tun. Ehrlich gesagt, habe ich genug von diesen herumschleichenden Nomaden. In Zukunft werden sie oder ihre Brüder Karawanen oder Reisende auf dem Weg nach Osten plündern und eine ständige Plage sein. Ich glaube, wir sollten gleich jetzt ein blutiges Exempel statuieren, damit es in Zukunft keiner mehr wagt, Reisende aus Orissa zu belästigen.«

Ich zögerte, weil ich dachte, es müsse eine Möglichkeit geben, ein solches Gemetzel zu vermeiden. Vielleicht konnten wir ihnen entkommen oder einen anderen Weg finden, sie zu täuschen. Dann erinnerte ich mich bitter, wie *freundlich* man uns bei meiner Suche behandelt hatte und wie *gütig* die Sklaventreiber gewesen wären, wenn wir uns ergeben hätten, anstatt sie anzugreifen. Und dann dachte ich an Deoce. Weißglühende Wut schäumte in mir hoch, die sich nicht ausschließlich gegen die Nomaden richtete. »Tu, was du willst«, gab ich barsch zurück, und bis zum heutigen Tag bereitet mir diese Entscheidung Qualen.

»Gut. Wir werden diese Hyänen aufreiben«, sagte er. »Aber nicht nur mit Waffengewalt. Wir werden noch andere, überzeugendere Mittel einsetzen.« Wir änderten unseren Kurs und näherten uns der Vorhut, wenn auch nicht auf direktem Weg, da wir unsere Absichten nicht verraten wollten. Vor Einbruch der Dunkelheit verschwanden sie galoppierend in der Ferne. Doch konnten wir sehen, wohin sie wollten, zu einer weiteren Oase, wo der Rest ihrer Bande lagerte und wartete.

»Wir nehmen sie uns vor, wenn sie schlafen«, sagte Janos. Er wies uns an, ihm unsere Dolche zu geben. In den Sand zeichnete er ein V, das auf die Oase deutete. Ein zweites, flacheres V schloß das offene Ende der Zeichnung, so daß sie aussah wie der Kopf von einem Speer oder Pfeil. Janos machte keinen Hehl daraus, daß er sich die Zauberkunst zunutze machte und uns als Geisterseher diente, obwohl dies offiziell nach wie vor nur den Geistersehern Orissas gestattet war. Er zeichnete einen großen Kreis unter die Speerspitze und legte sämtliche Dolche hinein, mit der Spitze zur Mitte. Dann nahm er Pfeilspitzen aus unseren Köchern und legte sie auf die gleiche Art und Weise in den Kreis, wobei die kleinen Spitzen die der Dolche berührten. Er nahm ein Bündel von einem der Esel, ein Bündel, das verschiedene Dinge enthielt, die er auf seinen Reisen gesammelt hatte. Neben den drei Speerspitzen im Sand vergrub er winzige Holzkeile. Er sagte ein paar Worte, und die drei Keile qualmten und brannten, ohne zu verkohlen. Dann nahm er vorsichtig eine Phiole aus dem Bündel und löste die beiden Haken, die den Deckel hielten. Noch in drei Metern Entfernung traf uns der Geruch aus diesem Gefäß, und beinah mußte ich mich übergeben. Es stank nach lange verwestem Fleisch, von welchem Tier konnte ich nicht sagen. Janos gab etwas davon in die Mitte des Dolchringes, dann verschloß er eilig die Phiole und gesellte sich zu uns. Der Gestank schien ihn nicht zu stören.

Nachdenklich betrachtete er sein Werk. »Etwas Blut würde helfen«, überlegte er. »Nur nicht von einem von uns. Es wäre der falsche Indikator. Vielleicht ... ja. Du. Lione. Nimm dieses Maß«, und er reichte dem Krieger einen winzigen Goldkelch aus dem Bündel seiner Zauberutensilien, »und hol Blut von einem der Esel. Nimm nicht mehr, als man braucht, den kleinen Kelch zu füllen.« Ich sah, daß Liones Hand zitterte, als er nach dem Goldkelch griff. Doch er fügte sich dem Befehl widerspruchslos, und bald schon war das Eselsblut über die Dolchklingen versprengt. Janos stand hinter dem Kreis und begann seinen Sprechgesang. Wie üblich bestand er aus unbekannten Worten – Namen von Göttern vielleicht oder nur eine fremde Zaubersprache? –, durchsetzt mit Sätzen, die ich verstand. »Dies ist ... Geschenk ... jenseits des Lebens ... Tod ... Wurm verfault ... und stirbt daselbst ... Geschenk ... Der weiße Friede ... jenseits ... Bis die Schakale kommen.« Die kleinen Spitzen flackerten auf ... und erloschen.

Janos wandte sich zu uns um. »Der Zauber ist vollbracht. Jeder von euch nimmt seinen Dolch, und die Männer, die Bögen tragen, teilen die Pfeile untereinander auf. Unter keinen Umständen benutzt die Pfeile oder Dolche, bis ich einen Gegenbann ausspreche. Und achtet gut darauf – so gut wie euer Leben –, daß ihr euch nicht schneidet. Wir werden warten, bis ihre Lagerfeuer verlöschen. Dann schleichen wir uns an. Falls sie Wachtposten haben, verspreche ich euch, daß sie uns nicht sehen können. Wir gehen auf dieser Seite ihres Lagers in

Stellung. Jeder Bogenschütze sucht sich einen Feind und schießt auf mein Kommando. Dann greifen wir an. Verwendet andere Waffen als euren Dolch nur, wenn es nicht anders geht. Ihr werdet die Feinde nur leicht berühren müssen, um sie zu vernichten. Auf einen bestimmten Mann im Lager werde ich deuten. Für ihn bin ich verantwortlich. Verschont diesen Mann, oder ihr werdet meine Rache zu spüren bekommen. Also. Jetzt essen wir und ruhen uns aus.«

Spätabends krochen wir von unserem Lager zur Oase. Wieder dachte ich an Deoce, und mein Blick trübte sich. Ich kochte vor Wut und war kaum mehr als ein langes Messer und ein schweigender Schatten. Ob durch Vorsicht oder Zauberei, in jedem Fall sahen uns die beiden Wachen tatsächlich nicht. Janos wies Lione den einen an, den anderen nahm er selbst. Beide Wachen gingen geräuschlos zu Boden. Wir schlichen weiter zum Lager. Zelte waren keine aufgeschlagen, und die etwa fünfzehn Nomaden schliefen friedlich, die Köpfe auf den Sätteln. Ein Mann schnarchte etwas abseits der anderen, und diesen wollte Janos für sich. Die Bogenschützen machten sich bereit ... und Janos gab ein Zeichen. Die Pfeile, kaum mehr als Spielzeuge, flogen im Bogen. Wir stießen Kampfgeschrei aus und griffen an. Ein benebelter Mann erhob sich vor mir, versuchte, sich von seinen Decken zu befreien, und meine Klinge durchdrang ihn, da ich Janos' Anweisung vergessen hatte, daß ein Feind nur zu berühren sei. Ein weiterer Nomade taumelte mir in den Weg, schrie vor Schmerz von einer klaffenden Wunde am Arm. Ich wollte ihm ein Ende bereiten ... doch vor meinen Augen brach er zusammen. Tot ... und ich sah, wie er verfaulte. In einem Augenblick geschah, was Tage oder Wochen hätte dauern sollen. Der Tote quoll auf, schwoll an, platzte, wurde schwarz, dann dörrte die Leiche aus, bis nur noch sein Skelett im Sand lag. Das war es, was Janos in seinem Zauber den weißen Frieden genannt hatte.

Ich kam zu mir, suchte den nächsten Feind und sah einen Sklaventreiber, der sich in die Dunkelheit schlagen wollte. Ein Pfeil flog flüsternd vorbei und berührte ihn nur am Arm, prallte ab. Auch dieser Mann heulte auf, starb und verrottete. Dann war nur noch einer unter den faulenden Leichen am Leben. Ihr Häuptling. Auf Knien wand er sich vor Janos.

Janos ließ ihn an eine Palme binden. »Sprichst du die Sprache der Kaufleute?« fragte er. Der Mann nickte. »Dann sieh gut hin. Dies ist das Schicksal derer, die meine Feinde sind. Dies ... oder Schlimmeres. Dir gebe ich die Chance zu leben. Nicht, weil ich nicht gern sehen würde, daß deine Knochen schimmern wie die der anderen aus deiner Bande, sondern weil ich will, daß du allen aus deinem Volk erzählst, was mit denen geschieht, die sich gegen Orissa stellen. Ich bin der erste ... aber es wird andere geben, die auf demselben Weg reisen. Denk daran, was heute nacht geschehen ist, und halte dich von meinem Volk fern. Hast du verstanden?«

Der Mann stieß hervor, er habe verstanden. Janos zog ein kleines Messer aus seinem Beutel und legte es etwa einen Meter vor dem Gefesselten in den Sand. »Ich lasse dir ein angebundenes Pferd und einen Wasserbeutel zurück. Wenn du dich weit genug streckst, kannst du das Messer erreichen und dich befreien. Dann reite fort ... und verbreite die Nachricht.«

Er machte ein Zeichen, und wir verließen das Lager, nachdem wir dafür gesorgt hatten, daß ein Pferd sicher vertäut, die anderen in die Nacht getrieben und sämtliche Lebensmittel und das Wasser – bis auf einen Beutel für den Sklaventreiber – verstaut waren. Niemand sprach, weniger aus dem Wunsch heraus, den Gefangenen zu beeindrucken, als aus blankem Entsetzen über das, was wir getan hatten. Zweifellos hatte Janos eine vernunftsmäßige Erklärung für das, was geschehen war, nur für mich war es Magie der schwärzesten Sorte, und diese Nacht hinterließ auf unserer aller Seelen einen Makel.

Bis der Gegenzauber ausgesprochen war, der unsere Messer und die verbleibenden Pfeile wieder normal werden ließ, war es kurz vor Morgengrauen. Wir aßen etwas, bepackten die Esel und machten uns davon. Kaum hatten wir das erste Sechstel einer Wegstunde hinter uns, als wir Schreie hörten. Erst ein Pferd, dann einen Menschen. Wir sahen große Aasfresser, die aus dem Nichts über die Oase herfielen. Sie waren gewaltig, doch konnte man aus dieser Entfernung nicht erkennen, ob es sich um Geier, Adler oder Drachen handelte. Die Schreie des Pferdes und Sklaventreibers wurden immer lauter, dann rissen sie ab. Diese Wüste bringt nichts als den Tod, dachte ich, denn noch nie hatte ich von Aasfressern gehört, die einen gesunden Menschen oder ein gesundes Pferd angingen. Janos fluchte. Sein Exempel würde nicht so wirkungsvoll ausfallen, wie er es sich wünschte, und er murmelte, daß die letzten Worte seines Zaubers diese Wesen angelockt haben mochten. Es sei das erste Mal gewesen, daß er diesen Spruch probiert hatte.

Etwas später sahen wir eine schwarze Wolke über der Oase aufsteigen, als die Aasfresser ihre Mahlzeit beendet hatten. Sie flogen zu uns herüber, dann drehten sie ab. Ich blinzelte, versuchte herauszufinden, was diese monströsen Vögel waren, und stöhnte auf, als würde ich ein weiteres Mal in den winterlichen Mühlteich von Orissa gestoßen. Auch andere riefen etwas oder fluchten vor Entsetzen. Die Aasfresser waren weit entfernt, doch konnten wir sehen, daß es sich weder um Vögel noch um eine Fledermausart handelte, die bei Tage flog. Sie waren menschlich oder zumindest von menschlicher Gestalt. Jeder einzelne besaß einen menschlichen Torso, Beine, und ich meinte, Arme und einen Kopf ausmachen zu können. Ihre Flügel waren nicht so groß, wie sie hätten sein sollen, und ich fragte mich, ob Zauberkräfte sie in der Luft hielten. Maeen spannte seinen Bogen und schickte einen Pfeil zu ihnen hinauf. Es war ein guter Schuß, mitten in den Schwarm, und sie lösten ihre Formation auf wie Tauben unter Beschuß eines Jägers. Doch der Pfeil des Sergeanten schien nicht getroffen zu haben. Ein Soldat mit besseren Augen als meinen sah etwas fallen, was ich für Maeens Pfeil hielt, als die schauerlichen Flugwesen in der Ferne verschwanden.

Einige Minuten später kamen wir an die Stelle, wo das Ding gelandet war, und einer der Männer lief hinüber und brachte es uns. Es war eine Menschenhand. Ich sammelte etwas Sand auf und bestreute sie, bevor wir weitermarschierten. Nicht einmal ein Sklaventreiber hatte es verdient, in *dieser* desolaten Gegend als Geist herumzuwandern.

Tage später sahen wir die Spitzkuppe aufragen, die während meiner Suche für kurze Zeit unser Paradies gewesen war. Wir blieben ihr fern und hielten uns an den Plan, nicht auf die alte Route zurückzukehren, nutzten die Kuppe jedoch als Orientierungshilfe. Janos bemühte sich, so wenig wie möglich zu zaubern, um uns nicht zu verraten. Wir alle spürten nach wie vor, daß da irgend etwas war, doch bisher fühlte sich niemand konkret bedroht. Wir fanden den Bach, der aus dem magischen Krater kam, und füllten unsere Wasserbeutel.

Janos sprach einen weiteren Zauber für den gesamten Trupp. Er brach zwei Äste von den Weiden der Ufer, um eine Art Portal zu basteln. Er sprach seine Beschwörung, und ein kleiner Wirbelwind tanzte in diesem Portal bis zu dessen Spitze hinauf. Er wies jeden von uns an, durch den Wirbelwind zu treten, und lachte leise, als wir Sand in Augen, Ohren und Haare bekamen. Auch unsere Tiere ließ er hindurchführen. Sie sträubten sich sowohl wegen der Zauberkräfte, die sie um sich spürten, als auch wegen des Sands. Als wir fertig waren, erklärte er: Das Ödland, in das wir kämen, sei von Zauberhand verdörrt. Hier sei es am wahrscheinlichsten, daß man uns entdeckte. Jeder Zauberer, der nach uns suchte, würde – dessen war er sicher – jetzt kaum mehr als einen nicht sonderlich interessanten Sandsturm oder eine Reihe herumwirbelnder Sandteufel sehen.

Maeen hatte eine Frage. »Was ist, wenn Späher unseren Weg kreuzen? Können sie uns sehen?«

»Ich weiß es nicht, Sergeant«, sagte Janos. »Ich bin sicher, daß mein Zauber jeden magischen Blick blenden wird, aber ich weiß nicht, ob die Späher reale Geschöpfe sind oder nicht, und auch nicht, ob sie ›sehen‹ können. Sollten wir auf sie stoßen, würde ich raten, daß ihr die Esel knien laßt und euch selbst mit euren Umhängen bedeckt. Dann versucht, wie eine Sanddüne zu denken!«

Eine weitere Frage kam, diesmal von Hebrus, unserem Musiklehrer. »Sir Greycloak, wißt Ihr denn noch immer nicht, wer oder was uns sucht? Ich hatte gehofft, Ihr hättet inzwischen ein paar Hinweise gefunden, so wie ich an der unmusikalischen Art, in der eine Leier gezupft wird, sagen kann, welcher meiner tumben Schüler sich nähert.«

Janos schüttelte den Kopf. »Ich weiß es noch immer nicht. Vielleicht ist es einer, vielleicht viele. Natürlich sind die Archonten von Lycanth unsere Feinde und spüren uns mit Sicherheit nach. Nisou Symeon aus Lycanth kann es sich ohne weiteres leisten, uns die besten Zauberer nachzuschicken. Vielleicht sogar einige aus Orissa. Nicht alle Geisterseher unserer Stadt haben die Wende hingenommen.« Er zuckte die Achseln. »Möglicherweise die Götter selbst. Oder die Zauberer der Fernen Königreiche.«

»Ich dachte, die Fernen Königreiche wären heilig«, sagte Lione. »Na, vielleicht nicht heilig, aber, na ja, eben wie man uns früher gesagt hat, was die Geisterseher sind. Gut. Wollen die Welt besser machen. Hilfreiche Leute.«

»So geht die Sage«, sagte Janos, »und ich habe keinen Grund, es zu bezweifeln. Aber wenn du so mächtig bist wie die Herrscher der Fernen Königreiche, würdest du nicht die besten Wachen um deine Reichtümer postieren und jeden genauestens untersuchen, der sich dir nähert?« Liones Miene, ähnlich der eines Kindes, dem man erzählte, am Ende des Gartens gäbe es keine Feen, wandelte sich, und seine Erleichterung war deutlich zu sehen.

Derart geschützt machten wir uns auf in das Ödland. Unsere Probleme waren rein physischer Natur. Die Lebewesen in den Bodensenken waren jetzt, da wir ihnen auswichen, keine Bedrohung, und ich war mit unseren Fortschritten zufrieden. Wieder einmal war ich ein wenig neidisch auf Janos. Er verhielt sich, als sei er der Kommandeur dieser Expedition. Ich hielt inne und versuchte, an etwas anderes zu denken, und sagte mir, ich sei das Opfer meiner Erschöpfung. Die ganze Sache gehörte niemandem und doch uns allen. Wenn er es vorzog, an der Spitze des Trupps zu laufen, hatte er dazu mindestens soviel Recht wie ich. Vielleicht sogar noch mehr, da ich meinen Status geerbt hatte. Der Verstand, wenn er müde ist, fällt nur allzugern düsteren Gedanken anheim.

Unsere Absicht war es gewesen, im Felsental einen Halt einzulegen und einige Tage Kräfte zu sammeln. Doch entweder täuschten wir uns, was unseren Standort anging, oder die Karte war falsch. Wir kamen in eine Gegend mit sanften Hügeln, von der aus wir die Schlucht hätten sehen müssen, fanden jedoch nichts. Wir prüften unsere Navigation, sowohl am Abend anhand der Sterne als auch am Morgen anhand der Sonnenstellung, und zählten sogar noch einmal die geknoteten Fäden nach, mit denen wir uns darüber auf dem laufenden hielten, wie viele Schritte wir täglich absolvierten. Eigentlich hätten wir nur wenige Speerwürfe von unseren Freunden entfernt sein sollen. Nur war nichts zu sehen. Wir prüften die Karte, die ich bei meiner Suche angelegt hatte, und diese bestätigte unseren Standort. Aber es war einfach nichts mehr da. Janos und ich kamen überein, daß wir südlich des Tales sein mußten. Auf gut Glück unternahmen wir zwei Tagesmärsche nach Norden, fanden nichts und kehrten zu unserer vorherigen Route zurück. Die Männer waren unzufrieden. Sowohl Maeen als auch Lione hatten ihnen von dem Tal und seinen gefügigen Frauen erzählt. Doch waren sie gefühlsmäßig mitnichten so engagiert wie Janos und ich, und mit wehmütigen Erinnerungen an das, was uns entging, reisten wir weiter.

Doch dann verflog alle Enttäuschung, und Aufregung machte sich breit, als der erste die große Bergkette entdeckte. Die Faust der

Götter. Auch ich war von Staunen erfüllt, als ich den Paß zwischen »Daumen« und »Zeigefinger« wiedersah, der durch die schwarzen Berge führte. Doch Vorsicht verdrängte mein Staunen. Wir befanden uns in gefährlichem Territorium, um so mehr, als wir wußten, daß die Stadt Wahumwa vor uns lag. Sehr vorsichtig bewegten wir uns voran, brauchten für manche Wegstunde viermal so lang wie üblich, obwohl die Gegend eher offen war. Wir mieden alle Ruinen, da wir fürchteten, sie könnten von einem Zauber oder aber von Menschen bewacht sein.

Ich ließ anhalten, um Kriegsrat zu halten, als Janos schätzte, wir seien etwa eine halbe Tagesreise von Wahumwa entfernt. Noch immer hatten wir keine Spur von Kavallerie, von Wächtern oder Bürgern gesehen. Das Problem war, daß die tückische Stadt mitten auf der einzigen Zufahrt zu dem Paß saß. Nach einigen Überlegungen beschlossen wir, uns ihr bei Tageslicht so weit wie möglich zu nähern und uns dann zu verstecken. Wir wollten warten und beobachten und dann im Schutz der Dunkelheit um die Stadtmauern herum in die Berge schleichen. Falls der Weg gut bewacht wurde, wollten wir uns, wie wir es geübt hatten, in vier Gruppen teilen, und jeder Gruppe bliebe eine Nacht Zeit, an der Stadt vorbeizukommen. Janos fügte hinzu, ich solle mit der ersten Gruppe gehen und einen Vorposten aufbauen. Er wollte jede Nacht hin- und herlaufen und die einzelnen Gruppen führen. Mir fielen meine egoistischen Gedanken im Ödland ein, und ich schämte mich, daß ich auf einen Mann neidisch war, der sich freiwillig für einen solchen Dienst meldete, um die Sicherheit anderer zu gewährleisten.

Wir setzten unsere Reise fort, und schließlich erklommen wir den letzten Hügel. Dahinter läge Wahumwa, sagte Janos. Er ging mit Sergeant Maeen voraus. Maeen würde umkehren, wenn der Rest von uns nachkommen sollte. Nur wenige Minuten später hätte er wieder dasein sollen, doch fast ein ganzes Stundenglas verrann. Ich konnte nicht länger warten. Mit gezücktem Schwert ging ich in die Richtung, die sie genommen hatten, und stahl mich von einer Deckung zur nächsten. Vielleicht hatte man meine Freunde gefangengenommen. Ich trat aus dichtem Unterholz hervor und sah sie. Sie standen am Rand eines Bergrückens, für jedermann im Tal – und in der Stadt – deutlich zu sehen. Ich fürchtete, sie seien in einem Zauber gefangen, und hastete voran, nicht sicher, was ich tun würde, wenn sie verzaubert wären und sich gegen mich wendeten. Ich kam näher – und dann sah ich, was sie lähmte.

»Das«, sagte ich ungläubig, »ist Wahumwa?«

Beide Männer fuhren herum. Sie hatten nicht gehört, daß ich kam, und Janos hatte die Hand schon an seinem Schwert. Sie entspannten sich wieder. »Das ist es«, brachte Janos hervor.

»Oder besser: war«, fügte Maeen hinzu.

Unter uns *lag* eine Stadt, doch sie bestand nur aus Ruinen. Die große Mauer war vielerorts in sich zusammengefallen. Bäume wuchsen und blockierten Straßen in der Stadt und auch davor. Große, monolithische Gebäude hatten innerhalb der Mauern gestanden, so groß wie die von Lycanth. Zeit und Witterung hatten sie zerstört, und die abgedeckten Häuser streckten ihre steinernen Finger in den Himmel.

Ich stotterte Fragen hervor, doch Janos schüttelte nur grimmig den Kopf. »Es muß ein großer Zauber gewesen sein«, sagte Janos beinah flüsternd. »Ein wahrlich großer Zauber. Ruf die Männer zusammen. Ich will ... ich *muß* in die Stadt.«

Sergeant Maeen nahm sich zusammen und lief zu den anderen. Auch sie standen staunend da, bis Janos uns zu marschieren befahl und darauf drängte, die Waffen bereitzuhalten. In der Abenddämmerung traten wir durch die Tore. Wahumwa war tatsächlich einmal groß gewesen. Die Tore selbst waren eisenbeschlagene Marmorplatten, die jetzt zerbrochen von rostigen Angeln hingen. Die Pflastersteine waren gigantisch, groß wie Kutschen. Jetzt wuchsen Gras, niedrige Büsche und sogar ein paar Bäume dazwischen. Die Gebäude mußten früher einmal erhaben gewesen sein, die Alleen breit. Jetzt ... nichts als Ruinen. Einige hundert Meter weiter fand sich nur mehr Schutt. Janos ging voraus; er schien zu wissen, wohin er wollte. Wir verließen die Hauptstraße und schritten einen überwachsenen Weg entlang zu einem mächtigen, verfallenen Gebäude auf einer Anhöhe. Maeen war ganz blaß. Er wußte und ich ahnte, wohin Janos uns brachte, doch seine Hand an der Klinge blieb ruhig.

Wir traten in die Eingangshalle, und die Männer schrien auf. Ich hatte gewußt, was mich erwarten würde, und dennoch war es schauerlich. Der Raum lag voller Menschenknochen, verstreut zwischen modernden, zerschlagenen Möbeln. Schädel waren gespalten, und die Knochen lagen herum. Nicht ein Skelett war vollständig. »Geier und wilde Hunde müssen gekommen sein ... danach«, sagte Janos. Er sammelte einen Schenkelknochen auf und zeigte ihn mir. Ein Feinschmecker hatte ihn säuberlich gespalten und das Mark herausgesogen. »Aber so etwas können keine wilden Hunde tun.« Er warf den Knochen weg, und der fiel klappernd auf die Steine. »Wie ich schon oben auf dem Hügel sagte, ist hier ein großer Zauber ausgesprochen worden. Und zwar lange, bevor die Expedition diese Stadt erreicht hatte.«

»Alle, die wir getroffen haben, mit denen wir zusammengewohnt haben«, sagte Maeen heiser, »waren ... was?«

Janos hob die Schultern. »Geister? Dämonen? Vielleicht weniger als das. Vielleicht nur die Details, die ein großer Zauberer seiner Beschwörung hinzufügt, wie ein Künstler seinem Gemälde Einzelheiten gibt, um einen davon zu überzeugen, daß er *tatsächlich* mit den Göttern an einer Tafel gesessen hat.«

»Aber ... Ihr habt die Gabe«, stieß Maeen hervor. »Wie konnten sie auch Euch hinters Licht führen?« Darauf wußte auch Janos keine Antwort. Noch nie hatte ich von derart starker Zauberkraft gehört. Verglichen damit war Orissas Heldentat der Zerstörung lycanthischer Mauern ein Taschenspielertrick. Zum ersten eintausend hartgesottene Soldaten eine Stadt sehen zu lassen, wo nur Ruinen standen… dann diese Ruinen mit Menschen und Tieren anzufüllen… und jede dieser Illusionen laufen, sprechen, trinken und sogar lieben und schließlich, in einer Blutnacht, töten und dann fressen zu lassen? Besonders wenn dieses Totenmahl alles andere als eine Illusion war? Es war unmöglich. Und doch ließ es sich nicht anders erklären.

Ich schauderte. »Wir werden nicht in dieser Stadt schlafen, Janos, und auch nicht länger hier zubringen, als wir brauchen, um zu fliehen«, sagte ich entschlossen. »Wir werden sofort gehen. Niemand darf etwas berühren, es sei denn, es läßt sich nicht umgehen. Und niemand wird von diesem verfluchten Ort etwas mitnehmen, keine Knochen, keinen Zweig, keinen Stein.«

Niemand widersprach. In dem Versuch, nicht in Panik auszubrechen, durchstreiften wir die Stadt zu ihrem Außentor, von wo aus die Straße begann, die zum Paß durch die Faust hoch über unseren Köpfen führte. Keiner von uns, keiner der Soldaten, nicht ich, weder Sergeant Maeen noch Janos Greycloak wagten einen Blick zurück.

Kapitel Zwanzig

Die Entzweiten Länder

Die Steigung hinauf zur Faust der Götter war beinah so sanft, wie Janos und ich vermutet hatten, als wir den Paß auf meiner Suche aus einiger Entfernung zu sehen bekamen. Er wand sich um den »Knöchel« des Zeigefingers ins Herz der Berge hinein. Wie damals – wenn auch entgegen der Vision – war die Faust nicht schneebedeckt. Da ich mich erinnerte, daß Janos verschiedene Streifzüge unternommen hatte, während die zweite Expedition unten in Wahumwa überwinterte, fragte ich mich, wie weit er wohl gekommen war, bis er umkehren mußte. Schneestürme hatten ihn aufgehalten, vermutete ich.

»So weit bin ich nie gekommen«, sagte Janos. »Beileibe nicht. Allerdings wurde ich nicht vom Schnee aufgehalten, sondern von eisigen Stürmen. Im Winter wehten scharfe Winde um diese Gipfel, so daß lange kein Schnee liegenblieb.«

Unsere Passage war einfach. Man mußte kein Athlet sein, um den Hohlweg entlangzuziehen, bemerkte ich zufrieden, da Kaufleute ihren Körper nur selten mit anderem als Braten und altem Wein instand halten. Auch für schwerbeladene Tiere, sogar für Pferde, wäre es einfach, diese Berge zu überqueren, um Orissas Handelswaren in die Fernen Königreiche zu transportieren. Von weit oben war Steinschlag heruntergekommen, und Felsbrocken lagen verstreut, doch da der Paß beinah zwei Speerwürfe breit war, konnte man den Hindernissen ohne weiteres ausweichen. Ein kleiner Wasserfall plätscherte herab, und ich sah, daß jemand Steine zusammengetragen hatte, um einen Tümpel anzulegen. Diese Route war einst bereist worden ... und so würde es auch in Zukunft wieder sein.

Unser Weg führte nach oben und um die Berge herum. Das Tal und die verfluchte Stadt hinter uns waren nicht mehr zu sehen. Und der Pfad wurde schmaler. Ich begann, mir Sorgen zu machen, ob wir vielleicht in eine Sackgasse liefen, trotz des Tümpels, den wir gesehen hatten, war dann jedoch erleichtert, als ich sah, daß der Paß vor uns breiter wurde.

Janos ging dem Trupp voraus, und ich blieb dicht hinter ihm, der Rest der Mannschaft und die Tiere folgten. Ich fuhr herum, als es von oben Kies regnete. Einer unserer Bogenschützen hatte einen Pfeil aufgelegt und spähte hinauf. Wir konnten nichts als kahlen, grauen Fels erkennen. Wahrscheinlich war es ein Tier gewesen, doch wir wurden vorsichtiger. Wo der Paß sich verbreiterte, wurde er auch steiler, und bald schon ging mein Atem schwer. Vor uns erreichte der Weg seinen Scheitelpunkt, und ich verkündete, wir würden eine Pause einlegen, sobald wir den Kamm erreicht hätten, wo zwei Felsbrocken mitten auf dem Weg lagen. Eifer trieb uns an, doch wie Maeen uns immer und immer wieder gepredigt hatte, bringt Eile nur »Unfälle, Überfälle und Ehestand – was grundsätzlich zu vermeiden ist«. Der Beweis dafür folgte auf dem Fuße. Keuchend achtete ich auf kaum mehr als meinen nächsten Schritt, als jemand eine Warnung rief. Ich sah, daß einer der beiden mächtigen Steine vom Kamm herab in unsere Richtung rollte. Er wurde immer schneller und prallte auf seinem Weg nach unten abwechselnd gegen die Seiten des Passes. Doch die Warnung war früh genug gekommen, und wir schafften es, uns und unsere Tiere ohne Schaden aus dem Weg zu bringen. Der Felsbrocken rumpelte davon und verschwand. Eilig lief ich zu Janos.

»Felsen«, wies er mich auf das Offensichtliche hin, »bewegen sich nicht von selbst.«

Er befahl sämtlichen Schützen, die Bogen zu spannen, und postierte vier von ihnen hinter mir, mit der Anweisung, eine bestimmte Gegend über uns im Auge zu behalten. Außerdem holte er Lione nach vorn, damit dieser als zweiter in der Reihe ging. Wir stiegen zum Scheitelpunkt des Weges hinauf und hofften, wir würden dort offenes Land und die wundersamen Städte der Fernen Königreiche zu sehen bekommen. Statt dessen erblickten wir nur weitere Berge und den Paß, der in der Ferne immer weiter anstieg. Sorgfältig untersuchten wir den Boden, auf dem der Fels seit ewigen Zeiten gelegen hatte, bevor er sich losmachte. Kratzspuren von einem Hebel oder Stemmeisen waren nicht zu sehen. Vielleicht war der pure Zufall, oder – wie ich zu vermuten begann – Zauberkraft am Werk gewesen. Vielleicht hatten unsere unsichtbaren Feinde uns entdeckt. Doch keiner von uns – insbesondere nicht Janos – spürte die Kraft eines Zaubers. Vorsichtig schoben wir uns durch den Spalt. Noch einmal verengte sich der Hohlweg vor uns, dann öffnete er sich und und stieg zum nächsten trügerischen Kamm hinauf. Kaum hatten wir den schmalen Weg zur Hälfte hinter uns, als der Himmel grollte. Ich hielt es für Donner und blickte zu den Wolken auf. Dann sah ich den Grund: Eine Lawine stürzte auf uns herab. Ich schrie und begann zu laufen; ich wußte, ich mußte der Falle entkommen, dorthin, wo sich die Verjüngung weiter öffnete, während hausgroße Steine und riesige Felsplatten herunterkamen. Der letzte von uns –

Maeen stellte tapfer die Nachhut – hatte die Gefahrenzone eben hinter sich, als die Lawine über den Paß rollte und Steine mit dämonischem Getöse niederprasselten.

Langsam ließ der Lärm nach, das schallende Echo erstarb zwischen den Bergwänden, und der Staub legte sich. Peinlich berührt von meiner Angst, sammelte ich mich und zählte die Männer durch. Dank Te-Dates Segen – und ich war entschlossen, ein echtes Opfer zu bringen, wenn wir erst einmal auf der anderen Seite der Berge waren – hatten alle überlebt, ebenso unsere Lasttiere. Die Lawine war etwas zu spät losgegangen. Niemand wollte an zwei Unfälle innerhalb so kurzer Zeit glauben. Wenigstens waren wir hier sicher. Die Wände, die zu beiden Seiten sanft anstiegen, waren von losen Felsen gesäubert. Gerade wollte ich Janos fragen, wie es weitergehen sollte, falls es – wie für alle andere – eine militärische Vorgehensweise gab, wie Pässe zu überqueren seien, als wir ein Brüllen hörten, als riefen uns die Berge selbst.

Da sahen wir den Riesen. Große Männer wurden stets als Riesen bezeichnet, und jeder Stamm, dessen Durchschnittsgröße die Norm übersteigt, als ein Volk von solchen. Hier hatten wir es jedoch tatsächlich mit einem Riesen zu tun. Selbst wenn man die natürliche Vergrößerung durch die Bergluft bedenkt, war er dreimal so groß wie ein stattlicher Orissaner und seine Brust mindestens so breit wie ein Mensch lang. Zuerst hätte man ihn für einen mächtigen Affen halten können, da er dicht behaart war. Er stand etwas mehr als einen Speerwurf weit von uns entfernt. Waffen wurden angelegt, und der Riese duckte sich hinter einem Felsen. Noch einmal brüllte er in seiner unverständlichen Sprache, die klang, als heulte ein einsamer Bergwind. Als auch wir in Deckung gingen, merkte ich, daß ich die Ruhe wiedergefunden hatte.

Kühl überdachte ich, was vorgefallen war. »Ich wette«, sagte ich, »er sagt uns, wir sollen umkehren und aus ›seinen Bergen‹ verschwinden.«

Janos nickte zustimmend und gab Befehle. Natürlich hatte das Militär eine Prozedur für das Vorgehen durch einen gesperrten Paß. »Es wird mehr als diesen einen Riesen geben«, erklärte er Maeen. »Höchstwahrscheinlich sind sie weiter oben und geben ihrem Kameraden Deckung.«

Maeen nickte, während Janos ihm seinen Plan erklärte. Ich sagte nichts und hörte nur mit halbem Ohr zu, während ich meinem ersten Gedanken nachhing. Es machte noch immer Sinn. Janos teilte drei Mann für einen Sonderauftrag ein: sich selbst, Maeen und denjenigen, der einem Bergsteiger am nächsten kam: unseren mauerkletternden Musiklehrer Hebrus. Den anderen hatte er spezifische Anweisungen gegeben, was sie tun sollten, und wann.

»Wir sind bereit, Lord Antero«, sagte er und nahm, wie so oft, die militärische Förmlichkeit wieder auf, wenn sich uns Probleme stellten und die Soldaten in Hörweite waren. »Wollt Ihr die Hauptgruppe befehligen? Wir drei werden Zeichen geben, wenn wir an unserem Posten sind, und auf Eure Antwort warten.«

»Janos... du magst mich für verrückt oder sentimental halten«, sagte ich. »Komm her.«

Ich zog ihn mit mir und unterbreitete ihm meine gänzlich entgegengesetzte Strategie. Er runzelte die Stirn. »Das gefällt mir nicht«, sagte er, nachdem er meinem Plan ein paar höfliche Sekunden gespielten Interesses gewidmet hatte. »Wenn du angegriffen wirst... war alles, was wir bisher erreicht haben, umsonst.«

»Nein, das ist es nicht«, sagte ich. »Wenn das Schlimmste geschieht, übernimmst du die Expedition und leitest die nötigen Maßnahmen ein. Man wird dich später nicht zur Verantwortung ziehen. Ich habe entsprechende Anweisungen bei Rali, meinen Brüdern und bei Ecco hinterlassen. Du darfst nicht nur mit meiner Stimme sprechen, sondern auch im Namen der Menschen von Orissa, im selben Maße, zu dem man mich ermächtigt hat.«

Janos wandte sich ab. Seine Stimme klang erstickt. »Du ehrst mich und meine Familie über alle Maßen. Aber«, und er drehte sich zu mir um, »was passiert, wenn dieser gigantische Gibbon da oben dir etwas antut? Welch ein Irrwitz, wo wir unseren Träumen so nah sind!«

»Solche Sorgen mache ich mir nicht«, sagte ich entschlossen. »Und dafür habe ich zwei gute Gründe. Erstens hat uns dieses Wesen gewarnt und nicht sofort versucht, uns zu töten. Außerdem frage ich mich, ob diese Lawine tatsächlich treffen sollte oder nicht eigentlich eine erste Warnung war. Zweitens bin ich nicht gewillt, mich von jemandem einschüchtern zu lassen, der nackt ist.«

Es gab noch einen dritten Grund, den ich nicht erwähnte. Die Vernichtung der Nomaden belastete mich noch immer. Ich sah den Sinn meines Lebens nicht darin, mir die Fernen Königreiche zu eröffnen, indem ich auf dem Weg dorthin verbrannte Erde hinterließ.

»Ich finde dein Verhalten sehr unklug«, sagte Janos.

»Schön und gut«, sagte ich. »Mein Verhalten ist unklug. Also, ich möchte, daß du tust, was du tun wolltest, aber warte, bevor du zuschlägst, auf ein Zeichen von mir, oder darauf, daß diese Kreatur dort angreift. Jetzt ist es noch zwingender, daß ihr drei nicht zu sehen seid.«

»Das macht keine Probleme«, sagte Janos. »Aber ich muß dich warnen, mein Freund, wenn du in diesem absurden Akt von Mildtätigkeit getötet wirst, werde ich ein paar harsche Worte an dich richten.«

Ich lachte, schlug ihm auf die Schulter und begann die Vorbereitungen für meinen Plan. Janos, Maeen und Hebrus schlichen zurück und verschwanden in einer engen Schlucht, während wir anderen zur Ablenkung scheinbar planlos herumliefen. Wir warteten fast eine Stunde. Der Riese rührte sich nicht von der Stelle, rief nur noch einmal, wir sollten uns zurückziehen. Darüber hinaus schien er warten zu wollen, bis der Winter kam und uns vertrieb. Dies galt mir als weiterer Hinweis darauf, daß uns diese Kreatur nicht gänzlich feindlich gesonnen war. Ich brachte einige Zeit damit zu, verschiedene Bündel zu durchsuchen, und überlegte, was Riesen wohl beeindrucken mochte, da ich mit dieser Gattung noch nie zu tun gehabt hatte. Außerdem erinnerte ich mich an einen unveränderlichen Wesenszug, den sämtliche Riesen aus den Ammenmärchen meiner Kindheit zu haben schienen, und das ließ mich weiter Mut fassen.

Unser scharfäugigster Mann, der einen bestimmten, verkümmerten Busch beobachten sollte, meldete, dieser habe sich bewegt ... wenn auch nur ein wenig. Ich legte meinen Mantel und den Waffengurt ab und rollte meine Ärmel hoch, frierend im Bergwind. Mit einem Lederkoffer, der die ausgesuchten Utensilien enthielt, trat ich vor. Der Riese sprang auf und brüllte mich an. Ich antwortete nicht, sondern ging ganz langsam weiter. Er nahm eine drohende Haltung ein, zögernd wie eine Hauskatze, die nicht sicher ist, ob sie fliehen soll oder nicht. Je näher ich kam, desto unschöner wirkte mein Freund. Sein dichtes, lockiges Körperhaar sah aus wie ein von Flöhen zerfressener Pelz, und nach seinem ständigen Kratzen zu urteilen, konnte man wohl tatsächlich davon ausgehen, daß sie ihn plagten. Er war unförmig, mit größeren Händen und Füßen als selbst zu seinem baumlangen Körper paßten. Auch sein Kopf war massig und spitz zulaufend, mit hohlen Wangen. Gelbe Zähne, beinahe Hauer, ragten über die Unterlippe hinaus. Er richtete sich zu seiner vollen Größe auf und hob einen mächtigen Knüppel. Dieser sah aus, als handele es sich um den Stamm eines jungen Baumes, dessen Äste man abgerissen und die Rinde grob an Felsen abgeschlagen hatte. Ich ging nicht näher heran. Der Riese schwitzte stark, als wären wir noch in der Wüste und nicht in luftigen Höhen. Außerdem stank er widerwärtig, so sehr, daß mir fast übel wurde. Ich schenkte dem Flehen meiner übermäßig zivilisierten Nase keine Beachtung. Ein Kaufmann, der seinen Kunden gesellschaftliche Sitten diktiert, ist dümmer als dumm. Ich stellte den Koffer ab und öffnete ihn, nahm sorgsam meine Waren heraus. Meine Arme waren nackt, um zu zeigen, daß ich nichts verbarg, und ich bewegte mich ganz, ganz langsam. Der Riese schien sich zu entspannen. Ich setzte mich, kreuzte die Beine unter mir wie ein normaler Händler im Basar und wartete. Der Riese rührte sich nicht. Er war *tatsächlich* primitiv.

Ich wählte einen Gegenstand, stellte ihn auf einen flachen Stein und löste die verdrehte Gerte, die aus seiner Mitte ragte. Gehorsam kreiselte das mechanische Oberteil, und seine Farben leucheten hell vor dem grauen Stein. Interessiertes Grunzen war zu hören. Als nächstes nahm ich eine goldene Kette und schreckte etwas zurück, als ich an ihren Wert dachte, und daran, daß sie den Hals einer Prinzessin hätte zieren sollen. Dann drapierte ich sie um mein Handgelenk. Vorsichtig warf ich sie meinem künftigen Handelspartner zu. Verblüfft zog er sich zurück. Die Kette reizte ihn nicht sonderlich. Er kroch vorwärts, sammelte sie auf, murmelte vor sich hin, dann legte er sie um sein Handgelenk. Er betrachtete sie von allen Seiten, dann lachte er leise und zufrieden über sein neues Armband. Er sah sich um. Die Märchen hatten recht: Riesen waren in der Realität nicht klüger, als man sie darstellte, denn er brauchte lange, bis er merkte, daß er nur sehr wenig zum Tausch zu bieten hatte. Nachdem er über die Steine und selbst ein Stück Flechte nachgedacht hatte, das auf einem Felsen wuchs, fällte er eine Entscheidung. Er legte seinen Knüppel dorthin, wo die Kette gelegen hatte. Jetzt war ich mir sicher, daß wir keiner sonderlichen Gefahr ausgesetzt waren. Ich schüttelte den Kopf. Nein, den Knüppel wollte ich nicht, und ich bedeutete ihm, die Kette sei ein Geschenk. Er kam näher. Ich sah, daß er angewidert *seine* Nase rümpfte, und lächelte beinah, als ich mich erinnerte, daß mein Vater mir erzählt hatte, er habe einmal mit Menschen Handel getrieben, die so primitiv waren, daß sie *niemals* badeten und die Häute, die sie trugen, erst wechselten, wenn diese verrottet waren. Der Geruch eines sauberen Menschen bereitete ihnen Übelkeit.

Weitere Gegenstände wurden vorgeführt. Manche mißfielen ihm, wie etwa Parfüms. Andere mochte er, zum Beispiel eine kleine Silberfigur, die ich wiegte, als sei sie ein Kind. Wieder lachte er und nahm die Figur an sich. Ich vermutete, sie würde seinem oder dem Kind eines anderen Riesen als Puppe dienen. Goldkettchen wurden akzeptiert. Doch der größte Erfolg war eine Schachtel mit Bonbons, die ich nachträglich eingepackt hatte. Er verdrückte die gesamte Schachtel und sah sich argwöhnisch um, wie ein Kind mit schlechtem Gewissen, das nicht mit seinen Spielkameraden teilen will.

Als all meine Geschenke angenommen oder abgelehnt waren, stand ich da und deutete auf mich selbst, dann auf meine Gefährten, und zeigte auf den Weg hinter ihm. Mit den Fingern imitierte ich gehende Beine... Ich bat um die Erlaubnis, weiterzugehen. Er grunzte, dann brüllte er. Von hoch oben rief jemand eine Antwort. Der Riese stand auf, präsentierte lächelnd weitere, gelbbraune Hauer und zeigte mir, der Weg stünde uns offen. Nur eine Sache gab es noch... Ich rief etwas. Der Riese sah etwas beunruhigt aus, dann entsetzt, als Janos, gefolgt von Maeen und Hebrus, mit ihren Bögen in der Hand – die Pfeile aufgelegt, doch nicht gespannt – auf dem Kamm gleich über uns erschienen. Bevor der Riese seine Leute warnen konnte, setzten die drei Männer, entsprechend meinen Anweisungen, die Bögen ab, brachen feierlich ihre Pfeile entzwei und warfen sie zu uns herab. Selbst mein minderbemittelter Handelspartner verstand. Wir hätten ihn töten können, wollten es aber nicht. Die zerbrochenen Pfeile sollten außerdem signalisieren, daß wir in Frieden durch sein Revier reisen wollten, jetzt und auch in Zukunft. Der Riese lachte – worüber, wußte ich nicht –, sammelte seine Geschenke ein und stieg eine nahe Felsspalte hinauf. Janos und seine Partner rutschten vom Kamm herunter, und wir formierten uns neu und zogen unserer Wege. Weder den Riesen noch seine Stammesbrüder bekamen wir je wieder zu Gesicht.

An diesem Abend setzte sich Janos zu mir. »Ich habe etwas gelernt«, sagte er reumütig. »Ein Schwert ist nicht *immer* die beste Möglichkeit, einen störrischen Knoten zu lösen.« Ich zuckte die Schultern. Dieser Erfolg bei einem friedlichen und naiven Geschöpf bedeutete nicht, daß wir weniger Vorsicht walten lassen konnten. Ich war der Ansicht gewesen, jener Janos, der mich auf meiner Suche begleitet hatte, sei ebenso wie ich eher zu Verhandlungen als zum Blutvergießen bereit gewesen, aber vielleicht täuschte ich mich auch. Jedenfalls hatten wir ein weiteres Hindernis genommen, ohne selbst Verluste zu erleiden.

Etwas, worauf ich ausgesprochen stolz bin, ist die Tatsache, daß der »Vertrag«, den ich zwischen Orissa und den Riesen geschlossen hatte, bis zum heutigen Tag Bestand hat. Karawanen, welche die Bergroute nehmen, sorgen dafür, daß sie Geschenke dabeihaben, da ihnen sonst Lawinen drohen oder sogar der Paß blockiert wird. Niemand hat je mehr als diesen einen Riesen gesehen, falls es sich tatsächlich noch um denselben handelt, den ich beschenkt habe. Seine Wünsche, beziehungsweise die seines Stammes, haben über die Jahre abgenommen. Inzwischen wollen sie nur noch Süßwaren, je süßer, desto besser. Alles andere weisen diese merkwürdigen und nach wie vor unerforschten Geschöpfe zurück.

Drei Tage brauchten wir zu den zentralen Gipfeln der großen Bergkette, und dann begann der Paß langsam, sich in die Tiefe zu winden. Wir marschierten zwei weitere Tage, bis wir sahen, was dahinter lag. Zu unserer großen Enttäuschung waren es keine goldenen Städte. Statt dessen fanden wir eine schier endlose Zahl von Bergtälern, die in alle Richtungen führten. Wir waren bestürzt. Konnte es sein, daß wir auf einer Reise waren, die immer weiter und weiter und weiter gehen sollte, bis wir an Altersschwäche starben? Doch wir marschierten voran, folgten dem Paß. Wir wollten uns entscheiden, welchen Weg wir nehmen sollten, sobald wir flaches Land erreichten. Aber diese Entscheidung blieb uns erspart. Der Paß verengte sich zu einer Schlucht. Eine Quelle sprudelte, Wasser stürzte herab, und wir zogen an einem stetig wachsenden Bergstrom entlang. Eine Straße begann, die man ins Angesicht des Berges geschlagen hatte. Sie war in den Felsen gehauen, eine präzise gearbeitete Kerbe, zwanzig Fuß hoch und zwanzig Fuß breit. Hier und da waren Mulden tiefer in den Fels geschlagen, damit Karawanen einander passieren oder bei Einbruch der Dunkelheit ihr Lager aufschlagen konnten. Die Straße folgte dem Fluß, hielt sich einen Steinwurf oberhalb der Hochwassermarke. Stufen waren in den Stein gehauen, damit man seine Wasserbeutel nachfüllen konnte. Keiner von uns, nicht einmal Janos, hatte je zuvor gehört oder gesehen, daß jemand aus den Ländern, die wir zivilisiert nannten, ein Projekt von solcher Größenordnung gewagt hätte.

Es regnete ständig, doch der Stein über unseren Köpfen hielt uns trocken, als liefen wir durch eine überdachte Brücke. Fast tat es uns leid, als wir die Talsohle erreichten, wo wir unseren Regenschutz verloren, auch wenn wir eine grüne und lebendige Landschaft durchwanderten, die das Auge erfreute und uns mehr als ausreichend dafür entschädigte, daß wir immer wieder bis auf die Haut naß wurden. Inzwischen folgten wir einer Steinstraße, die sich durch ein Tal wand. Wir erörterten, ob es klug sei, diesen Weg zu benutzen, doch blieb uns keine Wahl. Zu beiden Seiten wuchsen Bäume und dichtes, dschungelähnliches Unterholz, durch das wir uns wochenlang hätten hacken müssen, und der Lärm dieses Hakkens würde sehr weit zu hören sein. Zudem schliefen wir auf der Straße, nachdem wir an unserem ersten Nachmittag eine weitere Gefahr entdeckt hatten. Ich hatte einen Kundschafter angewiesen, einen Lagerplatz zu suchen, und er war fündig geworden: eine kleine Lichtung neben der Strecke. Dort gab es auch einen Teich zum Trinken und Waschen, Bäume, unter denen wir lagern konnten, und weiches Gras für die Tiere. Janos überwachte das Abladen, als ich sah, daß sich der Boden des Tales bewegte. Es war, als sei das

Gras zu Leben erwacht und marschiere auf uns zu. Blätter an den Bäumen wehten in windstiller Luft. Ich hielt es erst für Zauberei, dann drehte sich mir der Magen vor Ekel und Entsetzen um, als ich sah, was die Bewegung hervorrief: Blutegel. Solche hatte ich noch nie gesehen: doppelt so groß wie eine Menschenhand. Da sie Blut witterten, näherten sie sich uns wie eine Armee von Ameisen mit alarmierender Geschwindigkeit. Weitere Blutegel hingen von den Bäumen: die wehenden »Blätter«, die ich gesehen hatte. Es war ein Ort, der den tapfersten Helden in einen greinenden Feigling verwandelte, und eilig machten wir uns davon. In jener Nacht schliefen wir mitten auf der Straße, doch erst, nachdem Janos einen Ekelzauber ausgesprochen hatte. Dennoch wurde es am nächsten Morgen nötig, ein kleines Feuer anzuzünden und mit brennenden Zweigen einige der Blutegel wegzubrennen, die uns gefunden und den Bann irgendwie unterwandert hatten. Sie waren fett und aufgebläht von unserem Blut. Als sie sich lösten, bluteten die Wunden, die sie zurückließen, heftig und mußten bandagiert werden.

Einige Stunden später fanden uns die Späher. Das Tal hatte sich verbreitert, der Fluß war flacher geworden. Er schlängelte sich am Fuß der zerklüfteten Felsen entlang. Die Straße führte schnurgerade durch das Tal, und wir konnten weit sehen. Es war heiß und still. Ich erinnere mich noch gut an das Summen der Zikaden. Dann kamen vor uns Soldaten um eine Biegung. An der schimmernden Rüstung von Roß und Reiter erkannte ich sofort, um wen es sich handelte. Es waren mindestens zwanzig von ihnen, mehr als wir je gesehen hatten. Sie entdeckten uns, bevor wir neben der Straße Schutz suchen konnten. Die Lanzenspitze ihres Führers berührte den Boden, als er die Waffe sinken ließ. Ich konnte sehen, daß gepanzerte Handschuhe über Helme fuhren und sich Visiere schlossen. Doch hörten wir nicht das erwartete Klirren der Waffen, Befehle oder das Klappern der Hufe auf dem Stein, als die gespenstische Patrouille in unsere Richtung trabte.

»Kompaniegröße«, bemerkte Janos. »Falls sie ohne Verhandlungen angreifen wollen, wird ihr Kommandeur ihnen befehlen, zu galoppieren, sobald sie die Senke erreicht haben, wo wir sie nicht sehen können.« Auch auf diese Situation waren wir gefaßt. Männer zogen speziell gefertigte Speerverlängerungen aus den Eselspacken und schoben sie auf die Eisenmuffen, die wir an den Kolben der Speere befestigt hatten. Sechs Mann knieten am Straßenrand, mit aufragenden Speeren und erhobenen Schilden. Hinter ihnen standen Bogenschützen, dann unsere Tiere, je zwei von einem Mann gehalten. Der Rest von uns zog die Schwerter, bereit zu reagieren, wenn nötig. Obwohl wir drohten wie die Stachelschweine, bereiteten wir doch keine unausweichliche Situation vor. Wenn sie wollten, konnten die Späher anhalten oder uns sogar kampflos passieren. »Bleibt auf euren Posten«, warnte Janos. »Macht euch keine Sorgen... und lauft nicht weg. Kein Pferd... weder im wahren Leben noch in der Legende – wird einen Wall von Speeren angreifen. Haltet euch bereit.« Seine Stimme klang so unbesorgt, als sei dies nur eine Übung auf meinem Landgut.

Der Trupp trabte in die Bodensenke und war nicht mehr zu sehen. »Jetzt«, sagte Janos, »jetzt werden wir gleich wissen, welche Absicht diese Männer verfolgen.« Doch nichts geschah. Sekunden wurden zu Minuten, und die Reiter tauchten nicht wieder aus der Senke auf. »Interessant«, bemerkte Janos. »Dort ist nicht genug Platz für so viele Reiter, ohne daß sie sich gegenseitig auf den Hufen stehen. Zwei Mann! Vorwärts zur Senke! Obwohl ich nicht glaube, daß dort etwas zu finden ist.«

Wie Janos vermutet hatte, riefen die beiden Kundschafter, die Senke sei leer. »Noch interessanter«, sagte Janos und klang keineswegs besorgt. »Die erste Möglichkeit, die ich bezweifle, ist, daß wir sie mit unserer Anwesenheit und Kampfbereitschaft überrascht haben. Die zweite ist, daß sie, oder wer immer sie befiehlt, versucht, unsere Entschlossenheit zu schwächen. Die dritte, logische, wäre, daß der Kommandeur dieser Einheit ebensowenig mit uns anzufangen weiß wie wir mit ihm. Die vierte, der ich persönlich anhänge, ist, daß der Versuch, das Verhalten eines wirklich großen Geistersehers vorherzusagen, ähnlich ist, als wolle man in den Wind pissen: anfangs befriedigend, aber unergiebig, unangenehm und peinlich, je länger es dauert. Marschordnung! Wir rücken vor!« Und das taten wir, ohne weitere Aufregung. Doch wir reisten langsamer, trugen Rüstungen und hielten unsere Waffen bereit.

Am folgenden Tag gerieten wir in einen Hinterhalt. Sie hatten die Falle gut getarnt, an einer Stelle, wo die Straße an einer Felsformation vorbeiführte. Auf der anderen Straßenseite bot das kahle Gelände weder Schutz noch Fluchtmöglichkeit, und auch davor und dahinter gab es keine Deckung. Der einzige Fehler der Angreifer bestand darin, daß sie hätten warten sollen, bis die Mitte unseres Trupps die Todeszone erreicht hatte. Sie aber griffen unsere Vorhut an. Bogensehnen schwirrten, und zwei unserer Männer schrien auf und gingen zu Boden. Dann flogen Speere von den Felsen. Jemand schrie vor Schmerz, und die Angreifer stießen ein Kriegsgeheul aus, das uns das Blut gefrieren lassen sollte. Wir blieben stehen, einen Moment lang unschlüssig, als eines unserer Tiere schrie und scheute, zwei Pfeile in der Flanke. Ich hörte Janos rufen: »In die Mitte! In die Mitte! Greift an, ihr Scheißkerle!« Maeen sprang über einen der Verwundeten, riß sein Schwert aus der Scheide und stürmte mitten in den Hinterhalt. Ich sah, wie ein Pfeil neben ihm von einem Stein prallte, dann stürmte er hinter den Felsen. Auch ich stürmte vor, meine Klinge in der Hand, und hörte hinter mir Schreie, diesmal jedoch Kriegsgeheul. Ich brach durch das Unterholz, kam um einen Felsen, und dort stand ein Mann, der seinen Bogen spannte und losließ, und ich weiß nicht, wohin der Pfeil ging, als ich ihm mit einem Hieb den Arm abtrennte. Blut spritzte, und er schrie auf. Und noch ein Mann war da. Mit erhobenem Schwert parierte er meinen Hieb. Ich fing mich, fiel halb zu Boden, um seinem Schlag auszuweichen, und stieß unbeholfen nach ihm. Meine Klinge klirrte gegen seinen Panzer, ich war an seiner Brust, und wir kamen ins Schwanken. Ich stieß ihn mit der Stirn, zertrümmerte seine Nase, und er taumelte rückwärts, stolperte. Bevor er wieder im Gleichgewicht war, stürmte ich voran, und meine Klinge grub sich bis ans Heft in sein Gedärm. Beinah verlor ich mein Schwert, als er stürzte, fing mich jedoch wieder und befreite ihn von allem Übel. Ein Pfeil schlug dumpf im harten Boden ein, und ich blickte auf und sah einen Bogenschützen direkt über mir. Er trug eine stählerne Pelerine, zog mit einer Hand den nächsten Pfeil aus seinem Gürtelköcher, setzte ihn an die Sehne und zog die Finger sachte zurück. Ich sah den Tod in seinen Augen, an der Spitze des Pfeiles, der auf mein Gesicht zielte, als Janos' Dolch mit dem Knauf zuerst an seine Brust schlug. Der Schütze ließ den Bogen fallen, taumelte rückwärts und stürzte krachend vom Felsen. Ich hörte Knochen bersten, und er schrie vor Schmerz. Schon war ich über ihm, und Blut spritzte aus seinem Kopf, als ich mit aller Kraft zustach.

Dann war keiner mehr zu morden übrig. Ich sank gegen die Felsen und zitterte heftig am ganzen Körper. Ich kam wieder zu mir ... und sah mich um. Acht tote Feinde lagen über die Felsen verstreut. »Acht gegen zwanzig«, sagte Janos mit einiger Bewunderung. »Sie hatten keine Angst, denn sie wußten, daß Überraschung die Kräfte verdoppelt und noch einmal verdoppelt.«

Er sammelte seinen Dolch auf und betrachtete ihn skeptisch. »Warum nur«, überlegte er, »trifft der Held in alten Sagen, wenn er sein Messer wirft, den Schurken stets ins Herz? Ach, na ja, wenigstens habe ich ihn überhaupt getroffen. Ich war überrascht, daß ich nicht den Stein selbst durchbohrt habe.«

Ich dankte ihm. Ein weiteres Mal hatte er mir das Leben gerettet. Janos lächelte und versuchte, die Spannung mit einem Scherz aufzulockern. »Ehrlich gesagt, habe ich den Dolch nur geworfen, um Gelegenheit zu bekommen, deinen wundervollen Sprung zu diskutieren, mit dem du den ersten Feind durchbohrt hast. Das hätte dir einen großen Sieg eingebracht … auf der Matte. Wären wir in der Kaserne, würde ich an dir für deine dumme Tollkühnheit ein Exempel statuieren und dich für eine Woche zum Küchendienst einteilen.«

»Ich danke Euch, Sir Greycloak.« Ich lachte. »Du klingst wie einer meiner alten Hauslehrer. Obwohl, wenn ich es recht bedenke, war er einer der wenigen, die etwas von Wert zu sagen hatten.«

Ich wandte meine Aufmerksamkeit dem Bogenschützen zu, dann dem Schwertkämpfer, den ich getötet hatte. Auch ich war von alledem abgehärtet und inzwischen fähig, eine Leiche zu begutachten, ohne grün anzulaufen und umzufallen. »Sie waren gut gepanzert und bewaffnet«, sagte ich. »Allesamt in Uniform. Also sind es keine Banditen. Und ich glaube nicht, daß sie die Infanteristen unserer Späher waren.«

Janos wurde aschfahl. »Ich kann dir sagen, was sie sind«, sagte er. »Lycanther. Sieh dir die Stiefel an. Oder die Art seiner Rüstung … oder das Heft an der Klinge dort. Ich selbst habe so ein Schwert getragen, als ich in ihren Diensten stand.«

»Aber was *tun* sie hier? Sie können uns nicht gefolgt sein«, sagte ich. »Sie können uns nicht überholt haben. Zumindest halte ich das für unwahrscheinlich.«

Janos beugte sich über den toten Schwertkämpfer und durchsuchte ihn. Einige Münzen – lycanthische – lagen im Beutel des Mannes. »Ist dir aufgefallen«, begann er, »daß diese Männer, obwohl sie Lycanther sind, weder Banner noch Standarte tragen? Und auch auf ihren Brustpanzern gibt es keine Wappen.« Er stand auf. »Sergeant Maeen!«

»Sir!«

»Laßt die Toten entkleiden. Stapelt die Leichen. Duchsucht ihre Habseligkeiten und bringt, was ihr findet, zu mir.«

»Ja, Sir!«

Während wir auf das Ergebnis von Maeens Durchsuchung warteten, begann die schauerliche Arbeit nach der Schlacht. Erstaunlicherweise hatten wir keinen Mann verloren. Die ersten beiden, die von Pfeilen getroffen waren, würden nicht nur überleben, sondern bald schon genesen, auch wenn einer von ihnen heftig aus einer Oberschenkelwunde blutete, für die mehrere von Janos' Zaubersprüchen nötig waren, damit sie sich schloß. Dann wurde sie bandagiert. Die Wunden des zweiten Soldaten waren weniger schwerwiegend. Der Pfeil hatte seinen Arm gänzlich durchstoßen, war dann jedoch an seinem Brustpanzer abgeprallt. Die anderen Verwundeten waren ein blutiger Anblick, doch die Schnittwunden von Schwertern und Dolchen würden schnell verheilen, besonders mit Janos' Zauberkunst, die half, diesen Prozeß zu beschleunigen. Der Mann mit der Oberschenkelwunde und auch der andere würden einige Tage reiten müssen, doch alle anderen konnten trotz ihrer Wunden laufen. Das Erscheinen der Späher hatte uns unbeabsichtigt auf diesen Hinterhalt vorbereitet.

Mein gedankenverlorenes Nachsinnen über die Absichten der Geisterreiter – trotz Janos' Warnung vor dem Versuch, das Verhalten eines Weissagers weiszusagen – wurde unterbrochen. Sergeant Maeen hatte etwas gefunden. Es war ein kleines Emblem, das an einer Halskette gehangen hatte. Wortlos hielt Janos es mir hin. Ich brauchte keine Erklärung. Ich hatte dieses Emblem am Brustpanzer der Soldaten gesehen, die das Umland von Lycanth nach uns absuchten. Und aus Marmor geschlagen im Hof eines großen Anwesens mitten in der berüchtigten Stadt.

Es war das Hauswappen von Nisou Symeon.

Die Straße führte wieder zum Fluß und kam zu einer Reihe von steinernen Anlegern, die für kleine Schiffe gedacht waren. Boote lagen hier nicht vertäut. Janos fand ein Stück Tau an einem Eisenpoller. Es war alt und grau. Lange hatten hier keine Schiffe mehr angelegt. Von diesem Pier aus konnten wir auf eine Weise reisen, die mir vertrauter war als die ständige Bergwanderei. Schon wollte ich befehlen, das Lager aufzuschlagen, und einen Arbeitstrupp aussenden, der Holz für Boote schlagen sollte, als mir die Splitter des gesunkenen Kanus einfielen, die Janos gefunden hatte, wo einst das Dorf der Ufermenschen gewesen war.

Er holte die Holzstückchen heraus und bereitete seinen Zauber vor. »Es ist einfach«, sagte er, als er mit Kreide geheimnisvolle Symbole auf den steinernen Anleger zeichnete, und daneben sechs geschlossene Ellipsen. »Die Vorstellung, daß etwas, das einmal Teil eines Ganzen war, wieder ein Ganzes werden kann, ist keineswegs revolutionär. Und wenn die Götter meinen Bemühungen gnädig sind, werde ich dieser Beschwörung einen Erneuerungszauber hinzufügen.«

Er legte ein Stück Holz in jede Ellipse und begann seine Beschwörung. Ich wußte, was als nächstes kommen würde, und hätte Janos' Talente inzwischen für alltäglich halten können. Doch war dies nicht der Fall. Ich gab Anweisung, die Lasten der Tiere in sechs gleiche Bündel aufzuteilen, von denen jedes nach Möglichkeit die gleichen Gegenstände enthalten sollte, um die Katastrophe gering zu halten, falls ein Kanu kenterte. Dann widmete ich mich wieder dem Anleger und glotzte wie ein Einfaltspinsel. Die Beschwörung dauerte nur wenige Minuten, dann schimmerte die Luft, daß man kaum hinsehen konnte, und sechs Kanus lagen auf dem Pier. Doch anstatt exakter Nachbildungen des grauen, vollgesogenen Wracks, das wir aus dem Fluß gezogen hatten, waren diese neu und glänzend, als wäre jedes davon eben erst aus dem Stamm gehauen, geschliffen und geölt worden.

Dieser Zauber, den Janos als »einfach« bezeichnet hatte, schien die Soldaten mehr als jeder andere in Erstaunen zu versetzen. Janos lächelte darüber. »Jetzt siehst du, warum Geisterseher einen Großteil ihrer Arbeit im Dunkeln und Geheimen verrichten. Jeder Zeuge meines Kanubaus wird sich – sobald er wieder bei sich ist, nachdem er gesehen hat, wie aus Zauberei Wirklichkeit wurde – fragen, warum so etwas nicht allgemein üblich ist. Warum sollte eine Frau beispielsweise dem Blechschmied das Aushämmern eines neuen Topfes bezahlen, wenn der weise Mann im Viertel den alten Topf – oder nur ein Stück davon – mit wenigen Worten für eine Kupfermünze oder zwei wiederherstellen kann?«

»Eine ausgezeichnete Frage«, sagte ich. »Warum eigentlich nicht?«

»Würdest du deinen Lebensunterhalt als Blechschmied oder Bergmann oder Bootsbauer verdienen, wüßtest du, warum. Es könnte eine der großen Fragen unserer Zeit werden: Von welchem Punkt an ist die Zauberei, wenn sie jedermann frei zugänglich ist, eher von Übel als von Vorteil?«

»Die Antwort ist leicht«, sagte Sergeant Maeen, der sich uns leise genähert hatte. »Wenn wir Menschen alle Zauberschlösser besitzen und leben wie in den Fernen Königreichen, können wir uns zurücklehnen, uns von den Elfen das nächste Faß Wein aufmachen lassen und *dann* diese Frage ausgiebig diskutieren.«

»Dann«, sagte Janos amüsiert, »wird es zu spät sein.«

»Nun, Sir, bis dahin kennen wir sicher die Antwort, nicht? In der Zwischenzeit hätten wir die Ladung soweit, wenn die Herren Philosophen zur Reise bereit wären.«

Die Kanus wurden zu Wasser gelassen, beladen, und wir stellten Mannschaften zusammen, wobei wir darauf achteten, daß in jedem Boot einer saß, der Erfahrung auf dem Wasser hatte. Das Schwerste war, unsere treuen Esel zurückzulassen. Es gab Futter genug, und einer der Viehtreiber sagte, viele der Pflanzen dort bevorzugten mildes Wetter, daher bezweifelte er, daß der Winter das Tal in eine Eiswüste verwandeln könnte. Wir hatten keine Raubtiere gesehen, die sich an den Tieren gütlich tun würden, und ich wußte, daß nur wenige Fleischfresser dumm genug waren, einen arglistigen Esel anzugreifen. Die Reise hatte unseren Eseln nichts als Erschöpfung,

Durst, Schmerz und sogar Tod gebracht. Hier konnten sie Fett ansetzen, sich fortpflanzen und nach Herzenslust schreien, da Janos sie vom Schweigezauber, der ihnen auferlegt war, erlöste. Und dennoch – als wir ablegten und vier der Tiere am Anleger standen, uns mit feuchten, grauen Augen nachtrauerten, und wir nur noch ein einziges, mächtiges Blöken hörten, als wir außer Sichtweite kamen, schwiegen wir schuldbewußt.

Der Fluß wuchs enorm an, als andere Ströme von ihren Quellen herabrauschten und sich ihm anschlossen. Unsere Boote schossen stromabwärts, rollend und stampfend, und Gischt spritzte auf, bis wir gelegentlich den Kurs nicht mehr sehen konnten. Und wieder waren wir gleichzeitig schnell und langsam unterwegs. Wir sausten Kaskaden hinab, stießen die Boote verzweifelt mit unseren Paddeln von kniehohen Felsen ab oder glitten stundenlang über Stromschnellen wie Otter über Schlammhänge. Zweimal kenterten Boote, und wir brachten Stunden damit zu, Bündel und Männer aus dem aufgewühlten Wasser zu fischen. Te-Date war uns gnädig, und niemand ertrank.

Manchmal waren wir gezwungen, unsere Boote an Land zu bringen und sie und die Ladung mühselig um Stromschnellen oder Wasserfälle herum zu transportieren, die uns zu gefährlich erschienen. Drei- oder viermal mußten wir den Fluß gänzlich verlassen und die Boote mit Seilen steile Klippen hinauf und wieder hinunter in befahrbare Gewässer hieven. Trotz dieser Schwierigkeiten erlitt nicht nur niemand weitere Verletzungen, sondern unsere Verwundeten waren wieder so gut wie neu. Dann wurde es, je breiter und tiefer der Strom anwuchs, langsam ruhiger. Seltsamerweise sahen wir noch immer keine Spur von Leben, nicht einmal verlassene Dörfer. Hier und da gab es steinerne Anleger wie den, auf dem wir diesen Teil unserer Reise begonnen hatten, doch die Steinstraßen, die von diesen Anlegern wegführten, waren überwachsen und lange vergessen. Das Land war grün und schien fruchtbar. Wir konnten nicht verstehen, warum die Menschen diese Gegend verlassen hatten. Dann aber stießen wir sowohl auf Menschen als auch auf einen möglichen Grund für die Entvölkerung.

Unsere Ohren machten die Entdeckung zuerst. Anfangs hörte man lautes Dröhnen, wie Donner. Dann ein Krachen, als kämen wir zu einer großen Gießerei. Schließlich hörten wir Hilferufe und Schreie. Wir kamen um eine Biegung... und das Flußwasser wandelte sich zu Blut. Ein Damm führte vom Ufer zu einem Eiland etwa drei Viertel des Weges über den Fluß hinweg. Von diesem Eiland erstreckte sich eine breite Brücke zum gegenüberliegenden Ufer. Die Strömung nahm zu, sog uns an diesen Strand. Jeden Moment würden wir unter die Brücke getrieben.

Doch das war nicht, was uns als erstes auffiel. Zuerst kamen die Leichen. Wir wurden Zeugen der letzten Augenblicke einer Schlacht, die geschlagen wurde, ohne daß die Kontrahenten unsere sechs winzigen Kanus beachteten. Überall auf dem Damm lagen Leichen, stapelten sich auf dem Eiland und türmten sich selbst auf der Brücke. Über diesen Fluß hinweg war ein blutiger Krieg geführt worden. Am gegenüberliegenden Ufer sanken die letzten Verteidiger – oder Angreifer, als welche sie begonnen haben mochten – mit den Rükken zum Kliff in den Tod. Ich sah ein Banner, so blutig, daß ich sein Sinnbild nicht erkennen konnte. Soldaten auf ihrer letzten Wacht standen darum herum. Ich sah einen riesenhaften Mann, der einen Säbel schwang. Er hatte seinen Helm verloren oder verschmähte ihn, und ich sah sein weiß-goldenes Haar und den Bart in der Sonne glänzen. Ein König? Ein Edelmann? Um ihn sammelte sich, was ich für den Rest seiner Leibwache hielt, und die Angreifer stürmten wieder und wieder gegen sie an wie Sturmwellen gegen einen Strand. Dann fiel der blonde Mann, und sein Banner wankte und stürzte zu Boden. Man hörte Siegesgeheul.

Die Männer in meinem Boot glotzten, fluchten, stöhnten, und

einer oder zwei von ihnen übergaben sich. Das Wasser um uns war dunkel, und trübes Rot hatte die Steine vor uns eingefärbt. »Augen im Boot und bei den Paddeln«, befahl ich. »Paßt auf, sonst werden wir gegen Pfeiler getrieben. Die Gottesfürchtigen beten, daß wir unentdeckt bleiben.«

Janos' Boot kam neben meins, als die Strömung uns unter die Brücke trieb. Über mir hing ein Mann vom Geländer, und ich sah mit diesem einen Blick, wie seine Augen in die Ferne starrten und ihn dann das Leben verließ. Schon waren wir vorbei. Ich meinte, ein Rufen von der Brücke zu hören, und später sagte jemand, man hätte uns einen Pfeil hinterhergeschickt, doch der Fluß bog sich ein weiteres Mal, die Bäume reichten bis ans Ufer, und wir waren in Sicherheit.

Wir fuhren in der Dämmerung, legten dann auf einer kleinen Insel mitten im Strom an und zogen die Kanus weit ins Unterholz, daß sie nicht zu sehen waren. Wir alle waren erschrocken und verwundert, über so lange Zeit kein Lebenszeichen zu sehen und dann auf eine derart barbarische Szene zu stoßen.

»Barbarisch stimmt«, warf Lione ein. »Vielleicht habt Ihr es nicht gesehen, aber es waren Unmengen davon. Sie haben sich über die Soldaten hergemacht und mit Dolchen zugestoßen, um sicherzugehen, daß kein Verwundeter einen Arzt brauchte. Die sind von einem zum anderen gegangen, als wären sie für die Aufgabe eingeteilt.«

»Soldaten plündern nun mal«, sagte Maeen.

»Die haben nicht geplündert«, gab Lione trotzig zurück. »Nur getötet.«

»Das Ende einer Fehde«, vermutete ich.

»Oder vielleicht«, sagte Janos finster, »tragen die Entzweiten Länder ihren Namen zu Recht, wenn der einzige Sieg, der zählt, der Sieg der Würmer ist.«

»In jedem Fall«, sagte ich und versuchte, dem Tag etwas Positives abzuringen, »wissen wir jetzt, warum die Fernen Königreiche bisher keine Abgesandten oder Händler geschickt haben, wenn sie durch Länder reisen müssen, die von solchen Schlachten beherrscht werden.«

Das heiterte die Männer auf.

»Und endlich haben wir eine Form von Zivilsation gefunden, so barbarisch sie uns auch erscheinen mag«, fuhr ich fort. »Die Mündung dieses Flusses und die Fernen Königreiche selbst müssen ganz in der Nähe sein.« Letzteres war natürlich nur die reine Vermutung.

Doch anderthalb Tage später fanden wir tatsächlich eine Zivilisation. Oder besser gesagt, die Zivilisation fand uns. Vier lange Kriegsgaleeren glitten aus einer schmalen Bucht hervor. Zwanzig Ruder zählte ich auf jeder Seite, und auf den Vorderdecks standen bewaffnete Männer. Am Bug eines jeden Schiffes fanden sich zwei Ballisten, und sie hielten direkt auf unsere Kanus zu. Wir saßen vollends in der Falle. Ein spitzbärtiger Mann mit Rüstung und Helm grüßte uns.

»Willkommen, Reisende«, rief er. »Willkommen, Gäste.« Sein Lächeln wirkte freudlos und nicht sonderlich einladend.

Kapitel Einundzwanzig

Der Zauberer der Seelen

Es war eine Stadt wie keine andere; die Geräusche gedämpft, die Farben unnatürlich grell. Wohnhäuser bestanden aus blassem Stein, und nur kleine, schwarze Löcher – die Türen – durchbrachen die gesichtslosen Fassaden. Rote Girlanden, die von grünlackierten Pfosten hingen, säumten beide Seiten der gespenstischen Allee.

Unsere »Gastgeber« hatten sich geweigert, Fragen zu beantworten, während wir zum Hafen der Stadt fuhren, die an der Mündung des Flusses lag. Tatsächlich äußerten sie überhaupt keinen irgendwie gearteten Kommentar und wandten sich ab, als wären wir gar nicht da. Im Hafen übergab man uns einem Trupp wartender Soldaten unter dem Kommando eines finster dreinblickenden Hauptmanns. Unsere Habe, darunter auch die Waffen, lud man auf einen Karren, der uns folgte, als wir über die Hauptstraße der Stadt geführt wurden. Wir gingen der kleinen Parade voraus, zwanzig verängstigte Gefährten drängten sich zur gegenseitigen Stärkung zusammen. Zu beiden Seiten marschierten Soldaten, trieben uns unserem Schicksal entgegen. Die neuen Gastgeber waren so schweigsam wie die vorherigen. Wäre da nicht das Dröhnen der Stiefel gewesen, das dumpfe Klirren der Rüstungen und das nervöse Kribbeln an unseren Hälsen, hätte man gar nicht gewußt, daß sie da waren.

Nur wenige Leute waren zu sehen, und diese Männer und Frauen liefen ohne erkennbaren Grund umher oder standen reglos wie Steine und starrten uns an. Ihre Tracht folgte keinerlei Logik. Manche trugen gewöhnliche Togen, andere die weiße Seide der Reichen. Darunter mischten sich Männer im Harnisch der Soldaten, Bauern in Arbeitskleidung und Bettler in Lumpen. Ein kleines Mädchen sah mich an, als wir vorübergingen. Ich lächelte, und es lächelte zurück. Der Magen wollte sich mir umdrehen, denn das unschuldige Wesen hatte keine Nase mehr. Mir fiel auf, daß noch viele andere auf ähnliche Weise verstümmelt waren: fehlende Arme oder Holzblöcke als Füße.

Ich hörte Maeen flüstern: »Was für ein unglücklicher Haufen.«

Janos beugte sich zu mir und sagte leise: »Wenn wir am Ziel sind, folge meinem Beispiel.«

Die Allee nahm eine Biegung, dann führte sie schnurgerade zu einem großen, rechteckigen Gebäude mit einem riesigen, roten Schornstein auf seiner Kuppel. Der Schornstein hustete Funken und schwarzen Rauch hervor, und ein ekelerregender Gestank verpestete die Luft. Als wir näher kamen, merkte ich, daß das Gebäude größer war, als ich gedacht hatte. Ein weiterer Bau duckte sich davor, rund wie ein Bienenstock mit gebogener Tür. Ein Mann trat aus dem Eingang. Er trug eine feine, rote Robe mit einem kleinen, schwarzen Emblem an der Brust, zum Zeichen seiner Autorität. Er hob eine Hand zum Gruße. Die Hand war daumenlos und mit Fingerstumpen besetzt.

Er sprach mit einer Stimme, die es gewohnt war, zu befehlen. »Guten Tag, edle Wanderer. Mein Herr heißt Euch willkommen und entbietet Euch seine vielgerühmte Gastfreundschaft.«

»Dank Euch«, sagte Janos. »Und wer mag Euer Herr sein?«

»Nun, sein Name ist aller Welt bekannt«, erwiderte unser Gegenüber. »Es ist Lord Mortacious, Herrscher über diese Stadt und alle Länder von Gomalalee.«

»Verzeiht unser Unwissen, edler Herr«, sagte Janos. »Doch wir kommen aus einem so fernen Land, daß nicht einmal der Name Eures hohen Herrn an unsere Ufer gedrungen ist. Es wird uns eine Ehre sein, diesen Namen in unserem Volk zu verbreiten, wenn wir sicher in unsere Heimat zurückgekehrt sind.«

Der Mann antwortete: »Dann wird es Euch eine Freude sein, ihm zum ersten Mal gegenüberzustehen. Kommt. Mein Herr erwartet Euch bei Tisch.«

Wir folgten ihm: neunzehn schweigende Männer, die sämtliche Götter anflehten, Janos' Weisheit beizustehen. Wir hörten das Zischen des Schornsteins über uns und rochen den fauligen Qualm. Der Mann führte uns zum Festsaal und stieß die Türen weit auf. Der Raum war lang und schmal und so hell erleuchtet, daß meine Augen schmerzten. Die einzige Dekoration waren weitere dieser obszönen, roten Girlanden an den hohen Wänden. Vom einen Ende des Raumes zum anderen zog sich ein schwerer Schwarzholztisch. Überreich türmten sich dort Gaumenfreuden: Braten von mancherlei Fleisch, Teller mit ganzen, gebackenen Fischen, Berge von nahrhaftem, dunklem Brot und große, kristallene Karaffen mit rotem Wein, so schwer, daß sein süßer Duft den ganzen Raum erfüllte. Die Speisen lagen auf goldenen Tellern. Vierzig Mann saßen an diesem Tisch, und nahe des Eingangs war Platz für weitere achtzehn.

Am Kopfende der Tafel, auf einem grünen, thronähnlichen Stuhl, saß ein Mann mit den Zügen eines grimmigen Aasfressers der Lüfte. Er stand auf, als er uns sah, und hob die Hände, daß seine rote Robe wehte wie die Flügel eines jener großen Wüstenvögel. Das konnte niemand anderes sein als der Mann, dessen Einladung wir folgten: Lord Mortacious. Zuerst sprach er mit seinen Tischgenossen: »Meine Herren. Wir haben die Ehre, heute vornehme Gäste begrüßen zu dürfen.« Allgemeines Gemurmel hob an, finster oder erfreut, ich konnte es nicht sagen. »Meine Herren, ich darf Ihnen Sir Janos Greycloak aus Orissa vorstellen.« Janos zuckte zusammen. Ich spürte, daß auch mein Gesicht vor Überraschung glühte. »Ich glaube, der Mann neben ihm, der mit dem prächtig-roten Haar, ist Lord Antero. Ebenfalls aus Orissa.« Ich verneigte mich tief und blieb ruhig, doch kreisten meine Gedanken um die bange Frage: Woher kannte er uns? Welche Absicht verfolgte er?

»Die Ehre ist ganz unsererseits, Lord Mortacious«, sagte Janos. Ich wiederholte seine Worte. Hinter mir hörte ich das nervöse Husten einer unserer Männer und daß Sergeant Maeen ihn mit scharfem Flüsterton zurechtwies.

Mortacious zog den Schal um seinen Hals zurecht. Das Tuch war aus teurer, schwarzer Seide. Er lächelte vornehm und wohlwollend, doch seine Augen waren so rauchgrau und voll tödlicher Versprechen, daß er nur ein Zauberer sein konnte.

»Kommt, eßt mit uns zu Abend«, sagte er und deutete auf die leeren Ehrenplätze zu beiden Seiten seines Throns. »Eure Männer finden Platz dort bei der Tür.« Janos und ich traten vor. Hinter uns setze sich unser kleiner Trupp, wohin man ihn bestellte. Bei jedem Schritt, mit dem wir uns von unseren Gefährten trennten, spürte ich, wie unsere Sicherheit schwand. Mortacious war höchst aufmerksam, als wir unsere Plätze einnahmen. Er ordnete unsere Gedecke und schenkte jedem ein Glas Wein ein. Ich bedankte mich leise und trank. Der Wein war so süß, daß ich beinah würgen mußte, doch aus Höflichkeit zwang ich mich zu einem weiteren Schluck. Dieser war erträglicher, ein mächtiger Trank, der dem Magen Feuer und dem Verstand dichten Nebel brachte: Ich gelobte Vorsicht.

»Sagt mir, Lord Mortacious«, begann Janos, »wie kommt es, daß Ihr von so unbedeutenden Reisenden wie uns wißt?«

Mortacious gluckste, fingerte am schwarzen Schal um seinen Hals herum. »Unbedeutend? Ich glaube kaum. Was mein Wissen um Euch angeht, so ist das für einen Zauberer kein Kunststück. Als Herrscher über dieses Reich, das viele böse Menschen beneiden, ist solch Wissen unumgänglich.«

Urplötzlich entspannte sich Janos. Er trank seinen Wein und schmatzte laut vor Vergnügen. »Um ganz offen zu sein, Herr, als sich Eure Männer uns näherten, fürchteten wir schon, man würde unsere Absichten mißverstehen. Denn wir kommen in diese Gegend aus Versehen, nicht aus Absicht. Unser Bestreben ist ausschließlich friedlicher Natur.«

»So sagt Ihr«, murmelte Mortacious. »Doch zieht Ihr eine blutige Spur hinter Euch, die auf anderes schließen läßt.«

»Hätten sie uns passieren lassen«, sagte Janos, »könnten sie noch leben.«

Die bissige Bemerkung rief eher Amüsement als Zorn hervor. Mortacious lächelte. »Genau, lieber Greycloak. Unwissenheit kann tödlich sein.« Er schenkte uns nach. »Als ich von Eurem Kommen erfuhr, war meine Neugier geweckt. Ich mußte den Mann kennenlernen, der so inbrünstig die Fernen Königreiche sucht.«

Abgesehen von dem Gespräch zwischen Janos und Mortacious herrschte Stille im Saal. Seine Männer machten lustlose Bewegungen des Essens und Trinkens. Sie sprachen nicht miteinander und sahen weder hierhin noch dorthin. Am anderen Ende der Tafel flüsterten unsere Freunde miteinander und rutschten auf ihren Stühlen unruhig herum. Doch sah ich, daß sie klug genug gewesen waren, sich ein paar Stücke Fleisch und Brot zu nehmen, was sie verschlangen, als wäre es ihr letztes Mahl, ein Gedanke, der mir nicht fremd war, als ich auf meinen leeren Teller blickte.

Mortacious sah meinen Blick und verstand. »Verzeiht mir, edle

Herren, wenn ich Eure Bedürfnisse vergaß. Kommt, laßt mich Euch helfen, den einen oder anderen schmackhaften Bissen zu finden.«

Er schnitt eine dicke Scheibe von dampfendem Fleisch für mich und eine weitere für Janos und legte sie höchst feierlich auf unsere Teller. Ein delikater Duft stieg auf und weckte meine Sinne, hieß mich zu essen. Ich schnitt einen langen Streifen und hob ihn eifrig an die Lippen. Ich hielt inne, verdutzt, als ich Mortacious' böses Kichern hörte. Plötzlich wandelte sich der verführerische Streifen in eine zischende, zappelnde Viper. Gift tropfte von ihren Fängen, verätzte den Tisch.

»Aber, aber, Amalric Antero, du *bist* ein gieriger Geselle«, sagte Janos mit jungenhaft beschwingter Stimme. »Immer schnappst du dir das beste Stück weg. Hier... erlaube mir zumindest *einen* Biß!« Mit schwungvoller Geste riß er die Schlange an sich. »Nicht ganz durch vielleicht«, sagte er. Mit der anderen Hand schlug er einen Bogen in die Luft und wischte an den klaffenden Fängen der Viper vorbei. Die Schlange wurde wieder ein unschuldiges Stück Fleisch. Er warf es sich in den Mund und spülte es mit einem Glas Wein herunter. »Ganz schmackhaft«, sagte er und hielt sich eine Hand vor den Mund, um ein höfliches Rülpsen zu verbergen.

Mortacious' Miene verfinsterte sich. Er zupfte an seinem Halstuch herum, verärgert über Janos' geschickte Vorführung. Nur war mein Freund noch nicht fertig. »Doch was für eine Speise steht dort vor Euch, Lord Mortacious?« rief er mit gespielter Überraschung. Er schnippte mit den Fingern zu dem schweren, goldenen Teller vor unserem Gastgeber hinüber. Mortacious schreckte zurück, als aus dem Teller ein großer, goldener Skorpion wurde, mit aufgerichtetem Schwanz und giftglänzendem Stachel, so tödlich wie die Viper.

»Komm her, mein Hübscher«, gurrte Janos, und mit beängstigender Geschwindigkeit schoß der Skorpion über den Tisch und rannte seinen Ärmel hinauf. Wütend schlug das Tier mit seinem Stachel, als er es tätschelte, dann wurde es zu einer kleinen, quiekenden Maus mit weichem, weißem Fell und zarter, rosafarbener Nase. Janos setzte sie ab und sagte: »Kann sich nicht entscheiden, das arme Ding.«

Mortacious zischte und zeigte mit einem langen, knochigen Finger auf die Maus. Sie stieß ein scharfes Quieken aus und stand in Flammen. Einen Augenblick später hatte sie sich in goldene Asche verwandelt. Der Zauberer wischte die Asche zusammen, dann verstreute er sie über den Tisch. Die Partikel wirbelten herum und setzten sich wieder zu einem Teller zusammen. Ich sah, daß sein Rand – vorher makellos – jetzt angeschlagen war, doch Mortacious war so stolz auf seine Leistung, daß es ihm gar nicht auffiel. Er zupfte an seinem Schal und setzte ein breites Grinsen auf. Seine Zähne waren zwei Hecken von gelblich-knorrigen Bäumen. Er glaubte tatsächlich, er hätte Janos übertroffen.

Janos neigte den Kopf, gestand ihm den Sieg zu. Doch während dieser Geste der Bescheidenheit schob er die Hände in die Tasche und zog sie schnell wieder hervor. »Ich fürchte, ich habe keine angemessene Erwiderung«, sagte er mit einfältigem Lächeln.

Lord Mortacious lehnte sich zurück und lachte. Sein Atem umwehte mich, und es roch nach fauligem Qualm. »Genug gespielt, meine Freunde. Jetzt laßt uns essen und trinken. Denn dies verspricht, ein *höchst* vergnüglicher Besuch zu werden.« Er klatschte in die Hände. Vor Freude, vermutete ich, denn die Stimmung unter den Männern wandelte sich urplötzlich. Sie begannen sich zu bewegen und plapperten hohles Tischgeschwätz daher. Doch fiel mir auf, daß sie, wenn sie aßen, nur knabberten, als hätten sie bereits gespeist, bevor wir gekommen waren. Hier und da bemerkte ich verstümmelte Gesichter und Gliedmaßen, wie ich sie auf der Straße gesehen hatte. Mortacious musterte mich, nahm einen Brokken Brot von seinem Teller und brach ein Stück davon ab. Krumen fielen auf seine Robe. Er stippte das Brot in den Wein und schob es sich in den Mund. Plötzlich war ich ganz ausgehungert, und wie ein

Schattenwolf machte ich mich über meinen Teller her. Doch was auf das Auge appetitlich wirkte, wurde auf der Zunge fad. Das Fleisch war trocken, und selbst wenn man es mit Wein herunterspülte, blieb ein harter Klumpen im Magen.

Mortacious warf mir einen wissenden Blick zu, als wisse er um ein böses Geheimnis. »Ich hoffe, Ihr fandet meinen Scherz nicht rüde, Lord Antero«, sagte er. Er wies auf seine Männer. »Die da sind so langweilige Gesellen, daß ich nicht widerstehen konnte, mir diesen Spaß mit einem intelligenten Mann zu erlauben. Euer erstaunter Blick war die reine Freude.«

»Wie kann ich denn gekränkt sein?« gab ich zurück. »Einem derart noblen Gastgeber Freude zu bereiten ist eine geringe Vergeltung Eurer Großzügigkeit.«

»Ihr seid nicht beunruhigt von der Gegenwart eines Zauberers?« fragte er. Er zupfte an seinem Schal, und ich konnte einen kurzen Blick auf etwas erhaschen, das aussah wie eine häßliche Wunde.

»Nicht im geringsten«, sagte ich und fragte mich, wenn es denn eine Wunde war, woher sie rührte. »Es wird eines Tages eine bemerkenswerte Anekdote sein, wenn ich meinen Enkeln von meinen Abenteuern erzähle.«

Mortacious' Mund verzog sich zu einem humorlosen Lächeln. »Wenn Ihr noch lebt, um sie zu erzählen.«

»Oh, davon gehe ich aus«, gab ich zurück. Ich sah, daß Janos bei meiner treffenden Erwiderung nickte. »Bisher haben uns die Götter bei unserer Suche beigestanden. Obwohl ich zugeben muß, daß ich meine Zweifel hatte, als wir auf Eure Männer trafen.« Ich hob mein Glas auf sein Wohl. »Doch auch diesmal blieb die Heimsuchung aus, und die Götter ermöglichten mir, in Eure erlauchte Gesellschaft zu geraten.«

Mortacious lachte. »Oh, ja, ja, ja«, wisperte er mit höchstem Vergnügen. »Der Wille der Götter ist allen ein Wunder, doch nur wenigen ein Segen.« Er erwiderte meinen Gruß, und beide tranken wir. Dann beugte er sich vor, und sein Blick nahm einen Ausdruck größten Interesses an. »Aber fürchtet Ihr nicht ihre Rache, wenn Ihr in Gesellschaft eines Mannes reist, von dem mancher behauptet, er hätte seine Zauberkunst durch Blasphemie erlangt?«

Falls er mich überraschen wollte, so war es ihm gelungen – falls er mich beschämen wollte, jedoch nicht. »Warum sollte ich? Wurde dieses Unternehmen nicht von den Geistersehern Orissas gesegnet, unter anderem vom betagten und heiligen Gamelan höchstselbst?« Mortacious verzog das Gesicht und nestelte an seinem Schal herum, und ich sah, daß diese intuitive Bewegung für ihn Trost, aber auch eine Schwäche war, mit der er Gefühle preisgab, die er eigentlich verbergen wollte.

Er wandte sich Janos zu, der eifrig auf seinem geschmacklosen Mahl herumkaute. »Euer Freund bringt Eurem riskanten Unterfangen mehr als das Glück seiner roten Haare. Er steuert ihm auch kühle Weisheit bei.«

»Eben das hat vor langer Zeit unsere Freundschaft besiegelt«, sagte Janos. »Mehr noch als sein gewinnendes Wesen und die guten Manieren.«

Mortacious schüttelte den Kopf mit gespieltem Erstaunen. »Eine höchst bemerkenswerte Partnerschaft für ein solches Unternehmen. Ich bete für Euch, daß es so bleibt. Denn geht eine solche Freundschaft entzwei, so ist das eine bittere Pille.« Janos antwortete nicht, sondern lächelte nur und nippte an seinem Wein. »Ich frage mich«, sagte Mortacious, »wann Ihr Euch danach erkundigen wollt, was ich über das Ziel Eurer Suche weiß? Ihr sucht die Antwort auf ein Rätsel, doch Ihr erkundigt Euch nicht bei dem Herrscher, dessen Land den Fernen Königreichen am nächsten liegt.«

Janos setzte sein charmantestes Lächeln auf. Wie ein Dieb lugte es aus dem Dickicht seines Bartes hervor. »Das hätte ich getan, Lord Mortacious…, wenn ich glaubte, daß Ihr antworten würdet.«

Mortacious lachte, diesmal aus ehrlichem Vergnügen. »Ihr habt richtig geraten«, erwiderte er. »Nur wenige Fragen beantworten die Bewohner der Entzweiten Länder gern.«

Janos zuckte mit den Achseln. »Dafür mußte ich nicht in die Kristallkugel sehen, guter Mann. Und wir wurden Zeugen einer großen Schlacht, kurz bevor Eure Männer uns fanden. Wenn ich in einem Land lebte, das so viele Feinde hätte wie Eures, würde auch ich jedem Fragenden mit Mißtrauen begegnen.« Janos erlaubte sich die Frechheit, die Weinkaraffe an sich zu reißen und den Inhalt komplett herunterzustürzen. »Allerdings gibt es da *eine* Frage, die nach Antwort verlangt und keinen Schaden anrichtet, wenn ich sie stelle. Warum habt Ihr uns zu Euch holen lassen?«

Mortacious glättete seinen Schal. »Es ist, wie ich sagte: um meine Neugier zu befriedigen.«

»Und wann wird das geschehen sein?« drängte Janos.

Der Zauberer beäugte ihn und streichelte sanft seinen schwarzen Schal, als handelte es sich um die Haut seiner Geliebten. Die Hand lag totenweiß auf dem Schal, die Finger lange, blinde Würmer. Schließlich antwortete er: »Wenn Ihr mein Reich in Sicherheit verlassen werdet... und mit meinem Segen. Doch bevor die Stunde naht, habe auch ich einige Fragen.«

»Nur zu, edler Herr«, sagte Janos. »Ich bin ein einfacher Soldat, der keine Geheimnisse hat, nur die süßen Worte, die ich sammle, um den Ohren der Jungfern zu schmeicheln.«

»Wenn dem so wäre«, sagte Mortacious, säßet Ihr nicht an meiner Tafel. Und meine Männer hätten Euch ein anderes Schicksal zugedacht.« Janos zuckte die Schultern, räumte diesen Punkt ein. »Ich habe gehört, mein guter Greycloak«, fuhr Mortacious fort, »Ihr wäret ein geborener Zauberer, ohne jedoch eine formelle Ausbildung zu besitzen. Außerdem hätte man Euch den Umgang mit anderen Zauberern verweigert. Doch meine Informanten sagen auch, Ihr wäret so kunstfertig wie kaum einer im Land... und Ihr hättet diese Kunst ausschließlich durch Eure Urteilskraft erlangt.«

»Da seid Ihr richtig informiert«, sagte Janos. »Obwohl man meine Kunst vielleicht überbewertet. Ich weiß genug, um mich und meine Freunde zu schützen… und einen charmanten Tischgenossen zu amüsieren.«

Mortacious tat dies ab; er hatte genug von Nebensächlichkeiten. »Eure Methoden sind es, die mich interessieren. Andere lernen durch tumbe Routine, Ihr dadurch, daß Ihr Theorien nachvollzieht.«

»Ich hatte keine Wahl«, erwiderte Janos. »Niemand wollte mir Schriftrollen geben, aus denen ich hätte lernen können, ganz zu schweigen davon, daß man mich auf eine Schule für Geisterseher gelassen hätte.«

»Ich habe nie vorher gehört, daß ein anderer Sterblicher so viel wie Ihr erreicht hätte«, sagte Mortacious.

»Davon konnte ich nichts wissen«, gab Janos zurück. »Wie schon gesagt, kein Zauberer hat mich je ins Vertrauen gezogen.«

»Dann werde ich der erste sein«, sagte Mortacious. »Ich habe meine eigenen Theorien. Vielleicht ergänzen sie sich mit den Euren.«

»Ich fühle mich geehrt, Lord Mortacious«, sagte Janos. Er lehnte sich zurück, wartete. Sein Lächeln war entspannt, doch sah ich wachsames Blitzen im Auge meines Freundes.

»Glaubt Ihr, Zauberei hätte einen heiligen Sinn?« fragte Mortacious. »Einen Sinn, den nur die Götter verstehen, die den Zauber zum Leben erwecken? Antwortet mir ehrlich. Ich bin nicht gekränkt.«

»Ich halte sie nicht für heilig«, sagte Janos. »Ich glaube, daß die Magie so natürlich ist wie der Wind. Eine so alltägliche Macht wie das Feuer, das man entzündet, wenn der Sturm weht. Und was die Götter angeht… bah. Sie existieren nicht… außer in unseren Köpfen.«

Mortacious runzelte die Stirn. Er zupfte fest an seinem Schal, und wieder sah ich seine Wunde. »Warum beten wir dann zu ihnen und bringen Opfer? Und warum werden unsere Gebete manchmal erhört?«

»Ihr Bild hilft den Menschen, sich zu konzentrieren«, antwortete Janos. »Das Opfer schärft die Konzentration nur. Ebenso der Singsang bei Beschwörungen. Es gibt keinen Zauber, der sich nicht allein kraft unserer Gedanken vollbringen ließe. Ich brauche keinen Gott, um aus einem Teller einen Skorpion zu machen, oder diesen unsinnigen Singsang, um ihn wieder in seinen ursprünglichen Zustand zurückzuversetzen.«

Mortacious musterte ihn nachdenklich. »Es wäre in der Tat interessant, ein Zauberer wie Ihr zu sein. Niemand hat Euch Regeln gelehrt, also habt Ihr sie in Frage gestellt und Eure eigenen gemacht. Ihr walzt über Situationen hinweg, die andere zögern lassen ... oder von denen sie sich abwenden. Und alles, weil Ihr weder Götter noch Strafen fürchtet. Euch ist keine Aufgabe zu schwer, als daß sie sich nicht mit Willenskraft erfüllen ließe. Oh, ja, Janos Greycloak. Ich verstehe, warum Ihr allein so weit gekommen seid.«

Janos lachte. »Das ist eine hübsche Rede, Herr, nur spüre ich, daß Ihr aus vollem Herzen widersprecht.«

Mortacious war amüsiert. »Ja. Ja, das tue ich. Ich wünschte, es wäre anders, da Ihr mir einen völlig neuen Blick eröffnet. Ich gebe zu, Ihr habt Talent, doch ist dieses Talent nicht so groß, wie Ihr glaubt. Wie jeder *wahre* Zauberer bestätigen wird, gibt es echte Grenzen, echte Ängste. Ich kenne meinen Herrn, und Er kennt mich. Wir haben eine Vereinbarung, die ich einhalte, und Er gewährt mir Kräfte, die größer sind als solche, die selbst ein Mann wie Ihr sich erträumt.«

»Ich vermute, Ihr bezieht Euch dabei auf die Praxis der Schwarzen Magie«, sagte Janos. »Und Ihr dient einem dieser Götter, deren Namen man nicht aussprechen darf.«

»Stört es Euch?« fragte Mortacious. Er streichelte den Schal mit höflicher Miene.

»Nicht im geringsten«, sagte Janos. »Schwarz oder weiß, das macht in meiner Philosophie keinen Unterschied. Wenn es keine Götter, keine heilige Sache gibt, was macht es dann schon?«

»Ja. Ich verstehe, daß es nichts ausmacht«, sagte Mortacious. »Fabelhaft. Einfach fabelhaft. Mir gefällt, wie Eure Ideen, so hirnverbrannt sie sein mögen, über einen rosenumsäumten Pfad führen ... auf dem wir beide uns dennoch wiedertreffen.«

»Meiner Ansicht nach«, sagte Janos, »sollten die Schwarzen Künste nur mit Vorsicht ausgeübt werden. Unser Glaube an Dinge wie Gut und Böse ist mittlerweile sehr verwaschen, und diese Unklarheit bereitet mir Schwierigkeiten. Meine Theorie ist, daß die Ausübung der Schwarzen Magie dem Ausübenden selbst allmählich Schaden zufügt. Mit der Zeit wird der Zauberer immer schwächer, narbiger. Möglicherweise wird er sogar in etwas verwandelt, das nicht in seinem Sinne ist. Haltet Ihr das für möglich, Herr? Seid Ihr noch derselbe Mensch, der durch diese Tür getreten ist?«

»Oh, wenn überhaupt, bin ich besser als je zuvor.« Mortacious kicherte. Doch das Kichern klang gezwungen, beklommen.

»Vielleicht trefft Ihr Vorsichtsmaßnahmen?« fragte Janos. »Ich habe mir selbst die eine oder andere überlegt ... falls ich jemals so etwas versuchen sollte.«

Mortacious packte seinen Schal mit gespielter Lässigkeit. »So etwas ist nicht nötig«, antwortete er.

»Wie erfreulich«, murmelte Janos. Sein Benehmen war höflich, doch konnte ich sehen, daß er unseren Gastgeber für einen Narren hielt, der ein schlechtes Geschäft machte. »Ihr sagtet, ich solle freimütig sprechen, Lord Mortacious«, sagte er schließlich, »ich könnte Euch nicht kränken. Und doch zögere ich, die Frage zu stellen, die mir vor allen anderen durch den Kopf geht.«

»Habt keine Furcht«, sagte der Zauberer. »Sagt, was Ihr denkt.«

»Euer Reich Gomalalee befindet sich in ständigem Kriegszustand. Wir haben die Wunden gesehen, die Euer Volk erlitten hat. Also frage ich mich: Wenn Euer Gott so großartig ist, so allwissend, warum hat er Euch nicht die Macht gegeben, Eure Feinde zu besiegen?«

Mortacious' Gelächter donnerte durch den Saal. Es war ein grauenhaftes Geräusch, als wehe der Wind des Spottes durch die tiefe Höhle, in der der Dunkle Sucher haust. »Oh, aber das hat Er, mein Bester … das hat Er.« Das Halstuch löste sich, und deutlich sah ich die Wunde, die es verbarg. Ein faulender, unverheilter Schnitt klaffte an Mortacious' Kehle. Er bemerkte meinen Blick nicht und brachte den schwarzen Schal wieder an Ort und Stelle. Seine Miene war spöttisch. »Was ist die größte Macht, die Ihr Euch vorstellen könnt, mein kleiner Zauberer?« fragte er. »Sagt mir schnell die Wahrheit.«

Janos antwortete, ohne zu zögern. »Alles zu wissen. In der Lage zu sein, meinen Blick von den Nähten der Natur zu heben und den großen Entwurf zu überschauen. Ich würde alles geben, was ich habe – was im Endeffekt nichts als mein Leben wäre –, wenn ich nur einen einzigen Blick darauf werfen, es nur verstehen könnte.«

»Dann *seid* Ihr ein Narr«, sagte Mortacious. »Denn die Summe aller Dinge ist zu groß, um sie zu verstehen. Die Nähte sind zu lang, als daß selbst Götter ihre Stiche zählen könnten.«

Janos' Augen weiteten sich, und er strich über seinen Bart, als säße er einem großen, weisen Meister gegenüber. »Was also *ist* die Antwort, edler Lord? Sagt mir doch, worin mein Irrtum liegt!«

»Nun, es ist simpel wie ein Laib Brot«, sagte der Zauberer, und seine Augen leuchteten vor Eitelkeit. »Die größte Macht, die ein Sterblicher besitzen kann … ist die Macht über die Seele eines anderen.«

»Ich verstehe nicht«, sagte Janos. »Ich bitte Euch, erklärt mir mehr, um meine Bildung zu erweitern.«

Doch der Zauberer wurde argwöhnisch, fürchtete, er habe schon zuviel gesagt. Er schüttelte den Kopf, als sei er einer Horde kleiner Kinder überdrüssig. Er strich den schwarzen Schal glatt, griff nach seinem Becher und leerte ihn. Laut setzte er den Becher ab. »Lieber nicht«, sagte er schließlich.

Er wischte Krumen von seiner Robe und erhob sich. »Ich hoffe, die Herren haben gut gespeist. Wenn Ihr mir die Unhöflichkeit verzeihen wollt... möchte ich Euch bitten, Euch zurückzuziehen. Ich hoffe, das Quartier sagt Euch zu und Ihr findet ruhigen Schlaf.«

Bevor er gehen konnte, erlaubte ich mir die Frechheit, zu sagen: »Dank Euch, Lord Mortacious, für Eure Gastfreundschaft. Ich möchte sie nicht über Gebühr beanspruchen. Mit Eurer Erlaubnis werden wir morgen reisen... unter tiefem Bedauern.«

Der Zauberer fixierte mich mit den wilden Augen eines Wüstenvogels. Ich zuckte nicht zurück und schaute weiter milde und freundlich drein. »Wir werden sehen«, sagte er endlich, dann schwebte er hinaus. Sobald er gegangen war, wischte Janos die Krumen auf, die der Zauberer zurückgelassen hatte, und streute sie in seine Tasche. Er gab mir ein Zeichen, als der Mann erschien, der uns zu Mortacious geführt hatte. »Wenn Ihr mir bitte folgen wollt, edle Herren«, sagte er.

Er brachte alle zwanzig von uns in einem geräumigen Zimmer unter. Es hatte keine Fenster, und die Wände waren nackter Stein. Feldbetten waren aufgestellt, mit weichen Decken, die inmitten der kasernengleichen Sachlichkeit höchst ungewöhnlich wirkten. Ein großer Wassertrog stand in der Ecke, mit einer Schöpfkelle daran, und in einer anderen Ecke gab es ein Loch für Fäkalien. Als Mortacious' Mann die schwere Tür schloß, machte uns Janos ein Zeichen, still zu sein. Wir hörten, wie ein schwerer Riegel einrastete. Soviel zu dem Märchen, wir seien nur Gäste. Janos schlich zur Tür und strich mit den Händen leicht darüber. Was immer er dadurch erfuhr, gefiel ihm, denn er nickte zufrieden. Er wandte sich uns wieder zu und machte ein Zeichen, daß in diesem Raum ein Lauschzauber wirkte. Weitere Gesten schickten die Männer in ihre Betten und brachten Sergeant Maeen und mich an seine Seite.

»Es ist, wie ich befürchtet hatte«, flüsterte er. »Auf der Tür liegt kein Schließzauber. Sie hat nur einen mechanischen Riegel.«

»Warum ist das ein Ärgernis, Herr?« fragte Maeen.

Auch ich wunderte mich, denn falls eine Flucht nötig würde – wenn sie überhaupt möglich war –, wären unzureichende Sicherheitsmaßnahmen nur zu unserem Vorteil. Dann spürte ich plötzlich eine übermächtige Müdigkeit und sehnte mich nach einer dieser warmen, weichen Decken. Sergeant Maeen gab ein ausgiebiges Gähnen von sich, und als mich der unkontrollierbare Drang überkam, es ihm nachzutun, hörte ich weiteres Gähnen überall im Raum, da unsere Männer allesamt davon betroffen waren.

Janos versetzte Maeen einen harten Stoß, um ihn zu wecken. »Hol Wasser«, zischte er, »und zwar schnell.«

Als der Sergeant davonstolperte, kniete Janos nieder. Ich hockte mich neben ihn und kämpfte gegen den Schlaf an. Es konnte keinen Zweifel daran geben, was geschehen war: Morticious hatte unser Essen mit einem Schlafzauber behandelt. Janos nahm die Krumen, die der Zauberer hinterlassen hatte, und verstreute sie am Boden. Er beugte sich darüber und hauchte sie an: einmal, zweimal, dreimal. Als Maeen mit der Schöpfkelle kam, sprenkelte Janos Wasser über die Krumen und verrührte sie zu einem Brei. Ich sah, daß auch er mit einem Gähnen rang, als er den Brei zu zwanzig Kügelchen knetete. Noch einmal fuhr er mit der Hand in die Tasche, und als er sie wieder herausnahm, waren seine Finger mit der goldenen Asche vom Teller des Zauberers überzogen. Er flüsterte etwas, während er die Asche über den Teig streute, und mit stummem Staunen beobachtete ich, wie die Kügelchen langsam wuchsen. Einen Augenblick später hatten sie die Form und Größe kleiner Brötchen. Nebelhafte Angst umfing mich, als Sergeant Maeen zu Boden sank, und ich spürte, wie sich der dunkle Schleier des Schlafes über mich senkte.

»Iß«, raunte Janos und reichte mir das Brötchen. Ich nahm es, erstaunt darüber, daß man mir etwas anderes als zu schlafen befahl.

Ich biß ein kleines Stückchen ab, und es kam mir nach diesem schrecklichen Mahl so köstlich vor, daß ich mehr davon wollte. Die Freude über den Geschmack schärfte meinen Verstand, verbannte den Schlaf. Janos lief umher, zwang jedem Mann ein Brötchen in den Schlund. Bald waren wir alle wieder wach, und Janos stand neben mir. Abermals legte er einen Finger an die Lippen, doch diesmal richtete er sich nicht an Sergeant Maeen und mich. Mit eben diesem Finger zeichnete er einen Kreis über unsere Köpfe. Er wiederholte die Geste, und ich sah, daß die Luft zu schimmern begann. »Stille«, flüsterte Janos. Der Schimmer wurde zu einem Wirbel. »Stille«, sagte er lauter, und der Schimmer wurde zu fahlem Licht. Dann brüllte er: *»Stille.«* Doch obwohl der Ruf in meinen Ohren summte, wurde er am Rand des fahlen Lichts zu einem toten Ding. Kein Echo schreckte die Männer auf, obwohl sie Janos mit gespanntem Interesse beobachteten. »Soviel zu Lord Mortacious und seinem albernen Zauber«, sagte mein Freund mit normaler Stimme. »Jetzt können wir bequem unsere Flucht planen.«

»Was ist mit den Männern?« »Sollten sie uns nicht hören können?«

»Das Ausmaß des Gegenzaubers würde unseren Gastgeber warnen«, sagte Janos. »Wir dürfen diesen Mann nicht unterschätzen. Er ist nicht sonderlich klug, dafür aber niederträchtig, und seine Macht ist die größte, die ich je bei einem Zauberer erlebt habe. Nur weil ich ihn dieses kleine Spielchen bei Tisch habe gewinnen lassen und den Schlafzauber bemerkt habe, mit dem er unser Essen versehen hat, heißt das nicht, daß unsere Existenz über die heutige Nacht hinaus bleibend gesichert wäre.«

»Es könnte schwierig werden, Sir«, sagte Maeen und sprach als Soldat. »Aber nicht unmöglich. Wir befinden uns in seinem Revier, und seine Leute sind in der Überzahl, das gebe ich zu. Allerdings ist der Dämon der Überraschung jetzt auf unserer Seite. Und was seine Männer angeht, so sind die meisten verwundet.« Er rümpfte die Nase. »Noch nie im Leben habe ich einen so heruntergekommenen Haufen gesehen.«

Janos hörte nicht zu. Er war konzentriert, die Stirn in Falten. Dann wurde seine Haut perlweiß. »Oh, was für ein Dummkopf ich war«, stöhnte er. »Der Schweinehund hat mich reingelegt!«

Wir fragten, was fehlgeschlagen war. Janos schüttelte wütend den Kopf. »Versucht nur, an eine Flucht zu denken, und ihr werdet es selbst sehen«, sagte er mit zitternder Stimme. »Überlegt genau. So genau ihr könnt. Stellt euch vor, wir würden fliehen. Betrachtet es Schritt für Schritt. Zuerst die Tür... dann auf die Straße... dann wieder die Allee hinunter, über die man uns geführt hat.«

Ich schloß die Augen und folgte seinen Anweisungen. Die Tür gab ohne weiteres nach. Bald liefen wir alle die Straße zum Hafen entlang. Ich stellte mir ein Boot vor, das leicht zu stehlen war. Dann, als ich gerade an Bord und zum Segeln bereit war, stürzte blinde Furcht aus einem dunklen Korridor meiner Seele hervor und grub ihre Zähne in meine Eingeweide. Ich konnte das Ungetüm nicht sehen, doch roch ich seine Nähe und spürte den heißen Schmerz seiner Fänge, als sie sich in mich bohrten. Ich wußte, es gab nur eine Möglichkeit zu entkommen: Ich floh die Allee hinunter, zurück in das Gebäude, das uns umgab, zurück in das Zimmer, das unser Kerker war, und warf die Tür mit aller Macht hinter mir zu. Ich schlug die Augen auf, Galle auf der Zunge, Panik in der Brust, und sah dasselbe Entsetzen in Maeens Gesicht.

»Seht ihr, was er getan hat?« Janos knirschte mit den Zähnen. »Ich sagte, er wäre niederträchtig. Doch bei allen Göttern, die ich verspotte, habe ich doch das Ausmaß seiner Niedertracht nicht erahnt.« Mortacious hatte mehr als nur einen Zauber in das Essen gegeben. Einer sollte uns schlafen lassen, bis er bereit wäre. Der andere sollte uns an der Flucht hindern, bis dieser Augenblick gekommen war. Wir waren in seiner abscheulichen Stadt gefangen, und unsere eigenen Ängste bildeten die Falle.

»Es gibt nur eine Möglichkeit, den Zauber zu brechen«, sagte Janos. »Meine eigene Magie ist nutzlos. Also müssen wir ihm etwas von seiner stehlen.«

Wir diskutierten nicht wie und warum, denn wir spürten, daß jede Diskussion den Wurm aus seiner Höhle locken würde. Wir würden es einfach angehen: erst einen Schritt, dann noch einen und die Gelegenheiten nutzen, wenn sie sich boten. Die Tür bereitete keine Probleme, und draußen standen keine Wachen. Janos erklärte den Männern, sie sollten warten, bis wir wieder da wären, dann schlichen wir uns davon. Ich kann nicht für meine Gefährten sprechen, aber wenn dieser Bericht so ehrlich sein soll, wie ich geschworen habe, muß ich zugeben, wie vollständig mich Mortacious meines Mutes beraubt hatte. Ich stellte mich der vor mir liegenden Aufgabe nicht als mutiger Krieger oder Held einer romantischen Ode. Auf dem ganzen Weg spürte ich, wie die kalten Finger des Zauberers in mein Rückgrat stachen, und hörte sein verächtliches Lachen. Verzweiflung war mein ständiger Feind, jeder drohende Schatten mein letzter Augenblick. Wir waren nur drei verstohlene, kleine Kreaturen, ähnlich all den düsteren, huschenden Dingern. Brüder in der Scham.

Wir liefen durch kahle Gänge, vorbei an dunklen, leeren Räumen, die nach Schmerz und Qualen stanken. Die Türen dieser Räume standen gähnend weit offen, bereit, uns zu verschlingen. Manche Kerker waren verriegelt, und wir hörten das dumpfe Stöhnen ihrer Insassen. Nahe dem Eingang des Gebäudes roch ich die Schärfe vertrauten Öls und den Duft oft gebrauchten Leders. Sergeant Maeen, gesegnet seien seine Soldatensinne, spürte die Quelle des Geruchs schnell auf. Er kam aus dem letzten Zimmer am Hauptkorridor, gleich beim Ausgang. Der Raum war unverschlossen, und Maeen öffnete ihn einen Spalt weit und verschwand darin. Einen Augenblick später kehrte er zurück, und ein kleines Lächeln brach durch das Netz aus Furcht. Es sei eine Waffenkammer, flüsterte er.

Diese kleine Hoffnung erhellte unseren Weg, und wir traten in die kühle Nacht hinaus.

Kein Mensch war zu sehen, obwohl dies unsere Furcht nicht linderte. Wir liefen um den Platz, warfen uns von einem Schatten in den nächsten. Auf der gegenüberliegenden Seite des weiten, öden Ackers lockte das große Gebäude mit dem qualmenden Schornstein. Wir drückten uns zum Schutz an jeden Stein, während wir hinüberhasteten. Der Gestank an diesem Ort war überwältigend, und weit über unseren Köpfen sprühten gespenstische Funken durch die mondlose Nacht. Warum wir dorthin liefen, wagte ich mich nicht zu fragen, denn jeder Gedanke über den Augenblick hinaus wäre eine finstere Grube, aus der wir nicht entkommen konnten. Vielleicht hatte ein Gott Mitleid mit uns, vielleicht Janos' Liebe seines Lebens, die heilige Vernunft, vielleicht auch nur der kleine, blinde Wicht, der in der Brust eines jeden Lebewesens quakt. Ich weiß nur, daß wir das Gebäude sahen... und dorthin liefen.

Nach beinahe einer Ewigkeit ragte der Bau über uns auf, eine felsengleiche Fassade aus poliertem Stein, die sich in beide Richtungen bis weit in die Nacht erstreckte. Nur das immense, schwarze Auge des gewölbeartigen Eingangs und die beiden Säulen, die den Bogen stützten, setzten sich ab. Ich stolperte auf das Kopfsteinpflaster der Straße, die zum Eingang und den verschlossenen Eisentoren führte. In diesem Moment verließ uns das Glück, und wir hörten Schritte und das Knarren und Quietschen schwerbeladener Karren. Während wir dort standen – hilflose Waisen des Schicksals –, flackerten an der Biegung der Straße Fackeln auf. Darauf schob sich eine lange Prozession aus der Nacht hervor, genau in unsere Richtung. Wir duckten uns hinter eine der Säulen und beteten, das Glück möge sich unser erbarmen und uns vor den bohrenden Blicken der Feinde schützen.

Unser Versteck erlaubte einen unverstellten Blick auf die herannahende Prozession. Es waren mehr als zwanzig große Karren, und anstelle von Tieren wurden sie von Menschen in Ketten und Geschirren gezogen, von Männern und Frauen, kaum bekleidet mit schmutzigen Lumpen. Große Männer mit Peitschen gingen zwischen ihnen und schlugen jeden, den die Kraft verließ. Ich zuckte zusammen, als plötzlich neben uns Leben in die Eisentore kam und diese sich auf geölten Rollen öffneten. Wieder drückten wir uns in den schmalen Schatten der Säule, während Peitschen knallten und die Karren einfuhren. Leichengestank umwehte uns, als sie vorüberkamen, und mit Entsetzen sah ich, daß die Karren voll menschlicher Kadaver lagen. Jedoch waren nicht alle tot, denn ich sah Bewegungen und hörte verzweifeltes Flehen.

Als der dritte Karren an uns vorbeigezogen wurde, sank eine der Frauen in Ketten auf die Knie. Ihre Lumpen waren von getrocknetem Blut verklebt. Das Tuch öffnete sich, als sie fiel, und ich sah eine klaffende Wunde in ihrem Bauch und den Schimmer von Eingeweiden. Sie sah auf, und für einen Augenblick trafen sich unsere Blicke, doch ihre Augen waren leer wie die eines Ochsen. Eine Peitsche knallte, schnitt ihr eine blutige Furche ins Gesicht. Sie zeigte weder Schmerz noch Verzweiflung, kam nur stumm auf die Beine und griff nach der Kette, um daran zu ziehen.

Als der letzte Karren einfuhr, wies Janos darauf, und wir sprangen hinten auf und hielten uns fest, suchten Halt am blutdurchweichten Holz. Rumpelnd fielen die Tore ins Schloß, und wir waren drinnen. Ich drehte mich um und sah benommen, daß niemand die Tore betätigt hatte. Kurz bevor der Karren um eine Ecke fuhr, entdeckte ich einen seltsamen Schatten nahe der mächtigen Angeln des Tores. Die Gitterstäbe waren von einem Unfall verbogen und verdreht. Ich riskierte, meinen festen Halt zu verlieren, und stieß Janos an. Dann sah auch er es. Dort war ein Spalt, groß genug, um sich hindurchzuzwängen. Wir ruckelten eine dunkle Straße entlang. Irgendwo auf dem Karren stöhnte unablässig ein Mann. Dann hörte ich ein Kind schreien und weinte beinah. Doch das Schreien hatte meine Wut geweckt, und diese Wut trieb ein Loch in Mortacious' Schwarze Magie. Es war nur ein kleines Loch, höchstens ein Nadelstich, doch groß genug, daß ein schmaler Schimmer von Unerschrockenheit hindurchfallen konnte. Noch immer fürchtete ich den Zauberer. Meine Haut zuckte unter dem kalten Netz seiner Magie, doch sollte er sich jetzt über uns hermachen, würde er einen Mann vorfinden, nicht ein verängstigtes Nagetier. Eine mächtige Tür ging auf, und Licht fiel auf die Straße. Als wir vom Karren heruntersprangen, folgte dem Licht eine Woge unerträglicher Hitze. Sie versengte die Lungen und verwandelte meine Haarwurzeln in kleine, heiße Nadeln. Und doch war ich noch wach genug, Janos' Geste zu erkennen. Wir duckten uns unter den langsam rollenden Karren und nutzten ihn als Deckung, als wir den Rest des Weges auf Händen und Füßen krochen.

Wir befanden uns in einer unermeßlich großen Halle von Schmerz und Tod. Der Boden und die Wände waren wie Spiegel und erstrahlten vor reflektierendem Licht und Hitze. Die grauenhaftesten Bilder und dämonische Kreaturen zeigten sich auf dieser Oberfläche, bewegt von Schwarzer Magie, so daß sie umherschwirrten und von hier nach da schwebten, ein abscheulicher Alptraum von Fängen und Klauen, Streckbänken und Schädelzangen, geborstenen Knochen und zerfetztem Fleisch. Ein Drittel der Halle bestand aus einem riesenhaften, offenen Ofen. Ein schreckliches Feuer wütete, und blaue Flammen, höher als ein Mensch, schossen auf und funkten und kräuselten und wanden sich wie aufgescheuchte Schlangen. Die Flammen wurden von einem mächtigen Blasebalg mit großen, klirrenden Ketten geschürt, der einem unsichtbaren Willen folgte. Mit jedem Hub sog der Blasebalg quietschend einen Schwall von Luft in sich ein. Mit dem anderen spie er die Luft als heulenden Wind wieder aus. Ein endloser Riemen, wie er die Drehbank eines Zimmermanns antreiben mochte, nicht ganz so breit wie eine Straße, spannte sich über dem wütenden Feuer, durch Zauberkraft angetrieben von daumendicken Zähnen eines Rades. Hoch über uns ragte, wie ein hohler Berg, der große Schornstein auf. Sein Inneres klaffte rot, mit langen, weißen Hauern um den Schlund. Es war das groteske Abbild eines düsteren Gottes, Herr über die Dämonen. Alles, was wir sahen – Halle, Ofen, Feuer, Riemen und Schornstein – war der Motor für Mortacious' Schwarze Magie. Wir drückten uns länger hinter die blutige Wagenladung, als ich mich erinnern kann, und beobachteten, was die grauenvolle Maschine antrieb und was sie produzierte.

Die Männer mit den Peitschen befahlen ihren zerlumpten Sklaven, die Karren zu leeren. Die Leichen wurden von dem Riemen zu einem blutigen Haufen gestapelt. Wenn einer noch lebend vom Karren gefallen war, zogen die Peitschenmänner kurze Schwerter aus Scheiden an ihren Gürteln und korrigierten den Irrtum. Wenn der Schlachterhaufen eine bestimmte Höhe erreicht hatte – ich berechnete ihr schauerliches Maß nicht –, befahl man den Sklaven, die Leichen auf das laufende Band zu werfen. Mit hungriger Freude über ihr Mahl schlugen die Flammen höher und höher. Der Blasebalg quietschte und heulte sein Höllenlied. Ich wandte mich ab, als die erste Leiche ins Herz des Feuers fiel, doch Janos forderte mich auf, mich wieder umzudrehen und mir Mortacious' Werk anzusehen. Die Leiche zuckte wie im Schmerz, als die blauen Flammen das tote Fleisch umfingen. Sie zuckte und wand sich hierhin und dorthin. Dann fing sie Feuer, und schwarzer Rauch und Funken stiegen auf und erfüllten den Raum mit jenem ekelhaften, öligen Gestank, den wir gerochen hatten, als wir in diese schreckliche Stadt gekommen waren. Der Rauch kräuselte sich zu einer dicken Säule, mit Funken, die in ihrem Innersten sprühten und tanzten. Die Säule stieg hoch und höher bis zum roten Schlund des Schornsteins. Mein Magen zog sich zusammen, als ich sah, daß Leben in die mächtigen Hauer kam und sie mit grauenhaftem Appetit knirschten und aufeinanderschlugen. Ich hörte das entsetzliche Geräusch eines riesigen, unsichtbaren Essers, der vor Vergnügen schlürfte und schmatzte, während der Rauch, beladen mit der heißen Asche des Lebens, in der dunklen Nacht verschwand.

Janos versetzte mir einen Stoß, und mein Blick zuckte zum Band zurück, wo ich sah, wie die Leiche ihre Höllenreise beendete. Ich hörte, wie Maeen aufstöhnte, als er wahrnahm, was auch ich nun mit eigenen Augen sah. An Stelle einer schwarzen Masse von verkohltem Fleisch und Knochen sah die Leiche exakt genauso aus wie vorher. Die einzigen Spuren waren die blutigen Wunden, die sie erlitten hatte, als sie noch ein Mensch gewesen war und ihr Leben zu verlieren hatte. Doch mein Unglaube wurde zu vollständiger Verwirrung, als das Band die Leiche auf die andere Seite transportierte. Als der Tote zu Boden fiel, trat einer der Peitschenmänner heran und versetzte ihm einen kräftigen Tritt. Wieder und wieder trat er ihn, als genügte der Tod nicht, seinen Rachedurst zu stillen. Dann schrie mein Verstand, ein gütiger Gott möge mich von diesem Ort entführen, als zuckend Leben in die Leiche kam. Drei weitere Peitschenmänner gesellten sich zu dem ersten und schlugen auf den Mann ein, der vom Tode auferstanden war. Sie quälten ihn, bis er sich erhob. Er schlurfte umher, ein Koloß, dessen ganzer Zweck im Schmerz bestand. Zum ersten Mal sah ich ihn deutlich. Er hatte langes, weißblondes Haar und einen noch längeren Bart von eben dieser Farbe. Ich erinnerte mich an die Schlacht, die wir gesehen hatten, bevor man uns gefangennahm, und erkannte, daß dieser Mann der Häuptling war, dessen Tod wir beobachtet hatten. Jetzt stand er vor den Peitschenmännern und lebte wieder.

Ich hörte, wie das Feuer die nächste Leiche fraß, und darüber das Schmatzen des göttlichen Essers. Janos beugte sich zu mir und flüsterte: »Sie leben nicht. Sie sind noch tot.« Ich schüttelte den Kopf. Was meinte er damit? Doch hier war nicht der Ort für eine Antwort. Er winkte Maeen, es sei Zeit für den Rückzug, und wir stahlen uns aus der Halle. »Mortacious erweckt die Toten nicht zum Leben«, sagte Janos. »Er *befehligt* die Toten! Er hat es selbst gesagt, als er erklärte, er habe Macht über die Seelen der Menschen. Was wir eben gesehen haben, war seine Macht am Werk. Er verfüttert die Seelen dieser armen Teufel an das, was er seinen Herrn und Meister nennt. Im Gegenzug gibt sein Herr ihm die fehlende Zauberkraft und die Leichen als Sklaven.« Weit hinter uns im Korridor hörten wir, wie eine weitere Seele aus ihrer Schale geschlürft wurde. Janos schüttelte den Kopf. Selbst in dieser Stadt des Schreckens versetzte neugewonnenes Wissen ihn in Erstaunen.

»Also gibt es unter den Menschen, die wir seit unserer Gefangennahme gesehen haben, keinen, der lebt. Sie sind alle tot! Alle außer Mortacious.«

Plötzlich fielen mir die klaffende Wunde unter dem Schal des Zauberers ein und seine Bemühungen, sie zu verbergen. Es gab keine Ausnahmen. Alle waren tot, Mortacious eingeschlossen. Das Ungetüm im Schornstein war der einzige Herrscher dieses Reiches, mit einem toten Zauberer als Obersklaven. Das erzählte ich Janos, und wieder sah ich den hungrigen Glanz in seinen Augen, als er seinem Wissensschatz neue Geheimnisse hinzufügte.

»Aber was ist mit uns?« sagte Maeen. »Mögen uns die Götter verzeihen, daß wir je an einen solchen Ort gekommen sind, aber wie entgehen *wir* dem Ofen?« Der Plan des Zauberers war offensichtlich. Am Morgen würden wir uns unter die Toten mischen, die diese Stadt bevölkerten. Wir wären wandelnde, arbeitende Leichen, und ich sagte es nicht, fragte mich aber, ob dieser Zustand nicht dem vorzuziehen sei, was aus meiner Seele werden sollte?

»Die Lösung liegt in der Halle selbst«, sagte Janos einige Augenblicke später. »Wenn wir das Feuer überleben, haben wir seinen Zauber gestohlen. Nur über die Seelen der Toten hat Lord Mortacious Macht.« Ich bebte vor Entsetzen über diese Logik. Nur die Angst vor dem, was ich gesehen hatte, ließ mich sein Argument hinnehmen. »Eine große Gefahr aber bleibt«, sagte Janos. »Wenn wir alle zwanzig durch dieses Feuer gehen und uns auf der anderen

Seite sammeln, wird Mortacious es sofort merken. Einige wenige – wir drei zum Beispiel – könnten unbemerkt entkommen. Doch wenn wir alle ihn herausfordern, wird das für seine Sinne lauter als die größte Glocke sein.«

Wieder wurde ich mit Janos' seltsamem Zögern konfrontiert. Ich wußte, die Phantasie meines Freundes war weit über diesen Ort hinausgestürmt und längst auf dem Weg zu seiner Obsession. Die Fernen Königreiche riefen ihn, ein zügelloser Lockruf, der all seine Fesseln auf die Probe stellte. Doch dies war nicht der Augenblick für undankbares Wimmern des Zweifels, weder für ihn noch für mich.

»Die einzige Möglichkeit, zu diesem Ofen zu gelangen, wird es sein, die Männer zu töten, die ihn bewachen«, sagte ich und nutzte anstelle des Gefühls die Vernunft als Köder. »Wir werden *alle* Männer brauchen, um das zu erreichen.«

»Selbst dann«, unterbrach Maeen, »stehen die Chancen schlecht. Und sie stehen noch schlechter, wenn wir erst wieder draußen auf der Straße sind.«

Janos nickte. »Dann laßt es uns tun«, sagte er. »Außerdem habe ich genug von diesem Zauberer. Er hat uns wie geprügelte Hunde hereingetrieben. Aber jetzt wird es Zeit, daß wir wieder gehen, und wir werden es als Krieger tun ... als Soldaten.«

Wir kehrten zu den anderen zurück. Es war schwierig, wieder in Mortacious' Palast zu gelangen, obwohl wir auch diesmal keinen Wachen begegneten. Janos erklärte den Männern, was sie erwartete, und ich war erstaunt, daß niemand vor dem Bevorstehenden zurückschreckte oder in Frage stellte, was wir gesehen hatten. Vielleicht hatte uns diese Stadt der toten Seelen gegen allen Schrecken abgehärtet. Meine Zuversicht lebte in gewisser Weise wieder auf, als wir zur Waffenkammer kamen, die Maeen gefunden hatte und in der sich unsere konfiszierten Waffen befanden. Der Stahl meines Schwertes war beruhigend, obwohl ich mich fragte, wie wirkungsvoll es gegen Menschen wäre, die längst tot waren.

Wenn Panik die Schwester der Furcht ist, so gab sie uns in jener Nacht Kraft, während ihr Zwilling unsere Mordlust schürte. Wir fielen über die Nichtsahnenden her, diese armen, seelenlosen Männer mit Peitschen und kurzen Schwertern, die nur geschmiedet waren, um einen willfährigen Pfad zur endgültigen Erlösung zu schlagen. Sie schwiegen, als wir schreiend in die Halle stürmten, und blieben auch während des wilden Kampfes still. Wir machten sie nieder und durchbohrten sie, bis sie fielen. Doch wollten wir dann zu ihren Brüdern übergehen, erhoben sie sich und fielen uns in den Rücken. Sie waren Mordmaschinen, die wieder aufstanden, wenn wir sie erschlugen und wieder und wieder erschlugen. Wir hackten ihnen Arme und Beine ab, doch sie hatten noch Zähne zum Beißen; und die abgehauenen Arme mit den Händen daran, die noch immer Schwerter hielten, schlängelten sich über den Boden und suchten blindlings nach uns. Also zerschlugen wir jedes Gelenk, hackten alle Köpfe ab und weideten die zappelnden Leiber aus, die herumrollten, um uns die Beine wegzureißen. Wir waren zwanzig Metzger, halb wahnsinnig vor Angst, wateten durch ein Schlachthaus von Fleisch, das kein Mensch essen konnte, rangen mit armen Viechern, die nicht schrien, wenn wir sie verstümmelten, die nur der Haß des Zauberers aufrecht hielt.

Endlich hatten wir es vollbracht. Unsere Kleider waren blutgetränkte Uniformen, unsere Gesichter blutverkrustete Masken. Wir wandten uns von den Dämonen ab, die unser Schlachten heraufbeschworen hatten. Wir alle wußten, das Blut würde bleiben, selbst wenn wir in ganzen Strömen reinen Wassers badeten. Die Schande war unverdient, doch Gerechtigkeit ist dem Leben fremd. Wir konnten nichts tun als uns dem grausigen Schicksal stellen und unseren Plan zu Ende bringen.

Der Ofen wartete, und über dem Ofen war der Dämon, der sich von Seelen nährte. Janos stand am Fließband, das durch das gottlose Feuer ratterte und die Seelen für den Dämon röstete. Er drängte uns zur Eile, und wir schlurften zu ihm hinüber, als seien wir bereits Mortacious' Sklaven. Ich sah die blauen Flammen durch den Rost züngeln, und ich hörte die knirschenden Zähne des Dämons über uns. Auf der anderen Seite des Förderbands der Seelen, sagte Janos, warte unsere Rettung, auf dieser Seite ewige Versklavung. Er sagte, er wolle als erster gehen, um seine Theorie zu beweisen, und warnte, wir müßten zügig folgen, denn er spüre, daß der Zauberer erwache. Ich solle als letzter gehen, sagte er, um sicherzustellen, daß die Männer nicht erlahmten.

Dann tippte mir die kalte, eisige Vernunft an die Schulter. Ich wandte mich um, verärgert über ihre ungebetene Nähe, und fragte, was sie wolle. Doch sah ich die Antwort in den harten Spiegeln ihrer Augen. Janos' Plan war wohlfundiert, doch mußte man ihn drehen und wenden, denn falls Janos sich täuschte und sein Irrtum ihn aus unseren Reihen riß, wären wir alle der Rache des Zauberers ausgeliefert. Ich müsse zuerst gehen, forderte die Vernunft, und Janos zuletzt... falls ich überlebte. Dann schmolzen die Spiegel dahin, und ich starrte in Halabs traurige, weise Augen. Er flüsterte mir Mut zu und wärmte die kühle Botschaft der Vernunft, bis sie leichter zu ertragen war. Halab stand mir bei, als ich zu Janos trat und ihn aufhielt, als er das Band besteigen wollte. Als ich ihm meine Folgerung erklärte, lächelte Halab ermutigend. Janos hielt dagegen, doch schließlich räumte er ein, ich hätte recht. Eine seltene Gefühlsregung übermannte ihn beinah. Ich sah Tränen aufsteigen, und als er sich abwandte, um sie zu verbergen, bemerkte ich, wie sein Bart zitterte. Dann umarmte er mich und flüsterte, ich sei der einzige, der ihm von Anfang an geglaubt habe. Er nannte mich seinen Freund und dankte mir für mein Vertrauen. Ich ließ ihm diese Lüge als Geschenk, da ich wußte, wenn er es in die Schachtel legte, in der er so etwas aufbewahrte, würde mein Geschenk nur wenig Gesellschaft finden. In der ganzen Zeit, die ich Janos kannte, habe ich nie gehört, daß er einen anderen Mann oder eine Frau als Freund bezeichnet hätte. Ich weiß inzwischen, daß Janos ein Mann war, der einen anderen gern haben, doch niemals lieben konnte, bis auf ein einziges Mal, und sein Fluch beraubte dieses eine Mal seines Wertes. So ließ ich ihn die Lüge glauben, ich vertraue ihm. Doch als er nach mir griff, war es Halabs Hand, die ich nahm. Und als er mich zum klappernden Band führte, war es Halab, nicht Janos, der flüsterte, das Glück meines Rotschopfs würde den Seelenfresser vernichten. Schließlich trat Janos beiseite, aber Halab blieb neben mir, als das Band mich in die Flammen trug.

Ich wurde in eine Hitze geschleudert, die Form und Substanz hatte. Sie stahl die Luft, bevor ich atmen, raubte mir die Kraft, bevor ich sie sammeln konnte. Die Hitze war ein Hammer, der mich wie ein Ei mit seinem ersten Hieb zerschlug. Mit dem zweiten zermalmte er mich zu einer bebenden Masse, die nur noch Schmerz und Angst kannte. Feuer spuckte und wütete, und ich wurde in einen Tunnel von blauzüngigen Schlangen geschoben, die von allen Seiten kamen. Ich spürte, wie meine Haut sich löste, daß die Flammen den nackten Nerv erreichen konnten, und als sie Asche waren, brannte der Ofen des Zauberers mein Blut und sprengte meine Knochen, um das Mark zu versengen. Alles, was mich ausmachte, selbst meine Schreie, wurden langsam von diesem Feuer verzehrt. Schließlich blieben mir nur die Augen, mit denen ich den zuckenden Schlund des Dämons sah, die Ohren, mit denen ich das Klappern seiner Hauer hörte, und der Verstand, dessen einziger Gedanke schmerzende Gegenwart und schreckliche Zukunft war. Dann beugte sich Halab vor und versperrte dem Dämon die Sicht. Er sang ein Lied, das Lied, das mir als Kind am liebsten war, und verbannte alle Geräusche, die ich fürchtete. Er streichelte meinen gemarterten Körper, und ich spürte, wie Knochen und Blut und Fleisch sich wieder formten. Dann sagte er mir, es sei nur noch ein kurzes Stück … nur ein wenig Schmerz noch zu ertragen … dann hätten wir es hinter uns. Ich spürte große Erleichterung, und ein vertrautes Gefühl meiner selbst kehrte zurück. Mit diesem Gefühl wurde mir klar, daß meine Seele mich für einen Moment verlassen hatte. Wir hießen sie freudig willkommen, mein Körper und ich. Einen Augenblick später sprang ich vom Band, so stark und frisch wie kaum zuvor in meinem Leben. Ich rief meinen Freunden über die große, glühende Weite hinweg zu, sie sollten mir folgten. Wir hatten einen Zauberer zu besiegen.

Sergeant Maeen war der nächste. Dann folgte der Rest der Männer, einer nach dem anderen. Doch als sie den Ofen unter dem hungrigen Dämon passierten, sah ich kein Anzeichen dessen, was ich erlitten hatte. Reglos lagen sie da, friedlich. Später sagten sie, sie hätten dieselben Qualen und Ängste durchlebt wie ich, doch etwas Gespenstisches habe sie auf dem Band begleitet, ihnen den Weg erleichtert und die Schmerzen gelindert. Sie sagten, das Gespenst habe mir sehr ähnlich gesehen. Dann war Janos an der Reihe. Er sprang auf das Band und fuhr stehend darauf, breitbeinig, die Arme wie zum Trotz vor der Brust verschränkt. Doch sah ich seine angespannte Miene und wußte, daß er kein Mann der tapferen Posen war. Plötzlich strahlte sein ganzer Körper goldenes Licht ab. Die blauen Flammen schlugen höher und heißer, und der Dämon kreischte vor Enttäuschung hungrig auf, doch er war machtlos gegen den goldenen Glanz. Dann zogen sich die Flammen zurück, vergingen, bis sie nur noch Glut waren ... und verloschen. Über uns fiel der Dämon in Schweigen, die Zähne zu einer tödlichen Grimasse erstarrt, der rote Schlund verharrte reglos und wurde grau. Janos, der große Dieb der Zauberei, sprang vom Rost, als er ans Ende kam. Doch bevor wir gratulierend zu ihm eilen konnten, brachte eine Stimme, die so laut war, daß sie die ganze Halle füllte, die Luft mit ihrer Wut zum Sieden.

»Was hast du getan, Greycloak?« Es war Mortacious. Der Zauberer war aufgewacht. Wieder donnerte die Stimme. »Warte, kleiner Zauberer. Ich komme zu dir.«

Janos wartete nicht, ebensowenig wie wir anderen. So schnell wir konnten, flohen wir aus der Halle in die kalte Nacht. Wir rannten die Pflasterstraße entlang, die Waffen bereit. Hinter uns hörten wir eine Explosion. Ich drehte mich um und sah, daß die Tür zum Palast des Zauberers von ungeheurer Wucht gesprengt worden war. Durch dieses qualmende Portal kam ein enormer Feuerball, so blau wie die Flammen des Ofens. Der Ball stieß gezackte Blitze aus und sprengte die Steine auf der Straße, als er darüberfuhr. Die Stimme des Zauberers überschlug sich aus dem inneren des brennenden Runds. »Lauf, kleiner Zauberer, lauf!« Gelächter folgte, gackernd und schnatternd.

Wenn das ein Befehl gewesen sein sollte, würde ich nicht widersprechen. Neue Kraft durchströmte mich, und ich lief noch schneller als zuvor. Wir stürmten die Allee entlang, über die man uns getrieben hatte, vorbei an den einäugigen Häusern mit ihren toten Bewohnern. Unsere Schritte wurden langsamer, als unsere Glieder von der wilden Flucht ermüdeten. Mortacious' höhnisches Gelächter wurde schneidender, je weiter wir in die Gasse kamen. Der Feuerball, auf dem er ritt, warf unsere Schatten weit voraus, und, oh, wie gern wären wir diese fernen, fliehenden Schatten gewesen! Ich hörte Janos' angestrengtes Keuchen neben mir. Er schien zu stolpern, doch er bückte sich nur, um einen Stein zu nehmen. Dann war er fort, und ich wandte mich um, glaubte, er sei gestürzt. Statt dessen stand er in Mortacious' Weg. Als ich an seine Seite eilte, zog er sein Schwert und schlug den Stein an meine Klinge. Ein Funke sprang vom singenden Metall. Er hieb noch einmal, und diesmal war der Funke länger, schlug einen Bogen zu dem Feuerball, der uns verfolgte.

Mortacious schrie auf: »Hab' ich dich, kleiner Zauberer!« Doch bei Janos' drittem Hieb explodierte wieder ein Funke von der Klinge. Er schlug einen Bogen, explodierte erneut und wurde ein mächtiger Schauer gezackter Sterne, die über den Weg unseres Verfolgers regneten. Dann fielen sie auf den Ball, und er platzte mit einem Donnerschlag und schleuderte Mortacious aus seiner Mitte. Der Zauberer stürzte Hals über Kopf, dann schlug er auf die Straße.

Einen Augenblick lang war er ganz still, seine Robe umgab ihn wie ein roter Teich. Im nächsten Moment hätte er uns gehabt, beinahe wäre es zum Kampf gekommen. Die Robe zuckte, blies sich zu mächtigen, roten Flügeln auf. Wir fuhren herum und liefen, während die Flügel Mortacious in die Lüfte hoben, und er stieß ein Heulen aus, das die Lüfte wie Glas klirren ließ. Es war ein Ruf zur Jagd, und als wir liefen, um unsere Kameraden einzuholen, fand dieser Ruf eine Antwort. Aus den einäugigen Wohnhäusern strömten die Sklaven des Zauberers. Sie witterten unser lebendes Blut und stürmten uns hinterher. Wir kamen um die letzte Biegung vor dem Hafen, das stimmenlose Rudel Wölfe an unseren Fersen und ihr geflügelter Meister über unseren Köpfen. Die Kameraden versuchten schon, Boote loszumachen, die uns forttragen sollten. Doch sie hielten inne, als sie sahen, welcher Schrecken uns am Hügel hinunter folgte. Es blieb uns nur der Kampf.

Ich hörte, wie Sergeant Maeen Befehle brüllte, während Janos und ich für einen Augenblick der Sicherheit in ihre Mitte stürmten; dann spürte ich den Aufprall, als unsere Freunde die Wucht der ersten Welle auffingen und abdrängten. Wir formierten eine Schlachtreihe auf dem Pier und zwangen die Feinde damit, in kleinen Gruppen anzugreifen. Am nächtlichen Himmel kreiste Mortacious, sammelte seine Sklaven zum letzten Gefecht. Es sollte eine Wiederholung des Kampfes in der Halle werden, doch gegen diese Übermacht bestand keine Hoffnung. Wir hievten Pechfässer aus einem Lastenkahn und setzten den Pier in Brand, als sie uns entgegenstürmten. Das Feuer, das sie empfing, war von *dieser* Welt, nicht der nächsten. Gespeist von Pech und altem, trockenem Holz anstelle von Beschwörungen, wurde es ein rasch vordringendes Inferno, das sie wie ein reißender Strom mit sich riß. Es brannte die Beine unter ihnen weg und schmolz die Waffen in der Asche ihrer Überreste. Ohne eigenen Willen, der auf die Warnungen des Schmerzes hätte hören können, drangen sie weiter vor, und jede Reihe wartete geduldig, bis die anderen gegen unseren Feuerschild geschleudert wurden und verkohlten. Über ihnen verfluchte Mortacious ihre Asche und rief immer mehr seiner Kriegersklaven an ihre Stelle.

Das Ufer war schwarz von ihren Massen, und immer mehr kamen die Straße herunter. Mortacious baute eine Brücke aus ihrer Asche und den im Feuer geborstenen Knochen. Bald wäre die Brücke hoch genug gewesen, daß sie herüberklettern und uns ergreifen konnten. Aber sie würden sich beeilen müssen, denn dieses Feuer hatte keinen Herrn, der es lenkte. Auf einer Seite war es unser Schutz, auf der anderen ebenso unser Feind, denn es nährte sich vom Pier, auf dem wir standen, und trieb uns ins Wasser hinaus. Mortacious schickte Männer, die am brennenden Anleger entlangschwammen, um uns in den Rücken zu fallen. Der Zauberer schwebte heran und verhöhnte unser hoffnungsloses Unterfangen mit seinem Lachen.

Eine Hand langte durch die zerbrochenen Bohlen herauf, um nach Janos' Fuß zu greifen. Mit einem Warnschrei sprang ich vor und hieb sie mit dem Schwert ab. Janos sah, wie sie auf die Bohlen fiel. Mortacious spottete und schwebte wieder herab. Janos griff nach der zappelnden Hand, preßte den Griff seines Schwertes in die sich krümmenden Finger, und sie packten zu. Mit aller Macht warf er die Klinge in die Luft. Die Hand fest um das Heft, war das Schwert ein schauerlicher Speer. Ein Phantom schien es zu lenken, als es Mortacious entgegensegelte. Das Gelächter des Zauberers erstarb, als die Klinge sein Auge traf. Er stürzte vom Himmel, heulte wütend vor Schmerz und schlug ins Wasser. Wir sahen ihn in den Wellen versinken, doch brachte dieser Anblick uns nur wenig Freude, denn als wir uns umwandten, standen wir seinen Männern gegenüber. Sie kletterten über die Brücke aus Asche auf den brennenden Pier hinaus. Wir nahmen all unseren Mut zusammen, aber wir wußten, daß sich ihr Herr und Meister aus den Fluten erheben würde, um sie weiter anzutreiben.

Ich schloß Frieden mit den Göttern, die mich erschaffen hatten, und sandte Halab einen letzten Dank. Ein qualmender Unmensch stürzte aus den Flammen hervor, und ich hob mein Schwert, um ihm zu begegnen.

Dann wehte das Schicksal vom Meer herein – zu unserer Rettung. Die tiefe, singende Stimme einer mächtigen Glocke ertönte, ihr Klang von solcher Intensität, daß alle Geräusche entflohen, als er uns überrollte und sich dann ausbreitete, um die dunklen Gewölbe der Nacht zu erfüllen. Wieder klang die Glocke, und wir spürten, wie Friede uns umfing. Der Friede war eine Melodie, eine Decke, die das Feuer erstickte. Er war ein klares, schallendes Lied, das selbst die Toten hören konnten. Sie blieben stehen und wandten die Köpfe, um zu lauschen. Als das letzte Echo der Glocke verklungen war, ließen Mortacious' Männer ihre Waffen fallen, wandten sich um und schlurften davon.

Aus der Finsternis kam ein wundersames Schiff mit leuchtenden Segeln und munteren Laternen, die an den Seiten blinkten. Es war anmutiger als alle Schiffe, die ich je gesehen hatte, und es schwebte uns mit Zauberkraft entgegen, denn es wehte kein Wind, der seine prallen Segel hätte füllen können. Ich hörte, wie Janos nach Atem rang, oder vielleicht war es nur mein eigenes, erstauntes Keuchen, als wir das Wappen auf den Segeln sahen: eine mächtige, sich windende Schlange vor einem Sonnenrad.

Als das Schiff sich näherte – ein eleganter Schwan auf schwarzen Wassern – wurde mir klar, daß alles, dem wir uns hatten stellen müssen, eine Prüfung gewesen war … und Mortacious die größte davon. Ich dankte den Göttern, daß wir sie bestanden hatten.

Eine Stimme rief uns von Deck. »Heil Euch, Suchende.« Die Stimme war so wohlklingend wie die Glocke. An Deck sah ich den, der sprach: einen stattlichen Mann in glitzerndem Weiß. Und wieder rief er uns zu. »Wir bringen Grüße … von den Fernen Königreichen.«

Janos ergriff meinen Arm vor Freude, und um mich herum hörte ich die Männer jubeln. Als das Schiff Boote zu Wasser ließ, uns fortzubringen, wurde auch ich von Freude übermannt, und ich jubelte so laut wie die anderen.

Und so kam es, daß wir die Fernen Königreiche betraten.

Kapitel Zweiundzwanzig

Die Fernen Königreiche

Die Erwartung kann eine launische Göttin sein, doch das zu wissen, ist allein kein Schutz vor ihr, sind die Lichter des Schattenspiels erst einmal entzündet. Ihr verlockendster Köder ist das Versprechen. Je länger sie ihn vor deiner Nase tanzen läßt, desto williger wirst du ihr folgen. Ich trauerte, als sie endgültig entschwebte, doch habe ich auch größte Freude erfahren, wenn sie sich erweichen ließ und ich in ihre Arme sank. Es war die Erwartung, die mich zu den Fernen Königreichen zog, und es war die Erwartung – um ein Vielfaches vermehrt –, die jenen, die zu Hause auf mich warteten, große Versprechungen machte. Ich trug die Träume all dieser Daheimgebliebenen bei mir, und sie waren ganz in meiner Nähe, als wir über die schäumende See zu jenen Ufern strebten.

Oft hatte ich mich gefragt, welcher Anblick sich als erstes präsentieren würde. Manchmal glaubte ich, ich würde eine Stadt aus leuchtendem Gold sehen, mit eleganten Türmen und schlanken Minaretten. Manchmal malte ich mir fruchtbare Felder und satte Wiesen mit friedlichen Weilern und weißen, blumenübersäten Villen aus. Egal jedoch, welche Form sie annahmen, sah ich sie vor meinem inneren Auge doch stets aus großer Höhe: ein gezackter Gipfel vielleicht oder die Ausläufer eines Gebirges. Tatsächlich erreichte ich unser Ziel auf eine Art und Weise, die einem Bürger Orissas angemessener war: Nachdem ich die Reise auf dem Fluß begonnen hatte, an dem ich geboren war, sollte es wiederum ein Fluß sein, an dem ich sie beendete.

Als wir die See verließen, über die wir vor den Schrecken Gomalalees entflohen waren, verkündete die große Schiffsglocke unser Kommen. Das Großsegel blähte sich, zeigte stolz das Schlangenwappen der Fernen Königreiche. Als wir uns der malerischen Mündung des Flusses näherten, antwortete eine weitere Glocke aus der Ferne. Wir drückten uns an die Reling, suchten angestrengt den ersten Blick auf die Göttin, die uns gerufen hatte. Doch sie neckte uns mit ihrem Schleier, dem blaßblauen Dunst vor ihren Zügen. Dann hob sie ihn vor unserem weißen Schiff, und blaue Streifen zogen über den Himmel. Eine Brise wehte, brachte freie Sicht. Die Verführung hatte gerade erst begonnen.

Das erste, was ich sah, als ich zu den Fernen Königreichen kam, war ein Smaragdturm, der aus dem Fluß ragte. Der Turm war kunstvoll so gearbeitet, daß er sich zu einer schlanken Spitze verjüngte. Ein wundersamer Spiegel drehte sich darauf und überzog das Schiff mit Schmetterlingen aus Licht. Ich spürte ein angenehmes Kribbeln auf meinem Gesicht, dann einen sanften Versuch von Zauberhand, meine Absichten zu ergründen. Das Licht zögerte, als es den Schutzbann fand, den Janos über jeden von uns ausgesprochen hatte, nachdem wir an Bord des rettenden Schiffs gegangen waren, doch war es nicht gekränkt und flatterte von dannen.

Das erste, was ich hörte, als ich zu den Fernen Königreichen kam, war ein melodisches Lied aus den Kehlen Tausender Vögel oder mehr. Sie flogen aus einem Wald hoher Bäume, die nach Minze rochen, und segelten über uns hin und her – eine Wolke aus Farben, so herrlich wie das Lied selbst. Als ich näher hinsah, merkte ich, daß die Vögel groß wie Adler waren: metallene Kampfsporen blitzten an ihren Krallen, die Schnäbel waren schwer und hakenförmig gebogen. Die Ufer des Flusses waren gesäumt von blumenbewachsenen Wiesen, und zu unserer Freude brach eine dieser Wiesen ab und wurde eine treibende, duftende Insel. Als sie unter unserem Bug vorüberzog, war eine Stimme aus dem Dickicht roter, trompetenförmiger Blumen zu hören. Unser Kapitän antwortete, und ich sah Speerspitzen aufragen.

Mein erster Gedanke beim Durchfahren dieser Tore war, daß die Hand, die man uns zum Willkommensgruß entgegenhielt, einen Samthandschuh trug, um damit eine stählerne Faust zu verbergen. Ich schauderte, als mir der zweite Gedanke ins Rückgrat stach: Ich war froh, daß diese Leute uns als Freunde und nicht als Feinde empfingen. Hinter einer hügeligen Biegung dann verflogen alle Gedanken angesichts des großartigen Anblicks, den die Hügel uns verstellt hatten. Der Fluß war kurvig und tief ins Land geschnitten, wand sich wie eine prächtige Schlange durch nebelverhangene Felder und blaugrüne Wälder. Weit landeinwärts erhob sich – wie ein Leuchtturm – ein anmutiger Berg, blau wie der Fluß selbst. Zu Füßen dieses Bergs, so hatte man uns gesagt, lag unser Ziel: die Stadt Irayas, in welcher der große König Domas über sämtliche Länder der Fernen Königreiche herrschte.

Tagelang fuhren wir auf diesem Fluß, und jeder Tag brachte uns eine Vielzahl von Wundern. Am ersten segelten wir an einer geschäftigen Hafenstadt vorbei, dreimal so groß wie Orissa. Boote und Schiffe fuhren zwischen den Anlegern umher und luden und entluden alle Arten von Waren und Lebensmitteln. Der Hafen war erstaunlich sauber und frei von üblen Gerüchen. Die Häuser und Bauten, die wir sahen, hatten nichts mit den üblichen praktischen Steinklötzen gemein, wollten nur das Auge mit einer Vielfalt von Formen, Größen und Farben erfreuen. Kapitän Utorian, unser Gastgeber und Botschafter des Königs, sagte, der Hafen sei das Zentrum allen Handels innerhalb der Königreiche, die sich zu beiden Seiten des Flusses und weit voraus erstreckten, jenseits des großen Berges noch manche Tagesreise. Er erklärte uns, König Domas' Reich bestünde aus elf Fürstentümern, jedes von einem Prinzen regiert, der dem König Treue geschworen hatte. Verstreut über die Fürstentümer lagen siebzig große Städte und noch viele kleinere. Die größte von allen, sagte er, sei Irayas, der Sitz von Regierung und Rechtsprechung. Er berichtete, das gesamte Reich, das wir die Fernen Königreiche nannten, hieße Vacaan, zu Ehren des höchsten Gottes der Großen Alten, die über tausend Jahre mit ungeheurer Weisheit in diesem Land geherrscht hatten, bis sie auf geheimnisvolle Weise verschwanden. Die Ruinen ihrer Gebäude seien überall in Vacaan zu finden. Nahe Irayas' gäbe es Ruinen einer Stadt und alter Tempel, hoch oben auf dem Gipfel des Berges.

Utorian war ein großartiger Gastgeber. Er gab sich alle Mühe, so viele Fragen zu beantworten, wie er konnte. Solche, die ihn zögern ließen, sollten beantwortet werden, sobald wir in Irayas wären – so versprach er jedenfalls. Nachdem er uns vom qualmenden Pier in Gomalalee geholt hatte, sorgte er sogleich dafür, daß unsere Wunden behandelt wurden und wir heiße Bäder und bequeme Quartiere vorfanden. Die einzigen Worte, die er in unserer Sprache kannte, waren jene, die er ausgerufen hatte, als er kam, um uns aus Mortacious' seelenloser Stadt zu retten. Doch kaum waren wir an Bord, da reichte uns einer seiner Offiziere durchsichtige Schwämme und bat mit einer Geste, die Flüssigkeit davon zu lecken. Sobald wir es getan hatten, waren wir vollständig in der Lage, ihre Sprache zu verstehen und zu sprechen. Ich fürchte, wir haben in unserer Aufregung ein solches Spektakel veranstaltet, daß sie es bald bereut haben müssen.

Während dieser ersten Stunden hatte Janos einen Schutzbann über jeden einzelnen von uns gesprochen. Obwohl der Kapitän und seine Mannschaft freundliche und angenehme Menschen zu sein schienen, erinnerte uns Janos, daß wir eben erst hochverehrte Gäste gewesen waren und lieber vorsichtig sein sollten, falls unsere Gastgeber ähnliche Absichten verfolgten. Er mußte uns nicht drängen. Janos hatte nach seiner Begegnung mit Mortacious neue Kraft gesammelt, um den Schutzbann zu erstellen. Er sagte, der Zauber könne zwar nicht das Messer eines Attentäters abwehren, uns jedoch warnen, wenn Gefahr drohe. Nach der Warnung sei es an uns, ob wir uns verstecken, kämpfen oder Verstärkung holen wollten. Der Bann war eine weise Vorsichtsmaßnahme, doch nach kurzer Zeit in Utorians Gesellschaft vergaß ich ihn vollkommen und erinnerte mich erst wieder daran, als wir dem Turm mit seinen neugierigen Lichtern begegneten.

Nachdem wir uns erfrischt hatten, rief Utorian Janos und mich in seine Kabine, wo wir über Bechern mit heißem Branntwein plauderten. Der scharfe, beruhigende Nachgeschmack linderte unser Entsetzen über das, was wir eben erst hatten erleben müssen. Die Kabine war karg, jedoch auf geschmackvolle Weise ausgestattet, mit bequemen Stühlen, deren weiche Stoffbezüge helle Farben hatten, und einem Tisch, der bei jedem Seegang das Gleichgewicht hielt. Das Holz der Wandtäfelung hatte eine feste, enge Maserung mit interessantem Muster, das man sich tagelang ansehen konnte. An der breitesten Wand hing die einzige Dekoration: ein seidenes Banner, das die blaue, gewundene Schlange vor einem Sonnenrad zeigte, das Wappen, nach dem wir so lange gesucht hatten. Utorian trug ein ähnliches Wappen an seiner weißen Uniform. Neben der kleinen Koje in der Ecke mit einer Decke – passend zu den Stühlen – waren die einzigen Möbel ein leerer Kartentisch und der verschlossene

Schrank, in dem er seine Instrumente und Karten verwahrte. Nur ein Ding noch gab es dort: Ein goldenes Seil hing durch ein Loch in der Decke. Utorian sagte, es führe ins Glockenhaus und betätige das verzauberte Instrument, das Mortacious und seine Horde in die Flucht geschlagen hatte.

Bevor wir ihn mit Fragen überschütteten, bat Utorian uns um Nachsicht und erklärte, warum er überhaupt gekommen sei. Er sagte, König Domas und sein jüngerer Bruder Prinz Raveline hätten unsere Fortschritte mit großem Interesse verfolgt. Er machte keinen Hehl daraus, wie dies geschah: neben ein paar magischen Hilfsmitteln, die das Verständnis des Kapitäns überstiegen, stamme die Information von einigen wohlplazierten Spionen und den mysteriösen Reitern, die wir als Späher bezeichnet hatten. Er sagte, die Späher unterstünden nicht dem König, sondern seien ein Nomadenstamm vom Zauberern, die sterbliche Gesellschaft verschmähten und rastlos in eigener Sache das Land durchstreiften. Das Königreich hatte vor langer Zeit schon einen Pakt mit ihnen geschlossen und tauschte Zauberwaren, die sie brauchten, gegen jedwede Information, die benötigt wurde, um Vacaan vor unerwünschten Besuchern zu schützen.

Dann sagte er: »Ihr müßt wissen, daß bis zu dem Zeitpunkt, als ich meinen Befehl bekam, Euch zu holen, kein einziger Besucher als willkommen galt. Soweit ich weiß, seid Ihr und Eure Männer die ersten Fremden, die unser Land besuchen, seit wir es aus den Ruinen der Großen Alten erbaut haben. Ich kann nicht sagen, warum unser König es sich anders überlegt hat, aber als freier und treuer Bürger kann ich Euch versichern, daß er lautere Absichten hat, und wenn Ihr erst mit ihm gesprochen habt, wird niemand Euch daran hindern, sicher heimzukehren. Obwohl man mir seine Gründe nicht mitgeteilt hat, kann ich sie erahnen. Es ist kein großes Geheimnis am Hof, daß König Domas der Überlegung nachhängt, wir wären vielleicht nach all den Jahren ohne Kontakt zur Außenwelt ausgebrannt. Und ich glaube, Euer Wissensdurst und die unerschütterliche Suche haben sein Denken wohlwollend beeinflußt.«

Der Kapitän erklärte, wir könnten uns bis zur Ankunft in Vacaan auf dem Schiff uneingeschränkt frei bewegen. Wir konnten jeden um alles bitten und gehen, wohin wir wollten. Die einzige Ausnahme, meinte er, sei, daß wir in unserem Quartier bleiben mußten, sobald Land in Sicht käme. Er entschuldigte sich ausgiebig dafür und sagte mit einem Nicken zum Schrank hin, es sei ihm verboten, uns seine Karten oder Instrumente zu zeigen, denn deren Beschaffenheit sei ein wohlgehütetes Geheimnis. Wenn wir erst beim König seien, würden viele dieser Geheimnisse jedoch sicher enthüllt.

Utorian füllte unsere Becher nach, und wir drei stießen auf die glorreiche Zukunft unserer Völker an. Doch an seinem Verhalten merkte ich, daß er glaubte, sollte dieser Wandel eintreten, sei es Orissa, das davon am meisten profitieren würde. Diese Überzeugung teilten fast alle Menschen, auf die wir in den Fernen Königreichen trafen. Sie zeigten wenig Neugier, was die Welt anging, aus der wir kamen. Das einzige, was sie in Erstaunen versetzte, waren die Mühen, die wir unternommen hatten, um zu ihnen zu gelangen, und ständig drängten sie, die Einzelheiten unserer Reise zu erfahren. Doch dann ließ ihre Neugier nach. Der Grund war offensichtlich: Vacaan war ein Land, das mehr Wunder zu bieten hatte, als ich Blätter zählen kann, sie zu beschreiben. Der Boden war mit reichen Ernten gesegnet. Es gab nur wenige Leiden, die die Geisterseher nicht heilen konnten. Die Menschen erfreuten sich einer schier endlosen Reihe von Vergnügungen und Besitztümern. Tatsächlich glaubten sie sich allen anderen Völkern derart überlegen, daß sie nicht wußten, was diese ihnen Brauchbares anzubieten haben sollten. Wenn ich von einem Kunstwerk, einer Idee oder handwerklichen Leistung erzählte, die Orissa Grund zum Stolz war, führten sie eilig etwas aus ihrem eigenen Land an, vor dem unseres im Vergleich verblassen sollte. Ich hielt es damals für unerheblich, ein kleines Ärgernis,

Anlaß zur Belustigung. Später verstand ich, daß es ein ernsterer Makel war, als ich angenommen hatte. Aber ich kann nicht verhehlen, daß die Wunder, die wir sahen, während wir flußaufwärts fuhren, alles überstrahlten, was ich je zuvor erlebt hatte. Eines dieser Wunder war der Fluß selbst. Ich habe ihn mit einer großen Schlange verglichen, und dieser Vergleich ist treffend, denn der Fluß war es, der das Vorbild für die Schlange auf dem Wappen der Fernen Königreiche darstellte, während das Sonnenrad für die Weisheit der schützenden Zauberer stand.

Man stelle sich eine Schlange vor, die glänzenden Windungen nah beieinander – ohne sich doch wirklich zu berühren – und nur Kopf und Hals ragen aus den Windungen hervor. Dann mache man die Schlange wieder zu einem Fluß, den Kopf zum Berg, zu dem wir reisten, und man wird sehen, daß die Entfernung, wenn auch weit für jedes Schiff, für einen Vogel eine Bagatelle war. Doch hätte ich unsere Segel nicht gegen flinke Flügel eingetauscht, denn da wir erst in eine Richtung, dann die entgegengesetzte fuhren, zeigte uns der Fluß fast alle Wunder der Fernen Königreiche aus der Nähe.

Der Fluß stieg sanft durch Vacaan an. Wenn wir zu einer neuen Erhebung kamen, gab es dort keine Schleuse, an der wir den Unterschied hätten merken können. Nur ein Schimmern lag in unserem Weg, dann stiegen wir in ruhigere Gewässer auf höherer Ebene auf. Utorian sagte, ihre Zauberer hätten den Fluß vor langer Zeit gezähmt und zum allgemeinen Nutzen umgelenkt. Er wies uns auf das erstaunliche Fehlen von Hochwassermarken hin und erklärte, auch das Wetter hätten sie unter ihren Einfluß gebracht, wobei sie die Stürme nur brauchten, um den Fluß nachzufüllen, sonst nicht. Weiterhin konnten sie dem Fluß befehlen, sich an beliebiger Stelle ein- und auszufalten, um so den Bauern das Bewässern zu erleichtern und eine ertragreiche Ernte zu sichern. Das Korn dieser Ernten, fügte er hinzu, stamme von gesegneten Samen, die stets Früchte trugen und Krankheiten und Insekten abwehrten. Ich dachte an unsere eigenen, hart arbeitenden Bauern, während wir an unvorstellbar reichen Feldern und Gärten vorbeikamen. Ich erinnerte mich schmerzlich der ruinösen Flut und der Hungersnot, die wir gerade erst erlitten hatten. Ich betete, unsere Reise möge die Arbeit unserer Landsleute erleichtern und das Leid von unseren Herzen nehmen.

Wir sahen Wälder, in denen sich das Wild drängte, Hügel, beladen mit Adern von formbarem Metall und wertvollen Steinen und Weiden, auf denen fette Herden blökten und muhten. Wir sahen Menschen jeden Schlages: von Bauern über Arbeiter zu Kaufleuten, Herren und hohen Damen. Sie waren ein stilles, würdevolles Volk, das gern lachte, was wir über das Wasser hinweg hörten. Die Männer blieben bis ins hohe Alter ansehnlich und die Frauen gefällig, wobei das Alter ihren Mienen nur Weisheit und Erhabenheit hinzufügte. Ihre Kinder schienen die glücklichsten von allen zu sein. Anscheinend tobten und stromerten sie nach freiem Willen, und es war ihr helles Lachen, das am häufigsten zu hören war.

Utorian sagte, alle ihre Kinder gingen zur Schule, und denjenigen mit bestem Verstand oder Talenten widme man besondere Aufmerksamkeit. Danach stünden ihnen alle Türen offen und sie könnten zu fast jedem gesellschaftlichen Rang aufsteigen. Ich mußte an Halab denken und trauerte, daß er nicht in einem solchen Land geboren war.

Wir staunten über die vielen Städte, die sich an den Fluß schmiegten. Manche erfreuten das Auge mit Vielfalt, wie der Hafen, an dem wir am ersten Tag unserer Flußfahrt vorüberkamen. Manche waren von gleicher Art, gehauen aus weißem Marmor oder farbenfroh bemaltem Holz oder aus starkem, glitzerndem Metall. Ihr Erscheinungsbild reichte von niedrigen Bauten, die sich in den umgebenden Wald fügten, über aufragende Türme, verbunden mit zarten Bögen, zu gemütlichen Domizilen mit spitzen Dächern und fröhlichen Feuern, die bei Nacht durch die Fenster leuchteten. Jede Stadt verblüffte uns auf ihre Art, und gerade, wenn wir glaubten, nichts könne uns mehr erstaunen, enthüllte sich uns das nächste Wunderwerk. Dann endlich erreichten wir Irayas. Es war die prächtigste Stadt von allen.

Wir sahen sie ohne Vorwarnung. Der Flußlauf führte nach Osten – zum letzten Male fort vom Berg – und loderte mit einem Mal. Die Ufer zogen sich vor unseren Augen zu fernen, grünen Streifen zurück. Der Fluß wurde zum See, und aus diesem See stieg Irayas auf. Unsere Sinne bebten von dem Zauber, den es verstrahlte, willige Saiten in Händen eines meisterlichen Harfenisten. Irayas war ein Ort von Licht und Wasser. Die untergehende Sonne lag in ihrem Rücken, und die Stadt erstrahlte in vollem Glanz. Farben schimmerten durch kristallene Türme und reflektierten von goldenen Kuppeln. Der Fluß verlief darunter, ein geschmolzener Spiegel im sterbenden Licht des Tages. Die Luft war Musik mit Glocken und Vogelgesang, duftend nach den Blüten der Dämmerung. Kleine Boote huschten durch dieses Idyll, zaghafte Bittsteller einer Königin der Götter.

Solcherart Anblicke sind der Wein des Wanderers. Hat er ihn einmal probiert, gibt es nur wenig, was er nicht auf sich nehmen würde, um von diesen Trauben noch einmal zu kosten. Wir taten uns an ihnen gütlich, bis wir betrunken waren, dann wurde es Nacht, und wir nahmen enttäuscht den Einbruch der Dunkelheit hin. Doch Irayas hatte einen Trick gegen diesen Dieb, und vor neuerlichem Staunen seufzten wir, als Licht sich über der Stadt ausbreitete. Die gläsernen Türme wurden zu hellen Fontänen, die goldenen Kuppeln leuchteten von innen. Die Kanäle, die als Straßen dienten, wurden von kleinen Kugeln an langen Bändern beleuchtet. Die Geräusche der geschäftigen Stadt waren nach wie vor zu hören, und ich merkte, daß die Geisterseher von Irayas die produktive Zeit bis weit über das Ende des Tages hinaus verlängert hatten.

Wir schliefen in jener Nacht an Bord des Schiffes. Mein Kopf war derart übervoll, daß ich glaubte, ich könne unmöglich Ruhe finden, doch die Erschöpfung packte uns alle schon früh. Einmal wurde ich von wilder Musik und Gelage geweckt. Ist es nicht verwunderlich, dachte ich, daß sich, wo immer es ein Hafenviertel gibt, egal wie groß die Stadt sein mag, immer ein Ort für starke Getränke und rauhe Spiele finden läßt? Dann sank ich in traumlosen Schlaf zurück.

Am nächsten Tag brachte uns Utorian zum König. Der Palast erstreckte sich über mehr als die Hälfte der zehn Inseln, aus denen Irayas bestand. Das Grundstück war ein Wunder an gepflegten Rasenflächen, Bäumen und Beeten exotischer Pflanzen. Es gab sanftmütiges Wild und zwitschernde Vögel, die das Herz wärmten, daneben künstlerische Statuen zur Erbauung des Geistes. Der Palast war ein Kunstwerk aus zahlreichen Kuppeln, allesamt aus feinstem Gold gearbeitet. Die Säulen und Bögen bestanden aus einer Goldlegierung, die Außenwände aus einer Art Glas, die man verdunkeln konnte, wenn man ungestört sein oder den Sonnenschein aussperren wollte.

Soldaten in goldenen und weißen Waffenröcken bewachten die schier endlosen Gänge des unermeßlich großen Palastes, doch Janos merkte an, ihre Speere und Seitenwaffen seien plump und protzig und vornehmlich für repräsentative Zwecke gedacht. Wir traten in einen Hofsaal, der so riesig war, daß er alle anderen Interessen als die des Königs schrumpfen ließ. Der Saal war so angelegt, daß die gewölbten Glaswände ihn noch größer wirken ließen. Manche waren klar und ließen Licht herein, andere waren verspiegelt und reflektierten die Menge, die sich versammelt hatte, um die Aufmerksamkeit des Königs zu suchen. Der Raum war in drei Ebenen aufgeteilt, und Treppen führten von einer zur anderen. Die unterste Ebene, die wir zunächst betraten, war am vollsten, und die Kleidung der dort Versammelten die des gemeinen Volkes. Auf der zweiten befand sich eine kleinere Gruppe mit Kleidern und Manieren, die denen der ersten überlegen waren. Die letzte war fast leer, reserviert für Zauberer und andere Männer von Rang. Sie schlenderten, in Gespräche vertieft, am Rand entlang. Über dieser geschäftigen Pracht fand sich ein breites Podium, auf dem ein großer, goldener Thron aufragte, mit hoher Rückenlehne, auf der ein mächtiges Königswappen prangte.

König Domas streckte sich gelangweilt auf seinem Thron aus. Selbst aus dieser Entfernung war er ein Mann, den die Größe des Saales nicht kleiner werden ließ. Träge drehte er seine Krone – ein schlichtes Goldband, wie ich später aus der Nähe sah – um den Finger, während er Beratern lauschte, und wurde ihre Rede von der lärmenden Menge übertönt, donnerte seine Stimme über alles andere hinweg. Dann verlor ich ihn aus den Augen, als Utorian uns vorandrängte. Es wurde deutlich, daß er ein wichtiger Mann war, denn die Menge trat respektvoll zur Seite. Neugierige Blicke folgten uns, bis wir an das Geländer kamen, das die dritte Ebene umgab. Unser Führer wies uns an zu warten und reckte seinen Kopf hierhin und dorthin, als suche er nach Hilfe. Wir drückten uns an das Geländer, glotzend wie Bauern, frisch vom Feld und neu in der Stadt. Doch unser Staunen steigerte sich noch, als unsere Blicke in eine gähnende, goldüberzogene Grube fielen, bevor sie sich wieder erheben und den Thron bestaunen konnten.

Die Grube machte fast die gesamte dritte Ebene aus. Ein Pfad für schlendernde Beamte umfaßte sie, ein weiterer führte in die Tiefe. Dort schwebte ein Zauberbild der Fernen Königreiche. Jedes Detail, vom sich windenden, blauen Fluß bis zu Städten, Höfen und Feldern, fand sich hier maßstabgetreu wieder. Man sah Boote auf dem Fluß, und ich meinte, kleine Punkte zu sehen, die Menschen und Tiere sein mochten. Noch erstaunlicher war, daß man selbst den Himmel kopiert und mit Leben erfüllt hatte. Ich bemerkte, daß Schwärme von Vögeln in die Wolken ein- und wieder auftauchten, während diese mit dem Wind zogen. Zauberer und Beamte liefen den geschwungenen Pfad hinab, diskutierten und beobachteten das Zauberbild. Mehrere Zauberer widmeten ihre Aufmerksamkeit einer Wolkenbank, die vom Sturm schwarz und ganz geschwollen war, und lenkten sie an einen anderen Ort, wo plötzlich Blitze zuckten und Regen fiel. Ich zweifelte nicht, daß die echten Lebewesen der verdorrten Region vom Sturm gesegnet waren, der in verkleinerter Form dort unter uns wütete.

Ein königlicher Donner des Widerspruchs brach hervor. Ich hob meinen Blick und sah Domas zum ersten Male aus der Nähe. Seine Berater drängten sich in hitziger Debatte um ihn. Was immer die Geduld des Königs auf die Probe stellen mochte, mußte schon entschieden worden sein oder war nicht mehr von Interesse, denn nun unterdrückte er höflich ein Gähnen und drehte seine Krone wieder um den Finger. Der König war groß, mindestens einen Kopf größer als Janos, und sein schlichter, weißer Waffenrock spannte sich über einen Körper, der aus steinernen Blöcken gehauen schien. Sein Haar war blond, die Züge ebenmäßig. Er war schlicht gekleidet, und außer der Krone verwies nichts darauf, daß dieser Mann ein derart mächtiges Reich beherrschte.

Ein weiterer Mann stand neben dem Thron. Er war so groß wie Domas und sah ihm von Gesicht und Körperbau her tatsächlich ähnlich, nur war er im Gegensatz zum König dunkelhaarig. Seine Tracht war aus reichverziertem Gold, und er trug das königliche Zeichen auf der Brust. Er schien schwere, verzierte Juwelen und Ringe zu mögen, und sein langes, schwarzes Haar wurde von einem Smaragdband gehalten, was alle Welt wissen ließ, daß auch er zum Königshaus gehörte.

»Prinz Raveline«, flüsterte Janos. Ich hatte es schon vermutet. Janos beugte sich vor. Sein Flüstern klang erregt. »Er ist ein Zauberer. Ein *sehr* mächtiger Zauberer.« Auch soviel hatte ich vermutet. Die dunklen Augen des Mannes zeigten die Energie eines Geistersehers, und meine Haut prickelte ganz unangenehm. Ich sah ihn mir näher an und bemerkte, daß Raveline trotz des Prunks seiner Erscheinung die Würde des Königs fehlte. Wenn man sie nebeneinander sah, konnte es keinen Zweifel geben, wer der König war und wer nur ein edler Bruder.

Unruhe entstand entlang des Geländers, und ich bemerkte, wie ein kleiner Mann von auffällig unauffälliger Erscheinung sich Utorian näherte. Seine Kniebundhosen waren von verwaschenem Weiß, sein Rock zerrissen. Unbeachtet baumelte vom Gürtel eine angelaufene Goldsichel herab. Dennoch täuschte nichts über den Einfluß des kleinen Mannes hinweg. Eifrig, doch mit steifem Rücken, beugte sich der Kapitän herab, um seinem Flüstern zu lauschen. Der kleine Mann mußte sich trotzdem auf Zehenspitzen stellen, um Utorians Ohr zu erreichen, und ganz offenbar kümmerte es ihn wenig, ob jemand seine Haltung als lächerlich empfand. Während er sprach und Utorian nickte, spähte er immer wieder in unsere Richtung, dann deutete er kurz auf Janos und mich, als er uns unter den zwanzig Männern erkannte. Er mag eine Maus sein, dachte ich, aber eine beherzte Maus mit wachem Verstand und ohne Angst vor Küchenkatzen, denn *diese* Maus speist mit dem König. Der kleine Mann duckte sich unter dem Geländer hindurch und huschte um die Grube herum die Treppe zum Thron hinauf. Utorian winkte hektisch, wir sollten uns bereithalten. Das taten wir, und als der König sich umwandte, seinen kleinen Günstling anzulächeln, wurde um uns herum viel Kleidung gezupft und Haar geglättet.

Domas winkte, schickte den Pulk von Beratern beiseite, und der kleine Mann flüsterte wieder auf ihn ein, nur daß er sich diesmal an der Robe des Königs festhielt, um sein Gleichgewicht nicht zu verlieren. Die Miene des Königs erstrahlte, und der Ausdruck von Langeweile verflog, als er seinem Berater lauschte. »Was du nicht sagst. Seit wann sind sie schon da?« Die Stimme war so gewaltig wie der ganze Mann, reichte problemlos bis zu uns und über uns hinaus. Domas legte die Stirn in Falten, als der kleine Mann flüsternd fortfuhr. Dann: »Warum hast du mir das nicht schon früher gesagt, Beemus?«

Ich bemühte mich, ihn so schnell wie möglich einzuschätzen, suchte in der mächtigen Stimme nach Zwischentönen. Domas formte seine Worte gründlich, zog sie auf kleine Kettchen und warf sie sorglos in die Menge, daß ein jeder sie fangen konnte. Beemus flüsterte eine Erwiderung. Er unterstrich die Antwort mit einem Achselzucken, das einen unfähigen Untertan sicher bereuen ließ, uns ignoriert zu haben. Falls er uns beobachtete, wird er noch trauriger geworden sein, als er sah, wie Domas' Stirn sich wütend kräuselte. Doch dann wich dieser Ausdruck der Verärgerung einem interessierten Blick auf uns, und der Unfähige mag erleichtert aufgeseufzt haben, als er seinen König wieder strahlen sah.

Domas seufzte tief und klopfte Beemus auf die Schulter. »Vergiß es. Dem gehe ich später auf den Grund. Lauf nur und hol sie zu mir, Beemus. Schnell jetzt. Wir waren unhöflich genug.« Beemus sprang herab und hastete den weiten Weg zu uns, um diesem Wunsch nachzukommen.

Der König wandte sich seinen Beratern zu und sagte: »Genug! Wir haben uns durch diesen Schlamm schon oft gewühlt. Es wird Zeit für *neue* Geschäfte, meine Herren. Wirklich neue Geschäfte.« In freudiger Erwartung rieb er sich die Hände. Prinz Raveline trat lässig zu ihm hin und gab sich dabei, so dachte ich, alle Mühe, den Anschein jeglicher Hast zu vermeiden. Wieder wandte ich meine Aufmerksamkeit Domas zu, schätzte ihn ein letztes Mal ein, bevor wir zu so verwirrender Pracht gerufen wurden. Ich vermutete, einen freimütigen Menschen vor mir zu haben, unverhohlen in Absicht und Tat wie auch im Wort. Es kümmerte ihn nicht, was irgend jemand von ihm dachte: Ich bin König Domas, sagte seine rauhe Schale, und ich kann sein, wer oder was ich will. Mein kaufmännischer Instinkt meldete sich, während Beemus sich uns näherte. Solches Selbstvertrauen wie Domas' ließ darauf hoffen, daß der Mann zumindest zuhören würde, wenn ihm ein Handel logisch und ohne schmückendes Beiwerk unterbreitet wurde. Dann wurden wir eilig zu ihm geführt, und einen Augenblick später bauten sich zwanzig Mann in Formation vor dem König auf. Wir wollten uns tief verneigen, wie wir es für angemessen hielten, doch er winkte ab. »Nicht diese Verbeugungsarie«, sagte er. »Eine ordentliche, aufrechte und respektvolle Haltung dürfte genügen.« Er wandte sich seinem Bruder zu. »An diesem Hof gibt es zu viele Zeremonien«, sagte er. »Bei all diesen Verbeugungen wird mir noch ganz schwindlig.«

Raveline lachte, laut und aus vollem Halse, aber dieses Lachen klang spöttisch. »Dann befiehl uns einfach, damit aufzuhören«, sagte er. »Du wirst schon sehen, wie sehr du es vermißt.«

Domas warf ihm einen nachsichtigen Blick zu. »Du versuchst schon wieder, geistreich zu sein«, sagte er und seufzte, als Raveline den Spott fortsetzte, indem er sich verneigte, ganz langsam und tief. »Mir ist heute nicht geistreich zumute«, sagte der König. Er sah Beemus an. »Laß dir für mich etwas Geistreiches einfallen, Beemus. Etwas, das ihn richtig trifft. Das kannst du gut.« Beemus flüsterte ein Versprechen, und Domas wandte uns wieder seine Aufmerksamkeit zu. »Das sind also die Burschen, die uns solchen Ärger gemacht haben«, brummte er, aber er lächelte dabei. Dann musterte er uns eingehend, und das Lächeln wurde immer breiter. »Ein hübscher Haufen«, sagte er zu seinem Bruder. »Findest du nicht?«

Auch Raveline beäugte uns forschend. Der Blick des Zauberers huschte hierhin und dorthin, fand mich, verharrte und widmete sich dann Janos. »Das finde ich allerdings auch«, sagte der Prinz. Seine Stimme war fast so laut wie die des Königs. Auch er lächelte, doch seine Lippen wurden dünn dabei. Wie ein Jagdhund, dachte ich, wenn er seine Beute wittert.

Der König erhob sich von seinem Thron, und mit dem hüpfenden Beemus zur Seite schlenderte er die Stufen herab, um uns aus der Nähe zu betrachten. Janos und ich standen angespannt, weil wir dachten, wir wären die ersten, die er in Augenschein nehmen würde. Statt dessen schlenderte der König lässig um die Formation herum. »Welch ein entschlossener Trupp von Männern«, donnerte er bewundernd. »Man sieht, wieso sie es geschafft haben. Und nicht mal sonderlich mitgenommen.«

»Ein bißchen mager vielleicht«, hielt Raveline dagegen. »Und etwas angeschlagen.«

»Wer wäre das nicht?« erwiderte Domas. »Nachdem sie so weit gekommen sind, um uns zu finden.« Er warf Beemus einen Blick zu. »Denkst du noch nach?« Beemus bejahte dies. »Gut«, sagte der König. »Laß es bitte richtig scharf und schmerzend sein.«

Weiteres Betrachten und Nicken folgte, dann fuhr Domas plötzlich herum, winkte dem Saal und rief: »Freunde! Freunde! Eure Aufmerksamkeit bitte.« Sein Ruf erfüllte den großen Raum und hallte ohne jede Zauberkraft zurück. Trotzdem mahnten noch einige überflüssigerweise: »Der König spricht! Der König spricht!« Erwartungsvoll blickte die Menge auf.

»Ich möchte, daß ihr alle diese Burschen kennenlernt«, bellte der König. »Wahrscheinlich habt ihr gehört, daß ich mich für sie interessiere, und hier sind sie in Fleisch und Blut. Sie alle sind mutige Abenteurer. Und was für ein Abenteuer es war! Sie kommen den ganzen Weg von Orissa. Gefährliche Wüsten und Banditen und alle möglichen Schrecken!« Domas ging weiter, sprach im Gehen mit der Menge, und der geduldige Beemus trottete neben ihm her. »Unterhalten wir uns mit einigen von ihnen, wollen wir? Und sehen wir mal, woher eine solche Haltung rührt.« Er legte eine Pause ein, reckte der Menge die finster gerunzelte Stirn entgegen. »Eine Haltung, die vielen von euch leider abgeht.« Dann wandte er sich uns wieder zu, und ein Lächeln verdrängte die düstere Miene. Sein Lächeln ähnelte dem seines Bruders kaum. Es war breit und großzügig, und es fiel ihm leicht, weil er es oft anwendete.

Er schaute uns an, einen nach dem anderen, bis sein Blick auf Sergeant Maeen fiel. »Ihr dort, Sir«, donnerte der König und deutete auf ihn. »Sagt uns Euren Namen.«

Maeen lief vor Verlegenheit rot an. Das Rot verdunkelte sich noch, als er zwischen seinem Salut und der Verbeugung von Verlegenheit übermannt wurde, da er sich erinnerte, daß uns eben dies verboten worden war. Domas rettete ihn mit dem Kommandeursgruß an einen Soldaten. Nachdem er aus dem Dilemma befreit war, gab Maeen seine beste barsche Erwiderung, indem er sagte: »Sir! Ich bin Sergeant Maeen, Sir!«

Der König rief der Menge zu: »Habt ihr das gehört? Sergeant Maeen, sagt er. Den Rang hätte ich erraten. Man sieht ihm an, daß er Sergeant ist.«

»Danke, Eure Majestät«, sagte Maeen.

»Sagt uns, bester Sergeant, was haltet Ihr von uns, da Ihr nun bei uns seid? Wie findet Ihr Vacaan?«

Maeens Miene leuchtete, und er rang schrecklich mit der richtigen Antwort. Endlich platzte er heraus: »Wunderbar, Eure Majestät! Es ist einfach wunderbar!«

Domas lachte dröhnend. »Hört ihr das?« brüllte er. »Er glaubt, wir wären ... wunderbar!« Weiteres Gelächter. Dann: »Gute, offene Soldatenworte. Davon brauchen wir hier mehr.« Maeen errötete.

Dann fragte der König: »Gibt es etwas, das Euch nicht gefällt? Das nicht ... wunderbar ist?«

Maeen dachte ernstlich darüber nach, überlegte scharf, bis er einen kleinen Makel fand. »Es ist das Essen, Sir«, sagte er.

»Das Essen?« donnerte Domas. »Was schmeckt Euch nicht am Essen?«

»Oh, es schmeckt mir gut, Eure Majestät«, sagte Maeen. »Aber manchmal, glaube ich, ist es etwas zu ... gehaltvoll.«

Davon war Domas absolut begeistert. »Ich bin ganz Eurer Ansicht, Sergeant«, sagte er. »Immer geben sie einem Tunke auf das gute Fleisch und verderben es damit. Beim nächsten Mal sagt ihnen, sie sollen sie wieder abkratzen. Natürlich mache ich es genauso, nur hilft es mir nichts. Und ich bin ihr verdammter König!«

Prinz Raveline unterbrach. »Ich glaube, Ihr habt in meinem Bruder einen Freund gefunden, Sergeant«, sagte er. »Ich verstehe, warum. Ihr seid genau nach seinem Geschmack.«

»Danke, Eure Majestät«, sagte Maeen.

Domas hob eine Hand. »Ihr solltet ihn nicht ›Eure Majestät‹ nennen«, mahnte er. »Das ist, als verwechselte man Offiziere mit Sergeanten. Nur Könige sind Majestäten. Mein Bruder ist ein Prinz. Und Prinzen sind ...« Er hielt inne, überlegte, und plötzlicher Glanz erleuchtete seine Miene. Er rief, daß alle es hören konnten: »Prinzen sind nur ... *geringfügig majestätisch.*« Dann lachte er, bis ihm die Tränen liefen, und die Menge lachte mit. Raveline zeigte ein höhnisches Grinsen. Beemus flüsterte Domas etwas zu, und der König sagte: »Aber es *war* geistreich, nicht? Trotzdem, denk du nur weiter nach, Beemus. Ich werde sicher bald mehr davon brauchen.« Er warf seinem Bruder einen Blick zu und schnaubte. »Gute, alte geringfügige Majestät.«

Noch immer lachend dankte er Maeen und schlenderte weiter, suchte sich mehrere unserer Männer heraus, stellte sie seinen Untertanen vor und lobte sie der Reihe nach. Schließlich kam er nach vorn, wo wir standen.

Zuerst sah er mein rotes Haar. »Ihr, Sir. Sagt mir nicht Euren Namen, ich kenne ihn. Er lautet ...« Er runzelte nachdenklich die Stirn. Beemus flüsterte, und Domas grinste. »Antero, genau ... Amalric Antero.«

»Ich fühle mich geehrt, Eure Majestät«, sagte ich.

Domas sah mich einen Moment lang fragend an, dann sagte er: »Ihr seid Kaufmann?« Ich gab ihm recht. »Kaufleute sind für gewöhnlich nicht von der draufgängerischen Sorte. Sie interessieren sich nur für den Gewinn.« Ich erklärte ihm, Gewinn sei sicher nicht mein Ziel. Der König betrachtete mich eingehender, und ich sah, daß er mir glaubte. Er tippte Beemus an. »Ich möchte ausführlicher mit ihm sprechen«, sagte er. »Schaff mir in den nächsten Tagen etwas Zeit.« Dieser Wunsch rief einen zeternden Schwall geflüsterter Worte von Beemus hervor. »Ich weiß, ich weiß«, sagte der König. »Aber sei ein braver Junge und tu es trotzdem.«

Danach wandte er sich Janos zu. »Euren Namen kenne ich genau«, sagte er. »Ihr seid Janos Greycloak, Soldat und Zauberer.«

»Danke, Eure Majestät«, sagte Janos.

»Was seid Ihr mehr, Greycloak, Soldat oder Zauberer?«

»Beides hat uns geholfen, hierher zu gelangen, Eure Majestät«, antwortete Janos.

Der König war ungeduldig. »Keine Ausflüchte jetzt. Ich habe diesen Hof der Öffentlichkeit zugänglich gemacht. Alle sollen sagen, was sie denken. Ich tue es jedenfalls. Ebenso wie mein ... geringfügig majestätischer Bruder.«

Janos riß sich zusammen, noch mehr als zuvor. »Ich war mein Leben lang Soldat«, sagte er. »Doch hat mich in all dieser Zeit nur ein Banner gelockt. Die Fernen Königreiche waren mein Traum, Sir. Jetzt, wo ich da bin, gilt – mit Eurer Erlaubnis – mein Interesse vornehmlich der Zauberei.«

Domas beäugte ihn, nickte langsam und sagte: »Wieso nicht?« Er wandte sich der Menge zu, rief: »Das genügt. Ich möchte jetzt etwas ungestört sein. Kehrt ihr nur zu dem zurück, was ihr getan habt. Mein Geld vergeuden, nehme ich an. Oh, ja. Diese Burschen werden eine Weile bleiben, und ich möchte, daß ihnen mit äußerster Höflichkeit begegnet wird. Ist das verstanden worden?« Gepolter aus der Menge und freundliche Gesichter zeigten, daß dem so war. Dann wandte sich die Menge um, wie er es gefordert hatte, und Domas kehrte auf seinen Thron zurück.

Er dachte einen Augenblick lang nach. »Ich habe bereits gesagt, daß mir gefällt, wie Ihr ausseht. Es gefiel mir noch besser, als ich näher hinsah. Doch nur die Zeit kann sagen, wie recht ... oder unrecht ich habe. Folgendes also werde ich tun: Beemus hier wird Euch Unterkünfte beschaffen. Als Ehrengäste, denke ich. Er wird einen Palast für Antero und Greycloak auftreiben, und etwas … nicht so Gehaltvolles«, er grinste Maeen an, »für die anderen. Also, wenn ich etwas vergessen habe oder es irgendwelche Schwierigkeiten gibt, fragt Beemus. Er wird sich darum kümmern.«

Murmelnd bedankten wir uns. Der König nickte. »So, nun zu den Regeln. Befleißigt Euch guter Manieren, wenn auch nicht so gut, daß es Euch den Spaß verdirbt. Außerdem möchte ich sehen, wie Ihr *wirklich* seid, und ich kann Euch gleich sagen, daß ich keine verkniffenen Gestalten mag.«

Er sah Janos an. »Ihr, Sir, wünscht, unsere Zauberkünste zu studieren. Ich will sehen, ob einer unserer Zauberer Euch unter seine Fittiche nimmt.« Er schüttelte warnend den Finger. »Aber spielt nicht mit der schwarzen Brut herum. In meinem Reich sind Dämonen nicht gestattet. Und so soll es auch bleiben.«

Janos neigte den Kopf, um sein Einverständnis anzuzeigen. Seine Augen leuchteten vor Begeisterung. Und dann trat Raveline vor. »Es wäre mir eine Freude, mich seiner annehmen zu dürfen, Bruder«, sagte er. »Wie ich höre, besitzt er erstaunliches Talent.«

»Ich dachte mir schon, daß du Interesse hättest«, sagte Domas. »Es soll mir recht sein.« Er sah Janos an. »Prinz Raveline ist mein oberster Geisterseher. Und ein verdammt guter dazu. Wenn auch nicht so gut, wie er glaubt. Ehrlich gesagt, könnte ich ihn mit etwas Übung übertreffen, aber Zauberei und Regierung passen in Vacaan nicht gut zusammen. Wir haben beides von Anfang an getrennt und werden das auch in Zukunft tun.«

»Außerdem erledige ich die Dreckarbeit für ihn«, lachte Raveline.

»Und darin bist du ebenfalls verdammt gut«, sagte Domas. »Schade nur, daß es dir soviel Freude macht.« Dann, zu uns gewandt: »Ich weiß, daß er in seinem Palast die Schwarzen Künste übt. Und er weiß, daß ich es weiß und so weiter und so fort. Leider ist das ein notwendiges Übel. Wir haben viele Feinde außerhalb. Nur mit seinem schmutzigen Werk halten wir sie uns vom Hals.«

»Deine Bewunderung, liebster Bruder, überwältigt mich«, sagte Raveline.

Der König ignorierte ihn. »Damit es keine Mißverständnisse gibt, solltet Ihr wissen, was all meinen Untertanen bekannt ist: Ich verachte meinen Bruder aus tiefstem Herzen. So sehr, wie er mich haßt. Der einzige Grund, warum wir uns noch nicht gegenseitig umgebracht haben, wie *jeder* in Vacaan weiß, ist, daß es uns von Anfang an verboten war. Falls einer von königlichem Blut einen anderen tötet oder einen unserer Untertanen zum Töten anstiftet, hat unsere Dynastie ihr Ende gefunden.«

Er prustete. »Mein geringfügig majestätischer Bruder hat den sehnlichen Wunsch, *mich* zu töten. Seht Ihr, er will nichts dringlicher als König sein, aber ich habe zehn königliche Kinder, die Anspruch auf den Thron erheben.« Wieder lachte er seinen Bruder an. »Du wirst schon zehnmal tot sein, o geringfügig Majestätischer.«

Raveline lachte zurück. »Dann werde ich mich wohl mit meiner Dreckarbeit begnügen müssen«, sagte er. Weitere Worte gingen hin und her, und wir versuchten, weder unser Unbehagen mit dieser Zurschaustellung langer, bitterer Rivalität noch irgendein Zeichen zu zeigen, daß wir die eine Seite der anderen vorzögen, auch wenn ich meine Seite längst gewählt hatte. Ich beobachtete Raveline, während die königlichen Brüder miteinander zankten. Utorian hatte gesagt, der Prinz sei der jüngere Bruder. Das Gegenteil hätte ich vermutet. Während Domas am Anfang seines vierten Jahrzehnts zu stehen schien, sah Raveline aus wie jemand, der fest an die Tür seines fünften klopfte. Er hatte Tränensäcke unter den Augen, von einem Faltennetz umgeben. Seine Lippen waren wissend und sinnlich von praktizierter Dekadenz. Wieder hörte ich sein Lachen. Es war voll und tief, doch kam es allzu schnell und war geprägt von der Liebe zum Spott. Sein Bruder, der König, erwiderte das Lachen, doch sein heiteres Gedröhn klang ehrlich. Domas war ein Mann, der den Akt des Lachens genoß, selbst wenn es Hohngelächter war.

Meine Aversion gegen Raveline wuchs nicht langsam auf dem bitteren Boden späterer Erfahrung. Sie wurzelte tief und war schon beim ersten Blick zur vollen Blüte gekommen. Hätte ich ihn eine Minute nach unserer ersten Begegnung beschreiben sollen, hätte es meiner Feder bereits in diesem Augenblick nach giftiger Tinte gelüstet. Seine Beschreibung, das wird mir gerade deutlich, ist die eines Mannes, der eine Maske trägt, hinter der er die falschen Absichten und die Verschlagenheit eines Zauberers verbirgt. Nach außen hin arbeitete er hart daran, es seinem Bruder gleichzutun und eine scheinbar offene Miene zu bewahren. Er führte eine barsche Rede und brachte sie geradlinig direkt auf den Punkt. Doch hatte ich den Blick meines Vaters beim Beurteilen von Kunden geerbt, und diesem dort traute ich nicht. Allerdings konnte Mißtrauen ebenso Gewinn bringen wie seine hübsche Schwester. Also bewahrte ich mir diese Münze für den späteren Gebrauch.

Die Brüder beendeten ihren Streit, und ich erkannte meine Gelegenheit. Ich erregte die Aufmerksamkeit des Königs und sagte: »Wenn ich Euch eine Frage stellen dürfte, Eure Majestät?«

»Fragt nur«, sagte Domas.

»Daß *wir* aus dieser Erfahrung viel Gewinn ziehen können, ist offenbar. Aber ich frage mich, Sir: Von welchem Nutzen sind wir für *Euch*?«

Domas war verwundert. Er lehnte den Kopf zurück und starrte mich lange an. Dann lachte er und wandte sich an Beemus. »Erinnerst du dich an die Zeit, die du mir schaffen solltest? Damit Antero und ich reden können?« Beemus flüsterte, unseligerweise erinnere er sich. Domas sagte: »Nun, laß sie länger sein.« Er breitete die Arme aus. »*Viel* länger.«

Dann wandte er mir sein rundliches Gesicht wieder zu. »Ich werde es Euch schon sagen«, meinte er. »Später.«

Und damit war unsere Audienz beendet.

Kapitel Dreiundzwanzig

Der erste Schleier wird gelüftet

Das Versprechen eines Königs ist nicht wie das normaler Menschen. Mein Wort *muß* bindend sein. Nur ein Narr würde mit mir Handel treiben, wenn dem nicht so wäre. Doch ein König kann sein Wort brechen, wann er will, und nur wenig Nachteil daraus erfahren, wenn überhaupt. Seine Stellung ist einzigartig. Es gibt keine vergleichbaren Versprechen. Und wenn nur eins von zehn gewährt wird, drängen sich zehn weitere Bittsteller durch die Menge, um der Gunst des Königs teilhaftig zu werden.

Zwei Wochen, nachdem König Domas sein Versprechen gegeben hatte, bissen wir noch immer auf dieser zweifelhaften Münze herum, um ihren Wert zu erkunden. Ich hatte von Beemus nichts gehört, was die »Zeit« anging, die der König mir gewähren wollte, und auf meine Nachfragen hin hatte ich keine Antwort aus dem Palast erhalten.

Besonders Janos machte sich Gedanken, denn er hatte nur das »geringfügig majestätische« Versprechen eines Prinzen, und auch seine zahlreichen Erkundigungen bei Raveline waren unbeantwortet geblieben. Zu Janos' Kummer hatte Raveline über seine erste Geste hinaus nichts weiter unternommen, während Domas seine Versprechen zumindest zum Teil einlöste. Unsere Männer waren gut versorgt und führten ein faules Leben in einer Villa nahe den Docks, wo sie sich die Zeit mit mancherlei Vergnügungen und anschmiegsamen Frauen vertrieben. Janos und mir hatte man als Quartier je einen Palast voller Luxusgüter zugewiesen, um uns das Warten zu versüßen. Doch die überreiche Gegenwart schabte sich bald am scharfzähnigen Rand der Zukunft, und jede Sekunde unseres Wartens war zur Qual geworden.

»Ich wünschte fast, Raveline hätte sich herausgehalten«, sagte Janos eines Tages. »Nachdem der Prinz mich als seinen Schüler betrachtet, wird kaum einer mit *echtem* Wissem wagen, mir auch nur einen guten Morgen zu wünschen.«

Mein Mißtrauen gegenüber Raveline saß tief, doch forderte mir die Freundschaft ein mitfühlendes Seufzen ab. »Unsere königlichen Gastgeber sind beide unerreichbar wie dieser Berg dort«, sagte ich und deutete auf den heiligen Gipfel, der den Ausblick von meinem Balkon zierte. Tatsächlich war es einer unter vielen Balkonen meines Palastes, doch wegen des blauen heiligen Berges, der sich im Fluß spiegelte, saß ich auf diesem hier am liebsten. »Ich zwinge mich immer wieder zur Geduld«, fuhr ich fort, »nur, wenn Geduld die *einzige* Alternative ist, ist sie keine große Hilfe.«

Janos zupfte an seinem Bart und lachte. »Du bist ein guter Freund, Amalric«, sagte er. »Aber ich bin auch *dein* guter Freund. Daher weiß ich, daß du deine wahren Gefühle verbirgst.«

Ich zuckte die Achseln und stimmte in sein Lachen ein. Meine schlechte Meinung vom Prinzen hatte ich Janos schon unterbreitet, und er hatte sie als reine Spekulation abgetan, was sie natürlich auch war. »Wenn ich mit dem König spreche«, sagte ich, »werde ich ihn um einen … wie soll ich sagen …: verfügbareren Lehrer bitten.«

»*Wenn* du mit dem König sprichst«, sagte Janos, und sein Lachen war verflogen.

Wieder seufzte ich, diesmal auf tiefstem Herzen. »Ja … *wenn!* Inzwischen hasse ich dieses Wort. Immer, wenn ich etwas denke, springt ein *wenn* hervor und bringt mich ins Stolpern. *Wenn* ich nur mit dem König sprechen könnte. Und *wenn* ich dann mit ihm gesprochen habe: *wenn* er doch nur zuhören würde. Und *wenn* er dann zugehört hat: *wenn* er doch nur auf meine Vorschläge eingeht. Und *wenn* er auf sie eingeht: *wenn* nur …«

»Ich habe verstanden«, sagte Janos trocken. »Nur allzu gut. Das Wort wird mich im Traum verfolgen … *wenn* ich jemals wieder schlafen sollte.«

Das Lachen kehrte zurück, linderte unsere Sorgen. Ich sank in meine weichen, goldenen Kissen und blickte voll Bewunderung zum heiligen Berg auf. Ich dachte an die Altäre der Großen Alten, von denen Utorian erzählt hatte, und an die Zeremonien, die einmal zu Ehren der weisesten ihrer Geisterseher abgehalten worden waren, nachdem der Dunkle Sucher sein Recht gefordert hatte. Einen Augenblick lang stellte ich mir vor, wie Rauch von ihrer Asche vom Berg aufstieg, und ich malte mir aus, der Wind würde den Rauch forttragen. Nach Osten, hatte Utorian gesagt. »Warum nach Osten?« murmelte ich.

»Nach Osten?« fragte Janos.

»Nichts«, sagte ich und schämte mich meiner unhöflichen Träumerei. Eine Albernheit, die erzwungener Müßiggang zu fördern scheint.

Janos ging noch anderes durch den Kopf. Er wies auf den Fluß, der in verordneter Friedfertigkeit und Schönheit dahinzog. »Sie halten sich für ein so überlegenes Volk«, sagte er, »und zeigen uns zum Beweis große Wunder, wie etwa diesen Fluß.«

»Er scheint mir wirklich ein Wunder zu sein«, sagte ich.

Janos schnaubte. »Nur das Ausmaß ist ein Wunder. Das Prinzip ist so schlicht wie ein Stück Seife. Wir befrieden ständig kleine Gebiete um unsere Schiffe, wenn die Bedingungen stimmen, ebenso, wie wir Winde aus Beuteln rufen, die wir auf dem Markt kaufen. Es ist nur ein wenig Wind, doch im Prinzip sehe ich keinen Unterschied zwischen diesem Wind und dem, was sie tun müssen, um das Wetter ihrem Willen zu unterwerfen.«

»Könntest du es tun?« fragte ich.

Janos zuckte mit den Schultern. »Mit Experimenten könnte ich ihre Methoden wohl durchschauen. Aber ich müßte in Erfahrung bringen, woher sie all die Energie nehmen, die sie dafür brauchen. Selbst wenn tausend Geisterseher ihre Macht auf dieses eine Ziel konzentrierten, brächte es nur ein Zehntel der nötigen Energie.«

»Allerdings sind unsere Geisterseher neben den ihren wohl nur Schwächlinge«, sagte ich.

»Unsinn«, erwiderte Janos. »Oh, ich gebe zu, diese Burschen haben mehr Wissen, und wenige, wie etwa Raveline, besitzen von Natur aus große Macht. Aber ich habe ebensoviel wie er und bin zu weit mehr imstande.« Ich wußte, er prahlte nicht, sondern stellte nur fest. »Dennoch, selbst wenn all ihre Zauberer so großartig wären wie Raveline, würde die Macht noch immer nicht genügen. Daher müssen sie sie noch aus anderer Quelle schöpfen. Und wenn ich weiß woher, mache ich es ihnen nach.«

»Aber wir haben mehr gesehen als Fluß und Wetter«, sagte ich. »Wohin wir auch blicken, gibt es wundersame Dinge.«

»Spielzeug und Tavernentricks«, spottete Janos. »Nur wiederum in größerem Maßstab. Es gibt schriftliche Anleitungen für alle Zauber, die wir gesehen haben. Wenn – wieder das verdammte Wort – *wenn* man mir erlaubt, die Schriftrollen der alten Zauberer einzusehen, werde auch ich solche Tricks beherrschen.«

»Gibt es denn nichts, was dich beeindruckt?« fragte ich Janos.

»Oh, doch«, sagte er. »Ich müßte sonst verzweifeln. Ich habe viel gesehen, was ich dringend verstehen möchte. Um nur eines zu nennen: Wußtest du, daß sie einfache Elemente in Gold verwandeln können?«

Ich lachte. »Was kümmert es dich? Gold hat dich noch nie fasziniert, es sei denn als Mittel zum Zweck.«

Janos blieb ernst. »Vergiß seinen Wert. Obwohl jedes gewöhnliche Element genügen würde, schaffen sie es aus Sand, da es davon am meisten gibt. Und sie tun es mit solcher Leichtigkeit und in solchen Mengen, daß sie Gold beim Häuserbau verwenden können. Sie bevorzugen sogar Schmuck aus einer Goldlegierung – die sie speziell anfertigen müssen – weil sie nicht so weich ist. Die Herstellung ist das, was mich interessiert.«

»Ich habe einmal gesehen, wie du einen Skorpion in eine Maus verwandelt hast«, sagte ich. »Und Mortacious zauberte aus der Maus einen goldenen Teller. Warum ist es ein größerer Trick, Gold aus Sand herzustellen?«

Janos überlegte einen Augenblick, suchte nach den richtigen Worten, eine komplizierte Sache einem Mann zu erklären, der in der Zauberei nicht einmal Lehrling war. »Ich habe diesen Skorpion nicht in eine Maus *verwandelt*«, sagte er schließlich. »Ich habe den Skorpion *verschwinden* lassen. An einen anderen ... Ort. Das ist die einzige Erklärung, die mir dazu einfallen will. Ich habe diesen Ort nicht gesehen, nur mit meinen Gedanken gespürt. Und mit meinen Gedanken habe ich eine Öffnung geschaffen, und dann ... den Skorpion durch diese Öffnung geschoben. Auf die gleiche Art und Weise habe ich die Maus geholt. Wenn auch nicht vom selben Ort. Vielleicht war sie in Mortacious' Küche, das arme Ding. Oder vielleicht war sie nicht einmal von dieser ... Welt.« Er blickte mich an, um zu sehen, ob ich verstanden hatte. Ich war unwissend genug, das anzunehmen, und nickte.

»Gut«, sagte Janos. »Du siehst also, es war nur eine Art Tausch. Das

Gold von Irayas ist eine andere Sache. Tatsächlich manipulieren sie den Sand auf irgendeine Weise. Oder besser: Sie manipulieren das, was den Sand zum Sand macht.«

»Nun, das kleinste Ding, was den Sand ausmacht«, sagte ich, »ist ein Sandkorn.«

»Ganz und gar nicht«, sagte Janos. Dann hielt er inne. »Ich sollte nicht so selbstsicher klingen, wenn ich es nicht bin. Es ist eine neue Theorie von mir. Sie ist mir eingefallen, als ich überlegt habe, was sie erschaffen haben und wie es ihnen möglich war. Inzwischen glaube ich, daß alles, was wir um uns herum sehen – der Tisch, auf dem wir sitzen, der Balkon, auf dem er steht, der Berg, den wir betrachten, selbst unsere eigenen Körper – aus Partikeln besteht, die so klein sind, daß ein Sandkorn im Vergleich wie ein Berg anmutet. Und ich glaube, sie bewegen diese Partikel irgendwie hin und her, setzen sie neu zusammen, wenn du so willst, bis sie dieselbe Form haben wie Gold. Tatsächlich *ist* es zum Schluß Gold, und nicht mehr das Material, aus dem sie es geschaffen haben.«

Ich stieß einen tiefen Seufzer aus. »Ich bin dir so lange gefolgt, wie ich konnte, mein Freund«, sagte ich. »Aber ich fürchte, ich habe den Faden an der Stelle verloren, wo das einzelne Sandkorn nicht eines war, sondern viele, und diese so klein, daß meine Augenkraft nicht reicht, um sie zu sehen.«

»Wenn du nur das verstehst«, sagte Janos lächelnd, »verstehst du alles. Für den Augenblick bist du damit so klug wie ich.« Der Trübsinn kehrte zurück, verfinsterte seine Miene und ließ ihn an seinem Bart herumzupfen. »Du darfst meinen Spott diesem Volk gegenüber nicht falsch verstehen«, sagte er. »Ich wollte ihre Errungenschaften nicht schmälern. Ich habe sie nur ins rechte Licht gerückt. Hier gibt es viele Geheimnisse zu entdecken. Wirklich viele. Und ich bin sicher, hier lebt so mancher kluge Kopf. Wenn sie mich nur zu ihm ließen!«

Ich prustete vor Lachen, als dieses schreckliche *wenn* wieder seinen Kopf reckte. Janos verstand und stimmte mit ein. Dann blickte er an mir vorbei, und ich hörte, wie Schritte über den Balkon kamen. Ich wandte mich um und sah einen meiner Diener mit einem Brief in der Hand. »Was ist es?« fragte ich und griff danach.

Der Diener schüttelte den Kopf mit den Worten: »Tut mir leid, Herr, aber der Brief ist nicht für Euch. Er ist für Sir Greycloak.«

Janos griff stirnrunzelnd danach und murmelte abwesend seinen Dank. Der Trübsinn wurde zur Freude, als er die Nachricht las. »Von wem ist er?«

Siegessicher winkte mir Janos mit dem Papier. »Von Prinz Raveline«, rief er. »Und er will mich umgehend sehen!« Er sprang auf und umarmte mich. »Endlich. Einer dieser klugen Köpfe! Jetzt werden wir sehen, was es zu sehen gibt.«

Eilig nahm er Abschied und hastete hinaus, dabei warf er noch das Versprechen über die Schulter, er wolle mir alles erzählen, wenn er fertig sei. Verstimmt saß ich da und sah zu, wie Janos aus dem Palast und zu seiner Gondel lief, die am Hauptanleger meines Palastes dümpelte. Meine Verstimmung war sowohl von Neid als auch von Mißtrauen gegenüber Ravelines Motiven geprägt. Ich fand kein Vergnügen daran, den bitteren Rundgesang wieder aufzunehmen: Wenn der König mich doch empfangen würde. Und wenn er mich empfing: Wenn er doch nur …

Der Kreis wurde abrupt durchbrochen, als ich sah, wie Janos' Boot den Kurs eines anderen kreuzte. Dieses Boot näherte sich dem Pier, den mein Freund eben verlassen hatte. Es trug das königliche Wappen an den Seiten. Als es anlegte, sprang ein Mann an Land, bevor es ordentlich am Poller vertäut war. Ich beugte mich übers Geländer, um besser sehen zu können. Der Mann, der aus dem Boot gestiegen war, war klein, und als er zu meiner Palasttür hüpfte, wußte ich, daß es Beemus sein mußte, der mich zum König holte.

Man brachte mich direkt in die Privatgemächer des Königs. Auf dem Weg dorthin sah ich nur wenig Prunk. Mein Kopf war allzu voll mit flüchtig entworfenen und ebenso schnell wieder verworfenen Reden. Das lange Warten, zusammen mit der Anspannung, hatte meine früheren Pläne zerstreut. Kaum fielen mir die mächtigen Türen auf, vor denen wir stehenblieben, auch nicht das Fehlen von Wachen. Ich sah die Türen nur als Hindernis und hob die Hand, um eine aufzustoßen. Ein Flüstern von Beemus hielt mich zurück. Er legte einen Finger an die Lippen, dann eine Hand ans Ohr, da ich lauschen sollte. Während wir dort standen, hörte ich, wie wundersam melodische Musik durch die geschlossenen Türen drang. Die Töne kamen leise, doch formten sie den Leib, der eine Melodie ausmacht, und die gespenstischen Fetzen, die ich hörte, weckten meine Sehnsucht nach mehr. Beemus winkte, ich solle ihm folgen, fort von der Tür und einen langen, schmalen Korridor entlang, der die Gemächer des Königs umgab. Wir kamen an eine kleine Tür, durch die wir traten, und ich fand mich in einem Vestibül wieder, umgeben von Vorhängen. Die Musik schwoll an, wundersamer als zuvor. Beemus teilte die Vorhänge und führte mich hindurch. Die Kammer lag im Halbdunkel, doch vor mir sah ich eine ungeschlachte Gestalt, bei der es sich nur um den König handeln konnte. Er saß mit dem Rücken zu mir, doch konnte dieser große Kopf, ruhend auf einem muskulösen Arm, nur ihm gehören. Beemus schob mich voran, und ich stolperte gegen einen Stuhl neben Domas. Der König schien mein Stolpern, das darauffolgende Scharren oder das Seufzen des weichen Kissens, als ich mich setzte, gar nicht zu bemerken. Beemus' Schatten huschte auf die andere Seite und schwebte auf den leeren Platz zu Domas' Linker. Angespannt saß ich neben dem schweigenden Herrscher, dann sah ich, daß er die Augen geschlossen hatte und ein sanftes, freudiges Lächeln auf seinen Zügen lag. Aber die Musik kitzelte weitere Spannung hoch, und ich wandte mich um, weil ich sehen wollte, wer imstande war, derart liebliche Klänge hervorzubringen.

Zuerst sah ich ihren Schatten, der groß über den wehenden Vorhang vor ihr fiel. Sie saß zur Seite gewandt, die Arme angehoben zur klassischen Haltung der Flötenspieler. Die Schattenarme waren lang und schlank, die Handgelenke elegant geneigt, die Finger zum Tanz auf die Flöte gesetzt. So deutlich gezeichnet war der Schatten, daß ich das Flattern der Wimpern und das Beben ihrer Oberlippe sehen konnte, als sie Töne küßte und diese durch die Flöte blies. Dann blickte ich nach unten und sah die Herrin des Schattens, klein im Lichterschein, der das Podium, auf dem sie saß, umfing. Sie trug ein schlichtes, weißes Kleid, gegürtet mit einer goldenen Schärpe. Ihre Arme waren nackt bis zu den Schultern, und das Kleid zog einen züchtigen Kreis um ihren schlanken Hals. Ihr Profil war scharf umrissen, wie gemeißelt von einer Bildhauerin, doch weicher und zu künstlerischem Ganzen geformt, als hätte diese Bildhauerin den Rest ihres Lebens damit zugebracht, ihr Werk zu verfeinern. Das Haar wirkte in diesem Licht dunkel, doch als sie sich bewegte, um einen weiteren Strom von Tönen zu formen, sah ich den Glanz von roten Locken, rot wie die meinen.

Ich hörte den König flüstern: »Ist sie nicht wunderschön?« Sein Flüstern verlieh meinen eigenen Gedanken Ausdruck, doch er hatte die Augen noch immer geschlossen. Die Frage war nach innen gerichtet und meinte die Musik, nicht ihre Interpretin. Ich wandte mich ihr zu, um mich weiter zu öffnen und von der Musik umspülen zu lassen. Schon immer hatte ich Musik über alles geliebt, mehr als alle anderen Künste, doch dies waren Klänge, die Jungenliebe in erwachsene Verehrung wandelte. Die Flötistin bestäubte die Luft, die ich atmete, mit zauberhaften Tönen und machte sie zum Sturm, der mich mit sich riß. Ich war ein Himmelsschiff in diesem Wogen der Melodien, lugte über die Reling und sah Wunder, die alles andere schal erscheinen ließen. Nie zuvor hatte ich mich so frei gefühlt wie mit diesem frischen Wind im Rücken, und auf ewig wollte ich bleiben.

Die Musik änderte sich sanft, und wieder war ich in der Kammer, lauschte, wie die Flöte ein anderes Lied spielte. Dann ergriff mich ein seltsames Gefühl, als wüßte ich, was als nächstes geschehen würde. Irgendwie wußte ich, daß die Flötenspielerin ihren Kopf heben würde, und als ich sah, daß sie es tat – ohne daß die Lippen je die Flöte verlassen hätten –, wußte ich, daß ihr Blick den meinen suchte. Die Erregung war noch größer, gerade weil ich sie vorhergesehen hatte. Ich meinte, der Flötistin einen ähnlichen Schreck anzusehen, dann beugte ich mich vor, als die Musik zur Frage wurde. Die Töne klangen drängend, doch spürte ich auch eine Scheu: Beklommenheit, die von vergangenen Schmerzen rührt. Die Musik muß ihre Antwort in mir gefunden haben, denn plötzlich war sie froh. Glücksgefühle stiegen auf, und ich sah, wie die Augen der Flötistin glänzten, und spürte die zarten Hände der Liebe. Dann plötzlich schob sich Deoces Bild dazwischen, und diese Hände brannten vor Schuldgefühl. Ich entfloh der musikalischen Vereinigung, als sei sie ein zähnefletschender Dämon, und zog mich in die trübe Einsamkeit der Höhle zurück, in der ich schon so lange lebte. Der Blick der Frau spiegelte Schreck und Schmerz, und sie sank in sich zusammen, als hätte sie ein schwerer Schlag getroffen. Dann fing sie sich, und die Flötentöne stiegen wieder auf, griffen wütend nach Steinen, die sie dem Betrüger entgegenschleudern konnten. Doch als ich mich zwang, wegzusehen, sah ich, daß sie plötzlich nickte, und Wut fügte sich zum süßen Schluß des Liedes.

Stille hing für einen langen Augenblick in der Kammer, eine Stille, die großer Kunst huldigte. Ich hörte, wie der König lobend flüsterte. Die Flötenspielerin stand auf, verneigte sich und verschwand hinter dem Vorhang. Doch eben, als die Lichter erstrahlten, warf sie mir noch einen letzten Blick zu. Reue durchbohrte mich, dann war sie fort. Ich wandte mich dem König zu, erschüttert, doch entschlossen, meine Zielstrebigkeit wiederzufinden. Er sah mich an, etwas seltsam, dachte ich. Dann änderte sich sein Blick, als er lächelte.

»Das war Omerye«, sagte Domas.

Ich heuchelte beiläufiges Interesse, spürte jedoch erneut die Erregung, die mich bei ihrem Anblick erfaßt hatte. »Danke, Eure Majestät«, sagte ich. »Nun weiß ich, wessen Namen ich loben muß, wenn ich meinen Freunden von dieser wundervollen Musik erzähle.«

Domas lachte und schlug mir aufs Knie. »Kommt schon, Ihr wart weit ergriffener. Und ich möchte wetten, es war nicht nur die Musik.« Ich stotterte ein Dementi, doch das bereitete Domas nur größeres Vergnügen. »Wie dem auch sei«, sagte er. »Ich will nicht weiter drängen. Nur eines will ich Euch sagen, von Mann zu Mann: Omerye ist keine Kurtisane, wie Ihr glauben mögt. Sie ist eine der größten Künstlerinnen meines Reiches und kann nach freiem Willen wählen und zurückweisen.« Weiteres Gestotter folgte, als ich ihm für eine Information dankte, die ich nun wirklich nicht benötigte. Doch den König langweilte seine Kuppelei, und eilig kam er zum Anlaß unseres Treffens.

»Ihr wollt den Handel eröffnen«, sagte Domas gewohnt unverblümt. »Und ich will Euch geradeheraus sagen – ohne dieses, jenes oder solches damit andeuten zu wollen –, daß ich geneigt bin, dem Vorschlag zuzustimmen.«

»Ich fühle mich geehrt und bin darüber sehr froh, Eure Majestät«, sagte ich. »Nur, was kann ich Euch erzählen, das aus dieser bloßen Überlegung einen Vertrag werden läßt?«

Domas stieß Beemus an. »Meine Anerkennung für diesen Burschen wächst und wächst«, sagte er und deutete mit dem Daumen auf mich. »Wenn er nicht Kaufmann wäre, würde ich ihn zu meinem Berater machen. Ist dir aufgefallen, wie er es mir gleich zurück in den Schoß geworfen hat? Ohne beleidigend zu wirken?« Beemus flüsterte, ja, es sei ihm aufgefallen. Der König wandte sich mir wieder zu. »Mein Vorschlag«, sagte er, »wäre, daß Ihr die Frage beantwortet, die Ihr *mir* bei unserem ersten Treffen gestellt habt. Ich habe Beemus gebeten, sich den genauen Wortlaut zu merken.«

Beemus kniete auf seinem Stuhl und flüsterte dem König ins Ohr. Domas war seine Trompete, die mir meine eigenen Worte entgegenschleuderte. »Daß *wir* von dieser Erfahrung viel Gewinn ziehen können, ist offenbar. Aber ich frage mich, Sir: von welchem Nutzen sind wir für *Euch*?«

Der König rückte von Beemus ab. Er sagte: »Beantwortet sie mir. Und beantwortet sie gut.«

Ich mußte lachen, denn der König hatte getan, wessen er mich beschuldigt hatte, und so saß ich da, mein eigener Schoß übervoll mit dem, was ich auf seinen hatte häufen wollen. Das Grinsen, mit dem Domas auf mein unwillkürliches Lachen reagierte, machte mich froh, so offen gewesen zu sein. Dann sagte ich: »Also schön, Majestät, ich werde mich bemühen. Ich werde unsere Bedürfnisse nicht herausputzen, indem ich mit den kaufmännischen Fähigkeiten meiner Stadt prahle, deren Handelsgebiet größer ist als die aller anderen Länder. Ebensowenig will ich mit den Leistungen meiner Familie und ihrem Ruf höchster Ehrlichkeit hausieren gehen. Ihr wißt davon, sonst wäre ich nicht hier. Und selbst wenn ich es wäre, würdet Ihr Euch nicht auf eine solche Diskussion mit mir einlassen.« Der König nickte. Ermutigt fuhr ich fort. »Profit ist nicht mein Motiv, Sir. Und Profit war nicht das Motiv meines Volkes, als man mich schickte, um Eure Gunst zu ersuchen. Folgendes ist meine Absicht, Sir. Und ich werde es Euch so offen sagen, wie ich kann.«

Ich erzählte ihm von Orissa und den guten Leuten, die aus den verstreuten Bauten am Fluß eine Stadt gemacht hatten. Ich erzählte ihm von unseren Träumen und Hoffnungen und auch von unserem Unglück. Ich umriß unser jüngstes Leiden, erzählte, wie es die Ehrlichkeit verlangte, auch von meinem eigenen Kummer und Verlust. Dann gestand ich, wie ich vom Fluß aus all die Wunder Vacaans betrachtet hatte und sie zur Freude und zum Schutz meines Volkes begehrte. Ich redete frei von der Leber weg, zögerte nicht, prüfte meine Worte nicht und betete, der König möge mich wegen meiner

Ehrlichkeit nicht für einen jungen Narren halten. Als ich mit der Vorrede fertig war, lehnte ich mich zurück, um Luft zu holen und einzuschätzen, welche Wirkung, wenn überhaupt, meine Worte gehabt hatten.

Domas schwieg lange, und mir schien, als habe meine kleine Ansprache ihn bewegt. Er sagte: »Jetzt verstehe ich, warum Ihr kamt, Amalric Antero. Warum Ihr bereit wart, Euer Leben und mehr zu riskieren. Und Eure Gründe machen meinen Königreichen keine Schande. Sie berühren *meine* Empfindungen für mein eigenes Volk. Obwohl ich manchmal glaube, sie vergessen, daß ich alles, was ich tue, für sie tue.« Donnernd lachte er. »Natürlich bin ich nicht so altruistisch, wie ich mir den Anschein gebe. Ich bin ein König. Könige sind von Natur aus selbstsüchtig. Außerdem müssen wir grausame Dinge tun, wofür mein Bruder zuständig ist, anstatt in irgendeinem Turm in Ketten zu liegen. Er ist mein Höllenhund. Durch ihn kann ich mir den selbstsüchtigen Wunsch erfüllen, überall beliebt und geehrt zu sein, und er kommt zum Einsatz, wenn Unangenehmes zu erledigen ist.«

Er hielt inne, als Beemus ihm ins Ohr flüsterte. Er nickte, murmelte: »Ja. Ja. Ich wollte *gerade* darauf kommen.« Er wandte sich um und sagte: »Beemus erinnert mich daran, daß Eure Rede, wenn auch hübsch, den wichtigsten Punkt ausläßt. Ich gebe zu, ich habe Mitleid mit Eurem Volk und seinen Problemen. Doch, Amalric Antero: Was geht es *mich* an?«

»Es geht Euch sehr wohl einiges an, Eure Majestät«, gab ich zurück, »denn ohne *unsere* Wünsche hättet Ihr nur wenig zu bieten, was den Handel mit Euch locken würde.«

»Dann zeigt mir Eure Waren, Kaufmann.«

So entrollte ich meine gedankliche Decke und stellte alle möglichen Dinge darauf. Ich erzählte von porösen Steinen aus dem Norden, aus denen die Menschen Götzen schnitzten, die kurz vor jedem Regen Parfüm ausschwitzen. Ich erzählte ihm von wundervollem, bemaltem Tuch, das die Frauen im Süden webten, und daß sich jeder Ballen in Muster und Stoff von allen anderen unterschied, und wie das Tuch über den Körper floß, wenn man daraus eine Tracht fertigte. Ich erzählte ihm von der großen Vielfalt an Früchten, Getreide und Getränken, die aus allen Ländern unseres Meeres zu uns flossen. Und ich sagte, obwohl ich in den Fernen Königreichen große Fruchtbarkeit gesehen hätte, sei mir doch auch eine gewisse Eintönigkeit aufgefallen, weshalb sich, wie ich vermutete, seine Köche so große Mühe gaben, diese Eintönigkeit mit gehaltvollen Soßen und Bratensaft zu verbergen. Ich redete ausgiebig, und es wurde ihm nie zuviel, als ich meine Kaufmannsmär von exotischen Königreichen, fernen Völkern und seltsamen Wundern entwickelte, die ihm ebenso fremd waren wie sein Land dem meinen.

Als ich meinen gedanklichen Teppich wieder zusammenrollte, schloß ich mit den Worten: »Ich behaupte nicht, Talent zum Seher zu haben, Eure Majestät, wenn es mir so vorkommt, als wäret Ihr von Eurem sicheren Land im Überfluß gelangweilt. Und ich habe Euch selbst sagen hören, Ihr fürchtet, Euer Volk habe die rechte Haltung verloren und würde schal. Die Waren, die ich zum Tausch angeboten habe, besitzen drei Qualitäten von einzigartigem Wert: eine aufregende Fremdheit, das Staunen über Unbekanntes und den Geschmack von Abenteuer.« Ich lehnte mich zurück, nach meinem Vortrag satt vor Erregung. »Deshalb, Eure Majestät, glaube ich, daß Ihr in diesem Handel ebensoviel zu gewinnen habt wie wir. Deshalb bin ich sicher, daß dieser Vertrag, ist er erst besiegelt, für uns alle von unschätzbarem Wert sein wird.«

König Domas' Blick spiegelte meine eigene Erregung wider. Er nickte vor sich hin, einmal, zweimal. Ich glaubte, ich hätte gewonnen. Dann setzte die königliche Vorsicht ein, das erregte Glitzern trübte sich. »Der Handel könnte nicht in Vacaan vonstatten gehen«, sagte er. »Einflüsse von außen, wie mein Bruder stetig warnt, könnten unser Volk unzufrieden machen.«

»Es ließe sich leicht ein neutraler Hafen finden«, sagte ich. »Einen Ort, der für beide Seiten leicht zu erreichen ist.«

»Ja, das wäre wohl möglich«, sagte Domas, doch auch sein Tonfall steuerte neutralen Boden an.

Daher breitete ich die Arme aus, weit und hilflos, und sagte: »Was *sonst* kann ich Euch bieten, was Euch überzeugen würde, Eure Majestät? Das wenige an Weisheit, das mein Vater in meinen Dickschädel gehämmert hat, ist nun aufgebraucht.«

Das königliche Lachen kehrte zurück. Das Dröhnen schmerzte meine Ohren, doch das war mir egal. Wieder sah ich dieses Funkeln in Domas' Augen. »Haltet ein, guter Mann«, sagte er schließlich. »Ihr habt Eurer Stadt einen guten Dienst getan und keinerlei Grund, Euch zu schämen. Mir gefällt Euer Vorschlag. Er gefällt mir so gut, daß ich ihn auf der Stelle annehme. Allerdings...« Er hielt inne, als Beemus flüsterte, dann fuhr er fort. »Allerdings, wie Beemus sagt, müssen wir die Einzelheiten näher betrachten, bevor wir unser Siegel unter die Vereinbarung setzen.«

»Das scheint auch mir der weiseste Weg zu sein, Eure Majestät«, sagte ich im Aufstehen, denn ich wußte, auch ohne daß man mich drängte: Es wurde Zeit zu gehen. »Wie mein Vater sagte: ›Jeder Handel leuchtet, wenn er geschlossen wird, doch die meisten werden kalte Klumpen, bis man sie in die Tasche stecken kann.‹«

»Ein weiser Mann«, sagte der König.

»Ich danke Euch, Sir. Das war er. Nun, wenn Ihr mich jetzt entschuldigen wollt, Eure Majestät...« Ich begann mich zurückzuziehen. Domas trieb mich mit einer sanften Geste an, und Beemus sprang auf, um mich hinauszuführen.

»Wie habe ich mich gemacht?« fragte ich, als wir in den Korridor traten. Beemus flüsterte, ich hätte mich sehr gut gemacht, wirklich sehr gut. Nach dieser Antwort wußte ich, daß ich auch die Unterstützung des kleinen Mannes hatte. Und die war sicher groß genug, die ganze Last des Tages zu tragen.

Ich erzählte Janos jede Einzelheit des Gesprächs, behielt nur die Musik für mich und ... Omerye. Als ich fertig war, sah ich, daß er die Auslassung bemerkt hatte. Janos setzte denselben seltsamen Blick auf, mit dem der König mich betrachtet hatte. Normalerweise hätte er mich bedrängt, und ich hätte gestanden, obwohl ich mir nicht sicher war, was. Er hatte selbst Neuigkeiten zu berichten, und der Augenblick verstrich. Doch erst mußte er noch fragen, worin der Haken an der ganzen Sache bestand. Da er keinen fand, lobte er mich und sagte, ich würde den Handel sicher zu einem glücklichen Abschluß bringen.

Als ich mich erkundigte, wie sein eigenes Treffen verlaufen sei, wurde er so überschwenglich, daß seine Worte wirr übereinanderstolperten, als er all die Wunder zu beschreiben versuchte, die Prinz Raveline ihm enthüllt hatte. Nach seiner letzten Bemühung kam er zum Schluß: Ein Zauber aus den Schriften der Großen Alten, der Wasser in Eiskristalle verwandelte.

»Wieder war es eine *Manipulation*«, rief er aus. »Wie Sand zu Gold, wenn auch nicht so komplex, denn Wasser ist... ist...« Ihm ging ein Licht auf, und er schlug sich an den Kopf. »Bei den Göttern, jetzt verstehe ich!« rief er. Seine Gedanken rasten, hetzten eine flüchtende Beute. Dann schüttelte er enttäuscht den Kopf, als sie ihm entfloh. »Jetzt ist es weg. Verdammt!« Als er mich ansah, fand er das Verständnis eines Ochsen in meinem Blick und lachte. »Egal«, sagte er. »Es wird schon wiederkommen.« Er schenkte uns zu trinken ein. »Raveline hat mich für morgen wieder eingeladen, und auch für den Tag darauf. Also wird es noch *viel* mehr geben.«

»Hat er dir seine Dämonen gezeigt?« spottete ich.

Doch der Scherz ging daneben, und Janos' Miene verfinsterte sich. »Nein... hat er nicht.« Er blickte finster vor Enttäuschung, und das machte mich froh. Ich sorge mich umsonst, dachte ich. Der König verbietet es. Auch sein Bruder wird nicht wagen, sich ihm zu widersetzen. *Besonders* sein Bruder nicht.

Janos hob seinen Becher zu einem nostalgischen Trinkspruch. »Auf die Fernen Königreiche.«

Und ich hob den meinen, und wie ein Echo aus alten Zeiten kam die Antwort: »Auf die Fernen Königreiche.«

Eine Weile war alles gut, und wir stürzten uns in das Gesellschaftsleben von Irayas. Die Treffen mit Domas und Raveline brachten uns eine Flut von Einladungen. Wir aßen und tranken an noblen Tischen, wir lernten neue Tänze in großen Ballsälen, und ein beschämender Schwall von Ehrungen und Geschenken regnete auf uns herab. Bei Nacht trieben wir die silbrigen Straßen dieser wunderbaren, erleuchteten Stadt entlang und grölten Lieder mit neuen Freunden. Bei Tag schlenderten wir durch wundervolle Gärten und noch wundervollere Galerien, in denen die Künste Vacaans ausgestellt waren. Einmal sah ich Omerye. Sie betrachtete die Statue eines großen Harfenisten. Das geheimnisvolle Band zwischen uns gab einen Ruck, und sie begann, den Kopf in meine Richtung zu drehen, doch die Wunde, die Deoces Tod geschlagen hatte, schmerzte sehr, und eilig wandte ich mich ab, bevor sie mich erkannte.

Dieser Ruck, den sie mir versetzt hatte, rüttelte mich wach, und wieder begann ich, mir Sorgen zu machen. Ich konnte nicht länger ignorieren, daß Wochen vergangen waren und ich mich wieder mit dem König treffen mußte. Mit meinen Anfragen um die Fortschritte des Handelsvertrags hätte ich eine kleine Gasse pflastern können. Manche blieben unbeantwortet, die meisten brachten freundliche Erwiderungen wie: Ihr müßt verstehen, diese Dinge sind komplex, und schon im voraus preisen wir Eure Geduld, mit der Ihr solch bedauerliche und doch notwendige Verzögerung ertragt.

Während ich über diesen trockenen Orakeln der Behörden brütete, wurde mir Janos' Abwesenheit plötzlich überdeutlich. Sofort begann eine zweite Sorge an mir zu nagen. Er hatte sich jetzt schon längere Zeit ferngehalten. Und darüber hinaus fielen mir die Briefe wieder ein, die ich ihm in letzter Zeit geschrieben hatte. Sie hatte das gleiche Schicksal ereilt wie meine Botschaften an den König. Gatra, Janos' Diener, antwortete stets, sein Herr verbringe seine Zeit beim Prinzen und dürfe nicht gestört werden. Vielleicht ein anderer Termin? Doch jeder Termin, den wir vereinbarten, kam ungelegen, wenn der Zeitpunkt näherrückte.

Schließlich ging ich in die Taverne an den Lastendocks, in der unsere Männer meist zu finden waren. Nach so langer Zeit inmitten der reichen Viertel Irayas' empfand ich die baufälligen Gebäude und das lärmende Geschnatter des gemeinen Volkes hier als erfrischend. Ich nehme an, ich hatte Heimweh nach dem Hafen von Orissa mit seinem unwiderstehlichen Duft und dem Gefühl, daß hier alle Menschen, seien sie Fischer oder Krämer oder edle Damen, die den Stoff befühlten, gleich waren.

Sergeant Maeen und die anderen waren hocherfreut, mich zu sehen. Lione hieß mich, mein Geld stecken zu lassen, und spendierte zu Ehren meines Besuches eine Lokalrunde. Während wir tranken und schwatzten, sah ich mich um und stellte fest, daß die Männer sich gut allein zurechtfanden. Sie hatten diverse eifrige, junge Frauen um sich, und es waren *gute* Frauen, Töchter und junge Witwen von Arbeitern und Handwerkern. Ich vermutete, hieraus würde manche Ehe entstehen, und überlegte, wer wohl bleiben und wer mit uns gehen würde, wenn die Zeit zum Reisen kam. Auch die anderen Männer in der Taverne, von denen viele Freunde von Maeen und seinen Leuten geworden waren, waren ein stämmiger, hart arbeitender Haufen. Nur wenige zeigten das verschlagene Grinsen übler Burschen. Der Sergeant fragte, wie es Sir Greycloak ginge.

»Ich hatte gehofft, Ihr könntet es mir sagen. Ich habe ihn schon einige Zeit nicht mehr gesehen.«

Maeen runzelte die Stirn, dann zwang er ein Lachen hervor. »Ihr wißt, wie Sir Greycloak sein kann, Herr«, sagte er. »Wenn sein Verstand einen Dachs jagt, der in seinen Bau flüchtet, springt er ihm gleich hinterher. Keine Sorge. Mit der Zeit wird er wieder auftauchen, wenn er sich mit seinen Freunden amüsieren will.«

»Habt Ihr *irgendwas* von ihm gehört?« fragte ich.

Lione grinste breit. »Oh, er widmet sich nicht *nur* der Wissenschaft, Herr. Sir Greycloak ist so läufig wie die meisten.« Er stieß mich an. »Sogar noch läufiger, wie manche sagen.«

Maeen brachte ihn mit bösem Blick zum Schweigen. Zu mir sagte er: »Achtet nicht auf ihn, Herr. Sir Greycloak mag auf ein paar Feiern gewesen sein. Um sich die Hörner abzustoßen. Aber alles immer im Rahmen.«

»Hatten diese ... mh ... *Feiern* ... etwas mit Prinz Raveline zu tun?« fragte ich, kannte die Antwort, hoffte aber, mich zu irren.

Maeens langes Zögern zeigte mir, daß dem nicht so war. Dann sagte er: »Nun ... ich nehme an, das hatten sie, Herr.« Wieder legte er die Stirn in Falten. Er seufzte. »Sie waren auch ziemlich wüst, wie ich gehört habe.« Er stieß ein nervöses Lachen aus. »Aber es gibt keinen Anlaß zur Sorge, Herr. Es ist nur eine vorübergehende Laune. Und wenn alles gesagt und getan ist, dürfte Sir Greycloak Prinz Raveline ohne weiteres gewachsen sein.«

Besoffenes Grölen unterbrach uns. »Welchen Namen hör' ich da? Prinz Raveline, ja?« Ein großer, rotgesichtiger Bursche trat schwerfällig in unsere Runde. »Das hier ist *meine* Taverne. Ich werde nicht zulassen, daß der Name dieses Hundes mein Lokal besudelt.«

Ich musterte den Wirt, staunend über solchen Haß. Maeen und die anderen hielten sich zurück. Manche murmelten nervös. Pflichtgefühl veranlaßte Maeen, den Wirt zu warnen. »Wir sind nur hier, um in Frieden zu trinken, Mann. Wenn Ihr Politik sucht, geben wir unser Geld woanders aus.«

Der Tavernenwirt glotzte trübe, besoffen und zu allem bereit. »Wenn ich diesen Prinzen einen Hund nennen will, *werde* ich ihn einen Hund nennen, verdammt! Und es macht den Hunden Schande, bei all dem Übel, das der Mann angerichtet hat!« Bevor er fortfahren konnte, packten ihn wohlmeinende Stammgäste. Er schlug um sich und strampelte, wurde schließlich fortgezerrt. Zwei Frauen – Tochter und Weib – schleppten ihn durch eine Tür und knallten sie hinter ihm zu. Die ganze Zeit stieß er wilde Flüche gegen Raveline und seine Taten aus.

Beklommen saßen wir nach diesem Ausbruch da, doch Maeen schien am beklommensten von allen. Nervös blickte er sich um, sah nach den Schurken, die auch mir vorhin schon aufgefallen waren. Doch wo ich schräges Grinsen bemerkt hatte, war jetzt nur maskenhafte Gleichgültigkeit zu sehen. »Wir sollten uns besser eine andere Taverne suchen«, flüsterte der Sergeant Lione zu. »Dieser Wirt will uns Schwierigkeiten machen.« Lione nickte nachdrücklich.

»Ich gebe zu, er ist ein ungehobelter Bursche«, sagte ich. »Aber welchen Ärger sollte er uns machen? Seine Worte mögen unflätig sein, aber der König hält seine Bürger nicht davon ab, zu sagen, was sie denken. Im Grunde fordert er es. Ihr habt ihn doch gehört.«

Maeen rutschte herum, offensichtlich unwohl. Er beugte sich zu mir und sprach leise. »Der König mag so etwas vielleicht *sagen*, Herr. Aber so läuft es hier unten nicht.« Bekräftigend klopfte er auf den Tisch. »Und nach allem, was ich gehört habe, Herr, läuft es auch da oben nicht immer so.«

»Erzählt mir mehr«, flüsterte ich.

Maeen schüttelte den Kopf. »Es ist nicht klug, noch länger zu bleiben, Herr. Hier gibt es überall *Ohren*.« Er deutete auf einen aus dem Lumpenpack, der sich näher zu uns geschoben hatte. »Nur eines will ich noch anfügen. Möglicherweise werden die guten Absichten des Königs von einem anderen zunichte gemacht. Und diesen anderen Burschen, wenn Ihr wißt, wen ich meine, scheint man ziemlich leicht beleidigen zu können. Finstere Dinge sollen schon geschehen sein, wenn sein Name mißbraucht wurde.«

Ich wollte weiterfragen, doch der Lauscher war beinahe an unserem Tisch, den Rücken wie gleichgültig abgewandt, doch sah man, daß die Ohren immer größer wurden. Daher sagte ich laut: »Also gut. Dann geht die nächste Runde auf mich. Und wir alle trinken auf unsere königlichen Gastgeber.« Überlaut kam Zustimmung auf meinen Vorschlag, und nach einiger Zeit unschuldigen Vergnügens gab Maeen mir den Wink, ich solle jetzt gehen, damit sie mir in gebührendem Abstand folgen konnten, ohne sich verdächtig zu machen.

Besorgt kehrte ich heim. Ich dachte über Ravelines »Feiern« nach, wie Maeen sie nannte. Orgien, wie ich vermutete, sexuelle Tricks und Ekstase, geschürt von Schwarzer Magie. Ich erinnerte mich sehr gut, welche Faszination solche Dinge auf Janos ausübten. Und ich hatte eben selbst gesehen, daß in Irayas nicht alles strahlende Wunderwelt war. Doch dann dachte ich an meine Verhandlungen mit dem König. Ich *wußte*, daß Domas' Interesse nicht gespielt war, und ebensowenig verbarg er finstere Absichten. Hoffnung brandete auf, als mir einfiel, daß ich nichts eigentlich *gesehen*, sondern nur davon gehört hatte. Ich mißtraute Maeens Worten nicht, doch er selbst wußte alles auch nur aus dritter oder vierter Hand. Und nicht nur das, schalt ich mich selbst. Ließ ich mich in meinem Urteil nicht von meinem Mißtrauen gegen Raveline leiten? Was hatte ich denn schon gesehen, worauf sich dieses Mißtrauen gründen ließe? Der Prinz hatte sicher nichts getan, womit er so etwas verdiente.

Während ich noch mit diesen plumpen Knäuel Garn und seinen dubiosen Knoten kämpfte, tauchte Janos wieder auf. Er platzte in meinen Palast, voller Energie, Witz und bester Laune. »Ich habe dich vermißt, mein Freund«, donnerte er und schlug mir auf den Rücken. »Ich war lange genug unter staubigen, alten Schriften begraben, und meine Ohren sind so mit Beschwörungsformeln verstopft, daß ich fürchte, ich werde noch taub, wenn ich nicht bald harmlose Worte höre.«

»Dann gehen deine Studien gut voran?« fragte ich.

»Verdammt gut«, sagte Janos. Sein Betragen war von jeher prahlerisch gewesen, doch mir schien, er ahmte schon die schroffen

Manieren unserer Gastgeber nach. Der Verdacht verflog, als er mir wieder auf die Schultern schlug und meinte, wir sollten sehen, wie es den Männern ging, und ein bis drei Gläser heben. Wir fanden sie in einer anderen Taverne, ebenso groß wie die erste und von Hafenarbeitern besucht. Mit Janos waren wir wieder zwanzig, und das Wiedersehen laut und glorreich. Viel Trinken folgte und vielleicht auch eine trunkene Träne bei liebgewordenen Erinnerungen an gemeinsame Abenteuer. Doch bevor wir alle vom Trunke übermannt wurden, kam Maeen zu mir. »Erinnert Ihr Euch an den geschwätzigen Wirt?« fragter er leise.

»In der anderen Taverne?« Er nickte. Anerkennend sah ich mich in ihrer neuen Stammkneipe um. »Ich schätze, Ihr habt gut daran getan, Euch von ihm loszusagen. Und Euer Ersatz ist wohlgewählt.«

»Wir sind ihn nicht losgeworden«, sagte Maeen. »Dazu war keine Zeit. Er ist an jenem Abend verschwunden, und seither war von ihm nichts mehr zu sehen oder zu hören. Die Taverne wurde auf Befehl geschlossen.«

»Auf wessen Befehl?« fragte ich.

»Sein Name wurde nicht genannt«, sagte Maeen. »Aber alle sagen, es könne niemand anderer als Prinz Raveline gewesen sein.«

Kapitel Vierundzwanzig

Omerye

Jedes neuerliche Brüten über Janos und Raveline fand am nächsten Tag ein Ende, als Beemus in meinem Palast erschien. In seinem undurchsichtigen Flüsterton erklärte er, der König habe wichtige Geschäfte zu erledigen, versicherte mir jedoch, diese Geschäfte seien für seinen Herrn nur unwesentlich wichtiger als diejenigen, die er mit mir tätigte. Träten keine unvorhergesehenen Notfälle ein, sei unser Handelsabkommen als nächstes an der Reihe.

»Könnt Ihr mir einen Hinweis geben, zu welcher Entscheidung der König neigt?« fragte ich. Er antwortete mit Achselzucken, begleitet von einem leicht hochgezogenen Mundwinkel, was für Beemus' Verhältnisse ein ermutigendes Lächeln war. »Wann will er sich entscheiden? Was glaubt Ihr?« Weiteres Achselzucken. Sein Mund blieb ein gerader Strich, was hieß, er wußte es nicht. »Könnt Ihr mir wenigstens das *eine* sagen: Wird es lange dauern?« Beemus überlegte einen Moment, dann schüttelte er den Kopf. Nein, lange würde es nicht dauern.

Nachdem er fort war, sah ich dem Tag hoffnungsvoller entgegen. Ich sandte Janos eine Nachricht, da ich glaubte, wir könnten über unsere Erfolgsaussichten sprechen. Doch als ich Gatras vertraute Schrift auf der Antwort sah, wußte ich ohne nachzulesen, daß Janos erneut nicht zur Verfügung stand und an Ravelines Seite zurückgekehrt war. Das sollte mir die gute Laune nicht verderben, und so bestellte ich mein Boot und machte mich für einen faulen Tag zu den Sehenswürdigkeiten Irayas' auf.

Wasser hat mir von jeher Frieden geschenkt, und an jenem Tag habe ich manch angenehme Stunde mit meinem Bootsführer auf dem Fluß verbracht. Es war schon später Nachmittag, als ich in eine Gegend kam, die ich noch nie zuvor gesehen hatte. Es war ein älteres Viertel, nahe dem Zentrum der Stadt. Die Kanäle waren schmaler und lagen im dunklen Schatten dickastiger Bäume. Im Wasser spiegelten sich verdrehte Stämme wie Gesichter, die ihre Jugend lange hinter sich gelassen hatten. Die Häuser, wenn auch nicht arm oder gewöhnlich, waren klein und streng voneinander abgesetzt. Ich roch frische Farbe, den Staub frischgehauener Steine und wollenes Garn, getrocknet und bereit für den Webstuhl. Während wir durch das Labyrinth fuhren, das dieses Viertel zusammenhielt, sah ich grelle Farben in den Fenstern der Häuser. Es waren Gemälde, merkte ich, und strahlende Tapeten. Das alles war Kunst, im Entstehen begriffen, denn hier waren Maler und Weber bei der Arbeit. Der Bootsführer brachte mich an einem großen, offenen Innenhof vorbei, in dem ansehnliche Skulpturen in jedem Stadium der Fertigstellung standen. Wir bogen in einen wundervollen Seitenkanal ein, und ich lehnte mich zurück, um mich am Gesang eines Vogels zu erfreuen, der nicht weit entfernt auf einem Baum hockte. Dann wurde mir schmerzlich klar, daß es kein Vogel war, der diese Töne hervorbrachte. Dem einzelnen Ton folgte ein sanfter Strom, der durch die Lüfte zog. Das zarte Spiel war unverkennbar. Es mußte Omerye sein. Heiser wies ich den Bootsmann an, umzukehren, doch war er selbst so von der Musik gefangen, daß er nicht hörte und sich nur fester in die Riemen legte. Dann schien die Flöte mich bemerkt zu haben, denn ich nahm dieselben Töne plötzlichen Interesses wahr, die ich schon in Domas' Gemächern gehört hatte. Weitere Musik folgte: Sanftes Schnuppern überall um mich, dann ein freudiger Aufschrei des Wiedererkennens. Herabhängende Zweige teilten sich, enthüllten einen kleinen Pier, und auf dem Pier, die zierlichen Füße im Wasser baumelnd, saß Omerye. Als das Boot herankam, spielte sie den letzten Ton zur freudigen Begrüßung. Dann ließ sie die Flöte sinken und sah mich an. Ihr rotes Haar umstrahlte ihre blassen Züge, doch im Licht bemerkte ich, daß es dem meinen nicht so ähnlich war, wie ich geglaubt hatte. Es war von dunklerer Farbe und weicher. Sie trug eine weiße Tunika, die halb bis über ihre Oberschenkel fiel und eng um ihre sinnliche Figur lag. Ihr Lächeln war scheu, doch ließ es mich erstrahlen, wenngleich es mich auch traurig machte, da ich wußte, daß ich reisen mußte.

»Ich wußte, du würdest kommen.« Ihre Stimme klang so hell und melodiös wie die Flöte. Nichts Künstliches lag darin. Sie *hatte* es gewußt, und irgendwie auch ich. Mit der Flöte deutete sie auf ein weißes Häuschen unter einem schrägen Dach von verwittertem Blau: ihr Zuhause. »Bitte?«

Es gab nur eine Antwort, die ich geben konnte, doch als ich sie hervorzwang, drehte sich das Wort um seine Achse, und ich hörte mich selbst sagen: »Ja. Das würde ich sehr gern.« Ich kletterte auf den Pier, zitterte, als ihre Hand an meine Schulter faßte, um mich zu stützen. Wir standen beieinander, nah, berührten einander fast. Sie war klein, und ich sah ihr in die Augen. Sie waren blau. Dann reckte sie das Kinn hoch, und die Augen wurden grün. Ihre Lippen waren üppig und sanft geschwungen. Sie wären leicht zu küssen, dachte ich. Omerye nahm meine Hand und führte mich ins Haus. Hinter mir hörte ich den Bootsmann kichern und das Schaben von Holz, als er sich abstieß, und beinah hätte ich mich umgewandt, ihm zu sagen, daß er warten solle, denn es würde nur einen Augenblick dauern. Ich hörte das Platschen der Ruder, als er davonfuhr, und ich betrat das Haus. Halbdunkel war es dort, die Wände behangen mit alten, dünnen Gobelins von kunstvollem Entwurf. Der große Raum war voller Kissen in gedeckten Farben. Sie lagen im Kreis um einen kleinen Hocker. Omerye setzte sich auf diesen Hocker und strich über das daneben liegende Kissen. Ich sank nieder, so voller Fragen und verwirrt, daß mir nur Kraft zum Schweigen blieb.

Das Schweigen wurde von ihrer melodiösen Stimme unterbrochen. »Verstehst du, worum es geht?« Ich schüttelte den Kopf, nein. Sie hob die Flöte. »Du bist *der*, für den ich spiele«, sagte sie. Noch immer verstand ich nicht. Sie hob die Flöte höher, bis sie beinah an ihren Lippen lag. »Seit dem allerersten Ton, den ich gespielt habe«, sagte sie, »habe ich in Gedanken jemand vor mir gesehen. Und für diesen jemand mache ich Musik.« Sie hielt inne, ließ die Flöte sinken und schüttelte den Kopf. »Nein. Das stimmt nicht.« Sie preßte die Flöte an ihre Brust. »Ich mache Musik für *mich.*« Wieder kam die Flöte hoch. »Aber ich spiele sie auch für ... für *dich*. Du bist dieser jemand in meinen Gedanken.« Wieder kam die Flöte ihren Lippen nah. »Und du bist dagewesen ... seit ... nun, schon immer.«

Sie begann zu spielen. Vor meinen Augen formte die Musik das Bild eines kleinen, blassen Mädchens. Sie war schweigsam, ernst und verträumt. Wenn ich schreibe, ich hätte sie *gesehen*, muß man sich vorstellen, daß meine Ohren Augen wurden, und die Töne schufen Form und Farbe, schöner als alles Licht. Das Kind liebte alle Klänge, ob schrilles Vogelgeschrei oder das Knarren des Holzes an einem Pier. Ich sah, daß es eigene Klänge schuf, gewöhnliche Dinge nahm, um ungewöhnliche Töne zu schaffen. Ich sah, wie sie diese Töne zu einer ersten Melodie formte. Stets spielte sie vor einem

Spiegel, und im Spiegel sah ich ein Bild, das ich kaum erkennen konnte. Das Bild verschwamm, dann bemerkte ich, daß aus dem Kind ein Mädchen mit schwellenden Brüsten und wogenden Hüften geworden war, auf bestem Wege, eine Frau zu werden. Sie saß vor dem Spiegel, das rote Haar wallte um ihren Kopf, als sie sich über ihre neue Flöte beugte. Sie spielte ein liebliches Lied, doch an ihrem Zögern konnte man erkennen, daß sie etwas Neues versuchte. Ich sah ihren Blick in den Spiegel, als suche sie Bestätigung. Jedenfalls glaubte ich zunächst, ihr Spiegelbild zu sehen, doch das rote Haar, das dort schimmerte, war von etwas anderer Farbe, und die Miene, die dort anerkennend lächelte, war nicht die ihre, sondern meine. Die Musik trieb mich voran. Ich sah, wie das Mädchen zur Frau wurde, sah, wie sich die Musik über alles andere erhob, sah, wie die Frau vor wichtigen und begeisterten Leuten spielte. Doch immer gab es einen Menschen, dessen Beifall Omerye in Wahrheit suchte, und dieser Mensch war ich.

Das Lied endete. Ich schlug die Augen auf und sah Tränen in den ihren, doch waren es Tränen des Glücks. »Das war das erste Lied, das ich jemals in meinem Kopf gehört habe«, sagte sie. »Nur konnte ich es niemals spielen … bis jetzt.« Wieder hob sie die Flöte an, und Melodien umfingen mich. Jeder Ton war einer, den ich nie zuvor gehört hatte, doch der Refrain schien mir nah, klang seltsam vertraut. Das Lied fand geheime Orte, und jeder dieser Orte war froh, entdeckt zu werden. Omeryes Flöte spülte mich davon, und sie und ich entdeckten neue Dinge miteinander: ungekannte Ausblicke auf Berge, Flüsse und wogende Meere. Die Flöte hielt inne, und als die letzten Töne verklangen, spürte ich, daß dieses Lied allein für mich entstanden war.

»Verstehst du *jetzt*?« fragte sie bebend, ängstlich.

Als ich antworten wollte, öffnete sich ein schwarzer Graben, und sie wurde eine kleine, ferne Gestalt am anderen Ende der Kluft. Bittere Erinnerung an Deoce und die kleine Emilie überfluteten mich, stürzten über mich herein. Trauer ergriff mich und wurde zu hartem, trockenem Schluchzen, das rauh aus meiner Brust kam. Ich war in dieser Trauer gefangen, und während ich trauerte, wußte ich, daß ich schon bald den nächsten schweren Verlust erleiden würde. Denn wie konnte ich Omerye bitten, mit solchen Schreckgespenstern zu leben?

Halab hörte mich und zeigte Mitleid. Ich spürte seine Nähe und sein Flüstern an meinem Ohr. »Du wirst sie dort finden«, sagte er. »Wenn du nur suchst.« Das tat ich, und als ich den Kopf hob, war die Kluft verschwunden. Omeryes Gesicht war nah an meinem, und ich blickte in ihre Augen und sah Deoces und Emilies Wiedergeburt. Omeryes Liebe fügte sich hinzu und wurde zu einem Ganzen. »Verstehst du?« fragte sie erneut.

»Ja«, sagte ich. »Ich verstehe.« Ich zog sie vom Hocker, und mit einem Freudenschrei fiel sie in meine Arme. Wir sanken auf die Kissen, stürmisch vor Begierde, mit hitzigen Händen und klammernden Armen und Beinen. Ich öffnete ihre Robe ohne Schwierigkeit, als hätte ich es oft geübt. Meine Hände strichen über ihre sanfte Haut, geheimnisvoll und altvertraut zugleich. Ich hörte mich sagen: »Ich liebe dich, Omerye.« Ich hörte ihr Flüstern: »Ich habe dich schon *immer* geliebt, Amalric.« Und dann sprachen wir, von der Wiederholung dieser Worte abgesehen, lange nicht mehr. Wir liebten uns bis in den kühlen Morgen, und noch einmal spielte Omerye ihr Lied. Sie spielte, und ich lauschte, und wir waren eins.

Man sagt, frisch Verliebten verginge die Zeit schnell und wie im Traum. Auf uns traf nur letzteres zu. Wir verlebten die folgenden Wochen wie in Trance, voneinander wie betrunken, doch jede Woche war wie Jahre, und aneinandergereiht waren sie wie ein ganzes Leben. Es gab vieles, was wir voneinander wissen wollten, doch auch vieles, was wir *wußten*, und schon bald war klar, daß jede Zukunft, die uns die Götter schenkten, nur gemeinsam mit dem anderen stattfinden konnte. Die Frage war nur wo, und das wurde geklärt, als ich das Thema zum ersten Mal anriß. »Soll ich mit dem König sprechen?« fragte ich. »Und fragen, ob ich einer seiner Bürger werden darf, damit ich hier bei dir bleiben kann?«

»Nur wenn du möchtest«, sagte Omerye. »Nur wäre es ein Fehler, wenn du es tätest, um *mir* zu gefallen.«

»Würdest du nicht lieber bei deinem eigenen Volk bleiben?« fragte ich, dachte an Deoce und fragte mich, ob uns ein anderes Schicksal erwartet hätte, wenn wir zu ihrem Stamm gezogen wären. »Du bist hier hoch angesehen. Ich fürchte, deine Kunst würde in Orissa Schaden nehmen.«

»Bewunderung war nie mein Ziel«, sagte Omerye. »Nur die Freiheit, jede Musik zu spielen, die ich spielen will.«

»Die Freiheit hättest du in Orissa«, sagte ich. »Und auch Bewunderung. Nur glaube ich nicht, daß die Kunst dort so hoch geachtet wird wie in Vacaan.«

Omeryes Miene verfinsterte sich. »Es ist nicht so wunderbar, wie man es dich glauben machen will«, sagte sie. »Der König mag sagen, daß hier alles im Namen der Kunst geschieht, doch die Wahrheit ist eine andere. In Vacaan gibt es unausgesprochene Grenzen, die alle Künste beschränken. Überschreitet man sie, geschehen ... gewisse Dinge. Das mindeste ist, daß man plötzlich ohne Gönner dasteht, oder ohne Publikum.«

»Wie kann das sein?« fragte ich. »In Vacaan bezahlt man Künstler doch mit dem größten aller Komplimente: Ist ihre Arbeit vollendet, wird ein Zauber gesprochen, daß niemand das Werk wiederholen kann. Und jedes wird bewahrt, damit es in jedem Falle einzigartig bleibt.«

»Einzigartig zahm ... und somit keineswegs mehr einzigartig«, gab Omerye zurück. »Wenn du länger hier bist, wirst du merken, daß nichts erlaubt ist, was öffentliche Fragen oder eine Auseinandersetzung provoziert. Ein Künstler darf nur mit der Form, der Farbe oder dem Klang etwas riskieren. Niemals dürfen wir die Obrigkeit in

Frage stellen. Vieles entsteht aus dem System heraus, denn die Obrigkeit gibt sich große Mühe, unsere Talente aufzuspüren, wenn wir jung sind. Dann läßt man uns die beste Ausbildung zukommen. Doch neben dieser Ausbildung wird einem ganz subtil eingetrichtert: Tu dieses, aber nicht mehr.«

»Was geschieht mit denen, die nicht hören wollen?« fragte ich.

Ein Schauer lief ihr über den Rücken. »Eines Tages«, sagte sie leise, »kommen sie einfach nicht mehr wieder.« Ich schauderte ebenfalls und mußte an den vermißten Tavernenwirt denken ... und an Raveline. »Wir alle sind klug genug, nicht zu fragen, was mit ihnen geschieht«, fuhr Omerye fort. »Und wir achten darauf, daß ihr Name nie mehr erwähnt wird.« Sie kuschelte sich zum Trost tiefer in meine Arme und seufzte. »Wenigstens hatte ich *dich*«, sagte sie. »Das allein hat mich zufriedengestellt.«

Wir beschlossen, daß sie mit mir nach Orissa kommen würde. Der Entschluß riß mich aus meinen Liebesträumen, und ungeduldig erwartete ich den Ausgang meiner Geschäfte. Omerye zog in meinen Palast, und ich machte mich erneut an das Geplänkel mit den königlichen Beamten. Zu meinen neugewonnenen Kenntnissen gesellte sich auch wieder die Sorge um Raveline und Janos. Der alte Alptraum von der zerstörten Stadt suchte mich im Schlaf heim, doch diesmal hatte ich Omeryes Musik und Liebe, die meine Qualen linderte. Der sanfte Balsam, den sie verbreitete, machte mir das Denken leichter. Ideen tauchten auf und wurden Theorien, die nur geprüft werden mußten, um zu Lösungen zu reifen. Schließlich schickte ich Janos eine dringende Nachricht, daß ich ihn sehen müsse. Ein Tag etwa verging, bis ich Antwort bekam. Greycloak willigte ein, sich mit mir zu treffen – sofort.

Ich fand ihn bei der Arbeit vor, tief in den Gewölben eines alten Hauses, das nach Pergamentstaub und dem schalen Schwefel alter Beschwörungen roch. Er riß erstaunt die Augen auf, als er mich sah, und ich wußte, er hatte unsere Verabredung vergessen. »Amalric, mein Freund«, rief er, sprang von seinem Schreibtisch auf und warf die alten Schriften auf den Boden. »Was für ein glücklicher Zufall! Eben erst habe ich an dich gedacht.« Seine Kleider waren in Unordnung und er selbst so sehr mit Staub überzogen, daß dieser in Wolken fiel, als Janos zu mir herüberkam und er niesen mußte.

»Du siehst aus wie einer meiner alten Lehrer«, lachte ich, »und du klingst auch wie er. Immer lief er gedankenverloren mit triefender Nase umher. Schade, daß mein Vater ihn gehen lassen mußte. Der alte Knabe wußte nie, was ich im Schilde führte.«

Janos schlug sich an die Stirn. »Wie dumm von mir«, sagte er. »Es stimmt, ich *habe* dich eingeladen, nicht?«

»Wenn du unbedingt geistesabwesend sein möchtest«, stichelte ich, »solltest du noch andere Möglichkeiten ausprobieren. Schlag dir nicht mit der Hand, sondern mit dem Knüppel an den Kopf, und du wirst auf ewig verwirrt bleiben.«

»Du hast recht«, sagte Janos. Noch immer in seine Studien vertieft, hob er eine Hand, um sich schon wieder an die Stirn zu schlagen. Sein Verstand kehrte zurück, als die Hand auf Augenhöhe war. Er starrte sie einen Moment lang an, dann lachte er. »Du hast schon wieder recht!«

Ich sah mich in dem großen Raum um. Vom Boden bis zur gewölbten Decke und von einer Wand zur anderen war er mit Schriften jeder Form und Größe angefüllt. Auf Janos' Schreibtisch sah ich eine Rolle, die von kleinen Gewichten gehalten wurde. Die Schrift war nicht in einer Sprache, die ich verstanden hätte, jedoch farbenfroh illustriert mit geometrischen Mustern, die den Rand einfaßten. »Dies sind die Archive der Großen Alten«, erklärte Janos. »Soweit ich sehe, ist es eine vollständige Liste sämtlicher Beschwörungen, bis ganz zurück zu ihren Anfängen.«

»Du mußt einen noch größeren Eindruck auf den Prinzen gemacht haben als ich dachte«, sagte ich trocken. »Daß er dir diese uralten Geheimnisse anvertraut.«

»Ja. Ja, das habe ich«, sagte Janos, so sehr in seine Studien vertieft, daß er meinen spöttischen Unterton nicht bemerkte. »Obwohl ich nicht sicher bin, ob er den Wert dieser Archive kennt.« Er sank auf seinem Stuhl zurück, nahm eine Rolle und studierte die Inschrift. »Für die Zauberer von Vacaan«, sagte er, »ist das hier allzuoft gelesener Schund. Doch war es einmal ein Schatz von unschätzbarem Wert, als die Vorfahren des Königs sich hier niederließen ... auf den Ruinen der Großen Alten.«

Ich betrachtete die langen Regalwände. »Es ist schade, daß wir in Orissa nicht derart gesegnet sind«, sagte ich.

Aufgeregt warf Janos die Rolle hin. »Du sagst es ganz genau«, sagte er. »Domas' Leute kamen unwissend wie die Barbaren hierher. Raveline gibt es selbst zu. Alles, was sie erschaffen haben, sind Verfeinerungen dessen, was einst eine große Kunst war.«

»Ich sehe, die klugen Köpfe hast du bisher noch nicht getroffen.«

Janos machte ein finsteres Gesicht. »Keinen einzigen. Ich komme langsam zu dem Schluß, daß es hier keine klugen Köpfe *gibt*. Nirgendwo.«

»Auch nicht dein Mentor Prinz Raveline?«

»Oh, er hält sich dafür«, sagte Janos. »Aber ich lerne mehr, indem ich über seine Schulter sehe, als wenn ich ihm zuhöre. Meine Schlußfolgerungen und seine Vorhersagen sind oft sehr gegensätzlich.«

Ich deutete auf die Schriftrollen. »Was ist mit den Großen Alten? Waren unter denen kluge Köpfe?«

Janos seufzte. »Ich weiß, du wirst glauben, ich wäre ein Angeber«, sagte er. »Aber ich muß ehrlich antworten. Nein. Auch unter denen nicht.«

»Ist einer von ihnen auf die Spur gestoßen, der du gerade folgst?«

»Einige wenige vielleicht. Aber aus irgendeinem Grund sind sie ihr nie nachgegangen.« Janos schnaubte. »Ich vermute, es waren die Zauberer, die die Alten auf dem heiligen Berg verehrt haben.«

Wieder ein Schnauben. »Obwohl das, was sie da verehrt haben, ein Rätsel bleibt, das kaum der Enthüllung wert sein dürfte.«

»Bleibst also nur noch du«, sagte ich.

Janos warf mir einen schrägen Blick zu, dessen Bedeutung ich nicht ausmachen konnte. Dann sagte er entschlossen: »Ja... nur ich.«

»Aber nur, weil die anderen blind waren oder verzichtet haben«, sagte ich.

»Was immer der Grund war... Niemand ist je dem nahegekommen, was ich sehe. Sie alle haben immer größere Kreise gezogen, von einer Generation zur nächsten. Sie waren dazu verdammt, niemals die einfache Frage zu stellen: Warum?«

»Kennst *du* die Antwort?« fragte ich.

Janos schüttelte heftig seinen Kopf. »Nein. Aber ich bin nah dran, verdammt nah dran! Ich kann schon Dinge sehen, nach denen niemand auch nur im Traum gesucht hätte.« Janos wurde immer aufgeregter. »Erinnerst du dich, wie ich dir von dem Trick mit dem Skorpion und der Maus erzählt habe? Wie ich den Skorpion an einen anderen Ort *getan* und die Maus von wiederum einem anderen Ort *genommen* habe?« Ich nickte. »Nun, jetzt kenne ich das Wie und Warum. Es gibt viele Welten, mein Freund, die neben unserer eigenen existieren. Jede Welt folgt eigenen Regeln. Ein Dämon hat seine. Wir haben unsere. Wenn wir den Dämon rufen, rufen wir damit ebenso die Regeln seiner Existenz, und mit dem entsprechenden Wissen können wir diese Regeln in unserem Sinne beeinflussen. Ebenso wie er die unseren beeinflussen kann, wenn er der Überlegene ist.«

»Wie Mortacious?« fragte ich.

Janos' Miene wurde immer finsterer. »Ja. Wie Mortacious.«

»Woher weiß man, daß man immer der Überlegene bleiben wird?« fragte ich.

»Indem man weiß, daß es – egal wie unterschiedlich diese Welten auch erscheinen mögen, egal wie unterschiedlich die Regeln auch scheinen mögen – tatsächlich nur ein Gesetz gibt, das alles bestimmt. Die Unterschiede, die uns so sehr verwirren, sind nur Manifestationen dieses einen Gesetzes.«

»Und kennst du das Gesetz?« fragte ich.

Janos' Augen leuchteten vor Jagdfieber. »Nein. Aber, wie gesagt, bin ich nah dran, mein Freund. *Sehr* nah.«

Ich stieß ein erleichtertes Seufzen aus. »Gut. Dann hör mir zu, Greycloak. Es ist in Vacaan nicht alles, wie es scheint. Es könnte ein sehr gefährlicher Ort werden, wenn wir noch lange bleiben. Ich glaube, wir sollten abreisen, wenn ich meine Geschäfte mit dem König beendet habe.«

»Abreisen?« sagte Janos erstaunt. »Ich könnte jetzt nicht reisen. Ich habe es doch gesagt ... ich bin *sehr* nah dran.«

»Meine Bedingungen für den Vertrag müßten dafür sorgen, daß vieles von diesem Wissen zu uns kommt«, sagte ich. »Und außerdem habe ich einen Plan, der weit mehr zu bieten hat.«

»Was soll das sein?« fragte Janos. Er klang herablassend, als spräche er mit einem Kind.

Ich sah darüber hinweg. »Wenn wir wieder in Orissa sind, werde ich Geld für eine große Schule der Zauberei spenden. Sie wird unter deiner Leitung stehen. Denk an all die eifrigen Assistenten, die für dich jedes Experiment ausführen, das du ihnen aufträgst. Wenn ihr alle gemeinsam daran herumhämmert, wird die Mauer sicher bald fallen, und du wirst alles haben, was du willst.«

Janos runzelte die Stirn. »Aber ... dann ... werden *andere* es wissen!«

»Genau«, sagte ich. »Das ist das Schöne an meinem Plan. Wenn alle es wissen, sind wir alle gleich. Gemeinsam können wir ebensoviel oder mehr von dem erreichen, was die Menschen hier in Vacaan haben. Und ohne die Scheuklappen, die du ständig beklagst, können wir es noch um so schneller schaffen.«

»Es könnte dennoch ein ganzes Leben dauern«, sagte Janos. »*Mein* ganzes Leben.«

»Na und? Trotzdem wirst du die Befriedigung spüren, zu wissen, daß es eines Tages soweit sein wird.«

Janos hustete und war damit beschäftigt, die Rollen einzusammeln und zu sortieren. »Ich fürchte, du stellst eine komplexe Sache allzu einfach dar«, sagte er.

»Ach, komm schon, Janos.« Ich lachte. »Du bist doch immer derjenige, der auf dem Gegenteil beharrt. Das Einfache wird durch Unwissenheit allzu komplex, oder wahrscheinlicher noch durch den Wunsch der Zauberer, weiser zu erscheinen, als sie sind. Nach allem, was du mir bisher erzählt hast – und erinnere dich, ich bin höchst einfältig, was die Zauberei angeht –, könnte selbst ich einen vernünftigen Geisterseher auf die Spur bringen, der du folgst. Ich könnte Gamelan beispielsweise diese Sache mit den vielen Welten erzählen und deine Theorie hinzufügen, daß ein Gesetz sämtliche Mächte lenkt. Nun, selbst sein altes Hirn könnte noch einmal zu leuchten beginnen. Wer weiß, wohin das Leuchten ihn führen würde?«

Wieder sah mich Janos mit diesem seltsamen Blick an. »Allerdings, wer weiß?« murmelte er.

»Verstehst du, was ich sagen will?« fragte ich.

»Ja, ich glaube schon«, sagte Janos.

»Dann stimmst du meinem Plan zu?«

Janos wickelte seinen Bart um einen Finger, dann ließ er wieder los. Er nahm eine Schriftrolle und starrte abwesend die Inschrift an. Ich sah, daß seine Gedanken entflohen. »Janos«, drängte ich noch einmal lauter. »Stimmst du mir zu?«

Er sah auf, und sein charmantes Lächeln blitzte durch den zottigen Bart. »Aber natürlich tu ich das, mein Freund. Natürlich tu ich das. Komm zu mir, wenn du mit dem König fertig bist. Dann reden wir weiter.«

»Was gibt es noch zu reden ... wenn du mir zustimmst?«

Janos zuckte die Schultern. »Oh, ich bin gerade einer Sache auf der Spur, und wenn ich sie nicht finde, bis du fertig bist ... nun ... Es könnte eine kleine Verzögerung geben. Eine sehr kleine Verzögerung.« Damit mußte ich mich zufriedengeben, denn sein Blick war jetzt vollkommen abwesend, und er murmelte laut fremde Worte, die er von der alten Rolle las. Ich sagte ihm Lebwohl, bekam ein zerstreutes Flüstern zur Antwort, und ging.

Ich ärgerte mich noch ein, zwei Stunden über dieses Gespräch, und dann, in der trägen Behaglichkeit von Omeryes Armen, dachte ich darüber nach und ärgerte mich schon nicht mehr so sehr. Je länger ich darüber nachdachte, desto vernünftiger erschien mir mein Plan, und nach einer Weile hielt ich ihn für so einsichtig, daß ich wußte, mein Freund – der doch der Vernunft so huldigte – würde nicht anders können, als ihn zu verstehen. So blieb nur noch der Vertrag mit König Domas abzuschließen, und dann konnten wir alle nach Orissa heimkehren, beladener noch, als wir es uns bei der Abreise in die Fernen Königreiche je erträumt hatten.

Am nächsten Tag kam eine königliche Einladung. Doch der Ruf kam nicht vom König. Er kam vom Prinzen Raveline.

Kapitel Fünfundzwanzig

Die Diener der Käuflichkeit

Zur vereinbarten Stunde legte eine Gondel am Pier meines Palastes an. Ich war der einzige »Gast« an Bord. Vier weitere Männer waren zu sehen: ein Steuermann am Ruder, ein Diener in der luxuriösen, gläsernen Kabine, dazu zwei Männer am Bug mit langen Trompeten, die andere Schiffe warnen sollten. Die Gondel hatte acht Ruder auf jeder Seite, aber die Ruderer blieben unter Deck verborgen. Vielleicht waren es Menschen, doch dann waren sie zu absoluter Perfektion trainiert. Die Ruder griffen, drehten flach und zogen durch, als würden sie von einem Uhrwerk angetrieben. Die Trompeter wurden nicht gebraucht, denn alle Gondoliere, die Prinz Ravelines rotgold-schwarze Hausfarben sahen, huschten davon wie Wasserspinnen, die vor einem schlauen, alten Hecht flohen, wenn dieser zum Fressen ins seichte Wasser kam.

Das Boot bog vom Hauptkanal in eine unbefahrene Wasserstraße ein, die jenseits der Stadt zum heiligen Berg führte. Es war seltsam, auf dem Wasser durch grüne, hügelige Landschaften zu fahren, die wie ein Sportplatz gepflegt waren. Es gab keine Bauernhöfe, keine Bauern, und ich sah auch keine Häuser, Straßen oder Pfade. Der Kanal verlief in einer Reihe anmutiger Biegungen. Weit hinten im Land endete er in einem runden Teich.

Eine elegante Kutsche wartete, gezogen von sechs schwarzen Pferden mit Blessen auf der Stirn. Vier Lakaien führten mich zur Kutsche und verneigten sich, als ich einstieg. Sie kletterten auf ihre Positionen, und ohne ein Kommando des Kutschers trabten die Pferde an. Trotz meiner Befürchtungen spähte ich neugierig aus dem Fenster. Ich wurde nicht enttäuscht, doch schlug mich auch kein Prunk in seinen Bann. Die Straße, über die wir fuhren, war aus Steinblöcken gearbeitet, und jeder Block reichte von einer Straßenseite zur anderen, was in der Breite sicher fünfmal die Länge eines ausgewachsenen Mannes ausmachte. Jeder einzelne war präzise an den nächsten gearbeitet. Ich erwartete, daß die Straße zu einer mächtigen Mauer mit verzierten Toren führen würde, doch fand sich nichts dergleichen. Die perfekt gepflegte Landschaft wogte überall um mich herum, mit Bäumen und Teichen, so pedantisch angelegt, als hätte ein Meistergärtner ganze Ewigkeiten daran gearbeitet. Verblüffenderweise empfand ich dieses Reservat jedoch nicht als einladend, sondern eher als kühl und bedrohlich. Je länger unsere Reise auf der friedvollen Straße dauerte, desto mehr graute mir. Ich wußte nicht, ob dieses Grauen von einem Schutzbann stammte oder ob es daher rührte, daß ich den Herrn über dieses Anwesen kannte.

Ich sah die ersten Wächter. Es waren zwei, und sie standen zu beiden Seiten der Straße. Fast hundert Fuß waren sie hoch, gehauen aus dunklem, poliertem Stein. Jede Statue zeigte eine Frau, die vertikal ein nacktes Schwert vor sich hielt. Ich wußte, daß für diese Skulptur kein irdisches Wesen Modell gestanden hatte, denn die

Frauen waren unglaublich schön, doch hart, kalt, distanziert, die Gesichter so mitleidlos wie die eines Häuptlings von den Eisfeldern im Süden. Nachdem wir die abstoßenden Monolithen passiert hatten, sah ich mich noch einmal um und schnappte entsetzt nach Luft. Beide Statuen hatten ein zweites Gesicht, das nach hinten blickte, und dieses Gesicht war ein höhnischer, übelwollender Dämon mit reißenden Zähnen. Ich hoffte für den Bildhauer, daß er nur aus seiner Phantasie geschöpft hatte, doch nach allem, was ich über Prinz Ravelines Interessen wußte, schien mir das höchst unwahrscheinlich.

Ich fand meine Fassung wieder und sah, wie sich in der aufkommenden Düsternis etwas bewegte. Ich glaubte, es müsse wohl eine umherstreifende, berittene Patrouille sein, und irrte ein weiteres Mal. Hinter einem Gehölz trottete ein Rudel von Schattenwölfen hervor, ein ganzes Dutzend. Sie kamen direkt auf uns zu, und ich fluchte, weil ich nicht gewagt hatte, eine Waffe mitzunehmen. Diese riesenhaften, zottigen Räuber konnten im Nu ein Pferd reißen, und ich bezweifelte, daß wir sechs Männer diesen Untieren länger als ein paar Sekunden standhalten würden. Jeder Wolf ragte acht Fuß hoch auf, und ihre fürchterlichen Reißzähne glänzten lang und blutrünstig. Ich nahm meinen Mut zusammen und erwartete, daß die Pferde die Wölfe sahen und scheuten. Doch nichts geschah. Das Wolfsrudel nahm uns in seine Mitte, als sei es tatsächlich eine Eskorte. Sie trotteten zu beiden Seiten der Kutsche. Ich konnte das Scharren ihrer Krallen auf der Straße hören. Eines der Tiere war neben meinem Fenster, und es schaute herein. Ich schwöre, sein Blick war beinahe menschlich und zutiefst haßerfüllt. Über uns war das Flüstern großer Flügel zu hören, und ich sah einen Patrouillenflug jener sporenbewehrten, riesigen Adler, die wir auf dem Fluß nach Irayas gesehen hatten. Ravelines Burg war tatsächlich gut bewacht, dachte ich, als die mächtige Festung zu sehen war. Sie war ein gigantisches Sechseck mit zwei Türmen an jeder Ecke, und sie stand in der Mitte einer vollkommen flachen Ebene. Ich schätzte jede Mauer auf beinah eine Drittel Wegstunde. Vermutlich hätten alle Burgen, die ich je gesehen hatte, einschließlich der Festung der Archonten, in das Verlies dieses Gebäudes gepaßt. Weder auf den Zinnen noch im Umfeld des Gebäudes konnte ich Wachen entdecken.

Ein Mann wartete vor dem gähnenden Portal – Prinz Raveline. Andere Gäste gab es nicht, und auch keine Gefolgsleute zu meiner Begrüßung. Nun wurde mir tatsächlich angst und bange, und ich schmeckte die metallene Nüchternheit der Furcht auf meiner Zunge. Die Kutsche kam direkt vor Raveline zum Stehen, und die Lakaien sprangen herab und verneigten sich vor ihrem Herrn. Er nickte anerkennend, trat an die Kutschentür und öffnete sie höchstselbst.

»Lord Antero«, sagte er. »Es ist mir eine Ehre.«

Ich stieg aus, verneigte mich tief und berührte mit den Lippen seine ausgestreckte Hand. »Die Ehre ist ganz meinerseits«, sagte ich. »Ich war noch nie bei einem Prinzen eingeladen, ganz zu schweigen von einem, der so mächtig ist wie Ihr. Auch hat mir noch kein Prinz persönlich aus der Kutsche geholfen.«

»Gut«, sagte Raveline. »Dann haben wir uns der nötigen Höflichkeiten entledigt. Ich plane keine weiteren Zeremonien, und falls Ihr Reden und kluge Komplimente parat habt, betrachten wir diese jetzt als ausgesprochen und erwidert.« Er lächelte, doch sein Blick war kalt.

Er nahm mich beim Arm und führte mich in die Burg. »Ich habe lange überlegt, ob ich noch andere einladen sollte. Ich wollte nicht... will nicht..., daß Ihr glaubt, ich wollte Euch kränken, weil Ihr nicht von prächtigen Rüstungen und Höflingen umgeben seid, aber wir haben wichtige Angelegenheiten zu besprechen... Angelegenheiten, die keiner von denen, die meinen Bruder devot umschwirren, erfahren muß.« Er setzte ein freudloses Lächeln auf. »Ich kann schließlich«, fuhr er fort wie zu sich selbst, »nicht befehlen lassen, daß die Zunge eines *jeden* plappermäuligen Speichelleckers am großen Hof herausgeschnitten wird. Auch wenn es sicher ein Segen wäre.«

Ich hoffte, meine Miene zeigte keine Reaktion, als mir klar wurde, daß Raveline diese Möglichkeit offenbar ernsthaft in Betracht gezogen hatte, bevor er sie verwarf. Wir kamen in das Herz der Burg. Er entschuldigte sich, daß er mir keine Führung bieten konnte, und erklärte, so etwas würde mehrere Tage dauern und dieses Vergnügen ließe sich jederzeit nachholen. »Außerdem«, sagte er, »bin ich mir nicht ganz sicher, ob selbst *ich* mich hier zurechtfinde.«

Aus diesem Grunde kann ich nicht Seite für Seite mit einer Beschreibung der Wunder im Wohnsitz des Schwarzen Prinzen füllen. Nur einige wenige erwähnenswerte Dinge will ich nennen. Eines war, daß jede Wand und jeder Boden aus einem einzigen Stein gehauen schien, blankpoliert zu einem Spiegel, dann an seinen Nachbarn eingepaßt. Und dann war da noch die Wärme. Ich weiß nicht, wie man Feuchtigkeit und Kühle aus Burgen fernhält, doch in dieser war mir in jedem Raum und jeder Halle angenehm, ohne daß mir heiß wurde wie jetzt gerade, während ich in meinem Arbeitszimmer schreibe und an einem Feuer aus Torf sitze. Ich staunte über die Schätze, über Gobelins in leuchtenden Farben, über Möbel, die geformt und poliert waren, bis sie wie feinste Seide an den Fingerspitzen wisperten, über Gemälde, die von realistischen Darstellungen bis zu schroffen Ausbrüchen reiner Farbe reichten, die mir ans Herz gingen. Noch andere Dinge fielen mir auf, von denen ich mich eilig abwandte, Dinge, die mir noch manchmal im Traum erscheinen, doch die ich nicht beschreiben will und darf.

Raveline führte mich durch die große Halle, in der knapp unter den im Schatten verschwindenden Dachbalken Kriegsflaggen hingen, die von der Herrschaft der Dynastie kündeten. Dann kamen wir in einen kleineren Raum. In seiner Mitte stand ein Tisch, und darauf ein halbes Dutzend zugedeckter Teller. Nur zwei Gedecke waren aufgetragen, und jedes Utensil und jeder Teller war aus einem andersfarbigen Jadeblock geschnitten, von Rot über durchscheinende und verschiedene Grüntöne bis hin zu Weiß. An der Seite stand ein weiterer Tisch, auf dem sich ein schwindelerregendes Sortiment von Flaschen und Karaffen mit Likören so mancher Länder drängte.

Prinz Raveline fragte mich, was ich trinken wolle, und ich gab zurück, ich sei hochzufrieden mit allem, was er selbst nähme, obwohl ich warnte, ich würde wahrscheinlich nicht die angemessene Würdigung an den Tag legen und mein Glas nicht leeren können. »Denn in meinem Volk ist es Sitte, daß jemand, dem wie mir die Trauben leicht zu Kopfe steigen, diese meidet, bis alles Wichtige besprochen ist. Da Ihr draußen sagtet, Ihr hättet über dringende Angelegenheiten mit mir zu reden, würde es mich tief beschämen, wenn ich morgen aufwachte und feststellen müßte, daß all die Weisheit, die aus mir hervorgesprudelt ist, von Hefe getrübt war. Nachdem ich Euren Vorschlägen gelauscht und überlegt habe, wie wir Orissaner ihnen am besten entsprechen, können wir ein ganzes Faß aufmachen, wenn Eure Hoheit es wünschen.« Raveline lächelte und schenkte zwei Gläser ein, sagte jedoch nichts – er lobte meine Schmeichelei weder, noch rügte er sie.

Wir setzten uns, und ohne jede Vorrede begann er. »Ihr wißt natürlich, daß Eure Reisen in unsere Länder beobachtet wurden, vom ersten Tag des Schiffbruchs an der Pfefferküste bis zu dem Zeitpunkt, als wir Euch am Hafen von Gomalalee retten ließen.«

Ich blieb verbindlich und antwortete, man habe uns vom Interesse der Fernen Königreiche erzählt, aber nicht, daß es bis zurück zu meiner Suche reichte. »Eine Frage, Eure Hoheit. Ihr verwendet das Wort *Pfefferküste*. Ich dachte, das Volk von Vacaan hätte nicht das geringste Interesse an dem, was jenseits seiner Grenzen liegt?«

»Das stimmt größtenteils«, sagte Raveline. »Nur gibt es Ausnahmen. Und eine solche bin ich, was in wenigen Augenblicken Thema dieses Gespräches sein wird. Doch bleiben wir vorerst bei unserem jetzigen Gebiet: Ihr wurdet nicht nur beobachtet, sondern gelegentlich auch auf die Probe gestellt. Zum Beispiel in Gomalalee.«

»Hätten wir sie aber nicht bestanden, wie Ihr angenommen hattet...«, sagte ich und ließ meine Worte ersterben.

»Dann wärt Ihr es kaum wert gewesen, Vacaan zu finden.« Ich spürte, wie Wut in mir wuchs; ich dachte an die Toten, Verwundeten, die Kranken, Verzweifelten, dem Tode nah, ob durch Verdursten oder Zauberei, doch behielt ich es für mich. Allerdings gestattete ich mir einen Anflug von Sarkasmus, als ich erklärte, wie froh wir gewesen seien, daß man uns für wert empfunden hatte.

»Um also zum früheren Thema zurückzukommen«, sagte Raveline. »Ich bin sicher, Ihr seid Euch darüber im klaren, daß das Interesse der Königreiche von Vacaan an Eurem westlichen Land zum augenblicklichen Zeitpunkt gering ist und wahrscheinlich nicht weiterreichen wird als bis zu der Erlaubnis, daß einiges von unserem Wissen und unseren Gütern getauscht wird, an einem Ort jenseits unserer Grenzen, gegen Schiffe, Artefakte und vielleicht auch Menschen, die wir als amüsant empfinden mögen.«

Ich spürte eine leise Spannung, denn obwohl seine Wortwahl gedacht war, meine Hoffnungen zu beschneiden, war dies ein Hinweis vom Bruder des Königs selbst, daß meine Mühen von Erfolg gekrönt werden sollten, und ich lächelte zustimmend. Ich muß wohl nicht darauf verweisen, daß ich jede Reaktion auf seinen Vorschlag, den Kuppler für die Fernen Königreiche zu spielen, unterdrückte.

»Ihr seht zufrieden aus«, bemerkte Raveline. »Ich selbst glaube, eine solche Gunst wäre nur eine schäbige Vergütung für all das, was Ihr und Eure Gefährten, insbesondere Sir Greycloak, in all den Jahren habt erdulden müssen. Was wir also beim Essen besprechen werden, ist, wieviel enger die Beziehungen zwischen den Ländern des Westens und diesen Königreichen sein könnten, sollten sich die Umstände... ändern.«

Damit hob er den Deckel von einer Schüssel und begann unsere Teller aufzufüllen. Ich erinnere mich nicht, welche Köstlichkeiten wir zu uns nahmen, nur daß sie perfekt waren, jeder Bissen eine neue Explosion der Sinne. Was mich beeindruckte, war die Art des Servierens. Kein einziges Mal erschien ein Bediensteter, doch immer, wenn Raveline den Deckel von einer Schüssel nahm, tauchte dort der nächste Gang auf. Ich hörte weder Kolben noch hydraulische Mechanismen unter uns, so daß ich vermutete, der Schüsseltausch fände mit Hilfe von Zauberkraft statt. Gleichzeitig waren unsere Teller immer frisch und sauber. Ich aß von jedem Gericht so viel ich wollte, blickte auf oder lachte über eine von Ravelines geistreichen Bemerkungen, und irgendwie schien der Teller zu spüren, daß ich satt war, und wurde wieder leer und sauber. Ich fragte mich, ob Raveline immer so zu essen pflegte, ohne lächelnde Diener und Mägde oder eine strahlende Köchin, der man Komplimente machen und Belohnungen zukommen lassen konnte. Es wirkte steril, aber es verhinderte auch, daß etwas, das man beim Essen besprach, zum allgemeinen Klatsch der Stadt wurde.

Ich erinnere mich nicht, über welche Themen wir plauderten, doch hatten sie weder etwas mit dem Handel noch mit Orissa oder unserer Anwesenheit in Ravelines Königreichen zu tun. Das meiste, was er erzählte, betraf irgendwelche Intrigen bei Hofe, wobei die Details fast schon obszön waren. Außerdem unterhielten wir uns über die Künste und die Musik in Vacaan. Während er sprach, wurde mir bewußt, daß er von meiner Liebe zu Omerye wußte und daß er mir höchst unterschwellig mitteilte, daß man sie ebenso wie Janos, mich und meine Männer als Geisel betrachtete. Man glaube nicht, ich sei wütend geworden oder hätte mich gar bedroht gefühlt. Raveline stellte nur sicher, daß ich wußte, es gäbe für mich jetzt einen weiteren Faktor auszugleichen.

Als wir fertig waren, führte er mich in ein anderes Zimmer. Überall im Raum waren Sessel aufgestellt, und als ich in einen davon sank, empfing mich dieser weich wie die Arme meiner Geliebten. Ein weiterer Getränketisch stand neben uns, und Prinz Raveline und ich nahmen einen Fruchtlikör. Die Sessel standen im Halbkreis um einen hohen, blankpolierten Spiegel, der an einem Ständer hing, als wäre er ein Gong. Ich wußte, es war Zauberglas, und fragte mich, was Raveline mir zeigen wollte. Bevor wir uns setzten, berührte er die Spiegeloberfläche, und sie begann zu leben. Ich sah eine kleine Gruppe von Männern, die an einem Flußlauf entlangging. Ich wurde Zeuge meiner eigenen Suche, als wir durch das fruchtbare, verlassene Tal oberhalb der Pfefferküste marschierten. Die Perspektive schien die eines der Späher zu sein.

»Es war kein Scherz, als Ihr sagtet, Ihr hättet meine gesamte Karriere im Blick gehabt«, brachte ich hervor.

Und Raveline erwiderte: »Jedesmal, wenn Ihr unsere Länder betreten habt, oder auch nur die angrenzenden Gebiete, waren unsere Späher da. Allerdings muß ich gestehen, daß Eure letzte Expedition ungemein klug durchgeführt wurde. Man hat Euch erst gesehen – obwohl sehen nicht das richtige Wort ist –, als Ihr den Paß jenseits von Wahumwa überquert und die Grenzen Gomalalees hinter Euch hattet.«

Er tat eine Geste, und im Spiegel erschien ein neues Bild. Jetzt betrachtete ich Orissa wie von einem unsichtbaren Turm aus mehreren tausend Fuß Höhe mitten in der Stadt. Eine mächtige Woge von Heimweh erfaßte mich, doppelt schwer, als ich merkte, daß das Bild Orissa in eben diesem Augenblick zeigte. Es schien kurz vor Morgengrauen zu sein, aber noch waren Lichter zu sehen. Ich konnte die Straße der Götter erkennen, die Zitadelle des Hohen Rates und den Palast der Geisterseher. Ich versuchte, mein eigenes Haus zu finden, ohne mein Interesse dem Prinzen gegenüber zu zeigen.

»Wie gesagt, hege ich größeres Interesse am Westen als die meisten meines Volkes«, sagte Raveline. »Was einer der Gründe ist, warum ich nach einer Phase, die ich als Skepsis gegenüber dem bezeichnen möchte, was Euch, Janos Greycloak und Eure Absichten anging, Euer glühendster Befürworter wurde. Mir war klar, daß Vacaan zukünftig in neue Richtungen blicken muß … angefangen mit Orissa und Lycanth.«

»Welche Form«, sagte ich vorsichtig, »glaubt Ihr, sollte Vacaans Interesse nehmen?«

Raveline nippte an seinem Getränk. »Ich bin mir nicht sicher, ob ich Eure Frage bis ins Detail beantworten möchte oder kann. Es genügt wohl, wenn ich wiederhole, daß, sollten gewisse Ungleichgewichte innerhalb des Hofes korrigiert werden, es in kurzer Zeit ein sehr viel engeres Verhältnis zu Orissa gäbe.« Seine Miene wurde hart, wie auch seine Stimme. »Es ist eine Gelegenheit, und ich werde *nicht* zulassen, daß Vacaan sie sich entgehen läßt. Wir müssen und werden die Chance nutzen. Deshalb habe ich Euch heute abend um Eure Gesellschaft ersucht. Ich biete an, das ganze Gewicht meines Einflusses in einen Plan zu legen, der die Tore zum Westen öffnen soll.« Wieder wurde seine Stimme leise. »Wenn das erreicht ist, werde ich in Eurem Land einen Repräsentanten brauchen, einen persönlichen Repräsentanten. Diese Stellung biete ich Euch an, Lord Antero.«

»Als Kaufmann?« fragte ich. »Man sagte mir, Ihr hättet für die Mechanismen des Handelns nichts als Verachtung übrig.«

»Ich würde meine Gefühle für jene, die ihr Leben um den Profit ranken lassen, nicht derart unhöflich ausdrücken, obwohl ich persönlich immer eine andere Art der Betätigung vorgezogen habe. Doch die Antwort lautet nein. Euer Beruf ist neben Eurem Titel, Eurem offensichtlichen Weitblick und dem Respekt, den man Euch in Orissa entgegenbringt, zweitrangig. Ich will einen Mann, dem ich vertrauen kann, einen Mann, der in den höchsten Gremien in Eurem … Palast des Hohen Rates sitzt. Ihr werdet in Orissa mit meiner Stimme sprechen und, was nicht unvorstellbar ist, ebenso in Lycanth.«

Ich durfte nicht zulassen, daß Raveline in meiner Miene las, und daher stand ich auf und ging ein paar Schritte. Mir war klar, daß der Prinz glaubte, Vacaans Interesse würde schließlich zu einer Eroberung Orissas führen. Niemals würde ich der Zerstörung meines Heimatlandes zuarbeiten, und schon gar nicht als Speichellecker eines Zauberers! Sobald mir der Gedanke kam, rang ich ihn nieder, da ich nicht wußte, ob die Zauberkraft um mich herum auch meine Gedanken lesbar machte. Da ich nun Ravelines Absichten kannte, mußte ich meine Gedanken und Handlungen sorgsam wählen. Nicht nur, weil es so schien, als stünde ich nur einen Schritt davon entfernt, die Tore zu den Fernen Königreichen aufzustoßen, sondern auch, weil eine barsche Zurückweisung von Ravelines Angebot bedeuten konnte, daß ich bald herausfand, wo die Vermißten blieben.

Ich fand eine Möglichkeit und wandte mich wieder dem Prinzen zu. »Ich fühle mich geehrt«, sagte ich. »Aber ehrlich gesagt, waren meine Ziele nie derart hochgesteckt, vorausgesetzt, ich verstehe Euer Angebot richtig... und ich glaube, das tue ich.«

»Wer sich streckt, darf pflücken«, sagte er. »*Irgend jemand* in Orissa wird diese Funktion für mich ausfüllen. Warum solltet nicht Ihr dieser Jemand sein?« Also waren Ravelines Pläne weit fortgeschritten, und meine Mitarbeit wäre nicht der Dreh- und Angelpunkt des Vorhabens.

»Irgend jemand?« warf ich ein. »Warum nicht mein Freund Janos Greycloak?«

»Dafür gibt es mehrere Gründe. Der erste und unwichtigste ist: Ich bezweifle, daß Euer Volk ein Halbblut als De-facto-Herrscher akzeptieren wird. Ich sollte allerdings hinzufügen, daß dieser Art von närrischer Unnachgiebigkeit beizukommen wäre. Mehrmals seid Ihr auf Euren Reisen durch weites Ödland gekommen. Dieses Land war, wie Janos' Ahnungen Euch sicher haben wissen lassen, früher einmal grün und üppig. Doch sein Volk stellte sich gegen Vacaan. Das war vor ewigen Zeiten, in den Tagen der Großen Alten.

So zumindest geht die Sage. Doch bis zum heutigen Tage gibt es dort nichts als kahlen Boden und schroffen Fels, und so wird es anderen als Beispiel dienen, bis die Zeit selbst an ihr Ende kommt!«

Raveline sprach mit leiser Stimme. »Der zweite Grund ist, daß Sir Greycloak eigene Absichten und Pläne hat, die ganz wunderbar zu den meinen passen. Greycloak hat enormen Eindruck auf mich gemacht. Er will alles lernen ... um alles zu wissen, was gewußt wurde, seit die Erde selbst die Zauberei ausgebrütet hat. Wo sonst könnte er solches Wissen anhäufen, wenn nicht in Irayas? Ich schlage vor, ihn in meine Dienste aufzunehmen, natürlich Eure Bereitschaft vorausgesetzt, ihn von den Schwüren zu befreien, die er Euch gegenüber geleistet hat. Während er weiterkommt ... während er lernt ... wird er nicht nur Ehrungen erfahren, die weit über alles hinausgehen, was Orissa ihm zugesteht, sondern ich beabsichtige, ihm wahre Macht zu geben, die nur um weniges geringer ist als meine eigene. Wie ich höre, nennt mich mein Bruder, der König, seinen Höllenhund. Das ist die Rolle, die ich Janos zugedacht habe, den man schon bald Baron Greycloak nennen wird. Er wird *mein* Höllenhund sein!«

Ich leerte mein Glas und wollte nachschenken, dann sah ich mir die Flaschen an, bis ich eine Karaffe mit Branntwein gefunden hatte. Ich wollte mir den Anschein geben, als würde ich den Handel besiegeln. Ich schenkte mein Glas halbvoll und drehte mich wieder zu Raveline um.

»Das alles ist sehr neu für mich, Eure Hoheit. Ich nehme an, Ihr wollt meine Antwort nicht sofort.«

»Ich hatte es gehofft«, sagte Raveline, und ein finsterer Blick zog über sein Gesicht.

»Verzeiht, aber ich kann sie Euch nicht geben, Euer Gnaden. Lange Jahre habe ich damit verbracht, Eure Königreiche zu finden, und diese Zeit stets in Begleitung meines Partners zugebracht. Ich muß mich mit ihm besprechen. Und ich sollte hinzufügen, daß Janos durch keinen Schwur und Treueeid an mich gebunden ist, der über reine Freundschaft und ein ehemals gemeinsames Ziel hinausginge.«

Raveline wollte etwas sagen, dann besann er sich und setzte ein verständiges Lächeln auf. »Oh. Ja. Ich vergaß, daß die Befehlsgewalten im Westen nicht so klar getrennt sind wie hier. Man mag einen Mann als untergeordnet ansehen, doch seiner Meinung und seinem Recht wird soviel Gewicht beigemessen, als wäre er gleichgestellt. Also schön. Überdenkt unser Gespräch. Besprecht es eingehend mit Sir Greycloak. Natürlich wäre es mir lieb, wenn dieses Treffen vor jedem außer Janos geheimgehalten würde.«

»Natürlich, Eure Hoheit«, sagte ich. Raveline schenkte mir Branntwein nach und füllte auch sein eigenes Glas. Dann hob er es zu einem Trinkspruch. »Es gibt ein Sprichwort unter den Bauern, das aus der Zeit stammt, bevor wir wir den Schlangenfluß gezähmt hatten: ›Gerät ein weiser Mann in eine Springflut, läßt er sich flußabwärts zu neuem Reichtum treiben. Der Narr wehrt sich und ertrinkt.‹ Auf die Weisen.«

Danach blieb nur noch wenig zu sagen, und ich entschuldigte mich, indem ich erklärte, ich sei so aufgeregt nach den Vorschlägen, die Prinz Raveline mir unterbreitet hatte, daß ich sie noch heute abend mit meinem Freund besprechen wolle... falls er noch wach sei.

Das amüsierte den Prinzen. »Er schläft nie, Lord Antero. Ich werde meinen Dienern befehlen, Euch direkt zu seinem Palast zu bringen.«

Die Kutsche wartete, und als sie anfuhr, blickte ich zurück. Noch immer stand Prinz Raveline draußen vor dem Eingang. Trotz der Entfernung, trotz der Nacht fühlte ich mich, als brenne sein Blick auf mir. Ich lehnte mich zurück und versuchte, einen Plan zu schmieden. Nur vergeudete ich wertvolle Zeit, indem ich mich, Janos und jeden Orissaner von Ecco zu den Bewohnern der Armenviertel verfluchte, besonders aber die Geschichtenerzähler vom Basar und die Ammen, die mir als kleinem Jungen ihre Geschichten vorgebetet hatten. Keiner von uns, kein einziger, hatte je die durchaus nicht unwahrscheinliche Möglichkeit in Betracht gezogen, daß ein so großartiges und mächtiges Land wie die Fernen Königreiche vielleicht vor Menschlichkeit nicht eben überfloß; wir waren immer davon ausgegangen, daß sie nur darauf warteten, daß ein Orissaner antanzte, damit sie uns mit ihrem Wissen segnen konnten, das uns erlauben würde, in jene Goldenen Zeiten zurückzukehren, als jeder Mensch ein König war und seine Herrscher nur die Götter. Ich gestattete mir sogar einen Augenblick des Selbstmitleids und wünschte, ich hätte Janos Greycloak nie getroffen und meine Suche wäre eine lange Orgie von Hurerei und Sauferei durch die Länder im Westen gewesen. Doch hätte ich dann nie Deoce gefunden. Und auch nicht Omerye. Ganz zu schweigen von allem anderen, was mich über die unreife Jugend zu dem hinausgehoben hatte, was immer ich jetzt vielleicht war. In jedem Fall zog ich die Realität dem, was hätte sein können, vor. Damit genug der vergeudeten Zeit. Meine Tatze steckte fest im Honigtopf, und ich mußte mir schnellstens überlegen, wie ich mich daraus befreien konnte.

Ich sah hinaus, als wir die beiden mächtigen Steinwächter an der Grenze zu Ravelines unmittelbarem Grund und Boden passierten. Mit einem Schaudern zog ich den Kopf schnell wieder in die Kutsche. Es war sehr dunkel, und sicher war ich überreizt. Doch ich schwöre, ich sah, wie die Köpfe der beiden monströsen Furien sich bewegten und auf mich herabsahen.

Ravelines Prophezeiung, Janos sei noch wach, bestätigte sich, als die Gondel an dem Anleger vertäut wurde, der zu seinem Wasserschloß führte, und ich sah, wie innerhalb des Anwesens Lichter aufblitzten. Zwei Lakaien begleiteten mich die Treppe hinauf, als mir etwas Ungewöhnliches auffiel. An einem Poller vertäut, halb verborgen in der Dunkelheit, lag ein weiteres kleines Boot. Beinahe hätte ich es nicht bemerkt, doch all meine Sinne waren auf Hinterlist und Gefahren hin geschärft. Ich hörte leises Weinen. Ich befahl einem der Lakaien, seine Fackel hochzuhalten, damit ich besser sehen konnte. In dem Boot lag ein Bündel Lumpen. Dann rührten sich die Lumpen, und ich sah, daß sie eine Frau umhüllten. Sie war der erste ärmlich gekleidete Mensch, den ich in Irayas sah. Schon wollte der Lakai sie rufen, doch ich legte ihm die Hand auf den Arm und schüttelte den Kopf. Wir hatten keine Zeit zu verlieren, und sie nahm uns gar nicht wahr.

Wir gingen die Treppe hinauf und über die Terrasse zum Eingang hin. Der zweite Lakai berührte eine kleine Messingplatte, und ich hörte einen mächtigen Gong. Zweimal noch läutete er, bis eine Tür im großen Tor sich öffnete und vier Wachen erschienen, den Kastellan des Schlosses in ihrer Mitte. Es war Gatra, der Schöpfer so zahlreicher Entschuldigungen, die mir in Janos' Namen zugegangen waren.

»Lord Antero«, sagte er. »Ich bitte um Verzeihung, daß Ihr warten mußtet, aber hier muß ein Mißverständnis vorliegen. Wir wußten nichts von Eurem Besuch.«

»Ich werde nicht erwartet«, sagte ich. »Ich muß augenblicklich Euren Herrn sprechen. Es geht um eine äußerst dringliche Angelegenheit.«

Gatra zögerte. »Sir Greycloak hat sich vor einiger Zeit in seine Arbeitsräume zurückgezogen und den Wunsch geäußert, nicht gestört zu werden. Nur … da *Ihr* es seid, edler Herr … entschuldigt mich für einen Augenblick.« Die Tür schloß sich, und der Kastellan blieb lange Zeit verschwunden. Dann tat sich das Portal erneut auf, und Gatra bat mich herein. »Ich bitte erneut um Verzeihung«, sagte er höflich. »Ihr seid wie immer höchst willkommen. Sir Greycloak ist im Turm.«

Ich entließ Ravelines Lakaien und folgte dem Mann nach drinnen.

»Gatra, unten liegt ein kleines Boot vertäut, mit einer Frau an Bord, die weint, als hätte sie eben alles verloren. Hat es mit Euch und diesem Haus zu tun?«

In den Augen des Kastellans blitzte Wut auf, als er sagte: »Sie hat ein gutes Geschäft gemacht. Und außerdem ist die Frau zu *uns* gekommen.« Neugier übermannte mich, obwohl ich mit Wichtigerem beschäftigt war, und ich zog eine Augenbraue hoch, um Einzelheiten zu erfahren. »Vor einigen Tagen wollten wir unser Personal aufstocken und suchten selbst unter der Landbevölkerung. Da die rechte Ausbildung einige Zeit braucht, wollten wir, daß die zukünftigen Dienerinnen jünger als zehn Jahre alt wären, und natürlich unverdorben von der Welt. Eine davon war die Tochter dieser Frau. Sie war hier, doch gestern erst hat sie etwas gestohlen und schaffte es, aus dem Haus in die Stadt zu fliehen. Ich habe keine Ahnung, warum die Frau hier ihre Brut beklagt. Es ist nicht so, als könne sie nicht weitere gebären. Wenn ich Euch zu Sir Greycloak gebracht habe, werde ich sie verjagen lassen.«

Ich wunderte mich, daß Gatra jede Einzelheit dieses enormen Haushalts kannte, bis hinab zur Ehrlichkeit des niedrigsten zukünftigen Spülmädchens, sagte jedoch nichts. Als er sich umwandte, um mich weiterzuführen, bemerkte ich, daß ans Revers seiner Tunika ein Band genäht war. Es war golden, rot und schwarz. Gatra führte mich durch die verschlungenen Gänge in den zentralen Hof des Schlosses. Ich rümpfte die Nase, roch etwas Unangenehmes.

Gatra sah mich an. »Heute war ein höchst ungewöhnlicher Abend«, sagte er so überfreundlich, daß ich wußte, er log. »Vor kaum einer Stunde hatten wir ein Feuer in der Küche, als Lämmerfett, das zur Marinade werden sollte, entflammte, und wir brauchten eimerweise Wasser und sogar einen Zauber von Sir Greycloak, bis der Brand gelöscht war ... Ich fürchte, der Gestank hängt nach wie vor im ganzen Haus.«

Der Geruch nahm ab, je weiter wir über den Hof kamen. In seiner

Mitte stand der Turm, den Janos als Privatgemach und Arbeitsraum gewählt hatte.

»Wenn Ihr hinaufgehen wollt, Herr«, sagte Gatra. »Sir Greycloak meinte, man solle Euch nicht zu ihm geleiten, da er eben seine abendliche Arbeit vollenden will, und jeder andere neben Euch seine Konzentration stören würde. Er müßte in der obersten Kammer sein.« Ich dankte ihm und erklomm die Stufen, die innerhalb der Turmmauern verliefen. Als ich die Tür öffnete, die in Janos' Observatorium führte, hörte ich das Brummen eines tiefen Basses, ein Klang und doch kein Klang, der meinen Körper und die Steine um mich zum Vibrieren brachte.

»Tritt ein, aber sprich nicht«, sagte Janos. »Mein Gast ist scheu.«

Es war mir vorher nicht aufgefallen, doch das Dach der obersten Kammer war beweglich und stand offen, so daß über uns die klare Nacht und Sterne zu sehen waren. Eine einzige Kerze brannte auf dem großen Schreibtisch an der Wand. Janos saß hinter seinem Tisch, sein Profil wie das eines Falken in der Mauser. Noch etwas anderes war im Raum: eine dräuende Wolke von tiefster Dunkelheit, die nur schwer anzusehen war, mit Myriaden roter Blitze, die darin herumwirbelten. Janos grüßte mich nicht weiter und sah mich auch nicht an. Für ihn existierte nur dieser Strudel einer Wolke. Ich fürchtete mich, ohne zu wissen, warum. Ich merkte, wie ich rückwärts ging und meinen Mund zu einem lautlosen, wilden Knurren verzog.

»Du bist nicht in Gefahr«, sagte Janos, ohne mich anzusehen. »Mein Freund ist an das Pentagramm gefesselt und hat schon bekommen, was er will.« Da bemerkte ich das Gebilde, von dem Janos sprach, tief eingegraben im steinernen Boden. Das Zeichen war umgeben von und ausgefüllt mit seltsamen Schnörkeln, die fremde Schriftzeichen sein mochten, jedoch keiner Sprache entstammten, die ich kannte. In der Mitte des Pentagramms tropften drei kleine Kerzen, und zwischen ihnen stand eine große Messingschale voll schwarzer Flüssigkeit. Während ich dorthin sah, wirbelte die Flüssigkeit auf, dann hob sie sich zur Wolke hin wie eine Wasserhose, die ich einmal vor dem Hafen von Orissa gesehen hatte. Die Wolke vereinnahmte – »trank« – die jetzt karminrot erscheinende Flüssigkeit. Das markerschütternde Brummen wurde lauter. Sekunden später war die Schale leer. Die Wolke wuchs, und die Blitze darin wurden heller, während sie noch schneller wirbelte. Janos stand da und streckte seine Hände vor sich aus, zuerst seine Handflächen nach unten, dann auf die Wolke gerichtet, dann nach oben gewandt. Die Wolke stieg auf wie eine umgekehrte, trübe, rote Sternschnuppe und verschwand. Das Brummen verklang.

Janos deutete im Raum herum, und ohne Streichholz oder Funken flackerten weitere Kerzen auf. Noch eine Geste, und das Dach über unseren Köpfen schloß sich. Jetzt sah die Kammer, wenn man von dem Pentagramm am Boden absah, nicht geheimnisvoller aus als das mit Papier, Büchern und Schriftrollen übersäte Arbeitszimmer eines weisen Mannes.

»Freund Amalric«, sagte Janos. »Heute abend bin ich tief ins Unbekannte eingetaucht. Dieses Wesen stammt aus weiter Ferne, und ich habe ihm gegeben, was es ... sich am meisten wünscht, und wenn ich es rufe, wird es wiederkommen.«

»Was für eine Art Wesen ist es?«

»Ich weiß es noch nicht«, sagte Janos. »Aber ich habe Hinweise auf seine Existenz gefunden, die Beschwörungen, mit denen man es rufen kann, und in den Archiven Vacaans sogar einen dunklen Verweis darauf, welchen Handel es sucht. Die Information stand auf einer Schriftrolle, und im bröckelnden Wachs fand sich ein Symbol, von dem ich, ohne es zu verstehen, wußte, daß es schrecklich war. Die Rolle sah aus, als sei sie seit den Zeiten der Großen Alten nicht mehr angerührt worden. Niemand, nicht einmal Prinz Raveline, scheint davon zu wissen, und auch nicht von dem, was daraus zu lernen ist. Wie ich schon vor Tagen sagte, gibt es ein Wissen jenseits dessen, was irgendwer in diesem Königreich erfahren hat. Wissen für jenen, der wagt, es sich zu nehmen. Heute abend habe ich begonnen, diesen Weg zu beschreiten.«

Janos tauchte aus seiner Begeisterung auf und wurde eher kleinlaut. »Ich prahle hier, mein Freund. Und Gatra sagte, deine Stimme klänge, als stünde eine Katastrophe bevor.«

»Ich fürchte, ja.«

»Wird Wein die Unbill lindern ... oder alles schlimmer machen?« Ich preßte ein trübes Lächeln hervor. Janos öffnete einen Schrank, nahm eine Karaffe und Gläser heraus, und ohne viel Aufhebens davon zu machen, warf er Papiere von einem Stuhl auf den Boden, damit ich sitzen konnte. »Was ist passiert? Als wir uns das letzte Mal getroffen haben, sagtest du nichts von bevorstehenden Problemen.«

Ich erzählte von Anfang an, und sobald ich die Einladung vom Prinzen Raveline erwähnte, verfinsterte sich Janos' Miene. Er sagte nichts, so daß ich fortfuhr. Mehrmals während meiner Erzählung platzte er beinah heraus, doch hütete er seine Zunge, bis ich fast fertig war.

»Ist das alles?« fragte Janos. Noch einmal ließ ich die Ereignisse vor meinem inneren Auge passieren und nickte. Das, was geschehen war, hatte ich vollständig und so unvoreingenommen wie möglich wiedergegeben.

»Dieser verfluchte ...«, setzte er an.

Ich unterbrach ihn. »Janos! Erinnerst du dich meiner Worte? Er wußte, daß du weder schläfst noch mit deinen Konkubinen beschäftigt bist. Hüte deine Zunge.«

»Um Prinz Raveline und seine Spitzel will ich mich wohl kümmern«, murmelte Janos, trat an seinen Schreibtisch und fand eine kleine Flasche. Er verstreute Pulver daraus im Raum und flüsterte eilig einen Zauberspruch. »Jetzt wird unser schwarzer Prinz, so er denn lauscht, nichts weiter hören als die Wiederholung eines betrunkenen Gespräches zwischen dir und mir darüber, ob es sich lohnen würde, in Orissa ein Restaurant zu eröffnen, in dem es Speisen aus Vacaan gibt.«

»Wird das nicht sein Mißtrauen wecken?«

»Der Mann hat das Mißtrauen schon mit dem ersten Atemzug eingesogen«, sagte Janos. »Nichts von allem, was wir tun, könnte ihn noch argwöhnischer machen. Laß mich kurz zu dem zurückkommen, von dem ich eben sprach. Verflucht soll er sein! Als er das Thema der Zukunft Orissas zum ersten Mal angeschnitten hat, habe ich ihm erklärt, man könnte dir keinen Köder hinwerfen, als wärst du irgendein schmieriger Geisterseher an einer Zollbude! Nicht einmal, wenn der Köder ein Königreich ist!«

Ich spürte, daß Wut in mir aufschäumte, beherrschte mich jedoch. »Du meinst, du wußtest seit einiger Zeit von Ravelines Plan und hast mir nichts davon gesagt?«

Janos' Miene zeigte Unsicherheit. »Das stimmt, mein Freund. Ich nehme an, ich sollte um Entschuldigung bitten, weil ich dich nicht gleich gewarnt habe, als ich davon erfuhr. Aber dafür gab es einen Grund.«

»Welcher wäre?« wollte ich wissen und merkte, daß Zorn aus meiner Stimme sprach.

Janos betrachtete sein Weinglas, dann leerte er es. »Ich muß meine Worte sorgsam wählen, Amalric. Versprichst du, mich zu Ende anzuhören, bevor du etwas dazu sagst?«

»Ich ... ja. Ich höre.«

»Laß uns das Schlimmste annehmen – dem ich mich nicht anschließen will – und deine etwas hysterische Befürchtung für wahr nehmen, daß Raveline beabsichtigt, Orissa und Lycanth mit eiserner Faust zu regieren. Selbst wenn es wahr wäre, habe ich schon schlimmere Herrscher als Raveline erlebt und könnte dir einige nennen, die momentan in Ländern an der Macht sind, die wir beide kennen. Ich verstehe ihn ein wenig besser als du, Amalric. Raveline ist ein Mann, der hier in Vacaan *nie* König sein wird, und das hat ihn verbittert. Als er sich darüber klar wurde, war es, als fiele ein ungeschmiedeter Eisenblock ins Abschreckbad. In gewisser Weise hat es ihn eher zerstört als gestählt. Raveline ist ein Wesen voller Leidenschaft, das sich von einem Projekt zum nächsten hangelt, während seine Interessen schwanken.«

»Für *uns* interessiert er sich schon einige Jahre«, sagte ich.

»Ich habe dich gebeten, mich anzuhören. Bitte! Er ist also vernarrt in unser Land, und ist es schon, wie du sagst, seit einiger Zeit. Ich glaube, es liegt nur daran, daß es von jeher außerhalb seiner Reichweite lag, ebenso wie ein Kind immer eine andere Süßigkeit will als die, an der es gerade lutscht. Sobald sich der Schirm der Fernen Königreiche über Orissa und Lycanth spannt, wird er etwas anderes finden, wofür er sich begeistert. Vielleicht werden es weitere Entdeckungen sein, vielleicht auch nur sein Harem. Aber er *wird* sich abwenden, das verspreche ich dir. Bis dahin werden wir Orissaner so reich sein wie die Menschen hier.«

Ich wartete, doch Janos sagte nichts mehr. Ich nutzte die Gelegenheit. »Er will, daß wir ihm dienen. Was sind die Strafen, falls wir ihm nicht gefallen? Ich weiß nicht, ob er die Macht besitzt, ein solches Ödland zu schaffen, wie es seiner Aussage nach von den Großen Alten stammt, aber er hat mir unmißverständlich klargemacht, daß er gern jedem eine solche Strafe zuteil werden ließe, der sich – und ich gebrauche seine Worte – gegen Vacaan stellt. Was gleichbedeutend mit Prinz Raveline wäre. Außerdem hat er behauptet, er habe uns auf die Probe gestellt, dies aber nicht weiter ausgeführt. Ich frage mich, was für Proben das eigentlich waren. Welcher Geisterseher hat den Zauber aufgebaut, mit dem Wahumwa neu errichtet wurde? War es sein Werk, mit dem die besten Soldaten Orissas vernichtet wurden?«

»Nein!« sagte Janos laut, dann hielt er inne. »Nun … ich will ehrlich sein«, fuhr er mit ruhigerer Stimme fort. »Ich bin nicht sicher. Ich glaube nicht. Aber was wäre, wenn? Hätten wir Orissaner nicht auch Maßnahmen ergriffen, wenn eine große Armee unsere Grenzen ansteuerte?«

»Nicht, ohne deren Absichten zu kennen«, sagte ich.

»Das ist die Frage«, sagte Janos. »Das ist die Frage. Bedenken wir noch etwas anderes, wenn wir schon von Orissa sprechen. Wir, du und ich, haben vor nicht langer Zeit einen Sieg über die Geisterseher und ihre Gewaltherrschaft in Orissa errungen. Sie repräsentierten die Vergangenheit, und sie haben diese Vergangenheit benutzt, um das heutige Leben und die zukünftigen Träume einzuschränken. Glaubst du, *sämtliche* bornierten Narren wären mit Cassini abgetreten? Ich weiß, sie werden wieder versuchen, uns ihre erstickende Tradition aufzubürden, höchstwahrscheinlich kurz nach unserer Heimkehr nach Orissa, wenn wir erklärt haben, daß wir neue Wege gehen müssen. Und was ist mit Lycanth? Ich *kenne* diese Leute. Ich kenne ihre Archonten. Schon jetzt reden sie davon, ihre verdammte, monströse Mauer wieder aufzubauen. Wie lange wird es dauern, bis sie ihre Armee vergrößern? Und ist das erst erreicht, werden sie begehrliche Blicke nach Orissa werfen.«

»Und wenn?« wollte ich wissen. »Wir haben sie schon einmal besiegt. Wir können es auch wieder tun.«

»Dessen bin ich mir nicht sicher«, sagte Janos. »Ich habe in letzter Zeit in Orissa keine Männer mit dem Feuereifer der Generation deines Vaters mehr gesehen. Nein, Amalric, wir *brauchen* Raveline. Verzeih mir, laß es mich präziser sagen. Wir brauchen, was er repräsentiert. Wir brauchen das Wissen dieser Stadt und dieser Länder. Ich habe über diese staubigen Archive und ihre Bibliothekare gespottet, doch gibt es dort mehr Wissen auf einem staubigen Regal als in der gesamten Zitadelle der Geisterseher. Mit diesem Wissen, mit dieser Macht *können* wir Orissa ein Goldenes Zeitalter bringen, wie es die Menschen schon einmal erfahren und dann weit von sich gewiesen haben. In wenigen Jahren werden wir all die Weisheit dieser Länder besitzen, und wir können sie übertrumpfen.

Wir sind ein junges Volk, und sie sind alt, müde und eingefahren. Ich sehe Vacaan, Irayas und Raveline als trügerische Morgendämmerung, als Vorboten eines neuen, unverbrauchten Zeitalters jenseits allen Goldes.«

»Schön gesagt«, gab ich zurück. »Aber jetzt ist nicht der Zeitpunkt für eine Schlachtenrede. Bleib realistisch. Glaubst du wirklich, Orissa könnte sich gegen die Herrschaft der Fernen Königreiche aufbäumen? Überall um mich herum sehe ich diese glücklichen, zufriedenen Gesichter wie von reinrassigen Kühen, die nicht merken, daß ihr einziger Lebenszweck das Gebären weiteren Viehs ist und sie am Ende nur den Mittagstisch ihres Herrn zieren sollen. Glaubst du, die Menschen in Vacaan würden jemals revoltieren? Und wenn sie es täten, wie stünden ihre Chancen? Willst du zusehen, daß die Orissaner, das Volk, das du zu deinem eigenen gemacht hast, zu solchen Wiederkäuern werden?«

»Wären sie damit schlechter dran?« fragte Janos. »Antworte nicht vorschnell. Denk an dieses Elendsviertel, durch das wir kamen, als wir nach Orissa zurückkehrten. Hast du in diesen Ländern irgend etwas gesehen, was so arm gewesen wäre? Und dieses Viertel ist bei weitem nicht das schlimmste an Orissa. Von Lycanths übervölkerten Wohnvierteln ganz zu schweigen. Ich glaube, wenn man den meisten Orissanern die Wahl zwischen den goldenen Ketten dieses Landes und dem, womit sie leben müssen, ließe ... würden sie laut nach dem Schmied, seinem Hammer und den Fesseln rufen.«

Ich schluckte eine wütende Erwiderung herunter, schenkte Wein nach und zwang mich zum Trinken. Es machte mich nur wütender. »Ich weiß noch, vor Jahren, in der Wüste, als wir Deoce befreit haben und versuchten, auch die anderen Sklaven der Nomaden freizulassen ... wie wütend du auf diejenigen warst, die wieder zu ihren Ketten zurückkehren wollten. Und jetzt hältst du es für weise und annehmbar, sich den Sklavenhalter auszusuchen? Moment. Ich habe noch etwas zu sagen. Du behauptest, die meisten Orissaner würden es vorziehen, von den Fernen Königreichen beherrscht zu werden, wenn man sie dafür reich belohnte. Was ist mit den anderen, die du in der Minderheit glaubst? Was ist mit dem Männern wie Ecco, Gamelan oder auch Maeen und den anderen Soldaten hier in Irayas? Sie werden es für einen schlechten Scherz halten, wenn wir ihnen sagen, was aus ihrem Bemühen geworden ist. Und was ist mit den Frauen? Was ist mit diesem kleinen Zimmermädchen Spoto? Was ist mit meiner Schwester Rali? Und Otara, ihrer Geliebten? Oder dem Rest der Maranonischen Garde? Glaubst du, sie werden die Tyrannei freudig begrüßen? Was will Raveline mit denen tun?«

»Alle Könige haben Gesetze, auf die sie ihre Herrschaft stützen«, sagte Janos etwas kraftlos. »Ist das Gesetz Vacaans, nach dem Rebellen schlicht verschwinden, übler als der Kuß der Steine? Oder auch der Ruf der Archonten?«

»Was ersteres angeht«, sagte ich, »ja. Niemand wird in Orissa ohne öffentliche Verhandlung exekutiert. Was Lycanth angeht, kann ich dazu nichts sagen. Besonders, da ich bisher mit niemandem gesprochen habe, der verschwunden war, und daher nicht weiß, welche Qualen mit dem Verschwinden einhergehen.«

»Vielleicht«, sagte Janos langsam, »sollten wir einen solchen Geist rufen und ihn befragen. Obwohl ich dich warnen muß, daß die Toten mit böser Zunge sprechen.« Dann nahm er einen kleinen Kurswechsel vor. »Angenommen, du hättest recht mit deinem Untergangsgeheul. Wie sieht dein Plan aus?«

Mehrmals holte ich tief Luft, um mich zu beruhigen. »Ich stehe eben am Anfang eines Planes und wäre dankbar für deinen Beitrag oder einen Gegenvorschlag«, sagte ich. »Ich würde vorschlagen, daß wir beide einen Kompromiß mit Raveline aushandeln. Vage Versprechungen machen, wie jeder Kaufmann es tut, wenn eine Schiffsladung überfällig ist. Meinem Eindruck nach hat König Domas bereits beschlossen, einigen Handel zu erlauben. Da du nun sagst, Raveline sei ein Mensch von befristeter Begeisterungsfähigkeit, sollten wir diese Vereinbarung vielleicht als Möglichkeit nutzen, nach Orissa heimzukehren. Sind wir erst in der Heimat, halte ich es für unerläßlich, daß wir den Plan in die Tat umsetzen, den ich dir vor einigen Tagen unterbreitet habe. Du, Janos, mußt die gesamte Gilde der Geisterseher in deine Hand nehmen und Vorbereitungen treffen. Nicht nur für einen sofortigen Krieg, überhaupt nicht nur für einen Krieg. Zugegeben, ich denke laut, während ich hier rede, aber ich weiß nicht, wie Raveline einen Angriff gegen uns durchführen sollte, weder magisch noch physisch, wenn das Interesse seiner Leute nicht über die eigene Nasenspitze hinausgeht. Außerdem stimme ich dir darin zu, daß diese Vacaaner schrecklich borniert sind. Ich glaube, wir sollten mit ihnen Handel treiben und soweit wie möglich alles lernen. Und du solltest dieses Wissen zusammenfügen.« Plötzlich gingen mir die Worte aus, und ich sank auf meinen Stuhl zurück. »Darüber hinaus ... nein, ich habe keinen präzisen Plan, insbesondere nicht, da Raveline eigentlich nicht einmal gesagt hat, daß er unser Land angreifen will.«

»Aber auf die eine oder andere Weise wird er es tun«, sagte Janos mit Nachdruck. »Am Ende allerdings wird es ihm nichts bringen.« Er zog mich auf die Beine und führte mich durch das Zimmer zu einem runden Spiegel. »Sieh in dieses Glas, mein Freund. Sieh uns an. Als wir einander kennenlernten, warst du ein kleiner Junge und ich ein Jugendlicher, dessen einzige Verantwortung einer Kompanie von Speerwerfern galt. Jetzt haben wir die Fernen Königreiche gefunden und halten all die Macht, all das Wissen in Händen, das angeblich die Götter, die es nicht gibt, haben sollten. Zwischen uns steht nichts weiter als ein Mensch, von dem ich *weiß*, daß wir mit ihm fertig werden, *zum rechten Zeitpunkt*, und ich kann meinen Standpunkt gar nicht oft genug wiederholen. Wenn wir Raveline jetzt eine lange Nase machen und zur Grenze fliehen ... Ich bezweifle, daß wir es auch nur bis zur Pfefferküste schaffen. Also sterben wir in irgendeiner Einöde ... und Orissa kehrt zu seinem unwandelbaren Eigensinn zurück. Amalric Antero, wir wurden auserwählt, Orissa in ein neues Zeitalter zu führen, und dessen mußt du dir bewußt sein. Wenn wir mit diesem Raveline eine Zeitlang Kompromisse schließen müssen... nun, dann sei es. Wir sind beide jung, und noch liegen Jahre vor uns, und es kommen auch andere Zeiten.«

Ich wollte etwas erwidern, dann blickte ich in das Glas. Im Moment sah ich mitnichten jung aus. Meilenlange Falten von Schmerz und Tod zogen sich durch mein Gesicht, mein Haar war nicht mehr flammend rot, wie es gewesen war, und meine Augen blickten in die Ferne, als hätte ich zuviel gesehen und als brauche meine Seele Zeit, wieder Frieden und Lebenskraft zu finden. Doch verglichen mit Janos sah ich aus wie ein Baby in den Windeln. Er war nur wenige Jahre älter, doch jetzt, in diesem Licht, hätte er als Vater jenes Mannes durchgehen können, der mich vor der Taverne am Hafen gerettet hatte. Sein schütter werdendes Haar und der Bart waren von grauen Strähnen durchzogen, ein gelbliches Grau, als sei Janos erst kürzlich dem Krankenbett entstiegen. Die Narben der Zeit hatten ihm Furchen ins Gesicht geschlagen, seine Züge wirkten gelbsüchtig, die Wangen fielen ein, und ich sah beginnende Flechten dort, wo sein Bart endete. Doch waren es seine Augen, die mich nicht losließen. Sie waren rotumrandet und lagen tief in den Höhlen. Ihr gehetzter Blick hatte Entsetzliches erfahren... und willkommen geheißen. Ich hatte solche Augen schon gesehen und erinnerte mich auch, wo: bei Lord Mortacious' Bankett, wo ich dem Todesblick des Zauberers zuerst begegnet war. Ich unterdrückte ein Schaudern und riß mich wütend los.

»Du glaubst tatsächlich, wir könnten gegen einen Mann standhalten, der eine Alptraumstadt wie Wahumwa schaffen kann?« sagte ich. »Und ihm nicht nur standhalten, sondern ihn auch beizeiten vernichten oder unschädlich machen? Janos, wach auf. Wenn ich diesem Plan zustimme, wird er mir gestatten, genau so lange zu leben, wie ich seinen Wünschen Folge leiste, jedem einzelnen seiner Wünsche, als wären sie in meine Seele gemeißelt. Bauern dürfen nicht mit ihren Herren diskutieren. Aber es gibt noch etwas Wichtigeres als die Rolle, die ich in Ravelines neuer Welt spielen würde. Janos, ich kann nicht glauben, daß du meinst, *du* könntest diesen Mann in deinem Sinn beeinflussen. Ehrlich gesagt, bin ich mir nicht einmal sicher, ob er tatsächlich ein Mensch ist. Prinz Raveline hat sein gesamtes Leben damit zugebracht, königliche Spiele um Leben und Tod zu spielen. Er wird dich zum Abendessen verspeisen!« Meine Stimme klang laut in der nachmitternächtlichen Stille.

Auch Janos war zornig. »Du hältst mich für so schwach?«

»Ich halte dich für so töricht!« gab ich harsch zurück. »Du springst für Raveline, genau wie ich für diese Hure Melina gesprungen bin. Und ich sehe nicht nur keinen Hauptmann Greycloak, der zu *deiner* Rettung kommen könnte, sondern am Ende wirst du dich noch als größerer Dummkopf entpuppen, als ich einer war.«

»Wie kannst du es wagen?« zischte Janos. »Du ... Kaufmannssohn, kaum ein Mann und hast noch nie eine echte Schlacht schlagen müssen. Deine schwierigste Entscheidung war die Auszeichnung an einem Bündel Stoff! Du ... predigst mir, Janos Kether Greycloak, Weisheit – einem, dessen Familie seit Anbeginn der Geschichte sein Volk gelenkt hat. Wie kannst du es wagen?«

Meine Faust war geballt und erhoben, bevor ich mich unter Kontrolle hatte. Worte tanzten auf meinen Lippen, daß ich endlich wüßte, was er von mir hielt, dann sah ich mich im Spiegel, das Gesicht rot wie mein Haar, und anstatt zuzuschlagen, grub ich die Nägel tief in die Handballen. Ich keuchte, als hätte ich ein Wettrennen hinter mir. Etwas Ruhe kehrte ein.

»Wir sind beide töricht«, brachte ich hervor. »Und kommen so nicht weiter. Wir werden morgen darüber sprechen. Wenn wir beide gelernt haben, uns zu beherrschen.« Janos brachte ein ruckartiges, zustimmendes Nicken zustande. Er wollte noch etwas sagen, dann kniff er die Lippen zusammen. Grußlos fuhr ich herum und eilte die Stufen des Turmes hinab. Unten auf dem Hof rief ich sofort nach Gatra und einer Gondel.

Es war sehr spät, als ich wieder in meinen Palast kam. Ich wußte nicht, was ich tun sollte. Ich legte meine Kleider neben dem Lotosblütenteich ab, tauchte ins kühle Wasser und schwamm dreimal hindurch, versuchte, mit dem Strecken meiner Muskeln die Reichweite meines Verstandes zu erweitern. Dann zog ich mich wieder aus dem Teich und spürte den frischen Wind auf der Haut. Ich fühlte mich etwas besser, nur nicht klüger.

Die Höflichkeit hätte verlangt, daß ich wartete, doch ich konnte nicht. Irgend etwas sagte mir, daß jeder Augenblick zählte. Ich mußte das alles mit dem einzigen Menschen in diesem Land besprechen, der noch bei Sinnen war. Ich ging in die Küche und brühte eine Kanne Tee auf, ohne den schlummernden Diener zu wecken. Ich nahm sie mit in unsere Gemächer, wollte Omerye sanft wecken und ihr erzählen, was geschehen war. Doch sie war hellwach und stand am Fenster. Ich setzte das Tablett ab und schloß sie in die Arme, wollte nichts lieber, als daß in diesem Augenblick die Ewigkeit beginnen sollte und ich nie mehr ihre Umarmung verlassen müßte. Nach einer Weile löste sie sich von mir.

»War es so schlimm?«

Ich erzählte ihr, was vorgefallen war, sowohl in Ravelines Palast als auch bei Janos. Als ich fertig war, fehlten nur noch zwei Stunden bis zum Morgengrauen. Omerye schenkte zwei Tassen des inzwischen kalten Tees ein und trank.

»Es gibt Menschen in Vacaan«, begann sie, »die es lächerlich finden würden, und nur allzu passend für einen halbwüchsigen Ausländer, daß er eine Musikantin um Rat fragt.«

»Es gibt hier niemanden, der mich besser kennt«, sagte ich. »Niemanden, dem ich weiter traue, mich selbst eingeschlossen.«

Omerye küßte mich, dann sagte sie: »Also gut. Sollen wir mit deinem Freund beginnen? Überleg mal: Wenn jemand zu mir käme, wie Prinz Raveline offenbar zu Greycloak gekommen ist, und verspräche mir, ich könne alle Akkorde lernen, alle Fingersätze, Stimmungen und Tonhöhen sämtlicher Instrumente unserer Zeit und auch der Großen Alten, und ich wäre in der Lage, eine Musik der Zukunft zu erschaffen … vielleicht wäre auch ich blind gegenüber den Verfehlungen meines Gönners. Außerdem liegt einige Wahrheit in dem, was er sagt. Nicht, daß sich Ravelines Bösartigkeit so einfach ins Gute wandeln ließe, wie aus simplen Elementen Gold wird. Aber man *kann* ihn beeinflussen.«

Ich spürte leise Hoffnung. »Wie? Sollte ich zum König gehen?«

Vor Entsetzen keuchte Omerye auf. »Daran solltest du nicht einmal *denken*, Liebster. Wenn du zu König Domas gehen und ihm erzählen würdest, was hier vorgefallen ist, würde er Raveline sicher zu sich rufen und in aller Schärfe tadeln. Vielleicht verlangt er sogar von ihm, daß er sich in eine abgelegene Provinz zurückzieht, da sein Anblick jedem anständigen Menschen Übelkeit bereitet. Und dich würde man für deine Ehrlichkeit belohnen. Nur würde man Raveline in wenigen Monaten wieder willkommen heißen, und du wärest fort. Zwar hassen die Brüder einander … aber niemand darf die königliche Familie in Verlegenheit bringen. Niemand. Außerdem werden solche Dinge in Vacaan feinfühliger geregelt. Eine Möglichkeit wäre, daß ich mit einigen Freunden spreche, die in den Augen des Königs als weise gelten. Und daß diese Freunde mit *ihren* Freunden reden. Solche Unterhaltungen würden in aller Stille geführt. Irgendwann, nach vielleicht einer Woche, vielleicht einem Monat, können wir ein Wort mit Beemus reden. Dann würde ein Flüstern an das Ohr des Königs dringen. Er würde seinem geschicktesten Kammerherrn die Untersuchung übertragen, höchst privat und in aller Stille. Erfährt er dann die Wahrheit – und er wird alles erfahren, wenn er will –, könnte Prinz Raveline aufgehalten werden. Plötzlich würde ihm zum Beispiel befohlen, eine Expedition gegen die Banditen im Norden durchzuführen.«

Ich war spektisch. »Einfach so, die Situation würde wieder normal, und meine Probleme wären gelöst?« Ich war sogar sehr skeptisch.

»Wie gesagt, Prinz Raveline wurde schon einmal zur Raison gebracht, und das in Fragen, die zumindest für die Menschen hier wichtiger waren als das Schicksal zweier Barbarenstädte weit im Westen. Verzeih mir, Almalric, mein Liebster, aber so denkt Vacaan.«

Ich wußte, daß es für nichts auf der Welt eine Garantie gab. Nur hatte mir Omerye den einzigen echten Plan unterbreitet, der Sinn machte. Am Morgen wollte ich wieder zu Janos gehen, dann könnten wir den Streit beilegen. Noch immer war ich wütend, nachdem ich den kalten Stahl seines Ehrgeizes gesehen hatte. Aber ich sagte mir, keiner von uns ist vollkommen, und er war schon wesentlich länger von den Fernen Königreichen besessen als ich. Dennoch wußte ich, als ich mich zur Ruhe bettete, daß unsere Freundschaft nicht länger so unbeschwert bleiben würde wie bisher.

Eine Stunde später erwachte ich mit einem Schrei in der Brust. Wild drängte er hervor und versuchte, meine Lippen aufzuzwingen, wollte aber dennoch nicht heraus. Omerye warf sich neben mir unruhig hin und her. Es war, als wäre ich wach und zur gleichen Zeit im Fiebertraum.

Zwei Dinge blitzten vor meinem inneren Auge auf. Das erste wußte ich bereits, zumindest im Prinzip: Ein schwarzer Zauberer bringt allen Schmerz, Angst und Tod. Falls Raveline seinen Plan ausführen sollte, würde er Orissa und Lycanth ins Chaos stürzen. Armeen würden aufeinanderstoßen, das Land mit Kriegen überziehen – Armeen, die zu Räubern und Mördern degenerierten. Bald wären auch die beiden Städte nur noch blutbesudelte Einöde wie die Entzweiten Länder, und ich stellte mir Ravelines Gesicht hoch über dem blutigen Ödland vor, wie es lachte über die Zerstörung, die ihm wie Muttermilch war.

Wenn man Raveline erlaubte, seinen Plan auszuführen... und dann erinnerte ich mich, daß Raveline gesagt hatte, er wolle Janos als *seinen* Höllenhund. Und ich dachte: Höllenhund? Oder Attentäter? Janos stand unter keinem Bann, der ihn hätte hindern können, gegen das Haus Domas zu konspirieren. Man möge mich nicht mißverstehen. Nicht einmal in diesem wachen Alptraum sah ich Janos vor mir, wie er mit gezücktem und vergiftetem Schwert durch den Königspalast schlich. Aber er konnte einen Anschlag inszenieren, leiten und ausführen. Um dann im Augenblick des Sieges von einem neugekrönten König geköpft zu werden, der um seinen Bruder trauert? Ich riß mich aus dem Mahlstrom meiner Gedanken. Ich sah aus dem Fenster. Obwohl es noch dunkel war, hörte ich die verschlafen zwitschernden Vögel im Garten. Auch jetzt hätte ich nicht in der Lage sein sollen, zu schlafen, und tat es dennoch. Ich erinnere mich nicht, wie mein Kopf aufs Kissen sank. Ich erinnere mich allein an meinen Gedanken, daß der kommende Morgen einen ganz besonderen Tag bringen würde.

Kapitel Sechsundzwanzig

Die Höhle

Ich erwachte in einem Alptraum. Fackeln flackerten zu beiden Seiten. Moderiger Gestank stieg mir in die Nase, und ich schmeckte Blut in meinem Mund. Ich wußte, wo ich war. Ich lag noch immer im Kerker der Archonten, tief unten in der Festung von Lycanth. Ich erwachte aus einem dieser wundervollen Träume, in denen ein halbes Leben verstreicht und jeder Augenblick in allen Einzelheiten deutlich wird. Janos und ich waren nie aus dem Verlies entkommen, hatten nie zum Segen Orissas die Geisterseher besiegt, waren nie über die Pfefferküste und die Geisterstadt hinaus zu den Fernen Königreichen gelangt. Ich erinnerte mich an Omerye, merkte, daß sie nie gewesen war, und Tränen wallten in meinen Augen auf. Wenigstens hatten mir die Götter einen Augenblick vermeintlichen Glücks im langen, gräßlichen Traum des Lebens geschenkt.

Ich wurde wacher, während meine Gedanken noch durch das Labyrinth jener verschlungenen Phantasie irrten. Ich erinnerte mich nicht nur, aus diesem Verlies entkommen zu sein, sondern sogar, wie wir entkommen waren. Das weckte mich vollends. Ich sah mich im Kerker nach Janos um. Ich wollte ihm meinen Traum erzählen, besonders den Teil, wie wir dem lycanthischen Verlies entflohen waren, denn vielleicht konnten wir auf meiner Illusion eine echte Flucht aufbauen.

Eine Stimme krächzte: »Hoch mit dir, Antero! Der Zauber ist längst verflogen.«

Ich war *nicht* im Kerker der Archonten. Ich saß in einer feuchten, steinernen Zelle, doch war sie klein und eng. Außer mir war niemand dort, keine Wachen, keine Folterknechte irgendwo, keine Mitgefangenen und kein Janos. Ich war allein ... bis auf einen: Greif. Zusammengekauert saß er auf einer schweren Bank an der gegenüberliegenden Wand. Er grinste. Ich zwang mich, aufzustehen.

»Lord Antero«, höhnte er. »Ihr seid wach. Soll ich die Mädchen schicken, daß sie Euch ein Bad einlassen? Diener, die Euch die Seide bringen? Vielleicht die kleine Flötenspielerin mit den hübschen Brüsten, mit der Ihr geturtelt habt, daß sie Euch ein Lied spielt? Hätte sie ja mitgebracht, damit Ihr zuseht, wie ich *ihr* ein bißchen Freude bereite. Nur war es nicht gestattet.«

Mein Verstand war wie ein Strudel, und ich sagte nichts. Ebensowenig konnte ich mich vom Fleck rühren. Greif stand auf und schlenderte zu mir. Ich sah seine klaffende Augenhöhle, schwarz und faulig. Mein Hieb mit dem Speer hatte ihn tatsächlich ein Auge gekostet. Greif wußte, wohin ich starrte, und mit der Faust schlug er mir in den Magen. Ich würgte und sank auf die Knie, atemlos.

Er trat mich, daß ich auf den Rücken fiel, und glotzte auf mich herab. »Du Schwein hast mir ein Augenlicht geraubt. Aber ich habe eine bessere Art zu sehen gefunden. Meine Herren haben mir ... etwas zum Spionieren gegeben. Haben mir was von ihrer Macht geschenkt, damit ich mir die Leute ansehe, und was sie vorhaben.« Greif tippte an seine leere Augenhöhle, dann lachte er sehr laut, und sein Hohn hallte im steinernen Raum zurück.

In diesem Moment sah ich in dieser leeren Augenhöhle ein rotes Feuer, *ein winziges, rot flackerndes Feuer.* Und mir wurde klar, daß ich die Wirklichkeit jenes Alptraums betreten hatte, der mich seit so vielen Jahren quälte. Nicht meine Begegnung mit Greif, damals in Lycanth, machte ihn zu meinem namenlosen Folterknecht, Fährmann und Begleiter. Man hatte mir einen Blick in die Zukunft gewährt, sei dies nun gut oder schlecht. Verzweifelt wünschte ich, ich hätte meinen Alptraum als Vision verstanden und Greif niedergemacht, als ich ihm zuerst begegnet war, dort unten im Hof der lycanthischen Taverne.

»Ich sehe, du wunderst dich, wo du jetzt bist. Irgendwo in Irayas. Irgendwo weit, weit unter der Erde, wo niemand hören kann, wenn du schreist, was du in Kürze tun wirst. Weißt du, das erste, was ich gelernt habe, als mich die Häscher fingen, war, daß man Menschen mit Worten bricht. Also ... man hat dich an der Nase herumgeführt. Du wurdest hintergangen von dem Mann, den du für deinen Freund gehalten hast. Der Mann, der den Schutzbann gesprochen hat, damit Schaden von dir ferngehalten wird, hat diesen wieder aufgehoben, damit ich und meine Helfershelfer reinschlüpfen konnten, um dich auszusondern.«

Trotz meiner Bemühungen, mich zu beherrschen, muß mein Gesicht die Qualen meines Herzens verraten haben. Greif lachte und spuckte mir ins Gesicht. »Steh auf ... und sieh dich um. Sieh dir das hübsche Spielzeug an, mit dem ich gleich spielen will. Der Prinz hat mir den ganzen Tag Zeit gegeben, mich mit dir zu amüsieren. Er sagte nur, du dürftest am Ende weder tot noch wahnsinnig sein. Ach ja, und zerquetschen oder dir die Knochen brechen darf ich auch nicht. Schätze, der Prinz hat seine eigenen Spiele, die er später mit dir spielen will. Ich wette, seine Spiele sind sogar noch besser als meine, obwohl ich viel Zeit hatte, mir zu überlegen, was ich mit dir anstelle und was die anderen mit mir gemacht haben. Außerdem sind die Einschränkungen, die er gemacht hat, kein Hindernis für jemanden, der seine Zeit in den Diensten von Nisou Symeon verbracht hat.«

Mein einziger Trost war, daß Greif nichts von meinem Alptraum wissen konnte, sonst wäre er sicher noch vergnügter gewesen, als ich mir die Schrecken vor Augen führte, die mich erwarteten. Doch selbst in diesem Augenblick war kein Schmerz so groß wie der, von Janos' Verrat zu hören.

»Zuerst«, sagte er, »hoch mit den Händen. Da oben hängen Handschellen. Leg sie um deine Gelenke.« Er lachte leise, als ich merkte, daß mein Körper reagierte. »Ist der Zauber, den der Prinz mir gegeben hat, nicht sehenswert? Das wird ein Spaß, zuzusehen, wie du dich als mein Helfer machst.«

Ein Zauber hatte meinen Willen gebrochen, und ich konnte mich dem Befehl nicht widersetzen. Ich legte die Handschellen um meine Gelenke. Greif kicherte und trat zur Wand, an der ein Seil von einem Bolzen in der Decke hing und bis hinunter zu den Fesseln reichte. Er löste das Seil und riß daran, bis ich beinah vom Boden abhob und meine Zehen eben noch die Steinplatten berührten.

»Solltest du dir was ausrenken, ist noch Zeit genug, den Knochen wieder einzurenken, bevor wir uns ... auf die Reise machen«, sagte er. »Nun, ich laß dich ein bißchen baumeln, denn sicher hast du ein paar Fragen an mich. Und ich will sie alle beantworten, denn das wird deine letzten Stunden nur noch schlimmer machen.« Er kehrte zu seiner Bank zurück und wartete.

Ich wollte ihm keine Genugtuung verschaffen, aber eine Sache gab es, die ich bestätigt wissen mußte. »Dienst du noch immer Nisou Symeon?«

Greif lachte sein fauliges Lachen und nickte lebhaft. »Zumindest glaubt er es ... und ich nehme sein Silber so lange, wie seine

Wünsche den meinen entsprechen. Hab seine Dienste nie verlassen, falls das die Frage war, und dir hab ich schon zweimal eine Falle gestellt. Dreimal, wenn du mitrechnest, daß ich deinem Sklaven die Därme aufgeschlitzt habe, drüben in Lycanth, als ich für Symeons Beschwörungen etwas von dir beschaffen sollte.«

Natürlich war er Eanes' Mörder gewesen, und ich versuchte, mich glauben zu machen, ich könne den Tod des Getreuen rächen und seiner Seele Ruhe verschaffen, bevor auch ich zum Geist würde. Hoffnung flackerte trübe in meiner Brust.

»Natürlich«, fuhr Greif fort, »könntest du dich fragen, wer mein wahrer Herr ist, da Lord Symeon dem Prinzen seine Ehrerbietung angetragen hat.«

Wieder wurde meine Ahnung bestätigt. Der Gedanke, der mir vor einigen Stunden gekommen war, schien zu stimmen: Raveline plante *tatsächlich*, unsere Länder in Schlachthäuser zu verwandeln, indem er uns gegeneinander aufhetzte.

»Wie ist er... wie bist du... nach Irayas gekommen?«

»Lord Symeon ist nicht hier«, sagte Greif. »Er ist drüben in Lycanth und bereitet den Angriff auf Orissa vor. Er war noch nie in Irayas. Wenn man einen Herrn hat, der so mächtig ist wie der Prinz, muß man nicht persönlich antreten, um seinen Ring zu küssen. Symeon dient ihm schon seit... ich will verdammt sein, wenn ich sicher wüßte, wie lange. Schließlich ist er nicht gerade mein Bettgenosse, der mir seine Geheimnisse anvertraut, aber ziemlich lange, schätze ich. Ich habe davon erst vor drei Monaten erfahren. Und wie ich hergekommen bin?« Greif sah einen Augenblick lang betrübt aus. »Darüber kann ich auch nichts sagen. Lord Symeon hat mir den Befehl gegeben, dem zu dienen, den ich sehe, wenn ich aufwache, selbst wenn ich im Feuer liegen oder den Tod finden sollte, und dann bin ich hier aufgewacht, in dieser sechseckigen Burg, die der Prinz da draußen auf dem Land hat. Nicht, daß man mich zwingen müßte, ihm zu dienen. Ich erkenne *wahre* Macht, wenn ich sie sehe… und was er mir aufgetragen hat, würde ich auch ohne Bezahlung tun und als Privileg betrachten.«

Er stand auf und lief in der Zelle herum. Sie lag voller Folterwerkzeuge: Seile, Ringbolzen, Peitschen, Zangen, Feuer, Wasser und Schraubstöcke. Er sammelte ein paar der Geräte auf, legte sie wieder beiseite, erst eines, dann ein anderes. »Schwer zu sagen, womit man anfangen soll«, überlegte er. »Aber genug der Worte. Nur eins noch, Antero, mein Freund, mein Lohn« – seine Stimme klang belegt vor Freude und einer Art Leidenschaft, die in ihm wuchs –, »worüber du nachdenken solltest. Weißt du, du hättest alles haben können. Wenn du dich dem Prinzen gefügt hättest… Du hättest Lord Symeons Handlanger werden können, wenn die Schlacht beginnt, und ganz Orissa hätte buckelnd vor dir im Staub gelegen, fast so wie vor Symeon selbst. Aber du mußtest dir natürlich deinen Stolz bewahren. Du wirst es noch bereuen. Jetzt… und in alle Ewigkeit. Ich habe das Gefühl, der Prinz wird dir keinen echten Tod gestatten.«

Er nahm eine Geißel und ließ sich ihre Riemen durch die Hand fahren. »Auch wenn du noch darum betteln wirst«, zischte er, und die Peitsche fuhr auf mich herab.

Es besteht kein Grund, diese Seiten mit den Einzelheiten meiner Folterung zu besudeln. Jene, die mehr zu diesem Thema erfahren wollen, sollten die einem Gefängnis nächstgelegene Taverne aufsuchen und einem Wächter ein Getränk spendieren, damit er ihre Neugier befriedigt. Es soll genügen, wenn ich sage, daß Greif gut aufgepaßt hatte, als *er* das Objekt des Folterknechts war, denn er zeigte sich geschickt im Umgang mit verschiedensten Marterinstrumenten.

Nur vier Dinge wären zu erwähnen. Das erste ist, daß ein Band zwischen Folterer und Opfer entsteht. Es hat nichts mit Lust zu tun, und dann wieder doch. Ich bin nicht sicher, wie ich es beschreiben soll. Andere, die längere Zeit in der Hand von Inquisitoren verbracht haben, erzählten mir, die Opfer würden schließlich fast willige Sklaven ihrer Peiniger, je weiter die Seele von endlosem Schmerz zerfressen wird. Das zweite ist ein blutiges Ergötzen, das als amüsierter Beobachter des Schmerzes erscheint. Auch dieses Gefühl ist komplex, zum Teil nervengesteuert und aus ähnlicher Quelle wie die Lust gespeist – oder zumindest nehme ich das an –, nur eher aus dem Wunsch geboren, ein Stück der Seele zu retten, ein Stück deiner selbst, gegen den Eindringling und sein Feuer und die Qualen. Das dritte, was ich lernte, war, daß Greifs Verlangen größer war als sein Können. Ein geübter Folterknecht gestattet seinem Opfer nie die Freude und Erleichterung einer Ohnmacht. Das war Greifs größter Irrtum und wahrscheinlich meine Rettung. Dreimal umfing mich dieses Glück und erlaubte meinem Innersten, sich gegen den nächsten Anschlag zu wappnen. Das letzte war das wertvollste: Alles hat ein Ende … irgendwann. Wie auch dieser Tag.

Doch dann begann der *wahre* Alptraum.

Ich fand das Bewußtsein wieder, als ich steinerne Stufen herabgezerrt wurde, halb getragen von zwei Männern. Vor mir leuchtete Greif den Weg aus. Ich erkannte ihn an den Peitschennarben an seinem Rücken. Er trug nichts weiter als ein Paar Kniebundhosen. Die Treppe war alt, und ich konnte weißen Salpeter an den Steinen erkennen. Die Stufen endeten abrupt an einem Teich, in dem ein kleines Boot … das schwarze Boot aus meinem Traum … vertäut lag. Ich wurde an Bord geschleppt, und Greifs Helfershelfer gingen fort, ohne ein Wort gesagt zu haben. Greif machte das Boot los, stellte sich an die Ruderpinne, und eine Strömung erfaßte uns, schickte uns in einen Tunnel hinab, dessen Decke gewölbt war, kaum einen Fuß über seinem Kopf.

Nach wenigen Minuten wurden wir in offenes Gewässer gespült. Es war Nacht, und weder Mond noch Sterne waren zu sehen. Wir fuhren einen Kanal entlang, der mir vertraut erschien. Wir waren im

Herzen Irayas', doch sah ich keine weiteren Gondeln oder sonstige Boote. Ich war weder angekettet noch gefesselt und hätte aus dem Boot springen sollen. Zumindest aber hätte ich um Hilfe schreien müssen. Doch beides war mir unmöglich. Ich nehme an, ich war verzaubert, obwohl es ebenso möglich ist, daß ich nach den Qualen unter einer Art Lähmung litt. Tatsächlich ist letzteres sogar wahrscheinlicher, da mir, was geschah, jetzt so vage und halluzinatorisch vorkam wie vorher im Traum.

An die Fahrt erinnere ich mich nur in Fragmenten. Wir fuhren mit hoher Geschwindigkeit wie damals, als wir aus den Bergen nach Gomalalee kamen. Der Kanal führte in den Schlangenfluß, und da wußte ich, daß wir von Zauberei angetrieben wurden, denn das Boot raste flußaufwärts gegen die Strömung, ohne jede Hilfe von Rudern oder Segeln. Als wir durch die Außenbezirke der Stadt kamen, sah ich den heiligen Berg zu meiner Rechten. Dann schossen wir daran vorbei in das Gebirge jenseits des Gipfels der Großen Alten. Ich erinnere mich auch an eine tiefe Schlucht. Das rauschende Wasser neben den Dollborden des Bootes sah aus, als sei es kein Wasser mehr, nur dunkle, dicke, ölige Flüssigkeit.

Greif berührte die Ruderpinne nicht, doch plötzlich trieb das Boot seitlich ab, schlug beinah in die aufragenden Klippen. Anstatt jedoch am Fels zu zerschellen, glitt es in den Schlund einer Höhle, die der Fluß in Jahrhunderten gegraben hatte. In dieser Höhle wartete ein steinerner Pier. Greif vertäute das Boot, kletterte hinaus, wandte sich um und winkte mir. Jeder Teil meiner Seele, der noch mir gehörte, kämpfte dagegen an, aber dennoch folgte ich, stieg unbeholfen über die Bänke des Bootes, dann sprang ich auf den schleimüberzogenen Anleger. Meine Füße trieben mich voran, während mein Verstand schrie: Lauf! Du kannst diese Treppe nicht erklimmen. Du darfst nicht. Und doch ich tat es.

Greif nahm eine der Fackeln, die zu beiden Seiten des gewölbten Bogenganges tropften, und winkte mir erneut. Ich hörte das Gebell und wußte, was dort oben war. Auf dem Plateau der Schlucht lag eine große, zerstörte, verfluchte Stadt. Weit über mir, weit außerhalb der vom Fluß gegrabenen Höhle, in der Stadt, in den geborstenen Amphitheatern, in den von Göttern gehauenen Steinen, hockten die Kreaturen geduldig im Kreis. Dort oben im Dunkel des Mondes saßen Wesen, die bellten wie Hunde, aber keine Ähnlichkeit mit irgend etwas hatten, was auf dieser Welt zu finden wäre. Mir kam der Gedanke, daß sie einmal Menschen gewesen sein mochten. Menschen, die sich auf einen finsteren Handel eingelassen hatten.

Ich folgte Greif. Mein Verstand, der so langsam war, als stünde ich unter Drogen, sagte mir, kein Opfer sei je über diese Stufen zurückgekehrt, und verzweifelt suchte ich nach einer Strategie. Ich fand keine. Das Donnern einer großen Trommel setzte ein. Wir betraten einen weitläufigen Raum, dessen Bögen in der Dunkelheit verschwanden. Ich hörte einen Gong, und als Greif sich umwandte, sah ich dieses wurmgleiche Feuer hell in seiner Augenhöhle leuchten. Ich hörte ihn Worte sagen, dies sei mein Begehren, dies sei, was ich wollte, dies sei mein Schicksal, und er lachte. Das Lachen dröhnte laut, lauter, gemeinsam mit dem Bellen jener Wesen, freudiges Lachen in Schmerz und Tod, Gelächter, das zu Getöse wurde, und Raveline war da. Stille fiel wie ein Axthieb über den Raum und die verfluchten Kreaturen. Greif wurde zur Statue, und wenn ich Ravelines Worte bedenke, war es wohl eine vorübergehende Lähmung. Der Prinz trug blutrote Pantalons und eine schwarze, lange Robe mit goldener Spitze an Ärmeln und Kragen. Am Gürtel trug er einen verzierten Dolch. Er sah aus, als sei er zu einem Fest bei Hofe gekleidet.

»Nun sind wir also am Ende angelangt, Antero«, sagte er. Seine Stimme war ganz ruhig. »Willst du dein Schicksal erfahren?« Ich sagte nichts. »In wenigen Augenblicken werde ich dein körperliches Wesen tilgen. Das meiste deiner Seele wird in alle Winde verstreut, wenn ich dich in meine Arme schließe. Doch wirst du mehr sein als nur ein unglücklicher Geist wie dein Bruder oder dieser Sklave, den der Schurke hier getötet hat. Ich werde einen Teil von dir in meiner Seele tragen, und sie wird durch meine Augen Zeuge der großen Veränderungen werden, die diese Welt erfahren wird. Ihr Zeuge, ohne je mehr tun zu können, als mit stummem Entsetzen zu schreien, während es geschieht.«

»Welche Ehre«, sagte ich sarkastisch, entschlossen, zumindest mit Würde zu sterben.

»Nicht im geringsten. Ich will einen Teil von dir bei mir haben, als Erinnerung an mein Versagen und eine Warnung vor der Prahlerei.«

»Es scheint mir nicht, als hättet Ihr versagt«, sagte ich.

»Falsch. Mein Versagen, was dich und deinesgleichen angeht, hat im Laufe der Jahrzehnte verschiedenste Formen angenommen. Vor vielen Jahren spürte ich eure Blutlinie, weit entfernt und äußerst schwach. Ich achtete nicht darauf und dachte, wie die meisten Vacaaner, die Taten von Barbaren jenseits unserer Grenzen seien bedeutungslos. Doch dann spürte ich diese Präsenz immer stärker. Ich gestattete meinen Sinnen, der Spur zu folgen, und entdeckte deinen Bruder.«

Seine Worte ließen mich plötzlich hellwach werden. Ich weiß nicht genau, wie ich es erklären soll, doch aus irgendeinem Grund hatte sich mir ein Satz aus dem Traum eingeprägt, den Greif gesagt hatte: ... *Das ist es, was dein Bruder nie umfassen konnte* ... Ich habe mit weisen Männern darüber gesprochen und gehört, das Phänomen sei nicht ungewöhnlich, daß ein Mann plötzlich schwören mag, alle um ihn herum sprächen in fremder Sprache, obwohl es gar nicht stimmt. Einer beschrieb es als das Vertraute, das einem fremd wird.

»Ich gestattete meinem Zauber, bis nach Orissa auszuschweifen«, fuhr Raveline fort, »und erfuhr, daß mir von dort Gefahr drohte, wie ein Tier aus dem Dschungel den Jäger spürt, noch bevor dieser den Dschungel betritt. Dein Bruder, ungeschult und ohne Familientradition an Zauberei, war potentiell ein größerer Zauberer, als irgendein mir bekanntes Land ihn je hervorgebracht hätte.«

Selbst in meinem Schmerz und im Angesicht des Todes fühlte ich Stolz, und Zorn ergriff mich. »Und deshalb habt Ihr ihn getötet.«

»Und deshalb habe ich ihn getötet«, stimmte Raveline mir zu. »Ich habe ihm die Falle sorgsam gestellt. Halab war ebensowenig ein perfekter Mensch wie du und ich, und daher war es nur nötig, einen kleinen Zauber auszusprechen, der ihn zu einem Hauch von Überheblichkeit ermutigte. Einen größeren davon habe ich gegen diese Narren ausgesandt, die eure Stadt achtet und Geisterseher nennt, obwohl keiner von denen damals oder heute auch nur genug Talent besessen hätte, das Wasser zu teilen, wenn er ertrinken müßte. Sie sollten sich von Halab bedroht fühlen und Halab, wenn er sich der Prüfung zum Geisterseher unterziehen wollte, den tödlichsten Kunstgriffen aussetzen. Dein Bruder wurde auf die Probe gestellt. Leicht hielt er den jämmerlichen Kobolden stand, die sie ihm entgegenschickten, und hätte fast gesiegt. Das war mein erster Fehler. *Noch immer* hatte ich seine Größe nicht richtig eingeschätzt.

Daraufhin sprach ich zwei mächtige Zauber aus. Einen, um die Zeit für eine Weile anzuhalten, was mir ermöglichte, ein Wesen zu rufen, an dessen Art und Namen ich nicht einmal denken darf. Der Preis der Kreatur war hoch. Ein ganzes Dorf Unschuldiger wurde später geopfert. Ich tötete Halab, oder eigentlich tat es die Kreatur. Doch selbst da blieb mein Erfolg beschränkt. Anstatt von dieser und allen anderen Welten ausradiert zu sein, schaffte Halab es, seinen Geist zurückzulassen, wie jeder Mensch, den der Tod ungerächt oder ohne Absolution ereilt. Zu dieser Zeit hätte ich euch Anteros allesamt ins Verderben stürzen sollen. Es war dumm, zu glauben, Halab sei eine Ausnahme, eine Mißgeburt. Deine ganze Familie hat magisches Talent. Deine Schwester besitzt eine ganze Menge davon, um so mehr, als sie nicht geheiratet, kein Kind geboren, geschweige denn sich mit einem Mann gepaart hat. Auch du besitzt etwas davon, wie du sicher schon gemerkt hast.

Ah«, sagte Raveline, als mein Staunen mich verriet. »Du hast es *nicht* gewußt. Es ist nicht groß, doch hat es über die Jahre gereicht, daß du feindlichem Zauber ausgewichen bist, ohne ihn eigentlich zu bemerken. Die Menschen nennen einen solchen Hauch der Macht Glück. Im übrigen werde ich dafür sorgen, daß das ›Glück‹ der Anteros ein Ende nimmt, indem ich deine gesamte Linie innerhalb der nächsten Wochen auslösche.« Er vergnügte sich einen Moment mit meinen Seelenqualen, dann: »Laß mich zurück zu meinem Geständnis kommen. Ich muß zugeben, es bereitet mir tatsächlich Freude, denn in meinem Leben hat es noch niemanden gegeben, dem ich mich anvertraut hätte, und so dumm werde ich auch nie wieder sein. Es sei denn, wenn ich deinen Geist von Zeit zu Zeit erwecke und ihm gestatte, zuzusehen. Das könnte ganz amüsant sein.

Fahren wir fort. Nach Halabs Tod ließ ich die Zügel schleifen wie ein weinseliger Wachposten, der in der Mittagssonne auf seinen Zinnen döst. Das nächste, was ich über die Anteros hörte, war, daß du dich mit Janos Greycloak zusammengetan hattest. Ein weiterer Zauberer von bemerkenswerter, wenn auch ungeschulter Macht. Deine Familie zieht die Zauberei an wie Honig die Bienen, so zumindest scheint es. Erneut beschloß ich zu handeln, doch wiederum wählte ich minderwertige Ware der Archonten mit ihrem vielgerühmten Sturm, der nur ein laues Lüftchen war, verglichen mit der Macht, die ich besitze. Dann kamen Dummköpfe wie Cassini. Wenigstens blieb mir bei allen Fehlschlägen die Freude persönlicher Rache. Dann kam Nisou Symeon, dessen Verdienste ich ernstlich überdenken werde, wenn ich mit dir fertig bin. Zumindest hab ich gelernt, keine Zeit vergehen zu lassen, wenn sich ein Problem stellt, und daß man sich einem großen Problem direkt stellen muß.

Und jetzt habe ich Janos Greycloak. Weißt du, in gewisser Hinsicht hätte Janos größer werden können als Halab, weil Halab nie mehr als eine aufstrebende, wenn auch große Macht im Dienste dessen gewesen wäre, was ihr niederen Gestalten als ›gut‹ bezeichnet. Janos hätte mit seiner Entschlossenheit, die Zauberkunst im Sinne eines Systems zu bemessen, zu katalogisieren und zu analysieren, diese Welt und vielleicht auch einige andere bis ins Mark erschüttert. Gut für mich ist, daß Größe sowohl seine Makel als auch seine Tugenden beschreibt. Janos Kether Greycloak ist inzwischen eher ungefährlich.«

Raveline streckte die Hand aus, die Finger erhoben, und schloß seine Klauen. »Bis vor zwei Tagen hatte ich ihn noch nicht fest in der Hand. Als du ihn verlassen hast, nachdem du all das ... o ja, ich habe zugehört, trotz Greycloaks kindischem Versuch, einen Sperrzauber auszusprechen ... er hat mich darüber informiert, was vorgefallen war. Ich habe ihm gesagt, was er tun soll ... und er hat gehorcht! *Er hat gehorcht!* Und jetzt gehört er mir.«

»Und dennoch fürchtet Ihr ihn«, sagte ich.

»Ich fürchte niemanden«, sagte Raveline barsch. Doch sein Blick wich aus, als er sprach. Er fing sich und fuhr mich an: »Genug davon. Das Gespräch amüsiert mich nicht mehr. Es wird Zeit, daß ich dich in meine Arme schließe. Komm, Amalric Antero. Komm in dein Verhängnis.«

Raveline breitete die Arme aus und lächelte. Ich spürte seine Macht in krachenden Wogen. Meine Arme hoben sich von allein. Ich trat einen Schritt vor. Rohe, glühende Wut brach über mich herein, und sein Zauber zerbarst. Meine Hände sanken herab. Raveline war überrascht.

»Du hast mehr Macht, als ich dachte. Greif! Bring ihn zu mir!«

Greif löste sich aus seiner Lähmung und sprang vor. Seine muskelbepackten Arme packten die meinen, und er hob mich vom Boden, nahm mich in einen knirschenden Würgegriff. Aber das machte es nur einfacher, denn sein Griff erinnerte meine Muskeln an geölte Körper, die auf Matten rangen, an schreiende Schiedsrichter und verzweifelte Tricks, die mich alte Ringkämpfer gelehrt hatten, wobei sie uns ermahnt hatten, diese nie im Sport einzusetzen. Ich trat rückwärts gegen Greifs Knie, und er jaulte auf, was seinen Griff so weit löste, daß ich ihm mit der rechten Faust hart in die Genitalien schlagen konnte. Seine Arme lösten sich, als er aufschrie und vor Schmerz kaum noch wahrnahm, was um ihn herum vorging. Ich drehte mich zu ihm um, die Fäuste aneinandergelegt und hoch über meinem Kopf, und wie einen Hammer drosch ich sie ihm ins Genick. Wahrscheinlich war Greif schon in diesem Augenblick tot, doch als er auf den steinernen Boden sank, hatte ich eine Faust voll öligem Haar in einer Hand, meinen Fuß in seinem Nacken, und riß an seinem Kopf. Sein Genick brach wie ein modernder Knochen.

Ich meinte, ein Flüstern zu hören, eine Stimme, die ich nicht gehört hatte, seit ich in den Straßen von Lycanth einen Sterbenden im Arm gehalten hatte: *»Jetzt bin ich wirklich frei...«*

Noch einmal ging ich in Kampfstellung, bereit für Ravelines Attacke. Doch er hatte sich nicht gerührt, und jetzt war sein Grinsen nur noch breiter. »Diesen Abschaum«, bemerkte er, »wird niemand vermissen. Jetzt wird es interessant. Jetzt stehen die schlummernden Kräfte, die ihr Anteros haben mögt, gegen meine geübte, geschulte Macht. Noch einmal befehle ich dir: Komm zu mir, Amalric Antero!« Diesmal woben seine Finger einen Zauber, und er flüsterte Worte, die mir, obwohl ich sie nicht verstehen konnte, einen Schauer über den Rücken jagten.

Der Raum wurde dunkler, bis nur noch Ravelines Umrisse zu erkennen waren, dann nur noch seine Augen, lockende Tunnel, die mir befahlen, vorzutreten... tiefe Seen des Bösen, die wie ein Mahlstrom an mir zerrten. Mein Verstand wirbelte wie wild herum und wurde magisch angezogen, doch blieb mir noch ein Augenblick zum Denken, und vielleicht rief ich auch Halabs Namen, ohne in dieser Höhle des Bösen eigentlich an ein Wunder zu glauben. Und es war, als legte sich ein Nebelschleier vor Ravelines Basiliskenblick. Der Raum wurde hell, und einen Moment später war ich frei, so frei, daß ich vorspringen konnte, intuitiv, fast ziellos, wie ein Torwart einen Ball abfängt, bevor dieser im Tor landet. Ich stieß mit Raveline zusammen und schickte ihn taumelnd rückwärts zu Boden.

Ich kroch zu ihm, versuchte einen Griff, hoffte, ich könne seinen Dolch nehmen, bevor er mich mit einem neuen Bann belegte. Doch seine Fähigkeiten waren nicht nur magischer Natur. Er rollte beiseite wie ein Ringer und stand auf den Beinen, während seine Hand den Dolch zückte, geschmeidig wie eine Schlange ihre Fänge zeigt. Die Klinge glitzerte, und ich wußte, sie war verzaubert. Doch diesmal erlaubte ich der Schlange nicht, den Hasen zu hypnotisieren, denn in dem Licht, das aufgeflackert war, als ich Halab um Hilfe anrief, sah ich einen Bogengang, wo Raveline gestanden hatte, und ich lief so schnell ich konnte. Während ich lief, hörte ich Ravelines monströses, höhnisches Gelächter und verstand seine Worte, als stünde er gleich neben mir. »Du willst es bis zu Ende spielen? Dein Wunsch sei mir Befehl. Man sagt, das Fleisch der Beute würde süßer durch Schrekken und Schmerz. Lauf, Antero. Meine Hunde sind auf deiner Fährte. Wir sehen uns bald, wenn sie dich in die Enge getrieben haben.«

Ich hörte nicht auf ihn. Ich war der ersten Falle entronnen und würde mich der nächsten stellen, wenn ich drinnen saß. Ich rannte weiter, nahm jede Stufe, die nach oben führte. Über mir waren die Ruinen der Stadt und ihre Kreaturen, doch waren dort auch Himmel, Nacht und Luft. Meine Lungen brauchten Luft, und mein gequälter Körper flehte um Gnade, doch schenkte ich beidem keine Beachtung. Ich fand zwei Tore, die hoch in die Finsternis aufragten. Sie waren mit einem Querholz verriegelt, so dick wie mein Körper in Schulterhöhe. Ich suchte nach einer Winde oder einem Hebel, doch sah ich nichts dergleichen. Vergeblich riß ich an dem Balken, wohl wissend, daß man einen ganzen Trupp Soldaten brauchen würde, um ihn zu bewegen. Doch geräuschlos hob er sich, und die Tore waren offen. Ich mußte sie kaum berühren, schon schwangen sie auf, ausgezeichnet balanciert, vielleicht von Zauberkraft, vielleicht schon in der Konstruktion. Mondlicht fiel durch die Türen. Die Wolken waren fortgeweht, während ich in Ravelines Todeskammer gewesen war. Vor den Toren lagen mächtige, umgestürzte Steine, geborstene Säulen und das aufgerissene Straßenpflaster der verfluchten, zerstörten Stadt.

Ich lief ins kalte Mondlicht hinaus, in der Hoffnung, einen begehbaren Hohlweg oder Hang zu finden, der mich hinunter in die Ebene oder zum Fluß führen würde. Ich war gewillt, mein Glück zu wagen und in diesen wilden Wassern zu schwimmen, durch die Stromschnellen flußabwärts in Sicherheit. Ich nahm mir einen Augenblick Zeit, mich an den Sternen zu orientieren, die kühl auf mich herabsahen, dann wählte ich eine Richtung, die ich für den schnellsten Weg zum Rande des Plateaus hielt, und als ich wieder etwas zu Atem gekommen war, trottete ich voran. Da hörte ich das erste Heulen von Ravelines Kreaturen. So nenne ich sie, obwohl ich nicht weiß, ob sie seine Kreaturen waren oder nur bösartige Wesen, deren niederträchtiges Begehren dem des Prinzen entsprach. Das Bellen wurde lauter, und ich begann zu rennen. Ich kam an eine breite Allee. In der Mitte der Straße lagen Reste umgestürzter Statuen. Im Vorüberlaufen warf ich einen Blick darauf. Die Gesichter der Statuen waren ausgemerzt, als hätte ein Steinmetz sie zerstört, nachdem die Statuen niedergerissen waren. Die Statuen zeigten Männer, doch weder Männer, wie wir sie kennen, noch hatten Riesen oder Zwerge Modell gestanden. Ich weiß nicht recht, wie ich sie beschreiben soll, nur daß die Proportionen nicht ganz so waren, wie sie hätten sein sollen. Ich hatte keine Zeit mehr, sie mir anzusehen, da die erste Kreatur aus einer Seitenstraße kam. Das Mondlicht schien auf sie ... auf ihn, auf es ... herab. Man stelle sich einen großen Mann vor, beinah ein Riese, der auf Händen und Füßen lief. Weiter stelle man sich vor, die Arme und Beine der Kreatur seien mehrfach gebrochen und neugeformt, damit es ihm leichter fiel, sich auf diese Weise fortzubwegen, als es für ein normales, menschliches Wesen gewesen wäre. Man strecke einen Schädel, bis er doppelt so lang ist wie der eines Menschen, füge ihm Reißzähne hinzu, verlängere und neige die Augen zu denen eines Wolfes – obwohl die edle Kreatur kaum mit diesen Ungeheuern zu vergleichen sein würde – überziehe sie mit fahler, faulender Haut, wie sie ein Leprakranker vor der Welt verbirgt, und man bekommt ein recht genaues Bild. Die Klauen knirschten auf den Steinen, als sie sich mir näherten. Das Bellen wurde zum Triumph, dann wurde es ein überraschtes Heulen, als ich einen faustgroßen Stein nahm und ihn dem Wesen mit aller Kraft ins Gesicht schleuderte. Die Kreatur scheute und fiel, wand sich in blinder Qual und Staunen. Vielleicht hatte die Beute, die sie bisher gejagt hatte, nie zurückgeschlagen. Ich floh weiter. Hinter mir hörte ich weiteres Heulen. Am Ende der Allee sah ich mich um. Das Rudel hatte sich um seinen verwundeten Gefährten versammelt und nutzte die Gelegenheit, sich an ihm gütlich zu tun. Ich nahm eine andere Straße und rannte dorthin, wo die Ruinen und das Hochland ein Ende finden mochten.

Irgend etwas traf mich, brachte mich aus dem Gleichgewicht. Ich fuhr herum und sah noch, wie ein weiteres Biest zu einem neuen Sprung ansetzte. Etwas, das Janos mich gelehrt hatte, kam mir in den Sinn, und als die Kreatur das Maul aufriß und ich ihren faulen Atem roch, fuhr ich ihr mit dem linken Unterarm in den Rachen, schlug ihr die Faust seitlich hinten in den Schlund. Ich spürte, wie ihre Zähne mich zerfleischten, als mein anderer Arm hinter ihren Hals schoß, die Faust geballt, und ich meinen linken Arm scharf hochriß, den rechten hin zu mir, und dem Tier sauber das Genick brach. Ich ließ mich von seinem Gewicht umdrehen und riß es zu Boden, stieß mit dem Knie an seine Brust und hörte, daß die Rippen brachen wie Weidenruten.

Wieder kam ich auf die Beine und rannte davon. Ich hoffte, das Rudel würde sich auch diesen Leckerbissen nicht entgehen lassen, und daß die Zähne des Untiers nicht vergiftet waren. Meine alte Energie kehrte zurück, und aller Schmerz fiel von mir ab. Jetzt konnte ich die ganze Nacht laufen, wenn es sein mußte. Ich hörte ein Donnern und hielt es für den Fluß unter mir. Ich mußte dicht am Rande des Plateaus sein. Vor mir senkte sich der Boden zu einem natürlichen Amphitheater ab, das die Erbauer dieser Stadt genutzt hatten, um ihre eigene Arena zu errichten, weit größer als Orissas großes Amphitheater. Steinerne Stufen führten den Hang hinab zur Bühne, die von einem steinernen Baldachin geschützt gewesen war. Einige der Säulen, die den Baldachin gestützt hatten, standen noch, ebenso Fragmente des Kuppeldachs, die von ihren Kapitellen hingen. Dahinter lag ein steiles Kliff. Ich mußte daran entlanglaufen, bis ich einen Hohlweg fand, den ich nach unten nehmen konnte.

In diesem Augenblick hatten mich die Biester in der Falle. Das Rudel tauchte aus dem Nichts auf – wie aus dem Boden gewachsen, als würgte die Erde selbst sie hervor. Ich rannte zur Bühne, sprang von Stufe zu Stufe. Ich machte einen Satz auf die Bühne und lehnte mich mit dem Rücken an eine Säule. Dann sammelte ich zwei Steine auf, um mich zu bewaffnen. Die Tiere umkreisten mich, und knurrend und kläffend schlossen sie den Ring. Ich wußte, sie durften mich nicht töten, dachte mir jedoch, Raveline würde sicher erlauben, daß ich übel zugerichtet wurde, bevor er seine Kreaturen zurückpfiff. Einer wagte den ersten Angriff, und ich zertrümmerte ihm den Schädel zum Lohn. Schon schloß sich der Ring immer enger, das Rudel kam näher. Ich wagte einen Blick hinter mich, und meine Hoffnung schwand. Ich wußte, ich würde sterben. Doch sollten mich weder die Fänge dieser Viecher noch Ravelines Zauber das Leben kosten. Wenn das Ende unausweichlich wurde, würde ich den schnellen, sauberen Tod im langen Sturz zum Fluß und zum Felsen unter mir vorziehen.

Da kehrte mein Frettchen zurück. Anfangs wußte ich nicht, was es war, aber ich hörte ein Zischen, ein Pfeifen, und der Tod schoß durchs Amphitheater auf mich zu. Fast dreißig Fuß war das Tier lang, hatte geschmeidiges, helles Fell und rotglühende Augen, und ich wußte zunächst nicht, was es war, hielt es erst für einen Nerz, bis ich die schwarze Maske um sein Gesicht sah, während das riesenhafte Tier die erste Kreatur von hinten riß, ihr einmal kurz ins Rückgrat biß und den Kadaver von sich warf. Das Rudel heulte vor Entsetzen über den neuerlichen, unerwarteten Angriff und wandte sich um, das Frettchen anzufallen. Doch es war hier, da, überall und nirgends, und jedesmal, wenn seine Zähne zuschnappten, hatte einer der Alpträume seinen letzten Heuler getan. Eines von Ravelines Untieren riß sich los und bellte einen Befehl. Die anderen ließen von mir ab und hasteten die Stufen hinauf, versuchten zu fliehen, doch fanden sie den Tod noch in der Flucht. Dann waren sie fort, und das riesige Frettchen hockte sich auf die Hinterbeine. Der schlangenähnliche Kopf suchte neue Beute, und in diesem Augenblick wußte ich genau, was ich da vor mir hatte. Eine Erinnerung an meinen langverstorbenen Spielgefährten tauchte vor meinem geistigen Auge auf, wie er im Wind witterte, kurz bevor er einen Hasen jagte. Das Tier kam zu mir herüber, stieß zum Gruß einen Pfiff aus wie vor so vielen Jahren, und selbst in diesem Moment allergrößter Gefahr schluckte ich ein Schluchzen herunter.

Die Luft neben dem Frettchen flimmerte, und eine menschenähnliche Form entstand. Ich wußte, es war Halabs Geist, und öffnete den Mund, ihn zu begrüßen, da waren Frettchen und Schatten fort. Wie auch der Mond, die Sterne und das gesamte Amphitheaterrund. Es war, als hätte man ein schwarzes Kuppeldach herabgelassen. Aus seiner Mitte schien ein trübes, gespenstisches Licht. Alles, was auf dieser Welt existierte, waren die Bühne, die Säulen, die das Dach hielten... und Raveline. Er hatte seinen Dolch bereit.

»Wirklich schlau«, knurrte er und gab sich keine Mühe mehr, lässig zu wirken. »Aber ich habe eben meinen letzten Fehler begangen, was dich angeht, als ich vermutete, du hättest nur wenig Talent. Nie habe ich gespürt, daß dich Geister beschützen. Wirklich schlau. Warum hast du deinen Bruder, oder was immer dieses Biest sein mag, nicht drüben in Irayas um Hilfe gerufen, als Greif dich gefoltert hat? Oder wolltest du *mir* eine Falle stellen?«

Raveline hielt inne und schüttelte staunend den Kopf. »Das doppelt falsche Spiel, das durch die Zauberei entsteht. Aber es ist ganz gleich, ob du mich jagst oder ich dich. Diese Kuppel, dieser Schild, ist eine meiner größten Künste. Sie schließt uns von allem ab. Wir sind außer Reichweite aller Mächte, die ich kenne, ob irdischer oder übernatürlicher Natur. Ich habe sie vor Jahren vorbereitet, als mein Bruder und ich zum ersten Mal darüber stritten, wen mein Vater, verflucht soll seine Seele sein, zum Herrscher über Vacaan bestimmt hatte. Vielleicht ist es die endgültige Version von jenem Schutzbann, den Janos ausgesprochen und dann von dir genommen hat. Sie ist gegen alles gefeit und verschwindet nur, wenn ich es will ... oder wenn ich sterbe. Die einzige Beschränkung liegt darin, daß dieser Bann die Anwendung jeglichen Zaubers unter der Kuppel verbietet, einschließlich meines eigenen.

Und da sind wir nun, Antero. Du hast deine Ringkunst ... und ich die meine. Und ich habe das Messer. Ohne die Kräfte, die es durch meinen Zauber besitzt, doch immer noch scharf genug, dir die Eingeweide herauszuschneiden. Es tut mir ehrlich leid, daß deine Talente meine Versuche, dein Ableben komplex zu gestalten, vereitelt haben. Wie dem auch sei. Wenigstens wird dein Geist niemals gerächt werden und auf seiner Wanderschaft nie Frieden finden. Diesmal, Antero, komme ich zu dir.« Und um sein Wort wahr zu machen, schlich er zu mir herüber.

Ich selbst habe mich nie als ausgebildeter Soldat oder Raufbold gesehen und verstehe nur wenig mehr von Messern, als daß es das

Vernünftigste ist, so schnell wie möglich zu fliehen, wenn jemand eine Klinge schwingt. Janos allerdings hatte uns gelehrt, was zu tun wäre, wenn wir unbewaffnet mehreren Angreifern gegenüberstünden. Es gab Möglichkeiten, jemanden zu entwaffnen und zu vernichten, der sein Messer wie einen Eispickel oder eine Kerze vor sich hielt, oder jemanden, der sein Messer wild herumschwenkte, als sei die Klinge mit einem magischen Schutz versehen. Was einen Mann anging, der sich wie Raveline bewegte und langsam schlich, sich wie ein Krebs deiner schwachen Seite nähert, die Waffe zurückhält, am Oberschenkel oder fast schon an der Seite, die andere Hand zum Schutz ausgestreckt ... da hatte Janos grimmig gelächelt und uns erklärt, es gäbe nur zwei Möglichkeiten: Flucht oder Tod.

Auch ich schlich zu *seiner* schwachen Seite ... fort von dem Messer ... streckte meine Hände vor, in der Hoffnung, Raveline würde wild zustoßen und ich könne ein Handgelenk packen oder ihm die Beine unter dem Leib wegtreten. Wie ich gelernt hatte, sah ich nur in die Augen meines Feindes und wußte, ich würde jede Bewegung der Klinge schon im Ansatz registrieren. Einmal stach er zu, dann wieder mit der Rückhand, doch ich war schon ausgewichen. Wieder fuhr der Dolch durch die Luft, und ich wagte einen Hieb. Die messerscharfe Klinge schnitt in die Innenseite meines Armes, doch hatte er zum Glück keine Blutgefäße getroffen. Ich ignorierte die Wunde ... und wir umkreisen einander. Er wechselte die Taktik und kam näher heran, zwang mich immer weiter zurück. Irgendwann würde er mich an die Kuppel drängen und wie einen Schmetterling an die Wand nageln. Der Fuß, mit dem ich hinter mir tastete, berührte rauhen Stein, eine der Säulen, und für einen Augenblick verlor ich die Balance. Raveline zielte auf mein Herz, und eilig sprang ich zur Seite, wobei sein Messer meine Brust streifte und ich ihm mit der Faust ins Gesicht schlug. Er heulte vor Schmerz und taumelte rückwärts. Seine Nase war gebrochen, und Blut schoß hervor. Doch immer noch hielt er das Messer fest in seiner Hand.

»Wie lange ist es her, daß Ihr Schmerz empfunden habt, Eure geringfügige Majestät?« sagte ich, da ich zu dem Schluß gekommen war, daß ein Mann, der den Klang seiner eigenen Stimme so sehr liebte wie Raveline, auch den Worten anderer zum Opfer fallen mochte. »Wie lange schon, mein Prinz, der niemals König wird? Vielleicht fühlt Ihr Euch schwach. Vielleicht möchtet Ihr weinen.«

Er zog die Lippen zu stummem Knurren zurück und machte einen Ausfallschritt, ließ einen Fuß stehen wie ein Fechter. Jeden Augenblick würde er zustoßen, und ich bereitete mich auf seinen Angriff vor, vermied jede innere Spannung... zwang meine Muskeln, ihre eigene Reaktion zu suchen.

Der Angriff erfolgte nie. Über mir hörte ich ein leises Scharren. Raveline blickte auf, dann starrte er mit großen Augen und offenem Mund, und ein großer Fels, einst Teil des steinernen Baldachins, dessen Mörtel ihn von Ewigkeit zu Ewigkeit am Kapitell der Säule gehalten hatte, zermalmte den Zauberer wie ein Stiefel einen Skorpion. Raveline war tot, bevor er schreien konnte... die schwarze Kuppel verschwand... und wieder umgab mich die zerstörte Stadt. Sprachlos sah ich zur Spitze der Säule. Die Luft über mir flimmerte, und schwach erkannte ich die Umrisse eines Mannes. »Halab«, keuchte ich.

Ich hörte – wohl in Gedanken – seine sanfte Stimme. *»Der Prinz kannte nicht alle Gesetze sämtlicher Welten. Auch ein Geist kann die Wirklichkeit bewegen, wenn der Zauber nur groß genug ist.«*

Es war still, bis auf das Rauschen des Flusses unter uns, dann wieder Halabs Stimme: *»Ich bin gerächt, und mein Geist muß nicht mehr wandern. Ich gehe jetzt und folge dem Weg, den du Eanes vor kurzer Zeit ermöglicht hast.«*

Ich verneigte mich. »Leb wohl, mein Bruder.«

Dann hörte ich Halab zum letzten Mal.

»Leb wohl, Amalric. Eine Aufgabe bleibt noch. Ich kann nicht bei dir sein... kann dir keine Hilfe leisten. Doch muß sie bald bewältigt

sein. Für dich, für die Familie, für Orissa und die ganze Welt. Ich mache dir ein letztes Geschenk. Möge es dir nutzen.«

Ich spürte Leere. Etwas war von mir gegangen ... etwas, von dem ich merkte, daß es mir in all den Jahren nah gewesen war, seit jenem Tag, an dem mein Vater mit der Nachricht vom Tode Halabs aus dem Palast der Geisterseher heimgekommen war.

Ich holte tief Luft. Ja. Es gab noch eine letzte Aufgabe für mich.

Kapitel Siebenundzwanzig

Der letzte Zauber

Jetzt gab es nur noch wenig zu fürchten, weder in dieser verfluchten Stadt noch in den Katakomben unter mir. Ich nahm den Dolch von Ravelines Leiche und lief durch die Straßen zurück, dorthin, wo der Eingang zur Höhle des schwarzen Prinzen war. Ich bog weder falsch ab, noch trat ich irgendwo daneben; ich war mir der Richtung so sicher, als sei ich in Orissa. Ich folgte den steinernen Stufen immer weiter in die Tiefe und wußte, ich war das erste Opfer Ravelines, dem dies je gelungen war. Ich kam an Greifs Leiche vorüber und überlegte, ob ich etwas Erde suchen und verstreuen sollte, entschied mich jedoch dagegen. Sein Geist hatte viel Übles wiedergutzumachen. Er verdiente es, für alle Ewigkeit durch diese Höhlen zu wandern.

Die schwarze Gondel lag noch immer vertäut am Pier. Ich machte das Boot los und stieg ein. Dann nahm ich ein Ruder und wendete. Als ich auf den dunklen Fluß kam, der in die Ebene und nach Irayas floß, schickte die Strömung das Boot die Schlucht hinab. Es fügte sich meinen unausgesprochenen, vagen Wünschen ebenso, wie es Greif gehorcht hatte.

Als ich mich der Stadt näherte, graute ein neuer Morgen. Vielleicht hätte mich die Zaubergondel direkt zu meinem Palast bringen sollen, wo sich Omerye sicher Sorgen machte. Doch wußte ich auch, daß ich *sofort* mit Janos sprechen müßte, nicht nur um meines Volkes willen ... sondern im Interesse aller, die ihr Leben als Sklaven der Zauberer fristeten. Bis zum heutigen Tage weiß ich ehrlich nicht, was ich mir davon versprach, wenn ich ihm endlich gegenübertrat. Um meiner Seele willen schwöre ich, daß meine Absicht rein und unverfälscht von jedem Wunsch nach Rache war.

Als Janos' Anwesen aus dem stillen Wasser ragte, warf ich Prinz Ravelines Dolch in den Fluß. Im trüben Licht der Morgendämmerung sah ich, wie die juwelenbesetzte Zauberklinge in die Tiefe taumelte, bis das Messer – meine einzige Waffe – verschwunden war. Ich vertäute Ravelines Boot an einem Poller unterhalb der Terrasse, wo auch das Boot der schluchzenden Frau gelegen hatte. Ich hatte an einem der Poller emporklettern wollen, um der Wache zu entgehen, die auf dem Anleger hätte stehen sollen, doch war dort niemand zu sehen. Ich schlich die Treppe hinauf und merkte mit wachsendem Staunen, daß der Eingang zum Gebäude weit offenstand. Vielleicht, dachte ich, war dies das Geschenk, das Halabs Geist versprochen hatte. Ich schlich hinein. Ich wußte nicht, wie nah ich Janos kommen konnte, bis sein eigener Wachhundzauber ihn wecken würde, doch lief ich weiter, leise wie ein suchendes Frettchen. Die Fackeln und Lampen, die das mächtige Gebäude erleuchteten, waren heruntergebrannt, doch brauchte ich sie nicht, da das Licht der Dämmerung um mich herum stetig zunahm. Ich staunte immer mehr, denn weder ein Wachtposten noch das Faktotum oder ein Diener waren zu sehen. Schließlich betrat ich den Turm, von dem ich wußte, daß Janos sich dort aufhielt. Ich stieg die Treppe hinauf in sein Schlafgemach gleich unter dem Arbeitszimmer, das er für seine Zauberkünste nutzte.

Janos lag ausgestreckt mitten auf seinem riesigen Bett. Er war allein und trug nur einen seidenen Lendenschurz. Er schlief fest, so fest, daß ich glaubte, er sei verzaubert. In diesem Augenblick verlor ich meine Entschlossenheit und stand wie angewurzelt am Fußende seines Bettes. Dann rief ich seinen Namen. Janos schlug die Augen auf, und kaum war er zu sich gekommen, rollte er schon zur Seite und war auf den Beinen, anmutig und tödlich wie ein aufgeschreckter Leopard.

Augenblicklich wußte er, was geschehen war. »Du hast ihn getötet? Du hast Raveline getötet?« Seine Stimme klang ungläubig. »Und ich habe nichts davon gespürt? Wie kann das sein?«

Ich antwortete nicht, starrte Janos nur entsetzt an. Erst zwei Tage waren vergangen, seit ich gestaunt hatte, wie er gealtert war. Doch jetzt sah er aus, als sei es Jahrzehnte her, seit wir einander oben im Spiegel betrachtet hatten. Wo gelbliches Grau sein Haar und den Bart durchzogen hatte, waren nun ganze Flächen entfärbt, und sein Gesicht war von roten Flecken überzogen wie das eines reichen, alten Wüstlings. Doch sah er schlimmer aus als einer dieser Lebemänner, denn er strahlte eine unterdrückte Bosheit aus, wie ich sie bei Raveline gesehen hatte... ja, und bei Mortacious. Auch seine Augen hatten sich verändert. Einst hatten sie die Schärfe eines Adlers besessen, jetzt zeigten sie nur noch den harten Blick eines Aasfressers. Am vielsagendsten war die Kette um seinen Hals: das tanzende Mädchen aus den Fernen Königreichen, das sein Vater ihm geschenkt hatte. Unsere Reise hatte sie »geheilt«, und als ich sie zuletzt sah, war sie ein wunderschönes, verführerisches Kunstwerk gewesen. Jetzt war sie angelaufen und an der Hüfte zerbrochen... wie damals, als Janos sie mir in der Taverne in Orissa gezeigt hatte. Ich wußte es sofort: Obwohl ich derjenige war, der gefoltert, gejagt und von zwei- und vierbeinigen Tieren gequält worden war ... Janos hatte den schlimmeren Preis für seinen Verrat an mir gezahlt.

Ich hatte nichts gesagt, seit ich ihn geweckt hatte, und hatte auch jetzt keine Worte parat. Einen Moment lang sah ich ihm in die Augen. Er wandte sich ab ... Es war das erste Mal, daß er mir nicht ins Gesicht sehen konnte. »Was hat man dir versprochen?« fragte ich und merkte, daß kein Zorn in meiner Stimme lag, obwohl all die gemeinsamen Jahre meine Wut hätten wecken sollen. »Wieviel Gold und Silber hat man dir zur Belohnung versprochen?«

Zorn spiegelte sich in seiner Miene. »Man hat mir keinen Preis genannt«, zischte er. »Was ich getan habe ... war nötig. Du hättest ... du *hast* alles zerstört.«

Ich blieb ruhig. »Was ist *alles*, Janos? Nur durch Glück« – ich erinnerte mich, was Raveline mir über das Glück gesagt hatte – »bin ich noch am Leben. Jetzt wird Ravelines Finsternis unsere Länder nicht zerstören können. Und wir haben die Fernen Königreiche durchschaut. Selbst wenn König Domas uns vertreibt, als Preis für den Tod seines Bruders ... na und? Wir sind noch immer in der Lage, zu erreichen, was sie haben ... und mehr. Hast du das gemeint? Oder betrauerst du die Vernichtung deiner ehrgeizigen Ziele ... und den Verlust deines schwarzen Vorbilds?«

»Wir haben Raveline gebraucht«, sagte Janos. »*Ich* habe ihn gebraucht. Er war mein Sprungbrett. Er wäre mein Werkzeug geworden.«

»Zu welchem Zweck? Damit du ihn an Verderbtheit noch übertreffen konntest? Damit du noch tiefer in die Dämonenwelt eintauchen konntest? Damit du am Ende in der Lage wärst, mit Feuer und Peitsche so zu herrschen, daß sich die Menschen des schwarzen Prinzen als gütigen Wohltäters erinnern?«

»Worte, Worte, Antero«, bellte Janos. »Noch immer verwendest du Worte, deren Bedeutung du nicht kennst ... oder die keine Bedeutung haben. Böse ... gut ... Wir stehen an der Schwelle zu einem neuen Zeitalter, jenseits aller engstirnigen Vorstellungen plappernder Eltern und Lehrer. Man sagt, es habe ein Goldenes Zeitalter gegeben, in dem wir alle wie Götter waren. Dieses Zeitalter hat es nie gegeben. Alles, was es gegeben hat, seit sich die Welt aus dem Schlamm erhoben hat, war Quälerei. Manchmal etwas zum Licht hin, manchmal ein Stück zurück in den Abgrund. Raveline hätte mir geholfen, die Wolken zu zerstreuen und die Sonne für alle Zeiten scheinen zu lassen. Die Menschen wären nicht Götter gewesen, sondern mehr als Götter. Aber du mußtest dich einmischen: ein kleingeistiger Krämer, der nur den Profit und eine Art mythischer, hirnloser Mildtätigkeit in einer Welt sieht, in der allein Fressen und Gefressenwerden gelten. Wir hatten eine einzige Gelegenheit. Verstehst du denn nicht? Der Zufall, der einzig wahre, anbetungswürdige Gott, hat einen kurzen Augenblick für diesen Wandel erschaffen, in dem der Mensch wahrhaft über sich hinauswachsen sollte.«

Es war genug. »Götter«, sagte ich, und auch aus meiner Stimme sprach der Zorn. »Du behauptest, ich verwende bedeutungslose Worte. Nun, dieser Krämer, der ich bin, hat Probleme mit einigen *deiner* Worte, und Gott ist eines davon. Ein weiteres ist dieses neue Zeitalter, von dem du sprichst. Wenn wir Götter werden sollen – Verzeihung –, mehr als Götter, sollten wir kleingeistigen Wesen uns jetzt einmal Janos Greycloaks Gesicht und den schrecklichen Heiligenschein der Zukunft ansehen, die er verspricht. Sieh dich an. Dein Gesicht spiegelt wider, was aus dir geworden ist, Mann! Du bist nichts weiter als ein Lebemann, der trunken vom Segen des nächsten Tages plappert, während er sich freudig mit den Schweinen in der Gosse suhlt. Janos, verstehst du denn nicht? Ich erinnere mich an eine Zeit, in der du davon gesprochen hast, was wir aus den Fernen Königreichen lernen könnten ... zum Nutzen aller. Was ist statt dessen dein Ziel geworden? Du hast mir gesagt, ich solle mir ein Sandkorn ansehen und die unzähligen darin. Ich kann es nicht. Alles, was ich sehe, ist diese arme Frau in ihrem Boot, die unter deinem Haus sitzt und trauert. Was hast du *ihr* gegeben, Greycloak? Hast du aus ihr ... oder ihren Kindern ... mehr als Götter gemacht? Sieh dich an, mein ehemaliger Freund. Und beantworte diese Frage eines einfachen Kaufmanns: Warum, wenn du nach dem Himmel suchst, hast du das Gesicht eines Dämons?«

Janos wandte sich nicht ab. Seine unübersehbare Verachtung wuchs, und ich merkte, warum er seiner Wut freien Lauf ließ. »Wissen ... Macht ... haben ihren eigenen Preis«, sagte er. »Das wüßtest du, wenn du nicht nur ein Kind wärst.«

Wir starrten einander lange an, und in diesem Augenblick zeigte sich Halabs letztes Geschenk. Ich wußte, was zu tun war, und mein Herz welkte, als klar wurde, daß es keine Möglichkeit zur Erlösung für Janos gab, ebenso wie meine Pflicht unwiderruflich in Stein gehauen war. Ich kämpfte gegen diese Offenbarung an, doch kannte ich die Wahrheit.

Der zweite Teil des Geschenks folgte. Plötzlich sah ich den Raum mit zwei Paar Augen, als ob ein einziges Hirn zwei Wesen steuerte, die einander gegenüberstanden. Bilder von allem verdoppelten und überschnitten sich. Von allem bis auf Janos. Seine Augen leuchteten hell, als aus ihnen Lichter wurden, ihr Glanz nicht unähnlich dem Feuerschein, der in Greifs blindem Auge geleuchtet hatte.

»Es hätte sein können«, murmelte er, »und das kann es noch immer.«

Ohne sich abzuwenden, ohne eine Miene zu verziehen, sank er auf ein Knie, nahm eine lange Klinge, die am Boden lag, und schlug in meine Richtung. Aber ich war nicht mehr da. Der dritte und letzte Teil von Halabs Geschenk war jetzt mein. Ich hatte den Dolch »gesehen«, fast so lang wie ein Schwert, noch bevor Janos' Hand ihn ertasten konnte, und ich hatte seinen Plan durchschaut. Die Zeit blieb stehen, als er nach mir schlug, und es war nicht schwer, sich seiner Reichweite zu entziehen.

»Nein, Janos«, sagte ich. »Das mußt du nicht tun. Keiner von uns muß sterben.« Ich sagte es zwar, aber die Worte waren hohl. Es war keine vorsätzliche Lüge, doch sie kamen vom letzten Teil meiner selbst, der sich noch dem nahenden Ende der Tragödie entgegenstemmte. Janos antwortete nicht, sondern griff wieder an. Seine Klinge schimmerte, als sei sie aus einem einzigen Juwel geschnitten, und jede Facette fing die Morgensonne ein und warf Tausende und Abertausende leuchtender Flecken in den Raum. Er sprang vor... und sein Hieb verfehlte mich, da ich zur Seite auswich.

Er fing sich, als meine rechte Hand den Griff des Schwertes fand, von dem ich, ohne hinzusehen, wußte, daß es dort sein würde. Ich zog es aus der Scheide, die an einem Stuhl neben dem Bett hing. Die Klinge in meiner Hand war dieselbe oder ein Duplikat des schlichten, schlanken Soldatenschwerts, mit dem mich Janos vor Melinas Zuhälter gerettet hatte. Als ich es zückte, hieb Janos erneut nach mir, diesmal nach meinem Gesicht. Ich riß die Klinge hoch, parierte seinen Hieb mit einem Krachen, und der Dolchjuwel, wenn es denn einer war, brach wie ein Kristall. Die Splitter flogen noch durch die Luft, als meine Klinge ihren Halbkreis vollendete. Dann stieß ich vor, jeder Muskel, jeder Nerv, jeder Teil meines Körpers auf die Spitze des Schwertes konzentriert. Sie traf Janos in die Lunge und drang durch seinen Körper, bis ich »sah«, wie beinahe eine Handbreit roten Stahls aus seinem Rücken stach. Halabs letzte Gabe, die mir einen Fluch ins Herz getrieben hatte, verschwand.

Es schien wie eine Ewigkeit, in der sich keiner von uns rührte. Janos' Augen verrieten seine maßlose Überraschung, wie die eines Sehers, dessen Vision sich als falsch erwiesen hat. Er machte den Mund auf, doch anstelle von Worten oder einem Schrei kam Blut heraus. Er taumelte. Ich ließ das Schwert los. Janos trat einen Schritt vor, dann sank er auf die Knie und hob beide Hände, um die Klinge zu packen, die in seiner Brust steckte. Er fiel auf den Rücken, und das Schwert ragte über ihm auf. Seine Augen waren geschlossen, dann schlug er sie auf und sah mich an, vorbei am wankenden Griff des Schwertes, sah mir ins Gesicht.

»Wenn... du die Klinge herausziehst«, flüsterte er, »kommt auch meine Seele mit.«

Ich nickte. Mein Blick war verschwommen, doch nicht von Zauberkraft. Mein Gesicht war feucht.

»Ich... weiß noch«, sagte er, »wie ich dir draußen vor dieser Taverne gesagt habe... einen rothaarigen Mann zu treffen, wäre... wäre ein gutes Omen.« Er zwang ein Lächeln hervor, und ein harsches Keuchen war zu hören, als er nach Luft rang. »Wenigstens... wenigstens haben wir die... die Fernen Königreiche gefunden«, sagte er.

»Wir haben sie gefunden«, erwiderte ich. Und entschlossener: »*Wir* haben sie gefunden.«

Dann zerriß ihn der Schmerz beinah, und er bäumte sich auf. »Zieh... zieh die Klinge raus«, sagte er, und seine Stimme klang wie ein Befehl. »Bevor ich meinen Stolz entehre.«

Ich zog die Klinge heraus. Und als sie draußen war, entfloh seine Seele in die Arme des Dunklen Suchers.

Janos Kether Greycloak, Prinz von Kostroma, Hauptmann und Ritter von Orissa, ungekrönter Baron von Vacaan, Entdecker der Fernen Königreiche, und, ja, der Mann, der einmal mein Freund gewesen war, war tot.

Kapitel Achtundzwanzig

Der heilige Berg

Nun komme ich zum Ende meiner Reise, und noch während ich diese Zeilen schreibe, spüre ich, wie Janos mir in die Arme sinkt, als ich seine Leiche vom Karren hebe. Ich sehe mit feuchten, aber jüngeren Augen, und ganz deutlich erkenne ich den Pfad, auf dem wir diesen Karren zum Gipfel des heiligen Berges gezogen haben. Sergeant Maeen und die anderen Männer treten vor, um mir zu helfen, doch barsch befehle ich, sie sollen mich lassen. Ich muß es allein tun.

Ich schultere meine Last und wende mich den mächtigen, narbigen Ruinen des Altars der Großen Alten zu. Ich stolpere dorthin, geschwächt von meinem jetzigen Alter. Und ich bin müde, so müde, daß ich um die Kraft der Jugend bete, damit ich nicht falle. Meine Feder bebt vor Anstrengung, als ich Janos auf den Stein hebe. Ich strecke ihn aus und trete keuchend zurück, damit ich den Mann sehen kann, der uns hierhergeführt hat.

Ach, da bist du, Janos. Jetzt erkenne ich dich, Greycloak. Ich sehe dich nackt auf dem Stein liegen und die Spuren deines größten Fehlers an deinem Körper. Aber ich bin noch nicht fertig: Überlegungen müssen zurückstehen, bis ich mein Werk vollendet habe. Maeen reicht mir die Flasche, und ich gieße Öl über die Leiche. Jetzt muß ich beten, doch weiß ich die Worte der Großen Alten nicht, und also sage ich nur: Leb wohl, Janos Greycloak.

Ich entzünde das Feuer und taumle von seinem wütenden Flakkern zurück. Ich sehe, wie die Flammen Janos angreifen, wütende Schläge überall auf seinem Leib. Am härtesten schlagen sie auf die Narben der Zauberei ein. Dann verschwinden die Narben, und ich sehe einen verwandelten Janos, jung und gutaussehend wie damals, als wir uns als unschuldige Männer kennenlernten.

Nun ist der Augenblick für jene Gedanken gekommen, die ich bisher verdrängt habe. Du warst mein Freund, Janos Greycloak, und du hast mich verraten. Ach, diese Flüche habe ich schon oft ausgestoßen. Ich habe dieses Buch nicht begonnen, um alte Narben wieder aufzureißen, sondern um sie zu vertreiben, wie das Altarfeuer Janos' Narben vertrieb. Zwei Reisen sollte dieses Buch enthalten: eine für jene, die meine Geschichte lesen wollen, die andere für mich selbst. Wir haben etwas Großartiges geleistet, Greycloak und ich. Wir haben die Fernen Königreiche entdeckt. Doch dann hat Greycloak die Reise allein fortgesetzt. Und nach seinen Entdeckungen wird unsere Welt nie mehr dieselbe sein. Aber *ich* war es, der sie heimbrachte, und *ich* war es, dem einiges an Ehre zuteil wurde. Nur habe ich nicht gelogen, Janos Greycloak. Ich habe nicht betrogen wie Cassini. Meine Feder ist begierig, diese selbstbeigebrachten Wunden auszulöschen. Und ich frage mich: Was ist mit uns geschehen? Was ich gesehen, und alles, was ich später getan habe, geschah deinetwegen. Du hast uns befreit, Janos. Du hast die Magie von den geheimen

Feuerstellen der Zauberer geholt und sie zum Gebrauchsgut ganz normaler Menschen gemacht. Und mein geliebtes Orissa sonnt sich nun in Frieden und Freizügigkeit. Sollten diese Gaben nicht genügen, dir zu vergeben?

Also gut: Ich vergebe dir, Janos, und ich vergebe auch mir dafür, daß ich nicht wußte, wie ich dich dieses letzte Mal hätte retten können. Du warst kein guter Mann, Greycloak, doch warst du ein großer Mann, und es war deine Größe, die dich am Ende erschlug, nicht ich.

Mit dieser Klarstellung – und dieser Versöhnung – will ich nun zum Ende kommen. Ich höre, wie Maeen und die Männer Janos die letzte Ehre erweisen. Und ich spüre Omeryes sanfte Nähe neben mir. Sie hebt die Flöte zu einem Lied süßen Bedauerns. Das Feuer flammt auf, und erneut verwandelt sich der Tote – diesmal in dunklen Rauch. Ich fühle, wie der Ostwind an mir vorüberweht und den Rauch zum Himmel hebt. Über uns verweilt er und fährt herum, als habe er dem Wind befohlen zu warten.

Ich wische mir die Tränen aus den Augen ... und plötzlich ist mein Blick ganz klar. Weit im Osten, jenseits der glitzernden Wasser, hebt das Licht eine Bergkette über dem Rand des Horizonts hervor. Die Berge sehen aus wie eine geballte Faust, und zwischen Daumen und Zeigefinger sehe ich den Glanz einer reinen, weißen Schneedecke. Die Bergfaust entspricht genau der Vision, die ich hatte, als die Geisterseher die Knochen warfen und unsere Suche begann.

Das Bild zerrt hart an mir, während ich hier schreibe. Doch ich kann nicht gehen, ich kann nicht gehen.

Ich blicke auf zum Rauch, der Janos war, und sehe, daß er sich plötzlich dem Ostwind fügt und dann eilig über den endlosen Himmel zu meiner Vision hinweht.

Ich flüstere ihm nach: Lebe wohl, Janos Greycloak. Lebe wohl, mein Freund. Mögen die Götter auf dieser letzten Reise bei dir sein – zu den Fernen Königreichen deiner Jugend.

Das Reich der Kriegerinnen

für
Susan
und
Karen

Erstes Buch
Die Jagd

Kapitel Eins

Dämon vor den Toren

Ich bin Hauptmann Rali Emilie Antero, ehemals bei der Maranonischen Garde. Ich bin Soldat, und das werde ich auch bleiben, bis mich der Dunkle Sucher überrumpelt. Wie die meisten Soldaten liebe ich festen Boden unter meinen Stiefeln, gut gearbeitete und gepflegte Waffen, ein heißes Bad und eine warme Mahlzeit nach einem ordentlichen Gewaltmarsch. Kurz gesagt, habe ich Sinn für das Praktische und traue eher dem gesunden Menschenverstand als dem Geschwätz der Geisterseher.

Zwei Jahre jedoch habe ich auf den hölzernen Planken eines Segelschiffes zugebracht. Ich habe mit rostigen Klingen gekämpft und war froh, daß wir sie hatten. Ich habe in kalten Wassern gebadet und gegessen, *was* ich konnte, *wenn* ich konnte. Ich irrte auf den unerforschten Meeren des Westens herum und zweifelte, ob ich meine Heimat je wiedersehen würde. Was den gesunden Menschenverstand angeht, so geriet dieser mir beinah zum Verderben, und schließlich war es das Vertrauen in einen Zauberer und seine Künste, das mich rettete.

Meine Heldentaten und die meiner Soldaten sind schon oft gepriesen worden. Märchenerzähler haben wohlklingende Legenden um unsere heroische Jagd gesponnen, die uns, getrieben von der Notwendigkeit, das größte Übel aller Zeiten auszumerzen, über Tausende von Meilen führte. Man sagt, unser aller Schicksal habe auf dem Spiel gestanden, nicht weniger als die Zivilisation selbst. Die Wahrheit hat in den Legenden schwer gelitten, und somit auch die Lektionen, die aus dem maßlosen Blutvergießen zu lernen waren. Aber sollte uns eines Tages erneut die Finsternis bedrohen, wären wir ohne diese Lektionen wehrlos. Außerdem werdet Ihr, so glaube ich, feststellen, daß in diesem Fall die Wahrheit eine aufwühlendere Geschichte erzählt als ihre schmeichelnde Schwester.

Bevor Ihr den Dieb am Bücherstand jedoch bereichert und dieses Abenteuer kauft, muß ich Euch warnen: Ich bin eine Frau. Solltet Ihr Einwände haben, behaltet Euer Geld und verschwindet. Ich werde Euch nicht vermissen. Alle anderen heiße ich an meinem Herd, dem Tagebuch, willkommen. Sollte es kalt sein, so schürt das Feuer und wärmt Eure Knochen. Solltet Ihr durstig sein: Dort steht ein Becher mit heißem Gewürzwein gleich neben dem Herd. Solltet Ihr Hunger haben: Ruft die Bedienung und laßt Euch den kalten Braten bringen, den ich Euch habe zurücklegen lassen. Ihr seid mir höchst willkommen.

Mein Schreiber weist mich darauf hin, einige Bitten an die Götter und Göttinnen des Tagebuchschreibens seien angebracht. Doch habe ich selbst genug eigene Gottheiten, die zufriedengestellt werden wollen, und sie sind eine eifersüchtige Brut. Ich habe dem alten Narren gesagt, ein Schwert schlägt die Feder jederzeit, so daß die sanftmütigen Tintengötter diesmal leer ausgehen werden. Meine Gebete spare ich mir für jene, die dafür sorgen, daß mein Blut auch weiterhin unter der Haut fließt und diese sich straff und unversehrt über meine Knochen spannt.

Zu Beginn habe ich dem Schreiber noch eine weitere Anweisung gegeben. Die Worte, die er notiert, sollen meine und nur meine sein. Ich gebe nicht mal einen verschrumpelten Weinschlauch darauf, ob er Einwände gegen meine Sätze hat. Ich *werde* die Wahrheit sagen, und mag sie so nackt sein wie sein Schädel oder so schlicht wie dieses fahle, kinnlose Ding, das er sein Gesicht nennt. Die Wahrheit braucht die Girlanden eines Schreiberlings, die den Weg verschönern, nicht. Doch dieser Bursche ist von sturem, streitsüchtigem Wesen, nicht unähnlich der drei, die ich bereits entlassen habe. Ich sage ihm, wenn er dabei bleibt, werde ich ihm den Kopf abschlagen und als Warnung an seine Nachfolger vor meiner Tür auf einen Pfahl stecken. Der Schreiberling gibt mir zurück, er sorge sich mehr um seinen Ruf als um seinen Kopf. Ständig plappert er irgendwas von Gelehrsamkeit und Kunst. Dies sei *Historie*, beharrt er, kein Kasernenplausch.

Ich behaupte das Gegenteil und schäme mich dessen nicht. Denn diese Geschichte begann unter Waffen und endete auch so. Dazwischen gab es manch gefallenen Krieger zu betrauern und manche Heldentat zu preisen.

Es bringt Unglück, seinen Schreiber zu töten. Außerdem arbeitet er für meinen Bruder, und ich habe Amalric versprochen, ihm den Mann unbeschädigt zurückzugeben. Im Interesse des Familienfriedens lasse ich ihn leben. Und hiermit erkläre ich, allen Schaden, der durch das entsteht, was nun folgt, auf meine Kappe zu nehmen. Die Leser sind genügend gewarnt.

Dies nun ist meine Geschichte.

Manch einer behauptet, am Morgen, an dem meine Erzählung beginnt, habe es vor bösen Omen nur so gewimmelt: stillende Mütter, deren Milch plötzlich sauer wurde; ein zweiköpfiges Ferkel, das dem Mutterschwein eines Tavernenwirts geboren wurde; frisch geschärfte Schwerter, die auf geheimnisvolle Weise in der Waffenkammer stumpf wurden; eine Hexe, deren Knochenschale mitten im Wurf zerbrach. Es geht sogar die Sage von einem Geisterseher, der den Verstand verlor und Frau und Schwiegermutter in Ochsen verwandelte.

Ich kann es nicht sagen. Am fraglichen Tag erwachte ich mit einem teuflischen Kater. Ich brauchte einen langen, quälenden Augenblick, mich zu orientieren. In glücklicheren Zeiten hätte ich mich in dem großen, weichen Bett in dem bezaubernden Häuschen wiedergefunden, auf das ich als Kommandantin der Maranonischen Garde Anspruch hatte. An meiner Seite wäre die wunderschöne Tries gewesen. Vor mir hätte ein Tag gelegen, der mit etwas Streicheln und Massieren, einem herzhaften Frühstück und einer Stunde energischen Trainings mit den kraftstrotzenden Frauen begann, aus denen sich die Garde zusammensetzt. Statt dessen fand ich mich in einer engen Junggesellenkammer wieder, zusammengekauert auf einer harten Pritsche ... und sehr allein. Drei Wochen zuvor hatte ich mein Zuhause verlassen, nach unserem allerletzten, wütenden Streit. Und am Vorabend der hier zu schildernden Ereignisse hatte ich meine ehemalige Geliebte in Gesellschaft einer Gardistin von zweifelhaftem Ruf gesehen. Manch eine hat behauptet, diese Frau sähe auf düstere Weise recht gut aus, doch meiner Ansicht nach war sie schmierig, brauchte dringend ein Bad und trug den Schatten eines heranreifenden Bärtchens auf ihrer Oberlippe. Mit Sicherheit würde sie der Ruin meiner unschuldigen Tries sein.

Ich hatte meine verletzten Gefühle mit vielen Becher heißem, gewürzten Wein behandelt, woraufhin das Übliche folgte, vom Lallen eines Liedes über Stolpern durch die Gassen und vielleicht einem Kampf bis zur Erlösung, volltrunken auf das harte Bett zu sinken.

Ich mag starke Getränke, gebe mich ihnen aber nur selten so exzessiv hin. Die Göttin hat mich mit einem schnellen, kräftigen Körper gesegnet, mit Augen, die Läuse in den Federn eines fernen Spatzen zählen können, und dazu mit klarem, wachem Verstand. Dies ist keine Prahlerei, nur die detaillierte Beschreibung der Gaben, mit denen ich geboren wurde. Ich habe sie mir durch nichts verdient und es daher stets für meine Pflicht gehalten, sie so kampfbereit zu halten wie die Waffen, die ich bei mir trage. Der Trunk ist Körper und Geist ein ebenso gefährlicher Feind wie Schmutz und Rost für eine robuste Klinge.

All das habe ich mir auch damals gesagt, als die alte Dame Schamgefühl mich aus dem Bett trieb und ich meine nackten Füße auf den kalten Steinfußboden setzte. Während die Stiefel einer tausendköpfigen Truppe durch meinen Kopf marschierten und tausend weitere auf meiner Zunge hockten, brach eine Rebellion in meinem Magen aus, und ich hastete zum Nachttopf, um mein Innerstes nach außen zu kehren. Während ich dort kniete und wie ein Trunkenbold Buße tat, fiel mir plötzlich ein, daß heute der Festtag meiner Mutter war. Jedes Jahr versammelt sich meine Familie an ihrem Todestag in Amalrics Villa, um ihrer zu gedenken. Wieder mußte ich würgen, während mein Schuldgefühl, das alte Fischweib, vor Freude schrill kreischte, als ich der neuerlichen Schwäche meinen Tribut zollte.

An einem *solchen* Tag betrunken, raunte sie, und an allen *anderen* auch. Ich bin nicht betrunken, verdammt! knurrte ich zurück. Ich habe nur damit zu kämpfen, daß ich betrunken *war*. Tries, das Luder, ist schuld! Mach nur, laste es dem armen Mädchen an, greinte die Schuld. Inzwischen wird der Geist deiner Mutter vor deinem fauligen Atem fliehen und die Gesellschaft Fremder suchen. Sie wird auf Erden herumwandern und beklagen, wie tief ihre geliebte Tochter gesunken ist.

»Verschwinde, verdammt!« brüllte ich. Dann stöhnte ich auf, denn ich hatte laut geschrien, und der nächste wütende Pöbelhaufen begann, in meinem Magen zu rumoren. Als ich mich über den Nachttopf beugte, ging die Tür in meinem Rücken auf.

»Ich sehe, wir huldigen der Göttin des Porzellans«, hörte ich eine schneidende Stimme. »Ihr seid uns allen eine Inspiration, Hauptmann.«

Ich wischte mir das Kinn ab, kam auf die Beine, und mit aller Würde, die ich aufbringen konnte, stellte ich mich der neuen Herausforderung. Es war Corais, eine meiner Ordonnanzen. Sie war schlank und drahtig und erinnerte mich immer an eine Katze, besonders durch die Art, wie sie grinste und mit ihrer Beute spielte, bevor sie diese fraß. Im Augenblick war ich ihre Maus, und sie genoß mein Elend sichtlich.

»Hör auf«, knurrte ich. »Ich bin nicht in der Stimmung für Sarkasmus.«

Corais' Grinsen wurde nur noch breiter. Scharfe, weiße Zähne blitzten hinter sinnlichen Lippen, dunkle Augen funkelten vor Vergnügen. »Darauf wäre ich nie gekommen, Hauptmann«, sagte sie. »Ihr verbergt Eure Probleme so gut, daß die Gardistinnen unmöglich wissen können, daß Tries Euch aus ihrem Bett verbannt ... und sich eine andere gesucht hat.«

Ich sank auf die Liege, geschlagen. »Ich will es gar nicht wissen«, stöhnte ich. »Ich habe es von allen Dächern gebrüllt, was?«

»Nicht wirklich gebrüllt«, sagte Corais. »Aber Ihr wart sicher gut bei Stimme. Und obwohl die Dächer unserer schönen Stadt nicht gefährdet waren, mußte Polillo Euch doch vom Wasserturm am Exerzierplatz holen.«

Während ich noch am Schorf dieser neuerlichen Demütigung kratzte, erklang eine weitere Stimme, genauer gesagt, sie polterte vom Korridor herein wie ferner Donner.

»Wer nennt dort meinen Namen?« Der Stimme folgten schwere Schritte, und eine mächtige Gestalt füllte den Rahmen der Tür. »Bei den Göttinnen, die mich erschaffen haben: Ich schwöre, wenn ich eine dabei erwische, daß sie hinter meinem Rücken über mich redet, schneide ich ihr die linke Titte ab und laß mir eine Tasche daraus nähen.«

Es war Polillo, neben Corais meine zweite Ordonnanz. Während sie die letzten Worte sprach, duckte sie sich unter dem Türbalken und trat ins Zimmer. Polillo war weit über sieben Fuß groß, hatte unglaublich lange, wohlgeformte Beine und perfekte Proportionen, gerade genug gepolstert, daß die sehnigen Muskeln verborgen blieben, die zu stählernen Knoten wurden, wenn sie ihre Streitaxt schwang. Ihre Haut war fast so bleich wie meine, doch während mein Haar golden war, schimmerte das ihre eher hellbraun. Wäre sie statt Kriegerin Kurtisane geworden, hätte Polillo ein Vermögen verdienen können.

Als sie entdeckte, daß ich es war, die dort auf dem Bett saß, wich sie augenblicklich zurück. »Oh... tut mir leid, Hauptmann. Ich wußte nicht...«

Ich winkte ab. »Ich bin diejenige, die sich rundherum entschuldigen muß«, sagte ich. »Aber wenn du das Bedürfnis verspürst... dann reih dich ruhig hinter dem Nachttopf in die Schlange ein.«

Polillo lachte dröhnend und schlug mir auf den Rücken, wobei sie mir vor lauter guter Laune beinah die Schulter brach. »Du brauchst nur einen ordentlichen Kampf, der dir den Kopf zurechtrückt, Hauptmann«, sagte sie. »Und wenn diese wehleidigen Lycanther nicht kneifen, wirst du schon bald Gelegenheit dazu bekommen.«

Die Erwähnung Lycanths trat die Tür zur Verantwortung auf. Stöhnend kam ich auf die Beine, legte mein Schlafhemd ab und trottete zum Becken. Eine Dienerin hatte sich hereingeschlichen, während ich noch schlief, und dort stand ein Krug mit dampfendem Wasser, dazu ein reinigendes Kräuterbad auf einem Sockel neben dem Becken.

Über meine Schulter hinweg rief ich Corais zu: »Was für Neuigkeiten bringst du?«

Im Spiegel sah ich, daß Corais mit den Achseln zuckte. »Eigentlich keine Neuigkeiten. Es ist nur ein Haufen Gerüchte... manche gut... manche schlecht. Sicher ist nur, daß uns noch immer Krieg droht.«

Drei Wochen zuvor hatten uns die Archonten von Lycanth den Fehdehandschuh hingeworfen und eine Kriegsflotte ausgesandt, um die Verbindung zu unseren Verbündeten zu stören und unsere Handelsschiffe aufzubringen. Dieses Vordringen hatte an genau dem Tag begonnen, als Tries und ich stürmisch getrennter Wege gegangen waren. Und während ich jetzt dem Sekretär diktiere, wird mir klar, daß dies alles kein Zufall gewesen sein kann. Mein Beruf war der Kernpunkt unseres Streits, und da mein Beruf der Krieg ist, war die Nachricht aus Lycanth wie ein Schwert zwischen uns gefallen.

»Der Krieg mag uns sicher sein«, sagte ich düster zu Corais, »nur nicht, ob unsere hochgelobte Führung der Maranonischen Garde den Einsatz erlauben wird.«

Polillo platzte heraus: »Aber wir sind die besten Soldaten in ganz Orissa. *Jede* von uns würde es mit beliebigen zehn Männern aus jeder beliebigen Kaserne oder von jedem Exerzierplatz der Stadt aufnehmen. Warum in Maranonias Namen wollen sie uns nicht kämpfen lassen?«

Sie übertrieb unsere Fähigkeiten nur unwesentlich, doch die Antwort auf ihre Frage stand in meinem Spiegel geschrieben: Innerlich war ich eine Kriegerin, doch in einer Welt, die von Männern befehligt wird, setzt mich mein Äußeres herab. Ich sah meinen langen Hals und wußte, er wirkte zu zart, ungeachtet der Sehnen, die zuckten, wenn ich mein Schwert ergriff. Meine Haut war von jeher mein ganzer Stolz: Sie ist wundervoll anzusehen und zu berühren, und doch leidet sie nur wenig unter Hitze, Kälte oder hartem Drill. Zwar habe ich schon mehr als dreißig Sommer auf dem Buckel, doch meine Brüste sind fest und hoch, die Knospen von jungfräulichem Rosa. Meine Taille ist schmal, die Hüften, wenn auch schlank, gerundet wie eine Glocke, und dann ist da noch das goldene Dreieck zwischen meinen Schenkeln, das mein Geschlecht festschreibt.

Es war unwahrscheinlich, daß der Hohe Rat uns kämpfen ließ, und zwar aus drei – für sie – guten Gründen: Erstens: Wir waren Frauen. Zweitens: Wir waren Frauen. Und Drittens: Wir waren Frauen.

Jedermann in Orissa weiß von der Maranonischen Garde, doch nur wenige wissen etwas über sie, abgesehen von der offensichtlichen Tatsache, daß sie ausschließlich aus Frauen besteht. Wir sind eine Eliteeinheit, deren Ursprung bis weit zurück in die düstere Geschichte der Stadt reicht. Üblicherweise beträgt unsere Stärke fünfhundert Seelen, obwohl sie in Kriegszeiten auf beinah das Doppelte verstärkt wird. Wir alle preisen den Namen Maranonias, der Göttin des Krieges, und versprechen, unser Leben in ihren Dienst zu stellen. Bevor wir der Garde beitreten, müssen wir den Männern abschwören, obwohl das für die meisten von uns keine Belastung darstellt. Ich stehe mit meiner Vorliebe für die Gesellschaft und die Liebe einer Frau nicht allein da. Außerdem ist die Maranonische

Garde in dieser sogenannten zivilisierten Zeit, in der wir leben, die einzige Welt, in die eine Frau sich flüchten kann, wenn sie weder Ehefrau und Mutter noch Hure sein will. Unter denen, die sich nach dem Bett eines Mannes sehnen, ist der Handel sicher nicht den Aufwand wert.

Mein Schweigen half nicht, Polillos Frage zu beantworten. Als ich gewaschen und angezogen war, nagte sie noch immer am selben Thema herum wie eine Rinnsteinechse an einem Schweinsknochen.

»*Bestimmt* lassen sie uns mit den Männern marschieren«, beharrte Polillo. »Was meinst du, Corais?«

Corais gab ein weiteres anmutiges Schulterzucken von sich, das selbst ungestellte Fragen beantwortete. Sie war eine kleine, schlanke Frau mit hübschen, dunklen Zügen. War sie auch mitnichten ein Schwächling, bestanden ihre Stärken doch eher in Schnelligkeit und Verschlagenheit. Ich war die einzige in der Garde, die sie im Schwertkampf niederringen konnte, und ich prahle nicht, wenn ich sage, daß ich in all meinen Jahren als Soldatin noch niemanden getroffen habe, der mich besiegt hätte.

»Wenn wir marschieren, marschieren wir«, sagte ich. »Wenn nicht, nehmen wir jeden Auftrag an, den man uns gibt. Wir müssen bereit sein, egal wie unsere Befehle lauten.«

Meine äußerliche Haltung war eine verlogene Pose. In meinem Innersten brannte mehr als nur die Nachwirkung von zuviel Wein. Die Maranonische Garde hatte sich kaum je in ferne Schlachten gestürzt. Zwar hatten wir uns in unserer langen und ehrenvollen Geschichte bewiesen, indem wir auch die letzten Schützengräben vor den Toren der Stadt hielten, doch die Ratsmitglieder und Geisterseher wiesen beharrlich unser Flehen zurück, unseren Bruderkriegern an fernen Ufern in der Schlacht beizustehen. Wir seien die letzte Reserve, hatte man uns gesagt. Unsere heilige Mission sei es, Orissa zu bewachen. Nur war unter uns keine einzige Frau, die den wahren Grund nicht kannte, und dieser Grund war unser Geschlecht, das uns zu niederen Wesen machte, zu hübschen Streicheldingern, die beschützt werden mußten ... in den Augen unserer politischen Führer.

Wütend stampfte Polillo mit dem Fuß auf. »Ich werde kämpfen«, schwor sie. »Und kein Mann in dieser Stadt kann mich daran hindern!«

»Du tust, was dir befohlen wird«, fuhr ich sie an. »Und wenn du Ordonnanz bleiben willst, behältst du deine Ansichten für dich. Ich werde nicht zulassen, daß jemand die Frauen durch hitziges Gerede aufwiegelt.«

»Jawohl, Hauptmann«, sagte Polillo. Aber sie ließ den Kopf hängen, und ihre vollen Lippen bebten. »Das ist nicht fair.«

Corais tätschelte sie beschwichtigend. »Laß uns ein bißchen mit deiner Axt arbeiten«, sagte sie. »Wir hacken die Namen der Ratsmitglieder in die Übungspuppen, und du kannst ihnen die Schädel abschlagen.«

Polillo wischte eine vereinzelte Träne fort und lächelte. Sie war leicht aufzubringen – was sich manchmal als gefährlich erwies –, und sie trug ihr Herz vorn auf dem Waffenrock. Doch zum Glück war ihre gute Stimmung für gewöhnlich ebenso leicht wiederherzustellen.

»Du bist eine gute Freundin, Corais«, sagte sie. »Du weißt immer, wie du mich vor meinen Launen retten kannst.«

Doch bevor sie sich zum Übungsplatz aufmachten, sprach sie mich noch einmal an: »Warum redest du nicht mit deinem Bruder, Hauptmann? Vielleicht kann er ein paar Ratsmitglieder in unserem Sinne in die Nase kneifen.«

»Ich möchte meine Familienbeziehungen nicht gern nutzen«, gab ich zurück. »Die Garde wird aus eigener Kraft stehen ... oder fallen.«

Polillo legte die Stirn in Falten, doch Corais zerrte sie mit sich. Allein zog ich mich an. Mir blieb gerade noch genügend Zeit, es zum Ehrenritus im Namen meiner Mutter zu schaffen, der in Amalrics Villa abgehalten wurde. Ich trug meine Paradeuniform: glänzende Stiefel, eine kurze, weiße Tunika, einen polierten Harnisch mit Schwert und Dolch, einen goldenen Umhang bis zur Hüfte, ein halbes Dutzend schmale Goldringe an beiden Handgelenken, und zur Krönung meiner Ausstattung ein breites, goldenes Band um den Kopf. Ich besprühte mich ein wenig mit Orangenblütenduft und nahm meine liebsten Ohringe hervor. Auch diese waren aus Gold. Am linken Ohr befestigte ich einen juwelenbesetzten, kleinen Speer – dem nachempfunden, den unsere Göttin trägt, am anderen eine Nachbildung der Fackel Maranonias, auch sie juwelenbesetzt.

Ich warf einen letzten prüfenden Blick in den Spiegel. Während ich hineinstarrte, stellte ich fest, daß ich immer noch an der baumelnden Fackel, dem Symbol der wachen Weisheitssuche unserer Göttin, herumnestelte. Vielleicht hatte Polillo recht. Vielleicht ließ ich zu, daß mein Stolz der Ehre, die meine Garde verdient hatte, im Wege stand.

Also gut ... ich würde mit Amalric sprechen. Wenn irgend jemand die fetten Ärsche der Ratsmitglieder in Bewegung setzen konnte, dann mein jüngster Bruder.

Die gesamte Stadt war vom Kriegswahn ergriffen. Zwar war der Krieg noch nicht offiziell erklärt, doch ließ sich nicht übersehen, daß die Wogen höher schlugen als üblich. Im Palast der Geisterseher, oben auf dem Hügel, brodelte schwarzer Rauch aus den Kaminen der Konferenzsäle, in denen unsere Ratsmitglieder mit den Zauberkundigen zusammenhockten, um deren magischen Ratschlag einzuholen. In den Straßen kauften die Menschen an den Marktbuden in panischer Eile Waren, beluden Wagen und Säcke mit allem, was vielleicht bald rar werden mochte, und junge Raufbolde stürmten zu Pferd und zu Fuß durch die Straßen, grölten Schlachtgesänge und prahlten albern, was sie mit dem Feind anstellen wollten, wenn sie ihm auf dem Schlachtfeld gegenüberstünden. Hübsche Mädchen beäugten die Jungen von Fenstern und Eingängen aus, und ich zweifelte nicht, daß sie sich zu ihnen schleichen würden, noch bevor der Tag zu Ende ging. Tavernen machten ein mörderisches Geschäft, ebenso die Hexenbuden auf dem Markt, wo manch alte Vettel Knochen warf oder in blutenden Tierorganen nach Zeichen suchte, was die Zukunft bringen würde. Die Läden der Waffenschmiede waren erfüllt vom Klirren der Hämmer, und ich wußte, daß tief unten im Palast der

Geisterseher die Zauberer hart an den neuesten Zauberwaffen arbeiteten. Warum unsere Obersten noch immer redeten, anstatt zu *handeln*, wollte mir nicht in den Kopf.

Wie die meisten Soldaten bin ich Fatalistin... es kommt, wie es kommen muß. Ich mag Politiker nicht sonderlich, weil sie dazu neigen, die Absichten des Schicksals zu verschleiern. Sie zetern, als hätten sie tatsächlich die Wahl, während es besser wäre, die öffentliche Sicherheit zu wahren und sich genau anzusehen, was uns drohte. Man zeige mir einen Bergpaß, an dessen Ende etwas Wertvolles wartet, und ich verspreche, daß früher oder später Truppen mit habgierigen Absichten über diesen Pfad kommen. Legt eine gute Stelle für einen Hinterhalt fest, egal, wie einsam die Wildnis auch sein mag, und ich gehe jede Wette ein, daß – falls an dieser Stelle nicht schon Blut geflossen ist – es nur eine Frage der Zeit sein wird, bis dies geschieht.

Meiner Ansicht nach handelte es sich um eine Art Naturgesetz, daß die Lycanther unsere Feinde waren und baldmöglichst vom Leben in den Tod zu befördern seien. Wir waren so gegensätzlich wie Tag und Nacht. Orissa ist eine Handelsstadt voller Leben, Lachen und Liebe zu den Künsten. Wir sind ein Flußvolk, und wie alle Flußvölker sind wir Träumer. Wir wissen, daß es Sinn macht, hart gegen eine starke Strömung anzukämpfen, wenn man etwas erreichen will, denn uns ist auch klar, wie leicht es später dann sein wird, sich zurückzulehnen, in der Sonne zu aalen und von derselben Strömung heimwärts tragen zu lassen.

Lycanth dagegen war eine Kreatur der harten Küste einer ungestümen See. Seine Bürger trauten niemandem und begehrten alles. Sie lebten willentlich unter der Knute zweier Archonten, deren Wort, egal, wie teuflisch es sein mochte, strengstes Gesetz war. Auch die Lycanther waren Träumer, doch träumten sie von Eroberungen, wenn sie sich an ihrer felsigen Küste im Schlaf hin und her warfen. Sie träumten von einem riesigen Königreich, bestehend aus unseren Ländern und Reichen weit darüber hinaus. Dort sollten wir als dankbare Sklaven arbeiten.

Im Lauf der Jahre hatten wir Lycanth oft genug bekämpft, und unser ganzes soldatisches Talent hatte ihrer Begabung als seefahrende Krieger und ihrer Bereitschaft zu den grauenhaftesten Opfern bei massiven Frontalangriffen nur mit Mühe standhalten können. Beim letzten Mal hätten wir sie für alle Zeiten in Grund und Boden stampfen können, schreckten jedoch vor einem endgültigen Vernichtungsschlag zurück. Man mag dies für weise halten, wenn man den Politikern zustimmt, die sagten, ein geschwächtes Lycanth sei besser als gar kein Lycanth. Sie behaupten, sein Vorhandensein halte andere Feinde von unseren Grenzen fern. Es mag nicht überraschen, daß ich anderer Meinung bin. Meine Gründe: 1.) Ihre Archonten haben schon am ersten Tag nach ihrer Niederlage begonnen, gegen uns zu konspirieren. 2.) Amalric und der verstorbene – von mir keineswegs betrauerte – Janos Greycloak wurden auf ihrer Suche nach den Fernen Königreichen an jeder Ecke bedrängt und belauert. 3.) Als Amalric und Janos das Land entdeckten, das wir inzwischen als Irayas kennen, haben sie außerdem eine Verschwörung der Archonten mit Prinz Raveline aufgedeckt, mit der Orissa und Ravelines eigener Bruder, der König von Irayas, hintergangen werden sollten.

Soll das genügen? Das blutarme Ding, das als mein Schreiberling fungiert, sagt, ungeachtet des Gewichts meiner Argumente sei die ursprüngliche Entscheidung human und somit korrekt. Laßt mich weiter die Fakten aufzählen, die meinen Standpunkt untermauern. 4.) Mein Bruder kehrte aus den Fernen Königreichen nicht nur mit reichhaltigen Handelsverträgen zurück, sondern auch mit ungeheurem Zauberwissen, das König Domas bereitwillig mit uns teilte. 5.) Die Archonten von Lycanth wurden augenblicklich von Neid ergriffen und fürchteten besonders, daß sie wegen dieses neuen Wissens bald alle Hoffnung auf die Erfüllung des größten ihrer Träume aufgeben müßten: aus der Asche aufzuerstehen und uns zu zerstören. 6.) Augenblicklich machten sie sich daran, ihre heimliche Wiederaufrüstung zu beschleunigen. Die Fakten 7.) und 8.) sind weniger umstritten und haben sich erst kürzlich und fast gleichzeitig ergeben.

Geheime Patrouillen, die unsere Führer klugerweise kurz hinter der Grenze zu Lycanth postiert hatten – vorn am Ansatz der Halbinsel, auf der die Stadt errichtet war –, kehrten mit erschreckenden Nachrichten zurück: Lycanths große Mauer stand wieder. Vor Ewigkeiten war sie errichtet worden, noch bevor die Lycanther ihre Versuche, ein Reich aufzubauen, begonnen hatten, und sie war im Laufe endloser Jahrzehnte nicht nur von Sklaven, sondern auch von allen Schutzzaubern, derer die Archonten mächtig waren, gesichert worden. Dann, während des letzten Krieges, in dem mein Vater, Paphos Antero, gekämpft hatte, verbanden sich alle Geisterseher Orissas zu einem großen Bann, und in einer einzigen Nacht wurde die Mauer eingerissen. Nun stand sie also wieder, eine Befestigung, die als höhnender Beweis dafür gelten konnte, daß die Archonten sich mit Prinz Raveline nicht nur verschworen hatten. Er mußte auch so manches seiner schwarzen Geheimnisse in die Hände der lycanthischen Herrscher gegeben haben.

Das allein wäre schon Grund für einen Krieg gewesen, doch die Archonten – und das ist der letzte meiner Gründe – hatten auch jeden Friedensvertrag zwischen den beiden Städten gebrochen und ihre Flotte ausgesandt, unsere Handelsschiffe aufzubringen wie auch die unserer Verbündeten. Es war ein bewußt kriegerischer Akt, obwohl ich es eher als Piraterie ansehe und die Lycanther dadurch für mich nicht besser als jede andere Räuberbande sind.

Mein Schreiberling nickt mir widerwillig zu. Wenn der kleine Nager die Niederlage eingesteht, setze ich auch Euer Einverständnis voraus. Als Lycanth im letzten Krieg fiel, hätten wir ihre Stadt dem Erdboden gleichmachen und ihr Volk am Ende der Welt zerstreuen sollen, damit der Name Lycanth schon eine Generation später ohne jede Bedeutung gewesen wäre. Dann hätten wir den Boden versalzen sollen, auf dem ihre verfluchte Stadt stand.

Wo war ich? Ach, ja: Die Politiker politisierten, die Geisterseher zauberten, die Burschen prahlten, die Jungfern machten schöne Augen, und Orissa wappnete sich für den Krieg. Und ich war auf dem Weg zum Palast meines Bruders, um mit meiner toten Mutter Frieden zu schließen.

Die ganze Familie – abgesehen von Amalric – hatte sich vor ihrem Gartenschrein versammelt, als ich eintraf. Es war die Heilige Stunde der Stille, daher bekam ich die bösen Blicke meiner drei anderen Brüder und das überhebliche Naserümpfen ihrer Frauen ab. Aber die sind ignorantes Pack und leicht zu übersehen. Manchmal bezweifle ich, daß sie echte Anteros sind, und glaube, mein Vater muß sie auf dem Sofa einer mickrigen Dirne gezeugt haben. Als mir also Omerye winkte, mich zu ihr zu gesellen, schob ich mich dankbar durch die Reihen meiner Brüder, Vettern und anderer frostiger Verwandter zu einem Platz an ihrer Seite.

Omerye beugte sich zu mir und flüsterte: »Amalric ist im Palast. Er müßte bald kommen.«

Ich nickte. Es überraschte mich nicht, daß mein jüngster Bruder mitten im Geschehen steckte. Argumente summten in meinem Kopf herum, die ich ihm später unterbreiten wollte, doch bald schon ließen das Schweigen der anderen, der friedliche Duft und die Farben des Gartens all diese geschäftigen Gedanken verfliegen.

Meine Mutter Emilie war eine bescheidene Frau gewesen und hatte verzierte Schreine und Altäre unangemessen gefunden. Ich war gerade dabei, zur Frau heranzuwachsen, als sie starb, und mein Vater war zu gramgebeugt, sich angemessen um ihre Bedürfnisse im Leben nach dem Tode kümmern zu können. Amalric war damals noch ein kleines Kind, und obwohl meine anderen Brüder – insbesondere Porcemus, der älteste – entschlossen waren, ein kunstvolles, tempelähnliches Ding zu ihren Ehren zu errichten, hatte ich mich wütend im Sinne meiner Mutter eingesetzt und gewonnen. Statt des Tempels wurde ein schlichter, steinerner Schrein unter einen kleinen Rosenstock gesetzt. Statt eines kunstvollen Abbildes ihres Gesichts, wie es den Schrein meines toten Bruders Halab ziert, forderte ich, der Stein solle leer bleiben. Allerdings liebte meine Mutter das Rauschen sanft fließenden Wassers, und daher ließ ich einen Geisterseher einen Zauber sprechen, daß ein kleiner Strom ständig vorn über den Stein tröpfelte und in einen kleinen Tümpel sickerte, der von abgefallenen Rosenblüten bedeckt war.

Während ich den Schrein betrachtete, spürte ich, wie zwanzig Jahre alter Stolz sich in mir regte. Es war mein erster wirklicher Sieg gewesen. Ich war ein wildes Kind, das am liebsten auf Bäume kletterte, mit Steinen nach Vögeln warf und kleine Jungen verprügelte, die mich verspotteten, weil ich ein Mädchen war. Alle beklagten sich ständig über das Unheil, das ich anrichtete, nur mein Vater und meine Mutter nicht. Mein Vater meinte, irgendwann werde ich dem entwachsen und schon bald affektiert herumkichern wie alle anderen hübschen Mädchen. Meine Mutter sagte gar nichts, doch wenn ich mich in ihrer Gegenwart danebenbenahm, lächelte sie nur und tat, als sei das ganz normal. Sie ermutigte mich zu lernen und ließ mir von meinem Vater einen Hauslehrer besorgen, genau wie die Jungen reicher Familien einen haben. Als ich ihr eines heißen, schicksalsträchtigen Abends – wir waren alle in ihrem Zimmer und die Luft ganz stickig von all den Geheimnissen zwischen Mutter und Tochter – gestand, daß ich um jeden Preis Soldatin werden wollte, stöhnte sie weder entsetzt auf noch weinte sie, weil sie glaubte, einen Fehler begangen zu haben. Statt dessen erklärte sie mir, es habe viele Dinge in *ihrem* Leben gegeben, die sie hatte erreichen wollen, doch wegen ihres Geschlechts nicht verwirklichen konnte.

»Oh«, klagte ich mit jugendlicher Inbrunst, »warum sind wir als Frauen geboren, Mutter? Warum können wir nicht Männer sein?«

Da erst war sie erschrocken. »Das habe ich nicht gemeint«, sagte sie. »Ich habe mir nie gewünscht, daß mir männliche Teile wachsen. Soweit ich bisher sehen konnte, schwächt ein Penis nur das Hirn. Nein, meine Liebe, bete nicht, ein Mann zu sein. Bete nur um dieselben Freiheiten wie die Männer, und wenn du sie bekommst, wirst du zufrieden sein. Ich will dir ein Geheimnis verraten: Ich glaube, eines Tages wird unsere Zeit kommen, und wenn es soweit ist, werden die Frauen weit eher in der Lage sein, sich um die Welt zu kümmern als irgendein Mann, den ich je kennengelernt habe.«

»So lange kann ich nicht warten«, rief ich aus. »Ich werde alt sein, und alte Leute läßt man nicht Soldat werden.«

Meine Mutter sah mich lange an, dann nickte sie. »Wenn es das ist, was du sein willst«, sagte sie, »dann sollst du es bekommen.«

Eine Woche später stellte mein Vater einen pensionierten Sergeanten ein, der mich das Kämpfen lehren sollte. Kein Wort hat er je darüber verloren, sondern nur gelächelt, wenn ich nach einem harten Tag mit dem Holzschwert über die blauen Flecken klagte. Ein Jahr später reichte dieses Lächeln von einem Ohr zum anderen, als ich den Sergeanten in jeder einzelnen Disziplin übertroffen hatte und er gegen einen erfahreneren Lehrer getauscht werden mußte. Als meine Mutter starb, war ich besser als jeder andere Jugendliche der ganzen Stadt... zumindest besser als diejenigen, die es wagten, sich mit dem kriegerischen Mädchen zu messen. Ich war eine junge Frau von sechzehn Jahren, als ich der Maranonischen Garde beitrat. Ich habe es nie bereut.

Die süßen Klänge einer Leier schmeichelten mich aus meiner Träumerei. Es war Omerye, die unbemerkt den Platz an meiner Seite verlassen hatte, jetzt auf einem Hocker neben dem Schrein saß und ihr wundervolles Instrument spielte. Sie blickte beim Spielen über die anderen hinweg zu mir herüber und begann ein leises Lied, von dem ich wußte, daß es mir gewidmet war. Ich sah die sanften Wellen ihres roten Haars, so leuchtend wie das Amalrics, und dachte, welch glücklicher Mann mein Bruder doch war, eine solche Frau gefunden zu haben. Ich hatte einmal eine Geliebte gehabt, die mich so tief angerührt hatte, wie Omerye meinen Bruder anrührte. Nicht Tries, nein, Otara mit ihrem kehligen Lachen und den weichen Armen und Händen, mit denen sie die Dämonen aus meinem Kopf streicheln konnte. Lange Jahre war sie meine Geliebte gewesen, bis zu ihrem Tod, und ich vermute, in mancher Hinsicht war sie mir auch Ersatz für meine Mutter.

Verzeih, wenn ich weine, Schreiberling. Nur lach nicht, als wolltest du sagen, so sei nun mal die weibliche Natur. Falls du es wagst, oder es auch nur denkst, vergesse ich meinen Schwur, und du wirst nie mehr lachen können. Otara ist mir nah, und als ich geschworen habe, nur die Wahrheit zu sagen, wußte ich sehr gut, daß ich Dinge würde preisgeben müssen, die ich nur widerstrebend eingestehe. Es mag noch einige Tränen geben, bis dieses Buch beendet ist, also hüte dich, es sei denn, einige der Tränen kämen auch von dir. Nun laß mich meine Augen wischen und die Gedanken sammeln…

Während Omerye sang, trauerte ich um Otara. Dann wandelte sich das Lied, und ich fühlte mich befreit. Die Leier nahm eine verspielte Melodie auf. Sie erinnerte mich an das Lachen meiner Mutter, und unwillkürlich blickte ich zum Schrein hinüber. Ich sah zu, wie das Wasser am Moos entlangsickerte, das sich dort an den Stein klammerte, und entdeckte in der Form von Moos, Wasser und den Schatten der Rosenblätter das Gesicht meiner Mutter. Es schien lebendig zu werden, und ich sah, wie sie die Augen aufschlug und die Lippen bewegte. Der schwere Duft von Sandelholz lag in der Luft… ihr Lieblingsparfum. Ich spürte, wie eine warme Hand meinen Nacken berührte und hörte ein Flüstern… ihre Stimme. Sie war so leise, daß ich nicht verstand, was sie sagte, doch wußte ich, wenn ich genau zuhörte, würde das anders sein. Ich glaube, ich habe mich gefürchtet… nein, ich bin mir dessen sogar sicher, denn plötzlich dachte ich… das ist Unsinn. Hier ist nach wie vor nur mein schwerer Kopf am Werk. Deine Mutter war eine gewöhnliche Sterbliche, genau wie du. Sicher nicht von der Sorte, die sich als Geist betätigt. Ich warf den Kopf zurück, und das Flüstern erstarb. Der Duft verflog, und als ich zum Schrein sah, war auch das Gesicht nicht mehr dort. Omerye hatte aufgehört zu spielen. Ich sah, wie sie die Stirn runzelte und den Kopf schüttelte. Ich fühlte mich, als hätte ich eben etwas Wichtiges versäumt, und der Verlust war schmerzlich.

Dann gingen alle Gedanken an Geliebte, Geister und schmerzlichen Verlust im Donner der Hufe draußen vor der Villa unter.

Amalric kehrte vom Palast der Geisterseher heim.

Er brachte uns die Nachricht, man habe den Krieg erklärt. Der Rest dieses Festtages meiner Mutter ging in ängstlich aufgeregtem Geplapper unter. Alle Bürger Orissas sollten sich am selben Abend im

Großen Amphitheater versammeln, um die öffentliche Bekanntmachung zu hören, die zweifellos von moralinsaurem Pomp begleitet sein würde.

Mein Bruder beruhigte jedermann, so gut er konnte, und gab sich alle Mühe, die Nerven zu bewahren, als sie ihn mit dummen Fragen bestürmten: wie lange der Krieg dauern werde; welche finanziellen Verluste die Familie werde hinnehmen müssen; welche Waren seiner Ansicht nach knapp würden, damit man schon jetzt mit Blick auf den kommenden Schwarzmarkt das Horten beginnen konnte. Obwohl Amalric das jüngste Kind meines Vaters ist, stellt er doch unangefochten das Oberhaupt der Familie dar. Klugerweise hatte mein Vater die anderen Brüder übergangen – die allesamt ebenso schwach und faul wie dumm waren – und sein Handelsimperium auf Amalric übertragen. Natürlich hatte dies einigen Neid und Ärger mit sich gebracht, doch die starke Persönlichkeit meines Bruders und sein Ruhm als Entdecker der Fernen Königreiche hielten die Wiesel in ihren Löchern. Später suchte Amalric meinen Blick und winkte, ich solle ihm in sein Arbeitszimmer folgen. Dann schickte er sie allesamt nach Haus und erinnerte sie daran, zur großen Versammlung zu kommen.

Als ich wenige Minuten danach neben seinem Schreibtisch Platz nahm, sah ich an dem grimmigen Zug um seinen Mund und der hellen Farbe seiner Haut, daß die Kriegserklärung nicht die einzige Neuigkeit war.

»Was verbirgst du, herzallerliebster Bruder?« fragte ich. »Mach schon... erzähl mir das Schlimmste zuerst.«

Er lachte, doch seine Stimme klang scharf. »Vor dir kann ich nichts verbergen, was, große Schwester?«

»Das macht die lange Übung, mein Lieber«, gab ich zurück. »Bevor aus dir ein ausgewachsener und... ich wage zu behaupten... *verantwortungsvoller* Mann wurde, habe ich dich mit Echsen in den Taschen erwischt, und etwas später mit Dirnen im Bett.«

Mein Bruder war noch klein gewesen, als unsere Mutter starb, so daß ich ihn praktisch aufgezogen hatte. Wir hatten uns immer nahegestanden und Geheimnisse ausgetauscht, die wir nicht einmal im Traum unseren lieben Verwandten anvertraut hätten.

»Also, raus damit, Amalric«, sagte ich. »Erzähl deiner klugen Schwester, worüber diese Dummköpfe im Palast in Panik geraten.«

Amalric brachte ein schiefes Lächeln hervor. »Obwohl wir reichlich Hinweise bekommen haben«, sagte er, »sind unsere Truppen kaum auf einen echten Krieg vorbereitet«, sagte er.

»Das versteht sich von selbst«, erwiderte ich. »Obwohl *meine* Frauen bereit genug sind. Wir haben unser Übungspensum verdoppelt und befinden uns in ständiger Alarmbereitschaft, seit das erste Säbelrasseln aus Lycanth zu hören war. Ich habe sogar, ohne daß ein Befehl dafür vorlag, zusätzliche Rekruten werben lassen und zahle die Kosten dafür aus einer meiner frei verfügbaren Geldschatullen, wofür man mich wahrscheinlich meines Postens entheben könnte.«

Der unverblümte Tonfall verriet meine Verbitterung. Amalric warf mir einen seltsamen Blick zu, dann fuhr er fort.

»Nun, der Rest unserer Truppen wird es euch nachtun«, sagte er. »Besonders, seit der Hohe Rat unsere inkompetenten Kommandeure gemaßregelt hat.«

»Sie werden noch lernen, ihrer Sache gewachsen zu sein«, sagte ich und gestand zähneknirschend ein, daß meine männlichen Kameraden nicht gänzlich wertlos waren. »Was bedeutet, daß dieses Problem bald gelöst sein wird und jedermann davon weiß. Wenn sich die Ratsherren und Geisterseher also immer noch in die Hosen scheißen, dann muß es um eine *wirklich* große Sache gehen.«

Amalric seufzte. »Es hat mit Zauberei zu tun«, sagte er.

»Ich hätte es wissen sollen«, erwiderte ich. »Aber sie sind allesamt überängstliche Narren. Haben sie kein Vertrauen in ihre eigenen Künste? Oder sind sie faul gewesen und haben die Geheimnisse, die du aus Irayas mitgebracht hast, ignoriert?«

»Natürlich nicht. Aber auch die Archonten arbeiten hart daran«, sagte Amalric. »Und es scheint, als hätten sie von Prinz Raveline mehr über die Schwarze Magie erfahren, als wir vermutet hatten. Unsere Geisterseher fürchten, daß sie uns Zauber um Zauber gewachsen sind. Sieh dir diese verdammte Mauer auf der Halbinsel an, die sie neu errichtet haben. Einer der Geisterseher hat gesagt, niemand im Palast, nicht einmal Gamelan, könne über Nacht einen solchen Zauber vollbringen.«

»Na und?« höhnte ich. »Am Ende entscheidet immer der harte Stahl über eine Schlacht. Ihre Archonten haben also ein paar Zaubertricks ausgearbeitet, die sie vor unseren Waffen schützen sollen. Das heißt doch nur, daß *unsere* Zauberer einen Gegenbann finden müssen und so weiter und so fort, bis es an uns gemeinen Soldaten ist, auf altmodische Weise zu siegen, mit Klingen, Äxten, Knüppeln und Bogen. Keine Sorge. Wir haben sie in der Vergangenheit noch jedesmal geschlagen. Die Zauberei wird nicht alles ändern können.«

»Normalerweise würde ich dir recht geben«, sagte Amalric. »Denn soviel habe ich von Janos Greycloak über den Schlachtenzauber gelernt. Er mag ein großer Zauberer gewesen sein, aber in erster Linie war er stets ein praktisch denkender Krieger.«

Er schenkte sich ein Glas Wein ein. Ich winkte ab, als er mir etwas anbot, und nahm statt dessen kaltes Wasser.

»Diesmal allerdings«, fuhr er fort, »kursieren ein paar scheußliche Geschichten von furchtbaren Waffen, an denen die Archonten arbeiten. Ich weiß, daß es, wenn Krieg droht, mehr Gerüchte gibt als Ungeziefer im Schweinetrog. Nur berichtet Gamelan von seltsamen Störungen im magischen Äther, die ihn veranlassen, diesen Gerüchten Glauben zu schenken.«

Ich schwieg. Gamelan war nicht nur der Oberste Geisterseher und unser mächtigster Zauberer, sondern auch ein alter Mann, der schon viel gesehen hatte und für seine kühle Urteilskraft bekannt war. Wenn Gamelan sich sorgte, mußte es wirklich Grund zur Unruhe geben.

»Was noch?« fragte ich, denn ich spürte, daß dies nicht die einzige schlechte Nachricht war.

»Die Archonten versuchen, König Domas auf ihre Seite zu ziehen«, sagte mein Bruder. »Er ist ein umsichtiger Monarch, und daher glaube ich kaum, daß sie damit Erfolg haben werden. Es sei denn ... sie könnten ihn davon überzeugen, daß unsere Sache hoffnungslos ist. Dann wird er tun, was jeder verantwortungsvolle Herrscher tun würde: Er wird den vermeintlichen Sieger unterstützen.«

Sollte das geschehen, hatten wir keine Chance. Die Fernen Königreiche sind uns in der Praxis der Magie weit überlegen. Sie waren unsere Verbündeten, dank Amalric. Doch würde es auch so bleiben?

»Das werden wir sehen, wenn es soweit ist«, sagte ich und kehrte in den sicheren Hort des Fatalismus zurück. »Sollte es jemals soweit kommen.«

»Das zu verhindern wird meine einzige Aufgabe sein, bis der Krieg vorüber ist«, sagte mein Bruder. »Die Ratsherren haben mich nach Irayas bestellt. Ich soll König Domas bei Laune halten.«

Ich mußte nicht in seine düstere Miene blicken, um zu wissen, wie ärgerlich er darüber war. Nicht nur würde er den Kampf versäumen, sondern er wäre auch gezwungen, so lange in der Fremde zu leben, wie der Krieg andauerte.

»Wann willst du reisen?« fragte ich.

»In wenigen Tagen«, sagte er. »Sobald ich meine Sachen zusammen habe und ein Schiff bereitsteht.«

Beide überlegten wir, was die Zukunft uns bringen mochte. Ich glaubte nicht, daß mein Bruder viel Zeit haben würde, mir bei meiner Aufgabe zu helfen.

»Bevor du gehst«, sagte ich, »möchte ich, daß du mit dem Hohen Rat sprichst. In diesem Kampf wird jeder einzelne gebraucht. Die Maranonische Garde *darf* nicht zu Haus bleiben!«

Amalric schüttelte den Kopf. »Ich habe das Thema schon angesprochen«, sagte er. »Und trotz all meiner Argumente ... wurde ich abgewiesen.«

Ich war am Boden zerstört, sprachlos, daß ich so schnell verloren haben sollte.

»Aber wieso?« rief ich, obwohl ich – wie gesagt – die Antwort bereits kannte.

»Aus den üblichen Gründen«, sagte er. »Stundenlang habe ich mir ihre ermüdenden alten Argumente angehört.«

»Laß mich die Gründe aufzählen«, sagte ich und hatte meine Wut kaum mehr unter Kontrolle. »Die Götter haben Frauen sanft gemacht, und es ist unnatürlich, daß sie Krieger sein sollten. Wir sind weder stark noch ausdauernd genug, ins Feld zu ziehen. Unsere Launen werden von Monatsblutungen bestimmt. Wir sind nicht vernunftbegabt, sondern Opfer vorübergehender Neigungen. Männliche Soldaten hätten nicht genug Vertrauen, an unserer Seite zu kämpfen, oder sie wären allzu bemüht, uns zu beschützen, würden ihr eigenes Leben und den Auftrag riskieren. Wir, ihre Töchter, würden Huren werden, da es eine altbekannte Tatsache ist, daß Frauen keine Kontrolle über ihre natürlichen Instinkte haben und jedem Mann in Sichtweite zu Willen sein wollen. Und wenn man uns gefangennimmt, wird der Feind uns vergewaltigen und die Männlichkeit Orissas damit in den Dreck ziehen.«

»Ich glaube, du hast kein Argument ausgelassen«, sagte mein Bruder trocken. »Der letzte Grund hat die hitzigsten Kommentare hervorgerufen.«

»Ach, Echsenscheiße!« sagte ich.

»Genau meine Meinung«, sagte Amalric. »Auch wenn meine Erwiderungen nicht derart farbenfroh oder treffend waren. Hinzu kommt etwas, was ich bisher noch nicht erwähnt habe. General Jinnah wird der Truppe vorstehen. Und er erhob auch den lautstärksten Einspruch, als es um den Einsatz der Maranonischen Garde ging.«

Ich war wütend wie nie zuvor. Jinnah als Oberkommandeur! Eigentlich hätte mich das nicht überraschen dürfen. Jinnah war einer dieser Soldaten, die ein Land in Friedenszeiten hervorbringt, wie ein Komposthaufen Maden nährt. Sie sind alle gleich: stammen aus feinen Familien, gehen auf feine Schulen, dienen auf genau dem richtigen Posten zu genau der richtigen Zeit, um befördert zu werden, können gut mit ihren Vorgesetzten umgehen, sind ruhig und doch resolut gegenüber Politikern und fast immer gutaussehend und würdevoll, genau das Bild, dem ein Führer entsprechen sollte. Und nie wurden sie von einem Skandal besudelt. Zu Kriegszeiten wandeln sich all diese Vorzüge zu Mängeln: Ihre Familien und Lehrer haben seit Generationen weder originelle Ideen noch originelle Menschen über ihre Schwelle gelassen. Ihr Kotau vor den Herren entpuppt sich als Spott, da sie ihre Vorgesetzten für noch dümmer halten als sich selbst. Wenn sie enttäuscht werden, leben sie ihre Wut aus, indem sie Untergebene mit Arroganz und Geringschätzung strafen. Schließlich sind sie Skandalen nur dadurch entgangen, indem sie niemals *irgend etwas* getan haben, wenn sie nicht unbedingt mußten, und dann auch nur, wenn es einen tadelnswerten Untergebenen gab, dem sie die Schuld zuschieben konnten, falls die Sache danebengehen sollte. Was ihr kultiviertes Äußeres angeht, so habe ich noch nie ein hübsches Gesicht gesehen, mit dem man einen Speerhieb abwehren konnte.

Kurz gesagt, hatte ich das Gefühl, General Jinnah sei ein Spiegel all dessen, was mit der Armee Orissas falsch gelaufen war, während sie in den langen Jahren des Friedens vor sich hin geträumt hatte.

Ich war mit dem Mann noch nie aneinandergeraten, obwohl ich einmal im Manöver, als man uns die Aufgabe zugeteilt hatte, den Feind zu mimen, meine Garde mit einer regelwidrigen Taktik in die »Schlacht« geschickt hatte, die nicht nur seine Angriffstruppe »vernichtete«, sondern auch seine höchst präzisen, höchst absurden Zeitpläne in einen Scherbenhaufen verwandelte. Nicht, daß er eine direkte Konfrontation mit mir gesucht hätte. Jinnah war als Feind alles entfernt Neuen oder Originellen bekannt, ganz ähnlich unseren Stadtvätern.

Meine Wut verrauchte, und übrig blieb nichts als Verzweiflung. Tränen verschleierten meinen Blick, wenn auch keine einzige fallen wollte. Ich hörte, daß Amalric sich erhob, und einen Augenblick später spürte ich seinen tröstenden Arm um meine Schultern.

»Sag nicht, daß es dir leid tut«, knurrte ich. »Sonst verliere ich alles, was mir an Würde geblieben ist.«

Meine Warnung war unnötig. Amalric kannte mich zu gut, als daß er ein Wort gesagt hätte. Doch seinen Arm schüttelte ich nicht ab. Solch eine ruhige, liebevolle Berührung hatte ich lange vermißt.

Ich dachte an jenen Augenblick im Gehölz, als ich das Gesicht meiner Mutter auf dem Schrein gesehen, das Sandelholzparfum gerochen und ihr unverständliches Flüstern gehört hatte. Warum hatte ich sie zurückgewiesen? Weil, so schalt ich mich, dort kein Geist *gewesen* war. Du hattest nur einen schwachen Moment wegen deines Katers. Das alles ist nur in deiner Phantasie passiert. Doch ein Teil von mir begehrte auf. Phantasie oder nicht, sagte dieser Teil, einen Augenblick lang hast du es *geglaubt*. Ob nun Geist oder Phantasie, in jedem Fall hast du sie abgewiesen. Warum? Ich wußte es nicht. Falls es eine Antwort gab, schien sie am Boden eines tiefen Abgrunds zu liegen.

Als könne er meine Gedanken lesen, sagte Amalric: »Mutter wäre stolz auf dich, große Schwester.«

»Woher willst du das wissen?« sagte ich, und meine Stimme klang unangemessen scharf. »Du erinnerst dich doch kaum an sie.«

Amalric sank auf den dicken Teppich und lehnte sich an mein Knie. So hatten wir vor langer Zeit zusammengesessen, als er noch ein kleiner Junge war und ich die allwissende Heldenschwester.

»Du hast mir genug über sie erzählt«, sagte er, »daß ich mir dessen ganz sicher bin.«

Ich schnaubte, genoß seine Worte aber dennoch.

»Wie war sie eigentlich wirklich?« fragte er, und seine Stimme klang so hell wie die des kleinen Jungen vor so langer Zeit.

»Du hast das alles schon gehört«, sagte ich.

»Erzähl es mir noch mal«, bettelte er. »War sie schön?«

»Wunderschön«, sagte ich, als ich an ihre helle Haut, die großen Augen und die schlanke Gestalt dachte.

»War sie sanft und weise?«

»Sie war die weiseste und sanfteste aller Mütter«, antwortete ich mechanisch.

»Erzähl mir, warum hat sie dich Rali genannt?« fragte mein Bruder.

»Auch die Geschichte hast du schon gehört«, sagte ich. Doch er drückte meine Hand, und so erzählte ich sie noch einmal, denn meinem Bruder hatte ich noch nie einen Wunsch abschlagen können.

»In dem Dorf, in dem sie geboren wurde«, sagte ich, »gab es beim Brunnen ein altes Götzenbild. Es war die Statue eines jungen Mädchens, einer Heldin aus alten Zeiten. Sie wurde in der Wildnis gefunden ... von Tieren aufgezogen, wie manche sagen. Als sie ins Dorf kam, hatte sie keine Vorstellung von Recht oder Unrecht und benahm sich, wie die Natur es ihr befahl. Sie war ebenso kräftig wie die Jungen und ihnen körperlich in jedem Wettbewerb überlegen. Doch außerdem war sie schön, und daher wurde sie auch noch begehrt. Das ganze Dorf war von ihrem Verhalten empört, und die Dorfältesten verbannten sie aus ihrer Mitte. Kurz nachdem sie fort war, griffen feindliche Soldaten an. Es waren so viele, und sie waren so wild, daß es aussah, als wäre das Dorf verloren. Doch aus dem Dunkel der Nacht ritt das Mädchen auf den Schultern einer großen, schwarzen Katze heran. Und nicht nur Mädchen und Panther kamen, sondern auch alle Tiere mit Reißzähnen und Klauen schossen brüllend aus dem Wald hervor und fielen über die Feinde her. Bald war das Dorf gerettet, und die Tiere – und das Mädchen – verschwanden. Der Sage nach kehrt das Mädchen immer, wenn es Schwierigkeiten gibt – wenn übermächtige Gefahr droht – zurück, um die Dorfbewohner zu retten. Daher haben sie ein Denkmal aufgestellt, um sich selbst daran zu erinnern, denn wenn jemand seltsam erscheint, heißt das nicht, daß er notwendigerweise böse ist.«

»Und dann haben sie ihr einen Namen gegeben«, sagte Amalric. »Sie haben sie Rali genannt.«

»Warum?«

»Weil ...« Und ich erinnerte mich daran, wie mir meine Mutter diese Geschichte zum ersten Mal erzählt hatte. Ich hatte auf ihrem Schoß gesessen, und sie hielt mich in den Armen. Ich hatte ihr dieselbe Frage gestellt, und sie hatte mir dieselbe Antwort gegeben, die nun auch ich geben wollte.

»Mutter sagte, es sei ein altes Wort ... aus ihrem Dorf. Rali heißt

Hoffnung. Und dieser Name war der erste, der ihr einfiel, als sie mich an ihre Brust drückte.«

Lange saßen wir schweigend da. Schließlich nahm mich Amalric noch einmal fest in den Arm und stand auf. »Danke für die Geschichte«, sagte er.

Ich grinste. »Ich sollte diejenige sein, die sich bedankt, liebster Bruder. Obwohl sich nichts geändert hat... nach deinem kleinen Trick fühl ich mich besser.«

Amalric machte sich nicht die Mühe, seine Absicht zu verhehlen. Statt dessen nahm er meine Hand mit den Worten: »Ich werde den Hohen Rat noch einmal fragen.«

Ich nickte nur. Doch in meiner Brust, ich gebe es zu, da rührte sich ein kleiner Funke von ... Hoffnung.

An jenem Abend versammelte sich die ganze Stadt im Großen Amphitheater. Reiche drängten sich neben Armen, der Fischhändler neben dem feistem Kaufmann, die Markthexe neben der edlen Dame mit spitzer Nase. Auf der riesigen Bühne in der Mitte der mächtigen Arena standen unsere Führer: die Ratsherren, Gamelan und seine Obersten Geisterseher, die Militärkommandeure, die Handelsfürsten, und an der Seite, auf einem Ehrenplatz, mein Bruder Lord Antero. Ein Zauber vergrößerte ihre Bilder, daß alle sie sehen konnten, und verstärkte ihre Stimmen, daß jedermann sie hören konnte.

Ich wußte, daß Amalric – wie versprochen – die Ratsmitglieder erneut gedrängt hatte, es sich mit der Maranonischen Garde noch einmal zu überlegen. Er hatte keine Zeit gehabt, mir ihre Antwort zu übermitteln, doch wußte ich von der Entscheidung, seit der Bote eine Stunde vor der Versammlung in unsere Kaserne gelaufen kam. Der Hohe Rat ersuchte uns höflich, an jenem Abend eine besondere Rolle zu spielen. Fünfzig von uns wurden gebeten, als Ehrengarde zu fungieren. Als Symbol für unsere wichtige Rolle als Beschützerinnen Orissas sollten wir unsere Statue von Maranonia mitbringen, und man würde Gebete zu ihr sprechen und reiche Opfer bringen.

Mit anderen Worten: Sie lehnten ab und warfen uns einen Knochen hin, um unserem Stolz zu schmeicheln.

Ich sagte meinen Soldatinnen kein Wort davon, und als wir uns hinter den großen Toren des Amphitheaters postierten und um die Statue versammelten, strahlten die Gesichter der Frauen vor Stolz. Polillos Strahlen war so hell, man hätte damit die Nacht erleuchten können, und Corais war so angespannt, daß sie vergaß, eine der Soldatinnen wegen eines Flecks auf ihrem goldenen Umhang zu maßregeln. Auch ich war stolz auf meine Soldatinnen, ihren Kampfgeist, ihre Erfahrung, ihren Glauben, obwohl ich sicher war, daß die Enttäuschung kaum eine Stunde auf sich warten lassen würde. Ich sah in Maranonias Gesicht und flüsterte mein eigenes Dankesgebet, einer so feinen Truppe vorstehen zu dürfen. Die Göttin antwortete mir nicht, aber ich glaubte, ein Aufglänzen in ihren Juwelenaugen zu sehen. Sie schien aufrechter zu stehen als zuvor, die Fackel ausgestreckt, den goldenen Speer hocherhoben.

Ich senkte den Blick, als Gamelan zur Mitte der Bühne ging, um die Götter um ihren Segen für diese Versammlung zu bitten. Er war eine große Vogelscheuche von einem Mann, mit langen, weißen Locken und einem Bart. Er streckte die Arme hoch in die Luft, und die Ärmel seines schwarzen Geisterseherumhangs fielen zurück und enthüllten lange, knochige Arme.

»Wir preisen Te-Date!« rief er.

»Wir preisen Te-Date!« donnerte die Menge als Antwort, und heiß kochte das Blut in unseren Adern.

»Oh, Großer Gott Te-Date«, stimmte Gamelan ein, »dein demütiges Volk hat sich hier vor dir versammelt, um dich in dieser Stunde größter Not um Hilfe anzuflehen. Böse Zauberer verschwören sich gegen uns. Sie begehren unser Land – dein Land – und wollen uns zu Sklaven machen, uns, deine treuen Diener. Orissa ist in großer Gefahr, oh, Großer Gott Te-Date. Orissa ist...«

Ein füchterliches Wutgeheul zerriß die Nacht. Der klare, sternenübersäte Himmel wurde von einer mächtigen Wolke verdunkelt. Aus dem Heulen wurden zwei Stimmen, die unisono sangen:

Komm, Dämon,
Friß, Dämon.
Die Falle schnappt zu,
Die Ratten sind im Nest.
Komm, Dämon,
Friß, Dämon!

Nicht einer unter den Tausenden mußte fragen, wer dort sprach. Kein Junge, kein Mädchen, Krieger oder Lord mußte sich fragen. Es waren die Archonten von Lycanth, denen der erste Schlag in diesem Krieg vergönnt war. Es mochte wohl auch der letzte Schlag sein, denn unsere gesamte Stadt war im Amphitheater gefangen, auf Gedeih und Verderb dem Zauber der Archonten ausgeliefert.

Hinter mir war Donner zu hören, und ich fuhr herum und sah, wie die großen Tore der Arena aufbrachen, von einer ungeheuren Macht aus den Angeln gerissen. Kaum lagen die Tore im Staub, als ein gigantischer Dämon mit einem Satz durch die Öffnung sprang. Er landete auf allen vieren und wandte den Kopf von hier nach dort, um das Ausmaß des Festmahls abzuschätzen, das ihm die Archonten versprochen hatten. Das Untier schien halb Hund, halb Affe zu sein. Es hockte auf dicken Hinterbacken, und ein langer Greifschwanz ragte obszön auf. Es hatte geschmeidige Arme mit verfilztem, schwarzem Fell und scharfe, gekrümmte Krallen. Es hatte die Schnauze eines Jagdhunds, riesige sägeblattartige Zähne und die flachen Ohren eines Affen. Drei blutrote Augen, die nebeneinander vorn an seiner Stirn prangten, zuckten hin und her.

Das starre Entsetzen wurde zur Panik, die Arena füllte sich mit gräßlichem Geschrei, und überall und nirgends rannten Menschen. Gamelan und unseren anderen Geistersehern blieb keine Zeit, sich einen Gegenzauber einfallen zu lassen, selbst wenn ein solcher gegen einen derart mächtigen Bann existieren mochte. Die anderen Führer auf der Bühne schienen gleichermaßen gelähmt.

In Panik lief eine junge Frau vor das Untier, und es brüllte vor Freude, hob sie mit den Klauen auf und stopfte sich die schreiende

Frau in den schwarzen Schlund. Ihr zappelnder Leib hing einen Augenblick zu beiden Seiten aus seinem Maul... man hörte einen letzten Schrei... und sie war weg.

Hungrig machte sich der Dämon über den Rest von uns her.

Ohne nachzudenken zog ich mein Schwert und ging auf das Vieh los... mit dem wilden, heulenden Schlachtruf einer Maranonischen Kriegerin. Im selben Augenblick stimmten meine Schwestern mit ein, und unser Schrei erschütterte die Nacht mit seiner Wildheit. Wir waren eine Stimme, ein Leib und ein Gedanke.

Der Dämon fuhr herum und sprang auf uns zu. Wir griffen an, bereit zu tun, was die Maranonische Garde tut, wenn Orissa auf dem Spiel steht... kämpfen und weiter kämpfen, bis auch die letzte von uns gefallen oder der Feind vernichtet ist.

Wir waren Berserker, wild vor Zorn, unempfindlich gegen Schmerz. Wir schlugen und stießen und rissen, wurden von dem Biest zurückgeschleudert, nur um wieder auf die Beine zu kommen und schreiend wieder anzugreifen. Dann erholte sich der Dämon von seiner Überraschung nach unserem selbstmörderischen Angriff, und einen Moment später waren zehn von uns tot und ausgeweidet und viele andere lagen stöhnend und blutend im Staub der Arena. Polillo, Corais und ich sammelten uns und stürmten zum nächsten Angriff vor. Der Dämon sprang über uns, sein mächtiger Leib drehte sich in der Luft und wirbelte mit einer einzigen Bewegung herum, geschmeidig wie eine Seeschlange. Aber er hatte den Sprung falsch eingeschätzt... und landete auf der Statue der Maranonia. Beide stürzten zu Boden, die Statue zerbrach unter der Wucht des Zusammenpralls. Als der Dämon sich erhob, rutschte er mit den Hinterbeinen auf dem Schutt unserer gefallenen Göttin aus.

Ich gab ein Zeichen, und Corais machte einen Bogen nach links, um dem Biest die Achillessehne zu durchschlagen, in der Hoffnung, der irdische Stahl werde treffen. Polillo ging nach rechts, ihre Streitaxt schimmerte in der Nacht. Ich griff von vorn an, während meine anderen Kriegerinnen um das Monstrum ausschwärmten und jede Gelegenheit für einen Hieb nutzten.

Während ich voranstürmte, sah ich, daß Maranonias Speer unversehrt am Boden lag. Er war aus Stein gearbeitet, wie auch der Rest der Statue, und das Gold war nur Farbe. Doch irgend etwas veranlaßte mich, ihn im Laufen aufzuheben. Er kam mir gar nicht plump und schwer vor, sondern leicht wie ein Wurfspieß, und als ich zupackte, fand er sein Gleichgewicht in meiner Faust, als sei er von einem Meisterschmied für mich gemacht.

Der Dämon kam, und ich ließ mich von ihm packen, auf und ab heben. Dann schrie er vor Schmerz, als Corais' Klinge – der Schweinehund *war* sterblich – ihn aufschlitzte. Doch der Schmerz ließ ihn nur fester greifen, und er hob mich an sein klaffendes Maul. Sein Atem war ein Abgrund von Fäulnis und seine drei roten Augen starr auf mich gerichtet, die waagerechten Schlitze der Pupillen schmal vor Haß. Dann stieß er ein weiteres Kreischen aus und versuchte, nach etwas zu schlagen, das sich an seine rechte Schulter klammerte. Ich selbst hing freischwebend und versuchte, meinen Speer zu werfen. Ich sah, was das klammernde Etwas war ... Polillo. Sie wich dem Hieb des Dämons aus, dann sprang sie ihm in den Nacken, und ihre langen, kräftigen Beine schlossen sich darum. Ihre Axt war fort, doch hätte sie diese ohnehin kaum benutzt. Polillo war entschlossen, mit dem Dämon zu ringen, Muskel gegen Muskel.

Sie packte seine flachen Ohren und lehnte sich zurück. Der Dämon brüllte und versuchte, sie wegzuschlagen, doch sie zerrte immer weiter ... und zerrte ... bis das Untier die Schnauze anheben mußte. Es wollte mich wegwerfen, um noch eine Pfote freizubekommen, aber ich hielt mich fest, und als die Pfote zurückzuckte, um noch einmal zu schütteln, blieb ich daran hängen.

Ich hörte, wie Polillo brüllte, Maranonia möge ihr mehr Kraft geben, und ich hörte Sehnen knarren vor Anstrengung, und die Kehle des Dämons lag frei. Ich warf mich nach vorn und stieß mit dem Speer zu. Er sank tief ins weiche Fleisch, trat ein und wieder aus. Der Leib des Dämons erschauerte vor Schmerz, dann sprühte faulige Luft, gemischt mit Blut, aus der Wunde.

Der Dämon riß das Maul zu einem letzten Brüllen auf, dann fiel er in sich zusammen, und ich sprang ab und drehte mich im Flug. Ich landete und rollte ab, als das Ungeheuer fiel, und es stürzte gleich neben mich, krachte auf den Boden der Arena.

Ich packte irgendein Schwert, um dem Vieh den Rest zu geben. Doch dazu bestand kein Anlaß . . . er lag ganz still. Der Dämon war tot, der Speer unserer Göttin stak in seiner Kehle.

Benommen drehte ich mich um, dann lachte ich, als erst Polillo, dann Corais mich in die Arme schlossen. Ich hörte, wie meine anderen Schwestern Freudenschreie ausstießen, und alle versammelten sich um uns, schlossen uns in die Arme, jubelten und, ja, weinten.

An diesem Abend waren wir Heldinnen. Und auch am nächsten. Und am übernächsten. Die Geschichte der Maranonischen Garde war um eine Legende reicher.

Doch während die Stadt unseren ersten Sieg über die Archonten feierte, begruben wir unsere Toten, pflegten die Verwundeten und flickten das Werkzeug unserer Zunft. Es tut gut, gepriesen und bewundert zu werden. Doch jeder Krieger, der glaubt, der Jubel einer dankbaren, begeisterten Öffentlichkeit hielte sich länger als der erste Schnee, sollte sich für eine traurige und bittere Erkenntnis bereit halten.

Am vierten Tag schickte Amalric eine Nachricht und bat mich, ihn am Haupthafen zu treffen. Ich eilte zu den Docks, da ich wußte, er wollte zu seiner Mission bei König Domas abreisen. Das Schiff war fast fertig beladen, als ich eintraf, und ich fand Amalric an Deck, wo er auf und ab ging. Sobald er mich entdeckte, juchzte er wie ein kleiner Junge und kam angelaufen, um mich zu umarmen. Wir hielten einander – Bruder und Schwester – lange Zeit, dann wollten wir Abschied nehmen. Doch anstelle einer traurigen Miene sah ich ein Lächeln, strahlend wie zur Begrüßung.

»Ich habe gute Neuigkeiten für dich, Schwesterherz.«

Ich wartete. *Rali heißt Hoffnung*, dachte ich. *Rali heißt Hoffnung*.

Und Amalric sagte: »Der Hohe Rat hatte ein Einsehen. Und da ich ein besonderes Interesse daran habe, wollte ich es dir noch vor der offiziellen Bekanntmachung sagen. Du hast gewonnen. Die Maranonische Garde wird mit den anderen marschieren.«

Ich lachte. Wieder umarmte er mich.

Dann: »Es war ja wirklich ungeheuer, was du neulich geleistet hast.«

Ich zuckte mit den Achseln. »Ich hatte Hilfe. Außerdem war es doch nur Geplänkel.«

»Dann spare ich mir die Lüge, daß es im Laufe der Zeit einfacher wird«, sagte er.

»Ist es jemals einfacher geworden«, fragte ich, »als du mit Janos die Fernen Königreiche gesucht hast?«

»Nein«, sagte Amalric. »Immer gab es den nächsten, höheren Hügel, der erklommen, die nächste Horde, die niedergerungen und die nächste Wüste, die durchquert werden wollte. Ich habe gelernt, daß es niemals einfacher wird. Tatsächlich wird es schwieriger, aber man macht immer weiter... bis es geschafft ist.«

»Ich hoffe, nicht nur du und ich wissen das«, sagte ich.

»Vielleicht einige wenige«, sagte er. »Einige Geisterseher glauben, der Dämon sei die Geheimwaffe der Archonten gewesen, von der man munkelte. Sie waren geradezu ekstatisch, als du ihn vernichtet hattest. Aber Gamelan hat es richtiggestellt. Es *war* ein mächtiger Zauber, sagte er. Aber...«

»Es war nur ein Dämon«, unterbrach ich.

»Ja«, sagte Amalric. »Es war *nur* ein Dämon.«

Die Schiffsglocke erklang. Wir umarmten einander und gaben uns einen letzten Kuß. Amalric ging an Bord, und die Mannschaft legte ab. Ich stand am Dock, bis das Schiff um die Biegung des Flusses fuhr und nicht mehr zu sehen war. Das letzte, was ich erblickte, war Amalrics rotes Haar, das im Sonnenlicht leuchtete.

Und manches Jahr sollte ins Land gehen, bis ich meinen Bruder wiedersah.

Kapitel Zwei

Die Belagerung Lycanths

Vor kaum zwei Monaten hat man mich zur Segnung eines großen Frieses in die Zitadelle des Hohen Rates eingeladen. Dort schwang ich das heilige Messer und opferte zu Ehren der verzierten Schnitzereien, welche den gesamten Mitteldom umfassen, einen weißen Ochsen. Es war eine seltene Ehre, insbesondere für eine Frau. Doch jedesmal, wenn ich diesen Fries betrachtete, der angeblich eine Darstellung des Zweiten Lycanthischen Krieges sein soll, mußte ich abwechselnd mein Grinsen und meinen Zorn verbergen. Die Zeremonie war im Grunde ein Neuwidmung, da die erste Version des Bildhauers einer drastischen Überarbeitung bedurft hatte, als ich von meinen Abenteuern heimgekehrt war. Gewisse Geschichten konnten einfach nicht mehr wie bisher erzählt werden.

Mein kleiner Schreiberling, den ich inzwischen weniger als Hafenratte, denn als gelegentlich störendes Backenhörnchen auf der Suche nach immer neuen Nüssen betrachte, zeigt sich beunruhigt, fürchtet, ich könne meinem Bericht schaden, wenn ich genau erkläre, wie und warum der erste Fries dem Hohen Rat und den Geistersehern derart peinlich wurde. Ganz ruhig, Backenhörnchen. Ich bin zu erfahren darin, meinen Trinkkumpanen Kriegslegenden und Lügenmärchen von Blutvergießen, Bier und Bett zu erzählen, als daß ich vorschnell irgend etwas von meiner Geschichte preisgeben würde.

Ich dachte an den Fries, weil die Darstellung des Bildhauers – wie die meisten Kriegsgeschichten, ob gemalt, gesungen, gelesen oder erzählt – nach wie vor eine ebenso große Lüge ist wie alles hastige Gestammel, das Eltern hervorbringen, wenn sich ihr Kind zum ersten Mal fragt, woher die kleinen Kinder kommen. Die Schnitzerei beginnt mit einigen Bildern, welche die entsetzlichen Greueltaten der Lycanther zeigen, und endet mit dem Angriff des Dämonen im Amphitheater. Das nächste Bild zeigt, wie die Orissanische Armee stolz ausstaffiert in den Krieg marschiert. Dann sehen wir den Angriff gegen die Mauer aus der lycanthischen Halbinsel, gefolgt von der langweiligen Szenenreihe, die zeigt, wie Orissaner Feinde niedermetzeln, durchbohren, aufspießen oder sonstwie töten, was mit der letzten Schlacht endet. Ich sollte vielleicht wohlwollender von diesen Bildern sprechen, da sie besonders die Frauen der Maranonischen Garde zeigen, darunter eine unglaublich schöne Kriegerin, die mich darstellen soll. Doch habe ich geschworen, ich würde in dieser Geschichte nur die Wahrheit sagen, und zu dieser Wahrheit gehören auch meine Gedanken und Ansichten. Andernfalls bin ich nicht besser als ein betrunkener, alter Recke, dessen langatmige Prahlereien die Trinker eilig aus der Taverne mitten in den Wintersturm treiben.

Ich erinnere mich gut, wie wir an diesem frischen Frühlingsmorgen aufbrachen, prächtig geschmückt in unseren Paradeuniformen, und wie wir in perfektem Gleichschritt marschierten, als hingen wir an Fäden, die ein meisterlicher Puppenspieler führte. Dabei sangen wir eine – glücklicherweise inzwischen vergessene – Ballade darüber, wie wir uns am Blut der Lycanther besaufen und an ihren

Eingeweiden gütlich tun wollten. Mir ist aufgefallen, daß derart blutrünstige Hymnen nie die erste Schlacht überdauern. Dann sind bald wieder die alten Lieder von Heimat, Vergangenheit und Frieden gefragt.

Ich werde mich hüten vorzuschlagen, der Fries solle als nächstes zeigen, wie die Armee hielt... eine Stunde, nachdem die letzten Schlachtenbummler nach Orissa umgekehrt waren, und wir eilig unsere schweren, blasenfördernden, blendenden, wenn auch prachtvollen Paradeuniformen ablegten und sie auf die Karren der Quartiermeister warfen, um sie erst wieder anzulegen, wenn der Feldzug vorüber war oder man sie uns zum Begräbnis anlegte. Dann zogen wir gemächlichen Schrittes weiter. Was mir aufstößt, ist der Sprung zum Durchbruch der Mauer, als sei dazwischen nichts geschehen. Wir sind tatsächlich durchgebrochen, allerdings erst nach einem Jahr zähen Ringens. Und als wir uns der Mauer zum ersten Mal näherten, warteten die Feinde auf den Zinnen und feuerten mit Katapulten und Armbrüsten einen Schwarm tödlicher Geschosse auf uns ab.

Während dieses Jahres sind viele Orissaner gestorben. Fast ein Drittel meiner Gardistinnen fiel oder wurde verwundet, und ich lernte eine Pflicht, die kein Epos erwähnt: das stete Flehen bei meinen Vorgesetzten oder allen, die auch nur einen Hauch von Autorität hatten, mir Verstärkung zu verschaffen, mehr Waffen als Ersatz für die verlorenen, mehr Proviant für das, was verbraucht oder verdorben war. In erster Linie jedoch Ersatz für meine armen verwundeten, verkrüppelten oder gefallenen Kameradinnen. Neue Rekruten trafen ein, doch schienen sie niemals so gut zu sein wie die Schwestern, mit denen wir ausgezogen waren, egal, wie gewissenhaft wir versucht hatten, sie zu trainieren, bevor man ihnen den kammbesetzten Helm einer Gardistin verlieh. Weiterhin übte ich mich darin, Briefe an die Hinterbliebenen zu schreiben, in denen ich der Mutter, dem Vater oder der Geliebten ausnahmslos versicherte, die Verstorbene sei mitten in einer heroischen Tat gefallen und augenblicklich und schmerzlos gestorben. Diese Lügen machten mir damals nichts aus, und das tun sie auch heute nicht. Der einzige Grund, einem Zivilisten die blutige Maske des Krieges zu zeigen, wäre, daß man dadurch dem Versuch, Probleme mit dem Schwert zu lösen, ein Ende bereiten könnte, doch nur eine Närrin oder Romantikerin kann sich länger als einen Augenblick mit der Geschichte ihres Volkes beschäftigen und es trotzdem schaffen, sich *diesen* Traum zu erhalten.

Nachdem die Schlachtlinien vor der Lycanthischen Mauer formiert waren, begann das Morden. Wir griffen an und wurden zurückgetrieben. Wir griffen wieder an, mit demselben Resultat. Wir fällten die Wälder auf dem Festland hinter uns, um Belagerungsmaschinen zu bauen, dann griffen wir erneut an. Und wieder wurden wir von diesem narbigen Steinwall zurückgeschleudert, der unbezwingbar wie eine Bergwand schien. Manchmal erreichten wir die Zinnen, doch konnten wir sie nie halten, und Männer und Frauen wurden gemetzelt oder stürzten in den Tod, wenn sie sich nicht beizeiten zurückzogen. Dennoch hielten wir den Druck aufrecht, und die Lycanther saßen in der Falle.

Als sie ihre Stadt vor Menschengedenken errichtet hatten, war diese klugerweise als Festung geplant worden. Sie bauten sie an der Spitze einer schmalen Halbinsel, wo ein Vulkan Feuer in den Himmel spie, und später hatte das Meer dessen Krater überspült und einen enormen Hafen – umgeben von einer mächtigen Mauer – geschaffen. Die Lycanther versahen die Einfahrt zum Hafen mit einer riesigen Kette, um ihn vor Feinden wie uns zu schützen. Am Rand jenes Kraters stand die monströse Seefestung der Archonten, in der mein Bruder inhaftiert gewesen war. Um den Krater und entlang der Halbinsel hatte man die Stadt errichtet. Die Lycanther zogen es vor, große Wohnhäuser in die Höhe zu bauen, ganze Straßenzüge lang, anstatt sich auszubreiten wie Orissa. An der schmalsten Stelle dieser Halbinsel ragte die Mauer auf. Dahinter begann die Wildnis, in der nicht einmal ein lycanthischer Schuppen stand.

Unsere Armee hatte den Feind an Land eingeschlossen, doch Lycanths riesige Flotte war nach wie vor eine Bedrohung. Uns Flußmenschen war erst kürzlich die Notwendigkeit klargeworden, daß man auf See stark sein mußte. Wir besaßen nur wenige Kriegsschiffe, und deren Panzerungen waren noch im Bau – viele davon auf den Werften der Anteros, die Amalric eingerichtet hatte, nachdem er aus den Fernen Königreichen heimgekehrt war. Wir konnten nicht zulassen, daß sich die lycanthischen Kriegsschiffe auf dem Meer frei bewegten, aus Angst, sie könnten Orissa angreifen oder hinter unseren Linien Soldaten anlanden. Selbst im primitivsten Fall bestand die Gefahr, daß ihre Schiffe Proviant und Wehranlagen brachten, mit denen sie die Belagerung sprengen konnten. Schließlich hatten auch unsere Ratsherren und Geisterseher gemerkt, daß man sich der lycanthischen Marine würde stellen müssen, und sie trafen eine harte Entscheidung: sie engagierten Söldner zur See, matrosenweise, schiffeweise, geschwaderweise, flottenweise. Niemand machte sich Illusionen darüber, daß ein Söldner für etwas anderes als die Beute kämpft, und das nicht einmal sonderlich vehement, wenn der Gegner ebenbürtig ist oder dem Fußvolk Geld anbietet, die Seiten zu wechseln.

Doch keiner wußte eine andere Möglichkeit, und so wurde das orissanische Banner auf Schiffen gehißt, die noch vor wenigen Wochen Freibeuter und Kaperschiffe unter schwarzer Flagge gewesen waren. Nach einer wilden, besoffenen »Wahl« begaben sie sich unter das Kommando von »Admiral« Cholla Yi, einem massigen Koloß, der – von seinem prahlerisch gewachsten Haar, das er in einer Doppelreihe von Stacheln trug, über seine stets makellosen Seidenhemden und die drei (manche sagten vier) Dolche, die er am Körper trug, bis zu den enganliegenden, regenbogenfarbenen Schnürstiefeln – genau dem Bild eines kaufmannsmordenden Korsaren entsprach. Ich muß zugeben – wenn auch wegen der späteren Ereignisse nur zähneknirschend –, daß er seine Rabauken zumindest unter Kontrolle halten konnte. Er trat sein Amt an, indem er zu beiden Seiten des Strandlagers Galgen errichten ließ und dafür sorgte, daß an diesen stets neue Leichen von Übeltätern knarrten. Außerdem schlug er schnell und blutig zu, trieb die lycanthischen

Schiffe in ihren Hafen zurück und versenkte oder kaperte jene, deren Flucht zu langsam vonstatten ging. Die mächtige Kette, welche von der Festung der Archonten über den Hafen hinweg zum Wachturm auf der anderen Seite reichte, tat gute Dienste und hinderte unsere Schlachtschiffe, den Hafen anzugreifen, ebenso wie sie Brander oder Kapertrupps davon abhielt, dort einzulaufen. Wir standen im Patt, doch die Lycanther waren jetzt sowohl von See als auch von Land her eingeschlossen.

Das Schlachten um die Mauer hielt an. Zauberkraft hatte sie wiederaufgebaut, bevor der Krieg begann, doch ganz wie ich es Amalric vorausgesagt hatte, fiel sie schließlich durch harten Stahl, und die Hilfe der Zauberei war kaum nötig. Einem besonders aufmerksamen Subalternen beim Sturmtrupp – einer Einheit, die beinah eine ebenso auserlesene Kampftruppe wie meine Garde geworden war – fiel auf, daß ein Teil der Mauer nur spärlich bemannt war. Eine Woche lang feuerten daraufhin unsere schwersten Steinschleudern Felsbrocken in die Umgebung dieses Bereichs und verloren dabei gelegentlich einen »Querschläger«, der wie zufällig jenen fast unbeaufsichtigten Sektor traf. Als man der Ansicht war, das steinerne Gefüge sei ausreichend geschwächt – wenn auch nicht so offensichtlich, daß einer der Archonten oder deren Untertanen einen Verstärkungszauber ausgesprochen hätte –, wurden die Soldaten abkommandiert.

General Jinnah ließ dem Sturmtrupp die Ehre zuteil werden, als erste die Seile zu erklimmen, obwohl ich mich lange und energisch für meine Gardistinnen eingesetzt hatte.

Während meiner Proteste, die mit der Zeit immer hitziger wurden, befand sich auch Gamelan in Jinnahs Zelt. Er hatte sich entschlossen, die Behaglichkeit Orissas zu verlassen und den Geistersehern des Feldzuges vorzustehen. Damals hatte man seinen Entschluß als große patriotische Tat gelobt, aber es gab auch Zyniker, die meinten, unsere Geisterseher sorgten sich in erster Linie um die angeblichen Geheimwaffen, welche die Archonten mit dem Wissen von Prinz Raveline gebaut hatten. Wie ich später erfuhr – wie auch

Ihr beizeiten erfahren werdet –, gab es noch andere Gründe für Gamelans scheinbare Selbstlosigkeit.

Der Geisterseher trat ein, als der Streit so laut geworden war, daß die Posten draußen aufmerksam wurden, und er rief uns zur Ruhe. Ich war ihm damals nicht eben dankbar, aber wahrscheinlich hat er verhindert, daß man mich unehrenhaft entließ und heimschickte, da ich kurz davor stand, Jinnah als inkompetenten Echsenfurz zu beschimpfen, dessen Talente sich auf den Sandkasten beschränkten. Er bot mir einen Kompromiß an. Wären die Zinnen erst vom Sturmtrupp eingenommen, sollte meine Garde die zweite Angriffswelle übernehmen. Zähneknirschend stimmte ich zu, verbiß mir – ein letztes Zeichen von Respekt – ein Stirnrunzeln, stampfte hinaus und setzte wütend meinen Helm auf. Gamelan folgte mir, und als wir außer Hörweite der Posten waren, hielt er mich am Ärmel fest. Beinahe hätte ich auch ihn angefahren, bis ich mich nicht nur meiner Höflichkeit, sondern auch der Kunst dieses Zauberers besann, der sehr wohl in der Lage gewesen wäre, einen Zauber auszusprechen, der mich mit Hilfe von, sagen wir, Läusen im Schamhaar an die Tugend der Höflichkeit erinnerte.

Seit wir an der Mauer standen, hatte Gamelan die Garde allgemein und auch mein eigenes Zelt schon mehrfach besucht. Niemand wußte warum, und nicht einmal Corais wagte eine unflätige Vermutung. Ich persönlich hielt es für eine seltsame Form der Entschuldigung, daß es so lange gedauert hatte, bis er bereit gewesen war, Amalric in seinem Kampf gegen die Korruption innerhalb der Geistersehergilde zu unterstützen, oder vielleicht auch, weil er sich an meinen lang verstorbenen Bruder Halab erinnerte, den die Gilde vernichtet hatte, da sie nicht wußten, daß sie unwissende Handlanger des Prinzen Raveline waren. Doch diese Theorie – dachte man ernstlich darüber nach – machte nicht mehr Sinn als eine Gardistin, die einem erklärte, wie ungerecht es sei, daß ausgerechnet *sie* die Latrine graben sollte.

Im Licht eines nahen Feuers sah ich das sanfte Lächeln auf Gamelans Miene. »Ich verstehe Eure Enttäuschung, Hauptmann Antero«, sagte er. »Aber habt Ihr auch bedacht, daß General Jinnahs Sturheit einigen Eurer Gardistinnen möglicherweise das Glück beschert, den morgigen Sonnenaufgang noch erleben zu dürfen?«

Ich muß vor Erstaunen zusammengefahren sein, doch bevor ich eine freundliche Antwort formulieren konnte, platzte ich schon heraus: »Na und? Die letzte Pflicht einer Soldatin ist der Tod. Warum sonst sollte sie dienen, wenn sie das nicht wüßte?«

Ich hörte den Anflug eines Lachens. »Höchst freimütig, Hauptmann. Genau die Antwort, mit der ich bei einer tapferen Soldatin gerechnet hätte. Doch ... vielleicht hätte ich von einer Antero mehr erwartet. Schließlich kann ein Spiegel mehr als nur ein einziges Bild zeigen.«

»Ich verstehe nicht.«

Es kam keine Antwort, und Gamelan war fort, so lautlos in der Dunkelheit untergetaucht, als hätte er sich der Zauberei bedient. Ich überlegte kurz, dann schob ich die ganze Sache beiseite. So sind die Geisterseher nun mal, dachte ich. Ihre Macht fußte nicht nur auf ihrer Zauberei, sondern auch auf bewußt geschaffenem Chaos. Ein weiterer Gedanke kam mir, und dieser verdiente weit mehr Aufmerksamkeit. Gamelan, dieser ernste, brütende Adler, hatte nicht nur gelächelt, sondern tatsächlich gelacht, falls es nicht der Wind gewesen war, den ich dort gehört hatte. Vielleicht hatte er in Urzeiten – damals, als die Fische noch Beine besaßen – menschliche Empfindungen gehabt. Hatte gelacht, geliebt, gescherzt, vielleicht sogar einen Krug zuviel getrunken oder einem hübschen Mädchen oder Jungen zugezwinkert? *Unmöglich*, dachte ich und beeilte mich, die Befehle für den nachmitternächtlichen Angriff auszugeben.

Die Attacke gelang zur Überraschung aller Veteranen geradezu perfekt. Ein Krieg ist geprägt von Blut und Chaos. Unter Gamelans Leitung sprachen die Geisterseher eine raffinierte Beschwörung, die den Himmel mit schwarzen Wolken überzog und von See her Wind über die Halbinsel schickte, der scharf genug war, die Ungeschicklichkeit eines Soldaten zu verbergen, falls jemand lärmend zu Fall kommen sollte, während wir uns anschlichen. Gepolsterte Enterhaken wurden geworfen, und die Sturmtruppen stiegen geschickt die Mauer hinauf und brachten die Lycanther auf den Zinnen mit ihrer Lieblingswaffe, einer ledernen Schleuder, zum Schweigen. Sie winkten der nächsten Angriffswelle. Eilig wurden Leitern gebracht, festgehalten, und meine Garde stieg auf und hinüber. Fackeln flammten auf, und das Schreien und Morden begann, da unter uns die Sappeure ihre Rammböcke heranschleppten und das rhythmische Krachen begann. Bevor die Lycanther mehr tun konnten als in die nächste Wehranlage zu flüchten, war die Mauer schon durchbrochen, und die Armee stürmte hindurch, über die Halbinsel, dann nach Lycanth hinein, zuerst an den niedrigen Gebäuden der Vorstadt vorbei, dann durch die Straßen mit den aufragenden Steinbauten.

Gamelan hatte sich getäuscht, was die Anzahl der Gardistinnen anging, die an jenem Tag sterben sollten, denn wir bedrängten die Lycanther heftiger – wir wußten, wenn wir zum Essen, Trinken oder auch nur zum Atemholen innehalten, hätten sie Zeit für einen Gegenangriff. Wir ließen ihnen keine Chance und prügelten sie immer weiter durch die Stadt. Ich hatte gelesen, der Krieg in einer Stadt sei das Schlimmste, da ein Angreifer die Kontrolle über seine gesamte Streitmacht verlieren und diese bis auf den letzten Krieger niedergemetzelt werden könne, bevor er merkte, was vor sich ging. Es stimmt. Bei meiner Kampferfahrung – und die ist nicht gering – kann ich mich an keine so grauenhafte Schlächterei erinnern wie die an jenem blutrünstigen Tag, als wir die Lycanther durch ihre Heimatstadt bis ans Meer trieben.

War die Schlacht bis dahin blutig gewesen, wurde sie nun gräßlich. Soldaten und Dämonen strömten aus diesen seltsam hohen Bauten und mordeten ihre eigene, panische Bevölkerung, um zu uns vorzudringen. Nicht nur Soldaten starben in diesem Strudel von Wahnsinn. Ich sah lycanthische Frauen, ohne jegliche Rüstung, die in vorderster Linie sowohl Morgensterne und Schlachtermesser als auch Schwerter und Speere von gefallenen Soldaten schwangen, und ich sah sie sterben. Ich sah alte Männer, Frauen und

Kinder, unbewaffnet, die vor Angst schrien und fliehen, sich verstekken, sich ergeben wollten. Ich sah, wie sie von Soldaten im Blutrausch niedergemetzelt wurden – sogar von meinen eigenen Gardistinnen. Meine Offiziere und Sergeanten schrien gegen diese Mordlust an, und Augenblicke später war sie verflogen. Der Kampf dauerte die ganze Nacht und den nächsten Tag, und dann standen wir vor einer weiteren gewaltigen Mauer.

Es war die Festung der Archonten. Dort brachten sie uns zum Stehen. Wiederum nahmen wir die Belagerung auf, und wiederum verging beinahe ein Jahr. Die Mauern der Burg widerstanden Angriff auf Angriff. Blut – unseres und ihres – färbte den schwarzen, dampfenden Stein. Die Tore waren verbeult und verzogen, doch hielten sie stand. Jeden Augenblick konnte sie sich öffnen und einen Überraschungsangriff von Kriegern freisetzen – durch einen Zauber der Archonten blutrünstig gemacht. Von innerhalb dieser Mauern hörten wir die Schreie der Verwundeten und das mitleiderregende Klagen der Hungernden. Vor den Mauern litt unsere Armee. Der Krieg hatte die Landschaft meilenweit kahlgeschlagen. Unsere Nachschubschiffe brachten einfach nicht genug Proviant, daß unsere Landtruppen versorgt gewesen wären, und aus Gründen der Menschlichkeit mußten wir auch die armen lycanthischen Zivilisten durchfüttern, die sich nicht rechtzeitig in die Festung hatten flüchten können – Zivilisten, welche die Archonten während des kurzen Waffenstillstands, den wir hatten durchsetzen können, nicht in ihre Burg lassen wollten. Unsere Soldaten waren erschöpft und geschunden von Hunger und Krankheit und stürmten die Krankenzelte in Scharen. Auch der Schlaf brachte keine Erlösung. Die Luft war so faulig vom Gestank der Zauberei, daß uns ständig Alpträume heimsuchten.

Denn es waren nicht die Soldaten Lycanths, die uns am Vordringen hinderten, sondern die Archonten. Die beiden königlichen Zauberer kämpften mit aller Macht ums Überleben. Unsere Geisterseher wurden, obwohl sie große Unterstützung durch die mächtigen Beschwörungen erfuhren, die mein Bruder aus den Fernen Königreichen mitgebracht hatte, an jeder Ecke vom Gegenzauber der Archonten aufgehalten.

Ich sagte bereits, das Blutbad des Angriffs auf Lycanth sei die schlimmste Schlacht gewesen, die ich je erlebt habe, aber ich wünschte, ich wüßte andere Worte, um zu beschreiben, was eine Belagerung ausmacht, denn in gewisser Hinsicht ist sie noch furchtbarer. Ständig plagt einen die Langeweile, doch darf man sich nie entspannen. Eine kurze Pause im Freien, und ein scharfsichtiger Bogenschütze schickt einem einen Pfeil durchs Gedärm. Nie darf man zu laut sprechen oder rufen, sonst könnte der Feind das Geräusch nutzen, um einen Felsbrocken in deine Richtung zu katapultieren. Man muß aufmerksam lauschen, sonst wird einem die Gurgel durchschnitten, bevor man den Stahl blitzen sieht. Nie darf man seine Exkremente unbedeckt lassen, sonst spazieren die Fliegen erst *darüber*, dann über dein Essen, und schon reichen sie den Fluch der Diarrhöe oder Schlimmeres von einem zum anderen. Man muß versuchen, sich sauberzuhalten, denn ist man verwundet und Schmutz dringt von den dreckigen Lumpen in die Wunde, wird sie eitern ... aber andererseits kann einem niemand sagen, wie man in einem Loch, das mit der Spitzhacke in die Straßen der Stadt gehauen wurde, derart hygienisch leben soll. Man muß versuchen, sich seinen Frohsinn zu bewahren, denn eine Frau, die sich ständig beklagt, schwächt sich und die anderen um sie herum. Man muß ...

... und so weiter. Ich könnte fortfahren, doch mein perläugiger Kollaborateur erinnert mich, daß dies kein Handbuch zur Soldatenausbildung werden soll.

Im Lauf der Belagerung verschlechterte sich das Verhältnis zwischen General Jinnah und mir – und somit auch der Garde – zusehends. Man verweigerte uns sowohl das bißchen Ruhm, die ersten zu sein, die einen Angriff wagten, als auch das, was wir einen »Hoffnungsschimmer« nennen: eine kleine Gruppe, die eine überraschende Gelegenheit nutzt – eine maßstabsverkleinerte Version des Sturmangriffs auf die Mauer, der inzwischen so lange zurückzuliegen schien, als wäre er eine Heldentat gewesen, von der unsere

Großmütter erzählt hatten. Man schickte uns auf alle möglichen Missionen: je blutiger, desto sicherer, daß die Maranonische Garde an vorderster Front stand. Bald waren wir keine zweihundert mehr, und es sah so aus, als würde die Verstärkung nie mehr eintreffen. Manchmal hatte es den Anschein, als wünschte Jinnah, die Garde würde bis auf die letzte Frau aussterben. Ich weigerte mich, dies zu glauben und schrieb mein Mißtrauen der Verzweiflung zu, die jede Führerin empfindet, wenn sie sieht, wie ihre Besten fallen und andere sie ersetzen und ebenso sterben … wozu? Also verriet ich nicht, was ich dachte, nicht einmal Corais oder Polillo.

Es gab Gerüchte, Jinnah bereichere sich auf Kosten der Armee und Orissas. Er habe Spezialeinheiten abgestellt, welche die Wohnungen der Stadt nach Gold und Reichtümern durchkämmen und sie heimlich auf sein Anwesen draußen vor Orissa bringen sollten. Niemand hatte diese Plünderer je gesehen, und daher wies ich jeden scharf zurecht, der unvorsichtig genug war, die Gerüchte in meiner Gegenwart zu wiederholen. Doch in einer Besprechung mit dem General konnte ich nicht anders, als genau darauf zu achten, ob ein Hinweis auf seine Habsucht zu finden wäre. In Jinnahs Gesicht stand jedoch nur die Sorge darum, ob man die Belagerung noch länger aufrechterhalten könnte. Außerdem war panische Angst in seinen Augen zu sehen, als er von unseren Spionen hörte, die Archonten stünden kurz vor der Vollendung eines tödlichen Banns, der Orissa ein Ende bereiten würde.

Schließlich kam der Tag der Abrechnung. Wie üblich kam er ohne irgendwelche warnenden Vorzeichen, von denen man doch immer behauptet, sie würden ein solches Ereignis begleiten.

General Jinnah versammelte uns im Morgengrauen zu einer weiteren Attacke auf die unbezwingbaren Mauern. Müde Verzweiflung lag über allem. Die Sergeanten schrien und peitschten die Männer in Formation. Befehle wurden gebellt, und die Soldaten verfluchten ihre Offiziere und ihr Schicksal, während sie in Schlachtordnung getrieben wurden. Halbverhungerte Ochsen zogen schwere Kriegsmaschinen durch den Schlamm. Es gab Rammböcke, Rolltürme und große Katapulte. Männer mit Sturmleitern wurden eilig zu den Ausgangspunkten getrieben, von denen aus sie unruhig die Mauer beäugten. Mittlerweile machte sich auch der Feind bereit. Kübel mit siedendem Öl und geschmolzenem Blei qualmten und dampften auf den Zinnen. Felsbrocken wurden aufgehäuft, um sie hinabzustürzen. Armbruster spannten ihre Sehnen, Bogenschützen wählten die geradesten Pfeile, und Pikeniere bildeten einen tödlichen, scharfkantigen Wald entlang der Brüstung. Wir selbst waren eine kunterbunte Armee von zwanzigtausend. Berufssoldaten gab es nur noch wenige, darunter meine zweihundert Frauen. Der Rest setzte sich aus Ladenbesitzern, Schlachtern, Arbeitern und ehemaligen Sklaven zusammen. Was den Feind anging, so wußten wir nicht, wie viele uns gegenüberstanden – vielleicht zehntausend, vielleicht mehr.

Als die Signalhörner erklangen, Soldaten auf beiden Seiten müde an ihre Schilde schlugen und in einem inzwischen zur Routine gewordenen Präludium zur Schlacht dem Feind höhnische Bemerkungen entgegenkrächzten, führte ich zehn Frauen abseits des Schlachtfeldes zu einem Sonderauftrag, den uns Jinnah zugewiesen hatte, obwohl er schwor, Gamelan habe ebensoviel damit zu tun wie er, was ich bezweifelte.

Das Ablenkungsmanöver, das wir durchführen sollten, grenzte an Selbstmord. Aus diesem Grunde leitete ich an diesem Tag den handverlesenen Trupp, zu dem auch meine beiden wichtigsten Ordonnanzen gehörten, selbst. Ich war entschlossen, sie allesamt lebend zurückzubringen. Sollten sich meine Hoffnungen jedoch zerschlagen, würde mir zumindest der leise Trost bleiben, die Pflicht nicht einer anderen übertragen zu haben, die ich für weniger fähig oder erfahren hielt. Außerdem kann niemand Soldaten befehligen, der nicht bereit ist, selbst dorthin zu gehen, wohin er seine Untergebenen schicken will.

Unsere Gesichter und die nackte Haut hatten wir mit verkohltem Kork geschwärzt, unsere Klingen mit einem Zauber gegen Lichtreflexe versehen lassen. Rüstungen trugen wir nicht, da uns das Gewicht derart langsam hätte werden lassen, daß wir zu Zielscheiben geworden wären. Wir trugen nur dunkle, kurze Tuniken, Mützen und enge Kniebundhosen.

Wir hasteten behende von einer Deckung zur nächsten, verständigten uns mit Handzeichen und fühlten uns, als wären wir eins. Unser erstes Ziel – das wir erreichten, ohne daß man uns von der Mauer aus gesehen hätte, die immer greifbarer über uns aufragte – war die Ruine eines äußeren Wachturms, den keine der beiden Seiten über längere Zeit hatte halten können. Wir kauerten neben seiner hohen Mauer, und Polillo formte mit den Händen einen Steigbügel. Ich stellte meinen Fuß hinein, und sie katapultierte mich dorthin, wo Balken aus der Mauer ragten, die einst den Boden des oberen Geschosses getragen hatten. Mit beiden Händen bekam ich einen abgebrochenen Balken zu fassen, zog mich in die Enge hinauf und gab mir Mühe, dabei keinen Schutt auf meine Kameradinnen herabregnen zu lassen. Ein scharfer Stein bohrte sich mir in die Brust, als ich mich auf die Seite drehte und das lange Seil nahm, das sich um meine Schulter schlang. Ich wickelte es doppelt um den Balken, ließ das Ende nach unten fallen, und Augenblicke später war Corais auch schon oben. Sie hatte keine Probleme, festen Halt zu finden, und während ich das Seil für die anderen befestigte, half sie ihnen das letzte Stück hinauf. Die einzigen Geräusche, die wir dabei machten, waren das Knarren unserer ledernen Harnische, das Scharren der Stiefel und gelegentlich der dumpfe Schlag einer in Lumpen gewickelten Waffe.

Als letzte kam Polillo. Ich stemmte mich gegen ihr Gewicht – sie wog sicher doppelt soviel wie jede von uns –, und einige quälende Sekunden später stand auch sie auf dem moderigen Holz. Sie setzte den schweren Lederbeutel ab, den sie bei sich trug und grinste.

»Und jetzt ein kleiner Schluck lycanthisches Blut«, sagte sie. Sie tätschelte die scharfe Axt an ihrer Seite. »Meine Hübsche hat Hunger, das arme Ding.«

»Wir sollen ein Ablenkungsmanöver durchführen«, erinnerte ich sie. »Lycanther töten steht ganz unten auf der Liste unserer Pflichten.«

Polillo war beleidigt, und ihre süßen, vollen Lippen spitzten sich zu einem Schmollmund.

Corais klopfte ihr auf den Rücken, um der plötzlich säuerlichen Laune abzuhelfen. »Ich fang dir einen«, versprach sie. »Damit du ihm sein kleines Genick brechen kannst.« Mit beiden Händen machte sie eine Geste, als würde sie etwas zerbrechen, und knackte mit den Zähnen, imitierte das Geräusch eines berstenden Knochens. Polillo brach in schallendes Gelächter aus, dann hielt sie inne und blickte schuldbewußt zu den Festungsmauern auf, die jetzt greifbar nah waren. »Ach, Corais, was würde ich nur ohne deinen Frohsinn tun?«

»Wenn es dich aufheitert, meine Süße, fang ich dir gleich zwei, damit deine Augen wieder leuchten.«

Ich achtete nicht auf dieses Geschwätz, sondern spähte vorsichtig erst zur Hauptmauer der Festung – ich sah keine Anzeichen dafür, daß man uns entdeckt hatte –, dann zurück zum Schlachtfeld, von dem wir gekommen waren. Unsere Geisterseher hatten eine kleine Plattform nahe dem Zentrum unserer Linien errichtet. Auf dieser konnte ich ein halbes Dutzend von ihnen sehen, wie sie eifrig ihrem Singsang nachgingen und mit großen, bedeutungsvollen Gesten Beschwörungen sprachen. In ihrer Mitte stand Gamelan. Plötzlich hob er die Hände. Sein Rufen dröhnte magisch verstärkt über das Feld.

Hinter den Festungsmauern war gleichermaßen lautes Brüllen aus den metallisch klingenden Kehlen der Archonten zu hören. Die Luft knisterte vom Gebrüll und schien bersten zu wollen. Dann folgte ein Heulen, welches so schneidend war, daß wir die Köpfe einzogen und uns Augen und Ohren zuhielten, um dem Schmerz zu entgehen.

Als wir wieder zu uns kamen und merkten, daß wir uns aufführten wie eine grüne Rekrutin, die zum ersten Mal sieht, wie ihr Pfeile entgegenfliegen, und glaubt, jeder einzelne davon ziele direkt auf ihr Herz, begann der gespenstische Teil der Schlacht. Der Morgenhimmel war nachtschwarz, magische Feuer wüteten über uns, und

Heerscharen von Dämonen heulten und prallten aufeinander. Am Boden taumelten die allzu menschlichen Kämpfer voran.

Das war unser Zeichen. Wir schoben uns durch eine schmale Luke, und schon waren wir im Inneren der Ruine. Ich warf unser Seil dort hinein, wo einst der zentrale Raum des Wachtturms gewesen war, und glitt hinab. Uns gegenüber gab es keine Mauer, die verhinderte, daß ein wachsamer Soldat oben auf der Festung uns hätte sehen können. Ein Schauer fuhr mir über den Rücken. So nah war ich diesem schrecklichen Ort noch nie gewesen. Hier hatte man Amalric eingekerkert, ihn und Janos Greycloak, anfangs in einer Wohnung hoch oben in den Wehranlagen der Burg, wo man versuchte, sie mit Zauberkraft zu brechen, dann tief unter der Erde in feuchten Kerkern. Ich riß mich zusammen. Meine Aufgabe – unser aller Aufgabe – war es, dieses Übel zu zerstören, von seinen mächtigen, salpetrigen Steinen bis hin zu den Archonten, die aus seinem Schutz heraus herrschten. Doch es half nichts, der Anwesenheit dunkler Mächte nachzuspüren, als wäre ich ein Marktweib, deren Korsett vom Gewäsch eines Wahrsagers ins Rutschen gerät.

Der zerstörte Wachtturm hatte uns den Weg zu einem schmalen Lavasims versperrt, der einige Dutzend Meter entfernt begann und die gesamte Burgmauer umgab. Dieser Sims war an seiner schmalsten Stelle nicht breiter als eine Speerlänge, und an der breitesten das doppelte davon. Das zumindest hatten meine Beobachtungen in den zwei Tagen ergeben, in denen ich die Stelle aus der Ferne erkundet hatte. Man glaube nicht, dieser Sims sei ein Schwachpunkt gewesen, den unsere Armee hätte für sich nutzen können. Auf der einen Seite, wie ich schon sagte, befand sich die Festungsmauer, an der keine Stelle zu sehen war, an der man einen Dorn hätte einhaken oder eine Sturmleiter hätte anstellen können. Auf der anderen Seite fiel er steil ab, ein vertikales, glasähnliches Kliff von zweihundert Fuß oder mehr, hinunter zum Hafen und den gekenterten Schiffen, die dort unten verrotteten.

Ich gab ein Zeichen, und Corais und drei andere rutschten auf den Sims hinab. Ich hörte einen erstickten Schrei, und wir verbliebenen

Sechs hielten die Waffen bereit. Dort mußte wohl ein Wachposten oder eine Patrouille gewesen sein. Polillo ließ den Beutel sinken und griff nach ihrer Axt. Mit ärgerlicher Miene hielt ich sie zurück – Corais würde uns rufen, wenn sie uns brauchte. Polillo murrte, als wir das Klirren von Waffen hörten, und ich wußte, daß ihr Blut zu kochen begann. Stille folgte. Einige Atemzüge später kam Corais in Sicht und winkte uns weiter. Polillo knurrte neidisch, als sie das blutige Schwert ihrer Waffengefährtin sah. Corais lächelte leise, dann zuckte sie mit den Achseln. Was hätte sie tun sollen? Pflicht ist Pflicht. Ich zischte die beiden an. Hört auf damit. Paßt besser auf. Dann stürmten wir auf den Sims hinaus und um die Burg.

Wir umrundeten die Festung beinah zur Hälfte, bis wir an die Stelle kamen, die ich für unser Ablenkungsmanöver ausgesucht hatte. Hier verbreiterte sich der Sims auf einem kurzen Stück und bot Platz für eine halbe Kompanie, die dann von oben zerschmettert werden würde, da von hier aus kein Angriff und auch kein Nachschub mehr möglich war, sobald die Verteidiger merkten, daß sich dort unten jemand aufhielt. Doch die Breite des Simses war nicht der Grund, warum ich diese Stelle für das Manöver gewählt hatte. Ich meinte, gesehen zu haben – und ein kleiner, sehkraftverstärkender Zauber hatte dies bestätigt –, daß hier, an einem Eckturm, früher einmal Tore in der Mauer gewesen waren. Ich hatte mich gefragt, wozu sie gedient haben mochten, und überlegte nun erneut. Ich meinte, am Rand des Kliffs ein steinernes Fundament erkennen zu können, wo offenbar vor langer Zeit einmal ein Mastenkran gestanden hatte. Möglicherweise war es ein Geheimeingang zur Anlieferung von Waren für die Archonten gewesen, über den die Sachen das Kliff hinauf und eilig ins Verborgene gehievt werden konnten. Ich erschauerte, unfähig, mir etwas vorzustellen, was gräßlich genug war, daß die Archonten fürchten müßten, ihr unterjochtes Volk könne davon erfahren.

Nachdem ich diese Tore gesehen und Polillo und Corais davon erzählt hatte, war ein Feuer in ihren Augen aufgeflammt. Vielleicht könnten wir die Tore irgendwie aufbrechen? Vielleicht könnten wir einen Trupp in die Festung führen? Ich unterbrach solche Spekulationen. Ich wußte, daß die Archonten und ihre militärischen Befehlshaber keine Dummköpfe waren, und ein derartiger Schwachpunkt in ihrer Verteidigung, selbst einer, der so schwer zu erreichen war wie dieser, wäre schon seit langem verschlossen worden. Jetzt, nah an den Toren, sah ich, wie recht ich gehabt hatte. Sie waren fest zugemauert, und die helle Farbe des Mörtels deutete darauf hin, daß sie es schon seit Jahren waren. Falls es möglich wäre, diese Tore einzureißen, würde man dafür einen mächtigen Rammbock brauchen – und wie sollte man ein solches Gerät an den Rand des Kliffs transportieren? Doch hatten mich die Tore zu einer kleinen Veränderung in Gamelans Ablenkungsmanöver inspiriert.

Unter uns lag die Hafeneinfahrt, und ich sah den Bogen der dicken Kette, die sie versperrte. Jedes einzelne Kettenglied war groß wie ein Segelboot. Im Laufe der Jahre war die Kette grün angelaufen, und Seetang und Schleim tropften herab. Stundenlang hatte ich diese Kette während der Planung meiner Mission angestarrt und mich gefragt, ob wir uns über den Sims bis dorthin schleichen konnten, wo sie an der Festungsmauer endete und von einer mächtigen Öse gehalten wurde. Doch hatte ich vermutet, daß der Sims ein Ende fand, bevor er die Kette erreichte, und dieser Eindruck bestätigte sich jetzt. Selbst wenn wir dorthin hätten kommen können, was hätte es uns gebracht? Wie auch immer die Kette gehoben und gesenkt werden mochte – soweit ich wußte, gleichermaßen von Zauberkraft wie von Hebebäumen, Flaschenzügen und Menschenhand –, es geschah vom Turm auf der gegenüberliegenden Seite aus, der ebenso wütend verteidigt wurde wie die Festung selbst.

Ich konzentrierte mich wieder auf die vor mir liegende Aufgabe und schämte mich. Ich war stur wie eine junge Subalterne, immer mit Blick auf den einen Schlag, diesen einen Angriff, der nicht nur den Krieg gewinnen, sondern auch seine Urheberin mit Ruhm überhäufen würde. Unsere heutige Pflicht war prosaischer, da sie günstigstenfalls eine Stütze des Hauptangriffs darstellte, der in diesen Minuten weit hinter uns begonnen hatte.

Kalte Finger krochen mein Rückgrat hinauf. Mich überkam das unheimliche Gefühl, von feindseligen Augen beobachtet zu werden. Ich ließ den Blick über die Wehranlagen der Burg schweifen und konnte nichts entdecken. Doch diese Intuition ist etwas, das ich zu schätzen gelernt habe, so daß ich vorsichtshalber die Mauer absuchte und nach einem Fenster oder nach einer Schießscharte Ausschau hielt, von wo aus jemand uns beobachten mochte. Aber auch dort war nichts zu sehen.

Einen Augenblick lang fragte ich mich, ob Amalric in diesem Eckturm inhaftiert gewesen sein mochte – er hatte erzählt, er habe vom Fenster seiner Zellenwohnung aus einen weiten Blick über Hafen und Kette gehabt. Nein. Diese Mauern waren leer. Abgesehen von dem verschlossenen Tor unterbrach nichts die glatte Steinfläche. Amalrics Zelle mußte sich an einer anderen Stelle befunden haben. Dennoch blieb das Gefühl, beobachtet zu werden.

Da hörte ich etwas. Es war eine Stimme und doch keine Stimme, und ich meinte, sie flüsterte eine Warnung, auch wenn ich weder Worte noch das Geschlecht der Stimme ausmachen konnte. Sie kam mir irgendwie bekannt vor, und ich erschauerte und fragte mich einen verrückten Moment lang, ob es Halab, mein lang verstorbener Bruder sein mochte. Amalric hatte erzählt, wie ihm Halabs Geist bei seiner Expedition zu den Fernen Königreichen zu Hilfe geeilt war. Obwohl ich meinen kleinen Bruder meist für einen vernünftigen Menschen hielt, war ich damals der Ansicht gewesen, der Schurke Janos Greycloak habe seine Phantasie ausgenutzt. Entweder das, oder in den Fernen Königreichen wurde ein besonders schwerer Wein gekeltert.

Ich wappnete mich und gab das Zeichen. Polillo warf sich den Sack über die Schulter und sprang vor. Ich lief hinter ihr her. Sie bewegte sich leichtfüßig, obwohl sie ein Gewicht zu schleppen hatte, das zwei kräftige Männer hätte zusammenbrechen lassen. An der breitesten Stelle des Simses blieben wir stehen, und meine Ordonnanz kippte ihren Beutel um. Heraus fielen drei massive Kristallkugeln, dazu eine seltsam anmutende Befestigungsapparatur, die unsere Geisterseher in ihrer Waffenwerkstatt entworfen hatten. Sie bestand aus einem drei Fuß hohen Zylinder – am einen Ende mit einem Knauf versehen – und einem rollenden Untergestell auf drei Beinen. Der Zylinder ließ sich auf die doppelte Länge ausfahren, ebenso die Beine. Als ich mich mühte, ihn aufzustellen, stach ein Sonnenstrahl durch den Zaubernebel und badete uns im Licht. Ich verfluchte meine ungeschickten Finger – ich wußte, man konnte uns jeden Augenblick entdecken. Doch endlich war es vollbracht, und Polillo hatte die Zylinder zu einem Dreieck zusammengesetzt. Auf mein Zeichen hin führte Corais die anderen Frauen hinaus. Sie nahmen die Formation ein, die Gamelan uns die halbe Nacht über eingebleut hatte.

Polillo runzelte die Stirn; sie mißtraute der Zauberei ebensosehr wie ich. Man hätte uns einen Geisterseher zuteilen sollen, der diese Aufgabe übernahm. Gamelan hatte Jinnah bedrängt, ihn mit uns gehen zu lassen, doch der General hatte abgelehnt – ohne jede Erklärung – und nicht einmal die Begleitung eines jüngeren und somit entbehrlicheren Zauberers gestattet. Polillo löste ihre Axt und spreizte die langen Beine, bis sie in bequemer Schlagstellung stand. Ich zog einen kleinen Beutel aus meiner Hüfttasche und sprenkelte grauen Staub erst auf eine Kugel, dann auch auf die anderen. Der Staub bestand aus gemahlenen Knochen gefallener Krieger. Ich fühlte mich wie eine Närrin, als ich den Zauberspruch aufsagte, den Gamelan mir eingebleut hatte.

Wenige sind wir.
Viele sind wir.
Knochen sind wir.
Fleisch sind wir.
Zehn sind wir.
Tausend sind wir.

Ich trat zurück und zog mein Schwert. Dann warf ich den Kopf in den Nacken, holte tief Luft und stieß den Schlachtruf der Maranonischen

Garde aus. Meine Schwestern taten es mir nach. Unsere Stimmen gellten lauter und lauter, bis das Klagen selbst den Lärm vom Schlachtfeld durchdrang. Dann warteten wir – eine Armee von zehn –, sicher, daß wir dem Tod geweiht waren. Ich sah, daß entlang der Burgmauer über uns Gestalten liefen und sich für das bereit machten, was kommen sollte.

Plötzlich spürte ich ein Prickeln am ganzen Körper. Mein Haar richtete sich auf, meine Brustwarzen wurden hart wie Stein. Das Prickeln wandelte sich zu Wärme und sammelte sich in meinem Bauch. Es sank mir in den Schoß, wo es Kraft fand und zu heißem Feuer wurde. Ich schrie vor Freude und Begeisterung auf und hörte, wie meine Schwestern einstimmten, bis aus unseren zehn Stimmen eine Vielzahl wurde. Ich fühlte mich, als wäre ich nicht eine Kriegerin, sondern zehn. Dann wurden aus zehn zehnmal so viele, und ich war einhundert Frauen, die trotzig einhundert Schwerter durch die Luft schwangen. Und um mich herum standen neunhundert Kriegerschwestern, die wütend unseren Feinden drohten.

Gamelan hatte versprochen, wir würden unseren Feinden als tausendköpfige Armee erscheinen, die plötzlich wie aus dem Nichts entstanden war und sie bedrohte. Ich hörte überraschtes Rufen von jenseits der Festungsmauer und wußte, daß der Geisterseher nicht gelogen hatte. Kampfeslust schnürte mir die Kehle zu, und ich wollte schon den Angriff befehlen, doch rang die Vernunft meine von Zauberhand beflügelte Phantasie nieder, und statt dessen rief ich nach Corais. Sie und eine weitere Frau stürmten zu dem rollenden Gerät und schoben es an. Das Ende mit dem Knauf schlug krachend an die Tore, und obwohl ich wußte, daß es zu klein war, auch nur eine Spur zu hinterlassen, machte es Lärm wie ein großer Rammbock – und so erschien es auch unseren Feinden. Ein Schimmer in der Luft erlaubte mir einen Blick auf das, was sie sahen: Der seltsame Apparat war zu einer mächtigen Kriegsmaschine geworden, welche über den zweihundert Frauen aufragte, die sie bedienten, eine Maschine, die ohne weiteres groß genug war, diese Tore und ihre Panzerung zu zerstören. Der Rest von uns – achthundert Frauen –

trug glitzernde Rüstungen, und neben dem großen Rammbock führten wir allerlei Waffen bei uns: Äxte und Bögen, Lanzen und Armbrüste, Enterhaken und Sturmleitern. Wir boten einen bedrohlichen Anblick.

Inzwischen waren unzählige Warnungen zu hören, doch sah ich, daß die Belagerten keinerlei Bedrohung darstellten. Panik bestimmte die Aktivitäten hinter jenen Mauern. Ich hörte, wie Polillo lachte und die Männlichkeit der Feinde verhöhnte. Ich lachte mit ihr, stellte mir vor, wie ihnen die Hoden zwischen den Beinen schrumpften. Bald schon würde der Feind seine Truppen von den vorderen Toren abziehen und herübereilen, um sich der neuerlichen Bedrohung zu stellen. Jinnah hielt eine mächtige Streitmacht in Reserve, die dann durch die geschwächte Front brechen konnte, und zum zweiten Mal in der Geschichte Orissas würde die Festung der Archonten fallen.

Ich hörte, wie eine meiner Soldatinnen Alarm gab. Mächtige schwarze Wolken fegten über den Himmel. Sie schwebten über uns, brodelnd und wirbelnd. Gespenstisches Gelächter verspottete uns aus ihrem Inneren, daß es mir durch Mark und Bein ging. Die Wolken teilten sich, und ich sah das gigantische Gesicht eines Mannes. Seine Augen waren schwarz wie Gräber, die fleischigen Lippen rot wie Blut, und sein langer Bart ein wüster Wald. Die Lippen zogen sich zurück und enthüllten lange, gefeilte Zähne. Der Archon lachte wieder, und dieses Lachen allein war so durchdringend, daß es Gamelans Zauber brach und mich die Kraft verließ. Bald schon schrumpfte ich, bis ich nicht mehr hundert Soldatinnen war, sondern nur zehn, dann nur noch eine – zu klein, um eine Bedrohung für den Archonten von Lycanth darzustellen.

Die Lippen des Archons formten ein Wort, und als er es zischte, war sein Atem faulig und so kalt, daß er uns am Boden festfror. »Antero«, sagte er. Ich glaubte, eine gewisse Überraschung zu bemerken. Sein Blick wandelte sich zu Würmern, die aus schwarzem Schlamm gekrochen kamen, um mich zu beschnuppern, und sie ließen Spuren von Schleim auf meiner Seele zurück. Weiteres Gelächter. »Eine *Frau!*« Sein Spott war Donner. Er atmete ein – ein Heulen in der Luft – und spuckte aus.

Sein Speichel regnete aus der Wolke, tränkte uns mit ekelhaftem Schleim. Der stinkende Sturm erniedrigte und demütigte uns. Das Gesicht verschwand aus der Wolkenmasse, die einen Augenblick lang wild herumwirbelte und sich dann zu einem Trichter formte, tiefer und immer tiefer ... bis sie verflogen war.

Wir zehn standen auf dem nackten Sims unseren Feinden hilflos gegenüber. Bevor wir sterben sollten, waren wir an der Reihe, verhöhnt zu werden. Die Männer auf der Mauer riefen zu uns herab, verspotteten unser Geschlecht, drohten mit Obszönitäten, die sie an unseren Leichen vornehmen wollten. Doch ihr Spott hatte die gegenteilige Wirkung – anstelle von Angst weckte er unseren Zorn.

Polillo brüllte: »Kommt runter und kämpft, ihr lycanthischen Schweine! Ich schlag euch Arme und Beine ab, stopf euch die Eier in den Schlund und schick die Köpfe euren Frauen.«

Sie schleuderte ihre große Axt himmelwärts. Nur war sie so wütend, daß sie zu früh losließ, und die Axt nur bis kurz unter die Zinnen kam. Hätte eine andere von uns einen ähnlichen Wurf gewagt, wäre dieser kaum halb so weit gekommen. Die Klinge schlug krachend gegen den blanken Stein, doch anstatt wieder herunterzufallen, blieb sie stecken! Staunend stand ich da – die Axt war nicht in den Stein gedrungen, doch schien sie dort mitten in der Luft zu hängen. Warum fiel sie nicht herunter?

Ein Pulk von Bogenschützen stand auf der Brüstung, und ein dichter Schwarm von Pfeilen regnete auf uns herab. Wir verdrängten die Angst und warfen uns zu Boden, rollten und rollten, bis wir allesamt dicht an der Festungsmauer lagen. Ich drückte mich neben Polillo nah an den Stein, um sowenig Zielscheibe wie möglich abzugeben. Doch diese Sicherheit war eine Illusion. Bald schon würden sich die Bogenschützen vorbeugen und uns beschießen, oder andere Soldaten würden uns mit siedendem Öl übergießen.

Ich blickte auf und merkte, daß ich direkt unter Polillos Axt lag. Zu meinem Erstaunen entdeckte ich, daß sie keineswegs in einem Spalt steckte, sondern am Rahmen eines eingeschlagenen, nicht vergitterten Fensters hing. Ich wandte meinen Kopf hierhin und dorthin und untersuchte, was ich für bloße Mauer gehalten hatte. Statt dessen erspähte ich weitere Fenster auf der freien Fläche. Während ich darüber nachdachte, welcher Trick die Mauer aus der Ferne hatte glatt erscheinen lassen, stieß jemand einen Schrei aus. Wachgerüttelt sah ich, wie eine meiner Soldatinnen einen Pfeil aus ihrem Oberschenkel zog. Unser Ende stand bevor. Dann sah ich die Kristallkugeln und hatte eine Idee. Eilig gab ich Polillo Befehle. Sie nickte, und ihre Miene hellte sich auf.

Ich kam auf die Beine und stürmte vor – zurück über den Sims – als versuchte ich zu fliehen, im Zickzack und geduckt, während um mich Pfeile landeten. Dann drehte ich ab und kehrte um. Polillo war mir aus der Deckung gefolgt, hatte jedoch einen anderen Weg genommen. Während sich die Bogenschützen auf mich konzentrierten, rannte sie zu den Kugeln. Sie sammelte eine davon auf und schleuderte sie zu dem Pulk von Bogenschützen hinauf. Die Zauberkugel flog ihnen entgegen wie von einem Katapult. Dann schlug sie kurz unter den Zinnen ein, wo sie mit mächtigem Blitz und Donner explodierte. Ich hatte vermutet, oder vielleicht auch nur gehofft, daß all die Beschwörungen, welche die Geisterseher über dem Gerät ausgesprochen hatten, diesem ungeheure Macht verliehen haben mußten – und sie war ebenso durch physische Kraft als auch durch Zauberei freizusetzen, so wie eine perfekt geblasene Kristallkugel zerspringt, wenn man mit dem Fingernagel an die richtige Stelle tippt.

Während es Steine regnete, sammelte Polillo die nächste Kugel auf und warf sie in die Höhe. Sie segelte über die Mauer und explodierte für uns unsichtbar auf dem Hof der Burg. Die letzte Kugel endlich fand ihr Ziel, und ich hörte Schmerzens- und Entsetzensschreie.

Bevor sich unser Feind erholen konnte, schlichen wir dorthin zurück, woher wir gekommen waren. Corais führte den Trupp an und Polillo übernahm die Nachhut – sie hatte sich die Verwundete über die Schulter geworfen. Wir machten uns nicht die Mühe, uns zu ducken, sondern flohen schnurstracks wie Schwalben auf dem Weg zu ihrem Nest. Sogar noch während dieser wilden Flucht nagte die Scham an mir, und trotz unserer Rettung blieb der bittere Nachgeschmack unserer Niederlage auf meiner Zunge.

Wir rannten über den Lavasims zu dem zerstörten Wachtturm, zu den Seilen und in Sicherheit. Ein Schwarm von Pfeilen peitschte auf uns ein. Die Zeit lief ab.

Doch als der erste Schwarm nach unseren Fersen griff, bohrte sich ein Gedanke durch meine Verzweiflung. Plötzlich wußte ich, wie das Rätsel um die Festung der Archonten zu lösen war. Ich betete zu Maranonia, sie möge meine Beine beschleunigen und den Feind erblinden lassen. Sollte die Göttin ihrer Tochter gnädig sein, würde ich hierher zurückkehren.

Kapitel Drei

Das Werfen der Knochen

Weißt du, was es heißt zu hassen, Schreiberling? Hast du je einem Kerl in die Augen geblickt und eine Verachtung gespürt, die so wild war, daß du sie auslöschen wolltest? Spar dir die Antwort … deine roten Ohren verraten dich. Gut. Es beruhigt mich zu wissen, daß du noch Mark in deinen Knochen hast. Es wird dir helfen zu verstehen, wie es zwischen Jinnah und mir stand.

Anfangs glaubte ich, es sei bloße Abneigung. Das war nicht weiter erschreckend. Es ist vollkommen normal, daß sich zwei Menschen einander von ihrer ersten Begegnung an abstoßend finden. Den Makel, den ich an Jinnah und seiner Brut festgestellt hatte, habe ich bereits erwähnt. Was Jinnahs Verbitterung mir gegenüber anging, so schien mir diese ebenfalls nur natürlich. Die Patrizier Orissas mißbilligen Kaufmannsfamilien wie die Anteros. Geld, das mit harter Arbeit und Geschäftstüchtigkeit verdient wurde, empfinden sie als unziemlich. Sie sehen sich als die Könige und Königinnen unserer

Gesellschaft. Doch in Orissa kann sich ein Bauer mit Mumm und Geschick bis in die prunkvollen Kammern hocharbeiten, in denen jemand wie Jinnah lebt, weil er in sie hineingeboren wurde. Und dazu kommt, daß – dank meines Bruders – wir Anteros die Sklaven befreit hatten, zum grenzenlosen Mißfallen der alten Familien.

Die Abneigung entbehrte also nicht einer Grundlage. Jinnah war der Kommandeur, daher tat ich alles, meine Gefühle zu verbergen. Er dagegen machte keinen Hehl aus den seinen. Wie dem auch sei, ich bin eine Soldatin, die stolz darauf ist, unter *allen* Umständen zu dienen, auch zum Mißfallen meines Vorgesetzten. In der Nacht vor jener letzten Schlacht jedoch, als ich in Jinnahs Zelt saß und ihm meinen Plan unterbreitete, bekam ich einen Eindruck davon, wie tief seine Gefühle gingen. Aber ich war so im Fieber meiner Ideen gefangen, daß ich nicht näher hinsah. Aufgrund dieses Fehlers klebt viel Blut an meinen Händen... das Blut meiner Schwestern und Freundinnen. Ihre Geister sind viel zu liebenswert, als daß sie mich verfolgen würden. Aber ich schlafe nicht gut, Schreiberling. Und wenn doch, dann schlafe ich traumlos.

Die Männer gaben keinerlei Kommentar ab, als ich ihnen erklärte, was ich vom steinernen Sims aus gesehen hatte. General Jinnah starrte seine hübsche Nase entlang, das blasse, arrogante Gesicht eine Maske höflicher Aufmerksamkeit, und seine schmalen Lippen spannten sich zu etwas, das man fälschlicherweise für ein Lächeln hätte halten können. Doch während ich sprach, trommelten seine Finger ungeduldig auf der Platte seines mit kunstvollen Schnitzereien versehenen Feldtisches herum. Seine Berater ahmten die Haltung ihres Herrn nach und saßen gelangweilt mit verschränkten Armen da. Das Zelt war feucht und stank nach verdorbenem Moschus, dem Männerparfum, das Jinnah – und somit auch seine Berater – bevorzugten. Der sogenannte Admiral Cholla Yi amüsierte sich damit, mich mit Blicken zu entkleiden. Er strich über seine geschnürten Manschetten, während er mich anstarrte, und fingerte gelegentlich an den steifen Stacheln herum, zu denen sein Haar geklebt war. Na wunderbar, dachte ich. Noch ein Bursche, der glaubt, ich müßte nur von einem *richtigen* Mann rangenommen werden, um meine sexuellen Vorlieben zu überdenken. Normalerweise hätte ich ihn zu einem Hodentret-Wettbewerb herausgefordert, aber ich war so damit beschäftigt, meinen Plan zu unterbreiten, daß ich seinen Versuch, mich zu erniedrigen, ignorierte. In der gegenüberliegenden Ecke saß Gamelan, schweigend wie die anderen. Ich konnte seine Gefühle nicht orten, doch spürte ich keinerlei Feindseligkeit von seiner Seite.

Jinnah hatte gegähnt, als ich ihm erzählte, daß Polillos Axt an dem von Zauberkraft verhüllten Fenster hing, doch eine von Gamelans buschigen Augenbrauen war steil nach oben gezuckt. Als ich meinem Kommandeur erzählte, welchen Nutzen ich aus dieser Entdekkung – neben einigen anderen – zu ziehen beabsichtigte, gähnte er noch ausgiebiger. Doch ich sah, wie angespannt Gamelan war, und daß er sich über seinen langen, weißen Bart strich.

Hauptmann Hux, Jinnahs wichtigster Berater, gab sich allergrößte Mühe, so zu tun, als machte er Notizen. »Soll ich Kundschafter schicken, die Hauptmann Anteros ... ungewöhnliche Beobachtung bestätigen, Herr?« Seine Stimme klang träge, feucht und schwer vor Spott.

Jinnah raffte sich auf und tat, als würde er ernstlich darüber nachdenken.

»Das könnte uns verraten«, warf ich ein. »Te-Date allein weiß, ob wir noch einmal eine solche Chance bekommen.«

Jinnah legte die Stirn in Falten. »Angenommen, ich würde mich mit Eurer ... Idee ... anfreunden, dann müßte ich mit Sicherheit auf eine Bestätigung von professioneller Seite bestehen.«

Ich schluckte meine wütende Antwort herunter. Ich deutete auf die Kopie meines Berichts – vollständig mit detaillierten Zeichnungen aus Polillos Feder. »Ihr habt nicht nur mein Wort, Herr«, sagte ich. »Auch meine Offiziere können es bestätigen.«

Hux gab keinen Kommentar, schüttelte nur den Kopf.

Jinnah nahm das Stichwort auf und sagte: »Ich möchte meinen

Führungsstab nicht *unnötig* beleidigen, Hauptmann. Es besteht also kein Anlaß, weiter über diesen Punkt zu sprechen.« Er nahm meinen Bericht und blätterte darin herum. Dann grinste er höhnisch und ließ ihn fallen. »Allerdings bereitet mir Euer Plan einige Sorge. Er ist das Werk eines ... wie soll ich es nennen? ... instabilen Geistes.« Er wandte sich Hux zu. »Das ist genau das, wovor ich den Rat gewarnt habe.«

Die Wut hätte mich beinah aufspringen lassen, doch hielt ich mich zurück. »Ich will nicht für mich sprechen«, stieß ich zähneknirschend hervor. »Aber ich werde nicht zulassen, daß meine Soldatinnen verleumdet werden. Sie haben in diesem Krieg so wacker gedient und ebensosehr gelitten wie jeder andere, vielleicht sogar mehr als mancher.«

Jinnahs Augen brannten, doch äußerlich blieb er ruhig, und sein höhnisches Grinsen wurde breiter. »Was Ihr sagt, trifft beinah zu, Hauptmann«, sagte er. »Ich gebe Euch weitestgehend recht.« Er wandte sich wieder Hux zu. »Es sind die Widersprüche, die mir Sorge machen«, sagte er. Er drehte sich zu mir um, und sein Gesicht nahm einen Ausdruck freundlicher Überlegenheit an. »Aber ich finde, wir sollten die Gegebenheiten der Natur nicht vergessen.«

Cholla Yi lachte kurz und böse. Ich hatte genug. Ich faßte an mein Messer. »Obacht, Admiral«, sagte ich leise. »Habt Ihr den General nicht gehört? Mir ist nicht zu trauen.«

Seine Miene verfinsterte sich, doch die Wut verfing sich im Netz seiner Verwirrung. Wie sollte er auf meine Herausforderung reagieren? Keine Frau hatte je so mit ihm gesprochen. Ich fuhr fort, bevor er sich erholen konnte. Als ich meine Aufmerksamkeit Jinnah zuwandte, merkte ich, daß Hux und die anderen Berater an sich hielten. Das war genau meine Absicht gewesen. Sie kannten meinen Ruf als Kämpferin. Mancher hatte meine Arbeit schon gesehen. Sie rutschten auf ihren Stühlen herum wie unartige kleine Jungen. Nur Jinnah hielt meinem Blick stand.

»Ich möchte – mit allem Respekt – gegen Eure Reaktion auf

meinen Plan protestieren«, sagte ich und achtete darauf, daß nicht der Hauch einer Gehorsamsverweigerung darin mitschwang. »Ich glaube, er hätte eine eingehendere Betrachtung verdient. Sollte ich recht haben, könnte der Krieg morgen um diese Zeit beendet sein ... und unser Feind besiegt.«

»Ich *habe* ihn sorgsam studiert, Hauptmann«, sagte Jinnah. »Und ich habe meine Entscheidung getroffen.«

»Dann muß ich darauf bestehen, Sir, daß mein Protest notiert wird.«

Jinnah setzte ein verschlagenes Grinsen auf. »Ist notiert, Hauptmann Antero.« Er wollte sich erheben, als wäre unser Gespräch beendet.

»Ich will, daß es *offiziell* festgehalten wird, Sir«, forderte ich. »Es ist mein Recht zu verlangen, daß mein Protest niedergeschrieben und von jedermann in diesem Zelt bezeugt wird. Morgen reitet ein Kurier nach Orissa. Ich habe die Absicht, Sir, ihm dieses Schreiben mitzugeben.«

Jinnah ging in die Luft. »Wie könnt Ihr es wagen, mich herauszufordern!« rief er.

»Ich fordere Euch nicht heraus, Sir«, sagte ich. »Ich verlange nur, was mein gutes Recht ist, wenn Ihr so freundlich wärt.«

»Nun, so freundlich bin ich nicht«, knurrte er.

»Ihr verweigert es mir, Sir?« fragte ich mit scharfem Unterton.

Jinnahs Zorn wuchs, doch bevor er herausplatzte, sah ich, daß Hux ihn am Umhang zupfte. Der General wurde – ganz wie ich gehofft hatte – davor gewarnt, so nah am Rande seiner Befugnisse zu wandeln. Falls der Krieg weiterhin schlecht lief, würden Politiker auf der Suche nach dem Schuldigen meinem Protest große Aufmerksamkeit schenken.

Jinnah seufzte ausgiebig, dann sackte er auf seinen Stuhl zurück. »Was wollt Ihr von mir, Hauptmann?« Er flehte, er tat sein Bestes, wie ein müder, aber vernünftiger Mann zu klingen.

»Ich will, daß Ihr viele Mütter glücklich macht, Sir«, sagte ich. »Ich will, daß Ihr diesem Blutvergießen ein Ende macht und der Held ganz Orissas werdet. Ich will, daß Ihr Befehl gebt, meinen Plan auszuführen.«

Er holte tief Luft. »Das kann ich nicht tun«, sagte er.

»Warum nicht, Sir?«

»Euer Plan ist ohne Wert.«

»Falls es so ist«, antwortete ich, »dann sagt mir, warum. Teilt mir Eure Weisheit mit, Sir, und ich ziehe meinen Protest zurück. Sagt mir, Herr, worin ich irre.«

Jinnah sah sich nach Unterstützung um, doch bevor sich einer seiner Berater einmischen konnte, brach Gamelan sein langes Schweigen.

»Ja, General«, sagte er. »Ich würde diese Gründe selbst gern hören.« Jinnah wandte sich ihm zu, verblüfft. Der Geisterseher spielte mit seinem Bart. »Ich habe mir ihren Bericht angesehen und kann keinen Makel erkennen. Natürlich bin ich kein Berufssoldat, aber ...«

Trotz seiner ruhigen Art war der alte Mann eindrucksvoll, als er jetzt sprach. Seine Augen waren sanft, doch Jinnah schrumpfte unter ihrem Blick zusammen.

»Vielleicht *sollte* ich ihn mir noch einmal näher ansehen«, sagte Jinnah nervös. Er warf Hux den Bericht zu. »Eine Stabsgruppe soll sich darum kümmern«, sagte er barsch. »Sagt ihnen, ich bräuchte die Antwort in einer Woche.«

»In einer Woche?« rief ich und vergaß mich, als ich sah, daß alles drohte, im Dschungel der Papiertiger zu verschwinden. »Bis dahin werden weitere tausend den Tod finden!« Mein Ausbruch war ein Fehler. Ich hatte Jinnah gegeben, was er brauchte. Seine schmalen Lippen zogen sich zu einem breiten Strich der Zufriedenheit auseinander.

Doch bevor er zuschlagen konnte, warf sich Gamelan wieder dazwischen. »Ja, ja«, sagte er eher abwesend, als hätte ich etwas Vernünftiges gesagt. »Ich fürchte, es muß gleich getan werden, oder gar nicht.«

Er fummelte in einer Tasche seines schwarzen Zauberumhangs

herum, und als er seine Hand hervorzog, hing beißender Gestank von Schwefel im Raum. Jinnah riß die Augen auf, als der Geisterseher seine Hand öffnete und fünf elfenbeinerne Knöchelknochen mit geheimnisvollen roten Symbolen darauf enthüllte. Energie knisterte im Raum. Vor uns lagen die Wurfknochen eines Meistergeistersehers. Ich hörte, wie Cholla Yi ein Gebet an seinen Piratengott flüsterte. Hux und die anderen Berater fürchteten sich so sehr, daß sie aussahen, als wollten sie davonlaufen. Ich dagegen war noch derart aufgewühlt von meiner eben ausgesprochenen Drohung, daß ich nichts spürte, nicht den leisesten Anflug von Furcht.

Gamelans Augen glitzerten gelb. Er bot die Knochen Jinnah an. »Werft sie, General«, sagte er.

Jinnah wich dem gelben Löwenblick aus. Er leckte sich die trockenen Lippen. »Aber ich dachte, Ihr...«

Gamelan schüttelte den Kopf. »Auf *Euren* Schultern ruht unser Schicksal, General.«

Nach langem Zögern streckte Jinnah eine zitternde Hand aus. Gamelan ließ die Knochen hineinfallen. Unwillkürlich ballte Jinnah die Faust. Und Gamelan begann zu singen:

»Knochen des Schicksals
Zeigt eure Augen
Wer wird siegen?
Wer unterliegen?
Wer wird euch einst gegenüberstehen
Auf dem Scheiterhaufen der Dämonen?

Jinnah kreischte vor Schmerz und warf die Knochen auf den Tisch. Der Gestank seiner verbrannten Haut stieg uns beißend in die Nasen.

Jinnah leckte an seiner verletzten Hand. »Ich... ich... kann nicht«, krächzte er.

Entsetztes Flüstern von den anderen Männern war zu hören. Meine eigenen Empfindungen verschloß ich in Herz und Hirn. Der einzige Trost, den ich mir gestattete, war, fest das Heft meines Schwertes zu umfassen. Doch besänftigte es meine Nerven nicht eben, als ich den schockierten Blick des Meistergeistersehers sah.

»Es ist vollbracht!« raunte er.

»Was?« sagte Jinnah. Furcht ließ ihn flüstern.

Gamelan schüttelte den Kopf, brachte ihn zum Schweigen. Er wandte sich hierhin und dorthin, schnüffelte und lauschte den Geräuschen der Nacht. Ich spürte, wie meine Haut prickelte, während er mit allen Sinnen suchte. Irgendwo in der Ferne heulte ein Rudel Schattenwölfe über frisch erlegter Beute.

Gamelan fuhr zu Jinnah herum. »Den Archonten ist eine Art Durchbruch gelungen«, sagte er. »Wir müssen schnell handeln, sonst ist alles verloren.«

»Aber was...« Jinnah war verwirrt.

Gamelan ignorierte ihn. Er sammelte die Knochen ein und schleuderte sie mir entgegen. »Werft sie, Hauptmann«, sagte er.

Ich starrte ihn nur an. Warum bat er mich darum? Wenn uns die Götter plötzlich verließen, wie sollte ich dann ihre Flucht vereiteln?

»Tut es, Rali«, bellte Gamelan. »Bevor es zu spät ist!«

Benommen gehorchte ich und nahm kaum wahr, mit welcher Vertraulichkeit er mich angesprochen hatte. Ich öffnete die Hand und stählte sie, als Gamelan erneut die Knochen fallen ließ. Und ich schwöre bei allem, was uns wahr und heilig ist, daß die Zeit stillzustehen schien. Es war, als ob ein Schatten zwischen mich und die anderen gefallen wäre. Ich roch das Sandelholzparfum meiner Mutter. Meine Haut schien einen süßen Schimmer anzunehmen, als sei ich eben einem Bad aus warmer Milch und Honigwein entstiegen. Alles wirkte so... stimmig... in dieser Schattenwelt. Die Knochen schmiegten sich in meine Hand, als wären sie speziell dafür geschnitzt. Sie fühlten sich kühl an, und aus irgendeinem Grunde bereitete es mir Sorge, daß ich dieses Gefühl als angenehm empfand.

Wieder sang Gamelan. Wieder rief er unser aller Schicksal an. Die Knochen blieben kühl in meiner Hand. Nur das angenehme Prickeln wurde stärker. Während er sang, flüsterte eine Stimme – die Stimme einer Frau – in mein Ohr: »Rali heißt Hoffnung. Rali heißt Hoffnung.«

»Wirf!« befahl Gamelan.

Unbeholfen warf ich die Knochen. Das Gefühl der Schattenwelt – und das sind die einzigen Worte, die mir einfallen wollen, den Zustand zu beschreiben – verließ mich, als die Knochen über den Tisch hüpften und rollten.

Als sie liegenblieben, wurde das Zelt von einem Blitz erhellt, der in unserer Nähe einschlug. Donner grollte – so laut, daß wir uns gequält die Ohren zuhielten. Gamelan schien es nicht zu bemerken. Statt dessen stieß er ein freudiges Gackern aus und sprang vor wie eine Katze, um sich die Knochen anzusehen. Ein weiteres Gackern, und er sammelte sie ein. Doch als er sie wieder in die Umhangtasche schob, warf er mir einen seltsamen Blick zu. Ich gab mir keine Mühe, diesen Blick zu verstehen. Um ganz ehrlich zu sein, vermied ich jede Spekulation darüber, was der Zauberer denken mochte.

Er wandte sich Jinnah zu, der glotzte wie ein Fisch im Teich. »Sie ist unsere einzige Hoffnung, General«, sagte er. »Ich weiß nicht, wieso. Ich weiß nur, daß es so ist.«

Dennoch zögerte Jinnah. Er sah mich an, und in diesem kurzen Augenblick wurde der Schleier gelüftet. Ich sah den Haß in seinen Augen. Er war kalt und schwarz und abgrundtief. Ich wich zurück. Zunächst war ich nur erstaunt. Weshalb sollte ich Gegenstand solchen Hasses sein? Dann vertiefte sich mein Staunen, als ich sah, daß hinter seinem Blick Furcht lag. Bevor ich weiter darüber nachdenken konnte, spürte ich, wie mein eigener Haß sich rührte. Er wuchs zu loderndem Feuer, und ich war so darin gefangen, daß ich beinah über den Tisch gesprungen wäre, um den Mann auf der Stelle zu töten.

Dann erstrahlte das Zelt, als ein weiterer Blitz die Nacht durchschnitt. Wir alle zuckten zusammen, als die Donnersalve uns fast von den Beinen riß.

Jinnah packte ein Glas Branntwein und stürzte es hinunter, um seine Nerven zu beruhigen.

»Nun, General?« drängte Gamelan.

Jinnah nickte kraftlos. Seine Stimme war rauh vor Anspannung, als er antwortete: »Morgen greifen wir an. Bei Sonnenuntergang.«

In der Morgendämmerung brachten wir ein Opfer, oder besser gesagt: drei Opfer, was nicht nur darauf hinwies, wie entscheidend, sondern auch wie gefährlich die Mission der kommenden Nacht sein würde. Zuerst sandten wir Maranonia ein Schaf. Es hätte ein fetter Bock sein sollen, aber – wie schon gesagt – das Land um uns herum war kahlgeschlagen, und das armselige, magere Mutterschaf, das wir fanden, mußte genügen. Wenn die Schlacht gewonnen war, konnten wir ihr die angemessene Reverenz erweisen. Maranonia war eine Soldatengöttin und würde verstehen, daß die Realität gelegentlich hinter der Idee zurückstehen mußte. Jemand schlug vor, man solle Maranonia einen lycanthischen Gefangenen schenken, doch diese Idee wurde bald verworfen, da es keinen Sinn macht, eine Göttin um ihre Billigung zu ersuchen, indem man ihr jemanden schickt, dessen blutgetränkte Seele das schlagendste Argument gegen das darstellt, was wir uns wünschen. Als nächstes brachten wir Orissas Göttern ein kleineres Opfer aus Fischen, dann brachte jede von uns ihrem eigenen Hausgott eine kleine Gabe. Ich hoffte, insbesondere diese Opfer würden ihren Zweck erfüllen und nur wenige von uns im Morgengrauen des kommenden Tages ihre letzte Ehrerbietung machen müssen.

Der Rest des Morgens verging mit den abschließenden Vorbereitungen. Ebenso wie in den Kriegsballaden nur selten die Rede von schwitzenden Schmieden ist, die dafür sorgen, daß die Pferde der Kavallerie vor der Attacke ordentlich beschlagen sind, oder auch von Waffenmeistern und funkensprühenden Schleifsteinen, mit denen man den tödlichen Klingen den letzten Schliff beibringt, macht sich niemand klar, daß Soldaten – zumindest erfolgreiche Soldaten – nicht einfach brüllend drauflosstürmen, wenn sie erst einmal ein Ziel vor Augen haben.

Vom Morgengrauen bis zum Mittag war unser Lager ein Labyrinth von Aktivitäten. Die Ausrüstung jeder einzelnen Frau wurde von ihrer Sergeantin überprüft, erneut überprüft von ihrer Staffelführerin und schließlich von Polillo und Corais inspiziert. Gegen Mittag aßen wir mit herzhaftem Appetit unser traditionelles Mahl vor der Schlacht: Rinderbraten mit Spiegelei. Ich hatte einen Provianttrupp meiner begabtesten Diebinnen weit ins Land schicken müssen, um das Essen zu beschaffen.

Ein plötzlicher Schauer – beschworen von zwei mittelmäßigen Geistersehern – ließ uns mit gespielter Überraschung in unsere Zelte flüchten. In deren Schutz legten wir unsere Kampfanzüge an – graubraune Kleidung und geschwärzte Rüstungen. Der Wind peitschte den Regen durch die offene Tür meines Zeltes, und ich schauderte. Doch das kam nicht vom kühlen Wind.

Ich hatte allzuviel auf diese eine Karte gesetzt. Die kalte Logik des Krieges diktierte, eine komplette Einheit sollte nie auf eine einzige Schlacht angesetzt werden, besonders nicht, wenn die Chancen nicht gut standen. Soldaten konnten – und würden – mit den Achseln zucken, wenn nur eine Handvoll aus der Schlacht heimkehrte, doch wurde eine Einheit vollständig vernichtet, spürten wir alle die Hand des Todes im Nacken.

Nur eine Handvoll meiner Gardistinnen sollte zurückbleiben. Einige waren krank oder verwundet, bei dem Rest handelte es sich um einen frischen Trupp untrainierter Rekrutinnen aus Orissa, der am Tag zuvor unter dem Kommando einer ehrgeizigen, jungen Offiziersanwärterin eingetroffen war. Sah man von Corais, Polillo und mir ab, war sie die einzige von höherem Rang, die noch übriggeblieben war. Da die Offiziere der Garde ihren Trupps voranliefen, war ihre Sterberate katastrophal, und für Offizierslehrgänge und Beförderungen hatten wir keine Zeit gehabt.

Der Name dieser neuen Frau war Dica, und sie schien noch jünger zu sein, als ich es gewesen war, als ich mich verpflichtet hatte. Ich nahm sie beiseite und erklärte ihr, wenn ich am Morgen nicht zurückkäme, wäre sie die neue Kommandantin der Maranonischen Garde. Sie erblaßte, doch ihre Lippen blieben fest. Das merkte ich mir. Solche Entschlossenheit wies auf eine wertvolle Soldatin hin.

»Sollten wir fallen«, wies ich sie an, »wird es Eure Aufgabe sein, nach Orissa heimzukehren und die Garde neu aufzubauen. Nicht weniger als das verlangt Maranonia Euch ab, und es gibt genügend Pensionärinnen der Garde in Orissa, die Euch zur Seite stehen werden. Eure erste Pflicht allerdings wird sein, das Wappen zu retten, das wir heute abend bei uns tragen werden. Falls wir nicht zurückkehren, wird das Wappen dort sein, wo die gesamte Maranonische Garde liegt – in der Zitadelle der Archonten.«

Ich entließ sie und wandte mich Corais zu, die gewartet hatte, bis Dica das Zelt verließ, und dann ein schiefes Lächeln aufsetzte, da sie sehr wohl wußte, warum ich mit derart dramatischen Worten gesprochen hatte.

»Sehr gut, Kommandantin«, sagte sie. »Falls wir heute abend sterben müssen, werden Eure Worte helfen, uns eine Legende zu erschaffen. Polillo wäre in Tränen ausgebrochen, wenn sie das gehört hätte.« Dann seufzte sie. »Ist es nicht eine Schande, daß diese Sache mit den Legenden so verdammt *schmerzhaft* sein muß?«

Während der Sturm noch toste, übergaben wir unsere Zelte einem kleinen Trupp von Männern. Es war besprochen worden, daß sie Feuer machen, zwischen den Zelten herumlaufen, Wachen aufstellen, kurz gesagt, jedem Beobachter – ob magischer oder physischer Natur – den Eindruck vermitteln sollten, die Maranonische Garde warte nach wie vor auf ihren Einsatz.

Wir machten uns für die Schlacht bereit und liefen eilig hinter dem orissanischen Lager entlang zu den Klippen, die ans Ufer jenseits von Lycanth führten, wo Cholla Yi seine Galeeren angelandet hatte. Am Abend zuvor hatte ich als alte Landratte herausbringen wollen, welche Art Schiff wir für unseren Angriff brauchen würden. Cholla Yi hatte sein falsches Lachen gelacht, als hätten wir uns nicht kürzlich erst beinahe duelliert, und verkündet, ich könne mir die Worte sparen.

»Es ist nichts Ungewöhnliches, Hauptmann Antero«, hatte er gesagt, »daß auch wir Seeleute gelegentlich etwas verschweigen und Geheimhaltung wahren. Jede meiner Galeeren hat ein oder zwei

Boote, die so perfekt konstruiert sind, als hättet Ihr selbst mit den Bootsbauern gearbeitet. Ursprünglich wollte ich mit ihnen lycanthische Handelsschiffe kapern, die im Hafen festsitzen... sobald wir wissen, wie man diese verdammte, große Kette sprengen kann. Nur sollten wir uns die Träume sparen, denn Götter lieben Enttäuschungen.«

Eilig fuhr er fort. »Jedes Boot kann zehn Mann tragen und ist besetzt mit einem Steuermann und vier Seeleuten an den Rudern. Ihr könnt Eure *Soldatinnen*«, und er konnte nicht anders, als Sarkasmus in dieses Wort zu legen, »zu entsprechenden Trupps abkommandieren, damit sich unsere Ausschiffung nicht anhört, als würde eine Gänsemagd nach ihrer Schar rufen.«

Kaum merklich hatte ich genickt. Der Admiral war, was er war, und wir waren, was wir waren. Damals glaubte ich, diese Nacht sei sicher die letzte, in der ich mit ihm zu tun haben würde, und daher sei sein Verhalten unerheblich. Soviel zu meinem Talent als Seherin!

Nachdem wir das Söldnerlager erreicht hatten, teilte ich meine Garde heimlich und unterstellte sie dem Befehl der Flaggsergeantin Ismet, die ein weiteres Unikum in dem ohnehin seltsamen Trupp von Frauen war, aus dem sich die Garde zusammensetzte. Sobald ich sie sah, wuchs meine Zuversicht. Wie konnten wir mit solchen Frauen verlieren?

Ismet, müßt Ihr wissen, war uns allen ein Vorbild: von grünen Rekrutinnen über die Sergeantinnen bis schließlich zu den Offizierinnen selbst. Sie war uns ständige Mahnung – um die abgedroschene Phrase zu verwenden – an den Geist der Garde, der wir dienten. Manche flüsterten, Ismet könne eine Inkarnation der Maranonia selbst sein, besonders, da sie in all den Jahren, die sie bereits diente, offenbar nie gealtert war. Ismets dunkle Haut – dunkler noch als die der Tropeneinwohner des Nordens – trug zu ihrem Geheimnis bei. Woher sie kam, wußte niemand. Eines Tages war sie einfach aufgetaucht und hatte ihre Absicht kundgetan, sie wolle sich verpflichten. Auf die Frage nach ihrer Herkunft gab sie keine Antwort und schwor nur, sie würde Gardistin werden oder sich zu Tode hungern. Es hatte einen Tumult gegeben, doch niemand zweifelte an ihrer Entschlossenheit. Was die Einzelheiten angeht, so ist die Geschichte etwas unklar. Vielleicht war meine Vorgängerin vor langer Zeit eher weichherzig, vielleicht hatte es nicht genügend Rekrutinnen gegeben, um die Dienstgrade zu besetzen. Wahrscheinlicher ist, daß jemand der Frau in die Augen sah und es einfach *wußte*. Es zeigte sich, daß Ismet mit sämtlichen Waffengattungen vertraut war. Sie wurde als Rekrutin vereidigt, doch brachte sie keinen Monat in den unteren Rängen zu, immer wieder wurde sie befördert, bis sie den höchsten Unteroffiziersrang erreicht hatte. Danach verweigerte sie jede weitere Beförderung, trotz allen Lobes, aller Schmeicheleien und Drohungen. Zwei Generationen war dies inzwischen her. Ismet nahm sich niemals frei, höchstens einen Kurzurlaub. Sie wollte nie außerhalb der Kasernen wohnen und unterhielt auch nie eine Beziehung, die länger als eine Woche gedauert hätte. Oft sagte sie, eine Soldatin solle sich nur mit drei Dingen befassen: sich selbst, ihrem Kommando und der Garde.

Als meine Frauen untergebracht waren, ging ich mit meinen Ordonnanzen und einem Trupp von vieren zum Zelt des Admirals. Gamelan wartete bereits. Er erklärte Cholla Yi, er wolle uns allein sprechen. Cholla Yi murrte drohend, doch Gamelan warf ihm nur einen gelassenen Blick zu. Die Augen des Geistersehers wandelten sich von ruhigen, tiefen Teichen der Weisheit zum gelben Starren einer großen Katze, die zum Sprung ansetzt. Cholla Yi klappte den Mund zu, und ohne ein weiteres Wort schob er sich nach draußen und begann, seinen Männern sinnlose Befehle zuzuschreien.

Gamelan hielt die Materialien für seine Beschwörung bereit. Er hatte Polillo eingehend nach ihrer Axt befragt, die im Holz des Fensters hoch oben im Seeturm steckte. Jetzt hielt er ein kleines Modell dieser Waffe hoch. Er erhitzte eine kleine Pfanne und wies uns an, davor zu knien. Der Sehkraft förderliche Kräuter wurden in die glühenden Kohlen geworfen: Rosmarin, Ysop, Sonnenröschen, Silberweide. Gamelan flüsterte, während er die Kräuter verstreute, und süßlicher Rauch stieg auf, teilte sich zu drei getrennten Fahnen und wehte uns in die Gesichter. Anstatt in den Augen zu brennen, wirkte der Rauch besänftigend, ermutigend. Ich sah, wie eine vierte kleine Rauchsäule zurück in die Handfläche des Geistersehers strebte, in der er die winzige Axt exakt genau so hielt, als sei sie das originalgroße Mordwerkzeug, welches Polillo geworfen hatte. Leise sang er:

Die Axt, die blinde
Sie konnte doch sehen
Und reichen die Gabe der Klinge
Gleich an die Jungfer fort
Und schärfet die Augen,
die sehen wollen,
Was sichtbar ist.

Während er sang, umkreiste er die Pfanne und berührte sanft mit der winzigen Axt die Augenlider jeder einzelnen von uns. Polillo zuckte unwillkürlich zurück. Sie war der Zauberei gegenüber argwöhnischer als jede andere, die ich kannte. Einmal hatte sie mir gestanden, sie habe geträumt, Zauberei werde ihr den Tod bringen, irgendwie, irgendwo.

»So«, verkündete Gamelan. »Ihr solltet im Augenblick nichts weiter spüren, nur daß die Welt vielleicht etwas ... schärfer wirkt«, und er lächelte über seinen kleinen Scherz. »Es ist ein hübscher, kleiner Zauber«, erklärte er. »Zu gegebenem Zeitpunkt sollte er von Nutzen sein, ist jedoch nicht so stark, daß er ... sagen wir, zu einem unpassenden Zeitpunkt im falschen Lager Aufmerksamkeit erregen könnte.«

Meine Ordonnanzen erhoben sich, salutierten, und ich entließ sie. Gamelan streckte sich. »Nun, alles, was uns jetzt zu tun bleibt, Kommandantin, ist, zu warten. Ich werde mir derweil ein winziges Glas von Admiral Cholla Yis Wein genehmigen. Vielleicht möchtet Ihr mir dabei Gesellschaft leisten?«

»Normalerweise trinke ich nicht vor einem Kampf«, sagte ich. »Allerdings ... würde ich Euch gern Gesellschaft leisten, besonders, da ich Euch noch um einen Gefallen bitten wollte.«

»Sprecht nur aus, was Ihr wünscht«, sagte er. »Ich könnte manches daherplappern ... daß unsere Hoffnungen auf Euch ruhen zum Beispiel, und wieviel auf dem Spiel steht, aber ich glaube, Reden sind am geeignetsten für solche, die sich von ihnen rühren lassen. Nach dem Omen der Knochen gestern abend wäre jedes Wort überflüssig. Ich wünschte nur, ich könnte mit Euch gehen, vorn an der Spitze. Aber mein Alter und ...« Er deutete auf seine Robe. Ich nickte. Die Anwesenheit eines derart mächtigen Geistersehers bei unserem hoffentlich heimlichen Angriff würde den Archonten so deutliche magische Signale übermitteln, als würden wir volle Paraderüstungen tragen und zur Mittagszeit mit schmetternden Trompeten angreifen.

Das brachte uns wie selbstverständlich zu meinem Wunsch, der ihn verblüffte. Er strich sich über den Bart. »Ich bin höchst überrascht, Hauptmann, oder Rali, wenn ich so sagen darf. Ich weiß nicht, ob Ihr Eurer eigenen Taktik gegenüber nicht eine eher zynische Haltung an den Tag legt.«

»Ich würde lieber sagen, ich bereite mich nur auf alle Eventualitäten vor«, sagte ich – und wußte, daß ich nicht die Wahrheit sprach. »Könnte es meinen Plan in irgendeiner Weise beeinträchtigen?«

»Möglich, möglich«, sagte er. »Und wenn Eure Soldatinnen von einem weiteren Zauber begleitet werden, erhöht dies die Wahrscheinlichkeit, daß die Archonten oder deren Lakaien Euch wahrnehmen. Doch ... wartet. Ich kenne einen Zauber. Sehr alt. Sehr einfach. Er wurde zu Zeiten meines Vaters von Hexensuchern verwendet. Eine so primitive Beschwörung könnte die hochempfindlichen Sinne der Archonten unterwandern. Ich kann ihn in wenigen Minuten aussprechen. Wäret ihr ein Geisterseher, könnte ich Euch den Spruch sogar lehren. Aber da Ihr nicht ... hmmm. Ein Amulett vielleicht?« Er nickte, fand Gefallen an seiner Idee. »Sehr gut, in der Tat. Und ich könnte etwas Staub von meinen Wurfknochen schaben.

Was sie gestern abend vom Zauber der Archonten gespürt haben... könnte Euch als Auslöser dienen. Hmmm. Weder unwahrscheinlich noch schwierig. Ganz und gar nicht.«

»Ja, ja«, fuhr er fort und wurde ganz hektisch. »Ich glaube, es *könnte* gehen. Ich muß verdrängen, was – wenn Ihr mir das Geständnis verzeihen wollt – zu einem wachsenden Gefühl der Freundschaft Euch gegenüber geworden ist, Rali. Ich darf in Euch nicht mehr... und auch nicht weniger... als Orissas größte Hoffnung sehen. Eine Kriegerin, nicht eine Freundin, damit ich Euch ohne nachzudenken weiter auf den Weg der Gefahr schicken kann.«

»Wäre das Risiko nicht mein frei gewählter Gefährte«, sagte ich, »säße ich in Orissa, umgeben von einem tumben Ehemann und Kindern, in Sorge um das nächste Essen und ein neues Kleid.«

Gamelan schien zu lächeln. »Wenn ich Euch das Amulett gebe, wird es Euch vielleicht nicht nur zu denen führen, die Ihr sucht... sondern auch ins Zentrum ihrer Macht.«

Ich sagte: »Wenn Ihr recht habt und sie mit einem Zauber den Vernichtungsschlag gegen Orissa planen, sollte dieser Zauber dann nicht ebenso vernichtet werden?«

»Vielleicht. Aber wahrscheinlich läßt sich das Wissen – falls besagter Zauber nicht allzu monströs ist – zu besseren Zwecken einsetzen.« Gamelan schüttelte den Kopf. »Obwohl ich mich erinnere, was Janos Greycloak Eurem Bruder einmal über die Zauberei erzählt hat: daß nur der Blickpunkt des Betrachters die Magie dunkel oder hell erscheinen läßt – ein zynischer Gedanke, von dem ich nach wie vor nicht weiß, ob ich ihn vollständig verstehe.« Er trank seinen Wein. Dann: »Also schön, Hauptmann. Ich werde Euch etwas geben, das Euch in ein kleines Frettchen mit bösen Absichten verwandelt. Und falls Ihr Euch entschließt, es einzusetzen, werdet Ihr Eure Beute unerbittlich durch die dunklen Schächte jagen.« Er lächelte.

»Frettchen«, sagte ich, »haben meiner Familie von jeher Glück gebracht. Mein Bruder schwört, der Geist eines solchen Tierchens, das er als Junge einmal besessen hat, habe ihm in seinem Kampf gegen Raveline das Leben gerettet.«

»Das ist in der Tat ein Omen«, sagte Gamelan heiter. »Jetzt fühle ich mich nicht mehr, als würde ich jemanden auf eine Mission schicken, von der er unmöglich zurückkehren kann.«

Ein Lächeln umspielte seine Lippen, doch brachte es seine Augen nicht zum Leuchten. Ich wußte, er versuchte nur, sich selbst ebenso Mut zu machen wie mir.

Als sich die Sonne dem Horizont zuneigte, wurden die Galeeren auf Rollen in die sanfte Brandung hinuntergeschoben, und als sie erst schwammen, ruderte man sie zu einem grob gehauenen Schwimmdock, das vom Strand aus ins tiefere Wasser führte, wo wir an Bord gingen. Da wir weder weit noch lange reisen würden, drängten wir uns in drei von Cholla Yis Schiffen. Die achtzehn kleinen Boote, von denen er gesprochen hatte – siebzehn plus eines in Reserve –, waren am Heck der Schiffe vertäut, damit sie von der Festung der Archonten aus nicht zu sehen waren. Wir segelten gen Osten, als nähmen wir Kurs auf Orissa. Die Ruderer, fünfundzwanzig auf jeder Seite, ruderten gemächlich wie auf einer langen Reise, die keine Eile hatte, und unsere Segel standen stramm am Wind.

Ich befand mich auf dem führenden Schiff – Cholla Yis eigener Galeere –, und während wir durch die Wellen glitten, versuchte ich, mich zusammen mit Corais und Polillo auf dem Achterdeck auszuruhen. Die See war ruhig und glitzerte golden und rot in der untergehenden Sonne. Ich versuchte, an das kaum bewegte Wasser und den scharfen Schrei einer Möwe zu denken, die neben dem Schiff flog, und nicht an das, was vor uns lag. Ein Delphin tollte in unserer Bugwelle, dann war er fort. Cholla Yi gesellte sich zu uns. Ich fürchte, ich habe mir keine allzu große Mühe gegeben, meine Abscheu ihm gegenüber zu verbergen, als ich ihn fragte, warum er sich dieser Expedition angeschlossen habe. War das nicht unter der Würde eines Admirals?

Cholla Yis Blick wurde unstet – er hatte meinen Unterton verstanden –, dann spielte er den jovialen Patriarchen: »Ach, Hauptmann, Ihr versteht die Probleme von uns armen Seelen nicht, die wir um materiellerer Ziele als Ruhm und Ehre willen kämpfen. Wenn wir nicht dafür sorgen, daß wir am abschließenden Triumph eines Krieges teilnehmen, für den wir uns gemeldet haben, versuchen unsere Lohnherren nur allzuoft, bei unserem Gewinn zu sparen. Was zu allerlei Unannehmlichkeiten führt.« Dann wurde er ernst. »Außerdem darf ein Führer bei Soldaten wie den meinen das Achterdeck nur betreten, solange er im Vorgeschwader bleibt. Wenn ich Euch Gesellschaft leiste, erfülle ich damit eine doppelte Aufgabe.«

Er verneigte sich und stieg die Kajütstreppe hinab zum Hauptdeck, wo die Ruderer entlang des Schanzkleides auf ihren leicht erhöhten Bänken saßen.

»Falls er zu nah an der Reling steht«, sagte Polillo, »könnte ich vielleicht versehentlich mit ihm zusammenstoßen. Ich habe gehört, daß viele Seeleute nicht schwimmen können.«

Corais zeigte ihre scharfen Fuchszähne. »Später, gute Frau, später. Wenn wir an Land in Sicherheit sind, lotsen wir ihn an ein einsames Kliff, versprechen ihm die Erfüllung seiner abscheulichsten, heimlichen Phantasien, ich knie hinter ihm, und dann kannst du ihn nach Herzenslust umstoßen.«

Als die Sonne untergegangen war, wurden die Segel eingeholt und die Masten gelegt, damit es aussah, als wären wir hinter dem Horizont verschwunden. In der bald hereinbrechenden Dunkelheit, in der an Deck nicht viel zu sehen war, blieben die Schiffe fast unsichtbar. Die kleinen Boote wurden an ihren langen Tauen losgelassen, um die Ruderer nicht zu behindern, und die Galeeren drehten wieder nach Lycanth ab, wobei sich die Ruderer in die Riemen legten, als führen sie ein Rennen. Ich hatte mich gewundert, wie Menschen ein solches Schicksal hinnehmen konnten, endlos ein Stück Holz hin und her zu bewegen, und zunächst angenommen, es handle sich um Sklaven. Doch Corais, die in jeder Beziehung unersättlich neugierig war und nachgefragt hatte, sagte, sie seien frei. Tatsächlich wurden die Galeeren nur gerudert, wenn Geschwindigkeit unerläßlich war. Unter normalen Umständen wurden sie allein vom Wind angetrieben.

Zwei Stunden vor Mitternacht näherten wir uns der Einfahrt zum Hafen von Lycanth. Ich konnte in der Dunkelheit die Hänge des Kraters sehen, in dem sich der Hafen befand… und selbst die mächtige Seefestung, die unser Ziel war. Die Nacht war friedlich und mild, genau das Wetter, das Gamelan bestellt hatte. Die Luft war warm und träge und brachte ein Versprechen von Frühling mit sich. In einer derart friedlichen Nacht konnte nichts geschehen: Wachtposten träumten vom Ende all ihrer Lauferei; ihre Wachhabenden würden es nicht als nötig erachten, mehr Runden drehen zu lassen, als die Vorschriften verlangten; Männer, die wachfrei hatten, schliefen tief und fest und so weiter und so fort.

Wir stiegen in die Boote. Trotz allem, was Cholla Yi hinsichtlich der möglichen Unfähigkeit meiner Frauen auf dem Wasser angedeutet hatte, war beim Umsteigen kein Laut zu hören, ging keine Waffe verloren, und keine Gardistin fiel ins dunkle, sanft wogende Meer. Wir machten uns zur Hafeneinfahrt auf. Tatsächlich waren diese Boote für mein Vorhaben wie gemacht. Anstelle von Rudern hatten wir mittschiffs auf beiden Seiten Räder. Jedes Rad war mit Paddeln besetzt, wie die Flossen einer Schildkröte. Die »Ruderer«, falls dieses die richtige Bezeichnung für sie ist, saßen in der Mitte des Bootes neben den Rädern und drehten an einer Kurbel, welche die Räder in Bewegung setzte, und das Boot glitt leise aufs Ufer zu, mit kaum einem Ruderschlag oder einem Befehl vom Steuermann. Allerdings sah ich, daß die Manöver dieser Boote nichts für einfache Gemüter waren, da sämtliche »Ruderer« zusammenarbeiten mußten, sonst wären wir wie wildgewordene Wasserkäfer im Zickzack über das Meer geschossen.

Während wir uns dem Ziel näherten, überdachte ich noch einmal unseren Plan. Sein größter Vorteil, so glaubte ich, lag in seiner Schlichtheit. Komplizierte Taktiken überleben nur selten den ersten Hagel von Pfeilen. Ich plante, meine Gardistinnen vom Meer her auf die Kette klettern zu lassen, die den Hafen versperrte, bis hinauf zum Kliff, wo sie an der Burg befestigt war. Wenn wir die höchste Stelle der Kette erreicht hatten, wollten wir nach einem Fenster suchen, das groß genug war, um einsteigen zu können. Waren wir erst drinnen, wollten wir so schnell und so leise wie möglich zum Haupttor der Festung vordringen. General Jinnahs Sturmtruppen würden draußen schon warten. Wenn wir die Tore aufschwangen, sollte der Hauptangriff erfolgen.

Es war nicht so unmöglich, wie es sich anhören mag. Diese Festung wäre nicht die erste, die von einer Handvoll Soldaten mit Stahl in Händen und Herzen gestürmt wurde. Falls wir scheiterten, was uns allgemein prophezeit wurde – na und? Die Leichen meiner Frauen würden in der Festung zurückbleiben. Mehr als zehnmal so viele waren allein in jener hoffnungslosen Attacke gefallen, für die wir jüngst ein Ablenkungsmanöver hatten durchführen sollen. Und nach allem, was Jinnah über den Einsatz von Frauen in einer Schlacht dachte, wäre es sicher in seinem Sinne, das »gefurchte Geschlecht«, wie er uns nannte, nicht länger um sich zu haben, da es auf Ärgernisse wie Logik und Vorsorge anstelle von hirnloser Muskelkraft und einer Schlachtenplanung bestand, die eines brünstigen Bullen würdig war.

Dann wurde es Zeit, die Schneide des Schwertes zu prüfen, die ich gehämmert hatte, um zu sehen, ob es sauber schnitt oder sich bog oder zersprang. Außerdem gab es da noch mein zweites, sehr privates Vorhaben, für das ich Gamelan um Hilfe gebeten hatte, obwohl ihm nicht vollständig klar gewesen war, was ich tun wollte.

Der Hafen lag vor uns wie der gähnende Rachen eines Ungeheuers aus der Welt der Sagen. Dann näherten wir uns der Kette, die von kurz über der Wasseroberfläche bis hinauf zur Festung reichte, und für Betrachtungen blieb keine Zeit mehr. Wir konnten uns nur noch auf unsere Ausbildung und Muskeln verlassen, wenn wir ausführten, was uns im Grunde vertraut war.

Mein Sekretär hat bei meiner letzten Äußerung fragend die Braue hochgezogen – er glaubt vielleicht, ein wichtiger Teil der Gardistenausbildung bestehe darin, dicke Ketten auf und ab zu klettern, und nun fragt er sich, wieso er solcherart Trainingsgerät nie auf unserem Exerzierplatz gesehen hat. Aber tatsächlich besteht kein großer Unterschied zwischem dem Klettern von Kettenglied zu Kettenglied – eine Frau hält sich fest, eine zweite steigt über sie, um zum nächsten Glied zu gelangen, wodurch sie zur höchsten Sprosse der Leiter wird, und so weiter – und dem, was ganz Orissa bei Feiertagsvorführungen von unserem athletischen Können zu sehen bekommt, wenn wir mit enormer Geschwindigkeit über Hindernisse klettern. Mit dem kleinen Unterschied, daß sich in diesem Augenblick mehrere tausend feindliche Soldaten über unseren Köpfen befanden, und unsere »Hindernisse« große Ringe von schleimigem, rostigem Eisen waren, die vor Seetang, Krebsen und anderem Meeresgetier wimmelten, das bei Tageslicht sicher ekelhaft gewesen wäre. Polillo und andere kräftige Gardistinnen hatten das Kommando über dieses Manöver bekommen, und ich selbst war nichts weiter als eine unter vielen kletternden und klammernden Soldatinnen.

Glied für Glied, Frau für Frau, stiegen wir die Kette hinauf. Schließlich erreichten Corais, Polillo, Ismet und ich das letzte Glied, wo die Kette an einer riesenhaften Öse in der senkrechten Wand der Festung hing. Vier von uns hingen an diesem letzten Glied – die anderen warteten unten –, und ich sah uns kurz als winzige Amulette am Armreif einer Riesin. Ich schüttelte den Kopf. Aus irgendeinem Grund, vielleicht wegen der Nähe zu soviel Zauberei, spielte meine Phantasie in dieser Nacht verrückt wie ein betrunkener Zivilist.

Drei von uns suchten den nackten, kahlen Turm über uns und auch die Mauern an den Seiten ab, während Ismet – einen Pfeil auf die Sehne gelegt – die Festung für den Fall im Auge behielt, daß ein Wachtposten heruntersah.

Gamelans Beschwörung ging uns allen durch den Kopf... *Und reichen die Gabe der Klinge... gleich an die Jungfer fort... und schärfet die Augen...«*

Wir spähten am Festungswerk vorbei um den Turm herum. Hier waren Schießscharten, dort Mauerspalten, die dunkle Treppen beleuchten sollten. Dann sahen wir offene Fenster ohne Gitter oder Fensterläden. Die Archonten vertrauten – wie viele Leute mit einem einzigen großen Talent – allzusehr auf ihre Zauberkraft. Weit oben entdeckte ich ein halbes Dutzend großer Öffnungen und vermutete, sie führten zu dem luxuriösen Gefängnis, in dem man Amalric festgehalten hatte. Doch war keine weitere Prüfung unserer Kletterkünste nötig, da sich keine zwanzig Fuß zur Seeseite hin, gut fünfzehn Fuß über uns, ein ebenso weites Portal befand.

Polillo lachte leise, als Corais den Packen von ihrem Rücken nahm und den schweren Enterhaken und die Seile herausholte. Ich wußte, was sie dachte – all die Zeit, all das Blut, und jetzt finden wir einen Weg in diese Burg, der uns nicht mehr Mühe abverlangt als ein fauler Nachmittag beim Ersteigen einer der steileren Wände des Berges Aephens in Orissa.

Polillo warf den Enterhaken mit Leichtigkeit, und zwei seiner Dorne verhakten sich im Fenstersims. Sie riß daran, um sich zu überzeugen, daß die umwickelten Haken festsaßen, dann machte sie sich an den einzig komplizierten Teil der Aufgabe, nämlich daran, sicherzustellen, daß die Seile entwirrt waren. Dieser Enterhaken war für die Verwendung in einem großen Angriff gedacht. Bevor der Zauber ausgesprochen war, sah es aus, als sei am Haken eine Strickleiter angebracht und nicht ein einzelnes, geknotetes Seil. Als die einzelnen Taue geradehingen, lehnte sich Polillo zurück, bis sie stramm waren. Sie legte das bittere Ende um eines der Kettenglieder, dann flüsterte sie – und wir alle kannten die Worte, da man sie uns gelehrt hatte. Vor Jahren, bevor Amalric und Janos Greycloak Orissas Geisterseher gezwungen hatten, ihre absolute Kontrolle zumindest hinsichtlich der kleinen Zaubersprüche aufzugeben, hätte hier oben ein Geisterseher schwanken müssen, um den im Enterhaken angelegten Zauber wachzurufen. Doch wurde dies nicht länger so gehandhabt, und daher konnte jeder höhere Unteroffizier und jeder Offizier der Armee – waren sie erst einmal von einem Geisterseher gesegnet – tun, was Polillo tat: *»Meine Worte sind die eines anderen, doch hat er mein Vorhaben gesegnet. Mach es hart, mach es stark, mach es stramm, halt es fest. Halt es gut, wie Stahl, wie einen Haken, denn wir brauchen …«*

Gehorsam erstarrten die Seile. Jetzt hatten wir eine feste Brücke zwischen uns und dem Fenster, eine Brücke, die breit genug war, daß selbst eine alte Vettel hätte darüberwanken können. Polillo drehte sich zu mir um, grinste höhnisch und flüsterte: »Ich könnte auf Händen darüberlaufen.«

Bevor sich eine meiner Ordonnanzen rühren konnte, schob ich mich mit gezücktem Schwet an Polillo vorbei auf die Brücke. Ich beeilte mich; ich wollte keinem Feind, falls ein solcher wartete, mehr Zeit als nötig lassen. Ich sprang durch die Öffnung wie eine Katze, landete auf festem Stein, trat vom Fenster ins trübe Licht zurück, duckte mich. Ich war in einer kahlen Kammer. Auf der anderen Seite befand sich eine Tür. Sie war nicht verriegelt. Als ich sie geöffnet hatte und einen schmalen Treppenabsatz und Stufen erblickte, strömten meine Gardistinnen in die Kammer. Ohne Befehle, selbst ohne Handzeichen, bildeten wir Sturmtrupps und traten hinaus.

Pechschwarz war es, und sicher waren wir umgeben von Schwermut und Furcht. Doch keine von uns verspürte Angst. Wir alle hatten den harten Geschmack von Blut auf der Zunge und genossen die helle Freude, daß wir endlich – bei Maranonia! – eingedrungen waren. Genau wie unsere Vorväter im ersten Krieg gegen Lycanth in diese Festung eingedrungen waren, hatten auch wir uns unseres Erbes als würdig erwiesen. Diesmal wollten wir sicherstellen, daß es keinen Dritten Lycanthischen Krieg geben würde.

Wie flüssiger Tod glitten wir die Wendeltreppe zum Hauptgeschoß der Burg hinab. Ein-, zwei-, viermal trafen wir auf Lycanther. Jedesmal blitzte ein Schwert auf, und ein Mann sank zu Boden, überrascht in die Verdammnis gestoßen, noch bevor er schreien konnte. Vielleicht waren es Soldaten, vielleicht Diener. Es machte keinen Unterschied. Wir kamen in einen weiten Raum mit hoher Decke, die Wände mit Teppichen behangen. Feuer glommen zu beiden Seiten des Raumes. Ich hielt ihn für eine Art Empfangshalle. Doch jetzt, nach Mitternacht, war er verlassen. Von draußen vor der Festung konnte man die vertrauten Geräusche des Krieges vernehmen. Ich hörte Wachtposten auf ihrem Rundgang und irgendwo dumpfen Alarm. Die meisten denken, eine Schlacht müsse immer höllisch laut sein – und schließlich ist das ja auch meist der Fall. Doch eine Belagerung kann ganz anders klingen. Für mich war es sehr still, obwohl die Ohren eines Zivilisten wahrscheinlich mehr gehört hätten – jenes tiefe, ständige Grollen, das wir kaum noch bemerkten, wie von großen Aasfressern: die Geräusche einer Armee in Erwartung der Schlacht.

Ich wies meine Frauen mit einer Geste an, einen Augenblick lang innezuhalten. Falls jemand uns gesehen hatte, mochte er geglaubt haben, wir beteten. Das taten wir nicht. Maranonia ist eine gute und einfühlsame Göttin, die weiß, daß die Zeit für ein Gebet vor und nach einer Schlacht ist, nicht währenddessen. Wir alle, von der niedrigsten Gardistin bis zu meiner Wenigkeit, erinnerten uns der »Karte« – des geistigen Blicks der Modelle und Zeichnungen, die General Jinnahs Stab von der Seefestung angelegt hatte, zusammengestellt aus jeder verfügbaren Quelle, von Vorkriegsbesuchen bis hin zu Berichten von Kriegsgefangenen. Ja. Es war höchst wahrscheinlich, daß wir hier waren ... oder möglicherweise dort drüben ... also müßte es eine Art Durchgang zu dem riesigen Innenhof geben, und von dort durch die inneren Verteidigungsanlagen der Burg zu den Toren selbst. Schlimmstenfalls waren wir ein Stockwerk zu hoch. Doch jetzt hatten wir die Orientierung wieder.

Corais und Polillo warteten, daß ich den Angriff leitete. Ihre Augen wurden groß, als ich ihnen Zeichen gab ... eine Hand an meinem Helmbusch, dann je eine an ihre ... *ihr habt jetzt das Kommando* ... ein Deuten ... *wie ihr es euch denkt* ... wie euch befohlen wurde ... wie wir es geübt haben ... und eine Geste mit dem Schwert.

Attacke!

Doch niemand brauchte diese letzte Geste. Meine Ordonnanzen – und meine Frauen – mochten von dieser unerwarteten Wendung überrascht sein, doch waren sie Soldatinnen und fügten sich daher, genau wie ich es sie gelehrt hatte. Scharren von Stiefeln war zu hören, das klang, als marschiere eine einzige, und ich war allein im großen Raum. Allein bis auf die Flaggsergeantin Ismet. Schon wollte ich ihr einen finsteren Blick zuwerfen ... doch sie rührte sich zuerst. Zwei Finger ragten in der Dunkelheit auf. Sie erinnerte mich daran, daß wir immer, *immer*, paarweise kämpften. Eine Hand ausgestreckt, die Handfläche erhoben. *Ich erwarte Euren Befehl.*

Ich grinste. Selbst in diesem Haus der Alpträume fand ich Zeit, mich zu amüsieren. *Du*, du arme Idiotin von einer Kommandantin mit nicht mehr als vielleicht fünfzehn Dienstjahren, du willst dich allen Ernstes den Wünschen einer Flaggsergeantin widersetzen? Keine Chance, dachte ich. Wir waren Kameradinnen, und als Kameradinnen würden wir sterben.

Es wurde Zeit für Gamelans zweiten Zauber. Ich nahm das Amulett – nichts weiter als zusammengenähte Lederreste, welche die Späne von seinen Wünschelknochen enthielten – aus meiner Tasche und hielt sie mir an die Nase, dann an die Steine, auf denen ich stand. Ich schnüffelte. Es änderte sich nichts.

Nein – oder gab es da doch einen neuen Duft, süßlich unangenehm, ähnlich einem Schlachtfeld voll unbestatteter Leichen. Doch sagte es mir nichts. Ich überlegte, dann erinnerte ich mich, daß Gamelan gesagt hatte, man müsse das Amulett vielleicht stärken. Ich sah mich um. Wenn es stimmte, daß dies eine Empfangshalle war und die Archonten sie benutzt hatten, hätten sie höchstwahrscheinlich ... dort drüben gestanden. Auf diesem niedrigen, steinernen Podium. Ich trat heran, stieg hinauf und berührte mit dem Amulett erneut die Steine. Um ihm weitere Kraft zu verleihen, drückte ich es schließlich an die Wandteppiche.

Wieder schnüffelte ich. Und wieder nahm ich diesen Geruch wahr, nur jetzt sehr stark, sehr schwer. Ich erstickte ein unwillkürliches Würgen. Jetzt kannte ich die Richtung. Ich wandte mich Ismet zu, und natürlich war sie genau, wo sie hätte sein sollen, drei Schritte hinter mir, das Schwert gezückt, und achtete nicht auf das, was ich tat, sondern suchte die Finsternis nach Feinden ab.

Im Laufschritt verließen wir den Saal. Unser Weg führte uns vier Stockwerke hinauf, doch nahmen wir nicht die Treppe, die wir gekommen waren. Jetzt benutzten wir breite Rampen mit steinernen

Geländern und dicken Teppichen. Hin und wieder blieb ich stehen, doch das Amulett lockte mich weiter, und der Gestank nahm zu.

Draußen hörte ich Schreie, Kreischen und das Klirren von Stahl. Die Schlacht begann. Ich fragte mich, wie weit meine Gardistinnen gekommen sein mochten, bevor man sie entdeckt hatte. Leben kam in die Burg, als Soldaten aus dem Schlaf und in die Schlacht gerufen wurden. Ich hörte Schreie wie: »Verrat!« »Sie sind drinnen!« und Hilferufe von Frauen und Kindern in Panik.

Der Korridor führte auf einen Balkon, und ich konnte den Innenhof sehen. Er war riesig. Eine ganze Armee hätte dort unten vorbeidefilieren können, wären da nicht die Wachttürme und die neu errichteten Brustwehren gewesen. Hier hielten die Archonten ihre monströsen Opferungen ab, bei denen sich das Opfer unter dem Bann eines Zaubers selbst wählte und dann langsam schlachtete. Hier hatten sie nach meinem Bruder gesucht, doch ein Gegenzauber hatte ihn gerettet. Jetzt war der Hof ein Schlachtfeld. Fackeln flackerten, während lycanthische Soldaten herausstürmten, Rüstungen anlegten und ihre Waffen schwangen. Weit jenseits des Hofes hörte ich meine Frauen. Ich konnte meinen Jubel kaum beherrschen, als ich den Pulk kämpfender Kriegerinnen entdeckte. Meine Gardistinnen hatten ihr Ziel beinahe erreicht. Sie kämpften kurz vor den großen Festungstoren. Wenn sie stritten und die Tore entriegeln konnten, würde unsere Armee bald hereinströmen.

Doch hatte man sie im gefährlichsten Stadium entdeckt. Natürlich verteidigten die Lycanther ihren schwächsten Punkt am vehementesten. Die äußeren Tore wurden von einem offenen Gang aus geschützt, dessen hohe Mauern mit Kampfpodesten besetzt waren. Das innere Tor war von meinen Frauen aufgebrochen worden, doch bevor sie am Wehrgang vorbeigewesen waren, hatte der Gegenangriff begonnen. Nun kämpften sie draußen vor dem Gang um ihr Leben. Soldaten versperrten ihnen den Weg, und andere warteten über ihnen, um Schauer aus Speeren und Pfeilen auf sie niederregnen zu lassen. Meine Gardistinnen standen zwischen dem Amboß des Pförtnerhauses und dem herannahenden Hammer der Wachsoldaten.

Schlimmer noch: Ich hörte direkt über uns ein lautes Zischen, als erwachte dort eine riesenhafte Schlange. Auf der anderen Seite des Exerzierplatzes richteten sich zwei Zyklone auf – schwarz im Fackelschein und drei- oder viermal größer als ein Mensch. Sie wirbelten in das Gedränge hinein, und Lycanther und Gardistinnen wurden gleichermaßen aufgesammelt und an steinerne Wände geworfen. Mein Amulett gab eine letzte Duftwolke von sich – den Gestank der Archonten –, und ich wandte mich um und rannte eine weitere Rampe zu der über uns liegenden Kammer hinauf, Ismet dicht auf den Fersen. Mit Herumstehen und Zusehen konnte ich meinen Gardistinnen nicht helfen. Entweder widerstanden sie der physischen Bedrohung, oder sie würden sterben. Ich mußte etwas gegen die noch größere Gefahr ausrichten, die sich im Augenblick zusammenbraute.

Das war meine geheime Absicht gewesen. Ich hatte zwei Pläne vorbereitet. Der erste betraf meine Gardistinnen. Der zweite betraf mich selbst – und jetzt Sergeantin Ismet. Meine Absicht – und ich weiß, es klingt verrückt – war es, die Archonten höchstpersönlich anzugreifen. Ich hatte niemandem davon erzählt, da ich wußte, man hätte mich zurückgewiesen und meinen Plan als Hirngespinst einer übereifrigen Närrin abgetan. Ich war anderer Ansicht, da ich sehr wohl wußte, was ein entschlossener Krieger, der bereit ist, auch das letzte Opfer zu bringen, leisten kann. In diesen modernen Zeiten mit ihren großen Bataillonen, Heerscharen von Geistersehern und Schlachten, die sich über Tage hinziehen, mag einem eine solche Vorstellung wie romantischer Unsinn erscheinen, doch hatte ich meine Seele Maranonia anvertraut, meine Habe meinen Freunden und Verwandten, und jeden Gedanken daran, den nächsten Morgen zu erleben, verdrängt.

Das Zischen wurde lauter, als ich zum Eingang der Kammer kam. Dort standen keine Wachen, was mich anfangs erstaunte, doch warum sollten sie auch? Wer würde es schon wagen, die Archonten zu stören?

Ich hörte Stimmen von drinnen ... »Bruder« ... »Treffer« ... »Nur Frauen!« ... und wünschte, mir bliebe ein Augenblick, meine Gedanken, meine Kraft und meinen Atem zu sammeln, aber ich konnte es nicht wagen, obwohl ich zu hören meinte oder vielleicht auch hörte: »Von hinten!« »Aus der Mitte!« »Gefahr!«, und dann stürmte ich die Privatgemächer der Archonten.

Verschwommen sah ich Glas und Gold, Destillierkolben und Schriftrollen, brennende Kerzen und Weihrauch, Knochen und gräßliche Wesen, doch blieb mir keine Zeit, da mir klar war, daß ein Sterblicher nur eine Chance hatte, vor diesen Zauberern zu bestehen, und zwar mit rasender Geschwindigkeit und dem Überraschungseffekt.

Zwei große, geiernasige Männer, deren Bösartigkeit ihnen ins Gesicht geschrieben stand, fuhren herum, Hände wurden hochgerissen, mich zu zerfetzen, ein Finger streckte sich wie eine Lanze, und etwas Graues, Schwarzes fügte sich, hieb nach mir, schlug mir das Schwert aus der Hand, und ich schleuderte den Schild zur Seite, warf ihn auf meinen Gegner, sprang ihm nach, und dann entstand eine mächtige Rauchwolke, als ich einen sehr menschlichen Schmerzensschrei hörte und ein Aufheulen vom anderen, und dann berührte ich Haut, und Haut wurde zu Schuppen, wurde zu Haut, und der Archon und ich schlugen am Boden auf, rollten herum, und ich spürte, wie sich die mächtigen Muskeln spannnten, als stünde ich im Ring dem stärksten Mann gegenüber, mit dem ich je gerungen hatte, und Hände griffen nach mir, zwangen die meinen zur Seite, und ich wurde auf den Rücken gerollt, als diese Hände meine Kehle packten, würgten, mir Gott sei Dank nicht die Arterien zudrückten, sondern nur die Luftröhre, die Welt wurde schwarz, und ich hieb mit der freien Hand nach oben, die Finger wie Klauen, steif wie die Krallen eines Habichts, in die Augen des Archon, und er schrie, und ich fühlte Feuchtes und trat ihn von mir, dann waren wir beide auf den Beinen, doch Blut und Flüssiges rann über meine Finger, die ich immer noch in sein Gesicht gekrallt hatte, und ich warf mich auf ihn, beide Fäuste beisammen, schwang sie wie einen Morgenstern und drosch sie auf seine Schläfe nieder, und der Archon kippte zuckend rückwärts, stürzte, schlug krachend am Boden auf, tot.

Ich sah mich um, fand mein Schwert und hob es auf. Ich stampfte mit dem Fuß auf die Brust des Archon, so wie man eine Schlange niederhalten würde, und schlug einmal sauber zu. Mein Schwert trennte Kopf und Schultern und zersplitterte dann auf den Steinen. Tot, ja, zumindest für den Augenblick, doch nun zum anderen, und wieder war ich auf der Hut.

Doch dafür bestand kein Grund. Außer mir war nur noch Sergeantin Ismet da. »Er ist geflohen«, sagte sie. »Er wollte sich gegen Euch wenden, wollte mit den Händen einen Zauber fügen, und ich habe meinen Dolch geworfen. Der hat ihn mitten in die Brust getroffen, prallte aber ab, als würde er eine Rüstung tragen.«

»In welche Richtung? Wohin ist er gelaufen?«

Ismet deutete auf eine Wand, wo ein kleiner Durchgang gähnte. Er war dunkel, schwarz wie der Schacht, den Gamelan mir prophezeit hatte. »Mir nach«, befahl ich.

»Aye, Ma'am. Sobald wir uns den Rücken freigehalten haben.«

Bevor ich ein »Sofort!« schnauzen konnte, hatte Ismet ihren Dolch gefunden, war zu der kopflosen Leiche des Archon getreten und hatte den Adlerschnitt gemacht. Als sie aufstand, hielt sie sein tropfendes Herz in Händen. Dann rannten wir in diesen Tunnel, dem letzten der Archonten nach.

Der Tunnel war ihr letzter Fluchtweg. Hier gab es Nischen, in denen jemand hätte lauern können, doch keiner erwartete uns. Es gab hinterhältige Vorrichtungen, Fußangeln, doch waren sie nicht gespannt. Immer wieder fragte ich mich: Warum war der andere Archon nicht geblieben, um seinem Bruder zu helfen? Angst? Panik? Unwahrscheinlich bei Männern, oder einstmaligen Männern, die so lange und blutig geherrscht hatten. Ich wußte keine Antwort, doch jagte ich ihm weiter nach, versuchte schnell genug zu laufen, damit wir unsere Beute nicht verlören, nur nicht so schnell, daß wir in eine Falle tappten.

Der Tunnel ging immer weiter und weiter, wurde enger und niedriger, je tiefer wir kamen. Längst war er nicht mehr aus Mauerwerk, sondern direkt in den Stein gehauen. Ich betete, er möge nicht noch enger werden, daß wir auf Knie und Bauch gezwungen wurden und dann feststellen mußten, daß der Tunnel im Nichts zu einem magischen Fluchtweg versandete... in einem Nichts, das uns im Bauch dieser Festung wie in einem Schraubstock halten würde.

Dann endete der Tunnel, und Mond und Sterne kamen in Sicht. Ich spähte hinaus. Wir waren zehn Fuß oberhalb des Hafenwassers. Über uns war das Kliff und darüber die Festung, von der aus wir durch den Stein des alten Vulkans geglitten waren. Vom Archon sah ich keine Spur. Ich zuckte zusammen, hörte ein mächtiges Bersten. Ich sah, daß die mächtige Kette, die den Hafen blockierte, zersprang, als würde sie von unsichtbaren Händen geteilt. Krachend fiel sie ins Wasser. Jetzt war der Hafeneingang frei.

Sergeant Ismet rief: »Dort drüben!« und ich sah, daß Flaggen am Masttopp eines der lycanthischen Schiffe aufgezogen wurden, das wir für unbemannt gehalten hatten. Ich kannte beide Flaggen. Das untere Banner war lang, gespalten und zeigte einen geschmeidigen Panther in Rot. Die Hausflagge meines noblen Familienfeindes Nisou Symeon! Aber die obere Flagge war das Königliche Banner von Lycanth, ein schwarzer, doppelköpfiger Löwe, der in seinen Tatzen ein Schwert und einen Zauberstab gekreuzt hielt. Irgendwie hatte es der Archon an Bord des Schiffes geschafft. Noch andere Schiffe lagen dort – ich hörte, wie Ismet »Neun« murmelte – doch achtete ich kaum darauf, sah nur, wie die kleine Flotte direkt in meine Richtung auf die Hafeneinfahrt zukam. Stöhnend mußte ich zusehen, wie der letzte der Archonten floh.

Es war, als hätte man meine Augen in diesem Moment mit einem magischen Glas versehen, und ich konnte – als wären sie nur Meter entfernt – die beiden Männer neben dem Steuermann des Schiffes ausmachen. Der erste war Nisou Symeon. Ich hatte ihn noch nie gesehen, erkannte ihn jedoch an seinem feuervernarbten Gesicht, das einst so hübsch wie das einer Frau gewesen war... Wunden, die mein Bruder und Janos Greycloak ihm zugefügt hatten. Hinter ihm stand der Archon!

Ich hörte ein Brüllen wie von einem Orkan und wußte, daß auch sie mich entdeckt hatten. Ein Schwarm von Pfeilen flog im Bogen zum Tunnel herüber. Ismet riß mich zurück, und die Pfeile klapperten gegen Stein. Ich sah die Schiffe vorübersegeln und behielt sie genau im Auge. Niemand wartete, ihre Flucht aufzuhalten. Hätten wir das geahnt, wären Cholla Yis Schiffe in Stellung gegangen und hätten den Hafen blockieren können, aber wer konnte so etwas schon vorausahnen?

Das Brüllen wurde lauter, und aus der Tiefe zuckte ein mächtiger Greifarm empor. Er schlug mir um die Hüfte. Ich verlor das Gleichgewicht, wankte, dann fand ich Halt an einem Stein und hielt mich fest, während ich hörte, wie das Brüllen zu freudigem Heulen wurde. Ich wehrte mich mit aller Macht, doch wurde ich losgerissen, als wäre ich eine Schnecke, die man für ein Strandpicknick sammelt. Ich blickte ins brackige Hafenwasser hinab und sah, wie sich weitere Tentakel herausreckten, um mich zu umschließen. Ich hörte das Knacken eines gelben Schnabels und sah das Leuchten eines kalten Auges.

Ein Dolch blitzte vorüber, dann zum Wasser hinab, ein Schwall schwarzer Tinte schoß empor, und ich war frei und die See aufgewühlt vom Schaum. Dann war nichts mehr zu sehen.

»Ich werfe nie mehr als einmal daneben«, hörte ich Ismets Stimme.

Wir beide waren schwarz von der Tinte des Polypen, dem letzten Abschiedszauber, den der Archon entfesselt hatte.

»Einer ist entkommen«, sagte ich. Ich sah Symeons neun Schiffe, als Wind vom Land her sie erfaßte und die Segel füllte.

Ismet sagte nichts, deutete nur nach oben.

Ich blickte zu den Festungsanlagen der Burg auf, als dort eben Orissas goldenes Banner gehißt wurde.

Einer von ihnen ist also entkommen, dachte ich. Doch was war ein Zauberer – selbst einer wie der Archon – ohne seine Basis, ohne seine Talismane, ohne seine Schriften?

Der Krieg war vorüber. Orissa triumphierte. Lycanth war gefallen.

Die Herrschaft der Archonten war gebrochen.

Kapitel Vier

Das Herz des Zauberers

Nie hat es eine prächtigere Siegesfeier gegeben als jene, die auf den Fall Lycanths folgte. Es machte keinen Unterschied, daß einer der Archonten und Nisou Symeon entkommen waren. Es genügte, daß – als der neue Tag graute – die Soldaten das Banner Orissas vom höchsten Punkt der lycanthischen Festung her flattern sahen. Jetzt konnten sie aus ihren Tunneln kriechen und frei unter den aufragenden Wehranlagen herumspazieren, von denen so viele Monate lang der Tod auf sie hinabgestoßen war. Die Soldaten waren trunken vor Freude, schrien, sangen, taumelten wie im Wahn. Sämtliche Götterfiguren wurden hervorgeholt und mit Girlanden, feinen Stoffen und Juwelen aus der Kriegsbeute behängt. Man plünderte die Festung, entdeckte scharfe Getränke, und die Feier wurde immer wilder. Mastochsen, Federvieh, Schweine und junge Hunde wurden den Göttern geopfert.

Die bloße Gewißheit, daß man am nächsten Tag und wahrscheinlich auch am Tag darauf noch leben würde, füllte die Seelen der Menschen derart aus, daß die Disziplin von diesem Freudensturm komplett fortgeschwemmt wurde. Klugerweise unternahmen die Offiziere keinen Versuch, diesem Tun Einhalt zu gebieten, sondern sorgten nur dafür, daß Zivilisten und Gefangene nicht darunter leiden mußten.

Meine Frauen feierten so wild wie alle anderen. Polillo stampfte mit je einem Faß erbeutetem Branntwein auf den Schultern in unser Lager. Mit ihrer Axt stach sie sie an, und die bernsteinfarbene Flüssigkeit floß durch die Kehlen meiner Schwestern. Corais und Ismet blieben vergleichsweise nüchtern und behielten ihre Kameradinnen im Blick. Derart extreme Glücksgefühle können – in Verbindung mit Branntwein – einem Unvorsichtigen ein Elixier sein, und stets sind die Dämonen des Zornes bereit, bei der geringsten Beleidigung hervorzuspringen. Der Streit schon so manchen Liebespaares wurde nach einer Schlacht mit der Klinge beigelegt. An unseren Händen klebte bereits zuviel Blut.

Was mich anging, so stellte ich plötzlich fest, daß aus mir das seltsamste aller Wesen geworden war: eine Heldin. Davon träumt eine junge Rekrutin, wenn sie sich nach einem Tag, an dem die Sergeanten sie von einer absurden Aufgabe zur nächsten getrieben haben, mit der Müdigkeit bebender Muskeln zum Schlaf niederlegt. Sie träumt davon, eines Tages aufrecht und bescheiden dazustehen, wenn Tausende von Stimmen ihren Namen rufen und alte Soldaten zu flüstern beginnen, wenn sie vorübergeht. Solche Träume habe auch ich gehabt, als ich jung war. Doch als mir an jenem Tag *tatsächlich* die Schärpe der Heldin umgehängt wurde, fand ich das nicht sonderlich angenehm. Das schnelle Schiff, das die Nachricht von unserem Sieg nach Orissa brachte, hatte auch blumige Beschreibungen meiner Taten und der Taten meiner Garde mitgenommen. Das verbrannte Land hallte wider vor Lobpreisungen. Wo auch immer ich ging, machten mir die Soldaten Platz. Manche streckten Hände aus, um meine Tunika zu berühren, als sei sie ein heiliges Tuch und nicht der grobe Uniformrock einer Soldatin. Vor meinem

Zelt häufte man Geschenke auf, und der Berg wuchs so schnell, daß ich eine Wache aufstellen mußte, die Spender höflich zurückwies. Zahlreiche Heiratsangebote trafen ein. Männer baten, mir ein Kind machen zu dürfen. Frauen – selbst solche, die früher einmal die Nase über mich gerümpft hatten – ließen mir intime Briefe zukommen und flehten mich brünstig an, mit ihnen mein Lager zu teilen. Es wurde sogar behauptet, man wolle einen Tag nach mir benennen, mit all den speziellen Opferungen und Zeremonien, die dazu gehörten.

Angenehm fand ich das nicht, Schreiberling. Und so geht es mir auch nach wie vor. Es ist eine falsche, tödliche Sache, die einen glücklichen, gewöhnlichen Sterblichen in einen Dämon der Eitelkeit verwandeln kann. Helden gehören ins Grab. Das ist der einzige Ort, an dem sie vor sich selbst sicher sind – und vor ihren Verehrern.

Das Schlimmste an meinem plötzlichen Sprung in die Heiligkeit war, daß er Jinnahs Haß schürte, da er sich um den Siegeskranz betrogen fühlte, den *er* begehrt hatte. Irgendwie drang das Gerücht nach außen, Jinnah sei von Gamelan gezwungen worden, meinen Plan auszuführen. Schon Stunden, nachdem sich die ersten Lycanther ergeben hatten, riß man die ersten Witze auf seine Kosten. Man taufte die lange, blutige Belagerung »Jinnahs Narrenstück«, und so mancher verfluchte ihn bitterlich, weil er den Kampf so lange hinausgezögert hatte, und auch für so viele konfuse Entscheidungen verantwortlich war, die, wie mancher sagte, Tausende das Leben gekostet hatten.

Gerechterweise muß man sagen, daß die Lycanther die härtesten aller Feinde und die Archonten so mächtig gewesen waren, daß sie unsere eigenen Geisterseher beinahe übertroffen hätten. Dennoch gab es so manches, wofür Jinnah würde Rede und Antwort stehen müssen, sobald wir nach Orissa heimgekehrt waren und vor den Hohen Rat traten. Es wurde deutlich, daß nur noch die unerwartete und unermeßliche Liebe eines Gottes Jinnah hätte die Schande ersparen können, die ewig an ihm haften würde. Aber in eben jener Nacht wendete sich das Glück des Generals. Es kam mit einem wilden Sturm, der unser Lager in ein Meer von Schlamm verwandelte. Der Regen machte alle blind. Die Wellen schlugen hoch, brachen sich am steinigen Ufer, dreimal so hoch wie eine große Frau. Da sandte Jinnah mir die Nachricht, ich solle zu ihm kommen – sofort. Nicht in sein Zelt, sondern zur Festung, in die Privatgemächer, wo ich den Bruder des Archon getötet hatte.

Als ich den riesenhaften Raum betrat, warf ich einen Blick auf das kleine Amulett, das mir Gamelan gegeben hatte. Ich war froh, daß der ekelhafte Gestank, der die Archonten verraten hatte, verflogen war. Ich blickte in die Runde, schützte meine Augen vor dem weißen, heißen Glanz der Zauberfackeln, die man mit orissanischem Zauber neu entzündet hatte, und bemerkte mit einigem Erstaunen, daß von dem Kampf, der erst Stunden zuvor hier stattgefunden hatte, keine Spur mehr zu erkennen war. Es schien, als hätten Gamelan und seine Geisterseher alles wieder in seinen ursprünglichen Zustand zurückversetzt. Ich sah Novizen mit weißen Schärpen, die die letzten Scherben zusammenfegten. Diese gab man Eleven mit gelben Schärpen, die süßlich riechenden Rauch über sie strömen ließen, Zauberformeln flüsterten, und schon formten sich die Scherben wieder zu Krügen, Fläschchen oder Kristallkugeln, die mit magischen Symbolen versehen waren. Andere Zauberer und deren Helfer waren damit beschäftigt, Dinge auf Tische und Bänke und handgeschnitzte Borde zurückzustellen. Das Ganze wurde von verschiedenen Oberzauberern mit roten Schärpen geleitet, die offenbar nach Zeichnungen des Raumes vorgingen, die Gamelan oder einer seiner Assistenten mit Hilfe von Zauberkraft neu erstellt hatten. Auf der einen Seite – nahe einer großen, goldenen Urne – sah ich Jinnah und einen Pulk von Beratern. Sie beobachteten Gamelan, der einen merkwürdigen Apparat auf einen tragbaren Altar gestellt hatte. Er nahm einige Feineinstellungen vor, doch kaum war ich eingetreten, da sah er auf und ließ den Blick schweifen, bis er mich entdeckt hatte. Er machte ein Zeichen wie zur Warnung. Bevor ich erkennen konnte, was er meinte, bemerkte Jinnah mich.

»Ah, Kommandantin Antero«, sagte er. »Die Heldin der Stunde.«

Verachtung lag in seiner Stimme. »Seid so gut und kommt zu mir. Wir brauchen Eure Unterstützung.«

Ich wußte, daß sich in Jinnahs Brust Neid mit Haß verbunden hatte, doch als ich zu der Gruppe trat, erstaunte mich das Leuchten reiner Freude in seinen Augen. Ich wußte nicht, was ich davon halten sollte, doch der Blick erinnerte mich an unsere alte Küchenkatze, wenn sie eine Ratte in ihrer Gewalt hatte.

»General«, sagte ich. »Wo liegt das Problem?«

»Es scheint, als hätten wir die Schlacht gewonnen«, sagte Jinnah mit ungewöhnlichem Behagen, »doch nicht den Krieg.«

»Wahre Worte, Sir«, fügte sein Speichellecker, Hauptmann Hux, hinzu. Und dann, zu mir gewandt: »Wir fürchten, alle Eure blutigen Taten könnten umsonst gewesen sein.«

Ich sah Gamelan an. »Der Archon?« fragte ich.

Gamelan nickte ernst. »Der General hat ihm Admiral Cholla Yi nachgeschickt«, sagte er. »Doch der Archon hat den Sturm gerufen, den wir momentan erleben, und Cholla Yi gezwungen, die Verfolgung aufzugeben.«

Er fuhr fort, Einstellungen an dem Apparat vorzunehmen, der ein kompliziertes Ding zu sein schien – mit spinnenartigen Röhren und Drähten und Glaskolben voll vielfarbiger Flüssigkeiten, die die Zauberhand zum Kochen brachte. Farbiger Rauch stieg von ihnen auf, doch war nichts zu riechen.

Ich zuckte mit den Achseln. »Der Sturm wird nicht ewig dauern«, sagte ich. »Wir werden ihn schon noch früh genug erwischen. Kein Land wird ihn aufnehmen, nachdem er jetzt Armee und Heimat verloren hat. Unsere Spione werden ihn schon bald aufgetrieben haben.«

Doch während ich dies sagte, spürte ich etwas Kaltes in meinem Rücken und berührte unwillkürlich Gamelans Amulett. Der alte Zauberer sah dies und nickte. »Wir können nicht riskieren, daß unsere Zukunft auf Zufällen und Spionen fußt«, sagte er. Er machte eine große Geste, die den gesamten Raum umfaßte. »Wir haben jedes Detail dieses Zimmers wiedererschaffen, so wie es in dem

Augenblick gewesen ist, bevor ihr so barsch eingetreten seid... bis hin zu einer Kakerlake, die eben die Tasche eines Zauberers durchforstete.«

Gamelan hob einen kleinen Lederbeutel. Das Leder war fein und mit Symbolen übersät. Er löste ein goldenes Band, streute etwas Staub heraus und hielt es über einen der gläsernen Destillierkolben. »Das hier war eine der Ingredienzien eines Zaubers. Der Staub besteht aus gemahlenen Knochen und dem Halm irgendeiner Vegetation. Doch sind es Knochen und Pflanzen, die keiner von uns je gesehen hat.« Er ließ den Staub in die kochende Flüssigkeit fallen. Dann verkorkte er den Kolben und schob ein Stück Kupferrohr durch ein Loch. Das Rohr führte in ein Gewirr aus Röhren und Glas, aus dem sich dieser Apparat zusammensetzte. Gamelan drehte die Flügel eines kleinen Gebetsrades, das neben dem Gerät stand. Wir hörten den leisen Klang von Glocken, als das Rad seinen automatischen Singsang begann. Damals verstand ich nur wenig von der Zauberei, zweifelte jedoch nicht daran, daß die Maschine, die irgendwie mit dem Gebetsrad zusammenhing, aus den Entdeckungen entstanden war, die mein Bruder und Janos Greycloak in den Fernen Königreichen gemacht hatten.

Gamelan gab keinerlei Erklärung ab. Er wandte sich uns wieder zu, als hätte der Apparat mit unserer Unterhaltung nichts zu tun.

»Erzählt ihr den Rest«, drängte Jinnah. »Erzählt ihr, was Ihr herausgefunden habt.«

Ohne Vorrede sagte Gamelan: »Wir haben unwiderlegbare Beweise dafür gefunden, daß der Archon und sein Bruder nur Tage vor der Erschaffung jener Waffe standen, die wir alle so fürchteten. Schlimmer noch ist, daß sich die Archonten auf ihre mögliche Niederlage vorbereitet hatten, indem sie Duplikate ihrer Geräte und Aufzeichnungen anfertigten. Diese wurden in speziellen Koffern verstaut, die weder mit physischer noch magischer Kraft zu durchdringen sind. Als unser Freund auf Lord Symeons Schiff entfloh, hat er diese Koffer mitgenommen.«

Mir zog sich der Magen zusammen. Ich drehte mich zu Jinnah um, wütend. »Sturm oder nicht, wir sollten da draußen sein und ihn jagen. Welcher Teufel hat Cholla Yi geritten umzukehren? Symeon hatte nicht viel Vorsprung. Und zweifellos hat dieser Pirat schon schlimmere Stürme erlebt.«

»Admiral Cholla Yi hat sein Bestes getan«, sagte Jinnah. »Aber ihm fehlen die Mittel, die Jagd fortzusetzen.«

»Er wollte mehr Geld, nehme ich an.« Ich gab mir keine Mühe, meine Abscheu zu verbergen.

Jinnah nickte. »Natürlich. Wir kämpfen für Ideale. Er kämpft für Geld. Abgesehen davon braucht er mehr Schiffe, Proviant und mehr Truppen, damit wir, wenn wir den Archon stellen, die Sache endgültig abschließen können.«

Plötzlich hatte ich das Gefühl, als sei der General verdächtig vernünftig. Was war der Sinn dieser Besprechung? Was verschwendete er Zeit, mir all das zu erzählen? Ich war einer seiner Offiziere. Anstatt mir seine Pläne zu unterbreiten, hätte Jinnah die angemessenen Befehle ausgeben sollen. Unverzüglich mußte eine Expedition zusammengestellt werden. Je größer der Abstand wurde, den der Archon und Symeon zwischen uns und ihre Schiffe brachte, desto schwieriger würde es werden, sie zu fangen und zu besiegen. Während wir dort redeten, hätte ein orissanischer Kommandeur seerfahrener Soldaten seine Männer bereitmachen sollen, auf Cholla Yis Schiffe zu gehen, wie auch ich meine Frauen zum eiligen Marsch heimwärts hätte in Bewegung setzen sollen, um dort zu wachen, für den Fall, daß es dem Archon gelingen sollte, Orissa zu bedrohen. All dieses Gerede von Weltuntergangswaffen und schmierigen Zauberern erinnerte mich an die historische Pflicht der Maranonischen Garde, Orissa zu schützen. Dann dämmerte mir, was Jinnah plante.

Bevor es mir vollends bewußt wurde, sagte er auf denkbar schmierigste, schmeichlerichste Art und Weise: »Ihr werdet Euch glücklich schätzen zu hören, Hauptmann, daß ich beschlossen habe, der Maranonischen Garde die *Ehre* der Ausführung dieser höchst lebensentscheidenden Mission zuteil werden zu lassen.«

»Das wäre eine Torheit, Sir«, gab ich zurück. »Meine Soldatinnen sind kampfesmüder als jeder andere in unserer Armee. Oder habt Ihr die heutige Schlacht vergessen?«

»Natürlich nicht, mein lieber Hauptmann«, schleimte er. »Es war Euer Mut und der Eurer Schutzbefohlenen, den ich in erster Linie im Sinn hatte, als ich diese Entscheidung fällte.«

Augenblicklich wußte ich, was er im Schilde führte. Er war durchschaubar wie der Schleier einer Kurtisane. Wenn er mich aus dem Weg hatte, würde Jinnah in der Lage sein, den Ruhm, den sich meine Garde verdient hatte, selbst einzuheimsen. Außerdem würden sie wie ein Rudel Schakale unseren besiegten Feind plündern.

»In der Tat«, fuhr Jinnah fort. »Dies ist eine Mission von solcher Dringlichkeit, daß nur *eine* Frau ihr gewachsen ist. Die Heldin von Lycanth. Hauptmann Rali Emilie Antero.«

Ich wußte, ich war verloren, doch unternahm ich noch einen letzten Versuch. »Mit Freuden füge ich mich, General«, sagte ich, so sanft ich konnte. »Und wir alle danken Euch für diese einzigartige Ehre, doch die Pflicht der Maranonischen Garde liegt daheim. Ehrlich gesagt, wollte ich am Morgen zu Euch kommen, um Euch um Eure Befehle zu ersuchen.«

»Die könnt Ihr jetzt haben«, sagte Jinnah. »Nur werdet Ihr nicht heimfahren. Wie ich schon sagte, ist das hier eine Aufgabe für Helden. Und eine Heldin soll sich ihr stellen. Worin mir der Hohe Rat sicher zustimmen wird, wenn ich bei der Siegesfeier in Orissa demnächst auf Euer Wohl trinke.«

Hux und die anderen Berater kicherten.

Die folgenden Worte kamen dann im Kommandoton: »Ihr und Eure Frauen werdet Euch beim ersten Sonnenstrahl mit Admiral Yi zusammentun. Euer Befehl lautet, den Archon zu verfolgen. Ihr werdet ihn finden und töten. Ihr werdet keine Mühen scheuen, keine Kosten, kein Leben, bis Ihr ihn gefunden und getötet habt. Darüber hinaus befehle ich Euch, nicht umzukehren, bis dieses Ziel erreicht ist. Habe ich mich klar ausgedrückt?«

Es war wie eine Vertreibung, als würden meine Frauen und ich für unseren Erfolg bestraft... und so war es auch.

Du wirkst so erstaunt, wie ich es war, Schreiberling. Die Geschichtsbücher, die über dieses Ereignis berichten, erwähnten Jinnahs Motive nicht, wie? Willkommen auf dieser Seite der Welt, auf der die Frauen leben, mein Freund. Sie ist reichlich eng, denn Männer beanspruchen – und beherrschen – weit größeren Raum als ich und meine Schwestern. Mächtig kalt ist es hier, mein Schreiberling. Seht, das Öl für unsere Feuer wurde rationiert. Man hat entschieden, daß wir gerade soviel Wärme brauchen, um kindischen Stolz auf unser Äußeres zu verspüren und die Fähigkeit zu entwikkeln, einen Bettgefährten zu finden und Kinder, Küche und Kochtopf sauberzuhalten. Und es ist eher finster. Man braucht nicht viel Licht, wenn man nur das Spiegelbild der Männer ist.

Lang und fest starrte ich Jinnah an, nachdem er gesprochen hatte. Mit Willenskraft wollte ich ihn zwingen, seine Worte zurückzunehmen. Aber er wollte nicht – und konnte aus seiner Sicht vielleicht auch nicht – zurückstecken. Ich wollte schreien, daß die Garde eine Landtruppe sei und es seit ihrer Gründung gewesen war. Wir hatten keine Erfahrung auf See. Ich wollte ihn dafür verfluchen, daß er versuchte, den Ruhm zu stehlen, den ich noch vor einer Stunde verschmäht hatte. Ich wollte flehen – nicht um mein Leben –, sondern das meiner Schwestern. Wie viele hatten jetzt noch Hoffnung, an die Ufer Orissas heimzukehren? Doch nichts davon konnte ich tun. Die Befehle waren klar gegeben, wie unsinnig sie auch sein mochten.

Doch gönnte ich ihm nicht die Befriedigung, mir meine Unruhe, meine Ängste anzusehen. Ebensowenig schlug ich die Hacken zusammen und feuerte meinen freudigsten Salut ab. Solcherart Respekt hatte er nicht verdient. Und Respekt war das einzige, was ich ihm verweigern konnte.

Daher nickte ich nur und sagte: »Also gut, Sir. Aber wenn ich es tue, muß ich auf einer Sache bestehen.«

»Und was soll das sein, Hauptmann Antero?« höhnte er. Er wagte nicht, mir zu erwidern, ich hätte kein Recht, auf irgend etwas zu bestehen. Schließlich hatte der General höchstpersönlich mich als

Heldin von Lycanth bezeichnet. Wer wollte einer Heldin etwas abschlagen?

»Ich verlange die vollständige Befehlsgewalt über diese Expedition, Sir. Cholla Yi soll mit unmißverständlichen Worten klargemacht werden, daß meinen Wünschen uneingeschränkt Folge zu leisten ist. Selbstverständlich werde ich diese Macht niemals mißbrauchen. Fragen der Seefahrt bleiben ihm überlassen. Nur bei der Jagd selbst und bei allen Konflikten muß mein Wort Gesetz sein.«

Jinnah lachte unangenehm. »Darüber habe ich bereits mit dem Admiral gesprochen«, sagte er. »Ich habe ihm deutlich gemacht, welche Rolle er zu spielen hat.«

Wieder Kichern von Hux und den anderen Beratern.

»Sir, ich wünsche, daß Ihr alles, was eben hier gesagt wurde, in einer formellen Konferenz dem Admiral gegenüber wiederholt.«

»Wenn Ihr es für nötig erachtet, Hauptmann«, gab Jinnah zurück, »wird es mir eine Freude sein.«

Er wandte sich um und wollte gehen. »Ich werde eine Besprechung einberufen. In einer Stunde.«

Dann hörte ich Gamelans rauhe Stimme: »Einen Augenblick, General.«

Jinnah hielt inne. Er sah den alten Zauberer an, und Sorgenfalten furchten seine allzu hübschen Züge. Wollte Gamelan Einspruch erheben? Diese Hoffnung hatte ich schon gehabt, doch Gamelan zerschlug sie prompt.

»Man wird dieser Expedition einen Geisterseher zuteilen müssen«, sagte er.

»Wählt aus, wen Ihr wollt«, erwiderte der General.

»Oh, das *werde* ich«, herrschte Gamelan ihn an und machte Jinnah unmißverständlich klar, daß es seine und nur seine Entscheidung war, wen er wählte. »Und ich wähle mich selbst.«

Jinnah glotzte ihn an. »Aber das ist... aber Ihr seid...«

»Zu alt?« schnaubte Gamelan. »Das ist genau der Grund, warum ich fahre. Die Arbeit, die hier noch zu tun ist, können auch jüngere Zauberer erledigen. Und ich wage zu behaupten, daß ich meinem magischen Vetter, dem Archon, weit eher gewachsen bin als meine Kollegen. Nein, ich glaube, diese Expedition hat bessere Chancen, wenn ich mitfahre.«

Ich sah Freude in Jinnahs Augen: zwei Feinde mit einem Schlag. Mehr hatte er sich nicht zu erhoffen gewagt. »Möge Te-Dates Segen mit Euch sein«, intonierte er.

Gamelan antwortete nicht. Wieder fummelte er an dem Apparat herum, als hätte er die Anwesenheit des Generals bereits vergessen. Nach einem langen, peinlichen Moment, schüttelte Jinnah den Kopf und ging, wobei sich die Berater um seine Fersen tummelten wie Eidechsen, die kurz nach dem Schlüpfen ihrer Mutter folgen, für den Fall, daß der Vater zu einem frühen Abendbrot heimkehren sollte.

Ich blieb zurück. Langsam bekam ich eine Ahnung davon, was der alte Mann vorhatte.

»Danke«, sagte ich.

»Wofür, meine liebe Rali? Weil ich Euch jemanden aufbürde, dessen Leben schon so lang wie sein Bart ist?« Er strich über das zerzauste Gestrüpp an seinem Kinn. Gamelans Augen waren von einem warmen Gelb, wie ein fröhlicher Ofenschein. Schiefe Zähne lachten durch das Dickicht.

»Wie dem auch sei«, sagte ich. »Bis Ihr Euch zu Wort gemeldet hattet, hielt ich die ganze Sache für hoffnungslos.«

»Ihr zweifelt an Eurer Fähigkeit, es zu schaffen?«

»Eigentlich nicht«, sagte ich. »Wenn die Chancen fair wären. Aber ich glaube nicht, daß unser Kommandeur die Absicht hat, mich heimkehren zu lassen. Ich glaube, er sorgt sich mehr um seinen eigenen Ruf – und sein Vermögen – als um die Sicherheit Orissas.«

Das gelbe Feuer seiner Augen brannte heißer. »Das war auch mein Eindruck, Rali«, sagte er.

Zum ersten Mal wurde mir bewußt, wie vertraulich der Zauberer zu mir sprach, als sähe er eine Freundschaft wachsen. Und da begrüßte ich sein Angebot, obwohl es jemanden meiner Herkunft eigentlich hätte beunruhigen sollen. Die Anteros hatten nie Glück mit Zauberern gehabt. Doch von solchen Dingen war jetzt nicht die Rede.

»Mein Mißtrauen«, fuhr Gamelan fort, »war der Grund, warum ich darauf bestanden habe, mitzukommen. Wir dürfen dem Archon keine Ruhe lassen, sonst wird er die Waffe fertigstellen. Er wird länger brauchen, als wenn er ungestört in seinen Gemächern arbeiten könnte. Außerdem hat er keinen Bruder mehr, der ihm assistieren kann. Nur dürfen wir ihn nirgendwo ausruhen lassen, sonst wird unser Sieg über Lycanth tatsächlich vergeblich sein.«

Als ich über diese Gefahr nachdachte, lachte Gamelan. Es ist seltsam, das Lachen eines Zauberers zu hören. So manchen habe ich auf meinen Reisen getroffen und immer wieder festgestellt, daß diese menschliche Äußerung, die uns andern so mühelos gelingt, ihnen nicht leichtfällt. Manche kreischen wie eine Hexe. Manche quaken wie ein sich paarender Frosch. Manche heulen wie Schattenwölfe unter dem Mond. Wenn er glücklich war, was, wie ich später erfuhr, in Gamelans Leben nur selten geschah, schrie er wie eine große Jagdeule. Zum ersten Mal, seit wir einander kannten, genoß ich diesen Laut.

»Ich habe noch einen anderen Grund«, sagte Gamelan. »Ich muß gestehen, daß er eher selbstsüchtig ist.«

»Und was wäre das?« fragte ich.

»Ich erinnere mich noch an den Tag, an dem ich Eurem Bruder und diesem Schurken Greycloak die Erlaubnis erteilt habe, die Fernen Königreiche zu suchen. Ich saß auf meinem Thron und fühlte mich wie ein kleiner Junge und nicht wie ein weiser, alter Geisterseher mit viel Macht und Verantwortung. Ich sage Euch, ich hätte diesen Thron und alles Wissen und alle Autorität eingetauscht, wenn ich mit ihnen hätte fahren können.«

Jetzt mußte ich lachen. »Abenteuer? Ist das Eure Droge, Zauberer?«

Wieder dieser eulenhafte Schrei. »Es wurde mir in die Wiege gelegt, Rali«, sagte er. »Nur hatte das Schicksal andere Pläne. Leider war ich mit magischem Talent gestraft. Doch das ist eine andere Geschichte, die ich Euch gern im Laufe unserer Seereise erzählen werde.«

Er schüttelte den Kopf und zwirbelte hingebungsvoll seinen Bart. »Stellt Euch nur vor! Von solchen Dingen zu reden … Geschichten und Seereisen und Abenteuer. Schon jetzt fühle ich mich wieder wie ein kleiner Junge.«

Tatsächlich schien er in den wenigen Minuten, die seit dem Beginn unserer Unterhaltung vergangen waren, um Jahre jünger geworden zu sein. Seine Wangen oberhalb des Bartes hatten sich rosig verfärbt. Seine Augen waren heller, seine Haltung aufrechter. Beinah sah er gut aus. Wären die Neigungen meiner Frauen andere gewesen, hätten einige davon – das wage ich zu behaupten – nicht vor Handgreiflichkeiten zurückgeschreckt, um den alten Mann vor dem Kamin auf einen Teppich zu ziehen. Ich nahm mir vor, irgendwann auf dieser Reise, sollte sich die Gelegenheit bieten und ich eine Frau kennen, welche die Gesellschaft von Männern sucht, diese zum Lager des Zauberers zu geleiten.

Gamelan schreckte auf. »Seht, ich bin wirklich zu alt«, sagte er. »Beinah hatte ich schon vergessen, woran ich arbeite.« Er hastete zu seinem Apparat, schnüffelte am geruchlosen Dampf, drehte an kleinen Hähnen, um eine Flüssigkeit in die andere laufen zu lassen, und sprach weiter von seinen Aufgaben. »Dank Eurer Tatkraft«, sagte er, »habe ich die Mittel, uns mit einer Geheimwaffe gegen den Archon zu wappnen. Sie mag nicht ausreichen, ihn endgültig zu besiegen, doch wird sie ihn sicher schwächen. Und das wird uns die Aufgabe erleichtern, ihn aufzuspüren.«

Er stellte eine verzierte Schachtel auf den Tisch. Sie war aus schwarzem Ebenholz gearbeitet, mit farbigen Intarsien. Man sah keine Fugen, keine Anzeichen dafür, wie man an ihr Inneres gelangen konnte. Gamelan fuhr mit den Händen darüber, flüsterte ein paar Worte und drückte mit Daumen und Zeigefinger beider Hände gegen die Seiten. Die Schachtel sprang auf. Ich blickte hinein und hätte mich beinahe übergeben. Dort lag ein großes Stück Fleisch von der braunrötlichen Färbung eines inneren Organs kurz vor der Verwesung.

»Es ist das Herz des Archon, den ihr erschlagen habt«, sagte

Gamelan. Er hob es aus der Schachtel, mit der Gelassenheit eines Mannes, dem der Umgang mit Innereien vertraut ist. Er legte das Herz unter einen großen Kupferzapfen, der aus der Maschine ragte. Er drehte am Hahn. Dicke, ölige Tropfen einer Flüssigkeit – leuchtend grün – tropften auf das Herz. Die Flüssigkeit lief über das Organ, überzog es mit dünnem, grünlichem Glanz. Gamelan sang:

Herz aus Stein,
Bruder der Angst:
Keine Liebe
Keine Tränen
Keine Gnade!
Herz aus Stein,
Bruder im Haß:
Keine Freude
Keine Wärme
Keine Schönheit!
Haß zu Haß,
Angst zu Angst,
Stein zu Stein:
Bruder, suche den Bruder!

Das Herz begann zu schrumpfen und Form und Farbe zu verändern. Es wurde kleiner und kleiner, anfangs langsam, dann blinzelte ich, und es war von der Größe einer Faust zu der eines Vogels geschrumpft. Dann war es so glatt und schwarz wie die Schachtel aus Ebenholz. Gamelan hob es vorsichtig mit einer kristallenen Zange an und legte es in die Schachtel. Noch einmal drückte er gegen die Seiten und flüsterte einen Spruch. Die Schachtel klappte zu.

Gamelan nahm sie auf, hielt sie zwischen seinen flachen Händen. Er neigte den Kopf, blinzelte konzentriert. Dann nickte er, blickte auf, und seine schiefen Zähne schimmerten durch den Bart.

»Es funktioniert«, sagte er zufrieden, als hätte er daran gezweifelt.

Er bot mir die Schachtel an. Ich wich zurück.

»Ich will das Ding nicht mal *berühren*«, sagte ich scheu wie eine frisch erblühte Maid.

»Ich kann es Euch nicht verdenken«, antwortete Gamelan. »Schließlich wissen wir, *wo* es gewesen ist. Trotzdem ... wenigstens mir zuliebe.«

Ich nahm die Schachtel und hielt sie, wie er sie gehalten hatte. Augenblicklich spürte ich ein Prickeln. Eine Vibration wie von einem Saiteninstrument, das kürzlich erst gespielt worden war.

»Was geschieht hier?« fragte ich.

Wieder stieß Gamelan seinen Eulenschrei aus. »Nun, es sagt uns, daß sein Bruder noch ganz in der Nähe ist. Und jetzt müssen wir ihm nur folgen, und ...«

Die Begeisterung über seinen Erfolg übermannte den Zauberer. Er warf den Kopf in den Nacken und stieß einen Schrei aus, der durch den Saal der Archonten hallte.

»Jetzt hab ich dich, du Schweinehund! Jetzt hab ich dich!«

Kapitel Fünf

Jagd zu den Enden der Welt

Wir setzten unsere Segel am Ersten Kerzentag des Erntemonats im Jahr des Hirschen. Für die Segnung wählte Gamelan zwei Soldaten, die man der Vergewaltigung mehrerer lycanthischer Frauen für schuldig befunden hatte. Vorschriftsmäßig wurden sie zwischen zwei Mühlsteinen zermalmt, doch anstatt ihr Blut über die Felder zu versprenkeln, salbte Gamelan den Bug der Schiffe, dann warf er die Reste ins Meer – als Opfergabe für dessen Götter. Alle waren darin einig, daß es eine angemessene Art war, auf eine Seereise zu gehen, noch dazu an einem günstigen Tag.

Wie dem auch sei. Auch auf die Gefahr hin, Duckmäuser wie Euch mit meiner Blasphemie zu verschrecken, Schreiberling, glaube ich doch, daß sich der alte Teufel von einem Geisterseher diese Gelegenheit zunutze gemacht hat, um Admiral Cholla Yi und seine Piraten zu beeindrucken. Die gesamte Armee war angetreten, um uns zu verabschieden, und das mit gerade so viel Prunk, wie Gamelan und verschiedene freundlich gesonnene Offiziere Jinnahs raffgierigen Händen hatten entwinden können. Das Ganze war ein solcher Umstand, daß wir die Morgenflut versäumten, doch Gamelan flüsterte mir zu, ich solle mich nicht sorgen, denn er kenne den einen oder anderen Trick, um es wieder auszugleichen.

Unsere Flotte bestand aus fünfzehn von Cholla Yis Galeeren, langen Seewölfen, die so tödlich aussahen – selbst auf ihren Rollen im Sand – als ob wir es mit den flüchtenden bewaffneten Handelsschiffen des Archon ohne weiteres aufnehmen könnten. Ich hatte ein Peloton meiner Gardistinnen auf zehn der Schiffe verteilt, dazu die Stabsgruppe auf meinem eigenen Schiff. Fünf weitere Galeeren waren ausschließlich mit Cholla Yis bewaffneten Seeleuten besetzt. Eigentlich hätte ich auf jedem Schiff ein Kommando haben wollen, da ich wenig Vertrauen in Cholla Yis Verläßlichkeit – und noch weniger in die seiner Männer – hatte, doch selbst mit den neuen Rekrutinnen, die unsere Offiziersanwärterin Dica gebracht hatte, war die Garde noch immer jämmerlich klein, besonders nach der blutigen Schlacht um die Seefestung.

Nach vielen Beschwörungen und Reden – Jinnah ließ sich sogar zu einem etwas langatmigen Loblied auf mich und meine Frauen herab – marschierten wir durch die Spaliere jubelnder Soldaten. Sie riefen uns gute Wünsche und Gebete für unsere sichere Heimkehr zu, und als ich an den Kameraden vorüberkam, mit denen wir die lange Belagerung überstanden hatten, sah ich Soldaten, die von ihren Gefühlen übermannt wurden und hemmungslos weinten. Trommeln schlugen, und Trompeten gellten, als wir zu unseren Schiffen kamen. Cholla Yi hatte sich aufgebaut, mich zu begrüßen. Er trug seine beste – somit also seine protzigste – Uniform, an der so viele Orden hingen, daß seine breite Brust beinah davon bedeckt war. Als ich seinen Gruß erwiderte, warf ich unwillkürlich einen fachkundigen Blick auf seine Ehrungen. Ich erkannte einige selbstverliehene Orden aus Gold und Silber. Sie stammten von Flotten, die Cholla Yi niemals befehligt haben konnte, und waren für Tapferkeit, die kein Geld der Welt diesem Söldner gekauft hätte. Aber es sah prächtig aus, besonders wenn man bedachte, daß alles nur dazu gedacht war, mich zu beeindrucken. Sein schelmisches Grinsen war beinah so blendend wie die Orden, und auch in etwa so ehrlich gemeint.

Doch sah ich darüber hinweg und ließ den Augenblick unbekannter Erfahrung über mich hinwegspülen. Nach einigen, mehr oder minder schlaflosen Tagen fühlte ich mich leicht benommen, und alles, was ich sah und hörte, war ein wirres Durcheinander.

»Achtung!« rief ich, und Polillo und Corais wiederholten meinen Befehl. »In Zweierreihen... an Bord!« Waffen klirrten, als meine Frauen im Gänsemarsch über die Planken an Bord der Schiffe stapften, ihren neuen Pflichten entgegen.

Ich hörte Anweisungen vom Befehlshaber meines eigenen Schiffes, einem Schurken namens Stryker, und das Echo der anderen Kapitäne. Ein unheimliches Schrillen von Pfeifen war zu hören, als wir die Gangway meiner Galeere betraten. Offiziere und Mannschaften nahmen schlurfend Haltung an. Abgestandener Schweiß mischte sich mit dem scharfen Salzgeruch der Hafenluft. Die Ruderer, die allesamt mächtige Arme und Brustkörbe und spindeldürre Beine hatten, standen neben ihren Bänken und aufgelegten Riemen. Die Seeleute unter ihnen – und es gab einen *erkennbaren* Unterschied, wie man mir später unmißverständlich klarmachte – standen in kunterbunten Grüppchen beieinander. Im Gegensatz zu den Offizieren waren diese Männer meist barfüßig, doch führten sie ihr Bestes vor, eine bizarre Mischung aus Lumpen und geraubten Kleidern. Damentücher und farbenfrohe Umhänge mischten sich mit Leinenhosen oder hier und da gar einem Lendenschurz. Juwelen aller Art glitzerten um ihre Hälse und baumelten von Ohren, Nasen und Lippen. Ich sah sogar einige barbrüstige Burschen mit Ringen, die von durchstochenen Brustwarzen hingen.

Während ich diesen wilden Haufen betrachtete, kamen mir die üblichen Zweifel und halbgaren Ideen in meinen ohnehin kreiselnden Sinn, doch dann entrollte meine Fahnenwache unsere Standarte. Sie befestigten sie an einem Fallreep und warteten, bis Gamelan die üblichen Segnungen und Gebete an Maranonia gesprochen hatte. Bevor er mir das Zeichen gab, das Banner zu hissen, zog er eine kleine Gurde aus seinem Ärmel und zerschlug sie auf dem Deck. Süßlicher Rauch stieg auf, dunstige Ranken von Rot und Grün und Blau wehten hierhin und dorthin. Als die Fahnewache das Banner hißte, stieg der Rauch mit auf, wehte immer höher, bis das Banner oben war. Einen Moment lang hing es schlaff, dann hörte ich, daß Gamelan etwas rief, und von Land her kam Wind auf. Die bunte Rauchwolke schwebte westwärts, und das Banner flatterte stramm – zeigte unsere Göttin in all ihrer Pracht. Mit jeder Faser war sie Kriegerin, von ihren goldenen Stiefeln bis zum ausgestreckten Speer und ihrer Fackel. Ein leichter Kettenpanzer hing über ihrer weißen Tunika, und schwarze Locken drängten unter ihrem spitzen Helm hervor.

Nie war ich so stolz wie in diesem Augenblick, als die Flagge unserer Göttin zum ersten Mal seit Menschengedenken über einem Schiff gehißt wurde. Ich hörte, wie Polillo ein Schluchzen unterdrückte, und sah, daß Corais sich mit dem Knöchel eine Träne aus dem Augenwinkel wischte. Ich mußte husten, weil plötzlich etwas in meinem Hals festzusitzen schien.

Hinter uns setzten Männer für den Stapellauf die Schultern an, und die Galeeren glitten über ihre Rollen, bis sie frei schwammen und in der sanften Dünung vor dem Strand schaukelten.

Stryker flüsterte, auf diese merkwürdige Art, die viele Fuß im Umkreis weit zu vernehmen ist: »Soll ich Befehl geben, in See zu stechen, Hauptmann Antero?«

Ich konnte nur nicken. Ein weiteres Schrillen von Pfeifen und Schreie vom Strand her, und die Mannschaft rannte herum und tanzte das wilde Abschiedsballett, das auf jedem ablegenden Schiff gegeben wird, wenn es allzulange vor Anker gelegen hat. Ein Durcheinander von Befehlen war zu hören, verwirrende Geräusche und das Klappern und Knarren der Ruder während auf den anderen Galeeren ähnliches geschah.

Gamelan winkte mir, und ich stolperte voran. Er reichte mir einen goldenen Speer, der jenem glich, den unsere Göttin trug. Er deutete auf den fernen Horizont und bat mich, den Speer zu werfen. Ich war so benommen von der Müdigkeit, die sich meiner bemächtigt hatte, daß ich fürchtete, wie eine Närrin dazustehen, doch Gamelan drückte die Muskeln meines rechten Armes, und plötzlich war ich wieder stark. Meine rechte Seite war wie eine stählerne Feder, die jeden Moment springen wollte. Ich ging in Stellung und holte zum Wurf aus. Gamelan sang:

Speer flieg schnell
Und weit
Wie Te-Date
Unseren Seelen
Zu folgen befiehlt

Ich warf mit aller Kraft. Ich spürte die Freude der perfekten Bewegung. Der Wurf hatte eine solche Wucht, daß ich fiel, doch ich landete behende wie eine Akrobatin oder Tänzerin. Ich sah, wie der goldene Speer nach Westen flog. Sein Bogen führte ihn höher und weiter, als jeder Sterbliche ihn hätte werfen können. Der Speer flog wie ein Adler auf die Jagd, bis er nicht mehr zu sehen war.

Ein Ruck war zu spüren, als sich fünfzig Ruderer hart ins Meer stemmten und unsere Galeere dem Speer folgte. Wir fuhren mit erstaunlicher Geschwindigkeit, ebenso wie die anderen Schiffe, die hinter uns durchs Wasser pflügten.

Die Hurrarufe vom Ufer her übertönten alles andere, und ich drehte mich um und sah, wie erst meine Kameraden am Ufer und dann das Land selbst immer kleiner wurde.

Ich schwankte, doch spürte ich, wie Polillo mich beim Ellbogen nahm. Ich murmelte einen Protest, so vieles sei doch noch zu tun, Befehle seien zu geben, doch sie brachte mich zum Schweigen, als sei ich ein Kind, und führte mich nach unten, damit ich mich dort in eine Hängematte legte. Meine Augenlider wogen schwerer als der Wille, sie offenzuhalten, und so ich schlief ein.

Ich träumte, ich läge wieder in Tries' Armen. Es war der Abend vor meiner Reise nach Lycanth, und wir hatten einander vergeben und uns wild, beinah ungestüm geliebt. Es war jetzt kurz vor Morgengrauen, und mein Kopf ruhte auf ihren weichen Brüsten. Ich wußte, es war ein Traum, und daß dieser Traum nicht der Wahrheit entsprach, denn wir hatten uns damals – vor Monaten – nicht getroffen und ganz sicher nicht im Arm gehalten. Doch war es eine wundervolle Lüge, und ich ließ mich von ihr treiben, folgte ihr, wohin sie wollte. Ich küßte Tries' rosige Knospen und streichelte die schlanken Schenkel, bis sie sich meinen Händen und Lippen öffneten. Ich meinte, weit in der Ferne Omeryes Musik zu hören, die mir sagte, es sei gut so. Hierher gehörte ich. Dies war das wahre Leben, ein Hort der Liebe, der Musik und duftender Seufzer.

Ich hörte das Schnalzen einer Peitsche, das Donnern von Hufen und das Rumpeln eisenbeschlagener Räder. Die Wand unserer Kammer brach in sich zusammen, und ich sprang nackt aus dem Bett, als der Archon seinen schwarzen Streitwagen ins Zimmer lenkte. Der Wagen war mit scharfen, stählernen Stacheln und Klingen besetzt und wurde von einem Paar schwarzer Pferde mit mächtigen, breiten Adlerflügeln gezogen. Die zertrümmerte Kammer wurde zum Deck unseres Schiffes, und der Archon verspottete mich von seinem Wagen aus. Cholla Yi und die Mannschaft lachten mit ihm, deuteten auf meine nackte Haut und verfluchten mich dafür, daß ich eine Frau war, die andere Frauen liebte. Irgendwie war Tries zur Gefangenen des Archon geworden, und er riß an den Zügeln, schrie die Pferde an und packte Tries fest an der Kette, mit der ihre Hände gefesselt waren. Ich sprang hinterher, doch war es schon zu spät, da die Pferde abhoben und den Archon mit seinem Streitwagen hoch in den Himmel trugen. Ich hörte Tries' Schreie und ein letztes dröhnendes Lachen des Zauberers. Dann war ich wach. Die Augen geschlossen. Muskeln bebten von den Nachwehen meines heftigen Traumes. Geräusche von Meer und Rudern und Wind drangen von draußen herein. Die grobe Hängematte schwankte unter mir. Ich spürte, daß jemand bei mir war. Gefahr? Langsam schlug ich die Augen auf.

Tries stand über mich gebeugt. Sie trug ein hauchdünnes, wehendes, weißes Kleid. Sie lächelte mich an, dann blitzten ihre Augen vor Haß, und ich sah, daß sie einen schmalen Silberdolch hielt. Sie stieß zu. Ich rollte zur Seite, unbeholfen in der Hängematte, und fühlte den Stich der Klinge an meinem Arm. Irgendwie befreite ich mich und stürzte auf die Decksplanken. Ich hörte, wie Tries mir folgte. Ich wollte aufstehen, doch ich war müde, so müde, daß ich keinen Muskel rühren konnte. Dann …

Nichts. Augen geschlossen. Muskeln bebten. Geräusche von Meer und Wind. Hängematte unter mir. Ich spürte, daß jemand bei mir war. Gefahr?

Erneut schlug ich die Augen auf. Corais grinste. Sie sagte: »Süße Träume, Kommandantin?«

Ich stöhnte auf und schwang meine Beine über den Rand der Hängematte. »Es war eher der Traum eines Hundes von einer mißlungenen Jagd«, sagte ich.

Ich spürte, daß mich am Arm etwas stach. Ich sah wie ein einzelner Blutstropfen aus einer kleinen Wunde trat. Benommen wischte ich ihn fort.

»Irgendein Seemann scheint seine Nähnadel verloren zu haben«, sagte Corais. Sie tastete den Rand der Hängematte ab und suchte danach.

»Ja«, sagte ich mit sichtlicher Erleichterung. »Das muß es gewesen sein.«

Besorgt starrte Corais mich an. »Was sonst?« fragte sie.

Genau. Etwas anderes konnte es nicht gewesen sein. Sonst wäre der Traum gar kein Traum gewesen. Und das war nicht möglich … oder?

Ich stand auf, um den neuen Tag zu begrüßen, und war schon bald derart von meiner seltsamen Umgebung eingenommen, daß ich Traum und Wunde vollkommen vergaß.

Das vordringlichste war, die Fährte des Archon aufzunehmen. Ich berief ein Treffen ein, und aus ganz bestimmten Gründen legte ich fest, daß es an Bord von Cholla Yis Flaggschiff stattfinden sollte: 1.) Man hatte ihm unmißverständlich erklärt, daß *ich* das Kommando hatte. Ich war sicher, daß er die Botschaft verstand und daß sie ihn erniedrigt hatte. Dies nun war ein Tropfen Honig, damit ihm der Nachgeschmack nicht allzu bitter wurde. 2.) Er hatte eine große Kajüte. Falls das Gespräch zu hitzig wurde, daß man zu den Waffen griff, brauchte ich genügend Platz, mein Schwert zu schwingen. Nicht, daß ich geglaubt hätte, so weit würde es kommen, doch falls ich ihm mit einer Geste angst machen mußte – wie etwa mit einem Griff an das Heft der Klinge – würde er bald wissen, daß mich nichts aufhalten oder zu Fall bringen konnte.

Schon beim Eintreten in seine Kajüte war unübersehbar, daß Cholla Yi seinen Lebensunterhalt nicht nur als Söldner, sondern auch als Pirat bestritt. Der Raum war protzig und obszön wie die Kammer einer Kurtisane, besser noch: einer Straßendirne, die einen reichen Gönner gefunden hat. Es gab Wandbehänge und Teppiche, die so bunt waren, daß einem die Augen schmerzten. Die Kajüte war vollgestopft mit allen erdenklichen, juwelenbesetzten Objekten, von Nachttöpfen angefangen bis hin zu etwas, von dem ich hätte schwören können, daß es sich um eine Art gefiederter Beischlafmaschine handelte – mit einem Griff, in den seltene Steine eingearbeitet waren. Überall Schleier und Tressen von höchster Qualität und niederster, obszöner Verzierung, deckchenbehängte Borde und Schotten, und kleine Figuren, von denen die meisten eher derbe sexuelle Akte darstellten. Riesige Kissen lagen herum, ebenso lüstern dekoriert. Ein besonders hübsches war darunter, auf dem sich zwei Frauen umarmten. Eine sah Tries bemerkenswert ähnlich. In der Mitte der Kajüte befand sich ein breiter Tisch aus poliertem Eichenholz. Lederstühle standen um den Tisch, einer mit ungewöhnlich hoher Lehne am Kopfende. Offensichtlich war es der des Admirals. Ich bahnte mir einen Weg dorthin und setzte mich. Es gab keinen Grund, den Honig *allzu* süß schmecken zu lassen. Cholla Yi legte die Stirn in Falten, doch ich wandte mich nur hierhin und dorthin und begutachtete seine Besitztümer mit demonstrativem

Gleichmut. Ich bin die Tochter meines Vaters, und obwohl ich den Beruf einer Soldatin ergriffen habe, ist doch genug von einem Kaufmann in mir, daß ich jedes Territorium zu meinem eigenen mache. Der Admiral ging auf den Platz neben mir zu. Das mit Schnitzereien verziehrte Galeriefenster seiner Kajüte lag jetzt in seinem Rücken, und er wäre vorteilhaft vom Licht des späten Nachmittags eingefaßt worden. Gamelan jedoch sprang vor wie ein kleiner Junge und zwängte sich vor ihm auf den Stuhl. Er blinzelte mir zu, dann beäugte er mit ernster Miene Cholla Yis schauerliche Figuren, schüttelte den Kopf und wandte seine Aufmerksamkeit Phocas, dem Navigator auf Cholla Yis Flaggschiff, zu, der eben eine große Karte entrollte. Wie alles andere auf See waren auch die Dienstgrade verdammt anders als das, was ich gewohnt war. Zum Beispiel war Cholla Yi ein Admiral und verantwortlich für sämtliche Schiffe. Technisch gesehen dagegen war er zu Gast bei Phocas, der das Kommando über das Schiff hatte. Ebenso war Stryker auf unserem Schiff der Kapitän, und unter ihm standen Klisura, unser eigener Navigator, und Duban, zuständig für die Ruderer. Worin Strykers Pflichten bestanden – abgesehen davon, stattlich auf seinem Achterdeck zu posieren und mir das Leben schwerzumachen –, kann ich nicht sagen.

Als ich Phocas' Karte sah, vergaß ich augenblicklich die kurze Schlacht der Willenskräfte. Die Suche, auf die wir uns gemacht hatten, schien absurd, wenn man die Weite der Karte betrachtete. Von Orissa und der lycanthischen Halbinsel aus reichte sie mehr Meilen gen Westen, als ich mir hätte träumen lassen. Im Augenblick kam es mir vor wie die Art von Entfernung, die Sternensucher ausloten müssen, wenn sie über unser Schicksal nachsinnen. Solche Karten hatte ich schon im Studierzimmer meines Vaters und meines Bruders gesehen. Noch nie jedoch hatte ich mich auf einer davon wiederfinden müssen, wenn Ihr versteht, was ich meine. Ich sah die vertrauten Häfen und Städte, mit denen meine Familie und andere Handel trieben. Doch diese Häfen und Städte wurden immer kleiner, bis sie unter den Mutmaßungen des Kartographen – kleinen

Bildern von Unholden, die vor Wilden warnen sollten, oder von Dämonen, die Orte markierten, an denen angeblich Unglück und schwarze Magie ihr Unwesen trieben – verschwanden. Doch war es das Meer selbst, das mir den Atem verschlug. Es war so enorm groß, daß es mir vorkam, als sei es jederzeit bereit, die schmalen Streifen Land zu schlucken, die es wagten, seine Erhabenheit zu verschandeln, oder auch die Inseln, die ihm so bedenklich stur die Stirn boten. Das Meer erstreckte sich westlich bis an den Rand der Karte. Es war kein Land mehr eingezeichnet, an dessen Küste es ein Ende gefunden hätte. Es war einfach so weit, wie kein Mensch – selbst in den abenteuerlichsten Reiseberichten – je gesegelt war. Die Entfernung war beängstigend.

Phocas kratzte ein Zeichen ins Leinen – nur etwa einen Fingerbreit westlich von Lycanth. Niemand mußte mir sagen, daß dies unser Standort war – am östlichsten Rand der Karte.

»Sie sind uns fast zwei Tage voraus«, sagte Cholla Yi. »Und sie haben günstige See und Winde. Trotzdem können sie nicht weiter gekommen sein als bis hierhin...«

Er legte zwei Finger an unsere Position. Phocas markierte die Stelle, dann zog der Admiral die Finger weg, und der Navigator trug einen Kreis ein. Irgendwo innerhalb dieses Kreises befand sich unser Feind. Aber wir wußten nicht, ob wir in die richtige Richtung segelten. Falls nicht, und wenn der Archon seinen Kurs gewechselt hatte, konnte er sich mit jeder Minute, die verrann, weiter von uns entfernen.

»Ich glaube, wir können mit Sicherheit sagen, daß er im Augenblick noch immer westwärts flieht«, sagte Gamelan. »Sämtliche Beschwörungen, die ich gesprochen habe, um unsere Geschwindigkeit zu erhöhen oder seine zu verringern, wurden von Zaubersprüchen beantwortet, die nur von unserem alten Freund stammen können. Und sie kommen von dort drüben, wo der Himmel dunkel ist.«

»Dann ist es nur logisch, daß wir weiter nach Westen fahren«, sagte ich.

Phocas lachte. »Westen ist eine ganze Menge«, höhnte er. Er deutete auf die Karte. »Fast alles, was Ihr hier seht, ist Westen.«

»Benimm dich gefälligst!« herrschte Cholla Yi ihn an.

Phocas erblaßte. Der Admiral war schlechter Laune. In der Besprechung mit Jinnah hatte ich mit der Unterstützung von Gamelan und mir wohlgesonnener Offiziere dafür gesorgt, daß Jinnah die Schuld für die Flucht des Archon ausschließlich Cholla Yi gab. Er hätte die Hafeneinfahrt blockieren sollen. Darüber hinaus hatte Jinnah ihn davon in Kenntnis gesetzt, daß die Siegprämie erst gezahlt würde, wenn die Expedition abgeschlossen war. Schlimmer noch: Er und seine Mannschaft sollten bis zu unserer Rückkehr keinerlei Anspruch auf ihren Anteil der Beute aus Lycanth haben. Ich hatte erwartet, daß er explodieren würde, als er letzteres hörte, doch er und Jinnah hatten nur seltsame Blicke ausgetauscht, und es schien, als hielte Cholla Yi seinen Zorn im Zaum. Ich fragte mich, ob da eine Art stiller Vereinbarung getroffen worden war. Das Wahrscheinlichste – so vermutete ich damals – war, daß Jinnah ihm versprochen hatte, ihn dafür zu entschädigen, daß er die ganze Schuld für die fehlgeschlagene Ergreifung des Archon übernommen hatte. Eigentlich hatte Jinnah – als unser aller Kommandeur – den schwarzen Peter für dieses Versagen verdient.

Gamelan brach das unbehagliche Schweigen. »Wir werden unser Dilemma vom Feind höchstselbst lösen lassen«, sagte er.

Er holte die schwarze Schachtel hervor, die den Talisman enthielt, das Herz des Archon.

Cholla Yi und Phocas starrten die Schachtel an, nervös. Sie hatten Gerüchte über den Talisman gehört, doch ein Ding von derart magischer Kraft tatsächlich zu sehen, war beängstigender als alle Spekulationen im Flüsterton.

»Ich brauche von Euch nur einen Kompaß«, sagte Gamelan.

»Bitte?« Cholla Yi saß mit offenem Mund da, als sei er eben aus tiefen Wassern aufgetaucht.

»Einen Kompaß, wenn Ihr so freundlich sein wolltet«, wiederholte Gamelan.

Eilig wurde ein solcher gesucht. Gamelan stellte die Schachtel auf den Kreis, den Phocas eingezeichnet hatte, und dann den Kompaß obendrauf. Dann wies er uns mit einer Geste an zu schweigen, als sei es nötig, die sprachlosen Piraten zu warnen. Der Zauberspruch kam ohne Vorrede. Ohne Singsang – zumindest ohne lauten – und ohne Flehen um Hilfe der Götter.

Gamelan starrte die Schachtel an, vollkommen konzentriert. Seine gelben Augen strahlten wie die Sonne, und der ganze Raum schien von diesem inneren Licht erfüllt. Ich hörte jemanden stöhnen, als tiefes Summen die Schachtel vibrieren ließ. Dann begann sie zu leuchten. Die Kompaßnadel zuckte. Wild fuhr sie herum, einmal, zweimal, und dann, als sie zum dritten Mal herumfuhr, blieb sie mitten in der Bewegung stehen, als hätte eine Hand sie angehalten.

Gamelan wich zurück. Das Leuchten in seinen Augen verglühte, bis sie nur noch von diesem seltsamen Gelb waren. Er wischte sich den Schweiß von der Stirn, dann deutete er auf den Kompaßpfeil. Dieser bebte, als sei er bereit, sich weiter zu drehen.

»Folgt ihm«, sagte er, »und wir werden unseren Feind finden.«

Der Kompaß wies genau nach Westen.

Ich bin nicht sicher, was als nächstes geschah. Cholla Yi sprach mit mir, und ich beantwortete, was immer er mich gefragt hatte. Doch alles schien mir verschwommen, weit entfernt. Ich merkte, daß ich die Kompaßnadel und die unendliche Weite der Karte anstarrte.

Ich sah die mir vertrauten Orte: Dort lag Tros, eine reiche Stadt, mit der meine Familie seit Generationen Handel trieb, dort Savia, bekannt für seine Weine, Thurgan, die Stadt der feinen Klingen, und Luangu mit seinen berühmten Viehweiden, die sich meilenweit entlang der Küste erstreckten. Dahinter lag Jeypur, ein Küstenhafen der Barbaren, wo täglich Karawanen einliefen und Seide, Gewürze und magische Raritäten aus Ländern brachten, die nur in Legenden existieren würden, wären ihre Waren nicht bei uns bekannt. Als nächstes kam Laosia, wo die Familie J'hana den Markt für Elfenbein und dieses wunderschöne schwarze Holz kontrollierte, das so hart ist, daß es sogar Stahl abwehren kann.

An der gegenüberliegenden Küste sah ich Redond, und dann die kaum zu überquerenden Berge des Königreiches von Valaroi, die dort entlang des Ufers aufragen. Jenseits dieser Berge liegt eine große Wüste, in der wilde Reiterstämme hausen. Wir kennen sie nur von ihren reichverzierten Teppichen und den süßlichen Ölen, die wir bei festlichen Anlässen in unseren Lampen brennen lassen. Noch weiter westlich lag die Tigerbucht, benannt nicht nach den Tieren, sondern nach der Farbe und Zeichnung der Perlen in den Muscheln, die dort leben und die man sammelt, um daraus die feinsten Feuerperlen zu fertigen. All diese Orte kannte ich gut – wie jedes orissanische Schulkind. Doch hinter diesen Ländern, jenseits der Jasmin-Inseln, des Korallenmeers, des Ingwerflusses und der Zitronenküste, war alles Weitere unbekannt.

Mein Bruder hat oft erzählt, daß es auf jeder Reise einen ganz besonders belebenden Moment gibt – wenn es anfängt, ernst zu werden. Vorher war alles nur Spiel und Spekulation, danach macht die Reise tägliche Fortschritte. Mein Bruder ist ein Mann, auf den man in solchen Dingen hören sollte, denn in der Geschichte unserer Stadt gibt es niemanden, der weiter gereist wäre, wenngleich ich ihm inzwischen vielleicht ebenbürtig sein mag.

Es war jener Tag in Cholla Yis Kajüte, an dem mein Abenteuer seinen Anfang nahm. In diesem Augenblick wußte ich sicher, daß ich, bevor ich es bestanden hätte, all die fernen Orte gesehen haben würde. Mein Blick wandte sich dem Rand der Karte zu, wo nur noch Unbekanntes lag. Und mir wurde klar, daß ich auch *diese* Orte besuchen würde. Die Aussicht machte mir keine angst, Schreiberling. Und da ich die reine Wahrheit versprochen habe, muß ich gestehen, daß ich zuerst nicht an den Archon und die Bedrohung dachte, die er darstellte. Statt dessen wurde ich von einer großen Sehnsucht ergriffen. Ich *mußte* die Antwort auf die Frage wissen, die hinter dieser Karte lauerte, auf die Frage: *Was liegt dahinter?*

Zum ersten Mal verstand ich den Segen – und den Fluch – von Entdeckern wie Janos Greycloak und – ja – meinem Bruder, obwohl er sich selbst nicht so sehen würde.

Verwirrt, eine neue Seite meiner selbst entdeckt zu haben – eine Seite, deren Existenz ich nie erwartet hätte –, sah ich Gamelan an. Einen Augenblick lang konnte ich ihn nicht deutlich erkennen: Ein Schatten schien zwischen uns zu fallen. Es war ein vertrauter Schatten, und ich roch einen vertrauten Duft. Ich meinte, das Flüstern einer Frau zu hören. Ich schüttelte den Kopf, und die Sicht wurde klarer, als der Schatten verflog. Ich bemerkte, daß Cholla Yi und Phocas in ihre Planung vertieft waren. Doch der alte Zauberer beobachtete mich aufmerksam.

»Ihr hattet eine Vision?« fragte Gamelan.

Ich schüttelte den Kopf. Doch hing ein Duft von Sandelholz im Raum, und ich wußte, daß ich log.

Wir segelten dem Archon nach und behielten dabei stets den magischen Kompaß im Auge. Wenn er die Richtung wechselte, änderten wir den Kurs. Wenn er die alte Richtung wieder aufnahm, ahmten wir die Bewegung nach. Wir wußten nicht, ob der Kurswechsel vorgenommen wurde, weil unser Feind wußte, daß wir ihm auf den Fersen waren, oder ob er auf seiner Flucht nur unentschlossen war. Niemand jedoch zweifelte daran, daß es sich um eine wirkliche Jagd handelte. Der Archon war dort draußen – soviel war sicher. Wenige Tage voraus.

Die Erregung der Jagd verging, als ein Tag sich an den nächsten reihte, und wir gewöhnten uns an die Routine unseres neuen Lebens auf See.

Mit der Zeit wurde mir langsam bewußt, daß diese Schiffe unser neues Schlachtfeld darstellten, und dabei verstand ich soviel von ihnen wie – sagen wir – vom Krieg auf dem Eis. Ich machte mich daran, eine Expertin zu werden, um dann mein Wissen und meine Erfahrung an meine Frauen weitergeben zu können. Stündlich oder täglich – wie es Te-Date gefallen würde – mochten die Schiffe des Archon in Sicht kommen. Ich fand den langweiligsten Mann an Bord, der den Rang eines Steuermannsmaates führte, was, wie ich bald herausfand, hieß, daß es sich bei ihm um die seegängige Version eines Quartiermeisters handelte. Mit dem Unterschied, daß ein Quartiermeister einen nur mit Geschwätz von Zeltleinen und Kesseln in den Schlaf schicken konnte, dieser Mann jedoch die Möglichkeit hatte, einen mit Gejammer über fast alles anzuöden, von den Tauen bis hin zu den Entermessern, abgesehen vielleicht vom Salzwasser, das uns umgab.

Für jene, die etwas über die Welt erfahren wollen, in der wir uns wiederfanden, die Welt, in der wir viel zu lange würden leben müssen, manche von uns sogar den Rest ihres Lebens, hier ein paar Details:

Unsere Galeeren waren von einem Typ, der als »Langschiff« bekannt und, wie der Maat mir stolz erklärte, für alles geeignet ist, vom Fahren gegen den Strom über das Entern und Kapern eines Handelsschiffes oder den Angriff auf einen Seehafen bis zu langen Reisen weit außer Sichtweite des nächsten Ufers. »Natürlich«, gestand er, »rollt das Schiff bei Wind oder Seegang, weil es so flach ist.« Das war mir nicht entgangen. »Um die Wahrheit zu sagen, schwankt ein Langschiff sogar schon, wenn es noch vertäut ist, weshalb jeder gute Galeerenmann besser einen soliden Magen haben sollte. Ansonsten wird es ihm kaum gelingen, seine letzte Mahlzeit länger als bis zur nächsten Welle bei sich zu behalten.« Aus unerfindlichem Grunde scheinen Männer Seekrankheit zum Schreien komisch zu finden, wenn auch nur, solange ein anderer darunter leidet. Corais überlegte, ob sie das Gefühl noch so spaßig finden würden, wenn sie – wie wir Frauen – alle achtundzwanzig Tage etwas ganz Ähnliches durchmachen müßten. Ich ignorierte das alberne Kichern des Maates.

Jede Galeere war gut hundert Fuß lang und zwanzig Fuß breit. Sie hatte nur etwa drei Fuß Tiefgang, was für die Lebhaftigkeit verantwortlich war, die der Maat erwähnt hatte. Es gab drei Offiziere auf jedem Schiff, den Kapitän, den Navigator und den Ruderkapitän. Unter diesen standen andere, auch »Maate« genannt, doch diese betrachtete man nicht als Offiziere, sondern eher ähnlich wie unsere Sergeanten. »Maat« war außerdem ein Dienstgrad, den die Schiffshandwerker trugen, der Zimmermann, der Segelmacher und so weiter. Jede Galeere war mit fünfzig Ruderern besetzt, die außerdem als Seeleute einsprangen, wenn der Kapitän alle Mann brauchte. Zusätzlich gab es fünfzehn ausgebildete Seeleute, die sich für die Elite hielten und nicht mal ein Ruder angerührt hätten, wenn das Schiff auf die Felsen zugetrieben wäre. Für einen Tag ließ sich fast jede beliebige Anzahl von Soldaten transportieren, doch unter normalen Bedingungen in Friedenszeiten (was, wie ich wußte, für Cholla Yi Piraterie bedeutete) konne eine Galeere etwa fünfundzwanzig Matrosen – Soldaten mit einem Minimum an Seemannsausbildung – als Sturmtrupp aufnehmen.

Jede Galeere hatte ein Wetter- oder Hauptdeck und ein Unterdeck zum Schlafen und für schlechte Witterung. Die See mußte schon *sehr* rauh sein, daß man hinabstieg, da es dort unten dunkel und eng war. Jede Frau, die größer als einsfünfzig war, mußte gebückt gehen, um sich nicht ständig an den Balken des Oberdecks den Kopf anzuschlagen. Wir schliefen in Hängematten, die jeden Tag eingerollt und verstaut wurden, damit man sie dann am nächsten Abend hinhängen konnte, wo man wollte, was meist oben an Deck war. Auf dem Hauptdeck ließen sich bei heißem Wetter Sonnensegel spannen; es war äußerst angenehm, sich unter einem solchen gestreiften Zelt zu rekeln, wenn der Wind wehte, und es kostete einige Mühe, aufzustehen und das Training mit Schwertern und Speeren wiederaufzunehmen.

Weit vorn vom spitzen Bug befand sich ein erhöhtes Deck, von dem aus man während der Schlacht einen Angriff vornehmen konnte. In den Stauräumen darunter wurden Waffen, Ersatzsegel, Taue, Wasserfässer, Proviant und ähnliches verwahrt.

Achtern fand sich ein weiteres, erhöhtes Deck, das sogenannte Achterdeck. Von hier aus kommandierte und lenkte man die Galeere mit Hilfe einer langen Ruderpinne, die mit dem seitlich angebrachten Ruder verbunden war. Unter diesem Deck befand sich der einzige Luxus, den die Galeere bot – getrennte Kajüten für die Schiffsoffiziere. Auch uns hatte man Kajüten angeboten. Cholla Yis

Offiziere sollten dafür zusammenrücken. Offenbar hatte er beschlossen, die Reise so freundlich wie möglich zu beginnen. Doch wir lehnten ab. Jede Armee, in der die Offiziere besser essen und schlafen als der unterste Mannschaftsdienstgrad, ist unweigerlich dazu verdammt, eines Tages von einer Armee vernichtet zu werden, die eher an Pflichten als an Privilegien interessiert ist.

Ein langes, schmales Deck von etwa drei Fuß Breite erstreckte sich vorn und hinten über das Wetterdeck und verband die beiden erhöhten Decks miteinander. Dies nannte man eine Sturmbrücke, doch sie diente nicht nur als Brücke, wenn die See über das Hauptdeck hereinbrach, sondern auch zu Stabilisierung des Schiffsrumpfes.

Jede Galeere hatte zwei Masten mit je einem Lateinsegel, mit denen sich das Schiff überlicherweise fortbewegte. Bei Gegenwind oder wenn Geschwindigkeit gefordert war, holte man die Segel ein und bemannte die Ruder.

Gekocht wurde in einem Bereich auf dem unteren Deck, wo man Sand aufgeschüttet hatte, wegen des Feuers. Ein Mann kochte in großen Kesseln, was immer sich zu essen fand, dann wurden diese Köstlichkeiten zur Essensausgabe an die »Messe« weitergegeben. Zu jeder Messe gehörten zehn Soldaten, deren Besteck und Teller in einer Kiste verwahrt wurden, zusammen mit den Gewürzen, die sie aus eigener Tasche bezahlten. Ein Seemann konnte sich einer Messe anschließen – oder davon absetzen, ebenso wie es seinen Tischgenossen unbenommen blieb, ihn anzunehmen oder abzulehnen.

Als Abort wurde ein Holzrahmen über das Achterschiff geschoben, falls jemand ein dringendes Bedürfnis verspürte. Zum Baden – nun, wie der Maat sagte: »Ein spitzer Bug bedeutet Geschwindigkeit, aber es hilft auch dazu, daß Ihr die meiste Zeit glaubt, mitten im Wasser zu sein.«

Das war alles. Jede Galeere war genau das, wonach sie aussah: eine Maschine, die nur zwei Zwecken diente – Geschwindigkeit und Krieg. Auf alles andere hatte man verzichtet. Ich brachte einige Zeit damit zu, auf dem Schiff herumzulaufen und es zu zeichnen, bis ich seine Abmessungen im Schlaf kannte. Dann widmete ich meine Aufmerksamkeit einem anderen Aspekt: wie dieses Schiff gesegelt und in die Schlacht geführt wurde. Und das beschäftigte mich bis zum Ende meiner Reise.

Ich versammelte meine Offiziere, und es entbrannte eine Diskussion darüber, wie von diesen Galeeren aus eine Schlacht zu führen sei. Cholla Yi und einer seiner Marineoffiziere hielten Vorträge, aber daraus war nicht viel zu lernen. Eine Seeschlacht wurde geschlagen, als sei jedes Schiff ein Wagen voller Infanteriesoldaten, der andere Wagen attackierte, oder vielleicht ist eine Gruppe kleiner Forts das bessere Bild, jedes davon von einem Sumpf umgeben. Zuerst mußte man so viel Schaden anrichten wie möglich, wenn man auf den Feind stieß, mit Speeren, Katapulten, Zauberkraft – falls Geisterseher an Bord waren – und mit anderen Waffen. Dann ging man längsseits des Gegners, und auf ein Signal hin sprangen Bewaffnete auf sein Schiff und versuchten, die feindlichen Soldaten ausnahmslos zu erschlagen. Die Sieger bekamen das Schiff, falls es noch seetüchtig war, und die Verlierer endeten als Abendessen der Haie, die sich seit einiger Zeit auch in unserem Kielwasser hielten.

Es gab Feinheiten – vom Rammen über den Krähenhaken bis hin zu Enternetzen, die ich allesamt erklären werde, sobald es nötig wird. Doch im Grunde liegt kein großer Unterschied zwischen dem Erstürmen einer Burg und dem Entern eines Schiffes. Infanterie bleibt Infanterie, ob zu Lande oder zu Wasser.

Corais und ich besprachen im stillen, was wir gelernt hatten. Uns beiden schien es, als fehle etwas, als stimme etwas nicht. Diese Strategien hatten soviel Feinsinn wie zwei blinde Trunkenbolde, die in einem kleinen Raum mit Knüppeln aufeinander einschlugen. Es mußte noch mehr geben, eine andere Möglichkeit. Doch keiner von uns hatte eine Idee.

Wir sollten recht behalten, doch auch das ist ein Teil meiner Geschichte, der noch zu erzählen bleibt.

Hätte die Mannschaft nicht dieses piratenhafte Aussehen gehabt und hätten meine Soldatinnen nicht ständig hart mit ihren Waffen trainiert, wäre unsere Seereise nach außen hin nichts weiter als eine Ausflugsfahrt gewesen. Das Meer glitzerte, die Luft war abwechselnd frisch oder lau, der Himmel täglich blau und die Nächte so sternenübersät wie im denkbar romantischsten Traum. Schnelle Winde machten das Rudern leicht und die Tage angenehm lang. Weder holten wir auf, noch fielen wir hinter unserem Feind zurück, und bald schon wurde deutlich, daß der Kampf ein Duell der Willenskräfte zwischen Verfolger und Verfolgtem war. Wer den ersten Fehler beging, würde verlieren. Selbst Gamelan und der Archon hatten in ihrem Zauberkrieg eine Waffenruhe eingelegt. Es hatte sich als nutzlos erwiesen, da der andere auf einen Zauber stets mit einem Gegenzauber antwortete, und auf diese Entfernung blieb einem nicht einmal die Freude des magischen Schauspiels. Beide Zauberer hatten offenbar beschlossen, ihre Energien für die Schlacht zu sparen, wenn sie sich gegenüberstanden. Gamelan blieb allerdings wachsam, falls es einen Überraschungsangriff geben sollte, und er versicherte mir, der Archon mache es ebenso. Wir wähnten uns jedoch im Vorteil, denn wir waren Symeon und dem Archon nicht nur zahlenmäßig überlegen, was Schiffe und Soldaten anging, sondern wußten auch, daß wir besser ausgerüstet waren und der Tag kommen würde, an dem sie anlegen mußten, um Wasser und Lebensmittel nachzuladen.

Unter meinen Frauen war die Stimmung besser, als ich es mir hätte erhoffen können. Diejenigen, die sich nach der Heimat, der Geliebten und der Familie sehnten, wurden aufgefangen von all den neuen Dingen, die sie sahen, und den neuen Fertigkeiten, die sie erlernten. Freundinnen wurden zu festeren Freundinnen; jene, die danach suchten, fanden neue Geliebte, und die, welchen die Erinnerung an Liebe genügte, blieben allein in ihren Hängematten. Eine der vertrauenswürdigsten Soldatinnen meines Stabes, Ismet, blieb weiterhin für sich, was ihr am liebsten war. Corais ließ auf ihre sanfte Art nichts anbrennen, doch gingen ihre Liebeleien nie über einen leisen

Kitzel hinaus, der niemandem weh tat und nichts versprach. Polillo dagegen verfiel einer kleinen blonden Ordonnanz mit Namen Neustria, die sie bis aufs Blut reizte, indem sie erst die Unschuld mimte, sie dann mit einem zweitägigen Stelldichein voll Träumerei und Liebesspiel, wo immer sie ungestört waren, befriedigte und schließlich einen heftigen Streit vom Zaun brauch, in dem beide schworen, es sei eine Riesendummheit gewesen, einander jemals auch nur angesehen zu haben. Polillo war so glücklich, wie ich sie zuletzt gesehen hatte, als sie innerhalb von fünf Minuten zwei lycanthische Kehlen durchschneiden konnte. Was mich angeht, so tändle ich nicht, wenn ich das Kommando habe. Und selbst wenn ich es versucht hätte, hätte Tries zwischen mir und jeder Frau gestanden, deren Nähe ich suchte.

So manchen Tag also blieb die See ruhig, und jeder Morgen bescherte uns einen leeren Horizont, der uns weiterlockte, und jede Nacht kam mit einem glorreichen, feuerroten Sonnenuntergang über uns, von dem die Seeleute behaupteten, er sei das Versprechen der Götter auf einen ebenso schönen Morgen.

Kapitel Sechs

Die Geschichte des Zauberers

Im Laufe der Zeit fand ich mich zunehmend in der Gesellschaft Gamelans wieder. Anfangs war mir nicht wohl dabei, denn noch immer warf ich den Geistersehern vor, am Mord an meinem Bruder Halab beteiligt gewesen zu sein. Sicher, Amalric hatte mit den Zauberern Orissas Frieden geschlossen und uns alle mit Hilfe des Wissens, das er aus den Fernen Königreichen mitgebracht hatte, von ihrer Tyrannei befreit. Ich jedoch war unversöhnlich und wäre es zweifellos auch geblieben, wäre da nicht Gamelan gewesen. Ich bin keine Frau, die leicht verzeihen kann, besonders nicht, wenn Blut geflossen ist.

Das änderte sich allerdings an dem Tag, als wir einen Eisberg sichteten. So etwas bekommt man im westlichen Meer nur selten zu sehen, doch manchmal, so berichten Reisende, treiben Strömungen die Eismassen fort von ihrer Heimat im kalten Süden und schwemmen sie in diese Gewässer. Es war ein enormes Ding, vielleicht von der Größe eines Bauerndorfes. Es hatte Gipfel und Klippen und eine rosafarbene Höhle, die warmes Wasser auf der einen Seite gebohrt hatte. Wir alle standen staunend da, und ein Trupp wagte sich in einem kleinen Boot hinüber und kehrte mit dicken Eisbrocken zurück. Ich warf ein Stück davon in meinen Becher Wein, und es blubberte und zischte höchst angenehm.

Während unser Schiff an dem schwimmenden Gebirge vorüberfuhr, schlenderte ich an Deck herum, um mir das Eisfeld näher anzusehen. Ich war so versunken in den Anblick, daß ich beinah über Gamelan gestolpert wäre, der an der Reling mit irgendwas beschäftigt war. Nachdem wir uns gegenseitig für unsere Ungeschicklichkeit entschuldigt hatten, entdeckte ich zwei große Eimer mit Meerwasser und mehreren dicken Fischen darin. In der Hand hielt Gamelan eine feste Leine mit häßlichen Haken daran. Der Zauberer zog den Kopf ein, als er sich ertappt sah, fuhr jedoch fort, die Haken mit Ködern zu besetzen.

Ich lachte. »Ihr, ein Fischer? Und was für einer! Ich hätte gedacht, wenn Zauberer fischen – obwohl mir nie in den Sinn gekommen wäre, daß sie so etwas tun könnten –, würden sie das Meer verzaubern. Oder Gift ins Wasser geben, um die Fische zu töten.«

»Als Akoluth«, erwiderte Gamelan, »hat man mich gelehrt, daß die erste Regel der Zauberkunst lautet, sie niemals einzusetzen, wenn keine Notwendigkeit besteht.«

»Essen *ist* nötig«, erklärte ich.

Gamelan errötete tatsächlich. Trotz seines langen, weißen Bartes und der knorrigen Miene sah er erstaunlich jungenhaft aus. Und hätte ich einen Hang zur Mütterlichkeit besessen – was zu Tries großem Ärger definitiv nicht der Fall war –, hätte ich ihn an meine Brust gedrückt. Dann zuckte er mit den Achseln. »Ich möchte nicht, daß es allgemein bekannt wird«, sagte er, »aber ich liebe das Fischen. Um ehrlich zu sein, ich war früher sogar selbst einmal Fischer. Meine Familie sagte immer, wenn ich groß wäre, würde ich der beste Fischer von ganz Orissa sein.«

Ich war so verblüfft, als hätte er einen Dämon aus dem Ärmel gezogen und mir diesen als seine Lieblingsschwester vorgestellt. »Ein Fischer? Ihr?«

Er lächelte und warf die Leine aus. »Ist das wirklich so ungewöhnlich?« fragte er. »Ich habe einen Ursprung, wie alle anderen auch, komplett mit Vater und Mutter und einer Familie.«

»Aber wie wird ein Fischer zum Zauberer? Und erst Oberster Geisterseher von ganz Orissa?«

Er schwieg lange. Ich beobachtete, wie er seine Leine nahe des Eisfeldes tanzen ließ. Dann sagte er: »Meine schuppigen Freunde haben darunter Zuflucht gesucht«, sagte er. »Sobald ich den Eisberg gesehen hatte, wußte ich, daß sich hier das Fischen lohnt.«

Ich half ihm, das Thema zu wechseln. Es war offensichtlich, daß ihm meine Frage nicht behagt hatte. »Ich hätte angenommen, die Kälte würde sie vertreiben.«

»Ich habe keine Erfahrung mit Eis«, antwortete Gamelan. »Aber als ich es sah, wurde mir klar, daß sich ein Fisch darunter wohl fühlen würde. Nicht nur, um sich zu verstecken, sondern auch zum Fressen. Fragt mich nicht, woher ich es wußte. Ich wußte es einfach.«

»Zauberei?« drängte ich.

»Oh, nein. Es ist nur, daß ich... plötzlich wie ein Fisch dachte. Und ich wußte, es würde mir darunter gefallen.«

Seine Leine ruckte einmal, zweimal, und einen Moment später kämpfte er schon darum, sie einzuholen. Beinah hätte ich mich vorgebeugt, um ihm zu helfen, doch er sah aus, als seien seine festen, starken Hände der Aufgabe vollständig gewachsen; also hielt ich mich zurück, und Minuten später tat ein mächtiger Fisch an Deck seinen letzten Seufzer.

»Seht Ihr?« sagte Gamelan.

»Ich streite nie, wenn es um Essen geht«, antwortete ich.

»Wenn das so ist«, sagte er, »warum leistet Ihr mir heute abend nicht Gesellschaft? Ich verspreche Euch ein feines Mahl.«

Ich nahm die Einladung an, wohl wissend, daß mehr dahintersteckte als nur ein Essen. Später am Abend zwängte ich mich in den kleinen Raum, auf den der Schiffszimmermann verzichtet hatte, damit der Geisterseher Platz für seine Künste hatte. Die Kajüte stand voll seltsamer Geräte, Bücher mit aufwendig verzierten Einbänden, Phiolen, Krügen und Beuteln mit geheimnisvollen Dingen. Doch der Geruch von Fisch, der auf kleiner Flamme köchelte, verdrängte meine Neugier. Ich hatte einen Bärenhunger. Ohne Vorrede machten wir uns über das Essen her.

Als wir fertig waren, lockerte ich meinen Gürtel und seufzte. »Wenn Ihr mir erzählen würdet, Ihr wärt in einem früheren Leben Koch der reichsten Familie von Orissa gewesen, würde ich keinen Augenblick daran zweifeln.« Ich nahm einen letzten Bissen vom Rückgrat des Fisches. »Ich stelle fest, Ihr seid ein Mann mit mancherlei Talenten, Zauberer.«

Gamelan lachte. »Das Kochen war tatsächliche Zauberei«, gestand er. »Ich kenne einen kleinen Dämon, den ich aus der Küche eines anderen Zauberers gelockt habe. Eigentlich ein Kupfernager. Ich versorge ihn mit soviel, wie er fressen kann, und dafür kocht er für mich.«

»Ich dachte, Zauberkünste sollten wichtigen Dingen vorbehalten bleiben«, stichelte ich.

Gamelan lächelte. »Essen ist wichtig«, sagte er.

Ich hielt eine Flasche Branntwein hoch, die ich mitgebracht hatte. »Wenn Ihr mir zwei Becher gebt«, sagte ich, »teilen wir uns eine andere Art von Geistern. Nach ein bis zwei Bechern seid Ihr vielleicht nicht mehr so schüchtern, was Eure Vorgeschichte als Fischer betrifft.«

»Ich war nicht schüchtern«, sagte er, aber dennoch holte er die Becher, und ich füllte sie. Wir tranken. »Eigentlich«, sagte Gamelan, als sich der erste Schluck gesetzt und er ihm einen zweiten hinterhergeschickt hatte, »eigentlich glaubte ich nur, meine Geschichte sollte besser in einem stilleren Moment erzählt werden, denn ich gehe davon aus, daß ein Zusammenhang zu Euch besteht.«

Ich war überrascht. »Zu mir? Inwiefern?«

»Ihr habt die Gabe«, stellte er ganz sachlich fest.

»Das ist Unsinn«, gabe ich ein wenig verärgert zurück. Ich mußte nicht fragen, was er meinte. »Meine Gaben sind physischer Natur und dazu hart erarbeitet.«

»Streitet ab, was Ihr wollt, Rali«, antwortete Gamelan. »Ich weiß, daß es stimmt. Erinnert Ihr Euch daran, wie Ihr in Jinnahs Zelt die Knochen geworfen habt? Außerdem waren es nicht nur kämpferische Fähigkeiten und Glück, die Euch ermöglicht haben, einen Archon zu töten und einen anderen in die Flucht zu schlagen. Ich sage Euch, kein normaler Mensch hätte es tun können.

»Ich *mag* Zauberer nicht mal«, sagte ich erhitzt. »Anwesende ausgeschlossen, falls das Gespräch darauf kommen sollte.«

Gamelan war nicht gekränkt. »Euer Bruder Halab hatte die Gabe. Wollt Ihr das bestreiten?«

Ich konnte es nicht. Nach Amalrics Worten wäre Halab, hätte man ihn leben lassen, einer der größten Geisterseher in der Geschichte unseres Volkes gewesen. Doch bevor Amalric sie zähmte, neideten die Geisterseher ihm seine Macht und sorgten dafür, daß er die Prüfung seiner Talente nicht überlebte.

»Er war der einzige in meiner Familie«, sagte ich.

»Tatsächlich?« drängte Gamelan. »Auch in Amalric habe ich ein gewisses Talent gespürt. Da wäre also noch jemand.«

Wütend schüttelte ich den Kopf. »Ich glaube es nicht. Außerdem, wenn es in der Familie Antero derart weit verbreitet ist, warum hat es dann in der Vergangenheit nicht schon andere gegeben? Andere, die so stark waren wie Halab?«

»Seid Ihr sicher, daß es niemanden gab?«

»Natürlich bin ich das. Niemand in der Familie meines Vaters ...«

Gamelan unterbrach mich. »Das weiß ich. Aber was ist mit Eurer Mutter und deren Familie?«

Ich schwieg. Von jeher hatte meine Mutter etwas an sich gehabt. Manchmal schien es, als lebte sie abseits von uns allen. Beinah als wäre sie auf einer ... höheren Ebene? Was ihre Familie anging, so sprach sie kaum von den Menschen in jenem kleinen Dorf, in dem mein Vater sie gefreit hatte.

»Ich weiß nicht«, räumte ich schießlich ein. Doch meine Stimme war so leise, daß ich mich kaum selbst hören konnte.

»Aber ich weiß es«, sagte Gamelan. »Deshalb waren die anderen Geisterseher Eurer Familie gegenüber so argwöhnisch. Einmal habe ich ein Orakel angerufen und erfahren, daß Eure Großmutter eine berühmte Hexe war, weithin bekannt in allen Dörfern des Umlands, wie auch schon ihre Mutter vor ihr.«

Ich nahm diese Aussage hin. Warum sollte er lügen? Aber es gefiel mir nicht.

»Trotzdem«, sagte ich. »Das heißt nicht, daß ich verflucht bin.«

»Es wird zum Fluch werden«, antwortete Gamelan, »wenn Ihr Euch weiterhin dagegen sträubt. Aus Eurem gegenwärtigen Kurs kann nur eine Tragödie erwachsen. Und ich meine nicht nur für Euch selbst. Auch für andere in Eurem Umfeld.«

Ich antwortete nicht. Ich war nur eine Klingenbreite von einem Wutausbruch entfernt und voller Zweifel und Trauer. Ich leerte meinen Becher und füllte Branntwein nach.

»Und jetzt sollt Ihr meine Geschichte hören«, sagte Gamelan. »Denn Ihr sollt wissen, daß der Mann, den Ihr vor Euch seht, nicht der Mann ist, der ich von ganzem Herzen sein wollte.«

Ich trank ... und lauschte.

»Ich wurde auf einem Fischerboot geboren«, begann er. »Alle in meiner Familie waren Fischer. Sie haben auf unserem gesegneten Fluß gefischt, seit Orissa ein Dorf war.«

Ich wußte, welche Art von Leuten er meinte. Sie verbrachten ihr ganzes Leben auf dem Fluß und kamen nur an Land, um ihre Boote zu reparieren, den Fisch zu verkaufen und Proviant an Bord zu nehmen. Nachts banden sie ihre Boote so fest zusammen, daß beinahe so etwas wie ein Dorf entstand, und man so einfach von einem zu anderen gehen konnte wie von einem Haus zum nächsten. Manchmal, spät, hatte ich gehört, wie sie lachten, und die Art von Musik, die ihnen gefiel. Stets schienen sie so sorglos, daß ich mir an manchen Abenden wünschte, ich könnte bei ihnen sein und die Stadt gegen den Fluß tauschen.

»Der Fluß liegt uns im Blut«, fuhr Gamelan fort. »Nein. Er *ist* unser Blut. Der Fluß hält uns aufrecht und trägt uns fort von unseren Problemen. Er ist unsere Nahrung, unser Trank. Unser … alles. Und ein Fluß ist stets so voller Geheimnisse … manchmal gefährlicher Geheimnisse … daß man sich niemals langweilt. Was in seiner Tiefe liegt, wird man nie ganz wissen. In dieses Leben wurde ich hineingeboren. Es war das Leben, das ich mir mehr als alles andere wünschte. Und so ist es bis zum heutigen Tag.«

Nachdenklich trank er. »Nur hatte ich die Gabe«, sagte er. »Anfangs hat niemand es so recht bemerkt. Doch schon als ich noch ganz klein war, konnte ich das scheußlichste, verfaulte Netz berühren, und der Tang löste sich und das Netz war wieder wie neu. Es gab noch weitere Anzeichen, kaum merklich anfangs. Meine Familie und meine Freunde lernten, daß sie, wenn sie etwas verloren hatten, nur fragen mußten, und ich konnte es augenblicklich finden. Manchmal, wenn ich einen kindischen Wutanfall bekam, flackerte das Feuer im Ofen beängstigend auf. Dinge flogen herum, wie von unsichtbarer Hand geworfen. Glas zerbrach ganz ohne Grund. Und manchmal hörte man ein Hämmern … Klopfen … am Boden des Schiffsrumpfes, als wäre dort jemand und gäbe Zeichen.«

»Da seht Ihr!« platzte ich heraus. »Nichts Vergleichbares ist mir je passiert! Also bin ich doch eine gewöhnliche Sterbliche.«

Gamelan ging nicht darauf ein, sondern fuhr fort: Anfangs war seine Familie stolz, besonders, als sie herausfand, daß er kleine Wunden mit bloßer Berührung heilen konnte. Diese ungewöhnliche Gabe, dazu seine Talente als Fischer, der stets mit einem Fang heimkehrte und andere in schweren Zeiten in reiche Fischgründe führen konnte, weckten den Neid ihrer Freunde und Verwandten. Nach achtzehn Sommern stand seine Zukunft fest. Sein Vater wollte ihm sein erstes Boot geben, und alle waren sich einig, daß Gamelan irgendwann ihr Oberhaupt sein sollte. Dann verliebte er sich.

»Ich habe Riana als die schönste junge Frau in Erinnerung, die je die Träume eines Mannes durchstreift hat. Wir glaubten, nie habe es Liebende wie uns gegeben, und schworen vor allen, die es hören wollten, daß die Götter, als sie uns erschufen, verfügt hätten, keiner von uns sei ein vollständiger Mensch, wenn wir nicht für immer beisammen wären.«

Ich schenkte uns nach, während er sinnierte. Dann sagte er: »Ich nehme an, die meisten Leute würden sagen, wir litten nur unter den Symptomen unseres hitzigen Alters. Doch ich bin nicht dieser Ansicht. Jedenfalls wurde bald deutlich, daß wir die Pläne der Götter falsch eingeschätzt hatten.«

Ich dachte an meine lang schon tote Otara und weinte beinah, als ich mich daran erinnerte, wie es gewesen war, so vollkommen zu lieben und geliebt zu werden.

»Eines Tages wurden wir Zeugen eines Unfalls. Eine junge Frau aus der Stadt, die einen Bootsausflug mit ihrer Familie unternahm, ließ ihren Arm ins Wasser hängen, während der Dummkopf, der das Boot lenkte, zu nah an ein Handelsschiff geriet. Ihr wurde der Arm abgerissen. Mein Boot war das erste, das auf ihr Schreien reagierte. Ich erinnere mich noch an das Entsetzen und den Schmerz in ihrem Gesicht, als das Blut spritzte. Sie rief mir zu: ›Ich bin doch erst sechzehn!‹ Ich sah den abgerissenen Arm neben ihr liegen, und ich nahm ihn und preßte ihn gegen den Stumpf. Dann betete ich, oh, wie ich betete! Ich weiß nicht, zu wem, aber ich konnte nur an dieses arme Mädchen denken, dessen Leben zur Neige ging. Ich hörte ein Heulen, dann einen Schrei, und ich schlug die Augen auf und sah, daß ihr Arm wieder angewachsen war. Ihre Familie und die Begleiter priesen mich und wollten meinen Namen wissen. Ich war so erschüttert von diesem Wunder, daß ich Angst bekam, in mein Boot sprang und so schnell floh, wie die Segel mich ließen.«

Wenige Tage später begegnete Gamelan seinem ersten Zauberer.

»Für einen Jungen mit dem Kopf voll alberner Vorstellungen war er eine ziemliche Enttäuschung«, sagte Gamelan. »Ich hatte einen Burschen erwartet, der eher so aussah wie ich jetzt. Alt. Bärtig. Mit Augen, die einen Ochsen erstarren lassen.«

Ich warf einen Blick in Gamelans seltsam gelbe Augen. Jetzt waren sie freundlich und warm wie ein Küchenfeuer.

Gamelan bemerkte meinen Blick. »Sie können auch böse werden«, sagte er.

Ich lachte, dann lehnte ich mich zurück. Die Geschichte, die er erzählte, war so faszinierend, daß ich meine eigenen Sorgen vergaß.

»Doch zurück zu meinem ersten Geisterseher«, fuhr Gamelan fort. »Er war eher jung und gutaussehend. Er war der Bruder der jungen Frau, dich ich gerettet hatte. Sein Name war Yuloor, und er war ein Mann von geringem Talent, wenn auch enormem Ehrgeiz. Er wollte mich für meine Hilfe an seiner Schwester belohnen, indem er mich dem Rat der Geisterseher vorstellte. Bald schon würde ich den Talar eines Zauberers tragen und von jedermann in der Stadt respektiert werden. Aber ich wollte nicht. Denn ich wußte, hatte ich den Fluß erst einmal verlassen, könnte ich nie mehr zurück.

Yuloor räumte dies ein, sagte aber, es sei ein geringes Opfer, und meiner Familie würden daraus große Vorteile erwachsen. Entscheidender jedoch sei, daß es meine heilige Pflicht dem Volk von Orissa gegenüber wäre, nicht ein Talent zu verschwenden, das nur so wenigen gegeben war. Er lockte mich so manchen Tag, bis ich schließlich glaubte, keine andere Möglichkeit zu haben. Etwas anderes zu tun hätte mich und meine Familie zu einer erbärmlichen Existenz verdammt, hervorgerufen von diesem magischen Geist, der in meinem Innern nagte und bohrte, um herauszukommen. Schließlich willigte ich ein.«

»Ich vermute, Yuloor hat seine Chance in Euch gesehen«, sagte ich. »Die eigentliche Belohnung sollte ihm zufallen.«

»Ganz recht«, sagte Gamelan. »Er wurde mein Mentor, und während ich durch die verschiedenen Stufen von Wissen und Macht ging, stieg er mit mir auf. Er starb vor nicht allzu langer Zeit. Er war ein recht glücklicher Mann.«

»Aber was ist aus Riana geworden?« fragte ich.

»Ich habe sie verloren«, antwortete er. »Unsere Hochzeit wurde verboten. Wie kann ein Geisterseher eine Fischersfrau heiraten?«

Ich platzte heraus: »Habt Ihr Euch nicht gewehrt? Habt Ihr nicht gekämpft?«

Gamelan seufzte. »Ja. Aber es war hoffnungslos. Man hat mir ganz offen gesagt, was mit ihr geschehen würde, falls ich mich ihnen weiter widersetze. Ich vermute, daß mein Verlust ein Grund ist, warum ich die Macht besitze, die ich jetzt mein eigen nenne. Nie habe ich einen anderen Menschen geliebt. Daher gab es nichts, was mich von meinen Studien abgehalten hätte, bis sie mich schließlich vollständig in Anspruch nahmen, bis nichts mehr vom Fischer übrig war. Nur noch der Zauberer.«

Ich sagte: »Und das ist das Leben, daß ich Eurer Meinung nach aufnehmen soll? Ich bin glücklich, so wie es ist.«

»Seid Ihr das, Rali?« fragte er. Ich dachte an den Traum, den ich von Tries' Verrat gehabt hatte, und konnte seine Frage nicht bejahen. »Wie dem auch sei, Glück ist nicht der Punkt«, sagte Gamelan. »Ihr müßt Eurem Schicksal folgen oder die Konsequenzen tragen.«

»Konsequenzen?« fuhr ich ihn an. »Das hat auch Euer verlogener Freund Yuloor gesagt.«

Und Gamelan antwortete: »Ja. Nur entsprach dieser Teil der Wahrheit.«

»Ich bin Soldatin«, murmelte ich. »Nichts weiter.« Ich nuschelte die Worte. Ich war betrunken, aber das lag nicht am Branntwein.

»Werdet Ihr darüber nachdenken?« fragte Gamelan.

»Das ist aber auch alles, was ich tun werde«, sagte ich. Ich war finsterer Stimmung, haßerfüllt.

»Wir sprechen morgen noch einmal darüber«, sagte Gamelan.

Ich erwiderte nichts, aber ich dachte, wenn ich *wahre* Zauberkraft besäße, würde der nächste Tag nie kommen.

Nun, Schreiberling, er kam doch. Nur verbrachten wir diesen Tag nicht, wie wir es erwartet hatten.

Jeden Tag – nach der mittäglichen Kursbestimmung – ruderte man den Zauberer hinüber zur Galeere des Admirals, damit er mit ihm über den mutmaßlichen Kurs des Archon konferierte. Navigationsinstrumente wurden auf Gamelans Zauberkünste abgestimmt und eine Peilung vorgenommen. Flaggen gaben den Kurs weiter, und die einzelnen Schiffe nahmen die nötigen Kurswechsel vor.

An diesem speziellen Tag jedoch änderte sich diese Routine. Corais und ich besprachen gerade die Fortschritte unseres Rekrutentrainings, als wir einen Schrei vom Ausguck hörten. Ich wandte mich um und sah, daß Gamelans Besuch bei Cholla Yi beendet war und sein kleines Boot zu uns herüberkam. Corais und ich schlenderten zur Reling, um zu sehen, was vorgefallen war. Es schien einige Aufregung zu geben. Gamelan deutete ungeduldig auf unser Schiff und drängte die Ruderer zur Eile.

»Ein Zauberer, der es eilig hat«, sagte Corais trocken, »läßt niemals Gutes ahnen.«

Ich hörte, daß Polillo etwas rief, und sah – etwa fünfzig Meter vor Gamelans Boot – einen riesigen Vogel mit ledernen Flügeln, der sich mit einer Meerechse um einen großen Fisch stritt. Gamelan war nicht in Gefahr, so daß ich – wie alle anderen auf unserem Schiff – fasziniert den Kampf zweier so ungleicher Gegner beobachtete.

Die Echse war doppelt so groß wie ich, doch der Vogel ließ sich davon nicht schrecken. Er hielt den Fisch in seinem schweren, zahnbesetzten Schnabel und hatte eben mit der Beute abheben wollen, als die Echse ihm dazwischenkam. Beide Tiere zerrten an den Enden des Fisches, eines nach unten, das andere nach oben.

»Ein Silberstück auf den Vogel!« rief Polillo.

Doch niemand nahm die Wette an, denn alle schienen auf seiten des seltsamen Luftgeschöpfs zu sein und schrien und jubelten ihm zu. Wir stöhnten auf, als der Vogel plötzlich losließ.

»Zwei Silberstücke gegen eines!« Polillo erhöhte die Wette, als die Echse mit dem Fisch im Maul rückwärts rollte. Polillo wurde mit Angeboten überhäuft. An ihrem breiten Grinsen sah ich, daß sie den Vogel für ebenso verschlagen wie beherzt hielt. Als die Echse noch vor sich hin dümpelte, staunend über ihren unerwarteten Erfolg, stieß der Vogel wieder herab und schlug ihr seine hakenbesetzten Klauen in den weißen Wanst. Die Echse schrie, rollte sich zusammen und zappelte vor Schmerz. Augenblicklich packte der Vogel den Fisch und stieg zum Himmel auf, zum Verdruß derer, die Polillos Wette angenommen hatten.

»Ich weiß, wann ich einen Kämpfer vor mir habe«, freute sich Polillo und grinste ihre Schuldnerinnen an. »Laßt mich die Farbe eurer Münzen sehen, Freundinnen. Nur weißes Metall. Für Kupfer ist in meiner Kiste kein Platz.«

Wir alle waren nach dem Kampf ganz aufgeregt, als hätten wir selbst mittendrin gestanden.

»Na, wenn ich je ein gutes Omen gesehen habe, dann dieses«, sagte Corais.

Ich wollte ihr zustimmen. Doch meine angeborene Vorsicht – manche nennen sie Zynismus – kam mir zuvor. Vielleicht war es ein gutes Omen. Andererseits, vom Standpunkt der Meerechse aus betrachtet, mochte es auch eine Warnung sein.

Ein Rascheln von Roben holte mich in die Realität zurück, und ich wandte mich um und sah, daß Gamelan so eilig zu uns herüberhumpelte, wie seine alten Beine ihn tragen wollten. Er hatte unsere Galeere auf dem Höhepunkt des Kampfes erreicht und war mit nur wenig oder gar keiner Hilfe an Bord gekommen.

»Es tut mir leid...« wollte ich sagen, doch der Zauberer wischte meine Entschuldigung mit ungeduldiger Geste beiseite.

»Die Flotte des Archon hat Anker geworfen«, sagte er.

Ich glotzte ihn an und gab die üblichen, albernen Geräusche einer Offizierin von mir, die so sehr an ihre Routine gewöhnt ist, daß sie ihren Beruf vergessen und sich hat überraschen lassen.

»Ich weiß nicht, wie lange seine Flotte hält oder was das Problem ist«, sagte Gamelan, »aber alles deutet darauf hin, daß er in eine Flaute geraten ist oder vor Anker liegt.«

»Vielleicht nimmt er Wasser an Bord oder von irgendwoher Lebensmittel auf«, dachte ich laut. »Sie hatten nur wenig Zeit, ihre Flucht vorzubereiten.«

Gamelan nickte, sein Bart knisterte vor Energie, und die gelben Augen tanzten wie Zwillingssonnen. »Genau das haben der Admiral und ich vermutet«, sagte er.

Er entrollte eine kleine, simple Karte, die ich noch nie zuvor gesehen hatte. »Navigator Phocas hat das hier unter seinen anderen

Karten gefunden. Angeblich soll es zeigen, was jenseits unserer Hauptkarte liegt; obwohl er es mir mit den Worten gab, er habe seinen Zweifel an ihrem Wahrheitsgehalt, da sie aus einer Taverne und nicht von einem Schiffsausrüster stammte.«

Corais und ich beugten uns vor, um sie uns anzusehen. Gamelan deutete auf eine kleine Inselgruppe nahe dem westlichen Rand der Karte. »Hier scheint die Flotte momentan zu liegen. Ob er sich auf diesen Inseln mit Proviant versorgen kann oder nicht, weiß niemand. Cholla Yi sagt, selbst die Existenz dieser Inseln sei reine Spekulation.«

Ich entdeckte ein kleines Symbol neben den Inseln mit der Warnung, der Verfasser habe sich bei diesen kleinen Flecken eher auf Gerüchte denn auf Fakten verlassen. Trotzdem begann das Blut in meinen Ohren zu hämmern. Ich sagte: »Wenn dort keine Inseln sind, wieso sollte er dann mitten im Meer haltmachen?«

Erfreut zwirbelte der Zauberer seinen Bart. »Allerdings, wieso?« fragte er.

Corais lachte. »Wenn ich das nächste Mal einen Zauberer in Eile sehe, werde ich nicht so bereitwillig um unser Glück fürchten.«

»Fordere nur die Götter nicht heraus«, warnte ich sie halb im Scherz. »Erst müssen wir ihn finden. Dann müssen wir ihn bekämpfen.«

Polillo, die hinter uns getreten war, unterbrach: »Hat hier jemand was vom Kämpfen gesagt? Oder bilde ich mir das ein?«

»Nein, meine Freundin«, antwortete ich. »Du hast es dir nicht eingebildet. Und, ja, endlich kommst du zu deiner Schlacht.«

»Gut«, antwortete sie. »Eine Weile habe ich mich schon gefragt, ob ich unter die Memmen gefallen bin. Meine Axt will Blut sehen.«

Aber es kam nicht so schnell zur Schlacht. Ganz, wie ich Corais gewarnt hatte, mußten wir den Archon zuvor finden. Wir ruderten mit aller Kraft, die Trommeln unserer Flotte hämmerten konstant mit doppelter Geschwindigkeit, die Männer legten sich bei jedem Schlag so fest ins Zeug, daß man sehen konnte, wie die Riemen sich bogen. Die Flotte pflügte so schnell durch die See, daß es schien, als hätten die Schiffe kaum Zeit, naß zu werden. So ruderten wir zwei volle Tage, und dann, nach nur zwei Stunden Ruhe, zwei weitere Tage.

Die Stimmung war so angespannt, daß keiner merkte, wie wir über den westlichsten Rand unserer Hauptkarte hinausfuhren und in unbekannten Gewässern kreuzten.

Am fünften Tag kamen die feindlichen Schiffe in Sicht.

Kapitel Sieben

Das Meer in Flammen

So vehement wir bisher vorangestürmt sein mochten, jetzt ging es noch schneller weiter, und nach zwei Stunden waren die Lycanther vom Vorderdeck aus zu erkennen. Ich meinte sogar, die Segel der einzelnen Schiffe ausmachen zu können. Auf dem Deck unseres Schiffes wurde es eng. Da waren ich, Corais und Polillo, Kapitän Stryker und Gamelan. Dann traf Cholla Yi ein, ungebeten, zu einer spontanen Konferenz. Die Luft knisterte vor Anspannung.

»Ob sie uns schon gesehen haben?« Corais' Frage war an Stryker gerichtet, doch Gamelan antwortete ihr. »Das haben sie. Wenn nicht vom Ausguck her, dann mit Zauberkraft. Ich spüre schon, daß die Hände des Archon nach uns greifen.«

Cholla Yi runzelte die Stirn, als er sah, wie ein Seemann in der Nähe erschauerte, und das nicht wegen des Windes. Gamelan nickte, und wir zogen uns über die Sturmbrücke zurück, bis wir außer Hörweite waren.

»Wie lange noch, bis wir bei ihnen sind?« fragte Polillo.

Cholla Yi sah auf zum Großsegel und schätzte die Zeit nach der Entfernung, die der Schatten des Fockmasts an Deck zurückgelegt hatte, seit wir hier standen und die Schiffe beobachteten.

»Wenn der Wind so bleibt«, sagte er, »und aus derselben Richtung kommt... und sie ihren bisherigen Kurs halten... zwei, vielleicht drei Tage.«

»Wenn das da meine Flotte wäre«, sagte Stryker, »und ich wüßte, daß ein Kampf unumgänglich wäre, weil wir nicht entkommen könnten, würde ich jetzt meine Schlachtlinie aufbauen und mich nach dem Wetter ausrichten.«

»Genau wie ich«, sagte Cholla Yi. »Aber wenn man erst einmal zu fliehen begonnen hat, ist es schwer anzuhalten. Die Angst läßt uns alle seltsame Dinge tun.«

»Seid Ihr sicher, Admiral«, sagte Gamelan, »daß sie Angst haben? Daß sie vor uns – und nicht an einen bestimmten Ort – flüchten?«

Cholla Yi setzte zu einer scharfen Erwiderung an, dann dachte er nach. Er sah etwas besorgt aus und fuhr mit den Fingern durch seine Stachelhaare. »Sie *halten* doch ihren Kurs, oder?« sagte er. »Und das schon eine ganze Weile.«

»Das dachte ich auch«, sagte Gamelan, »obwohl ich mitnichten ein Seemann bin.«

»Spürt Ihr etwas, Lord Gamelan?« fragte Stryker.

»Noch nicht«, sagte der Zauberer. »Aber ich verwende den Großteil meiner Energie darauf, herauszufinden, welchen Schlachtenzauber der Archon im Schilde führen mag, damit ich einen Gegenzauber sprechen kann. Ich will sehen, ob es Stellen gibt, an denen ich eine solche Erklärung einholen kann.«

Er ging über die Sturmbrücke, dann auf das Hauptdeck und hinab in seine enge Kajüte.

Polillo schüttelte den Kopf. »Es gefällt mir nicht, gegen Zauberer zu kämpfen, und an Gamelans Stelle möchte ich nicht sein. Man stelle sich einen Feind vor, den man nicht sehen, nicht hören und nicht mit dem Schwert erschlagen kann.«

Corais legte den Arm um sie. »Mach dir keine Sorgen, Schwester. In irgendeiner schwarzen Hölle brät ein Archon, der ebenso dachte, bis Rali ihn das Gegenteil gelehrt hat.« Das heiterte Polillo auf, und sie grinste.

Dann gingen uns die Worte aus, und unsere Blicke wurden von diesen winzigen Punkten angezogen, weit draußen am Horizont.

An diesem Abend gerieten wir in seltsame Gewässer. Die Sonne versank, doch noch immer war der Himmel hell. Als das Zwielicht verging, sahen wir, daß das Leuchten von jenseits der Flotte des Archon kam. Das Licht war rot, als wütete ein Feuer gleich hinter dem Horizont. Ich hatte von phosphoreszierenden Meeren gehört und fragte Stryker, ob es sich um ein solches Phänomen handele.

»Ich habe noch nie von einem Meeresleuchten gehört, das intensiv genug gewesen wäre, den ganzen Himmel zu erhellen«, sagte er.

»Was denkt Ihr, was es sein könnte?« fragte ich.

Stryker spuckte über die Reling. »Das Denken habe ich aufgegeben, als wir auf diese Reise gegangen sind, Kommandantin«, sagte er. »Und wenn wir diesen schwarzen Magier fassen, werde ich am Ruder stehen und mich fein zurückhalten.«

Stunden vergingen, das Licht am Himmel wurde immer heller, und gegen Mitternacht, als ich mich zwang, aus meiner Hängematte aufzustehen, sah ich vier deutlich erkennbare Flammen am Himmel.

Schaudernd erwachte ich vor dem Morgengrauen, aufgeschreckt von scheußlichem Gestank und lauten Stimmen an Deck. Anfangs dachte ich, eine Art magischer Angriff ginge vor sich, rollte mich aus der Hängematte und suchte nach meinem Schwert. Aber niemand bedrohte uns. Die Luft, die See, die ganze Welt stank wie die Schlamm- und Schwefelbäder außerhalb Orissas, zu denen mein Vater uns einst mitgenommen hatte, als ich ein kleines Mädchen war. Ich stürmte an Deck und schlug mir dabei an dieser verdammt niedrigen Luke wieder einmal fast den Schädel ein. Offenbar war ich die letzte, die wach geworden war. Der Großteil der Besatzung drängte sich bereits an der Reling.

Noch war die Sonne nicht aufgegangen, doch herrschte ein trübes, stickiges, gelbes Licht, das hell genug war, um sehen zu können. Brauner Dunst bedeckte das Meer, und obwohl wir einige Meilen näher an die Lycanther herangesegelt sein mußten, waren ihre Schiffe immer noch Punkte, halb verborgen im dichten Nebel. Doch war dies nicht die Attraktion, die alle anderen anstarrten. Land war in Sicht. Zumindest etwas Ähnliches wie Land, was den Gestank und auch das unheimliche Leuchten in der Nacht erklärte. Ich zählte niedrige Bergkuppen, die direkt aus dem Meer selbst aufzusteigen schienen ... drei, nein fünf Vulkane wurden geboren. Aus jedem von ihnen stieg hin und wieder eine Rauchsäule auf, mit Funken und mattem Feuer. Corais und Polillo gesellten sich zu mir, doch sagten sie nichts.

Ich sah Gamelan und Stryker auf dem Achterdeck und kletterte zu ihnen hinauf. Beide Männer wirkten abgespannt.

»Es sieht so aus«, sagte ich zu Gamelan, »als hättet Ihr recht damit gehabt, daß der Archon ein bestimmtes Ziel ansteuerte.«

Stryker antwortete mir. »So sieht es aus, Kommandantin. Meint Ihr, die glauben, da könnten sie Unterschlupf finden? Oder vielleicht Freunde, die ihnen helfen?« Er kratzte sich am Kopf. »Man bräuchte Haut aus Eisen, wenn man hier leben wollte. Das macht also keinen Sinn.«

Gamelan unterbrach ihn. »Aber diese Gegend scheint tatsächlich ihr Ziel zu sein«, sagte er. »Unsere Freunde sind nicht blind und hätten ihren Kurs schon früher geändert, wenn sie glauben würden, sie segelten in eine Falle.«

Ich erinnerte mich an etwas, das Amalric mir erzählt hatte. »Mein Bruder hat einmal gesagt«, erklärte ich, »die Familie Symeon sei nach Westen gesegelt, nur wisse niemand, wie weit.«

Gamelan strich über seinen Bart. »So weit? Ohne Navigationshilfe? Ich denke eher, dieses Meer ist Nisou Symeon ebenso unbekannt wie uns, nur hat der Archon seine Zauberkunst genutzt, um vorauszuschauen.«

»Ich wünschte Ihr hättet dasselbe mit *Eurer* Kunst getan«, murmelte Stryker, »und uns vor diesem gottverlassenen Ozean gewarnt.«

Gamelan sah den Söldner an, und seine gelben Augen glühten. Seine Stimme war kalt, sehr kalt. »Wie ich schon sagte, brauchte ich meine gesamte Energien dafür, die Spur des Archon und seiner Schiffe mit Zauberkraft im Blick zu behalten. Manche Beschwörung wurde gesprochen und in ihrem Kielwasser zurückgelassen, damit wir auf einen anderen Kurs gehen oder aus Hoffnungslosigkeit aufgeben sollten. Was diese Eruptionen angeht ... die größe Gefahr droht uns momentan vom Flaggschiff, auf dem sich der Archon befindet. Auch jetzt, während Symeon und seine Seeleute ihre Waffen für die Schlacht polieren, bereitet der Archon seinen Zauber vor.« Dann glitzerten seine Zähne durch den Bart, als er sagte: »Konzentriert Euch auf Eure Pflichten, Kapitän, und ich werde mich um die meinen kümmern.«

Unter der Verachtung des Zauberers verlor Stryker den Mut. Dann fing er sich. »Es tut mir leid, wenn ich eine unpassende Bemerkung gemacht haben sollte, Lord Gamelan«, sagte er. Dann machte er kehrt und nahm den Niedergang zum Hauptdeck.

Gamelan sagte nichts, starrte ihm nur hinterher.

»Was glaubt Ihr, mit welchen Zaubern wir es zu tun bekommen?« fragte Corais, um die Spannung zu lösen.

»Ich weiß es nicht genau«, sagte Gamelan. »Aber jeder von uns kann eine Vermutung wagen, wenn er in die Runde sieht. Wir segeln nicht nur in seltsamen Gewässern. Auch das Wetter verschlechtert sich.«

In der Tat hatte uns das Getöse der Geburt dieser neuen Berge aus den Tiefen der See so sehr in Anspruch genommen, daß wir kaum auf anderes geachtet hatten. Die Sonne schien aufgegangen zu sein, doch der Himmel war bedeckt, und die Wolken waren grau und wurden schwarz. Der Wind peitschte gegen unsere Helme und Rüstungen. Das Meer selbst war zu schweren Brechern geworden, mit langen Intervallen zwischen den einzelnen Wellen, wie ich sie während der Winterstürme an den Stränden Orissas, draußen vor der Flußmündung, gesehen hatte. Hin und wieder nahmen wir Wasser über den Bug, und der Ausguck duckte sich.

»Wir sollten auf *jede* Art von Zauber vorbereitet sein... Verwirrung, Verzweiflung, was auch immer«, sagte Gamelan. »Der Archon muß uns entweder vernichten oder so sehr schwächen, daß er seine Flucht fortsetzen kann. Andernfalls wird er heute sterben.«

»Es wird kein ›andernfalls‹ geben«, sagte Polillo entschlossen.

Gamelan lächelte zustimmend. »Wir alle sollten solche Entschlossenheit an den Tag legen. Denkt daran, daß wir einen großen Vorteil haben. Die Armee des Archon besteht aus den Soldaten und Seeleuten, die zufällig an Bord von Symeons Schiff waren, als er floh. Dagegen ist die Garde scharf wie die Klinge, die Ihr bei Euch tragt.«

Corais und Polillo winkten ab, das sei doch nur die Pflicht der Garde, und machten sich ans Werk. Gamelan und ich wechselten einen Blick. Ich wußte, er sagte die Wahrheit, was unsere Kampfbereitschaft anging, hatte jedoch auch bemerkt, daß er die beiden wichtigeren Punkte nicht erwähnt hatte – erstens, was in den Koffern sein mochte, die der Archon aus der Festung von Lycanth mitgenommen hatte, und zweitens, daß der Archon in diesem Augenblick in der Falle zu sitzen schien. Jeder Krieger weiß, daß es keinen gefährlicheren Feind gibt als einen, der mit dem Rücken an der Wand steht.

Zwei Stunden später gaben die Posten Alarm. Wir segelten direkt auf ein Riff zu. Stryker gab Befehl, den Kurs zu ändern und den anderen Schiffen mit Wimpeln Zeichen zu geben. Dann gab er weitere Befehle, mit denen er die ersten wieder rückgängig machte.

»Das sind keine Felsen«, sagte er. »Zumindest keine, an denen wir zerschellen.«

Weitere Erklärungen gab er nicht, und wieder drängten wir uns an der Reling, als wir direkt auf die schäumende See zusteuerten. Als wir uns dem »Riff« näherten, erschrak ich, da ich sah, daß sich die Felsen offenbar mit den Wogen hoben und senkten.

Stryker befahl einem Seemann, ein Streichnetz zu holen, warf es aus und holte einen der Felsen herauf. Der Brocken war fast so groß wie sein eigener Leib, und Polillo wollte sich schon wundern, welch ungeheure Körperkraft der Kapitän an den Tag legte. Bevor sie jedoch etwas sagen konnte, nahm Stryker den Stein aus dem Netz, drehte sich um und warf ihn ihr mit einer Hand zu.

Mit offenem Mund stand Polillo da und sprang beiseite. Der Stein schlug aufs Deck, mit kaum mehr Wucht als eine Katze, die vom Schoß ihrer Herrin springt. Sie hob ihn auf und brachte ihn zu mir. Er wog kaum mehr als ein Kissen.

Stryker erklärte: »›Bimsstein‹ sagt man dazu. Stammt von einem der Vulkane. Ich hab so was schon mal gesehen, bin schon durch ganze Felder von dem Zeug gesegelt.« Er schnitt eine Grimasse. »Das war natürlich kurz bevor der Vulkan, von dem das Zeug stammte, wie ein Kessel geplatzt ist.«

Er blickte nach vorn. Inzwischen waren die vulkanischen Inseln näher gekommen, und ich konnte ein halbes Dutzend von ihnen erkennen. Ich fragte mich, was geschehen würde, wenn einer dieser Vulkane ausbrach, bevor wir bei den Schiffen des Archon waren. Ich kam zu dem Schluß, daß es in der Hand der Göttin lag und sprach ein kurzes Gebet an Maranonia, in der Hoffnung, ihre Macht reiche bis zu diesem brennenden Meer.

Später am selben Tag fanden wir weitere Trümmer. Zunächst ziellos treibende Bäume, dann Bündel von Büschen, die weit vom Land geschleudert worden waren, von dem wir nach wie vor nur die Gipfel sehen konnten. Es hatte den Anschein, als gehöre jeder Gipfel zu einer anderen Insel. Dann sahen wir Spuren von Leben, oder dem, was einmal Leben gewesen war. Ein kleines Boot kam in Sicht, wurde uns von der Strömung entgegengetragen. Ich ließ einen Trupp in voller Rüstung mit gespannten Bogen am Bug antreten. Als wir näher kamen, sah ich, daß es ein Fischerboot war, und beschloß, die Männer an Bord gefangenzunehmen und zu diesen seltsamen Gewässern zu befragen. Sie waren zu viert, und alle saßen. Ich fand es ungewöhnlich, daß keiner von ihnen aufstand und winkte oder versuchte, unserer Flotte zu entkommen. Ebensowenig nahmen sie Kurs auf uns, also änderten wir den unseren.

Wir waren einen Speerwurf von dem Boot entfernt, als mir klar wurde, warum sich diese Fischer so selbstzufrieden gaben. Nichts auf dieser Welt würde sie je wieder stören. Halb saßen, halb lagen sie am Boden des Bootes, die Köpfe zum Himmel gewandt. Sie waren tot, doch konnte ich keine Spur von Gewalt an ihnen entdecken, als sie näher kamen. Ihre Leichen wirkten frisch, als wären sie erst kürzlich gestorben. Es gab keine Spur von Verwesung oder Mumifizierung.

Eben, als ihr Boot unter unseren Bug kam, entdeckte ich etwas: Ihre Augen fehlten. Hohle, blutverkrustete Höhlen starrten hoch, versuchten, durch die Wolken zu dringen, um die Sonne zu finden.

»Möwen«, hörte ich einen Seemann sagen. »Das ist das erste, worüber sich die Viecher hermachen. Manchmal… manchmal schon, wenn ein Mann noch nicht mal tot ist, nur zu schwach, sie zu verjagen.«

Ein Schauer lief mir über den Rücken.

Der Gestank wurde schlimmer, je weiter wir segelten und Kurs auf die Vulkane hielten. Im Dämmerlicht schätzten wir, daß wir sie am nächsten Tag einholen würden. Ich gestattete mir den Luxus der Hoffnung, daß ich die Ehre haben würde, Nisou Symeon persönlich erschlagen zu dürfen. Es wäre das Ende der Symeonen und Rache für so manche Übeltat, und Amalrics Einkerkerung und Folterung und der spätere Mordversuch waren nicht einmal die schlimmsten davon.

Die See blieb rauh, die Abstände der Wellen wurden kürzer, und der Wind war beinah zum Sturm geworden, so daß Cholla Yi der Flotte signalisierte, die Segel zu reffen.

»Schwere See ist ein Segen für Schiffe wie die des Archon«, erklärte mir Stryker. »Galeeren wie unsere können fast jeden Sturm heil überstehen. Aber sie kommen nicht voran. Ohne Kiel und mit kaum Tiefgang segeln wir bei diesem Wind mehr seitwärts als vorwärts.« Als er meine Sorge sah, fügte er hinzu: »Keine Angst,

Kommandantin. Sturm oder nicht, morgen bekommen wir sicher unsere Chance.«

Ich befahl meiner Garde, sich bei Nacht alarmbereit zu halten und postierte einen kampfbereiten Trupp vorn am Bug beim Ausguck. Ich erwartete nicht, daß der Archon wenden uns uns mit einem Nachtangriff überraschen würde, wäre aber dumm gewesen, mich nicht trotzdem darauf vorzubereiten.

Ich war unter Deck und ging zum zehnten oder hundertsten Mal meine Schlachtpläne durch – ein nutzloses Unterfangen, in dem sich jeder Kommandeur bis zum ersten Bogenschuß übt – als ein Matrose sagte, Gamelan wolle mich an Deck sprechen. Als ich die Kajütstreppe heraufkam, sah ich zwei Seeleute im stillen Gespräch an der Reling stehen. Sie wandten mir die Rücken zu. Einen Moment lang blieb ich stehen und lauschte:

»Verdammt«, sagte der erste, »ich glaube, ich hätte in Jeypur bleiben und mich von der Wache schnappen lassen sollen. Fünf Jahre im Steinbruch hätte ich bekommen... ich kenne Männer, die es überlebt haben! Statt dessen...« Er spuckte ins Meer. »Erst betrügt man uns um das Recht, Lycanth zu plündern, dann schicken sie uns auf eine nutzlose Jagd mit diesen Weibern, die sich nur mit ihrem Speerknauf und den anderen Weibern vergnügen. Und wir jagen einen Zauberer, der uns morgen früh höchstwahrscheinlich schreiend ins Feuer stößt... und selbst wenn wir ihn kriegen... falls wir ihn kriegen, ich sage dir, es ist eine lange Reise zurück, und diese verfluchten Orissaner werden *trotzdem* versuchen, uns um unseren Lohn zu bringen.«

»Na, glaubst du nicht«, sagte sein Kamerad, »daß der Admiral das alles schon bedacht hat? Wenn die Weiber den Archon getötet haben und wir Hand an das Gold legen können, das auf seinen Schiffen sein muß... glaubst du nicht, daß die Pläne dann geändert werden? Außerdem, vergiß nicht, daß er angeblich einige Zauberdinge an Bord haben soll, die man sicher teuer verkaufen kann... Teufel auch, vielleicht interessieren sich sogar diese Zauberer in den Fernen Königreichen dafür, und wenn auch nur, um dafür zu sorgen, daß kein anderer sie hat. Spar dir deine Totenklage, Kamerad. Morgen furzen wir alle durch Seide.«

Der erste Seemann knurrte, doch bevor er antworten konnte, klapperte ich mit meinem Schwert gegen das Geländer der Treppe, als käme ich eben erst an Deck. Beide Männer fuhren herum, sahen mich und traten zur Seite. Ich sagte nichts, dachte jedoch, daß es am Morgen sehr wohl zwei Schlachten geben mochte, und schwor, meine Soldatinnen auf den Verrat vorzubereiten. Vielleicht waren die Worte der Seeleute nur das Wunschdenken gemeiner Schurken, doch zweifelte ich nicht daran, daß Cholla Yi in seinem schwarzen Herzen tatsächlich einen zweiten Plan hatte, wenn er sich davon größeren Gewinn versprach.

Es war einfach, Gamelan zu finden. Er hatte an Deck ein kleines Zelt aufgeschlagen, kurz vor dem Großmast. Selbst noch durch die schwefelige Luft roch ich den Duft der vier kleinen Pfannen, geschützt vor der Gischt, jede in einer anderen Ecke des Zeltes. Der Geisterseher war finsterer Stimmung, als ich eintrat. Er hockte auf einem Teppich im Schneidersitz. Vor ihm sah ich seinen Zauberstab, einige kleine Phiolen und fünf rotbeschriftete Knochen. Vier parfümierte Kerzen hingen von Seidenbändern, die ans Zeltdach gebunden waren. Doch mein Blick blieb an der offenen Ebenholzschachtel und der schwarzen Gemme hängen, die einst das Herz des Archon gewesen war.

»Ich werfe die Knochen«, verkündete er ohne Vorrede, »in dem Versuch, die Pläne des Archon für den morgigen Tag zu erkunden. Ich spüre einen Zauber, der sich derselben seltsamen Kunst bedient, die ich auch vor dem letzten Angriff auf Lycanth gespürt habe. Aber ich habe nicht die Mittel festzustellen, was es sein könnte.«

»Offensichtlich richtet es sich gegen uns«, sagte ich.

»Merkwürdigerweise nicht. Es baut sich auf, ganz wie der Sturm. Doch fehlt ihm die Richtung. Ich weiß nicht, wie ich es mit Bildern aus unserer Welt umschreiben könnte, aber … vielleicht könnte man es mit einem Wirbelsturm vergleichen, der in der Luft Kraft sammelt, unsichtbar, bevor er auf die Erde niederbricht. Ich wünschte, ich könnte die Gedanken des Archon so einfach lesen, wie eine Dorfhexe ins Herz eines Bittstellers sehen kann.«

»Gestern habt Ihr Euch gefragt«, sagte ich, »ob der Archon diese Inseln als Schlachtfeld gewählt hat. Spürt Ihr jetzt irgend etwas in der Art?«

»Ja ... und nein. Ich spüre finstere Absichten, doch bin ich nicht sicher, ob das von Anfang an sein Plan war oder ob er nur die Gelegenheit nutzt. In jedem Fall spüre ich keine Bedrohung von dem, was vor uns liegt, was der Fall wäre, wenn wir in einen magischen Hinterhalt segeln würden.« Niedergeschlagen schüttelte er den Kopf. »Aber der Grund, warum ich Euch rufen ließ, ist folgender: Ich habe in Erfahrung gebracht, daß der Archon in Euch seinen größten Feind sieht. Er fürchtet Euch.«

Ich protestierte nicht, was falsche Bescheidenheit gewesen wäre. Er hatte allen Grund dazu!

»Ich vermute, er will Euch gleich zu Beginn der Schlacht vernichten«, sagte Gamelan. »Euch und die Sergeantin, die seinem Bruder das Herz herausgeschnitten hat. Ich habe die Sergeantin Ismet schon rufen und ihr allen verfügbaren Schutz zukommen lassen. Ich glaube, sie wird im Kampf keiner größeren Gefahr ausgesetzt sein als wir alle ... was schlimm genug sein wird. Ihr braucht etwas mehr Schutz. Hier. Setzt Euch mir gegenüber.«

Ich legte mein Schwert ab und ließ mich – wie er befohlen hatte – im Schneidersitz nieder. Gamelan streckte seine knochige Hand aus und rezitierte leise:

Der Falke in der Höh'
Die Beute still
Das Frettchen rührt sich nicht
Fort ist die Fährte.

Als er fertig war, sagte er: »Ich vermute, der Archon könnte den Frettchenzauber geahnt haben, den ich vor der letzten Schlacht über

Euch gesprochen habe, damit Ihr mein Jagdhund werdet. Daher habe ich ihn aufgehoben.«

Ich dankte ihm, obwohl ich im Herzen den Verlust schmerzlich spürte. Gamelan verstand noch immer nicht die Neigung meiner Familie zu diesen kleinen, entschlossenen Jägern, und wie sehr deren Geister uns geholfen hatten. Als es vorüber war, wollte ich ihn um einen weiteren Zauber bitten, vielleicht einen, der mich zur Blutsverwandten dieser Tiere machte.

»Etwas anderes mag von Nutzen sein«, sagte er. Er nahm eine winzige, goldene Sichel und hielt sie an das Relikt, das einst das Herz des Archon gewesen war. »Streckt Eure Hände aus, Handflächen nach oben.« Er hielt die Sichel an meine Handgelenke, dort, wo blau mein Puls schlug. »Ich habe die Kräuter schon vorbereitet und einen Bann auf dieses Ding gelegt.« Dann sang er:

Keine Lieder mehr zu singen,
Keine Worte mehr zu sagen.
Blut zu Blut,
Blut zu Blut.
Soll das Blut des Erschlagenen
Ein roter Nebel sein,
Daß die Augen des Lebenden
Benebelt sind.
Laß seine Augen sehen,
Doch weitergehen,
Ohne zu sehen.

Dann sagte er mit normaler Stimme: »Das ist alles, liebe Freundin. Ich fürchte, den besten Schutz werdet Ihr morgen durch Euer Schwert und Eure Schwestern erfahren.«

»Mehr als das«, sagte ich, »kann sich keine Kriegerin wünschen, abgesehen vom Segen Maranonias und Te-Dates.« Ich wollte mich erheben, da kam mir eine Idee, und ich sank zurück. »Gamelan ... ich bin mitnichten eine Geisterseherin. Aber ... Ihr sagtet vor einigen Minuten, der Archon habe diese Gewässer höchstwahrscheinlich gar nicht angesteuert, als er floh, hoffe jetzt jedoch, daraus einen Nutzen zu ziehen. Sollten es... *könnten* es... diese Vulkane sein, denen wir uns nähern?«

Selbst im flackernden Licht der Kerzen konnte ich erkennen, wie Gamelans Wangen fahl wurden. »Erdenzauber?« flüsterte er mehr zu sich selbst als zu mir gewandt. »Hier, wo er aus dem Herzen der Welt nach oben dringt?« Lange dachte er nach, dann schüttelte er den Kopf. Er hatte seine Ruhe wieder gefunden. »Nein, Rali. Selbst mit den Künsten der Fernen Königreiche und denen Janos Greycloaks glaube ich nicht, daß der Archon dazu imstande wäre. Um *diese* Macht nutzen zu können, bräuchte man nicht nur einen großen Geisterseher auf dem Höhepunkt seiner Schaffenskraft, sondern auch eine Art Opfer, ein so großes Opfer, wie selbst ich es mir nicht vorstellen kann... Aber einen Moment lang war ich besorgt. Ich danke Euch, Rali. Ihr habt mir heute nacht etwas gegeben. Nicht nur die Erinnerung daran, daß mein Hirn und meine Knochen altern, sondern daß ich schon zu lange in meine eigenen Gedanken vertieft bin und nicht oft genug nach denen anderer frage. Bitte, Rali, bringt mir auch in Zukunft solche Ideen, so weit hergeholt sie auch erscheinen mögen. Der Archon mag fast schon gestellt sein, doch liegt ein langer Weg zwischen dem Aufspüren der Bärenhöhle und dem Augenblick, in dem man vor einem knisternden Winterfeuer auf seinem Pelz liegen kann.«

»Was Ihr nicht sagt.« Ich lachte, erinnerte mich an das erste Mal, als ich mit dem Speer gegen einen großen, braunen Bären angetreten war, und wie es damit geendet hatte, daß ich auf einem Baum hockte, der glücklicherweise dick genug war, das Gewicht eines jungen Mädchens zu tragen, aber nicht auch noch für das unerwartet zum Jäger gewordene Tier ausreichte. »Und ich werde alle Ruhe brauchen, die ich finden kann.« Ich stand auf. »Viel Glück morgen, Gamelan. Viel Glück uns allen.«

Ich trat in die stinkende Nacht hinaus, wohl wissend, daß weder ich noch irgend jemand Schlaf finden würde, bis der Archon tot war.

Mitten in der Nacht änderten wir unseren Kurs. Gleich vor uns lag der erste große Vulkankegel, der direkt vom Boden des Meeres aufzuragen schien. Im roten Licht von seinem Gipfel her sahen wir, wie die Brecher an seinen Sockel schlugen. Abgesehen vom Vulkan schien es weiter kein Land zu geben, und auch der Mann, der die Tiefe ausloten sollte, fand keinen Meeresboden.

Die Nacht war so hell, daß die neun Schiffe des Archon leicht zu sehen waren. Auch sie hatten ihren Kurs geändert und segelten dicht am Fuß des Berges entlang. Als dieser hinter unserem Achterschiff lag, graute schon der Morgen und wir konnten deutlich alles sehen.

Vor uns, gleichmäßig über das Meer verteilt, lagen drei weitere Vulkane, nicht so hoch und bedrohlich wie der, den wir passiert hatten. Diesmal waren es keine isolierten Gipfel, sondern sie waren durch Barrenriffe und Sandbänke miteinander verbunden, die sich, so weit das Auge reichte, über den Horizont erstreckten. Endlich saß der Archon in der Falle.

Als die Sonne am Himmel stand, hatten der Archon und Symeon ihre Schiffe in Schlachtlinie gebracht und die Segel gerefft. Sie warteten entweder auf das Zeichen zum Angriff oder darauf, daß wir zu ihnen kamen. Allerdings ist »Sonnenlicht« kaum die passende Beschreibung. Die Luft war so düster und dick wie inmitten eines brennenden Waldes. Ich meinte, ein Rumpeln von dem Vulkan in unserem Rücken zu hören, doch wahrscheinlich war es die See am Riff voraus.

Das Meer war grau und beinah stürmisch. Der Wind hatte sich abermals gedreht, kam nicht mehr von querab, sondern blies uns zwischen die Zähne. Wir hatten die Masten unserer Schiffe gelegt, was üblich war, wenn Galeeren in die Schlacht gingen. Man tat es sowohl, um die Ruderer vor Verletzungen zu schützen, falls ein Mast im Kampf fallen sollte, als auch, um sicherzustellen, daß wir die Ruder voll nutzen konnten. Die Bänke waren dicht bemannt, und Kriegstrommeln wurden geschlagen, wobei die schweren Klänge über das Heulen des Windes hinweg von einem Schiff zum anderen wehten. Der Rhythmus war nicht nur für die Ruderer gedacht, sondern sollte auch unser Blut für die bevorstehende Schlacht zum Kochen bringen. Es mochte die Muskeln von Cholla Yis Seeleuten und Matrosen auf ihren Schiffen stählen, doch meine Frauen brauchten keine besondere Aufforderung. Die Verfolgungsjagd auf See hatte sich als ebenso langweilig erwiesen wie eine an Land. Jetzt endlich sollte der Krieg zwischen Lycanth und Orissa beendet werden, wie mächtig der letzte Archon als Zauberer auch sein mochte.

Es fiel schwer, die anderen vierzehn Schiffe unseres Geschwaders auszumachen, nachdem ihre Masten unten waren und sich nur der kleine Flaggenstock am Heck, mit dem man Signale von einem Schiff zum anderen weitergab, über das Hauptdeck erhob. Nicht, daß momentan Signale gesendet wurden. Unsere Taktik war von langer Hand geplant. Jede Galeere sollte sich ein Ziel vornehmen, das sich bot, sich dem Schiff nähern und es durch Entern einnehmen. Yis Kapitäne und meine eigenen Sergeantinnen, die für die einzelnen Kommandos der Garde zuständig waren, sollten auf jeden Orissaner achten, der in Gefahr geriet, und – wenn möglich – ihm zu Hilfe eilen. Wenn sie eine Gelegenheit sahen, einen havarierten Lycanther auf der Flucht zu stellen, sollten sie angreifen und keine Gnade zeigen.

Die lycanthischen Schiffe waren erheblich größer und von unseren sehr verschieden. Sie glichen eher Segelschiffen als segelnden Galeeren, und jedes Schiff ragte zwei oder drei Decks über der Wasserlinie auf und besaß drei Masten und einen segelbesetzten Bugspriet. Sie waren – so hatte man mir gesagt – der ganze Stolz von Symeons Flotte, schnelle, bewaffnete Handelsschiffe, kaum anders als Kriegsschiffe, sah man vom Luxus der Quartiere ab. Jetzt, mit dem Wind im Rücken, waren sie im Vorteil.

Ich sah, daß eine große Flagge einmal gedippt wurde, dann noch einmal, oben auf der winzigen Plattform am Bugspriet eines Schiffes, und gemeinsam hißten die Lycanther ihre Segel. Ich hörte den Jubel unserer Flotte übers Wasser gellen.

»Jetzt«, sagte Stryker, »werden die Schweinehunde versuchen, uns zu rammen. Ich wünsche ihnen viel Glück dabei, denn man nennt uns nicht Cholla Yis Haie, weil wir im Wasser warten, bis uns ein Delphin rammt.«

Ich sah Ruder eintauchen, und unsere Galeeren nahmen Fahrt auf. Außerdem sah ich – erwähnte es jedoch nicht –, daß die Schiffe, auf denen meine Gardistinnen waren, nach vorn stürmten, begierig, dem Feind zu begegnen. Einige andere dagegen – mit Cholla Yis Matrosen an Bord – schienen sich zurückfallen zu lassen, um anderen den Ruhm – und das Blutvergießen – der ersten Angriffswelle zu überlassen.

»Kapitän Stryker!« rief ich. »Das Schiff, das die Signale gegeben hat. Das wird der Archon sein. Greift es an!«

Stryker bellte Befehle, und unsere Galeere schoß ihrem Ziel entgegen. Wir waren nicht die einzigen, die diese Signale gesehen hatten, und weitere orissanische Schiffe schlossen sich dem Angriff an. Allen voran warf sich Cholla Yis Galeere in den Kampf. Nach allem, was ich inzwischen weiß und was aus Cholla Yi geworden ist, bin ich versucht, seinen Eifer dem zuzuschreiben, was er mir vor dem Angriff auf Lycanth gesagt hatte, daß nämlich ein Söldnerführer seine Leute von der Spitze her lenken müsse, sonst werde er vom Rest der Meute überrannt. Doch obwohl ich hoffe, daß Cholla Yis Seele in diesem Augenblick langsam von Dämonen zerkaut wird, will ich seinen Mut nicht schmälern. Tapferkeit, das darf ich nicht vergessen, ist nicht nur Sache von Helden.

Ich sah, daß sich zwei Lycanther vor das Schiff des Archon setzten, in dem Versuch, ihren Zauberkönig zu beschützen. Die Schiffe schienen mit übernatürlicher Geschwindigkeit zu segeln. Obwohl der Wind hart war und direkt aus ihrem Rücken wehte, wußte ich, daß sie sich dank eines Windzaubers bewegten.

Ich wurde von einer Woge der Angst überrollt. In diesem Augenblick wußte ich, daß ich sterben würde – nicht edel, sondern jämmerlich, mit aufgeschlitzten Eingeweiden am Boden liegend, während der Archon mir entfloh. Ich hörte andere Frauen und Männer laut aufschreien, als auch sie von diesem Zauber erfaßt wurden. Ich rang ihn nieder, suchte nach beruhigenden Worten, fand aber keine, als der zweite Schlachtenzauber des Archon mich traf und die Verwirrung meinen Verstand durcheinanderwirbelte. Ich wußte weder, welche Befehle ich geben, noch was ich tun sollte, wenn wir erst vor dem Feind standen.

Dann kochte vor unserem Bug eine große, grüne Wolke hoch, Panik und Verworrenheit verflogen, und ich sah Gamelan, dessen Hände ein Arabeske zeichneten, als er den Gegenzauber sprach. Normalerweise tut Magie im Kampf nicht gut, da beide Seiten ungeheuer viel Zeit damit zubringen, Beschwörungen auszusprechen, von persönlichem Schutz über unsichtbare Rüstungen bis hin zu taktischen Zügen, wie der Archon sie benutzte, doch kommt es nur sehr selten vor, daß Geisterseher wie Gamelan oder der Archon persönlich auf dem Schlachtfeld anwesend sind. Zweifelsohne war dies ein historisches Zauberduell.

Ich atmete tief, so schwefelig die Luft auch sein mochte. Sie tat meinen Lungen gut. Ich warf einen Seitenblick auf den Rest unserer Schiffe, als eine der Galeeren eben versuchte, einem nahenden Lycanther auszuweichen. Doch entweder hielt sich der Verwirrungszauber noch, oder die Ruderer waren nicht erfahren genug, denn der Rammsporn des Lycanthers erfaßte die Galeere mittschiffs, zerschlug ihr Schanzkleid und spießte sie auf wie ein Jäger einen Fisch. Ich hörte Schreie, als das Schiff sich aus dem Wasser hob, einen Moment lang in der Luft hing und dann das Holz barst und die Galeere seitwärts ins Wasser kippte. Der Bug des Lycanthers bohrte sich krachend hinein, hob sich, und dann fuhr er über die Galeere hinweg und schickte sie in die Tiefe. Seeleute und Gardistinnen gleichermaßen suchten etwas, woran sie sich festhalten konnten, wurden jedoch von ihren Kleidern und Rüstungen nach unten gezogen und verschwanden unter schäumenden Wogen.

Mir blieb keine Zeit. Ich rannte zum Bug und rief meinen Frauen zu, sie sollten sich bereit machen. Sergeantin Ismet stand gleich hinter mir. Noch im Laufen hörte ich weiteres Rumpeln, und diesmal wußte ich, daß es weder das Meer noch die Felsen waren, sondern der Vulkan in unserem Rücken. Brich aus und sei verflucht, dachte ich. Auf mich wartet eher ein Schwert als deine Lava.

Corais und Polillo erwarteten mich am Bug. Corais lächelte angespannt wie stets, hatte ein humorloses Grinsen aufgesetzt. Polillo summte eine Melodie, was sie oft tat. Ich hatte sie einmal gefragt, nach einer Schlacht, welches Lied sie derart inspirierend fand, und sie hatte mich verdutzt angesehen und gefragt, ob alles mit mir in Ordnung sei, da sie kein Ohr für die Musik habe und nur sang, wenn sie rechtschaffen betrunken sei und vom Gesang anderer Trunkenbolde fortgeschwemmt werde.

Die beiden eskortierenden Lycanther waren nur etwa drei Bogenschüsse entfernt. Hinter ihnen fuhr das Schiff des Archon, und deutlich konnte ich Symeons Banner erkennen, darüber den doppelköpfigen Löwen des Archon. Cholla Yis Schiff war nirgends zu sehen.

Drei Galeeren brachen aus Nebel und wogender See hervor und griffen die Eskorte des Archon an. Ich sah, daß wohlgezielte Speere und Pfeilschauer auf dem Hauptdeck des entferntesten Lycanthers niedergingen, und er wich aus. Der Steuermann war getroffen. Zwei Galeeren gingen längsseits des zweiten Schiffes, und ich beobachtete, wie meine Gardistinnen ausschwärmten und die Decks enterten, sah Schwerter, die sich hoben und zustießen.

Die erste Galeere wollte ihrem treibenden Feind Gleiches antun, da machte sich der Archon über sie her. Aus dem Nichts schoß ein Feuerstrahl über das Wasser, wie von einem unsichtbaren Bogenschützen abgefeuert. Der Bug der Galeere ging in Flammen auf, als bestünde er aus trockenem Geäst. Gamelan rief einen Zauberspruch, und die Flammen erstarben so schnell wie sie entstanden waren, doch danach lag das orissanische Schiff reglos im Wasser, während Mannschaft und Gardistinnen versuchten, es wieder in ihre Gewalt zu bringen. Langsam nahmen sie wieder Geschwindigkeit auf, und ich mußte meinen Jubel unterdrücken, als sie sich, trotz des Feuers, unverzagt, erneut ins Herz der lycanthischen Flotte warfen!

Jetzt war der Weg für unsere Attacke frei.

»Eure Befehle?« Polillo wartete.

Ich überlegte. Das Schiff des Archon verfügte über große Netze, die vom unteren Teil des Mastes auf das Schanzkleid herabhingen. Speerwerfer standen entlang der Reling und warteten auf die Gelegenheit, ihre Waffen durch den Leib einer jeden Gardistin zu bohren, die sich in dem Netz verfing. Ich sah Bogenschützen an den Seiten, es gab zwei Katapulte auf dem Vorderdeck und einen Ladebaum am Besanmast. Das Segel am hinteren Mast hatte man für die Schlacht gestrichen. Ich meinte, weit hinten auf dem Achterdeck Nisou und den Archon erkennen zu können.

Eines unserer anderen Schiffe war neben den Lycanther gekommen, Bug an Heck, und hatte Enterhaken hinübergeworfen, doch die Wucht des magischen Windes warf unsere Galeere zurück, und sie rollte außer Kontrolle. Einer der Ladebäume des Lycanthers schwang zur Seite, mit einem mächtigen Stein im Netz. Das Netz öffnete sich, und der Brocken durchschlug den Rumpf der orissanische Galeere. Man hörte Schreie, und Wasser spritzte auf. Augenblicklich wurden die Enterhaken gelöst, der Lycanther fuhr weiter und ließ unsere Galeere sinkend in seinem Kielwasser zurück.

Jetzt ragte das Schiff des Archon über uns auf. Sie hatten uns gesehen, die Gefahr erkannt und einen Stein von einem Katapult geworfen. Kurz vor unserem Bug schlug er ins Naß und schickte einen mächtigen Wasserschwall über die Soldatinnen.

Ich hatte eine Idee und rief Gamelan zu: »Zauberer! Haltet den Wind auf!« Er hörte mich, und ich sah, daß er sich daranmachte, einen neuen Spruch vorzubereiten. Ich formte einen Trichter mit den Händen und schrie Stryker auf dem Achterdeck zu: »Bringt uns unter ihren Bug!« Ich nahm Bogen und Köcher von einer meiner Frauen und schlang beides um meine Schultern.

Ich weiß nicht, ob er mich für verrückt hielt, als hätte ich ihm befohlen, das Schiff des Archon zu rammen, doch Stryker zögerte nicht und bellte seine Befehle mit heller, heulender Stimme wie der Wind. Der Mann am Ruder riß an der Pinne, und Duban, der Ruderaufseher, gab seine Befehle... und der Wind legte sich, Gamelans Gegenzauber wirkte... die Segel am Schiff des Archon sackten herab, dann flatterten sie schlaff, und das lycanthische Schiff verlor an Vorsprung.

Unsere Galeere setzte sich im Bogen neben den Lycanther, der hoch über uns aufragte, dann waren wir an seinem Bug, die Ruder flachgedreht. Ich sah lycanthische Köpfe über uns, Speere und Pfeile flogen, wir waren genau unter dem Bug, und ich sprang, sah nichts weiter als einen der Anker des Schiffes, der von seinem Kranbalken hing, hielt das rostige Metall im Arm und zog mich mit brechenden Fingernägeln hoch. Ich stand auf einer Flunke des Ankers, der an seiner Kette schaukelte, dann langte ich hinab, packte Ismets Arm, und auch sie war auf dem lycanthischen Schiff, während unsere Galeere zurückfiel. Stryker kämpfte darum, sie wieder längsseits zu bringen.

Von oben kamen Stimmen, ein Schütze auf der Plattform des Bugspriets schoß einen Pfeil, der abprallte, und schon hatte ich meinen Bogen in der Hand, einen Pfeil aufgelegt, und er surrte davon. Der Schütze breitete die Arme aus, als der Bogen seine Brust durchbohrte, dann stürzte er ins Meer. Zwei weitere hockten neben ihm, und beide zielten sorgfältiger als ihr toter Kamerad, doch war auch ihre Zeit abgelaufen, Ismet schoß den einen ab, ich war wie in einem Traum unter Wasser, kein Grund zur Eile, fand einen Pfeil, sah, als ich ihn auflegte, wie perfekt die Federn waren, spannte und erspürte, wir ich es gelernt hatte, den Augenblick, in dem Pfeil und Bogen meiner Seele »schieß mich« flüsterten und sich der Pfeil in die Kehle des Lycanthers bohrte, dann saß keiner mehr auf dieser Plattform, und wir waren für den Augenblick in Sicherheit, bis die Lycanther an Deck herausfanden, wie sie sich durch das Netz auf das Schanzkleid zwängen konnten, was uns für einen Augenblick Dekkung verschaffte.

Dann kam Strykers Galeere wieder auf uns zu, und ich sah, daß Cholla Yis Schiff ebenfalls mit voller Kraft in unsere Richtung fuhr. Wir würden alle Unterstützung brauchen, die wir bekommen konnten, das Flaggschiff zu kapern. Ich hängte mir den Bogen um, zog mich Stück für Stück an der Kette hoch, fand festen Halt im Holz und zog mich auf den Bugspriet.

Schreiberling, ich will mir die Zeit nehmen und erwähnen, daß es bei wahren Schlachten noch etwas gibt, was sich nicht in den Legenden findet. Der Halt war eines dieser Löcher, die man als Abort in den Bug sägt. Ich wette den Teil des Vermögens der Anteros, der mir als Erbe zusteht, gegen einen Knopf deiner Tunika, daß keine einzige vorhandene oder zukünftige Heldendarstellung von jenem Augenblick kündet, als ich mit den Händen voller Scheiße dastand, mit Ismet an meiner Seite.

Doch machte es keinen Unterschied, damals und auch später nicht, denn vom Bugspriet führte ein schweres Tau, das Fockstag, auf halbem Weg den Vordermast hinauf. Mir blieben nur Sekunden, da ich durch die Maschen des Netzes sah, daß mir Soldaten mit gezückten Speeren entgegenliefen. Ich rief zu unserer Galeere hinab, man solle uns Feuerschutz geben, doch meine Stimme verwehte, als erneut Böen aufkamen, da Gamelans Gegenzauber gebrochen war. Mein Flehen war allerdings auch nicht nötig, da Pfeile sowohl von Cholla Yis als auch von Strykers Galeere flogen, und die Soldaten schrien auf, wichen zurück und wußten nicht, wohin sie sich zuerst wenden sollten.

Wieder hangelten wir uns wie die Affen dieses mächtige Tau zum Mast hinauf. Das Fockstag endete an einer winzigen Plattform, von der ich später erfuhr, daß man sie Mars nennt, gleich oberhalb der Fockrah. Maranonia stand uns bei, denn auf dieser Plattform saßen keine feindlichen Soldaten. Unsere Schwerter waren gezückt, und wir sahen die Taue, die das große Netz hielten. Wir schoben uns auf die Rah hinaus, den dicken Balken, der das Segel hielt, und hieben immer wieder darauf ein, bis das Netz aufs Deck sackte und unter sich eine Handvoll Bogenschützen begrub, die auf uns gezielt hatten. Jetzt war der Weg zum Entern frei.

Strykers Galeere kam vorsichtig längsseits, rollte auf der schweren See. Enterhaken schossen hoch, und meine Frauen stürmten das lycanthische Schiff. Hinter ihnen kam Cholla Yis Galeere, den Bug voller Bogenschützen, die das Schiff des Archon beschossen.

Ismet und ich nahmen uns die Zeit, Luft zu holen, und ein Pfeil flog vorbei und verpaßte meinen Kopf um Haaresbreite, doch ritzte er Ismets Arm und bohrte sich in den Mast, an den wir uns klammerten. Sie wollte aufspringen, beherrschte sich jedoch, noch bevor ich sie halten konnte.

»Hier ist kein sicherer Hafen mehr«, stieß sie hervor, wischte das Blut vom Kratzer an ihrem Arm und hatte ihn auch schon vergessen. »Nur kann ich den Schützen nicht sehen, der auf uns geschossen hat. Wir müssen hier weg! Das klären wir später.«

Ja, dachte ich, nur wohin? Auf dem Vordeck unter uns drängte sich eine Horde kämpfender Männer und Frauen, und ich hörte Schreie und Schlachtrufe. Ich erkannte Polillo am Blitzen ihrer Axt, als sie einen Speer parierte, mit ihrer ungeheuren Kraft zum Gegenschlag ausholte und dem Speermann den Speer mit der Axt in die Seite hieb. Auf beiden Seiten wich keiner zurück, und es bettelte auch niemand um Gnade. Die Lycanther mochten übel sein, doch bei den Göttern, sie waren tapfer. Bis ins Mark meiner Knochen fühlte ich, daß die heutige Schlacht, selbst wenn es nicht um das Schicksal unserer Stadt ging, noch lange in den Legenden weiterleben würde. Es liegt kein Ruhm in einer Schlacht, wenn der Feind feige ist.

Durch den Lärm hörte ich erneut das schreckliche Rumpeln der nahen Vulkane.

Wir hätten die Wanten hinab ins Schlachtengetümmel klettern können, doch gab es weit mehr zu tun. Eine feste Mauer von Soldaten zog sich quer übers Deck, gleich hinter dem Großmast, und hinderte unsere Enterer daran, ihr Ziel zu erreichen. Auf dem Achterdeck stand der letzte Archon, direkt hinter dem lycanthischen Steuermann. Erst wenn er tot war, hatten wir den Wolf erlegt. Bisher rangen wir mit seinen Jungen.

Vor dem Archon standen zwei offene, mattschwarze Kisten. Er nahm Dinge heraus und warf sie in den Wind, schleuderte uns einen Schwall von Beschwörungen entgegen. Es schmerzte in den Augen, ihn anzusehen, und ich zwang mich, meinen Blick Nisou Symeon zuzuwenden. Ich kannte ihn gut, selbst wenn wir uns noch nie begegnet waren, von seiner schlanken Gestalt über das blonde Haar, das ihm in Wellen auf die Schultern fiel und die schmale Klinge in seiner Hand bis zu den Narben, mit denen Janos Greycloaks Zauber sein ehemals hübsches Gesicht zur Maske des Monstrums gemacht hatte, das er in Wahrheit war.

Plötzlich war ich nicht mehr Hauptmann Rali Antero der Maranonischen Garde. Meine Klinge zuckte, und eine Leine, die von dort, wo ich stand, zum Großmast führte, war losgehauen und lag in meiner Hand, während mein Schwert sich wieder in seine Scheide schob . . . schon war ich auf dem Weg, schwang mich hinüber, sah die Großrah und stieß mit den Füßen dagegen, prallte beinah ab, dann ließ ich die Leine fallen und landete mehr schlecht als recht auf der Rah. Ich gestattete mir keinen Gedanken an die Dummheit dessen, was ich tat, oder an den schrecklichen Sturz, der mich erwartete, falls ich abrutschte und unten an Deck aufschlug oder – schlimmer noch – zwischen Strykers Galeere und das Schiff des Archon stürzen sollte. Ich wagte einen Blick nach unten. Niemand achtete auf uns. Alle konzentrierten sich auf die Schlacht auf dem Vorderdeck, auch Nisou Symeon.

Dann bemerkte ich – und erstarrte wie ein Kaninchen unter dem Blick eines Falken –, daß der Archon aufsah und die Masten absuchte. Eine Zeile aus Gamelans Zauber ging mir durch den Sinn: *Der Falke in der Höh' . . . das Frettchen rührt sich nicht . . .*, doch wagte ich nicht einmal, die Worte mit dem Mund zu formen. Einmal, zweimal strich dieser eisige Blick über mich hinweg, und ich hoffte, Gamelans Schutz möge mich noch immer umfassen. Nur konnte ich mich nicht auf die Zauberei allein verlassen.

Ich sah, daß auch Ismet eine Leine löste, drüben am vorderen Mast, doch was ich mit Nisou Symeon und seinem Herrn tun wollte, konnte nicht auf Hilfe warten. Wieder fand ich eine Brasse, die von diesem Mast zum Besan hinüberführte, und schwang mich dorthin.

Jetzt waren der Archon und Symeon direkt unter mir. Nur zwei

Soldaten schützten sie, dazu zwei Schiffsoffiziere und der Steuermann.

Ich weiß, daß die Schilderung dieser Ereignisse vom Augenblick an, als wir unsere Galeere verließen, bis dahin, wo ich direkt über Orissas tödlichstem Feind stand, klingt, als sei es ein gemütliches Unterfangen gewesen und einige Zeit sei dabei verstrichen. So kam es mir vor, doch kann es kaum länger als vier Drehungen jener Sanduhr gedauert haben, die uns die Minuten zeigt.

Der Weg hätte nicht einfacher sein können. Die Leinen zu dem aufgezogenen Ladebaum hingen herab, und ich kletterte sie so schnell und mit Leichtigkeit hinunter, als sei ich auf dem Übungsplatz. Ich ließ die Leine los, als ich zehn Fuß über ihnen war, fiel frei herab und landete direkt hinter Nisou Symeon.

Er fuhr herum, mit offenem Mund, doch seine Muskeln reagierten, wie sie sollten, die Klinge kam hoch, deckte ihn. Ich sah, daß ein Soldat vorsprang, mit drohendem Speer, doch mein Schwert stieß die Waffe beiseite, und ich spießte ihn auf. Ich riß die Klinge heraus, als Nisou eben angriff, in der Hoffnung, mein Schwert sei verkantet. Ich trat zur Seite und schlug nach ihm, ein unbeholfener Hieb, doch einer, der ihn rückwärts taumeln ließ. Hinter ihm hörte ich den Archon etwas rufen und wußte, mir blieb nur ein Augenblick. Doch jetzt waren wir im Reich der Schwerter, und diese Zauberei dauerte etwas zu lang.

Symeon hieb noch mal nach mir, und ich versuchte einen Klingenschlag, in der Hoffnung, mein stärkeres Schwert könne seinen Degen zerschmettern. Doch geschickt drehte er mein Schwert zur Seite, und mir wurde klar, daß auch er nicht weit davon entfernt war, ein Fechtmeister zu sein.

Ich schaffte es, die Schwertspitze über seine Brust zu ziehen, doch hörte ich, wie sie auf Stahl glitt und wußte, daß er unter dem schwarzen Umhang ein Kettenhemd trug. Es folgte ein kurzer Moment, in dem sich unsere Klingen berührten ... berührten ... berührten, dann ließ ich mein Schwert sinken, als sei ich unerfahren, doch bevor er dies für sich nutzen konnte, traf ich seine Klinge wieder mit der flachen Seite, nur diesmal kurz über dem Heft, kaum mehr als ein Klopfen eigentlich, um seine Aufmerksamkeit abzulenken – dann schlug ich zu. Mein Schwert riß eine tiefe Furche in seinen Oberschenkel, und ich sah, wie er den Mund vor Schmerz verzog. Er fing sich, machte seinen Hieb, und mit einem Schlag ans Handgelenk hielt ich ihn auf.

Kein Wort fiel. In wahren Gefechten, wenn es um Blut geht, hat niemand Zeit für Plaudereien.

Seine nächste Attacke galt meinem Gesicht, da er zweifellos glaubte, in diesem Bereich sei eine Frau eher in der Defensive. Doch drehte ich den Kopf, und sein Schlag ging daneben. Ich ließ ihm keine Zeit, sich zu erholen, sondern schlug zu, zielte dorthin, wo ich einen Puls sah ... in die Mulde seiner Kehle. Auch ich war ungedeckt. Einen Moment lang standen wir Brust an Brust, und ich roch seinen süßen, nach Kardamom duftenden Atem. Er versuchte es mit einem Kopfschlag, und ich wich zurück und spuckte ihm ins Gesicht, als ich mich von ihm freimachte.

Ich erinnere mich, daß ich unwillkürlich anerkennend nickte, als ich die Deckung wieder aufnahm. Nisou Symeon war ein Streiter, bei den Göttern! Den Augenblick seines Todes würde ich lange in Erinnerung behalten, und dieser Augenblick stand kurz bevor. Wir wußten es beide. Seine Augen wurden groß, und in Erwartung des Schmerzes drückte er sie unwillkürlich zu, als ich auf ihn zusprang, hochkam und meine Klinge unter den Rand des Kettenhemdes und dann tief in seinen Magen drang.

Symeon taumelte zurück, ich riß mein Schwert heraus und schlug zu, bevor er fiel. Die scharfe Klinge durchschnitt ihm die Kehle, trennte ihm fast den Kopf ab, während das Blut übers Deck spritzte und ich den Gestank roch, als seine Eingeweide hervorquollen.

Er brach zusammen, kein Mensch mehr, keine Gefahr mehr ... und ich fuhr herum, auf der Hut, hörte den Jubel der Frauen und wußte, daß sie die lycanthische Front unten auf dem Hauptdeck durchbrochen haben mußten, als die Seeleute Symeon sterben sahen, doch achtete ich kaum darauf.

Vor mir stand der letzte Archon. Hinter ihm war nur noch ein Soldat auf dem Achterdeck, doch war der nicht von Interesse.

Der Archon war die ganze Welt.

Jetzt wurde die Unterwasserzeit real, keine Täuschung der Sinne. Es war, als wäre ich unter dickem Sirup begraben oder watete im Treibsand, ganz wie ein Alptraum.

»Das Frettchen!« knurrte der Archon. Und dann schleuderte er mir seinen Fluch entgegen: »Biest von einem Frettchen! Mörderin meines Bruders, verhüllt von trügerischem Zauber, der nicht ihr eigen ist. Antero! Diesmal muß deine Linie sterben, wie auch all deine Taten! Stirb für deine Gottlosigkeit, stirb für deine Überheblichkeit, stirb für die Vernichtung, die du in dir trägst!

Jetzt mußt du stehen, stehen mußt du und deinen Tod erwarten. Ich werde dieses Schiff auskehren und dann das Meer von allen Orissanern befreien. Doch für dich, Antero, wird der Tod der schlimmste sein, quälend wie nur meine Auserwählten ihn kennen; du wirst von eigener Hand sterben und doch auf eine Art und Weise, die ich mir gewünscht.

Such nicht nach Hilfe, räudiges Frettchen. Du wirst keine bekommen, nicht von deinem Zauberer und nicht von diesen Huren, mit denen du dienst.«

Ich wußte, er sagte die Wahrheit, und jedermann auf diesem Schiff war so unbeweglich wie ich selbst.

»Du wirst mir in die Augen sehen und den Befehlen meiner Seele folgen«, befahl er.

Langsam, ganz langsam hob ich den Blick über seine knochige Brust, sah das Gestrüpp seines Bartes und die gefeilten Zähne, und gegen meinen Willen mußte ich tief in den Mahlstrom seiner Augen sehen.

»Ja, die Augen«, sagte der Archon beinah träumerisch, als säßen wir traut in einer stillen Kammer. »Deine Augen. Sie werden die ersten sein. Laß dein Schwert fallen und reiß sie dir heraus, Frettchen. Du hast Klauen, die tief graben. Grabe tief, Frettchen, und ich verspreche dir die Erlaubnis, daß du dabei schreien darfst.«

Ich spürte, wie mein Griff am Schwert sich löste, und meine Hand willig Krallen formte. Doch als die Hand widerstrebend an mein Gesicht kroch, *spürte* ich etwas, und dann war ich wieder ich selbst ... für einen Atemzug frei von diesem Treibsandzauber. Wieder hielt ich mein Schwert fest in der Hand, und die Klaue lockerte sich. Gamelan war mir zur Hilfe gekommen.

»Dein Verbündeter ist besser als ich dachte, wenn auch nicht gut genug, mich niederzuringen«, sagte der Archon, und während er sprach, ohne den Blick von mir zu wenden, wühlte er mit einer Hand in einem offenen Beutel an seiner Brust und warf eine Prise Staub über das Deck in meine Richtung.

Staub wurde fest, wurde zu winzigen, spitzen Pfeilen. Ich wollte zur Seite springen, doch war ich wieder wie erstarrt. Ein Gedanke raste mir durch den Kopf, als ich mich zum Sterben bereit machte, ein Gedanke, der sinnlos schien:

Abgewandt
Abgewandt
Mit dem Wind
Mit dem Sturm

Es war, als spräche ich einen Zauber, doch muß es Gamelans Werk gewesen sein, denn die Wolke von Pfeilen teilte sich, und ihre winzigen Todesboten flogen zu beiden Seiten an mir vorbei.

Der Blick des Archon flackerte, dann fing er sich. »Sterben sollst du, sterben mußt du«, sagte er, seine Stimme ein Kreischen, und seine Hand schoß vor und riß das Schwert aus der Hand des lycanthischen Soldaten, der – vor Entsetzen gelähmt – neben ihm stand.

»Meine Macht wird zum Schwert und greift nach deinem Herzen, so wie du das Herz meines Bruders genommen hast.« Er trat vor, das Schwert zum Schlag bereit, mit schnellen, leichten Bewegungen, ganz und gar kein alter Mann, eher ein junger Krieger.

Ich stand da wie ein Ochse im Stall, der den Hammer des Schlachters erwartet, doch in diesem Augenblick trat etwas zwischen uns.

Ich kann es nur als eine Art von sich verändernder Präsenz bezeichnen, die ich eher ahnte, als daß ich sie sah. Anfangs hielt ich sie für die behelmte, gepanzerte Gestalt der Maranonia, doch dann wandelte sie sich, nahm die Form meiner lang verstorbenen, oft beweinten Otara an und wandelte sich erneut, und ich meinte, Tries zu sehen, doch war es das Gesicht meiner Mutter, dann nahm es die Gestalt einer mir unbekannten Frau in der altertümlichen Tracht der Dörfer in der Nachbarschaft Orissas an, und schließlich war es nur noch Seenebel vom Sturm, der uns umfing, als der Zauber meine Arme befreite und ich mein Schwert warf, als sei es ein Speer, der Archon mitten im Angriff, beinah schon über mir.

Die Klinge traf ihn mit der Spitze in die Flanke, unter der Rundung der Rippen auf der rechten Seite in die Lunge.

Der Archon schrie, die Muskeln gelähmt, und ließ sein Schwert los, das flog, immer höher in die Luft, bis es ins Meer fiel. Er taumelte zurück, stürzte beinah, doch irgendwie – und ich wußte, es war eine Willenskraft – blieb er stehen, und mein Schwert fiel von seinem Leib.

Er hatte roten, blutroten Schaum vor dem Mund, und er spuckte und spuckte immer wieder, und sein gelbweißer Bart rötete sich.

Erneut taumelte er und stützte sich auf den offenen Deckel einer seiner Zauberkisten. »Also gut. Also gut. Ich hatte es befürchtet ... und habe den Bann schon vorbereitet. Es gibt Welten, und ganz andere Welten.

Du Biest von einem Frettchen hast mich getroffen, doch dein Sieg soll dir nichts nützen. Du wirst dennoch sterben, jetzt oder in einem Tag oder einem Monat. Und die Tage, die dir bleiben, wirst du in Schmerz und Verwirrung leben. Doch sind sie gezählt, Antero, und ihre Zahl ist gering.«

Er blickte in den düsteren Sturmhimmel auf, und seine Stimme überschlug sich und wurde zu einem Kreischen. So laut, wie er mich draußen vor seiner Festung verflucht hatte, schrie er in einer Sprache, die ich nicht verstand, sprach einen finsteren Bann, den ich nicht deuten konnte, doch seine Stimme sandte Eiseskälte in meine Seele. Dann verstand ich seine letzten Worte.

Der Preis ist gezahlt
Die Schuld, die auf mir lag
Hört mich: Die Schuld,
Das Blut, ist gezahlt.

Dann war es, als hätte ich ihm nie den Todesstoß versetzt, und er war stark und lebendig und wuchs über mich hinaus. Ein Zauberer stirbt nur mühsam, dachte ich. Meine Hände fanden den Dolch und zogen ihn aus der Scheide.

Bevor ich jedoch angreifen konnte, bückte sich der Archon, nahm eine seiner Kisten auf, die drei kräftige Männer kaum hätten heben können, und trat mit drei großen Schritten an die Reling.

»Der Blutzoll ist beglichen, die Schlacht hat erst begonnen«, heulte er und sprang hinaus in die stürmische See, die magische Kiste eng umschlungen.

Ich rannte zur Reling, doch fand ich dort nur wogende Wellen, Wolkenfetzen und Schaum.

Mir blieb nur ein kurzer Augenblick, mir klarzumachen, daß der letzte Archon endgültig tot war.

Dann wurde das Meer wild, und ich wußte, was er mit dem Blutzoll gemeint hatte und verstand sogar Gamelans Worte vergangene Nacht in seinem Zelt: »Um diese Macht nutzen zu können… eine Art Opfer… ein so großes Opfer, das selbst ich es mir nicht vorstellen kann.«

Der Archon hatte diesen Preis gezahlt, und die Erde gewährte ihm seinen größten Zauber, als Feuer in den Himmel schoß, das Grau und den Regen vertrieb, und zwei Vulkane explodierten. Lava sprühte aus dem Schlund des einen, und Rauch und Feuer drängten auf zum Himmel.

Staunend stand ich da, dann war Corais neben mir und packte mich am Arm.

»Rali! Wir müssen fliehen!«

Meine Erinnerung an die folgenden Minuten und Stunden ist sehr ungenau, doch erinnere ich mich, daß ich mehr übers Deck gezerrt wurde, als daß ich lief, und unbeholfen unsere Galeere bestieg, halb getragen von meinen Frauen. Ich erinnere mich nicht, ob noch lycanthische Soldaten kämpften. Vielleicht waren sie allesamt tot, oder vielleicht ging es ihnen wie mir und sie starrten dem glühenden Tod ins Gesicht. Ich erinnere mich, daß Stryker Befehle rief, die Riemen sollten bemannt werden, und ich weiß noch, daß ich durch den grauen Dunst sah, wie Cholla Yis Schiff sehr schnell davonglitt und die Riemen tief eintauchten, um der drohenden Rache zu entfliehen.

Ich erinnere mich an lycanthische Schiffe, die in der Dünung rollten, als hätten die Steuermänner in Panik ihre Ruder verlassen.

Große Felsbrocken, geschleudert von den Katapulten der Götter, Brocken, die weit größer waren als selbst das größte Schiff, schlugen krachend um uns im Meer ein, und es herrschte ein steter Regen von glühenden, staubähnlichen Partikeln.

Ich erinnere mich, daß andere orissanische Schiffe uns folgten und verzweifelt fort von den ausbrechenden Vulkanen ruderten.

Doch gab es keine Sicherheit, denn wir saßen in derselben Falle wie die Schiffe des Archon. Hinter uns waren die Vulkane. Vor uns lagen Riffe, bizarre Felsenfinger, die aus den donnernden Wellen ragten, lange Sandbänke, die unsere Kiele umfassen wollten, steinerne Inselchen ohne jeden Strand, an dem wir hätten landen können. Dies alles verhinderte den Zugang zur offenen See.

Ich stand auf dem Achterdeck; Stryker hatte das Ruder übernommen, gemeinsam mit zwei seiner stärksten, erfahrensten Seeleute.

»Schafft Eure Frauen nach unten!« rief er mir zu.

Ich fragte mich, wieso. Falls einer dieser Felsen unser Schiff treffen sollte, waren wir alle verloren, und ich für meinen Teil wollte eher hier an der Luft sterben, auch wenn sie nach Schwefel und Ozon roch, als unten im stinkenden Kielraum des Schiffes. Da drehte sich eine der Soldatinnen zum Vulkan um und schrie.

Ich fuhr herum und sah etwas, das mich noch heute in meinen Träumen verfolgt, mich schreiend erwachen läßt. Eine gigantische Woge, nein, keine Woge, sondern tatsächlich eine Wand aus Wasser stürzte auf uns zu. Sie war grau, weiß durchzogen, mit einer grauen Schicht von schmutzigem Schaum auf ihrem Kamm. Sie kam schneller als ein angreifender Tiger, schneller als ein Speer, schneller als ein Pfeil, schneller als der Tod.

Selbst der Vulkan, der sie erschaffen hatte, schien dagegen zwergenklein, obwohl ich wußte, daß dies unmöglich war. Wie hoch war sie? Ich weiß es nicht, ich kann es nicht einmal schätzen. Weit höher als unser Masttopp allemal. Vielleicht doppelt oder dreimal so hoch, über hundert Fuß. Sie war in der Nähe der Küste entstanden, denn als sie näher kam, konnte ich sehen, daß sie entwurzelte Bäume mit sich führte, und sogar manches, was ich für Hütten und kleine Boote hielt.

Sie donnerte lauter als der Wind, lauter als die Vulkane. Vielleicht habe ich geschrien. Mit Sicherheit hörte ich andere schreien, und es gab keinen Grund, sich dafür zu schämen. Ich suchte Schutz, während Stryker, ein Mann, der hartgesottener war, als ein Mensch sein dürfte, noch Befehle rief, die Riemen einzuholen, und fand mich an ein Gitter geklammert wieder.

Dann ergriff die See von uns Besitz.

Sie hob uns vom Achterschiff her an, hoch und höher, kippte uns nach vorn, und ich sah auf das Vorderdeck und die Ruderer hinab, die sich duckten und an ihre Bänke klammerten, dann über das Deck hinaus, *hinab* in die tosende See.

Wir stiegen immer weiter auf, wurden auf den Kamm der Welle gehoben, und einen Augenblick lang spürte ich leise Hoffnung, dann schlug der Kamm um, und das Meer begrub unser Deck unter sich. Ich weiß nicht, was geschah, wo oben war und wo der Himmel sein sollte, fühlte, wie das Wasser auf mich eintrommelte, als stecke ich Schläge im Ring ein, und meine Lungen röchelten, schrien nach Luft, Luft, Luft. Nein, keinen Augenblick konnte ich es mehr aushalten, doch ich verbat mir diese Schwäche, und dann *war* da Luft, und steuerlos glitten wir auf der anderen Seite der Woge hinab.

Ich zog mich hoch und sah, daß die meisten meiner Gardistinnen Halt gefunden hatten und nur wenige über Bord gegangen waren.

Stryker lebte und brüllte schon wieder seine Befehle, ebenso Duban, und die Riemen wurden bemannt, als ich einen Mann schreien hörte, vor uns seien Brecher zu sehen.

Jeden Moment würden wir in das Riff schlagen. Felsige Klauen stiegen auf, griffen nach uns, direkt vor unserem Bug. Und wir konnten nicht wenden, nicht entkommen, da die nächste Woge über uns hereinbrach.

Wieder wurden wir angehoben, immer weiter, dann in ihrer Tiefe begraben, überlebten auch diesmal, trudelten in das schäumende Meer im Kielwasser dieser Höllenwogen, und überlebten dennoch.

Mir fiel das Riff ein, auf dem wir gleich auflaufen würden, und ich erwartete neuerlich den Tod. Doch sah ich nichts, und mir wurde klar, was geschehen war; ich drehte mich um und entdeckte, daß die Woge uns über die messerscharfen Klippen gehoben hatte.

Es gab allerdings noch mehr Felsen um uns. Stryker rief Anweisungen, und die Ruderer versuchten, sie zu befolgen, doch blieb für nichts mehr Zeit, da schon die dritte Woge uns zu erfassen drohte.

Diesmal sah ich – als wir angehoben wurden – zwei weitere Schiffe in der Gewalt der Woge, beides Orissaner.

Auch diesmal überlebten wir.

Noch viermal kamen die Wogen an jenem finsteren Tag, hoben uns jedesmal an und trugen uns weiter gen Westen, weiter in unbekannte Gewässer, weiter fort von diesem unbeugsamen Riff, das den einzigen uns bekannten Weg zurück nach Orissa verstellte.

Doch endlich hatte uns die letzte Woge erfaßt und vorangetrieben, und wir schaukelten durch einen »normalen« Sturm und wagten eine erste Bestandsaufnahme. Im Nebel sah ich andere Galeeren. Eine davon war Cholla Yis.

Wir waren nicht die einzigen Überlebenden.

Ich konnte kein einziges lycanthisches Schiff entdecken. Ich glaube, da sie weit langsamer am Ruder waren, müssen die Wogen des Vulkans sie zerschlagen haben. Vielleicht hat mancher überlebt und wurde gegen das Riff getrieben oder lebte und starb schließlich an barbarischen Ufern. Es berührte mich nicht. Lycanth war besiegt.

Doch um welchen Preis?

Wir hatten uns in unbekannten Gewässern verloren, unsere Karten waren nutzlos. Männer und Frauen waren tot und verwundet. Die einzige Rettung sah ich in der Zauberkunst. Ganz wie Magie uns in diese Meere geführt hatte, waren unsere magischen Künste jetzt die einzige Hoffnung, die uns blieb.

Doch Gamelan lag gleich neben seinem Zelt, das man noch kurz vor der Schlacht aufgestellt hatte, am Boden. Er rührte sich nicht, und er hatte einen großen Bluterguß an der Stirn.

Er schien tot zu sein.

Zweites Buch
Auf fremden Meeren

Kapitel Acht

Der Schrei der Echse

Im Grunde sind alle Götter üble Betrüger. Ich sage dies ohne Angst, denn die Götter haben mich schon oft genug begünstigt und dann verstoßen, und ich bin nicht mehr sicher, wie man besser dran ist, gesegnet oder verflucht. Ich glaube, wir sind allesamt Teil ihres Spiels, das von einem meisterlichen Spaßvogel gelenkt wird, und die Bühne, die Er geschaffen hat, liegt so voller Schweinedreck, daß kein Sterblicher sie überqueren kann, ohne sich die Stiefel zu beschmutzen. Außerdem habe ich noch keinen Schatz gesehen, in dem nicht eine Schlange verborgen gewesen wäre, ebensowenig, wie ich je eine Frau getroffen habe – wie begabt sie auch sein mochte –, die nicht irgendwann guten Grund gehabt hätte, ihr Schicksal zu beklagen.

Wenn ich an den Tag dieser Seeschlacht zurückdenke, vermute ich, daß das Heim der Götter von ihrem Gelächter über unsere Misere widerhallte. Auch diesmal hatten sie Orissa den Sieg gelassen. Doch auch diesmal wurde das Banner an einem modernden Stecken gehißt.

Unsere Verluste waren erschreckend. Viele waren tot, und die Schreie unserer Verwundeten hallten über das rauschende Meer hinweg. Unsere Flotte von fünfzehn Schiffen war auf neun reduziert, zwei davon so beschädigt, daß sie den anderen bald in die Tiefe folgen würden, wenn man sie nicht reparierte. Das einzig wahre Glück an diesem Tag war, daß fast alle meiner Frauen die Schlacht unverletzt überstanden hatten. Doch jene, die ich verloren hatte, betrauerte ich zutiefst, und ihr Verlust – wie auch der Gamelans – wog schwer. Zum Trauern blieb uns allerdings keine Zeit, ebensowenig wie wir uns um die Toten kümmern konnten – noch nicht.

Trotz der wogenden See ließ ich ein Beiboot ausbringen und erklärte Stryker, er solle seine besten Männer abstellen, damit sie mich zum Flaggschiff ruderten. Ich mußte mit Cholla Yi sprechen, und zwar nicht per Signalflagge oder Sprachrohr. Dazu nahm ich Corais und Polillo mit.

Der Söldner war finsterer Stimmung, als ich seine Kajüte betrat, doch nachdem ich ihm versichert hatte, daß Orissa die Kosten für den Verlust seiner Schiffe tragen würde, besserte sich seine Laune zusehends. Als ich ihm mein Beileid für seine Toten aussprechen wollte, winkte er ab.

»Die sollen Euch den Schlaf nicht rauben, Kommandantin«, sagte er. »*Meinen* rauben sie jedenfalls nicht. Sie wußten von der Gefahr, als sie angeheuert haben. Außerdem sind sie nichts weiter als Algenschleim und leicht zu ersetzen, wenn wir in freundlichere Gefilde kommen. Und unser eigener Anteil an der Beute wird dadurch nur um so größer.«

Polillo knurrte über diesen Mangel an Respekt. Sie verachtete die Piraten und hatte sogar einem den Schädel eingeschlagen, der ihr allzu offen schöne Augen gemacht hatte. Dennoch waren sie nach Polillos Ehrenkodex Kampfgefährten und hatten mehr Achtung von ihrem Befehlshaber verdient. Meine eigenen Gedanken wiesen in eine ähnliche Richtung, daher ermahnte ich sie nicht.

Mir selbst war nach Cholla Yis kaum verhohlenem Mißvergnügen etwas beklommen zumute. Es kam mir vor, als überraschte ihn, daß ich die Schlacht überlebt hatte. Ich ermahnte mich, nicht albern zu sein und mich von meiner Abneigung diesem Mann gegenüber nicht dazu treiben zu lassen, Gefühle in sein narbiges Gesicht hineinzulesen. Natürlich würde Cholla Yi in Orissa ein Festessen geben, wenn ich mir das Genick bräche, doch in diesen fremden Wassern zählte jedes Schwert wie zehn, und wie ich würde auch er seine kleinlichen Abneigungen im Zaum halten müssen.

Corais nutzte die Pause: »Ihr sprecht von unserer Heimkehr, als wäre sie nicht schwieriger als das Polieren von Stahl.« Sie deutete zur entrollten Karte auf dem Tisch. »Wir wissen nicht mal, wo wir sind. Wir sind über die offizielle Karte hinausgesegelt, und selbst über diese grobe Karte, die Gamelan hatte – falls es Euch noch nicht aufgefallen sein sollte.«

»Es ist gar nicht so schwierig«, erwiderte er und blinzelte Phocas ob der dummen Frage zu. »Darum kümmern wir uns, sobald wir wieder auf der anderen Seite des Riffs sind.«

Corais erwiderte sein Lächeln, ich sah ein Funkeln in ihrem Blick, scharf genug, einen Dolch zu schleifen.

Ich warf einen Blick durch Cholla Yis großes Heckfenster auf das schwarze Riff und die dahinter rumpelnden Vulkane. Von Deck aus betrachtet schienen sie sich endlos nach Norden und Süden zu erstreckten.

»Ich nehme an, irgendwo *müssen* sie ein Ende haben«, sagte ich. »Die Frage ist, welche Richtung bringt uns am schnellsten dorthin?«

»Wirklich schade, daß der Zauberer nicht mehr unter uns ist«, sagte Phocas. »Wir könnten ihn bitten, die Knochen zu werfen.«

Ich selbst hatte weit mehr Gründe, mir zu wünschen, daß Gamelan uns zur Seite stünde. Als ich ihn an Deck hatte liegen sehen, das reglose Gesicht blutüberströmt, hatte mich großer Schmerz ergriffen, als hätte ich einen der Meinen verloren. Er war mir in sehr kurzer Zeit zum Freund geworden, und ich wußte, er würde mir fehlen, auch wenn er mir mit den Anspielungen auf meine angeblichen magischen Talente zugesetzt hatte. Die Seeleute, die für das Einsammeln der Toten verantwortlich waren, hatten sich geweigert, seine Leiche anzurühren. Sie fürchteten den Zauberer noch im Tod. Ich hatte befohlen, ihn in seine kleine Kajüte zu legen, bis wir Zeit hatten, seine Leiche für eine angemessene Läuterung und Bestattungszeremonie vorzubereiten, wie sie einem der größten Geisterseher Orissas gebührte.

Seine Todesriten hätten zwei Wochen dauern sollen, während derer die ganze Stadt in Trauer ging, im Palast der Geisterseher Dunkelheit herrschte und der Himmel magisch zugezogen war. Derjenige, den die Gilde der Geisterseher nach langer und feindlicher Konklave zu seinem Nachfolger ernannte, hätte die Feierlichkeiten eingeleitet, und sämtliche Ratsmitglieder und die führenden Männer unserer Stadt hätten Lobreden gehalten. Ein Platz oder eine Allee wären nach ihm benannt und ganze Viehherden und vielleicht auch die eine oder andere menschliche Seele – wahrscheinlich ein von Trauer gramgebeugter Freiwilliger – geopfert worden. Doch hier draußen, manche Meile von Orissa entfernt, konnten wir nur tun, was in unserer Macht stand, sobald Zeit dafür war. Ich hatte vor, ihn persönlich über die Reling zu schieben.

Cholla Yis spöttische Antwort drang zu mir durch: »Wir brauchen keinen Zauberer, um uns zu entscheiden«, sagte er. »Eine Richtung ist so gut wie die andere. Was sind schon ein paar Tage hierhin oder dorthin?«

Er fischte eine Goldmünze aus seiner Tasche. Sie stammte aus Irayas, trug die Gravur von König Domas' Kopf auf der einen und die Schlange mit dem Sonnensymbol auf der anderen Seite. Ich fragte mich, wie der Dieb zu einer derart seltenen Münze gekommen war.

»Sollen die Tavernengötter entscheiden«, sagte er. »Wenn der König fällt, fahren wir nach Norden. Schlange nach Süden.«

Ich nickte nur. Doch als er die Münze warf und diese flog, kam mir König Domas' Bildnis in den Sinn. Norden. Wir sollten nach Norden fahren. Die Münze fiel klingend auf den Tisch, und ich sah, daß die Schlange oben lag.

»Dann also nach Süden«, sagte Cholla Yi.

Beinahe hätte ich laut gesagt: Nein! Wir *müssen* nach Norden. Es prickelte mir am ganzen Körper, dem Entschluß Colla Yis zu widersprechen.

Dann verflog das Prickeln, und ich fühlte mich nur wirr und leer.

»Also gut«, sagte ich.

Damit hatte ich unser Schicksal besiegelt.

Wir segelten also gen Süden. Die Kette der Riffe war undurchdringlich, Meile auf Meile gezackter Felsen, besetzt mit endlosen Vulkanen. Viele davon waren aktiv, spuckten Rauch und Lava, die über die Hänge lief und das Meer zum Kochen brachte. An einer Stelle schwammen Tausende von Fischen tot mit den Bäuchen nach oben. Vogelschwärme kreisten darüber und kreischten vor Freude über die bequeme Beute. Der Wind drehte und trieb eine dichte Rauchwolke von einem der Vulkane vor sich her. Ich erschrak, denn Vögel, die durch diese Wolke flogen, fielen tot vom Himmel. Dann wehten die beißenden Dämpfe über uns hinweg. Der Gestank war so übel, daß viele von uns sich an Deck erbrachen. Mühsam gekrächzte Befehle halfen uns fort, doch ich sage dir, Schreiberling, die Ruderer waren derart vom Gestank übermannt, daß wir kaum von der Stelle kamen. Und hätte der Wind in diesem Augenblick nicht gedreht, bezweifle ich, daß ich dich jetzt hier mit meinen Abenteuern langweilen könnte.

Als wir uns in sicherem Abstand wähnten, warfen wir Anker, um uns zu erholen. In meinem Schädel hämmerte es, und jeder Knochen in meinem Leib fühlte sich an, als hätte mich ein Riese an sich gedrückt. Ich rülpste süßlich-scharfe Luft hervor, bis sich mir alles drehte, doch tat es bald schon seine Wirkung, und ich fühlte mich befreit.

Als ich mich umdrehte, um zu sehen, wie es den anderen erging, hörte ich jemanden rufen: »Laß mich in Frieden, du Narr!« Es war Gamelan. Aber war er denn nicht tot? »Bei Te-Date! Ich schwöre, ich mache dich zum Frosch! Und deinen Vater und deine Mutter auch!«

Ich hastete nach unten und sah eben noch, wie ein verschrumpelter, kleiner Bursche mit einer Narbe von der Größe meiner Handfläche aus Gamelans Kajüte stürzte. Ich ignorierte ihn und ging hinein.

Gamelan saß aufrecht und zerrte an dem weißen Leintuch herum, in das man ihn gewickelt hatte. Er blickte nicht auf, als er mich hörte. »Der nächste Dieb!« rief er. »Gut. Dich mache ich zum Reiher, und du kannst den anderen Mann und seinesgleichen fressen. Dann rufe ich einen Dämon, der aus deinen Federn Pfeile macht und dir die Haut für seinen Köcher abzieht!«

»Ihr lebt!« rief ich aus.

»Natürlich lebe ich«, brummte der Zauberer und zerrte an seinem Leichentuch. »Wenn Ihr dann so freundlich wäret, eine Lampe anzuzünden, damit ich sehe, wen ich verfluche, werde ich Euch so schnell wie möglich von Eurem Elend befreien.«

Ich antwortete nicht. Ich konnte nur in diese großen, weit aufgerissenen Augen starren. Statt des feurigen Gelbs waren sie leer und von fahlem Blau. Er wandte seinen Kopf hierhin und dorthin, doch seine Pupillen wollten sich auf nichts einstellen. Ich kniete neben ihm.

Gamelan witterte etwas. »Rali?« Er roch mein Parfum. Er streckte eine Hand aus, eher zaghaft, und sie berührte meine Brust. Ich schob sie nicht beiseite.

»Ja, mein Freund«, sagte ich. »Rali.«

Er errötete, merkte, wohin seine Hand gefallen war und riß sie an sich. »Verzeihung«, sagte er. »Aber es ist so dunkel hier drinnen. Laß doch ein paar Lampen entzünden, Rali, bitte. Sei ein gutes Mädchen.«

»Es ist Mittag«, sagte ich so sanft wie möglich.

Gamelan verfiel in Schweigen. Langsam hob er die faltige Hand an die Stirn. Er erschauerte. Ich legte ihm meine Hand auf die knochige Schulter. Sein Gesicht wurde zu Stein. Dann lächelte er und tätschelte meinen Arm.

»Ich bin blind«, sagte er nüchtern.

»Ja«, sagte ich.

»Dann bin ich euch zu nichts nutze«, sagte er. »Ich habe nur einen blinden Zauberer gekannt, und der hatte schon in jungen Jahren das Augenlicht verloren. Er konnte sein ganzes Leben lang lernen, wie man Beschwörungen spricht, ohne sehen zu können.«

»So lange wird es nicht dauern«, sagte ich. »Schließlich seid Ihr ein meisterlicher Zauberer.«

Diesmal hielt das Schweigen lange. Ich spürte, wie sehr Gamelan sich zusammenriß und tief in seinem Inneren Kraft sammelte. Als er schließlich sprach, klang seine Stimme fast normal, als hätte er die schreckliche Verstümmelung sowohl seines Körpers als auch seiner Seele und seines Talentes fatalistisch hingenommen wie der tapferste Soldat. Er seufzte. »Nein, jetzt bin ich nur noch ein gewöhnlicher, alter Mann. Und glaube bitte nicht, ich würde in Selbstmitleid baden. Ich kenne meine Grenzen. Ich habe sie vor vielen Jahren so weit wie möglich ausgereizt.«

»Wir werden bald zu Hause sein«, sagte ich. »Dort habt Ihr Unmengen von Gehilfen, die Euch assistieren können.«

Der Zauberer wandte seinen Kopf von einer Seite zur anderen. Seine Zunge kam hervor – überraschend jugendlich und rosig – und schmeckte die Luft. »Wir haben die Orientierung verloren.«

»Keine Sorge«, sagte ich. »Wir müssen nur um dieses verdammte Riff herumkommen. Dann haben wir den Weg bald gefunden.«

Gamelan schüttelte den Kopf. »Ich mag blind sein«, sagte er, »aber mein Verstand ist hell genug, daß ich weiß: So einfach wird das nicht.«

»Die Götter machen es einem nur leicht«, sagte ich, »wenn sie einem den Niedergang bereiten.«

Gamelan lachte. Es war schön, sein Lachen zu hören. Dadurch wirkte er wieder wie ein ganzer Mensch. Er sagte: »Dann nehmen wir mein Unglück – und das Unglück aller anderen – als gutes Omen.«

Er gähnte. Sanft drückte ich ihn ins Bett zurück. Er wehrte sich nicht. Ich fand eine Decke für ihn und wickelte ihn ein bis unters Kinn.

»Laß mich nicht zu lange schlafen«, sagte er. »Es gibt viel, worüber wir sprechen müssen.«

»Bestimmt nicht«, versprach ich und fürchtete schon jetzt, worum er mich bitten würde.

Als ich eben gehen wollte, sagte er: »Rali?«

»Ja?«

Gamelan wandte mir sein leeres Gesicht zu. Er sagte: »Dein Vater muß sehr stolz auf dich gewesen sein.«

Ich wußte nicht, was ich antworten sollte, also schloß ich nur die Tür hinter mir.

In dieser Nacht träumte ich von Tries. Es war derselbe Traum wie zuvor. Wir liebten uns, doch diesmal war meine Leidenschaft scharf gewürzt mit der Angst vor dem, was der Dämon des Traums mir als nächstes bringen würde. Der Archon kam zurück. Meine Nacktheit wurde verspottet. Ich erwachte aus einem Traum im Traum und sah Tries, bereit, mich erneut zu verraten. Wir kämpften. Ich spürte den nadelspitzen Silberdolch. Dann fand ich mich zitternd in der Hängematte wieder, die Augen vor weiteren Träumen verschlossen, betend, daß dieser Alptraum vorübergehen möge.

Da hörte ich ein Hämmern. Ich hörte Polillo fluchen und das Knarren von Seilen, als Corais aus ihrer Hängematte rollte, um nachzusehen, was vor sich ging. Dennoch schlug ich nicht die Augen auf, denn ich traute ihnen nicht. Ich spürte das Brennen aufgeschnittener Haut, wo Tries' Dolch mich verletzt hatte. Ich hörte einiges Durcheinander und dann Gamelans Stimme.

»Rali!« rief er. »Rali!«

Ich schlug die Augen auf. Der Zauberer stand über mich gebeugt. Seine Haut war zerkratzt und blutete von seinem Versuch, den Weg von seiner Kajüte übers Deck zu ertasten.

Ich schwang mich aus der Hängematte.

»Ja, mein Freund? Was gibt es?«

»Es ist der Archon!« sagte Gamelan. »Er ist noch unter uns!«

»Ich weiß«, sagte ich.

Ich fühlte mich kalt, leer.

»Hörst du mich, Rali?« rief Gamelan. »Es ist noch nicht vorüber!«

»Ich höre dich, Zauberer«, antwortete ich. »Ich höre dich.«

Weit draußen in der Nacht rief eine junge Meerechse nach ihrer Mutter.

Kapitel Neun

Der tätowierte Häuptling

Tagelang fuhren wir gen Süden, mit schwindendem Proviant und brackigem Wasser, doch das Riff blieb undurchdringlich, gab den Weg in die Heimat nicht frei. Gamelans allgemeiner Gesundheitszustand besserte sich, doch gab es keine Anzeichen dafür, daß seine Erblindung nur vorübergehend wäre. Wir sprachen kaum, erst recht nicht über den Archon. Ich denke, wir hielten diese Ahnung beide für ein Zeichen geistiger Umnachtung, hervorgerufen durch die Erschöpfung. Mein pragmatisches Wesen versicherte mir: Der Archon war tot, bei Te-Date! Ich hatte gesehen, wie er gestorben war, und selbst, wenn er mich mit seinem letzten Atemzug verflucht hätte, war ich doch weit lieber von einem toten als von einem lebenden Mann verflucht, dem dieser Fluch noch hätte nützen können.

Meine Frauen gingen davon aus, daß wir einen großen Sieg errungen hatten und früher oder später wir einen Weg um das Riff herum finden und in der Heimat unsere Ehrungen empfangen würden. Cholla Yis Männer jedoch flüsterten untereinander und warfen mir finstere Blicke zu, wenn ich in der Nähe war. Weder Stryker noch der Navigator Klisura oder der Ruderaufseher Duban unternahmen einen Versuch, dem Geflüster Einhalt zu gebieten oder die Männer aufzuheitern. Statt dessen rief alles, was in irgendeiner Weise positiv oder hoffnungsvoll hätte wirken können, augenblicklich eine negative Reaktion hervor.

Ich fragte mich schon, wie ich damit umgehen sollte, als ich eines Morgens erwachte und die Luft erfüllt war vom feuchten Duft fruchtbarer Erde, fremder Blüten und dem vertrauten Geruch eines Lagerfeuers. Verschwommene, blaue Umrisse am Horizont deuteten auf eine Insel hin. Wir sahen einen Baum, der im Wasser schwamm, und hoben ihn an Bord. Seine Blätter waren trompetenförmig, die Knospen rot und cremefarben, und seine Zweige waren mit fleischigen, rosafarbenen Kürbissen übersät, in denen sich eine dicke, süßlich schmeckende Flüssigkeit fand, die einem das Funkeln in die Augen trieb und einen leichtfüßig werden ließ.

»Es *muß* irgendwo Menschen geben«, sagte Polillo. »Nichts, was so gut schmeckt, könnte existieren, ohne daß es Menschen gäbe, die es essen.«

Corais lachte über diese Logik. »Du denkst immer nur mit dem Magen, liebe Freundin.«

Polillo errötete, doch ihr Lächeln zeigte, daß sie nicht beleidigt war. Sie antwortete nicht, sondern stach den nächsten Kürbis an und reichte ihn mir mit demütiger Geste, als sei sie eine Dienerin.

Trotz ihrer Größe und ihres Wesens hatte Polillo etwas Feminines, manchmal sogar Zierliches an sich – falls Zierlichkeit bei einer solchen Riesin vorstellbar ist –, und diese Eigenschaft ist es auch, die mir als erstes einfällt, wenn ich an sie denke. Ich sollte nicht verschweigen, daß Polillo und ich als Mädchen beinah einmal Geliebte geworden wären. Wir hatten einander fast eine Woche lang angeschmachtet, und es wäre noch weitergegangen, doch bevor unsere zarten Gefühle ihren Höhepunkt fanden, trafen wir uns bei den Pollern mit unseren Übungsschwertern wieder, und nachdem ich sie zweimal entwaffnet hatte, gab sie peinlich berührt auf. Später am selben Abend beschlossen wir, auf ewig Freundinnen zu bleiben, nur nicht Geliebte, obwohl das Wort zunächst nicht fiel. Ich war es, die das Thema anschnitt, da ich wußte, daß es Polillo schwerfallen würde, in den Armen einer Frau zu liegen, die ihr in der Kunst der Waffen überlegen war. Offensichtlich erleichtert, hatte sie mir zugestimmt. Doch im Laufe der Jahre hatten wir einander gelegentlich immer wieder mit leisem Bedauern beäugt. Es wäre Lust gewesen, pure und simple Lust – nicht Liebe –, hätten wir je zueinandergefunden. Aber es wäre auch eine stürmische Nacht geworden.

Ich nahm den Kürbis vom Schwarm meiner Mädchenjahre entgegen, blinzelte ihr zu, damit sie wußte, daß auch *ich* mich erinnerte, und trank. Die schwere Flüssigkeit wärmte mir den Bauch mit Hoffnung. Vielleicht hatte Polillo recht. Vielleicht lag ein Hauch menschlichen Lebens im Geschmack dieses Elixiers.

Gamelan trat hinkend neben mich. Ich hatte zwei Gardistinnen abgestellt, die sich um ihn kümmern sollten, und ignorierte sein Murren darüber, daß man ihn wie einen Krüppel behandele. Selbst blind war er uns noch zu wertvoll, als daß wir Gefahr laufen wollten, ihn zu verlieren.

Ich bot ihm den Kürbis an, und auch er nahm einen tiefen Zug. »Warum«, fragte er, als er mir die Frucht reichte, »kommt es einem immer so vor, als würden so süße Früchte nie im eigenen Garten, sondern immer nur auf der anderen Seite fremder Meere von Dämonen bewacht?«

Eben wollte ich erklären, bisher hätten wir noch keine sonderlich interessanten Monstren entdeckt, als der Ausguck am Bug rief, wir seien bald an Land und das Meer werde stetig flacher.

Mir fiel eine grüne Halbinsel auf, die sich vorreckte, fast wie ein Arm, der uns umschließen wollte. Wir kamen in eine kleine, morastige Bucht, und ich sah die Rauchsäulen von Feuerstellen. Der Blütenduft nahm zu, wie auch andere Gerüche – angenehme wie auch faulige –, die mir sagten, daß diese Insel bewohnt war. Sumpfvögel hoben sich aus dichten Binsen entlang der Halbinsel, und wir hörten schwere Trommeln. Das brachte mich in die Realität zurück, und ich rief Stryker zu, er solle diese Position halten und Cholla Yis Flaggschiff signalisieren, daß eine Besprechung nötig wäre.

Kanus glitten aus dem Schilf. Sie waren lang und lagen flach auf dem Wasser. Schilfgras war auf ihre Seiten gemalt, was sie getarnt hatte, bis sie uns entgegenkamen. Ich gab Alarm, und kaum einen Atemzug später rief Ismet die Garde in Kampfstellung. Meine Frauen nahmen ihre vorbestimmten Positionen ein, die Schwerter gezückt, die Speere bereit, die Bögen gespannt. Die Ruderer bremsten das Schiff ab, dann machten wir keine Faust mehr. Ich hörte, wie das Signal von den Trompetern der anderen Schiffe widerhallte, als die Flotte sich zum Kampf bereitete.

Die Kanus formten eine lange Linie und hielten an. Nur eines fuhr weiter auf uns zu. Ich nenne sie Kanus, und das waren sie auch, wenn auch jenen Nachen, in denen ein Liebhaber seine Angebetete über einen stillen See paddeln mag, vollkommen unähnlich.

Dieses Boot – wie auch die anderen – trug mindestens einhundert Krieger, und ich erkannte zuerst das Schimmern ihrer Waffen, dann die wilden Farben, mit denen sie ihre Körper bemalt hatten, die – bis auf einen Beutel für ihre Geschlechtsteile – nackt waren. Ein großer Mann stand am Bug. Er trug einen langen, dicken Stab, verziert mit roten und grünen Federn irgendeines Waldvogels und geformt wie ein geschwollener Penis. Die Haut dieses Mannes war mit wilden, prächtigen Farben verziert, und seine gute Haltung ließ vermuten, daß er von hohem Rang war und so manchen Sklaven hatte, der nach seiner Pfeife tanzte.

Das Kriegskanu kam an unsere Seite und hielt. Der große Mann rief etwas in einer Sprache, die keiner von uns verstand. Sein Tonfall war gebieterisch, seine Worte, wenn auch unverständlich, zweifellos ein Befehl. Ich wagte einen Versuch in der Sprache der Händler, doch obwohl er sich mir zuwandte, überrascht, von einer Frau angesprochen zu werden, schüttelte er den Kopf, um zu zeigen, daß er mich nicht verstanden hatte. Er wurde wütend, schrie mich an und schüttelte seinen Stab.

Ich spürte, daß mich jemand anstieß. Es war Gamelan. »Tu, was ich dir sage«, sagte er. »Schnell.«

Ich flehte zu Maranonia, daß unser Zauberer seine Kunst trotz der Erblindung wiedergefunden hatte, und sagte: »Was soll ich tun?«

»Gibt es noch mehr von dieser seltsamen Frucht?« fragte er. »Diese kürbisartige Frucht mit der süßlich schmeckenden Milch?«

Ich hielt noch die in der Hand, die Polillo mir gegeben hatte. Ich nickte, vergaß, daß Gamelan blind war.

»Antworte«, fuhr er mich an. »Ich kann deine Gedanken nicht lesen.«

»Ja«, sagte ich, zu besorgt wegen des wütenden Häuptlings, um gekränkt zu sein. »Ich halte eine davon in der Hand.«

»Trink«, sagte er.

»Aber wie ...«

»Trink einfach. Dann wiederhole die Worte, die ich dir sage.«

»Meinetwegen«, sagte ich. Ich nahm einen tiefen Zug, dann ließ ich den Kürbis sinken. »Ich habe es getan«, sagte ich. »Was soll ich jetzt sagen?«

Gamelan nahm meinen Arm. Ich war erstaunt über die Kraft in seiner faltigen Hand. »Du wirst es selbst tun müssen, Rali«, herrschte er mich an. »Ich habe meine Zauberkraft nicht wiedergefunden, falls du das denken solltest. Du wirst den Zauber der Zungen selbst sprechen müssen.«

Ich schreckte zurück. »Aber ich habe doch schon gesagt, daß ich kein Talent dafür habe.«

»Dann sind wir alle verloren, Rali«, sagte er. »Denn in dieser ganzen Flotte gibt es sonst niemanden, der es tun könnte.«

Ich wollte streiten. Ich wollte diesem Zauberer sagen, er solle sich davonscheren! Statt dessen murmelte ich: »Na schön.«

Abrupt begann Gamelan: »*Worte zeugen Weisheit*«, intonierte er. »*Worte zeugen Weisheit*«, sagte ich. »*Worte zeugen Narren ...*«

Obwohl das alles für mich Unsinn war, wiederholte ich, was er sagte. Dann befahl er: »Trink noch einmal, Rali. Aber diesmal sieh hinein und ... *sieh* ...«

Wieder trank ich. Aber ich hatte nicht die leiseste Ahnung, was ich sehen sollte, was nicht schon zuvor dagewesen war.

»Sieh hin, Rali!« zischte er. »Siehst du den Baum, der diese Früchte getragen hat?« Ich schüttelte den Kopf, vergaß schon wieder, daß Gamelan blind war. »Der Baum, Rali«, drängte er. »Denk an den Baum.« Plötzlich sah ich ihn, sah ihn auf dem Wasser treiben, sah die seltsam geformten Äste, die Blüten und die langen, trompetenförmigen Blätter. »Sieh genauer hin, Rali«, sagte Gamelan. »Noch genauer!« Ich versuchte es mit aller Kraft. Eine Tür in meinem Verstand öffnete sich, ein Licht flackerte auf, und ich sah, daß sich die Blätter bewegten. Sie wurden zu Zungen, und die Zungen begannen zu sprechen: »...*Worte zeugen Narren. Höre deinen Bruder, höre deine Schwester, höre du den Fremden in der dunklen Nacht*.«

Der Zauberspruch – denn das war es gewesen – griff nach mir, fester noch als Gamelans Hand. In meinem Kopf drehte sich alles, und Furcht ließ mein Herz schneller schlagen. Mit großer Mühe riß ich mich los und merkte, daß ich keuchte, als sei ich eben aus tiefster Tiefe aufgestiegen. Ein freudloses Lächeln lugte hinter Gamelans weißem Bart hervor. »Jetzt kannst du mit ihm sprechen«, sagte er.

Er nahm den Kürbis und kostete. Ich sah, daß er ihn an Polillo und die anderen weiterreichte, damit sie davon trinken sollten.

Benommen wandte ich mich dem Häuptling zu, der während der leisen Auseinandersetzung zwischen Gamelan und mir geschwiegen hatte. Er blickte zu mir auf, interessiert, als ahnte er zum Teil, was vor sich ging.

»Ich bin Hauptmann Antero aus Orissa, hoher Herr«, begann ich.

Die Augen des Häuptlings wurden groß, und ich sah, daß er mich verstand. »Habt Ihr das Kommando?« fragte er und gab sich keine Mühe, sein Erstaunen zu verbergen.

»Ja, ich habe hier das Kommando. Und ich spreche für alle, wenn ich Euch sage, daß wir mit friedlichen Absichten zu Euch kommen. Wir kommen als Freunde.«

Der Häuptling lachte. »Ich habe genug Freunde«, sagte er. »Warum sollte ich mehr haben wollen?«

»Kommt an Bord, und lernt uns kennen, Herr«, sagte ich. »Ihr werdet sehen, daß wir eine gute Ergänzung zu den anderen sind.«

Ich hoffte kaum, daß er mir zustimmen würde, jedenfalls nicht sofort. Aber zu meiner Überraschung rief er seinen Männern zu, sie sollten warten, und kletterte an Bord. Einen Augenblick später lief er an Deck herum und wirkte mit all der nackten, bemalten Haut noch größer, als er war. Sein äußerliches Erscheinungsbild war barbarischer als alles, was ich je gesehen hatte. Er trug sein Haar zu Zöpfen geflochten, jeder einzelne davon in einer anderen Farbe, jeder mit groß gefertigten Preziosen geschmückt, merkwürdigen, goldenen Figuren, Stücken von Elfenbein, Federn und Perlen. Der Körper einer großen, klauenbewehrten Echse war auf seine Brust gemalt. Sie schlängelte sich um seinen Hals und kam an der rechten Wange hoch, mit offenem Maul und böse, spie Flammen, die in Wahrheit sein geflochtener, rotgefärbten Bart waren. Eine nackte Frau wand sich an seinem rechten Schenkel, ein hübscher Knabe am linken. Beide hielten ihre Hände ausgestreckt, als wollten sie den Lendenbeutel umfassen, in dem sich ein dicker Muskel wölbte. Er blieb vor mir stehen und musterte mich. Trotz seiner barbarischen Erscheinung bemerkte ich den kühlen Verstand in seinem Blick. Ich hielt ihm stand, ließ mich von seiner herrisch-männlichen Pose nicht schrecken.

Er runzelte die Stirn, dann stampfte er mit dem Stab auf die Decksplanken. »Ich bin Keehat«, sagte er. »Ich bin König.«

»Es ist uns eine Ehre, König Keehat«, erwiderte ich und gab mir Mühe, eine gewisse Autorität unter meinen Respekt zu mischen. »Nur müßt Ihr unser Unwissen verzeihen, denn wir sind hier fremd. Wie ist der Name Eures Reiches?«

»Dies sind die Inseln von Lonquin«, sagte er. Er sah sich auf der Galeere um, dann spähte er an uns vorbei zu den anderen. »Der Schamane hat nicht gesagt, daß Ihr so prächtige Schiffe haben würdet.« Seine Augen glänzten vor Gier.

»Ihr wußtet, daß wir kommen würden?« Es war mir unmöglich, meine Überraschung zu verbergen.

»Ich wußte es«, erwiderte er grimmig. »Wir alle wußten es.«

»Dann hoffe ich, daß Ihr uns willkommen heißt«, sagte ich, wollte es jedoch lieber nicht so genau wissen. »Wir haben großzügige Geschenke dabei, die einem König Freude machen werden. Wir wollen nur einige Nahrungsmittel und etwas Wasser erwerben und suchen ein kleines Stück Strand, wo wir unsere Galeere anlanden und reparieren können. Ich bin sicher, Euer Schamane hat Euch gesagt, daß wir nicht aus freien Stücken bei Euch sind, Hoheit. Wir wurden Opfer des Meeres und wollen so schnell wie möglich in unsere Heimat zurück.«

Er ignorierte meine Worte und sagte: »Ihr kommt von der anderen Seite des Riffs?«

»Ja, Hoheit. Und wir wollten nicht weiter reisen, doch die See hat uns darüber hinweg geworfen.«

»Ein Unglück«, sagte Keehat.

»Ja«, sagte ich. »Ein Unglück.«

»Wir sind ein glückliches Volk«, sagte der König. »Zumindest waren wir es bis vor einigen Tagen. Da wurden die Götter des Meeres zornig und haben uns verflucht. Große Wellen haben sie geschickt, die über unsere Küste hereinbrachen. Dörfer gingen verloren. Felder wurden vernichtet. Und jetzt haben viele unserer Kinder keine Väter und Mütter, und viele unserer Väter und Mütter keine Kinder mehr.«

»Dann sind wir Opfer desselben Unglücks, Hoheit«, sagte ich. »Denn auch wir haben Geliebte und Kameraden verloren.«

König Keehat starrte mich nur an. Seine Miene war ausdruckslos, doch ich fühlte mich immer noch unbehaglich. Dann sagte er: »Der Schamane behauptet, Ihr wäret der Grund für unser Unglück.«

»Das kann nicht sein«, sagte ich. »Normalerweise sind auch wir ein glückliches Volk. Um die Wahrheit zu sagen, hatten wir, als das Meer sich gegen uns wandte, eben erst einen furchtbaren Feind in einer gewaltigen Schlacht vernichtet, und es ist klar, daß nur diejenigen, denen die Götter gnädig sind, einen solchen Kampf und die Wogen überleben konnten.«

Der König warf einen Blick auf die Galeeren und sah die Narben der Schlacht. »Vielleicht«, sagte er schließlich. »Mein Schamane wußte auch nichts von der Qualität Eurer Schiffe. Aber er ist jung, und bevor ich seinen Vater töten ließ, hatte dieser geschworen, sein Sohn würde mir gute Dienste leisten.«

Ich antwortete nicht – das war nicht nötig –, sondern verneigte mich nur, um ihm meinen Respekt zu zollen.

»Wo ist Euer Schamane?« fragte der König.

Ich deutete auf Gamelan. »Hier ist unser Zauberer. In unserem Land ist er der Meister aller Geisterseher und ein sehr weiser und mächtiger Mann.«

Gamelan trat vor, um ihn zu grüßen, doch schien es, als verlöre er sein Gleichgewicht und stolperte, fing sich an Keehats Stab. Gekränkt riß der König diesen an sich. Als er es tat, sah ich, daß Gamelan eine Feder festhielt und sie abriß. Er verbarg sie in seiner Robe, dann verneigte er sich in die falsche Richtung.

»Ich bitte um Verzeihung, Hoheit«, sagte er mit starren Augen. »Meine Verwundung hat mich zu einem Tolpatsch gemacht.«

Keehats Zorn wandelte sich in Verachtung. »Noch mehr Unglück«, spottete er. »Euer Zauberer ist blind.«

»Und Eurer ist zu jung an Jahren, Herr«, sagte ich. »Beides sind vorübergehende Zustände, also sind wir einander ebenbürtig.«

»Nicht ganz ebenbürtig«, sagte er, »denn Ihr seid es, die mich um Mildtätigkeit bittet.«

»Vielleicht habt Ihr mich mißverstanden, Hoheit«, sagte ich. »Wir bitten nicht um Mildtätigkeit. Wir wollen für jede Freundlichkeit, die uns erwiesen wird, zahlen.«

Keehat schwieg, musterte uns eingehend. Während er überlegte, kratzte er die Wölbung in seinem Beutel.

Einen Moment später nickte er. »Wir werden sehen«, sagte er. Dann: »Wartet. Ich muß mit meinen Beratern sprechen.«

Er fuhr herum und sprang ins Wasser. Den phallischen Stab warf er einem seiner Männer zu und hievte sich mühelos und elegant in sein Kanu. In Windeseile schoß das Boot zu den anderen zurück.

Ich hörte, wie Stryker mir zurief: »Der Admiral signalisiert uns Anweisungen, Kommandantin.«

Ich betrachtete die Reihe der Kanus und versuchte herauszufinden, was Keehat plante. In meinem Magen wimmelten die Würmer des Mißtrauens. Beriet sich Keehat mit seinen Männern, wie er es gesagt hatte? Oder gab er ihnen den Befehl zum Angriff? Er schien kein Anführer zu sein, der lange den Rat anderer suchte. Aber würde er bereit sein, einen Kampf zu riskieren, um im Namen seines Königsreiches Rache für das Unglück zu nehmen, das wir angeblich über sie gebracht hatten? Wahrscheinlich nicht. Sein Wunsch, unsere Galeeren zu besitzen, war allerdings nur zu deutlich gewesen.

Reiher schrien aus dem Schilf westlich von uns. Ich sah, wie ein Paar von ihnen über den Binsen kreiste, herabstieß, dann floh und Drohungen ausstieß, als sei jemand an ihrem Nest.

»Wir werden kämpfen müssen«, erklärte ich Corais.

Dann rief ich Stryker zu: »Gebt dem Admiral Zeichen. Er soll sich sofort zurückziehen. Wir bilden die Nachhut.«

Kaum waren die Flaggen gehißt, da hörte ich das Aufheulen tausender Schlachtrufe. Die Kanus schossen auf uns zu, allen voran König Keehats Kriegskanu.

»Im Westen, Kommandantin!« rief Polillo, und wie ich es befürchtet hatte, glitten zwanzig oder mehr feindliche Boote aus ihrem Versteck hervor.

Eine schwarze Wolke von Pfeilen flog aus Keehats Gruppe auf, doch war die Entfernung zu groß. Nur wenige landeten in unserer Mitte und erreichten ihr Ziel. Wir wendeten und machten uns davon. Die Trommel des Ruderaufsehers schlug im wilden Rhythmus. Doch so schnell unsere Galeeren auch waren, die Kanus fuhren noch schneller und holten bald auf. Dumpfe Schläge waren überall an unseren Seiten zu hören, als die erste Gruppe uns erreichte.

»Enterer abwehren!« rief ich, und Polillo sprang mit einem Trupp Pikenierinnen vor.

Einer kam bereits über die Reling, doch Polillo war schon bei ihm, schwang ihre Axt, hackte ihm die Finger ab, und schreiend stürzte er in die Tiefe. Weitere Schmerzensschreie waren zu hören, als ihre Pikenierinnen auf die Angreifer einstachen.

Ich schickte eben Bogenschützinnen an die Reling, als der zweite Schwarm von Pfeilen auf uns niederprasselte. Wiederum ging keine von uns zu Boden, und zufrieden sah ich, wie sich unsere eigenen Pfeile in Keehats Truppen bohrten. Mindestens neun Männer wurden getroffen, einer davon tödlich. Ismet führte einen Trupp von Frauen mit Steinschleudern zum Achterdeck, und ein Hagel von Bleikugeln ging auf die Angreifer nieder. Die Galeere erbebte, als wir auf eine Sandbank liefen, und ich kam ins Taumeln. Als ich aufstand, hatten wir die Bucht schon hinter uns, doch die Kanus waren überall, und Männer stiegen in Schwärmen über die Reling, schwangen Schwerter und Knüppel. Ich sah noch, daß Cholla Yis Schiff und die anderen Galeeren aufs offene Meer zuhielten, dann zückte ich mein Schwert und warf mich in die Schlacht. Ich bahnte mir einen Weg an Polillos Seite, dann machten wir uns gemeinsam über einen Haufen Enterer her, wobei Polillo ihr Kriegsgeheul ausstieß. Ihre Axt fegte einen Mann von meinem Rücken, und ich parierte einen Schwerthieb, dann stieß ich in die Eingeweide seines Besitzers, fuhr nach links herum, um den nächsten niederzumetzeln, dann nach rechts, erwischte einen Angreifer unter dem Kinn, dann wieder links, um einem anderen zwischen die Beine zu treten und mein Schwert in die Brust des nächsten zu senken. Blut spritzte, nahm mir die Sicht, und blindlings schlug ich zu, bis ich mir die Augen wischen konnte. Ich sah Gamelan mit einem schweren Stab, mit dem er wild um sich hieb und jeden traf, der in seine Nähe kam. Nicht weit entfernt schwang einer der Ruderer seinen monströsen Knüppel mit tödlicher Wirkung. Polillo lachte laut im Blutrausch und pflügte durch ein halbes Dutzend nackter Schwertkämpfer. Mit abgeschlagenen Gliedern und zerschmetterten Schädeln sanken sie an Deck.

Dann fingen unsere Segel eine steife Brise ein, und die Galeere machte einen Satz. Wenige Minuten später waren wir frei, hackten auf die letzten Angreifer ein und warfen ihre Toten und Verwunderten über Bord.

Ich rannte zurück zum Steuermann und sah, daß die Kriegskanus zurückfielen. Am Bug des einen konnte ich Keehat sehen, der seinen Stab schüttelte und seine Männer antrieb. Es schienen Hunderte von Kanus zu sein, und immer mehr davon schwärmten aus der Bucht. Keehat würde nicht aufgeben, nur weil wir ihm voraus waren.

Eilig tauschte ich Signale mit Cholla Yi. Der Wind trieb uns gen Westen, doch fürchteten wir, allzuweit von unserer Suche nach einer südlichen Route um das Riff herum abzukommen. Cholla Yi versuchte es mit einer List. Wir segelten westlich, brachten soviel Abstand wie möglich zwischen uns und die Kriegskanus und versuchten dann, nach Süden abzudrehen, doch sobald wir uns einer der Inseln näherten, kamen auch von dort Kanus und zwangen uns weiter nach Westen. Immer wieder versuchten wir diese List, scheiterten jedoch jedesmal.

Ich spürte, daß Keehats Schamanen die Nachricht auf magische Weise von Insel zu Insel weitergaben, damit auch die anderen Stämme Gelegenheit bekamen, sich für einen Angriff auf uns bereit zu machen.

Als wir an einer der Inseln vorüberkamen, gerieten wir in ein Meer von Trümmern. Zahllose Bäume, Holz und ganze Häuser trieben in der Strömung. Überall schwammen aufgedunsene Tierkadaver und menschliche Leichen – Männer, Frauen und Kinder. Sie waren Opfer des mächtigen Seebebens, das uns beinah das Leben gekostet und einen Großteil von Keehats Reich vernichtet hatte. Diese Verheerung war die grausame Antwort auf die dumme Frage, warum der König uns haßte und alles auf sich nahm, sein Königreich zu rächen.

Als wir versuchten, uns einen Weg durch das Grauen zu bahnen, schlug ein Balken, der gleich unter der Wasseroberfläche trieb, in eine der beschädigten Galeeren. Sie sank, und wir holten die Mannschaft von Bord. Doch waren wir nicht schnell genug, denn schon fielen die Kriegskanus wieder über uns her, da sie sich problemlos durch das Treibgut schieben konnten. Erneut ging ein Schauer von Pfeilen auf uns nieder. Erneut wurde eine Galeere geentert. Es war eines der beschädigten Schiffe und hatte nicht soviel Glück wie wir... keine einzige meiner Frauen war an Bord, die Angreifer abzuwehren.

Wir hörten, wie die Seeleute um Gnade flehten, doch konnten wir nicht halten, um ihnen zu helfen, da wir damit beschäftigt waren, vor Keehats Horden zu fliehen und uns einen Weg aus der Falle zu bahnen.

Nachdem wir endlich entkommen waren, ließ ich müde nach Stryker rufen. Ich sagte ihm, er solle Cholla Yi und dem Rest der Flotte Zeichen geben. Während ich mit ihm sprach, sah ich, daß Keehat und seine Flotte sich stetig in unserem Kielwasser hielten. Eine andere Gruppe setzte sich ab, für den Fall, daß wir nach Süden abdrehen wollten.

Uns blieb nur eine Chance: Nach Westen aufs offene Meer zu fliehen, immer weiter hinaus ins Unbekannte.

König Keehat verfolgte uns so gnadenlos, wie wir den Archon verfolgt hatten. Eine Woche lang hetzten wir voran, segelten oder ruderten, so schnell und hart wir konnten. Doch sobald wir langsamer wurden oder hielten, um zu schlafen oder zu fischen, um unsere rapide schwindenen Vorräte aufzustocken, tauchten die Kriegskanus wieder am Horizont auf. Das Wetter war unbeständig und wechselte zwischen nebligen Flauten und plötzlichen Böen, so daß wir uns nie darauf verlassen konnten, mit dem Wind weit genug zu kommen, um Keehat abzuschütteln. Einmal meinten wir, es geschafft zu haben, nach fast zwei Tagen ununterbrochenen Ruderns und Segelns. Am zweiten Abend gingen wir inmitten einer Flaute vor Anker, zu erschöpft, um weiterzufahren, aber ziemlich sicher, entkommen zu sein. Am nächsten Morgen erwachten wir, als Keehats Kanus aus einer Nebelbank hervorbrachen und seine Männer unser Blut forderten. Wir entkamen eben noch rechtzeitig, und selbst da geriet eine unserer Galeeren noch in Schußweite, und mehrere Ruderer fielen den kräftigsten Bogenschützen des Königs zum Opfer.

Irgendwann reichte es mir. Ich hatte genug davon zu fliehen, genug von den finsteren Blicken, die mir meine Gardistinnen zuwarfen… unser gesamtes Training und unsere Tradition waren auf Konfrontation, nicht auf Rückzug ausgerichtet. Ich hatte genug davon, mich wie ein kleiner Fisch zu fühlen, der sich vor einem größeren fürchtet. Außerdem, je weiter wir uns vom Vulkanriff entfernten, desto sicherer war, daß wir uns hoffnungslos verirren würden.

Ich berief ein Treffen ein. Anwesend waren mein Stab, Cholla Yi und der seine, dazu Gamelan. Ich begann mit der Frage an den Zauberer, was er glaube, wie Keehat es geschafft habe, uns so lange auf den Fersen zu bleiben, ohne je zu ermüden.

»Ist es sein Schamane?« fragte ich. »Hat er einen Zauber gesprochen, der ständig ihre Kraft erneuert?«

Gamelan schüttelte den Kopf. »Das ist keine Magie«, sagte er. »Solche Beschwörungen erschöpfen die Macht eines Zauberers. Sie wirken nur, solange der Zauberer noch selbst genug Kraft hat.«

»Was könnte es dann sein?«

»Ich vermute, es ist die Milch dieser Kürbisse, die wir gefunden haben«, sagte Gamelan. »Selbst ein kleiner Schluck – wenn du dich erinnerst – scheint das Feuer von Körper und Geist zu schüren.«

Ich erinnerte mich gut. Wir hatten alles aufgeteilt, was an dem treibenden Baum gehangen hatte. Widerwillig – da ich noch immer nichts mit der Zauberei zu tun haben wollte, hatte ich den Sprachenzauber wiederholt, damit wenigstens einige die Fremden verstehen konnten, die uns in diesen Gewässern noch begegnen mochten. Und selbst bei dem wenigen, was jeder zu trinken bekam, hatten alle gesagt, wie angeregt und… *gut* sie sich fühlten.

»Ich bin sicher, daß der König und seine Männer dank eines ausreichenden Vorrats an diesen wundersamen Früchten mit uns Schritt halten können«, fuhr Gamelan fort. »Außerdem unterdrückt der Saft nebenbei das Hungergefühl, so daß ihre Kanus nur mit Waffen und Wasser beladen sind. Sie können sich die knurrenden Mägen leicht ersparen, wenn sie auf dem Weg ein wenig fischen.«

»Es ist lächerlich«, knurrte Polillo. »Ich sage, wir drehen um und kämpfen. Es können nicht mehr als ein paar Tausend sein.«

Corais war ähnlicher Ansicht, wenn auch weit kühler und vernünftiger. »Wir könnten den Nebeltrick versuchen«, sagte sie. »Wir können aus der Wolke hervorbrechen, so viele wie möglich dahinraffen und wieder verschwinden. Es wird nicht lange dauern, bis er schreit: ›Genug!‹«

»Das wird nicht gehen«, sagte Phocas. »Die Männer sind zu müde.«

»Jammerlappen«, knurrte Polillo.

»Der kleinste Fehler könnte zur Katastrophe führen«, wandte der Admiral ein. »Es sind einfach zu viele.«

»Memmen«, war Polillos Antwort.

Phocas und die anderen Männer des Admirals nahmen ihr den Spott übel. »Ihr solltet auf Euer Mundwerk achten«, warnte Phocas. Andere brummten zustimmend.

Polillo schob ihren Kopf vor und zeigte ein breites, freudloses Lächeln. Sie deutete auf ihren Mund. »Hier. Versucht, es am Plappern zu hindern, wenn Ihr Euch traut.«

Gemurmel war zu hören, doch keiner war so dumm, sich mit ihr anzulegen. Phocas wandte sich ab und gab vor, mit den Karten beschäftigt zu sein.

Ich sagte: »Ich finde, Corais' Idee war gar nicht schlecht. Wir können über sie herfallen wie Schattenwölfe über eine Herde Wildschweine. Wir verstecken uns im Nebel, machen uns über sie her – versenken einige von ihnen, wenn wir Glück haben – und dann zurück ins Versteck. Es gibt noch andere Tricks... zum Beispiel könnten wir so tun, als fiele eines von unseren Schiffen zurück, dann lassen wir sie aufholen, schlagen zu und fliehen, schlagen zu und fliehen, bis er genug von all den Toten hat oder so geschwächt ist, daß wir ihm ein Ende bereiten können.«

Cholla Yi schüttelte den Kopf. »Das ist zu riskant. Meine Männer würden sich weigern.«

Ich schob eine Augenbraue hoch. »Seid Ihr nicht der Admiral? Wer befiehlt hier, Ihr oder Eure Leute?«

Cholla Yi zuckte mit den Achseln. »Ich natürlich. Aber das ist in dem Augenblick zu Ende, wenn die Männer ihr Vertrauen in mich verlieren.«

Er klang so scheinheilig und schmierig, daß ich kein Wort von dem glaubte, was er sagte.

»Meine Frauen sind zum Kampf bereit«, sagte ich.

»Bei den Göttern, das sind wir«, zischte Polillo. »Und wenn Ihr mich einen Tag mit Euren Männern allein laßt, werden auch sie es sein. Ich stähle ihnen das Rückgrat, oder sie werden ihre Mütter dafür verfluchen, daß sie ihnen das Leben geschenkt haben.«

Anstatt gekränkt zu sein, seufzte der Admiral. »Wenn Ihr wollt, daß meine Männer kämpfen«, sagte er zu mir, »müßt ihr die Leitung des Unternehmens nur mir übertragen. Ehrlich gesagt, haben sie genug davon, Befehle auszuführen, von denen sie wissen, daß sie von einer Frau kommen.«

Das ist es also, dachte ich. Cholla Ci wartete ebenso wie König Keehat. Und er würde auch noch länger warten, bis ich ihm Platz machte.

»Sie schieben unser Unglück auf Euch und Eure Frauen«, fuhr der Admiral fort. »Und wer will behaupten, sie hätten unrecht? Jeder Seemann weiß, daß Frauen und Schiffe nicht zusammenpassen. Aus irgendeinem Grund mögen die Götter des Meeres keine Frauen, und die Göttinnen werden eifersüchtig.«

Gamelan lachte spöttisch, was Cholla Yis letzte Worte zu bloßem Unfug degradierte. Der große Mann errötete und ballte die Fäuste, bewahrte jedoch äußerlich die Ruhe. Er warf mir ein verbindliches Lächeln zu.

»Weigert Ihr Euch zu kämpfen, Admiral?« fragte ich. Es war an der Zeit, unverblümt miteinander zu sprechen.

»Ganz und gar nicht«, antwortete er, doch das verbindliche Lächeln war verschwunden. »Ich warne Euch nur davor, daß die Männer, wenn Ihr es ihnen befehlt, vielleicht nicht folgen werden.«

»Und wenn der Befehl von Euch käme ...?«

Cholla Yi lächelte. »Dann würden sie kämpfen.«

Abrupt erhob ich mich von meinem Stuhl und beendete die

Besprechung, bevor der Zorn Polillo übermannte. Zumindest war das meine Ausrede. Ich muß zugeben, daß auch meine Stimmung erheblich übler geworden war.

»Wir sprechen uns wieder?« fragte Cholla Yi, als wir uns empfahlen. Er klang besorgt.

»O ja«, antwortete ich. »Wir sprechen uns wieder, Admiral. Dessen könnt Ihr sicher sein.«

Ich zeigte ihm mein bissigstes Grinsen und ging.

Es gibt ein Kasernenspiel, das junge Soldatinnen zu meiner Zeit spielten. Es hieß »Verlierer gewinnt« oder »Hinken«. Hinken wurde zwischen zwei jungen Frauen ausgetragen. Beide mußten barfuß sein, und beide waren mit einem scharfen Wurfmesser bewaffnet. Man stand seiner Gegnerin mit zwei Schritten Abstand gegenüber. Ziel war es, das Messer so nah wie möglich vor die Füße der anderen zu werfen, ohne sie zu treffen. Jede hatte drei Versuche. Jeder Wurf mußte näher sein als der letzte, und die Frau, die als erste auswich, hatte verloren. Wir spielten um Geld, Wachdienste und Ämterteilung, und auch einmal darum, eine Dreierbeziehung zu klären. Die Siegerin des Wettbewerbs verlor ein Stück von ihrem großen Zeh, wodurch unsere Vorgesetzten auf das Spiel aufmerksam wurden und es beendeten.

Ein solches Spiel spielte Cholla Yi. Mit einer schwimmenden Horde im Nacken wettete er darauf, daß ich zurückwich und ihm das Kommando überließ. Auf dem Spiel stand unser aller Leben.

Und so, Schreiberling, muß ich zugeben, daß ich, als ich ihn an diesem Abend verließ und mein bösestes wissendes Grinsen zeigte, mit gezinkten Karten spielte. Du solltest wissen, daß *ich* eine der Streithennen in jenem letzten Hinkespiel war, von dem ich eben sprach. Kein Grund, sich meine Füße anzusehen. Noch bin ich im Besitz *aller* Zehen.

Doch der Ausgang dieser Willensprüfung wurde noch einige Zeit hinausgezögert. Und es war Gamelan, der sie beendete.

Zwei Abende später legte sich schwerer Nebel über uns. Er war so dicht, daß wir nicht weiterzufahren wagten, um die Flotte nicht endgültig auseinanderzureißen. Ich ließ anhalten, gab mit dem Horn Signal, dann rührten wir uns nicht und warteten, daß der Nebel sich verzog. Wir konnten nur beten, daß Keehat dasselbe tat.

Gamelan rief mich in seine Kajüte. In seiner Zauberpfanne leuchtete ein fröhliches Licht, als ich eintrat.

»Komm, setz dich und trink einen Schluck Branntwein mit einem alten Mann«, sagte er.

»Ich sollte an Deck sein und Wache halten«, erwiderte ich.

»Unsinn«, sagte er. »Da gibt es nichts zu sehen. Und wenn doch, wäre es zu spät, und die Wilden würden über uns herfallen. Setz dich, und ich sage dir, wie wir diese Jagd zu unseren Gunsten beenden können.«

Ich hatte Grund genug, nervös zu sein, als ich mich fügte, und noch mehr Grund, den ersten Becher Branntwein mit einem Zug zu leeren und mir gleich nachzuschenken. Die erste Beschwörung, die er mich sprechen ließ, hatte mich viel Kraft gekostet. Als ich den Zauber der Zungen wiederholte – wiederum auf sein Drängen hin –, war ich noch unsicherer geworden. Das Gefühl, wie von einem Wasserdämon in die Tiefe gezogen zu werden, war diesmal noch stärker gewesen. Zu meinem Entsetzen merkte ich aber auch, daß ich mich gar nicht widersetzen wollte. Es schienen so viele Versprechen unter der Oberfläche dieses magischen Glases zu warten, Versprechen, die mich ebenso faszinierten wie die Karte des westlichen Meeres, und ich wollte wissen, was dahinter lag.

Gamelan stöberte in seiner Robe herum und brachte das Stück Feder hervor, das er von Keehats Stab entwendet hatte. Blindlings streckte er es mir entgegen. »Wir haben etwas, das dem Barbarenkönig gehört«, sagte er. »Etwas, das ihm wichtiger ist als alles andere...« Ich nahm die Feder und wußte, was er als nächstes sagen würde: »...seine Männlichkeit.«

Ich nahm die Feder mit zitternden Fingern. »Ich weiß, was du willst, Zauberer«, sagte ich. »Und ich kann es nicht, will es nicht tun.«

»Was an der Zauberkunst macht dir solche Angst, Rali?« fragte er.

»Du weißt es«, sagte ich.

»Ich weiß es nicht! Sag es mir!« zischte er.

»Such dir jemand anderen!«

»Es gibt niemand anderen. Sag es mir!«

Und so sagte ich es ihm. Es ist eine Geschichte, die nichts mit Halabs tragischem Ende zu tun hat. Und ich habe sie im Leben noch keinem anderen Menschen erzählt, mit Ausnahme von Otara, und die ist tot. Also, hör gut zu, Schreiberling. Ich erzähle es nur einmal, und auch nur, weil ich versprochen habe, die Wahrheit zu sagen.

Ich wurde schon sehr früh zur Frau. Meine Menstruation begann mit zehn, mit elf besaß ich Brüste, Hüften und einen zarten Flaum unter dem Bauch einer ausgewachsenen Frau. Doch trotz der Blüte meines Körpers war mein Verstand kaum eine Knospe, und ich brachte meine Tage in quälender Verwirrung zu. Ich dachte viel an geschlechtliche Liebe, die mich anwiderte, da ich noch nichts von meinen Neigungen wußte und meine Sehnsucht ausschließlich mit Männern in Verbindung brachte. Aus unersichtlichem Grund wurde mir ganz heiß und schwül, aber immer, wenn ich einen Mann sah, dem es ebenso ging, drehte sich mir der Magen um und ich nahm nur noch ihre rauhen Bärte, die kantigen Gestalten und den säuerlichen Geruch wahr.

Es war in meinem zwölften Sommer, und wir besuchten eines der Anwesen eines Onkels. Er hatte riesige Olivenhaine, einen hübschen Gewürzgarten, und hielt dazu mehrere Ziegenherden, so daß die Sommer auf seinem Landgut stets voll praller, schwarzer Oliven, gutem, weißem Käse, dem schweren, schwarzen Brot meiner Tante und Tomaten und Zwiebeln waren, die süß wie Konfekt schmeckten. Eines Tages stellten mein Vetter Verean und ich daraus ein Mittagessen zusammen und machten uns auf den langen Weg die Hügel hinauf, um den kleinen Ziegen beim Herumtollen zuzusehen. Verean war fünfzehn, und obwohl er gewachsen war, seit ich ihn zuletzt gesehen hatte, war ich größer und auch kräftiger als er, weshalb unsere gemeinsame Zeit angestrengt und konfliktbeladen war. Normalerweise waren wir die besten Sommerfreunde. Dieser Nachmittag nun war von solcher Glückseligkeit erfüllt, daß derartige

Probleme mit den Pusteblumen verflogen, die im duftenden Wind über die grünen Hügel wehten.

An diesem Tag aßen wir uns satt, tranken von einer kleinen Quelle, die unter einer alten Eiche entsprang, und streckten uns im Schatten des Baumes aus. Es war ein heißer, stiller Nachmittag. Die Zikaden summten um das Holz, ein paar Vögel zwitscherten und hüpften herum, und eine einsame Wespe suchte Schlamm, mit dem sie ihr Nest verkleben konnte. Die Luft war schwer vom Duft des wilden Rosmarin, von Oregano und Thymian, die dort in Blüte standen.

Verean begann, alberne Geschichten zu erzählen, die mich zum Lachen brachten, und dann fing er an, mich zu kitzeln, und ich kitzelte ihn wieder. Wir weckten unsere Kindheit, lachten so hysterisch wie früher, rollten herum und rangen und kitzelten.

Dann endete die Kindheit, und bevor ich es merkte, war der Saum meines Kleides oben, meine Unterwäsche unten, meine Beine breit, und Verean kletterte auf mir herum. Dann kehrte mein Verstand zurück, und ich stieß ihn hart mit dem Unterarm. Verean war auf den Knien, die Hosen offen, und ich sah seinen Penis, nicht das Glied eines Jungen, sondern das eines Mannes, dick und aufragend wie eine Zugbrücke. Der Anblick verursachte mir Übelkeit.

»Verschwinde!« sagte ich.

Statt dessen warf er sich wieder auf mich, packte meine Arme und stieß blindlings auf mich ein, wollte sein Eindringen erzwingen. Ich hockte und kämpfte und schaffte es schließlich, eine Hand zu befreien. Ich schlug ihn, so fest ich konnte, riß auch die andere Hand los und wollte ihn eben abwerfen, als ich einen harten Schlag am Kopf spürte.

»Hör auf, dich zu wehren!« rief er, und ich sah einen Stein in seiner Faust.

Statt dessen schrie ich vor Wut und Schmerz. Meine Kraft brandete auf, und irgendwie kam ich hoch, irgendwie schlug er mich noch einmal mit dem Stein, und irgendwie habe ich ihn getötet.

Ja, Schreiberling, ich habe meinen Vetter erschlagen. Und ja, ich spreche von Verean Antero, und ich weiß, was du denkst, und ich rate dir, sag kein Wort, schreib nur alles, was ich sage, ganz genau so auf, wie ich es erzähle.

Im einen Augenblick war Verean noch über mir und schlug mich mit dem Stein, im nächsten stand ich schon, und Verean lag reglos am Boden, der Hals verdreht, die toten Augen starr vor Schreck und Schmerz.

Ich stand da, entsetzt, konnte nichts anderes empfinden, als daß eben mein Leben von einer Klippe gestürzt war. Jetzt konnte nur noch Böses folgen.

Hinter mir erklang die Stimme einer Frau. Es war eine süße, lebhafte Stimme, die mich herumfahren ließ, als sei ich eine Kompaßnadel, die sich nach dem Willen der Sirenen des Südens dreht, welche Macht über alle Richtungen haben.

»Rali!« rief sie. »Raaaliii!«

Sie stand unter der Eiche, gleich bei der Quelle. Sie war wunderschön, wie aus einer anderen Welt, göttlich schön. Ihr Haar war schwarz wie die Nacht und fiel wie Wasser über eine Haut von frischer Sahne. Ihre Augen waren rauchschwarz mit Wimpern wie die Fächer einer Tänzerin, und sie waren so einnehmend, daß ich einen Augenblick nicht merkte, daß sie nackt war. Doch trug sie ihre Nacktheit wie Kleidung, als sei dies ihr natürlicher Zustand.

Sie hob den langen, schlanken Arm und winkte mir. »Komm zu mir, Rali«, sagte sie.

Also ging ich. Ich fühlte mich, als schwebte ich langsam über die Erde. Sie schloß mich in die Arme, und ich weinte um mich und was ich getan hatte, und ich weinte um Verean und das, was er getan hatte. Dann hob sie meinen Kopf von ihren weichen, mütterlichen Brüsten und sah mir tief in die Augen. Ich erwiderte den Blick und verlor mich in der vollkommenen Finsternis, die ich dort fand. Alles andere verschwand aus meinen Gedanken.

»Ich liebe dich, Rali«, sagte sie.

Anstatt mich zu überraschen, wirkten ihre Worte natürlich und richtig. Ich wußte, daß sie mich liebte.

»Ich habe auf dich gewartet, Rali«, sagte sie. Und auch das kam mir nur natürlich vor.

Sie nahm mich bei der Hand und führte mich an die Stelle, wo die Quelle unter den großen Wurzeln der Eiche entsprang. Wir stiegen in den kleinen Teich, und eine Pforte öffnete sich, dort, wo das Wasser sprudelte, und dann traten wir in ihren Garten, das Tor fiel hinter uns ins Schloß, und wir standen vor einem Haus aus grünem Laub.

»Das ist jetzt dein Zuhause, Rali«, sagte sie.

Und so war es dann. Ich lebte dort mit Basana fast ein Jahr. Wir waren Geliebte. Basana sagte, sie sei die Göttin des Frühlings und habe sich in mich verliebt, als mir Verean vor zwei Jahren zum ersten Mal den Frühling gezeigt hatte. Es fiel mir nicht ein, mich zu fragen, warum. Die Jugend nimmt solche Dinge blindlings hin, als habe sie ein Anrecht darauf. Abgesehen vielleicht von Otara – und bei ihr nur einmal –, habe ich nie wieder solche Leidenschaft empfunden wie die, mit der Basana mich erfüllte. Und ich bin eine Frau von leidenschaftlichem Wesen, eine Eigenschaft, die alle Anteros mit mir teilen. Sie ist unsere größte Schwäche. Basana umhüllte mich mit Liebe, machte mir Geschenke, sang mir Lieder, fütterte mich mit Leckerbissen, pries meine Schönheit, meine Weisheit, mein Wesen, mein alles. Ich vergaß mein Zuhause und meine Familie, die ganze Welt, aus der ich kam. Bis ich eines Tages – als ich versuchte, mich von dem Bett aus Blüten zu erheben, das sie jeden Abend frisch für mich bereitete – feststellte, daß ich nicht dazu in der Lage war. Ich war so schwach, daß ich kaum eine Hand heben oder um Hilfe rufen konnte. Und als Basana ins Zimmer kam, wurde ihr liebreizendes Lächeln zu einem hungrigen Knurren.

Sie trat an mein Bett, kniff mich am ganzen Körper und sagte: »So süß, so süß.«

Ich wollte weinen, denn ich wußte, man hatte mich betrogen, doch brachte ich nur eine einzige Träne hervor. Basana lachte leise, als sie diese sah, und küßte sie fort. Ihre Lippen glitten über meine Haut, wenn auch nicht aus Liebe.

Dann stand sie auf und sagte: »Weine nicht, Rali. Ich habe dich fast ein Jahr lang mit Liebe gefüttert, und jetzt, da du reif bist, darfst du dich nicht beklagen, denn nun bin ich an der Reihe.«

Ich versuchte, mich zu rühren, und sie tätschelte mich beschwichtigend. »Na, na, meine Süße«, sagte sie. »Mein Wesen ist schuld, nicht du. Ich habe keine eigene Seele und brauche alle zehn Jahre die eines jungen Mädchens als Nahrung. Es stimmt, ich habe dich nicht wirklich geliebt, Rali, aber ich mußte es dich glauben machen, sonst wäre das welke, kleine Ding, das ich neben der Leiche dieses Jungen fand, zu nichts nutze gewesen. Die beste Seele – das habe ich gelernt – ist voll glückseliger, liebevoller Frische. Doch es geht nicht nur um den Duft. Du hast keine Ahnung, meine Liebe, welche Wunder es an meiner Stimmung vollbringt. So *jung* zu sein, und so ... *lebendig* nach einem Jahr!«

Sie erklärte, sie wolle das Zimmer für einen Moment verlassen, um sich bereit zu machen. Während sie fort sei, solle ich mich mit dem Umstand trösten, daß ich diejenige sei – von allen Mädchen, denen sie die Liebe vorgegaukelt hatte –, bei der sie am wenigsten hatte gaukeln müssen.

Als sie sich abwandte, roch ich Sandelholz, und meine Mutter trat ein. Sie war nackt wie Basana, und schöner noch, glaube ich. Sie bewegte sich wie ein Panther, und Feuer brannte in ihren Augen. Alles, was sie bei sich trug, war eine zugespitzte Weidenrute.

Basana schrie auf und sprang ihr entgegen ... mächtige Klauen, wo vorher Hände und Füße gewesen waren. Ihre Zähne wurden zu langen Hauern, die nach der Kehle meiner Mutter schnappten. Noch bevor sie bei ihr war, schleuderte Mutter ihren Weidenstock und bohrte ihn Basana mitten ins Herz. Blut quoll aus ihrer Brust hervor, und sie sank tot zu Boden.

Meine Mutter würdigte sie keines Blickes, kam zu mir und schloß mich in die Arme.

»Ich bin gekommen, um dich heimzuholen, Rali«, war alles, was sie sagte.

Ich wollte mich aufrichten, doch drückte sie mich aufs Bett zurück. Sie sang mir ein Lied, dessen Worte ich stets irgendwo in mir trage, an die ich mich jedoch nie erinnern kann. Und sie streichelte meine Stirn und ich schloß meine Augen – und schlief.

Vereans Stimme weckte mich. Ich schlug die Augen auf und sah, daß ich neben ihm lag, unter der Eiche. Es war alles wie zuvor. Derselbe warme Sommernachmittag. Die Gerüche und Geräusche. Er sagte etwas Albernes, und ich lachte. Dann kitzelte er mich, und ich kitzelte zurück.

Ich hörte, daß mich die Stimme meiner Mutter rief. Verean schreckte zurück, Schamesröte im Gesicht. Ich stand auf, antwortete ihr, und sie kam über den Hügel. Meine Mutter trug eine schlichte, kurze Tunika in Blau, mit ebenso blauer Wanderhose darunter, die in hohen Stiefeln steckte. Als sie zu uns trat, roch ich ihr Sandelholzparfum.

Sie sah mich mit sanften Augen an und sagte: »Ich komme, um dich heimzuholen, Rali.«

Und das tat sie dann.

Ich erklärte Gamelan, ich wisse nicht, was real und was Traum gewesen sei. Größtenteils hielt ich es für einen Traum, Schreiberling, genau wie du. Du wolltest schon sagen, ich sei verrückt, als ich diese Erzählung begann, denn wie alle wissen, erfreut sich mein Vetter Verean Antero bester Gesundheit, gesegnet mit großer Familie und beträchtlichem Vermögen. Jetzt wirst du sagen, es sei doch nur ein Traum gewesen. Der Traum eines jungen, verwirrten Mädchens.

Nur manchmal, erklärte ich Gamelan, hielte ich es ganz und gar nicht für einen Traum. Ich glaubte wirklich, ich sei von einer Elfe entführt worden – wenn Basana denn eine solche war –, und meine Mutter habe mich gerettet. Meine Mutter jedenfalls war nie mehr dieselbe. Mit jedem Tag wurde sie schwächer. Bis sie – fast ein Jahr später – starb. In meinen dunkleren Nächten überlege ich, ob sie einen Tauschhandel mit einem Gott oder Dämon geschlossen hat ... mein Leben gegen das ihre.

»Und das ist der Grund«, sagte ich zu Gamelan, »warum ich nicht nur fürchte, worum du mich bittest, sondern mich strikt weigere.«

»Jetzt verstehe ich deine Gründe, Rali«, erwiderte der Zauberer. »Und es tut mir wirklich leid. Aber hast du mir auch alles erzählt? Ist deine Mutter wirklich fort? Kommt sie nicht manchmal zu dir? Ist ihr Geist nicht noch bei ihrem Kind?«

Ich schwieg, was Gamelan Antwort genug war.

Er sagte: »Das ist im Augenblick nicht wichtig. Du hast deine Gründe und Ängste preisgegeben. Nur ändert es nicht unsere Lage. Wenn wir so weitermachen, wird König Keehat uns einholen und töten. Wir zwei allerdings könnten ihn aufhalten. Wir könnten ihn jetzt aufhalten, und nur sein Blut wird fließen.«

Erneut hielt er mir die Feder hin. Diesmal nahm ich sie.

Gamelan lächelte. »Hol meine Kiste«, sagte er. »Darin ist ein spezielles Öl, das wir brauchen, und noch ein paar andere Dinge.«

Ich holte die Kiste, fand die Flasche mit dem Öl und einige übelriechende Pulver, von denen er sagte, sie seien unerläßlich. Dann erklärte er mir, was zu tun war. Ich stellte mir vor, ich zöge in eine Schlacht, unterdrückte jedes Gefühl, verbannte alle Gedanken aus meinem Kopf und hörte nur noch, was er sagte.

Auf seine Anweisung hin zeichnete ich mit Kreide ein Pentagramm um die Pfanne und sprenkelte Puder und Öl hinein. Roter Rauch quoll auf, und ein Dämon sprang heraus. Er war klein und hatte grüne Lederhaut, das Gesicht einer Kröte mit Hauern und die verschrumpelten Arme und Beine eines Menschen – wenn denn Menschen Klauen und Krallen besäßen. Er zischte und schnappte nach mir. Benommen reichte ich dem Dämon die Feder. Er zupfte sie aus meiner Hand und sprang zurück in seine Pfanne.

Gamelan hatte mir erklärt, was geschehen würde, doch dennoch mußte ich mich zusammenreißen, als die Flammen auf- und herausschossen. Ich schloß die Augen, als das Feuer mein Gesicht umfing, dann meinen ganzen Körper, doch anstatt mich zu verbrennen, waren die Flammen kalt auf meiner Haut. Ich schlug die Augen auf und spürte, wie das eisige Feuer züngelte. Um mich herum waren wirbelnde Farben, und unter mir, am Boden der Pfanne, war Rauch. Ich blies – und der Rauch verflog.

Ich stellte fest, daß ich aus großer Höhe auf die Kriegskanus hinunterblickte. Noch immer waren sie zum Teil im Nebel verborgen, so daß ich noch einmal blies und der Nebel über der grauen See verwehte.

König Keehat lümmelte im größten der Kanus. Er ließ sich von einem schlanken Knaben füttern, der nicht mal einen Lendenschurz trug. Der Knabe besaß die Brüste einer Frau und das Geschlecht eines Mannes. Während ich zusah, nahm der Knabe Nahrung aus einer Schale und bot sie Keehat an. Der König öffnete den Mund, aß aus der Hand der Mannfrau und leckte ihre Finger. Der Knabe kicherte und nahm noch mehr hervor. Aus der Ferne hörte ich, daß Gamelan mich drängte.

»Keehat!« rief ich. Meine Stimme hallte wider, als säße ich in einer großen Höhle.

Der König fuhr zusammen, stieß den Knaben beiseite. Hektisch sah er sich um, woher die Stimme kam.

»Wer spricht mit dem König?« wollte er wissen.

»Keehat!« rief ich erneut.

Der Kopf des Königs wandte sich hierhin und dorthin, funkelnde Augen zuckten von einem Krieger zum nächsten.

»Wer spricht da?« rief er.

Seine Männer waren sichtlich entsetzt, glaubten, ihr König habe den Verstand verloren.

»Keehat!« sagte ich.

Diesmal sprang der König auf, und als er dies tat, wurde aus dem Knaben jener obszöne Stab, den er immer bei sich trug. Keehat griff danach, dann drohte er seinen Männern damit.

»Antwortet!« rief er. »Oder ihr werdet meine Rache zu spüren bekommen!«

Sie waren allesamt zu verängstigt, als daß sie hätte sprechen können. Keehat schlug den Mann, der ihm am nächsten stand, mit seinem Stab. Der Krieger schrie auf und sank in sich zusammen, als habe große Hitze ihn versengt.

»Ich war es nicht, Herr!« kreischte er.

»Wer dann?« rief der König. »Ich weiß, daß ihr hinter meinem Rücken über mich redet! Daß ihr mich wegen dieser Jagd verrückt nennt, einen Narren!«

Die Krieger schwiegen.

Keehat schlug einen weiteren Mann mit seinem Stab. Wieder heulte das Opfer vor Schmerz und flehte den König an, ihm doch zu glauben und ihn zu verschonen. Aber der König stieß ihn mit dem Fuß und bohrte ihm seinen Stab in den Unterleib. Der Mann schrie auf und wand sich vor Schmerz, als der glühendheiße Stab sich in ihn brannte.

»Sklave wie Herr«, intonierte ich, und meine Worte rollten hervor wie eine Woge.

Keehat fuhr herum, blickte auf, merkte, daß die Stimme vom Himmel kam. Einen Augenblick lang dachte ich, er sähe mich an.

Er schüttelte den Stab gen Himmel. »Ich bin Keehat!« brüllte er. »Wer wagt es, dem König zu spotten?«

Ein Blitz schoß von der Spitze seines Stabes, und beinahe hätte ich mich geduckt. Dann spürte ich Gamelans Hand beruhigend auf meinem Arm. Der Blitz knisterte und verglühte harmlos unter mir.

»Herr wie Sklave«, fuhr ich fort und reihte Zauberwort an Zauberwort. Ich fühlte Macht, während ich sprach, doch war es eine Macht, die mir Übelkeit und Schwindelgefühle bereitete, als wäre ich im Fieber. Ich wagte nicht aufzuhören, da Gamelan mich gewarnt hatte, so etwas sei tödlich. Ich fuhr fort: »Gleiches zu Gleichem ... Haß zu Haß. Sklave, finde deinen Herrn! Herr, finde deinen Sklaven!«

In der Nähe des Kanus war das Wasser aufgewühlt, und dann schrie Keehat erschrocken auf, als der krötengesichtige Dämon, den ich ihm schickte, aus der Gischt schoß. Der König schlug mit seinem Stab nach ihm, und der Dämon kreischte wütend, als Keehats Totem seine Haut versengte. Der König lachte und schlug noch einmal zu. Doch diesmal verschwand der Dämon, bevor der Stab ihn traf.

Keehat wandte sich hierhin und dorthin, suchte, aus welcher Richtung der nächste Angriff kommen würde. Seine Männer schwiegen und rührten sich nicht.

Plötzlich heulte Keehat vor Angst, als der Stab sich in seiner Hand wand. Wieder ein Aufschrei, als sich der Knauf des Stabes in das Gesicht des Dämons mit den spitzen Zähnen verwandelte. Keehat stöhnte vor Schmerz, als der Stab sein Fleisch versengte. Er Versuchte, ihn von sich zu schleudern.

Doch der Stab verwandelte sich in Keehats Geliebten. Der König schrie auf, als er sah, daß seine Mannfrau den Kopf des Dämons trug.

»Herr!« zischte der Dämon in häßlicher Parodie der Leidenschaft. »Komm in meine Arme!«

Und wieder heulte Keehat, als sein Liebessklave ihn ansprang und ihm die Zähne in die Kehle schlug.

Kein einziger Krieger stand auf, um dem König zu helfen, als die Mannfrau ihre Arme um ihn schlang und mit ihm ins Wasser sprang.

Schweigend sahen die Männer zu, wie das Wasser brodelte. Dann wurde es still. Blut wirbelte auf und umgab das Kriegskanu wie ein Teich.

Ich hörte, wie einer der Männer sagte: »Den sind wir los.«

Und ein anderer sagte: »Laßt uns die anderen rufen, meine Brüder. Daheim warten unsere Lieben schon.«

Ich spürte einen Ruck, mein Blick wurde verschwommen, und schon kniete ich in Gamelans Kajüte und erbrach mich in eine Schale, während er mir den Kopf hielt und beschwichtigende Worte flüsterte.

Als ich fertig war, wühlte er herum und fand ein Tuch, das mit süßen Kräutern befeuchtet war. Ich wischte mir das Gesicht.

»Ausgezeichnet für das erste Mal«, sagte der Zauberer höchst zufrieden.

Ich antwortete weder, noch protestierte ich. Ich war alles andere als glücklich, doch ließ sich nicht bestreiten, daß Gamelan soeben eine Zauberin aus mir gemacht hatte.

Ich fühlte mich ein wenig so, wie sich eine meiner Schwestern fühlen mag, wenn sie gerade zur Hure geworden ist.

Am nächsten Tag schickte ich mehrere Boote aus, welche die Umgebung in alle Richtungen erkunden sollten. Von den Kriegskanus war nichts zu sehen.

Niemand jubelte. Denn jedem in der Flotte war klar, daß wir uns vollends und hoffnungslos verirrt hatten.

Kapitel Zehn

Wanderer auf unbekannten Meeren

Die Katastrophe traf uns wie der Hammer eines Sturmdämons ... Sie betäubte alle Sinne, lähmte jeden Gedanken. Ich bezweifle, daß es viele Menschen gibt, welche die wahre Bedeutung des Wortes »verirrt« oder die damit verbundene Verzweiflung kennen. Für die meisten bedeutet es, in einem kleinen Kreis von Unbekanntem zu stehen, umgeben von einem weitaus größeren Zirkel Bekanntem. Der rechte Weg findet sich mit Hilfe von Geduld und Glück. Mein Bruder hatte einmal Janos Greycloak gefragt – der mit so ziemlich allem experimentiert hatte, was einem Reisenden begegnen kann –, ob er sich je verirrt habe. Nach einigem Nachdenken hatte Greycloak schließlich geantwortet: »Nein. Aber ich muß zugeben, daß ich einen oder zwei Monate lang etwas verwirrt war.«

Wir waren mehr als nur verwirrt. Unser gesunder Menschenverstand war erschüttert. Das Meer, das wir durchsegelten, war uns unbekannt. Sicher, die Meerestiere waren zumeist vertraut, das Wasser schmeckte brackig wie überall, und die Winde wehten wie zuvor. Die Sonne ging nach demselben Zeitplan und in denselben Himmelsrichtungen auf und wieder unter. Selbst einige Sterne waren uns vertraut, wenn auch so seltsam plaziert, daß kein Navigator sie für die Bestimmung unseres Heimatkurses nutzen konnte. Aber dies alles vertrieb nicht unser Magendrücken, tröstete nicht unsere einsamen Herzen und weckte nicht den leisesten Hauch einer Hoffnung.

Eine Zeitlang waren wir in unserem Alptraum wie erstarrt, wobei selbst dieses Wort zu schwach ist. Sogar Alpträume bieten einem den Trost, daß man ihre trostlosen Landschaften schon früher besucht hat. Wir sahen einander nicht an und verschwendeten auch keinen Gedanken an die anderen, sondern starrten nur auf die leere See hinaus und wußten, daß keine Welle unter unserem Bug sich je an vertrauten Gestaden brechen würde.

Lähmende Angst breitete sich wie eine Seuche in der Flotte aus. Anfangs standen die Seeleute – und selbst meine Gardistinnen – lustlos auf ihren Posten, nahmen die Befehle ihrer gleichermaßen demoralisierten Vorgesetzten kaum wahr, und ihre Pflichten erfüllten sie nachlässig und halbherzig. Unfälle und Verletzungen häuften sich, hervorgerufen durch Mangel an Aufmerksamkeit. Kleinere Streitereien kamen auf, Freundschaften standen auf dem Spiel, und Geliebte trennten sich, ohne nach jemandem zu suchen, der die Lücke füllte.

Es war Gamelan, unser armer, blinder Zauberer, der die Furcht als erster abschüttelte.

Eines Tages in der Abenddämmerung standen Polillo, Corais und ich an die Reling gelehnt, ohne den imposanten Sonnenuntergang wahrzunehmen. Mein Kopf war voll leerer Gedanken an Tries und mein Zuhause, während ich mich an einem oberflächlichen Gespräch beteiligte.

»Was ist, wenn wir sterben?« stöhnte Polillo. »Unsere Knochen werden die Erde, in der sie bestattet sind, nicht kennen. Und was ist mit unseren Geistern? Sind sie so verloren wie wir?«

Corais schüttelte den Kopf. »Ich weiß nicht«, sagte sie. »Aber ich habe gehört, daß eine Seele niemals Ruhe finden kann, wenn sie an einem solchen Ort Zuflucht sucht.«

Gamelans Stimme krächzte hinter uns. »Wer erzählt denn so was?« Wir drehten uns um, erschrocken, daß er sich unbemerkt hatte nähern können. Er deutete mit seinem Blindenstock in Corais Richtung. »Welcher Einfaltspinsel hat euch von den Vorlieben der Geister und Seelen erzählt?«

Corais stotterte: »Ich, mh ... ich nicht, mh.«

»Sprich, Frau«, herrschte Gamelan sie an. »Nenn mir den Einfaltspinsel.«

»Es war Klisura, wenn Ihr es unbedingt wissen müßt«, gab Corais barsch zurück und fand ihr Feuer wieder. »Er hat eine Tante, die Wäscherin bei einer Hexe war. Hat ihn praktisch aufgezogen – die Tante, meine ich – nicht die Hexe. Daher kennt er sich mit solchen Dingen ganz gut aus.«

Gamelan war angewidert. »Waschfrau einer Hexe, sagt Ihr? Eher wohl Zofe einer Hündin.« Er stieß seinen Stab aufs Deck. »Es erstaunt mich, daß sich, wenn es um die Geisterwelt geht, Leute, die ansonsten durchaus bodenständig wirken, jeden Unsinn erzählen lassen. Solange die Weisheit angeblich von einem Wesen mit warzenbesetzter Nase und wirrem Kopf stammt, *muß* es einfach stimmen!« Er grinste höhnisch. »Was wäre, wenn ich Euch erzählte, mein Vater wäre der Fischhändler eines Waffenschmieds? Macht es mich zum Experten für Schilde und Klingen? Würdet Ihr Euer Leben meiner Weisheit anvertrauen?«

Corais wurde so rot wie das Haar meines Bruders. Sie ist normalerweise nicht leicht zu erschüttern, und es tat mir weh, sie derart in Verlegenheit zu sehen.

»Verschone sie, mein Freund«, mischte ich mich ein. »Corais hat sich nichts dabei gedacht. Sie wollte nur Konversation betreiben.«

Gamelan war nicht zu beruhigen. »Konversation ist so ziemlich das einzige, was hier seit einiger Zeit betrieben wird«, schnaubte er. »Das und das Gewinsel über unser angebliches Schicksal. Ich wünschte, wir hätten uns von diesem Wilden fangen lassen. Zumindest wäre ich dann von eurem Gejaule verschont geblieben.«

Auch Polillo ging in dem Redeschwall unter, der auf Corais niederprasselte. Sie sackte so sehr in sich zusammen, daß ich schon fürchtete, sie hätte allen Mut verloren.

Ich kam zu ihrer Rettung. »Habt ihr zwei nicht Waffen zu polieren oder Klingen zu schärfen?«

Sie stürzten sich auf diese Ausrede wie Küchenmäuse auf reifen Käse, murmelten Entschuldigungen und huschten davon. Ich wandte mich dem Zauberer zu, bereit, mich zum alleinigen Opfer seiner Rache zu machen.

Statt dessen fragte er sanft: »Was können wir tun, Rali?«

Ich seufzte und sagte: »Was gibt es zu tun? Ich bin kein Navigator und erst recht kein Seemann, gepriesen sei Maranonia, die so klug war, das Meer jenen Göttern zu überlassen, die gern naß werden und einen stinkenden alten Fisch einer netten gebratenen Kalbslende vorziehen.«

Auf mein Bemühen um Leichtigkeit reagierte Gamelan mit ungeduldigem Klopfen auf dem Deck. »Du bist die Leiterin dieser Expedition, Frau. Sprich auch so.«

Gereizt gab ich zurück: »Wie kann ich führen, wenn ich nicht weiß, wohin wir fahren? Wenn schon der Admiral und seine Offiziere in der Klemme sitzen... wie soll ich uns daraus befreien?«

Gamelan lachte. »Natürlich mit Lügen! Alle guten Führer haben kistenweise Unwahrheiten dabei. Es ist an der Zeit, daß du in deiner Kiste wühlst. Es stimmt, wir haben viele Probleme. Aber so, wie ich es sehe, können sie allesamt warten, bis wir die wichtigsten zwei gelöst haben. Und von diesen ist der Heimweg im Augenblick das weniger wichtige.«

»Wenn dem so wäre«, fuhr ich ihn an, »müßten wir dieses Gespräch nicht führen.«

»Zugegeben. Wenn allerdings jedermann die Hoffnung aufgibt, daß wir den Weg finden, verlieren wir tatsächlich jede Chance, weil wir es erst gar nicht versuchen. Und wir sind dazu verdammt, ein jämmerliches Leben unter Fremden zu führen, die sich bislang als ausgesprochen unfreundlich erwiesen haben. Entweder werden wir getötet, versklavt oder – was deine Gardistinnen angeht – gezwungen, Konkubinen oder Hausfrauen zu werden.«

»Da muß ich dir recht geben«, sagte ich. »Nur, welche Lüge könnte ich erfinden, um ihnen den Rücken zu stärken? Und warum sollten sie der Lüge Glauben schenken? Ich bin Soldatin, keine Wundertäterin.«

Gamelan erwiderte nichts. Er klopfte nur mit seinem verdammten Stock auf dem Deck herum.

Ich murrte. »Nicht schon wieder, Zauberer. Du kannst nicht etwas aus mir machen, was ich nicht bin. Und sag nicht, ich hätte mein Talent bereits bewiesen. Und laß nicht deinen großväterlichen Charme über mir erstrahlen, bis ich düstere Geheimnisse über den Boden erbreche wie ein Soldat bei einem Saufgelage. Ich habe genug, hörst du?«

Ein fliegender Fisch sprang aus dem Wasser. Er legte eine erstaunliche Strecke zurück. Dort, wo seine Flucht begonnen hatte, sah ich den dunklen Schatten seines Feindes. Der Zauberer fragte mich, was vor sich ging, und ich erzählte ihm von diesem bemerkenswerten Fisch.

»Nun, das ist mal eine Kreatur«, sagte Gamelan, »die ihre Ängste genutzt hat. Ihr sind Flügel gewachsen.«

Er wandte sich ab und begann, sich seinen Weg über Deck zu tasten.

»Also gut!« rief ich ihm hinterher. »Ich verstehe, was du meinst. Ich tu, was du willst, und sei es nur, damit du aufhörst zu nörgeln. Welchen Trick soll ich diesmal anwenden?«

Gamelan drehte sich um. »Ich will mehr von dir als einen oder zwei Tricks, meine liebe Rali. Wir können der Flotte nicht nur einen einzigen Köder anbieten. Du wirst das ganze Netz auswerfen müssen.«

Das war der Tag, an dem ich endgültig begann, Magie zu praktizieren. Denn zum ersten Mal lernte ich, sie als das zu behandeln, was sie wirklich ist... eine großartige Form der Unterhaltung, nicht mehr und nicht weniger. Und eines will ich Euch sagen: Es besteht nur ein geringer Unterschied zwischen dem größten Geisterseher und dem übelsten Schwindler. Das Ganze besteht nur aus Rauch und Spiegeleien, Schreiberling. Sieh mich nicht so mürrisch an. Wie du gleich sehen wirst, war Gamelan gern bereit, dies zuzugeben.

Der alte Zauberer hatte eine aufwendige Zeremonie im Sinn, mit soviel Prunk und Herrlichkeit, wie sich ein Mensch von meinem begrenzten Wissen nur vorstellen konnte. Die Zeremonie mußte genau im richtigen Augenblick inszeniert werden, wenn ein armseliger Hauch von Glück wie ein Festmahl wirken sollte.

Anfangs nahmen wir eine quälende, tägliche Routine von Lehrstunden in Magie auf. Als erstes lernte ich, daß Zauberei harte Arbeit ist. Als zweites lernte ich, daß ich – obwohl Gamelan behauptet hatte, ich besäße großes, natürliches Talent – offenbar nicht die ausreichende Begeisterung dafür aufbrachte. Ich fürchte, ich murrte mehr als nur ein wenig... so sehr, daß Polillo und die anderen Ausreden erfanden, um mir aus dem Weg gehen zu können, wenn ich vom Unterricht kam.

»Ich versuche, dich soviel wie möglich zu lehren, so schnell ich kann«, sagte Gamelan eines Tages. »Aber wir werden sämtliche Regeln und das Lernen der Zaubersprüche überspringen müssen, mit denen sich Lehrlinge normalerweise auseinandersetzen müssen. Wahrscheinlich ist es das beste so, denn ich fürchte, daß all diese Dinge nach Janos Greycloaks Entdeckungen günstigstenfalls als altmodisch gelten werden, als unnötig, und schlimmstenfalls als schädlich.«

Wir saßen in der engen Kajüte und bastelten an den Details für die Zeremonie herum. Auf Gamelans Geheiß hin hatte ich den Küchendämon gerufen und diesem aufgetragen, Pulver zu mischen, magische Tücher zu nähen und kleine Spiegel nach Angaben herzustellen, die Gamelan mich aus einem dicken, alten Buch mit gesprungenem, schwarzem Deckel heraussuchen ließ, welcher sich bei jeder Berührung warm anfühlte, als wäre er ein Lebewesen. Natürlich handelte es sich dabei um kein gewöhnliches Buch. Schlug man es auf, waren die Seiten ein Gewirr aus Farben und Buchstaben und Sätzen, die offenbar nicht an einer Stelle bleiben wollten, sondern überall herumsprangen und zur nächsten Seite hüpften, wenn man umblätterte. Eine gewisse Form nahmen sie erst an, wenn man ein Wort sagte, das andeutete, wonach man suchte. Sagte man beispielsweise »Dämon«, blätterten die Seiten wild erst in die eine, dann in die andere Richtung, und kleine, grüne Kreaturen – die etwas bei sich trugen, was wie winzige Feuerperlen aussah – sprangen quiekend auf, um sich bemerkbar zu machen. »Seht her, wenn Ihr die Leidenschaft Eurer Geliebten wecken wollt, stolze Frau«, quiekte dann einer. Oder: »Feinde verfluchen, unsere Spezialität, Herrin.« Oder sogar: »Einbrüche, von Eurem Günstling garantiert.« Wenn man sich für eine Kategorie entschieden hatte, knurrte die Kreatur, deren Angebot man gewählt hatte, seine Gefährten an und verscheuchte sie, dann kroch sie auf die Seite, die man suchte. Sie hob ihre Feuerperlen, und man sah Buchstaben, die herumhuschten wie Ameisen auf der Flucht vor Blitz und Donner. Auf den gequiekten Befehl der Kreatur hin formierten sie sich, bereit, ihre Botschaft mitzuteilen. Gab man die Anweisung »sprich«, dann lasen sie sich selbst laut vor.

Als mich Gamelan an Janos Greycloak erinnerte, versuchte ich gerade zum zehnten Mal, der Anleitung des Buches zum Herbeizaubern von bunten Bändern aus der hohlen Hand zu folgen. Und so wird es gemacht, Schreiberling. Sieh her. Zuerst krümme ich meine Finger. Dann mache ich eine Bewegung, als wollte ich einen Knoten binden. Dann stoße ich meine Finger so zusammen und ... da. Ein Band. Ein hellrotes Band. Da, noch mehr. Nimm ein Ende und zieh. Zieh fester. Tut mir leid, ich weiß, du kannst nicht gleichzeitig schreiben und ziehen. Aber du siehst, wie einfach es scheint. Und es gibt mindestens eine Meile von dem Zeug, wo immer es herkommen mag. Du könntest also lange ziehen, bis es zu Ende geht. Aber selbst ein so einfacher Trick ist nicht leicht, wenn man ein Anfänger ist. Also hatte ich Knoten in den Fingern und brachte nur klumpige Schnüre zustande, und auch die nur von der billigsten Sorte. Da mir dieser Trick nicht gelingen wollte, versuchte ich den alten Kunstgriff fauler Schüler, den Lehrer in sein Lieblingsthema zu verstricken und so einer guten Stunde Arbeit zu entgehen.

»Wie du weißt«, sagte ich, »gehöre ich nicht zu denen, die Janos Greycloak verehren. Schließlich hat er meinen Bruder verraten und ihn beinah erschlagen. Nur behauptet Amalric, die magischen Geheimnisse, die er uns hinterlassen hat, wiegen seine Verfehlungen auf, und ganz Orissa müsse an seinem Todestag ein Loblied auf ihn singen.«

»Das ist sicher die Ansicht aller Geisterseher«, antwortete der Zauberer, doch klang seine Stimme verbittert.

Vor lauter Interesse vergaß ich ganz, daß ich nur einen Trick hatte anwenden wollen – müßiges Gerede, das mir Müßiggang verschaffen sollte. »Du teilst diese Meinung nicht?« wollte ich wissen.

»Oh, sicher doch«, antwortete er. »Greycloaks Gabe war größer als die jedes anderen in unserer Geschichte. Mindestens ebenso groß wie die jenes Mannes, der als erster Feuer machte und es mit seinen Genossen teilte. Von Janos wissen wir, daß in der Zauberei Gesetze herrschen. Mit diesem Wissen ausgestattet, gibt es nur wenig, was wir nicht erreichen können ... mit der Zeit und den entsprechenden Experimenten.«

»Ich höre Worte des Lobes, mein Freund«, sagte ich. »Aber ich spüre, daß du sie nicht wirklich meinst.«

»Oh, doch«, sagte Gamelan. »Wenn du etwas anderes heraushörst, dann täuschst du dich.«

Ich schwieg.

Schließlich seufzte er. »Also schön. Ich muß zugeben, daß ich in meinen schwachen Momenten – besonders seit ich meine Kraft verloren habe – Janos Greycloak für seine Gabe hasse. Aber das ist nur Neid. Als ich jung war, habe ich das Leben, in das ich geboren wurde, und die Frau, die ich liebte, verleugnet, habe den Ehrgeiz gewählt, anstelle einer Zufriedenheit, die ich nie erleben durfte. Ich war entschlossen, der größte Geisterseher Orissas zu werden.«

»Und das hast du ja auch geschafft«, sagte ich.

»Ja«, erwiderte er. »Sieht man von Janos Greycloak ab. Doch die Distanz zwischen seinen Errungenschaften und den meinen ist so endlos wie die wäßrige Wildnis, in der wir uns befinden. Verglichen mit Janos bin ich ein quäkendes Kleinkind.«

»Nicht doch«, sagte ich. »Jeder kennt das Ausmaß deiner Macht. Ohne dich hätten wir die Archonten nie besiegt.«

»Selbst wenn das stimmte«, sagte er, »wäre es mir kein Trost. Vor Janos Greycloak praktizierte man die Zauberkunst wie zu Zeiten, in denen die erste Beschwörung gesprochen wurde und selbst das Feuer noch neu war. Erfolgreiche Zaubersprüche wurden auswendig gelernt und an Akoluthen weitergegeben. Als man schreiben lernte, hielt man sie in Büchern fest, wie du sie vor dir siehst. Kein einziges Mal hat jemand gefragt, *warum* etwas gelang. Wir glaubten, die Ergebnisse seien Taten der Götter in der Geisterwelt, und das war uns Antwort genug.

Wissen kann nicht wachsen, wenn die Fragen fehlen. Das habe ich inzwischen gelernt. Aber damals wußte ich es nicht. Das einzige, was sich in jener Zeit erreichen ließ, waren bessere Anwendungen eines alten Tricks. Oder die Verfeinerung eines Kunstgriffs. Macht über die Magie war auf angeborene Fähigkeiten beschränkt. Welche ich im Übermaß besaß – zumindest mehr als meine Kollegen.«

»Aber was ist mit den Zauberern von Irayas?« fragte ich. »Die Zauberkunst der Fernen Königreiche ist, wie alle wissen, sehr viel weiter entwickelt als die unsere. Sie hat sich ungeheuer entwickelt – auch ohne Janos Greycloaks Gesetze.«

Gamelan schnaubte. »Nur weil sie Schriftrollen und Bücher der Großen Alten gefunden haben. Was sie erreicht haben, entstammt nicht der Weisheit, sondern Tricks, die uns im Laufe der Zeit verlorengegangen sind.«

»Gewöhnliches Metall in Gold zu verwandeln würde ich nicht als bloßen Trick bezeichnen«, sagte ich. »Und dazu sind sie in den Fernen Königreichen in der Lage.«

Der Zauberer riß fest an seinem Bart. »Nach Greycloaks Aussage, oder zumindest nach den Notizen zu urteilen, mit denen dein Bruder heimkehrte, ist es kein größerer Trick als der mit den bunten Bändern, der dir momentan so große Schwierigkeiten bereitet. Wenn du das Gesetz kennst, wie der eine Trick funktioniert, läßt sich jeder andere mit derselben Leichtigkeit ausführen. Janos behauptete, es gäbe eine einzige *natürliche* Macht – keine Götter –, welche die Zauberkraft kontrolliert, und tatsächlich sei alles andere in unserer alltäglichen Welt ... die Hitze des Feuers, das Fließen von Wasser, das Material, aus dem das Gold besteht – Partikel, wie er sie nannte –, dasselbe, als würde man Warzen von einer Nase zaubern oder dem Regen befehlen zu fallen oder nicht.«

»Das verstehe ich nicht«, sagte ich.

»Du wirst es verstehen«, antwortete Gamelan. »Je mehr ich dich lehre, desto deutlicher wird es dir werden.«

»Warum bist du dann so neidisch?« fragte ich. »Mir scheint, als wolltest du sagen, Greycloak habe uns von der bloßen Routine befreit, und weit Größeres sei durch diese Freiheit zu erreichen, Dinge, die selbst *er* sich nicht hätte träumen lassen.«

»Das stimmt«, sagte Gamelan. »Aber überleg mal. Stell dir einen jungen Zauberer vor, der in den rebellischen Jahren seiner Jugend für einen kurzen Augenblick verstand, was Greycloak deutlich vor sich sah. Doch damals hielt er sich bei dem bloßen Gedanken schon für einen Narren. Wie konnte er mehr wissen als seine Lehrer, seine Herren oder die alten Geisterseher, die ihre Weisheit an sie weitergegeben hatten?«

»Willst du damit sagen, du hättest dieselben Geheimnisse ergründen können wie Greycloak?« fragte ich.

»Nein. So eitel bin selbst ich nicht. Ein Genie wie Janos gibt es – wenn überhaupt – nur einmal in vielen Generationen. Aber dennoch verfolgt es mich, daß es immerhin möglich gewesen wäre.«

»Weitere Entdeckungen warten«, sagte ich. »Selbst Greycloaks enthusiastischste Bewunderer sagen, was er gefunden habe, sei erst der Anfang.

»Ja«, sagte Gamelan. »Was mich nur noch neidischer macht. All diese Entdeckungen, die junge Männer und Frauen machen werden, sind nicht von der Bürde lebenslangen Denkens in die falsche Richtung belastet. Ich bin zu alt, Rali. Und jetzt bin ich auch noch blind. Allerdings ist für einen alten Mann wie mich weit schlimmer, daß mir Janos mit seinem Geschenk – wenn auch ungewollt – meine Götter genommen hat. Denn das ist der Kern seiner Lehre. Die Götter – falls sie existieren sollten – sind an dieselben Gesetze gebunden wie der gewöhnlichste Bettler an der Tür des übelsten Tavernenwirts im ganzen Land.«

Erschrocken sagte ich: »Was meinst du damit, *falls* sie existieren sollten? Hast du Zweifel?«

Der Zauberer zuckte mit den Achseln. »Sie sind in der Vergangenheit zu oft erschienen, als daß man ihre Existenz tatsächlich anzweifeln könnte«, sagte er. »Und das nicht nur vor Narren und Lügnern, sondern vor Männern und Frauen, deren Wort man trauen kann. Wenn allerdings zutrifft, was Janos Greycloak vermutet, dann handelt es sich dabei nicht um Götter, zumindest nicht in der Form, wie wir das Wort verstehen... zu dem Ehrerbietung und Anbetung gehören.«

Unruhig sah ich mich nach einer Stelle um, an der ich mich verstecken konnte, wenn der Blitz einschlug, in etwa so wie du in diesem Augenblick, mein Schreiberling. Aber nichts geschah. Ich beruhigte mich.

»Wenn es aber keine Götter gibt«, sagte ich, »was im Namen dessen, den ich dann noch beschwören kann, ist dann der Sinn unseres Lebens? Wessen Willen, wessen Plan folgen wir?«

Und der Zauberer antwortete: »Nach Greycloaks Aussage gibt es keinen Sinn. Wir folgen nur unserem eigenen Willen. Und es gibt keinen Plan, abgesehen davon, wie wir selbst unser Leben planen.«

»Aber was ist mit Gut und Böse?« stotterte ich.

»Es macht keinen Unterschied«, sagte Gamelan.

»Wozu dann alles? Warum geben wir dann nicht einfach auf?«

»Willst du?« fragte Gamelan. »Greycloak war der Ansicht, es sei egal.«

Aber für meine Gardistinnen ist es nicht egal, dachte ich. Selbst für den schmierigen Cholla Yi und seine Piratenbande war es nicht egal. Und vor allem war es mir nicht egal.

Ich schüttelte den Kopf. Dann, als mir einfiel, daß er nicht sehen konnte, sagte ich laut und deutlich: »Nein. Verflucht sei Janos Greycloak.«

Gamelan lachte freudlos. »Das könnte sehr wohl sein... falls er sich getäuscht haben sollte.«

Er hob seinen Stock und klopfte auf das Deck. »Und jetzt zurück an die Arbeit. Und gebrauche deinen *Verstand*, Frau. Wenn du in deinem Kampftraining so faul wärst wie mit dem simplen Zupfen dieser Bänder, steckte dein Kopf schon lange auf einem Spieß!«

Mehrere Wochen verstrichen, bis wir bereit waren. Trotzdem hätten wir beide gern mehr Zeit gehabt, doch die Stimmung in der Flotte war noch immer von einer solch ansteckenden Lähmung befallen, daß wir fürchteten, jeder Funke, den wir entzündeten, würde erstickt, wenn wir noch länger warteten. Gamelan ließ mich jeden Morgen das Werfen der Knochen üben. Ich beschrieb ihm das Muster, und er sagte mir, ob sie Gutes oder Schlechtes ahnen ließen. Meist schienen sie ein Muster zu bilden, von dem Gamelan behauptete, es sage keines von beidem voraus, sondern riete uns statt dessen zu warten. Ich fand die ganze Sache mit dem Knochenwerfen eher beschämend.

»Für dich ist das alles gut und schön«, erklärte ich Gamelan. »Du bist ein Geisterseher. Du siehst sogar *aus* wie ein Geisterseher. Würdevoll, graubärtig, ein Abbild feierlicher Weisheit. Niemand würde es wagen, dich für albern zu halten, wenn du einen Haufen stinkender alter Knochen auf dem Deck verteilst, dann über den dreckigen Dingern kniest, sie anstarrst, etwas murmelst und deinen Bart zwirbelst. Aber ich sehe aus wie... na, wie *ich*, verdammt! Nicht sonderlich weise, sicher nicht würdevoll, und als ich mich zuletzt betrachtet habe, war mein Körper bis auf eine Stelle haarlos, und dieser Bart wäre wirklich sehr kurz.«

»Falls du mir sagen willst, einer Frau mangele es am nötigen Auftreten für einen Geisterseher«, sagte Gamelan, »dann sollten wir das Ganze am besten gleich aufgeben.«

»Das habe ich nicht gesagt!«

»Das habe ich aber *gehört*. Und wenn ich so darüber nachdenke, ist das alles wohl lächerlich. Vielleicht haben die Frauenhasser recht. Vielleicht *stimmt* es, daß eurem Geschlecht die geistige Kraft der Männer fehlt, und zugegeben, ohne Bart bist du wahrscheinlich ...«

»Gib die verdammten Knochen her«, knurrte ich. Ich riß sie ihm aus der Hand und warf. »Ich halte das alles trotzdem für lächerlich. Nach allem, was du über Greycloak und seine Gesetze der Magie gesagt hast, macht das Knochenwerfen absolut keinen Sinn. Wie läßt sich eine Zukunft vorhersagen, wenn es keinen gottgegebenen Plan gibt, der auszuloten wäre? Tatsächlich kommt mir diese ganze Sache wie eine einzige, große ...«

»Was ist, Rali?« fragte Gamelan.

»Die Knochen«, sagte ich.

»Was ist mit den Knochen?«

»Ich weiß nicht, sie... sehen *gut* aus. Ich kann nicht erklären wieso. Sie tun es einfach!«

Ich beschrieb ihm das Muster. Gamelan lachte. »Du hast absolut recht! Sonnige Tage stehen bevor, meine Freundin. Wahrlich sonnige Tage.«

Und so wurde ich zur Knochenwerferin. Eben war ich noch eine Unwissende, im nächsten Augenblick schon eingeweiht.

Eine Stunde später hörte ich den Mann am Ausguck. Eine Insel war in Sicht. Aufregung machte sich in der Flotte breit. Die Insel war ein armseliges, felsiges Ding mit einem schmalen Kieselstrand, der sich um einige wenige Gipfel schmiegte. Doch jede Art von Land weckte Gedanken an Heimat und Hoffnung. Eilig wurde ein Trupp von Kundschaftern ausgesandt, und dieser meldete, die Insel sei zwar unbewohnt, doch scheine sie Nahrung und Wasser zu bieten. Wir gingen an Land und ließen nur das Nötigste an Mannschaft zurück.

Leider war die ausgelassene Stimmung nur von kurzer Dauer. Wenige Augenblicke nach unserer Landung umfing uns kalter, klebriger Nebel. Es gab nur geringe Vegetation, und diese war insgesamt eher widerwärtig. Die wenigen Bäume trugen eine kaum erwähnenswerte Zahl von bitter schmeckenden Nüssen. Sehnige Vögel verspotteten uns von deren Wipfeln aus mit barschem Geschrei wie Fischhändler. Das Wasser war trinkbar, wenn auch nur gerade eben noch. Es kam aus einem halben Dutzend dampfender Tümpel, die einen kleinen Geysir umgaben, welcher sich am Fuße eines der untersetzten Gipfel befand. Der Geysir wurde regelmäßig zu einer schwächlichen Fontäne, die nur bis auf Höhe meines Kopfes stieg.

Ich stand neben dem Geysir, abgesehen von meinem blinden Zauberfreund, allein und belastet mit düsteren Gedanken an Knochenwerfen und Magie im allgemeinen. Wenn dies das neue Glück sein sollte, das uns prophezeit war ... Ich hörte Flüche aus einem Pulk von Seeleuten, die sich an einem der Tümpel versammelt hatten, um ihre Fässer mit dem stinkenden Wasser zu füllen. Ich konnte ihnen die Flüche nicht verübeln – sie sprachen nur meine eigenen Gedanken aus –, doch begann ich, mir Sorgen zu machen, als ich sah, daß Cholla Yi und einige seiner Offiziere in der Nähe standen. Normalerweise war der Admiral ein so strenger Befehlshaber, daß niemand gewagt hätte, sich in seiner Gegenwart lautstark zu beklagen.

Einer der Seeleute, ein großer, stämmiger Bursche mit einer geschwollenen Knolle von einer Nase, schöpfte Wasser, trank, dann spuckte er es fluchend aus. »Hurenpisse«, sagte er mit so lauter Stimme, daß nur ein stutzohriger Dieb es hätte überhören können. »Jetzt lassen sie uns schon Hurenpisse trinken, Kameraden. Und als wäre das noch nicht genug, lassen sie uns die Laderäume mit dem Zeug füllen, damit wir nicht vergessen, was uns in den kommenden Wochen erwartet.«

Einer seiner Kameraden, ein langer, magerer Schurke mit einem Kinn scharf wie ein Dolch, sprach ebenso laut. »Das wird sich nicht ändern, solange uns diese Schlampe da Befehle gibt.«

Er drehte sich um und sah mir direkt in die Augen, wie auch alle anderen. Cholla Yi und seine Offiziere schlenderten davon, als hätten sie nichts bemerkt. Ich hörte, wie er über etwas lachte, was Phocas gesagt hatte, dann verschwanden sie hinter einem Felsen. Sämtliche Männer starrten mich unverhohlen an. Ohne ein weiteres Wort fuhren ihre Hände zu den Dolchen.

Da er die Gefahr spürte, zupfte Gamelan an meinem Ärmel und flüsterte: »Wir sollten lieber gehen.«

Ich wußte, wir hätten die Dolche im Rücken gehabt, bevor wir zehn Schritte hinter uns gebracht hatten. Ich war bereit, mein Schwert zu ziehen und es auf einen Kampf ankommen zu lassen, ging sogar so weit, meine Stellung zu verändern, als ich mit dem Stiefel gegen etwas Hartes stieß. Ich sah hinab, wollte alles fortstoßen, worüber ich ins Stolpern geraten konnte, und entdeckte eine leere Muschel von der Größe eines Kinderkopfes. Ein Gefühl ungeheurer Ruhe überkam mich. Mein Blut wallte auf, nicht vor Mordlust, die ich meinem Willen schon seit langem unterworfen hatte, sondern mit einer Art von Macht, die eher einem Fluß ähnelte, der durch eine schmale Stelle drängt.

Anstatt mein Schwert zu ziehen, bückte ich mich und sammelte die Muschel auf.

Ich sprach mit Gamelan, doch war meine Stimme laut genug, daß alle mich hören konnten. »Hier ist schon wieder eine Muschel, mein Freund. Ich wette einen fetten Beutel Gold gegen ein dünnes Kupferstück, daß ihr Fleisch so süß ist wie das der anderen vorhin.«

Gamelan legte seine Stirn in Falten. »Wovon …« Abrupt hielt er inne. »Oh.« Ich drückte ihm die Muschel in die Hand, und hastig betastete er sie. Dann sagte er mit ebenso lauter Stimme: »Ja, das ist wieder so eine. Ganz sicher ist sie so gut wie die letzte, die wir vor kaum einer Stunde gefunden haben.« Er schmatzte genießerisch. »Köstlich. Und weißt du, ihr Geschmack erinnert mich an ein seltenes Schalentier, das unsere Köche an Festtagen in Orissa zu servieren pflegten. Eine Speise, die Göttern gebührt.«

Ich sah die Männer an und riß die Augen auf, als hätte ich sie eben erst bemerkt. Dann machte ich ein ernstes Gesicht und schrie sie mit meiner besten Kommandeursstimme an.

»Ihr da! Laßt stehen und liegen, was ihr gerade tut, und kommt her!«

Sie waren so erschrocken, daß sie die Hände von den Messern nahmen. Ungeduldig winkte ich sie heran. »Beeilung, Männer. Wir haben eine hungrige Mannschaft zu füttern.«

Sie stolperten voran, steif wie mechanisches Spielzeug. Doch bevor sie bei mir waren, hatte sich Knollennase in Positur geworfen und mit seinem hageren Kumpan nach vorn gedrängt.

Ich deutete auf die Muschel. »Fangt an, die Dinger hier zu sammeln«, befahl ich. »Ihr könnt sie vorerst in die leeren Wasserfässer füllen.« Die Männer glotzten mich an. »Trödelt nicht. Tut, was ich euch sage. Ich kläre das mit euren Offizieren, also macht euch darum keine Sorgen.«

Knollennase zog eine spöttische Grimasse. »Wozu sollte jemand ein Faß mit alten Muscheln haben wollen?« sagte er. Er wandte sich an seine Freunde. »Als nächstes füttert sie uns mit Steinen.« Die Männer lachten, doch lag tödliche Schärfe in ihren Stimmen.

»Rede keinen Unsinn, Mann«, gab ich zurück. »Die Dinger sind köstlich.«

Mit einer raschen Bewegung zog ich ihm das Messer aus dem Gürtel. Ich bohrte es in die Muschel. Vor meinem inneren Auge sah ich eine Art Tümpel, in dem es vor allen möglichen schwimmenden und krabbelnden Wesen nur so wimmelte. Ich spürte, daß unter dem Messer etwas zuckte, dann stieß ich zu, brach die Muschel auf, und heraus kam ein dickliches Tier, das sich fett und feist auf dem Messer wand.

»Warte einen Moment, und du wirst es selbst sehen«, sagte ich.

Ich kniete mich an den Rand des Geysirs und hielt das aufgespießte Fleisch ins kochende Wasser. Ein pikanter Fischeintopf kam mir in den Sinn, den meine Mutter anzurichten pflegte, und in meiner Vorstellung wurde das schwefelige Wasser, in dem ich das Schalentier kochte, zu jenem dicken Eintopf aus meiner Kindheit.

Nach wenigen Sekunden erhob ich mich und warf das Fleisch auf einen flachen Stein. Eilig schnitt ich es in kleine Stücke. Verlockender Duft hing in der Luft.

Ich spießte ein Stück davon mit dem Messer auf und biß hinein. »Mmmh«, seufzte ich ehrlich begeistert. »Wie bei meiner Mutter.« Ich log nicht. Es schmeckte tatsächlich so gut. Ich spießte den nächsten Brocken auf und hielt ihn unter die Knollennase. »Probier«, sagte ich.

Das höhnische Grinsen war verflogen, als er sein Messer nahm. Die anderen sammelten sich um ihn herum. »Mach schon, Santh«, drängte sein hagerer Freund. »Probier es.«

Knollennase – oder Santh – steckte das Fleisch in den Mund und kaute. Augenblicklich breitete sich unter dem unschönen Riechorgan ein zufriedenes Grinsen aus. »Verdammt, das ist gut!« rief er.

»Sieht aus, als wäre genug für alle da«, sagte ich und deutete auf die zerteilten Bissen.

Sie alle drängten nach vorn, nahmen, was sie kriegen konnten, und leckten beinah noch den Stein ab.

»Ihr sagt, davon gäbe es noch mehr, Hauptmann?« fragte Knollennase. Zähneknirschender Respekt lag in seiner Stimme.

»Wir haben nur eine weitere gefunden«, log ich. »Aber sicher gibt es noch mehr davon. Eben erst habe ich mich mit Lord Gamelan darüber unterhalten, wo man wohl welche finden könnte.«

Sobald ich dies gesagt hatte, verlor ich den Mut. Wie konnte ich einlösen, was ich eben versprochen hatte?

Gamelan, der meine Anspannung spürte, strich mit weisem Blick über seinen Bart. »Gebt mir die Muschel, Hauptmann«, sagte er.

Ich reichte sie ihm, und respektvoll schweigend standen die Männer da, als der alte Zauberer die Muschel in alle Richtungen drehte und wendete. Dann gab er sie mir zurück.

»Haltet sie an Euer Ohr, Hauptmann Antero«, sagte er, »und *lauscht*.«

Ich verbarg mein Staunen und hielt sie mir ans Ohr, während ich mir wünschte, ich besäße einen Bart, über den ich hätte streichen können, um mir zumindest den Anschein zu geben, daß ich wüßte, was ich tat. Ich hörte nur das vertraute Rauschen der See, das wir alle hören, seit wir diesen Trick als Kinder versucht haben.

»Ich wußte nicht, daß Fische sprechen können«, hörte ich Knollennases hageren Freund ehrfürchtig sagen.

Ich hätte gern erwidert: Ich auch nicht, Bruder. Ich auch nicht.

Dann erinnerte ich mich an eine von Gamelans ersten Lektionen in der Zauberkunst.

»Du kannst in so kurzer Zeit nicht alle Zaubersprüche lernen«, hatte er gesagt. »Die besten davon füllen so manchen Band auf zahllosen Regalen. Statt dessen werde ich dir sagen, was die jungen Zauberer – die Anhänger des verblichenen Janos Greycloak – raten. Sie behaupten, die Worte, aus denen sich ein Spruch zusammensetzt, seien nicht wichtig. Sie dienen nur dazu, deine Energien zu konzentrieren. Und ich muß zugeben, daß in dem, was sie behaupten, einige Wahrheit liegt. In meinem hohen Alter könnte ich nicht mehr schwören, ob die Worte, die ich rezitiere, auswendig gelernte Sprüche sind oder mir erst in diesem Augenblick einfallen. Sie kommen mir einfach in den Sinn, wenn ich sie brauche.«

»Das ist für Leute wie mich keine große Hilfe«, gab ich zurück. »Worte sind *dein* Beruf, Zauberer. Nicht der meine.«

»Wenn du aufmerksam lauschst, Rali«, sagte er, »werden dir die nötigen Worte einfallen.«

»Lauschen?« fragte ich. »Wem lauschen?«

»Dir selbst, meine Freundin. Dir selbst.«

Somit hielt ich mir also die Muschel ans Ohr und lauschte. Anfangs hörte ich nur das Rauschen des Meeres und das träge Hämmern meines Herzens. Dann faßte mir eine kalte Hand ans Rückgrat, als ich eine Stimme hörte. Sie kam von innen. Worte stiegen auf wie heiße Asche, und ich öffnete die Lippen und spuckte sie aus:

»Sand und Schaum,
Stein und Anemone;
Ich trage meinen Schild

Und strebe in die Heimat:
Beim treibenden Anker,
Im letzten Sonnenlicht.«

Ich hob den Kopf, um mir die Stellung der Sonne anzusehen. Dorthin deutete ich. »Da«, sagte ich. »Gleich hinter diesen Felsen werdet ihr einen kleinen Strand finden, und gleich davor die Stelle, an der unsere salzigen Gefährten hausen.«

Kein Zweifel an meinen Worten schien die Männer mehr zu plagen, als sie sich die Fässer aufluden und begeistert in die Richtung marschierten, in die ich deutete. Gamelan und ich folgten ihnen. Tatsächlich gab es dort einen Strand mit einem Tümpel, in dem Hunderte solcher Schalentiere lebten. Ich wies die Männer an, die anderen zu rufen, und bald schon drängten sich am Strand zahllose hungrige Männer und Frauen, die schöpften, kratzten und Netze warfen, bis das ganze Ufer mit Köstlichkeiten übersät war.

Jemand legte ein großes Feuer aus Treibholz an und schichtete Seegras darauf. Schnecken und Muscheln aller Art und sogar ein paar Krebse wurden auf das Seegras geworfen, und der köstliche Duft ließ unsere Sorgen plötzlich sehr gering erscheinen.

Gamelan tappte zu mir herüber. Ich glaubte, er wollte mir zu meinem Zauber gratulieren. Statt dessen zupfte er an meinem Ärmel und sagte: »Heute abend, Rali. Heute abend mußt du zu ihnen sprechen. Wahrscheinlich gibt es keinen besseren Zeitpunkt.«

Und so hatte ich an diesem Abend meinen ersten Auftritt als Geisterseherin.

Ich befahl der Mannschaft und meinen Gardistinnen, sich an der Stelle zu versammeln, an der ich die Muschel gefunden hatte. Die Stelle war Gamelans Idee, da er sagte, die Atmosphäre dampfender Tümpel und blubbernder Geysire würde das Publikum aufnahmebereiter machen.

Es war ein trüber Haufen, der sich da vor mir versammelte. Die Begeisterung, die ich mit meinem Zauber ausgelöst hatte, war von kurzer Dauer gewesen. Die Muscheln hatten nur für diese eine

Mahlzeit gereicht … die Tümpel waren leergefegt. Von dieser Insel würden wir nur das faulig schmeckende Wasser mitnehmen können. Cholla Yi stand der Zeremonie abweisend gegenüber und erklärte, es gebe keinen Anlaß zum Jubel, und mein Auftritt werde seine Mannschaft nur erzürnen. Gamelan jedoch rang ihn mit der ernsten Frage nieder, ob er sich denn weigere, den Göttern zu huldigen?

Ich stand auf einem großen Stein neben dem Geysir, damit mich alle sehen konnten. Gamelan war an meiner Seite, um mir gut zuzureden und Anweisungen zu flüstern, falls ich sie brauchen sollte. Eilig sprach ich den Zauber, der meine Stimme verstärkte, dann fing ich an. Ich begann mit einer kurzen und höchst dramatischen Schilderung unserer bisherigen Abenteuer, in der ich unsere Leistungen hervorhob. Ich sprach von unserem Sieg über Lycanth und unserer heiligen Mission, den entflohenen Archon zu jagen. Ich lobte den Heldenmut meiner Zuhörer in der Seeschlacht, die mit der Niederwerfung unseres finsteren Feindes geendet hatte. Schließlich sprach ich von dem großen Geschenk, mit dem uns die Götter bedacht hatten, als sie uns gestatteten, dem schrecklichen Aufruhr der See zu entkommen. Einige der Männer wurden zornig und riefen, es sei kein Segen gewesen, sondern eher ein Unglück, das, wie sie sagten, mein Fehler sei, da ich den Fluch des Archon über sie gebracht habe.

»Wie könnt ihr es wagen, die Götter so zu schmähen?« donnerte ich. Meine Stimme hallte von den Felsen zurück und erschreckte selbst mich. »Ihr lebt, oder nicht? Ist diese Tatsache nicht Geschenk genug? Und daß wir uns verirrt haben … nun, das ist ein vorübergehender Zustand. Uns allen wurde die größte Chance unseres Lebens gegeben, und zwar vom größten Gott aller Suchenden … Te-Date! Wollt ihr es wagen, die Wege unseres mächtigen Herrn in Frage zu stellen?«

Blanke Furcht vor der Gotteslästerung brachte sie zum Schweigen; ich fuhr fort.

»Niemand von unserem Volk ist je durch dieses Meer gesegelt«, sagte ich. »Zahllose Generationen haben sich gefragt, welche Mysterien und Reichtümer in den endlosen Regionen jenseits des westlichen Randes unserer Welt warten mochten. Ihr alle wißt, daß mein Bruder Amalric Antero gemeinsam mit dem mächtigen und weisen Janos Greycloak die Geheimnisse des Ostens enthüllt hat, indem er die legendären Fernen Königreiche fand. Manch Abenteurer hat seither geklagt, es gebe nichts mehr zu entdecken. Nun, hier ist eure Chance. Hier ist die Gelegenheit, die sich nur einmal in hundert Leben bietet. Was wir hier erfahren, wird heim zu unseren Familien gelangen. Unsere Namen werden in die Steine der Großen gehauen, daß alle sie in Ewigkeit sehen und bestaunen können. Und andere werden weinen, meine Freunde. Weinen vor hilflosem Neid, daß sie nicht hier sein konnten, um an unserem großen Abenteuer teilzuhaben!«

Nach vielen traurigen Tagen sah ich erstmals wieder lächelnde Gesichter und hörte freudiges Gemurmel. Und jetzt, da ich sie am Haken hatte, wie Gamelan zu sagen pflegte, wurde es Zeit, sie einzuholen.

Unter Anrufung von Te-Date und Maranonia begann ich die Inszenierung, die der Zauberer und ich geplant hatten. Ich warf einen kleinen Beutel auf die Erde und rief damit eine laute Explosion hervor. Staunend stöhnte mein Publikum auf, als farbiger Rauch aufwirbelte. Ich warf kleine Spiegel in den Rauch, und splitternd stiegen diese in die Höhe und barsten in mehr Stücke, als Sterne am nächtlichen Himmel standen. Noch eine Explosion, und erneut zerbarsten sie, regneten dann sanft herab, glitzerten bunt, dann schmolzen sie zu kleinen Tröpfchen, wenn sie irgendwo am Boden landeten, und verwandelten sich in wundersames Parfum. Dann führte ich den Trick mit den bunten Bändern vor, und diesmal gab es weder Knoten noch Knäuel. Rote, grüne und goldene Bänder schossen zwischen meinen Fingern hervor, woben sich zu zarten Schleiern, die der Wind verwehte und wie magische Drachen aufwirbelte.

Gamelan und ich waren übereingekommen, daß der nächste Trick eine noch größere Detonation bringen sollte als der erste, damit eine mächtige Rauchsäule aufstieg. Danach wollte ich die Götter anrufen, damit sie unser Abenteuer segneten und uns zur Seite standen, bis die Reise ein glückliches und erfolgreiches Ende nahm. Ich holte den Beutel mit den Ingredienzen hervor, die ich auf Anweisung des Zauberers zusammengemischt hatte. Er war prall gefüllt, damit er große Energie entwickelte. Doch war ich eben dabei, ihn zu Boden zu werfen, als mich etwas aufhielt. Ich spürte, wie eine Geisterhand an meinem Arm zog und mich herumdrehte. Als ich den blubbernden Geysir erblickte, flüsterte mir eine Stimme ins Ohr und leitete mich an. Ich warf den Beutel in den dampfenden Tümpel.

Anstelle einer Explosion war ein Horn zu hören, das lauter tönte als jedes andere, das je ein Mensch gesehen hatte. Der Geysir schoß in die Höhe, doppelt so hoch wie eine große Frau, und wirbelte herum wie ein Derwisch in der Wüste. Es war ein wilder Tanz lebhafter Farben. Musik stimmte in die Trompetentöne ein, Trommeln und Streicher und Flöten mischten sich unter die wundersamen Klänge. Die Tümpel um den Geysir schossen auf wie ihre Mutter, wirbelten in wildem Tanz zur gespenstischen Musik.

So plötzlich, wie sie ausgebrochen waren, fielen sie herab und wurden zu stillen, blauen Teichen. Ich sah, daß auch der Geysir diese Farbe angenommen hatte, nur daß er unsere Umrisse reflektierte wie ein großer Spiegel. Die Musik brach ab. Kein Zischen des Geysirs störte die absolute Stille.

Eine Stimme quoll aus mir hervor, und ich schwöre beim Geist meiner Mutter, daß weder ich noch Zauberkraft diese Stimme lenkte. Ich lauschte, als sei ich eine andere, während die Worte über meine Lippen kamen. »Oh, großer Te-Date. Beschützer der Wandernden, Herr über die bekannten Horizonte, die gelüfteten Geheimnisse, gewähre uns diese Gunst! Wohin segeln wir, o Herr? In welcher Richtung wartet unser Schicksal, unsere Bestimmung?«

Der wirbelnde Geysir nahm feste Formen an, und ein Bild entstand auf seiner Spiegeloberfläche. Es zeigte unsere Flotte, die über ruhige See segelte. Vorn fuhr mein Schiff, und die Flagge Maranonias flatterte im Wind. Wir segelten westlich, jagten die untergehende Sonne.

Das Bild verschwand, und der Geysir sank in den zischenden Teich hinab.

Erneut wandte ich mich meinem Publikum zu, überglücklich. Wieder begann ich zu sprechen, nur daß die Worte diesmal meine eigenen waren.

»Das ist unsere Antwort, Freunde. Die Götter haben uns den Heimweg gezeigt. Wir segeln gen Westen! Und – gepriesen sei Te-Date – wir fahren nicht mehr in die Irre!«

Jubel kam auf, daß die felsige Schlucht davon widerhallte. Manche lachten und klopften ihren Kameraden auf die Schultern. Andere waren so übewältigt, daß sie weinten. Meine Frauen – ergriffen von der Intensität des Augenblicks – jubelten lauter als alle anderen.

Was mich anging, so ließ die Erschöpfung meine Knie erzittern. Ich brach auf dem Stein zusammen, und um mich wurde alles schwarz.

Als ich erwachte, fand ich mich an Bord des Schiffes wieder und wir fuhren mit vollen Segeln, glitten mit frischem Wind über das Meer. Ich lag in Gamelans kleiner Kajüte, und als ich die Augen aufschlug, tupfte er mir die Stirn mit einem Tuch, das nach süßlichem Heilpuder roch. Er lächelte, als er spürte, daß ich mich regte. »Ah, du bist wieder unter uns, meine Freundin«, sagte er. »Wie fühlst du dich?«

Ich wollte mich aufsetzen, doch meine Glieder waren so schwach, daß ich den Versuch aufgab. »Ich fühle mich, als hätte ich drei von drei möglichen Ringkämpfen per Schultersieg verloren«, sagte ich. »Was zu erwarten stand, wie ich annehme. Schließlich bin ich ein Neuling in der Zauberkunst. Ein paar Stunden Ruhe werden mir guttun.«

»Das will ich hoffen«, lachte der Zauberer. »Du hast schon beinah eine Woche geschlafen.«

Verblüfft setzte ich mich auf. »Eine Woche? Wie konntest du mich so lange schlafen lassen? Bei Te-Date, wir haben zu tun. Pläne zu schmieden. Training zu ...«

Gamelans anhaltendes Gelächter unterbrach mein Geplapper. »Geisterseher sind auch nicht mehr das, was sie mal waren«, sagte er. »In meiner Jugend erwartete man von Akoluthen, daß sie vor dem Frühstück eine Segnung beaufsichtigten und eine halbe Hundertschaft heilten, bevor die Glocke zur Zehn-Uhr-Kasteiung rief.«

»Spar dir deine Schifferscheiße, Zauberer«, knurrte ich.

Gamelan wurde ernst. »Ich muß zugeben, daß mir bei deinem improvisierten Ausblick auf die Zukunft angst und bange wurde. Ein Orakel anzurufen kann gefährlich werden, besonders für einen unerfahrenen Anfänger.«

Ich zuckte mit den Achseln. »Es ist mir gelungen, oder? Die Götter waren so freundlich, uns den Heimweg zu zeigen. Wir segeln gen Westen, um dort Orissa zu finden.«

Gamelan schüttelte den Kopf. »Nicht unbedingt«, sagte er.

»Hör zu«, gab ich leicht erhitzt zurück. »Die Vision hat deutlich gezeigt, daß wir nach Westen segeln sollen.«

»Natürlich konnte ich die Vision, die du herbeigezaubert hast, nicht sehen«, sagte Gamelan. »Andererseits bin ich zwar blind, aber – danke der Nachfrage – ich höre noch ganz gut. Und ganz deutlich habe ich *gehört*, wie du gefragt hast, in welcher Richtung unser *Schicksal* wartet. Von unserer Suche nach Orissa hast du kein Wort gesagt. Ich kenne auch keinen Zauberer, der so etwas schaffen könnte. Falls es ihn gäbe, hätte ich dich schon vor längerer Zeit gleich mehrere Karten zaubern lassen.«

Mit schwächerer Stimme sagte ich: »Dann liegt unser Heimweg nicht im Westen?«

»Wer kann das sagen?« antwortete Gamelan. »Vielleicht stimmt das Schicksal mit unserem Wunschdenken überein. Vielleicht treffen wir, wenn wir nach Westen segeln – was, wie wir wissen, grob gesagt die entgegengesetzte Richtung von Orissa ist –, jemanden, der den Weg kennt. Oder vielleicht stoßen wir auf eine starke Strömung oder eine Passage, die uns in die Heimat führt.«

»Dann habe ich nichts erreicht«, sagte ich und fühlte mich wie ein Tölpel und Versager.

»Oh, das stimmt ganz sicher nicht«, protestierte Gamelan. »Den anderen ist derselbe Fehler unterlaufen wie dir. Oder zumindest haben sie deiner Interpretation des Bildes geglaubt. Jedermann ist überzeugt davon, daß du uns den Weg gewiesen hast. Kaum hatte ich befohlen, dich in meine Kajüte zu tragen, da trafen sich deine Ordonnanzen schon mit Cholla Yi und seinen Offizieren, und es wurde beschlossen, umgehend nach Westen zu segeln.«

Hastig erhob ich mich aus der Koje. Man hatte mich entkleidet, als ich ins Bett gelegt wurde, und ich trug nichts als das Runzeln auf meiner Stirn. »Wo sind meine Kleider?« wollte ich wissen. »Ich muß die Flotte sofort stoppen! Es könnte ebensogut sein, daß wir in die falsche Richtung segeln!«

Gamelan packte meinen Arm und hielt mich zurück. »Sei nicht töricht«, zischte er. »Du warst erfolgreicher, als wir je zu träumen gewagt hätten. Die Flotte schäumt über vor Vertrauen, was in letzter Zeit ganz sicher Mangelware war. Du hast ihnen den Rücken gestärkt, Rali, und Hoffnung in ihre Herzen gebracht.«

»Aber es ist eine Lüge!« protestierte ich.

»Das wissen nur du und ich«, sagte der Zauberer. »Und vielleicht ist es gar keine Lüge. Nur die Götter kennen den Kurs, auf dem wir uns befinden. Möglicherweise nimmt alles ein gutes Ende. Sicher weiß ich nur, daß sie dich hassen werden, wenn du ihnen die Wahrheit sagst. Es wird noch schlimmer werden als vorher. Und wenn das geschieht, haben wir keine Chance mehr, unseren Weg in die Heimat zu finden.«

Ich sank in die Koje zurück, legte eine Decke um mich, denn plötzlich wurde mir ganz kalt. »Was soll ich tun?« stöhnte ich.

»Nichts«, sagte Gamelan. »Bewahr dir nur das Lächeln auf den Lippen, und wenn dich jemand fragt, lügst du noch einmal. Und lügst immer weiter. Falls uns das Glück hold sein sollte, stimmt die Lüge mit der Wahrheit überein.«

Am nächsten Tag fühlte ich mich gut genug, mein Krankenbett verlassen zu können. Alle begrüßten mich begeistert, schmeichelten mir, sorgten dafür, daß ich die besten Leckerbissen von allem bekam, was wir hatten, oder eilten, mir jeden Wunsch zu erfüllen, bis ich mich wie die übelste Heuchlerin fühlte. Doch tat ich, was Gamelan mir geraten hatte, lächelte nur und würgte bescheidene Bemerkungen zu meinem neuerlichen Status als Heldin hervor. Wenn nötig, stützte ich die Lüge, die ich auf jener trostlosen Insel in die Welt gesetzt hatte.

Im Laufe der Zeit fiel es mir immer leichter, da uns das Glück überraschenderweise hold war. Jeden Tag schien die Sonne, und die Winde waren günstig. Unsere kleine Flotte fegte über die Wellen, jagte den phantastischsten Sonnenuntergängen nach, die wir je gesehen hatten. Im Meer schwammen mehr Fische, als wir essen konnten. Und an dem Tag, als ich aufstand, trafen wir auf eine Insel, die von mächtigen Vögeln – gut anderthalbmal so groß wie Polillo – bewohnt war, die nicht nur flügellos, sondern auch so tumb waren, daß man sich ohne Gegenwehr anschleichen und sie mit einem Knüppel niederstrecken konnte. Ihre Schenkel waren mächtig und schmackhaft und ihr weißes Brustfleisch besser als jedes delikate Federvieh, an dem ich je genagt hatte. Wir füllten unsere Proviantfässer mit ihrem Fleisch, sowohl geräuchert als auch gepökelt. Auf jener Insel fanden wir auch Süßwasser, das jedem Likör Konkurrenz machte. Wir schütteten das schwefelige Zeug aus, das wir auf der Geysirinsel gesammelt hatten, schrubbten die Fässer und füllten sie bis an den Rand.

In jenen Tagen hatten wir solches Glück, daß es zur Gewohnheit wurde und man nichts anderes erwartete. Ich nehme an, in den Herzen der Menschen schlummern kleine Kinder. Baut das üppigste Festmahl vor uns auf, und wir werden es bestaunen und uns in beinah sexueller Ekstase an den zahllosen Geschmacksrichtungen berauschen. Doch serviert das gleiche Festmahl jeden Tag, und bald schon jammern wir: »Was ist das? Kolibrizungen in Honig – schon *wieder*?« Und so erging es auch meinen Gefährten. Der Wind war so günstig, wie man ihn sich nur erhoffen konnte, doch Kapitän Stryker klagte, er sei so konstant, daß keine Zeit bliebe, die Segel zu reparieren. Duban, der Ruderaufseher, nörgelte, seine Schützlinge würden weich. Die Quartiermeister waren aufgebracht, weil die Rattenplage so sehr zugenommen hatte, da die Laderäume voller Fleisch waren. Ismet machte sich Sorgen, weil die Frauen mit solcher Begeisterung übten, daß sie es vielleicht übertrieben, und meine Offiziere unkten, etwas müsse wohl fehlen, denn die Moral könne unmöglich so gut sein wie es den Anschein hatte.

Ich blieb von dieser Schwäche unbeleckt, wenn auch keineswegs, weil ich weniger engstirnig war als meine Schwestern und Brüder, sondern weil ich wußte, daß alles schon im Kern nicht stimmte.

Dann erstarben die Winde, und mit ihnen unser Glück.

Kapitel Elf

Der Dämon und sein Günstling

An jenem Tag, als uns das Glück verließ, erwachte ich kurz nach Morgengrauen mit drückendem Kopfschmerz. Es war sehr heiß für diese Uhrzeit, und ich fühlte mich wie außer Atem. Die Luft war dick und sirupartig. Sie roch nach feuchten, alten Dingen, solchen, die lang schon tot waren oder langsam starben. Ich hörte, daß die Segel gerefft und verstaut wurden. Fluchend schickte Duban seine Ruderer auf ihre Bänke. Die Trommel erklang, verstärkte den Druck auf meine hämmernden Schläfen, und ich spürte ein Zittern, als sich das Schiff behäbig in Bewegung setzte. Schwerlich nur kam es voran, als hätte sich das Wasser in Morast verwandelt, und ich hörte, daß etwas an den Seiten schabte. Stöhnend kam ich hoch und taumelte in meine Kleider. Als ich auf dem Weg zum Deck an Polillos Hängematte vorüberkam, hörte ich ein bemitleidenswertes Stöhnen. Ich war nicht die einzige, die an diesem gräßlichen Morgen litt.

Ein bizarrer Anblick erwartete mich an Deck. Das Licht war ein trübes Gelb, das jede Einzelheit verschleierte. Unsere Schatten wirkten aufgebläht und unscharf. Die Ruderer, die zum langsamen Schlagen der Trommel arbeiteten, ächzten dabei, hoben sich bei jedem Ruderschlag vollständig von den Bänken und dann stützten sie sich fest mit den Fersen ab, während sie die Ruder durch das Wasser quälten. Trotz aller Mühen kam das Schiff nur zentimeterweise voran.

Das Problem war offensichtlich. Das Schiff – nein, die gesamte Flotte – saß in einer schier endlosen Wüste von Seetang fest. Auf anderen Schiffen konnte ich Männer sehen, die an Tampen von den Seiten hingen und fleischige Stränge durchschnitten, die ihnen den Weg versperrten. Kapitän Stryker rief gerade einen ähnlichen Arbeitstrupp zusammen, als ich an ihn herantrat, um zu fragen, was ich verschlafen hatte.

»Es ist nicht mein Fehler«, knurrte er und überraschte mich damit, daß er meinte, sich verteidigen zu müssen. »Ich hab gestern schon gesagt, daß es abends Sturm gibt, und Klisura hat mir recht gegeben, aber hat der Admiral es nötig, auf Leute wie mich zu hören? Ich hab so viele Jahre im Salz auf dem Buckel, daß man mich in ein Pökelfaß stecken und als Proviant verkaufen könnte. Verdammt und zugenäht, ich war schon Navigator, als Phocas kaum ein feuchter Fleck in der Hose seines Vaters war, wenn Ihr mir den Ausdruck verzeihen wollt, Hauptmann Antero. Aber der Admiral hört nur auf diesen ignoranten Sohn einer lycanthischen Hure. Er ignoriert mich einfach, wenn ich sage, wir sollten beidrehen, unsere Treibanker werfen und warten, bis sich der Sturm gelegt hat.«

Der Wind hatte mich in der Nacht geweckt, doch war er mir nicht allzu heftig erschienen. Im Gegenteil, er hatte mich beruhigt, und das langsame Rollen des Schiffes hatte mich wieder in den Schlaf gewiegt, während ich dem Regen und der zischenden See lauschte. Als ich Stryker reden hörte, fielen mir Zeiten ein, in denen die Landratten unter uns schon bei der geringsten Brise ihre Eingeweide über die Reling erbrochen hatten. Fast hätte ich laut herausgelacht, verbarg es jedoch mit einem Husten, dann setzte ich meine besorgteste Miene auf.

»Ihr hattet die Gefahr des Sturms erkannt, nehme ich an?« fragte ich.

»Jeder Trottel hätte sie erkannt«, sagte Stryker. »Nicht die Windstärke machte mir Sorgen, sondern die Sichtverhältnisse. Der Regen fiel dichter als die Flüche meiner letzten Frau, wenn ich zu spät aus der Taverne kam. Und es war die schwärzeste Nacht, die ich je gesehen habe, seit ich als Junge vor der Pfefferküste auf Kaperfahrt war. Ich fürchtete, wir würden uns im Sturm verlieren oder, schlimmer noch, in der Dunkelheit auf ein Riff laufen. Das beste wäre – so habe ich dem Admiral signalisiert –, abzuwarten und am Morgen die Position neu zu bestimmen. Aber Phocas wollte unbedingt weiter, und Cholla Yi stimmte ihm zu. Weiter wohin, frage ich Euch? Wir wissen nicht mal, wohin wir fahren! Jedenfalls sind wir zusammengeblieben, obwohl ich praktisch meutern mußte, bis ich sie so weit hatte, daß sie wenigstens Laternen raushängten, damit wir einander sehen konnten. Dann legte sich der Wind schneller, als eine Hure ihre Titten versteckt, wenn sie sieht, daß deine Börse leer ist. Und seitdem hatten wir nicht den leisesten Hauch mehr. Nur wäre das nicht halb so schlimm. Richtig schlimm ist das, worin wir festsitzen.«

Er deutete auf das Gestrüpp aus Seetang, das so dicht war, daß man an manchen Stellen kaum das Wasser sehen konnte. Langsam hob und senkte es sich mit den Wellen.

»So was hab ich noch nie gesehen«, sagte er. »Nicht so groß und nicht so dicht! Aber Geschichten hab ich davon gehört. O ja, ich hab Sachen gehört, die einem das Herz hüpfen lassen.«

»Da bin ich ganz sicher, Kapitän Stryker«, sagte ich. »Aber ich hoffe, Ihr behaltet die Märchen für Euch, bis wir diesen Seetang hinter uns haben. Es macht keinen Sinn, die Leute unnötig zu ängstigen.«

»*Falls* wir rauskommen«, sagte Stryker düster.

Ich schenkte seinen trübsinnigen Worten keine Beachtung. Er versuchte nur, das Übel zu dramatisieren, das Cholla Yi ihm angetan hatte, als er seinen vernünftigen Rat ignorierte.

»Wir kommen schon durch«, sagte er, ließ sich erweichen, seine wahren Gedanken preiszugeben. »Wir brauchen nur eine ordentliche Brise, und schon sind wir draußen und können uns frei bewegen.«

Nur kam keine ordentliche Brise. Kein Lüftchen rührte sich an jenem Tag, und auch nicht am nächsten oder einem der folgenden Tage. Und es war *heiß*! Bei den Göttern, die uns erneut im Stich ließen – es war heiß. Der gelbe Dunst, der uns umfing, schien diese Hitze nur noch zu verstärken, und gab uns das Gefühl, wir würden am Boden eines Suppenkessels gekocht. In der Zwischenzeit schloß sich das Gefängnis aus Seetang immer enger um uns. Wir fanden etwas, das wie ein Kanal aussah, der in die Freiheit führte, schnitten uns den Weg dorthin frei, dann steuerten wir die Schiffe einzeln in diese Durchfahrt. Doch statt in die Freiheit brachte uns der Kanal in ein Labyrinth aus Sackgassen und Engpässen, die wieder zu sich selbst zurückführten, und anderen, die uns immer tiefer in das Gewirr leiteten. Wir konnten nur immer weiterfahren, denn kaum hatten wir einen Weg freigehackt und waren hindurchgerudert, da schloß er sich schon hinter uns, und gleich darauf schlang sich der Seetang wieder ineinander.

Jeden Tag warf ich die Knochen, doch waren sie zu ihrer nutzlosen Gleichgültigkeit zurückgekehrt. Wie sehr ich mich auch bemühte, wie ich sie auch werfen mochte, stets ergab sich dasselbe Muster. Und dieses Muster, das hatte Gamelan mich gelehrt, sagte in naher Zukunft keine Veränderung voraus. Während die Mannschaft in der schrecklichen Hitze arbeitete und uns Stück für Stück durch diesen feuchten Wald zog, versuchten Gamelan und ich jeden einzelnen Trick, den der alte Zauberer über das Herbeirufen von Winden kannte.

Wir holten die magischen Windbeutel hervor, die wir für diesen Zweck mitgenommen hatten. Es waren die besten, die Gamelan und seine Geisterseher hatten erschaffen können, bevor wir Lycanth verließen. Manch magisches Talent war in die Arbeit geflossen, doch alles war umsonst. Jedesmal, wenn ich die Zeremonie ausführte, die Worte sprach, die den Wind wecken sollten, und dann den Beutel öffnete, trat nur ein heißes, ranzig riechendes Gas aus. Gamelan glaubte schließlich, es müsse ein Zauber über diesem Meer liegen, der sicherstellte, daß kein Wind je sein schreckliches Ebenmaß zerstörte.

Je tiefer wir jedoch eindrangen, desto mehr veränderte es sich. Was anfangs wie eine sanft rollende Fläche erschienen war, entpuppte sich schon bald als Täuschung. In den Kanälen ragte der Tang immer höher auf und formte an manchen Stellen Dämme, die bis zur halben Höhe des Mastes aufragten. Die Äste hatten sich zu allen möglichen, seltsamen Formen verschlungen. Manche schienen Türmchen einer fleischigen, bräunlichen Burg zu bilden. Andere hatten die Form von Menschen oder Tieren angenommen. An einer kam ich vorüber, von der ich hätte schwören können, daß sie aussah, als wüchse ein Frauenkörper aus dem Leib einer scheuenden Stute. Auf dieser Stute saß eine junge Frau mit wogenden Brüsten und fliegendem Haar, ganz so, als stürmte sie auf ihrem Roß voran. Polillo sagte, solche Dinge würde ich nur sehen, weil ich zu lang schon ohne Geliebte sei. Ich lachte, doch im stillen fürchtete ich, daß sie recht hatte.

Nach einer Woche harter Arbeit stießen wir auf einen Kanal, dessen Strömung stärker war. Noch immer ging es nur gemächlich voran, doch überhaupt eine Bewegung in diesem Sumpf zu sehen, war ein freudiger Anblick. Allerdings blieb die Freude nur von kurzer Dauer. Santh – die alte Knollennase höchstselbst – machte ihr ein Ende. Im einen Moment redete ich noch mit Stryker, im nächsten rannten wir schon nach vorn, aufgeschreckt von Sanths heiserem Aufschrei. Wir mußten uns durch eine Traube von Seeleuten kämpfen, bis wir am Bug waren, wo er stand, blaß und verstört.

»Was ist los, Mann?« sagte Stryker.

Doch Santh war zu hysterisch, als daß er hätte antworten können. »Mögen mir die Götter verzeihen«, jammerte er. »Mein Leben lang bin ich ein Halunke gewesen, aber kein Mensch verdient es, so zu sterben!«

Stryker packte ihn grob beim Kragen. »Hör auf, Unsinn zu erzählen , Idiot«, bellte er. »Du bist nicht tot. Und du hast auch keinen Grund, den Tod zu fürchten.«

Santh riß sich so weit zusammen, daß er mit zitterndem Finger nach rechts deuten konnte. »Seht, Kapitän!« rief er. »Seht doch!«

Wir spähten in die Richtung, in die er zeigte. Ich sah, daß etwas Gräulichweißes aus dem Tangwald ragte. Als ich erkannte, worum es sich handelte, hörte ich, wie Stryker nach Luft schnappte.

»Bei Te-Date, jetzt sitzen wir in der Klemme«, schnarrte er.

Wir hatten die abgenagten Knochen eines menschlichen Skeletts vor uns. Ein kleiner Krebs huschte aus der leeren Augenhöhle hervor, winkte mit seinen Scheren, huschte dann wieder hinein. Ich sah genauer hin und fand verrottete Fetzen von Männerkleidung. Auf der einen Seite lag etwas, das eine Belegklampe hätte sein können.

»Der arme Kerl«, murmelte Stryker. Er wandte sich Santh und den anderen zu. »Schafft eure Ärsche wieder an die Arbeit, Männer«, knurrte er. »Das hier bringt uns nicht weiter. Die Sache ist so klar wie Sanths Nase breit.« Er deutete auf das Skelett. »Das da ist ein Bursche, der nicht auf die Befehle seines Kapitäns hören wollte. Sein Schiff mußte ohne ihn weiterfahren, und seine Knochen hat man den Krebsen dagelassen.«

Er setzte seine Predigt noch weiter fort, auch um sie wütend zu machen, dann gingen sie an die Arbeit, blickten dabei aber immer wieder ängstlich über die Schultern.

»Gut reagiert«, lobte ich.

Stryker schüttelte den Kopf. »Ich bin ein Heuchler, und das wissen sie«, sagte er. »Wenn Ihr da auf der Insel nicht gezaubert hättet, wäre jetzt nicht mit ihnen zu reden.« Er erschauerte. »Wir wissen, daß die Götter mit uns sind. Das haben wir ganz deutlich gesehen. Aber sie machen es uns nicht leicht, Hauptmann Antero. Ganz bestimmt nicht.«

Er ging, um seine Männer zu beaufsichtigen und ließ mich mit nagendem Schuldgefühl zurück, da meine Vision uns rein gar nichts versprochen hatte. Unsere Zukunft mochte im Westen liegen, doch nur die Götter wußten, wie sie enden würde... oder wann. Im

Augenblick mochte unsere Zukunft sehr wohl so aussehen, daß es uns erging wie dem toten Seemann, den wir eben entdeckt hatten, und unsere Knochen von den niederen Lebensformen abgenagt würden, die in unserem Gefängnis umherhuschten. Eben wollte ich Gamelan aufsuchen, um mich mit ihm zu beraten, als die drückende Ruhe erneut gestört wurde. Man hörte, daß der Ausguck etwas rief. Man mußte mir nicht sagen, was er erspäht hatte, denn kaum war der Aufschrei über seine Lippen gekommen, da sah ich es auch schon selbst.

Beide Uferdämme waren zu einem gigantischen Leichenhaus geworden. Zahllose Skelette – sowohl von Menschen als auch Tieren – lagen überall herum. Manche waren vollständig und trugen noch Reste von Kleidern, andere waren zerteilt, die großen Knochen aufgebrochen, als hätten Aasfresser nach dem Mark gesucht. Viele aus der Mannschaft weinten, andere erbrachen sich über die Reling, während wir anderen blaß dastanden und Gebete zu den Göttern murmelten, von denen wir hofften, daß sie uns ein solches Ende ersparten. Während sich das Entsetzen in unsere Träume fraß, machte der Kanal eine Biegung, führte in eine kleine Lagune, und noch Entsetzlicheres erwartete uns.

Die verrotteten Rümpfe von Schiffen jeden Alters und jeder Nation lagen vor unseren Augen. Manche hatte sich am Rande der Lagune verfangen, andere ragten – so weit das Auge reichte – aus dem langsam wogenden Seetang auf. Manche der Schiffe waren von neuerer Form, doch andere waren – selbst für mein ungeschultes Auge – uralt und überzogen vom Schorf der Jahrhunderte. Das Ganze war ein riesiger Friedhof all jener Schiffe, die seit Anbeginn der Menschheitsgeschichte spurlos verschwunden waren.

Etwas bewirkte, daß ich mich instinktiv duckte, und ein Schatten zog über mich hinweg. Ich hörte einen überraschten Schmerzensschrei, als ein Seemann hinter mir von etwas getroffen wurde. Ich ließ mich zu Boden fallen und kam wieder auf die Beine, zog mein Schwert noch in der Bewegung und duckte mich erneut, als ein Geschoß vorüberflog. Ein schriller Chor von Kriegsgeschrei schnitt durch die Luft, und Mengen schwerer Objekte fielen herab. Ich sah magere, nackte Gestalten, die von den Dämmen aus Seetang sprangen und dabei Waffen aller Art schwangen. Ein rostiger Speer wurde mir entgegengeschleudert. Ich schlug ihn beiseite und machte meinen Angreifer nieder, schrie meinen Gardistinnen zu, sie sollten die Enterer abwehren.

An Deck wimmelte es von kleinen braunen Gestalten mit Gliedmaßen, die so dürr waren, daß sie aussahen, als seien sie mit zwei Fingern zu zerbrechen. Doch glichen sie ihren Mangel an Größe mit Wildheit und dem Überraschungseffekt aus. So mancher Seemann fiel dem ersten Angriff zum Opfer, doch als meine Frauen die Angreifer niedermetzelten, kam die Mannschaft zu sich und schlug mit allem zu, was dafür zu gebrauchen war. Ich sah, daß Corais und Gerasa – eine großartige Bogenschützin – im Schutze der axtschwingenden Polillo – einen Pfeil nach dem anderen auf die Angreifer abschossen. Drei von ihnen machten sich über mich her. Mit der linken Hand griff ich nach meinem Messer, dann lehnte ich mich mit dem Rücken an den Mast, als sie mich bedrängten. Der zu meiner Linken stach mit einem Dreizack auf mich ein. Mit einem kurzen Schwerthieb schlug ich den Stiel ab, sprang vor und stieß ihm meinen Dolch zwischen die Rippen. Dieser blieb stecken, als der Bursche fiel, also ließ ich ihn dort und fuhr herum, hieb mit beiden Händen auf seinen axtschwingenden Nebenmann ein. Meine Klinge bohrte sich tief in ihn hinein, schnitt ihn beinah in zwei Teile. Blut spritzte aus der Wunde und nahm mir die Sicht. Als ich verzweifelt an meinem Schwert riß, um es freizubekommen, spürte ich, wie der dritte Mann heranstürzte. Ich ging in die Knie, und er stolperte über mich. Bevor er sich fing, hatte ich die Klinge befreit und hieb blindlings auf ihn ein. Es war ein glücklicher Hieb – zumindest für mich – der durch seine Niere schnitt, als er sich abrollen wollte. Er kreischte, und bevor ich mir das Blut aus den Augen gewischt hatte, zuckte er schon im Todeskampf.

Von irgendwo erscholl eine Trompete, und als ich wieder auf den Beinen war, machten sich unsere Feinde davon. Doch auf ihrem

Rückzug trugen viele von ihnen eine grausige Last – Arme und Beine und große Fleischstücke, die sie aus den Leibern unserer gefallenen Kameraden gehackt hatten. Und es war keine wilde Flucht. Geordnet zogen sie sich zurück, mit Trupps, die jene schützten, die mit Fleisch beladen waren.

Ich rief meine Frauen zusammen, und wir griffen die an, die sich noch an Deck befanden, doch konnten wir nur wenige töten, bis der Rest höhnisch lachend von Bord gehüpft war und über die Ranken des Seetangs huschte, die dicker waren als der Leib eines ausgewachsenen Mannes. Auch von den anderen Schiffen hörte man Schlachtenlärm, doch auch dieser wich dem schrillen Spott unserer Angreifer. Ich sah Reihen nackter Körper, die wie Ameisen wirkten. Sie formten sich zu einer Marschkolonne und machten sich auf den Weg. Ich steckte mein Schwert fort und zog mich eilig am Vormast hoch, um zu sehen, wohin sie liefen.

Auf dem Fockmars versteckte sich Sanths langer, hagerer Freund. Er plapperte irgendwas, doch achtete ich nicht auf ihn, als ich in alle Richtungen spähte, bis ich die Kolonne gefunden hatte. In der Ferne entdeckte ich einen mächtigen Hügel in Form eines Schiffes. Ich sah genauer hin und erkannte, daß es tatsächlich ein Schiff war, eines, wie ich es noch nie gesehen hatte. Es war so gigantisch, daß unsere gesamte Flotte darin Platz gefunden hätte. Die Spitze bestand aus einem schiefen Brettergefüge, das drei turmähnliche Bauten darstellte, von denen der mittlere doppelt so hoch war wie die anderen. Rauch kräuselte aus seinem spitzen Dach hervor. Die Kolonne der Männer schlängelte sich zu dem seltsamen Schiff, und wenige Minuten später sah ich, wie sie im riesigen Schlund an der Seite des Rumpfes verschwanden.

Ich kletterte hinab, befahl meinen Offizierinnen, Wachen aufzustellen und sich um die Nöte der Truppe zu kümmern, dann ließ ich Cholla Yi rufen. Während ich wartete, erfuhr ich, daß wir nur ein paar Leichtverwundete zu beklagen hatten. Der arme Stryker dagegen hatte zehn seiner Männer verloren, und ihre Leichen waren allesamt verschleppt worden.

»Immerhin haben wir besser ausgeteilt als eingesteckt«, sagte er grimmig.

Unsere Angreifer hatten sechsunddreißig Leichen zurückgelassen, doch sah ich keinen Grund zur Freude. Die Feinde hatten mitnichten Trauer getragen, als sie mit ihrer Beute aus Gliedmaßen und Muskelfleisch geflüchtet waren, welches sie unseren Kameraden abgehackt hatten. Daß es sich um Kannibalen handelte, war keine Offenbarung. Was mich weit mehr verwunderte, war der Umstand, daß sie wie Hungerleider aussahen, mit aufgeblähten Bäuchen und Armen und Beinen wie Zweige. In diesen von Pflanzen erstickten Gewässern war die Wasserversorgung das größte Problem. Zwischen den Ranken des Seetangs gab es viel Eßbares, und Mengen von Fischen ließen sich aus den Kanälen ziehen. Doch sämtliche Leichen hatten das orangefarbene Haar und die geschwollenen Bäuche der Unterernährung, und die wunden Stellen auf ihrer Haut wären im Leben nicht verheilt.

Admiral Cholla Yi traf ein, erschüttert von den Ereignissen, doch brannte er auf einen Kampf.

»Die sind doch nur Haut und Knochen«, spottete er. »Sie haben uns überrascht, mehr nicht. Wer erwartet schon, daß in dieser Hölle menschliches Leben wartet? Wahrscheinlich sind es nur Überlebende von diesen Wracks. Und sie sind keine ausgebildeten Streiter. Die meisten dieser Kerle sehen aus wie Kaufleute.«

Ich gab ihm recht. »Es ist nicht sehr wahrscheinlich, daß sie jemals eine Kriegsflotte zu Gesicht bekommen haben. Wenn wir versuchen, uns zurückzuziehen, werden sie uns einen nach dem anderen holen. Aber wenn wir ihnen jetzt Gottesfurcht einflößen, werden sie sich in ihre Schlupflöcher verkriechen, bis wir weg sind.«

»Auf eines sollten wir achten«, unterbrach mich Gamelan. »Sie scheinen gemeinsam und zielstrebig vorzugehen. Was bedeutet, daß sie Anführer haben, vielleicht auch ein Oberhaupt.«

Ich nickte. »Wahrscheinlich hat er sein Hauptquartier in dem großen Schiff, in das sie marschiert sind. Vielleicht sollten wir dort zuschlagen.«

»Das würde ich auch sagen«, erwiderte Gamelan. »Aber das war nicht, worauf ich hinauswollte. Mir scheint, dies könnte die Gelegenheit sein, die wir uns erhofft hatten. Ich habe keinen Zweifel daran, daß an diesem Ort magische Kräfte wirken... der ständige Mangel an Wind, dieses Labyrinth einer Vegetation. Es wurde erschaffen, und zwar nicht von der Natur.«

»Ein Zauberer?« fragte ich.

»Vielleicht«, gab Gamelan zurück. »Natürlich könnte es auch etwas anderes sein, aber lieber wäre mir, wenn es jemand wäre, mit dem wir verhandeln können, um einen Ausweg aus dieser Falle zu finden.«

»So weit ich sehe«, sagte Stryker, »haben wir ihnen nichts zu bieten, abgesehen von der Haut, aus der wir nicht können. Also gibt es nichts zu verhandeln. Ich bin derselben Ansicht wie der Admiral. Ich sage, wir kämpfen.«

Doch hatte ich eine Ahnung von dem, worauf Gamelan hinauswollte. Ein Plan nahm in mir Formen an. »Ich stimme Ihnen vollkommen zu, meine Herren«, sagte ich. »Aber vielleicht liegt auch Wahres in dem, was Lord Gamelan sagt. Ich schlage vor, wir versuchen, beides zu erreichen: unseren Feind einzuschüchtern und gleichzeitig einen Ausweg zu finden.«

Ich unterbreitete ihnen einen Plan. Es folgte einiges Gemurmel, doch nach und nach kam man zu einer Einigung. Noch am selben Abend wollten wir angreifen.

Ich nahm acht meiner besten Soldatinnen, darunter Polillo, Ismet und Janela, eine schnelle, sichere Läuferin. Ich übertrug Corais das Kommando über die anderen, ließ sie Bogenschützinnen aufstellen, die auf unsere Rückkehr warten sollten, und achtete darauf, daß Gerasa unter ihnen war.

Wir trugen nur das nötigste an Kleidung, um dem Schamgefühl Genüge zu tun, schwärzten unsere Haut – bis auf Ismet, bei der das nicht nötig war – und unsere Waffen. Gamelan half mir, eine teerige Substanz zusammenzustellen, die wir auf unsere nackten Füße schmierten, und als wir über die Reling auf die mächtigen Ranken des Seetangs kletterten, standen wir so sicher, wie es auf dem rutschigen Untergrund möglich war. Wir hatten mit dem Vollmond zu kämpfen, doch der Dunst, der von der abkühlenden Vegetation aufstieg, verhüllte ihn beinah. Janela ging voraus. Ich folgte ihr, gleich hinter mir Ismet, und Polillo – die große Axt auf den Rücken geschnallt – übernahm die Nachhut.

Ich wußte, daß unser Rückweg in aller Eile vonstatten gehen mußte, falls uns Erfolg beschieden sein sollte. Dafür hatte mich Gamelan ein Öl anrühren lassen, welches Polillo in einer Lederflasche bei sich trug. Noch im Laufen sprenkelte sie Tropfen über die Ranken. Diese waren kaum zu sehen, und Polillo klagte über ihre scheinbar nutzlose Aufgabe, doch versicherte ich ihr, daß sie den Sinn zu gegebenem Zeitpunkt klar erkennen würde. Außerdem hatte ich befohlen, Mengen von Feuerperlen vom Mast unseres Schiffes hängen zu lassen, damit wir den Weg leichter finden konnten. Was unser Ziel – jenes monströse Schiff – anging, so stellte es kein Problem dar, den Weg dorthin zu finden. In der Abenddämmerung erstrahlte der hohe Aufbau in der Mitte wie ein mächtiger Leuchtturm. Seltsam heisere Musik drang heraus, durchsetzt von wildem Geheul, das einem das Blut gefrieren ließ. Eine Art Siegesfeier, so vermuteten wir. Oder vielleicht machten sich unsere mageren Freunde für den nächsten Angriff am Morgen bereit. In beiden Fällen war ich gewillt, ihnen die Feier zu verderben.

Es dauerte, bis wir uns daran gewöhnt hatten, durch diese ungewohnte Welt zu klettern. Die gesamte Tangmasse befand sich ständig in Bewegung und rollte mit dem Meer. An Stellen, wo der Bewuchs nicht ganz so dicht war, schoß das Wasser ohne Vorwarnung wie ein Geysir auf, und wir konnten nur versuchen, das Gleichgewicht zu halten. Hinzu kam, daß man mit einem Fuß zwischen Ranken rutschen und steckenbleiben konnte, sie einem ins Gesicht schlugen oder sich kleinere Ranken in den Harnischen verfingen.

Außerdem gab es abschüssige Stellen, an denen man abrutschen konnte. Einmal mußte ich herausgeholt werden, und Polillo fiel, weil sie so schwer war, gleich dreimal hinein. Es war keine angenehme Erfahrung. Das Wasser war warm und stinkend und voll zappelnder Viecher, die mich mit scharfen Klauen und Zähnen anfielen. Das Loch war weniger ein Becken als ein wäßriges Nest, umgeben von krebsbesetzten Ranken, an denen man sich die Haut aufriß. Als ich hineinfiel, und das Wasser über mir zusammenschlug, war ich beinahe überzeugt, etwas würde mich beobachten und wurde von Angst fast überwältigt. Als mein Kopf wieder auftauchte, spürte ich, daß es zu mir herüberglitt. Ich konnte mich nur zwingen, die Ruhe zu bewahren, bis meine Kameradinnen mich herausholten. Als ich keuchend am Rand des Loches lag, stiegen Blasen auf, und als sie platzten, breitete sich der Gestank von Moder aus. Ein Schauer fuhr mir über den Rücken, und ich übergab mich beinah, als mir meine Phantasie mehrere unerfreuliche Ursachen für Blasen und Gestank anbot. Das ekelhafte Gefühl, in diesem Nest zu sitzen, verfolgt mich bis heute im Schlaf. Die ganze Zeit über hatte ich das abscheuliche Gefühl, daß mich nicht nur jemand verspeisen wollte, sondern daß ich vorher noch auf übelste Weise erniedrigt werden sollte. Jedesmal, wenn Polillo in die Tiefe stürzte, wußte ich, was sie durchmachte, und hätte fast mein Frühstück wieder von mir gegeben, wenn ich wie verrückt – gemeinsam mit den anderen – versuchte, sie herauszuholen.

Schließlich stellten wir fest, daß es das einfachste war, auf unseren Instinkt zu vertrauen und entschlossen voranzustürmen. Wir liefen über die Ranken, folgten der behenden Janela, zögerten nur kurz, wenn wir oben auf einem schwankenden Berg von Seetang standen, sprangen dann zum nächsten und rannten, bis uns die nächste Welle eingeholt hatte. Wir brauchten über eine Stunde, bis wir diese Fortbewegungsart erlernt hatten, und kamen in dieser Zeit nicht weit. Doch nachdem wir unsere unbeholfene Vorsicht erst abgelegt hatten, brauchten wir nur noch fünfzehn Minuten bis zu dem Koloß.

Wir legten uns auf die Bäuche und robbten vorsichtig zum gähnenden Eingang hin. Janela signalisierte uns das Fehlen von Wachen, doch wollte mich dies nicht beruhigen. Ich erinnerte mich an Gamelans Warnung, Fallen könnten weit vielfältigere Formen annehmen, als die Natur und die häßlichste Seite menschlicher Erfindungsgabe zu erschaffen in der Lage seien. Ich ließ halten und kroch dorthin, wo Janela wartete. Mit einer Geste zeigte ich ihr, sie solle warten, und kroch weiter, kaum mehr als ein paar Fuß weit, dann hielt ich inne und lauschte mit allen Sinnen.

Ich spürte, daß staubige Fäden meine Wange berührten und klebten wie ein Spinnennetz. Beinahe hätte ich sie fortgewischt, dann erstarrte ich. Ich wich ein wenig zurück, dann streckte ich langsam eine Hand aus, schloß die Augen und konzentrierte mich. Es war nicht einfach, denn die seltsame Musik war noch lauter geworden, schmerzte in den Ohren und ging durch Mark und Bein. Schließlich berührte ich das Zaubernetz. Ich hielt inne. Meine Finger begannen zu brennen. Ganz langsam zog ich sie zurück, spürte, daß die Zauberfäden hafteten und sich dann sanft lösten.

Gamelan hatte mir, bevor wir unser Schiff verließen, gesagt, was ich tun sollte. »Da ich keine Macht mehr besitze«, hatte er erklärt, »kann ich dir nicht sagen, welche Form der Zauberkraft dich erwartet. Du wirst auf das reagieren müssen, was kommt. Um deinen Feinden zu entgehen, solltest du am besten in ihre Haut schlüpfen.«

Ich winkte die anderen herüber. Mit entsprechenden Gesten warnte ich sie vor der Falle, dann sammelte ich sie um mich. Ich nahm eine kleine Kugel Engelshaar aus meiner Gürteltasche und zerschlug sie mit dem Schaft meines Messers. Fleckiges Pulver fiel heraus. Es roch nach Gräten und Insektenteilen. Die Gräte, sagte Gamelan, sei in Wahrheit das zermahlene Maul eines Tintenfischs, vermischt mit trockener Tinte. Die Insekten waren gleichermaßen behandelte Hülsen eines Käfers, der in großen Kolonien auf blühenden Pflanzen lebte. Um in Ruhe fressen und leben zu können, hatte er gelernt, sich in grüne Zweige und Blätter und die vielfarbigen Blüten seines Gastgebers zu verwandeln. Ich streckte meine Hand flach aus und blies meinen Gefährtinnen den Staub in die Gesichter. Dann sprenkelte ich mir den Rest – das Glas und alles andere – über den Kopf und flüsterte den Zauberspruch:

Form und Schatten,
Schatten und Form –
Gepaarte Flügel
Tragen den Vogel der Nacht.

In Gedanken wurde ich klein und schwach und ohne Stolz. Hunger brannte in meinem Bauch. Eine Stimme weinte in mir: *Ich sterbe! Ich Ärmste.* Das Weinen wurde zu jammerndem Flehen: *Hilf mir, Großer Meister. Oh, bitte, Meister, wenn ich doch nur ... essen könnte.*

Ich hörte tiefes Stöhnen von den anderen, als sie in ihrem Elend versanken. Instinktiv kämpfte ich gegen die Schwäche an, wußte jedoch, daß ich mich ihr bis zum richtigen Augenblick fügen mußte. Ich ließ mich gehen, mühte mich nur, einen Kern von Vernunft lebendig zu halten. Wieder wurde ich furchtbar zerbrechlich, und hungrig ... *so* hungrig. Ich flehte meinen Meister, meinen guten, lieben Meister an, mir Essen zu geben. Etwas Dunkles, Häßliches rührte sich und sagte, ich solle mich Ihm in allem fügen. Mein Verstand kreischte Zustimmung und Demut, und das Häßliche stimmte leise lachend zu. Dann war ich wieder froh, als Haß mich übermannte und den Hunger betäubte. Der Haß gab mir Kraft, und er richtete sich gegen ... meine Flotte! Sie mußte sterben, sie alle mußten sterben. Dann, und nur dann würde ich essen! Beinah wäre ich unter diesem sengend heißen Wutausbruch zusammengebrochen. Es wurde Zeit zum Handeln, doch fehlte mir die Willenskraft. Voller Panik suchte ich jenen Keim meiner selbst, den ich gepflanzt hatte. Und eben, als ich schon die Hoffnung aufgeben, mich meinem Meister fügen wollte, da fand ich ihn. Fest packte ich mit den Gedanken zu. Fester und immer fester, bis ich spürte, daß meine Hände sich zu Fäusten ballten und die Nägel tief in die Handballen schnitten. Schweiß brach mir aus, dann spürte ich Kälte. Meine Kraft kehrte zurück, und ich erhob mich und nahm meine Gefährtinnen eine nach der anderen bei der Hand und führte sie durch das magische Netz. Es teilte sich, ließ uns ein, witterte keine Gefahr. Wir ruhten uns auf der anderen Seite aus, fast wiederhergestellt, geplagt nur von schrecklichem Durst, den die Nervenprobe hinterlassen hatte. Ich protestierte nicht, als meine Frauen sämtlich ihre Flaschen mit verdünntem Wein leerten. Es war unsere letzte Gelegenheit für einen Trunk.

Niemand war da, der uns aufgehalten oder Alarm geschlagen hätte, als wir durch den höhlenartigen Eingang in etwas traten, das einmal der gigantische Laderaum des Schiffes gewesen sein mochte. Fast wären wir wieder davongerannt, sobald wir eingetreten waren. Der Raum war voller Männer. Doch schienen sie zu schlafen oder in magischer Trance zu dämmern, während sie sich wälzten und stöhnten. Ich vermutete letzteres, da der Lärm der Feierlichkeiten noch lauter hallte als zuvor, sie jedoch nicht zu stören schien ... zumindest nicht ihre Träume. Wir krochen zwischen den Männern hindurch, stiegen über sie hinweg oder wichen aus, wenn sie sich, von Nachtmahren gebeutelt, hin und her warfen. An einem massiven Holzpfeiler in der Mitte blieb ich stehen, nahm ein langes Stück roten Fadens hervor und wickelte ihn um den Pfeiler. Wir gingen weiter, blieben aber hier und da stehen, damit ich weitere Fäden um ähnliche Balken und Stützen wickeln konnte.

Wir stiegen Leitern zum nächsthöheren Deck hinauf. Wir liefen durch Gänge und kletterten weiter. Alle Menschen, die wir sahen, schliefen, und sie alle waren Männer. Überall fand ich trockenes Holz für meine Fäden. Schließlich kamen wir auf dem Hauptdeck hinaus ins Freie. Über uns ragte der mittlere Turm auf. Eine Wendeltreppe führte in die Höhe. Oben drangen Licht und Klänge aus runden Fenstern. Das Licht war derart intensiv, daß wir riesenhafte Schatten auf das leere Deck warfen. Ich ließ Ismet und fünf andere zurück, die unseren Fluchtweg bewachen sollten, und rannte zu dem Turm hinüber – mit Janela und Polillo auf meinen Fersen. Dort angekommen, liefen die beiden in entgegengesetzte Richtungen, um das Umfeld des Turmes zu erkunden, während ich mein letztes Fadenknäuel nahm. Es war gerade noch genug da, die Arbeit zu vollenden. Wir wickelten das Band zweimal um den Turm. Dann schlang ich den letzten Knoten. Es wurde Zeit, daß die Falle zuschnappte. Doch bevor ich es tat, wollte ich wissen, mit wem wir es zu tun hatten.

Ich winkte Janela, sie solle warten, und Polillo und ich stiegen die Treppe hinauf. Oben endete diese auf einem runden Deck. An einer Seite gab es eine offene Tür. Ich sah hüpfende Gestalten. Auf der anderen Seite befand sich eines der Fenster. Polillo und ich traten heran, blieben in der Hocke. Dann kamen wir vorsichtig hoch, um hineinzusehen. Polillo holte vor Entsetzen tief Luft. Ich weiß nicht, was wir erwartet hatten, doch was wir in jenem Turmzimmer sahen, ist keine Geschichte, die man Kindern erzählt, nicht einmal hartgesottenen Gefährten bei Wein und Schweinebraten.

Es war ein immens großer Raum, in dem sich die Beute von all den Schiffen wiederfand, die sich im Netz des Seetangs verfangen hatten. Man sah mächtige Stapel von Stoffen, Kisten voller Edelsteine und goldener Bestecke. Überall standen Säcke mit etwas, bei dem es sich um Getreide und seltene Gewürze zu handeln schien. Die Wände waren mit Gobelins aller Art behängt, mit verziertem Brokat und Seide. Alte Waffen, Schilde und Rüstungen hingen ebenso an den Wänden wie seltsame, rostige Maschinen, deren ursprünglichen Zweck ich nicht erkennen konnte. In der Mitte des Raumes, über züngelndem Feuer, blubberte und qualmte ein Topf, der so groß war, daß eine ganze Armee daraus hätte versorgt werden können. Das Feuer zuckte in derart vielen, heißen Farben, daß es von Zauberhand entfacht sein mußte. Fleischbrocken rollten im Topf herum. Ein Gestank hing in der Luft, den ich nicht näher beschreiben möchte. Die Musik, zu der die Männer tanzten, plärrte von überall und nirgends. Von Zeit zu Zeit löste sich ein Mann aus der Meute, hielt seine nackte Hand in die kochende Flüssigkeit und schrie vor Schmerz, während er darin herumfischte, bis er einen Brocken erwischt hatte und ihn herausnahm. Dann schlang er ihn hinunter und schluchzte dabei ununterbrochen. Doch sobald er etwas heruntergewürgt hatte, machten sich die anderen über ihn her und kämpften mit aller Kraft darum, ihm einen Bissen wegzuschnappen.

Ich war so erschüttert, daß es einen Augenblick dauerte, bis ich entdeckte, wer über diesen Wahnsinn wachte. Es konnte keinen Zweifel daran geben, wer hier der Herr war. Der Dämon rekelte sich auf einer erhöhten Bühne, die mit dicken Teppichen belegt war. Von den gelben Klauen an seinen Füßen bis zum stachelbesetzten Horn, das an seiner Stirn aufragte, war er mindestens doppelt so lang wie ein Wurfspieß. Das Horn war weiß gesprenkelt und von roten Streifen durchzogen wie Fett eines geschlachteten Schweins. Seine Arme waren lang wie die eines Affen und Hände wie Füße klauenbesetzt. Er war mit totenbleichen Schuppen überzogen und hatte einen langen, stacheligen Schwanz, mit dem er jedesmal freudig um sich schlug, wenn einer der Männer seinen qualvollen Weg zum Kochtopf antrat. Bei all seiner Größe fand sich an seinem Leib kein überflüssiges Gewicht. Er bestand nur aus schweren Knochen, großen, knotigen Gelenken, Rippen wie Spanten eines Schiffes und langen, sehnigen Muskeln. Sein gehörnter Schädel war lang und schaufelförmig, mit zwei rotumrandeten Löchern, die ihm als Nase, und scharfkantigen Knochen, die ihm als Lippen dienten. Während wir dies alles beobachteten, brach der nächste Kampf aus. Im Streit um Nahrung hatte einer der Männer aus Versehen Fleisch aus dem Arm eines anderen gerissen, es jedoch ohne Zögern heruntergewürgt. Das Vieh, das ihrer aller Meister war, heulte vor Freude. Es war dasselbe schauerliche Geräusch, welches durch die Musik hindurch zu hören war, seit wir unseren Ausflug angetreten hatten. Seine Zähne waren spitz und lang wie ein Finger, die Zunge ein schnell schnalzender Lappen von gräulichem Rosa.

Es war nicht fair von mir, von dem Dämon als »er« zu denken, denn ich hätte nicht mit Sicherheit sagen können, daß er keine »sie« war. Ich hatte im Leben das Glück, mehr gute als böse Männer kennenzulernen, und bin von jenen, die mir am wichtigsten waren, stets gut behandelt worden. Daher muß ich für meine Beschreibung um Verzeihung bitten, doch so sehe ich den Dämon bis zum heutigen Tag. Obwohl er nackt war, konnte ich nicht sagen, von welcher Art das Geschlechtsorgan zwischen seinen Beinen sein sollte. Ich sah nur einen knollenförmigen, weißen Wulst, von Rot umringt. Ich machte mir nicht die Mühe, länger hinzusehen, ob ein Penis aufragte, wenn er sich über die schmerzhaften Eskapaden seiner Sklaven am meisten amüsierte.

Polillo stieß mich an und deutete auf etwas. Auf einer breiten, mit Teppichen ausgelegten Stufe direkt unter der Tribüne sah ich die Quelle der Musik. Es war eine Frau, die einzige Frau, die wir unter den Sklaven des Dämons bisher gesehen hatten. Außerdem war sie weit und breit der einzig dicke Mensch. Wie die anderen war sie nackt und sie hatte enorme Brüste, die über einen fetten Wanst hingen, und Arme und Beine, die so feist waren, daß sie beinah nutzlos wirkten, und sie saß auf einem riesenhaften Hintern, um den sich eine Fettfalte nach der anderen wickelte. Sie war klein. Selbst jetzt, wenn sie saß, konnte man sehen, daß sie noch im Stehen einem normalen Menschen kaum bis zur Gürtelschnalle reichen würde. Ihr Haar hing in fettigen Strähnen von einem Kopf, der so klein war, daß er bei aller Fettleibigkeit wie der einer Puppe aussah. Ihre Augen waren bloße Punkte, und sie hatte einen kleinen, abwärts gebogenen Strich von einem Mund, dessen Lippen sie schürzte, während sie auf einem leierähnlichen Instrument spielte. Es besaß einen tiefschwarzen Korpus und war bespannt mit Schnüren von grauem, fleischig wirkendem Material, welches vor Feuchtigkeit glänzte, die, während sie spielte, über die Saiten lief. Ihre Hände strichen sanft über die Leier, streichelten sie eher, als daß sie die Saiten zupften. Verschiedenartigste Geräusche, zu deren Rhythmen die Männer tanzten, brachen kreischend hervor. Neben der Frau stand ein hölzernes Tranchierbrett von der Größe eines kleinen Tisches, und darauf stapelten sich Unmengen von Speisen – Berge von Getreidebrot, Brocken von fettem, gekochtem Fleisch und haufenweise Krebse und anderes Meeresgetier.

Der Meister schien seiner Vergnügungen müde zu werden. Sein Schwanz zuckte vor und schlug nach der Frau. Sie wandte sich ihm zu und zeigte mit weihevoller Miene etwas, das ich für ein Lächeln hielt. Sie lächelte, als hätte er zu ihr gesprochen, und hörte auf zu spielen. In der Stille sanken die Männer augenblicklich zu Boden, warfen sich dem Dämon demütig zu Füßen.

»Wir lieben dich, Meister!« riefen sie im Chor. »Du bist die Liebe, die Schönheit und alles Gute dieser Welt.«

Der Dämon öffnete den Mund und sprach: »Ich gebe euch Essen«, sagte er. Seine Stimme krächzte trocken und rasselnd wie die einer kampfbereiten Schlange.

»Ja, Meister«, heulten die Männer. »Du gibst uns Essen.«

»Andere nicht essen«, sagte der Dämon.

»Sie sind unwert«, antworteten die Männer.

»Ich geben ihnen Schlaf«, sagte der Dämon.

»Schlaf ja, Schlaf. Du gibst ihnen das Geschenk des Schlafes.«

Während er sprach, stopfte die Frau Speisen vom Tranchierbrett in sich hinein. Sie tat das mit beiden Händen, und Fett und Brei liefen ihr in Strömen übers Kinn und tropften auf die hängenden Brüste. »Morgen mehr essen«, sagte der Dämon. »Morgen alle essen!«

Die Männer waren so aufgeregt, daß ihr Chor zu wilden Lobpreisungen zerbrach.

»Morgen«, fuhr der Dämon fort, »ihr geht zu Schiffe. Bringt Essen für alle.«

Ich spürte, daß Polillo erschauerte. Er sprach von uns. Die Männer schrien, sie wollten uns alle töten. Doch plötzlich schwiegen sie, als der Dämon sich zu voller Größe erhob und über ihnen aufragte.

»Nicht alle töten!« brüllte er. »Einige töten. Einige behalten. Sklaven für den Meister. Essen für den Meister.« Stöhnend stimmten sie ihm zu, schworen bedingungslosen Gehorsam.

Der Dämon wandte sich der Frau zu. Sie schaufelte Speisen in ihren Mund, doch schien sie zu spüren, daß er etwas von ihr wollte, und hielt mitten in der Bewegung inne.

Sie sagte: »Meister essen, jetzt, ja?« Ihre Stimme war zart und süß, als wäre sie ein kleines Mädchen.

»Ja. Bring gutes Essen«, sagte der Dämon.

Beinahe anmutig schüttelte die Frau die Speisen von ihren Händen und erhob sich. Sie watschelte zwischen den knienden Männern umher, knuffte sie, kniff in Arme, Hintern und Lenden. Nachdem sie bei allen gewesen war, machte sie erneut die Runde, um sicherzugehen. Vier Männern wurde auf die Schulter getippt.

Sie kreischte vor künstlicher Freude. »Danke, Meister. Danke, daß du mich so belohnst.«

Der Dämon winkte, und auf Knien rutschten sie zu ihm.

Sein Schwanz zuckte vor und hob einen Mann vom Boden auf. Das stachelige Ende bohrte sich in ihn, und der Dämon hob ihn auf, während der Ärmste vor Schmerz und Entsetzen wirres Zeug stammelte. Dann warf der Dämon ihn in den Kochtopf und heulte vor Vergnügen, als der Mann sich wehrte und schrie. Bald zog er ihn heraus, noch immer lebend und zappelnd, ließ ihn über seinem Maul baumeln und begann, ihn zu fressen. Mit den Zehen fing er an und kaute sich knirschend aufwärts, ergötzte sich zunehmend an den Qualen des Mannes.

Ich wandte mich vom Fenster ab, denn mir drehte sich der Magen um. Es war nicht zu ertragen. Ich sah Polillo an, die vor Übelkeit erschreckend bleich war. Beide konnten wir nicht sprechen. Wir legten die Arme umeinander, fanden Vernunft und Wärme in der Umarmung. Polillo schniefte ihre Tränen fort und machte sich los.

»Ich würde dieses ... Ding furchtbar gern töten«, sagte sie.

»Du sollst ihn bekommen«, sagte ich, »sobald sich die Gelegenheit ergibt.«

Wir flohen die Treppe hinunter, sammelten Janela und die anderen ein und zogen uns auf dem Weg zurück, den wir gekommen waren. Wenige Minuten später schoben wir uns zwischen den schlafenden Männern hindurch, dann waren wir draußen, atmeten feuchte Nachtluft. Als wir bereit waren, befahl ich allen, draußen vor dem gähnenden Eingang in Stellung zu gehen. Polillo grinste böse, nahm ihre Axt, schlug hierhin und dorthin, um sich zu lockern. Die anderen zückten verschiedenartigste Waffen und streckten die steifen Muskeln, während ich niederkniete und meine Vorbereitungen begann. Ich entrollte ein dünnes Lederstück voller Symbole, die mich Gamelan aus seinem Buch hatte abschreiben lassen. Ich nahm ein paar Stäbe von magischem Weihrauch als Zünder, streute etwas pulverisierte Kohle darüber, von der Gamelan gesagt hatte, sie stamme von einem heiligen Baum, und schlug mit Feuerstein und Stahl einen hellen Funken. Der Funke entfachte den Zünder, und sanft blies ich in den kleinen Haufen, bis auf der ledernen Schrift eine stetige Glut brannte. Ein kleines Stück vom roten Faden hatte ich mir aufgehoben. Diesen hielt ich in ein Fläschchen mit Öl und ließ ihn über der Glut baumeln, während ich sang:

Er, der schläft
Im Feuer …
Sie, die schläft
In Flammen …
Ich befreie euch!

Ein kleiner Blitz von Hitze und Licht entstand, als ich den Faden auf das Leder fallen ließ. Eilig rollte ich es zu einem Rohr zusammen. Ich stand auf, schwang es um meinen Kopf, bis es in Flammen stand. Obwohl meine ganze Hand zu brennen schien, spürte ich weder Hitze noch Schmerz. Ich rannte zum Eingang und schleuderte das Ding hinein. Es landete neben einem Pulk schlafender Männer. Niemand rührte sich, als das lederne Rohr zu zischen begann und einen Funkenregen von sich gab. Ich stand da und sah zu, kalt vor Schuldgefühl, als die hellen Flammen immer höher schlugen. In der Mitte des Laderaums begann der Faden, den ich um den großen Pfosten gebunden hatte, zu glühen. Mit einer Explosion ging das trockene Holz in Flammen auf. Trotzdem rührte sich kein Mensch. Ich zog mich zurück, sah zu den anderen Stellen auf, an denen der rote Faden zu heißem Leben erwachte und dann hungrige Flammen züngelten.

Wir hörten die ersten Schreie, als der Mittelturm Feuer fing und zu einem donnernden Flammenwall wurde. Ich sah, wie nackte Männer auf den Treppenabsatz stürmten, doch auch dieser stand in Flammen, welche sie umfingen und in verkohltes, sich krümmendes

Fleisch verwandelten. Dann brach der Absatz zusammen, und das Feuer breitete sich auch auf dem großen Hauptdeck aus.

Ich hörte ein Brüllen von wütendem Schmerz, blickte auf und sah, wie der Dämon durch eines der Fenster brach. Einen Augenblick lang hing er dort, dann griff er hinein, um die Frau herauszuholen. Er setzte sie auf seine Schultern, dann kletterte er zur Spitze des Turmes. Dort stand er – umgeben von Flammen – und warf den Kopf in alle Richtungen. Seine Klauenhand schoß vor, deutete auf uns, und er brüllte vor Zorn.

»Erwacht!« schrie er. »Erwacht!«

Aus dem Laderaum hörte ich gequälte Schreie, als die verzauberten Männer zu sich kamen und merkten, daß sie brannten oder von Flammen umgeben waren.

»Tötet sie!« schrie der Dämon. »Tötet sie!«

Männer taumelten aus dem Qualm hervor, manche brennend, andere schwarz und hustend, doch flohen sie nicht, sondern griffen uns an, kratzten mit den Fingernägeln oder schlugen mit Schwertern, die sie von irgendwo aufgesammelt hatten. Gegen meine Frauen waren sie hilflos. Polillo heulte ihren Schlachtruf und machte sich über sie her, schlug mit der Axt um sich. Ismet und die anderen baten Maranonia um Kraft und machten jeden nieder, der in ihre Nähe kam. Wenige Minuten später schon stapelten sich die Leichen auf dem schwankenden Boden aus Seetang, der rutschig war von all dem Blut. Die Männer drängten ins Inferno zurück, um dort zu sterben. Manche versuchten, sich zu befreien, doch jedesmal kämpften meine Frauen so wütend, daß der einzige Ausweg im züngelnden Tod bestand.

Ich hielt mich zurück, denn ich wollte sehen, was der Dämon als nächstes tat. Er heulte vor hilfloser Wut und schrie seine Sklaven an, uns anzugreifen. Eine Feuerwand schoß durch das Dach des Turmes, und er sprang zurück. Die Frau verlor den Halt, fiel von ihrem Thron und schrie, als sie in die Tiefe stürzte. Sie schlug auf, schien zu hüpfen, als der Seetang den Aufprall abfederte, dann sah ich, wie sie sich erhob, quiekend vor Angst.

»Polillo«, rief ich. Sie wandte mir ihr blutbespritztes Gesicht zu, und ich deutete auf die Frau, die nur einige Schritte entfernt war. »Ich will sie haben!«

Polillo sprang hinüber, und als sich die Frau davonmachen wollte, schlug Polillo sie mit dem stumpfen Ende ihrer Axt nieder, hob sie auf und warf sie sich über die Schulter.

Der Dämon heulte vor Zorn. Weitere Flammen explodierten durch das Dach des Turmes. Doch anstatt ihn zu vernichten, schienen sie ihn nur zu stärken. Sein Leib leuchtete vor Energie, und er schien immer länger zu werden. Das Glühen wandelte sich zu einem Rückenpanzer, und während ich hinsah, schossen sechs Insektenbeine aus seinen Flanken und drehten sich in Kugelgelenken. Er kletterte außen am Turm herab, mitten durch das Feuer. Sein Maul geiferte mit schnappenden Kiefern, und von seinem langen Stachelschwanz tropfte Gift.

Ich rief den anderen zu, sie sollten sich zurückziehen, und wir wandten uns um und rannten davon. Ich schickte Janela vor, damit sie unser Schiff warnte. Der Weg lag offen vor uns. Das Öl, welches Polillo hinter uns verstreut hatte, war nun ein leuchtender Pfad, der direkt zu meinem Schiff und in die Sicherheit führte.

Im Laufen wagte ich einen Blick über meine Schulter und sah, daß der Dämon zu Boden sprang. Er schrie nach seinen Sklaven, und ich sah, daß die Überlebenden ins Freie strömten, die Zähne zusammenbissen und nach unserem Blut lechzten.

Dann rief der Dämon meinen Namen: »Antero! Ich töte dich, Antero!«

Ich rannte nur noch schneller, sprang über die Nester, in die Polillo und ich gefallen waren. Als ich mich dem letzten näherte, schlängelte sich ein Greifarm daraus hervor. Er war gigantisch groß und mit gähnenden Saugnäpfen besetzt. Er legte sich um Ismet, und diese schrie vor Schmerz. Doch bevor das Biest seinen Griff festigen konnte, war ich da und hieb mit dem Schwert den Tentakel ab. Der Seetang brach unter uns auf, als das Vieh auf den Schmerz reagierte. Ismet befreite sich von dem zappelnden Stumpf, und ich sah blutige

Wunden, wo die Saugnäpfe zugebissen hatten. Wir rannten weiter, doch die verlorene Zeit genügte den Feinden, uns einzuholen. Jetzt waren sie uns direkt auf den Fersen, und hinter ihnen fluchte der Dämon und zischte und trieb sie voran.

Ich sah unser Schiff, und im selben Augenblick hörte ich ein mächtiges Rauschen, als unsere Bogenschützinnen ihre Salve abschossen. Hinter mir schrien Männer auf, als die Pfeile trafen. Nachdem Polillo das Schiff erreicht hatte, warf sie die Gefangene an Bord, dann drehte sie sich um und machte ihre Axt bereit.

»Kommt her, ihr Schweinefratzen!« schrie sie. »Ich hab was Schönes für euch.« Sie ließ die Axt über ihrem Kopf kreisen.

Einige Männer kamen heran, um uns in die Flanke zu fallen, aber meine Frauen schlugen sie nieder und halfen Ismet und den anderen an Bord. Vom Deck her schickte man den nächsten Schwall von Pfeilen. Endlich hatte auch ich das Schiff erreicht. Ich wollte mich zu Polillo gesellen, doch sah ich, daß der Dämon seine Sklaven zurückrief. Unmengen von Leichen lagen auf der schwankenden Ebene, gespenstisch beleuchtet von dem Feuer, welches das Versteck des Dämons fraß. Was den Dämon anging, so sah ich, wie er sich in seine ursprüngliche Form zurückverwandelte und dann seine Männer knurrend und zischend in die Dunkelheit zurückführte, bis ich sie nicht mehr sehen konnte.

»Sie haben zu früh aufgegeben«, murrte Polillo. »Ich war gerade richtig in Fahrt.«

»Keine Sorge«, keuchte ich. »Der kommt wieder!«

Erschöpft kletterte ich an Bord in die dankbaren Arme meiner Gardistinnen. Sie alle jubelten und klopften uns auf die Schultern und reichten Weinschläuche herum, damit wir unseren Durst löschten.

Ich stellte einen Schlauch auf den Kopf und nahm einen tiefen Zug, ließ den kühlen Wein übersprudeln und mir über den Leib laufen. Meine Müdigkeit wich dem Behagen. Ich fühlte mich wirklich sehr wohl. Es war kein großer Sieg gewesen, doch gut genug für diesen Augenblick.

Ich schlief ein paar Stunden und stand – einigermaßen erholt – früh auf, um mich auf meine nächste Begegnung mit dem Dämon vorzubereiten. Ich zweifelte nicht daran, daß er kommen würde, zumal wir seine Lieblingssklavin als Köder bei uns hatten. Sie hieß Chahar und schien etwas ratlos, weil wir sie als Geisel hielten. Ich ließ auf dem Hauptdeck ein Zelt aus hübschem Stoff errichten, dann brachte man sie mir zum Verhör.

»Das wird Euch noch leid tun«, sagte sie, sobald sie eingetreten war. »Mein Meister Elam liebt mich. Dafür werdet Ihr bezahlen.«

Ich verriet ihr nicht, wie sehr ich darauf zählte, daß ihr lieber Elam genau das versuchen würde. Ich deutete nur auf ein paar weiche Kissen, die ich für sie hatte bereitlegen lassen, damit sie ihren nackten Hintern darauf bettete. Polillo ragte über ihr auf, bereit, ihr jeden Schmerz zuzufügen, der nötig war, um herauszubringen, was wir wissen mußten. Das Bild der Schreckenskammer dieses Dämons verfolgte sie und mich gleichermaßen, und es überraschte nicht, daß sie für all die armen Seelen Rache nehmen wollte.

»Überlaß mir die kleine, fette Schlampe nur für eine halbe Stunde«, knurrte sie. »Sie wird sich die Eingeweide auskotzen, oder ich schneide sie ihr raus und mach uns Würstchen zum Abendessen.«

Chahar schreckte ängstlich zurück. Ich gab Polillo ein Zeichen und sagte: »Wir sollten nicht voreilig handeln. Vielleicht haben wir uns in Lord Elam getäuscht.«

Gamelan, der dieser Befragung ebenfalls beiwohnte, nahm das Thema auf. »Da habt Ihr sicher recht, Hauptmann Antero«, sagte er. »Es könnte sein, daß wir dem guten Lord Elam unrecht tun. Vielleicht ist er ein guter Meister und behandelt uns freundlich, wenn wir ihm dienen.«

»Oh, das *würde* er«, sagte Chahar. »Er kann wirklich sehr gütig sein. Er wird nur manchmal böse, weil er so traurig ist.«

»Traurig?« fragte Gamelan. »Warum sollte ein so mächtiger Lord traurig sein?«

»Er ist einsam, weil er nicht nach Hause kann«, antwortete sie.

»Ach, wirklich?« sagte ich. »Erzähl uns mehr, meine Liebe. Und während du dabei bist, kann dir Leutnant Polillo etwas Eßbares holen. Nach all den Strapazen bist du sicher am Verhungern.«

»Na ja, ich könnte eine Kleinigkeit vertragen«, sagte sie und hielt zur Illustration zwei leicht gespreizte Finger in die Luft. »Es wäre auch unhöflich abzulehnen.«

Polillo zog eine finstere Miene, doch ich gab ihr einen weiteren Wink, und die Miene verbreiterte sich zum besten Lächeln, das sie unter den Umständen zustande brachte, eher ein höhnisches Grinsen als alles andere. Sie ging, um meiner Anweisung Folge zu leisten. Ich setzte mich neben Chahar auf die Decksplanken und plauderte über dieses und jenes, bis Polillo zurückkehrte. Sie hatte verstanden, was ich beabsichtigte, und brachte mit Hilfe anderer riesige Teller mit sämtlichen Speisen herein, die sich hatten finden lassen. Chahar stürzte sich mit beiden Händen darauf und sah schon bald aus wie ein Schwein.

Als ich glaubte, sie sei ausreichend von der Freßsucht umnebelt, nahm ich meine Frage wieder auf. »Du sagtest, dein Meister könne nicht heimkehren. Warum nicht?«

Geziert wischte sich Chahar einen Essensrest von der Unterlippe. »Weil er sich verirrt hat«, sagte sie. »Er ist doch nicht von hier. Er ist von . . .« Sie wedelte mit den Händen, suchte nach Worten. Sie wollten nicht kommen. ». . . nicht von hier. Nicht von irgendwo. Irgendwie.«

»Du meinst eine andere Welt?« fragte Gamelan.

»Ja«, sagte Chahar. »Nicht unsere Welt. Eine andere. Von da kommt er. Da ist sein Zuhause.«

»Wie ist das passiert?« fragte ich.

»Na ja. Er hat es mir mal erklärt, und es ist ziemlich schwer, sich das alles zu merken. Und ich bin nicht so besonders schlau. Ich kann überhaupt nichts besonders gut. Nur meinen Meister glücklich machen, das kann ich. Ich weiß, was er will, auch wenn er mich nicht darum bittet. Ich kann ihn glücklich machen. Das kann ich gut.«

Gamelans buschige Brauen hoben sich über seinen blinden Augen. »Sie ist sein Günstling«, sagte er zu mir.

»Oh, das bin ich!« strahlte Chahar. »Mich hat er lieber als alle anderen.«

Ich wußte, daß Gamelan es anders gemeint hatte. Er meinte, ihre Rolle war dieselbe, welche mindere Dämonen bei einigen Zauberern in unserer Welt einnahmen, wie etwa der kleine Geselle, der Gamelans Mahlzeiten kochte und jetzt meinen Anweisungen folgte, wenn ich kleine Aufgaben zu erledigen hatte. Doch das sagte ich ihr nicht. Ich tätschelte ihre Hand.

»Das bist du ganz sicher, meine Liebe«, sagte ich. »Und nun erzähl mir, wie Lord Elam in diese schreckliche mißliche Lage geraten ist.«

»Soweit ich mich erinnere, sagte er, ein böser Zauberer hätte ihn hierher gebracht. Er wurde ... mh, herzitiert ... das war das Wort. Und dieser böse Zauberer war so mächtig, daß mein Meister sich nicht wehren konnte. Also ist er gekommen. Und der Zauberer hat ihn Dinge tun lassen. Und dann ist der Zauberer in irgendeiner Schlacht gefallen, und jetzt weiß mein Meister nicht, wie er nach Hause kommen soll. Versteht Ihr, er hat sich verirrt. Und das schon seit zweihundert Jahren.«

Sie machte eine weite Geste mit einer Hand, deutete auf den Seetang, der uns alle gefangenhielt. »Die ganze Zeit hat er gebraucht, um das hier zu bauen. Damit er einen Ort hat, wo er leben kann und essen kann und Diener hat und alles. Er sagt, es ist so was wie ein großes Spinnennetz. Nur daß es eigentlich gar nicht so groß ist. Jedenfalls hat er das gesagt. Er macht es dauernd immer größer.«

Ich tat, als spottete ich. »Komm schon! Niemand könnte das schaffen. Auch dein Meister hat nicht solche Macht!«

Chahar war empört. »Natürlich hat er es gemacht! Und er macht es immer weiter. Er läßt den Wind vergehen. Und er läßt den Seetang wachsen und zusammenkleben. Und er macht die anderen glücklich, auch wenn er ihnen weh tut. Er macht es nicht, weil er böse ist oder so. Aber dadurch schmeckt ihm das Essen einfach besser. Außerdem tut er mir nie weh. Na, vielleicht ein klitzekleines bißchen, wenn er mein Blut für seinen Zauber braucht. Aber das ist nicht besonders schlimm. Ich mache einen kleinen Schnitt und lasse etwas Blut in seine Tasse tropfen, in der er anderes Zeug vermischt. Es piekst nur etwas, und er ist so nett und läßt mich immer essen, wenn er selbst ißt, also macht es mir nichts aus.«

»Warum hat er dich dafür erwählt, meine Liebe?« fragte Gamelan. »Weshalb ist dein Blut so besonders?«

Chahar schaufelte weitere Speisen in sich hinein. »Mein Vater war ein Hexer«, sagte sie ungerührt. Sie aß. Wir warteten, bis sie heruntergeschluckt hatte. »Ich bin keine Hexe. Aber mein Vater war ein Hexer. Und der neue Hexer hat eine große Feier aus der Beisetzung gemacht. Mein Volk hat ein langes Boot gebaut und sein ganzes Zeug hineingelegt. Dazu mich und meine Mutter und all meine Brüder und Schwestern. Zu zehnt waren wir. Und meine Mutter. Dann haben sie das Boot raus in die Strömung gezogen, und die hat uns mitgenommen. Weit weg. Schließlich kam ich hier an. Und mein Meister hat mich gefunden.«

»Nur dich?« fragte ich. »Was ist mit den anderen passiert?«

Chahar zuckte mit den Achseln. »Die sind gestorben«, sagte sie. »Wir hatten nicht genug zu essen. Also mußten wir die essen, die von selbst gestorben sind. Dann haben sie mich so angestarrt, weil ich etwas dicklich bin, schätze ich. Da hab ich in einer Nacht die letzten umgebracht. Mit einem Messer. Als sie schliefen. Da hatte ich dann genug zu essen.« Sie knabberte an einer Vogelkeule herum. Dann sagte sie: »Meine Mutter habe ich zuletzt gegessen. Sie war ziemlich mager. Jedenfalls, so bin hierhergekommen. Und ich schätze, mein Blut ist was Besonderes, denn obwohl ich keine Hexe bin, steckt doch genug von meinem Vater in mir, daß mein Blut für die Zauberei meines Meisters gerade richtig ist.«

Ihre Abenteuer machten uns allesamt sprachlos.

Gamelan erholte sich zuerst. Er sagte: »Das macht dich tatsächlich zu etwas höchst ...«, er hustete, »... Besonderem, meine Liebe. Doch sag uns, vermißt du denn deine Heimat nicht? Dein Volk?«

Chahar schüttelte energisch den Kopf, ließ ihr Fett von den Wangen zu den Schenkeln erzittern. »Überhaupt nicht«, sagte sie. »Die waren nicht nett zu mir. Nie. Nicht mal, als ich ihnen die Stabkarten gebaut habe. Die Jäger haben sie mir nur aus der Hand gerissen und gemeine Sachen gesagt.«

»Stabkarten?« sagte ich und versuchte, meine Erregung zu verbergen. »Welche Stabkarten?«

»Die ich für meinen Vater gemacht habe, Dummchen«, sagte sie. »Manchmal mußten die Jäger lange Wege mit ihren Booten fahren, und mein Vater hat ihnen Stabkarten mitgegeben, damit sie den Weg zu den Stellen finden konnten, zu denen sie mußten, weil da Wild war, und dann auch wieder zurück.«

»Warum mußtest *du* sie machen?«

Chahar warf mir einen Blick zu, als sei ich eine Närrin. »Weil wir viel davon brauchten. Manche gingen verloren oder kaputt. Also mußten wir noch mehr davon machen. Mein Vater hatte dafür keine Zeit, und meine Brüder und Schwester hatten immer zu tun. Ich konnte es nicht gut, aber weil ich oft krank war und nicht arbeiten konnte, hat mein Vater sie mich basteln lassen. Dann hat er sie gesegnet, und das war es dann!«

»Könntest du noch immer eine basteln?« fragte ich.

Chahar schnaubte. »Natürlich könnte ich. Ich bin nicht schlau, aber ich hab so viele davon gemacht, daß ich sie nie vergessen könnte. Manchmal träume ich sogar davon.« Ein Schauer lief ihr über den Rücken. »Wenn ich böse Träume habe. Von zu Hause.«

»Würdest du uns eine anfertigen?« drängte ich.

Chahar schüttelte den Kopf. »Ich glaube nicht, daß meinem Meister Elam das gefallen würde.«

»Es würde ihm nichts ausmachen«, sagte ich, »wenn wir dich im Gegenzug laufenließen.«

Chahar starrte mich an, lange. »Wozu braucht Ihr sie? Ihr werdet hier nie lebend rauskommen.«

»Trotzdem«, sagte ich. »Wenn du uns eine anfertigst, lasse ich dich frei.«

Wieder sah sie mich lange an. Dann schlang sie noch etwas Eßbares herunter, während sie meinen Vorschlag überdachte. Schließlich fragte sie: »Versprochen?«

»Versprochen«, log ich.

Daraufhin ließ sie uns alles an Stöckchen, Muscheln, kleinen Steinen und Garn holen, was wir finden konnten. Sie brauchte etwa eine Stunde. Für eine derart faule, fette Kreatur bewegten sich ihre Finger behende, und die primitive Karte schien brauchbar. Ich hatte ein solches Ding noch nie gesehen, ich kannte nur die Erzählungen der Kaufleute von den extrem genauen Karten, welche die Wilden besaßen.

Als Chahar fertig war, reichte sie mir das Ding und deutete auf die wichtigsten Punkte. »Wir sind etwa hier«, sagte sie und zeigte auf das untere Ende der Karte. »Ich bin nicht ganz sicher, aber in diese Richtung ging die Strömung, als sie uns in dieses Boot gesetzt haben.« Ihr Finger fuhr über einen blauen Faden, der in die Stabkarte verwoben war.

Sie zeigte uns wichtige Inseln, doch sagte sie, die Menschen, die dort lebten, seien Fremden nicht eben freundlich gesonnen. Und schließlich deutete sie auf vereinzelte Inseln ganz unten.

»Das ist Konya«, sagte sie. »Da leben viele Menschen. Es ist so weit, daß nur wenige aus meinem Volk je da waren, und auch das ist lange her. Sie sagen, da gab es Hunderte von großen Inseln, die alle voller Menschen sind. Und die hatten viele wunderbare Dinge und nie Hunger, denn ihre Zauberer waren die mächtigsten auf der ganzen Welt. Sie haben einen König und große Häuser – keine Hütten – mit Feuerstellen, die nicht qualmen. Außerdem haben sie Dinge, die sie stundenlang ansehen – genannt Bücher – und Schiffe, die fast überall hinfahren.« Sie hob die Schultern. »Ich schätze, sie besuchen uns nicht, weil wir alle ziemlich dumm sind.«

Polillo lächelte zum ersten Mal, seit das Verhör begonnen hatte. »Zivilisation!« sagte sie.

Chahar schüttelte den Kopf. »Nein. Ich sagte, es heißt Konya. Nicht Ziliz..., oder wie Ihr sagt.« Spöttisch grinste sie Polillo an. »Ihr müßt auch ziemlich dumm sein.«

Doch Polillo lachte nur. Gamelan war ganz aus dem Häuschen vor Freude. Ihre Karte war, wie den Schlüssel zu einer sagenhaften

Schatzkammer zu finden, nur daß in diesem Fall der Wert des Schatzes aus unser aller Leben bestand.

Chahar sah uns an, war plötzlich beunruhigt. »Ich habe getan, was Ihr wolltet«, sagte sie und deutete auf die Stabkarte. »Jetzt seid Ihr an der Reihe. Ihr laßt mich doch wirklich gehen, wenn Meister Elam kommt, oder?«

»Ganz bestimmt«, sagte ich so aufrichtig wie möglich. »Nicht im Traum würde mir etwas anderes einfallen.«

Gamelan klopfte mit seinem Stock, um meine Aufmerksamkeit zu erregen. »Ich glaube, wir zwei sollten uns kurz darüber unterhalten, Hauptmann Antero«, sagte er. »Ungestört, wenn es Euch nichts ausmacht.«

Ich ließ Polillo als Wache bei ihr zurück, ermahnte sie ernsthaft, der Frau nichts anzutun, und führte Gamelan zum Zelt hinaus.

Als wir außer Hörweite waren, sagte er: »Ich hoffe, du hast die Absicht, dein Versprechen einzulösen«, sagte er.

Ich war verblüfft. »Bei allen Göttern, die mir heilig sind: Warum sollte ich so etwas tun? Sie ist ein Tauschobjekt. Sie ist das einzige in unserem Besitz, was der Dämon haben will.«

»Oh, ich habe nichts gegen einen kleinen Tauschhandel einzuwenden. Du erwartest doch sicher nicht, daß er seinen Teil der Abmachung einhält. Aber Verhandlungen zum Schein könnten klug sein, damit er nicht mißtrauisch wird, wenn wir sie allzu schnell preisgeben.«

»Zauberer«, sagte ich, »ich spüre, daß in deinem weißgefransten Schädel ein Plan wächst.«

Gamelans Zähne schimmerten durch seinen Bart. »Kein Plan«, höhnte er. »Eher ein ausgewachsenes Komplott.«

»Erzähl mir mehr davon, mein weiser Freund«, sagte ich.

Das tat er dann. Es war brillant, es war einfach, und es war niederträchtig. Kurz gesagt, es beinhaltete die wichtigsten Ingredienzen, aus denen sich die besten Komplotte zusammensetzten. Für den Zauber benötigten wir nur ein paar fade Bonbons, die ich aus den Tiefen von Corais' Seesack zutage gefördert hatte ... sie hatte eine Schwäche für diese Dinge und gab sich alle Mühe, sie unter Kontrolle zu halten. Ich frischte die Süßigkeiten mit einem Trank auf, den jede alte Vettel auf dem Markt herstellen kann, und sang ein paar Worte, die ich hier nicht wiederholen will. Ein Mord ist ohnehin leicht genug begangen. Wir kehrten in das Zelt zurück und führten eine beiläufige Konversation. Als ich Chahar die Bonbons anbot, schwabbelte und schluchzte sie förmlich vor Freude.

Als die Sonne ihren höchsten Stand erreicht hatte, wurde sie schläfrig. Wenig später kehrte der Dämon zurück.

Gerasa sah ihn zuerst. Ich hatte sie mit einem halben Dutzend unserer besten Bogenschützinnen zur Wache eingeteilt, für den Fall, daß Elam einen Überraschungsangriff planen sollte. Als ihre Warnung kam, sah ich nur etwas, das wie eine riesige Welle unter dem dicken Seetang wirkte. Diese rollte mit großer Geschwindigkeit heran und kam direkt in unsere Richtung. Etwa zehn Meter vor uns hielt sie abrupt an. Ein Loch bildete sich, und eine dicke, schwarze Rauchwolke kochte hervor. Wir alle schreckten zurück, wußten nicht, was wir erwarten sollten. Der Rauch wirbelte herum, sprühte heiße Funken. Allmählich nahm er Formen an, und wir sahen Elam. Er war doppelt so groß wie am Tag zuvor, als ich ihn zum ersten Mal gesehen hatte. Seine Augen waren Abgründe des Zorns, und wütend schlug er mit dem Schwanz. Da ich ahnte, daß er ohne einen Schutzbann nicht allein gekommen wäre, schon gar nicht so nah, flüsterte ich Gerasa und den anderen zu, nicht zu schießen.

So gelassen wie möglich trat ich an die Reling des Schiffes und sprach ihn an. »Guten Tag, Lord Elam«, sagte ich. »Es ist uns eine große Ehre, Euch bei uns begrüßen zu dürfen.«

Er ignorierte meine Höflichkeiten. »Wo ist sie?« zischte er, und sein Atem roch so faulig, daß ich selbst auf die Entfernung fast würgen mußte.

»Ich vermute, Ihr meint die reizende Chahar«, antwortete ich. »Und der geht es ganz gut, wie Ihr gleich selbst sehen werdet.«

Ich winkte, und Polillo holte Chahar aus dem Zelt. Sie gähnte und rieb sich die Augen, doch sobald sie Elam sah, juchzte sie vor Freude und watschelte an meine Seite.

»Ihr seid gekommen, mich zu holen, Meister«, sagte sie und weinte vor Erleichterung.

»Wie Ihr seht«, erklärte ich Elam, »geht es ihr gut. Und obwohl sie sich bei uns geradezu köstlich amüsiert hat, ist die arme Kleine von all der Aufregung ganz müde und kann es kaum erwarten, heimzukehren.«

Eine Klauenhand des Dämons schoß hervor. »Gib sie mir!« brüllte er. »Gib sie mir, oder ich töte euch alle.«

Ich schüttelte den Kopf, als hätte er meine Gefühle verletzt. »Warum dieses Gerede vom Töten, Lord Elam? Wir haben sie nur zum Abendessen eingeladen.«

Ich tätschelte Chahars Kopf. »Wir haben dich doch gut behandelt, oder nicht?« fragte ich.

Weinend nickte sie. »Sie haben mir nichts getan!« rief sie Elam zu. »Und sie haben versprochen, daß sie mich wieder freilassen.«

Ich packte sie so fest bei der Schulter, daß sie zusammenzuckte. »Einen Moment noch, meine Liebe«, sagte ich. »Zuerst müssen dein Meister und ich uns noch unterhalten.«

Wieder sah ich Elam an. »Ihr könnt sie haben«, sagte ich. »Doch vorher müßt Ihr uns aus diesem Labyrinth befreien.«

Der Dämon lachte. Zumindest hielt ich es für ein Lachen. Es klang eher wie ein Rudel heulender Schattenwölfe. »Nein«, sagte er. »Du gibst sie. Ich nicht töten. Ihr dürft Sklaven sein. Ich brauche Sklaven. Zu viele im Feuer gestorben.«

Ich schüttelte den Kopf. »So gern wir Euch gern länger beehren würden«, sagte ich, »ist es uns doch unmöglich, noch länger zu bleiben. Ich fürchte, die eine oder andere Konzession werdet Ihr schon machen müssen, ansonsten ...«

Ich packte Chahar bei den Haaren, zückte mein Messer und setzte es an ihre Kehle. »... wird Euer fetter, kleiner Günstling noch heute sterben.«

Chahar schrie: »Sie darf mir nichts tun, Meister! Bitte!«

Anstatt wütend zu werden, tat der Dämon es mir nach und nahm die Pose eines Kaufmanns ein, der versucht einen unbeugsamen Geschäftspartner zur Vernunft zu rufen. Seine Krallen wischten einen nicht vorhandenen Fleck von seiner schuppigen Brust.

»Wieso ich euch laufenlassen? Sie nur Sklave.«

»Möglich«, antwortete ich. »Aber wir hatten eine kleine Unterhaltung mit Chahar, und wir wissen alles über Euch. Ihr seid nicht von dieser Welt, und Ihr braucht die Zauberkraft von Chahars Blut zum Überleben.«

Ich warf ihm einen mitleidigen Blick zu. »Wahrscheinlich werdet Ihr schon jetzt immer schwächer. Wenn wir lange genug warten, müssen wir vielleicht gar nicht mehr verhandeln.«

Die beängstigend breiten Schultern des Dämons zuckten. »Ich finde andere«, sagte er. Seine flachen Nüstern weiteten sich, und er fing an zu schnüffeln. Geisterhände schienen über meine Haut zu kriechen. Ich unterdrückte einen Schauer und grinste nur noch breiter, um zu zeigen, daß es mich nicht beeindruckte. Sein lippenloser Mund teilte sich und zeigte sein Vergnügen samt der Fangzähne.

»Du hast Hexenblut«, sagte er. »Vielleicht warte ich. Laß dich Chahar töten. Dann wirst du Elams Günstling.«

»Seid Ihr sicher, daß Euch so viel Zeit bleibt?« fragte ich. »Bis Ihr Eure Macht verliert, meine ich? Wir haben viel Proviant und Wasser. Und wir sind Kriegerinnen. Euren kümmerlichen Sklaven weit überlegen. Ich frage mich ... wer kann länger warten?«

Elams Schwanz zuckte vor neuerlichem Zorn. »Gib mir Chahar!« brüllte er. »Gib mir! Ich will!«

»Und Ihr laßt uns gehen, wenn wir es tun?« fragte ich.

Seine Augen blinzelten listig. »Ja«, sagte er. »Du läßt Chahar gehen. Dann ich euch befreie. Ist abgemacht?«

Ich setzte eine besorgte Miene auf und gab vor, zu überlegen. Schließlich sagte ich: »Ihr schwört, daß Ihr Euren Teil der Abmachung einhaltet, wenn ich sie jetzt freilasse?«

Wieder bellte der Dämon sein Lachen hervor. »Elam schwört. Laß Chahar gehen, ja?«

Ich tat, als zögerte ich, dann stieß ich Chahar mit gespieltem Widerwillen vorwärts. »Du kannst gehen«, sagte ich.

Chahar quietschte vor Freude, und mit einer Anmut, die bei all dem Fett merkwürdig wirkte, sprang sie über die Reling ins Wasser. Kräftige Schwimmzüge brachten sie schnell ans Ufer, und Elam sammelte sie auf und setzte sie auf seine Schulter. Sie legte die Arme um seinen Hals und trat ihn vor Freude mit ihren dicken Fersen.

»Wir haben unseren Teil der Abmachung eingehalten!« rief ich ihm zu. »Jetzt seid Ihr an der Reihe.«

War sein Lachen anfangs wie das Heulen eines Rudels von Schattenwölfen gewesen, schien es jetzt, als hätten sich Tausende von ihnen zum Festmahl versammelt. Ich tat, als wäre ich verblüfft.

»Ihr *laßt* uns doch gehen, oder?« sagte ich mit bebender Stimme.

»Ich gelogen, kleine Dummkopf«, prahlte er. »Bald bist du Sklave. Oder vielleicht tot. Noch nicht entschieden.«

Er wandte sich um und stapfte davon. »Ich gehe. Zauber machen mit Chahar. Dann zu stark für dich. Dann ich komm wieder.«

Ich schimpfte ihm hinterher, verfluchte ihn wegen seines Betruges. Sobald er verschwunden war, hielt ich inne. Als ich mich mit freudigem Grinsen umdrehte, sah ich, daß mich Polillo staunend ansah.

»Wenn du Kauffrau wärst und nicht Soldatin«, sagte sie, »könntest du reicher werden als dein Bruder.«

Ich lachte und hielt dagegen, verglichen mit Amalric sei ich eine Anfängerin. Doch ihre Worte schmeichelten mir, auch wenn ich etwas Derartiges nie gewollt hätte, zumal mir natürlich klar war, daß eine Frau nie in die Kaufmannsgilde Orissas aufgenommen würde. Mir gefiel es, Soldatin zu sein. Es war allerdings nett zu wissen, daß Amalric nicht der einzig begabte Händler in unserer Familie war.

»Was machen wir jetzt?« fragte Stryker.

»Gebt dem Admiral Zeichen, sich bereit zu halten«, antwortete ich. »Falls uns die Götter gnädig bleiben, segeln wir noch in der kommenden Stunde ab.« Kopfschüttelnd und offensichtlich ungläubig kam Stryker meinem Wunsch nach.

Gamelan tappte an meine Seite. »Gut gemacht, Rali«, sagte er. »Du bist schon eine echte Zauberin.«

Seine Worte trübten die Zufriedenheit, die ich verspürte. Ich wollte ihn anknurren, ihm sagen, wenn diese Reise vorüber wäre, würde ich keinen magischen Finger mehr krümmen. Doch er sah so stolz aus, mein Mentor zu sein, daß ich mir auf die Zunge biß und ihm statt dessen auf die Schulter klopfte.

Während ich noch nach einer freundlichen Antwort suchte, erschütterte ein schmerzerfülltes Heulen die Luft. Ich fuhr herum und sah, daß der Dämon hinter den verkohlten Resten seines Schiffes hervortaumelte. Wieder stieß er dieses Heulen aus und brach zusammen, als das Gift sein Gedärm verätzte. Dann kam er hoch und stürmte uns mit langen Schritten entgegen. Hinter ihm sah ich, wie seine letzten Sklaven aus ihrem Versteck traten und ihm folgten.

Ich bellte Befehle, als er näher kam. Meine Truppen zückten ihre Waffen und spannten schußbereit die Bögen. Ich sah, daß Elam all seine Kraft sammelte und immer größer wurde, je näher er kam. Er rasselte mit den Klauen und knirschte mit den Zähnen. Auf dem Algendamm blieb er stehen.

»Du mich belogen!« Er schrie.

»Aber Lord Elam«, erwiderte ich mit sanfter Stimme. »Wie könnt Ihr so etwas sagen?«

»Du Chahar getötet«, preßte er hervor, vom Schmerz übermannt.

»Und es tut mir wirklich sehr leid«, sagte ich. »Aber es war nötig, sie zu vergiften, damit ich Euch vergiften konnte. Also, was kann ich für Euch tun, edler Lord? Ich bin eine vielbeschäftigte Frau.«

Inzwischen hatten sich seine Männer hinter ihm versammelt, erwarteten seinen Angriffsbefehl. Er richtete sich zu voller Größe auf und brüllte unser Todesurteil. Dann rang der Schmerz ihn nieder, und er sank auf die Knie. Seine Sklaven stöhnten vor Angst.

»Ich sehe, Ihr habt Beschwerden, edler Lord«, sagte ich. »Vielleicht kann ich Euch von Nutzen sein … das heißt, falls Ihr uns befreit. Und diesmal werdet Ihr Euren Teil der Abmachung einhalten müssen, falls Ihr leben wollt.«

Ein Schauer durchfuhr den Dämon, und er nickte. »Ja. Elam will.«

Ich winkte Polillo, sie solle mir eine Lederflasche geben, die Gamelan und ich vorbereitet hatten. Ich entkorkte sie, zog mein Messer und schnitt mir in den Arm. Ich ließ das Blut in die Flasche tropfen, damit es sich unter das Elixier mischte. Dann verkorkte ich sie und reichte sie Polillo.

»Wenn Ihr so freundlich wäret, Leutnant«, sagte ich.

Polillo warf die Flasche hinüber. Sie landete direkt vor dem knienden Dämon. Der rappelte sich auf, öffnete die Flasche und schnüffelte mißtrauisch daran herum.

»Woher ich weiß, daß du nicht lügst?« fragte er.

»Ihr wißt es nicht«, sagte ich. »Aber eines will ich Euch sagen. Der Trank wird Euch nicht nur heilen, sondern uns beide an unsere feierlichen Schwüre binden. Betrügt uns, und Ihr werdet in wenigen Stunden auf qualvolle Weise sterben. Haltet Euer Wort, und Ihr werdet weiterleben und könnt Eurem schmutzigen Gewerbe nachgehen. Um ganz offen zu sein, wenn ich die Wahl hätte, würde ich Euch sterben lassen. Dann würde ich Euch die Haut abziehen und sie an eine Tavernenwand hängen, damit man Euch verspottet, wenn ich die Geschichte vom Dämon Elam und seinen Untaten erzähle. Aber mir bleibt keine Wahl. Damit ich und meine Gefährten leben können, müßt auch Ihr leben. Was bedauerlich ist. Aber ich kann es nicht ändern. Also trinkt, edler Lord. Trinkt und dankt den üblen Göttern, denen Ihr huldigt, daß sie der Frau, die Euch besiegt hat, nicht gestatten wollten, Schlimmeres zu tun.«

Elam sah mich finster an, dann rollte eine weitere Woge des Schmerzes durch seinen Leib. Hastig trank er.

»Schnell jetzt«, drängte ich. »Wenn Ihr nicht augenblicklich handelt, kann der Trank nicht wirken.«

Er zögerte lange und sah sich um, als wolle er seine Sklaven auf uns hetzen. Sie neigten sich ihm zu, stöhnten vor Vorfreude auf das bevorstehende Töten. Statt dessen fuhr er herum, richtete sich zu voller Größe auf und öffnete den Mund. Er sog die Luft mit solcher

Macht in sich hinein, daß es klang, als flehten sämtliche Geister aller Zeiten um Befreiung. Dann blies er.

Ein mächtiger, fauliger Wind wehte über uns, daß sich die Schiffe auf die Seite legten. Er war so heftig, daß manche von uns auf Deck geschleudert wurden. Der Wind fuhr zwischen uns hindurch, donnerte über die Flotte und die schwankende Ebene aus Seetang hinweg. Dann brach er so plötzlich ab wie er begonnen hatte. Die heiße, feuchte Luft wurde kühl, und ich sah dicke, schwarze Wolken über den Himmel ziehen. Stryker blieb kaum Zeit, Befehle zu geben, als eine neuerliche Bö von oben kam. Das Meer brach über den Seetang herein, und mit knarrenden Segeln stürmten wir voran. Die Ufer des Tangs wurden fortgerissen, die treibenden Schichten beiseite geschwemmt, und eine breite, gerade Passage lag vor uns, ein Weg ins offene Meer. Ich hörte Jubel, als der Rest der Flotte merkte, was geschah.

Ich hielt mich an der Reling fest und drehte mich um. Ich sah, daß Elams dunkle Gestalt dort stand, wo wir ihn zurückgelassen hatten. Wir kamen schnell voran, und mit zunehmender Entfernung wurden seine Umrisse immer kleiner.

Kurz bevor er ganz verschwand, stieß er einen mächtigen Schrei aus, der durch die heulenden Winde schnitt: »Hast du gelogen, Antero? Hast du gelogen?«

Dann waren wir wieder auf offenem Meer, befreit aus unserem seltsamen Gefängnis. Und das war – den Göttern sei Dank – das letzte, was ich jemals von ihm sah.

Was war das, Schreiberling? Du willst wissen, ob ich dem Dämon die Wahrheit gesagt habe? War mein Trank tatsächlich ein Heilmittel? Ich fühle mich gekränkt. Also schön. Ich sage nur so viel. Solltest du je über das brennende Riff hinaussegeln und dich inmitten von Seetang in einer Flaute wiederfinden ... erwähne den Göttern gegenüber meinen Namen nicht, wenn du um eine frische Brise betest.

Bald schon erstarb der magische Sturm, wich jedoch frischen, natürlichen Winden, die Freude aufkommen ließen und neue Hoffnungen weckten. Selbst Cholla Yi und Phocas wirkten gut gelaunt, als wir uns trafen, um Chahars Stabkarte zu inspizieren, welche Phocas für verläßlich erklärt hatte, zumindest soweit es die Stellen anging, die er markiert hatte, bevor wir auf Elams Versteck gestoßen waren. Wir einigten uns darauf, zum fernen Königreich von Konya zu segeln und uns auf Gedeih und Verderb dem zivilisierten Volk auszuliefern, welches – Chahars Beteuerungen zufolge – dort leben sollte.

»Die besitzen sicher detaillierte Karten dieser Gewässer«, sagte Cholla Yi. »In Verbindung mit unseren eigenen Kenntnissen werden uns diese Karten helfen, alsbald den Weg in die Heimat zu finden.«

Ich selbst hatte meine Zweifel. Chahar war zu dumm, sich zu verstellen, aber war sie bei ihrer Einschätzung der freundlichen Konyaner vielleicht ebenso dumm gewesen? Nur, welchen Kurs hätten wir sonst nehmen sollen? Ich schüttelte die Sorge ab und schloß mich der Feier an. An jenem Abend floß der Wein ganz ungehemmt.

Wochenlang segelten wir, und unser Vertrauen in die Stabkarte wuchs mit jedem Orientierungspunkt, der in Sicht kam. Eines Tages wachte ich besser gelaunt auf, als ich es je zuvor oder seither gewesen bin. Ich stürmte an Deck, guten Mutes und allen zugetan. Polillo war mit einer Übung beschäftigt, bei der sie ein beladenes Faß von ungeheurem Gewicht stemmte, um ihre Muskeln zu strekken. Als sie mich sah, setzte sie es ab. Das Deck ächzte unter der Last.

Tief holte sie Luft und ließ ihre Brust zu solchem Umfang schwellen, daß den Seeleuten fast die Augen aus dem Kopf fielen.

»Was für ein wundervoller Tag!« rief sie. »Ich bin kein Zauberer, Kommandantin, aber ich habe das Gefühl, daß uns etwas Großartiges widerfahren wird.«

Ich lachte zustimmend und ging dann weiter zu Gamelan, um mit ihm unser tägliches Ritual des Knochenwerfens vorzunehmen. Er war so gut gelaunt wie ich und stichelte, was für eine wunderbare Zauberin ich sein würde, wenn er erst mit mir fertig wäre. Zur Abwechslung war ich damit heute nicht zu beleidigen. Wir nahmen die Knochen hervor, und ich warf sie. Gamelan kicherte leise über das Muster, das ich ihm beschrieb, und sagte, es prophezeie nur das Beste. Für mich sahen die Knochen nicht anders aus als an jedem anderen Tag, aber ich dachte, ich müsse mich wohl täuschen.

Eine Stunde später kehrte ich an Deck zurück und schlenderte entlang der Reling, genoß die Sonne und die frische Luft. Dann rief der Ausguck: »Land in Sicht!«, und ich reckte den Hals, um zu sehen, was jenseits der tänzelnden Wellen liegen mochte.

Ich sah blaßblauen Nebel, der unten von einem dunklen Rand umfaßt war. Der Nebel hob sich, und mein Herz machte einen Sprung, als ich die prächtigste aller Inseln erspähte. Ein dunkler Smaragd war sie und lockte mit süßestem Versprechen und noch weit süßeren Träumen.

Kapitel Zwölf

Der Sarzana

Je näher wir der Insel kamen, desto überschwenglicher wurde unser Glücksgefühl, beinah, als kehrten wir heim. Es gab keinen Grund dafür, doch nach der Schwermut und den Katastrophen der vergangenen Wochen hießen wir die friedvolle Stimmung freudig willkommen. Die See spiegelte unsere Empfindungen wider – die Wellen blieben ruhig; eine warme, sanfte, frühmorgendliche Brise vom Land her rauhte See und Segel auf und strich uns durchs Haar. Ich ertappte mich dabei, daß ich versehentlich Stryker anlächelte, als handele es sich bei ihm um ein akzeptables menschliches Wesen, dann grinste ich nur um so breiter über meine Einfalt.

Meine Frauen und selbst einige Seeleute, von denen man meinen sollte, sie hätten alles schon gesehen, drängten sich an der Reling. Ein Seehund erschien vor unserem Bug, tauchte ab und schwamm unter Wasser weiter, so nah an der Oberfläche, daß ich sehen konnte, wie die Muskeln unter dem glatten, braunen Fell arbeiteten.

»Vielleicht«, sagte Corais verträumt, »wäre es nicht so übel, wenn die Traumtänzer, die an eine Wiedergeburt glauben, recht behielten. Es würde mir nichts ausmachen, meine Wiederauferstehung als Seehund zu erleben.«

Ich wollte schon etwas Sarkastisches erwidern, wie etwa, daß man am besten in Gewässern wiedergeboren würde, die noch kein Robbenjäger entdeckt hätte, doch besann ich mich eines Besseren. Selten war Corais so entspannt wie an diesem Tag.

Zum ersten Mal seit seiner Blendung machte auch Gamelan einen zufriedenen Eindruck. Ich riskierte, ihm diesen Augenblick zu verderben und fragte, ob er etwas spüre, das auf eine Gefahr von Land her hindeutete. Er lächelte und schüttelte nur den Kopf.

Die Insel sah aus wie eine gebogene Hand, deren Finger eine Landzunge formten und die Bucht umfaßten. In der Mitte dieser Insel befand sich eine Hochebene. Ich schätzte sie auf etwa zehn Meilen in der Länge und sechs in der Breite. Alles war grün, so grün, daß einem die Augen schmerzten. Ich meinte, etwas Weißes oben auf der Ebene gesehen zu haben, doch als ich wieder danach Ausschau hielt, kam ich zu dem Schluß, daß meine Augen mich getäuscht haben mußten.

Das Wasser wurde seicht, als wir in die Bucht fuhren, das Meer kristallblau wie der feinste Diamant. Eine Gardistin deutete hinaus, und erst sah ich einen Delphin, dann auch seinen Gefährten unter unserem Kiel. Sie schwammen etwa dreißig Fuß weit auseinander, und es sah aus, als hielten sie etwas in ihren Mäulern fest. Ich meinte, ein Glitzern an ihren Stirnen erkennen zu können, eine Reflexion wie vom Diadem eines Prinzen. Vor ihnen sah ich einen Schwarm silbriger Fische blitzen, die ihrem Schicksal als Mittagsmahl der Delphine zu entgehen suchten. Dann glitt unser Schiff über sie hinweg, und unser Kielwasser verschleierte die Szenerie.

Ich hörte, daß jemand übers Wasser hinweg etwas rief. Es war Cholla Yi, der anordnete, die Flotte solle sich um ihn versammeln. Seltsamerweise gab er den Befehl ohne Flüche und Obszönitäten von sich. Dieser Tag schien auch ihn nicht unberührt zu lassen.

Minuten später hatten sich unsere baufälligen Schiffe versammelt, die Segel waren gerefft, und jedes einzelne wiegte sanft auf seichten Wogen. Lange Stränge von Seetang und Krebsen waren an der Wasserlinie und darunter zu sehen. Wanten waren ausgefranst, die Seiten der Schiffe fleckig, die Planken zerschlagen und zersplittert. Ich nahm mir Zeit für ein Gebet, daß diese neue Insel ihr Versprechen von Frieden auch halten möge. Wir brauchten dringend nicht nur Proviant und Wasser, sondern mußten auch unsere Schiffe an Land bringen und ausbessern.

Cholla Yis Befehle waren knapp: Geht in Pfeilformation, die Hälfte der Schiffe als Spitze, die anderen in Reihe dahinter. Kein Schiff sollte ohne Befehl vom Flaggschiff ankern oder anlegen. Dann geschah etwas höchst Ungewöhnliches. Er rief mich und fragte, ob ich etwas zu bemerken oder hinzuzufügen hätte. Vielleicht hatten die Meuterei und deren Nachwehen selbst einen sturen Mann wie ihn zu der Einsicht gebracht, daß zwischen uns kein Raum für einen Konflikt war. Ich hatte nur einen Vorschlag zu machen: Vielleicht sollte eine Galeere draußen vor der Bucht bleiben, nah der Landzunge, um sicherzugehen, daß dort keine feindlichen Schiffe darauf warteten, uns in dieser wunderschönen Falle einzuschließen. Cholla Yi grinste breit und tief: »Eine gute Idee. Aus Euch wird noch ein Seemann werden. Hauptmann Meduduth, Ihr übernehmt die Wache. Wir werden versuchen, Euch Wein und Frauenzimmer aufzuheben, falls wir welche finden.«

Meine Sergeantinnen hatten der Garde bereits befohlen, Rüstungen anzulegen, und die Ruderer brachten ihre Riemen aus und fuhren uns in die Lagune. Zuerst schien es, als wären wir die ersten Menschen, die in dieses Paradies kamen, was uns nicht unwahrscheinlich vorkam, wenn man bedachte, wie abgeschieden diese unerforschten Gewässer waren.

Klisura erklärte Stryker, die Bucht sei die perfekte Basis für eine Kriegsflotte. Strykers Lippen kräuselten sich zu einem Grinsen, und er sagte: »Aye, bis auf das Problem, daß man zwei kleine Ewigkeiten segeln muß, bis man auf etwas trifft, das sich zu stehlen lohnt.«

Einige Minuten später rief ein Posten etwas vom Ausguck her, und wir eilten an die Reling. »Anscheinend war ein fremder Admiral ganz Eurer Meinung.«

Auf der anderen Seite der Bucht sah man gleichmäßig vertäute Bojen. Sie waren zum Anlegen in ordentlichen Reihen gedacht, um ein Durcheinander und Schäden durch wildes Ankern zu vermeiden. Ich zählte ... zehn, zwanzig, vielleicht mehr. Hier hätte tatsächlich eine Flotte vor Anker liegen können. Unsere Schiffe fuhren näher heran. Rein gar nichts war zu hören, sah man vom Flüstern des Windes und dem Geplätscher der Ruderblätter ab, wenn diese sich hoben und drehten. Die Bojen waren große Holzfässer, jeweils verbunden mit einem Kabel, das zu einem größeren Faß am Meeresboden führte. Die Bojen waren noch nicht lange hier. Die Kabel, an denen man sie befestigt hatte, waren zwar von Rostflecken übersät, jedoch noch nicht von Meerestieren überwachsen. Allerdings war es seltsam, daß es Lücken in der Reihe gab, wo sich Bojen gelöst hatten oder versunken waren, ohne daß jemand Reparaturen vorgenommen hätte. Es sah aus, als seien die Leute, die diesen Ankerplatz eingerichtet hatten, kurz nach Fertigstellung ihrer Arbeit fortgesegelt.

Wir umfuhren eine Landspitze und hatten etwas vor uns, von dem wir alle gewußt hatten, daß es dort sein würde. Weiße Steinhäuser erstreckten sich vom Kopfsteinpflaster unten am Hafen bis hinauf zu einer hohen Steinmauer an einer Felswand, die bis zur Hochebene reichte.

»Marinehafen«, sagte Kisura, und ich fragte ihn, woher er es wüßte.

»Handelsschiffe brauchen Docks oder zumindest eine Mole, um die Ladung zu bewegen. Kriegsschiffe liegen im Hafen vor Anker. Dadurch fühlen sie sich sicherer, und sie sind schneller unterwegs. Aber wenn da nicht diese Bojen wäre, würde ich sagen, das hier ist ein Fischerdorf.« Ich wußte, was er meinte. Es gab weder Festungsanlagen noch Kriegsgerät.

Das Gefühl der Zufriedenheit nahm ab, als mir klar wurde, daß vom Ort her nichts zu hören war, weder Geschrei von Kindern noch von Händlern, kein Knarren von Wagenrädern, kein Gebrüll von Lasttieren. Alles war still, alles war ruhig. Ich konnte keine Spur von Leben entdecken. Nur ein einziges Boot lag im Hafen, eine kleine Schmack, die halb versunken am einzigen Pier dümpelte.

»Kapitän Stryker«, befahl ich. »Geben Sie den anderen Schiffen Zeichen, daß sie halten sollen, wo sie sind. Der Admiral behält das Kommando. Wir schicken zuerst einen bewaffneten Landetrupp ans Ufer.«

Nach unseren früheren Erfahrungen stritt Stryker nicht mit mir. Ich wies Polillo an, einen Landetrupp zusammenzustellen, zwei Boote, fünfzehn Frauen.

Da Soldaten nun mal sind, was sie sind, und die Langeweile weit mehr fürchten als den grausigsten Tod, überraschte es mich nicht, daß sich meine Besten aufgeregt darum drängten, dabeizusein. Es waren doppelt so viele Gardistinnen, wie ich brauchte, darunter auch Polillo, Corais, Ismet und die Offiziersanwärterin Dica, von der ich vermutete, aus ihr würde eine ebensolche Draufgängerin werden wie die Schlimmsten von uns. Sie – und die anderen – sahen mich an, flehentlich wie kleine Hunde, daß ich sie nicht an Bord zurücklassen sollte.

Ich stieß einen Fluch aus, weil immer ich die Böse sein mußte, doch fand ich innerlich auch ein Lächeln – ein Kommando zu führen, mag eine einsame Aufgabe sein, doch zumindest hat eine Kommandantin einigen Einfluß darauf, wer eine Expedition anführt. Ich ließ sowohl Polillo als auch Corais zurück, machte Sergeantin Ismet zur stellvertretenden Kommandantin und nahm Dica mit.

Beladen mit Kriegsgerät, kletterten wir in die Boote, und die Seeleute ruderten uns an den Strand. Niemand kam, uns zu begrüßten, doch auch niemand, der uns verjagt hätte. Einer der Ruderer brummte: »Es ist, als hätte ein Magier sie in den Himmel gezaubert. Ein Geisterdorf.« Sergeantin Ismet warf ihm einen finsteren Blick zu, damit er den Mund hielt.

Das Schaben der Bootskiele auf dem Sand klang laut. Eilig sprangen wir hinaus, wollten einem möglichen Hinterhalt kein allzu leichtes Ziel bieten. Das knietiefe Wasser war warm und verlockend, wie auch der Sand, der sich bis zu einer gepflasterten Promenade am Ufer vor dem Dorf erstreckte. Fischernetze baumelten von Gestellen, doch hingen sie – wie ich bemerkte – schon eine ganze Weile dort. Der Sand war glatt. Hier und da waren Spuren von Vögeln und Meerestieren zu sehen, die offenbar am Ufer in der Sonne gelegen hatten.

Ich schickte Sergeantin Ismet und sieben Frauen zur Erkundung des östlichen Teils der Promenade aus und patrouillierte selbst auf dem westlichen Teil. Auch hier hörten wir nur Möwengeschrei und fanden nichts, bis auf Ratten, die gelegentlich über das Pflaster huschten. Dachziegel lagen auf den Straßen verteilt, vom Sturm herabgeweht. *Winter*stürme? fragte ich mich. Wir hatten jetzt Frühling, also war das Dorf möglicherweise schon vor einiger Zeit verlassen worden.

Das Dorf wirkte unscheinbar, wenn man vom Fehlen jeglicher Einwohner absah. Mit gezücktem Schwert wagte ich mich in einen kleinen Laden. Er war genauso, wie man es von einem Fischerdorf erwarten würde: Krämerwaren und Lebensmittel. Ein leichter, unangenehmer Geruch führte mich zu einigen, lang schon verdorbenen Ködern in einem Holzeimer. Es standen noch Waren auf den Regalen, wenn auch nur wenige. Ich vermutete, daß der Laden seinem Besitzer kaum Geld eingebracht und dieser sicher noch einen anderen Beruf ausgeübt hatte, entweder als Bauer irgendwo jenseits des Dorfes oder auf einem der Fischerboote. Das führte mich zu der Frage, wo diese Boote geblieben sein mochten. Waren sämtliche Einwohner davongesegelt, aus Furcht vor einem Schicksal, das nicht eingetroffen war?

Ich ging in den hinteren Teil des Ladens, in dem der Besitzer seine Wohnung gehabt hatte ... und die friedliche Stimmung verflog. Hier hatte es einen schweren Kampf gegeben. Blut – schwarz getrocknet – hatte das Bett bespritzt, die Decken, den Boden und die Wände. Hier war jemand umgekommen und hatte sich vorher verzweifelt dagegen gewehrt. Ich spähte zur Hintertür hinaus, die offenstand, doch sah ich nichts. Ein Schauer fuhr mir über den Rücken, dann kehrte ich durch den Laden dorthin zurück, wo meine Patrouille wartete. Das alles war mehr als seltsam. Doch unheimlich wurde es erst dadurch, daß ich keine Gefahr witterte. Dies alles war höchst ungewöhnlich, doch schien es keinen besonderen Grund zu geben, das Schwert bereitzuhalten, während ich den Blick nervös von hier nach da zucken ließ. Ich zwang mich zur Wachsamkeit, suchte überall nach der Bedrohung. Doch nichts geschah, und so gingen wir weiter.

Wir sahen uns den Rest der Hafengegend an, ohne etwas Neues zu erfahren. Dann trotteten wir zu den Booten zurück, wo Sergeantin Ismet wartete. Ihr Teil des Dorfes war ebenso verlassen gewesen, und auch sie hatte Hinweise auf einen Kampf gefunden, aber weder Leichen noch Knochen. Wer auch immer dieses Dorf angegriffen haben mochte, hatte die Leichen mitgenommen oder – wie gewissenhafte Schlachter – nach dem Massaker Bestattungen vorgenommen. Sklavenhändler fielen mir ein, doch nehmen Sklavenhändler nie ein ganzes Dorf mit. Sie wählen die Jungen, die Hübschen und Talentierten und lassen den Rest zurück, damit dieser Rest die nächste Generation aufzieht, die man sich dann später holen kann. Aber was wußte ich schon von den Sitten in fremden Ländern?

Ich schickte Sergeantin Ismet zum Schiff hinüber, damit sie Bericht erstattete und meine Befehle an Kapitän Stryker und Cholla Yi weiterreichte. Es schien keine unmittelbare Gefahr zu bestehen, so daß man beruhigt vor Anker gehen konnte. Allerdings sollte eine Wache aufgestellt werden, bis ich anderslautende Befehle gab. Als zusätzliche Sicherheitsmaßnahme wollte ich, daß sich eine weitere Galeere draußen vor der Landzunge bei Hauptmann Meduduth einfand. Ich befahl der Garde, mit voller Mannschaftsstärke an Land zu gehen. Wir würden die Insel erkunden und sichern. Ich erklärte Sergeantin Ismet, die Lage sei außerdem sicher genug, daß man Wassertrupps an Land schicken konnte. Es gab einen kleinen Süßwasserbach am westlichen Ende des Dorfes, allerdings dürften die

Trupps nicht herumstromern und sollten von bewaffneten Seeleuten eskortiert werden.

Nach einer Stunde war meine Garde an Land. Cholla Yis Matrosen gewährleisteten die Sicherheit am Hafen, und wir wollten nicht weit ins Landesinnere vordringen, aus Angst vor einem Hinterhalt von See her. Das Dorf reichte nur wenige Blocks bis zu den Felsen hin. Für den Augenblick wollten wir einfach ignorieren, was dort oben und auf dem Rest der Insel sein mochte. Wenn es keinen Grund zur Sorge gab, konnte Cholla Yi später Arbeitstrupps ins Inland schicken, um Bäume für Kielblöcke zu fällen und zurechtzusägen, dann seine Schiffe paarweise in Ufernähe zu schleppen und mit der Flut an Land zu bringen. Daraufhin würde man damit beginnen können, die Schiffsböden zu säubern, zu kalfatern und neu zu teeren, während meine Gardistinnen auf die Jagd gingen und unsere Vorräte aufbesserten.

Dann tappte Gamelan heran, der an Land gegangen war, ohne daß ich es bemerkt hatte, und fragte, ob er mit uns kommen könne. Ich dachte mir so dies und das, sagte jedoch nichts davon.

»Vielleicht«, erklärte er, »habe ich doch noch etwas von meiner Macht und könnte zumindest warnen, wenn ich Gefahr von magischer Seite spüre.«

Ich sah keinen Grund, es ihm zu verweigern, und stellte zwei Gardistinnen zu seiner Unterstützung ab. Wir hatten nicht die Absicht, durch das Dorf zu hetzen, und falls wir angegriffen würden ... nun, Gamelan hatte oft genug gesagt, wie sehr er den Gedanken haßte, einer Expedition ein Klotz am Bein zu sein.

Wir zogen in das Dorf, die Waffen bereit. Ich ging voran, und wieder hatte ich Dica an meiner Seite. Corais hielt sich gleich hinter mir, Polillo und Flaggsergeantin Ismet befehligten die Nachhut. Wir kamen an Läden vorbei, an Wohnhäusern, an allem, was ein wohlhabendes Dorf ausmacht. Ich betrat mehrere Wohnhäuser, versuchte herauszubringen, inwieweit die Leute gewarnt worden waren. Im Gegensatz zu dem, was unsere Kasernenmärchen später berichten würden, falls wir je nach Orissa heimkehren sollten, fanden wir weder halbleere Teller auf den Tischen, noch Arbeiten, die unerledigt liegengeblieben waren.

Es gab eine Ausnahme: Im Schankraum einer Taverne fanden sich die Spuren eines grausamen Gemetzels. Weinschläuche waren in Stücke gerissen, Flaschen und Fässer zertrümmert, Kelche auf dem Boden verstreut und Tische umgestürzt. Hier gab es außerdem mehrere große Blutflecken. Ich vermutete, daß mindestens sechs, vielleicht zehn Zecher überrascht und mit den Bechern in der Hand erschlagen worden waren. Da ich mich an den Scherbenhaufen in jenem Schlafzimmer erinnerte, glaubte ich, der Tod müsse des Nachts und ohne Warnung gekommen sein. Wir gingen weiter, waren auf alles vorbereitet. Doch wiederum gab es keinerlei Anzeichen für eine Gefahr. Es war, als erkundeten wir die Ruinen einer Zivilisation, die schon zu Zeiten der Mütter unserer Mütter untergegangen war.

Eine der Frauen, die unsere Flanken sicherten, kam zurück und meldete ein großes Gebäude voraus, im Außenbezirk, direkt an der Felswand. Sie meinte, es könne sich um Kasernen handeln – das erste Anzeichen für eine militärische Präsenz, sah man von den Ankerplätzen ab. Dorthin brachen wir auf.

Mit großer Wahrscheinlichkeit handelte es sich um eine Kaserne, eine lange, zweistöckige Anlage mit ordentlichen Bauten und einem Wachhäuschen davor. Zum ersten Mal spürte ich den Hauch von Gefahr oder etwas Widrigem.

»Sergeantin Ismet zu mir!«

Einen Augenblick später stand sie neben mir. Ich wollte sie an meiner Seite wissen und wählte noch sechs weitere aus, allesamt ausgezeichnete Schwertkämpferinnen. Ich schickte Polillo mit der Nachhut um die Anlage herum. Ich stellte Bogenschützinnen zur Sicherung auf, mit dem Befehl, alle Richtungen im Auge zu behalten.

Wir betraten das Gebäude und fanden eine Hölle vor, ein Leichenhaus. Es war einmal eine Kaserne gewesen, die mindestens zweihundert Soldaten beherbergt hatte. Ich wußte es, weil deren Leichen dort lagen. Selbst meine hartgesottenen Soldatinnen schreckten zurück, und ich hörte das eine oder andere entsetzte Keuchen oder unterdrücktes Fluchen.

Die grausige Szenerie erinnerte mich an etwas, und bevor ich den Gedanken verdrängen konnte, hatte ich ein Bild vor Augen: Früher einmal, als ich jung gewesen war, hatte ich in einer Scheune meines Vaters mit drei halb ausgewachsenen Kätzchen gespielt. Diese entdeckten ein Nest von Feldmäusen, die sich in etwas zurückgezogen hatten, was sie für eine Zuflucht im losen Heu hielten. Die Kätzchen, eben noch freundlich und liebenswert, taten ihre Pflicht und schlachteten das gesamte Nest mit viel Geschrei und Gekreisch, bevor auch nur eine Maus entkommen konnte. Und das Töten allein reichte ihnen nicht. Sie spielten mit den Toten und den Sterbenden. Manche schlangen sie herunter, andere verstümmelten sie nur. Genau wie jemand ... oder etwas ... es mit diesen Soldaten gemacht hatte. Manche hatten geschlafen, andere hatten Dienst gehabt. Es machte keinen Unterschied. Ich sah gespaltene Speere, zerbrochene Schwerter, prunkvolle Rüstungen, wie Tonscherben geborsten.

Seit jener Mordnacht war einige Zeit vergangen, doch der Schrekken hatte nicht nachgelassen. Manche Leichen waren zu Skeletten verrottet, doch andere waren getrocknet und mumifiziert. Braune Lippen spannten sich in grauenhafter Heiterkeit über gelbe Zähne. Doch war keine einzige Leiche vollständig. Vielleicht hatten sich Aasfresser oder Nagetiere von ihnen ernährt oder die Knochen für ihre eigenen Zwecke fortgetragen. Vielleicht.

In diesem Moment hörte ich die Musik. Flötenmusik. Sie kam von draußen, und wir stürmten hinaus, den Klängen nach.

Sie kamen von jenseits des Gebäudes, wo eine große, halbrunde Wand aufragte. Ich wollte schon hinüberlaufen, hielt mich jedoch zurück. Ich winkte, meine Gardistinnen gingen in Igelformation und rückten vor. Wir bogen um den Rand der Mauer, dann blieben wir abrupt stehen. Die Mauer wurde zu einer hohen, steinernen Brüstung. Eine weitere Mauer ragte uns von der gegenüberliegenden Seite entgegen. In die Felsen in der Mitte hatte man steinerne Stufen gehauen, eine mächtige Treppe zur Hochebene hinauf. Zu beiden

Seiten der Treppe wuchsen kräftige Reben, deren Blüten in allen Farben des Regenbogens schimmerten.

Die Musik kam vom Fuße jener Treppe. Sie stammte tatsächlich von einer Flöte. Diese Flöte wurde von einem seltsamen Wesen gespielt. Es war ganz sicher kein Mensch, denn selbst die Barbaren im eisigen Süden sind nicht derart behaart, oder zumindest hat man es mir so berichtet. Ebensowenig war es ein Affe, zumindest nicht von einer Art, die ich je in der Wildnis oder einer Menagerie gesehen hätte. Sein Gesicht war weder affen- noch menschenähnlich. Am besten ließe es sich mit einem Löwen vergleichen, der mächtige Fangzähne hat, jedoch keine Schnurrhaare. Um den Hals trug es ein Band mit einem kleinen Juwel daran.

Mit stiller Neugier sah uns das Wesen an, zeigte jedoch keinerlei Furcht und unterbrach sein Flötenspiel keinen Augenblick – eine Melodie, die von Vögeln und stürmischer See kündete, Vögeln auf der Suche nach einer Heimat, aus der die Winde sie vertrieben hatten, einer Heimat, die sie niemals finden würden.

Ich hielt die Luft an, als ich merkte, woraus die Flöte geschnitzt war. Es handelte sich um einen menschlichen Oberschenkel, liebevoll verziert und poliert. Im Augenwinkel rührte sich etwas. Es war Gerasa, meine beste Bogenschützin, die ihre Waffe hob, und die rechte Hand langsam nach hinten zog, bis die Pfeilspitze auf der Kerbe ruhte.

»Halt!« fuhr ich sie an, und die Disziplin, die ich meinen Frauen eingeschärft hatte, sorgte dafür, daß der Pfeil nicht flog. Doch sank auch der Bogen nicht herab. »Wir wollen hier keinen Krieg. Wir wissen weder, wer diese Soldaten waren, noch warum sie sterben mußten. Ganz zu schweigen davon, ob unser Freund hier der Mörder ist.«

Gerasa warf mir einen Seitenblick zu, und ich wußte, was sie dachte: Weder durfte ein Soldat so abgeschlachtet werden, noch konnte man zulassen, daß ein Affe die Erinnerung an ihn verhöhnte. Dennoch ließ sie ihren Bogen sinken.

Gamelan stand neben mir, seine beiden Gardistinnen hinter ihm.

Da der Musiker nicht müde zu werden schien, erklärte ich unserem Zauberer kurz, was wir vor uns sahen ... und was ich in der Kaserne gefunden hatte. Gamelan schwieg lange. Er wandte den Kopf hierhin und dorthin, als könne er sehen, oder besser noch, als sei er ein Jagdhund, der eine Fährte witterte. Die Spur eines Lächelns erschien auf seinen Lippen.

»Ich weiß nicht, wie ich es beschreiben soll. Meine Kräfte kehren nicht zurück«, sagte er, und ich sah, daß er sich zur Ruhe zwang. »*Irgend* etwas ist hier. Es ist ... es ist, wie wenn du die Augen lange geschlossen hast und deine Gedanken dann behaupten, du würdest etwas sehen. Ich spüre Zauberkräfte überall um uns herum ... ob gut oder böse, weiß ich nicht. Aber es ist etwas, dem wir uns stellen müssen.«

Das Flötenspiel der Kreatur brach ab, als hätte sie auf diese Worte nur gewartet. Sie sprang zum Treppengeländer, packte eine Ranke, zog sich hinauf und war verschwunden.

Ich horchte in mich hinein, um festzustellen, ob auch ich etwas spürte. Es *war* etwas da, das merkte ich, genau wie Gamelan gesagt hatte. Es war aufwühlend, und ich fühlte mich, als sei ich eine Elritze dicht unter der Oberfläche eines Teiches, und ein großer Hecht wartete irgendwo unter mir in Schlamm und Schilf. Dennoch spürte ich keine Gefahr, keine Bedrohung.

»Wir steigen die Treppe hinauf«, beschloß ich. Ich schickte eine Läuferin und eine Eskorte zum Strand, um Cholla Yi von unserer Absicht in Kenntnis zu setzen. Wir machten uns auf den Weg, ließen jeweils sechs Stufen zwischen uns, damit – falls uns Bogenschützen oder Speerwerfer erwarteten – diese kein größeres Ziel als eine einzelne Frau finden sollten. Die Stufen waren so perfekt aus dem Stein gehauen, als hätten Maurer eine Ewigkeit dafür Zeit gehabt. Wir kamen an einen Treppenabsatz und bogen ab. Die Treppe verwandelte sich in einen Tunnel, der direkt ins Kliff führte, wobei die Fenster so geschickt hineingehauen waren, daß sie jedem von unten wie Felsverschiebungen erscheinen mußten. Darüber hinaus waren die steinernen Wände mit Flachreliefs überzogen. Sie erzählten eine

Geschichte von blutigen Schlachten, von fremden Städten und noch fremderen Inseln. Ich versuchte, der Geschichte zu folgen, wie man einen Gobelin betrachtet, doch machte sie für mich keinen Sinn. Die Schnitzereien wurden immer kunstvoller und seltsamer und gewalttätiger… und ich wandte mich davon ab.

Wir kamen zu einem zweiten Absatz, und nun verlief die Treppe wiederum im Freien, führte direkt außen an der Felswand entlang. Der Himmel war blau, und zu beiden Seiten ragte der Fels über uns auf.

Ich blieb stehen und blickte zurück, um zu sehen, wie meine Garde weiterkam. Der Aufstieg erschöpfte manche von uns, und ich fluchte keuchend, als mir erneut klar wurde, wie sehr eine Seereise an den Kräften zehrt, egal wie viele Freiübungen man machte oder wie oft man von einer Sergeantin mit Lederlunge um das Deck gehetzt wurde. Gamelan überholte mich. Seine Eskorte hechelte ein wenig, doch der alte Geisterseher tappte mit der Geschwindigkeit eines Mannes voran, der kaum ein Drittel seines Alters auf dem Buckel hatte. Ich eilte zur Spitze der Kolonne vor, und wir marschierten weiter.

»Ich glaube, ich fände es besser«, sagte Polillo von dort, wo sie kurz hinter mir lief, »wenn wir in diesem verdammten Tunnel wären und eine Deckung über unseren Köpfen hätten. Bei diesen Klippen da oben würde jemandem, der mich nicht gerade für einen netten Saufkumpan hält, sicher etwas einfallen… wenn er ein bis drei Felsbrocken zur Verfügung hätte.«

Ich ließ mich zurückfallen, bis ich neben ihr war, und schweigend kletterten wir voran, wobei wir uns alle Mühe gaben, nicht die Stufen zu zählen, und dann waren wir oben und standen im Freien.

Die Hochebene war eine einzige, große Wiese. Sanft rollende Hügel lockten den Blick von einem Ende zum anderen. Hier und da standen kleine Wäldchen dazwischen, und ich sah das Blau von Teichen und Bächen. Doch war es kein natürliches Paradies… In der Mitte der Ebene erhob sich eine große Villa, umgeben von verschiedenen Gebäuden. Sie war aus Marmor gehauen und mußte jenes weiße Blitzen gewesen sein, das ich schon draußen vor der Bucht der Insel gesehen hatte. Der Bau selbst war mehrgeschossig. Er hatte in der Mitte zwei vielflächige Kuppeln, die durch einen überdachten Gang miteinander verbunden waren. Dieses Anwesen war mindestens so prunkvoll wie der beste Pferdehof der Anteros ... vielleicht noch prunkvoller.

Ich sah, daß etwas vom Haus her zu uns herüberkam. Meine Gardistinnen schwenkten oben an der Treppe in V-Formation aus, Bogenschützinnen an den Flanken, Speerwerferinnen zu ihrem Schutz, Schwertkämpferinnen in der Mitte.

Das sich bewegende Etwas wurde zu einem Pferd samt Reiter. Doch der Anblick wurde märchenhafter, je näher sie kamen. Bei dem Tier handelte es sich nicht um ein gewöhnliches Reitpferd, sondern um ein schwarzweiß gestreiftes Zebra, wie ich es einmal gesehen hatte, als ein mit exotischen Tieren beladenes Schiff auf dem Weg zu einem Königshof im Hafen von Orissa haltgemacht hatte. Auf dem nackten Rücken des Zebras saß ein weiterer Tiermensch. Dieser war noch grotesker als der Musiker, denn er trug rote Kniebundhosen und eine grüne Jacke. Das Zebra hielt von allein, und sein Reiter glitt herab.

Neugierig sah er sich um, kam dann direkt zu mir. Ich sah, daß auch diese Kreatur ein Juwel um den Hals trug. Der Tiermensch verneigte sich, nahm eine elfenbeinerne Tafel aus seiner Jacke hervor und reichte sie mir. Ein einziges Wort stand auf dieser Tafel:

Willkommen.

Ich zuckte zusammen, als ich sah, daß die Begrüßung in orissanischer Sprache verfaßt war.

Der Tiermensch wartete nicht auf meine Antwort, sondern schwang sich wieder auf sein Zebra. Ohne einen Befehl galoppierte das Tier davon, doch nicht zu der großen Villa, sondern zu einer mächtigen Scheune, die ich in der Ferne sah.

Ich erklärte Gamelan, was auf der Tafel stand und fragte, ob seine Empfindungen stärker geworden seien.

»Nein«, sagte er. »Ich weiß nur, daß wir weiter müssen.«

Und das taten wir. Ich ließ meine Truppe in breiter Formation antreten, mit kräftigen Plänklern an den Flanken, und wir marschierten zur Villa hinüber. Sie war sogar noch größer, als ich gedacht hatte, und keineswegs so nah. Tatsächlich lag sie in gut zwei Meilen Entfernung. Als wir näher kamen, konnte ich Gärten ausmachen, einen Irrgarten auf der einen Seite, Fischteiche und andere aufwendige Anlagen. Doch sah ich keinen einzigen aus der Masse von Gärtnern, die nötig gewesen wären, diesen Grund und Boden derart perfekt instand zu halten.

Es gab eine gewundene Auffahrt, breit genug für ein halbes Dutzend repräsentativer Kutschen, gepflastert mit zerstampften weißen Austernschalen. Unsere Stiefel knirschten, während wir zum Eingang der Villa marschierten. Dreißig Fuß hohe Doppeltüren erwarteten uns in der Mitte einer Terrasse unter einem Säulengang.

Ich ließ meine Truppe halten, und ohne jede Anweisung formierte sie sich zu einer Kolonne, als erwartete sie, von einem großen Prinzen inspiziert zu werden. Niemand dachte an einen Angriff.

Einen Augenblick später öffneten sich die Türen, und ein Mann trat heraus.

»Ich grüße Euch und heiße Euch auf Tristan willkommen«, sagte er in orissanischer Sprache, und seine Stimme klang wie ein mächtiger Gong, einladend wie gut gewürzter Glühwein in einer Winternacht. »Ich bin der Sarzana, und ich warte schon sehr lange auf Euren Besuch.«

Ein Tag ist vergangen, seit ich meinen Sekretär mit den Worten heimgeschickt habe, ich sei nicht ärgerlich, doch brauche ich die Zeit, darüber nachzudenken, welche Worte ich wählen wollte, bevor ich mit meiner Geschichte fortfuhr. Ich brauchte die Zeit nicht nur, weil ich mich vor dem fürchtete, was ich zu erzählen hatte. Wir alle irren uns bisweilen, und nur die Sünde begeht dieselbe Dummheit gleich mehrfach.

Das Problem bestand eher darin, daß man oft dazu neigt, die erste

Begegnung mit einem wahrhaft großen Menschen, jemandem, der die Welt durch sein Dasein erschüttert, später beschönigend darzustellen. Sicher muß man den Sarzana »groß« nennen, denn dieses Wort sagt nichts über Gut und Böse aus. Mein Wissen um das, was später geschah, soll nicht färben, was ich auf dieser Insel sah und fühlte, als ich den Mann zum ersten Male traf. Doch jetzt habe ich die Worte bereit.

Man hätte den Sarzana für einen Handelsfürsten halten können. Er war prunkvoll gewandet in eine weitärmlige Tunika, die sich eng um seinen Hals schloß. Er trug Hosen, deren Beine ebenso ausgestellt waren wie die Ärmel seines Obergewandes. Beides war purpurrot, und es machte den Eindruck, als sei er in diese fürstliche Farbe hineingeboren. Ich vermutete, Tunika und Hose waren aus schwerer Seide. Dazu trug er einen türkisfarbenen Gürtel aus geflochtenen Lederriemen. Ich sah, daß die glänzenden Spitzen von schwarzen Stiefeln unter seinen Hosen hervorlugten.

Der Sarzana war nicht ganz mittelgroß und eher korpulent. Er sah nicht aus, als hätte er viele Mahlzeiten versäumt, doch schien es sich bei ihm auch nicht um einen schweinischen Freßsack wie Cholla Yi zu handeln. Er war glattrasiert und seine Wangen gepudert. Das pomadisierte Haar hing in Wellen bis beinah auf die Schultern und sah aus, als hätte noch vor wenigen Minuten ein Künstler mit dem Lockenstab daran gearbeitet. Sein Gesicht war rundlich und geprägt von zwei sehr dunklen Augenbrauen und einem geraden Oberlippenbart. Wäre man ihm auf einer Straße Orissas begegnet, hätte man ihn für eine einflußreiche Persönlichkeit aus fremden Landen gehalten, nicht mehr. Einen Mann von Würde und Reichtum.

In diesem Moment sah ich in seine Augen. Ich schwöre, ich versuche nicht, ihm im nachhinein etwas anzudichten, was mir damals gar nicht aufgefallen wäre. Die Augen waren tiefe Brunnen der Ausdruckskraft. Sie waren dunkel – ich kann nicht mehr sagen, ob von dunkelstem Grün, Blau oder Schwarz –, und sie leuchteten vom Wissen um Macht. Am besten ließen sie sich vielleicht mit denen eines Adlers in Gefangenschaft vergleichen, der nun im Käfig sitzt und daran denkt, wie seine Krallen einst alles zerrissen haben, was ihm vor den Schnabel kam. Oder vielleicht mit der Glut, die in die gelben Augen meines Hühnerhabichts tritt, wenn man ihm die Haube vom Kopf nimmt und er auf dem Feld eine Waldschnepfe sieht.

Nein. Selbst auf einer geschäftigen Straße in einem wohlhabenden Viertel hätte man über den Sarzana nicht hinweggesehen, nicht, nachdem man einen Blick in seine Augen geworfen hatte.

Der Sarzana blieb stehen, als er die letzte Stufe genommen hatte, und verneigte sich.

»Ihr seid in Sicherheit«, sagte er, und ich *wußte* einfach, daß er die Wahrheit sagte. »Ihr könnt die Schiffe, die vor der Landzunge Wacht halten, in den Hafen rufen und ankern lassen, und so vielen Seeleuten, wie Ihr wünscht, erlauben, an Land zu kommen. Euch droht keine Gefahr. Ich erwarte nicht, daß Ihr meinen Worten glaubt. Ich spüre, daß unter Euch zwei sind, welche die Gabe haben. Einer davon ist schwer verletzt, das kann ich fühlen ...«, und ich spürte, daß Gamelan, der gleich hinter mir stand, sich rührte, »... der andere ist eine junge Frau, die noch ihren Weg zur Macht sucht.«

Ich nahm meinen Helm ab und verneigte mich. »Ich grüße Euch im Namen Orissas«, sagte ich, äußerte mich jedoch nicht zu seiner Aussage bezüglich der Zauberer. »Ich sehe, Ihr besitzt die Macht der Magie und seid, was wir einen Geisterseher nennen würden. Wißt Ihr etwas von unserer Geschichte?«

»Ein wenig«, sagte er. »Und was ich nicht fühlen kann, werdet Ihr mir sicher erzählen. Doch müssen wir das nicht jetzt besprechen. Ich weiß, daß Ihr eben erst eine große Reise und eine noch größere Schlacht hinter Euch gebracht habt und seit Eurem Sieg, der Euch beinah entglitten wäre, hat man Euch übel mitgespielt und heimgesucht. Doch nun seid Ihr in Sicherheit. Ihr dürft bleiben, solange Ihr wollt, und Euch neu rüsten. Über Werkzeuge und Ausrüstungsgegenstände, die Ihr findet, dürft Ihr gern verfügen. Unterkunft findet Ihr unten im Dorf oder hier oben auf dem Plateau. Es gibt ausreichend Kasernen, in denen sich Regimenter unterbringen ließen, die weit größer sind als das Eure.

Das frische Wasser, das wild wachsende Getreide, die Früchte der Bäume stehen Euch zur Verfügung. Ihr dürft jagen und fischen, wie Ihr wollt. Ich bitte Euch nur, keine Lebewesen zu jagen, die aufrecht gehen. Ebenso solltet Ihr keine Kreaturen fangen, die mein Zeichen tragen, ein Juwel an ihrer Stirn oder an einem Band um ihren Hals. Sie sind meine Diener und meine Freunde, und ich habe geschworen, dafür zu sorgen, daß ihnen kein Leid zugefügt wird. Darauf muß ich bestehen. Jeder, der dieses Gesetz bricht, wird dafür bestraft, und die Strafe wird schrecklich sein.« Das Strahlen der Autorität in seinen Augen war nicht zu übersehen.

Ich wehrte mich gegen die Macht, die er in diesem Moment über uns hatte. »Wir kommen in Frieden und sind weder Narren noch Kinder. Wir achten die Gesetze der Länder, die wir besuchen«, und ich legte eine gewisse Schärfe in meine Stimme, *»solange man uns als Gäste behandelt*. Wird diese Vereinbarung gebrochen...« Ich beendete meinen Satz nicht, und das war auch nicht nötig.

»Gut«, sagte der Sarzana. »Ich habe bereits einen meiner... Diener hinuntergeschickt, damit er die anderen aus Eurer Flotte willkommen heißt und die Offiziere der Schiffe, insbesondere den Mann, den Ihr Cholla Yi nennt, in meine Villa einlädt. Hauptmann Antero, wenn Ihr wollt, könnt Ihr Eure Soldatinnen wegtreten lassen, damit sie sich ausruhen. Ihr werdet vor dem Essen noch Gelegenheit haben, Euch zu erfrischen.«

Ich überlegte einen Augenblick. Seine honigsüßen Worte schienen mir absurd, doch immer noch empfand ich nichts als Ruhe und freundliche Wärme. Ich sah Gamelan an. Er lächelte sanft und hob den Kopf, als blicke er in die warme Abendsonne.

»Ich danke Euch, Sarzana«, sagte ich. »Wir danken Euch von ganzem Herzen, daß Ihr uns in Eurem Königreich willkommen heißt.«

Die Miene des Sarzana wandelte, verfinsterte sich. »Königreich?« sagte er, und auch seine Stimme veränderte sich. Es war, als sei ein plötzlicher Sturm über klaren Himmel gekommen. »Ich, der einst über Länder herrschte, die so groß waren, daß kein Menschenleben reichte, sie alle zu besuchen? *Dies* ist nicht mein Königreich.

Es ist mein Verhängnis, Hauptmann. Es ist mein Exil. Hierher hat man mich zum Sterben geschickt!«

Am Nachmittag lagen unsere Schiffe sämtlich im Hafen vertäut, und die meisten Männer waren an Land. Der Sarzana sagte, er wolle seine Lakaien schicken, damit sie die Todeskasernen im Dorf reinigten. Dort sollten unsere Leute Quartier nehmen. Denen unter uns, die dieses Angebot hörten, lief bei dem Gedanken, auch nur eine Nacht in diesem Leichenhaus zubringen zu müssen, ein kollektiver Schauer über den Rücken. Der Sarzana bemerkte unsere Reaktion und sagte, wir seien ihm herzlich willkommen, hier oben auf dem Plateau zu nächtigen, wenn wir wollten. Seine Feinde hätten ausreichend Raum geschaffen, als sie ihn auf dieser Insel ausgesetzt hatten.

Corais wagte die kühne Frage, was denn dort unten vorgefallen sei.

Der Sarzana lächelte, doch es war ein Lächeln ohne jede Freude. Er sagte, wir würden es mit der Zeit schon noch erfahren, doch gehöre es fast schon ans Ende seiner Erzählung, und er zöge es vor, erst später davon zu berichten. Es sei denn, fügte er hinzu, die Ordonnanz sorge sich darum, daß das, was jenen Schurken dort unten widerfahren sei, Einfluß auf ihr eigenes Schicksal nehme. Zwar klangen seine Worte etwas schroff, doch betrachtete niemand sie als Beleidigung. Corais zuckte mit den Achseln und sagte, es sei seine Insel. Wir alle spürten nach wie vor diese seltsame Zufriedenheit, als hätten unsere Schwierigkeiten ein Ende gefunden.

Das Angebot des Sarzana war großzügig, doch sowohl Cholla Yi als auch ich wollten in der Nähe unserer Schiffe bleiben. Außerdem hätten die Arbeitstrupps zu lange gebraucht, die lange Treppe hinauf- und hinunterzulaufen, und solange unsere Schiffe beinah Wracks waren, fühlten wir uns nackt und schutzlos.

Wir beschlossen, daß ein kleiner Trupp von Gardistinnen unter

Leitung von Corais auf der Hochebene lagern sollte, um ein Auge auf den Sarzana zu haben. Wir anderen wollten die verlassenen Häuser entlang des Hafens nutzen, und sie zu säubern, sollte unsere erste Aufgabe sein. Zwei Schankräume würden Cholla Yis und mein Hauptquartier werden. Die Taverne, die ich mir ausgesucht hatte, hatte außerdem geräumige Zimmer im oberen Geschoß, so daß sich hier Quartiere für Polillo, Offiziersanwärterin Dica und mich fanden. Ich war entschlossen, sie zur Ordonnanz zu befördern, wenn sie unsere nächste Schlacht überlebte, und zwar entgegen der offiziellen Politik, daß keine Beförderungen ohne die Zustimmung eines ranghöheren Offiziers – also eines Mannes – vorzunehmen waren. Die lange Reise hatte mir Gelegenheit verschafft, über manches nachzudenken, was ich in Orissa einfach hingenommen hatte, und es würde einige Veränderungen geben, wenn wir heimkehrten.

Der Sarzana teilte uns mit, er plane ein Festessen zur Feier unserer Ankunft. Wir nahmen dankend an, erklärten jedoch, einige meiner Gardistinnen und eine kleine Wache an Bord der einzelnen Schiffe würden nicht daran teilnehmen können. Sie würden vom Schiffsproviant essen. Morgen – wenn keiner von uns am Essen erkrankt war – sollten sie ihr eigenes Festmahl bekommen. Dieses war die übliche Praxis im Umgang mit fremden Herrschern, für die Gift ein gebräuchliches Mittel zum Erhalt der Staatsmacht sein mochte.

Der Sarzana runzelte die Stirn, als ich ihm erklärte, daß sich nicht alle seiner Gastfreundschaft würden erfreuen können, und ich sagte – vielleicht etwas scharf –, auch wir hätten unsere Sitten und Gebräuche. Er lächelte, war nicht gekränkt, und ich spürte, wie das Mißtrauen, das ich empfunden haben mochte, in seiner Wärme schmolz. Er sagte, Sitten seien etwas ungemein Erhaltenswertes und seiner persönlichen Überzeugung nach habe ein gewöhnlicher Mensch für seine Taten ebenso ein Festessen verdient wie jeder hohe Herr. So habe er es von Anfang an gehalten, und Adel und Bauern säßen bei ihm nebeneinander.

»Unter anderem«, sagte er, und sein Lächeln wurde jovial, ohne je die Augen zu erreichen, »habe ich festgestellt, daß der Mann oder die

Frau vom Lande oder von der See weit interessantere Dinge zu erzählen hat als neuen Tratsch vom Hofe.«

Ich war tief beeindruckt, wie auch meine Frauen. So aßen und lebten wir in der Schlacht, doch in der Kaserne hatte selbst die Maranonische Garde getrennte Messen für Offiziere, Unteroffiziere und Mannschaften. Ich nahm mir vor, diesen Gedanken später noch einmal aufzunehmen. Wenn wir heimkehrten, mochte er eine weitere Idee sein, die es wert wäre, in die verstaubten Sitten der Armee eingeführt zu werden, zumindest, was die Garde betraf. Nur Cholla Yi und einigen seiner Offiziere schien die geplante Sitzordnung nicht zu gefallen, doch hörte ich nicht, daß jemand etwas Derartiges laut geäußert hätte.

Wir wuschen uns in Schichten und taten alles, uns ordentlich herauszuputzen. Allerdings hatte das Ganze etwas Mitleiderregendes an sich. Unsere Paraderöcke waren von Salzflecken übersät und die Rüstungen trotz allen Polierens entfärbt. Alles Messing war von einer grünlichen Farbe, die sich nur mit allerlei Flüchen und Asche entfernen ließ. Wir bleichten unser Leder, so gut es ging, obwohl man dazu mehr als nur Öl und Färbemittel gebraucht hätte. Ich hoffte, wir würden die Zeit finden, neue Lederhäute zuzuschneiden und zu gerben, bevor wir weitersegelten. Unseren hübschen Federhelmen war die Reise nicht bekommen, und sie sahen aus wie Vögel, die man hinaus in einen Wintersturm gejagt hat. Nur unsere Waffen schimmerten ohne jeden Makel.

Wir selbst sahen aus wie alte Vetteln. Polillo schaute in einen Pfeilerspiegel zwischen zwei Fenstern mit Blick auf den Hafen und stöhnte: »Das ist kein Haar, das ist ein Staubwedel!«

Ich gab mir alle Mühe, höflich zu sein, doch sie hatte recht. Ich selbst war in noch schlimmerem Zustand, da das Haar und die Haut blonder Menschen dem Wetter stets zuerst zum Opfer fallen. Wir hatten uns das Haar gekämmt und gewaschen und – wenn möglich – eingeölt. Doch das Meer und die salzige Luft hatten unsere Mühen nur verlacht. Irgendwie war es an Bord nicht wichtig gewesen, da wir alle gleich gut oder schlecht aussahen, und wen interessierte schon, was die Seeleute dachten. Doch jetzt, mit der Aussicht auf dieses Festbankett – selbst wenn nur der Sarzana und seine Halbmenschen da wären – schämten wir uns.

Dennoch taten wir alles, was in der Zeit und mit dem vorhandenen Material möglich war. Und darauf basiert eine weitere Legende, die meine Frauen erzählten, solange ich sie anführte, und noch lange Zeit danach.

Die Bewohner von Tristan waren allem Anschein nach ein reinliches Volk gewesen, denn es fanden sich überreichlich Badewannen – hölzerne und metallene. Zwei von Cholla Yis Seeleuten nahmen sich vor, uns in der Freizeit heimlich zu beobachten. Der eine handelte sich dabei einen gebrochenen Arm ein – dank des Knüppels, den Polillo nach ihm schlug – der andere geprellte oder gebrochene Rippen durch die Wucht eines stumpfen Pfeils von Gerasas Bogen.

Jene unter uns, die ihre Gliedmaßen haarlos wollten, wetzten die Rasiermesser oder kleine Dolche und rasierten sich. Als ich mich dabei schnitt und fluchte, fragte ich mich, wieso kein Geisterseher je einen Enthaarungszauber erfunden hatte, bis mir klar wurde, daß Männer ihrer eigenen Körperbehaarung große Aufmerksamkeit widmeten, und daher den Wünschen der Frauen dagegen nur wenig Bedeutung beimaßen. Ich erinnerte mich an Erzählungen, daß manche der feineren Kurtisanen Orissas ihren Körper unterhalb des Halses vollständig enthaart hatten, und dachte, daß ein solcher Zauber also doch existieren müsse. Mir war nie klar gewesen, daß die Zauberkunst für den täglichen Gebrauch zu nutzen wäre, bis Gamelan begonnen hatte, mich zu unterrichten.

Und hier begann die Katastrophe. Als ich meine kleine Schachtel mit persönlichen Dingen öffnete und aufstöhnte, hörte ich auch andere Frauen klagen. Die wenigen Kosmetika, die wir in unserem Marschgepäck verwahrten, waren noch übler zugerichtet als wir selbst. Die Puder waren klumpig, die Öle vertrocknet und dick, die Cremes geronnen, das Rouge zerbröselt. Im Zusammenspiel mit dem, was ich eben gedacht hatte, kam mir eine Idee. Ich wollte den

Abend retten. Ich rief meine Sergeantinnen und ließ sie die vertrockneten Kosmetika einsammeln, nachdem sie alles mit dem Namen der jeweiligen Besitzerin versehen hatte. Ich überlegte einen Moment und stellte meine eigenen Sachen vor die der anderen. Ich sammelte etwas sauberes Regenwasser aus einer nahen Zisterne, nahm ein paar wohlriechende Blüten von einem Busch, etwas Öl aus der Küche der Taverne und schließlich ein grellfarbenes Tuch, das vergessen in einem Schrank hing. Mit diesem Tuch berührte ich die einzelnen Dinge und war bereit.

Jetzt brauchte ich noch eine Göttin. Ich dachte an Maranonia, doch verwarf ich diese Idee. Falls sie mein Gebet erhörte, würde sie mich wahrscheinlich eher in ein Warzenschwein verwandeln, weil ich sie mit etwas derart Nichtigem wie Gesichtspuder belästigte, als meinen Wunsch zu erhören.

Ich versuchte, mich an irgendeinen anderen Gott zu erinnern, doch unseligerweise war ich – wie es sich für eine skeptische Orissanerin gehörte – aufgewachsen, ohne den Göttern weitere Beachtung zu schenken, abgesehen von meinem Hausgott, Maranonia, den Göttern der Stadt und allen anderen Wesen, deren öffentliche Anbetung geraten schien. Einen Gott oder Götzen für jede erdenkliche Funktion zu haben ... das war etwas für abergläubische Bauern und Leute aus fremden Ländern. Ich fragte, ob jemand eine Göttin kannte, die uns helfen konnte, und was darauf folgte, war langes Schweigen.

Schließlich strahlte Polillo und sagte, als sie kaum ein junges Mädchen gewesen war, hätte sie eine Freundin gehabt, »sie war ein junges Reh«, schmachtete sie, »nur bevorzugte sie ausschließlich Männer, je haariger, desto besser, und so hatte sie keine Zeit für mich. Aber ich erinnere mich, daß sie ... zu einer Göttin gebetet hat, die hieß ... laßt mich überlegen ... ich weiß! Helthoth. Nein, Heloth. Ja, das ist es. Ich bin mir sicher.«

Inzwischen hatte sich etwa die Hälfte meiner Gardistinnen um mich versammelt, und mir war klar, daß ich unser Problem jetzt lösen mußte.

Und so begann ich meinen Zauberspruch:

Wie ihr wart
So sollt ihr werden
Höre Heloth
Und gewähre diesen Wunsch.
Wende dich
Wende dich
Und wende dich erneut
Jetzt bist du
Was du warst.

Während meines Singsangs berührte ich mit meinem Tuch die einzelnen Schachteln und befahl den Eigenschaften des Öls, der Blüten, des Wassers, unseren Puder zu verjüngen. Ich glaubte, ein Flackern zu bemerken und sah auf meine Schachtel hinab. Sie sah aus, als sei sie nagelneu, und die Kerben und Kratzer von einhundert Schlachten in meinem Marschgepäck waren verschwunden.

Ich war wohl etwas überschwenglich, da dies mein erster eigener Zauber war, den ich vom Anfang bis zum Ende allein durchgeführt hatte. Tatsächlich jubelte ich: »Ich habe es geschafft!«

Corais war die erste, die ihre Schachtel nahm und öffnete, noch bevor ich meine in der Hand hielt. Starr glotzte sie hinein... und dann fing sie an zu lachen, lachte wie eine Fähe, die ihren kleinen Füchsen im Frühling beim Spiel zusieht. Es blieb gerade noch Zeit, mir klarzumachen, daß etwas danebengegangen war, dann öffnete ich meine eigene Schachtel. Mein Zauber hatte gut gewirkt – tatsächlich nur allzu gut. Die Schönheitsmittel hatten sich verjüngt... Im Kasten fand ich ein schreckliches Durcheinander: Mandeln, die noch nicht um ihres Öls willen zerstampft waren, Rosenblätter, Metallpuder, Butter, Olivenöl und all die anderen Dinge, die erfahrene Drogisten zermahlten und zerrieben, um daraus Salben herzustellen.

Als das Gelächter zum Gejohle wurde, war mir drückend klar, daß es *sehr* lange dauern würde, bis meine Garde die Geschichte vergessen hätte, wie Hauptmann Antero einmal das Rad der Zeit zurückdrehen wollte.

Bevor wir uns sammelten und die Treppe zum Plateau erklommen, um uns mit dem Sarzana zu treffen, nahm ich Gamelan zur Seite. Auch er trug seine besten Kleider. Ich hatte zwei meiner Frauen zu seiner Hilfe abgestellt und ihnen erklärt, falls er auch nur andeutete, daß sie ihn wie einen Krüppel behandelten, müßten sie sich nicht wundern, für lange, lange Zeit zum Latrinendienst eingeteilt zu werden.

Wie schon kurz vor unserer Landung fragte ich Gamelan, ob er spüre, daß Zauberkräfte gegen uns gerichtet seien.

Er erklärte, das sei nicht der Fall.

»Nur eines kann ich dir versichern, obwohl du es bestimmt schon selbst gemerkt hast. Dieser Sarzana ist ein mächtiger Magier, mächtiger – das *fühle* ich, obwohl ich meiner Macht beraubt bin – als jeder andere, von dem ich je gehört habe. Außerdem spüre ich, daß er auch Macht im weltlichen Sinne besessen hat.«

»Wie die Archonten?« sagte ich.

Darüber dachte Gamelan nach. »In gewisser Weise. Es fällt mir schwer, den Unterschied genau zu beschreiben. Die Archonten haben die Magie erlernt und mit ihr den Thron erstritten, wie es unter den Herrschern von Lycanth Sitte war. Dieser Mann ist anders. Ich fühle, daß der Sarzana – und ich wünschte, ich wüßte, was dieses Wort bedeutet, ob es Name oder Titel ist – Zauberstab und Szepter zur selben Zeit an sich gerissen hat und das eine nutzte, um damit das andere zu stärken.«

»Ich frage mich, was ihn zu Fall gebracht hat?« sagte ich.

»Meine sämtlichen Sinne sagen mir, daß er ein großer Herrscher war, was nach allem, was ich über seinen Palast gehört habe, nicht zu übersehen ist. Meine Sinne sagen mir außerdem, daß er weise, aber wohl auch mit fester Hand regiert hat. Ich frage mich also, warum er gestürzt wurde. Wie und warum.«

»Möglicherweise wird er es uns erzählen«, sagte ich.

»Möglicherweise. Bevor er uns wissen läßt, was er vorhat. Kein Herrscher, egal, wie göttergleich er wirken mag, egal, wie lange es her ist, daß er seinen Thron verloren oder verlassen hat, wird sich jemals in sein Schicksal fügen. Wir können uns nur im Wind treiben lassen, wie wir es während unserer Verfolgung des Archon getan haben.«

»Und spürst du einen Hinweis auf *ihn*?«

»Nein«, sagte Gamelan. »Das zumindest ist eine Erleichterung. Nicht mehr seit... seit ich blind zu mir kam und seine Gegenwart spürte. Ich habe mich *fast* schon selbst davon überzeugt, daß es eine Halluzination gewesen sein muß.«

»*Fast*«, sagte ich. »Ich wünschte, du wärst dir deiner Sache sicherer.«

Gamelans Mund zuckte, doch antwortete er mir nicht. Statt dessen nahm er mich beim Arm. »Kleine Rali, wir sind zu einem Festbankett geladen. Setz dich neben mich und paß auf, daß ich meinen Fisch nicht auf den Fleischteller lege. Du sollst mein Auge sein.«

»Sicher«, sagte ich in trockenstem Tonfall, »soll ich nur um der Etikette willen Euer Auge sein.«

»So ist es, Kommandantin«, sagte er schelmisch. »Welchen Grund sollte es wohl sonst dafür geben?«

Wir lachten, und dann rief ich nach meiner Truppe. Es wurde Zeit für das Bankett.

Vielleicht war dieses Mahl nicht das seltsamste, das ich je zu mir genommen habe, doch steht es weit oben auf der Liste. Der Speisesaal war eine weite Marmorhalle, behängt mit Wandteppichen, die Taten zeigten, welche so heroisch und grotesk waren wie jene auf den Flachreliefs in den Gängen hinauf zum Plateau. Es gab Platz für uns alle. Tatsächlich hätte die gesamte Expedition, mit der wir die Jagd nach dem Archon aufgenommen hatten, bequem in den großen Raum gepaßt. Es war der prunkvollste Saal, den ich je gesehen hatte, prächtig wie der große Festsaal in der Zitadelle des Hohen Rates von Orissa. Er war hell und doch nicht grell erleuchtet, nur fand niemand Kerzen oder Fackeln. Ebenso spielte Musik, doch war kein Orchester zu sehen, und auch kein verhängter Vorraum, in dem es sich hätte verstecken können, zumindest nicht, soweit ich sah.

Ganz wie der Sarzana versprochen hatte, saßen Matrosen neben Offizieren, Steinschleuderschützen neben Ordonnanzen, und tatsächlich waren die Gespräche interessanter als bei den meisten Banketten, an denen ich am Hof von Orissa hatte teilnehmen müssen. Diese Sitte *war* es wert, übernommen zu werden.

Eben merke ich, daß mein Schreiberling die Stirn runzelt und sich fragt, wieso ich gesagt habe, das Festessen sei seltsam gewesen, ohne daß ich ihm bisher einen Grund dafür genannt hätte. Ich könnte ihn an den Umstand erinnern, daß wir noch am Tag zuvor sturmgebeuteltes Strandgut auf tödlicher See gewesen waren, oder daß dieser Mann, der am Kopf des Tisches zwischen Gamelan und mir auf der einen und Cholla Yi und Stryker auf der anderen Seite saß, das einzig lebende, menschliche Wesen auf dieser Insel zu sein schien, doch das brauchte man gar nicht anzuführen, wenn man diese Nacht absonderlich nennen wollte.

Die Diener allein genügten schon. Sie alle waren Tiermenschen wie der Flötenspieler und der Reiter, der uns den Willkommensgruß des Sarzana überreicht hatte. Allerdings waren sie noch ungewöhnlicher gekleidet als der Reiter. Sie trugen verschiedene Kostüme, allesamt sehr teuer, manche juwelenbesetzte Frauenkleider, andere prunkvolle Roben, wie ein Ratsherr sie tragen mochte, wieder andere goldbesetzte Rüstungen, die jeder General ihm neiden würde.

Der Sarzana bemerkte mein Interesse. »Das ist meine Marotte«, erklärte er. »Oder besser gesagt, eine meiner Marotten. Jeder Diener ist gekleidet wie ein Mitglied meines Hofes. Auf diese Weise bin ich von denselben Damen und Herren umgeben wie seinerzeit. Nur«, und seine Stimme bekam einen bitteren Klang, »muß ich nicht mit ihrem Verrat rechnen wie damals in jenem anderen Palast, zu einer anderen Zeit.«

Ich nickte und wußte, daß sich der Sarzana, wie jeder Geschichtenerzähler, langsam auf seinen Bericht vorbereitete, und fragte mich, wann er ihn wohl zum besten geben würde.

Trotz ihrer unbequemen Aufmachung waren die Tiermenschen äußerst gewandt, ließen nie einen Teller stehen, wenn man fertig war, und auch kein Kelch blieb länger leer, als es dauerte, aus einem goldenen Krug nachzuschenken.

Ich erinnere mich noch sehr gut an jeden Gang des Mahles, zu dem es jeweils einen neuen, sorgsam ausgewählten Wein gab. Wir begannen mit verschiedenen Speisen, die unseren Appetit wecken sollten: reich gewürzte Leberpasteten auf Brot, Schnecken, noch in ihren Schalen oder gebacken mit Stückchen Schweinefleisch, dazu gewürztes Gemüse. Darauf folgten Gartenammern in Weingelee gebacken, jeweils kaum ein Mundvoll. Dann gab es Lachs, einen großen Fisch für mehrere Gäste, kochendheiß serviert, das Fleisch vom Grill gezeichnet, dazu eine Sauce aus Dill und Butter, für jene, die es würziger liebten. Mir selbst genügte ein Spritzer frischer Limone. Dann folgte eine Pilzsuppe, in der sich auf jedem Teller mehr Pilzsorten befanden, als ich je zuvor gesehen hatte, wobei jede Sorte ihren eigenen, unvergleichlichen Geschmack hatte, als wären sie einzeln gekocht.

Dann kam der Hauptgang: mächtige Keulen eines hirschähnlichen Tieres, serviert mit einem Gelee aus saurem Holzapfel und Beeren, und gespickt mit salzigem Schweinefleisch. Ich fragte den Sarzana, um was für ein Tier es sich handelte, und er erklärte mir, es sei eine Art einhörniger Antilope, die im Norden der Insel lebte. »Eine Herausforderung für jeden Jäger«, sagte er, »weil sie sich nicht zu Herden versammeln, sondern als Einzelgänger leben. Ich weiß nicht einmal, wie und wann sie sich paaren.«

»Jagt Ihr selbst?« fragte Polillo von ihrem Platz aus.

»Ich jage nicht«, sagte der Sarzana. »Ich würde nur keuchen und hecheln und aussehen wie ein wohlbeleibter Narr, der sich zum Gespött macht, indem er durch die Wälder hetzt, um etwas zu jagen, dem er ohnehin demnächst auf seinem Teller begegnen würde. Meine Diener jagen für mich. Sie jagen und fischen.«

»Wir haben keine Boote gesehen«, sagte Polillo. »Fischen Eure ... Diener vom Ufer aus?«

Der Sarzana lächelte. »Diese hier ...«, und er deutete in die Runde auf seine Tiermenschen, »sind nicht die einzigen, die sich entschlossen haben, mir zu dienen. Es gibt Delphine ... Robben ... Falken ... und andere.«

Plötzlich fielen mir die beiden Delphine ein, die Seite an Seite um unser Schiff geschwommen waren, als wir uns der Insel genähert hatten. War das tatsächlich ein Netz gewesen, das sie im Maul gehalten hatten, und das Diadem ein Juwel wie jene der Tiermenschen?

»Die Tiere haben sich dazu entschlossen?« fragte Gamelan.

»Ich gebe zu«, antwortete der Sarzana, »ich habe die Voraussetzungen dafür mit einer oder zwei Beschwörungen geschaffen. Warum auch nicht? Diese Wesen haben jetzt ein weit besseres Leben als vorher. Damals jagten sie und wurden gejagt, lebten kaum länger als einen Augenblick. Wenn sie krank wurden oder in einen Sturm gerieten, waren sie hilflos. Jetzt ist ihr Leben – im Tausch gegen ein paar kleine Gefallen, die sie mir tun und von denen die meisten, wie das Fischen, ohnehin Teil ihrer animalischen Gewohnheiten sind – weit glücklicher und friedlicher.«

Ich fragte mich, ob ein Tier, das man der Wildnis entriß, glücklicher war, doch sagte ich nichts. Es war ein Argument, das ich schon von Zoobesitzern gehört hatte. Auch Gamelan schwieg dazu.

Das Mahl nahm seinen Gang. Fast alle befleißigten sich ihres besten Benehmens. Meine Gardistinnen waren angewiesen, nüchtern zu bleiben, und mir fiel auf, daß alle, selbst Cliges, meine notorische Trinkerin, an ihrem Wein nur nippten. Drei oder vier Seeleute jedoch hatten – wie Seeleute nun mal sind – beschlossen, die Gelegenheit zu nutzen. Einer von ihnen blickte so tief in seinen Kelch, daß ich den Anfang eines Liedes von seinem Tisch her hörte. Der Sarzana schien es nicht zu bemerken und führte sein lockeres, gewandtes Tischgespräch weiter wie zuvor. Doch sah ich, daß er den Trunkenbolden kurz darauf einen Blick zuwarf, und sobald er dies getan hatte, schwiegen sie.

Eine meiner Frauen erzählte später, die Seeleute seien tatsächlich im selben Augenblick wieder nüchtern gewesen, doch hätten sie zuvor gebibbert und gezittert, als hätten sie die Qualen eines sekundenlangen Katers durchlitten. Es wurde offenbar, daß der Sarzana nicht nur mit Höflichkeit über sein Festmahl wachte.

Die Speisefolge endete mit verschiedenen Kuchen, Früchten, Beeren und anderem, dazu einer Auswahl von Käsesorten, wie ich sie nie vorher genossen hatte.

Als ich eben fertig war, hörte ich Gemurmel. Meine Gardistinnen und die Seeleute erhoben und empfahlen sich auf das höflichste, als wären wir am Ende einer Kasernenmahlzeit angelangt und der letzte Wein ausgetrunken. Von draußen vernahm ich, wie die Sergeantinnen sie Aufstellung nehmen ließen, und bevor ich auch nur staunen konnte, hörte ich, wie sie über die Hochebene davonmarschierten.

Nur Cholla Yi, Gamelan, Corais und meine Wenigkeit befanden sich jetzt noch im Saal. Einen Moment lang war ich beunruhigt, dann sah ich beim Eingang die Sergeantin Bodilon, die ich dazu abgestellt hatte, mit Corais hier oben beim Sarzana zu bleiben. Auf beiden Seiten der Tür standen Posten, die ausgesprochen wachsam wirkten und Speere bei sich hatten.

Der Sarzana sah mich an. »Hauptmann Antero, verzeiht, wenn ich meine Grenzen überschreite. Aber ich nahm an, Eure Frauen würden lieber in ihre Quartiere zurückkehren. Sie hatten einen wirklich langen Tag, wie auch Eure Seeleute, Admiral Yi.«

Aus unerfindlichem Grunde hatte keiner von uns etwas dagegen einzuwenden, und wir waren auch nicht beunruhigt von den Zauberkünsten des Sarzana. Das warme, erfüllende Gefühl, das diesen Tag ausgezeichnet hatte, legte sich um unsere Schultern wie ein willkommener Wollschal in einer Winternacht.

»Nun«, fuhr er fort. »Wenn wir uns in einen anderen Raum zurückziehen, können wir unser Gespräch dort fortsetzen. Ich weiß fast alles über Euch. Ich kenne Euch und Eure Heimat. Ich weiß von der Jagd auf Euren großen Feind und von seiner Vernichtung. Ich weiß von den Gefahren, denen Ihr beim Überqueren dieser Meere entgangen seid. Und ich weiß, was vor Euch liegt... Doch wißt Ihr nichts von mir.«

Er lächelte. »Nun, das wird sich ändern... Jetzt will ich Euch die Geschichte erzählen, wie ich der Sarzana wurde, und von dem Übel, das mich und die großartige Zivilisation von Konya niedergerungen hat.«

Kapitel Dreizehn

Der Herrscher von Konya

Der Sarzana wandte sich um und durchschritt den Saal. Weder gab er den Befehl, noch lud er uns ein, und doch wußten wir vier, daß wir ihm folgen sollten. Corais nahm Gamelan beim Ellbogen, und wir bahnten uns einen Weg zwischen den Tischen hindurch. Die Tiermenschen schenkten uns keine Beachtung.

Wir gingen einen langen Korridor hinunter, der mich an ein Museum erinnerte. An die hundert Gegenstände müssen wohl dort gewesen sein, von Gemälden über Skulpturen bis hin zu farbenfrohen Kostümen, zur Zierde an der Wand aufgehängt, jedes Ding aus einer anderen Kultur.

Durch einen Bogengang traten wir in einen runden Raum mit einem ebenso runden Kamin in der Mitte. Trotz des milden Abends knisterte dort ein Feuer, doch drang keine übermäßige Wärme zu mir herüber. Bequeme Sessel standen um das Feuer und neben jedem Sessel ein Tisch mit Gläsern und Flaschen.

»Ich habe mit etwas Zauberkunst herausgebracht, was Eure Lieblingsgetränke sind«, sagte der Sarzana und gab sich alle Mühe, den gelassenen Frohsinn des vorangegangenen Gespräches wiederaufzunehmen. »Ich hoffe, Ihr werdet mir meine Aufdringlichkeit verzeihen.«

Wir setzten uns, und ich erkannte die Flasche, die vor mir stand. Es schien ein Talya zu sein, ein schwerer Dessertwein, der seit Generationen auf den Ländereien der Anteros ausschließlich für honorigste Gäste gekeltert wird. Man fertigte ihn aus Trauben, die man am Rebstock welken ließ und dann überreif pflückte, indem man die einzelnen Trauben vom Stengel löste und in ein Faß warf, in dem die Trauben unter ihrem eigenen Gewicht zerdrückt wurden. Einen Moment lang vergaß ich, wo ich war, alles verschwamm vor meinen Augen, und ich erinnerte mich an das, was so weit entfernt war und, wie ich fürchtete, unerreichbar bleiben würde. Es war Jahre her, daß ich diesen Wein zuletzt genossen hatte, als die Ernte wieder einmal so reich gewesen war, daß sich die Herstellung von Talya rechtfertigen ließ, denn sie war unglaublich kostspielig. Diese Flasche hatte ich mit Tries geteilt, als wir uns noch überschwenglich liebten.

Ich wandte mich ab, damit der Sarzana nicht die Tränen auf meinen Wangen sah. Cholla Yi räusperte sich und sagte mit rauher Stimme etwas davon, wie erfreut er sei, daß Lord Sarzana das erlesenste Getränk seiner Heimat beschaffen konnte, einen destillierten Trunk aus Kirschkernen, den keineswegs jedermann zu würdigen wisse.

»Nicht Lord«, sagte der Sarzana, »wenn Ihr so freundlich wärt. Mein Titel braucht keinen weiteren Schmuck.«

Ich nickte vor mich hin. Somit war eine von Gamelans Fragen beantwortet. Ich nahm die Spitze meines Dolches, um das wächserne Siegel abzuziehen, entkorkte die Flasche, schenkte etwas von dem Wein ein und probierte. Ich verbarg mein Lächeln. Der Zauber des Sarzana war nicht ganz perfekt. Ein kaum merklicher, herber Beigeschmack lag in diesem Wein, den unsere eigenen Trauben nie gehabt hatten. Doch mußte ich zugeben, daß der Effekt verblüffend war und der Wein äußerst angenehm schmeckte.

»Diesen Raum«, sagte der Sarzana, »benutze ich zur Erinnerung an vergangene Zeiten. Seht Euch um.« Zwei von uns blickten in die Runde, ich jedoch nicht, denn ich behielt die Hände des Sarzana im Auge, wie Gamelan es mich gelehrt hatte, wenn ein Zauberer zu beobachten war ... die Rechte über die Linke gekreuzt, die Handfläche nach oben, die Finger in lockender Geste. Ich registrierte das alles, doch glaubte ich kaum, daß es mir etwas würde helfen können, denn ich sah auch, wie seine Lippen sich bewegten, und konnte seinen Zauberspruch nicht hören. Dann wandte ich mich um.

Das Schauspiel seiner Zauberkunst packte mich. Wir befanden uns inmitten der Plünderung eines großen Palastes. Die Wände waren mit Teppichen behängt, die lichterloh in Flammen standen. Ich sah schöne Frauen, die schrien und von betrunkenen Männern verschleppt wurden. Ich sah Plünderer, die Kostbarkeiten mit sich trugen oder sie aus reiner Zerstörungswut zerfetzten und zertrümmerten. Ich sah Soldaten in Rüstungen: manche tot am Boden, die letzte Pflicht getan ... andere hatten die Fronten gewechselt und sich den Plünderern angeschlossen. Ich sah Männer und auch Frauen im feinsten Putz der Oberschicht, die den Pöbel bei seiner Zerstörung lenkten. Dann waren nur noch Marmorwände da, durchzogen von exotischen Erzen.

»Das war der Tag meines Sturzes«, sagte der Sarzana. »Es war der Tag, an dem ich alles verlor, und auch der Tag, an dem mein geliebtes Konya seine letzte Gelegenheit verpaßte, zu Größe, Freiheit und Frieden zu finden.« Ich sah, wie er die Lippen zusammenpreßte, als er um Haltung rang und sie dann wiederfand. »Ich halte die Erinnerung daran wach«, fuhr er fort, »denn ich will hier im Exil nicht verweichlichen.«

»Vielleicht«, sagte Gamelan mit seiner tiefen, achtunggebietenden Stimme, »solltet Ihr uns erst erzählen, worüber Ihr eigentlich geherrscht habt.«

Die Lippen des Sarzana kräuselten sich. »Ich danke Euch, Lord

Gamelan. Das werde ich tun. Ich bin das Geschichtenerzählen nicht gewöhnt und vergesse gern, daß nicht alle Welt von Konya und seiner früheren Größe weiß.«

Er setzte sich hin und schenkte sich etwas ein, das wie Wasser aussah.

»Mein Königreich«, sagte er, »liegt weit südlich von uns, und wenn Ihr mir meine wächserne Dichtkunst vergeben wollt, so sehe ich dieses Reich als über das Meer verstreute Juwelen, denn es besteht aus vielen tausend wunderschöner Inseln, in deren Mitte Isolde liegt, der schönste Edelstein von allen. Von hier aus wurde das Reich vom Anbeginn der Zeit an regiert. Auf den Inseln findet man jedes erdenkliche Klima, von Wüsten über Atolle und hohe Berge mit Gletschern ganz im Süden, die niemand bisher erkundet hat. Isolde selbst erreicht man von hier aus nach etwa drei Wochen zügigen Segelns.«

»So viele Inseln«, fragte Cholla Yi, »sind alle besiedelt?«

»Die meisten davon«, sagte der Sarzana. »Und das ist die große Tragödie Konyas. Manchmal hat es den Anschein, als bildete jede Insel eine eigene Nation und wäre mit ihrer nächsten Nachbarin kaum zu vergleichen. Schlimmer noch ist, daß jede Insel ständig im Krieg mit allen anderen liegt.«

Ich sah Cholla Yis Lächeln und wußte, was er dachte. Wo sich jeder gegen jeden wendet, gibt es reiche Beute für Piraten.

»Wir Konyaner«, fuhr der Sarzana fort, »haben nur eines gemein: Wir sind heißblütig und leidenschaftlich und schnell im Urteil, ob nun in der Liebe oder im Haß. Es gibt ein Sprichwort: ›Mit einem Konyaner an deiner Seite mangelt es dir nie an Freund und Feind.‹ Ich fürchte, das trifft zu.«

»Ein Land, das schwer zu regieren ist«, sagte Corais.

»Das ist... das war es allerdings.«

»Habt Ihr den Thron geerbt?« fragte Cholla Yi.

»Nein. Wie Euer Geisterseher war auch ich ein Fischer.« Eilig warf ich Gamelan einen Blick zu und sah, daß er seine Verblüffung zu verbergen suchte. »Vielleicht«, fuhr der Sarzana fort, »habe ich mich falsch ausgedrückt. In meiner Familie waren wir weniger Herren über Netz und Leine, als Fachleute für Boote und – was ebenso wichtig war – für das, was auf dem Marktplatz geschah. Meiner Familie gehörten fünf Küstensegler, und zehn Familien waren uns zu Lehen verpflichtet.«

»Da seid Ihr mir weit voraus«, warf Gamelan ein. »Wir hatten nur ein einziges Boot, mit dem wir auf dem Fluß gefischt haben, nicht auf dem Meer, und für dieses waren wir beim Geldverleiher des Dorfes hoch verschuldet.«

»Vielleicht«, sagte der Sarzana, »hätte ich glücklicher werden können, wenn ich in derselben Lage gewesen wäre, denn es hätte mich nie auf diesen gottverlassenen Felsen verschlagen. Aber wahrscheinlich bin ich nur naiv. Ein Mann ist – davon bin ich überzeugt – für den Thron geboren, und wenn er in einem Straßengraben zur Welt kommt. Herrschen ist eine Berufung, kein Beruf.«

Cholla Yi nickte zustimmend, und Gamelan runzelte leicht die Stirn, doch keiner von uns meldete sich zu Wort.

»Wie gesagt, unterschied ich mich nicht von einem Dutzend anderer Schiffseigner auf meiner Insel, mit einer Ausnahme: Schon früh merkte meine Familie, daß ich Talent für die Magie besaß. Auf unserer Insel – im Gegensatz zu anderen Gegenden – waren Hexen oder Dorfzauberer hoch angesehen, besonders, wenn er oder sie die Wetterkunst beherrschten, und demzufolge betraf das Wissen, das ich mir aneignete, auch nur dieses Gebiet. Ich wußte von keiner formalen Ausbildung, die ich hätte absolvieren können, ganz anders als in Eurer Heimat Orissa, wie ich inzwischen erfahren habe. Hätten wir mehr Geld gehabt oder meine Familie weiter oben in der sozialen Rangordnung gestanden – auch wenn es keine nennenswerten Aristokraten auf unserer Insel gab –, wäre ich in der Lage gewesen, nach Konya zu gehen, um meine Künste dort zu perfektionieren. Doch dazu sollte es nicht kommen. Vielleicht war es das beste so, wenn ich daran denke, was wenige Jahre später mit den vielen hohen Damen und Herren geschah. Ich wuchs zu einem jungen Mann heran, der sich nicht sonderlich von anderen seiner

Schicht unterschied. Ich tat alles, was im Gewerbe meiner Familie zu tun war, ich war Fischausweider, Steuermann und Harpunier, und zusätzlich übernahm ich die Aufgabe, mit meinem bescheidenen Talent zu erahnen, wo wir das meiste Glück haben würden, wenn wir unsere Netze auswarfen.

Das Unglück unserer Insel war, daß sie in fischreichen Gewässern an der Haupthandelsroute nach Konya lag. Die riesigen Schwärme wollten nur gefischt werden, doch unser Meer wurde auch von anderen Haien durchkreuzt. Piraten, Sklavenhändler, Kriegsschiffe, selbst Handelsschiffe, die so niederträchtig waren, unseren Booten aufzulauern, wenn ihnen ein oder zwei Mann an Bord fehlten. Jedermann wußte, daß die Menschen von der Insel der Haie – wie sie es ausdrückten – mit Schwimmhäuten an den Füßen und krummen Händen auf die Welt kamen, damit sie besser ihre Paddel greifen konnten.

Jedes Jahr verschwanden fünf, zehn, manchmal mehr Inselbewohner. Manche kehrten nach der ersten Reise zurück, andere …« Der Sarzana hob seine Schultern. »Ich selbst bin ein gutes halbes dutzendmal mit knapper Not entkommen, als man mich in fremde Dienste zwingen wollte, entweder mit Hilfe günstiger Wetterbedingungen oder weil ich eine Krankheit oder Schwachsinn vortäuschen konnte, wenn eines meiner Boote angehalten wurde. Natürlich habe ich diesen Plünderern nicht einmal andeutungsweise gezeigt, welches Talent ich besaß, sonst wäre ich eine begehrte Beute gewesen.«

»Konnte Eure Regierung denn nicht helfen?« fragte Gamelan.

»Regierung?« Der Sarzana lachte höhnisch. »Unsere Herrscher waren weit und kümmerten sich kaum darum, was mit uns geschah, es sei denn, sie schickten ein Zollschiff, das unsere Abgaben eintreiben sollte. Das war, wie mancher dachte, eine ebensolche Last wie die Piraten. Konya wurde von einer einzigen Familie und ihrer Sippe regiert – und zwar sehr schlecht –, deren Blut im Laufe der Jahrhunderte verwässert war. Nein, von denen, die sich für ausersehen hielten, eine Krone zu tragen, hatten wir nur hartes Durchgreifen zu erwarten.«

»Die Götter gaben dem Menschen Stahl«, sagte Corais, »damit er nicht auf ewig unter ungerechten Herrschern leiden muß.«

Der Sarzana warf Corais einen seltsamen Blick zu, dann sagte er: »In Eurem Land mag das so sein, ehrenwerte Ordonnanz. Doch nicht in meinem. In Konya herrscht der Glaube, daß einer, der den König tötet, eine Million Tode sterben muß, und seine Seele soll niemals Frieden finden, sondern auf ewig und in allen Welten von Dämonen gequält werden. Doch wir sind vom Thema abgekommen, was mit meiner armen Insel geschehen ist, auf der doch alles begann.

Eines Tages, während eines prächtigen Fischzuges, umzingelten Piraten zehn Boote, verschleppten unsere Männer, versenkten die Boote und hatten noch diebische Freude daran. Dieser Tag war das Ende und auch der Anfang. Wir Schiffseigner versammelten uns und entschieden, daß etwas geschehen müsse. Dies war der Tag, an dem die Götter mich berührten, denn ich *wußte*, was wir tun mußten. Vielleicht war es das erste Mal, daß meine Gabe ahnen ließ, was einmal aus ihr werden sollte. Wir müssen uns wehren, sagte ich, auf das heftigste wehren. Wir waren zu Witzfiguren geworden, nicht Männer, nicht Frauen, nur Eunuchen, und wenn wir diese Behandlung hinnahmen, hatten wir es nicht besser verdient, als daß man uns auslöschte, unsere Insel zur Einöde machte und unsere Frauen in Hafenstädte verschleppte, wo sie als Huren ihr Leben fristen mußten. Wir sollten unsere Heimat lieber in Insel der Hasenfüße umtaufen, anstatt uns nach dem Herrscher der See zu benennen. Anscheinend muß ich mit Engelszungen gesprochen haben, denn augenblicklich stimmten mir die Dorfbewohner begeistert zu und hoben mich auf ihre Schultern.«

Der Sarzana hielt einen Moment lang inne, dann fuhr er fort: »Es war das erste Mal, daß ich solchen Jubel hörte und mein Name laut gerufen wurde, und das war wirklich sehr hübsch.« Mir war, als spräche er ebenso zu sich selbst wie zu uns.

»Wir formierten ein Verteidigungsbündnis. Nun flüchteten die einzelnen Fischer nicht länger vor ihren Genossen, um an einem geheimen Riff oder Loch zu arbeiten. Nun segelten wir in Gruppen von mindestens fünf Booten in denselben Gewässern wie vorher, stets mit einem Mann in jedem Boot, der den Horizont nach feindlichen Segeln absuchte. In jedem unserer Boote verbargen wir Waffen unter den Netzen. Anfangs waren es kaum mehr als zugeschliffene Fischhaken, Dreizacke und Fischmesser, doch nachdem der erste Kaperer den Fehler begangen hatte, uns anzugreifen, besaßen wir auch Schwerter, Speere und Bögen.« Bei dem Gedanken daran lächelte er angestrengt. »Sehr schnell lernten wir, sie gegen jeden einzusetzen, der dumm genug war, sich auf einen Kampf mit den Männern unserer Insel einzulassen. Die Nachricht breitete sich aus. Die Gewässer um die Insel der Haie waren für jeden sicher, bis auf jene, die Blut sehen wollten. Diese Piraten und Plünderer fanden den Tod, den sie eigentlich uns hatten bringen wollen.«

Die Augen des Sarzana blitzten. »Es gab Inseln, die Vertreter schickten, um unsere Errungenschaften zu bestaunen. Ihnen allen machten wir dasselbe Angebot: Schließt Euch uns an und lebt in Frieden. Es gehörte nur wenig Überredungskunst dazu, nachdem sie die Vorteile der Zusammenarbeit gesehen hatten.«

Cholla Yi schien diese Geschichte ebenso aufzuregen wie den Sarzana selbst. »Und sie haben Euch zu ihrem Anführer gemacht?«

»Natürlich«, sagte der Sarzana. »Wer *sonst* bot sich an? Nach einem Jahr war unser gesamter Archipel befriedet. Die Inselbewohner fanden meine Ideen und Taten angemessen, und so haben sie mich gebeten, über ihr tägliches Leben zu bestimmen, nicht nur über Fragen der Verteidigung. Wir waren in der Lage, bestimmte Männer auszuwählen – die Tapfersten unter uns – und sie dafür zu bezahlen, daß sie nichts weiter taten, als Wache zu halten. Wir regulierten die Märkte, damit ein Fischer mit dem Wissen in See stechen konnte, daß er nicht mit vollem Laderaum heimkehren und dann würde feststellen müssen, daß die Preise inzwischen so gefallen waren, daß er davon nicht einmal das Garn für die Reparatur seiner Netze oder den Abfall für die Köder an seinen Haken bezahlen konnte. Auseinandersetzungen zwischen Dörfern wurden von einem reisenden Gerichtshof beigelegt, nicht mehr – wie bisher – mit Blutrache. Wir bekamen unsere eigene Flagge. Zu Ehren des Ursprungs unserer Bewegung wählten wir den Hai. Wir hatten Frieden. Doch nicht sehr lange.«

»Ich glaube kaum, daß Eure Herrscher sehr viel von diesem neuen Königreich in ihrer Mitte hielten«, sagte ich.

»Das stimmt. Doch der Gang der Dinge war ein anderer. Wir stellten fest, daß es eine noch schlimmere Tyrannei gibt als die einer alternden, senilen Familie, nämlich die des Volkes. Der alte König starb. Und so ergab sich die Gelegenheit. Es würde keinen Königsmord geben, wenn niemand gekrönt wurde. Auf Konya und den anderen Inseln rebellierte plötzlich die Bevölkerung. Banden bildeten sich und griffen den Palast an. Als die Nachricht unsere Insel erreichte, war die ehemalige Regierung längst in Blutbad und Flammenmeer untergegangen, und man trug Köpfe von Adligen auf Speeren durch die Straßen.«

Ein Schauer durchfuhr den Sarzana. »Dann kam das eigentliche Grauen. Ich will Euch etwas sagen, Ihr Sanftmütigen. Wenn Ihr das Unglück einer Tyrannei nicht kennt, solltet Ihr wissen, daß es nichts Schlimmeres gibt als eine Diktatur, die vom Volk ausgeht. Laßt einen Mann oder eine Frau mit nur einem Hauch von Talent, Verstand oder Ideen aufsteigen, und man wird ihn oder sie niedermähen, so sicher wie die Sense als erstes das reife Getreide schlägt, das über den Rest hinausgewachsen ist. Damals habe ich gelernt: Wenn die erste Regel der Monarchie lautet, daß man mit Gerechtigkeit regieren soll, so folgt daraus die zweite, daß jene, welche die Götter ausersehen haben, regiert zu werden, niemals Einfluß auf das Szepter nehmen dürfen.«

Ich warf Corais einen Blick zu, bemühte mich um eine ausdruckslose Miene und sah, daß auch sie so unzugänglich wirkte, als hätte sie eben einen Befehl gehört, von dem sie wußte, daß er falsch war. Gamelan war absolut nichts anzumerken. Der Sarzana fuhr fort:

»Nachdem sie die Regierung gestürzt hatten, trafen sie sich in einer feierlichen Enklave, dem sogenannten Volksparlament.« Angewidert schnaubte er. »Man stelle sich all diese Krämerfrauen, Soldaten mit Blut an den Händen, dreckige Bauern und dergleichen vor, wie sie in den Palästen herumirren, die sie eben noch geplündert haben, und jeder schreit, er wisse am besten, wie man regiert. Schließlich einigten sie sich auf eine Regierungsform, in der jeder Mann und jede Frau nicht besser sein sollte als der Schlechteste unter ihnen, und jeder, der sich für etwas Besseres hielt als die anderen, war ein böser Mensch, ein verachtenswertes Überbleibsel aus Zeiten der Könige, die vorüber waren und niemals wiederkehren sollten.

Am schlimmsten«, fuhr er grimmig fort, »war, daß diese Bauerntölpel Speichellecker der übelsten Sorte hatten, Jasager, welche die armen Narren daran hinderten, ihre eigene Dummheit zu erkennen. Anfangs, als das Volk seine Revolte begann, hatte die unterste Klasse der Nobilität, die Barone, die noch nie irgend etwas für Konya getan hatten, nur auf ihren Gütern hockten und alle ausnutzten, die in ihre Nähe kamen, die Zeichen der Zeit erkannt und sich mit den Usurpatoren zusammengetan. Diese kleinen Herren wurden von den Herrschern Konyas als Beweis dafür hochgehalten, daß sie keineswegs die gesamte Menschheit in einen Ameisenhaufen verwandeln wollten. Daher tanzten die hohen Damen und Herren ständig nach der Pfeife der wahren Machthaber.«

»Ich nehme an«, sagte Gamelan, »daß Eure Insel der Haie etwa zu dieser Zeit in Konflikt mit den Konyanern geraten sein muß.«

»So ist es.« Der Sarzana nickte aufgeregt. »Als sie merkten, daß man auch anders leben konnte, daß jedermann freiwillig seine Schuld dem Herrscher gegenüber begleichen kann, und dieser im Gegenzug weit mehr noch von sich selbst gibt... nun, in Konya entschloß man sich, eine große Expedition zusammenzustellen, um diese Ketzerei auszumerzen.

Außerdem«, fuhr der Sarzana fort, und wiederum klang es, als spräche er eher mit sich selbst, »habe ich gelernt, daß die Aufgabe eines Herrschers leichter fällt, wenn die Masse stets einen äußeren Feind hat, der ihren Zorn weckt.

Sie sandten uns eine große Flotte mit dem Befehl, unser Land zu verwüsten. Das alte Regime hätte diese Expedition vielleicht noch erfolgreich durchführen können, doch nicht der neue Pöbel. Es dauerte Monate, bis sie eine Armee aufgestellt und halbwegs trainiert hatten. Dann mußten Schiffe gefunden und deren Handelskapitäne zu Marineoffizieren ausgebildet werden. Am Ende dauerte es, bis die Männer mit Proviant versorgt und ausgerüstet waren. Das alles nahm Zeit in Anspruch, die sie nicht hatten, denn mit mir war inzwischen etwas geschehen. Eines Tages – und wenn ich Euch nicht die reine Wahrheit sagen würde, hätten wir heute einen Tag von Blitz und Donner erlebt – habe ich ... ich habe *verstanden*. Ich weiß nicht, wie ich es sonst sagen sollte. Gamelan?«

»Ich weiß, was Ihr meint«, sagte der Geisterseher. »Es ist nicht ungewöhnlich, daß ein besonders begabter Zauberer eine plötzliche Erleuchtung hat und die Elemente seiner Kunst deutlich vor sich sieht.«

»Genau so ist es«, sagte der Sarzana aufgeregt. »Über diesen Teil meines Lebens spreche ich nicht mit anderen, und es ist mir eine Erleichterung festzustellen, daß ich damit nicht allein bin. Denn nachdem ich diese Macht besaß, wußte ich, daß ich keinen Zauberer ins Vertrauen ziehen durfte, der mir gefährlich werden konnte. Ich spürte, daß meine Feinde, die Feinde meines Volkes, ihre Kräfte sammelten. Doch auch meine eigene Kraft wuchs schnell. Manchmal spürte ich tatsächlich, daß mir der Geist meiner Inselbewohner, die mich zu ihrem Oberhaupt gewählt hatten, Kraft gab.«

Der Sarzana legte eine Pause ein und schenkte sein Glas voll. Er trank aus, stellte es ab und lächelte in Gedanken an vergangene Zeiten.

»Als ihre Flotte die Insel der Haie erreichte, geriet sie in einen schweren Sturm, den ich zum Teil mit meiner Kunst hervorgerufen hatte. Zweihundert oder mehr Schiffe segelten der Insel entgegen. Doch Felsen, Gezeiten und Winde packten, zerstreuten und versenkten sie! Als sich der Wind legte und die Sonne wieder zum Vorschein kam, stachen wir gegen ihre großen Galeeren mit unzähligen Ruderern in See. Meine Männer stürmten ihren Schiffen entgegen wie Barrakudas, die einen Sonnenfisch attackieren. Und dann war alles vorbei, und die Männer von der Insel der Haie wurden zu Helden. Jetzt waren wir die stärkste Macht aller konyanischen Inseln. Wir wußten, was wir zu tun hatten. Wir konnten das Schwert nicht beiseite legen und zu unseren Netzen und Äckern zurückkehren. Der Pöbel würde es erneut versuchen und sich nie zufriedengeben, bis er uns in die Knie gezwungen hätte.

Also stellten auch wir eine Kriegsflotte zusammen, doch kam sie nicht nur von unserem Archipel. Es gab noch andere in Konya, die diese neue Ordnung verachteten und sahen, daß sie der Menschheit nur Verderben bringen würde. Fast eintausend Schiffe waren es, die sich vor Isolde sammelten. Wir erwarteten eine große Schlacht, doch war niemand da, den wir hätten bekämpfen können. Der Mob hatte sich aufgelöst. Manche flohen, andere widerriefen öffentlich, wieder andere starben lieber von eigener Hand, als daß sie erleben mußten, wie die alte Ordnung wiederhergestellt wurde.

Man trug mich vom Pier, an dem mein Flaggschiff lag, direkt zum Palast der Monarchen, wo ich von der zitternden Hand eines Überlebenden jener mächtigen Familie gekrönt wurde, die dort einst geherrscht hatte. Das war vor fast dreißig Jahren.«

Der Sarzana schwieg, senkte den Blick und erinnerte sich seines Triumphes vor so langer Zeit. Keiner von uns störte diese Stille.

Dann sagte er: »Anfangs ging alles gut. Niemandem schien zu mißfallen, daß der Pöbel vertrieben war. Ich bestrafte so wenig wie möglich, denn ich wollte Frieden und keinen Anlaß für Rachegelüste. Ich versuchte, ein gnädiger Herrscher zu sein, doch das bereitete meinem Untergang den Boden.«

»Wie«, wollte Corais wissen, »kann Gnade jemals falsch sein?«

»Das ist wohl kaum eine Frage, wie ich sie aus dem Munde einer Kriegerin erwarten würde. Ich will Euch ein Beispiel geben, um mich zu erklären. Würdet Ihr einen Feind niedermachen und ihm dann den Rücken zuwenden, solange er noch einen Dolch am Gürtel trägt?«

»Ah«, sagte Corais.

»Genau so war es. Einige von denen, die diese Flotte ausgesandt oder die sich verschworen hatten, die Lords des alten Regimes und deren Damen zu ermorden, hatte ich nur in ferne Länder oder gar auf ihre eigenen Güter verbannt. Andere, weniger Verurteilungswürdige, kerkerte ich für begrenzte Zeit ein. Es gab nur ganz wenige, die sich der schwersten Strafe stellen mußten. Und mit welchem Ergebnis? Die Exilanten sahen sich in der Lage, auf ihren Ländereien unbemerkt ein Komplott gegen mich zu schmieden. Diejenigen, die ich hatte exekutieren lassen, wurden zu Märtyrern. Die Eingekerkerten schrieben leidenschaftliche Pamphlete im Namen einer neuerlichen Rebellion und reichten diese unter der Hand weiter.«

»Aber«, warf Cholla Yi zynisch ein, »dem sieht sich jeder starke Mann gegenüber, wenn er die Macht an sich reißt. Obwohl ich Euch recht geben muß, wenn Ihr sagt, Ihr hättet zuviel Gnade walten lassen. Besteigt in meinem Land jemand den Thron, erschlägt er als erstes seine Brüder und Onkel, damit sich keiner seiner Blutsverwandten gegen ihn erheben kann.«

Das war zuviel für mich. »Sarzana, bei allem Respekt: Auch meine Stadt hat in den letzten Jahren große Veränderungen durchlebt. Aber es gibt keine heimliche Verschwörung gegen die neuen Ratsmitglieder oder jene Geisterseher, die jetzt für das Volk sprechen ... zumindest nicht nach allem, was ich weiß.«

»Ich vermute, Hauptmann, Ihr entstammt einem phlegmatischen Volk«, sagte der Sarzana. »Ihr erinnert Euch, daß ich sagte, wir Konyaner seien heißblütig und neigten zu Extremen? Solche Menschen lassen sich nur auf eine Art regieren, und zwar mit fester Hand. Konyaner wenden sich erst gegen ihre Herrscher, wenn das Gesetz nicht unerbittlich durchgesetzt wird. Und ich hatte noch ein zusätzliches Problem, das zum Dreh- und Angelpunkt der Verschwörung wurde.«

»Die Nobilität, von der Ihr gesprochen habt«, vermutete ich.

»So ist es. Anfangs konnten die Barone mich gar nicht laut genug preisen. Doch dann fand ich es angebracht, ihre Stellung zu überdenken, und merkte, daß sie noch immer zuviel von der ungerechtfertigten Macht innehatten, die das größte Übel der alten Herrscher gewesen war, einer Macht, die sie seit Jahrhunderten besaßen. Manche kassierten Pacht für Ländereien, die sie noch nie gesehen hatten, andere besaßen ganze Inseln und sogar das Meer drum herum als private Lehnsgüter. Ein Sklave blieb ein Sklave, bis in die letzte Generation, ohne sich je daraus befreien zu können.«

Der letzte Satz ließ mich zusammenzucken, da Orissa *dieses* große Unrecht erst kürzlich aus der Welt geschafft hatte – die Leistung meines Bruders Amalric.

»Darüber hinaus hielten manche von ihnen königliche Erlasse in Händen, die ihnen ermöglichten, allgemein gültige Gesetze zu umgehen und jeden ohne Regreßansprüche einsperren oder sonstwie bestrafen zu lassen, der sie beleidigt hatte. Sie besaßen große Ländereien und verlangten Wucherzins, während den meisten Konyanern nur eine winzige Parzelle blieb, auf der sie ihr Getreide anbauen konnten. Vielleicht hätte ich mit mehr Bedacht vorgehen sollen, aber grobe Ungerechtigkeit treibt mir den Zorn ins Herz und das Schwert in die Hand. Ich verkündete, daß alle Privilegien der Barone überprüft würden und frischer Wind im Lande wehen solle.

Das war der Funke. Er fiel auf trockenen Zunder, denn die Götter hatten sich von Konya abgewandt. Mehrere schwere Stürme hatten wir bereits erlebt, dann fegten trockene Winde über unsere fruchtbaren Inseln. Fischschwärme, die sonst alltäglich gewesen waren, schienen sich andere Gewässer gesucht zu haben, und wir erlebten die erste Hungersnot seit Menschengedenken. Der Funke wurde zum lodernden Feuer. Einige der abgelegeneren Inseln erhoben sich gegen mich, und ich sah es als notwendig an, den Aufstand niederzuschlagen. Unglücklicherweise waren die Kapitäne, die ich dafür ausgewählt hatte, brutale Männer, die der Ansicht waren, der verläßlichste Friede sei auf dem Friedhof zu finden. Meine Berater verheimlichten mir die Berichte von diesen Untaten, so daß ich dachte, mit meinem Volk und meiner Krone sei alles im Lot.

Schließlich kam allerschwärzeste Magie zum Einsatz. Irgendwie waren meine Feinde auf eine größere Macht als die meine gestoßen. Ich weiß nicht, woher sie stammte, ob es eine natürliche Macht war, irgendein Dämon, oder ob sie vollständig aus einer finsteren Welt hervorgeholt wurde. Doch alles, woran ich Hand anlegte – sosehr ich mich auch bemühte –, schlug fehl. Zwischen mir und der Zukunft erhob sich eine Wand. Ich hatte kein Gespür mehr für das, was der nächste Morgen bringen würde.

Dann kam die Revolte. Männer und Frauen erhoben sich in blinder Wut und Panik. Wieder herrschte der Pöbel über Konya, doch diesmal hielten geschicktere Hände die Fäden in Händen. Barone lenkten die sinnlose Wut gegen den, der sein Volk am innigsten liebte. Und sie stürzten mich und alle um mich herum, die aus sämtlichen Teilen Konyas stammten und die ich aufgrund ihrer Talente und ihrer Liebe zu ihren Mit-Konyanern geholt hatte. Es war die schlimmste Verwüstung, die unser armes, geschundenes Land je erlebt hatte.«

Wieder folgte langes Schweigen.

»Sie hätten mich töten sollen«, sagte der Sarzana schließlich. »Doch dafür waren sie zu grausam. Heimlich verurteilten sie mich zum Tode. Selbst die Barone wußten, daß die Konyaner die Wahrheit kannten und sich bald erinnern würden, daß ich ihre Rettung, nicht ihr Untergang gewesen war. Sie verurteilten mich zum Tode, doch aus purer Freude an der Grausamkeit erklärten sie, über den Zeitpunkt meiner Hinrichtung wollten sie erst später entscheiden.«

»Was ist mit dem Fluch, den Ihr erwähntet?«

»Mir wurde heimlich mitgeteilt, man habe den mir zugeteilten Soldaten versprochen, ein mächtiger Schutzbann werde über sie gesprochen, sobald meine Hinrichtung bevorstehe. Und wenn viele Hände das Schwert hielten, wüßten einige Dämonen des Todes nicht mehr, wer denn nun der eigentliche Attentäter war. Außerdem versprach man ihnen viel Gold und große Ländereien. Mir fällt auf, daß solche Belohnungen die Menschen ferne Götter und deren Bedrohung schlichtweg vergessen lassen«, schloß er zynisch.

»Was dachten die Bewohner dieser Insel, die Tristaner, als man

Euch hierher ins Exil schickte?« wollte ich wissen. »Und was ist mit ihnen geschehen?«

»Anfangs«, sagte er, »wußten sie nicht, was sie davon halten sollten. Sie freuten sich über all die neuen Gebäude, die nötig wurden. Passenderweise war der Palast schon halb gebaut. Ein exzentrischer Lord hatte ihn in Auftrag gegeben, als er sich mit seinen Reichtümern vor der Welt zurückzog. Das Herrenhaus war halbwegs fertig, als er von einer Klippe stürzte, während er den Göttern in trunkener Ekstase seine Dichtkunst entgegenschrie. Da die Barone, die inzwischen über Konya herrschten, verfügt hatten, daß mein Exil bis zum Augenblick meines Todes luxuriös sein solle, wurde hier eine ganze Menge Gold verbaut, zusätzlich zur Fertigstellung dieses Palastes. Viel Gold gelangte nach Tristan. Außerdem hielten die großen Kriegsschiffe im Hafen Sklavenhändler und Piraten fern.

Anfangs hießen die Dorfbewohner die Soldaten willkommen. Sie brachten Geld, neue Geschichten und Lieder, und die Insulanerinnen waren ihrer Bauernburschen müde. Das brachte die ersten Schwierigkeiten. Die Offiziere der Garnison hätten eingreifen sollen, doch unterließen sie es, zumal sich die meisten bereits selbst in geschmacklose Affären verstrickt hatten. Ich wußte nicht, was ich tun sollte, nur daß ich nicht in meinem Käfig auf und ab laufen konnte, wie gemütlich er auch sein mochte... bis sie dann den Schlachter mit seinem Hammer schickten.

Glücklicherweise kehrte mein Talent zurück. Ich spürte, daß mir der Blick nicht mehr verstellt war, auch wenn mich die langen Monate ohne Zauberkraft geschwächt hatten.« Bei diesen Worten zuckte der Sarzana zusammen. »Ich brauchte Verbündete. Und die vermehrte Anwendung meiner Kunst würde sie zu ihrer früheren Stärke erblühen lassen.«

»Die Tiere«, sagte ich.

»Ja. In ihrer Seele unberührt von der Bosheit der Menschen, doch für immer und ewig des Menschen Opfer. Ich sprach allgemeine Zauber des Wohlwollens aus. Wenn die Soldaten eine Jagd abhielten, gab ich einen Wissenszauber hinzu, damit alle Lebewesen dieser Insel wußten, welches Übel ihr Feind, der Mensch, ihnen antat.«

»Und die Tiermenschen?«

»Die sind meine eigene Schöpfung. Sind sie nicht wunderbar?«

»Man braucht einen mächtigen Zauber, um das Leben selbst zu erschaffen«, sagte Gamelan. »Manche nennen es eine finstere Tat.«

»Wenn man um sein Leben und das des eigenen Volkes kämpft, bleibt kein Raum für moralische Urteile. Überlaßt das den Geschichtenschreibern in ihren friedvollen Bibliotheken, die Herrscher mit blutbefleckten Händen errichtet haben. Ich will nichts zu tun haben mit Leuten, die von ihrem luftigen Sitzplatz aus ständig besser wissen, was der Mann unten in der Arena angesichts von Blut und Todesangst zu tun hat.«

Auch mir war danach, etwas zu diesem Thema beizutragen, doch besann ich mich eines Besseren. Warum im Namen jenes Gottes, der die Münder der Narren beherrscht, debattierten wir über die Moral eines Mannes, in dessen Reich wir Gäste waren, so klein dieses Reich auch sein mochte? Es war mitnichten diplomatisch, und außerdem war das, was der Mann in der Vergangenheit getan hatte, unerheblich. Vielleicht hatte er strenger regiert, als ich es getan hätte, wenn jemand dumm genug gewesen wäre, mir eine Krone anzutragen, und ich debil genug, sie anzunehmen. Doch ich spürte mit allen Sinnen, daß der Sarzana das Beste für die Konyaner gewollt hatte und ungerechtfertigterweise verraten worden war. Als mir dieser Gedanke kam, breitete sich in mir die Wärme aus, eben eine profunde Wahrheit erkannt zu haben... daß nämlich jene, die eine Krone tragen, mit uns gewöhnlichen Sterblichen nicht zu vergleichen sind.

»Diese Lebewesen«, sagte der Sarzana, »die bessere Freunde sind, als jeder dieser doppelzüngigen Tölpel, die am Hof um mich herumscharwenzelten, stammen von den verschiedensten Orten. Ich habe die... es gibt weder in der orissanischen noch in der konyanischen Sprache ein Wort dafür, von dem ich wüßte... Seelen wäre die

Entsprechung gewesen, wenn es sich um Menschen gehandelt hätte, doch waren sie nur der spirituelle Zustand von Tieren, die zu Lande und zu Wasser getötet worden waren. Ich gab ihnen neue Körper und erweckte sie zum Leben, mit Fähigkeiten und Kräften, die sie vorher nicht gekannt hatten. Sie wissen es, und ihre Dankbarkeit wird nie vergehen. Eines Tages, wenn – oder sollte ich sagen: falls – ich diesen Ort verlasse, werde ich sie befreien, und sie werden Herrscher über die Insel sein – weit gnädiger als ein Mensch jemals sein könnte – und ein gemeinsames Ziel mit den anderen Lebewesen zu Lande und zu Wasser verfolgen.

Aber ich bin schon wieder von meiner Geschichte abgekommen. Ich spürte, daß der Augenblick nahte, in dem ein Schiff mit dem Befehl für meine Hinrichtung im Hafen einlaufen würde. Es schien, als spürten auch die Dorfbewohner etwas, denn als man mir gestattete, die großen steinernen Stufen hinabzusteigen, hörte ich, daß man sich mürrisch gegen die Soldaten äußerte, und die Fischer gaben sich alle Mühe, mir kleine Freundlichkeiten zu erweisen. Es hat mich tief bewegt, wie es mich stets berührt hat, wenn jene, die unter eiserner Knute stehen, alles in ihrer Macht Stehende tun, sich ihre Menschlichkeit zu bewahren. Und es erinnerte mich an mein eigenes Dorf vor so vielen Jahren, so weit entfernt.

Eines Tages traf tatsächlich ein Kurier ein. Ich machte mich für den Tod bereit, doch nichts geschah. Das Leben schien weiterzugehen wie bisher, nur daß man mir jetzt verbot, das Dorf zu besuchen. Eines Nachts wurde ich rüde gepackt, in einen Kerker unter diesem Haus gesperrt und von einem Trupp Soldaten bewacht. Ich dachte schon, das sei mein Ende. Doch am nächsten Tag ging die Sonne auf, ich lebte noch, und man ließ mich frei. Jetzt konnte ich auf der Insel gehen, wohin ich wollte ... die Dorfbewohner waren fort!«

»Wie das?« Es war Corais.

»Bei Einbruch der Dunkelheit hatten die Soldaten ihnen befohlen, sich am Hafen zu versammeln. Man befahl ihnen, in ihre Boote zu steigen, ohne daß sie etwas hätten mitnehmen dürfen. Kriegsschiffe nahmen die überfüllten Boote in Schlepptau. Ich erfuhr es, indem ich die Soldaten diskret befragte. Mit Hilfe der Wahrsagerei erfuhr ich den Rest. Man hatte die Boote weit aufs Meer hinaus geschleppt, außer Sichtweite des Ufers. Den Soldaten war befohlen worden, es dürfe keine Zeugen meines bevorstehenden Todes geben, und freudig waren sie diesem Wunsch nachgekommen, da sie wohl glaubten, das Schicksal, das einen Königsmörder ereilt, ließe sich zum Narren halten. Die Boote der Dorfbewohner wurden von den Kriegsschiffen versenkt, und die armen Männer und Frauen und Kinder ertranken oder wurden leichte Beute der Bogenschützen und Speerwerfer. Keine Seele durfte überleben.

Da wurde mir klar, daß ich meine Lebenserwartung an fünf Fingern abzählen konnte. Ich war verzweifelt. Lange dachte ich nach, und ich erkannte, daß Blut in der Zauberei ein Hilfsmittel ist, eine mächtige Waffe. Die Dorfbewohner ... ich sah sie als *meine* Dorfbewohner ... sollten nicht umsonst gestorben sein. Ich sprach meinen ersten großen Zauber. Er kam am Abend wie ein plötzlicher Wintersturm über uns. Die Soldaten wußten nichts, ahnten nichts. Nur meine Tiere, meine Freunde und Diener, spürten die Last all der Generationen, die sie Opfer der Menschen gewesen waren. Und der Pakt mit den Göttern, der Tiere ängstigt, wenn sie Menschen sehen, war gebrochen. Sie hatten freie Hand, sich zu rächen.

Genau das taten sie, in einer langen Blutnacht. Ich muß sagen, ich lauschte den Schreien mit einiger Zufriedenheit. Mein Zauber verlangte von den Tieren, daß sie den Soldaten gegenüber ein gleiches Maß an Gnade walten ließen, wie diese es den Fischern gegenüber getan hatten. Manche starben im Schlaf, andere wehrten sich und wurden geschlachtet, manche versuchten, zu den Schiffen zu entkommen und wurden von Robben und Delphinen ertränkt. Als der Morgen graute, war ich das einzige menschliche Wesen auf Tristan.

Ich ließ die Leichen zum Rand des Plateaus bringen, hinter diesem Haus, und befahl, man solle sie über das Kliff stürzen, damit die starke Strömung sie mit sich riß. Dann – und es war eine gräßliche Aufgabe – gingen meine Diener und ich im Hafen von einem Schiff zum nächsten, kappten die Taue, setzten die Segel, und die Schiffe fuhren über die Landzunge hinaus, segelten und segelten ruderlos durch trostlose Gewässer, bis Seetang und Ungeheuer sie in die Tiefe rissen. Dann das nächste Schiff und das übernächste, bis der äußere Hafen so leer war wie der innere, nachdem man die Dorfbewohner ermordet hatte.«

Der Sarzana hielt inne. Keiner von uns sagte ein Wort. Diese Geschichte von Blut und Mord war das Gräßlichste, was ich je gehört hatte. Die Konyaner waren tatsächlich ein hartes Volk, vom Herrscher bis hinunter zu den Beherrschten.

Dann sagte er: »Ich ließ die Kaserne und die Leichen darin bewußt unangetastet, als Warnung an jeden, der mit üblen Absichten kommen sollte.«

»Was sehr wahrscheinlich war«, sagte Cholla Yi. »Ihr müßt gewußt haben, daß die Barone weitere Mörder schicken würden.«

»Ich wußte, daß sie es tun würden, und sie taten es auch. Doch stießen sie auf meinen zweiten Zauber. Dieser stiftete Verwirrung. Er ist von eher simpler Natur, nicht wahr, Geisterseher?«

»Das stimmt«, sagte Gamelan. »Aber wenn man eine ganze Insel verstecken will, braucht man dafür große Macht.«

»Oh, so große Mühe habe ich mir nicht gegeben«, sagte der Sarzana mit einem Unterton von Stolz in seiner Stimme. »Ich brauchte nur ein leichtes Miasma in vier, fünf Tagen Entfernung von der Insel. Stark genug, daß ein Navigator seine Karten oder sein Astrolabium anzweifelt, ein Kapitän Zweifel an seinen Untergebenen bekommt und so weiter. Das genügte, um zu garantieren, daß niemand mich fand, wenn ich es nicht wollte. Außerdem: Warum sollte jemand so dringend herausfinden wollen, was geschehen war? Die Sage von der Verdammnis aller, die mich ermordet hatten, lebte fort, und wer will schon die Rache der Götter herausfordern, wenn es nicht unbedingt sein muß?«

Der Sarzana stand auf, streckte sich, schritt von einem Sessel zum nächsten und füllte feierlich unsere Gläser. Keiner von uns hatte viel getrunken, so gefangen waren wir von seiner Saga gewesen.

»Es ist spät«, sagte er. »Oder früh, und Ihr habt viel zu tun, wenn

Ihr Eure Schiffe seetüchtig machen wollt. Vielleicht sollten wir zu Bett gehen.«

Wir standen auf und hoben unsere Gläser zu einem unbekannten Trinkspruch. Dann stürmten wir zur Tür. Ich blieb stehen. Ein Gedanke war mir gekommen, und ich besaß die Unverschämtheit, ihn zu äußern. »Sarzana? Ihr sagtet, Ihr könntet ein Stück weit in die Zukunft sehen. Was also liegt vor Euch? Werdet Ihr den Rest Eurer Tage hier allein verbringen?«

»Vorhersagen sind schwierig, wenn man sie zum eigenen Nutzen einsetzen will«, sagte er. »Mir geht es da nicht anders. Ich weiß, was ich zu sehen glaube, aber vielleicht ist es auch nur ein Wunsch: Ich sehe, daß ich nach Konya zurückkehre. Ich weiß, egal, wo ich lande, werden sich die Menschen an mich erinnern. Es ist genug Zeit vergangen, und das Übel der Barone hat sich ausgeweitet, so daß es einen großen, letzten Aufstand geben würde. Vielleicht bin ich ein Narr, nur ein Träumer, doch hoffe ich noch immer, daß meine Heimatinseln wahren Frieden finden werden, einen Frieden, der bis ans Ende aller Zeiten hält. Und ich weiß, wie ich ihn den Menschen bringen kann. Aber, wie gesagt, vielleicht ist es nur eine Illusion, ein Trugbild.«

»Warum habt Ihr nicht eines der Schiffe genommen und seid mit Euren Tierfreunden nach Konya gesegelt?« Das war Corais, immer praktisch. »Ihr sagtet doch, Ihr stammt aus einer Familie von Seefahrern.«

»Ich sagte, die Macht, die meine Macht verschleierte, sei fort, aber es scheint noch immer Reste zu geben, oder vielleicht stehe ich noch immer im Bann eines Zaubers, den man über mich gesprochen hat, als ich vom Thron gestoßen wurde. Ich kann nicht ans Segeln denken, ohne daß meine Gedanken in Verwirrung geraten. Eine mentale Version des verbreiteten Zaubers, der einem die Finger verknotet, nehme ich an. Nein. Jemand anderes muß mich aus meinem Exil befreien, jemand, der gewillt ist, meinen Worten zu trauen und zu glauben, daß er großzügig entlohnt wird, wenn ich wieder an der Macht bin.«

Corais zog sich in ihr Quartier im Palast zurück, und wir drei stiegen die Treppe hinab. Sanft schien der Mond, und es herrschte klare Sicht. Ich wartete, bis Cholla Yi dorthin gegangen war, wo seine Leute am Strand dösten, dann fragte ich Gamelan, was er von alledem hielt.

»Er ist ein König«, sagte der Geisterseher. »Und ich teile nicht die Ansichten der Könige. Ich glaube allerdings, daß er gute Absichten hat und für sein Volk tatsächlich das Beste will. Ich habe keinerlei Verachtung von seiner Seite gespürt, was sicher nicht ungewöhnlich gewesen wäre, nachdem sie ihn gestürzt haben. Außerdem habe ich hinter seinen Worten eine tiefe Wahrheit gespürt... daß nämlich diese Barone weit grausamer sind als der Sarzana oder selbst die blutrünstigen Kapitäne, von denen er sprach. Aber es waren nur Empfindungen, weder von Fakten noch von Zauberkraft untermauert. Würden meine Kräfte zurückkehren, oder auch nur ein Teil davon, wüßte ich es besser. Was hast du wahrgenommen?«

»Nicht mehr als du«, sagte ich. »Um ehrlich zu sein, eher weniger. Ich habe nichts gespürt, was die Barone anging. Nur daß der Sarzana es gut zu meinen scheint.« Ich lächelte. »Falls es überhaupt möglich ist, daß ein König derartige Empfindungen hat.«

Gamelan lachte leise und wandte sich dem kleinen Häuschen zu, das man ihm überlassen hatte. Er ging darauf zu, als könne er sehen, und ich staunte, wie schnell wir lernen, ein Gebrechen zu überwinden, wenn wir nur stark genug sind. An der Tür drehte er sich um.

»Es war... interessant«, sagte er, »mit einem anderen Geisterseher zu sprechen, dessen Talente den meinen ebenbürtig sind. Oder besser, dem, was meine Talente einmal waren. Nichts gegen deine Talente, Rali. Aber als er von unseren gemeinsamen Künsten sprach, war es beinah, als wäre ich wieder im Palast von Orissa und würde mit anderen Geheimnisse austauschen.« Er seufzte. »Mir scheint«, sagte er, »wir müssen mit der Strömung schwimmen, ganz wie wir es bisher getan haben. Vielleicht kann uns der Sarzana helfen, unseren Heimatkurs zu finden. Er *ist* ein großer Zauberer. Vielleicht entschließt er sich, uns zu helfen, wenn auch leicht zu sehen ist, welche

Schuld wir auf uns laden würden. Deutlich genug hat er am Ende seiner Geschichte darauf hingewiesen. Möglicherweise wäre es die Sache wert.«

Damit wünschte er mir eine gute Nacht und ging ins Haus.

Es war kaum eine Stunde vor Morgengrauen, als wir uns trennten. Ich dachte, wenn ich zu schlafen versuchte, würde ich mich höchstwahrscheinlich nur hin und her wälzen und über die Geschichte des Sarzana nachdenken, und diese eine Stunde Schlaf würde mich ohnehin nur in eine knurrende Löwin verwandeln, wenn ich dann meiner Pflicht nachkommen sollte. Außerdem wäre es besser, den Nebel des Weines bei einem Spaziergang abzuschütteln.

Ich lief zum Hafen und am Strand entlang. Ich erwiderte den Gruß zweier Wachtposten, ersparte ihnen jedoch oberflächliches Geplauder. Die Nacht war ruhig und mild wie ein Sommerabend. Ich watete im blutwarmen Wasser, trat mit dem Fuß in die Brandung und sah, wie das Wasser im Mondlicht sprühte, was mich zum Lachen brachte, als sei ich noch ein Kind. Das Glücksgefühl, das mich draußen vor der Insel ergriffen hatte, hielt an. Ich konnte mir nur wünschen… ich verdrängte den Gedanken, bevor ich ihn vollendet hatte.

Dann lief ich den ganzen Weg dorthin, wo der Bach ins Meer mündete, und sah, daß dort eines der Boote angelandet war. Ich wollte mich auf die Ruderbank setzen und warten, bis die Sonne aufging. Doch die romantische Stelle war besetzt. Dica und Ismet lagen auf einem Umhang, nackt und eng umschlungen. Der Anblick stimmte mich gleichermaßen froh und traurig.

Ich hörte Schritte und wandte mich um. Es war Polillo, die wie gewöhnlich die letzte Wache vor dem Morgengrauen übernommen hatte.

Wir sahen einander an, dann die beiden schlafenden Frauen im Boot. Keine von uns sagte ein Wort.

Ich bückte mich und zog den Umhang über die beiden. Ein leises Lächeln umspielte Dicas Lippen, doch rührte sie sich nicht.

Dann ging ich fort, über den Strand zurück.

Allein.

Kapitel Vierzehn

Gen Süden nach Konya

Am nächsten Tag machten wir uns ans Werk. Bei den Göttern... es war beschwerlich. Als wir endlich fertig waren, unsere Galeeren vor Anker lagen und aussahen, als seien sie eben erst – am Bug noch blutverschmiert vom Opfertier – vom Stapel gelaufen, hatte jede von uns, die je davon geträumt hatte, ein Boot zu erwerben, um darauf ihren Lebensabend zu verbringen, sich dieses Vorhaben aus dem Kopf geschlagen. Amalric hatte nie viel Verwendung für Schiffe gehabt, es sei denn als unumgängliche Möglichkeit, seine Waren von einem Hafen zum nächsten zu transportieren. Ich dagegen wünschte mir nun, ich könnte die Größte unter allen Geistersehern werden und das ganze, verfluchte Meer pflastern, damit einem – abgesehen von den Umnachteten, und dazu zähle ich *alle* Seeleute – der Kontakt mit dem Wasser erspart bliebe – es sei denn, man wollte ein Bad nehmen.

Es mag so klingen, als wollte ich hier nur zetern, und wahrscheinlich habt Ihr recht. Doch will ich Euch erzählen, was alles zu tun war, um nur eine einzige Galeere wieder seetüchtig zu machen:

Zuerst wurde alles von Bord geholt, was sich entfernen ließ, damit das Schiff hoch im Wasser lag, dann ruderte man es nah ans Ufer, bis es an einer felsenfreien Stelle auf Grund lief. Dann wurde es weiter ans Ufer geschleppt, und wenn die Ebbe kam, hinderten schwere, an den Enden umwickelte Balken das Schiff daran umzukippen.

Dann begannen wir, den Rumpf von Krebsen und Seetang freizukratzen. Bei dieser Arbeit schabten wir so viel Haut von unseren Knochen, daß man davon Gürtel für eine ganze Armee hätte anfertigen können. Daraufhin starben all die abgekratzten Muscheltiere und fingen an zu modern. Gegen Mittag roch unser tapferes Kriegsschiff wie eine Hafenlatrine. Diese Aufgabe, das hatte mir Klisura erklärt, erforderte keine schiffsbauerischen Fähigkeiten, die über einen kräftigen Hals und einen kleinen Helm hinausreichten, so daß die Garde dafür perfekt geeignet sei. Ich knurrte, dann sah ich, daß es ein Witz sein sollte und besann mich meiner guten Laune. Diese blieb, bis mir klar wurde, daß ich meinen Frauen ein gutes Beispiel geben, als erste hinauswaten und mit dem Putzen beginnen mußte.

»Ich dachte«, sagte Sergeantin Ismet aus einigen Metern Entfernung beim Schrubben, »wir sollten noble Jägerinnen werden, nicht die Putzkolonne für diesen Kahn.«

»Erst die Arbeit«, preßte ich hervor, »dann das Vergnügen.«

Es war nicht so, als würden wir ausgenutzt. Cholla Yi trieb Klisura und die anderen Schiffskapitäne noch härter an. Und wir hatten auch nicht die denkbar übelste Aufgabe bekommen, denn diese folgte, wenn der Schiffsboden sauber war. Die Aufgabe fiel den verschiedenen kleine Missetätern zu, sowohl der Handvoll meiner Gardistinnen, die eine schwerere Strafe verdient hatten als den Stiefel oder Handrücken ihrer Sergeantin oder eine Woche Latrinendienst, und dazu der weit größeren Zahl von Seeleuten, die mit ihrem Schiffsprofos aneinandergeraten waren. Man hatte nämlich morsche Taue von den Schiffen geholt und am Strand auf einen Haufen geworfen. Der Straftrupp wurde dazu eingeteilt, die teerigen Taue Strang für

Strang auseinanderzuziehen. Diese Stränge wurden dann in die Zwischenräume der Schiffsplanken getrieben, und zwar mit einem schmalen Meißel und einem Holzhammer. Da dies dazu diente, etwaige Lecks zu versiegeln, war selbst der faulste Seemann bei der Sache, doch zur Sicherheit schritt ein besonders übler Profos mit einem geknoteten Tauende zwischen den Arbeitern auf und ab. Allerdings war es ihm verboten, eine meiner Frauen zu schlagen.

Polillo hatte es ihm mit einfachen Worten erklärt: »Nur die Garde rührt die Garde an.« Der Rohling betrachtete Polillos Muskeln, sah ihren eisigen Blick und nickte.

War der Rumpf erst kalfatert, wurde er gestrichen. Die Farbe war eine stinkende Mixtur aus Teer, Öl und verschiedenen Pflanzengiften der Insel. Das Gift würde vielleicht für eine Weile verhindern, daß sich wieder Krebse und Seetang an unserem Rumpf einnisteten. Jeder einzelne davon machte unser Schiff langsamer und schwieriger zu rudern und zu manövrieren. Hinzu kam, daß sie sich irgendwann durch die Planken gefressen haben würden. Während das alles draußen am Rumpf des Schiffes geschah, gingen über unseren Köpfen andere Dinge vor sich. Alles verrottete Holz wurde entfernt. Wir hatten Glück, daß wir eine Werft mit abgelagertem Holz fanden, welches wir verwenden konnten. Dazu gehörten bereits zugehauene Baumstämme, mit denen wir die gespaltenen oder im Kern verrotteten Masten ersetzten. Die Decksbalken und Spanten wurden geölt. Im Dorf und im Umland fanden wir genügend Tau, um unsere alte Takelage zu erneuern.

Außerdem mußten die Stauräume und Kajüten ausgeräuchert werden. Auf einer orissanischen Werft, so hatte man mir erklärt, hätte ein unterer oder mittlerer Geisterseher einen Zauber über das Schiff gesprochen, dem sämtliche Ratten und andere Schädlinge zum Opfer gefallen wären. Doch uns blieb dieses Hilfsmittel versagt, zumindest anfangs. Nachdem ein Seemann beim Einatmen des Qualms der Schwefelfackeln beinahe umgekommen war, beschloß ich, daß etwas geschehen müsse. Mit Gamelans Hilfe brachten wir einen Zauber zustande, der – dank der Nachfrage – sehr gut wirkte.

Er bestand aus Rattenblut, den Überresten einiger Schiffsinsekten, den Blüten einer Nachtblume, deren Duft meterweit zu riechen war, Lehm vom Dorffriedhof und ein paar schlichten Worten aus dem Altorissanischen. Schon bald waren die Galeeren mehr oder weniger schädlingsfrei.

Alles auf dem Schiff wurde sorgsam geprüft, wenn möglich ersetzt, oder wenn nicht, dann zumindest verstärkt. Schließlich war die Wiederinstandsetzung abgeschlossen, und bei Flut wurden die Stützen weggeschlagen und das Schiff in tieferes Wasser geschleppt, nachdem man seine Anker hinausgerudert hatte und alle verfügbaren Hände die Ankerwinde drehten.

Das war ein Schiff. Dann holte man das nächste an Land, und die Arbeit begann von neuem.

Es war anstrengend, aber dennoch gab es einige unter uns, denen Energie für anderes blieb ... manchen für Gutes, anderen nicht. Mir fiel auf, daß Dica die meisten Abende in Begleitung der Sergeantin Ismet verbrachte und die beiden leichtes Bettzeug in die Landschaft jenseits des Dorfes trugen, wenn sie dienstfrei hatten. Ich freute mich von ganzem Herzen. Bettgeflüster ist eine der besten Methoden, etwas zu lernen, und dies war nicht die erste Offiziersanwärterin, deren Geliebte meine Flaggsergeantin in der Vergangenheit gewesen war. Außerdem wußte Ismet, wie sie ihre Affären schmerzlos beenden konnte und weder die Disziplin noch das Herz ihrer jungen Geliebten darunter leiden mußte.

Andere nahmen neue Affären auf, erneuerten frühere oder hielten an bestehenden fest. Ich hatte immer geglaubt, an Bord eines Schiffes zu sein, würde die Menschen romantisch werden lassen. Doch nicht auf einem Kriegsschiff und nicht, wenn das höchste an Abgeschiedenheit in einigen, wenigen Minuten auf dem leinentuchverhängten Lokus am Bug des Schiffes bestand oder die nächste Hängematte kaum zwei Fuß weit entfernt war.

Wiederum kam das alte Problem mit den Männern auf. Regelmäßig wurde die eine oder andere meiner Gardistinnen wegen ihrer Vorlieben verspottet, manche freundlich, andere rüde, wieder andere auf fordernde Weise, als hätten Seeleute bestimmte, gottgegebene Rechte, Saat in jede greifbare Furche zu geben. Ich weiß nicht, warum allen Männern die Phantasie gemein ist, daß eine Frau, welche die Liebe unter ihresgleichen sucht, fehlgeleitet sei und nie einen »echten Liebhaber« gehabt hätte. Und das betrifft nicht nur Männer mit einem Gemächte, das grotesk genug wäre, einen brünstigen Hengst zu zieren. Ich habe gehört, wie ein Würstchen von einem Buchhalter einer großen, drallen Korporalin eine Liebesnacht versprach, »nach der sie all diese Dummheiten vergessen würde«. Pah! Sollen jene, die so denken, ihre niemals ausreichend zu preisenden Gerätschaften ruhig in weichen Sand bohren, wenn die Liebe ihnen doch nur gleichbedeutend ist mit dem Bohren von Löchern! Nicht nur Seeleute handeln so. Es war ein ständiges Problem in der Kaserne von Orissa, daß bestimmte junge Herren der Maranonischen Garde den Hof machten.

Genug davon. Es reicht zu sagen, daß die Möchtegern-Liebhaber genauso zurückgewiesen wurden, wie sie ihren Antrag gemacht hatten ... manche mit einem Lächeln oder Lachen, andere mit einem wohlgezielten Hieb unterhalb der Stelle, an der man die Nabelschnur durchtrennt hatte, gleich oberhalb der Stelle, an der ihre Seele saß.

Ich ließ zu, daß meine Frauen als normale Arbeiterinnen eingesetzt wurden, bis die Hälfte der Galeeren fertig war, dann schritt ich ein und erklärte Cholla Yi, seine Seeleute und Matrosen sollten diese Aufgabe selbst zu Ende bringen. Wir hatten anderes zu tun. Wir mußten dafür sorgen, daß die Flotte verproviantiert war, wenn wir weitersegelten.

An unsere erste Jagd erinnere ich mich gut. Ich weiß noch, wie meine Frauen johlten und mit den Speeren an ihre Schilde schlugen, als der große Keiler schnaubte und aus dem Dickicht brach. Er stürmte auf mich zu, die Hauer glänzten gelb im Licht des späten Nachmittags, Blut schimmerte von der Speerwunde an seiner Schulter. Ich war der einzige Zweibeiner auf der Welt und sah nur diese riesigen, geschwungenen Säbel blitzen, als der Keiler kreischte, den Kopf zum Angriff senkte und meiner Speerspitze entgegenstürmte. Der Aufprall ließ mich rückwärts taumeln, und ich sank auf ein Knie und stützte den Schaft am Boden ab, als das Tier sich auf den Speer stürzte und gegen das Kreuzstück in seiner Mitte stieß. Der Keiler schrie sich die Seele aus dem Leib, taumelte seitwärts und fiel um, bevor er merkte, daß er tot war.

Meine Frauen lösten ihre Mauer aus Speeren auf, liefen zu mir und beglückwünschten mich lauthals. Einen Augenblick lang schenkte ich ihnen keine Beachtung, sondern betete dankbar zu Maranonia und flehte sie an, den Geist des Tieres freundlich aufzunehmen. Es hatte uns eine wilde Hatz über die steilen Hänge entlang der anderen Seite der Insel geliefert und war dabei oft umgekehrt, um uns anzugreifen, in dem Versuch, das immer enger werdende Spalier zu durchbrechen. In die Enge getrieben, hatte es sich heftig gewehrt und war tapfer gestorben. Polillo war voll des Lobes für das Tier, wie auch einige andere Gardistinnen.

Für sie war die Jagd der edelste Zeitvertreib, gleich nach dem Krieg. Für einige meiner Frauen, die aus den wilderen Provinzen jenseits von Orissa stammten, war es im Grunde eine religiöse Zeremonie. Mir selbst war es eine Aufgabe, die ich genoß, da sie im Freien geschah, meine Muskeln und meine Fähigkeit, Spuren zu lesen, auf die Probe stellte und Speisen auf den Tisch brachte, die ich selbst beschafft hatte. Doch gab es Kurzweil, an der ich mich mehr erfreuen konnte: eine Schnitzeljagd querfeldein, Klippenklettern oder ein Tier – ohne Waffen – zu seinem Bau zu verfolgen, um die Jungen zu sehen oder auch nur um zu beobachten, wie sie ihre Zeit verbrachten. Wenn ich jagte, zog ich es vor, meine Beute so einfach wie möglich zu erlegen, mich anzuschleichen, ohne entdeckt zu werden und das Geschenk des Todes zu bringen, bevor die Angst kam.

Doch war es interessant zu sehen, wie es anderen erging, und wie deren Gefühle die Art und Weise beeinflußten, auf die sie die notwendige Aufgabe erfüllten, unsere Flotte mit Fleisch zum Pökeln oder Räuchern zu versorgen. Polillo, wie gesagt, hielt die Jagd für den edelsten Zeitvertreib. Für sie ging es um die Hatz. Sie liebte es, allein oder mit einer oder zwei gleichermaßen behenden Gardistinnen zu jagen. Sie schreckte Wild auf und brachte es zur Strecke, erlegte es mit einem kurzen Speer – manchmal auch mit einem tödlich genau geworfenen Beil – und versetzte ihm den Gnadenstoß mit ihrem Messer.

Corais dagegen behauptete immer, für sie sei die Jagd nicht nur allzusehr wie schnöde Arbeit, sondern schlicht langweilig. Sie jagte allein und machte *immer* Beute. Ihre Methode war simpel, wenn auch langweilig. Zwei- bis dreimal erkundete sie die Gegend, bevor sie sich bewaffnete, gewöhnlich bei Tagesanbruch und dann wieder in der Dämmerung. Wenn sie die Gewohnheiten des Tieres kannte, das sie erlegen wollte, schlich sie hinaus und suchte mitten in der Nacht – oder auch bei Tage – ein Versteck, in dem die Tiere schliefen. Wenn ihre Beute zum Fressen oder Trinken herauskam, schlug Corais zu. Sie benutzte einen kurzen, schweren Bogen und brauchte selten mehr als einen Pfeil, um das Tier zu töten.

Für andere war die Jagd ein eher gesellschaftliches Ereignis. Ismet liebte es über alles, eine Jagd zu organisieren, mit Treibern, welche die Beute zu den in Stellung wartenden Schützen scheuchten, ein Unternehmen, das sie im Sandkasten demonstrierte, um sicherzustellen, daß jede Jägerin genau verstand, was sie zu tun hatte und was nicht. Manchmal dachte ich, die Jagd selbst, mit ihren präzisen Strategien, sei für sie – einem Laufball-Spiel nicht unähnlich – das eigentliche Ziel, und das Töten nicht mehr als die Trophäe nach einem Sieg beim Sport.

Wir beachteten die Warnungen des Sarzana und erlegten keinen seiner Tiermenschen, obwohl manche von uns sicher einen Gedanken daran verschwendet hatten, aus sportlichen Erwägungen oder um des Fleisches willen. Ebenso jagten wir keine Tiere, die das Diadem seiner Dienerschaft trugen. Wir hielten uns an die Regeln der Jagd und erlegten kein Tier, das Junge hatte oder solche bald gebären würde, und auch kein halbwüchsiges Einjähriges. Alles

Wild, das wir schossen, jeder Fisch, den wir mit Haken oder Speeren erlegten, war für den Kochtopf bestimmt. Wir kümmerten uns nicht um Vögel mit schimmerndem Gefieder, deren Federn unsere Helme geschmückt hätten, und auch nicht um Tiere mit exotischen Fellen, deren Pelz unsere Schilde und Halsberge verziert hätten. Nach dem Ausnehmen und Häuten wurden die Tiere entweder geräuchert, gepökelt oder eingemacht. Geflügel fingen wir mit Netzen oder Vogelleim, nahmen es dann aus und salzten es, bevor es dicht gepackt in Fässer kam.

Wir mußten nicht fischen, denn diese Aufgabe hatten Trupps von Seeleuten und die Delphine des Sarzana übernommen. Es war unheimlich, das zu beobachten. Die Seeleute mußten nur an einem Strand ein Stück ins Wasser waten. Dann trieben ihnen Delphine die Fische entgegen wie die Hunde im Hochland oberhalb von Orissa ihre Schafe in den Stall trieben. Plötzlich war dann ein Dreschen und Platschen draußen in der Bucht zu hören, das sich rasch in unsere Richtung bewegte. Wir sahen Fische – zu Schwärmen zusammengetrieben –, die versuchten, den eifrigen Delphinen zu entkommen. Waren die Fische erst nah am Ufer, im Kreis des todbringenden Netzes, befahl man den Soldaten, es herauszuziehen, und schon holten sie einen prachtvollen Fang von glitzerndem Silber an Land, bereit zum Ausnehmen und Räuchern.

Mir fiel auf, daß der Sarzana stets an diesen Fischzügen teilnahm und sicherstellte, daß – wenn die Netze an Land gezogen wurden – ein Teil ihres Inhalts ihm vorbehalten blieb. Er watete dann in seichte Wasser, bewegte sich dabei für einen Mann, dessen Gewerbe einmal die Seefahrt gewesen war, höchst unbeholfen, und warf jedem Delphin einen oder zwei Fische zu.

Ich berichtete Gamelan von dieser Belohnung, und er lächelte und sagte: »Ich habe dir doch schon einmal gesagt, daß die Zauberkunst nicht nur Hokuspokus ist. Der Sarzana ist nicht so dumm, seine Kraft mit Zaubersprüchen zu vergeuden, wenn er seine Diener mit einem gutgezielten Thunfisch ebenso fest an sich binden kann.«

Was das Gemüse anging, so wurde es entweder getrocknet oder

mit einem Verjüngungszauber frisch gehalten, den der Sarzana für uns sprach. So würde es sich mindestens einen Monat halten, auf See vielleicht sogar zwei. Eier wurden in heißen Talg getunkt und sollten sich so drei bis vier Monate halten.

Endlich waren unsere Galeeren fast seetüchtig, und wir wollten uns auf die Reise machen. Orissa lag manche Meile entfernt, und noch immer brauchten wir Hilfe, unseren Heimatkurs zu finden. Ich glaube, wir alle wußten, daß unsere Tage auf Tristan ihrem Ende entgegengingen. Es war an der Zeit weiterzusegeln.

Die Insel des Sarzana war uns mehr geworden als nur ein Ort für die Instandsetzung unserer Schiffe. Hier hatten wir uns ausruhen und die lange Anspannung von Verfolgung, Krieg und Blutvergießen von uns abfallen lassen können, auch wenn wir alle wußten, daß die halbe Welt zwischen uns und der Heimat lag und die Meere dorthin höchstwahrscheinlich keine friedlichen Tümpel sein würden.

Dann kam es zu einem seltsamen und häßlichen Zwischenfall, der die Ruhe störte.

Ich hatte Nachtdienst und gerade erst den Wachwechsel um zwei Drehungen des Stundenglases nach Mitternacht beendet, als zwei Gardistinnen in das Wachlokal stürzten. Eine war Janela, die andere Ebbo, eine Speerwerferin. Beide waren Corais' Gruppe oben auf dem Plateau beim Sarzana zugeteilt. Sie nahmen Haltung an und holten mehrmals Luft, bevor sie ihre Meldung machten. Corais war angegriffen worden.

»Was genau ist vorgefallen?«

»Die genauen Einzelheiten hat man uns nicht genannt, Hauptmann«, sagte Janela. »Wir haben Schreie gehört, uns umgedreht, und die Ordonnanz Corais und Sergeantin Bodilon standen draußen vor dem Gebäude, in dem wir wohnen. Ordonnanz Corais gab den Befehl, daß wir unsere Waffen nehmen und Euch in aller Eile Meldung erstatten sollten. Sie sagte, sie sei nicht verletzt, bräuchte Euch jedoch dort oben. Und es sei nicht nötig, die Garde ausrücken zu lassen.«

»Noch etwas?«

Janela blickte um sich, um sicherzugehen, daß niemand sie belauschte, und trotz meines Zornes darüber, daß jemand oder etwas es gewagt hatte, eine meiner Frauen anzugreifen, registrierte ich Janelas Routiniertheit. »Die Ordonnanz trug keine Rüstung. Sie war nackt bis auf ihr Schwert.«

Ich kam zu dem Schluß, daß Corais recht haben mochte oder auch nicht. Ich erklärte der Wachsergeantin, sie solle die gesamte Wachmannschaft wecken und zwei Wachen an jedem Posten aufstellen. Dann sollte sie die Garde wecken, jedoch ohne Alarm auszulösen oder die Seeleute zu stören. Ich übertrug Polillo das Kommando und lief mit Ebbo, Janela und fünf meiner verläßlichsten Frauen der Nachtwache die endlos lange Treppe hinauf.

Corais' Trupp hatte in einem kleinen, kuppelartig geformten Steinpavillon Quartier genommen, der vielleicht früher einmal als Treffpunkt für das eine oder andere Stelldichein gedient haben mochte. Er bot Corais' Trupp nicht nur eine luxuriöse Unterkunft, sondern stand auch abseits der anderen Gebäude auf einer kleinen Anhöhe und war der am leichtesten zu verteidigende Bau auf dem gesamten Plateau. Fackeln flackerten um den Pavillon, und als ich in die Richtung marschierte, sah ich, daß man auch im Herrenhaus des Sarzana wach war.

Corais' Frauen waren kampfbereit, die Schwerter gezückt, die Bogen gespannt und Pfeile mit breiten Spitzen in den Gürteln. Corais, die inzwischen ihre volle Kampfmontur trug, saß mit grimmiger Miene an einem Tisch gleich beim Eingang.

Sie stand auf, als ich eintrat, und salutierte. Bevor ich etwas sagen konnte, sagte sie: »Hauptmann. Darf ich vertraulich Meldung machen?«

Ich entließ die anderen. Corais sah sich um und kam offenbar zu dem Schluß, daß man sie nach wie vor belauschen konnte. Sie führte mich hinaus. Am Rande des Fackelscheins sah ich den Schimmer von Rüstungen, wo in der Dunkelheit Wachtposten standen. Ich wartete, doch vergingen einige Sekunden, bis Corais sprach. Ich konnte ihr

Gesicht sehen und es war blasser und mitgenommener, als ich es je erblickt hatte, selbst noch nach einer Schlacht, bei der beide von uns Freundinnen verloren hatten. Mir wurde klar, daß etwas furchtbar im argen lag und ich sprach sie mit sanfter Stimme an und bat sie, mir Bericht zu erstatten, von Anfang an.

Weil das Wetter so angenehm war, so sagte sie, habe sie auf einer Liege vor dem Eingang des Pavillons schlafen wollen. Vielleicht sei es ein Fehler gewesen, aber in allen Himmelsrichtungen hätten Wachen gestanden, und sie habe keine Bedrohung »gespürt«. »Offensichtlich«, sagte sie, »war ich allzu optimistisch.«

Sie war in der Kleidung schlafen gegangen, die sie – wie wir alle – normalerweise trug, wenn sie Bereitschaft hatte: leichte, gesteppte Unterwäsche aus Seide, die als Polster unter ihrer Rüstung diente, falls sie herausgerufen wurde.

»Ich habe geträumt«, sage sie. Dann schwieg sie lange. Ich wollte sie schon drängen, doch etwas hielt mich davon ab. »Ich habe von ... Männern geträumt«, fuhr sie schließlich fort. »Eigentlich von einem Mann. Ich dachte, in meiner Vorstellung sei er deutlich gewesen, mit allen Einzelheiten, aber ich habe mich wohl getäuscht. Ich kann mich nur daran erinnern, daß er groß und muskulös war, das schwarze Haar kurzgeschnitten, glaube ich, glattrasiert und mit einem Lächeln, das von finsteren Sünden und deren Freuden kündete. Er war nackt.

Sein ... Glied stand aufrecht, und er kam zu mir.« Corais erschauerte. »Ich wußte, was er wollte, und ... und ich wollte es *auch*! Ich wollte, daß er mich nahm!«

Sie wandte sich ab, von quälender Übelkeit geplagt, übergab sie sich wieder und wieder und mühte sich, nicht nur ihren Körper, sondern auch ihren Geist zu reinigen. Ich rief Bodilon zu, sie solle ihr ein Tuch bringen, eine Waschschüssel und Wein. Corais wollte weitersprechen, doch ich bedeutete ihr zu schweigen, bis die Sergeantin fort war. Ich wusch ihr das Gesicht und ließ sie den Mund mit Wein ausspülen, dann einen vollen Becher trinken.

»Wie in Maranonias Namen könnte ich *das* wollen?« sagte sie.

»Die Vorstellung... mit einem Mann zusammenzusein, hat mir schon *immer* Übelkeit bereitet. Das weißt du.«

Ich wußte es. Corais war, wie ich selbst, in der glücklichen Lage, die Umarmung eines Mannes nie als wünschenswert erlebt zu haben, und auch unsere Eltern hatten uns nie dazu gezwungen.

»Er wollte mich ... schon berühren«, fuhr Corais fort, »da bin ich für einen kurzen Augenblick zu mir gekommen, und es war, als müßte ich mich nach oben an die Luft kämpfen, durch ein Meer von Schleim, und würde nie mehr rechtzeitig aufwachen. Aber dann wachte ich doch auf, der Bann war gebrochen, und ich sah den widerlichen Leib als das, was er war. Ich war wach, und ich war nackt, und Rali, so wahr ich dich liebe, so wahr ich die Garde liebe, so wahr ich Maranonia liebe, ich schwöre, diese Kreatur war noch immer da, beugte sich über mich und versuchte, meine Schenkel auseinanderzudrücken! Ich schrie, rollte zur Seite und kam mit dem Schwert in der Hand hoch, bereit zuzuschlagen. Aber ...«

»Aber er war verschwunden«, vollendete ich ihren Satz. »Und deine Wachen waren auf ihren Posten und erklärten, sie hätten niemanden gesehen.«

Ich wußte, was Corais sagen wollte, und streckte eine Hand aus, um sie aufzuhalten.

»Du hast nicht geträumt«, sagte ich.

»Ich weiß das. Wie kannst du es wissen?«

Ich hatte dafür keine Antwort, aber es war die Wahrheit. Ich wußte es. Etwas oder jemand hatte versucht, sich an Corais zu vergehen, und es war kein Alptraum, sondern etwas, das auf dieser Insel herumlief und lebte, entweder durch Zauberkraft oder als reales Wesen. Schreiberling, frag mich nicht, woher dieses Wissen kam. Von meinen eigenen Geistern, von der Macht, deren Gebrauch Gamelan mich lehrte, von der Göttin selbst, von meinem Vertrauen in Corais, die mir einmal erzählt hatte, sie träume nur von Lichtungen im tiefen Wald und darauf tanzenden Tieren.

Corais' Augen waren feucht. Lange starrte sie mich an, dann nickte sie. »Danke«, flüsterte sie, »daß du mir glaubst.«

Ich wollte noch etwas sagen, dann merkte ich, daß hinter den Posten einer der grotesk kostümierten Tiermenschen des Sarzana stand. Ich ging zu ihm. Er hielt ein elfenbeinernes Tablett in Händen. Ich achtete nicht darauf.

»Überbringe Eurem Herrn meine Grüße«, sagte ich. »Ich wünsche eine Audienz bei ihm... in einer Stunde. Geh!«

Das Wesen blickte mich an, und ich sah Angst in seinen Augen. Hüpfend verschwand es in der Dunkelheit.

Ich wandte mich wieder Corais zu.

Eine Stunde später marschierte ich den langen Weg zum Palast des Sarzana hinauf. Bei mir waren zwei Trupps von Gardistinnen mit gezückten Waffen. Zwei Tiermenschen warteten an der Treppe. Ich schenkte ihnen keine Beachtung, sondern schritt an ihnen vorbei in die Eingangshalle des Hauses, ohne meinen Helm abzunehmen.

Der Sarzana wartete schon. Er trug grellfarbene Kleider, als wäre er eben erst aufgestanden.

»Jemand«, begann ich ohne Vorrede oder höflichen Gruß, »hat versucht, eine meiner Offizierinnen anzugreifen. Und zwar die Ordonnanz Corais.«

Die Augen des Sarzana weiteten sich erschrocken. »*Hier* oben? Auf meinem Plateau?«

Ich nickte.

»Mein Gott. Was hat sie getan? Was ist passiert?«

»Das ist unerheblich«, sagte ich. »*Sie* hat nichts getan und ist in Sicherheit. Ich weiß, daß es keiner von unseren Männern war. Sie hat die Person beschrieben, aber ich bin mir nicht sicher, ob ihre Erinnerung exakt genug ist.«

»Darf ich fragen, was Ihr denkt?« begann der Sarzana, und ich sah, daß er die Stirn runzelte, dieser eisig-feurige Blick mich verbrennen wollte und seine Lippen zu einem dünnen Strich wurden.

»Ich beschuldige nicht Euch, Sarzana«, sagte ich. »Ich glaube kaum, daß ein hoher Herr mit Eurer Macht es nötig hätte, eine Frau zu vergewaltigen. Nur, was ist mit Euren Geschöpfen? Euren Tiermenschen?«

Der Sarzana schüttelte heftig den Kopf. »Unmöglich. Ganz unmöglich. Als ich sie erschaffen habe, gab ich ihnen die Macht der Lust und der Fortpflanzung. Aber ich hielt sie zurück, als letztes Geschenk, wenn ich diese Insel verlasse. Nein, meine Freunde sind so vertrauenswürdig wie die Kastraten, die einst über mein Serail wachten. Vertrauenswürdiger noch, denn auch ein Messer kann danebengehen. Hauptmann Antero … ich schwöre, daß niemand der Meinen etwas damit zu tun hat. Als ich den Schrei hörte, lag ich in tiefem Schlummer. Ich habe versucht, mit Hilfe der Magie herauszubringen, was vorgefallen war, aber da ist … war … etwas dort draußen in der Nacht, das meinen Blick verschleiert hat.«

»Glaubt ihr, Corais' Angreifer war ein magisches Wesen?«

»Ich weiß es nicht«, sagte er. »Ein Dämon? Ein Inkubus? Ich hatte keine Zeit, vor dem Tod der Dorfbewohner zu erfragen, welche Geister diese Insel heimsuchen mögen. Ebensowenig habe ich Thaumaturgie angewandt, um es herauszufinden. Offenbar hätte ich das tun sollen.

Hauptmann, ich kann Euch gar nicht sagen, wie entsetzt ich bin. Ich betrachte diesen Vorfall als Affront. Ich habe mich für Eure Sicherheit verbürgt und war nicht in der Lage, sie zu gewährleisten. Ich bin zutiefst beschämt. Für den Rest der Zeit, den Ihr auf der Insel verbringt, verspreche ich, daß Euch nichts geschehen wird. Noch in dieser Stunde will ich einen Zauber wecken, der Eure Frauen … und auch Cholla Yis Leute vor allen Gefahren schützt. Darüber hinaus werde ich selbst Dämonen aussenden – und es gibt einige, die mir einen Gefallen schuldig sind –, damit sie sich umsehen, wer dieses furchtbare Verbrechen begangen hat. Und wenn ich es, ihn oder sie finde, wird die Folter selbst Eure wütendsten Rachephantasien übertreffen.«

Ich blickte dem Sarzana tief in die Augen, und ich *glaubte* ihm. Ich salutierte und marschierte hinaus.

Bis zu unserer Abreise gab es keine weiteren Zwischenfälle. Im Gegenteil, selbst die Annäherungsversuche der Seeleute nahmen urplötzlich ein Ende. Allerdings ließ ich meine Frauen nur noch paarweise ausgehen, und bei Nacht durfte niemand, weder Corais oder ich noch Dica und Ismet, außerhalb des bewachten Areals schlafen.

Der Sarzana war stets präsent, obwohl er sich nie einmischte oder uns seine Gesellschaft aufzwang, wenn sie nicht erwünscht war. Doch immer war er da. Eine unbedeutende Speerwerferin mochte an ihrem Posten am einsamsten Ende des Dorfes auf und ab marschieren, und der Sarzana schlenderte mit einem freundlichen Gruß vorüber, oder ein Seemann mochte sich gerade auf einen Spleiß konzentrieren und merkte dann, daß der Sarzana die Tauenden von seinem Knoten hielt, damit sie nicht verhedderten. Wir Offiziere speisten des öfteren mit ihm, wenn auch nicht mehr so üppig wie bei jenem ersten Festbankett.

Er fragte nie direkt, ob er uns begleiten dürfe, wenn wir Tristan verließen. Doch war es eine Idee, die stetig wuchs, bis wir schließlich in gewisser Weise alle wußten, daß er sich unserer Expedition anschließen würde, und dieses Wissen machte uns stärker und sicherer.

Wie er uns jedoch helfen könnte und wieviel Beistand wir ihm im Gegenzug würden leisten müssen, wurde ebenfalls nie besprochen. Nicht, daß der Sarzana seine Träume verschwiegen hätte, oder wie wir daran teilhaben sollten. Systematisch buhlte er um jeden Offizier. Ich wurde zum ersten Mal Zeugin seiner Verführungskünste, als ich eines Nachmittags auf Gamelas Wunsch zu seinem Haus hinaufstieg, um ihn zu fragen, ob er Macht über die Windgeister besäße, ganz wie die Hafenhexen. Ich fand ihn in ein Gespräch mit Cholla Yi vertieft, in jenem runden Raum, in dem er uns die Geschichte seines Aufstiegs und seines Falls erzählt hatte.

Als ich mich der offenen Tür näherte, hörte ich ihn sagen: »Es liegt viel Wahres in Euren Worten, Admiral. Hätte ich ein kleines Kader loyaler und fähiger Seeleute mit eigenen Schiffen zur Verfügung gehabt, wäre manches sicher anders verlaufen. Ich hätte Hilfe von meinen Heimatinseln rufen können und wäre nicht von meinem

Thron vertrieben worden. Ihr habt mir viel zu denken gegeben, ungemein viel.«

Ich räusperte mich, bevor ich eintrat. Der Sarzana stand auf und begrüßte mich. Ich brachte meinen Wunsch vor, und er sagte, eine solche Angelegenheit sei wirklich einfach und er wolle gleich mit den Vorbereitungen für den entsprechenden Zauber beginnen. Als er fort war, sah ich Cholla Yi an und zog eine Augenbraue hoch. Mir wurde klar, daß der Pirat mich bemerkt hatte, bevor ich eingetreten war.

»Na und?« sagte er keineswegs verlegen. »Ich bin nun mal auf der Jagd nach Gold. Was ist so schlecht daran? Nur weil ihr es vorzieht, für eine Flagge zu kämpfen? Ich bin Söldner, und wir müssen uns ständig nach neuen Herren umsehen. Wenn wir nach Orissa kommen, werden Eure Ratsmitglieder nur froh sein, wenn wir bald weitersegeln. Nicht, daß ich anderes erwarten würde. Meine Männer und ich finden noch immer, daß man uns übel mitgespielt hat, als wir genötigt wurden, Euch und Eure Frauen übers Meer dem gottverdammten Archon hinterherzufahren, anstatt, wie versprochen, Lohn und Beute zu kassieren. Abgesehen davon... interessiert es Euch wirklich, Hauptmann, *was* ich tue, wenn meine Pflicht Euch und Orissa gegenüber erfüllt ist?«

»Keineswegs, Admiral«, sagte ich. *»Wenn Eure Pflicht erfüllt ist!* Nicht vorher!«

»Dann sind wir wieder Freunde«, sagte er und stieß dieses laute, donnernde Geräusch aus, das als joviales Gelächter gelten sollte.

Doch das war nur ein Beispiel. Der Sarzana verbrachte auch viel Zeit mit Gamelan. Es schien beinah, als sähe ich den einen stets in Gesellschaft des anderen. Ich merkte, wie sehr es mir mißfiel, dann rief ich mich zur Vernunft. Was dachte ich da? War ich vielleicht nur eifersüchtig? Natürlich fand ein großer Geisterseher wie Gamelan mehr Gesprächsstoff in der Gesellschaft eines gleichermaßen begabten Zauberers als bei einer Anfängerin wie mir, die noch weniger von Magie verstand als ein Dorfwahrsager. Doch wuchs in mir eine konkrete Sorge, nachdem ich das Angebot des Sarzana Cholla Yi gegenüber belauscht hatte. Ich wußte, womit er Gamelan köderte.

Schließlich fragte ich Gamelan direkt. Wie stets antwortete der Geisterseher freimütig.

»Natürlich hat der Sarzana versucht, sich meine Unterstützung zu sichern«, sagte er. »Er bietet mir an – sobald er wieder auf seinem Thron sitzt und vollen Zugang zu seinen früheren Dämonen und Destillierkolben hat –, einen mächtigen Zauber gegen die anderen Welten auszusprechen, so daß meine Blindheit, die physische wie die magische, ein Ende hat.«

Eine weitere Frage tauchte auf: »Es scheint, als hätten wir das Schicksal des Sarzana besprochen und uns darauf geeinigt, ihm zu helfen, ohne daß eine derartige Diskussion je stattgefunden hätte. Das riecht nach Zauberei, und ich weiß wirklich nicht, ob mir der Gedanke gefällt, daß ein Zauber in mein Denken eingreift«, sagte ich frei heraus.

»Auch ich habe das gespürt. Er gab zu, daß seine unterbewußten Kräfte möglicherweise eine Projektion geschaffen haben könnten, falls es sich um so etwas handeln sollte. Wie dem auch sei. Ich bezweifle, daß der Mann ausreichend Macht besitzt, uns allen eine solche Meinung aufzuzwingen. Meine Talente mögen momentan außer Kraft sein, aber ich *weiß,* daß unser Verstand Kopf stehen würde, wenn wir spürten, daß von seiner Seite Gefahr droht.«

Ein Gedanke kam und ging, den ich erst später hinterfragte: *Da war es wieder… wieder wußten wir etwas, ohne eine wirkliche Grundlage für diese Annahme zu haben.* Doch bevor ich etwas sagen konnte, fiel mir weit Wichtigeres ein: »Was genau glaubst du, sollen wir für ihn tun, abgesehen davon, daß wir ihn aus seinem Exil befreien?«

»Auch das habe ich ihn gefragt. Er sagte sehr wenig, nur daß wir ihn zu einer Inselgruppe ein Stück weit südwestlich von hier bringen sollten. Diese Inseln gehörten zu seinen ergebensten Anhängern, und er kann sie als Basis und Sammelpunkt nutzen. Allerdings müßte er heimlich zwischen zwei anderen hindurchsegeln, da diese äußeren Konyanischen Inseln nicht nur von groben Barbaren bevölkert, sondern zudem besetzt sind von gepanzerten Schiffen der konyanischen Barone, Lakaien seiner erbittertsten Feinde. Haben wir erst die Inseln seiner Freunde erreicht, können wir weitersegeln, wenn wir wollen. Im Gegenzug wird er eine Versammlung der besten Navigatoren und Kapitäne einberufen. Da diese Leute allesamt berühmte Entdecker sind – zumindest sagt er das –, hofft er, daß wenigstens einer von ihnen in der Lage ist, unseren Heimatkurs zu bestimmen. Außerdem bietet er uns jede magische Hilfe an, die er geben kann. Weiterhin verspricht er uns seine Hilfe in der Frage, ob der Archon noch lebt, und wenn ja, will er seine Zauberer zusammenrufen, damit sie uns in diesem Kampf beistehen.«

Ich überlegte lange. Es sah nicht so aus, als hätten wir die Wahl, und je länger ich überlegte, desto sicherer wurde ich meiner Sache. Wir konnten entweder weiterhin durch fremde, todbringende Meere ziehen, bis wir starben, oder dem Sarzana diesen kleinen Gefallen tun. Und was, so dachte ich, konnte es schon schaden? Nur sehr wenig, dachte ich und erinnerte mich an den großen Respekt, den ich dem Sarzana anfangs entgegengebracht hatte. Wenn es denn Könige geben mußte – und nach allem, was er gesagt hatte, mußte Konya mit fester Hand geführt werden –, konnte es keinen Besseren geben als ihn. Sicher wäre er weit gerechter und barmherziger als jede Verschwörung gieriger, kleiner Höflinge, die das ganze Volk in die niederträchtige Sklaverei der Vergangenheit zwang.

»Danke, Gamelan«, sagte ich schließlich. »Ein weiteres Mal hat deine Weisheit meine Gedankenwelt erweitert.«

Am nächsten Tag, als ich vor dem Abendessen einen Spaziergang unternahm, begegnete ich dem Sarzana. Ich wußte, daß es kein zufälliges Treffen war, und nachdem wir Höflichkeiten ausgetauscht und er gefragt hatte, ob er mich begleiten dürfe, verhielt ich mich ihm gegenüber höchst wohlwollend. Außerdem war ich sehr neugierig, was er mir bieten würde, denn es mochte ein Hinweis darauf sein, wie gut er mich einschätzen konnte. Seine Antwort war tatsächlich treffend.

»Ihr wißt, Hauptmann, daß ich schon mit anderen über Eure Reise gesprochen habe.«

»Ich weiß«, sagte ich.

»Dann wißt Ihr auch, daß ich einigen von ihnen angeboten habe, sie zu beschäftigen. Bei anderen habe ich mich erkundigt, wie ich ihnen auf andere Weise helfen könnte. Ich wünschte, ich könnte dasselbe auch für Euch tun.«

Ich sagte nichts.

»Aber ein solcher Narr bin ich nicht«, fuhr er fort. »Es kommt mir vor, als würde ich Euch gut kennen, Rali Antero, und ich halte Euch für eine der bemerkenswertesten Persönlichkeiten, die mir je begegnet sind. Regieren ist eine schroffe und zynische Betätigung, und ich habe stets geglaubt, daß jeder Mann und jede Frau seinen oder ihren Preis hat. Ihr jedoch beweist, daß es Ausnahmen von der Regel gibt.«

»Da bin ich mir nicht so sicher«, sagte ich etwas säuerlich. »Allerdings weiß ich, daß Komplimente mich noch nie beeindruckt haben.«

»Ich mache keine Komplimente«, sagte er, und er hörte sich an wie ein Mann, der weiß, was er sagt. »Obwohl es vermeintlich diesen Eindruck macht. Nun, was ich sage – und das offenbar nur sehr ungenügend –, ist, daß ich Euch nichts bieten kann, was Ihr nicht schon hättet.«

Ich blieb stehen und sah ihn an. Sicher waren meine Augenbrauen hochgezogen. Was hatte ich denn schon? Ich schlief allein und empfand es als Last. Die Frau, die ich einst geliebt hatte, war verloren und in weiter Ferne, ebenso wie die Handvoll Menschen, die ich »Familie« nennen durfte, von denen wiederum Amalric der einzige war, an dem mir wirklich etwas lag. Geld? Sicher war ich reich, wenn man meinen Anteil an den Ländereien und Besitztümern der Anteros bedachte. Doch hier besaß ich nur meine Waffen, meine Rüstung, ein paar Kleider und das, was sich in meinem Sturmgepäck befand.

Ein Gedanke kam mir. Nein, selbst hier war ich reich, zumindest empfand ich es so. Ich erfreute mich des Respekts, des Gehorsams und in gewisser Weise der Liebe meiner Soldatinnen. Was wollte ich mehr, als ihnen gut zu dienen und mir diese Liebe zu erhalten?

»In der Tat«, fuhr der Sarzana sanftmütig fort. »Wenn Ihr einen Preis habt, edle Kommandantin, übersteigt er alles, was ich Euch zahlen könnte. Deshalb möchte ich *Euch* etwas schuldig sein. Falls ich meinen Thron wieder besteige, möchte ich eine Garde ganz wie die der maranonischen Frauen aufstellen. Ihr Eid wird weder mir noch meinen Nachfahren gelten, falls ich mich je dazu entschließen sollte, solche zu zeugen. Statt dessen wird sie Konya dienen. Ich möchte, daß eine derartige Truppe über den kleinen Nöten und der täglichen Routine steht. Ich glaube, eine solche Einheit wäre ein enormer Stabilisierungsfaktor. Ihre größte Stärke wird vermutlich darin bestehen, daß sie sich selbst die Treue hält, ganz wie Eure Garde es tut.«

»Was meint Ihr damit?«

»Ich meine Männer, die ihr eigenes Geschlecht vorziehen, oder Frauen wie Eure Gardistinnen, oder vielleicht sogar welche, die ein und derselben Sippe entstammen.«

Augenblicklich schäumte ich. »Glaubt Ihr, Sarzana, wir sind, was wir sind, weil wir die einen vögeln und die anderen nicht?«

»Nein, natürlich nicht«, sagte er eilig. »Ich habe Euch gekränkt, ohne es zu wollen. Ich will nur sagen, daß ich nicht weiß, *was* Euch und Eure Gardistinnen zu dem macht, was Ihr seid. Doch irgend etwas tief in meinem Inneren sagt mir, ich sollte es herausfinden. Nicht nur für mich, sondern für ganz Konya. Wir müssen lernen, etwas Größerem als uns selbst zu dienen. Und das ist meine Bitte: Wenn Ihr mit Euren Frauen nach Orissa heimgekehrt seid, wäre es dann möglich, daß ich euch zwei oder drei meiner begabtesten Gesandten und einen oder zwei hochrangige Offiziere, an die ich da denke – falls die Barone sie nicht bereits ermordet haben –, schicke, damit sie etwas Zeit bei Eurer Garde verbringen? Ich warne Euch. In dem Versuch zu verstehen, was Ihr seid, werden sie die denkbar bohrendsten Fragen stellen und mir dieses Wissen dann mitteilen.«

Mein Zorn verrauchte. Der Sarzane lächelte gequält. »Seht Ihr? Nur weil jemand ein Herrscher ist ... oder war ... heißt das nicht, daß er nicht versehentlich jemanden kränken könnte. Vielleicht ist das der Grund, warum wir Könige uns mit so zungenfertigen Stellvertreterinnen umgeben ... damit wir nichts Falsches sagen, was am Ende einen Krieg auslösen könnte. Noch einmal bitte ich Euch um Vergebung, Rali, oder besser: Hauptmann Antero. Mehr habe ich nicht zu sagen. Aber wollt Ihr meinen Wunsch bei Gelegenheit zumindest überdenken?«

Meine Wut war verflogen, und mir wurde ganz warm. Ich sagte nicht ja und auch nicht nein, und nach einigen Minuten erschien einer der Tiermenschen des Sarzana mit einer Meldung, und der Sarzana ging mit ihm.

Ich stand da und sah ihm hinterher. Ein höchst ungewöhnlicher Mann, besonders für einen König. Der Herrscher über ein großes Land, und doch ein Mann, der immer noch fähig war, Fehler zu begehen und sich dieser zu schämen.

Mitten in der Nacht schreckte ich hoch. Es war nichts geschehen, was mich geweckt hätte, doch war ich wach, als hätte ich mehr als die nötigen vier bis fünf Stunden Schlaf, eine scharfe Runde Freiübungen und dazu ein paar Meilen Langlauf hinter mir. Leise zog ich mich an und trat auf die Dorfstraße hinaus. Unentschlossen stand ich einen Augenblick lang da, dann wandte ich mich vom Wasser ab und der langen Treppe zu, die hoch auf das Plateau führte. Ich kam zum Posten und schlich problemlos an der Wache vorbei. Sie war aufmerksam, aber an dem Tag, an dem ich und meine Sergeantinnen oder Offizierinnen nicht mehr verschlagener als unsere Soldatinnen sind, sollten wir lieber daran denken, unsere Schwerter wegzustekken und uns in ein dick wattiertes Zimmer zu verkriechen. Ich widersetzte mich meinen eigenen Befehlen, doch fühlte ich mich mit meinem Schwert an der Hüfte und meinem Dolch sicher genug.

Ich lief die mächtigen Stufen bis zum zweiten Treppenabsatz hinauf, auf dem man wieder unter freiem Himmel stand. Von dort aus konnte man nach Süden sehen, und ich schaute in die Nacht hinaus. Der Mond war kaum eine Sichel, doch die Sterne leuchteten hell genug, daß man deutlich sehen konnte. Dort unten, zu meiner Linken, lag der Hafen, dahinter waren die schwarzen Punkte unserer Schiffe zu erkennen. Jenseits davon lag die Landzunge, an der wir in wenigen Tagen vorbeisegeln würden, den Polarstern im Rücken. Mein Blick wandte sich in diese Richtung. Anfangs war dort nur die Dunkelheit des Meeres, vielleicht noch ein Strich, wo der Horizont Himmel und Erde trennte und die Sterne begannen.

Vielleicht war das, was ich sah, nicht mehr als Nordlicht oder Meeresleuchten. Vielleicht war es eine Vision. Bis heute weiß ich es nicht und halte es für das beste, den Leser und auch dich, Schreiberling, selbst urteilen zu lassen, was das alles zu bedeuten hat. Ich werde mich auf das beschränken, was ich mit eigenen Augen gesehen habe. Ein Feuer flammte auf, niedrig und über den Horizont verteilt, als reisten wir durch eine Wüste und hellerleuchtete Städte wären nur eine Tagesreise entfernt. Doch dann wurden es mehr und mehr, und ich dachte, es müsse sich um die Lichter der Konyanischen Inseln handeln, und der Archipel sei größer, als ich mir vorstellen konnte. Hell und immer heller wurde der Schein, bis es aussah, als stünde er weit höher, als ich mich tatsächlich befand, und überblickte ein Tal.

Die Lichter flammten auf, dann entstand hinter mir, über der Hochebene, eine Finsternis, weit schwärzer als die Nacht, und stürzte sich wie eine gigantische Fledermaus auf das flammende Meer. Sie wirbelte auf und tauchte ab, und dann – das war das seltsamste – fügte sich in diese Finsternis ein noch grellerer Glanz, der von hoch oben kam. Beides verschmolz und fiel herab, als würde ein tropfnasser Umhang über glimmenden Zunder geworfen, dann wurde es schwarz. Nein, meine Erinnerung trügt mich: drei oder vier Lichter flammten auf, als kämpften sie gegen die Dunkelheit, dann waren auch diese verschwunden.

Lange stand ich da und sah nichts mehr. Dann spürte ich eine Brise von See her. Sie war kühl, und ich fragte mich, wieso sie mir nicht schon vorher aufgefallen war.

Ich lief die Treppe hinunter, an der Wache vorbei, und ging zu Bett, doch schlief ich nicht, sondern dachte nur an meine Beobachtung, ohne zu wissen, was sie zu bedeuten hatte. Ich überlegte, ob ich Gamelan fragen sollte, was er davon hielt, ließ es jedoch. Vielleicht flüsterte mir mein Verstand, daß so etwas – war es erst ausgesprochen – bald überall bekannt wäre, und was man im Herzen bewahrt, bleibt sicher ein Geheimnis.

Cholla Yi entschied, daß wir in See stechen sollten. Die Schiffe waren voll verproviantiert, und sowohl die Seeleute als auch meine Gardistinnen so bereit, wie man nur bereit sein konnte. Schließlich hielten wir eine Besprechung bezüglich des Sarzana ab, wenn man etwas derart Kurzes denn so nennen kann. Der größte Teil der Diskussion drehte sich nur noch darum, auf welchem Schiff er segeln sollte. Natürlich beanspruchte Cholla Yi die Ehre für sich. Mir war es egal, abgesehen davon, daß mich ein loses Unbehagen beschlich, angesichts der Vorstellung, daß dieser große Mann, von dem ich kaum behaupten konnte, daß ich ihn gut gekannt hätte, sich mit dem Admiral zusammenschließen würde, aber sofort tadelte ich mich selbst für diese unausgesprochenen Unkereien. Als die Besprechung zu Ende war, gingen wir zum Palast des Sarzana und boten uns ihm offiziell als Eskorte an, meldeten uns freiwillig, ihn in seine Heimat zu begleiten.

Er war überschwenglich, den Tränen nah und tat, als sei er überrascht. Er schwor, wir hätten die bestmögliche Entscheidung getroffen und würden als Retter Konyas in die Geschichte eingehen. Fast fehlten ihm die Worte, und er wußte, daß seine Nachkommen und alle – wahrscheinlich – freiheitsliebenden Völker der ganzen Welt...

Von dieser Stelle an hörte ich nicht mehr zu und sah Gamelan an. Etwas zumindest war auch in diesem Land vertraut. Noch immer hielten Herrscher pathetische Ansprachen, voll großer Worte und großartiger Gesten, Reden, die dauerten und dauerten. Es gab mancherlei Vorstellung davon, welch bemerkenswerte Eigenschaften jemanden für die Garde qualifizierten. Nicht die geringste darunter war mein geheimes Talent... die Fähigkeit, dem größten Narren zu lauschen, während dieser Stunde um Stunde die hohlsten Worthülsen von sich gibt, ohne daß ich auch nur einen Muskel rühre, strahlend und voll scheinbarem Interesse.

Doch endlich gingen dem Sarzana die warmen Worte aus, und er äußerte einen unerwarteten Wunsch: Wäre es wohl möglich, daß er auf demselben Schiff fuhr wie Gamelan? Cholla Yi warf uns einen wütenden Blick zu, und der Sarzana erklärte hastig, er halte es für seine Pflicht, alles dafür zu tun, daß Gamelan seine Kräfte wiederfand, und er wünschte sich, in seiner Nähe zu sein, damit ihre Herzen wie eines schlagen konnten. Außerdem hielt er es für das beste, wenn auch Gamelan sich auf vertrautem Territorium befände, dem Schiff, auf dem er gereist sei, seit er seine Heimat verlassen habe. Danach gab es nicht mehr viel, was Cholla Yi hätte sagen können, und so wurde es vereinbart.

Ich erwartete, daß der Sarzana Kisten, Kästen und Koffer voller Juwelen, Pelze und Zauberbücher einschiffen würde. Doch waren es nur fünf Kisten, und jede davon ließ sich von einem nicht übermäßig kräftigen Burschen heben.

Offensichtlich bemerkte der Sarzana meine Überraschung, denn er lächelte und sagte: »Wenn einem die ganze Welt gehört hat und sie einem genommen wurde, lernt man, was wichtig ist und was nicht. Am besten reist es sich mit leichtem Gepäck.«

In der Nacht, bevor wir segeln sollten, trat Gamelan an den Sarzana heran und erkundigte sich, wann er das Versprechen einlösen wolle, seine Untertanen zu befreien. Ich glaubte, ein kurzes Stirnrunzeln bemerkt zu haben, war mir dann jedoch sicher, daß ich mich getäuscht haben mußte. Der Sarzana lächelte und sagte: »Morgen. Vom Schiff aus.«

Und so geschah es. Unsere Schiffe hatten die Anker gelichtet und rollten in der leichten Dünung des Hafens. Der Sarzana hatte darauf gedrängt, ihm das Vordeck unseres Schiffes freizuhalten, und darauf hatte er acht Fackeln zu einem Achteck aufgestellt. In deren Mitte stand er mit gekrümmten Händen, als trüge er etwas Schweres. Doch war nichts zu sehen. Er begann mit seinem Singsang, seine Worte jedoch waren nicht zu verstehen, und auch als ich später fragte, hätte weder Gamelan noch irgendeiner der Seeleute oder Ruderer verstehen können, was er gesagt hatte.

Ich stöhnte auf, als ich eine Unmenge von Kreaturen die Dorfstraßen vom Plateau her herunterlaufen sah. Anfangs dachte ich, er hätte die Geister der ermordeten Dorfbewohner wachgerufen, doch dann merkte ich, daß ich dort seine Tiermenschen sah. Keiner von uns war sich darüber im klaren gewesen, wie viele davon er erschaffen hatte, owohl wir es hätten wissen müssen, da ein solcher Palast eine große Dienerschaft benötigte. Ich konnte nicht sagen, wie viele es waren. Corais schätzte fünfhundert, Polillo meinte, es seien mehr, Ismet weniger. Die meisten trugen noch die merkwürdigen Hofkleider, in die der Sarzana sie gekleidet hatte.

Der Sarzana setzte seinen Singsang fort und breitete die Arme immer weiter aus, als wüchse das, was er in Händen hielt. Sein Singsang wurde zum Schrei, und die Fackeln flammten auf und funkelten in zahllosen Farben. Über uns segelten Falken, Adler und andere Vögel, die ruhige See schäumte, Delphine und Fische sprangen daraus hervor. Er sprach seinen unsichtbaren Bann, das »Geschenk« der Freiheit, und die Fackeln blitzten und verloschen ohne Rauch. Die Vögel über uns verteilten sich, und die See vor dem Dorf war ruhig und leer.

Doch das Dorf kam nicht zur Ruhe. Die Tiermenschen waren außer sich. Sie zerrissen und zerfetzten ihre Kleider, bis sie nackt waren, falls Tiere jemals nackt sein können.

Polillo stand neben mir und flüsterte: »Die Diener des Sarzana waren vielleicht doch nicht die fröhlichen Freiwilligen, hm? Die sehen ziemlich undankbar aus, wenn du mich fragst.«

Ich hörte ein Kichern von Corais. »Schlimmer als die Ausmusterungsfeier nach Kriegsende.«

Ich nehme an, ich hätte sie zurechtweisen sollen, doch tat ich es nicht. Ich erinnerte mich daran, daß der Sarzana uns von den Zaubersprüchen erzählt hatte, mit denen er »die Grundlagen geschaffen« habe, und danach, daß er uns gesagt hatte, wie dankbar diese Wesen ihm seien.

Niemand, weder Tier noch Mensch, ist dankbar für Ketten, wie hübsch diese auch sein mögen.

Der Wind wehte frisch von achtern, und es blieb uns erspart, die Landzunge rudernd zu passieren. Als unser Schiff von den ersten Wogen des Meeres erfaßt wurde, sich den Göttern des Meeres hingab und ich die reine Salzluft atmete, bemerkten wir etwas Seltsames: Quer zu unserem Kurs trieb ein Schwarm von Schwänen von einer Landzunge zur anderen. Sie schwammen zügig, weiße Vögel zwischen dem weißen Schaum der Wellen.

»Wenn das kein gutes Omen ist«, hörte ich einen Seemann sagen. »Die Reise wird uns Glück bringen und in die Heimat führen.«

Ich merkte, wie ich die Finger kreuzte, und spürte, wie das dunkle Zögern, das in den letzten Tagen herangereift war, verflog.

Fast zwei Wochen segelten wir unter sonnigem Himmel bei günstigen Winden nach Süd bis Südwest. Nicht nur die Segelbedingungen waren gut, sondern wir alle – erfrischt von unserer Zeit an Land – waren fröhlicher und williger bei der Arbeit, Seeleute ebenso wie Gardistinnen.

Am fünfzehnten Tag nach unserer Abreise von Tristan kam erstmals Land in Sicht. Kurz nach dem Abendessen wurde ich an Deck gerufen, als ich eben einigen der neueren Soldatinnen erklärte, wie die Umwicklung an Armbrüsten zu erneuern wäre. Ohne Rücksicht auf Förmlichkeiten stürmten wir an Deck, wollten dringend sehen, was für ein Land uns dort erwartete. Ich sorgte dafür, daß meine Gardistinnen hinter vorgehaltener Hand erfuhren, was der Sarzana Gamelan erklärt hatte. Wir segelten in feindlichem Gebiet und mußten auf alles vorbereitet sein.

Direkt vor uns erhob sich eine Insel aus dem Meer. Den ganzen Tag über hatte dichter Nebel geherrscht, und wir waren nah herangesegelt, bis der Nebel verflog und wir sie sahen. Der Sarzana stand bereits bei Stryker auf dem Achterdeck. Ich gesellte mich zu ihm.

»Es ist eine von drei Inseln«, erklärte er mir. »Ich bin nicht sicher, welche genau, aber das ist auch egal. Auf allen befinden sich Garnisonen der Barone, und auch die Eingeborenen sind von üblem Wesen. Unser Kurs ist genau so, wie ich ihn mir wünsche.«

Dann sagte er: »Kapitän Stryker, würdet Ihr wohl Signale an die anderen Schiffe geben, daß man sich versammeln möge?«

Flaggen flatterten, und die anderen Schiffe kamen heran, um zu hören, was der Sarzana wünschte. Seine Stimme war magisch verstärkt, doch fehlte ihr der hallende, trompetenartige Klang, den solcher Zauber für gewöhnlich mit sich bringt. Statt dessen war sie weich, besänftigend und persönlich, als stünde er direkt neben jedem und jeder einzelnen. Seine Anweisung lautete, alle Segel festzumachen, und zu beten, daß wir nicht gesehen würden, besonders nicht von einem Schiff.

Ich trat an die Heckreling und beobachtete, wie die bucklig wirkende Insel verschwand, während wir weitersegelten. Graugrün, dräuend und vom Dschungel überwuchert, sah sie tatsächlich bedrohend aus.

In den nächsten drei Tagen segelten wir, als würden wir verfolgt. Der Sarzana hatte einen Windzauber gesprochen, der uns helfen sollte, fürchtete sich jedoch – so zumindest erklärte es mir Kapitän Stryker –, einen Schlechtwetterzauber zu sprechen, hinter dem wir uns hätten verstecken können, weil er verhindern wollte, daß sein Bann von den Zauberern der Barone »gehört« würde.

Der Sarzana hatte seine Gewohnheiten umgestellt. Inzwischen blieb er in der Kajüte, die Stryker ihm geräumt hatte, und wenn er an Deck erschien, machte er mit seinem Verhalten überdeutlich, daß er keine Gesellschaft suchte, wenn es nicht wirklich dringlich war.

Inseln tauchten vor uns auf und verschwanden wieder. Manche waren bergig wie jene erste. Andere waren nur nackte Felsen, die aus donnernder Brandung aufragten. Wieder andere waren von sattestem Grün, und bei Nacht sahen wir funkelnde Lichter von Dörfern. Ich fragte mich, wie lange es wohl dauern würde, bis man uns entdeckte. Doch nichts geschah.

Ich versuchte, mich mit Studien der Notizen zu beschäftigen, die ich über Gamelans Unterricht angelegt hatte. Doch immer, wenn ich mich auf die Magie konzentrieren wollte, schien meine Aufmerksamkeit zu verschwinden, und ich ertappte mich dabei, wie ich gähnte und das Interesse verlor. Und wenn wir unseren Unterricht fortsetzen wollten, schien es stets entweder mir oder Gamelan zeitlich nicht zu passen.

Ich beschäftigte mich mit Übungen und damit, meinen Frauen keine Gelegenheit zur Verweichlichung zu lassen. Ich wies die Sergeantinnen und Offizierinnen auf den anderen Schiffen an, ein ebensolches Regime zu führen. Das Problem bestand darin, zu verhindern, daß eine Übung entnervend monoton wurde. Für mich selbst und alle Interessierten stellte ich eine Mittagsübung zusammen, die darin gipfelte, daß wir ein Tau hinaufkletterten, welches in Abständen mit Knoten versehen war und vom Deck ganz nach oben führte, wo die Rah den Fockmast kreuzte. Von dort sollte man zu einem anderen Tau hinüberschwingen, das bis zum Deck hinunterhing, mit Schlaufen im Abstand von zwei Fuß. Dieses durfte man nur unter Zuhilfenahme der Hände hinaufklettern. Fünfmal die Runde, und es tat einem zuviel weh, als daß Langeweile aufgekommen wäre.

Zusammengesunken saß ich am Mast, keuchte nach zwei Runden über meine schreckliche Erfindung und beobachtete eine Gruppe von Seeleuten gleich unter mir auf dem Hauptdeck. Sie hatten eine Harpune an ein Seil gebunden und hofften, einen der Fische aufspießen zu können, die immer wieder vor unserem Bug aus dem Wasser sprangen.

Ich bemerkte, daß der Sarzana an Deck war, und auch er war neugierig geworden und ging nach vorn.

Seeleute, das ist mir aufgefallen, haben keinen sonderlichen Respekt vor anderen als ihresgleichen, besonders nicht vor hochrangigen Landratten, egal, wie mächtig diese auch sein mögen.

Ein solcher Seemann tippte sich mit einem Knöchel seiner Hand an die Stirn zum beiläufigsten Gruß, den ich je gesehen hatte, und sagte: »Lord, wir sind beim Fischen, und die Viecher spielen nicht mit. Man sagt, Ihr wäret Fischer gewesen, früher mal. Oder jedenfalls ein Herr der Fischer und ein Zaubermann. Würde es Euch was ausmachen, etwas die Hände zu verdrehen und ein paar Worte zu sagen, die Viecher in unsere Richtung zu schicken?«

Der Sarzana sah den Seemann an, und seine Miene wurde hart und kalt. »Dafür habe ich keine Zeit. Ebensowenig wie für Euch.« Damit kehrte er zum Heck zurück.

Die Seeleute sahen ihm nach. Der Mann, der gesprochen hatte spuckte über die Reling. »Na, der hat es uns aber gegeben, Jungs. Für den sind wir wohl nur Schifferscheiße. Und die nicht mal sonderlich dickflüssig.«

»Vielleicht hat er seinen Fischzauber vergessen«, sagte ein anderer Mann. »Oder vielleicht hat er nie einen gekannt. Wäre nicht der erste, der behauptet, er versteht was vom Meereszauber, und sich dann hastig mit freundlichen Worten zurückzieht, sobald man ihm den Rücken zudreht.«

Sie bemerkten mich und schwiegen. Ich dachte darüber nach, dann verdrängte ich die ganze Szene. Selbst jemand, der vorgab, sich für das gemeine Volk zu interessieren, wie der Sarzana es tat, durfte sich Freiheiten herausnehmen, wenn er der Ansicht war, an diesem Tag sollten ihn nur himmlische Wesen ansprechen. Aber dennoch hatte sich dieser Mann auf Tristan alle Mühe gegeben, jedem gegenüber ungemein höflich und interessiert zu wirken.

Zwei Tage später geschah etwas noch Ungewöhnlicheres, obwohl ich das damals nicht so auffaßte. Ich hatte nach dem Essen an der Heckreling gestanden und überlegt, wie, zum Teufel, es unser Koch schaffte, einen simplen Eintopf aus gesalzenem Dorsch, Krabben, die wir am Heck mit Netzen fingen, Limonen und verschiedenen Gemüsen in etwas zu verwandeln, das wie hochseetüchtiger Kleister schmeckte. Ich hörte Stiefel auf der Kajütstreppe und sah, daß der Sarzana das Achterdeck betrat. Der Mann am Ruder schenkte ihm keinerlei Beachtung, hielt den Blick starr auf jenen Stern gerichtet, den er mit unserem Bug während seiner Wache anpeilen sollte.

Eine Weile unterhielten wir uns oberflächlich über verschiedenes. Dann wurde die Miene des Sarzana ernst. »Hauptmann Antero, darf ich etwas ansprechen, was in gewisser Weise unangenehm ist, wenn es auch – die Götter seien gepriesen – keine ernsten Folgen hatte?« Ich nickte. »Ihr erinnert Euch an den Angriff auf Eure Ordonnanz?«

Wie hätte ich so etwas vergessen können?

»Ihr erinnert Euch, daß ich damals sagte, ich wüßte nicht, wie es geschehen sein könne, ob es einen Dämon der Insel gäbe, der Eure Offizierin begehrt hätte? Nun, ich habe mich zu früh dazu geäußert, denn heute nachmittag erinnerte ich mich plötzlich an die ersten Tage nach meiner Ankunft auf der Insel, als deren Bewohner sich noch frei äußern durften.

Ich erinnere mich an ein junges Mädchen, das sich entschlossen hatte, meine persönliche Bettdienerin zu werden. Vielleicht erhoffte sie sich davon noch etwas anderes. Ich weiß es nicht, aber mit Sicherheit wäre sie enttäuscht gewesen. Ein Mann, dem die ganze Welt genommen wurde, hat wenig Interesse an fleischlichen Dingen. In jedem Fall blieb sie eines Abends lange, um dafür zu sorgen, daß meine Bettwäsche sorgfältig gefaltet und verstaut war. Ich befand mich in einem anderen Teil des Gebäudes und wußte nicht, daß sie noch da war.

Der konyanische Offizier, der mich bewachte, kam zu mir und sagte, draußen stehe ein besorgter Mann, der nach seiner Tochter suche. Es war der Vater des jungen Mädchens. Bald fanden wir sie, und ich dachte, der Dörfler werde in Tränen ausbrechen. Statt dessen schlug er seine Tochter und sagte, sie dürfe sich nie, nie wieder nach Einbruch der Dunkelheit dort oben auf dem Plateau aufhalten. Schluchzend rannte sie aus dem Palast. Bevor der Vater ihr folgen konnte, hielt ich ihn auf und erklärte ihm, daß ihr von meiner Seite keinerlei Gefahr drohe. Ich bezweifelte auch, daß die konyanischen Soldaten so etwas wie eine Vergewaltigung im Sinn hätten. Es gab mehr als genügend Mädchen, die ihnen dienlich waren. Er sagte, er sorge sich weder meinetwegen noch wegen der Soldaten. Wenn sie mit einem von ihnen ins Bett steigen wolle, so sei das ihre Sache. Oder mit mir, falls sie ihr Augenmerk auf einen hohen Herrn gerichtet habe, sagte er, und ich merkte, daß er eine solche Verbindung nur zu gern gefördert hätte.

Es sei der Alte Mann, sagte er. Ich bat ihn, mir mehr davon zu erzählen. Er sagte, jede Frau auf der Insel – besonders jede Jungfrau –, die sich bei Nacht draußen aufhielt, oder schlimmer noch, so unklug war, allein draußen zu nächtigen, laufe Gefahr, von ihm bedrängt zu werden. Erst komme er im Traum zu ihr, dann, wenn sie erwachte, erschreckend real. Die Frau, die er bedränge, werde seine Umarmung erst begrüßen, dann jedoch, je wütender und blutiger die Paarung wurde, versuchen, sich des Monstrums zu erwehren. Doch gebe es keine Hoffnung. Wenn der Morgen graue, sei nur noch ein zerfetzter Leib übrig. Er hatte schon befürchtet, seiner Tochter wäre so etwas zugestoßen.

Ich erklärte dem Mann, er müsse sich keine Sorgen machen. Meine Zauberkraft sei stark genug, jeden zu schützen, der mir diene. Offenbar ist der Alte Mann, nach allem, was Eurer Ordonnanz zugestoßen ist, mehr als nur eine Legende.« Die Miene des Sarzana nahm reumütige Züge an. »Außerdem war das Netz der Zauberkraft um meinen Palast wohl nicht so stark, wie ich angenommen hatte, besonders gegen Elementargeister wie diesen Dämon.«

Ich wartete, doch der Sarzana hatte offenbar alles gesagt, was er hatte sagen wollen. »Danke«, sagte ich. »Aber warum erzählt Ihr mir jetzt davon? Der Vorfall liegt schon etwas zurück, und ich hoffe, Corais hat ihn inzwischen vergessen können oder ihn zumindest in eine hintere Ecke ihrer Erinnerung verdrängt.«

Der Sarzana warf mir einen eigenartigen Blick zu, dann sagte er: »Um ehrlich zu sein, ich wollte sicherstellen, daß man keinen meiner Diener einer solchen Untat für fähig erachtet, selbst wenn sie inzwischen frei sind und viele Tagesreisen hinter uns liegen.«

Ich wollte eben etwas sagen, hielt es jedoch für klüger, ihm nur dafür zu danken, daß er sich an diese Geschichte erinnert hatte, und ihm zu versichern, daß alles, was in der Vergangenheit geschehen war, auch dort bleiben sollte.

Nach einigen weiteren Belanglosigkeiten wünschte er mir eine gute Nacht und ging nach unten.

Zwei Abende später kam die zweite Inselgruppe in Sicht, auf der, wie der Sarzana sagte, seine unerbittlichsten Feinde lebten. Diese Inseln waren größer, und anstelle des dunklen Dschungelgrüns sah man hier das helle Grün von Feldern und Gärten. Von jetzt an, sagte er, bis wir wieder offene See erreicht hätten, sollten wir nur bei Nacht segeln und mit der Flotte bei Tag den Schutz unbewohnter Inseln aufsuchen. Er wollte es riskieren, wenn möglich, Nebelbänke herbeizuzaubern. Wir fügten uns seinen Wünschen. Während wir bei Nacht immer tiefer ins Zentrum der Inselgruppe fuhren, wurde deutlich, daß diese Inseln weit zivilisierter waren als die ersten. Jedes Eiland leuchtete von einem Ende zum anderen, und oft sahen wir durchgehende Lichterketten, die auf Straßen hindeuteten.

Vielleicht hätten wir uns fürchten sollen, aber ich glaube, die meisten Männer und Frauen auf unseren Schiffen teilten meine Schwermut. Waren wir dazu verdammt, auf ewig heimlich in der Dunkelheit an bewohnten Inseln vorbeizusegeln, auf denen Männer und Frauen ihr Leben in Frieden und Überfluß verbrachten, egal welchem Herrn oder welchen Herren sie zu Lehen verpflichtet sein mochten? Wann würden wir Orissa je wiedersehen?

Der Sarzana versprach uns, wir würden seine Inseln noch in dieser Woche erreichen, vielleicht eher, wenn der Wind zunahm. Dann hätten die Heimlichkeiten ein Ende und wir müßten uns nicht mehr wie seefahrende Diebe fühlen.

Wir beteten, er möge recht behalten.

Die meisten Menschen wissen, wie es ist, in den Stunden vor dem Morgengrauen wach zu liegen, wenn in der Seele nichts als tiefe, unendliche Finsternis ist. Es ist die Zeit, in der wir glauben, niemand hätte uns je geliebt, unser Leben sei nur ein sinnloser Kampf gegen das Nichts, unser Ende würde unschön sein und wir selbst schon bald vergessen.

So erging es mir. Ich habe noch nie ein anderes Mittel gegen solche Gedanken gekannt, als mir vor Augen zu führen, daß ich so etwas auch schon früher durchgemacht habe und es nicht das letzte Mal sein wird.

Trübe Bilder zogen an mir vorüber. Ich war eine inkompetente Frau und Offizierin; jene, die vorgaben, mir freudig zu folgen, lachten insgeheim; nichts von alledem, was ich in meine Hände nahm, würde je gedeihen ... das übliche Grauen. Ich zwang mich, an etwas anderes zu denken: Meine Familie. Mein Bruder Amalric. Meine Mutter Emilie. Selbst die Pantherfrau, nach der man mich genannt hatte. Ich spürte, wie die trüben Bilder verblaßten und verschwanden. Ich seufzte, wohl wissend, daß die Niedergeschlagenheit vergehen und ich bald schlafen würde.

Mein Verstand war klar, so klar wie eine kristallene Quelle, so klar wie ein geschliffener Edelstein. Mir fiel ein, was der Sarzana am Abend zuvor gesagt hatte, und ich mußte daran denken, was eine der besten Möglichkeiten war, herauszufinden, welche meiner Frauen sich eines kleinen Vergehens schuldig gemacht hatte: Verdächtige diejenige, die sich am ausschweifendsten erklärt. Dann wieder warf die Verwirrung ihren Umhang über mich, doch kämpfte ich dagegen an. Ich erinnerte mich der plötzlichen Klarheit und kämpfte darum, sie wieder wachzurufen. Und ich erinnerte mich.

Ich erinnerte mich an den Alten Mann. Ich erinnerte mich an etwas, das ich gehört oder gelesen hatte. Es mochte sein, daß meine Mutter es mir erzählt hatte, obwohl ich bezweifelte, daß ich alt genug dafür gewesen war. Vielleicht war es eine Geschichte, die eine andere Soldatin weitergegeben hatte ... genau! Ich hatte es gehört, seltsamerweise sogar mehrmals, einmal von einer Kameradin, dann von einer alten Dorfhexe, die meiner Patrouille beigestanden hatte, als wir Banditen in die Hügel verfolgten. Zwei Legenden von Leuten aus sehr unterschiedlichen Gegenden, die einander nie gekannt haben konnten. Deutlich erinnerte ich mich ... beide Legenden berichteten *nicht* von einem Alten Mann, sondern von einer Frau. Man nannte sie die Alte Hexe, und sie kam zu einem Mann und nahm ihm alle Kraft, ließ am Morgen nur die leere Hülle zurück. Niemand war dagegen gefeit, es sei denn ... er hätte ein Schwert. Blanker Stahl hielt sie ab und vertrieb sie.

Ich erinnerte mich, daß Corais gesagt hatte, sie sei mit einem

Schwert in der Hand erwacht, und wußte, daß sie – außer in der Kaserne – stets eines neben ihrem Bett hatte.

Ich dachte über die Geschichte des Sarzana nach und überlegte finster, *warum* er sie mir erzählt hatte.

Plötzlich schlugen meine Gedanken einen anderen Weg ein… die wütende Reaktion des Sarzana, als man ihn um einen Fischzauber bat und der Seemann sagte, vielleicht wisse er gar keinen. Ich dachte an Gamelans Eifer und seine Freude daran, einen Fisch unter dem Eis hervorzuziehen, und wie unbeholfen der Sarzana beim Waten durch die Brandung ausgesehen hatte, als seine Delphine für uns fischten – einem Mann, der an der See aufgewachsen war, höchst unähnlich.

All diese Gedanken waren ungeborene Findelkinder, verglichen mit dem, der darauf folgte: von dem Augenblick an, als Tristan in Sicht gekommen war, bis zu unserer Abreise, hatten wir uns alle einigermaßen sicher und zufrieden gefühlt. Doch hatten wir ein leeres Dorf gesehen, blutbesudelte Häuser, eine Kaserne als Leichenhaus, Tiermenschen, die auf Menschenkochen spielten und mehr.

Was für Narren wir doch waren!

Schlimmer noch, hatten wir einen König der Zauberer getroffen, der uns erklärte, böse Menschen hätten ihn ins Exil geschickt. Natürlich. Es machte Sinn. Wir *alle* hatten schon von Zauberern gehört, deren Macht so weit reichte, daß sie Wesen aus den Toten erschaffen konnten und diese Macht selbstlos einsetzten. Wir alle waren mit Königen vertraut, die niemandem Antwort schuldig waren, und wie grenzenlos wohltätig sie sein konnten. Wie konnten wir darum auch nur im Traum daran denken, daß ein solcher Zauberkönig, wie wir ihn getroffen hatten, etwas anderes als ein Heiliger war? Nie im Leben konnte der Sarzana den Archonten ähnlich sein.

Narren! Narren und schlimmeres.

Unbekümmert hatten wir uns einspannen lassen, diesen Mann, den eine ganze Gruppe von Inselnationen vertrieben hatte, mitzunehmen und ihm zu helfen, seinen Thron zurückzuerobern.

Nein. Wir *wußten* … wir *spürten* … wir *dachten* … wir *wußten*, bei den Göttern, wir *wußten* es.

Ich verstand, warum der Sarzana es vorgezogen hatte, auf unserem Schiff zu segeln. Es war das einzige, auf dem sich ein Geisterseher mit seiner Elevin befand, wie vorübergehend hilflos Gamelan auch sein mochte. Das war der Grund, warum meine Studien der Magie und jeder weitere Unterricht bei Gamelan seit unserer Abreise von Tristan keine Fortschritte gemacht hatte. Der Sarzana wollte mit kleinen Zaubersprüchen nicht seinen eigenen, großen Bann verderben.

Die Nacht um mich herum war rot geworden, sowohl aus Wut als auch aus Scham für meine Dummheit, für unser aller Idiotie.

Ich rollte mich aus der Hängematte und zog mich an. Ich ging zur Kajütstreppe, unsicher, was ich tun sollte. In Gedanken legte ich mir einen Plan zurecht. Leise wollte ich Gamelan wecken und ihm sagen, was ich dachte. Vielleich machte ich mich zur Idiotin, vielleicht plagten mich nur finstere Gedanken. Nein! Das hier war die Wirklichkeit, nicht diese glückseligen, rosafarbenen Wolken, durch die wir getrieben waren, seit wir die Insel des Sarzana erreicht hatten. Ich kehrte um und holte mein Schwert. Ich weiß nicht warum, aber ich spürte, daß ich es noch vor dem Morgengrauen brauchen würde. Da hörte ich einen leisen Schrei von Deck her, einen Schlag, knarrende Taue und ein Platschen.

Wie ein Pfeil schoß ich nach oben, die Klinge in der Hand, und stürzte an Deck. Alles war still, alles war wieder ruhig. Vorn sah ich zwei Männer am Ausguck, die hinaus in die Nacht stierten. Mittschiffs drehten meine beiden Wachen aufmerksam ihre Runden, wo meine Frauen an Deck schliefen. Keine von ihnen bemerkte mich, und mir wurde klar, daß sie verzaubert waren.

Nichts bewegte sich auf dem Achterdeck. Keine Spur vom Steuermann, keine Spur vom Maat, der Wache hätte haben sollen. Wir waren vom Kurs abgekommen, und an der Schlangenlinie unseres Kielwassers merkte ich, daß niemand am Ruder stand.

Ich rannte die Leiter hinauf. Der Mann, der das Schiff hätte steuern sollen, saß gegen die Ruderpinne gelehnt. Die Beine waren weit gespreitzt, und er lallte wie betrunken. Ich roch keinen Wein in seinem Atem, doch brabbelte er mit überlautem Flüstern, und seine Augen glänzten, als hätte er schweren Wein getrunken oder Entsetzliches gesehen. Gleich hinter ihm, alle viere von sich, lag der dicke Wanst Klisura, der Navigator, auf dem Bauch. Sein eigener Dolch, der lange Stahl, den er so liebte, war tief in seinen Rücken getrieben und nagelte ihn ans Deck. Hinter ihm baumelten die Seile, an denen Kapitän Strykers Boot hätte hängen sollen, draußen vor der Reling. Jetzt hingen sie bis zum Wasser hinab, und das Boot war fort. Ich fluchte, dann rief ich laut nach der Garde und der Wache auf dem Hauptdeck.

Ich wußte genau, was geschehen war: Klisura und der Steuermann waren mit Zauberkraft gezwungen worden, das Boot herunterzulassen. Irgendwie hatte Klisura die Kraft gefunden, sich zu wehren, und war ermordet worden. Und der Mörder war mit dem Boot entkommen.

Ich sah mich um, entdeckte weitere Inseln, aber keine Spur des Bootes.

Männer und Frauen schreckten aus tiefem Schlaf, sowohl an Deck als auch ganz unten. Ich stieg die Leiter hinab, schenkte dem Geplapper keine Beachtung und stürzte geradewegs in eine der Kajüten.

Sie war leer. Der Sarzana war fort.

Und in diesem Augenblick war der Bann für uns alle gebrochen.

Kapitel Fünfzehn

Die Würfel der Giganten

Wie man sich vielleicht vorstellen kann, war das darauf folgende Treffen bitter. Mit Laternen hatten wir Cholla Yis Flaggschiff und den anderen signalisiert, was geschehen war, und ein Treffen der Kapitäne im Morgengrauen einberufen. Es war reines Glück, daß sich im ersten Licht des Tages eine flache sandbankartige Insel in etwa einer Viertelmeile Entfernung fand. Das war ideal. Die Konferenz sollte den Kapitänen vorbehalten bleiben, und es mußte ausgeschlossen sein, daß man uns belauschte, da dieses Treffen sicher laut werden würde. Und so war es dann auch.

Jedes Schiff schickte seinen Kapität und den Navigator. Wir mußten eines der großen Beiboote nehmen; nicht nur, weil die kleine Gig gestohlen war, sondern auch, weil ich es für notwenig erachtete, daß sowohl Corais als auch Polillo – neben Gamelan, Stryker und Duban, der vom Rudermeister in Klisuras Stellung befördert worden war – anwesend wären. Duban, der mir in dieser Rolle besser gefiel, als wenn er die Ruderer wie Sklaven anschrie, fragte sofort, warum es nötig sei, daß *drei* Frauen mitkamen, zumal zwei davon im Rang nicht höher stünden als ein Maat. Ich antwortete nicht, denn jede Erklärung wäre einer Beleidigung gleichgekommen. Bei einer Beratung mit diesen Piraten wollte ich mindestens zwei Leute hinter mir wissen, denen ich vertrauen konnte.

Stryker murmelte ständig laut vor sich hin, er könne nicht fassen, was geschehen war. Wie, bei allen Feuern der Hölle, hatte es passieren können, daß der Zauber des Sarzana uns alle überwältigt hatte? Gamelan erinnerte Stryker daran, daß er selbst schon größeren Zauber gesehen habe: die Mauer, die eilends um Lycanth errichtet worden war, oder den letzten Bann des Archon, der uns in diese fremden Meere verschlagen hatte.

»Das ist was anderes«, sagte Stryker. »Vulkane… Mauern… aber nicht so was wie das hier. Einer von uns hätte es sehen müssen, verdammt! Mir scheint, es hätte einen Augenblick geben müssen, an dem jemand, irgend jemand etwas gemerkt hat!«

»Es gab einen solchen Augenblick«, sagte Gamelan leise. »Hauptmann Antero war damit gesegnet.«

Stryker nickte finster. »Schätze, das ist wohl besser als nichts. Ich will gar nicht daran denken, was passiert wäre, wenn keiner was gemerkt hätte und wir mitten in weiß der Teufel was gesegelt wären. Und ich wünschte, sie hätte das Licht drüben auf dieser verdammten Insel gesehen.«

Natürlich brach der erwartete Sturm los, nachdem ich Einzelheiten der Flucht des Sarzana berichtet hatte. Cholla Yi schwankte zwischen Zorn und großen Tönen, weil Gamelan und ich versagt hatten. Ich wies darauf hin, daß niemand hinsichtlich des Sarzana sonderlich weitsichtig gewesen sei, was den Piraten nur noch lauter brüllen ließ:

»Na und? Von *uns* hat keiner magische Fähigkeiten vorgetäuscht! Von *uns* hat keiner auch nur annähernd soviel Zeit in der Gesellschaft dieses verfluchten Heuchlers verbracht wie Ihr zwei. Von *uns*…«

Gamelan unterbrach: »Was Ihr sagt, trifft zu, Admiral. Doch die Vergangenheit ist gefangen im Bernstein. Was geschehen ist, ist geschehen. Mir scheint, wir sollten unsere Zeit lieber damit zubringen herauszufinden, was als nächstes geschehen soll.«

»Als nächstes?« sagte Stryker beinah flüsternd. »Wie können wir etwas planen, hier auf fremden Meeren, wenn wir wissen, daß wir einen Dämon losgelassen haben? Woher sollen wir wissen, was der Sarzana mit uns vorhat, wenn er erst die Ufer seiner Verbündeten erreicht? Wird er eine Art Bann sprechen, damit keiner weiß, daß er entkommen ist? Tote haben starre Zungen.«

»Ich glaube kaum, daß ihn das kümmern wird«, sagte Gamelan.

»Um so schlimmer«, knurrte Duban. »Ich frage mich, wie lange es dauert, bis jemand merkt, wie er von Tristan entkommen ist, und dann den versenken will, der ihn befreit hat.«

Gemurmel von den anderen Kapitänen war zu hören. Einer von ihnen, Meduduth, platzte wutschnaubend heraus: »Diese gottverdammte Reise wird uns noch allen zum Verhängnis werden! Wir hätten diesen schwachsinnigen Auftrag gar nicht erst annehmen sollen! Wir hätten in Lycanth bleiben und unser Gold verlangen sollen, egal, was die verfluchten Orissaner und ihre perversen Weiber wollen!«

Stahl kam flüsternd aus der Scheide, und Corais fegte über den Sand. Meduduth heulte auf und wich zurück, doch die Spitze ihres Schwerts war schon an seiner Kehle. Weitere Hände griffen nach den Klingen, und Polillo und ich hatten die unseren schon halb gezogen.

»Ein Wort noch«, sagte Corais angespannt, »ein Wort noch, Schweinehund, und es war dein letztes.«

»Halt!« rief ich, und Corais kam zu sich und trat zurück, doch ließ sie die Klinge nicht sinken. »Dafür haben wir keine Zeit! Der Sarzana läuft frei herum, und es ist unsere Schuld. Wie Gamelan schon sagte: Was jetzt? Was schlagt Ihr vor?« Corais beruhigte sich, schob ihr Schwert zurück und trat neben mich. Doch ihr Blick blieb auf den Kapitän gerichtet.

Absichtlich hatte ich die Aufmerksamkeit wieder auf Cholla Yi gelenkt. Wenn er Führungstalente besaß, die über reine Schikane und Brutalität hinausgingen, sollte er sie jetzt lieber zeigen. Schließlich zwang er sich zur Ruhe und holte tief Luft. Ich wußte, daß er wütender war als jeder andere von uns, nicht nur, weil sich alle Schurken stets für perfekte Menschenkenner halten – obwohl sie meist am leichtesten zu narren sind –, sondern auch, weil er auf die Einladung des Sarzana gezählt hatte, sich für Beute und Gold dessen Banner zu unterstellen. Cholla Yi knurrte und zupfte an seinem Bart herum, doch während er überlegte, wich das Rot von seinen Wangen.

»Ich sehe nichts Gutes«, gestand er schließlich. »Keine glänzenden Strategien eröffnen sich mir, bis auf eine, und die will ich nicht nennen, da sie kaum wert ist, verlacht zu werden.«

»Niemand wird lachen«, sagte ich. »Anscheinend sind wir alle gleichermaßen Narren.«

»Also gut«, sagte der Admiral. »Das einzige, was mir einfällt, ist folgendes: Wie stehen die Chancen, daß der Sarzana es sicher bis ans Ufer schafft, auf eine freundlich gesonnene Insel? Wenn das, was Ihr sagt, stimmt, Hauptmann Antero, und Euer Mißtrauen ihm Signale gesandt hat – wenn ich mich auch frage, wie, um alles in der Welt, ausgerechnet Ihr es geschafft habt, seinem Zauber zu entkommen –, muß er überstürzt gehandelt haben, was darauf hindeutet, daß er sein Ziel vielleicht noch nicht erreicht hat. Vielleicht ist er im Windschatten einer Insel gestrandet, oder besser noch, bei Kannibalen.« Cholla Yi gab sich alle Mühe, hoffnungsfroh zu wirken, was ihm mißlang.

»Verdammt zweifelhaft«, warf Kidai, einer der anderen Kapitäne, ein. »Ich habe noch nie einen Halunken getroffen, dem etwas derart Passendes zugestoßen wäre.«

Cholla Yi nickte bekräftigend. »Vielleicht könntet ihr, Hauptmann Antero, mit Gamelans Hilfe einen Zauber vorbereiten und feststellen, ob oder ob nicht...« Seine Stimme erstarb. »Nein. Ich habe nicht nachgedacht. Selbst ich weiß, das hieße, einen Leuchtturm im Nebel anzuzünden. Vergeßt, daß ich davon angefangen habe. Tun wir besser nichts, was die Aufmerksamkeit des Dämons erregen könnte.« Wieder dachte er nach, dann hellte sich seine Miene auf. »Vielleicht stelle ich die Lage allzu übel dar«, sagte er. »Vielleicht kommt nicht heraus, daß wir diese Plage losgelassen haben, bis wir auf Heimatkurs sind.«

Gamelan schüttelte den Kopf. »Ich wünschte, ich könnte Eure Hoffnung stützen, Admiral. Doch das ist höchst unwahrscheinlich. Wir müssen davon ausgehen, daß Konya Zauberer besitzt, die ebenso mächtig wie der Sarzana sind, denn sie waren in der Lage, ihn zu stürzen. Wenn jemand mit solcher Macht plötzlich wieder auftaucht, wird mancher Zauber gesprochen, und sie alle werden versuchen herauszufinden, wie er seine Ketten gesprengt hat. Nein, wir können kaum erwarten, daß man uns die Schuld dafür nicht gibt, zumindest nicht sehr lange.«

»Angenommen, wir würden jetzt umkehren«, warf Polillo ein. »Könnten wir auf Tristan neuen Proviant an Bord nehmen und dann nach Osten segeln, in vertraute Gewässer? Vielleicht etwas südlich, in der Hoffnung, dieses Riff zu umfahren und auf bekanntes Land zu stoßen, Jeypur oder vielleicht Laosia, dessen Küste wir bis nach Orissa folgen könnten?«

Sowohl Stryker als auch Gamelan wollten etwas einwenden, doch Gamelan bot mit einer Geste an, der Kapitän solle zuerst sprechen.

»Das Risiko würde ich nicht eingehen wollen«, sagte er. »Ihr könnt Euch denken, daß es eine verdammt lange Fahrt wäre. Auf Meeren, von denen wir nicht halb soviel verstehen wie eine kleine Hure, die zum allerersten Mal Gold in Händen hält. Wenn wir Karten hätten, vielleicht. Aber so, wie es aussieht, vermute ich, daß die Männer nicht lange durchhalten.«

Ich wußte, was er dachte, und ich stimmte ihm zu. Diese Offiziere hielten ihr Kommando mit Gewalt, Glück und allgemeiner Übereinstimmung aufrecht. Eine Meuterei war immer nur so weit entfernt wie der nächste Befehl, der den mürrischen Seeleuten nicht gefiel. Diese entwurzelten Freibeuter konnten ihre Offiziere ohne weiteres stürzen, uns ermorden und die schwarze Flagge hissen. Sie mochten glauben, daß sie ihr Glück als Piraten ebenso hier wie in vertrauteren Gewässern um Orissa versuchen konnten. Und es gab noch ein Problem.

»Selbst wenn sie es täten«, sagte ich. »Wären wir denn in der Lage, Tristan wiederzufinden? Würde nicht derselbe Zauber, den der Sarzana gesprochen hat, um die Konyaner daran zu hindern, die Insel zu finden – angenommen, er hätte die Wahrheit gesagt –, gegen uns arbeiten, nachdem wir jetzt ganz offenbar seine Feinde sind?«

»Das würde er«, sagte Gamelan. »Genau das wollte ich eben einwenden. Nein. Wir können nicht umkehren.«

»Ganz sicher können wir nicht blindlings weitersegeln«, bellte Phocas, Cholla Yis Navigator.

»Natürlich nicht«, sagte ich. »Wir besitzen die Stabkarte, und jetzt, da wir andere Inseln gesehen haben, wissen wir, daß sie verläßlich ist. Wenn wir sie vollends entziffern könnten, müßten wir nicht blindlings segeln.«

»Trotzdem nicht gut genug«, sagte Stryker.

»Nein«, stimmte ich ihm zu. »Aber ich sehe niemanden, der einen besseren Plan hätte. Ich schlage folgendes vor: Wir segeln weiter, südwestlich. Wir sollten die zivilisierteste Insel suchen, die wir finden können. Wir fahren heran, ganz offen, und sagen die Wahrheit... oder zumindest einen Teil davon. Wir geben vor, auf einer Entdeckungsreise zu sein und uns verirrt zu haben. Wir kommen aus einem großen Kaufmannsimperium und suchen offene Handelsrouten im Westen. Es wäre jedem von großem Vorteil, uns die Richtung in die Heimat zu weisen. Außerdem könnten wir andeuten, daß es gefährlich wäre, uns zu behindern, da unser Land mächtige Zauberer besitzt, die Rache nehmen würden, falls uns etwas zustoßen sollte. Vielleicht können wir von einem ihrer Zauberer einen Bann erwirken, oder besser noch – da eine gewisse Möglichkeit besteht, daß unser Anteil am Entkommen des Sarzana per Magie entdeckt wird – Segelanweisungen von einem Nautiker oder Kapitän. Vielleicht gibt es eine Gilde der Hochseefischer wie in Redond.«

Zustimmendes Gemurmel war zu hören. Stryker zischte, ein Geräusch, von dem ich annahm, es deute Zustimmung an. Cholla Yi sah die anderen Seeleute an und nickte schließlich.

»Möglich«, sagte er. »Möglich. Zumindest ist Euer Plan kühn, und wir müssen nicht länger umherschleichen, bis man uns entdeckt. Gar nicht mal schlecht für eine Frau und ganz ähnlich dem, was ich selbst eben vorschlagen wollte.«

Corais und Polillo blieben starr, ließen sich ihren Unmut jedoch nicht weiter anmerken. Es war mir vollkommen gleichgültig, ob Cholla Yi das Lob für diesen Plan einstreichen wollte, wenn man meine vage Idee denn als einen solchen bezeichnen wollte. Außerdem überhörte ich den Seitenhieb, daß er von einer Frau stammte. Cholla Yi würde sich niemals ändern.

»Das wichtigste ist«, fuhr ich fort, »daß wir schnell weiterkommen. Ich spüre, daß Gamelan recht hat... früher oder später wird unsere Rolle in der Befreiung des Sarzana entdeckt werden. Das beste wäre, wenn diese Inseln, die sie Konya nennen, bis dahin weit hinter uns liegen.«

Somit einigte man sich darauf. Wir wollten weitersegeln. Jedes Land in Sicht würde mit der Stabkarte verglichen, um nachzusehen, ob wir unseren Standort triangulieren und damit beginnen konnten, unsere eigene Karte dieser Gewässer und Inseln anzulegen.

Als wir zum Schiff zurückkehrten, nahm Gamelan mich beiseite. »Ich glaube, du hattest die beste Idee, Rali, auch wenn sie bei weitem nicht perfekt ist, wie du selbst sagtest. Nur ein Problem haben wir noch nicht besprochen.«

»Den Sarzana«, sagte ich.

»Natürlich. Ich brauche keine Zauberkraft, um zu wissen, daß er so bald wie möglich daran arbeiten wird, seinen Thron zurückzuerobern, mit Blut und Magie, was für uns ein weiterer Grund ist, diese Gegend so schnell wie möglich hinter uns zu lassen. Aber dann bleibt immer noch die Blutschuld, die wir mit seiner Befreiung auf uns geladen haben.«

»Ich weiß.« Das lastete schwer auf mir. Wir alle trugen diesen Makel, auch wenn wir unser Verbrechen unwissentlich begangen hatten, unter dem Einfluß von Magie. »Wie können wir Entschädigung leisten? Oder wenigstens die Absolution erteilt bekommen?«

»Ich weiß es nicht«, erwiderte Gamelan bedrückt. »Ich weiß es nicht. Ich weiß nur, daß wir dafür bezahlen müssen.«

Als unsere Schiffe erneut die Segel setzten, gesellte sich Corais auf dem Achterdeck zu mir. Mir fiel auf, daß sie einen Streifen hellgemusterter Seide um ihren Bizeps gebunden hatte.

»Du hast einen Eid geschworen?«

Corais nickte. »Das hier habe ich aus einer Robe gerissen, die der Sarzana dagelassen hat. Es soll mich daran erinnern, wie dieser Scheißkerl Schande über mich gebracht hat. Ich schwöre, Rali, vor dir, vor Maranonia, vor Te-Date und meinem Hausgott, wenn wir ihm das nächste Mal begegnen – und ich spüre, daß wir noch nicht von ihm befreit sind – werde ich ihm in Blut heimzahlen, was er mir angetan hat!«

Tagelang sahen wir nur wenig Zivilistaion. Die Inseln, an denen wir vorüberkamen, waren klein und felsig, und die wenigen Dörfer, die sich an ihre Hänge klammerten, würden uns weder den Zauberer noch den Navigator bringen, den wir suchten. Einige Male hielten wir Fischerboote auf und kauften Fisch mit einer Goldmünze. Natürlich hätten ein paar Kupfermünzen genügt, aber wir wollten außerdem noch Informationen. Wir luden die Fischer ein, an Bord zu kommen, und plauderten beiläufig über ihr Leben, was zu Fragen führte, wonach wir eigentlich suchten.

Es war nur wenig in Erfahrung zu bringen. Jede Insel war unabhängig und hatte nur wenig Kontakt zu den anderen oder zu denen, welche ein Fischer »die Männer des Lichts« weiter südlich, tiefer im Archipel, nannte. Jenseits dieser Inselgruppe, wo das offene Meer begann, war das Segeln gefährlich. Es gab nur wenig Land, abgesehen von den Riffen und schiffsmordenden Felssäulen, bekannt als die Würfel der Giganten, an denen die Meeresströmungen ein Schiff in ihre Arme schlossen.

Sie erklärten uns, warum sie mit den Konyanern im Süden keinen Handel trieben. Keine Seite besaß etwas, das die andere gern gehabt hätte. Nein, sie kannten keinen berühmten Zauberer und waren dafür sehr dankbar. Ein Fischer berichtete, er habe vor langer Zeit Geschichten von einem großen Krieg zwischen Edelmännern und Zauberern gehört, der mit der Niederwerfung der Zauberer geendet habe. Er sagte uns, und schwor, es sei wahr – man habe Meeresdämonen heraufgeholt, um sie zu vertreiben. Anscheinend hatte er Geschichten vom Sturz des Sarzana gehört. Die einzigen Wahrsager, von denen er wußte, waren die Dorfhexen, die Fische anlockten oder vielleicht einen kräftigen Wind riefen, um ein Boot sicher heimzubringen, oder wenn das nicht gelang, etwas Wetterglück herbeizauberten, um zu verhindern, daß die Boote in einen Sturm gerieten.

Was kartenkundige Navigatoren, Astrolabium und Kompaß anging, so hatten diese Fischer dafür keinerlei Verwendung. Niemand mußte sich weit von seinem Dorf entfernen. Einen halben Tag hinaus, höchstens einen halben Tag zurück, und jeder Junge kannte sich in der heimatlichen See aus, lange bevor er selbst am Ruder stehen durfte. Geriet ein Boot in einen Sturm und wurde aufs Meer hinausgetrieben, nun - der Fischer zuckte mit den Achseln – wenn die Götter gnädig waren, mochte er den Weg nach Hause finden. Wenn nicht...

Man sagte uns, das, was wir suchten, würden wir wahrscheinlich finden, wenn wir gen Süden führen... jenseits der Würfel der Giganten, die monströse Wesen vor Ewigkeiten nach einer verlorenen Wette mit den Menschen dorthin geworfen hätten. Angeblich sei es dabei um die Inseln der Fischer gegangen. Nur sollten wir vorsichtig segeln und vielleicht ein paar Wochen warten, bis die Sommerstürme, die sich schon zusammenbrauten, abgeklungen waren. Doch wir hatten keine Zeit zu verlieren.

Wir segelten weiter, und als die winzigen Flecken festen Bodens immer weniger wurden, gewann die See an Macht, und grüne Wellen, die schon manches Meer durchpflügt hatten, sammelten hier ihre Kräfte.

Die Fahrt auf unseren kleinen Galeeren war rauh und feucht, doch inzwischen hatte ich gelernt, daß ein kleines, leichtes Boot wie das unsere fast jeden Sturm überstehen konnte. Außerdem hatten wir die Flutwellen des Archonten überlebt. Und so, unbesorgt, wenn auch etwas unruhig, entfernten wir uns vom Land, noch immer auf der Suche nach dem Herzen Konyas.

Eines Morgens, noch im ersten Licht, sichtete der Ausguck ein Segel in weiter Ferne, hinten am Horziont. Erst eins, dann drei weitere. Eilig berieten wir uns. Sollten wir ihnen ausweichen? Sollten wir näher heranfahren? Cholla Yi war dafür, unerschrocken weiterzufahren. Zahlenmäßig waren wir ihnen weit überlegen und außerdem erheblich schneller, und falls sie uns feindlich gesonnen waren, nun, *seine* Männer zumindest seien bereit, das Salz an ihren Schwertern mit Blut abzuwaschen, insbesondere, wenn Beute in Sicht war. Vielleicht war das eher eine Möglichkeit, die Lage zu erkunden, als blindlings in einen Hafen einzulaufen, der uns zur Falle werden konnte.

Wir nahmen Kurs auf die vier Schiffe, und als wir es taten, rollten unsere Galeeren nur noch um so mehr. Jetzt segelten wir beinahe geradewegs gen Westen, mit dem Wind querab an Steuerbord. Die See wurde schwerer, je weiter wir kamen, der Wind nahm an Heftigkeit zu, und Regen prasselte in Schauern auf uns herab. Es war Vormittag, doch hätte es ebenso graues, düsteres Zwielicht sein können.

»Ich glaube, wir kommen in einen Sturm«, sagte Stryker. »Mir scheint, als hätten die Fischer keine Märchen erzählt, als sie sagten, die Sommerstürme wären verdammt heftig.«

Duban zog ihn zu dem Pfahl, auf dem das langgezogene Wetterglas befestigt war. Ich folgte ihnen. Stryker tippte an das Glas, betrachtete den Stand, auf den die Flüssigkeit gesunken war, und stieß einen Pfiff aus.

»Aye«, sagte Duban und mußte fast schreien, um sich gegen den tosenden Wind verständlich zu machen. »Ist in drei Drehungen des Stundenglases beinah um eine Fingerbreite gefallen. Es geht los, Käpt'n.«

»So sieht es aus«, stimmte Stryker ihm zu. »Laßt die Wache raustreten. Sorgt dafür, daß alles festgezurrt ist. Und laßt das Feuer löschen. Sichert die Boote und die Riemen.« Er wandte sich mir zu: »Hauptmann Antero, seid so gut. Könnte ich einen Trupp Eurer Gardistinnen haben, der hilft, die Ladung unter Deck zu sichern? Ich stelle Maate ab, die sie anleiten.«

Ich rief nach Corais und sagte ihr, sie solle Strykers Befehlen Folge leisten. Sie nickte, dann blickte sie über meine Schulter, und ihre Augen weiteten sich vor Staunen.

Ich drehte mich um, und auch ich stand mit offenem Mund da. Mit zunehmendem Sturm hatte ich für einen Augenblick die konyanischen Schiffe vergessen. Inzwischen waren sie nur wenige hundert Meter entfernt, und selbst im Regen waren sie deutlich zu erkennen. Drei von ihnen waren kleiner, gut doppelt so groß wie unsere Galeeren. Jedes davon hatte drei Masten mit Lateinsegeln auf hohen Decks, dazu ein einzelnes, erhöhtes Achterdeck, das von der Mitte bis zum Heck reichte. Es war das vierte Schiff, das uns staunen ließ.

Es handelte sich um eine Galeere, doch eine, wie ich sie mir nie hätte träumen lassen. Ich vermutete, sie war zehnmal so lang wie unsere Schiffe und ebenso breit wie lang. Sie hatte nur eine einzige Reihe von Riemen, doch die reichten weit ins Wasser hinaus. Sie verschwanden in Ruderlöchern an einem unteren Deck, so daß ich nicht sehen konnte, wie viele Männer nötig waren, eines davon zu bewegen, doch mußten mindestens fünf oder sechs Mann auf jeder Bank sitzen. Über dem Hauptdeck befand sich ein Schutzdeck, nicht viel kleiner als das Haupt- und das Oberdeck darüber. Vielleicht war es das, was dem Schiff sein erstaunliches Erscheinungsbild gab, denn darauf standen drei Kajüten mit Dächern wie Häuser an Land, wobei jedes Dach am Rande aufragte wie ein Sonnenhut. Ich sah, daß das Holz des Schiffes reich mit Schnitzereien überzogen war. Sämtliche Kajüten hatten runde Bullaugen, ebenso wie der Rumpf des darunterliegenden Decks. Schwere Reling zog sich an den Decks entlang, und die Leitern, die von einer Ebene zur nächsten führten, glichen Treppen. Kurz gesagt, wirkte es wie eine zweistöckige Villa oder ein kleiner Tempel, dem man auf magische Weise einen Rumpf gegeben und dann vom Stapel gelassen hatte. Ein einzelner Mast ragte in der Mitte des Schiffes auf, und ein quadratisches Segel mit doppeltem Reff hing von einer Rah, die aus einem mächtigen Baum gehauen sein mußte.

»Das verdammte Ding ist ein hölzerner Wasserkäfer«, sagte Duban. »Seht nur, wie es mit dem Wind getrieben wird, und der Sturm ist noch nicht mal voll im Gange. Muß wohl einen flachen Kiel haben wie ein Schleppkahn.«

Ich mußte nichts davon verstehen, um zu wissen, daß er recht hatte. Ich sah zehn, nein vierzehn Männer, die sich mit aller Kraft gegen eine doppelte Ruderpinne stemmten, mit der das riesenhafte Ruder bewegt wurde. Man sah es kurz aufblitzen, als das Schiff in die Dünung stampfte, die seinen Bug unter einer Welle begrub und das Heck himmelwärts aufragen ließ. Weitere Seeleute liefen um die Wanten herum.

»Was ist das?« fragte Polillo.

»Kann ich nicht sagen«, sagte Stryker. »So schwerfällige Schiffe könnten dem Transport von Waren entlang der Küste dienen. Nur, seht Euch die Matrosen an, die überall auf dem Ding rumkriechen. Viel zu viele Seeleute für ein Handelsschiff. Vielleicht ist es ein Kriegsschiff. Aber womit kämpft es, verdammt? Wenn es keinen Rammsporn hat – und solange es so schlingert –, wüßte ich nicht, wie es irgendwelchen Schaden anrichten könnte, es sei denn, es würde jemanden angreifen, der vor Anker liegt. Teufel auch, vielleicht betrinken sich diese Konyaner sinnlos, bevor sie in die Schlacht ziehen, und versuchen, alles niederzuwalzen, was ihnen begegnet. Wahrscheinlicher ist, daß sie einfach längsseits gehen und draufhauen, bis keine Köpfe mehr da sind, die sie abschlagen könnten, womit sie dann die Sieger wären.« Er wurde nachdenklich. »Es wäre sicher interessant zu sehen«, sagte er, »was wir gegen ein solches Schiff ausrichten könnten, wenn man die Masse an Ladung bedenkt, die es befördert.«

Auch ich dachte in solchen Bahnen, doch hielt ich mich zurück.

Wurde ich schon zum Freibeuter wie Cholla Yis Leute? Schließlich dienten Schiffe einem Zweck, der über Krieg und Beute hinausging. Aber dennoch… es hätte etwa vier schnelle Galeeren gebraucht, einen solchen Koloß zu plündern wie Schattenwölfe, die einen gewaltigen Bären rissen. Ich schob den Gedanken beiseite, um bei passenderer Gelegenheit darüber nachzusinnen.

Die drei kleineren Schiffe eskortierten ganz offensichtlich das vierte. Als wir uns näherten, waren sie in V-Formation vor der Galeere gefahren. Inzwischen hatten sie den Kurs gewechselt und befanden sich alle zwischen uns und ihrem Schützling.

»Verdammt fürsorglich sind sie«, sagte Duban. »Ich würde ein Jahr meines Lebens dafür geben, wenn ich eine Stunde in ihrem Laderaum rumwühlen und mich bedienen könnte. Schade, daß wir anderes mit ihnen vorhaben.«

Zu den Mastspitzen der Eskorte flatterten Signalflaggen, die wir nicht verstanden, welche uns jedoch zweifellos aufforderten mitzuteilen, aus welchen Gewässern diese Schiffe unbekannten Typs stammten und was unsere Absicht war. Ich blickte zum Flaggschiff hinüber, um zu sehen, was Cholla Yi antwortete. Er beschränkte sich auf ein einzelnes, weißes Banner, da er offenbar glaubte, dieses werde selbst in fremden Meeren als Zeichen friedlicher Absicht verstanden. Ich wies Stryker an, es ihm nachzutun.

Vielleicht bedeutete es hier etwas anderes, oder vielleicht glaubte man uns nicht, denn ich sah, wie sich bewaffnete Männer einen Weg über Deck bahnten und an der Reling in Stellung gingen, und je zwei leichte Katapulte wurden auf den Vorderdecks bereitgemacht.

»Stryker«, befahl ich. »Signalisiert Cholla Yi, er soll sich zurückhalten. Sie glauben, wir greifen an.«

»Doch nicht bei diesem Wetter!« sagte er, aber dann rief er dem wachhabenden Maat etwas zu.

»Wir werden versuchen, in Blickkontakt mit ihnen zu bleiben«, entschied ich. »Wenn der Sturm vorbei ist, nähern wir uns ihnen noch einmal mit nur einem Schiff.«

»Signal von Admiral Yi, Sir«, meldete der Maat. »Alle Schiffe …

rücken unabhängig vor. Kurs südsüdost. Erneut sammeln... mehr kann ich nicht erkennen, Sir.«

Jetzt war keine Zeit mehr, sich um diese fremden Schiffe zu sorgen, da der Sturm um uns zu tosen begann. Die Luft war voller Gischt. Der Wind war zu einem stetigen Heulen geworden. Ich zählte eins, zwei, drei unserer Schiffe, die im Nebel zu erkennen waren, und verlor sie wieder aus den Augen. Die Konyaner waren längst im Sturm verschwunden.

»Was macht das Glas?« fragte Stryker.

»Fällt immer weiter!«

Stryker fluchte. Er brüllte eine Reihe von Befehlen, und Trupps kämpften sich über die Sturmbrücke voran und holten das Focksegel ein, so daß nur noch ein Leinenfetzen blieb. Der Hauptmast und die Rah wurden eingeholt, und ich hörte, wie Stryker Duban dafür verfluchte, daß er das nicht schon eine Stunde früher angeordnet hatte. Mir blieb ein Augenblick, in dem ich darüber nachdenken konnte, ob uns der Mord an Klisura nicht zusätzliche Nachteile brachte, da an der Art, wie Stryker seinen neuen Navigator behandelte, deutlich wurde, daß er Duban nicht annähernd so respektierte wie dessen Vorgänger.

Ich schickte meine Garde unter Deck. Polillo, die furchtbar blaß aussah, nahm mich beiseite und schwor, sie würde lieber über Bord gespült, als in der dicken Luft unter Deck zu ersticken. Ich hatte Mitleid und wies sie an, sich an die Backbordreling zu binden und dem Steuermann zur Hand zu gehen. Stryker hatte bereits zwei Männer an die Ruderpinne abgestellt, doch selbst diese hatten damit zu kämpfen, das Schiff auf Kurs zu halten. Ich ging unter Deck, stellte Dica und zwei andere dazu ab, sich um Gamelan in seiner Kajüte zu kümmern, und gab ihnen leise den scharfen Befehl, daß im Falle einer endgültigen Katastrophe ihr eigenes Leben weit weniger wichtig sei als das des Zauberers, und sie entsprechend zu handeln hätten. Sie verstanden und waren deswegen nicht gekränkt.

Zurück an Deck, band ich mir ein Tau um den Leib und an den

Flaggenstock, mit etwa zehn Fuß Spielraum, damit ich mich auf dem kleinen Achterdeck frei bewegen konnte. Stryker und Duban taten es mir nach.

Die Winde wurden immer lauter, wuchsen zu einem Kreischen an. Die Takelage heulte wie ein Bär in der Falle. Stryker schickte die Männer am Ausguck ins Vordeck, und grünes Wasser brach über die Reling herein. Wir hatten den Mast gerade noch rechtzeitig eingeholt... inzwischen hätte auf dem Sturmdeck niemand mehr eine Chance gehabt. Es sah nicht mehr so aus, als wären wir auf einem Schiff, sondern auf zwei quadratischen Flößen, dem Vordeck und dem Achterdeck, die – unsichtbar miteinander verbunden – durch diesen Sturm trieben.

Das seltsamste jedoch war etwas, das einem kein Seemannsgarn über schwere Stürme erzählt: Das Wetter war tropisch und trübe. Die Wellen, die über uns hereinbrachen, waren warm wie Blut.

Wir fuhren geradewegs nach Süden, mit dem Wind im Rücken, unfähig, den Kurs Südsüdost zu halten, den Cholla Yi vorgegeben hatte. Die Dünung traf uns seitlich von Osten her, und unser Schiff stampfte und schlug von einer Seite zur anderen. Inzwischen stand Polillo an der Ruderpinne, und ich sah, wie ihre Muskeln sich wölbten, als sie und die Rudergänger darum kämpften, den Kurs zu halten. Das Meer war schiefergrau, heulender Wind wehte Schaum von den Wellen und zog seine Spur über das Wasser. Es war schwer zu sagen, wo die Luft endete und wo das Wasser begann. Die Winde legten eine kurze Pause ein, und achteraus sah ich eine andere orissanische Galeere. Dann kam der Taifun heran.

Die querlaufende Dünung brachte unser Schiff vom Kurs ab, und Stryker schrie nah an meinem Ohr, wir seien in Gefahr zu kentern. Es seien nicht nur die Winde, meinte er. Eine Meeresströmung habe uns im Griff, die uns so schnell mit sich riß, als führen wir im Frühling auf dem Schmelzwasser den Fluß bei Orissa hinab. Wir müßten den Treibanker auswerfen. Stryker erklärte mir, was wir brauchten. Ich wußte, wo die Ausrüstung des Bootsmanns war, weit vorn, und ich kämpfte mich zu einer Luke vor, wartete auf die Pause zwischen zwei Wellen, riß die Luke auf und ließ mich die Leiter hinunterfallen.

War es an Deck schon die Hölle … unten war es schlimmer. Die Welt – beleuchtet nur vom trüben Glanz einer Handvoll kleiner, gläserner Fensterblenden im Deck – schwankte und schüttelte sich. Die Luft war dick wie in einem Dampfbad und stank nach Angstschweiß, schmutzigen Leibern, altem Brot, Schimmel, Erbrochenem und Scheiße. Nicht alles war rechtzeitig festgezurrt worden. Eine Kiste aus der Messe rutschte übers Deck, und ein Seemann konnte ihr gerade noch ausweichen. Bronzene Teller klapperten von einer Seite zur anderen, als wir rollten, und ich spürte die Scherben von zerschlagenem Steingut unter meinen Stiefeln.

Strykers Seeleute bemühten sich auf jede denkbare Weise, dem Sturm zu trotzen. Manche versuchten, ihren Kameraden unglaubliche Geschichten zu erzählen. Andere beteten. Manche wiederum warteten, starrten ins Leere, hatten sich an Pfosten gebunden. Ein paar warfen Lose auf einer Decke, obwohl mir auffiel, daß sich offenbar niemand um die Einsätze scherte. Ein graubärtiger Seemann jedoch, dessen Namen ich als Bertulf erinnerte, übertraf sie alle. Er hatte seine Hängematte von den Balken genommen, war hineingekrochen und eingeschlafen. Er simulierte nicht. Ich beugte mich über ihn und hörte ihn schnarchen, und verglichen mit seinem Atem roch die Fontäne eines Wals wie reinstes Blütenwasser.

Meine Gardistinnen wahrten – wie zu erwarten – ihre Haltung. Zwar hatte ich sie nie auf eine solche Situation vorbereitet, doch gab es keine Anzeichen für Panik oder Aufruhr. Erneut bewahrheitete sich das alte Spichwort, daß schwer trainieren muß, wer leicht kämpfen will. Ich nahm Cliges und Ebbo mit, beide fast so stark wie Polillo, und wir kämpften uns voran.

Wir hatten eben den Fuß des Hauptmastes erreicht, als ich etwas roch. Rauch! Ein frischgeteertes Holzschiff konnte in Sekunden explodieren, wenn ein Feuer ausbrach, und ich hatte Geschichten von Schiffen gehört, die zynischerweise in Stürmen einem unkontrollierten Feuer – nicht dem Wasser – zum Opfer gefallen waren. Ich sah etwas Rauch, oder glaubte ihn zu sehen. Er kam von einer Kiste, die fest am Deck verankert war, und ich erinnerte mich, daß sie die Töpfe des Kochs enthielt. Ich rannte hin, riß den Riegel fort und öffnete die Klappe. Qualm quoll heraus. Jemand schrie »Feuer!«, und ich hörte eilige Schritte, einen Pfiff und den Schrei »Halt!«, als sich Panik breitmachte, doch schenkte ich alldem keine Beachtung. Wild sah ich mich nach Wasser um, fand nichts, erlebte einen Augenblick, in dem mir die Ironie der Lage deutlich wurde, dann fand ich einen Eimer, der an einen Balken gebunden war, riß ihn aus der Halterung und schüttete seinen Inhalt in die Kiste. Qualm stieg auf, und trotz des brüllenden Windes hörte ich ein Zischen. Beinahe hätte ich mich übergeben, doch tat der Kloakeneimer seine Wirkung. Der Rauch war fort, das Feuer aus.

Ich fuhr herum, suchte nach dem Übeltäter und entdeckte ihn. Der Koch kauerte an einem Schott. Ich trat zu ihm, und er wich zurück, hielt seine Hände hoch, als wollte er einen Schlag abwehren. »Es war … nur ein Stück Zunderholz … ich wollte doch nicht … ich dachte, es wäre sicher … damit ich Feuer machen konnte, wenn der Wind sich legt …«, und dann riß er beide Hände hoch, als wollte er beten, und brach zusammen.

Der knollennasige Seemann namens Santh beugte sich über ihn und wischte die feuchte Klinge seines Dolches am Kittel der Leiche ab. Er richtete sich auf, steckte das Messer weg und sah mich an. »Wenn mich einer umbringen will, finde ich es nur recht und billig, wenn ich ihm zuvorkomme.« Er lachte. »Außerdem konnte der Scheißkerl sowieso nicht kochen.«

Ich sagte nichts dazu, stürmte nur an ihm vorbei. Wir mußten uns um das Schiff kümmern. Ihn zu bestrafen, wäre ohnehin Strykers oder Dubans Pflicht, denn ich versuchte, mich von der Disziplinierung der Seeleute fernzuhalten, auch wenn er ein Verbrechen begangen hatte.

Wir fanden den Weg zum Lagerraum des Bootsmanns und nahmen, beladen mit einer Rolle schweren Taus, den Weg zurück, den wir gekommen waren. Schließlich gelangten wir an Deck.

Ich hätte nicht geglaubt, daß der Sturm noch zunehmen könnte, doch genau das war geschehen. Im ganzen Universum gab es nichts als unser Schiff und diesen Sturm. Durch den strömenden Regen konnte ich kaum das Vordeck erkennen. Wir folgten Strykers Befehlen, banden das dicke Tau zu einer Bucht und zurrten es am Achtersteven fest. Dann ließen wir es achteraus hängen. Fast augenblicklich war der Unterschied zu spüren, da das wilde Gieren sich verlangsamte. Allerdings gab es jedesmal einen häßlichen Knall, wenn eine Welle unter uns rollte, und der Treibanker war stramm gespannt.

Eine mächtige Woge ragte achtern über uns auf. Ich hatte gerade noch Zeit, Cliges zu packen und nach festem Halt zu suchen; ich sah, daß Ebbo unten war und sich mit beiden Händen an die Heckreling klammerte, und dann brach die Welle über uns herein. Ich spürte einen ebensolchen Wirbel und Sog wie in den Wogen beim Ausbruch des Vulkans. Doch diese dauerte nur eine halbe Ewigkeit und war dann fort. Taumelnd kam ich auf die Beine, half Cliges auf und erschauerte, als ich sah, daß volle vier Fuß der Heckreling fortgerissen waren. Die Heckreling... und Ebbo! Ich hielt mich fest und spähte hinaus. Vielleicht sah ich, weit achteraus, für nur einen Augenblick die weiße Haut eines Armes leuchten, vielleicht bildete ich es mir auch nur ein. Doch dann war nichts mehr zu erkennen.

Duban stand neben mir. »Vielleicht«, knurrte er, »ist sie das Opfer, das der Sturm wollte.«

Beinah hätte ich ihn geschlagen, doch was hätte es genützt? Vielleicht hatte er recht. Ich sprach ein kurzes Gebet zu Maranonia für meine Speerwerferin Ebbo und beschloß, ihr ein Opfer zu bringen, wenn wir wieder in Orissa wären, wie ich es für viel zu viele meiner Frauen würde tun müssen. Doch war jetzt keine Zeit für Trauer, da uns der Sturm fest gepackt hatte und schüttelte und schüttelte und schüttelte, wie die Terrier in den Lagerhäusern meines Bruders es mit den Ratten taten.

Der Sturm donnerte weiter. Der Treibanker half, doch das reichte nicht. Das Schiff erbebte, als eine Welle nach der nächsten über das

Hauptdeck hereinbrach, und ich fragte mich, wie lange der Rumpf diese Strapaze wohl verkraften würde. Ich fragte Stryker, und der zuckte mit den Achseln. Wer konnte das schon sagen?

Wir brauchten etwas, das die See beruhigte. Wieder wünschte ich, Gamelan hätte seine Kräfte nicht eingebüßt. Vielleicht hätte er mit einem Zauber helfen können, vielleicht das Schiff mit einer Flaute, einem stillen Teich umgeben können. Ich wußte, daß man einen mächtigen Zauberer brauchte, um einen Bann zu sprechen, der es mit diesem Wirbelsturm aufnehmen konnte. Ich dachte nach, dann kam mir die Idee. Öl. Stryker sagte, wir hätten nur einige Behälter mit Öl zum Kochen unten und einen oder zwei Krüge mit Petroleum, um die Waffen vor Rost zu schützen.

Ich grinste. Das konnte gehen. Aus einem Behälter konnten leicht viele werden. Und dann, auf dem Höhepunkt des Sturmes, wurde mir alles klar, wenn auch nur für einen Augenblick. Eine Erinnerung aus meiner Kindheit blitzte auf, als ich Kritzeleien zu entziffern versucht hatte, die anderen etwas bedeuteten, für mich jedoch nur sinnlose Zeichen waren, bis eines Tages etwas eingerastet war und ich lesen konnte. Jetzt hatte ich eine Vorstellung davon, was Gamelan mit Janos Greycloaks »einzigartige Naturbegabung« gemeint hatte. Wenn es stimmte – und ich wußte, daß es stimmte –, mußten viele, viele Wege zum selben Ziel führen, so viele, wie sich der Verstand von Mensch oder Dämon einfallen lassen konnte. Und was das anging, was ich benötigte...

Es war, als hockte ein bärtiger Pedant in meinem Kopf, vielleicht einer der Hauslehrer aus der Kindheit meines Bruders, allerdings einer, der wirklich etwas wußte, der sagte: »Öl, nun ja. Öl ist eine Flüssigkeit, und alle Flüssigkeiten haben eines gemein, nicht wahr? Dann muß der Trick darin bestehen...«

Der Trick war einfach, und ich mußte nicht einmal nach unten gehen. Ich packte das Pfännchen, das neben der Wassertonne für den Rudergänger hing, und hielt es ausgestreckt. Augenblicklich war es randvoll mit Regenwasser. Ich öffnete die Tür zum Laderaum unter dem Kompaßhaus und fand die kleine Phiole mit dem Öl zum

Nachfüllen für den Kompaß. Ich stützte mich gegen das Rollen des Schiffes, entkorkte die Phiole und gab einen einzigen Tropfen in die kleine Pfanne.

Gleich fielen mir die Worte ein:

Wasser lausche
Wasser höre
Fühl deinen Vetter
Halt ihn fest
Sein Leib soll der deine sein
Atmet gemeinsam
Ihr seid eins
Du bist er.

... und das Pfännchen war voller Öl.

Ebenso einfach war es, den Sand aus den Feuereimern zu kippen, sie mit Wasser aufzufüllen, etwas von dem Öl aus dem Pfännchen in den Eimer zu geben und dann den ganzen Eimer mit dem Öl achtern über Bord zu kippen. Polillo brachte ihre ganze Kraft auf und hielt die Ruderpinne still, während wir anderen vier einen Eimer nach dem anderen ins Wasser ausgossen.

Von meinem Erfolg ermutigt, wagte ich einen weiteren Zauber und sagte den Männern, sie sollten mit jedem Eimer den Achtersteven berühren, bevor sie den Inhalt ausgossen. Erneut stimmte ich einen Singsang an:

Vom Schiff, das dich gebar
Folge deiner Mutter
Folge ihr nach
Folge ihr gleich
Laß nichts zwischen euch geraten.

Ich konnte nicht sagen, ob dieser Zauber wirkte. Das Öl schien nah am Heck des Schiffs zu bleiben und uns zu folgen, aber vielleicht wurde es nur von unserem Sog mitgezogen. Ich glaubte nicht, daß der Zauber ein kompletter Erfolg würde. Er brachte nicht, was ich mir vorgestellte hatte, da ich einen riesigen, stillen Teich schaffen wollte, in dessen Mitte wir sein sollten.

Der Teilerfolg des zweiten Zaubers änderte nicht viel. Das Öl hielt zwar die See nieder, und weit weniger Wellen brachen über uns herein, besonders von achtern her, aber es war nicht so, als wären wir plötzlich in eine Art sicheren Zauberhafen eingefahren. Noch immer heulten die Winde, und das Schiff schlug vor und zurück, vor und zurück.

Es gab ein weiteres Problem. Wenn wir rollten, dauerte es lange, bis alles wieder im Lot war. Vielleicht nahmen wir irgendwo Wasser, vielleicht rollten wir heftiger, als es sich der Handwerker, der das erste Modell dieser Galeere geschnitzt hatte, hätte träumen lassen. Bei einer dieser schaukelnden Bewegungen fand ich mich hängenderweise über der Backbordreling wieder und sah fast direkt auf Polillo an der Ruderpinne hinab. Eine Ewigkeit schienen wir so zu bleiben, dann ächzte das Schiff und richtete sich widerwillig auf. Trotz Treibanker und Tau hatten wir schwer zu kämpfen.

Die Zeit verstrich. Es kann sich nur um Stunden gehandelt haben, denn ich erinnere mich nicht, daß es dunkel geworden wäre. Ich erinnere mich an Wasser und Wind, daran, daß ich hin und her geschleudert wurde und sich eine Prellung an die nächste reihte. Nur zwei Dinge aus diesen langen Stunden sind mir deutlich im Kopf geblieben. Ich ließ Polillo am Ruder ablösen, und zwei Seeleute traten an die Stelle der Rudergänger. Polillos Gesicht war hellrot. Anfangs dachte ich, sie sei nur leicht errötet, doch dann merkte ich, daß sie blutete. Der Wind war so hart, daß er die Haut wie ein Messer schnitt. Ich schickte sie nach unten. Mit trübem Blick sah sie mich an, dann nickte sie und sparte sich ihren Einwand. Das andere, woran ich mich erinnere, ist, daß eine Woge uns anhob, beinah zum Kentern brachte und unter sich begrub, und ich dankte Te-Date für den Treibanker. Fast wären wir zur Seite weggekippt, und ich sah hinaus und wollte schreien. Im Wellental unter uns trieb diese monströse konyanische Galeere, die Segel in Fetzen, der Mast auf halber Höhe gebrochen, keine Spur von Leben an Deck, die Ruderpinne ohne Halt und unbemannt. Einen Moment lang dachte ich, wir würden auf sie hinabstürzen, doch dann war sie verschwunden, unsichtbar im Sturm.

Dann war nichts mehr da, nur Wind, Wasser und die Angst.

Sekunden danach fuhren wir unter klarem, sonnigem Himmel.

»Wir sind im Auge des Sturms!« hörte ich Duban rufen.

Nach dem blauen Himmel und dem strahlenden Sonnenschein zu urteilen, hätte es eine stille, sommerliche See sein können, über die man mit seiner Liebsten paddelt. Doch war es ein Mahlstrom, da die Wellen von allen Seiten über uns hereinschlugen, und der Wind peitschte aus allen Himmelsrichtungen. Ein Möwenschwarm wurde vom Sturm vorbeigeweht und war schon wieder verschwunden.

Einmal noch entdeckte ich die konyanische Galeere, die rollte und schwankte. Gleich vor uns lagen hoch aufragende Riffe und Felsen: die Würfel der Giganten. Die Strömung riß uns beide ins Verderben. Mächtige Klippen, Riffe und Felssäulen ragten aus dem tosenden Meer. Nirgends war mehr Grün zu sehen, und auch nicht braune Erde –, nichts als nackter Stein.

Duban und Stryker riefen die Männer zusammen, die Riemen wurden bemannt und die Ruderer an ihre Bänke geschnallt. Gamelan wollte an Deck kommen, doch weigerte ich mich, das zu erlauben und bat Dica, dafür zu sorgen, daß er unten blieb. Selbst wenn man sehen konnte, war man allzu schnell abgelenkt, und schon hatte das Meer einen geholt. Gamelan murrte, doch fügte er sich.

Irgendwie wurden Hauptmast und Rah hochgezogen und etwas Segeltuch entrollt. Es reichte gerade, uns gegen die Strömung zu helfen, und langsam bahnten wir uns einen Weg aus der Gefahr.

Doch für das konyanische Schiff gab es keine Rettung. Weiterhin taumelte es seinem Schicksal entgegen. Von allen kleinen Inseln und Riffen, aus denen die Würfel der Giganten bestanden, müssen die, denen die Galeere zu nahe kam, die tödlichsten gewesen sein. Steil aufragende Säulen standen dort, bogen sich wie eine halbgeschlossene Hand über das Meer, Reißzähne in gähnenden Schlunden. Zwischen diesen Felsen war Platz, wenn auch sicher nicht genug, daß selbst der geschickteste Kapitän sein Schiff bei ruhiger See hätte hindurchmanövrieren können. Von den drei Begleitschiffen war weit und breit nichts zu sehen, auch später nicht, und ich vermute, sie müssen im Sturm untergegangen sein.

Trotz der gischtverhangenen Luft konnte ich konyanische Seeleute an Deck der Galeere erkennen, die versuchten, notdürftig eine Art Sturmsegel am Stumpf des Mastes anzuschlagen. Braunes Tuch war zu sehen, und ich spürte leise Hoffnung, doch Sekunden später riß der Wind es fort. Die Riemen der Galeere waren bemannt, doch sah es aus, als seien die Ruderer in Panik, da jeder Riemen nach eigenem Rhythmus schlug. Das Schiff kippte seitwärts, kenterte beinah, schlug fast an einen Felsen, der ebenso groß war wie es selbst, befreite sich jedoch, wischte daran vorbei und knickte dabei sämtliche Riemen ab, als seien es Zahnstocher. Jetzt war es völlig außer Kontrolle.

Polillos Seekrankheit war vergessen, und sie stand neben mir. »Was können wir tun?«

Ich wußte es nicht.

»Wir können sie doch nicht ... einfach sterben lassen«, sagte sie.

Ich sah Stryker an.

»Kapitän?«

Er schüttelte den Kopf. »Wenn das Ding kleiner wäre, die See ruhiger und die gottverdammte Strömung nicht so stark, könnten wir uns vielleicht ranarbeiten, ihnen ein Tau zuwerfen und versuchen, sie da rauszuziehen. Aber ... Teufel noch eins! Das geht nicht!« Sein Blick glitt an mir vorbei zum Schiff. Es war schon ganz nah an den Felsen. »Werft den Anker, ihr Idioten! Werft das Eisen aus!«

Es war, als hätten sie ihn gehört, denn ich sah, wie sich winzige Gestalten alle Mühe gaben, den einzigen Anker, den ich noch auf dem Schiff sah, herunterzulassen. Er fiel ins Wasser, riß die Leine mit sich, und einige Sekunden lang betete ich für diese Unbekannten, bis die Leine stramm war. Die Strömung jedoch schenkte dem dünnen Faden der Menschen keinerlei Beachtung, trieb die Galeere ihrem Untergang entgegen, und ich sah, wie das Schiff ruckte, als die Ankerleine riß und über das Deck des Schiffes peitschte.

Dann schlug die Galeere auf. Eine Woge hob sie an und trieb sie in den Halbkreis der Felsenzähne. Doch lagen noch weitere Felsen davor, und das konyanische Schiff krachte berstend darauf. Das Riff muß knapp unter der Wasserlinie gewesen sein, denn als die Welle sich zurückzog, war das Schiff schon aufgelaufen, ragte fast vollständig aus dem Wasser hervor, und ich sah seine Planken am Rumpf und vorn den Rammsporn, geschnitzt wie ein Fabeltier. Dann wirbelte das Meer auf und schlug über das Hauptdeck.

»Da wird es nicht lange bleiben«, sagte Stryker. »Die verdammte Ramme wird ihm gleich das Genick brechen.«

Ich sah ihn an, und er starrte zurück. Er setzte an, etwas zu sagen, dann noch einmal, dann schüttelte er den Kopf.

Jemand auf der Galeere bemerkte uns, und ich sah, daß sich uns Gesichter zuwandten, Arme wild ausgestreckt wurden, um etwas flehten, was auch immer.

»Wenn Ihr genug Leute für ein Boot zusammenbringt, versuche ich überzusetzen«, sagte ich.

»Keine Chance«, sagte Stryker. »Nicht bei dieser See.«

»Was ist, wenn man da durchfährt?« Ich deutete hinter den gefährlichen Halbkreis der Felsen. Die Strömung drängte zu beiden Seiten um sie herum, und für mich sah es aus, als sei das Wasser dort ruhig wie auf der windstillen Seite einer gischtumwehten Mauer. »Wenn wir die Galeere mit dem Wind nehmen und dann zurücksetzen, könnten wir so nicht ein Boot durch diese Zähne bringen und von hinten herankommen?«

Duban hörte mir zu. »Das Boot möchte ich bestimmt nicht steuern! Und ich will verdammt sein, wenn ich meine Leute dafür rausschicke.«

Stryker drehte sich um und sah Duban an. Der ehemalige Ruderaufseher wich seinem Blick aus. Vielleicht trug genau das zu Strykers Entschluß bei, denn er wandte sich zu mir um und nickte.

»Ihr habt recht. Wir müssen was tun. Sonst wittern die Meeresgötter unsere Angst und beschließen, daß uns dasselbe Schicksal ereilen soll. Außerdem«, fügte er hinzu, »könnte jemand an Bord sein, der seinem Retter gutes Gold bezahlt, oder eine Familie, die dankbar für eine Leiche ist, damit sie eine angemessene Beerdigung bekommt. Duban, du machst, was sie will!«

Natürlich war es absolut undenkbar, daß ein Söldner Mitgefühl für einen anderen erkennen ließ oder Gutes ohne jeden Gewinn tat. Dennoch hoffe ich bei den Göttern, daß sie ihm eine Atempause der Schrecken zugestehen, die ihm seine Sünden eingebracht haben mögen.

Duban zog ein finsteres Gesicht, doch rief er seine Befehle. Riemen schlugen, und langsam fuhren wir an den Riffen vorbei. Wieder winkten Arme auf dem konyanischen Schiff, doch diesmal vor Wut. Ich meinte, Schreie zu hören, wir würden sie sterben lassen, doch war das im Tosen des Windes schlicht unmöglich.

Wir befreiten uns aus der Umarmung der Felsen und ließen uns von der Strömung an ihnen vorübertreiben. Dann ruderten wir mit aller Kraft hinter sie. Ich hatte recht gehabt. Die Dünung war auch hier noch mächtig, aber weit ruhiger als vorher. Nicht, daß ich viel Zeit gehabt hätte, genauer hinzusehen. Ich war damit beschäftigt, Wasser in Öl zu verwandeln und dieses wiederum über Bord zu kippen. Stryker rief mich, als wir an die richtige Stelle kamen.

Ein ganzer Pulk von Seeleuten war unter dem Achterdeck. Stryker rief nach Freiwilligen für das Boot. Niemand rührte sich. Das hatte ich auch nicht anders erwartet. Doch dann kam die Überraschung. Dieses Skelett von einem Schurken mit dem ausladenden Kinn, Sanths Kamerad, zog eine finstere Miene, spuckte aufs Deck, verrieb den Speichel mit nackter Ferse und trat vor, ohne etwas zu sagen.

»Ich werde deine Strafe zurücknehmen, Fyn«, sagte Stryker, und da erst erfuhr ich seinen Namen.

»Zum Teufel damit«, knurrte das Skelett. »Von Euch will ich nichts, Käpt'n.« Er wandte sich um, ließ seinen Blick über die anderen Seeleute schweifen und spuckte sechs Namen aus, darunter den von Santh. »Wenigstens kann ich so mit meinen Saufkumpanen ertrinken«, sagte er. »Und wenigstens wißt ihr Gauner, wie man rudert.« Er sah zu einem Beiboot hinüber. »Wir brauchen vier, nein, acht leere Wasserfässer. Bindet vier davon unter die Duchten, damit wir nicht sinken, wenn ihr Grünalgen die Planken auf die Felsen setzt. Bindet die anderen vier in Hängematten und laßt hundert Meter Leine als Schwimmwesten aus. Ein Faß voll Wasser, Trockenfutter für zwei Tage, falls wir abgetrieben werden und ihr Lumpen Däumchen dreht, bevor ihr uns rettet, und dann noch ein Paar Ersatzriemen.«

Er sah mich an. »Kommen welche von den Weibern mit? Vier könnte ich gebrauchen, vier Kräftige, die vielleicht auch schwimmen können, falls wir kentern.«

»Sollst du haben«, sagte ich und war nicht gekränkt. Fyn war fraglos ein kompletter Hundsfott. Ich wandte mich den Frauen an Deck zu.

»Freiwillige?«

Natürlich trat die gesamte Garde vor. Ich machte mir nicht die Mühe nachzusehen, ob von Strykers Leuten jemand die Größe besaß, sich zu schämen. Zweifellos diente es ihnen nur als endgültiger Beweis, daß man Frauen nicht an Bord eines Schiffes lassen sollte, und wenn auch nur aus dem einen Grund, daß sie schlicht dumm waren. Ich wählte vier von ihnen aus: wiederum Cliges, dann die Bogenschützin Locris, dann wollte ich schon Dacis mit ihrer Steinschleuder aufrufen, die sogar noch kräftiger als Cliges war, als ich den Ausdruck in Polillos Augen sah. Erneut wurde ich schwach, obwohl ich wußte, daß es absolut dumm war, zwei Offizierinnen auf diese See hinauszuschicken.

Dies alles zu erzählen, Schreiberling, braucht weit länger, als es tatsächlich dauerte, denn schon war das Boot bereit. Wir stiegen ein, und das Boot wurde ausgeschwenkt und die Taljen bemannt. Ich saß mit Fyn in der Achterspitze. Er schätzte die Dünung ein, dann brüllte er: »Jetzt!« Und schon sank das Boot in die sturmgepeitschte See.

Im selben Augenblick, als wir aufsetzten, gingen die Riemen hinaus, und die Männer setzten uns mit aller Kraft von der Seite des Schiffes ab. Unsere Zuflucht war jetzt eine tödliche Falle, so gefährlich wie die Felsen, wenn wir ihr zu nahe kamen. Es war nicht einfach in diesem Boot. Wir konnten nicht sehr weit sehen, nicht viel weiter als bis zur nächsten Welle, und unser Boot hob und senkte sich auf besorgniserregende Weise, oder zumindest muß es vom Schiff aus so gewirkt haben. Hier unten brannte die Sonne, und die tosende See warf uns von einer Seite zur anderen. Das war nicht unangenehm.

Ein Grinsen breitete sich auf meinem Gesicht aus, was Fyn bemerkte. »Ich wollte Euch, weil Ihr Zauberkräfte in den Knochen habt. Wahrscheinlich werdet ihr am Ende von einem schwarzen Dämon in die Tiefe gerissen, ohne zu ertrinken, und damit bringt Ihr uns Glück«, sagte er und spuckte aus, womit er offensichtlich jeden Satz beendete.

Anfangs konnten wir die konyanische Galeere gar nicht sehen, da der Steinring uns die Sicht versperrt. Das Meer toste und donnerte um die Sockel der Steine herum, und meine Idee schien mir eine große Dummheit zu sein. Fyn wirkte gelassen. »Ruder hoch ... und jetzt, wenn ich zähle ... Eins! Zwei! Drei!« und wir schossen zwischen zwei Felsen hindurch, als säßen wir in einem Kanu, das beim sommerlichen Rennen auf einem Fluß einen Brückenpfeiler passiert.

Auf der anderen Seite kreiselten wir wie verrückt in der Strömung. Da sah ich das konyanische Schiff und fluchte. Es *bog* sich und krümmte sich in der Mitte, wenn die Felsen und Wogen und das Gewicht des Rammsporns den Kiel des Schiffes verdrehten. Wellen spülten über die Decks, und die hochgebogenen Dächer der Kajüten waren zersplittert und geborsten. Der Koloß wankte auf den Felsen, auf denen er kauerte, und ich hörte das Kreischen der Spanten durch den Wind.

Doch immer noch sah ich, daß Menschen über die Decks krochen und sich an Reling und Spieren klammerten. Wrackteile schwammen in den Wellen um das Schiff herum, und auch Leichen sah ich dort. Ich hörte ein lautes Bersten, und die Galeere brach in zwei Teile. Augenblicklich wurde der Bug vom Riff gerissen, taumelte gegen eine der nackten Felssäulen und zerbarst in tausend Teile.

Nur das Achterschiff war übrig, hing bedrohlich am Riff, und immer noch klammerten sich Seeleute daran.

»Wir nehmen so viele mit, wie wir können«, befahl Fyn, und wir ruderten näher heran. Sie sahen uns, und wieder winkten Leute, schrien und flehten, obwohl wir nichts davon hören konnten. Jemand kletterte auf eine Reling, balancierte, und obwohl wir wild gestikulierten, sprang er in die Brandung. Ich sah, wie sein Kopf auftauchte, seine Arme ruderten, dann versank er und ward nie mehr gesehen.

»Gottverdammter Narr!« knurrte Fyn. »Wir gehen nah ran, dann können sie springen oder vielleicht an den Tauen runterrutschen. Wir werfen ihnen die Fässer zu ... Schade, daß wir keine Leitern an Bord haben«, sagte er, und seine Stimme war so ruhig, als gäbe er in einer Hafenbar Seemannsgarn zum besten. »Leitern sind so ziemlich das beste bei solchen Brechern.«

Ich fragte mich, wo die Rettungsboote des konyanischen Schiffes waren. Anfangs sah ich keine und vermutete, man hätte sie entweder zu Wasser gelassen, als das Schiff aufgelaufen war, oder der Taifun hätte sie schon früher fortgeschwemmt. Dann entdeckte ich eines weit hinter dem Schiff.

Inzwischen waren wir sehr nah, und ich konnte Gesichter erkennen. Ich weiß nicht, wie viele noch an Bord waren, Zehn, zwanzig, vielleicht dreißig. Doch jedesmal, wenn eine Welle über das Schiff hereinbrach, wurden es weniger. Ich schaffte es, aufzustehen, stützte mich auf Polillos Rücken ab, formte meine Hände zu einem Trichter und rief: »Jetzt! Jetzt!« und winkte mit den Armen zum Boot hin.

Erst sprang ein Seemann über Bord, dann der nächste. Manche warfen Holzbretter als Flöße ins Wasser, andere hatten kleine Bojen bei sich, andere wieder sprangen einfach, hofften, sie könnten zum Boot schwimmen oder vielleicht Treibgut finden, um sich daran festzuhalten, bis wir sie einsammelten.

Polillo warf eines der leeren Fässer so weit hinaus, daß es beinah den Rumpf der Galeere traf, und das Seil zwischen dem Faß und unserem Boot sollte als Rettungsleine dienen. Die anderen drei Fässer folgten. Ich spürte, wie Freude in mir aufwallte... Die verfluchte See mochte das Schiff geholt haben und manches Leben noch dazu. Doch bei Maranonia, wir standen nicht daneben und sahen zu, was geschah, und die Götter waren bei uns, halfen uns, zumindest ein paar der Menschen zu retten. Wieder knirschte der Koloß auf den Felsen, und ich wußte, in wenigen Sekunden würde er ins Wasser stürzen. Wir waren ihm sehr nah... fast ragte er schon über uns auf. Ich blickte auf und dachte, der letzte Mann sei schon gesprungen und das Wrack jetzt menschenleer.

Da entdeckte ich sie. Ich weiß nicht, woher ich wußte, daß es eine Frau war. Ebensogut hätte es ein Mann mit sehr langem Haar sein können. Und doch wußte ich es. Sie war in Weiß gekleidet, und die triefnassen Kleider klebten an ihrem Leib. Sie hatte Glück, daß es warm war, sonst wäre sie in Sekunden erfroren. Die Frau war aus den Ruinen des Deckshauses gekommen und stand jetzt neben der Reling, hielt sich daran fest, sah sich um. Sie schien uns nicht zu bemerken. Anscheinend stand sie unter Schock, oder vielleicht war sie auch verletzt.

Wir riefen, wir schrien, doch endlose Zeit nahm sie von uns keine Notiz. Dann blickte sie herab und entdeckte unser Boot. Ich schwöre, ich sah ein Lächeln. Ganz langsam, ganz vorsichtig kletterte sie auf die Reling, balancierte, als wollte sie einen Kunstsprung in ihr liebstes Schwimmbecken wagen, dann packte der Wind ihre Kleider und riß sie in die Tiefe, wobei sie wie wild taumelte, bevor sie ins Wasser schlug und untertauchte.

Ohne nachzudenken, sprang ich in die reißende Strömung. Ich kam hoch, schwamm mit aller Kraft dorthin, wo ich sie zuletzt gesehen hatte, spürte, daß die Strömung mich mit sich reißen und gegen die nahen Felsen werfen wollte. Salz brannte in meinen

Augen, doch konnte ich sehr deutlich sehen... das Braun und Schwarz und Grau der nahen Felsen, den aufragenden Übergang des von Krebsen übersäten Galeerenrumpfes, dann endlich entdeckte ich ein weißes Wirbeln.

Nur einen Augenblick lang war es an der Oberfläche, dann verschwand es, als die Frau erneut versank. Ich knickte ein und tauchte unter, tiefer, immer tiefer, mit tastenden Händen, und ich fühlte Stoff, Seide an meinen Fingern, und ich packte sie und zog sie an mich, und spürte Arme, die kraftlos ruderten, und schon schwamm ich aufwärts.

Wir tauchten auf. Keuchend sog ich Luft in meine Lungen, während ich mich noch der Arme der Frau erwehrten muße, die mich mit sich wieder in die Tiefe ziehen wollten, dann hatte ich sie fest im Griff, um den Hals und unter ihrem Arm, zwang sie auf den Rücken und schwamm, so schnell ich konnte, mit stechender Lunge, und schließlich fühlte ich, wie starke Arme, die nur Polillo gehören konnten, mich und die, deren Leben ich gerettet hatte, den tödlichen Fluten entzogen.

Kapitel Sechzehn

Prinzessin Xia

Das nächste, woran ich mich erinnern kann, war Corais' spöttische Miene über mir. Mit einer Hand hielt sie meinen Kopf, während sie mit der anderen ein Glas schwenkte. Die Kajüte stank wie klebriger Tavernenboden.

»Hör auf, dich zu wehren«, sagte sie. »Du verschüttest teuren Branntwein.«

Ich merkte, daß ich sie von mir stieß, und hielt inne. Gehorsam machte ich den Mund auf und schluckte den Inhalt des Glases herunter. Der Alkohol brannte in meinen Eingeweiden, Nebel stieg auf, und mein Kopf wurde klarer.

»Danke«, ächzte ich. »Ich fühl mich schon wie neugeboren... glaube ich zumindest.«

Ich zupfte vorn an meinem Schlafhemd herum, das vom verschütteten Branntwein ganz durchweicht war. Meine Brüste klebten von dem Zeug. »Anscheinend gebe ich eher geistige Getränke von mir als Milch«, lachte ich. »Wenn das stimmt, werde ich noch Ärger mit der Ammengilde bekommen.«

Corais kicherte. »Es war das erste Mal, daß ich dir einen Branntwein aufdrängen mußte. Hast du das Zeug etwa aufgegeben? Jetzt, wo du in höheren Sphären schwebst als wir anderen und nur noch mit Zauberern verkehrst?«

»Achte auf deine Worte«, knurrte ich freundlich. »Gamelan hat mich schon halbwegs gelehrt, wie man spitzzüngige Ordonnanzen in die Nachgeburt einer Xanthippe verwandelt.«

»Solange es die Nachgeburt einer Ordonnanz ist, soll es mir nur recht sein«, gab Corais zurück und schenkte mein Glas wieder voll.

Draußen war alles still. Friedlich lugte der Sonnenschein durch die Kajütentür. Seeluft wehte herein. Dann kam mir die Erinnerung, und ruckartig setzte ich mich auf.

»Was ist mit der...« Mitten in meiner Panik preßte mir Corais das Glas an die Lippen.

»Es ist für alles gesorgt«, beruhigte sie mich. »Jetzt trink. So lautet Gamelans Befehl. Zwei Becher Branntwein, versüßt mit einer Art Denkhilfe, die Ismet für dich angerührt hat.«

Ich trank. Während ich an meinem Elixier nippte, setzte Corais mich ins Bild. Sie sagte, die Befehle, die ich von mir gegeben hätte, als man mich an Bord des Schiffes zog, seien allesamt ausgeführt worden. Ich erinnerte mich nicht, Befehle gegeben zu haben. Ich erinnerte mich nur an Polillos kalte, feuchte Umarmung, doch das erwähnte ich Corais gegenüber nicht. Sie hätte es nur für eine hämische Bemerkung genutzt. Sie erklärte, wir seien ohne weiteren Zwischenfall dem Sturm entronnen, offenbar nur mit geringen Verlusten. Insgesamt dreizehn Konyaner hatten wir retten können, von denen mehrere leichte Verletzungen davongetragen hatten. Um diese und auch um die anderen kümmere man sich bereits.

»Und wieder«, sagte sie, »hast du bewiesen, daß du vielleicht nicht die *beste* Kommandantin bist, die die Maranonische Garde je gehabt hat, aber mit Sicherheit die *glücklichste*!«

»Meine Verdienste als Kommandantin werde ich später mit dir

diskutieren«, knurrte ich und konnte mir kaum das Lachen verbeißen. Corais' beißender Humor erinnerte mich auf erfrischende Weise daran, daß wir gemeinsam so weit gekommen waren. Wir hatten dieselben Prügel auf dem Übungsplatz eingesteckt, unter denselben übellaunigen Ausbildern gelitten und dieselben sinnlosen Pflichten erfüllt, die uns von unterbelichteten Vorgesetzten auferlegt worden waren. Kurz gesagt, waren wir nicht nur eine Zeitlang wie Schwestern gewesen, sondern auch jetzt noch Waffenschwestern.

»So sei es«, gab Corais zurück. »Die schlechte Nachricht später, die gute Nachricht gleich. Also dann, oh, Große Kommandantin Antero, so schön wie weise, so weise wie…«

»Gleich stopf ich dir das Maul mit einem dreckigen Lendenschurz, du freche Ordonnanz«, sagte ich. »Erzähl mir von unserem Glück.«

»Nun, du hast eine Prinzessin gerettet, Kommandantin«, sagte sie. »Und eine konyanische dazu.«

Ich glotzte sie an. »Du meinst, die Frau…«

Corais nickte. »Es ist wahr. Das süße, junge Ding, das du aus dem Meer gefischt hast, ist so hochherrschaftlich wie ein Tavernenwirt einen Tag nach dem Zahltag. Sie ist keine Geringere als Prinzessin Xia, die Tochter eines Mitglieds der konyanischen Regierung. Sobald wir in ihre Gewässer kommen, sind wir Heldinnen! Die geben uns, was wir wollen!«

Ich starrte in mein leeres Glas. Was immer Gamelan in diesen Branntwein gemischt hatte, schärfte meinen Verstand weit mehr, als mir gerade recht war. Wo Corais unser Glück erblickte, sah ich Probleme schimmern. Worin diese im einzelnen bestehen sollten, konnte ich allerdings nicht genau sagen. Ich behielt meine Zweifel für mich. Es würde nicht helfen, jemandem mit meinen zynischen Einwänden die gute Laune zu verderben.

»Mögen die Götter von deinen Worten hingerissen sein, Corais«, sagte ich. Ich schwang mich auf die Beine. »Ich sehe besser mal nach unserem königlichen Fang, bevor der Tag sich seinem Ende neigt.«

Ich zog das nasse Nachthemd aus und begann mich zu waschen,

wertete meine Kleidung im Geiste zu etwas auf, mit dem man einer Prinzessin gegenübertreten konnte.

»Eins noch, Kommandantin«, sagte Corais. »Cholla Yis Signalgast flattert schon den ganzen Morgen wie eine Möwe mit Verstopfungen. Der Admiral wünscht ein Treffen. Dringend.«

»Und das soll er auch bekommen«, sagte ich. »Übermittle ihm meine Grüße und sag, ich wäre hocherfreut, wenn er mich in einer Stunde aufsuchen könnte.«

Corais eilte davon. Ich hielt im Waschen inne und betrachtete mich im Spiegel. Es war lange her, daß ich ihn konsultiert hatte. Unsere bisherigen Abenteuer mochten meinen Nerven eine harte Probe gewesen sein, doch hatten sie meiner Erscheinung keinen Abbruch getan. Die Haut schimmerte gesund und dunkel, mein Haar war von der Sonne beinah weiß gebleicht, doch war es weicher und formbarer als je zuvor, meine Figur so fest, wie sie durch harte Übungen nur werden kann. Die Wangenknochen schienen höher zu sitzen, die Wangen selbst tiefer im Schatten zu liegen, und insgesamt wirkten meine Lippen dadurch voller als zuvor. Meine Augen waren von hellem Blau, mit feinen, straffen Falten der Autorität, die, wie ich zugeben muß, nicht unattraktiv wirkten, und meinem Äußeren eine gewisse Reife verliehen.

Falls du glaubst, es sei die Eitelkeit, die mich Inventur machen ließ, Schreiberling, so hast du dich getäuscht. Seit ich bei Gamelan in die Lehre ging, hatte ich mit Grauen an die Erzählungen meines Bruders denken müssen, welche Wirkung die intensive Ausübung der Magie auf Janos Greycloak gehabt hatte. Amalric sagte, Janos' Körper sei davon schlichtweg verwüstet worden, er sei sichtlich um viele Jahre gealtert. Sicher, Amalric hatte über Greycloaks Besessenheit von der Schwarzen Magie gesprochen, doch konnte dies meine Befürchtungen nur wenig lindern. So empfand ich bei meinem Blick in den Spiegel eher Erleichterung als Befriedigung.

Also gut, ein wenig Eitelkeit muß ich wohl eingestehen … und zwar hinsichtlich meiner Haut, die ich stets für das Hübscheste an mir gehalten habe. Wie gesagt, sie glänzte förmlich vor Gesundheit, was mich zutiefst befriedigte. Und ich dachte: »Es geht doch nichts über ein bißchen Macht, wenn man einer Frau die Röte auf die Wangen treiben will.«

Ich besprenkelte mich mit meinem liebsten Orangenblütenparfum und stieg in die beste Paradeuniform. Ich legte mein Schwert an, dann ein goldenes Rangabzeichen, schließlich meine Ohrringe mit Speer und Fackel. Ich schenkte dem Spiegel einen letzten Blick und fühlte mich ein wenig wie ein Kind, das Verkleiden spielt.

»Die haben doch keine Ahnung, Rali«, beruhigte ich mich und ging, die Prinzessin kennenzulernen.

Der Schiffszimmermann – auf seine Art selbst ein Zauberer – hatte neben Gamelans Kajüte genügend Raum geschaffen, daß sie dort ein bequemes, wenn auch winziges Quartier gefunden hatte. An der Tür hob ich die Hand um anzuklopfen, doch hielt ich inne, als ich Stimmen hörte.

Die erste gackerte wie eine alte, scheltende Henne: »Nun kommt schon, Hoheit. Ich weiß, Ihr verabscheut den Geschmack geistiger Getränke, doch das hier müßt Ihr wirklich trinken. Der alte Zauberer – gesegnet sei seine Seele – mag blind sein, aber er weiß, wie man einen hübschen Stärkungstrank braut. Mein verstorbenes Großmütterchen hätte ihn nicht besser machen können, und sie war bei allen großen Damen ihrer Zeit beliebt, wenn diese sich unwohl fühlten.«

Die antwortende Stimme war jung und ganz ungemein reizend: »Ach ... na gut, Aztarte. Nicht, daß ich es bräuchte. Ich bin nur ein wenig müde. Aber du würdest gnadenlos weiter auf mich einreden, wenn ich es nicht täte.«

Ein Rascheln war zu hören, leises Schlucken, dann ein Stöhnen. »Meine Güte. Es raubt einem fast den Atem. Wenn auch nicht so schlimm, wie ich befürchtet hatte.« Weiteres Rascheln und Schlukken, als sie noch mehr trank. »Mmmh. Das ist eigentlich gar nicht übel. Der Geschmack wird besser, je mehr man davon trinkt. Und ich muß sagen, der Tag sieht schon viel freundlicher aus. Ich glaube, ich werde meine Ansichten über geistige Getränke ändern.

Offensichtlich hat man mir bisher nur Branntwein von minderer Qualität angeboten.«

»Seht Ihr, Prinzessin Xia«, mahnte die andere, »Ihr solltet auf Eure arme, alte Aztarte hören. Ich will ja nur das Beste für Euch. Und war das nicht stets der Fall, seit Eure liebe Mutter, gesegnet sei ihr toter Leib, mich aus dem Dorfe holte, um auf Euch zu achten?«

Die Prinzessin kicherte. Es war ein herrlicher Klang, wie der einer Lyra. »Und bis zum heutigen Tage glaubst du, ich sei das kleine Mädchen, das du gewiegt hast«, sagte sie. »Hast du gesagt, der Zauberer habe mir zwei solcher Gläser mit dem Elixier verschrieben? Fast möchte ich noch so eines trinken.«

Man hörte, wie Branntwein eingeschenkt und getrunken wurde. Dann: »Sag mir, Aztarte, wem muß ich für unser Glück danken? Wir wären bei den anderen, den armen Seelen, am Grund des Meeres, wenn diese tapferen Leute nicht ihr Leben für uns riskiert hätten«

»Hauptmann Antero hat die Rettung befohlen«, sagte die Alte. »Und Hauptmann Antero kam auch persönlich zu Eurer Rettung.«

»Ein Hauptmann?« fragte die Prinzessin und klang verblüfft. »Ich erinnere mich genau, daß es eine Frau war, die mich herausgefischt hat! Ich fand es etwas seltsam, aber ich war im Begriff zu ertrinken, und so habe ich sie nicht allzusehr in Frage gestellt.« Ihre Stimme wurde leiser, klang enttäuscht.

»Nun gut. Ich sehe, so etwas ist nicht möglich. Vielleicht habe ich von ihr geträumt. Es war ein so unglaublicher Traum, Aztarte. Sie war sicher die schönste Frau, die ich je gesehen habe. Ihre Arme und Beine so wohlgeformt, doch dazu muskulös. Das Haar trieb hinter ihr wie die Mähne eines goldenen Pferdes, das eilig durch die Fluten pflügt. Ein ganz bemerkenswerter Anblick, wie du zugeben mußt. Doch offenbar … wie es scheint, war es nur … ein Traum. Wie anders könnte die Welt sein, wenn Frauen wie wir zu derart mutigen Taten in der Lage wären.«

»Aber Hoheit«, unterbrach die Alte. »Es war kein …« Ich klopfte und unterbrach ihren Satz.

Stille, dann sagte Xia: »Tretet ein.«

Das tat ich und verneigte mich tief, als ich die Tür geöffnet hatte. »Hauptmann Antero, Majestät«, sagte ich. »Zu Euren Diensten.«

Prinzessin Xia war ganz außer sich, starrte mich von ihren Kissen aus schier sprachlos an. Auch ich war einen Augenblick lang stumm. Sie war betörend... dunkel wie Corais und auch so schlank, doch selbst jetzt, wenn sie lag, konnte ich sehen, daß sie fast so groß war wie ich. Sie trug eine geliehene, grobe, weiße Robe, doch dank ihrer majestätischen Haltung wirkte diese wie ein prächtiges Gewand. Ihr Haar fiel in langen, schwarzen Wellen, die glitzerten, wenn das Licht darauf fiel. Ihre Augen waren große, schwarze Teiche, aus denen all die Energie und Jugend eines Menschen von achtzehn Sommern sprach. Dunkle Augenbrauen, hohe Wangenknochen, dazu eine aristokratische Nase. Ihre Lippen waren von Natur aus rosig und vielleicht etwas zu voll, sofern man die frostige Jungfrau der reifen Sinnlichkeit vorzieht.

Xia errötete lieblich unter meiner allzu genauen Betrachtung. Dann fing sie sich und klatschte freudig in die Hände. »Siehst du, Aztarte, ich habe nicht geträumt. Es *war* eine Frau, die mich gerettet hat.«

Die Dienerin schüttelte den grauen Schopf und brachte dabei so manches Matronenkinn in Wallung. »Aber das wollte ich Euch doch eben sagen, Hoheit... Hauptmann Antero *ist* eine Frau. Eine Soldatin, sie sei gesegnet. Gott sei Dank war sie da, als wir sie brauchten, und nicht einer der Piraten, die ich in dieser Mannschaft sehe. Keine Sekunde könnten wir bei diesen Männern unsere Tugend wahren.«

Die Prinzessin sprang auf, und in ihrer Aufregung achtete sie nicht auf den Umhang, und mir wurde ein Blick auf ihre vollen Brüste mit Knospen wie frische Beeren und die rosigen Lippen ihres Geschlechts gewährt, so zart und glatt, wie das bei jungen Mädchen üblich ist. Einen Augenblick lang dachte ich, sie wollte mich umarmen, doch dann errötete sie erneut, als sie meinen lüsternen Blick bemerkte, und zog den Umhang zu. Wenn auch nicht *so* fest, wie mir sehr wohl auffiel.

Dann sagte sie eher förmlich: »Ich verdanke Euch mein Leben, Hauptmann Antero. Und vor allem verdanke ich Euch das Leben zwölf meiner Landsleute, darunter Aztartes, die mir nähersteht als jeder andere Mensch, abgesehen natürlich von meinem Vater.«

Aztarte schnalzte darüber vor Freude mit der Zunge. »Ihr seid zu gütig, Prinzessin.« Dann sah sie mich an, die braunen Augen erstaunlich jung in einem derart alten Gesicht. »Aber ich muß Euch sagen, Hauptmann Antero: Ich dachte, mein Ende sei gekommen, als mich diese große Soldatin – Polillo, glaube ich, ist ihr Name – bei den Haaren packte und an Bord zerrte, als wäre ich eine Flunder, die den Köder gefressen hatte.«

Wiederum verneigte ich mich tief. »Wir haben nichts anderes getan, als jeder zivilisierte Mensch getan hätte«, sagte ich. »Wären wir in dieser Zwangslage gewesen, hätten Eure Leute sicher ebenso gehandelt.«

»Da bin ich mir nicht so sicher, Hauptmann«, sagte Xia. »Wir sind ein mißtrauisches Volk, und Ihr scheint Fremde zu sein.«

»Das sind wir, Hoheit«, sagte ich. »Unsere Führer haben uns auf eine lebenswichtige Mission geschickt, die wir wohl erfüllt, in deren Verlauf wir uns jedoch verirrt haben. Als wir uns trafen, war ich eben auf dem Weg zu Eurer Hauptstadt, um Euch um Hilfe bei der Suche nach unserem Heimweg zu bitten.«

Prinzessin Xia lachte. Es war ein entzückender Klang. »Und die sollt Ihr bekommen«, sagte sie. »Ich werde mit meinem Vater – Lord Kanara – reden. Ich verspreche Euch, er wird gern seinen Einfluß geltend machen. Schließlich habt Ihr sein Kind gerettet.«

Eben wollte ich ihr danken, als es an der Tür klopfte. Es war Corais.

»Entschuldigt mich, Kommandantin«, sagte sie. »Das Boot des Admirals ist auf dem Weg.« Während sie sprach, wanderte ihr Blick zur Prinzessin, dann zu mir, dann wieder zur Prinzessin.

»Ich komme gleich«, sagte ich, und Corais salutierte frisch und knackig, sicher um Prinzessin Xia mit meiner Autorität zu beeindrukken. Dann ging sie hinaus.

»Wenn Ihr mir vergeben wollt, Prinzessin«, sagte ich. »Die Pflicht ruft.«

Ihr Strahlen war nicht ganz so hell wie eben noch. »Natürlich«, sagte sie. »Ihr müßt Eurem Admiral zu Diensten sein.«

Ich lachte. »Um ehrlich zu sein«, sagte ich, »steht er *mir* zu Diensten. In dieser Flotte nimmt der Admiral *meine* Befehle entgegen.«

Xia erglühte. »Man stelle sich vor«, sagte sie, »eine Frau hat das Kommando! Wir müssen bald wieder miteinander sprechen, Hauptmann.«

Sie streckte ihre Hand aus. Ich beugte mich darüber, berührte ihre weiche Haut mit meinen Lippen. Sie erschauerte. Ich erhob mich, beunruhigt von der Hitze, die in mir aufstieg, und verabschiedete mich steif.

Cholla Yi ging in meiner Kajüte auf und ab. Meine Kameradinnen hatten ihre Sachen zusammengeräumt, und ich hatte uns einen Tisch, Stühle und ein paar Erfrischungen bringen lassen. Abgesehen von seiner Unruhe fiel mir als erstes auf, daß er allein war. Was bedeutete, daß er keine Zeugen unserer Unterredung wollte.

Er fuhr herum und sah mich an. »Ihr habt uns in üble Schwierigkeiten gebracht, Hauptmann Antero«, herrschte er mich an. »Und wenn wir nicht zügig handeln, wird man uns bald das Fell über die Ohren ziehen, wenn nicht Schlimmeres.«

Sein Vorwurf traf mich unvorbereitet. »Was habe ich getan?«

»Diese konyanischen Bastarde gerettet, das habt Ihr getan«, sagte er. »Ich will gern zugeben, daß es eine mutige Tat war, aber davon abgesehen war es wirklich dumm.«

»Seit wann ist es dumm, Menschen zu retten?« fragte ich. »Ich dachte, es wäre eines der ungeschriebenen Gesetze der Meere, anderen Seeleuten zu Hilfe zu kommen.«

»Auf Euren Meeren vielleicht«, sagte er. »Nicht auf meinen. Und besonders nicht in diesen Gewässern.«

Ich antwortete nicht gleich. Ich ahnte, was ihn beunruhigte. Cholla Yi sah mich an, dann ließ er seine Wut in einem langen Seufzer heraus und hatte sich wieder im Griff.

»Hauptmann, wir haben doch eine Menge zusammen durchgemacht. Ich mag Euch nach wie vor nicht sonderlich, aber immerhin bin ich so ehrlich, es zuzugeben. Und ich gehe davon aus, daß dieses Gefühl auf Gegenseitigkeit beruht. Allerdings, ich habe großen Respekt vor Euch, nachdem ich Euer Vorgehen beobachtet habe. Nur stellt sich uns hier ein großes Problem, und mit dem Zeigefinger auf Schuldige zu deuten, ist keine große Hilfe. Es tut mir leid. Seit dieser Sache mit dem Sarzana hatten wir keine Zeit zu reden, und da liegt die Wurzel unseres Problems.«

Die aufkeimende Sorge, die mich plagte, seit Corais mich geweckt hatte, wurde zu einer wahren Plage. Als mich diese Einsicht traf, sank ich auf einen Stuhl und schenkte jedem von uns ein Glas schweren Weines ein. Cholla Yi nickte, als er mir ansah, was mich bewegte, und setzte sich mir gegenüber. Wir leerten unsere Gläser und schenkten nach.

»Ich vermute«, sagte Cholla Yi schließlich, »daß alles, was uns der Sarzana erzählt hat, eine einzige Lüge war. Und nicht nur das, sondern wahrscheinlich trifft gerade das Gegenteil von allem zu, was er uns gesagt hat. Er war ein echter Hurensohn, und die Konyaner haben ihn dafür gehaßt. Sie konnten ihn nicht töten, wegen des Fluches. *Das* war die Wahrheit. Jeder Konyaner, der den Herrscher tötet, ist verflucht. Also haben sie das nächstbeste getan und ihn auf eine Insel gebracht. Dann versammelten sie alle Zauberer und Hexen des Reiches und legten einen Bann über die Insel, der so stark war, daß er nicht entkommen konnte.«

»Und dann kamen wir«, sagte ich, »und haben ihn befreit. Aber es war nicht unser Fehler! Gamelan war außer Gefecht gesetzt. Wie hätten wir wissen sollen, daß uns der Sarzana das magische Vlies über die Augen gezogen hatte?«

»Glaubt Ihr, der alte Zauberer hätte es bemerkt?« fragte Cholla Yi.

»Sicher hätte er das«, sagte ich. »Es mag ein übermächtiger Glückseligkeitszauber gewesen sein, mit dem uns der Sarzana bedacht hat, aber vor seiner Verwundung hätte er dem Lord Gamelan nichts anhaben können. Wie Kapitän Stryker schon sagte, habe selbst ich ihn zu spät gespürt, aber meine Talente sind auch noch zu neu, um gegen einen erfahrenen Zauberer wie den Sarzana zu bestehen. Wie dem auch sei: Das alles gehört der Vergangenheit an. Wir wurden zum Narren gehalten, wenn auch mit machtvollem Zauber. Es gibt keinen Grund, sich zu schämen.«

»Es interessiert mich einen feuchten Dreck, ob ich mich schämen sollte«, sagte Cholla Yi. »Reich werden und alt sterben ist alles, was mich interessiert. Und im Augenblick könnt Ihr die Münzen ruhig behalten, denn ich habe keine große Hoffnung, daß mir ein grauer Bart wächst, wenn das, was passiert ist, den falschen Leuten zu Ohren kommt.«

»Was uns wieder zu den Konyanern bringt, die wir gerettet haben«, sagte ich.

»Was uns wieder zu den Konyanern bringt«, stimmte Cholla Yi mir zu. »Bevor sie kamen, wollten wir uns herausreden. Uns eilig in einen Hafen schleichen, prahlen, wie wichtig wir in Orissa wären, ihnen ihre Hilfe abschmeicheln und verschwinden, bevor sie erfuhren, daß wir diesen Teufel losgelassen haben. Doch dieser Plan, so schlecht er auch gewesen sein mag, ist jetzt, da Ihr die Leute gerettet habt, undurchführbar.

In einer Flotte kann man keine Geheimnisse haben. Wir leben zu eng beieinander. Die Konyaner werden es bald herausfinden, und sobald wir in einem ihrer Häfen ankern, werden sie die Katze aus dem Sack lassen. Dann sind wir geliefert. Betrachtet man es aus ihren Augen, verdienen wir die schwerste aller Strafen.«

»Vielleicht ist der Sarzana ertrunken«, sagte ich, wohl wissend, daß das nur ein frommer Wunsch war. »Es war ein ziemlich kleines Boot, in dem er geflohen ist.«

Cholla Yi schüttelte den Kopf. »Er ist zu böse zum Ertrinken«, sagte er. »Die Fische würden ihn wieder ausspucken. Nein, ich denke, während wir uns hier unterhalten, läuft er gerade in seinen Heimathafen ein und wiegelt die Leute in seinem Sinne auf.«

»Wir haben eine konyanische Prinzessin gerettet«, sagte ich. »Das müßte doch etwas zählen.«

»Gut, dann stechen sie uns nach dem Auspeitschen nicht die Augen aus«, sagte Cholla Yi. »Was so ziemlich alles ist, was uns *das* bringen wird.«

Ich sank in tiefes Schweigen und trank meinen Wein, während ich auf der Suche nach einem Ausweg an gedankliche Türen klopfte.

»Ich sehe nur einen einzigen Weg«, sagte Cholla Yi.

»Welchen?«

Cholla Yi zuckte mit den Achseln. »Werft sie zurück. Sie ertrinken, ganz wie sie es im Sturm ohnehin getan hätten. Und wir segeln arglos nach Konya und bitten dort um Hilfe. Keiner wird etwas erfahren, solange wir die Mäuler unserer Mannschaft geschlossen halten.«

Ich schüttelte den Kopf. »Das werde ich nicht tun«, sagte ich.

Cholla Yi wechselte augenblicklich von Vernunft zu Zorn. »Bei den Göttern, ich werde sie eigenhändig ersäufen, wenn Euch der Mumm dazu fehlt.«

»Ich führe keinen Krieg gegen Zivilisten«, sagte ich. »Diese Leute haben uns nichts getan.«

»Aber sie wären doch sowieso tot, wenn Ihr nicht eingegriffen hättet!« rief Cholla Yi. Eine Hand schwebte über seinem Schwert. Ich stand auf, trat den Stuhl zur Seite und aus dem Weg.

»Aber ich habe es getan. So ist es nun mal. Solange ich hier das Kommando habe, werden sie nicht angerührt.«

Cholla Yi sah aus, als wolle er sein Schwert ziehen und es darauf ankommen lassen. Ich war mehr als bereit, seinen Wünschen zu entsprechen. Dann kämpfte er erneut um seine Haltung und siegte. Ich hörte einen Lederharnisch knarren und warf einen Blick über meine Schulter, wo Polillo den Türrahmen ausfüllte. Gleich hinter ihr stand Corais. Unser Streit war so erhitzt und laut gewesen, daß sie sehen wollten, ob ich Hilfe brauchte. Brauchte ich nicht. Andererseits wäre es auch keine Lösung gewesen, Cholla Yi zu töten. Meine Belohnung dafür hätte nur in einer Meuterei seiner Leute bestanden.

»Wir sollten nicht untereinander kämpfen«, sagte Cholla Yi. »Vielleicht gibt es eine andere Möglichkeit. Ich kehre auf mein Schiff zurück und werde darüber nachdenken.«

»Auch ich werde mein Hirn martern«, sagte ich.

»Wollen wir morgen wieder konferieren, Hauptmann?« sagte Cholla Yi kühl und förmlich.

»Wenn Ihr so freundlich wärt, Admiral«, gab ich zurück.

Als er gegangen war, sah ich meine beiden Ordonnanzen an. »Wieviel habt ihr gehört?« fragte ich.

»Genug, um zu wissen, daß wir in der Klemme sitzen«, sagte Polillo.

»Das halbe Schiff weiß schon Bescheid«, sagte Corais. »Ihr beiden habt nicht gerade geflüstert.«

»Es muß einen Ausweg geben«, sagte ich. »Gehen wir zu Gamelan und reden mit ihm.«

Einige Stunden später, nachdem wir das Problem von jedem erdenklichen Winkel aus betrachtet hatten, mußte auch der Zauberer unsere Niederlage eingestehen.

»Ich kenne einen Zauber, der Vergeßlichkeit bewirkt«, sagte er. »Nur ist er nicht sonderlich verläßlich und außerdem gefährlich. Wenn er danebengeht, wäre es barmherziger, sie zu töten. Außerdem glaube ich nicht, daß Ihr die Kraft dafür besitzt, Hauptmann Antero.«

»Aber Ihr alle seid mit mir einer Meinung, daß es falsch wäre, diesen Menschen etwas anzutun?« fragte ich.

»Es wäre eine feige Tat«, knurrte Polillo. »Ich bin mehr als bereit, Blut zu vergießen, wie ihr alle wißt. Aber ich werde mich nicht daran beteiligen, Unschuldigen etwas anzutun.«

»Davon hatte ich in den Straßen von Lycanth genug«, sagte Corais, und bei dem Gedanken an all die Zivilisten, die uns der Archon entgegengeschickt hatte, lief ihr ein Schauder über den Rükken.

Ich sah Gamelan an. Und als spürte er meinen Blick, schüttelte er den Kopf. »Ich muß mich auf der anderen Seite schon für so vieles verantworten, wenn mich der Dunkle Sucher holt«, sagte er. »Meine Antwort ist nein.«

»Ich sehe nur eine Möglichkeit«, sagte ich. »Wir sollten der Prinzessin unseren Irrtum beichten und zu den Göttern beten, daß sie uns nicht nur vergibt, sondern außerdem für uns eintritt.«

Niemand sah eine andere Möglichkeit, und so ließ ich sie rufen. Als sie eintrat, erstrahlte der Raum von ihrer Gegenwart. Sie trug eine kurze, geliehene Tunika, die ihre langen Beine zeigte und sich um die schmalen Hüften und runden Brüste schmiegte. Als sie mich ansah, war ihr Blick voll der Bewunderung. Es tat mir weh, mich dieser Bewunderung zu berauben. Und doch tat ich es.

Ihre Augen weiteten sich vor Entsetzen, als ich ihr von unserer Begegnung mit dem Sarzana erzählte, dann wurden sie zu harten Spiegeln, als ich beichtete, was wir getan hatten.

»Ich wünschte, Ihr hättet uns nie gerettet«, sagte Xia. »Ich möchte lieber tot sein als mit anzusehen, was der Sarzana meinem Volk antut.«

»Wenigstens kann man die Menschen warnen«, sagte Gamelan.

Xia stieß ein bitteres Lachen aus. »Ihr ahnt nicht das Ausmaß dessen, was Ihr getan habt«, sagte sie. »Der Sarzana ist der böseste Mensch, den es je in unserem Volk gegeben hat. Er hat uns versklavt, uns aller Würde beraubt. Ströme von Blut flossen von unseren Inseln, als er regierte. Es war ein Wunder, ein einmaliger Segen der Götter, daß wir uns von ihm befreien konnten.

Es wird nicht einfach sein, ihn nochmals zu besiegen. Tatsächlich könnte es schlicht unmöglich sein. Er ist ein Zauberer von ungeheurer Macht und hat in den Jahren seines Exils sicher alles genau geplant. Und nur auf den Tag gewartet, an dem er von Narren wie Euch befreit würde.«

Sie sah mich an, und Tränen der Wut liefen über ihre Wangen. »Als ich Euch sagte, mein Vater wäre dankbar, daß Ihr mich, sein einziges Kind, gerettet habt, habe ich Euch nicht erklärt, daß ich sein einziges *lebendes* Kind bin. Ich hatte einmal vier ältere Brüder. Der Sarzana hat sie bei seinen Säuberungen allesamt ermordet.«

Xia wischte sich die Augen und nahm sich zusammen. Ihre Miene wurde kalt, distanziert. »Ihr müßt wissen, daß meine Familie mit königlichem Blut verflucht ist. Durch meine Mutter, die starb, als ich noch ein Kind war, entstammen wir einer alten Linie konyanischer Monarchen. Der Sarzana hat alle männlichen Kinder sämtlicher Familien mit königlichen Vorfahren erschlagen lassen.«

Sie ließ den Kopf hängen und weinte. Ich wußte nicht, was ich sagen sollte. Um Verzeihung zu bitten, erschien mir jämmerlich. Die Tränen versiegten, und die Prinzessin hob ihren Kopf. In ihrem Blick stand eine Frage geschrieben.

»Warum habt Ihr es mir gesagt?« fragte sie. »Jetzt, da ich es weiß ... seid Ihr nicht mehr sicher.«

Ich erzählte ihr von Cholla Yi und beobachtete sie dabei genau. Ich sah keine Angst, auch nicht, als ich erklärte, daß ich zwar das Kommando der Flotte innehätte, Cholla Yi und seine Piraten uns jedoch zahlenmäßig überlegen seien.

»Sind Eure Frauen die besseren Krieger?« fragte sie.

Ich sagte, das seien sie, doch dürfe einem nicht der Fehler unterlaufen, die Männer des Admirals zu unterschätzen. Sie seien gute Kämpfer, unerschrockene Männer mit großer Erfahrung im Morden.

»Und dennoch stellt Ihr Euch ihm entgegen?« fragte sie.

»Ja.«

»Warum?« wollte sie wissen.

Ich antwortete, wenn auch mit Mühe. »Ich bin Soldatin. Und darüber hinaus kommandiere ich die Maranonische Garde. Wir haben geschworen, Heim und Herd zu verteidigen. So ist es seit Hunderten von Jahren. Wir alle hier würden lieber den erniedrigendsten aller Tode sterben, als mit dieser Tradition zu brechen.«

Einen Moment lang dachte die Prinzessin nach, und wieder staunte ich, daß ein so junger Mensch eine solche Reife an den Tag legen konnte. Dann sagte sie: »Ich werde Euch helfen ... wenn ich kann. Es gibt einen kleinen, kaum besiedelten Ort in der Nähe von Isolde, meinem Zuhause, der Hauptinsel Konyas. Setzt mich und meine Leute heimlich bei Nacht dort ab und wartet dann. Ich werde mit meinem Vater sprechen und ihm erklären, daß Ihr dem Sarzana ebenso zum Opfer gefallen seid wie wir.«

»Glaubt Ihr, er wird auf Euch hören?«

Xia zuckte mit den Achseln. »Ich weiß es nicht. Und selbst wenn er es tut, ist er nur einer von neun Edlen, aus denen sich unsere Regierung, der Rat der Reinheit, zusammensetzt.«

Sie verzog das Gesicht, als sie den Rat erwähnte, als sei dieser ihr zuwider. »Ich weiß nicht, was sie sagen werden. Sollten sie zustimmen, lasse ich es Euch wissen. Wenn nicht, müßt Ihr fliehen. Segelt so weit und so schnell Ihr könnt. Und auch wenn Ihr meinem Volk unendlichen Schaden zugefügt habt, werden die Götter Euch vergeben, und ich werde beten, daß Ihr eines Tages sicher in die Heimat finden mögt.«

Es war ein großzügiges Angebot, und wir gingen darauf ein.

»Was wird der Admiral sagen?« fragte die Prinzessin.

»Ich weiß es nicht«, sagte ich. »Aber ich werde mein Bestes tun, ihn davon zu überzeugen.«

»Und wenn er sich weigert?«

Ich sah meine Gefährtinnen an. Sie nickten entschlossen.

»Dann kämpfen wir«, antwortete ich.

Der nächste Tag kam allzu bald. Ich schlief wenig und stand früh auf, um mich bereit zu machen. Ich teilte meiner Truppe mit, sie solle sich auf das Schlimmste gefaßt machen, über die Vorbereitungen dazu jedoch Stillschweigen bewahren.

Gamelan und ich unternahmen einen Morgenspaziergang. Die Stimmung in der Mannschaft war so kühl und die Blicke so haßerfüllt, daß selbst der blinde Zauberer den Ärger spürte, der sich dort zusammenbraute. Kapitän Stryker hielt sich fern von uns, und ich merkte, daß er mit Cholla Yi gesprochen hatte, denn anstatt die Mannschaft zu härterer Arbeit zu drängen, schlich er zwischen den Leuten herum, blieb stehen, flüsterte und warf hastige Blicke in meine Richtung. Gamelan bewahrte ein Lächeln, als läge nichts im argen, doch ständig raunte er mir Anweisungen zu und füllte meinen Kopf mit einem ganzen Arsenal von kleinen Schutzzaubern.

Zwei Stunden, bevor die Sonne ihren höchsten Stand erreicht hatte, schickte Cholla Yi die Nachricht, daß er kommen wolle. Ich wartete an Deck, und sah, daß mehrere Boote vom Schiff des Admirals ablegten. Auf allen wimmelte es vor bewaffneten Männern. Cholla Yi beging nicht den Fehler, mit allen an Bord zu kommen. Er befahl den anderen, sich zurückzuhalten, sein Boot wurde zu uns herübergerudert, und er stürmte an Bord, gefolgt von mehreren seiner wichtigsten Offiziere.

Er marschierte durch ein Spalier, das die Mannschaft auf der einen und meine Truppe auf der anderen Seite gebildet hatte. In Reichweite meines Schwertes blieb er stehen, das Haar frisch gewachst und glänzend.

»Nun, Hauptmann Antero«, sagte er, »habt Ihr über meine gestrigen Worte nachgedacht?«

»Das habe ich, Admiral«, sagte ich. »Und ich habe auch mit Prinzessin Xia gesprochen. Sie hat versprochen, uns zu helfen.«

Cholla Yi glotzte mich an, dann warf er den Kopf in den Nacken und lachte. »Ihr baut auf das Wort eines Mädchens? Dann seid Ihr eine noch größere Närrin, als ich dachte.«

Einige aus der Mannschaft lachten höhnisch. Im Gegenzug verwünschten meine Frauen sie leise.

Ich lächelte Cholla Yi an und zog bei dem Betragen seiner Mannschaft eine Augenbraue in die Höhe, als wollte ich sagen: Wenigstens kommandiere ich keinen Pöbel.

»Vielleicht *bin* ich eine Närrin«, sagte ich. »Doch bin ich nicht so närrisch, meine Ohren dem zu verschließen, was Ihr zu sagen habt. Als Ihr gestern gingt, habt Ihr versprochen, über eine Alternative nachzudenken.«

»Und das habe ich getan«, sagte Cholla Yi.

»Ihr habt einen Plan, der das Leben der Konyaner verschont?« fragte ich.

»Den habe ich in der Tat«, sagte er. »Ich schlage vor, wir suchen eine Insel. Etwas abgelegen, damit niemand sie findet. Dort setzen wir sie aus, mit soviel Proviant und Wasser, wie wir entbehren können. Dann segeln wir nach Konya, als wäre nichts geschehen. Schließlich fahren wir mit unserem Plan fort, Hilfe zu suchen, und wird uns diese gewährt, segeln wir in die Heimat.« Er rollte auf seinen Fußballen hin und her. »Was haltet Ihr davon, Hauptmann?«

Ich schüttelte den Kopf. »Es wäre besser, sie zu töten, als sie dem Hungertod oder noch Grausamerem zu überlassen«, sagte ich. »Es tut mir leid, Admiral, aber das ist keine befriedigende Lösung.«

Cholla Yis Gesicht lief vor Wut rot an. Seine Hand ging zum Schwert.

»Dann wollt Ihr lieber gegen mich antreten?« rief er. Seine Männer knurrten wie Hunde, die losgelassen werden wollen.

»Ich würde diese Angelegenheit lieber friedlich lösen«, sagte ich. »Nur wenn das fehlschlägt, will ich kämpfen.«

»Ich muß nur ein Zeichen geben«, sagte Cholla Yi. »Und die gesamte Flotte fällt über Euch her.«

Das Blut rauschte in meinen Ohren. Ich lachte ihn aus. »Nicht die ganze Flotte, mein Freund. Meine Truppe steht zu mir. Und auch einige Eurer Leute, wie ich vermute. Aber wenn Ihr Stahl schmecken wollt, nur zu.«

Unsere Schwerter blitzten hervor, und überall auf dem Schiff hörte ich, daß Waffen den Tag willkommen hießen.

Doch der Ausguck gab Alarm, und wir erstarrten, als dieselbe Warnung von allen Masten unserer Flotte kam. Wir fuhren herum und sahen, daß ein mächtiges Kriegsschiff auf uns zukam. Seine Decks waren schwarz vor Soldaten, und hoch oben im Wald seiner Masten und Segel saßen zahllose Bogenschützen, die Bogen gespannt und schußbereit. Weitere Schreie von unserem Ausguck waren zu hören, und wir drehten uns um und sahen noch ein riesenhaftes Schiff, dann noch eins und noch eins, bis wir gänzlich umzingelt waren.

Ich rief meiner Truppe Befehle zu, und sie wirbelten zu dem neuen Feind herum, Cholla Yi brüllte Kommandos, und seine Männer taten es uns nach.

Er trat neben mich, ein Grinsen auf den Lippen. »Bemerkenswert, wie schnell sich die Spielregeln ändern«, sagte er, »wenn man mit dem Tod um die Wette würfelt.«

Prinzessin Xia kam aus ihrer Kajüte gestürzt. »Es sind konyanische Schiffe!« rief sie. »Meine Leute!«

Cholla Yi machte Platz, als sie zu uns herüberkam, da sein Piratenverstand schnell eine leise Hoffnung für unser Überleben witterte.

»Laßt mich mit ihnen sprechen«, sagte sie. »Ich werde ihnen sagen, daß Ihr uns gerettet habt. Ich werde den Sarzana mit keinem Wort erwähnen. Ich werde mich wie eine Verräterin fühlen, aber – wie mein Vater sagt – manchmal braucht die Ehre eine Lüge.«

Ich sah Cholla Yi an. »Es sieht nicht aus, als hätten wir die Wahl«, sagte er. »Zumindest nicht eine, die uns Gelegenheit zum Überleben geben würde.«

Und so ließen wir die Waffen sinken und wiesen auch die anderen an, sich zu ergeben. Wenige Minuten später schwärmten konyanische Soldaten an Bord. Allen voran stand ein großer, weißhaariger Mann mit der Uniform und Haltung eines Kommandeurs. Zu unserer Erleichterung erkannte er Prinzessin Xia sofort und war höchst überrascht, sie bei uns vorzufinden.

»Eure Hoheit!« rief er aus. »Gott sei Dank seid Ihr in Sicherheit.«

»Auch ich danke den Göttern, Admiral Bhazana«, sagte sie. »Ich danke ihnen, daß sie mir diese Fremden geschickt haben. Sie haben uns das Leben gerettet.«

Rote Flecken traten auf Bhazanas Wangen. »Ihr solltet sie verfluchen, nicht ihnen danken, Prinzessin«, bellte er. »Dieser Abschaum hat den Sarzana befreit. Seine ersten Angriffe hat er bereits geführt. Man hat mich abgesandt, die Hundesöhne zu erlegen!«

Er winkte seinen Soldaten, und sie machten sich über uns her, trotz aller Proteste der Prinzessin.

Minuten später waren wir unterworfen und in Ketten gelegt. Wir alle waren zu überrascht für jede Gegenwehr.

»Wie haben sie es herausgefunden?« flüsterte Cholla Yi mir zu, als man uns aufreihte, um uns in die wartenden Boote zu stoßen.

Mein Mund war voller Blut von all den Schlägen, und ich konnte ihm nicht antworten. Doch selbst wenn ich es gekonnt hätte ... Ich war ebenso verblüfft wie er.

Mit dem Kopf voran wurde ich in ein Boot geworfen und schlug mit Knien und Ellbogen auf – ein Wunder, daß ich mir nichts brach. Gerade rechtzeitig blickte ich auf, um zu sehen, wie Gamelan über die Reling gestoßen wurde, und gab mir alle Mühe, unter ihn zu rollen, um seinen Sturz zu lindern. Es muß gewirkt haben, denn als er aufschlug, brach er mir beinah die Rippen, und mir ging die Luft aus. Ich rang nach Atem und bekam immer wieder seinen Bart in den Mund.

»Geh von mir, Zauberer«, knirschte ich schließlich hervor.

»Bist du das, Rali?« sagte er. Er rollte von mir, und schaudernd holte ich tief Luft. »Ich fürchtete schon, sie hätten dich getötet.«

»Ich glaube, diese Ehre überlassen sie den Folterknechten«, sagte ich.

Gamelan nickte. »Wahrscheinlich hast du recht«, sagte er bemerkenswert ruhig. »Immerhin leben wir noch. Wenn du erst so alt bist wie ich, staunst du selbst über den simplen Umstand, daß du jeden Morgen erwachst. Ein guter Tag ist einer, an dem nicht eine neue Stelle schmerzt.«

»Zauberer«, sagte ich.

»Ja, Rali?«

»Sei so gut ... halt den Mund!«

Kapitel Siebzehn

In den Kerkern von Konya

Isolde ist die schönste und anmutigste unter den Hunderten von Inseln, aus denen das Königreich Konya besteht. Sänger berichten, die Insel sei aus dem Garten der Götter entstanden, als ein Zauberwind Blumensamen über das westliche Meer verstreute. Isolde sei die Tochter der lieblichsten Blume von allen. Konyaner werden lyrisch, wenn sie die Anmut ihrer Insel preisen. Von quälendem Abschied ist die Rede, von manchen Helden und Liebhabern Isoldes, die das Land verlassen mußten und hart darum kämpften, dorthin zurückzukehren. Sie singen von duftenden Lüften, von Vögeln, deren Stimmen mit den Harfen der Götter konkurrieren könnten, von warmer Sonne und sanften Winden, mit denen die Ufer auf ewig gesegnet seien. Selbst das Meer, dessen großzügige Gaben nie versiegten, schenkte – so die Bänkelsänger – Fisch, dessen Fleisch süßer war als jedes milchgenährte Kalb, das je einen königlichen Tisch geziert habe.

Vier feuchte Zellen von meiner entfernt gab es einen Burschen, der diese Lieder immer dann sang, wenn ihn Melancholie übermannte, was oft geschah, denn er war unzurechnungsfähiger als ein Bleigießerlehrling. Nachdem ich ihm mehr Tage gelauscht hatte, als ich zu zählen bereit war, hätte ich ihm die Zunge herausschneiden können. In wirklich üblen Nächten hätte ich – während wir dem Echo seines herzerweichenden Gesangs in den Korridoren lauschten – auf meine Befreiung glatt verzichtet, wenn man mir nur gestattet hätte, ihm den Hals umzudrehen.

»Es wird eine wahre Erleichterung sein, wenn uns die Folterknechte holen«, erklärte ich Gamelan. »Was sie uns antun, kann nicht schlimmer sein, als diesem Sohn einer syphilitischen Hafenhure zuzuhören.«

»Ich muß zugeben«, sagte Gamelan, »als man mir dieses ... Gästezimmer ... zeigte, war ich über diese Stimme hocherfreut. Und ich habe mich gefragt, was für Menschen die Konyaner sein müssen, daß sie ein solches Talent bestrafen. Gut, er war dumm und betrunken genug, ein Lied zu komponieren, in dem er den Rat der Reinheit mit den neun Warzen auf dem Hintern einer alten Vettel verglich. In zivilisierten Ländern gibt man Künstlern Freiheiten. Wir gehen davon aus, die Götter müßten wohl, aus einer gewissen Not heraus, dem heiligen Lehm den gesunden Menschenverstand entzogen haben, als sie einen solchen Menschen schufen. Doch haben sich meine Ansichten geändert. Ich schwöre, sollte ich je meine Kräfte wiedererlangen, werde ich als erstes diesen Krächzer in eine fette Kröte verwandeln, deren Fluch es sein wird, unter ewig hungrigen Kranichen zu leben, die ihn jeden Tag in Stücke picken und ihn am Morgen wieder in einem Stück ausscheißen, um ihn dann erneut zu verspeisen.«

Bei dieser Aussicht besserte sich meine Laune zusehends, und ich machte mich wieder daran, das Mark aus dem Rattenknochen zu saugen, der noch von dem wäßrigen Eintopf übrig war, welchen wir uns am Abend zuvor gekocht hatten. Gamelan wußte immer, wie man eine Frau aufheitern konnte, so schlecht es auch um ihre Lebensumstände bestellt sein mochte.

Seltsamerweise verdankten wir unser Leben eben jenem Mann, der uns in Gefahr gebracht hatte: dem Sarzana. Mit Tausenden Berserkern und einer stetig wachsenden Flotte von Kriegsschiffen war er aus den Cevennen, der großen Inselgruppe, die das Unglück hatte, sein Geburtsort zu sein, hervorgebrochen und vernichtete alles, was ihm in den Weg kam.

»Der Rat der Reinheit ist zu beschäftigt, um sich mit euresgleichen zu befassen«, sagte Admiral Bhazana, als man uns in Ketten davonführte. »Aber keine Sorge, man wird euch nicht vergessen. Wenn die Zeit reif ist, werdet ihr für das büßen, was ihr getan habt.«

Der Kerker, in den man uns steckte, war aus einem kleinen Berg gehauen. Die Hauptstadt breitete sich auf dichtgedrängten Terrassen über diesen Berg aus, auf dessen Spitze der alte, mit einer roten Kuppel versehene Palast der Monarchen stand. Der Palast, so erfuhren wir, beherbergte die Amtsräume des Rates der Reinheit und dessen unzählige Schreiber, Steuereintreiber, Wächter und kleine Beamte. Im Laufe der Zeit hatte sich die Kloake der Stadt durch das wenige an Erde gespült, was sich an die felsigen Hänge klammern konnte, und war durch zahllose Risse und andere Verformungen gesickert, bis sich der Kot in Form unablässig tropfender Wände und Decken einen Weg zu uns gebahnt hatte.

Ein Gefangener – der heimlich und mit Hilfe der Bereitschaft, sich an jedem erdenklichen Verbrechen und jeder Obszönität zu beteiligen, mehr als vierzig Jahre in dieser stinkenden Gruft überlebt hatte – sagte, der Kerker sei von den ersten Männern und Frauen gebaut worden, die hierher verbannt worden waren. Neue Bewohner hätten ihn im Laufe der Jahrhunderte zu seiner momentanen Größe anwachsen lassen.

»Denkt an meine Worte ... Bald werden hier wieder Steine gehauen«, kicherte er. »So geht es immer, wenn Krieg ist. Man braucht Platz, Platz, Platz für alle Verräter, die erwischt werden. Gute Zeiten für den alten Oolumph, jaja. Denn mit den Verrätern werden auch die Familien eingesperrt. Und der alte Oolumph muß ihnen die Tricks zum Überleben zeigen und Kleinigkeiten besorgen und alle möglichen Gefallen tun, jaja. Natürlich hab ich meinen Preis, aber ich betrachte es als meine Pflicht gegenüber all den Unglücklichen, die herkommen, um sich die Knochen strecken und die Haut abziehen zu lassen.« Er zeigte die Stümpfe seiner verrotteten Zähne. Vermutlich sollte es ein Lächeln sein. »Am besten war es, als der Sarzana noch die Fäden in der Hand hielt. Seitdem sind nicht mehr viele gekommen. Wahrscheinlich ist der alte Oolumph der einzige in Konya, der Grund hat, euch Orissanern zu danken.«

Dann betrachtete er meine Ohrringe. »Also, wenn deine Zeit kommt, Schwester«, sagte er, »kann ich für dich ein Wörtchen bei dem Sergeanten einlegen, der die Streckbank bedient. Eins von den Dingern da garantiert dir, daß dein Rückgrat gleich beim ersten Mal bricht. Dann merkst du nichts mehr.«

Vier Tage hatte ich sicher schon allein in dem vergitterten Kerker gesessen, als Oolumph den Korridor entlangschlurfte. Die tropfende Fackel in seiner Hand war das erste Licht, das ich in all der Zeit zu sehen bekam. Außerdem hatte ich nichts gegessen, und das einzige Wasser, das man mir brachte, war ein rostiger Eimer, in dem sich mehr Schleim als Trinkbares befand. Die Zelle bestand aus nacktem, feuchtem Stein mit einem Loch in einer Ecke, über dem ich mein Geschäft verrichten konnte. Insofern war mir Oolumph ein höchst willkommener Anblick gewesen.

Ich wandte mich von seinem verfallenen Gesicht nicht ab, das aussah, als habe man es auf den Knochen geschmolzen. Er trug dreckige Lumpen, doch der Stoff war einst ein feiner Rock gewesen, und seine Zehen bogen sich aus den halbverrotteten Stiefeln eines lang verstorbenen Edelmanns hervor. Abgesehen von meinen Waffen hatte ich alles behalten dürfen, was ich zum Zeitpunkt unserer Kapitulation bei mir trug, darunter auch meinen Schmuck und den breiten Ledergurt, verziert mit Goldmünzen, auf denen Maranonias Kopf zu sehen war. Oolumphs Blick aus wäßrig-roten Augen wanderte langsam zu diesem Gurt hinab, begann bei den Ohrringen, ging über meine Brüste, sank auf meine Füße hinab, hielt sich an die nackten Beine, bis der Saum der Tunika ihm einen weiteren Blick verwehrte, und schließlich landete er wieder am Gurt um meine Taille. Ich protestierte nicht, während er mich begutachtete, sondern lächelte nur, damit er glaubte, ich sei ihm keine Bedrohung.

Seine Augen wurden groß, als er den Gurt sah, und er vergaß seine ekligsten Gedanken. Ich nahm eine Münze ab und hielt sie für ihn hoch.

Er leckte sich die Lippen, als er an das Gitter trat. »Was kann der alte Oolumph für Euch tun, schöne Frau?«

Meine andere Hand schoß hervor und packte ihn am Haar. Er heulte vor Schmerz, als ich sein Gesicht an die Stäbe zerrte. Ich fletschte die Zähne und knurrte: »Wenn der alte Oolumph je wieder diese stickige Luft atmen will, sollte er auf seine Manieren achten.«

»Verzeihung, Hoheit«, stöhnte er. »Verzeiht mir. Bitte!«

Abrupt ließ ich ihn los, und fast fiel er zu Boden. Er richtete sich so weit auf, wie es sein auf der Streckbank gekrümmter Rücken erlaubte, und die wäßrig-roten Augen glühten im zerstörten Gesicht. Bevor er etwas sagen konnte, warf ich die Münze durchs Gitter. Mit den Reflexen eines Marktplatzdiebes fing er sie aus der Luft. Wut wandelte sich zu Interesse.

»Habe ich jetzt deine Aufmerksamkeit?« fragte ich.

»Oh, die habt Ihr in der Tat, Hoheit«, sagte er.

»Hauptmann«, korrigierte ich. »Hauptmann Antero, wenn es dir nichts ausmacht.«

»Na, dann eben Hauptmann Antero. Oder General, wenn Ihr wollt. Ist mir ganz egal.«

»Um es gleich vorauszuschicken«, sagte ich. »Dieses Quartier gefällt mir nicht sonderlich.«

Oolumph nickte aufmerksam. »Euresgleichen ist Besseres gewöhnt, Hoh … ich meine, Hauptmann.«

»Außerdem möchte ich Gesellschaft«, sagte ich. »Ich habe einen Freund. Einen blinden alten Mann. Hört auf den Namen Gamelan.«

Weiteres Nicken von Oolumph. »Ich weiß genau, wo sie ihn haben«, sagte er.

»Dann mach dich ans Werk«, sagte ich. »Ich will ein Quartier, das groß genug ist für uns beide, und Decken, viele Decken. Essen natürlich. Und...«

»Der alte Oolumph weiß, was der Hauptmann braucht«, unterbrach er mich. Er hielt die Münze hoch. »Ihr braucht Euch nicht zu sorgen, daß ich Euch betrüge. Dafür bekommt Ihr eine Menge. Und ich lasse Euch wissen, wenn mehr nötig wird.« Er warf noch einen Blick auf meinen Gurt. »Nach allem, was ich höre«, sagte er, »habt ihr Orissaner nicht mehr lange zu leben. Also reicht der Gurt da länger als ein Jahr.« Und damit schlurfte er davon.

Ich weiß nicht, wieviel Zeit verstrich, bis die Wachen kamen. Es war unmöglich, in dieser stinkenden Finsternis die Stunden zu zählen, ganz zu schweigen von den Tagen. Verglichen mit der ersten Zelle war die neue ein königliches Gemach. Sie war verhältnismäßig groß, nicht ganz so feucht, und zu beiden Seiten gab es steinerne Bänke als Betten. Auf beiden Bänken lagen moderige Strohmatten und – den Göttern sei Dank – ein großer Haufen schimmliger Decken, die so gut wie frei von Ungeziefer waren. Zu meiner Freude fand sich dort auch einiges an Brennmaterial, mit dem wir uns wärmen konnten – dazu ein fast rattenfreies Loch in der Decke, durch das der Rauch abziehen konnte – und Material, um Fackeln herzustellen.

Gerade war ich dabei, das Ungeziefer in den Decken auszuräuchern, als man Gamelan brachte. Sein Haar war strähnig, die Haut grau, doch an seinem federnden Gang konnte ich erkennen, daß es ihm erwartungsgemäß gut ging.

»Willkommen in deinem neuen Heim, Zauberer«, sagte ich. »Komm und wärm dich am Feuer.«

Gamelan seufzte erleichtert. »Gott sei Dank, daß du es bist, Rali«, sagte er. »Ich dachte schon, man wollte mich zum Knochenbrecher bringen, oder Schlimmeres.«

Vorsichtig trat er ans Feuer – er wäre gekränkt gewesen, wenn ich ihn dorthin geführt hätte – und hockte sich nieder. Er schnüffelte an dem blubbernden Eintopf, den Oolumph gebracht hatte. »Ist das Fleisch, was ich da wittere? Echtes Fleisch?«

»Rattenfleisch«, sagte ich und reichte ihm eine Schale mit einem hübschen Schenkel darin.

»Daran könnte ich mich fast gewöhnen«, sagte er. Er schlürfte die dünne Brühe. »Nicht übel.« Der Schenkel stieß an seine Lippen. Gamelan fischte ihn heraus und knabberte energisch daran herum.

»Wo das herkommt, gibt es noch mehr«, sagte ich. »Ich kenne den Wirt.«

Ich schüttelte die Decke aus und legte sie ihm um die knochigen Schultern. Er zog sie fest, und ein Lächeln großer Freude schimmerte durch seinen schmutzigen Bart.

»Oh, nicht mehr zu frieren!« sagte er. »Der Gedanke an den Tod hat mir nichts ausgemacht. Was die Schmerzen angeht, die uns unsere Gastgeber versprochen haben, so bin ich zu alt, sie lange zu ertragen. Aber die Vorstellung, halbverhungert und bis auf die Knochen durchgefroren ins Grab zu gehen, hat mir nicht gefallen.«

»Du sprichst mir allzuoft vom Tod, Zauberer«, sagte ich. »Iß auf. Und wärme deine alten Knochen bis ins Mark. Ich brauche deine Weisheit, um uns hier herauszubringen, mein Freund.«

»Ich bezweifle, daß eine Flucht möglich ist, Rali«, antwortete er. »Wir sind so tief im Innersten dieses Berges, daß man die ganze Jahresproduktion eines Rohrbauers bräuchte, nur um Sonnenlicht hereinzuholen. Und die Magie hilft uns hier nicht weiter. Die konyanischen Zauberer haben diesen Ort mit so vielen Schichten von Magie belegt, daß selbst der große Janos Greycloak Probleme hätte, ein Geschwür auf die Haut eines Pockenkranken zu bringen.«

Ich widersprach ihm nicht. Ich hatte den Bann schon bei dem allerersten Zauber bemerkt, den ich versuchte, als man mich in dieses konyanische Loch warf.

»Trotzdem muß es eine Möglichkeit geben«, sagte ich. »Ich habe nicht die Absicht aufzugeben, ohne mich bemüht zu haben. Mein Bruder ist aus einem Kerker entkommen, der übler war als dieser, und er hatte es noch dazu mit den Archonten zu tun. Außerdem muß ich an meine Soldatinnen denken. Ich habe sie in diese Lage gebracht. Es liegt an mir, sie rauszuholen.«

In diesem Augenblick hob der Gesang an. Eine wehmütige Ballade, gesungen mit bemerkenswert hübscher Stimme, hallte durch die Gänge des Verlieses. Es war eine Liebesmär, die Geschichte einer jungen Frau, die eines tragischen Todes starb, und ihres Geliebten, der sich tötete, damit sie als Geister wieder vereint sein würden.

Schon wollte ich ein Wort bezüglich dieses schönen Liedes sagen, als eine andere Stimme brüllte: »Halt die Klappe, Ajmer!«

Wie Gamelan war ich schockiert ob der rüden Behandlung, die der Sänger erfahren mußte. Doch das Lied fuhr ohne Unterbrechung fort.

»Du hast ihn gehört, Ajmer!« war ein weiterer Kritiker zu hören. »Ich schwöre, ich bring dich um, wenn du nicht aufhörst.«

Ajmer schenkte ihnen keinerlei Beachtung. Er beendete sein Lied und begann das nächste – eine Ode an einen Baum, der allein wohl tausend Jahr am Ufer eines Flusses stand. Der Baum, so schien es, war einst eine Jungfer gewesen, so schön, daß sich ein Gott in sie verliebte. Er verschmähte die Annäherungen einer Göttin, um seine Jungfer zu umgarnen, womit er die Göttin so eifersüchtig machte, daß sie die Maid in einen Baum verwandelte.

Bald schon hallte der Gang von heiseren Drohungen wider. Trotz allem sang Ajmer weiter.

»Was für Barbaren«, sagte ich zu Gamelan.

»Genau dasselbe habe ich auch eben gedacht«, sagte er. »Über Geschmack läßt sich doch nicht streiten.«

Viel Zeit verstrich. Eine weitere Münze fand ihren Weg in Oolumphs Taschen. Gamelan und ich marterten unsere Hirne in jedem wachen Augenblick, doch wollte sich uns keine Lösung eröffnen. Inzwischen sang Ajmer immer weiter und hörte nur auf, um zu essen und zu schlafen. Und die Lieder behandelten sämtlich das immergleiche Thema der verlorenen Liebe. Seine Stimme rief bittere Erinnerungen an meine eigenen, verlorenen Lieben wach: Tries, die mich wegen einer anderen verlassen hatte, Otara, von deren Tod ich mich nie ganz erholt hatte, und – zum Verrücktwerden – Prinzessin

Xia, die nie meine Geliebte gewesen war ... und doch quälte mich die Erinnerung an sie in meiner Gefangenschaft auf das schrecklichste.

Wie alle anderen auch, begann ich Ajmer zu hassen. Um uns vor dem Wahnsinn zu bewahren, bewerteten Gamelan und ich die Flüche, die man ihm entgegenschleuderte. »Ich reiß dir das Herz raus!« rief da jemand. Der Zauberer und ich waren uns einig, daß dies ärmlich und phantasielos war. Andererseits bekam der Bursche, der rief: »Ich laß eine pockenkranke Hure in deine Suppe pissen!« die höchste aller Wertungen. Wir belohnten ihn mit einer Schale Ratteneintopf. Soviel zu unseren Vergnügungen, die, wie man sich denken kann, rar genug waren.

Von Oolumph erfuhren wir, daß es den anderen erwartungsgemäß gut ging. Meine Gardistinnen wurden in denselben Räumen festgehalten und schienen ausreichend Wertgegenstände bei sich zu haben, um die Unbill des Kerkers mit Hilfe von Tauschgeschäften zu lindern. Corais und Polillo ließ ich die Nachricht überbringen, sie sollten die Frauen sooft wie möglich trainieren lassen, und fügte einige hoffnungsfrohe Lügen hinzu, um sie aufzuheitern. Cholla Yi und seine Piraten hatten kaum Schwierigkeiten. Schließlich war keiner von ihnen wirklich unerfahren, was den Karzer anging.

Währenddessen hatten Gamelan und ich wenig Glück bei unserer Suche nach einem Fluchtplan. Je länger wir suchten, desto weniger wahrscheinlich wurde es, daß sich uns eine solche Gelegenheit bieten würde. Über all diesen Gedanken und den endlosen Debatten schwebte das Mysterium, wie die Konyaner von unserer Rolle in der Befreiung des Sarzana erfahren hatten.

»Je länger ich um diese Frage kreise«, sagte Gamelan eines Tages, »desto deutlicher schält sich die Vermutung heraus, daß nur der Sarzana selbst dafür verantwortlich sein kann. Sämtliche Leute, die davon wußten – von ihm selbst einmal abgesehen –, gehören unserer Flotte an, und von denen hatte niemand Kontakt mit den Konyanern, bis ihre Schiffe uns überraschten.«

»Aber das ergibt doch keinen Sinn«, sagte ich. »Welchen Vorteil sollte es ihm bringen? Für ihn wäre es besser, wenn seine Feinde ihn für so mächtig hielten, daß er ohne fremde Hilfe fliehen konnte. Sie hätten ihn noch mehr gefürchtet, wenn er urplötzlich aufgetaucht wäre.«

»Das ist wahr«, sagte Gamelan. »Nur ein Narr würde glauben, daß es nicht zu seinem Vorteil wäre. Und der Sarzana ist – wie wir traurigerweise erleben mußten – kein Narr. Dennoch ... es gibt keine andere Möglichkeit. Und wenn das, was ich vermute, wahr ist, hielt der Sarzana – oder jemand in seiner Nähe – es für wichtiger, uns zu töten, als den Vorteil der Verschwiegenheit zu nutzen.«

Die Logik des Zauberers war makellos, doch sosehr ich mein Hirn auch marterte, wollte mir doch nicht einfallen, was sich der Sarzana davon erhoffte.

Das Einerlei des Kerkerlebens kroch so langsam und quälend voran wie eines von Ajmers Liedern. Jeden Tag – sofern denn Tag war, da wir keine Sonne sahen – standen wir auf, wenn wir hörten, daß Oolumph die Zutaten für unsere Mahlzeiten brachte. Unvermeidlicherweise lief es stets auf eine Art Eintopf hinaus. Es gab beklagenswert wenig Gemüse, ein paar ungehäutete Rattenkadaver und manchmal einen Klumpen von nicht zu identifizierendem Fleisch ... mehr Fett als Fleisch. Gab es Reis oder Bohnen, sammelte ich erst die Steine heraus, bevor ich alles in den Topf tat. Sämtliche Krümel, die von unserer täglichen Brotration übrig waren, kamen dazu. Dann häutete ich die Ratten, gab das Blut in den Topf, kratzte alles Eßbare von den Häuten und ließ das Ganze als Brühe aus Knochen und Haut köcheln.

Wenn nötig, fertigten wir neue Fackeln, zerbrachen die Reste der anderen zu Zunder und wuschen uns dann, so gut es ging. Ständig machte ich Übungen, bog und streckte mich und kämpfte gegen meinen Schatten an der Kerkerwand. Stunde um Stunde lief ich auf der Stelle und hing von den Gittern unserer Zellentür, machte Klimmzüge, bis meine Muskeln schrien. Auf diese Weise wurde ich immer stärker, nicht schwächer.

Doch selbst bei all den Übungen wollte der Schlaf nicht recht kommen. Es schien, als würde mich immer, wenn ich eben in Tiefschlaf sinken wollte, eine Macht mit solcher Gewalt in die Tiefe ziehen, daß ich spürte, mir würde Furchtbares geschehen, wenn ich nachgab. Ich döste in kleinen Etappen, was für Soldaten kein Problem ist, und hielt mich auf diese Weise frisch. Einmal die Woche räucherten wir Decken, Matratzen und Kleidung aus, um sie von Flöhen und Läusen zu befreien, die ihren Weg in die Nähte gefunden hatten.

Ungestörtheit gab es nicht, doch wir bemühten uns, bewußt die Gedanken schweifen zu lassen, wenn der andere seinen menschlichen Bedürfnissen nachging.

Gamelan war ein derart liebenswerter Gefährte, daß unser Bund nur fester wurde. Er wurde mir Vater, Bruder und Freund. Ich beichtete meine intimsten Gedanken, gab meine Schwächen und Verfehlungen preis, in denen er stets noch etwas Gutes fand. Eines Abends erzählte ich ihm von Otara und ihrem Tod und daß ich mich seither nie mehr ganz hatte gehenlassen können. Selbst ich sah ein, daß dies der Grund für meine Schwierigkeiten mit Tries gewesen war. Ich erzählte ihm, wie verzweifelt sie ein Kind hatte adoptieren wollen, ein Plan, dem ich mich aus irgendeinem Grund entgegenstellte. Gamelan sagte, er glaube, es läge daran, daß ich mich vor der Bindung fürchtete, die daraus entstehen würde, einer Bindung, die ich im stillen als Verrat an meiner Liebe zu Otara sah. Darüber weinte ich, denn ich wußte, wie recht er hatte, und er umarmte und tröstete mich, als wäre er mein leiblicher Vater.

»Ich glaube, Otara war dir ebenso Mutter wie Geliebte, Rali«, sagte sie. »Und jetzt ist deine Trauer ganz verwoben mit den Empfindungen für deine Mutter, die du wie keine andere bewunderst.«

Ich erzählte ihm, daß ich glaubte, manchmal käme sie zu mir, wie an jenem Tag im Garten – der so viele Jahre zurückzuliegen schien –, als Omerye sang, und der Duft des Sandelholzparfums meiner Mutter die Luft erfüllte, und wie ich mich abgewandt und mich geweigert hatte, ihre Gegenwart anzuerkennen.

»Ich will dir sagen, was ich denke, Rali«, sagte Gamelan. »Erinnerst du dich an deine Geschichte von dem Traum, in dem du deinen Vetter erschlagen hast?« Ich nickte, rieb mir die Augen. »Es war kein Traum, meine Liebe. Du weißt es, denn sonst würde er dich nicht verfolgen. Dazu kommt der Schluß, daß deine Gabe der Magie von deiner Mutter stammt. Sie hat sie an deinen Bruder Halab vererbt und in geringerem Maße auch an Amalric. In dir jedoch ruht der größte Teil dieser Veranlagung... direkt von der Mutter zur Tochter weitergegeben.«

»Willst du damit sagen, meine Mutter wäre eine Hexe gewesen?« fragte ich.

»Ja.«

»Wie kann das sein? Sie hat die Magie nie ausgeübt und Zauberern und solchen Leuten nie wirklich Aufmerksamkeit gewidmet.«

»Ich glaube, sie hatte es aufgegeben«, sagte Gamelan. »Aus Liebe zu deinem Vater.«

Ich dachte an das Opfer, das Gamelan hatte bringen müssen, daran, wie verbittert er darüber heute war, und erkannte den Sinn in seinen Worten. Dann erinnerte ich mich an die Sage von meiner Namensschwester aus dem kleinen Dorf, in dem meine Mutter geboren war. Ich erzählte Gamelan davon.

Lange dachte er darüber nach, dann sagte er: »Es war keine Sage, Rali. Es ist wirklich geschehen.«

Plötzlich begann ich zu verstehen. »Dann war die Rali dieser Sage...«

»Deine Ahne«, unterbrach mich Gamelan. »Jetzt weiß ich, warum ich dich sosehr gedrängt habe. Seit unserer ersten Begegnung habe ich gespürt, daß auf dich eine schwere Pflicht wartet, die nur du erfüllen kannst.«

Ich muß gestehen, Schreiberling, daß ich schon wieder weinte. »Meine Mutter sagte immer«, plapperte ich, »Rali hieße Hoffnung.«

»Ja, meine Freundin«, sagte der alte Zauberer. »Du *bist* die Hoffnung. Unsere *einzige* Hoffnung.«

An Hoffnung jedoch schien Mangel zu bestehen, je mehr Tage verstrichen. Der Krieg gegen den Sarzana nahm für den Rat der Reinheit einen ungünstigen Verlauf. All die Bemühungen, die Verwüstungen aufzuhalten, die der Magier anrichtete, waren nichtig, und nur Oolumph schien glücklich zu sein, daß die Admiräle und Generäle, deren Truppen man dem Feind entgegensandte, eine Schlacht nach der anderen verloren. Die Überlebenden leisteten uns im Kerker Gesellschaft, und Oolumphs Börse wurde immer dicker, während er ihre Not linderte.

Von ihnen hörten wir die Berichte von den Greueltaten des Sarzana. Er belagerte Insel um Insel, bedrängte sie mit magischen Stürmen, verbreitete Angst und Schrecken mit Dämonenhorden, die unfaßbare Mordtaten verübten, und wenn die Insel sich schließlich dem Unausweichlichen beugte und kapitulierte, floß das Blut in Strömen, sobald seine Armee einzog, mordete, schlachtete, vergewaltigte und brandschatzte. Je weiter er vordrang, desto größer schien seine Macht zu werden, als seien all die Seelen, die er dem Sensenmann übereignete, nur Brennstoff für ein böses Feuer. Die konyanischen Zauberer wirkten hilflos, wenn Truppen gegen ihn gesandt wurden. Ein eingekerkerter General erzählte uns, er habe seine Niederlage erlitten, nachdem sechs der größten Zauberer des Landes gemeinsam daran gearbeitet hatten, einen Schutzschild für die vorrückenden Truppen zu erstellen.

»Tagelang haben sie daran gearbeitet«, sagte er, »und als alles bereit war, versicherte man mir, keine unseren Göttern bekannte Macht könne diesen Schild durchbrechen. Ich selbst führte einen flankierenden Angriff. Anfangs ging alles gut. Sie griffen uns an, doch wir schlugen zurück und machten sogar Boden gut. Ich sah, wie der Sarzana – hoch auf einem schwarzen Roß – die Schlacht vom Hügel aus lenkte, dem wir uns näherten. Ich ließ unsere Bogenschützen wissen, daß sie den Hügel mit einem Schauer von Pfeilen überziehen sollten, da ich dachte, selbst wenn sie ihn nicht töteten, mochten sie ihn vielleicht von seinem Kommandostand vertreiben. Doch sobald die Pfeile abgeschossen waren, wehte ein schwarzer Wind, der den Himmel verdunkelte, und die Pfeile, die dem Sarzana gegolten hatten, regneten statt dessen auf uns herab. Daraufhin waren meine Bogenschützen wie besessen und schossen – anstatt das Feuer einzustellen – eine Salve nach der anderen. Jeder einzelne Pfeil wurde abgelenkt. Und jeder einzelne Pfeil fand ein Ziel ... nur waren es meine eigenen Soldaten, die zu Tode kamen.«

Die Schlacht endete mit einer wilden Flucht, als die Truppen des Generals sich umwandten und um ihr Leben rannten. Während sie flohen, so der General, waren riesige Schattenwölfe der Erde entsprungen, hatten einen nach dem anderen gerissen und sie liegengelassen, wo immer sie fielen.

»Ich allein habe überlebt«, sagte der General, »weil mein Pferd getötet wurde und auf mich stürzte, als es verendete. Die ganze Nacht lag ich darunter begraben.«

Der General, dessen Beine gebrochen waren, weinte, als er uns erzählte, wie die Schattenwölfe zurückgekommen waren, um die Männer zu fressen, die sie gerissen hatten. Bis zum Morgengrauen hatte er die Schreie seiner Soldaten gehört.

»Einige meiner tapfersten Offiziere kehrten zurück, um mich zu retten«, sagte der General. »Aber, bei den Göttern, ich wünschte, sie hätten mir statt dessen die Kehle durchschnitten.«

Der General entpuppte sich als tapferer Mann. Er protestierte nicht, als man ihn holte, tatsächlich war er froh. Wir hörten, wie die Folterknechte ihn quälten, und er schrie nur wenig. Und kein einziges Mal flehte er um Gnade.

Einige Tage später brachte Oolumph Nachricht von einer noch größeren Katastrophe.

»Ich werde früher als nötig noch eine Münze brauchen, Hauptmann«, erklärte er mir, als er unsere Tagesration austeilte. »Die Lage da draußen wird langsam gemütlich.«

Ich machte eine sarkastische Bemerkung über die gierigen Bauern und Händler, die Leute plagen, wann immer eine Krise entsteht.

»Oh, das ging schon von Anfang an so«, sagte er ganz fröhlich. »Wie der alte Oolumph es sieht, tun sie den Leuten einen Gefallen, jaja. Alles wird aus den Ställen weggekauft und gehortet, wenn die Preise nicht hoch genug sind. Nur wenn Essen und so was knapp wird, gibt es genug für einen hohen Preis. Ist fast schon eine Pflicht, wenn man es recht betrachtet. Nicht, daß es schlimm wäre. Die Armen sind den Hunger schon so gewöhnt, daß sie nicht mal am schlimmsten dran sind. Und die Leute, die Geld übrig haben, geben es für die aus, denen es fehlt, wenn Ihr versteht, was der alte Oolumph sagen will.«

Schon wollte ich wütend werden, doch war er ein so unverfrorener Schurke, daß es mir sinnlos erschien. Statt dessen warf ich ihm eine Münze zu.

»Willst du sagen, die Lage sei schlimmer als zuvor?« fragte ich.

»Das ist sie allerdings«, sagte Oolumph. »Seit einer Woche etwa, wie ich höre, weht ein heißer Wind. Weht Tag und Nacht. Hat den Saft aus dem Getreide gesogen, so heiß ist er. Und er weht noch immer. Selbst die alten Leute sagen, so was hätten sie noch nie erlebt. Hier unten merken wir nichts davon, weil wir so tief in der Erde sind.«

Ich nickte und zog unwillkürlich meine Decke fester um mich. In den Kerkern von Konya herrschte ewiger Winter.

»Aber es ist nicht nur der Wind«, fuhr er fort. «Die Leute werden krank. Richtig krank. Eine Art Pest, nehme ich an. Man hat mir gesagt, es sind schon so viele tot, daß nicht mehr genug leben, sie alle zu begraben.«

»Der Sarzana!« stöhnte Gamelan.

»Das denken die da oben auch.« Oolumph kicherte. »Anscheinend zaubert er für sein Leben gern und schleudert Isolde alles entgegen, was er hat!«

»Dir scheint egal zu sein, wer gewinnt«, sagte ich.

Oolumph gackerte immer lauter. »Ich hab's Euch schon gesagt«, sagte er, »es sind goldene Zeiten für den alten Oolumph. Wenn auch nicht annähernd so golden wie damals, als der Sarzana ganz oben war. Zu seinen Zeiten wurde der Kerker zuletzt erweitert. Ihr würdet mich einen Lügner schimpfen, wenn ich Euch erzählen wollte, es täte mir leid, daß er endlich wiederkommt!« Er warf die Münze, die ich ihm gegeben hatte, in seinen Geldbeutel, ließ diesen lange und laut klimpern, und dann humpelte er davon, um sich um seine schmutzigen Geschäfte zu kümmern.

»Kein Wunder, daß man uns noch nicht geholt hat«, sagte ich. »Sie sind viel zu beschäftigt mit ihrer Rache.«

Gamelan antwortete nicht. Ich sah ihn an und bemerkte die Falten auf seiner Stirn. Er wickelte und wickelte den Bart um seine Finger.

»Es ist unmöglich«, hörte ich ihn brummen.

»Was ist unmöglich?« fragte ich.

Er stieß ein verdrossenes Zischen aus, und deshalb ließ ich ihn in Ruhe. Den Rest des Tages sprachen wir kein Wort. An diesem Abend, als ich mich zum Schlafen bereit machte, saß er noch immer auf dem Rand der Matratze und spielte endlos mit seinem Bart. Ich setzte schon an, ihn zu fragen, was denn los sei, doch entschied ich mich dagegen.

Kaum hatte ich die Augen geschlossen, sank ich auch schon in tiefen Schlaf. Diesmal spürte ich kein warnendes Gefühl, daß mich eine dunkle Macht in die Tiefe reißen wollte. Ich fühlte mich, als stürzte ich mit ungeheurer Geschwindigkeit von einem Berg. Ich wollte schreien, mich aufsetzen und den Traum abschütteln, doch ich konnte es nicht. Ich hörte, daß eine Stimme meinen Namen rief. Sie war so tief und schroff und voller Bosheit. Ich meinte, die Stimme zu erkennen, doch konnte ich mich nicht erinnern, wem sie gehören mochte. Felsiger Boden raste auf mich zu, doch kurz bevor ich aufschlug, wehte heißer Wind, trug mich wieder hoch, und schon segelte ich über kahle, wolkenlose Himmel.

So flog ich lange Zeit. Ein endloses, totes Meer erstreckte sich unter mir. Dann sah ich vor mir eine Insel. Flammen und Rauch stiegen davon auf, und ich sah brennende Dörfer und Horden von Soldaten, die sich mit den Einwohnern vergnügten. Männer und Jungen wurden aufgespießt oder in Stücke gerissen, Frauen und Mädchen auf jede erdenkliche Weise geschändet. Eine lange Reihe von Karren kam eine Straße herab, die zur Kuppe eines Hügels führte.

Ich zwang mich, diese Richtung zu nehmen, und einen Augenblick später schwebte ich schon über dem Hügel. Unter mir lag ein prächtiger Tempel. Er hatte eine große, goldene Kuppel, und seine ausgedehnten Gärten waren mit Statuen offenbar wichtiger Gottheiten geschmückt. Soldaten, mit Beute beladen, stürmten aus dem Tempel. Andere sah ich mit den Priesterinnen, die man zu allen denkbaren Obszönitäten zwang. Oben auf einer kleinen Kuppe am Rande des Gartens entdeckte ich den Sarzana. Er saß auf einem schwarzen Streitroß. Er lachte und trieb seine Plünderer an. Sie begannen, die Statuen der Götter umzustoßen und alles seltene Metall abzulösen, mit dem sie verziert sein mochten. Manche der Priesterinnen wurden zu diesen gestürzten Göttern geschleppt, darauf geworfen und geschändet. Waren die Soldaten mit den Frauen fertig, ermordeten sie sie. Ich war zu benommen, um wütend oder auch nur entsetzt zu sein.

Der Sarzana hob den Kopf und blickte zu mir auf. Er lachte, und der Klang seines Gelächters dröhnte zu mir auf, als wäre er ein Riese. Dann hörte ich, daß ihm ein anderes Lachen antwortete. Es rüttelte und schüttelte mich wie Donner. Es kam von über mir, und ich drehte den Kopf herum und sah eine dicke, schwarze Wolke, die am Himmel hing. Sie wirbelte und peitschte Blitze hervor. Das Gelächter schien aus einem abscheulichen, mundähnlichen Loch zu kommen. Ein Gesicht formte sich auf der Wolke – glühende Augen, Hakennase und große, gelbe Zähne. Es war der Archon!

Er sah mich an und zischte: »Antero. Das verdammte Frettchenweib!«

Er formte seinen Mund zu einem Trichter und fing an, einzuatmen. Erschrocken schrie ich auf, als ich aufgesogen wurde. Ich stürzte aufwärts, taumelte der Fäulnis seines Schlunds entgegen.

Der Alptraum zersprang, und ich fuhr auf. Schweiß strömte aus jeder Pore meines Körpers, und ich fühlte mich schwach und war zutiefst erschüttert. Ich warf einen Blick zu Gamelan hinüber und sah im Licht der tropfenden Fackel, daß der Zauberer noch schlief. Ich schwang mich von der Bank, stöhnend vor Anstrengung. Ich entzündete eine neue Fackel, dann trat ich an den Wasserkübel und schrubbte mich ab, bis die Haut ganz wund war. Dann saß ich auf der Matratze und wartete auf den Morgen.

Schließlich kündigte das Klappern der Essenseimer und das Schlurfen von Füßen an, daß Oolumph kam. Ein neuer Tag begann. Ächzend erwachte Gamelan.

»Hier, für Euch, Hauptmann«, sagte Oolumph, als er die Kübel durch die Klappe schob.

Für gewöhnlich war Oolumph voller Frohsinn und übler Scherze. Heute war er bedrückt und in sich gekehrt.

»Was ist los, Oolumph«, sagte ich. »Bist du krank?«

Er schüttelte den Kopf. »Mir geht es gut«, sagte er. »Aber am besten sagt man nichts. Heute ist ein Unglückstag.«

»Ich würde sagen, eine Stadt, die von der Pest heimgesucht wird, ist in etwa so unglücklich, wie man nur sein kann«, sagte ich. »Warum ist der heutige Tag schlechter als die anderen?«

Einen Moment lang war Oolumph still. Dann blickte er hierhin und dorthin, um nachzusehen, ob jemand in der Nähe war. Er trat näher an das Gitter. »Etwas Furchtbares ist passiert«, sagte er. »Der Sarzana ist zu weit gegangen. Gestern hat er den Tempel auf Chalcidice zerstört. Hat ihn entweiht, wie man hört. Hat jeden Stein umgestürzt und die Priesterinnen vergewaltigt.«

Ich starrte ihn nur an, mit offenem Mund, während er fortfuhr, zu beschreiben, was der Sarzana auf Chalcidice getan hatte. Alles war genau wie in meinem Alptraum. Und wenn selbst Oolumph von dem Geschehen entsetzt war, dessen Zeugin ich – wie mir klar wurde – gewesen war, dann hatte Sarzana den Verstand verloren. Oder Schlimmeres.

Nachdem Oolumph uns verlassen hatte, erzählte ich Gamelan von meiner Vision.

Gamelans Miene verfinsterte sich. »Der Sarzana, den wir kannten, würde so etwas niemals tun«, sagte er. »Er würde nicht seine eigenen Götter schänden. Er würde wissen, daß – wie groß sein Sieg auch sein mag – die Menschen, die er später wieder regiert, ihm nie verzeihen würden.« Das Feuer knackte, und ich zuckte zusammen. »Es ist, wie ich es befürchtet hatte, Rali«, fuhr der alte Zauberer fort. »Irgendwie ist der Archon zurückgekehrt. Er hat einen Pakt mit dem Sarzana geschlossen. Und er hat ihn im Griff.«

Mehr als nur unser armseliges Leben stand auf dem Spiel. Der Archon war los und bedrohte auch Orissa.

»Sein Geist ist uns vom großen Riff her gefolgt«, sagte Gamelan. »Er hat eine Möglichkeit gesucht, zurückzukehren, und diese hat er im Sarzana gefunden. Jetzt haben wir es nicht mehr nur mit einem sterblichen Zauberer zu tun, sondern mit einem Halbgott, dessen Macht durch das vergossene Blut stetig wächst.

Als wir den Archon anfangs verfolgten, wußten wir, daß er kurz davor stand, einen mächtigen Zauber zu entdecken, der unsere Heimat vernichten würde. Mit seiner neuen Macht ist er diesem Zauber näher als je zuvor.

Wir müssen ihn besiegen«, sagte Gamelan.

»Das mag ja alles sein, Zauberer«, sagte ich. »Aber was macht unsere Flucht jetzt möglicher als vorher?«

»Wir wissen, wer unser eigentlicher Feind ist«, sagte Gamelan. »Wenn die Götter uns beistehen, mag dieses Wissen allein uns schon helfen.«

Er erklärte mir, was er vorhatte. Vier Münzen von meinem Gurt leiteten den ersten Teil des Planes ein.

Zwei Tage später holten mich Soldaten. Ich wurde in schwere Ketten gelegt, und sie führten mich durch lange Kerkergänge, die sich hinauf, hinauf, hinauf wanden, bis die Kälte verflog und erstickender Hitze wich. Draußen hörte man den Wind heulen wie gepeinigte Geister. Ich roch ranzigen Essig und den Schwefel der Pestfeuer, und als wir an den Unterkünften der Wache vorüberkamen, sah ich fleckiges Sonnenlicht, das durch vergitterte Fenster fiel. Vor einer großen Eisentür in einem schweren Holzrahmen blieben wir stehen. Einer der Soldaten klopfte an die Tür.

»Herein«, war eine Stimme zu hören.

Wir traten ein. Die Soldaten verneigten sich tief vor einer Gestalt, deren Gesicht unter einer Kapuze verborgen war.

»Löst ihre Ketten«, befahl diese Gestalt. Die Soldaten widersetzten sich nicht, sondern nahmen die Fesseln eilig ab. Dann ein letztes Kommando: »Ihr dürft uns nun allein lassen.«

Die Soldaten gingen, zogen die Tür fest hinter sich ins Schloß. Ich hörte, wie ein Riegel vorgeschoben wurde und die Tür versperrte. Die Gestalt schob ihre Kapuze in den Nacken, und schwarzes Haar fiel darunter hervor. Es war Prinzessin Xia, so schmerzlich schön nach all den Tagen in gräßlicher Düsternis, daß ich fast in Ohnmacht gefallen wäre. Kühles, frisches Parfum hing in der Luft und drang auf mich ein, als sie herbeilief, mich zu stützen.

»Du Arme«, sagte sie, und nach all den Grobheiten klang ihre Stimme so süß, daß mein Herz an seinem Anker riß.

Sie führte mich zu einer Bank und half mir, mich hinzusetzen. Eine silberne Flasche wurde mir in eine Hand gedrückt, und ich roch schweren Wein. Ich nahm einen großen Schluck. Feuer flammte in meinen Adern auf.

Ich sah sie an, und die Zeit blieb stehen. Es war, als hätte ich plötzlich eine Welt betreten, in der nur Xia und ich existierten. Alle Konventionen, alle Vernunftargumente waren fortgespült, als ich in dieses liebliche Gesicht blickte, die Haut so blaß wie frische Milch, die Lippen rot und sehnsüchtig nach einem Kuß. Und so tat ich es.

Sie hauchte mir mit ihren Lippen Leben ein, die Zunge honigsüß und kreisend. Ihre Brüste preßten sich an meine, und ich spürte, wie sich die geschwollene Frucht ihrer Scham an meinen Schenkel drückte. Wir wichen zurück, um Luft zu holen, beide bebend vor Leidenschaft.

»Ich dachte, ich würde dich nie wiedersehen«, sagte ich und weinte beinah.

»Oh, Rali«, sagte Xia mit Tränen auf den Wangen. »An nichts

anderes habe ich mehr gedacht. Jede Nacht habe ich von dir geträumt. Es kommt mir vor, als hätte ich dich schon immer gekannt.«

»Und ich dich, Prinzessin«, sagte ich.

Wieder umarmten wir einander. Sie sank auf die breite, harte Bank zurück, und ich mit ihr. Meine Hände konnten es kaum erwarten, ihre Haut zu berühren. So schob ich den Saum ihres Kleides hoch und legte schneeweiße Glieder frei. Sie hob ihre Hüften und half mir, das Kleid bis zur Taille hochzuschieben. Die Lippen zwischen ihren Schenkeln waren weich und zart, mit einer süßen, rosa Knospe, die daraus hervorragte. Sie rief meinen Namen, als ich mich dorthin vorarbeitete.

In diesem trostlosen Verlies, in dem nur faulige Nachtsporen und Moos gedeihen konnten, wurden Prinzessin Xia und ich Geliebte. Die Pritsche war unser Brautbett. Der graue Steinraum ward Zeuge unserer ersten Leidenschaft. Und nichts bis dahin und seither kam dem gleich. Sie war mir auf gespenstische Weise vertraut... eine Kombination aus Otara, Tries und allen anderen Geliebten, die ich je gehabt hatte. Doch gleichzeitig war sie neu und aufregend fremd und frisch. Ich legte meine ganze Sehnsucht in die Küsse, und sie reagierte ebenso. Als wir gesättigt waren, hielten wir einander, flüsterten Albernheiten wie zwei mondsüchtige Mädchen. In gewisser Weise waren wir genau das. Wir waren so schnell von Fremden zu Geliebten geworden, daß nur die Göttin, die den Mond beherrscht, uns verstehen konnte. Von draußen hörte man das Klirren eines Kettenpanzers, als sich einer der Soldaten auf seinem Posten rührte. Langsam lösten wir uns voneinander.

»Bald muß ich gehen, Geliebte«, sagte sie. »Sag mir schnell, was du von mir willst. Ich werde es mit aller Macht betreiben, die mir zur Verfügung steht.«

»Ich möchte vor den Rat der Reinheit gerufen werden«, sagte ich.

Xia wurde blaß. »Das übersteigt meine Möglichkeiten«, sagte sie und vergoß einige Tränen. »Ich hatte sosehr gehofft, du hättest einen Plan, bei dem ich dir helfen könnte. Doch das ist unmöglich. Wer würde schon auf jemanden wie mich hören?«

»Mehr als du glaubst«, sagte ich. »Als Mädchen hat man uns gelehrt, wir hätten keine Kraft, und daher haben wir es nie versucht. Aber du wärst überrascht, was passieren kann, wenn die weibliche Kraft, die du besitzt, entschlossen und mit Macht eingesetzt wird.«

»Aber warum sollte der Rat...«

»Ich kann ihnen helfen«, unterbrach ich sie. »Ich kann die Pest beenden.«

Xias Augen wurden groß. Doch anstatt etwas zu sagen, nickte sie nur: Sprich weiter.

Ich erzählte ihr vom Archon und unserer Mission, von der wir fälschlicherweise angenommen hatten, sie sei erfüllt. Ich erklärte ihr, wie gefährlich er für unserer beider Völker war und was ich tun mußte, um ihn aufzuhalten.

»Glaubst du wirklich, dir kann gelingen, was unseren Zauberern versagt blieb?« fragte sie.

»Ja«, sagte ich. »Und das nicht, weil ich eure Zauberer geringschätzen würde. Sondern weil es zwischen dem Archon und mir einen Bund gibt. Einen Bund des Hasses, sicher, aber manchmal kann Haß eine stärkere Verbindung sein als Liebe.«

Einer der Soldaten klopfte an die Tür. Es wurde Zeit für sie, zu gehen.

»Willst du für mich mit deinem Vater sprechen?« bat ich sie.

»Sobald ich heimkomme«, versprach sie.

Wieder küßten wir uns, dann rissen wir uns voneinander los, bevor die Leidenschaft uns wieder überwältigte. Xia rief nach den Soldaten, der Riegel wurde zurückgezogen, und die Tür schwang auf. Meine Prinzessin zog die Kapuze über, und nach einem flüchtigen Blick auf die Soldaten, die mich erneut in Ketten legten, floh sie von dannen.

Ich weiß nicht, was Xia zu ihrem Vater gesagt hat, doch der Zauber, den sie mit ihren Worten bewirkte, muß so gut wie der eines Geistersehers gewesen sein, denn nur wenige Tage vergingen, bis ich mich vor neun unbarmherzigen Männern wiederfand.

Die Hüter des Gemeinwohls waren ein kunterbunter Haufen von Edelleuten. Zwei waren schon so alt, daß sie sabberten, vier hatten weniger Haar, als man bräuchte, einen vollen Schopf zu bekommen, und die übrigen drei – darunter Lord Kanara, Xias Vater – pochten fest an die letzten Tore, die ins Greisenalter führten. Wäre ich eine junge Soldatin in diesem Land gewesen, so hätte mich diese Gruppe nicht dazu verleitet, mich für sie aufzuopfern. Selbst die sabbermäuligen Alten erinnerten noch so viel, daß sie jedes Lebewesen, das vor ihnen stand, mit Verachtung straften. Fast verzweifelte ich, als ich in ihre Gesichter sah, einen Freund suchte und keinen fand, nicht einmal in Lord Kanara. Er mochte auf mein Erscheinen gedrängt haben, um seine Tochter zu besänftigen, doch würde er nicht leicht zu bewegen sein, wenn ich unsere Sache vortrug. In jedem Blick, den ich dort sah, wartete ein Hinterhalt. Also tat ich, was Soldaten tun… ich ging zum Angriff über.

»Edle Lords«, sagte ich, »als man mich den Hügel hinauf in diese Räume führte, habe ich mir eine hübsche Rede überlegt. Ich wollte Euch mein Leben – und das Leben meiner tapferen Gefährten – zu Füßen legen und um Eure Gnade flehen. Ich wollte Euch erklären, wir seien friedliebende Fremde, die durch ein Mißgeschick an diese Ufer gespült wurden. So, wie es auch ein Mißgeschick war, Euch dieses Unheil anzutun. Doch all diese Worte wurden fortgeschwemmt, als ich das Grauen in Eurer einst so großartigen Stadt sah. Eure Straßen liegen voller Leichen. Der Marktplatz ist gesperrt und leer. Die Türen und Fenster Eurer Häuser sind verbarrikadiert gegen die Pest, die durch die Straßen schleicht, und gegen den heißen Wind, den der Sarzana Euch geschickt hat und der alles Leben aus den Bäumen Eurer Gärten saugt.

Die Stadt, die ich sah, steht vor der Kapitulation, edle Lords. Und wenn Ihr meinen Wunsch nicht gleich erfüllt, so fürchte ich, werden wir bald alle auf Gedeih und Verderb unserem gemeinsamen Feind ausgeliefert sein.«

Neben mir erzitterte Xia. Hinter mir hörte ich Gamelan, der mich warnte, ich solle nicht zu weit gehen.

Eines der Sabbermäuler sprach zuerst. Seine Stimme quiekte in den höchsten Tönen wie die eines Jungen, der sich eben erst dem Mannesalter nähert. »Ihr seid nur eine Frau«, sagte er. »Wieso sollte ich glauben, daß Ihr tun könnt, was unsere Zauberer nicht schaffen?«

»Wenn ich ein so jämmerliches Ding bin«, antwortete ich, »wie kommt es dann, daß ich hier stehe? Ich bin weiter gereist als jeder Mann und jede Frau meiner Heimat, nur um an diese Küste zu gelangen. Ich habe gegen große Armeen gekämpft und sie besiegt, eine mächtige Flotte zerschlagen, und ich war es auch, die den Bruder Eures eigentlichen Feindes – des Archon von Lycanth – erschlagen hat. Ich bezweifle, daß einer Eurer Bürger – ob Mann oder Frau – Gleiches von sich behaupten kann.«

Der alte Lord legte eine Hand an sein Ohr. »Was sagt Ihr da? Der Archon? Ich habe noch nie von dem Burschen gehört. Der Sarzana ist es, der uns diese Übel bringt.«

Ich wandte meine Aufmerksamkeit Lord Kanara zu. »Fragt Eure eigenen Zauberer, warum sie gegen den Sarzana machtlos sind. Sicher ist er ein mächtiger Zauberer. Doch wie kann er es mit ihnen allen aufnehmen? So stark ist er nicht.«

Ein schwarzberockter Mann beugte sich zu Lord Kanara vor und flüsterte in sein Ohr. Kanara nickte. Er wandte sich seinen Gefährten der Obrigkeit zu.

»Unser oberster Zauberer gibt ihr recht«, sagte er. »Es ist ein Rätsel, das ihn sehr beschäftigt.«

»Fragt ihn«, sagte ich, »ob er und die anderen vielleicht schon in Erwägung gezogen haben, daß der Sarzana eine Allianz mit einer dunklen Macht eingegangen sein könnte.«

Der Zauberer beugte sich tief herab und flüsterte grimmig. Als er fertig war, sagte Kanara: »Ja, es stimmt, Hauptmann. Man hat über eine solche Möglichkeit nachgedacht.«

»Der Verdacht Eurer Zauberer trifft zu«, sagte ich. »Er hat einen Pakt mit dem Archon geschlossen.«

»Was schlagt Ihr vor?« fragte Lord Kanara.

»Zuerst bitte ich Euch dringend, mir zu erlauben, etwas gegen diese verfluchte Pest zu unternehmen. Habe ich sie erst beendet, werdet Ihr wissen, ob ich Frau genug bin, auch den Rest zu übernehmen.«

»Reine Dummheit«, sagte der Sabberer. »Es könnte sogar Ketzerei sein, einer fremden Frau die Praxis der Magie auf Isolde zu gestatten.«

»Ist es Ketzerei?« sagte ich und richtete meine Frage direkt an den obersten Zauberer.

Er sah mich an, dann schüttelte er den Kopf... nein.

»Was habt Ihr dann zu verlieren, edle Lords?« sagte ich. »Sollte ich versagen, wandere ich wieder in den Kerker und wünsche Euch Glück. Aber wenn nicht, ist die Pest beendet. Das kann nicht der schlechteste Handel sein, den man Euch je abgerungen hat.«

Die neun Männer berieten sich, die Stimmen zu leise, als daß man sie hören konnte. Sie hatten viel Erfahrung mit Geheimniskrämerei. Schließlich drehten sie sich zu mir um. Prinzessin Xia drückte meine Hand ganz fest.

»Also gut«, sagte Lord Kanara. »Ihr sollt Eure Chance bekommen.«

Der sabbernde Lord unterbrach ihn. »Versagt nicht, Hauptmann«, warnte er. »Unsere Folterknechte sind unvergleichlich, wenn es darum geht, Schmerz zuzufügen und ihn endlos zu verlängern.«

Meine Worte gegenüber dem Rat der Reinheit mögen barsch gewesen sein, doch innerlich bebte ich vor Zweifel. Gamelan hatte behauptet, der Pestzauber sei machbar. Ich war sicher, *er* hätte es tun können, bevor er erblindete, doch hatte ich ernste Bedenken, was meine eigenen Fähigkeiten betraf. Ich war nicht mehr als ein grüner Lehrling. Welche Chance hatte ich gegen den Archon. Gamelans fortgesetzte Versicherungen beruhigten mich nicht, doch was konnte ich anderes tun, als meinem Plan weiter zu folgen?

Man brachte uns in einem Steinhäuschen am Rande des Palastparks unter. Gamelans konfiszierte Utensilien wurden gebracht, und wir machten uns ans Werk. In den zwei Tagen, die wir für die Vorbereitungen brauchten, sah ich Prinzessin Xia nicht, doch ihre

Näherin kam, um für das Kostüm Maß zu nehmen, das ich benötigte: eine schlichte, rote, ärmellose Tunika, mittellang, damit meine Arme und Beine Bewegungsfreiheit hatten. Mit einer goldenen Schärpe sollte sie gebunden sein. Gamelan ermahnte mich, keinen Schmuck zu tragen, besonders kein Metall, und er betonte, meine Füße müßten nackt sein. Mit Hilfe von Gamelans Zauberbuch – und manchen Erweiterungen meines Freundes, die er im Laufe der Jahre gelernt hatte – zerrieb ich ekelhafte Pulver und mischte übelriechende und höchst flüchtige Öle zusammen. Wir arbeiteten ohne Unterlaß, während der unheimliche Wind draußen heulte und selbst die steinerne Hütte erzittern ließ. Schließlich waren wir fast fertig.

In dem kleinen Park, den man für unsere Zwecke abgeteilt hatte, war kein Publikum zu sehen – abgesehen von den nervösen Wachen. In der Mitte des Parks befand sich ein Teich. Darum herum – in Form eines Quadrates – türmten sich vier Scheiterhaufen von seltenem Holz. Als wir den Park betraten, rumpelte ein Wagen über das Kopfsteinpflaster der Straße. Der Fahrer war starr vor Angst und hieb auf seine Pferde ein. Fast hätte er den Wagen umgekippt, als er ihn zum Stehen brachte. Er sprang ab, machte den Wagen los und rannte davon, wobei er die Pferde vor sich hertrieb.

Bei dem Gedanken an die vor mir liegende Aufgabe lief mir ein Schauer über den Rücken. Ich riß mich zusammen und zog die erste Leiche vom Wagen. Es war ein Kind, übersät von faulenden Pestbeulen. Die drei anderen Leichen auf dem Karren waren seine Familie ... Vater, Mutter und Schwester. Ich hatte mich mit der Silbersalbe eingerieben, die mich, nach Gamelans Angaben, vor der Krankheit schützen würde, doch waren meine Ängste damit nicht zu vertreiben, als ich die Leiche des kleinen Jungen in die Arme nahm, ihn zum Scheiterhaufen trug und darauflegte. Die anderen drei Leichen folgten.

Gamelan schwieg, während ich arbeitete, ärgerlich über sich selbst, weil er nicht helfen konnte. Ich kleidete die Leichen in prunkvolle Gewänder, dann schüttete ich sorgsam Zauberöl über die Scheiterhaufen. Abgesehen vom Wind war alles still, doch spürte ich die Blicke, die mich von den Fenstern des Palastes aus beobachteten. Als ich mit den Leichen fertig war, trat ich zu Gamelan. Er reichte mir die Ebenholzschachtel, die das Herz vom Bruder des Archon enthielt.

»Sei ganz vorsichtig, Rali«, flüsterte er. »Sag und tu nur, was ich dich gelehrt habe. Sonst…«

Er mußte nicht weitersprechen. Man hatte mich bereits gewarnt. Sollte ich versagen, wären die konyanischen Folterknechte um ihr Vergnügen gebracht. Der Archon würde sich meine Seele zu Gemüte führen.

Ich trat an den Teich und stellte die Schachtel ganz vorsichtig in ein Spielzeugboot. Ich öffnete die Schachtel und legte die Gemme des magischen Herzens frei. Dazu gab ich eine einzelne Feuerperle, sagte den Spruch, der sie zum Leben erweckte, dann setzte ich das Boot ins Wasser und stieß es sanft an.

Ich flüsterte:

Segle schnell, Schwester
Den Pforten des Morgens zu,
Wo die Götter spielen,
Und Dämonen keinen Zutritt haben!

Ungeachtet der Winde, die das Wasser kräuselten, fuhr das Boot zügig voran, und seine Segel drehten sich hierhin und dorthin, als würden sie von einem geübten Navigator bedient. In der Mitte hielt es an. Das schwarze Herz begann, rot zu glühen. Ich starrte es an, wie gelähmt.

Gamelan zischte: »Schnell, Rali!«

Ich sprang auf, warf meine Arme in die Luft und rief: »Erhebe dich! Erhebe dich!«

Ein Donnerschlag war zu hören, und Flammen schlugen vom Boot auf. Ein weiteres Donnern, und ich wich zurück, als der gesamte Teich in Flammen stand.

»Jetzt, Rali!« schrie Gamelan. »Zögere nicht!«

Das Feuer wurde immer heißer, doch mußte ich die sterbliche Vernunft verdrängen. Ich trat vor, spürte sengende Hitze, aber ich trat an den Rand des brennenden Teiches. Ich streckte einen nackten Fuß aus und staunte, daß sich die Haut nicht löste und schwarz wurde, als die Flammen darum züngelten. Ich schluckte und trat vor, auf die Oberfläche des brennenden Wassers. Ich spürte ungeheure Hitze, doch keinen Schmerz, als ich über die feste Fläche zum Boot hinüberschritt. Ich nahm das Boot auf, hob es an, Flammen überall um mich herum. Ich rief den Zauber, und meine Stimme dröhnte über den Wind hinweg und hämmerte auf den Himmel ein.

Komm Vater, komm Mutter,
Komm Schwester und Bruder –
Der dich erschlug, er wartet schon.
Bring deinen Haß zu ihm,
Bring deine Pein,
Dämonisch wie dein Schmerz.
Widrige Winde, wehet frisch,
Frische Winde, wehet kühl.
Erwache!
Erwache!

Ich nahm das glühende Herz hervor, legte es auf die flache Hand und blies darüber hinweg in die Segel des Bootes.

Das Boot bewegte sich, dann schoß es voran, flog davon wie ein Vogel. Als es abhob, erstarb das Feuer plötzlich und ich stand bis zu den Knien in blutrotem Wasser. Das kleine Schiff segelte über die Scheiterhaufen, und in diesem Augenblick explodierten sie zu schwarzem Qualm und Flammen. Die Rauchsäulen der einzelnen Haufen verwoben sich wie Schlangen und formten eine einzelne, dicke Säule der Fäulnis, die wie ein Geysir aufwärts strebte. Der Himmel wurde fleckig, dann gerann er, und ich sah eine schwarze Stirn mit glühend roten, vorquellenden Augen.

Die Stimme des Archon donnerte: »Fort mit dir! Fort mit dir!«

Dann kreischte er vor Schmerz, als der Rauch der Pesttoten in seinen Augen brannte.

Wieder donnerte er, doch lag Furcht in seinem Befehl: »Fort mit dir! Fort mit dir!«

Der Rauch wurde dicker und dicker, verhüllte die gespenstischen Züge des Archon. Wieder dieses wütende, aber auch schmerzerfüllte Heulen... dann war er verschwunden.

Ich fühlte mich schwach, erschöpft. Ich sah an mir hinunter und fand nur gewöhnliches Wasser, das meine Knie umspülte. Irgendwo hörte ich einen Vogel zwitschern, drehte mich verwundert um und sah einen fröhlichen kleinen Gesellen auf einem verwitterten Ast. Der Ast war ganz still, und ich merkte, daß der heiße Wind nachgelassen hatte. Ich stolperte aus dem Wasser zu Gamelan hinüber. Er nahm mir das Herz des Archon aus der Hand, legte es fort und umarmte mich.

Ich hörte Jubel vom Palast, dann schwärmten Konyaner daraus hervor, allen voran Prinzessin Xia, deren Tunika hoch über ihren langen Beinen flatterte, als ein kühler, duftender Wind, feucht mit dem Versprechen baldigen Regens, durch den Park wehte.

Der Zauber war gebannt.

Als ich wieder vor dem Rat der Reinheit stand, waren die achtzehn Augenpaare, die auf mich herabstarrten, nicht mehr ganz so unbarmherzig. Sicher waren sie auch nicht freundlich, doch war ein gewisser Respekt zu erkennen, eine Bereitschaft, zu erfahren, was ich als nächstes verlangte. Ich sparte mir jede Vorrede und ging mein Ziel direkt an.

»Ich verlange Freiheit für meine Soldatinnen und die Mannschaft«, sagte ich. »Gebt uns die Schwerter und Schiffe zurück, und wir kämpfen mit Euch, bis wieder Frieden ist.«

»Woher sollen wir wissen, daß Ihr nicht flieht?« fragte Lord Kanara. »Es ist nicht Eure Schlacht.«

Prinzessin Xia wollte protestieren, doch ich beeilte mich, bevor sie ihrem Vater etwas Unfreundliches erwidern konnte.

»Es *ist* meine Schlacht, Lord Kanara«, sagte ich. »Ich habe doch schon erklärt, daß der Todfeind meines Volkes einen Pakt mit dem Sarzana geschlossen hat. Und man wird mehr als nur ein paar Zaubersprüche brauchen, um *ihn* zu bezwingen, wenn er den Archon an seiner Seite weiß.«

»Dennoch«, sagte Lord Kanara, »bleibt er der Sarzana. Und in der Vergangenheit hat er bewiesen, daß er uns Feind genug ist.«

»Dann laßt mich ihn für Euch töten«, sagte ich. »Ihr könnt es nicht, weil Ihr danach verflucht wäret. Ich dagegen bin eine Fremde. Mir kann er nichts anhaben, wenn ich ihn töte.«

Lord Kanara und seine noblen Gefährten hielten eine hastige Konferenz im Flüsterton.

Er wandte sich wieder um. »Was genau schlagt Ihr vor?«

»Ich schlage vor, Euch bei einem Feldzug gegen die Armee des Sarzana zu begleiten«, sagte ich. »Wir wären fähige Verbündete. Wir Orissaner haben große Erfahrung in der Kriegsführung.«

Erneut wurde geflüstert, dann: »Ich bin sicher, daß Ihr und Eure Soldatinnen tapfer seid, Hauptmann«, sagte Lord Kanara. »Aber dennoch bleibt es eine Frage des Vertrauens. Wir kennen Euch nicht. Unsere Erfahrungen mit Euch sind flüchtig. Im einen Fall habt Ihr uns geschadet. Im anderen habt Ihr uns geholfen. Doch geschah es unter Zwang. Woher wissen wir, wie der Würfel fallen wird, wenn wir einen dritten Wurf zulassen?«

Prinzessin Xia trat vor. »Bitte, edle Lords, darf ich für die Jugend Konyas sprechen?«

Ihr Vater war sprachlos, dann nickte er...

»Alle leiden im Krieg, meine Lords«, sagte sie. »Doch ist es nicht die Jugend, der es am schlimmsten ergeht? Und als der Sarzana noch regierte, war er nicht zu Euren Söhnen und Töchtern am grausamsten? Wie viele Eurer Kinder sind damals gestorben, meine Lords? Und wie viele werden noch sterben... sterben in diesen Minuten, während wir hier reden?«

Gemurmel brandete in der Menge auf, die der Verhandlung beiwohnte, besonders unter den jungen Adligen.

Sie legte einen Arm um meine Schulter. »Ihr sagtet, Vater, Hauptmann Antero sei erst zweimal auf die Probe gestellt worden. Ich bitte um Verzeihung, wenn ich Euch korrigiere, doch hat sie noch einmal gehandelt ... als sie mich gerettet hat. Sie hätte weitersegeln können. Uns sterben lassen können. Vielleicht wäre es das klügste gewesen, denn in diesem Sturm war sie ebenso in Gefahr wie ich. Doch hat sie es nicht getan. Sie hat ihr Leben für mich eingesetzt. Und ihre Kriegerinnen haben es ihr nachgetan, um zwölf weitere Konyaner vor dem Tod zu retten.«

Ich fürchtete schon, sie wollte von meiner Auseinandersetzung mit Cholla Yi erzählen, als erneut alles auf dem Spiel gestanden hatte. Das hätte sicher ein vorteilhaftes Licht auf uns geworfen, doch nicht auf ihn. Ich brauchte den Piraten, verflucht sei seine Lederhaut. Ich war erleichtert, als sie die Klippe umschiffte und fortfuhr, den Strom zu durchqueren. Doch staunte ich, wohin der nächste Halt sie führte.

»Ich will Euch, meine Lords, beweisen, wie weit ich Hauptmann Antero vertraue. Ich bitte, nein, ich verlange, sie begleiten zu dürfen, wenn sie kämpft. Ihr Schicksal wird das meine sein. Sie wird mich nicht verraten, meine Lords. Sie wird die Jugend, die Zukunft des Königreichs von Konya nicht verraten.«

Ihr Vater fiel beinah vom Stuhl. Die Ratsherren waren gleichermaßen erstaunt. Die Menge um uns jedoch tat lautstark ihre Zustimmung kund. Prinzessin Xias Name hallte von den gewölbten Decken der großen Halle wider. Manche stürmten nach vorn, um dem Rat der Reinheit etwas zuzurufen, zu fordern, daß man mir erlaubte, am Krieg gegen den Sarzana teilzunehmen. Die Prinzessin Xia an meiner Seite ... einer Geisel des Glücks.

Dem Rat blieb nur, es zu erlauben. Als Xias Vater klopfte, damit Ruhe einkehrte, spielte die Menge verrückt, als sei der Sieg bereits errungen.

Ich betrachtete meine neue Geliebte. Ihr Gesicht war vor Aufregung gerötet, ihre Augen glänzten vor Freude. Doch hatte sie einen Ausdruck an sich, der mir bisher nicht aufgefallen war: einen trotzigen Zug um das Kinn, etwas Eckiges in ihren zurückgeworfenen Schultern, einen königlichen Blick. Bei den Göttern… wenn sie nicht wie eine Königin aussah…

Kapitel Achtzehn

Liebe und Krieg

Manche sagen, den Weg, den wir in diesem Leben gehen, hätten die Götter vorgezeichnet und gepflastert. Sollte dem so sein, müssen höhere Wesen eine ungesunde Vorliebe für starke Getränke haben. Wie sonst ließe sich der Wahnsinn eines Weges erklären, der sich so dreht und windet, in schlammige Löcher stürzt oder zu atemberaubenden Höhen aufsteigt? Nur allzugern würde ich den Gott kennenlernen, der mein Leben entworfen hat. Ich bin mir nicht sicher, ob ich ihm die Kehle durchschneiden oder die nächste Runde spendieren würde. In Konya war ich im einen Augenblick eine höchst unglückliche Frau, die ihr Schicksal in einem finsteren Kerker ereilen sollte. Im nächsten war ich die Frau der Stunde, mein Loblied wurde in den größten Hallen von eben jenem Volk gesungen, das mich eingekerkert hatte. Ist es übertrieben, Schreiberling, sich zu fragen, ob der Gott, der einem diesen Weg auferlegt, dabei betrunken war?

Die Tage, die auf mein Erscheinen vor dem Rat der Reinheit folgten, waren verrückt. Wir alle wurden aus dem Kerker entlassen und bekamen ungemein komfortable Quartiere. Selbst die übelsten Seeleute und niedersten Gardistinnen bekamen ein Zimmer – und ein feudales dazu – für sich allein. Wir wurden aufs beste genährt und gekleidet. So viele Einladungen zu Festivitäten trafen ein, daß ich sie allesamt ablehnen mußte, um nicht versehentlich einen konyanischen Edelmann zu kränken. Es war leicht, die Entschuldigung vorzubringen, wir müßten uns auf die bevorstehende Schlacht vorbereiten. Größtenteils entsprach es auch der Wahrheit. Doch darüber hinaus war reichlich Zeit für private Vergnügungen. Schließlich hatte ich auch eine Prinzessin, um die ich mich kümmern mußte.

Sie richtete es so ein, daß man mich in einer kleinen Villa mit Blick über den Hafen einquartierte, und ließ diese von ihren diskretesten Dienern bewirtschaften. Der Tag, an dem sie mir das Haus vorführte, war warm und die Luft schwer vom Duft der Hyazinten. Die Villa hatte dicke, weiße Wände und war mit blauen Schindeln gedeckt. Rosen rankten sich am Weg hinauf, der in einen sonnigen Garten führte. Der Pfad durch diesen Garten lag im Schatten eines Laubengangs voll duftender Kürbisse, deren Fleisch so süß war, daß sie eine ganze Wespenkolonie fast in den Wahnsinn trieben. Die Insekten schossen zwischen den rubinroten Früchten umher, schienen nie zufrieden, egal, wieviel sie essen mochten. Ein alter Springbrunnen plätscherte in der Mitte des Gartens, führte auf einer Seite unter eine Weide und wässerte ein weiches Bett aus Moos.

Mein Schlafzimmer war äußerst geräumig, ausgelegt, mit dicken Teppichen, auf denen sich Kissen jeder Größe und Farbe stapelten. Das Himmelbett hatte die Größe eines kleinen Exerzierplatzes, nahm die größte Ecke in Anspruch und ließ nur einen schmalen Durchgang zu den Verandatüren, die einen ganz unglaublichen Blick auf den Hafen erlaubten. Es war ein Raum der Sonnenuntergänge und der Liebe. Kaum hatten wir das Zimmer betreten, sanken wir schon aufs Bett. Wir waren so unersättlich wie die hungrigen

Wespen, küßten und erkundeten jeden duftenden Zentimeter. Ein Schrei folgte dem anderen, ein Stöhnen dem vorherigen, wenn wir einander von Höhepunkt zu Höhepunkt trieben.

Ich sehe deine roten Wangen, Schreiberling, und doch ist dieser Abend kühl. Bis du erregt von der Beschreibung unserer Liebe ... oder schockiert? Ah, ich sehe, letzteres trifft zu. Was könnte der Grund sein? Sicher bist du doch erfahren mit Memoiren wie diesen. Ist es, weil es Abenteuer von Männern waren, die männliche Dinge taten? Ist solcherart Würze in der Geschichte einer Frau nicht statthaft? Oder ist es die gleichgeschlechtliche Liebe, die dein Zartgefühl verletzt? Sollte das der Fall sein, tut es mir nicht leid. Ich habe geschworen, die Wahrheit zu sagen, und die Wahrheit ist, daß Liebe stets dasselbe will, welch Mäntelchen sie auch tragen mag. Leidenschaft ist das Wesen aller Dinge, die laufen, schwimmen oder kriechen. Sie zu verleugnen, zu ignorieren, hieße, das Leben, das die Götter uns eingehaucht haben, nicht völlig zu verstehen. Am Ende ist es dein eigenes Ich, das du am meisten verleugnest.

Xia und ich liebten uns, bis die Sonne zum Ende ihrer täglichen Reise kam. Schweigend rekelten wir uns in den Armen der anderen, erfreuten uns am kühlen Abendwind.

Schließlich brach sie das Schweigen. »Du bist nicht meine erste«, sagte sie, die Augen scheu gesenkt.

Das hatte ich auch nicht angenommen. Für ihr Alter war sie sehr erfahren. Doch das war nicht, was ich ihr sagte. »Das ist nicht meine Sache. Deine Abenteuer gehören dir. Du kannst sie erzählen oder dich in Schweigen hüllen.«

»Ich möchte dir davon erzählen, sagte sie. »Damit du weißt, wer ich bin.

Ich küßte sie und ließ sie reden.

»Ich habe schon immer gespürt, daß ich anders bin, nicht wie die anderen«, sagte sie. »Es war, als gehörte ich nicht in meine Familie, sondern sei schlicht an der Tür abgestellt und von meiner Mutter aufgenommen worden, die sicher ein so guter Mensch war, daß sie es getan hätte.«

»Aber du glaubst nicht, daß es tatsächlich so war, oder?« fragte ich.

Sie schüttelte den Kopf. »Nein. Aus Findelkindern werden keine Prinzessinen. Dennoch blieb dieses Gefühl. Ich mochte Jungen nie. Nicht wie meine Freundinnen, die sich an sie heranmachten, bevor wir überhaupt Brüste und unsere Perioden bekamen. Tatsächlich waren es meine *Freundinnen*, von denen ich mich als erste angezogen fühlte. Es war alles ganz normal, zumindest eine Zeitlang. Zwar redeten sie von Jungen, doch hatten wir Liebeleien. Schulmädchen, die füreinander schwärmten. Manche dieser Schwärmereien endeten im Bett. Niemand dachte sich etwas dabei. Vielleicht wird es in unserer Gesellschaft sogar ein wenig gefördert. Das Jungfernhäutchen wird in Konya hochgeschätzt, und bei unschuldigen Spielchen bleibt es meist intakt, bis die Familien unsere Zukunft – und unsere Ehen – ausgehandelt haben.«

»Nicht anders als in Orissa, sagte ich.

Xia dachte darüber nach, dann fuhr sie fort. »Alles ging gut, bis ich ins heiratsfähige Alter kam, das man in Konya mit sechzehn Jahren erreicht. Seidem ist mein Vater darum besorgt, daß ich heirate und ihm Enkel gebäre, damit sich unsere Ahnenreihe fortsetzt.«

»Aber du hast dich geweigert?« vermutete ich. »Absolut«, sagte Xia. »Ich will mich nicht von einem Mann beherrschen und ganz sicher nicht begatten lassen.« Wiederum fiel mir diese majestätische, starrsinnige Miene auf. Xia war kein Mensch, den man sich gern zum Feind machte.

Sie fuhr fort: »Es fällt mir immer schwerer, mich meinem Vater zu widersetzen. Vor allem aufgrund dessen, was geschehen ist, kurz bevor wir uns in diesem Sturm begegneten.«

»Ich habe mich schon gefragt, was dich dorthin verschlagen hatte«, sagte ich.

»Ich wurde zur Läuterung zum Tempel auf Selen geschickt«, sagte sie. »Mein Vater hatte erfahren, daß ich die Geliebte einer älteren Frau war. Fiorna ist die Frau eines unserer Generäle. Er war immer unterwegs, was ihr gefiel, denn zu Hause ist er stets ein solcher Grobian ihr und den Kindern gegenüber. Außerdem ist sie wie … wir. Fiorna zieht Frauen den Männern vor. Jedenfalls, ein Skandal wurde vermieden, gerade eben noch. Man schickte sie heim zu ihrer Mutter, und ihr Mann wurde in die Außenbezirke des Königreichs versetzt. Was mich betraf, so glaubte mein Vater, ich müsse von meinen Vorlieben gereinigt werden, mich einer Läuterung unterziehen. Daher diese Reise.«

Ich lachte, streichelte ihre zarten Brüste. »Die Läuterung scheint nicht gewirkt zu haben«, sagte ich.

Xia verzog das Gesicht. »Ehrlich gesagt, waren die Priesterinnen ganz hilfreich. Sie haben mich gelehrt, diskreter vorzugehen.«

Sie warf mir einen schelmischen Blick zu. Dann streckte sie die Hand aus und fand eine Stelle, die mich erschauern ließ. »Darüber hinaus haben sie mir noch einige andere Dinge beigebracht«, kicherte sie.

»Weiß Gott«, sagte ich heiser. »Ich war immer eine eifrige Schülerin.«

Später, als sie aufstand, um sich anzuziehen und zu gehen, sagte sie: »Würdest du etwas für mich tun?«

»Alles, was in meiner Macht steht, sagte ich.

»Würdest du mich lehren, wie man kämpft?«

Ich stand auf, verdutzt. »Du bist eine Prinzessin. Du brauchst so etwas nicht zu können.«

Ernst schüttelte sie den Kopf. »Ich werde bei dir sein, wenn die Schlacht beginnt. Und ich weigere mich, ein hilfloses Blümchen zu sein, während die anderen Frauen – deine Soldatinnen – ihr Leben riskieren. Wenigstens will ich wissen, wie ich mich schützen kann, wenn schon nicht mehr. Und keine Sorge, ich werde keine Dummheit begehen, mich nicht in den Kampf stürzen und dir zur Last fallen. Außerdem möchte ich in den Augen meines Volkes mehr sein als nur die hübsche Prinzessin Xia. Wenn diese Geschichte geschrieben ist, will ich mehr sein als nur eine Fußnote.«

Ich dachte über ihre Bitte nach. Sie schien mir nur vernünftig. Und dann sagte sie: »Außerdem müssen wir diskret sein, meine Liebe. Mit dir zu üben wird für mich eine wundervolle Ausrede sein, kommen und gehen zu können, wann immer ich will.«

»Also gut«, sagte ich. »Morgen fangen wir an.« Das taten wir, und sie entpuppte sich als ebenso leidenschaftliche Schülerin des Kampfes, wie sie es in Liebesdingen war.

Mittlerweise machten sich die Konyaner für den Krieg bereit. Der Rat der Reinheit mochte sich nach wie vor die Haare darüber raufen, wie ein Feldzug zur führen sei, doch zumindest wurde in Isolde nicht mehr nur davon geredet.

Jeden Tag trafen mehr Schiffe vor der Insel ein. Manchmal war es nur ein halbes Dutzend, einmal eine Flotte von mehr als zwei Dutzend. Schließlich wurden es fast vierhundert Schiffe. Bald schon füllten sie Isoldes Hafen von der Landzunge bis zu den Anlegern auf der Reede vor der Hafeneinfahrt. Sie kamen aus dem gesamten Königreich, wenn man eine derart polyglotte Sammlung so vieler hundert Inseln denn so nennen kann, besonders da jede Gruppe ihre eigenen Gebräuche und ihre eigene Sprache zu haben schien. Die Verständigung fand entweder auf konyanisch statt, dessen die meisten Angehörigen der herrschenden Klasse einigermaßen mächtig waren, per Kaufmannskauderwelsch oder mit Hilfe derjenigen unter Orissanern, die mit dem Zauber der Zungen gesegnet waren.

Die Schiffe waren von jeder erdenklichen Art: solche, die allein für den Krieg gebaut waren, eilig zusammengeschusterte Handelsschiffe und selbst einige haifischähnliche Galeeren, von deren Mannschaften ich wußte, daß sie Piraten waren, die beschlosssen hatten, unter fremder Flagge zu fahren, solange Beute in Sicht war.

Ich war beeindruckt davon, wie schnell sich die Konyaner kampfbereit machten, und fragte Xia, ob ihr Volk ein besonderes Talent zum Blutvergießen besäße. »Ich weiß nicht«, gähnte sie. »Aber mir scheint, *irgendwer* kämpft immer. Wenn du willst, zeigt dir einer meiner Diener das Arsenal.«

Das wollte ich sogar unbedingt, und am Morgen eskortierte man mich zu einem separaten Teil des Hafens, der umzäunt und bewacht war. Drinnen erfuhr ich Konyas Geheimnis. Das Arsenal bestand aus einer Reihe von Anlegern, künstlichen Inseln eigentlich, mit einem langen Lagerhaus auf jedem davon. Ein schmaler Streifen Wasser verlief zwischen den Anlegern, und an beiden Enden gab es weitläufige Becken. Auf den Anlegern drängten sich Arbeiter, die von der Hauptwerft aus über breite Brücken dorthin gelangten. In das Bekken auf der einen Seite wurde ein außer Dienst gestelltes Schiff an Leinen hereingezogen, von mächtigen Winden am Ufer bewegt. Die Schiffe waren »von Amts wegen aufgelegt« worden, wie man es nannte, was bedeutete, daß ihre gesamte Ausrüstung entfernt, die Rahen und Masten eingeholt und der nackte Rumpf vor Anker gelegt worden war, bis die nächste Krise kam.

Große Rolltore öffneten sich an den einzelnen Lagerhäusern, wenn das Schiff auf eine der Werften geschleppt wurde. Von einer nahm man den Mast, jeweils markiert, von welchem Schiff er stammte, Kräne richeten ihn wieder auf, und Zimmerleute zurrten ihn fest. Im nächsten Lagerhaus wurden die Sperren und die Großrahe hochgezogen und befestigt. Darauf erschienen Rollen mit Tauen und das mühsame Auftakeln begann. Danach wurden Leinensegel an Bord gebracht. Xias Diener erklärte mir, Isolde bemühe sich, seine Kriegsschiffe uniform zu gestalten, damit Ersatzteile für alle gleichermaßen zu beschaffen waren.

Jetzt sah der Koloß schon wie ein Schiff aus und wurde weitergezogen. Riemen und Ruderbänke wurden herbeigetragen, Fässer mit gesalzenem Schweine- und Rinderfleisch, dann Schlafgelegenheiten, Wein- und Wasserfässer und so weiter, wobei jedes Lagerhaus eine Schatzkammer mit besonderer Spezialität zu sein schien. Am Ende der Werft angekommen, war das Schiff bereit, bemannt zu werden und sich draußen auf der Reede zu den anderen zu gesellen. Der Vorgang war beeindruckend, doch die Schiffe, die »vom Stapel liefen«, waren es mitnichten. Bei ihnen allen handelte es sich um die Art einmastiger Galeeren, von der ich Xia gerettet hatte. Die Konyaner hatten keinen Sinn für schnelle, kleine Galeeren, wie Cholla Yi und einige Leute von den äußeren Inseln sie bevorzugten.

Ich machte es mir zur Aufgabe, herauszubringen, wie Konyaner ihre Seeschlachten ausfochten, und stellte fest, daß sie noch primitiver vorgingen, als es die sogenannten Taktiken vorsahen, die man meine Frauen gelehrt hatte, als wir vor so langer Zeit dem Archon nachgesegelt waren. Ein Kriegsschiff wurde bis zu den Dollborden mit Soldaten beladen, die noch weniger von Schiffen und der See verstanden als ich bei unserer Abreise in Lycanth. Der Kapitän eines solchen Kriegsschiffes hatte simple Pflichten. Er sollte sich nah bei der Flotte halten, bis man auf den Feind traf. Dann wurde der Angriffsbefehl gegeben, stets in der vom Flottenadmiral bestimmten, geschlossenen Formation. Die letzte Aufgabe des Kapitäns bestand darin, sein Schiff längsseits eines Feindes zu bringen. Die Soldaten enterten das feindliche Gefährt und nahmen es im Sturm. Die gesamte Bewaffnung, von Katapulten bis hin zu den Krähenschnäbeln – hakenbesetzte Planken, die sich unverrückbar in das Deck des feindlichen Schiffes bohren sollten – dienten diesem Ziel. Das Rammen galt noch als Neuerung, da das rammende Schiff nach wie vor zu oft ebensolche Schäden davontrug wie das gerammte oder sich losriß und die kämpfenden Soldaten die Schlacht nicht zu ihrem »angemessenen Ende« führen konnten. So hatte man die Seeschlachten bisher geführt, und so wollte man es bis in alle Ewigkeit fortsetzen. Der Sarzana setzte dieselbe Art Schiffe ein, so daß der Sieg von Masse, Waffenstärke, Zauberei und vor allem vom Glauben an die gerechte Sache abhängen würde. Von letzterem, dachte ich, hatte ich auf Schlachtfeldern nur selten etwas bemerkt.

Ich erinnerte mich, was Stryker und Duban während des Sturmes über Xias Galeere gesagt hatten, und dann an meine eigenen Gedanken zu Schattenwölfen, die einen Bären rissen. Diesmal beließ ich es nicht bei der Erinnerung. Spätabends hielt ich sehr leise, sehr private Treffen mit Corais, Ismet und Dica ab, die ich dazu einlud, da meiner Erfahrung nach ein Neuling oft klarer sieht als ein Veteran. Gelegentlich nahm Polillo daran teil, trotz ihrer Proteste, sie sei eine Kämpferin, keine Planerin.

Auf einem Basar hatte ich ein billiges Modell eines dieser monströsen konyanischen Schiffe erstanden, und wir vier oder fünf saßen dann um dieses Spielzeug – wie kleine Mädchen, die ihre Ausfahrt auf dem Teich planen – und dachten nach. Manchmal waren unsere Überlegungen brauchbar, die meisten jedoch albern und unmöglich. Doch notierte ich sie allesamt, fluchte dabei und merkte, wie wenig Talent ich besaß, wenn es um Worte ging. Worüber wir sprachen und welche Früchte diese langen Stunden trugen, werde ich in Kürze erzählen.

Trotz Xias Protesten überließ ich den Großteil ihres Trainings Ismet. Ich habe gelernt, daß derlei Dinge besser von anderen vermittelt werden. Ein Freund ist schnell zu weich oder zu hart. Außerdem geht nichts über das unpersönliche Lob einer schroffen Sergeantin, wenn man wissen will, wo man steht. Und so wurde die Prinzessin auf dem Übungsplatz gemeinsam mit den anderen Gardistinnen gedrillt. Sie ging mit Bogen, Speer und Schwert um, als sei sie dafür geboren, und errötete vor wütender Freude, wenn sie gegenüber ihrer Trainingspartnerin Oberhand behielt und ihr mit dem Holzschwert eine ordenliche Tracht Prügel verpaßte. Und als ich sah, wie schnell sie gelernt hatte, einen Pfeil nach dem anderen ins Ziel zu setzen, war ich froh, daß ich nicht nachgegeben und vor ihr die strahlende, allwissende Kommandantin Antero gespielt hatte.

Das einfache Training war eine andere Sache. Jeden Abend liefen wir über die Ringstraße, die den hügeligen Hauptteil der Insel umrundete. Es waren gut fünf Meilen vom Hafen bis zu der kleinen Taverne nahe meiner Villa. Ich brauchte eine Woche, bis ich sie soweit hatte, daß sie diesen Ring einmal schaffte. Sie war entgeistert, als ich ihr am Ende der Woche eröffnete, unser nächstes Ziel sei es, dasselbe zweimal zu schaffen, dann drei-, dann viermal.

»Ich bezweifle, daß wir das letzte Ziel erreichen«, sagte ich. »Wir haben nicht genügend Zeit, solche Kraft in deinen Beinen aufzubauen.«

»Was stimmt nicht mit meinen Beinen?« schmollte sie. »Sie sind dir gut genug, solange ich nicht auf ihnen laufe.«

»Oh, sie gefallen mir sehr«, sagte ich. »Und sie sind kräftig genug, wenn du sie um meinen Hals schlingst. Nur verlangt der Krieg mehr Ausdauer als die Liebe. Gott sei Dank. Die Beine einer Soldatin sind noch wichtiger als ihre Waffen. Sie müssen sie meilenweit zur Schlacht tragen, sie dann unter den fürchterlichsten Angriffen aufrecht halten, und wenn ihren Vorgesetzten danach ist, müssen sie vielleicht gleich nach der Schlacht schon wieder zurückmarschieren.«

»Wir werden auf Schiffen sein«, sagte sie. »Schiffe werden uns zur Schlacht und wieder zurückbringen. Einmal um den Hafen müßte also reichen.«

»Mach dich ruhig lustig über mich«, sagte ich.

»Und wenn ich es täte?« fragte sie, die Augenbrauen schelmisch hochgezogen.

Ich flüsterte ihr ins Ohr. Sie kicherte. "Oh, *das* gefällt mir. Bist du sicher, daß du die nächsten fünf Meilen nicht gleich jetzt angehen willst?«

Eines Tages wurde eine große Konferenz sämtlicher Kapitäne aller Divisionen einberufen. Wir sollten unseren neuen Flottenadmiral kennenlernen. Ich dachte, ich sei darauf gut vorbereitet, doch wie immer, wenn ich versuche, das Denken der Männer vorauszusehen, wenn es um das billige Luder der Befehlsgewalt geht, sollte ich mich täuschen.

Meine Frauen waren aufgebracht, doch hatte ich gewußt, daß ich nicht das Oberkommando des Feldzugs gegen den Sarzana bekommen würde, zumindest nicht offiziell. Sosehr mich der Rat der Reinheit gelobt haben mochte, wußte ich doch, daß ich nie mehr als eine Beraterin sein würde, schlimmstenfalls eine Galionsfigur. Corais und Polillo hatten im stillen schon gemurrt, erneut sei eine Frau gezwungen, den Kotau zu machen, doch ich fragte sie: Wenn dieselbe Situation in Orissa entstünde, wie viele Schiffe und Männer würde mich unserer Hoher Rat in den Tod führen lassen?

Ich hielt es für eine vernünftige Mahnung, doch die beiden sahen einander nur an, und Corais zog leicht die Oberlippe hoch und sagte: »Rali, meine Liebe, natürlich wiederholen die Männer dieselbe Dummheit von Land zu Land. Wir reden hier davon, was ein *intelligenter* Mensch tun würde.«

Das brachte mich zum Lachen, und es war so ziemlich das einzige an Frohsinn, was aus diesem Treffen erwuchs.

Cholla Yi und ich saßen zu beiden Seiten des neuen Flottenadmirals auf der hohen Bühne. Sie war von einem Fries umgeben, den man aus dem klaffenden Kieferknochen irgendeines Seeungeheuers gearbeitet hatte. Der Flottenadmiral hieß Trahern, und er war imposant. Er war ein riesiger Mann, fast so groß wie Polillo, und die ragt mehr als sieben Fuß hoch auf. Seine Stimme klang wie eine Palastglocke. Er hatte einen mächtigen, weißen Bart, sorgsam gekämmt und am Kinn geteilt, daß er zu beiden Seiten in Wellen herabfiel. Er muß schon über siebzig gewesen sein, doch hatte er noch seinen vollen Haarschopf, mit Juwelen besetzt und am Hinterkopf geknotet. An der Brust seines Waffenrocks aus Seide und Leder trug er manchen Orden ... alles, womit eine dankbare Nation ihren gefeiertsten Krieger auszeichnen konnte.

Unseligerweise lag der letzte Krieg, den Admiral Trahern ausgefochten hatte, zwanzig Jahre zurück: ein geschickter, wenn auch wenig einfallsreicher Feldzug gegen barbarische Bewohner äußerer Inseln. Danach hatte er sich auf sein riesiges Anwesen zurückgezogen und war zu einem anerkannten Historiker geworden. Seine gesamte Karriere war von Tapferkeit, Ehrgefühl und Edelmut geprägt gewesen. Nun hatte man ihn zurückgeholt, damit er Konya zu etwas führte, was dessen größter und sein eigener, letzter Triumph werden sollte.

Als man ihn ernannte, jubelten die Kapitäne ihm zu. Mir war bereits aufgefallen, daß allzu viele der ranghöheren Offiziere von Isolde stammten, ungeachtet dessen, von welchen anderen Inseln ihre Schiffe und deren Mannschaften kommen mochten. Wieder lernte ich ein Land kennen, dessen wahre Herrscher aus einer einzigen Region stammten. Der Sarzana mochte die Männer seiner heimatlichen Cevennen über Gebühr bevorzugt haben, doch so sehr unterschieden sich die Barone davon nicht. Während sich nun alle Männer für Admiral Trahern heiser schrien, brach etwas in meine Gedanken ein: Heiliger Strohsack! Hier haben wir den nächsten General Jinnah!

Trahern hielt die obligatorische heldenhafte Ansprache. Er erklärte, wie geehrt er sich fühle, erneut der Fahne dienen zu dürfen, daß wir allesamt zum Sieg entschlossen seien, das Recht auf unserer Seite hätten und der Sieg uns deshalb sicher sei, wie geehrt Konya sei, die Gaben mächtiger Kriegerinnen aus den fernen Ländern von... von, und er hielt inne, versuchte sich daran zu erinnern, woher die Fremden kommen mochten, murmelte hastig etwas wie »Larissa« und redete und redete.

Nachdem er auf den Schultern der jubelnden Offiziere durch den Raum getragen worden war, traf er sich in aller Stille mit Cholla Yi und mir. Er war voller Zuversicht und Beschwichtigungen. Natürlich wisse er, daß wir die wahren Führer dieses Feldzugs seien, da wir mit diesen verdammten Zauberern und so weiter vertraut seien, besonders mit dem, der aus unseren Ländern stammte, zumindest habe er es so gehört, auch wenn es ihm verdammt schwerfalle zu glauben, jemand könne erschlagen werden und zur Schlacht dann wiederauferstehen, selbst wenn sicher niemand die Macht eines großen Zauberers schmälern wolle. Er meinte, er könne uns eine Hilfe sein, da er die konyanischen Gewässer und, was wichtiger sei, das Gemüt seines Volkes kannte, und wie man es dazu brachte, wie Helden aus alten Zeiten zu kämpfen, so daß jeder Konyaner wie zehn, vielleicht zwanzig Soldaten aus einem anderen Land zählte. Wir hätten die volle Befehlsgewalt, die auf gegenseitigem Vertrauen, Zuversicht und Entschlossenheit fußte, vereint im gemeinsamen Ziel von übergreifender Bedeutung für alle Männer und Frauen überall.

Doch in meinen Ohren klangen seine Worte nur wie das Klopfen der Totenuhr.

Eines Abends, als wir durch den Garten spazierten, bevor Xia Abschied nehmen mußte, fragte ich sie, ob ihr Vater denn gar nicht mißtrauisch sei, was uns betraf.

»Er ist so sehr mit seinen Pflichten beschäftigt«, sagte sie, »daß er nicht lange genug nachdenken kann, um mißtrauisch zu werden. Und wenn doch, würde er es nicht an die große Glocke hängen, da er fürchten müßte, daß die anderen Mitglieder des Rates der Reinheit davon erfahren.«

»Ich muß sagen, diese Runde wirkt in meinen Augen kaum so rein, daß sie den Namen verdient hätte«, sagte ich.

»Glaub mir, sie sind es auch nicht«, sagte sie. »Manche Hure würde angesichts bevorstehender Armut in Tränen ausbrechen, wenn diese Männer ihrem Eid gemäß handelten. Natürlich gäbe es entsprechenden Jubel unter den jungen Sklaven beiderlei Geschlechts, die das Pech hatten, in ihren Haushalten dienen zu müssen.«

»Keusch oder nicht«, sagte ich, »scheint es mir in jedem Fall ein seltsamer Name für eine Regierung.«

»Es war der Fehler eines meiner wollüstigeren Vorfahren«, lachte Xia. »Er betrieb die Dekadenz in einem solchen Ausmaß, daß er sogar Tempel – im Grunde Bordelle – zu Ehren unserer anstößigeren Götter errichten ließ. Außerdem erhob er Anspruch auf jedes hübsche Mädchen und jeden Jungen, der ihm gefiel. Es wurde so schlimm, daß die Barone sich erhoben und ihn zwangen, es zu unterlassen. Damals wurde der Rat der Reinheit gebildet. Seine ursprüngliche Aufgabe bestand darin, sicherzustellen, daß die Moral in Konya aufrechterhalten wurde. Und später, nachdem man den Sarzana gestürzt hatte, war er die einzige traditionelle Instanz nach altem Recht, mit der die Barone die Macht übernehmen konnten.«

»Glaubst du, Konya wird je wieder zur Monarchie zurückkehren?« fragte ich.

Xia wurde sehr ernst. Sie saß am Rande des Brunnens und strich mit den Fingern durchs Wasser. »Mein Vater zumindest hofft es«, sagte sie schließlich. »Und vielleicht auch einige andere Adlige, die königliches Blut in den Adern haben. Nur, wenn es geschehen sollte, würde sich keiner – auch nicht mein Vater – zum König erklären. Es würde zu raffgierig wirken. Die Könige von Konya, das solltest du wissen, wurden vom Pöbel vertrieben. Der Sarzana kam erst später. Mein Vater und die anderen fürchten die Massen fast sosehr wie den Sarzana selbst. Also, nein, ich glaube nicht, daß seine Generation nach dem Thron strebt. Aber einer ihrer Kinder vielleicht.«

»Wie du etwa?« fragte ich.

»Ich habe nie darüber nachgedacht«, sagte sie. »Es wäre dumm von mir.«

»Hat Konya je eine Königin gehabt?« fragte ich.

Xia nickte. »Meine Urgroßmutter, die starb, lange bevor ich geboren war. Ihr Mann besaß keinerlei Macht. Er war nur ihr Gemahl.«

Beinah hätte ich sie noch einmal gefragt, ob sie tatsächlich nie daran gedacht hatte, den Thron zu besteigen. Doch an ihrem Blick konnte ich erkennen, daß es klüger war, sie beim Wort zu nehmen. Majestät lügt nie. Sie ändert nur von Zeit zu Zeit ihre Meinung.

Das Beste an Xias freiwilliger Meldung war, daß der Krieg zu einem Kreuzzug wurde. Meiner Erfahrung nach werden Kriege von Edelleuten mit Papier begonnen und von Bauern mit Blut beendet, während diejenigen, die den größten Vorteil daraus ziehen, dafür sorgen, sich so weit wie möglich vom Schlachtfeld fernzuhalten. Unter Xias Führung jedoch strömten Konyas junge Aristrokraten zur Fahne.

Trotz Xias Beispiel fiel mir allerdings auf, daß die Freiwilligen sämtlich Männer waren, und ich dachte, so unzufrieden ich mit der Behandlung der Frauen in Orissa auch sein mochte, existierte dort zumindest doch so etwas wie die Maranonische Garde. Das war kein großer Fortschritt, doch er kam mir ungeheuer vor, verglichen mit der diesbezüglich dämlichen Politik anderer Städte und Königreiche.

Mir war nicht klar gewesen, wie beliebt Xia bei den Menschen ihrer Schicht und Generation war, bis ich die langen Schlangen reich gekleideter junger Männer sah, die mit einiger Geduld an den

Rekrutierungsständen auf dem Marktplatz warteten. Jene, die trainiert waren oder Erfahrung mit Schwert oder Segel hatten, ließen sich leicht einfügen, doch allzu viele unter ihnen hatten keinerlei Ausbildung, abgesehen von der Falknerei, der Jagd und anderen Vergnügungen bei Hofe. Es sei egal, sagten sie. Sie wollten uns dienen, wie immer wir es wollten, vom Steuermannsmaat bis zum Schiffsjungen. Wir nahmen sie beim Wort, und meistenteils dienten sie willig und gut. Ich war überrascht, da ich befürchtet hatte, diese weichen Jünglinge würden niemals damit fertig werden, wenn ein Maat sie einen Mast hinaufschickte oder Sergeantin Ismet oder einer der konyanischen Einpeitscher sie anbrüllte.

Dennoch war es amüsant zu hören, wie ein Schleifer seine Nase und den rumgetränkten Atem einem hübschen Knaben ins Gesicht schob und den Jungen wütend anschrie: »Lord Hilmuth, Sir! Du ignorante Ausflucht eines sechsbeinigen Schweins mit weniger Verstand als die Götter Ziegen gegeben haben... sollte ich je wieder sehen, daß du ein Segel so aufgeist, du Schweinsgesicht, du Arsch mit Ohren, mach ich dich für den Rest der Reise zu meinem Fußabtreter, du selten blöder Schwachkopf! Wenn Ihr mir den Ausdruck verzeihen wollt, Sir.«

Zwei weitere Vorteile entstanden durch die Edelleute. Jetzt konnten wir alles haben, was wir wollten. Außerdem brachte die Nobilität auch das einfache Volk mit in den Dienst, und die Schiffe und die Reihe der Männer, die auf ihnen dienen oder kämpfen sollten, wollte gar kein Ende mehr nehmen. Oft schon habe ich mich gefragt, warum Bauern den wütendsten Haß auf den Adel an den Tag legen, jedoch eine ständige Faszination für seine Mätzchen empfinden, bis hin zu dem Punkt, daß sie ihn gnadenlos nachahmen.

Die Flotte begann, wie eine Marine im Anfangsstadium auszusehen, nicht mehr wie eine kunterbunte Versammlung von Schiffen. Fast waren wir bereit, dem Sarzana und seinem weit gefährlicheren Verbündeten und heimlichen Herrn, dem Archon, entgegenzusegeln.

In diesen langen Wochen der Vorbereitung sah ich nur wenig von Gamelan, obwohl er in derselben Villa untergebracht war wie ich. Als ich ihn wegen eines Ratschlags in einer heiklen Angelegenheit aufsuchte, war er entnervend unzugänglich, sagte nur, ich solle tun, was ich für das beste hielt. Er weigerte sich sogar, am morgendlichen Knochenwerfen teilzunehmen und gab vor, zu müde oder gar krank zu sein. Was mir am meisten fehlte, war unser nächtliches Gesprächsritual, in dem alles und jedes zur Debatte stand.

Während dieser Zeit sah ich ihn niemals lächeln, und er schlurfte wie ein alter Mann – er, der trotz seiner Blindheit stets jugendlichen Schwung in seinem Schritt gehabt hatte. Die Frauen, die ihm zugeteilt waren, berichteten, er äße nur wenig, sosehr sie auch versuchten, ihn mit Köstlichkeiten zu locken, und er tränke nichts Geistiges, nur Wasser. All das von einem Mann, der uns früher gescholten hatte, wenn wir den Mut verloren, der uns angetrieben hatte, so schwierig die Umstände auch gewesen sein mochten.

Als ich beobachtete, wie er vor meinen Augen in sich zusammenfiel, dachte ich, vielleicht sei der Kerker zuviel für ihn gewesen. Ich fürchtete schon, er würde bald sterben.

Eines Abends suchte ich ihn auf, um zu fragen, was los sei. Ich dachte, vielleicht gebe es ein Elixier, das ich nach seiner Anweisung fertigen könne und das ihm helfen werde, einiges von seiner früheren Vitalität wiederzugewinnen.

»Ich bin alt, verdammt!« sagte mit bebender Stimme.

»Aber Gamelan, mein Freund«, sagte ich. »Ich brauche dich. *Wir* brauchen dich.«

»Ihr beutet mich alle nur aus!« rief er. »Jetzt geh und laß mich allein.«

Ich ging. Was sonst sollte ich tun? Allerdings fiel mir auf, daß er, je näher wir der Schlacht kamen, immer verzagter wurde. Wäre ich nicht so beschäftigt gewesen, hätte ich den Grund dafür schon früher geahnt. Nein, das stimmt nicht. Zum Teufel mit der Pflicht! Ich hätte mir die Zeit nehmen müssen, doch war ich ganz hingerissen von Xia.

Es war ein wundersamer Zauber, mit dem sie mich umwob, und

noch immer bin ich eitel genug zu glauben, ich hätte es ihr gleichgetan. Sie war wie Essen und Trinken für mich. Je öfter wir die Laken verwühlten, desto mehr verzehrte ich mich nach der nächsten Gelegenheit. Sie fand verbotene Bücher über sexuelle Tricks, und wir probierten alle aus, bis auf solche, die erniedrigten oder Schmerz bereiteten. Wir bestrichen einander mit Honig und Wein und brauchten Stunden, bis jeder Fleck reingeleckt war. Wir rieben parfümierte Öle in jede Falte unserer Körper, dann rangen wir, bis die eine oder andere vorgab, sich zu unterwerfen. Dann durfte die andere eine Art der Befriedigung wählen.

Außerdem verbrachten wir lange, melancholische Nachmittage mit Gesprächen, in denen wir Geheimnisse teilten, die man nur Geliebten verrät. Sie weinte mit mir, als ich von Otara erzählte. Doch als ich Tries und unseren Streit erwähnte, wurde sie böse und wandte sich ab, und als ich versuchte, ihr den Rücken zu massieren, zischte sie: »Rühr mich nicht an!«

»Was habe ich getan?« sagte ich

»Du liebst sie noch immer«, warf sie mir vor.

Ich stotterte: »Sei nicht albern. Sie hat mich verlassen. Es ist aus.«

»Nein, ist es nicht«, sagte sie. »Ich merke es, wenn du ihren Namen nennst. Sie spielt ein Spiel. Die Hure! Sobald du zurück bist, braucht sie nur mit den Wimpern zu klimpern , und du wirst wieder in ihren Armen liegen.«

»Ich schwöre, Xia«, protestierte ich. »Ich liebe nur dich.«

Sie weinte, und schließlich durfte ich sie trösten. Immer und immer wieder flüsterte ich ihren Namen und forderte, sie müsse mir glauben, daß ich keine andere liebte. Endlich versöhnten wir uns. Der Akt der Vergebung war heiß und wild, und Xia war süß und strahlte, als sie schließlich ging. Das Thema wurde nie mehr angesprochen. Doch muß ich gestehen, daß ich über ihre Anschuldigung sehr wohl nachdachte. Liebte ich Tries noch immer? Das Bemerkenswerte daran war: Selbst ich konnte nicht beschwören, daß es nicht so war.

Mit jedem Neuankömmling trafen Berichte von den neuesten Greueltaten des Sarzana in Konya ein. Ich denke, seine Taten sollten uns in Panik stürzen und in der Schlacht verunsichern oder gar kapitulieren lassen. Überwiegend jedoch hatten sie den gegenteiligen Effekt. Da seine leichenfressenden Dämonen Insel auf Insel und deren Häfen verwüsteten, ob nun feindlich gesonnen, neutral oder mit weißen Flaggen behangen, nahm die Entschlossenheit tatsächlich zu. Fast jedem war klar, daß es keinen Waffenstillstand, keinen Kompromiß und keine Gnade geben konnte, weder von der einen noch von der anderen Seite. Selbst jene, die zögern mochten oder sich eingeredet hatten, das Regime des Sarzana sei gar nicht so übel gewesen – oder es den gegenwärtigen Herrschern sogar vorzogen –, hüteten ihre Zungen und bekannten sich nach außen hin zum Patriotismus.

Ein- oder zweimal hörte ich, daß man darüber staunte, wie sehr sich der Sarzana »verändert, verdüstert« habe. Ich wußte, daß seine Allianz mit dem Archon seine Taten hatte niederträchtiger werden lassen, doch daß der Unterschied zwischen dem, was er jetzt tat, und seiner früheren Tyrannei nur gering war.

Eines frühen Morgens hatte ich eine unheimliche Begegnung mit seiner Niedertracht, als mich die Wache an Deck rief. Ich hatte zwei Hauptquartiere, eines im Palast des Rates, für große oder förmliche Treffen, das zweite – für geheime oder besonders wichtige Angelegenheiten – in Xias alter Kajüte an Bord von Strykers Galeere. Vielleicht brauchte ich diese Zuflucht auch, um mich daran zu erinnern, daß ich nicht allzusehr in Politik, Verrat und Probleme der Konyaner verstrickt werden wollte. Ich war vor allem Orissa gegenüber verpflichtet, den Wahnsinn des Archon zu beenden, dann meinen Gardistinnen und schließlich Cholla Yis Söldnern gegenüber. Davon einmal abgesehen, hatte außer meinem Bedürfnis, meine Integrität zu wahren, nichts weiter Gewicht.

Als der Deckoffizier fragte, ob ich Zeit hätte, jemanden zu empfangen, hastete ich nach oben, da ich mich schon mit entzündeten Augen über Ladungslisten, Dienstplänen und dem Teil der Soldatenpflicht gequält hatte, von dem in Oden nie gesungen wird. Auf mich wartete ein schlanker Mann Anfang Fünfzig. Sein Bart war kurzgeschoren, sein Haar zu einem kleinen Zopf geflochen. Er trug eine schlichte, locker sitzende Tunika und Hosen. Schwert und Dolch hingen von einem Gurt mit Schulterriemen, und mir fiel auf, daß beide Klingen von den Jahren dunkel geworden waren, die Hefte der Waffen von langem Gebrauch wie blankpoliert. Ein Soldat also. Eins war allerdings seltsam. Er trug weder Ringe noch Juwelen, nur über einem Ohr war eine Röhre von vielleicht acht oder neun Zentimetern, und ich bemerkte, daß es sich um Gold handelte, mit Juwelen besetzt.

Auf dem nahen Anleger sah ich – als Kompanie angetreten – vielleicht weitere hundert ähnlich gekleidete Männer zwischen zwanzig und sechzig Jahren. Ich begrüßte meinen Besucher freundlich und hoffte, sein feiner Trupp sei gekommen, um sich uns anzuschließen. Nor, der ihr Anführer war, versicherte mir, genau das sei der Fall. Er erklärte, die Männer dort unten seien nur etwa die Hälfte derer, die ihm folgten. Das erfreute mich noch um so mehr, da ich große Schwierigkeiten hatte, meinen eigenen Trupp kampfbereit zu machen, zumal ich mit der unheilvollen Tatsache konfrontiert war, daß ich nicht mehr als einhundertfünfundzwanzig Kriegerinnen hatte, auf die ich mich wirklich verlassen konnte...

Ich fragte Nor nach seinem Rang. »Ich habe keinen«, antwortete er. »Und ich schäme mich, den Rang zu nennen, den ich einmal innehatte.«

Lange blickte ich ihm in die Augen, und sie waren starr, brennend. Solche Augen hatte ich schon früher gesehen, bei den armen Seelen, die wir aus den Folterkellern des Archon geholt hatten, als wir die Festung von Lycanth befreiten. Ich wußte, der Mann hatte eine Geschichte zu erzählen, und irgendwie spürte ich, sie würde nicht für alle Zuhörer geeignet sein. Ich sah neugierige Ohren, sowohl die meiner Frauen als auch der Seeleute, die so taten, als hätten sie in der Nähe zu tun. Ich erklärte Nor, er könne seine

Truppe entlassen, damit sie Schutz suchten, da Nebel aufkam, der baldigen Sommerregen versprach.

Er schüttelte den Kopf. »Meine Männer bleiben, wo sie sind. Sie werden schon nicht schmelzen.«

Ich führte ihn auf das leere Vordeck, auf dem man eine Persenning aufgezogen hatte. Ich bot ihm einen Becher Wein an, aber er lehnte ab. Also gut, wenn er gleich zur Sache kommen wollte, sollte es mir recht sein.

»Ihr wollt also dienen«, sagte ich. »Warum kommt ihr zu mir und nicht zu Admiral Trahern oder einem seiner Generäle? Männer wie die Euren – vorausgesetzt, sie kämpfen so hart, wie sie aussehen – könnten dienen, wo immer sie wollen.«

»Erstens komme ich zu Euch, weil ich Gutes über Euch und Eure Frauen gehört habe. Ich glaube, Ihr habt kein Interesse an den Spielchen, die die meisten Konyaner Krieg nennen, mit all den Finten und Täuschungen und Günstlingen und alledem.«

»Das stimmt«, sagte ich. »Der Krieg ist, was er ist, und sollte so hart und knapp geführt werden wie möglich.«

Er fuhr fort, als hätte ich ihn nicht unterbrochen. »Zweitens sind meine Männer in den meisten Heeren nicht mehr willkommen.

Verflucht!, dachte ich. Wahrscheinlich sind es Poseure, Banditen oder Verbrecher. Doch ließ ich mir die Enttäuschung nicht anmerken. Statt dessen wartete ich ab.

»Diese Männer sind meine Brüder«, sagte Nor. »Früher einmal waren wir tausend Mann. Doch das ist fünf Jahre oder länger her, als man uns noch die Wache des Sarzana nannte.«

Er bemerkte mein Entsetzen. »Ja, wir waren die Leibwächter dieses Scheusals. Seine Elitetruppe, die er Tag und Nacht um sich hatte, ob auf Reisen oder in seiner Burg. Unser Leben gehörte ihm, und seine Sicherheit und Zufriedenheit waren unser einziges Anliegen.«

»Die meisten Herrscher haben eine solche Garde«, sagte ich. »Nur für gewöhnlich stirbt sie, wenn er gestürzt wird und sie versuchen sein Leben zu retten. Ansonsten sterben sie in den Nachwehen. Nur selten habe ich gehört, daß solche Männer, denen der Herrscher üblicherweise große Vorrechte einräumt – es sei denn, er wäre ein echter Dummkopf –, sein Andenken verfluchen.«

Nor sagte nichts, sondern ließ abrupt die Hosen herunter. Ich wich zurück, überzeugt davon, dem Kommandeur eine Bande von Verrückten gegenüberzustehen. Dann sah ich, was er mir zeigen wollte, und mir drehte sich der Magen um. Er hatte keinen Penis mehr, nur eine kleine Ausbuchtung, weniger als einen Finger breit. Seltsamenweise hing darunter ein normaler Hodensack. Ich hatte schon Eunuchen gesehen, doch waren diese entweder komplett kastriert, oder man hatte ihnen nur die Hoden abgeschnitten.

Ich nickte ... ich hatte es gesehen. Nor zog seine Hosen ohne ein Anzeichen von Scham hoch und entschuldigte sich auch nicht. Nun wurde mir klar, daß die juwelenbesetzte Röhre den Männern dazu diente, sich zu erleichtern. Ich hatte schon von solchen Verstümmelungen gehört, wie auch von grausamen Stämmen, die ihre Mädchen verkrüppelten, damit sie keine Freude am Geschlechtsakt haben.

»Auf diese Weise hat der Sarzana uns an sich gebunden«, sagte Nor. »Er wollte Krieger, deren männliche Tugenden – und ich bitte um Verzeihung, daß ich derart abgedroschene Worte jemandem gegenüber benutze, der es besser wissen muß – unversehrt waren. Besser noch, einen Mann, dessen Samen intakt war, der jedoch keine Möglichkeit hatte, seinen Wunsch und Rang auszuleben. Einen todbringenden Kämpfer, stets von blinder Wut getrieben. So dachte der Sarzana, und er hatte ganz recht damit. Wir *waren* schrecklich und töteten oder verstümmelten jeden, ob Kind, Frau, Mann oder Tier, schon aus geringstem Anlaß.«

»Wie konntet Ihr ihm die Treue halten, wenn man bedenkt, was er Euch angetan hat?« fragte ich mich. »Zauberei?«

»Ein wenig«, sagte Nor. »Als man ihn vom Thron stürzte, wurde ein Schleier gelüftet, den er über uns geworfen hatte. Doch es gab auch noch etwas anderes. Er hat uns alle geholt, als wir noch kleine Kinder waren. Keiner von uns weiß, wer seine Eltern waren, nicht einmal, woher er vielleicht kommen mag. Der Sarzana hat uns entführen und ... beschneiden lassen, von einem speziellen Trupp von Männern, die man kaum mehr als Menschen bezeichnen kann. Zu ihren Aufgaben gehörte es auch, die Folterkammer zu betreiben, denn solche Aufgaben verweigerten selbst arme Schweine wie wir. Von *denen* hat keiner den Sturz des Sarzana überlebt.

Wir wurden abseits des Volkes erzogen und trainiert. Stets trichterte man uns ein, wir seien etwas Besonderes und die Götter hätten uns nur aus einem einzigen Grund das Leben geschenkt – dem Sarzana zu dienen und für ihn zu sterben.« Nor verzog das Gesicht. »Sag das einem Kind zehn bis tausend Mal am Tag, wenn es eben erst laufen kann, und du bekommst, nun, was Ihr da draußen stehen seht.«

»Ihr wolltet also Rache?«

»Ja«, sagte Nor. »Es war der einzige Traum, den wir hatten. Irgendwie haben es die meisten von uns geschafft, den Tag zu überleben, als der Palast fiel, und irgendwie haben wir einander gefunden. Das alles ist fünf Jahre her, und wir hatten nur ein Ziel ... den Sarzana in die schlimmste Hölle zu schicken, die die Götter schaffen können. Wir nannten uns die Gebrochenen. Ich will Euch ganz offen sagen, daß wir uns verschwören wollten, um die Insel zu finden, auf welcher der Sarzana sein Exil verlebte. Von konyanischen Korsaren hatten wir dafür bereits fünf Schiffe erworben, die den Euren nicht ganz unähnlich waren, wenn ich auch bezweifle, daß sie so leicht zu segeln und zu rudern wären. Unsere Zeit verbrachten wir damit, zu lernen, wie man beides tat, im Sturm und in der Flaute.

Keiner von uns gab oder gibt auch nur den leisesten Deut auf den Fluch, der denjenigen ereilen soll, der den König von Konya erschlägt. Welcher Fluch könnte schlimmer sein, als jeden Morgen aufzuwachen und durch diesen Halm pissen zu müssen«, dabei berührte er die juwelenbesetzte Röhre in seinem Haar, »und zu wissen, daß dich keine Frau je ansehen wird, kein Kind deinen Namen weiterträgt und sich niemand die Mühe machen wird, deinem Geist Ruhe zu verschaffen, wenn du einmal tot bist?

Als der Sarzana also seine Zauberkraft gegen Euch Orissaner

einsetzte und sich befreite, feierten wir; während die meisten Konyaner weinten und sich die Haare rauften. Er war ... ist ... auf dem besten Wege, seinem Schicksal zu begegnen.«

»Für so unbezwingbar haltet Ihr Euch?« sagte ich und machte mir nicht die Mühe, beeindruckt zu klingen.

»Natürlich nicht. Ich bin Soldat, kein Narr. Vielleicht wird er zurückkehren und den Thron wieder besteigen. Doch keiner von uns wird an diesem Tag am Leben sein. Hauptmann Antero, eines weiß ich: Wenn man so stark an etwas glaubt, daß der eigene Tod seine Bedeutung verliert, hat man eine gute Chance, sein Ziel zu erreichen.«

»Stimmt«, sagte ich. »Ihr wollt also direkt unter meinem Kommando dienen?«

»Nur unter dieser Bedingung schließen wir uns der Flotte an. Ansonsten werden wir eine Möglichkeit suchen, wie wir unsere eigene Schlacht schlagen können. Wir könnten mehr Schiffe kaufen oder sie, wenn nötig, stehlen. Und selbst ein Zauberer wie der Sarzana ließe sich um Mitternacht von hinten mit einem Dolch erstechen, wenn es nicht anders geht.«

Ich antwortete nicht sofort, sondern dachte über die möglichen Schwierigkeiten nach. Ich entschied, daß ich, da Nor mir gegenüber entlarvend ehrlich gewesen war, ihm meinerseits einen Gefallen tun wollte.

»Sollte ich Eure Dienste annehmen, müßt Ihr mir gehorchen, und auch meinen Offizierinnen und Sergeantinnen, absolut in jedem Punkt.«

»Natürlich! Wir sind doch keine Kinder!«

»Ihr versteht mich nicht. Ich meine, Ihr müßt auch Folge leisten, wenn wir Euch befehlen, *nicht* zu kämpfen, *nicht* anzugreifen, *nicht* Euer Leben in einer nutzlosen Attacke fortzuwerfen, die nur geführt wird, weil eine geringe Chance besteht, den Sarzana in Schußweite zu bekommen. Es gibt einen alten Soldatenspruch, der besagt, man soll nie Schildgefährte eines Mannes sein, der mutiger ist als man selbst. Mutiger oder leichtsinniger. Das ist meine einzige Bedingung, Nor, wenn auch eine, der Ihr Euch absolut fügen müßt. Außerdem werde ich Euren Männern einen entsprechenden Eid abverlangen, vor Göttern, die Euch heilig sind.«

Nun war Nor an der Reihe zu schweigen. Er verzog das Gesicht, dachte scharf nach. Schließlich blickte er auf.

»Ich nehme das Angebot an. Ich stimme Euch nicht unbedingt zu ... Die Götter haben stets jene gesegnet, die in der Schlacht wie wilde Stiere waren und sich nicht um ihre eigene Sicherheit sorgten. Aber ... ich nehme Eure Bedingungen an.« Er richtete sich auf und schlug sich mit der rechten Hand ans Herz.

Ich erwiderte den Gruß, während ich mich im stillen fragte, ob ich ihm glaubte oder nicht. Es war unwahrscheinlich, daß die Gebrochenen irgendwelche Schwüre vor den Göttern einhalten würden, besonders wenn die Schlacht tobte. Doch ich beschloß, mich mit diesem Problem zu beschäftigen, wenn es sich stellte. Bis dahin hatte ich doppelt so viele Krieger wie noch vor einer Stunde, und das unerbittliche Spiel mit den Zahlen macht so manchen Kompromiß erforderlich.

Eigentlich gibt es kein Ende, wenn es um die Vorbereitungen für eine Schlacht geht. Wie hart man auch trainieren mag, läßt sich doch immer sagen, man bräuchte mehr Zeit. Wie schwer man auch bewaffnet sein mag, gibt es doch immer eine neuere und bessere Waffe, mit der man ausgerüstet werden könnte. Und Schiffe lassen sich seetüchtiger machen, bis das Meer ausgetrocknet ist. Doch kommt irgendwann ein Augenblick, in dem die Soldatin weiß, daß es Zeit wird, sich ihrem Feind zu stellen. Von da an kann dein Feind nur noch stärker und tödlicher werden.

Schließlich dämmerte dieser Tag. Die Flut war günstig, die Winde wehten richtig, und selbst die Wahrsager hatten ihr letztes Wort gesprochen.

Ganz Isolde kam, um die Abfahrt der großen Flotte zu sehen. Es gab Prozessionen und Reden und Wein und Weihrauch. Soldaten schäkerten am Hafen mit den Jungfern um eine letzte Gunst, und selbst die prüdesten Damen lächelten und sagten: Sind sie nicht süß, die armen Jungen? Trompeten gellten, Trommeln rollten, und leuchtende Wolken von Feiertagsdrachen schwebten in phantastischen Formationen über den Himmel. Mütter riefen die Namen ihrer Söhne, wenn diese an Bord gingen, Väter weinten vor Neid, daß sie sie nicht begleiten durften, und Schwestern weinten, weil niemand einen Gedanken an sie verschwendete. Pfeifen wurden gepfiffen und Segel gehißt, und bald schon wimmelte das ganze Meer von weißgeflügelten Schiffen, die ihrem Schicksal entgegenstürmten.

Was mich betraf – während ich betrachtete, wie die jubelnde Menge am Ufer verschwand, fiel mir der Tag ein, an dem wir von Orissa abmarschiert waren.

Es schien mir eine lange, einsame Ewigkeit her zu sein, Schreiberling, seit die Gebete mir und den meinen gegolten hatten.

Kapitel Neunzehn

Windreiter

Flottenadmiral Trahern mochte zwar behauptet haben, wir seien gleichberechtigt, doch als wir erst auf See waren, stand unumstößlich fest, wer das Kommando hatte ... zumindest seiner Ansicht nach. Cholla Yi und ich waren bloße Befehlsempfänger. Wichtige zwar, doch sicher nicht wichtig genug, daß Trahern es für nötig erachtete, uns ins Vertrauen zu ziehen. Das wurde deutlich, als er uns ein schnelles Kurierboot mit seinem wichtigsten Berater schickte. Dieser überbrachte Befehle, die nur notdürftig als Meldung getarnt waren.

Der Berater erklärte, die konyanischen Zauberer hätten herausgefunden, daß sich der Sarzana und seine Verbündeten in den Alastoren versteckt hielten, einer Inselkette, die etwa zwanzig Tagesreisen südlich lag. Hier schienen sie eine Basis für ihre Kriegsflotte gefunden zu haben. Trahern »schlug vor«, daß wir auch weiterhin kundschafteten, unseren Kurs korrigierten und uns direkt vor seinen

Schiffen hielten. Das war alles. Sein Berater hatte keine Anweisung, sich nach unseren Beobachtungen oder Vorschlägen zu erkundigen. Es war amüsant zu beobachten, wie Cholla Yi schäumte und schimpfte, weil man ihn so »schändlich« behandelte. Vielleicht hätte ich es nicht tun sollen, doch konnte ich nicht widerstehen, leise anzumerken, daß Traherns Verhalten höchst unhöflich sei und er sich eine Scheibe von Cholla Yis Benehmen abschneiden sollte, besonders von der Art und Weise, wie uns der Admiral nach der Abreise in Lycanth behandelt hatte. Mit meinem Sarkasmus erreichte ich jedoch nur, daß er immer wütender wurde.

Xia kochte noch mehr als er, knurrte, man habe sie betrogen und so dürfe man eine Adlige nicht behandeln. Es war Nachmittag, mitten in einer müden Wache, und ich hörte nur das Knarren des Schiffes draußen vor unserer Kajüte und die Schritte des Wachmanns auf dem Deck über uns, wenn dieser auf und ab ging. Ich lag ausgestreckt auf dem Bett, und sie saß neben mir, im Schneidersitz. Ich sagte ihr, sie habe recht, doch so sei die Welt nun mal, hier wie in Orissa. Männer schienen überall gleich zu sein. Vielleicht, sagte ich, würde sie eines Tages Königin und könne dann ein neues Denken einführen, das der Dummheit ein Ende bereitete. Sie warf mir einen sonderbaren Blick zu. Einen Augenblick später runzelte sie die Stirn und wollte noch etwas hinzufügen. Doch war ich mit meinen Gedanken schon woanders und spürte die Wärme in meinen Knochen, als ich sie ansah, wie sie da im trüben Schein der Decksluke saß. Sie bemerkte meinen Blick und stieß ein wissendes Lachen aus ... dann schmolz ihr Zorn in unserer Umarmung dahin.

Ich selbst war gar nicht erst in Wut geraten, da ich von vornherein gewußt hatte, das Trahern nicht beabsichtigte, uns wie Gleichberechtigte zu behandeln, daher hatte ich mir einen Plan zurechtgelegt, wie – und wann – ich damit umgehen wollte. Solange wir keinen Feindkontakt hatten, konnte ich die Situation hinnehmen, wie sie war. Ich konzentrierte meine Energien auf den täglichen Drill, um sicherzustellen, daß jeder in unserer kleinen Flotte die neue Vorgehensweise verstand, mit der wir kämpfen würden. Die Veränderung war enorm, als verwandelte sich Kreide in Käse.

Die größte Veränderung bestand in der Haltung. Statt uns als Infanterie zu sehen, die sich zufällig an Bord eines Schiffes befand, wollten wir denken wie die Kavallerie. Eine Reiterin kann keine größere Sünde begehen, als sich aus dem Sattel werfen zu lassen und dann unter das Fußvolk zu mischen, das sie für gewöhnlich mit Hufen tritt. In unserem Fall waren die Schiffe unsere Pferde. Wir durften nur »absteigen«, mit anderen Worten entern, wenn wir sicher waren, daß wir unseren Gegner bewegungsunfähig gemacht hatten, wie eine Kavalleristin nur ihr Pferd verläßt, um einem gefallenen Feind den Gnadenstoß zu versetzen.

Wir würden versuchen, unseren Feind vollständig zu vernichten, nicht nur den Boden zu erobern, von dem aus er operierte, was in einer Seeschlacht sein Schiff war. Ihn niederzubrennen, zu rammen, auf die Felsen zu treiben, seine Segel und Riemen zu zerstören, bis die Schlacht für ihn zu Ende war.

Natürlich protestierten Cholla Yis Kapitäne lautstark und stöhnten, das hieße, auch diesmal gäbe es keine Beute. Ich verkündete, ich könne sie verstehen, fluchte jedoch innerlich und wünschte, ich hätte Seeleute unter mir, die aus Liebe zu ihrer Stadt kämpften, nicht nur um des Goldes willen. Doch ich mußte mich mit dem zufriedengeben, was ich hatte, und so erklärte ich ihnen, wenn sie meinen Befehlen Folge leisteten, würden sie vielleicht nicht *in diesem Augenblick* Beute machen, doch wenn die Schlacht vorüber sei, gäbe es genügend treibende Wracks, die man sich holen könne. Wäre es nicht einfacher, fragte ich, ein solches Schiff von seiner demoralisierten, zur Kapitulation bereiten Mannschaft zu übernehmen, als es mit Waffengewalt zu entern? Außerdem – wenn sie ein Schiff nicht enterten, ohne entscheidend im Vorteil zu sein, sank die Wahrscheinlichkeit, selbst beschädigt oder versenkt zu werden. Ich erinnerte sie daran, daß die riesigen Galeeren des Sarzana zweifellos an Kränen hängende Steine mit sich führten, die von deren Decks auf uns herabstürzen und uns ohne weiteres auf direktem Weg zum

Meeresboden schicken würden, wenn wir versuchten, sie zu entern. Sie gaben nicht gern zu, daß es etwas Neues auf See geben konnte, ganz zu schweigen von Ideen, die Grünschnäbel ausheckten, bei denen es sich zu allem Überfluß um Frauen handelte. Und so gingen wir die Theorie immer wieder durch, bis sie Stück für Stück Wirkung zeigte. Jedesmal, wenn einer von ihnen etwas sagte, das meine eigenen Gedanken widerspiegelte, machte ich ihm Komplimente und erklärte, wir würden es in unsere Überlegungen einbeziehen.

Schließlich waren sie der Ansicht, sie hätten an der neuen Strategie ebensoviel Anteil wie wir, und dann, als die grundlegende Idee akzeptiert war, konnten wir mit dem endlosen Erarbeiten der speziellen Taktik beginnen. Seeleute lernten, wie sie ihre Galeeren im Nahkampf führen konnten, indem einer mit dem anderen übte, back und voll braßte, vor- und zurückstürmte, als wären sie Hunde, die einen Keiler trieben, ohne je so lange stillzuhalten, daß die Zähne sie trafen.

Wir lernten, wie man in Gruppen von zwei oder drei Schiffen kämpfte, indem man stets auf die Flanken und dorthin zielte, wo Blut floß. Wir wollten weder Gnade erweisen und erwarteten selbst auch keine, noch wollten wir eine »faire« Schlacht schlagen, was immer das bedeuten mag. Wir hatten mehr als genug Zeit, die Segel zu reffen und von unserem Kurs abzuweichen, da unsere Galeeren drei- bis viermal so schnell waren wie die klobigen konyanischen Schiffe hinter uns.

Weiterhin gab es neue Waffen, die aufgestellt und deren Gebrauch geübt werden mußte, Waffen, die ich heimlich auf einer kleinen Werft hatte bauen und im Schutz der Nacht auf unsere Galeeren bringen lassen. Es waren spezielle Katapulte mit doppelten Mulden, die in leicht abweichendem Winkel angebracht waren. Jemand hatte gesehen, wie wir eines davon luden, und gefragt, ob wir zwei Pfeile auf einmal schießen wollten. Ich bejahte dies nur, erklärte es aber nicht, da ich vermutete, daß die Spione des Sarzana Konya gewissenhaft beobachteten oder er uns per Zauberkraft im Blick behielt. Ich machte mir Sorgen, doch Gamelan hatte mich beruhigt? »Nur weil jemand etwas sehen kann, heißt es nicht, daß er weiß, was es ist oder wozu es dient, oder?«

Polillo war dazu abgestellt, Seeleute zu trainieren, wie, oder was noch wichtiger war, wann diese Katapulte im fortgeschrittenen Stadium der Schlacht abzufeuern waren.

Sie hatte geknurrt, sie habe mehr als genug damit zu tun, ihre Frauen vorzubereiten, dazu müsse sie auch sich selbst in Form halten, damit Liebchen, ihre Axt, ordentlich zu saufen bekäme. Eine andere solle sich um Cholla Yis verdammte Seehunde kümmern.

Corais lachte und sagte, sie sei naiv. Sie selbst würde sich *niemals* die Möglichkeit entgehen lassen, einen Mann etwas zu lehren, das zu dessen eigentlichem Fachgebiet gehöre. »Das wäre fast so gut, als könnte man einem dieser Rein-Raus-Fertig-Esel zeigen, wie man ein Mädchen *wirklich* glücklich macht.«

Polillo hatte böse gegrinst und dann träumerisch gesagt: »Na, *das* ist mal ein Gedanke. Wenn ich nett genug bin, stellt mich einer von ihnen vielleicht seiner Schwester vor.«

»Vorsicht«, warnte Corais. »Seeleute haben keine Schwestern. Die tun sich nur mit Goldbrassen und Leuchtturmwärtern zusammen.«

Ich schenkte ihrem Geplapper keinerlei Beachtung, war ich doch tief in meine Mutmaßungen vertieft, wie der Archon es geschafft haben mochte, Feuer über das Meer zu schicken, und obwohl ich nicht in der Lage war, einen ähnlichen Zauber zu schaffen, glaubte ich doch, einen Spruch erdacht zu haben, der sich als stärker erweisen konnte als jener, der Gamelan spontan dazu eingefallen war.

Gamelan selbst war ein Problem. Sosehr er sich bemühte, keinem zur Last zu fallen und nicht ständig das Schreckgespenst zu spielen, bot er doch mitnichten ein Bild des Frohsinns. Einmal hörte ich, wie die Sergeantin Bodilon von ihm als dem »Geisterseher Finsternis« sprach, und ich nahm sie zur Seite und fragte sie im scharfen Ton, ob es ihr gefallen würde, beide Arme zu verlieren. Bodilon sagte, sollte dieses geschehen, würde sie das nächstgelegene Kliff aufsuchen und lieber springen als herumzuwandern und ihre ehemaligen Gefährtinnen mit finsteren Blicken zu traktieren.

Ich erwiderte: »Na, dann ist wohl offensichtlich, wer den größeren Mut hat, denn Gamelan kämpft weiter und gibt nicht auf.« Bei meinen Worten zuckte sie zusammen, dann verneigte und entschuldigte sie sich und gab mir recht. Trotzdem, irgend etwas mußte mit unserem Geisterseher geschehen. Ich begann, mich darum zu sorgen, daß er vielleicht tatsächlich Bodilons Ausweg suchen würde, und dachte daran, die beiden Frauen, die sich um ihn kümmerten, zu warnen.

Dann kam mir eine andere Idee. Ich drehte und wendete sie, und es schien einigen Sinn zu machen. Zumindest jedoch würde es die Lage nicht verschlimmern.

Der nächste Tag war klar und frisch. Gischt spritzte vom Bug her, während wir mit vollen Segeln dorthin strebten, wo der Sarzana wartete. Leichter Dunst lag in der Luft, gerade genug, den Horizont verschwimmen und leuchten zu lassen. Gamelan stand an seinem üblichen Posten am Bug und starrte voraus, als könne er sehen. Ich wies seine beiden Begleiterinnen mit einer Kopfbewegung an zu gehen und begrüßte ihn.

»Wie geht die Planung voran, Rali?« sagte er mit trüber, lebloser Stimme.

Sein Tonfall überraschte mich. Es war Tage her, daß ich Zeit gehabt hatte, an ihn zu denken, und mir fiel auf, wie mutlos er geworden war – wie ein Soldat, dessen Wunden nicht heilen wollten. Wir unterhielten uns ein wenig, und ich lenkte das Gespräch auf die Voraussagen von Admiral Traherns Zauberern, daß der Sarzana in der Nähe sei.

»Ich glaube, sie haben höchstwahrscheinlich recht«, sagte er. »Nicht, weil ich auch nur einen Hauch meiner Kräfte spüren würde, sondern aus reiner Logik heraus, nach all den Jahren, die ich schon lebe.«

»Sprich weiter«, sagte ich.

»Der Sarzana – zumindest hat er uns das erzählt – feierte seinen ersten Triumph, als er die Flotte des konyanischen Königs vernichtete. Wird er seinen Triumph nicht wiederholen wollen?«

»Natürlich«, sagte ich. »Das ist eine Falle, vor der sich jeder Soldat hüten muß. Was einmal funktioniert, soll wieder funktionieren, bis du eines Tages in einen Hinterhalt gerätst und von einem Feind gemeuchelt wirst, der deine Gewohnheiten besser kennt als du die seinen.«

»Treffender noch«, fuhr Gamelan fort, »ist, daß es das vordringliche Interesse des Sarzana sein muß, den Rat der Reinheit so schnell wie möglich zu stürzen. Sein blutiges Vorgehen wird nicht lange friedlich hingenommen werden, solange es eine Alternative gibt. Nur wenn er die einzige Herrschaft erschüttern kann, die die Konyaner kennen, werden sie ihn wahrscheinlich lieber anerkennen als das endgültige Chaos zu riskieren.« Gamelan seufzte. »Ich bin mir also sicher, daß wir bald auf ihn treffen werden.

Allerdings bin ich außerdem auch sicher, daß man uns auf den Boden locken wird, den der Sarzana ... und der Archon ... dafür ausgewählt haben. Vielleicht bin ich eitel, aber keiner der Zauberer, mit denen ich in Konya gesprochen habe, hat mir das Gefühl vermittelt, er habe auch nur halb soviel Macht wie der Sarzana, ganz zu schweigen von den Göttern des Archon.« Jetzt klang er zornig. »Diese Schlacht wird das Schicksal Konyas und vielleicht auch Orissas besiegeln, und man könnte mich ebensogut mit einer Schale als Bettler ans Tor stellen! Rali, wenn du wüßtest, wie sehr ich gebetet, gefleht und mir gewünscht habe, nur einen Hauch meiner Kräfte wiederzubekommen!«

»Ich weiß«, sagte ich. Ich ließ das Schweigen wirken, dann sagte ich, so leise es ging: »Gestern abend ist mir ein Gedanke gekommen, Gamelan, der eine Hilfe sein könnte, und vielleicht ...«

Bevor ich weitersprechen konnte, fuhr er herum und packte mich bei den Armen. Er schoß den Kopf vor, als könne er sehen, als könne er irgendwie in meine Augen blicken. »Alles, liebe Freundin. Alles, bitte. Ich kann so nicht mehr weiterleben.«

Ich wartete, bis er sich beruhigt hatte, dann begann ich: »Ich verstehe nicht viel von der Zauberei«, sagte ich, »trotz deines Unterrichts. Ich meine, ich weiß nicht, in welcher Weise die Gabe zu dir kommt.«

»Sie kommt, wie sie geht«, sagte er. »Ohne Ankündigung, ob man sie will oder nicht. Ich wünschte, ich wäre nie damit verflucht gewesen und als Fischer am Ufer unseres Flusses geblieben.«

»Das denke ich auch«, sagte ich und ignorierte seine Bitterkeit einfach. »Und ich weiß, daß es Leben rettet, wenn ein Soldat eine hart verteidigte Stellung umgehen kann und sie von hinten angeht, anstatt lautes Gebrüll anzustimmen und einen Frontalangriff zu wagen.«

»Was genau das ist, was ich getan habe, als ich meine Kräfte wiederfinden wollte«, sagte Gamelan. »Wie also kann ich das Problem umgehen, o listige Freundin?«

»Du warst einmal Fischer«, sagte ich. »Du sagtest, damals hätte man gemerkt, daß du zum Geisterseher berufen warst.«

»Das stimmt.«

»Kehre in diese Zeit zurück, zumindest zu der Denkungsart. Hier gibt es Haken und Leinen. Vielleicht könntest du wieder fischen. Laß dich von deinen Händen an dein Denken vor so langer Zeit erinnern, als du stets mit reichem Fang nach Hause kamst.«

Gamelan nickte aufgeregt, dann lächelte er, und mir wurde klar, daß ich ihn seit Wochen zum ersten Mal wieder lächeln sah.

Er sagte: »Ja. Ja. Einen Knoten oder Spleiß kann man immer binden, wenn die Muskeln erst einmal gelernt haben, wie es geht, auch wenn du bei dem Versuch, dich zu erinnern, wie das Tau zu legen ist, am Ende ein wirres Knäuel in Händen halten wirst. Vielleicht... vielleicht...« Er hielt inne, und ich meinte, Feuchtigkeit in seinen Augenwinkeln zu erkennen, dann wandte er sich von mir ab.

Ich winkte einer der Soldatinnen, die ihn begleiteten, und sagte ihr, sie solle Angelleinen und Köder und alles holen, was er sonst noch brauchen könnte. Und als ich Gamelan erklärte, ich müsse mich um meine Pflichten kümmern, nickte er, hörte mich kaum noch, und seine Lippen bewegten sich, während sie ihn in die Vergangenheit entführten.

Als ich an diesem Abend nach unten ging, waren er und seine beiden Gardistinnen noch wach, und ich sah ihre Umrisse vorn am

Bug. Ich erinnerte mich an die große Liebe seines Lebens, Riana, die Frau, die ihm verwehrt geblieben war. Ich dachte an das, was ich über die Magie der Erotik gehört hatte und wie stark dieser Zauber sein konnte. Einen kurzen Augenblick lang wünschte ich, eine meiner Frauen, vielleicht eine seiner Begleiterinnen, fühle sich von Natur aus zu Männern hingezogen, dann schüttelte ich den Kopf. Es war albern. Und ich hatte alles getan, was in meiner Macht stand.

Es war nach dem Abendessen, und ich stand an Deck und half einer meiner Bogenschützinnen bei der Anfertigung von Pfeilen. Sorgsam schnitzte ich Pfauenfedern im korrekten Winkel und bearbeitete den Kiel genau nach den Anweisungen der Korporalin mit dem Leimtopf. Corais war in der Nähe und umwickelte Bogensehnen mit einem Seidenfaden. Etwa zum selben Zeitpunkt, als meine Anweiserin beschloß, wir hätten genügend Pfeile, ein ganzes Regiment aufzureiben, beendete auch Corais ihre Arbeit. Ich trat mit ihr an die Reling, um den Sonnenuntergang zu genießen, diesen Teil der Seefahrt, dessen ich nie überdrüssig wurde.

Noch immer hielt Corais ihren Bogen, und während wir von diesem und jenem sprachen, rieb sie das Öl an ihrer Handfläche ins feine Eibenholz. Es war derselbe Bogen, den sie schon benutzte, seit wir grüne Rekrutinnen gewesen waren, und ich wußte bis heute nicht, woher sie ihn hatte. Ich fragte, ob er ein Familienstück sei, und sie schüttelte den Kopf, dann schaute sie erstaunt drein, als ihr klar wurde, daß dies – bei all den Geheimnissen, die wir einander schon anvertraut hatten – etwas war, von dem ich nichts wußte.

»Ich habe diesen Bogen selbst gebaut«, sagte sie. »Fünf Jahre habe ich gebraucht und damit angefangen, als ich gerade mal zehn war. Da war dieser Mann in unserem Dorf... der hat mich fasziniert.«

»Ein Mann hat dich *fasziniert*«, höhnte ich. »Und sicher warst du auch ein eifriges junges Ding mit Begierden, die deinem Alter voraus waren? Zweifellos wurdest du nur wenig später wider deine wahre Natur verdorben, wie es so vielen jungen Priestern und Knaben ergeht.«

Sie rümpfte die Nase. »Wie du weißt, wie ich dir immer wieder erzählt habe, war mein Dorf der Inbegriff von Langeweile. Neben dem Mittsommernachtsfest, dem Erntedank und der Wintersonnenwende war es das spannendste, den Rüben beim Wachsen zuzusehen. Es gab nur Bauern, den Priester, einen betrügerischen Kaufmann und ... diesen Mann. Sein Name war Sollertiana, und er war Bogenmacher.«

»Dann verstehe ich deine Faszination.«

»Nicht ganz«, sagte Corais. »Natürlich waren da schimmernde Hölzer in seinem Laden, aus denen langsam Todesboten wurden, dazu die langen Reihen graugansgefiederter Pfeile. Doch Sollertiana selbst hatte es mir angetan, nicht nur wegen der Geschichten, die er erzählte, oder der Kunden, die den langen Weg aus der Stadt kamen, nur um einen seiner Bögen zu bestellen, auf die sie über ein Jahr warten mußten. Gerade hatte ich bemerkt, daß ich nicht wie die anderen Mädchen war, nicht ihre kreischenden Spielchen trieb und mich jagen ließ, bis ein Junge seinen kleinen Schweinepürzel in mich schob und damit wedelte. Irgendwie wußte ich, daß auch Sollertiana anders war. Als ich fünfzehn wurde und der Bogen fertig war, wußte ich, daß ich recht gehabt hatte, als ich sah, wie er aus dem zerkratzten Fenster blickte, wenn ein junger Bursche vorüberschritt, und erkannte dieselbe Sehnsucht, die ich für eine oder zwei der Dorfmädchen empfand.

Doch während ich ein wenig Glück finden konnte – selbst wenn die eine behauptete, sie habe geschlafen, und die andere, sie sei betrunken gewesen –, war Sollertiana klug genug, seine Leidenschaft lieber nicht preiszugeben. Unser Priester hätte eine Meute aufgehetzt, ihn und sein Haus niederzubrennen, wäre ein solcher Verdacht auch nur aufgekommen.«

Sie schnaubte verächtlich. »Natürlich hatte derselbe Priester kaum Trost zu bieten, wenn eine Frau von ihrem Mann geschlagen wurde, nicht mal, wenn der Mann meinte, er hätte das Recht, alle Frauen seines Haushalts zu nehmen, Erwachsene wie Kinder. Priester!« Corais spuckte über die Reling, dann fuhr sie fort.

»Einmal im Jahr ritt Sollertiana nach Orissa, um Seide und Pfauenfedern zu kaufen, und ich hoffe, daß er dort etwas Trost fand. Ich habe mich immer gewundert – da er doch war, was er war –, wieso er nicht in die Stadt zog. Einmal habe ich ihn gefragt, und er sagte nur, er könne nicht atmen, wenn er die Reise der Sonne nicht vom Morgen bis zum Abend sähe, und die Häuser in der Stadt raubten ihm die Luft.« Corais zuckte mit den Achseln. »Ich sehe, ich habe den Faden meiner Geschichte verloren. Das jedenfalls war der Grund, warum ich mich Sollertiana verwandt fühlte. Nicht nur war er in seinen Bedürfnissen ebenso anders gelagert wie ich, sondern er zeigte mir auch den Weg, den ich nehmen mußte. Ich konnte nicht in diesem Dorf bleiben und entweder eine alte Jungfer werden oder Leidenschaft für einen Mann vortäuschen und mein Leben unter dessen verschwitztem Grunzen zuzubringen.

Dieser Bogen stammte von einer Gruppe dreier schwerer, alter, roter Eiben, die so nah am Heiligen Hain wuchsen, daß man sie hatte alt und groß werden lassen, wenn auch nicht so nah, daß es ein Sakrileg gewesen wäre, sie zu fällen. Als ich Sollertiana sagte, ich wünschte mir einen Bogen, sah er mich lange an. Ich dachte schon, er würde sagen: ›Geh weg, Kind, ich muß arbeiten‹, wie es die meisten Erwachsenen taten. Statt dessen nickte er und schenkte mir keine weitere Beachtung. Eine Woche später führte er mich zu diesem Hain und zeigte mir den Eibenstamm. Er fällte ihn mit einer Handsäge, was über eine Stunde dauerte. Er sägte den Stamm sorgsam in zwei Teile und behielt die Hälfte, die dem Wäldchen zugewandt gewesen war. Diese hatte keine Zweige, weder Zapfen noch Knoten. Das Holz trug er hoch in die Hügel, wo ein Bach mit klarem Wasser floß, und vertäute es fest im Wasser.

Drei Monate blieb es dort, bis etwas von dem Splint abgewaschen war. Dann legte er es in einen feuchten, dunklen Schuppen und lagerte es über ein Jahr lang auf den Sparren über dem Boden. Ich dachte schon, er glaubte, ich hätte das Holz vergessen, doch dem war nicht so. Jeden Tag besuchte ich, was einmal »mein« Bogen werden sollte, und glaubte erkennen zu können, wie er sich veränderte und trocknete. Einmal träumte ich sogar, ich sähe die Geschmeidigkeit, die er in sich barg. Sollertiana holte ihn an immer trockenere Orte. Das letze Jahr, bevor er ihn baute, brachte der Bogen draußen im Freien unter der Traufe seiner Werkstatt zu.

Die ganze Zeit über, während das Holz trocknete, arbeitete Sollertiana daran und umwickelte ihn Stück für Stück, nachdem die trokkene Rinde vorsichtig abgelöst war. Dann benutzte er eine Reihe von Raspeln, Scherben, Bimsstein und dann Pulver, um ihn zu formen. Je mehr der Bogen Form annahm, desto mehr Arbeit vertraute Sollertiana mir an. Schließlich hielt ich etwas in Händen, was beinah wie ein Bogen aussah. Dann kam der gefährlichste Teil. Er spaltete das Holz in zwei Scheite, und ich verlor fast den Verstand, denn ich war sicher, er hätte unsere Arbeit zunichte gemacht. Doch geschickt formte er die Teile, paßte sie ein und klebte sie zusammen, und ... es *war* ein Bogen!

Er wachste und lackierte das Holz und paßte die Spitzen an – geschnitzt aus dem Horn eines Hirschen, den ich im tiefsten Winter gejagt und mit einem anderen Bogen geschossen hatte. Dann war er mein.« Liebevoll betrachtete sie den Bogen. »Er war das erste, was mir je gehörte, abgesehen von zwei Puppen, mit der schon meine Mutter gespielt und die sie mir geschenkt hatte.

Kurz darauf starb Sollertiana, und ich ging nach Orissa. Und da haben wir uns kennengelernt.«

Noch einmal strich Corais über den Bogen. »Wenn ich mir Träume von der Zukunft gestatte«, sagte sie so leise, daß ich den Kopf recken mußte, um sie zu verstehen, »was albern ist für eine Frau, deren Geschäft das Blutvergießen ist, dann denke ich daran, eines Tages einen kleinen Laden wie den Sollertianas zu haben, Bögen zu bauen und die entsprechenden Pfeile dazu. Wahrscheinlich wäre ich nie so gut wie Sollertiana, aber ich brauche auch nicht viel. Das lernt man als Soldatin.«

»Wo würdest du wohnen wollen?« sagte ich leise, da ich ihren Traum nicht stören wollte. »In einer Stadt?«

»Nein. Ich habe genug Städte gesehen, von Orissa bis Lycanth. Alle glauben, mir wäre das grelle Licht und das alles wichtig, aber eigentlich bin ich noch immer das Kind im Kittel mit Schweinescheiße zwischen den Zehen. Ich würde aufs Land ziehen. Nicht in das verdammte Dorf, aus dem ich komme. Denen wünsche ich plündernde Barbarenhorden! Lieber irgendwo, wo die Menschen einen nicht so vorschnell von oben herab betrachten und verurteilen.«

Sie seufzte. »Vielleicht das Dorf, von dem du mir erzählt hast, aus dem deine Mutter stammt, das das Mädchen auf dem Panther gerettet hat. Vielleicht wäre ich eine gute Erinnerung daran, daß sie es lieber nie vergessen.«

Ich wußte gar nicht, daß ich ihr einmal erzählt hatte, woher mein Name stammte, und merkte einmal mehr, wie wenig man einander eigentlich kannte und wußte, was der anderen wichtig war, was die Saiten ihrer Seele zum Schwingen brachte.

»Vielleicht kommst du mich mal besuchen«, sagte Corais. »Du und die, mit der du dich eines Tages zur Ruhe setzt, wenn unsere Knochen zu sehr knarren, um weiter Soldatin zu spielen. Das wäre doch was, oder? Wenn die große Antero, die bis dahin wahrscheinlich Herzogin oder so was ist, in das kleine Kaff kommt. Wir trinken die Taverne leer und versuchen, alle Jungfrauen zu verführen, die es dann noch geben mag.«

Das Meer verschwamm ein wenig vor meinen Augen, und ich weiß gar nicht, wieso. »Ich glaube, das würde mir gefallen«, stieß ich hervor. »Ich glaube, das würde mir sogar sehr gefallen.«

»Jedenfalls«, sagte Corais, und ihre Stimme wurde tonlos, »daher kommt mein Bogen... und was ich früher mal geträumt habe.«

Ich kehrte in die Wirklichkeit zurück. »Früher mal?«

Corais sagte nichts weiter, sondern schüttelte nur den Kopf. Unwillkürlich berührte sie das Stück Stoff von der Robe des Sarzana, das sie noch immer um ihren Oberarm gebunden hatte. Ein Lächeln, wenn auch kein freudiges, trat auf ihre Lippen.

Ich hätte weiterbohren können, doch am Bug entstand Unruhe, und ich hörte jemanden rufen: »Ich habe einen gefangen! Bei den Göttern, ich habe ihn angelockt!«

Es war Gamelan, und ein Grinsen spaltete sein Gesicht beinah in zwei Teile. Ich schwöre, ich sah in seinen leeren Augen Freude blitzen, als wir zu ihm liefen. Eine seiner Begleiterinnen hielt einen zappelnden Fisch, eine Art Dorsch, glaube ich, hoch in die Luft, dann warf sie ihn an Deck und tötete ihn.

»Ich habe ihn da draußen gespürt, Rali«, und ich fragte mich, woher er wußte, daß ich es war, die vor ihm stand, »und ich habe ihn *gezogen*, ich konnte ihn *spüren*. Er war zum Fressen aus der Tiefe gekommen, und ich habe ihm immer wieder gesagt, daß das Stück Stoff, das vor seinen Augen blitzte, der süßeste Leckerbissen sei, den er sich je erträumt habe, und er hat ihn mit einem Bissen geschnappt, und er war mein.« Sein Lächeln verschwand. »Rali… meine Gabe, kommt sie zurück?«

»Ja«, sagte ich fest, zwang Überzeugung in meine Stimme und versuchte, sie auch in meiner Seele zu fühlen. »Natürlich tut sie das.«

An jenem Abend ging ich in Gamelans Kajüte und erklärte ihm, wir wären unserem Feind zu nah, um so blind zu sein, wie wir es waren. Wie er hatte auch ich kein großes Vertrauen in die konyanischen Zauberer und brauchte mehr Informationen. Er zupfte einen Augenblick an seinem Bart, murmelte etwas davon, das Risiko sei zu groß, dann hielt er inne und entschuldigte sich.

Er sagte: »Ich weiß nicht, ob die Beschwörungen Wirkung zeigen. Seinen Geist in die Ferne zu schicken ist kein einfacher Zauber, und nicht einmal ein reisender Geisterseher ist gut beraten, es zu wagen. Andererseits befinden wir uns in einer prekären Lage, und wer will noch sagen, was und was nicht getan werden kann? Was wir brauchen, ist ein Wesen, dessen Form du annimmst. Ich hoffe, du verstehst, daß du dich nicht tatsächlich in dieses Wesen verwandelst – es sei denn, eine von Janos Greycloaks Thesen wäre wahr, daß wir alle Manifestationen derselben Kraft sind. Das ist eine Vorstellung, mit der ich mich lange herumgeschlagen habe, und sie gibt mir nach wie vor zu denken.«

»Warum schicken wir meinen Geist nicht einfach aus? So hat es der Archon gemacht. Ich wäre lieber unsichtbar als verkleidet.«

»Das Problem, liebe Freundin, ist: Wenn wir dich als reinen Geist schicken – vorausgesetzt, der Zauber wirkt und hält –, bist du in dieser Form extrem verwundbar. Nein, es wäre besser, dir die Gestalt der Realität zu geben. Vielleicht ist es außerdem sicherer, weil der Umstand, daß du *wirklich* bist, dich enger an unsere Welt bindet und dir Stärke verleiht. Ich weiß es nicht genau, aber das ist meine Theorie. Es ist besser, sich wegen eines aufmerksamen Seemanns zu sorgen, der dich als, sagen wir, Delphin sieht und nach der Harpune greift, als von einem Zauberer wie dem Sarzana oder dem Archon aufgespürt zu werden. Wenn sie die richtigen Zaubernetze ausgeworfen haben, würde dein Geist ihnen wie ein aufgehender Mond am Himmel leuchten. Ein großer Meister – und das sind beide – kann dann in Sekunden einen Bann sprechen und den Faden zwischen dir und deinem Körper reißen lassen. Dann wäre es dein Schicksal, als Geist zwischen den Welten zu wandern und nie mehr Ruhe zu finden.«

Ein Schauer lief mir über den Rücken, als mir einfiel, wie mein armer Bruder Halab dazu verleitet worden war, seine Talente als Geisterseher auf die Probe zu stellen, und dabei von Raveline aus den Fernen Königreichen in eine Falle gelockt und zu Grunde gerichtet worden war. Es hatte keine Leiche gegeben, an der man die Riten hätte vornehmen können, niemals, und Halabs Geist war schließlich erst zur Ruhe gebettet worden, nachdem Amalric Raveline in einer von Dämonen bewohnten Ruine erschlagen hatte.

Ich wollte an anderes denken. »Was für ein Lebewesen, Gamelan? Ein Albatros?«

»Niemals.«

Ich grinste, spielte die Verletzte. »Und warum nicht? Würde ich mich als eleganter, großer Vogel nicht wunderbar machen? Sie haben mich schon immer fasziniert, wenn sie hoch über der Welt und dem Meer schweben und nur zum Schlafen und Fressen landen.«

»Sie faszinieren dich ... wie jeden neuen Thaumaturgen«, sagte er. »Wieso ziehst du nicht gleich ein Banner hinter dir her, auf dem steht ICH BIN RALI, DIE SPIONIN? Es würde uns viel Zeit und Ärger sparen, dir einen Schutzzauber mit auf den Weg zu geben.«

Ich verstand, was er meinte. Nach weiterem Gespräch entwickelten wir einen Plan, der etwas raffinierter wirkte, und ich ging mit seinen beiden Gefährtinnen hinaus, um die nötigen Ingredienzien für die Beschwörung zu beschaffen. Ich erzählte Xia von meinem Vorhaben, und sie wollte schon Einwände erheben, doch unterließ sie es. Hastig nickte sie, dann konnte sie sich nicht mehr beherrschen und stürzte schluchzend in unsere Kajüte. Ich folgte ihr nicht, denn ich konnte ihr nicht helfen. Manchmal ist es schwerer, eine Soldatin zu lieben, als eine zu sein.

Corais und Polillo erzählte ich kaum etwas von meinen Absichten, ich übertrug ihnen nur das Kommando über die Garde. Zu meiner Nachfolge mußte ich nichts weiter sagen. Sie waren Soldatinnen und wußten Bescheid. Polillo zog ein finsteres Gesicht und wollte etwas sagen, aber dann verkniff sie es sich. Wahrscheinlich hatte sie mich warnen wollen, ich solle mit der Zauberei vorsichtig sein, die sie mehr fürchtete als ein ganzes Regiment feindlicher Soldaten.

Es war nach Mitternacht, als wir die nötigen Dinge beieinander hatten, was Gamelans Ansicht nach gut war. So würde »ich« – oder wer oder was mit dem Zauber fliegen sollte – im Morgengrauen dort sein, wo die Truppen des Sarzana lagen.

Gamelan hatte sein Zelt auf dem Vordeck aufgebaut, und Gardistinnen standen dort, um Neugierige fernzuhalten. Ich möchte bei diesem Zauber etwas ins Detail gehen, da sich hier gut zeigen läßt, daß man mit der Magie manchmal fast soviel Aufwand treiben muß, als würde man die Sache mit »richtiger« Arbeit bewältigen. Teil eins unserer Beschwörung bestand darin, das, was Gamelan meinen »Geist« nannte – obwohl er hinzufügte, es sei eigentlich gar nicht die elementare Seele, auf die das Wort hindeute –, dazu zu bewegen, die Segelstrecke von einer Woche oder mehr in wenigen Stunden zurückzulegen.

»Es gibt noch etwas, dessen sich Anfänger nicht bewußt sind«, sagte er. »Sag ein paar Worte und – zack – bist du ein Fisch. Und prompt hast du dein Leben ausgehaucht, weil du kein Wasser um dich hast. Oder du wirst über Bord geworfen und mußt dann zwei Wochen schwimmen, bis du an dein Ziel kommst. Manchmal«, sagte er mit gekränktem Tonfall, »macht es mich ganz nervös, wenn die Menschen glauben, Magie könne *alles* schaffen.

Den ersten Teil deiner Reise wirst du auf dem Wind zurücklegen. Du wirst fast so verletzlich sein wie ein reiner Geist, wenn auch nicht ganz. Näherst du dich dem Bollwerk des Sarzana, kommt unser kluger Plan zum Einsatz. Oder zumindest hoffe ich, daß er klug ist.«

Er wies mich an, mich auszuziehen und mit einer Salbe einzureiben, die ich vorher nach seinen Anweisungen angerührt hatte. Meine Haut brannte davon, und Gamelan sagte, das sei unter anderem auch der Sinn der Sache, damit der Geist den Wunsch verspüre, sich vom Körper zu lösen. Die Salbe bestand aus verschiedenen Kräutern, darunter Eisenkraut, Ingwer und Ysop und Ölen aus Gamelans Bestand, dazu etwas Leder von einem der inzwischen leeren magischen Windbeutel des Schiffes, die man zu Pulver zermahlen hatte, um die Essenz des Windes und des Zaubers, der ihn einfing, zu bekommen. Noch andere Dinge waren im Öl verrieben, die den zweiten Teil meiner Reise unterstützen sollten.

Ein kleines Feuer brannte in Gamelans flacher Pfanne, das übler stank als die meisten magischen Scheiterhaufen. Der Geisterseher erklärte mir etwas von einem alten Stück Segel, das im Feuer läge, den Wind aufhalten und mich in die Lüfte heben würde. Unter den brennenden Kräutern waren Pfefferminz, Hanf und Myrrhe.

Ich hatte die zu rezitierenden Worte gelernt und sprach sie, während ich nackt dort stand. Gamelan saß schweigend dabei. Ich hatte gewollt, daß er mir half, doch er fürchtete, seine fehlende Gabe werde den Zauber belasten und verderben. Zuerst begann ich damit, wieder und wieder die Namen der zehn lokalen Götter und Göttinnen zu nennen, die in diesem Fall Macht haben mochten. Es gab den Gott der Stürme, die Göttin des Meeres, Götter, die die Winde tanzen ließen, den Namen einer Zephirnymphe, die Xia aus ihrer Kindheit kannte, und so weiter. Ich liste sie hier nicht auf – obwohl ich glaube, ich könnte mich an alle erinnern –, da sich nach Aussage der meisten Zauberer die Macht eines kleineren Gottes auf das Land beschränkt, in dem er verehrt wird. Wer diesen Zauber versuchen möchte, sollte seine eigenen Gottheiten rufen oder gar keine, wenn ich bedenke, wozu die Götter eigentlich da sind.

Dann begann die Beschwörung:

Spür den Wind
Berühr den Wind
Sei außer dir
Der Wind ist deine Schwester
Frei sollst du sein
Hinan, hinan.

Während ich sprach, ließ ich Papierstückchen in die Pfanne segeln. Dieselben Worte hatte ich auf das Papier geschrieben, bevor ich es zerriß. Der Rauch nahm sie und warf sie hoch, und ich spürte, wie mir schwindlig wurde, als hätte ich plötzlich hohes Fieber. Dann wurde ich *über* mich gehoben, konnte auf meinen Leib hinabsehen. Mein physisches Ich setzte sich und lag schließlich da, alle viere von sich. Doch hatte ich weder Zeit noch einen Gedanken für diesen Leib, denn plötzlich hatte sich die Spitze des Zeltes geöffnet, und ich hörte das Flüstern der Kordel, als Gamelan an ihr zog, und über mir waren der Nachthimmel und die Sterne, und ich war frei.

Hoch und immer höher wurde ich geschleudert; kurz sah ich ein Sternbild und wußte, ich blickte südwärts. Ich war nicht auf dem Wind, ich war der Wind selbst und spürte, daß mein Herz erstrahlte. Mein Körper war weit unter mir und hinter mir, doch mein Geist spürte das Haar in meinem Nacken, als ich vorwärts drängte, dann das scharfe Stechen der Nachtluft, als träte man im tiefsten Winter aus einer Sauna und spränge in einen vereisten Teich. Es war, als hätte ich noch immer einen Körper, doch wußte ich, ich hatte keinen. Ich mußte meinen »Kopf« nicht wenden, um unsere Galeeren weit hinter und weit unter mir zu »sehen«, die Lichter auf dem Masttopp, glitzernd vor der dunklen See, oder weiter hinten die Sternenpunkte der konyanischen Positionslichter.

Jetzt verstand ich, was Zauberei sein konnte, was sie geben konnte, anstatt nur eine dunkle Macht des Todes und der Unterwerfung zu sein, oder eine pedantische Reihe von Worten und Beschwörungsformeln zur Vermeidung körperlicher Arbeit. Vielleicht verstand ich Janos Greycloak sogar für einen Augenblick und mochte ihn sogar, fühlte, was ihn zur Magie gezogen hatte – dasselbe, was dann zu seiner Vernichtung führte.

Ich spürte Land voraus, dann sah ich es, als die Bö mich weiterwehte. Es waren zehn, vielleicht zwanzig Inseln, die kleineren verteilt, als hätte man sie vor der größten Landmasse ausgestreut. Es waren die Alastoren, soviel wußte ich, nachdem ich die groben Karten der konyanischen Inseln gesehen hatte, auf denen der Sarzana Zuflucht suchte. Als ich über die äußeren Felseninseln schwebte, spürte ich die wartenden Männer, deren Aufgabe es war, das erste Anzeichen unserer Flotte zu melden. Der magische Teil meiner selbst in mir staunte noch immer darüber, alles sehen zu können, von einem Horizont zum anderen, doch die kalte Soldatin erinnerte Hauptmann Rali daran, daß der Sarzana kaum zu überraschen wäre, da er seine Wachen gut postiert hatte. Nicht daß ich je geglaubt hätte, wir wären überhaupt dazu in der Lage, denn die physischen Wachen stellten das geringste Problem dar und wären von den ehemaligen Leibwächtern des Sarzana leicht zu narren.

Als mir sein Name in den Sinn kam, »spürte« ich voraus, wie Gamelan es mir gesagt hatte, versuchte wahrzunehmen, ob magische Truppen auf uns warteten. Ich fühlte nichts, doch war ich meiner Sache nicht sicher. Ich war eine junge Rekrutin auf einem Pfad und versuchte, einem Hinterhalt zu entgehen, den mir ein geschickter alter Krieger gelegt haben mochte.

Vor mir erhob sich die Hauptinsel. Jetzt wurde es Zeit für meine zweite Wandlung in eine hoffentlich weniger verletzliche Form.

Der Wind, der ich war, wollte sich nicht wandeln, wollte seine Freiheit nicht verlieren, doch mein Verstand zwang die Worte hervor:

Du mußt dich wandeln
Du mußt Form werden
Du bist jetzt deine Base
Du bist des Windes Freund
Du bist Fleisch
Du hast Form
Du hast Gestalt
Du kannst fliegen.

Und einen betäubenden Augenblick später war es so. Nicht nur hatte ich physisch Gestalt angenommen und wurde vom Wind gebeutelt, der ich eben noch selbst gewesen war, sondern es gab viele »Ichs«. Gamelan hatte eine schwerer erkennbare Verkleidung als die eines Albatros' vorgeschlagen, und ich hatte noch eins draufgesetzt. Warum sollte ich ein einzelner Vogel sein? Ein Lebewesen konnte sehr wohl ein Spion sein, besonders, wenn es sich seltsam verhielt. Aber ein ganzer Schwarm? Überrascht hatte er beide Augenbrauen hochgezogen und dann gegluckst, es werde in der Tat Zeit, daß Jüngere die Zauberei übernähmen. Es gäbe nichts, was dagegen spräche.

Ich war ein Schwarm von Seeschwalben, die sich dem Ufer näherten. Vermutlich sollte ich mich »wir« nennen, doch sehe ich einen verwirrten Blick von meinem Schreiberling, und so will ich es so simpel wie möglich halten. Es war seltsam, viele Wesen gleichzeitig zu sein. Ich war zehn, vielleicht fünfzehn Vögel mit gemeinsamem Denken, doch jeder mit eigenen Augen. »Ich« segelte über ein Stück Land, das aus dem Meer aufragte, flog zu beiden Seiten daran vorüber, und es war, als besäße ich nur ein Paar Augen, doch von jener Art, die gleichzeitig vor, zurück und zu beiden Seiten sehen konnten. Ansonsten war alles ganz normal, und ich fühlte mich weder seltsam noch verwirrt.

Ich flog höher hinauf, als ich mich der Hauptinsel näherte. Sie hatte hohe Berge und eine lange, schmale Bucht, die das Land beinah in zwei Hälften teilte. An den Ausläufern der Insel sah ich Städte, welche die Meerenge bewachten. Am Ende der Bucht lag die größte Stadt, mit Namen Ticino. Selbst jetzt, noch vor dem Morgengrauen, glitzerten Lichter, und ich schätzte die Stadt so groß wie Isoldes Metropole.

Die Flotte des Sarzana lag dort vor Anker, umgeben von Wachbooten. Ich wußte, daß er viele Kriegsschiffe haben würde, aber ich staunte doch über ihre Anzahl. Mindestens vierhundert müssen es gewesen sein – so viele wie wir selbst hatten –, höchstwahrscheinlich mehr.

Ich näherte mich dem Ankerplatz und flog in gut tausend Fuß Höhe darüber hinweg. Es sah aus, als wären die meisten Schiffe mächtige Galeeren wie die der Konyaner, und meine Soldatenseele nahm dies freudig wahr. Die neue Schlachtentaktik, die ich entwikkelt hatte, würde Wirkung zeigen. Nah am Ufer, in einem anderen Teil des Hafens, ankerten weitere Schiffe, und ich schwebte näher heran. Doch irgendwie konnte ich sie nicht richtig erkennen. Meine Sicht war stellenweise verschwommen, als wäre mir unerwartet Wasser ins Gesicht gespritzt, bevor ich blinzeln konnte, oder als hingen dort Nebelschwaden bei strahlendem Sonnenschein.

Etwas flüsterte und sagte, ich solle nicht genauer hinsehen. Noch nicht. Und sosehr ich auch versuchte, etwas zu erkennen, blieb doch der Nebel davor.

Unter mir war kein Anzeichen für einen Alarm zu erkennen. Die wenigen Seeleute an Deck der Galeeren gingen schläfrig ihren morgendlichen Pflichten nach. Niemand blickte auf, und hätten sie es getan, wäre dort nur ein Schwarm schwalbenschwänziger, grauer Vögel gewesen, ohne Zweifel auf der Suche nach Futter.

Ich beschloß, näher an die Stadt heranzufliegen, näher an die Gefahr, näher an die Zauberkunst des Sarzana und des Archon. Doch erneut verschwamm die Welt vor meinen »Augen«, und ich konnte kaum Einzelheiten am Boden erkennen, obwohl ich recht nah war, und der scharfe Blick meiner Seeschwalben ließ mich einen kleinen Schwarm von Fischen erspähen, als dieser aus dem Wasser sprang. Wieder spürte ich das Flüstern, und fast wurde es zu einer Stimme, einer Warnung. Vernunft nahm von mir Besitz und ließ mich abdrehen, zurück entlang der Bucht.

Ich hatte nichts gesehen, was mich beunruhigt hätte, doch fühlte ich mich, als sei ich in Gefahr. Ich zog drei träge Kreise, immer höher in den Himmel, als die Sonne am Horizont zu strahlen begann und die Schatten an Land und auf dem Wasser kürzer wurden. Ich hatte genug gesehen.

Die Flotte des Sarzana lag, wo wir sie vermutet hatten, und war offenbar zur Schlacht bereit, wie die konyanischen Geisterseher vorausgesagt hatten. Doch was waren diese verschwommenen Flecken?

Ich wußte es nicht, doch spürte ich, daß es etwas Bedrohliches sein mußte. Egal. Für die erste Nacht hatte ich genug getan.

Ich kehrte um.

Später ging mein wahres Ich auf einen anderen und weit angenehmeren Flug… mit Xia. Ich weiß noch, wie ich von jenem weit entfernten Ort zurückkehrte, zu dem ihre Lippen und Hände mich geschickt hatten, ohne jede Orientierung, doch in meinem Körper hallte noch der große Donner nach. Ganz langsam wurde mir bewußt, daß ihr Kopf auf meinem Bauch ruhte. Ich brachte ein Grunzen zustande, zu mehr war ich nicht in der Lage. Xia kicherte.

»Du warst weit weg.«

»Mmm.«

»Ich wette, ich könnte dich noch einmal dorthin schicken.« Und ihre Finger kamen in Bewegung. Ich brachte gerade genug Energie auf, ihre Hand an meine Brust zu ziehen.

»Nein, das kannst du nicht«, sagte ich. »Ich bin eine Nudel. Ich bin ein Faden, ich bin ein feuchter Klumpen Seide.«

»Du *bist* Seide«, stimmte sie mir zu, doch ließ sie ihre Hand dort, wohin ich sie gelegt hatte. Nach kurzem Schweigen, währenddessen ich beinah einschlief, sagte sie: »Rali? Was kommt danach?«

»Danach versuche ich zu schlafen, du liebestolles Tier.«

»Nein. Ich meine, nachdem wir den Sarzana getötet haben?«

»Ich liebe Optimistinnen«, sagte ich. »Haben wir den Bären erst erlegt, soll der Braten gespickt oder in Essig gelegt werden? Es wird noch einige Mühe bereiten, diesen Bären auf den Tisch zu bekommen, weißt du.«

»Wir werden ihn töten. Ich weiß es«, sagte Xia. »Also antworte auf meine Frage.«

Ich setzte mich auf, mehr oder weniger wach. »Ich muß zurück nach Orissa«, sagte ich.

»Was wird aus mir? Was wird aus uns? Ich sehe nicht, daß ich als deine Gefährtin mitkomme, zumindest nicht sehr lange. Ich meine, ich bin eine Kanara. Die letzte.«

»Natürlich dachte ich nicht, daß du hinterhertrottest«, sagte ich.

»Du willst also nicht *hierbleiben*? Bei mir? Ich glaube kaum, daß eure Barone oder wie immer ihr eure Herrscher nennt, etwas dagegen einzuwenden hätten, wenn man bedenkt, was du für sie getan hast.«

»Nein«, sagte ich. »Hätten sie nicht.«

Mehr sagte ich nicht, lehnte mich nur zurück und dachte nach. Was kam danach? Sie war eine Kanara und ich eine Antero ... noch dazu Kommandantin der Maranonischen Garde. Eine Antero zu sein, war vielleicht nicht so wichtig. Amalric und meine tumben Brüder würden gut für unseren Besitz sorgen. Aber hatte ich genug von der Garde? Hatte ich genug davon, Soldatin zu sein? Einfacher gesagt: War ich bereit, Orissa für immer zu verlassen?

»Was könnte ich tun«, fragte ich, »wenn ich hier bei dir bliebe?«

»Ich zeige es dir«, sagte sie, und ihre Finger zwickten meine Brustwarze, daß diese sich aufrichtete. »Sooft wir können.«

»Nein«, sagte ich. »Ich meinte ...« Doch ließ ich meine Worte ersterben. Wie seltsam. Meistens war ich die Bestimmende – falls es das richtige Wort ist – in meinen Liebesaffären gewesen. Und jetzt war da diese Achtzehnjährige, die begann, meine Zukunft zu planen. Ich wußte nicht, ob mir das gefiel. Vermutlich war es die Vernunft einer Majestät. Zumindest werde ich zu dieser Sache befragt, dachte ich bitter. Nur die Vorstellung, ein Schmusekätzchen zu sein, gefiel mir nicht, obwohl mir Xia sicher eine Stellung besorgen würde, in der ich Soldaten befehligen könnte, falls ich es wollte. Der Adel braucht immer ein Schwert, um an der Macht zu bleiben.. Aber dennoch … dennoch …

Ich nahm Zuflucht in der alten Soldatenweisheit, wie mit dem kommenden Tag umzugehen war: Zum Teufel damit! Von diesem Schlachtfeld kommen wir ohnehin nicht lebend zurück.

Nicht, daß noch viel dagewesen wäre, womit ich hätte denken können. Xia hatte den geknoteten Seidenfaden gefunden und rollte ihn auf, während sie mit der anderen Hand Öl auf meinem Bauch verrieb.

Einen Tag später, im Morgengrauen, war ich an Deck und ließ meinen Körper langsam wach werden. Sergeantin Ismet war wenige Schritte entfernt und machte Übungen zum Strecken der Muskeln. Als sie fertig war, gesellte sie sich zu mir an die Reling. Der Tag war wunderbar, der Himmel von tiefstem Blau, die Sonne strahlend hell. Eine Brise streifte den Kamm flacher Wellen, als unsere Galeere durchs Wasser flog. Hinter uns fuhr im breiten Kielwasser unsere Vorwärtsverteidigung und dahinter, bloße Punkte am Horizont, die Hauptflotte.

»Merkwürdig«, sinnierte ich laut vor mich hin, »hier stehen wir, an einem Tag, der zum Faulenzen wie geschaffen ist, auf romantischem Meer, und wir segeln in die Schlacht.«

»Was das Faulenzen angeht, bin ich mir nicht so sicher«, sagte Ismet. »Ich könnte mich nie entspannen, solange ich den Dunst am Horizont sehe und nicht weiß, was sich dahinter verbirgt.«

»Und wenn du nicht Soldatin wärst?«

»Wenn ich nicht Soldatin wäre«, gab sie zurück, »wäre ich wohl nicht hier, oder?«

Ohne auf eine Antwort zu warten, fuhr sie fort: »Wenn der Hauptmann mich entschuldigen würde, ich habe ein paar faule Schlampen aus den Hängematten zu treiben, die noch ihre Übungen machen müssen.« Und schon war sie fort.

Erneut wurde ich daran erinnert, wie rätselhaft Ismet war. Es mag in meiner Erzählung klingen, als wäre sie ungebildet, nicht mehr als ein finster dreinblickender Grobian. Das war jedoch keineswegs der Fall. Gelegentlich hatte ich schon erlebt, wie sie Vers an Vers reihte, wenn sie gemeinsam mit Poeten die alten Kriegsweisen rezitierte. Doch kam es zu Liebesliedern oder Geschichten von Riesen und Feen, die angeblich vor dem Menschen das Land bevölkert hatten, wußte sie nichts darüber und wollte es auch nicht wissen.

Selbst jetzt noch wünschte ich, ich könnte sagen, ich hätte sie verstanden. Doch dem war nicht so. Keine von uns verstand sie. Vielleicht war Ismet tatsächlich eine Facette der Inkarnation Maranonias.

Am nächsten Morgen ließ Gamelan mich rufen, und ich fand ihn an seinem liebsten Angelpunkt, strahlend vor Aufregung. »Sieh her«, sagte er, sobald ich bei ihm war. Er hockte sich aufs Deck, und hätte er nicht seine Robe getragen, wäre er als alter Fischer durchgegangen, der nachdenklich das verknotete und verworrene Netz betrachtete, das vor ihm lag.

Er streckte seine Hand aus, Handfläche nach unten, und berührte das Netz, dann hob er die Hand ein Stück weit an. Er ließ sie kreisen und zappelte mit den Fingern wie ein Tintenfisch. Es fiel mir schwer, der Bewegung zu folgen, dann wurde ich abrupt abgelenkt, als ich sah, daß sich die Duchten aus eigener Kraft regten, ohne fremde Hilfe, und das Netz selbst wand und krauste sich, dann lag es reglos da, noch immer ein Haufen, doch jetzt war der Knoten entworren.

Die Handvoll Soldaten und Gardistinnen, die zugesehen hatten, jubelten, aber Gamelan brauchte den Jubel nicht, um zu wissen, was geschehen war. Er lächelte.

»Ich habe es als Kind getan«, sagte er sanft, »und ich kann es jetzt tun ... meine Gabe *kehrt* zurück.«

Einige Tage später stattete ich dem Bollwerk unserer Feinde einen weiteren Besuch ab. Da ich wußte, daß ich näher heranfliegen mußte, überlegte ich mir eine Vorsichtsmaßnahme. Sollte ich fliehen müssen, so nicht als träger Schwarm von Seeschwalben. Ich wollte ein schnelleres, klügeres Tier sein. In unmittelbarer Nähe zweier Talismane hatte ich meine neue Salbe gerührt. Zuerst hatte ich ein Stück vom Umhang des Sarzana genommen, das Corais nach wie vor als Unterpfand ihres Hasses bei sich trug, als zweites dieses gräßliche Amulett, das Bruderherz des letzten Archon. Gamelan hatte heftig protestiert, doch konnte er mich nicht davon abbringen. Die Mission war wichtig, und ich spürte, wenn ich mit fließenden Bewegungen flog, achtsam wie eine Seeschwalbe, was Menschen und Jäger anging, konnte ich mich hinein- und wieder hinausschleichen, ohne bemerkt zu werden.

Ich gab mir eine ganze Stunde zusätzlich für meine Erkundung, und es rührte sich nichts, als ich nach Ticino schwebte. Dreimal flog ich über den Festungshafen des Sarzana, doch jedesmal sah ich ebensowenig wie beim vorherigen Mal. Nur merkte ich jetzt, daß der »Nebel«, der meinen Blick verschleierte, magischer Natur war. Zwar konnte ich von den Schiffen nah am Ufer nichts erkennen, doch sah ich mehr von der Stadt selbst. Sie war riesig, wie ich es vermutet hatte. Es gab nur wenig Straßen, dafür Kanäle, mit denen die Häuser, Villen und Plätze verbunden waren. In der Mitte der Stadt sah ich einen großen, gedrungenen Turm. Tatsächlich handelte es sich um ein rundes Kastell, dessen Rand mit Türmchen und Erkern besetzt war. Die es umgebenden Plätze waren – von Statuen abgesehen – leer, und den Zugang zum Kastell ermöglichten vier Dämme, die über die Mauern führten. Diese Festungsanlage wäre schwer zu stürmen, und ich hoffte, wir würden den Sarzana und den Archon, in welcher Form auch immer, auf See bezwingen und den langen Krieg so beenden können.

Ich *mußte* mehr sehen, und mir blieb nur die Möglichkeit, die Kraft des Zaubers zu verstärken, wohl wissend, daß damit auch die Gefahr einer Entdeckung größer würde. Doch war es ein Risiko, das ich eingehen mußte. Ich nahm meine Kraft zusammen und formte in Gedanken ein Bild des Sarzana, wie ich ihn zuletzt gesehen hatte, in Seide gewandet und in verdrießlicher Stimmung, an Deck unserer Galeere. Vorsichtig begann ich die Beschwörung. Doch kaum hatte ich begonnen, da entglitt mir das geistige Bild, und ich dachte an den eigentlichen, den größeren Feind.

Ich verlor den Halt, und der Anblick des Archon auf der vom Vulkan aufgewühlten See brach in meine Phantasie ein, Blut schäumte auf seinen Lippen und befleckte den gelblichen Bart, dann drehte sich die Welt unter mir. Ich geriet in einen Mahlstrom und stürzte zum Kastell hinab.

Dann war alles still. Ich war in einem riesigen, dunklen Raum, mit Wandteppichen behängt und von Fackeln erhellt. Ich war keine Schwalbe mehr, schon gar kein ganzer Schwarm, und auch keine Frau. Ich war ein Geist, unsichtbar, und ich starrte den einzigen Mann im Raum an, als dieser sich meiner bewußt wurde. Es war der Sarzana, und er saß an einem Tisch, dessen Platte ein großer Teich war, schimmernd wie Quecksilber.

Die Augen des Sarzana leuchteten. »Antero«, zischte er, doch war es nicht seine Stimme, die ich da hörte. Statt dessen hörte ich dasselbe Zischen wie damals aus den schwarzen Wolken, als wir das Täuschungsmanöver an der Festung von Lycanth versuchten. Es war das Zischen einer Schlange, und ich glaubte, denselben faulen Atem riechen zu können, den Gestank des Todes und dessen, was darauf folgt. Der Sarzana erhob sich. Er kam zu mir, doch seine Bewegungen waren seltsam und ungewohnt. Er bewegte sich nicht wie der kleine Mann, den wir von Tristan gerettet hatten, sondern mit den großen Schritten eines anderen. Und ich wußte, daß der Körper, der dort vor mit stand, von meinem größten Feind besessen war ... dem Archon.

Wieder sprach der Sarzana, wenn auch krächzend. Doch wußte ich, daß nicht er diese Lippen bewegte und aus dieser Kehle sprach. Er sagte: »Lycanth hast du noch nicht besiegt, Antero.«

Und dann lachte der Sarzana das Lachen des Archon. »Ich habe viel gelernt«, sagte er, »und hätte ich gewußt, welche Schätze ich finden würde, hätte ich diese Reise schon lange unternommen. Es gibt Welten und jenseits dieser wieder Welten, Antero. Mein Bruder und ich hätten die Früchte ernten und heimbringen können, um Lycanth zu größerer Macht zu führen, als es jemals innehatte, größer als die reale Welt der Fernen Königreiche oder dieser Kindermärchen, die man sich erzählte, bevor sie entdeckt wurden.

Selbst jetzt noch mag Zeit und Gelegenheit dafür sein.« Er trat auf mich zu, und wieder heulte er, wie er es an Deck von Symeons Schiff getan hatte, mit wütendem Kreischen: *»Der Blutzoll ist gezahlt, ich bin zur Schlacht bereit«,* und aus seinen Klauen wuchsen Krallen, wie bei seinem Bruder, doch diesmal stand weder ein stählerner Panzer noch auch nur ein Körper zwischen uns.

Es gab einen Augenblick, einen kurzen Augenblick, in dem die beiden Monstren – denn weder den Archon, noch seinen Sklaven, den Sarzana, kann ich als Menschen bezeichnen – zu zögern schienen, als sammelten sie Kraft, und in diesem Moment fand ich die meine wieder und machte mich fort, warf meinen Geist voraus und war jenseits der Mauern des Kastells, bewegte mich frei, mit einem Wirbel von Bildern, die durch meinen Kopf zuckten, ein Frettchen, Gamelans Gesicht, der Reliquienschrein mit dem Herzen des Archon, sogar ein kurzes Aufblitzen von Amalrics Gesicht, und dem meiner Mutter, meiner lieben Mutter. Als ich mich abwandte, spürte ich, wie die Tentakel des Archon nach mir griffen.

Doch war ich ihm ein Stück voraus, und in diesem Augenblick fielen mir die Worte ein, und ich rief sie aus:

Flieg frei
Flieg schnell
Zum Meer
Fort
Hinweg.

Meine geistigen Finger »erinnerten« sich an die Falkenfeder, die ich an Bord des Schiffes gestreichelt hatte, und ich wurde dieser Falke, schoß dicht an der Wasseroberfläche über die Kanäle, *fort, hinweg, zum Meer*. Die Seele meines Falken wollte, daß ich aufstieg, hoch in den Himmel, weit über die Gefahr hinaus, doch ich, das Ich der Rali Emilie Antero, wußte es besser, und so flog ich durch ein Feld voll Bogenschützen, hart über den Hafen hinweg, hierhin und dorthin. Ich war erst Sekunden jenseits der Galeeren und spürte den Zorn in meinem Nacken und die Wut, die dort zu kochen begann, wie Jagdhunde auf der Fährte, doch ich war frei. Ich hatte den einen Augenblick genutzt, in dem Archon und Sarzana zu langsam gewesen waren, um zu reagieren.

Nahe der Einfahrt zur Bucht rief ich meinen normalen Zauber wieder wach, und ich war der Wind, ein Wind, der heftig von der Insel her wehte, eine scharfe Bö, die da war und schon fort. Ich meinte, weit hinter mir, hoch am Himmel, einen großen Adler zu sehen, den Todfeind des Falken, kreisend, suchend, doch vielleicht auch nicht. Ich durfte keine Energie vergeuden und auch keine Spur hinterlassen, indem ich darauf achtete.

Ich hatte den Augenblick genutzt, dem Archon zu entkommen.

Diesen Vorteil würde er mir kein zweites Mal gewähren.

Gamelan wurde böse, als ich ihm berichtete, was geschehen war. »Wieder warst du das Ziel des Archon, Rali«, sagte er. »Wenn wir erneut mit ihm zu tun bekommen, wirst du sein erstes Opfer sein.«

»Soll er es versuchen«, sagte ich und schämte mich sogleich der subalternen Prahlerei, besonders als ich sah, wie Gamelans blinde Augen mich fixierten und er verächtlich den Mund verzog. Bevor er mir erklären konnte, was ich bereits wußte, daß nämlich jede Begegnung meine Chancen verschlechterte, entschuldigte ich mich für meine Dummheit.

»Die Frage ist jetzt«, fuhr er fort, »welche Art von Schutzschild wir dir geben können, damit du ihm ebenbürtig begegnen kannst, zumindest einen Moment lang. Ich muß nachdenken«, sagte er.

Allerdings schien es, als sei er der einzige, der am Denken interessiert war, nachdem ich Trahern persönlich Bericht erstattet hatte. Der Admiral ignorierte jede Bemerkung, die ich über den Archon wagte, als bereitete es ihm noch immer Probleme, an die Existenz der Magie zu glauben.

»Jetzt haben wir ihn in der Falle«, erwiderte er prahlerisch und befahl, alle Segel zu setzen und die Riemen zu bemannen. »Diesmal wird uns der Sarzana nicht entkommen.«

Nach unseren Erkundungen wußte ich, daß die Schiffe des Sarzana keinerlei Anstalten gemacht hatten, ihren Hafen zu verlassen, und ich fragte, wer hier in der Falle saß. Außerdem wunderte mich, daß Trahern die Ruderer an die Riemen geschickt hatte. Damit erreichte er nur, daß seine Männer schon vor der Schlacht ermüdeten.

Aber ich wurde nicht gefragt, und so hielt ich den Mund.

Eine Woche später näherten wir uns den Alastoren. Diese Zeit war mir wie eine Ewigkeit vorgekommen, und das, obwohl ich eine Todesangst vor der bevorstehenden Schlacht hatte. War es möglich, so träumte ich einen Moment lang, daß *alle* Frauen und Männer die Zauberkunst erlernen konnten und in der Lage wären, ihren Geist fliegen zu lassen, wohin sie wollten? Es war ein müßiger Gedanke, doch inmitten all der Grausamkeiten um uns herum zumindest ein fröhlicher.

Zweimal noch hatte ich versucht, meinen Geist vorauszuschicken, doch jedesmal hatte ich nur nackt und öltropfend dagestanden und mich dabei etwas albern gefühlt. Der Archon – denn so sah ich ihn, ungeachtet seiner physischen Hülle – hatte diese Tür fest verriegelt.

Doch gibt es stets noch eine andere Möglichkeit. Wir brachten unsere Galeere dicht an die Insel, nutzten Nacht und schlechtes Wetter, um uns zu verstecken, und dann fuhr ich mit einem handverlesenen Trupp von Seeleuten in die Meerenge, an den beiden Städten vorbei, weit genug, daß wir die Schiffe des Sarzana sehen konnten, die dort die Schlacht erwarteten. Nein. Unser Gegner hatte keine Eile.

Schließlich traf die Flotte vor den Inseln ein und sammelte sich zu drei Flügeln. Flottenadmiral Trahern rief sämtliche Kapitäne auf sein Flaggschiff, die größte und meiner Ansicht nach schwerfälligste aller konyanischen Galeeren.

Ich fuhr mit Gamelan und Cholla Yi hinüber. Cholla Yi schäumte schon. »Ich überlege gerade«, knurrte er, »wie uns diese Memme von einem alten Mann um unseren Anteil am Ruhm bringen wird.«

Ich stimmte ihm zu, daß Trahern zweifellos eine Dummheit begehen würde. Und so war es dann tatsächlich auch.

Er hatte einen seiner Lieblingsberater, der offenbar eine künstlerische Ader besaß, eine umfangreiche Zeichnung der bevorstehenden Schlacht anfertigen lassen. Sie war ganz hübsch, und der Berater hatte Muße gehabt, feuerspeiende Drachen, Meerjungfrauen und sogar ein paar Meeresdämonen entlang der Grenzen hinzuzufügen, damit kein Zweifel an Admiral Traherns strahlendem Genie blieb. Es paßte gut zu den goldenen und purpurroten Samtdekorationen der Admiralskajüte und zu Traherns Schiff selbst, neben dem die Galeere, von der ich Xia gerettet hatte, wie ein Vorbild an subtiler Form und dezentem Zierat wirkte, mit ihrem polierten Metall, weißgebleichter Knüpfarbeiten überall, den Dienern und der Deckswache in perfekten, blaugestreiften, langärmligen Roben, weißen Hosen, nackten Füßen und weißen Handschuhen. Mit knappen Worten schlug Trahern vor, die Flotte in drei Angriffsflügel aufzuteilen. Eine würde sich links (westlich) halten, wenn wir in die Bucht einliefen, und sollte unter Admiral Bhazanas Kommando stehen, der meinen Kopf gefordert hatte, als uns die Konyaner gefangennahmen. Er zumindest war ein Krieger. Den Flügel zur Rechten, also östlich, sollte Admiral Bornu leiten, der, soweit ich gehört hatte, ein kompletter Nichtsnutz war und sich weit mehr dafür interessierte, wer seine wollüstige, reiche Frau begattete, als für die ihm unterstellten Schiffe. Den mittleren Flügel und das Kommando über die gesamte Flotte hätte Trahern selbst in der Hand.

Traherns Plan war einfach, und das war auch schon das einzig Gute daran. Unsere Flotte sollte in die Bucht segeln. Sie würde, noch bevor sie Ticino erreichte, auf die Flotte des Sarzana treffen. Dann würden sich sämtliche konyanischen Schiffe frontal denen des Sarzana nähern, sie entern, und bis zu unserem Sieg würden nur wenige Stunden vergehen. Das war seine ganze »Strategie«.

Ich kochte, da mir klargeworden war, daß er mit keinem Wort unsere Rolle in der Schlacht erwähnte. Doch zwang ich mich zur Ruhe und fragte ihn danach.

Etwas nervös antwortete Admiral Trahern: »Nun, Hauptmann, ich wünschte, wir wären in der glücklichen Lage gewesen, Euch eine richtige Aufgabe zuteilen zu können, denn ich weiß sehr wohl zu schätzen, daß Ihr weit mehr als nur ein einfacher Offizier seid, und wir dachten, Ihr und Eure, mh, Männer, ich meine, Eure Truppe könnte eine Art Rolle als unsere Reserve zufallen, bereit, sich im richtigen Moment in den Kampf zu stürzen.«

Es hatte einiges Gekicher gegeben, als er »Männer« sagte, nicht nur wegen meiner Garde, sondern wegen Nors unglücklicher Gefährten. Ich ignorierte sie. »Welche Aufgabe?« fragte ich.

»Nun«, zierte sich Trahern, »auf mein Zeichen hin ... natürlich ... oder wenn die Flotte besiegt ist, könntet Ihr vielleicht von Nutzen sein, wenn Ihr uns beim Aufräumen helft. Ja, das wird Eure Aufgabe sein.«

Ich stand kurz davor, zu explodieren, und ganz plötzlich war mir alles klar, präzise und durchschaubar, als blickte ich auf ein Miniaturschlachtfeld unter Glas. Ich *wußte*, was zu tun war, und – noch wichtiger – ich merkte, daß Admiral Trahern uns die Gelegenheit dazu gegeben hatte. In diesem Augenblick sprang Cholla Yi auf, und krachend kippte sein Stuhl um. Ich fuhr herum, und die Zeit blieb stehen, nur für diesen Augenblick. Cholla Yi hatte den Mund schon offen, bereit, seine Wut hinauszuschreien, daß man ihn einmal mehr übergangen hatte, und ich sah ihm starr in die Augen. Ich behaupte nicht, ich hätte einen Zauber wirken lassen. Ich sprach keinen Bann, ich schwöre es. Doch irgendwie muß das, was mir durch den Kopf ging, Signale ausgesandt haben, denn er klappte den Mund wieder zu, machte ohne ein Wort kehrt und stampfte hinaus.

Admiral Trahern war puterrot, wollte schon den Befehl brüllen, man solle diesen aufsässigen Piraten in Ketten legen, dann faßte er sich. »Ich bitte um Verzeihung für meinen Landsmann«, sagte ich sanft. »Er ist von dem Wunsch übermannt, das Übel auszumerzen, *wie wir alle*. Habe ich nicht recht?«

Trahern nickte ruckartig und akzeptierte, was ich sagte.

»Wenn ich hier schon stehe«, fuhr ich fort, »habe ich eine Frage zu Eurer Strategie. Ihr scheint den Fluch zu vergessen, der jene heimsucht, die hier in Konya ihren Herrscher töten. Einer der Gründe, warum der Rat der Reinheit mich«, und ich legte einige Betonung in das folgende, *»und Prinzessin Xia* angehört hat, war der Wunsch, zu verhindern, daß sie sich die Hände blutig machen. Wollt Ihr sagen, Ihr spottet dem Fluch?«

Die anderen Kapitäne murmelten leise, und nicht nur auf einem Gesicht konnte ich Sorge erkennen. Trahern räusperte sich.

»Was den Fluch angeht, nun, ich muß sagen, mit einigen Überzeugungen, die im gemeinen Volk als wahr gelten, habe ich noch nie gänzlich korrespondiert. Ich meine, was ist mit dem Mann geschehen, wer immer der Bursche gewesen sein mag, der unserem früheren König die Kehle durchschnitten hat, oder wie auch immer er umgekommen sein mag? Ich habe nie gesehen, daß sein Geist von Dämonen durch die Straßen Isoldes gejagt worden wäre.«

Er zwang ein Lachen hervor und war damit der einzige im Raum.

»Um jedoch die Wahrheit zu sagen, Hauptmann Antero, habe ich den Fluch sehr wohl bedacht. Wir haben die Absicht, Eure Truppe zu gegebenem Zeitpunkt voll zum Einsatz zu bringen, und wollen keineswegs die Wünsche des Rates ignorieren.» Bei *diesem* Gedanken wirkte Trahern etwas nervös. »Um jedoch realistisch zu bleiben, muß ich sagen: Sollte der Sarzana in der Schlacht zufällig durch die Hand eines unbekannten Soldaten oder Bogenschützen fallen, nun, dann werden die Strafen, welche die Seele dieses armen Wichtes auf sich nehmen muß, von der Ehre ausgeglichen, die wir Konyaner seinem Andenken gewähren.

Doch glaube ich nicht, daß solches geschehen wird, weshalb ich Eure Galeeren auch zu unserer Reserve bestimmt habe. Ist das

Flaggschiff des Sarzana erst einmal isoliert und geentert, werde ich – entweder per Flagge oder durch magisches Zeichen von einem meiner Zauberer – Euch und Euren Frauen signalisieren, daß Ihr den Todesstoß vollziehen sollt, der unser Land befreien wird.

Ich bin froh, Hauptmann, daß Ihr die Frage gestellt und mir damit die Möglichkeit gegeben habt, dieses kleine Mißverständnis aus dem Weg zu räumen.«

Mißverständnis, natürlich. Trahern war ein noch größerer Esel, als ich befürchtet hatte. Es war klar, daß er den ganzen Ruhm für den Tod des Sarzana allein beanspruchen wollte und dafür sorgte, daß alles um ihn herum darauf ausgerichtet war. Wieder wurde ich an General Jinnah erinnert, einen weiteren Mann, der eher einen Krieg verloren hätte, als sich der Realität zu stellen.

Doch hielt ich meine Miene gänzlich ungerührt, verneigte und empfahl mich, sagte, ich müsse meinen Galeeren Anweisungen geben und würde aufmerksam auf seine Signale achten. Trahern wußte, oder glaubte zu wissen, was ich dachte, und war froh, daß ich ging. Ich nahm Gamelan beim Arm, und wir verließen die Kajüte.

Als wir an Deck kamen, sah ich Cholla Yi, der an der Reling auf und ab tigerte. Er war allein an Deck. Kein Konyaner hatte den Mut, sich diesem großen Bären von einem Mann mit seinem Stachelhaar und der wutverzerrten Miene zu nähern.

Schon wollte ich zu ihm gehen, als Gamelan mich zurückhielt. »Rali«, sagte er leise. »Gibt es hier etwas in der Nähe, in dem man sich spiegeln könnte?«

Einen Moment lang dachte ich, er hätte den Verstand verloren, dann faßte ich mich. »Fast alles«, erklärte ich. »Admiral Trahern glaubt offensichtlich, daß alles, was sich bewegt, gegrüßt, und alles andere poliert werden müßte.«

»Führ mich zu so etwas. Vorzugsweise aus Metall.«

Keine drei Schritte weiter befand sich eine Art Zierschild aus Bronze, das an einem Schott hing. Ich gehorchte.

»Nimm deinen Dolch«, sagte er, »und stich dir in den Finger.«

»Gamelan ...«

»Rali, tu, was ich sage!«

Ich hörte seinen Befehlston und erinnerte mich daran, daß dieser Mann, mochte er auch blind sein, einst die Geisterseher Orissas geführt hatte. Ich fügte mich.

Er sagte: »Verreibe etwas Blut am Rand von diesem Ding, was immer es auch sein mag. Nur am Rand, wo man es nicht finden kann. Und laß dich nicht dabei erwischen.«

Wiederum gehorchte ich. Die Konyaner an Deck waren mit ihren Pflichten beschäftigt, wie jedermann, der an Bord eines Schiffes überleben möchte, an dem das Banner eines Admirals flattert. Andere starrten staunend Cholla Yi an. Ich berührte den Rand des Schildes mit dem Finger.

»Jetzt nehmen wir Cholla Yi und verschwinden hier.«

»Erklärst du es mir?«

»Vielleicht. Später.«

Cholla Yi saß achtern in meinem Boot, noch immer voller Zorn. Wir fuhren direkt zu seiner Galeere, und ich folgte ihm in seine Kajüte. Er begann, sich ein Glas Wein einzuschenken, dann hielt er inne. Er drehte sich um, ragte über mir auf.

»Also?« war alles, was er sagte.

Ich erklärte ihm meine Idee. Traherns Angriffsplan war unglaublich dumm. Ich konnte nicht glauben, daß der Sarzana uns nicht erwartete. Er schien überaus zufrieden damit zu sein, daß die Konyaner ihm entgegensegelten. Irgendwie mußte er im Vorteil sein, ganz abgesehen von seiner geringen numerischen Übermacht.

»Natürlich ist er das«, ging Cholla Yi dazwischen. »Deshalb wollte ich diesem hirnlosen ... Na, egal. Fahrt fort.«

Das tat ich. Was war unser Interesse? Worum ging es uns?

»Um den Archon«, grollte Cholla Yi. »Wenn Ihr nicht von einem Zauber umnebelt wart, ist er oder sein Geist oder was, zum Teufel, er auch immer sein mag, eins mit dem Sarzana.«

»Richtig. Ist er erst tot oder vielleicht sogar gefangen, hat der Krieg ein Ende. Richtig?«

»Stimmt.«

Ich fuhr fort. Ich hatte nicht die Absicht, meine Frauen für die Konyaner zu opfern, und auch nicht das Leben von Cholla Yis Piraten, wenn damit nicht das Ziel erreicht würde, das unsere orissanischen Führer uns aufgetragen hatten. Diese Schlacht würde, selbst wenn der Sarzana keine niederträchtigen Überraschungen für uns bereithielt, ein Blutbad werden. Ich nahm an, daß Cholla Yi mit einigen seiner Schiffe und Männer in orissanische Gewässer heimkehren wollte, oder, falls er plante, in Konya zu bleiben, etwas haben wollte, das einer schwimmenden Flotte glich, nicht einer, die am Grund der Bucht von Ticino lag.

»Stimmt auffallend.«

Also konnte uns Admiral Trahern nennen, wie er wollte, seine mobile Reserve oder rosafarbene Löwen oder was auch immer. Wir wollten den Sarzana. Wenn wir ihn bekämen, wäre alles, was wir danach täten, vergeben und vergessen.

»Sehr wahr. Außerdem haben wir Euer kleines Täubchen, die Prinzessin, bei uns, und auf sie wird man hören, wenn wir nach Konya zurückkehren.«

»Sehr wahr.«

Mein Vorschlag lautete, die drei Flügel mit dem Feind ringen zu lassen. Ich wollte eine Beschwörung vorbereiten, um den Schweinehund zu finden. Fanden wir ihn, wollten wir sein Schiff direkt angreifen, ohne auf irgend jemanden oder irgend etwas Rücksicht zu nehmen.

»Im Durcheinander der Schlacht«, sagte Cholla Yi, und seine Wut verrauchte bei diesen Worten, »hat ein solcher Plan, wenn man ihn mit Macht durchführt, eine gute Chance auf Erfolg. Wenn wir gemeinsam zuschlagen, in Dolchformation vielleicht, mitten durchs Gewühl … hmm. Und *wenn* wir diejenigen sind, die den Kopf des Sarzana bringen und dafür sorgen, daß der verfluchte Archon ein für allemal in der Tiefe versinkt … verdammt, verdammt, verdammt! Wir könnten Isolde in Yi umbenennen … oder in Antero, wenn wir wollen.«

Jetzt schenkte er Wein ein, zwei Gläser, und reichte mir das erste feierlich.

»Hauptmann Antero«, sagte er. »Ich glaube, Ihr habt nicht nur einen Plan geschmiedet, der uns mit Ruhm – gleichbedeutend mit Gold – überschütten, sondern außerdem den meisten von uns das Leben retten wird. Ihr seid ein echter Krieger, Hauptmann.«

Er wollte noch etwas sagen, hielt sich jedoch zurück und trank. Als ich an meinem Glas nippte, fiel es mir schwer, ein Grinsen zu unterdrücken, denn ich fragte mich, welche Worte ihm beinah herausgerutscht sein mochten: »... für eine Frau?« »... schade, daß Ihr gefurcht geboren wurdet?« »... fast wie ein richtiger Mann?«

Es machte keinen Unterschied. Ich trank den Wein und kehrte auf meine Galeere zurück.

Keiner schlief in dieser Nacht.

Und am nächsten Morgen segelten wir in die Schlacht.

Kapitel Zwanzig

Der eiserne Halbmond

Die Schiffe des Sarzana erwarteten uns. Ihre Schlachtformation war ein riesiger Halbkreis, mit dem sie die Bucht versperrten, welche sich von den Untiefen im Osten der Meerenge bis zu den steilen Klippen im Westen erstreckte. Es war ein sonniger Morgen, und ich sah das Glitzern der Panzerung an den feindlichen Schiffen.

Unsere Galeeren rollten in der sanften Dünung, die Riemen angehoben, als sich die drei Flügel der konyanischen Marine dem eisernen Halbmond näherten. Wir hatten unsere Masten nicht eingeholt, da im Laufe des Tages unsere volle Manövriergeschwindigkeit vielleicht noch nötig werden würde. Cholla Yis Galeere lag keine dreißig Fuß von der meinen entfernt, und mir kam der morbide Gedanke, wir seien nur unbeteiligte Zuschauer eines großen Kampfes um Leben und Tod. Xia stand neben mir auf dem Achterdeck, in ihrer neuen Rüstung und mit einem Schwert an der Hüfte. Ich hatte ihr eine Leibwächterin zuteilen wollen, doch das hatte sie strikt abgelehnt. Auch Corais, Polillo und Gamelan standen auf dem Achterdeck, dazu Stryker und Duban. Gamelan wurde von seinen beiden Wachen begleitet. Eine seiner Gefährtinnen, Pamphylia, war mit der Zeit zu seinen »Augen« geworden, und stets leierte ihre tiefe Stimme irgendwo im Hintergrund, wenn der Geisterseher in der Nähe war.

Riemen blitzten auf und drehten flach, als sich die Flotte des Sarzana auf den Weg machte. Plötzlich erstarb der Wind, der die Meerenge nach Ticino hinaufgeweht war. Dann hob ein anderer an, antwortete dem Ruf der Magie unserer Feinde. Er wehte uns von Süden her ins Gesicht, und die Segel auf den Schiffen des Sarzana blähten sich. Die konyanischen Zauberer schlugen zurück, die Segel hingen schlaff herab, als ihr Gegenbann den Windzauber durchbrach. Winde kamen auf und wirbelten aus allen Himmelsrichtungen. Cholla Yi bellte Befehle, und auch wir setzten uns in Bewegung und achteten dabei darauf, daß wir die richtige Distanz zur konyanischen Linie hielten, nah genug, um sie zu unterstützen, falls man uns rief, weit genug, um eine Verstrickung zu vermeiden, wenn die Schlacht begann.

Ich verspürte einen plötzlichen Impuls, meinen Schwalbenzauber zu sprechen und die Schlacht vom Himmel aus zu beobachten. Glücklicherweise fragte ich Gamelan vorher, und er verzog das Gesicht. »Rali«, sagte er, »ich dachte, ich wäre dir ein besserer Lehrer gewesen, und ich hätte dich auch für erheblich klüger gehalten. Was, glaubst du, wird geschehen, wenn du dich selbst dort hinaufschickst, unschuldig wie ein einfältiger Edelmann, der einen Ausflug zum Schlachtfeld unternimmt, um Blut zu sehen, und dich zufällig einer deiner großen Feinde sieht, wie du dort ohne Schutz, ohne Verstand und ohne jede Deckung in der Luft hängst? Frau, *mußt* du denn mit deinem Hals die Axt des Henkers suchen?« Ich war komplett ernüchtert.

Aber es erwies sich auch als unnötig, mich zu verwandeln. Ich weiß nicht genau, wie ich es beschreiben soll, mehr als eine Vision, weniger als der tatsächliche Augenschein, doch war es, als hinge ich am Himmel oder auf einer der Klippen im Westen, und ich konnte alles sehen, was an diesem unheilvollen Tag geschah. Wie die Konyaner schienen auch die Truppen des Sarzana in drei Kampfgruppen aufgeteilt. Es mochte Zufall sein, oder vielleicht war es eine Standardtaktik dieser Inseln, doch für mich bedeutete es nichts Gutes und wies darauf hin, daß spioniert worden war, auf magische oder andere Weise, und der Sarzana hatte klug geplant, daß seine Flotte unabhängig auf jede Bedrohung von unserer Seite reagieren konnte.

Ich versuchte, hinter den Halbmond zu blicken, als dieser vorrückte, weit über die Bucht nach Ticino hin. Erneut sah ich den verwirrenden »Dunst«, der zwischen mir und der Stadt lag, wo die Reserveschiffe des Sarzana warten mußten. Noch immer konnte ich nicht sehen, was sich unter dieser Nebelbank verbarg, doch wußte ich, was es sein mußte. Der Sarzana hatte eine neue Zauberwaffe entwickelt, die im richtigen Augenblick zum Einsatz kommen würde. Es war das zweite schlechte Omen an diesem Tag. Dann bemerkte ich, daß auf den Klippen im Westen kein Mensch zu sehen war. Irgendwie machte es den Tag noch um so seltsamer. Wenn eine Seeschlacht nahe einer Stadt geschlagen wurde, trat üblicherweise die gesamte Bevölkerung an, um ihre Krieger anzufeuern, sich um ihr eigenes Schicksal zu sorgen oder schlicht das Spektakel zu begaffen. Ich fragte mich, was mit den Menschen von Ticino geschehen war. Einen Moment lang überlegte ich, ob wir in eine leere Stadt voll blutverschmierter Straßen kommen würden, falls der Sarzana heute fallen sollte.

»Sie schießen«, knurrte Stryker, und auch ich sah, wie das Wasser vor den voranstürmenden konyanischen Galeeren aufspritzte.

»Sehr gut«. Polillo versuchte, optimistisch zu klingen. »Hoffen wir, sie vergeuden ihre Munition, indem sie die Wellen zwischen uns töten.«

Ich sah Kriegsmaschinen am Bug der feindlichen Schiffe und Katapulte, die große Steine durch die Luft schleuderten. Ich meinte, die dumpfen Schläge zu hören, wenn ihre Holzarme an die gepolsterten Streben schlugen, und ich sah, wie sie für den nächsten

Schuß zurückgedreht wurden. In Isolde hatte ich Admiral Trahern gegenüber geäußert, die konyanischen Schiffe schienen mir in dieser Hinsicht unterbewaffnet, doch er hatte erklärt, es sei kein Platz für solche Maschinen. Konyanische Schlachten würden mit Stahl und Blut entschieden, nicht mit Holz, Tauen und Eisen. Die wenigen Gerätschaften an Bord der konyanischen Schiffe seien alles, was für den Sieg nötig wäre, und er habe nur geringes Interesse daran, die speziellen Waffen, die ich entworfen hatte, bauen zu lassen. Offenbar kannte er die Binsenweisheit nicht, daß man für eine Schlacht nie ausreichend gewappnet sein kann.

Ich fühlte, wie mir die Angst über den Rücken kroch ... Angst und die Gewißheit, verdammt zu sein. Dazu das Wissen darum, daß ich als Hauptmann mehr als nutzlos war, eher meinen Frauen eine Gefahr als dem Feind. Doch so etwas hatte ich schon früher gespürt. Es war derselbe Zauber, den der Archon gegen uns ins Feld geführt hatte, als wir uns vor langer Zeit bei den Vulkanen gegenübergestanden hatten. Dennoch war es beunruhigend, wenn auch erträglich, weil bekannt. Ich hörte Alarm auf den konyanischen Schiffen und fluchte. Ich hatte die konyanischen Geisterseher vor den Tricks gewarnt, die der Archon versuchen würde, und sie hatten mir versichert, die Gegenzauber seien simpel. Falls sie sich überhaupt die Mühe gemacht hatten, welche vorzubereiten, wirkten sie offenbar nicht. Ich erinnerte mich an eines der Fresken an einer Wand unseres Waffenlagers in Orissa. Es zeigte die Leiche einer Gardistin auf dem Schlachtfeld, und darüber steht die grimmige Inschrift *Verachte deine Feinde nicht.* Die Konyaner begannen, ihre Lektion zu lernen. Woher sie allerdings diese Arroganz genommen und weshalb sie sich nicht mehr erinnert hatten, wie leicht der Sarzana einst ihre Besten geschlagen hatte, ging über meinen Horizont. Vermutlich haben Sieger ein noch kürzeres Erinnerungsvermögen als Besiegte.

Dann kamen die Schiffe des Sarzana in Reichweite. Eine weitere Maschinenart eröffnete das Feuer. Katapulte schickten lange Pfeile, die Segel durchschlugen, das Schanzkleid und oft genug konyanische Soldaten. Was ich »Feuerfinger« nennen will, spie aus den vorderen Schiffen des Sarzana, traf konyanische Galeeren und ließ diese lichterloh in Flammen aufgehen. Ich versuchte zu erkennen, ob es eine bestimmte Quelle dieser Feuerstöße gab, was mir einen Hinweis darauf gegeben hätte, an Bord welchen Schiffes der Sarzana sein mochte, doch schienen sie von überall zu kommen. Offenbar hatte der Archon seinen Zauber perfektioniert.

Ein konyanisches Schiff ganz in der Nähe verlor an Fahrt, die Riemen zappelnd wie ein Wasserkäfer, der in Panik gerät, wenn er den Karpfen aus der Tiefe kommen sieht. Unsere Galeeren kamen näher, und ich konnte erkennen, wie Soldaten und Seeleute verzweifelt auf dem Hauptdeck kämpften, als wären sie von einem unsichtbaren Feind geentert worden. Dann sah ich, mit wem sie rangen. Die Decks lagen voller Riesenschlangen, die mit unnatürlicher Kraft nach ihnen schlugen und bissen. Ich hatte kein Katapult gesehen, das diese genial hinterhältige Ladung abgeschossen hätte, und wußte, daß die Schlangen mit Zauberkraft an Bord gelangt sein mußten.

»Der Sarzana kennt ein paar interessante Tricks«, sagte Gamelan, als Pamphylia ihm erzählte, was geschehen war. »Daran habe ich noch nie gedacht. Bemerkenswert.«

»Der Sarzana oder vielleicht der Archon«, sagte Corais leise. Polillo erschauerte, und heimlich nahm ich ihre Hand, um sie zu beruhigen, dann ließ ich los, bevor jemand es merken konnte. Polillo faßte sich kaum eine Sekunde später und war wieder kaltschnäuzig wie zuvor.

»Wir vergessen«, stimmte ich zu, »daß die Archonten Lycanth nicht nur mit Zauberkraft regiert haben, sondern auch mit ihrem Geschick in der Kriegsführung.«

Xia wirkte höchst besorgt und nicht wenig verängstigt, was in ihrer ersten Schlacht natürlich war. »Was bedeutet das?« wollte sie wissen.

Ich suchte nach beschwichtigenden Worten, doch Stryker sprach zuerst. »Hauptmann Antero meint, wir können nur hoffen, daß der Stier den Lanzenträger rammt, bevor sein Pferd ihn aus dem Weg stampft.«

Noch immer rückten die konyanischen Schiffe vor, langsam, gleichmäßig, stiergleich unter dem Feuerregen, der auf sie herniederging. Ich erinnerte mich, einmal an einer solchen Attacke teilgenommen zu haben – wußte jedoch nicht mehr, um welches Grenzgeplänkel es gegangen war – und daß ich gesehen hatte, wie lange Reihen der Infanterie gegen Bogenschützen vorrückten. Als die Pfeile vom Himmel fielen, zogen die Soldaten ihre Köpfe ein und duckten sich wie Männer, die durch einen Regenschauer liefen. So erging es den konyanischen Schiffen.

»Seht!« rief Xia freudig. »Sie brechen durch!«

So schien es. Der mittlere Flügel der Feinde war aus der Reihe geschwenkt. An Traherns Flaggschiff gingen die Wimpel hoch, doch Admiral Bhazana hatte es bereits gesehen, und auch an seinem Masttopp flatterten Flaggen. Seine Schiffe schwenkten aus der konyanischen Formation, fort von den Untiefen und dem zurückbleibenden Feind, dem sie sich hatten stellen wollen, in der Hoffnung, die Mitte des Sarzana von der Flanke her zu treffen. Ein solcher Schlag konnte die feindliche Flotte schon jetzt brechen und die Schlacht noch am Vormittag beenden.

»Zu früh, zu früh«, hörte ich Polillo leise stöhnen. »Warte stets, bis du sicher bist, daß es keine Finte ist!«

Und so war es dann auch. Als Bhazanas Schiffe ihre neue Formation einnahmen, wehte ein starker Zauberwind die Meerenge hinab in unsere Richtung, und die wartenden Schiffe des Sarzana schossen wie Blitze auf Bhazanas Flanke zu.

»Verdammt!« fluchte Stryker. »Gefangen im Netz, das sie selbst auslegen wollten!«

Die Bedrohung galt nicht nur unserem östlichen Flügel. Traherns Mitte hatte ebenso ihre Position aufgegeben. Vielleicht hatte er gehofft, er könne helfen, den Fehler des Feindes zu nutzen – dabei hatte es sich ganz offenbar um eine List gehandelt, auf die wir hereingefallen waren.

Die beiden Reihen von Schiffen näherten sich einander, und die Schlacht begann. Doch wurde sie nicht eröffnet, wie Trahern und die

Konyaner es sich erhofft hatten. Vielleicht hatte Trahern heranfahren und die anderen Schiffe entern wollen, doch die Galeeren des Sarzana drehten ab und mieden den Kontakt. Unbeholfen wie sie waren, kam es zu einigen Zwischenfällen, wenn sie nicht hatten wenden können, und Enterhaken flogen, und konyanische Soldaten sprangen auf das Schanzkleid. Doch selbst wenn ein feindliches Schiff in der Falle saß, nahm die Schlacht nicht den von Trahern geplanten Verlauf. Eine weitere Galeere griff das konyanische Schiff von hinten an, hielt nur wenige Meter Abstand, und Bogenschützen nahmen das Schiff unter Beschuß und versuchten ein Ablenkungsmanöver. Genau so verhielt sich ein gut trainiertes Rudel von Jagdhunden, wenn sie die Beine und Flanken des Bären zerfleischten, sobald er einen ihrer Brüder in der Falle hatte.

Ich hörte Schreie übers Wasser und sah Flammen aufsteigen und Masten brechen, als die Schiffe des Sarzana auf die Konyaner einstürmten. Ich sah Stahl gleich über dem Schanzkleid eines feindlichen Schiffes blitzen und Pfähle, die an der Reling der Galeere aufragten, Pfähle, die einen Zaun bildeten, mit scharfem Draht bespannt. Das war noch besser als die durchhängenden Netze, mit denen man üblicherweise Enterer fernhielt. Natürlich hinderte es die Truppen des Sarzana beim Angriff, doch sah es nicht so aus, als hätte er die Absicht, an diesem Tag eine traditionelle Schlacht zu schlagen. Wiederum wußte ich, daß man den Befehlen des Archon gefolgt war, nicht nur in der Zauberkunst, sondern auch in Fragen des Krieges.

Wir waren zu nah am Kampfgeschehen, und ich rief Cholla Yi eine Warnung zu, wir sollten uns zurückziehen und Bhazanas Flügel stärken, falls dieser brechen sollte. Wir wichen auf eine bessere Position zurück, doch noch immer kam kein Signal, daß wir am Angriff teilnehmen sollten. Wir konnten nur warten. Die Schlacht nahm ihren Lauf, und ich hatte beträchtlich das Gefühl, mich über der Flotte in der Luft zu befinden. Vom Wasser aus wirkte es so verwirrend wir eine Attacke an Land, mit schreienden Männern, die bluteten und starben, rückwärts und seitwärts taumelten, Staub und

Rauch überall, wehende und stürzende Banner, die sich ein letztes Mal aufrichteten. Nur waren die Soldaten monströse Schiffe.

Schon sanken Schiffe, und Soldaten ertranken, klammerten sich an Treibgut und riefen um Hilfe. Manche sahen unsere Galeeren und schwammen verzweifelt in unsere Richtung. Doch war es weit, zu weit, und ein Kopf nach dem anderen versank. Schiffe trieben aus der Schlacht hervor, auf deren Decks zum Teil noch wild gekämpft wurde. Auf anderen schien kein Leben mehr zu sein, auf wieder anderen waren die Decksaufbauten von Steinen zertrümmert. Mir schien, als handelte es sich dabei vor allem um konyanische Schiffe. Dann sah ich, daß die Konyaner zurücksegelten, fort aus der Schlacht. Manche von ihnen waren angeschlagen, schleppten geborstene Masten hinter sich her, andere qualmten und waren zerstört. Doch allzu viele zeigten keinerlei Schäden.

Polillo hatte ihre Axt bereit und hielt sie in der Hand, ohne es zu merken, schlug die flache Stelle hart gegen ihre immer roter werdende Handfläche, das Gesicht ganz fleckig vor Zorn und Hilflosigkeit.

»Feige Mistkerle!« fluchte Stryker. »Rückgratlose Schweinehunde, geben auf, und der Tag ist noch nicht halb vergangen.«

Plötzlich wurde mir klar, daß die Sonne hoch am Himmel stand, und ich fragte mich, wo nur die Zeit geblieben war. Dann wurde mein Blick abgelenkt, als sich die Zauberwolke des Sarzana hob und seine Geheimwaffe in die Schlacht kam. Es handelte sich dabei um eine kleine Flotte von Booten, wie ich sie noch nie gesehen hatte. Sie waren nicht länger als unsere orissanischen Schiffe, wenn auch irgendwie breiter, Galeeren mit einer Reihe Ruderer. Was sie bemerkenswert und bedrohlich machte, waren nicht nur die grellen Farben, mit denen man sie bemalt hatte – Farben von Blut und Tod –, sondern daß sie ein festes Dach und keine Masten hatten. Im Fahren sahen sie aus wie vielbeinige Schildkröten. Diese Schiffe waren nicht zu entern. Die hiesigen konyanischen Schiffe wären kaum in der Lage, sich diesen wendigen Gefährten auch nur zu nähern. Ich war sehr froh, daß ich kein Kapitän im Vorgeschwader war, denn im Moment hatte ich keine Idee, wie diese unzerstörbar wirkenden Schiffe zu versenken wären. Es waren mindestens dreißig von ihnen, und sie griffen in Speerformation an und steuerten direkt auf die vernachlässigte, offene Westseite von Traherns mittlerem Flügel zu, wo eine Lücke zwischen diesem und Admiral Bornus Schiffen entstanden war.

Stryker fluchte, und ich hörte, wie Duban jammerte.

Corais blieb ungerührt. »Ich sehe nicht, wie sie kämpfen wollen«, bemerkte sie. »Vielleicht wollen sie uns zu Tode erschrecken.«

Doch schon Sekunden später merkten wir, daß die Schildkrötschiffe so tödlich waren wie sie aussahen. Sie verfügten über Rammen, doch erneut wurde mir klar, daß die Taktik des Sarzana neu war, als ich sah, wie das erste Schildkrötenschiff eine konyanische Galeere rammte und sich dann zurückzog, als sei nichts geschehen, anstatt mit seinem Feind in tödlicher Umarmung zu verharren. Das konyanische Schiff rollte bei dem Aufprall, dann schlingerte es zur Seite, als Wasser in das Loch eindrang, das der Rammsporn geschlagen hatte. Sekunden später war es in den Fluten versunken. Ich merkte, daß die Rammen entweder zerlegbar waren, oder, wahrscheinlicher noch, unter entsprechendem Druck zusammenklappten und zurückgezogen werden konnten. Ein solches Gerät wäre unsinnig auf einem Schiff, das schlechtes Wetter überstehen mußte, da es wahrscheinlich unvorhergesehen brechen und den Bug der Galeere aufreißen würde. Doch hier, in den ruhigen Gewässern der Bucht, war es die ideale Waffe und dazu mitnichten die einzige Bewaffnung der Schildkrötenschiffe. Am Deck gingen Klappen auf, und ich sah Gefechtsköpfe riesenhafter Pfeile, als ein Schildkrötschiff in der Nähe unter einem konyanischen Heck hindurchsegelte. Rauch stieg von den einzelnen Pfeilspitzen auf, dann schossen die Katapulte und schickten Feuerpfeile tief in den hölzernen Gegner. Die Klappen fielen zu, und im Verborgenen luden die Schützen nach, während auf dem getroffenen konyanischen Schiff schon Flammen loderten. Entweder waren die Pfeile in Pech getränkt oder mit einem Zauber »bekleidet«.

Als das erste Schiff in Flammen stand, hörte ich, wie Xia einen leisen Angstschrei zu unterdrücken suchte, den außer mir niemand hätte hören können, und ich empfand Bewunderung für ihren Mut. Sie hielt sich besser als die meisten vor ihrer ersten Schlacht, besser als ich auf dem Weg zu meinem ersten Geplänkel, da ich damals noch nicht gelernt hatte, daß Warten und Nachdenken für die Courage tödlicher sind als der brutalste Feind.

Inzwischen war die Schlacht in vollem Gang ... zugunsten des Sarzana. Hinter den Schildkrötschiffen kam der gesamte Westflügel der Flotte, vielleicht hundert oder mehr konventionelle Schiffe. Ich wußte nicht, was zu tun war. Die gesamte konyanische Flotte brach in sich zusammen. Zu meiner Linken zogen sich Admiral Bhazanas Schiffe zurück. In der Mitte steckten Traherns Truppen in qualmendem Gewühl fest, und zu meiner Rechten trieben die Schildkrötenschiffe und ihre Verstärkungen einen Keil durch Bornus Flügel. Als Bornus Flottenteil zersprengt wurde, war mir klar, daß ich nichts dagegen hätte tun können, da nicht Tausende wie ich und Abertausend Gardistinnen und Schiffe zur Verfügung standen. Bornus unbeschädigte Schiffe änderten ihren Kurs mit wild wedelnden Riemen und vollen Segeln, um den Wind des Sarzana zu nutzen, der von der Stadt her wehte. Einzeln und geschwaderweise flüchteten sie im Zickzack aufs offene Meer hinaus. Die Schildkrötenboote und die großen Galeeren des Sarzana folgten dichtauf.

Die anderen Konyaner mußten gesehen oder gespürt haben, was geschehen war, denn im selben Augenblick brachen Trahern und Bhazanas Flügel zusammen. Doch nicht alle Schiffe waren in der Lage, sich zurückzuziehen. Manche waren noch immer im Kessel in der Mitte gefangen, Schiffe, die nun zum Kampf gezwungen und zerstört werden würden, eines nach dem anderen. Ich sah, wie sich Bhazanas Banner von den Untiefen entfernte, und dann entdeckte ich Traherns Flaggschiff, das Hauptsegel in voller Pracht. Die Ruderer ruderten um ihr Leben. Du Schweinehund, dachte ich. Du hast deine Seeleute in diesen Tod geschickt und noch nicht mal die Courage, hierzubleiben und es ihnen nachzutun. Der Mut, den der

Admiral früher gehabt und der ihm seinen Ruhm gebracht haben mochte, war mit Alter und Bequemlichkeit vergangen.

Die ersten Schiffe segelten vorüber, und ich hörte ihre Seeleute schreien, flieht, flieht, die Schlacht ist verloren, und selbst die Toten sind auferstanden, gegen uns zu kämpfen. Ich überlegte einen Augenblick, dann erbrach ich mich beinah, als entsetzlicher Gestank über unsere Galeere zog, der vom ersten konyanischen Schiff her kam, nicht mehr als drei- oder vierhundert Meter entfernt.

Ich traf eine Entscheidung, doch Cholla Yi war uns bereits zuvorgekommen. Flaggen wehten an seinem Masttopp, und er rief in seinen Schalltrichter, wir sollten weichen, uns zurückziehen, wir hätten keine Chance gegen sie.

Xia schrie in blinder Wut, kreischte, er sei ein Feigling, dann fuhr sie herum, als ich Stryker dieselbe Order gab. »Das darfst du nicht!« Sie schrie außer sich, den Tränen nah: »Du bist nicht besser als . . .«

»Still!« rief ich. »Du wolltest Soldatin sein! Dann sei es auch!« Das bremste sie für einen Augenblick, und in diesem Augenblick kehrte der gesunde Menschenverstand zurück. Sie sank in sich zusammen und wandte sich von mir ab.

Inzwischen konnte ich einige der Schiffe des Sarzana deutlich sehen und stöhnte auf. Es sah aus, als seien die flüchtenden Konyaner im Recht. Auf ihren Decks waren schreckliche Wesen, die einmal Menschen gewesen waren, manche modernd, andere vom heißen Wüstenwind zu braunen Skeletten verdorrt, wieder andere aufgedunsen und nach langer Zeit am Grund des Meeres weiß wie Fischbäuche. Manche betätigten die Riemen, andere bedienten zielstrebig Katapulte oder warteten geduldig mit Bogen oder Speer, bis sie nah genug waren. Einen Augenblick lang erinnerte ich mich an die Erzählung meines Bruders von einer Stadt der wandelnden Toten weit im Westen, beinah an den Toren zu den Fernen Königreichen, wo selbst die Herren der Stadt lebende Kadaver waren, und daß Amalric beinah in jener grauenhaften Nekropole umgekommen wäre. Doch hatte er Greycloak bei sich gehabt . . . und ich nicht.

Überall um uns war dieser Leichengestank, und selbst meine

hartgesottenen Söldner zeigten Angst, obwohl sie den Befehlen folgten, wir wendeten und mit den anderen flohen.

Dann wußte ich, woher dieser Gestank kam und wer diese lebenden Leichen waren. Ich vermute, ich wußte es aufgrund meiner eigenen Zauberkunst, meinem eigenen Sinn für Zauberei. Ebenso plötzlich stand mir auch die Gegenmaßnahme vor Augen.

Ich schickte Xia nach unten und sagte ihr, sie solle ihren Kosmetikbeutel holen. Sie glotzte zu mir herüber, und ich herrschte sie an. Verwirrt fügte sie sich. Wenige Sekunden später kam sie zurück und reichte mir das Gewünschte. Ich fand ein Fläschchen Parfüm, entkorkte es und roch daran. Es war ideal, ein schwerer, starker Blumenduft.

Ich warf die Flasche in die Luft, und sie taumelte und versprühte ihren Inhalt. Ich stimmte einen Singsang an, dessen Worte mir problemlos einfielen:

Suche Blumen
Such den Feind
Klammre dich an ihn
Ändre ihn
Du bist der Bessere
Du bist auf Erden
Und von Erden
Er kommt vom Himmel
Er ist nicht
Nimm ihn
Wandle ihn
Dreh ihn um.

Der Leichengestank verschwand.

Ich rief: »Es ist nur eine Zauberlüge! Diese Männer sind nichts anderes als wir alle. Es ist der Zauber des Archon!«

Die Worte, oder vielleicht auch nur die Tatsache, daß jemand nicht der Panik verfallen war, beendete die Raserei, obwohl die Männer, wenn sie sich umdrehten, auf den heranstürmenden Schiffen nach wie vor die Untoten sahen.

»Auch diesen Zauber werde ich brechen!« rief ich und hielt dann inne.

Das Schlacht war vorüber, wenn auch nicht für alle von uns. Zwei Galeeren segelten zurück zu den Schiffen des Sarzana! Ich mußte meine Augen nicht anstrengen, um zu wissen, wer dort fuhr. Es waren zwei von Nors Galeeren, blind vor Wut. Ich hätte so etwas wie Bewunderung für ihren selbstmörderischen Angriff empfinden können, nachdem ich Frauen gesehen und gekannt hatte, die ihr Leben absichtlich fortwarfen, den Feind in seiner Mitte attackierten und dabei ihr Todeslied sangen. Doch tat ich es nicht. An Bord der beiden Schiffe, die diesen Tod gewählt hatten, befanden sich auch acht meiner Frauen. Also gut, dachte ich. Da habe ich also noch eine weitere Rechnung offen, eine mit Nor, dann mit dem Sarzana und dem Archon.

Die beiden Schiffe waren schnell von Schildkrötenbooten umgeben, ihre Masten verschwanden, und ich sah nie mehr etwas von ihnen, nicht an diesem Tag und nie mehr sonst.

Doch war es nicht der rechte Zeitpunkt für Zorn.

Westlich von uns steuerte eine der monströsen Galeeren des Sarzana in unsere Richtung.

»Polillo!« rief ich, und meine Ordonannz sprang dorthin vor, wo nervöse Katapultmannschaften hinter ihren seltsamen Waffen zu beiden Seiten des Fockmasts warteten. Die Schaufeln der Katapulte waren bis zum Anschlag zurückgedreht, je ein Pfeil lag in den Doppelmulden und dazwischen ein loses Netz mit einer aufgerollten Kette darin, einer dünnen Kette, die ich mit einem starken Zauber belegt hatte.

Das riesige Schiff rollte heran, sein Segel gebläht vom Zauberwind des Sarzana, und schwach hörte ich das freudige Rufen der Soldaten an Bord des Schiffes, die glaubten, sie hätten uns in der Falle.

Über ihr Rufen hinweg hörte ich Polillo sagen: »Sachte...

sachte ... etwas links ... sachte ... hoch ... etwas mehr ... sachte ... sachte ...«

»Schuß!« schrie ich, und die Katapulte erklangen wie zwei mißratene Glocken, die mit stählernen Hämmern geschlagen wurden. Die Pfeile von Steuerbord flogen weit und gingen daneben, doch die Backbordseite traf ins Ziel. Genau wie ich es mir gedacht, genau wie ich es probiert hatte, entfernten sich die Pfeile etwas voneinander, das Netz öffnete sich und die Kette dazwischen wurde stramm, wollte beinah reißen oder das Gerät außer Kontrolle taumeln lassen, dann traf es sein Ziel, etwa auf halber Höhe am feindlichen Mast, und knickte ihn wie einen Zweig. Das Segel flog nach hinten, Stengen und Rahen prasselten überall aufs Deck hinab.

Es war der einzige Schuß, für den uns Zeit blieb, und ich hatte ihn nur gestattet, damit wir uns nicht gänzlich geschlagen fühlten.

Dann wurde es Zeit zu fliehen, bevor die Schildkrötenschiffe näher kommen und uns zerstören konnten.

Alle Segel wurden gesetzt, und unsere Ruderer ruderten um ihr Leben. Ich dankte Maranonia, daß wir uns nicht dem allgemeinen Befehl untergeordnet und die Segel eingeholt hatten. Jetzt, da der erste Teil der Illusion des Archon zerbrochen war, wurde es einfacher, einen Gegenzauber zu finden, mit dem man auch den magischen Rest zerschlagen konnte. Vielleicht würde es genügen, um die Flotte zur Umkehr zu bewegen, damit sie die Schiffe des Sarzana zumindest so weit bekämpften, daß sie zum Stillstand kamen.

Während ein Teil meiner Gedanken nach den Worten und Ingredienzen suchte, bereitete sich ein anderer darauf vor, Trahern Signal zu geben. Ich trat an die Reling, blickte über die Meerenge hinaus, die sich hier zum Meer hin verbreiterte, und wir waren fast schon an den beiden Mündungsstädten vorbei. Unsere Schiffe waren auf dem Meer verstreut wie Papierfetzen in der Flut, und jedes versuchte zu entkommen, keines an anderem interessiert als an sich selbst und der eigenen Sicherheit. Zauber oder nicht, heute würde es keinen Kampf mehr geben.

Es war zu spät für Magie, meine oder die irgendeines anderen.

Glücklicherweise fuhren die Schiffe des Sarzana nicht schneller als die der Konyaner, denn sonst hätten sie uns bis auf den letzten Mann niedermachen können. Doch nun fielen sie zurück. Ich sah die Schildkrötenschiffe rollen, als die ersten großen Wellen des Ozeans sie erfaßten, und sie kehrten in ruhigere Gewässer zurück, denn ihre Mission war erfüllt. Einige Minuten später folgte der Rest der gegnerischen Flotte. Jetzt war kein Zauber mehr nötig. Der Sarzana hatte seinen großen Sieg errungen und unsere Flotte vernichtet.

Weit hinten sah ich Traherns Galeere. Sie mochte eine der ersten gewesen sein, die geflohen waren, doch war sie so schwer zu handhaben, wie ich es mir gedacht hatte. Als mein Blick sie fand, verwandelte sie sich in ein schwellendes, aufplatzendes Geschwür von Feuer und Rauch; weiße Streifen stiegen hoch zum Himmel auf, als sie explodierte! Sekunden später rollte die Druckwelle der Detonation über das Meer und unsere Galeeren hinweg.

Bevor der Feuerball verschwand, tauchte am Himmel darüber eine Erscheinung auf.

Es war der Archon, nur für einen kurzen Augenblick, die gefeilten Zähne gebleckt, als er vor Freude über seinen Sieg aufheulte. Dann war der Himmel leer, und nur noch der Aschengeschmack von Niederlage und Tod lag in der Luft.

Kapitel Einundzwanzig

Der Puppenspieler im runden Turm

In der Abenddämmerung verlangsamten die Konyaner ihre Flucht. Es war nicht die erste Panik, die ich in solcher Lage erlebt hatte, und höchstwahrscheinlich auch nicht die letzte. Von Entsetzen gepackte Soldaten laufen nur eine gewisse Zeit davon. Sie bleiben stehen, wenn der Feind nicht mehr zu sehen ist, wenn sie vor Erschöpfung zusammenbrechen, wenn sie merken, daß die anderen langsamer werden, wenn sie sich Unbekanntem stellen müssen, einer Gefahr, die noch entsetzlicher ist als alles, dem sie entflohen sind.

So war es auch mit den konyanischen Schiffen. Wir waren zu weit entfernt von ihren Heimatinseln, und zwischen uns und der endgültigen Sicherheit lag das offene Meer. Außerdem mochten manche von ihnen gesehen haben, daß die Flotte des Sarzana umgekehrt war, daß sie nicht mehr verfolgt wurden. Die Schiffe sammelten sich zu kleinen Verbänden um ihre Geschwaderführer oder andere Kommandoschiffe, die überlebt hatten.

Es schien, als habe der Sarzana einen schweren Fehler gemacht. Er hätte uns mindestens bis zum Einbruch der Dunkelheit jagen sollen, damit alle »wüßten«, daß uns die Dämonen noch immer auf den Fersen waren. Ich dachte mir, dafür könnte es nur zwei Gründe geben: Der Sarzana brauchte einen Signalsieg und wollte seine Schiffe nicht in eine lange Reihe von Aktionen verstricken, die uns einzeln ein Ende bereiten würden. Das ist ein weitverbreiteter Fehler großer Führer. All ihre Taten sollen von Kühnheit und Zielstrebigkeit gezeichnet sein und nicht länger dauern, als die Aufmerksamkeitsspanne ihrer Untertanen erlaubt. Die Schinderei der kleinen Schritte ist nicht ihre Sache. Aus diesem Grund ist es, wenn Krieg zwischen einem brillanten General und schmuddeligen Banditen ausbricht, nicht ganz und gar töricht, auf die Banditen zu setzen.

Darüber hinaus ahnte ich, daß der Todesstoß, der uns bevorstand, ein Sturm sein würde, den der Archon zusammenbraute. Ein solches Unwetter würde unsere Schiffe wie Sand verstreuen, so daß nur wenige die Nachricht unserer Katastrophe nach Konya bringen konnten. Schon, als wir die Meerenge von Ticino hinter uns ließen, spürte ich, wie sich hinter der konyanischen Flotte ein Zauber aufbaute, und ich gab ein Signal nach dem anderen, das nicht beachtet wurde. Als die Schiffe ihre Segel einholten – ich schwöre, ängstliche Männer gebärden sich zuweilen einfältig wie die Dorftrottel –, zeigten sich bereits die ersten Vorboten des Sturmes. Frischer Wind wehte von Ticino her. Der Abstand der Wellen wurde kürzer, und das Wetterglas fiel.

Ich wußte, daß wir uns in den kommenden Stunden damit würden auseinandersetzen müssen, doch standen noch dringendere Probleme an.

Wir näherten uns Bhazanas Galeere, die für den Augenblick das Flaggschiff der Flotte sein würde, und sandten ihm Signale, er solle sämtliche Kapitäne, nicht nur die Divisions- oder Gruppenführer, zu einer Konferenz bestellen. Ich dachte mir, an Bord des Flaggschiffes müßte mehr als ausreichend Platz dafür sein, denn weniger als die

Hälfte der konyanischen Schiffe hatte überlebt. Ich wartete, war nicht sicher, was ich tun sollte, wenn meine Befehle ignoriert würden, doch sah ich mit Erleichterung, daß sowohl Flaggen wehten, als auch Blendlaternen leuchteten, während sich Düsternis über uns senkte. Die Signale wurden von anderen Schiffen empfangen und weitergegeben, während sich alle um das Flaggschiff sammelten, und ich sah, daß kleine Boote ausgebracht wurden.

Ich gab Nors Galeere ein Signal, daß er an dieser Konferenz *nicht* teilnehmen solle und ich ihn an Bord unseres Schiffes bräuchte, wenn ich ihn rief. Ich wollte ihm Zeit geben, über seinen gebrochenen Eid nachzudenken. Xia und Gamelan wollte ich bei mir haben. Xia erklärte ich, sie solle ihr Kampfgewand tragen. Das schien sie zu überraschen, doch sagte ich, der Grund dafür werde ihr bald deutlich werden.

Das Kommando über die Garde überließ ich Polillo, nicht nur, weil ich jemanden von ihrer imposanten Erscheinung wollte, um sicherzustellen, daß mir der Rücken gedeckt war, sondern auch, weil das, was ich vorhatte, ihr kaum gefallen hätte. Einige der finsteren Pflichten des Soldatendaseins waren nicht ihre Sache, und von diesen hielt ich sie besser fern. Im stillen verachtete ich den Teil meiner selbst, der an so geschmacklosen Aufgaben festhielt wie jener, die ich mit großer Wahrscheinlichkeit würde auf mich nehmen müssen.

Ich ließ ein Ruderboot aussetzen und schickte es direkt zu Admiral Bhazanas Flaggschiff. Es trug Flaggensergeantin Ismet, zehn schwerbewaffnete Gardistinnen, unseren Schiffszimmermann, zwei Seeleute und die Gerätschaften, die ich für nötig erachtete. Zu viert bestiegen wir ein weiteres Boot. Ich ließ uns zu Cholla Yis Schiff rudern und erklärte ihm, was ich auf der Konferenz vorhatte und was getan werden müßte, wenn es eine Hoffnung auf Überleben geben sollte, ganz zu schweigen von einem Entkommen aus dieser schrecklichen Lage.

Ich hatte Zeit genug gehabt, mir einen Plan zurechtzulegen, als unsere Galeere den anderen nachjagte. Überraschenderweise hörte Cholla Yi mir aufmerksam zu und gestand widerwillig ein, daß ich mit meinen Überlegungen und der Strategie richtig lag. Er zögerte nur, so dachte ich, weil der Plan nicht von ihm kam und er ihn auch nicht ausführen würde. Somit hatte ich einen Verbündeten, zumindest für den Augenblick. Auf lange Sicht machte ich mir bezüglich der Verläßlichkeit dieses Piraten keinerlei Illusionen.

Als wir zu Admiral Bhazanas Schiff ruderten, verrauchte meine Wut. Er war keineswegs beim ersten Schlachtruf des Sarzana geflohen. Seine Galeere hatte von den Kriegsmaschinen des Gegners schwere Schäden davongetragen. Das Dach des oberen Deckshauses war fortgerissen, wie auch eine gesamte Reling und ein Teil des Rumpfes auf der Steuerbordseite. Das Hauptdeckshaus war rauchverschmiert und schwarz von den Feuern, hervorgerufen durch die Katapultpfeile des Sarzana, und die Hälfte seiner Riemen waren zerbrochen, zwei Hauptstage geborsten, und der Mast wie betrunken eingesunken. Männer hasteten an Deck herum und nahmen eilig Reparaturen vor. Sie vermieden es, die lange Reihe zugedeckter Leichen anzusehen, die am Achterdeck auf ihre Bestattung warteten.

Wir gingen an Bord und wurden vom Kapitän der Galeere begrüßt. Kalten Blickes starrte ich ihn an. »Ehrenbezeigungen«, sagte ich mit bewußt lauter Stimme, damit jeder Seemann in Hörweite es mitbekam, »nehme ich nur von Soldaten entgegen, nicht von Männern, denen ihre Ehre nichts gilt.«

Er lief puterrot an, doch wich er meinem Blick aus. Es war das erste Zeichen dafür, daß ich den Sieg davontragen würde. Wäre er vor Wut explodiert oder hätte er nach seiner Waffe gegriffen, wäre klar gewesen, daß die Konyaner tatsächlich keine Courage hatten.

Ich befahl Yi und den anderen, an Deck zu warten, und dem Zimmermann und seinen Helfern, mit der Arbeit zu beginnen. Dem Kapitän sagte ich, er möge mich zu Admiral Bhazana bringen. Der stand unten in einer Kajüte, die fast so prunkvoll war wie Admiral Traherns. Er hatte mir den Rücken zugewandt und starrte durch die Bullaugen zum Achterdeck hinaus auf die Reihe der Leichen.

Ohne sich umzudrehen sagte er: »Ich bin ein Narr.«

»Das seid Ihr«, stimmte ich ihm zu. »Und schlimmer noch. Ihr seid zurückgewichen.

Da drehte er sich um. »Erst habe ich mich zu dieser kindischen List verführen lassen, und dann, als die Konyaner angriffen, konnte ich meine Schiffe nicht mehr ordnen.« Ich starrte ihn nur an. »Aber ich schwöre Euch, ich bin nicht ausgewichen«, sagte er. »Ich schwöre, ich habe Signale von Traherns Schiff gesehen, daß wir uns zurückziehen sollten.«

Ich blieb still, und er ließ die Schultern hängen. »Ich kann nicht erwarten, daß Ihr mir glaubt«, fuhr er fort. »Ich kann Euch nur um die Erlaubnis bitten, für meinen Irrtum bezahlen zu dürfen.«

»Was schlagt Ihr vor?«

»Ich werde zu meinen Göttern gehen.« Mit der Hand berührte er das Kurzschwert an seiner Hüfte. »Ich wollte es schon früher tun, doch hat man mich davon abgehalten. Hauptmann Oirot sagte ... was auch immer.«

»Einmal seid Ihr bereits geflohen«, sagte ich und ließ Verachtung von meinen Worten tropfen wie Blut von einem Schwert, »und wollt es jetzt schon wieder tun? Ich erlaube nicht, daß Ihr euch gehen laßt.« Bhazana errötete. »Ihr könnt Euch töten, Euch einen Orden verleihen oder meinetwegen einen Mast in den Hintern schieben, wenn das hier vorbei ist, aber im Augenblick werdet Ihr Euch meinem Befehl unterstellen und tun, was man Euch sagt. Ist das klar?«

Ist die Ehre eines Soldaten erst gebrochen, bleibt von ihm nicht mehr als weiches Wachs. Der Trick besteht darin, ihn nicht weiter zu beschämen, es sei denn, man wollte ihn vollständig brechen. Und das war nicht in meinem Sinne.

»Also. Folgendes wird geschehen«, schloß ich das Thema ab und gab ihm sehr präzise Anweisungen.

Eine Stunde später wurden die Kapitäne der einzelnen Schiffe zusammengerufen. Insgesamt waren es einhundertvierundsiebzig, so daß sie sich nicht nur auf dem Vordeck drängten, sondern auch in den Durchgängen neben dem Deckshaus. Unter ihnen war auch Admiral Bornu, der – wie mir auffiel – keinen größeren Schaden genommen hatte als sein Schiff, als er aufs offene Meer geflohen war. Im Gegensatz zu Bhazana versuchte Bornu, sich zeternd aus der Klemme zu lavieren. Ich beachtete ihn nicht, sondern ließ ihn bei den anderen auf dem Vordeck warten. Sie sprachen nicht viel miteinander, sowohl wegen der Schande des vergangenen Tages als auch, weil ihre Aufmerksamkeit gänzlich der Apparatur galt, welche mein Zimmermann am Oberdeck errichtet hatte.

Ich stand am oberen Ende der Treppe, die zur Hauptkajüte führte. Gleich hinter und neben mir waren Cholla Yi, Corais, Xia, Gamelan und Admiral Bhazana. Hinter uns standen meine Gardistinnen.

Schweigend waren wir aus den Ruinen der Kajüte getreten, hatten nichts verlauten lassen, standen nur da und warteten. Langsam bemerkte man uns, und die einzelnen Gespräche verstummten. Ich ließ die Stille wirken, bis sie unerträglich wurde. Nur das Heulen des Windes war zu hören, da dieser an Heftigkeit zunahm, dazu das Schlagen der Wellen an den Rumpf der Galeere.

»Der Sarzana hat uns heute besiegt«, sagte ich. »Und wir sind vor ihm geflohen wie Fische vor dem Hai. Soll *das* unsere Seelen belasten, wenn wir wieder nach Konya kommen? Wollen wir heimkehren und unseren Lieben erzählen, was für Feiglinge wir waren und daß sich alle auf die Schreckensherrschaft des Sarzana vorbereiten sollen?«

»Was sonst?« Es war eine Stimme aus den hinteren Reihen. Einige Zustimmung war zu hören. Erneut ließ ich die Worte im Wind ersterben.

»Was sonst? Wir fahren zurück nach Ticino!« sagte ich. »Die Schlacht hat erst begonnen.«

»Wann?« Es war ein Offizier in vorderster Reihe, den ich nicht kannte. »Wie lange wird es dauern, Verstärkung aus Konya zu bekommen? Einen Monat? Zwei Monate?«

»Wir fahren schon morgen zurück. Morgen nacht«, sagte ich.

»Das ist unmöglich!« Der Aufschrei kam von Admiral Bornu.

»Nichts ist unmöglich«, sagte ich.

»Zur Hölle mit Euch!« rief er, sprang halbwegs den Gang hinauf und wandte sich den anderen Kapitänen zu. »Wir wurden heute schwer geschlagen, von Zauberei und Waffen! Wir werden uns davon nicht erholen, nicht jetzt, wenn wir in der Minderzahl sind! Dieser ganze verdammte Feldzug war verflucht! Wir hätten ihn nie unternehmen dürfen! Wir hätten warten sollen, daß der Sarzana näher nach Konya kommt, und ihn dann auf unserem eigenen Boden schlagen sollen, in unseren eigenen Gewässern!«

Ich hörte, wie die Zustimmung wuchs.

»Oder vielleicht«, sagte ich, »glaubt Ihr, wir hätten gleich kapitulieren sollen, ohne überhaupt zu kämpfen?«

Darauf herrschte tödliches Schweigen.

»Vielleicht hätten wir eine Art Vereinbarung treffen können«, sagte Bornu fast schon murmelnd. »Wenn wir vielleicht zum Sarzana gegangen wären und ihm angeboten hätten...«

»Was angeboten?« sagte ich. »Eure Töchter? Eure Frauen? Euer Gold? Eure Ehre hättet Ihr nicht bieten können, denn Euren Worten nach zu urteilen, besitzt Ihr keine mehr!«

Bornus Hand zuckte nach dem Schwert. Hinter mir hörte ich ein Rascheln und wußte, daß Locris und andere Bogenschützinnen nach ihren Köchern griffen. Ich trat einen Schritt näher an die Treppe. »Jetzt Admiral«, sagte ich. »*Jetzt* greift Ihr nach Eurer Klinge, nachdem sie den ganzen Tag in ihrer Scheide rosten durfte?«

»Das ist doch verrückt«, sagte er, doch nahm er die Hand vom Heft der Waffe.

»Ist es das? Hört zu, Ihr Männer. Lauscht diesem Wind! Ist er nicht stärker als noch vor einer Stunde oder zwei? Glaubt Ihr wirklich, der Sarzana und sein Vertrauter, der Archon, wären mit uns schon fertig? Jetzt, da sie uns auf offenem Meer haben, willensschwach, ohne Ideen, ohne Mumm, glaubt Ihr nicht, sie würden uns einen Sturm schicken? Ist irgend jemand von Euch der Ansicht, sie würden uns heimkehren lassen, damit wir uns erneut gegen sie wenden können? So etwas zu denken, *das* nenne ich verrückt!

Allerdings ist es vollkommen gleichgültig, was Ihr glaubt. Ihr seid Soldaten und Seeleute. Ihr habt einen Eid geschworen, Konya mit Eurem Leben zu verteidigen. Die einzigen unter Euch, die ihren Eid gehalten haben und ihre Ehre noch besitzen, liegen auf dem Achterdeck, eingenäht in Leinensäcke, mit einer Münze im Mund und einem Stück Roheisen an den Füßen, das sie in die Tiefe ziehen soll.

Ihr anderen? Was haltet *Ihr* von Euch? Wie viele von Euch sind der Schlacht entflohen, ohne einen Pfeil geschossen, ohne einen Speer geworfen zu haben? Ich fordere Euch auf, mir zu folgen. Einmal noch werden wir den Sarzana angreifen. Und dieses Mal werden wir ihn vernichten!«

»Euch folgen?« höhnte Bornu. »Einer Ausländerin? Einer Frau?«

Ich wandte mich Xia zu. Sie trat vor.

»Ich bin Prinzessin Xia Kanara«, sagte sie. »Mein Vater ist Mitglied des Rats der Reinheit. Ich will hier für ihn sprechen. Gibt es jemanden, der etwas dagegen einzuwenden hätte?«

»Ihr seid ein Kind«, sagte Bornu. »Ich habe keinen Eid geschworen, Euch zu folgen.«

»Und doch werdet Ihr mir gehorchen. Ich befehle Euch, den Anweisungen zu folgen, die Hauptmann Rali Antero Euch erteilt, denn sie wurde vom Rat der Reinheit auserwählt, weil sie am besten weiß, wie man den Sarzana vernichtet. Zu unser aller Schande wurde dieser Feldzug nicht von vornherein ihrem Kommando unterstellt.«

Ich war beeindruckt... Ich hatte Xia einiges gesagt, von dem ich hoffte, sie werde es äußern, wenn sich die Gelegenheit ergab, doch letzteres nicht.

Bornu wollte etwas einwenden, doch bevor er dazu kam, stand Admiral Bhazana neben Xia.

»Admiral«, sagte er. »Die beiden Frauen haben recht. Dies ist ein Tag der Schande, und wir sind verpflichtet, Entschädigung zu leisten. Ich weiß, ich bin vom Rang her nicht Euer Vorgesetzter, und doch müßt Ihr Prinzessin Xia und Hauptmann Antero folgen.«

»*Ich* bin Admiral Nepean Bornu, Baron mit Grund und Boden«, erwiderte der andere. »Meine Familie dient Konya schon seit Generationen. Auch ich habe eine Pflicht, und diese Pflicht besteht darin, die Schiffe sicher in die Heimat zu bringen, wo sie helfen können, Konya in der bevorstehenden, letzten Schlacht zu schützen. Euren Befehlen zu folgen, einem Jüngeren, dieser ausländischen Zauberin, die sehr wohl mit dem Sarzana selbst gemeinsame Sache machen und dieses Übel über unser Land gebracht haben könnte, und diesem kleinen Mädchen, das in die Ausländerin vernarrt ist ... nein. Ich weigere mich.«

»Ich befehle es Euch noch einmal, Admiral«, sagte Xia mit einer Stimme, die weit älter wirkte als sie selbst.

»Und ich habe meine eigene, weit größere Pflicht.«

»Prinzessin«, sagte ich. »Ich habe Eurem Rat geschworen, den Sarzana zu stürzen. Ich muß Euch darauf hinweisen, daß die Worte dieses Mannes einem Verrat gleichkommen.«

Laute Worte von den Offizieren waren zu hören, und ich sah, daß sich einige Köpfe zu der Apparatur umdrehten, die ich hatte errichten lassen.

»Nicht bloßer Verrat, sondern Hochverrat«, fuhr ich fort, »da er sich dem Befehl des Rates der Reinheit widersetzt.«

»Ihr nennt es Verrat, und damit habt Ihr recht«, sagte Xia.

Wild starrte Bornu in die Runde. Bevor er sich rühren konnte und jemand zu seiner Hilfe eilte, sagte ich: »Sergeantin Ismet!«

Wie angreifende Löwinnen stürmten meine Frauen die Treppe hinab, drohten mit ihren Schwertern, die Speere angehoben und Pfeile aufgelegt. Ismet und Dacis hielten Bornu bei den Armen, bevor er selbst sein Schwert zücken konnte. Da schrien die Offiziere an Deck durcheinander, und ich sah Waffen blitzen.

»Sergeantin! Knüpft ihn auf!«

Bornu kreischte auf und wehrte sich, doch konnte er nichts tun. Einen Augenblick später hatte man ihn die Treppe hinauf und vor meine Apparatur gezerrt. Es war ein Galgen, ein simpler Galgen, den ich an Bord unserer Galeere entworfen, auf Bhazanas Flaggschiff transportiert und dort errichtet hatte. Das Seil zog sich um seinen

Hals, hing schlaff bis zu seinen Knien und führte dann zum Querbalken hinauf. Der lange Knoten der Schlinge war gleich an Bornus Ohr.

Ich drehte mich zu Prinzessin Xia um. Ihr Mund war ein fester, schmaler Strich.

»Hängt den Verräter«, sagte ich.

Sergeantin Ismet schwang den Galgen um seine Achse, und Bornu taumelte seitwärts und abwärts, vom Deck und in die Tiefe. Der Strick spannte sich, und über das Brüllen des Windes hinweg hörte ich, wie Bornus Genick brach. Er zappelte noch, dann hing er schlaff. Daraufhin war alles still.

»Admiral Bornu wurde als Verräter gehängt«, sagte ich. »Dieselbe Strafe erwartet alle, die meinen Befehlen widersprechen oder sich ihnen widersetzen wollen.

Ihr *werdet* mir gehorchen«, und ich zeigte Stahl, »oder – bei den Göttinen – ich werde die Mannschaft jedes einzelnen Schiffes dezimieren und in die Schlacht gehen, selbst wenn von allen Rahen Leichen hängen!«

Ich ließ ihnen keine Zeit, sich zu erholen.

»Jetzt will ich alle Divisions- und Gruppenkapitäne augenblicklich in Admiral Bhazanas Kajüte sehen, und ich werde Euch Befehle geben, die Ihr an die anderen weiterreicht.«

Mehr sagte ich nicht, sondern trat nur in den Schatten zurück und hörte die anderen hinter mir. Ich mochte eisenhart geklungen haben, doch innerlich drehte sich mir der Magen um. Ich hatte schon früher mit Angst und Panik zu tun gehabt, doch niemals bei so vielen. Und während ich dem Gesetz oft schon Geltung verschafft hatte, bis hin zur Todesstrafe – bei einer Gelegenheit mußte ich sogar eine Gardistin, die uns mit einem Mord vor der ganzen Stadt furchtbare Schande gemacht hatte, zur Wiedergutmachung als Opfer für den Kuß der Steine freigeben –, hatte ich doch nie vorher jemanden kurzerhand in den Tod geschickt, ohne Gericht, ohne Rekurs, ohne Rechtsmittel.

Doch damals wie auch heute sah ich nicht, was ich anderes hätte tun können. Mitten in der Schlacht darf es weder Debatte noch Zögern geben, und wie ein vergifteter Pfeil muß jede Schwäche so schnell wie möglich herausgeschnitten werden, sonst muß alles andere sterben.

Ich merke, daß mein Schreiberling sich in seine Schreiberei vertieft und nicht den Kopf hebt. Er weicht meinem Blick aus. Dies ist ein weiterer Teil des Krieges, über den niemand sprechen mag, besonders nicht jene, die vergessen wollen, daß das Töten im Kern der Sache liegt, nicht Schlachtengesänge, Banner, Paraden oder in der Sonne schimmernde Rüstungen. Denk an meine Worte, Schreiberling, und gib sie an deine Söhne und Töchter weiter, bevor du ihnen erlaubst, frohlockend in die Arme eines Rekrutierers zu laufen.

Mit den Divisionsoffizieren war ich nicht weniger streng, als ich meine Befehle gab, auch wenn ich mich vor ihnen erklärte und erwähnte – was der Wahrheit entsprach –, daß ich mich bei Kapitän Oirot erkundigt und der mir bestätigt hatte, daß Stürme zu dieser Jahreszeit in diesen Gewässern unbekannt seien.

Da Bornus Leiche jetzt nicht mehr zu sehen war, blieb den Offizieren Zeit nachzudenken. Widerstrebend stimmten sie mir zu, wie höchst unwahrscheinlich es sei, daß der Sarzana nicht versuchen würde, uns mit Zauberkraft ein Ende zu bereiten, und wie gering die Wahrscheinlichkeit, daß wir entkommen konnten.

»Natürlich«, sagte einer, »könnten wir uns noch immer aufteilen und einzeln heimkehren, aber es gäbe dem Schweinehund Gelegenheit, uns einen nach dem anderen auszulöschen.«

Während ein Anflug von Verständnis in der Luft lag, präsentierte ich meinen Plan. Morgen wollte ich Vertreter auf die einzelnen Schiffe entsenden, die den Schlachtplan überbringen würden. Am späten Nachmittag wollten wir nach Ticino segeln und nach Einbruch der Dunkelheit die beiden Mündungsstädte passieren, was bedeutete, daß wir die Flotte, die auf der Reede vor Ticino lag, gegen Mitternacht erreichen konnten.

»Ein Nachtangriff«, sagte ein Offizier und machte ein finsteres

Gesicht. »Meine Männer sind es nicht gewohnt, in der Dunkelheit zu kämpfen.«

»Glaubt Ihr, die Männer des Sarzana wären es?«

Der Offizier lächelte ein wenig und schüttelte den Kopf.

»Der Vorteil liegt stets bei dem, der zuerst zuschlägt«, sagte ich. »Stimmt es nicht? Siegt nicht stets der Kühnste?«

»Was ist mit der Zauberkraft?« sagte ein anderer. »Meine Schiffe haben standgehalten, bis sie diese gottverdammten überdachten Boote sahen, und dann dahinter die Schiffe mit den Toten an Bord.«

Ich sagte, weder die Schildkrötenschiffe noch die Magie des Sarzana würden ihre Wirkung behalten, wenn ihnen der Überraschungseffekt fehlte. Es würde orissanischen Zauber geben, bevor der Angriff erfolgte, einen Zauber, der die Magie des Gegners wie dünnes Eis auf einem Teich zerschlagen könnte.

Ich ließ einen Hagel weiterer Befehle auf sie herabprasseln, um sicherzustellen, daß die einzelnen Offiziere den Plan insgesamt verstanden, ihre Schiffe so gut wie möglich repariert wurden und sie, was das wichtigste war, die Seeleute verproviantierten und in Wachen einteilten, damit sie Schlaf fanden. Im Morgengrauen sollten die Divisionsführer versuchen, die verbliebenen Schiffe erneut in Gruppen zusammenzufassen und auf weitere Befehle warten.

All das war natürlich wichtig, doch wollte ich vor allem, daß die Konyaner so beschäftigt wären, daß keinem Gelegenheit blieb, erneut die Feigheit in sein Herz zu lassen. Weiterhin erklärte ich ihnen, unsere orissanischen Galeeren würden spezielle Anweisungen bekommen, zum Schutz der versammelten Flotte und um sicherzustellen, daß keiner zu fliehen versuchte. »Ich werde«, verkündete ich, »mir nicht mal die Mühe machen, einen Galgen aufzustellen, wenn ich ein solches Schiff erwische, sondern die ganze Mannschaft unbestattet zu den Dämonen des Meeres in die Tiefe schicken, auf daß ihre Geister nie mehr Ruhe finden.«

Damit entließ ich sie und auch die anderen.

Die Koyaner riefen ihre Boote, die gleich bei Bhazanas Schiff lagen, und einer nach dem anderen verschwand im Dunkel der

Nacht. Mancher Blick noch wurde auf Admiral Bornus baumelnden Leichnam geworfen.

Ich wartete, bis auch der letzte fort war, dann wollte ich die Leiter zu unserem Ruderboot hinabsteigen. Admiral Bhazana bat mich um ein Wort im Vertrauen, und ich trat zu ihm.

»Die anderen werden jetzt gehorchen«, sagte er mit Bestimmtheit. »Und auch ich werde es tun.«

Ich sah ihn an, sehr lange, sehr durchdringend. Doch erwiderte ich kein Wort, sondern stieg nur zu meinem Boot hinab.

Ich wußte, daß es an Bord unseres eigenen Schiffes für den Rest der Nacht keine Ruhe mehr geben würde, vor allem nicht für mich. Es war die zweite Nacht, die ich ohne Schlaf bleiben sollte, und so mußte ich mich zwingen, zumindest am Tag zwei Stunden Ruhe zu finden, sonst wäre ich in der Schlacht nutzlos wie ein Spielzeugmesser gewesen.

Meine wichtigsten Aufgaben waren nicht die einer Kriegsführerin, sondern die einer Geisterseherin. Zuerst mußte ich den aufkommenden Sturm zerstreuen, der mit großer Wahrscheinlichkeit noch in dieser Nacht losbrechen würde. Doch damit begannen die Überraschungen.

»So direkt können wir keinen Zauberspruch lenken«, sagte Gamelan.

»Warum? Ich weiß, er hat große Macht, größer als unsere, aber mir scheint...«

»Weißt du es denn nicht?« sagte er mit überraschter Stimme.

»Was weiß ich?«

»Ich dachte, du wärst dir darüber im klaren und daher rührte deine Idee zurückzuschlagen. Der Archon hält dich für tot.«

»Was? Wie? Warum?« Ich muß so dämlich geklungen haben wie damals, als mir meine Wachhabende zum ersten Mal erklärte, meine unbeaufsichtigte Wache habe zwei Weinhändler aufs Gelände gelassen und eine ganze Gallone als ihren Anteil genommen und ausgetrunken.

»Du mußt wirklich noch viel lernen«, seufzte er. »Erinnerst du dich, daß ich an Bord von Traherns Schiff etwas Blut an diesen Schild – oder was auch immer dieses reflektierende Metall war – geschmiert habe? Ich habe dabei ein paar Worte gesprochen, in der Hoffnung, etwas von meiner Macht sei zurückgekehrt, da dieser Zauber etwas ist, was sogar ein echter Säugling von einem Geisterseher sprechen kann, besonders, wenn der Seher aus der Ferne darauf blickt.«

»Oh. Das Bronzeding war ein Spiegel, der... mich reflektieren sollte?« rätselte ich.

»Genau das. Als sich der Archon umsah, in der Hast und Hektik der Schlacht, als magische Fetzen und Rauch und Zauber überall waren, hat er dich an Bord von Traherns Schiff ›gesehen‹. Du glaubst doch nicht, daß er auch nur einen Pfifferling auf diesen alten Schweinehund gegeben hat, oder? Warum sollte er sich die Mühe machen, diesen Zauber auszusenden, der das Schiff explodieren ließ wie eine Melone, die von einem Turm geworfen wird? Du warst sein Ziel, und soweit er weiß, war er erfolgreich.

Offen gesagt, würde ich vermuten, es war auch der Grund, warum die Verfolgung abgebrochen wurde und dieser Sturm so lange braucht, um sich aufzubauen. Die Zerstörung dieser Flotte mag der größte Traum des Sarzana sein, doch kaum der des Archon. Er weiß, er kann Konya zerstören, wann und wie er will, wenn du nicht mehr da bist.

Ich glaube, wir haben außerdem ein weiteres Rätsel gelöst. Weißt du noch, wie wir uns gefragt haben, warum der Sarzana bekannt werden ließ, daß wir ihn gerettet haben und es nicht wie ein großes Wunder erscheinen ließ?

Auch das war nicht seine Idee, sondern die des Archon. Der Archon muß eine Art Flüsterzauber über Konya ausgesandt haben, damit jedermann wußte, daß die Orissaner den Sarzana befreit hatten, doch niemand sagen konnte, woher dieses Wissen kam.

Er muß sich deines Todes sicher sein, und im Gegensatz zu plumpen Bösewichten wie Nisou Symeon oder arroganten Männern wie Raveline aus den Fernen Königreichen gibt er sich damit zufrieden, wenn andere die Schlangen für ihn töten.«

»Er benimmt sich, als wäre ich ein großer Geisterseher, als wäre ich du, mit all der Macht der Orissanischen Geistersehergilde hinter mir. Der Mann, falls er noch einer wäre, ist kein Feigling. Soll ich tatsächlich glauben, er sei ein solcher Narr?«

»Sei nicht albern, Rali. Sieh es aus seiner Sicht. Wenn du und dein Bruder große Zauberer wären, einst auf gleicher Ebene mit noch größeren Zauberern im Osten, und deine Pläne würden von jemandem mit Namen Antero verhindert, und dann wird dein Bruder von einem anderen, möglicherweise noch mächtigeren Antero getötet, was würdest du dagegen unternehmen? Es ist deutlich, daß du große Macht besitzt, selbst wenn diese sich erst noch entwickeln muß.«

Ich schwieg und dachte nach. Dann schüttelte ich die Gedanken ab. »Wie dem auch sei, Geisterseher, wir haben eine Beschwörung auszuführen. Lassen wir uns etwas einfallen, wobei ich tot bleibe. Es gefällt mir weitaus besser, wenn dieser Schweinehund mich nicht in seinem Blickfeld hat.«

Und das taten wir dann im Verlauf etwa einer Stunde. Es war ein mächtiger Zauber, und doch von einfacher Natur, ein Zauber der Verzögerung, nicht der Aufhebung. Der Sturm sollte weitergehen, zunehmen, würde jedoch mindestens zwei Tage brauchen, bis er seine ganze Kraft entfalten konnte. Beide waren wir überzeugt davon, daß der Archon keinen Widerstand wahrnehmen würde, besonders da er – falls Gamelans Argumentation korrekt war – nur wenig direktes Interesse an unseren verstreuten Kriegsschiffen hatte.

Der zweite Zauber war gewagter, und mit ihm riskierten wir preiszugeben, daß ich noch am Leben war. Doch war es mir das Risiko wert. Ich nahm einige Tropfen Quecksilber von unserem Kompaß. Mit diesen und ein wenig »Flugsalbe« saß ich allein in Gamelans Kajüte. Ich zündete eine Kerze an, gab einige Kräuter dazu, sprenkelte aromatisches Öl aus Gamelans Vorrat darüber und atmete den Rauch tief ein. Dann stellte ich einen Stahlspiegel neben die Kerze und konzentrierte meine ganze Aufmerksamkeit, mein ganzes Sein auf das Spiegelbild der Kerze. Die Entfernung, der Abstand, sollte dafür sorgen, daß »ich« nicht gefunden würde – zumindest hoffte ich das. Doch spürte ich keinen Bezug zum Archon, dachte nicht an den Sarzana, als ich zur Flamme wurde, nicht mehr als diese Flamme, nur noch diese Flamme.

Feuer, Feuer
Du ewig Element
Niemand ist da
Niemand ist da
Du lebst allein
Du brauchst niemanden
Du bist der Augenblick
Du bist das Feuer.

Rali Antero war nicht mehr da, war abwesend, und es gab nur noch die kleine Flamme, die sich mühte, das Dunkel zu erhellen. Das Feuer bekam über ein Stück Holz etwas von der Salbe zugeführt, flackerte auf und wurde etwas anderes, fand Freude am Fliegen, flog übers Wasser, über Land, über seine beiden großen Feinde. Die Flamme »sah« ihr Spiegelbild in jenem winzigen Tropfen Quecksilber und irgendwie spürte das Feuer, was ein Mensch als Worte erkannt hätte:

Nun ist ein anderer da
Nun ist ein Bruder da
Feuer, suche ihn
Feuer, finde ihn.

Dann war ich für nur einen Augenblick der Tropfen Quecksilber und wiederum für einen Augenblick »tastete« ich nach meinem Bruder. Im selben Moment, als ich »ihn« fand, war Eis in meiner Seele und ich spürte, wie Finsternis sich sammelte, sich in meinem Rücken schlängelte, und im selben Augenblick, *als ich Feuer war, als ich allein war,* wurde ich wieder zur Kerze. Ich war sicher an Bord des Schiffes und wußte, nachdem mein Tropfen Quecksilber jenen größeren Teich flüssigen Metalls »gefunden« hatte, der den Tisch des Sarzana bedeckte, wo ich ihn finden und töten konnte.

Diesmal würden wir nicht blindlings in die Schlacht segeln. Es sollte ein tödlicher Kampf werden, denn die Zuflucht des Sarzana war der sicherste Ort in ganz Ticino. Viel Blut würde fließen, ihn herauslocken.

Es war fast schon Morgengrauen. Die letzte Stunde vor dem Sonnenaufgang verbrachte ich damit, eine genaue Zeichnung von Ticino und unseren Angriffszielen anzulegen. Dann schnitt ich diese in fast zweihundert Stücke, sprach einen simplen Vermehrungszauber, und mein Tisch brach unter dem Gewicht von zweihundert großen Karten unseres Angriffsziels zusammen. Ich wußte nicht, was ich sonst noch tun sollte, und so übertrug ich Corais alles Weitere und sank in traumlosen Schlaf.

Als ich wieder wach war, ließ ich auf dem Achterdeck einen Schirm errichten und nahm eine Salzwasserdusche, indem ich mir Eimer voll Wasser über den Kopf schüttete, die eine meiner Soldatinnen heraufgehievt und mir gereicht hatte. Es war nicht das, was ich wollte. Was ich wollte, war ein langes Bad in einer duftenden Wanne, wie sie in der Villa meiner Familie standen, einer Wanne, die fast so groß war wie das gesamte Deck, auf dem ich stand, mit Wasser, heiß wie aus einem Geysir, weich wie ein Kuß und mit den teuersten Ölen und Salzen parfümiert. Ich gestattete mir einen verträumten Augenblick. Ein Bad, gefolgt von einer langen Massage. Als Masseuse wünschte ich mir Xia, obwohl ein Teil meiner selbst sich wunderte, wie sie nach Orissa kommen sollte, doch war es nicht wichtig, da wir beide nackt waren und sie langsam Öl in meine Haut rieb, ihre Brustwarzen hart wurden, als sie meinen Rücken liebkoste, und dann …

… dann bat Corais ihre Kommandantin um Verzeihung und sagte, es komme ein Signal von Nors Galeere. Also verschob ich die

Träume davon, was danach kommen sollte: das sorgsam ausgewählte Mahl, das genüßliche Ineinanderschlingen unserer Leiber, wenn wir uns auf einem seidenen Bett lieben würden, und dann stundenlangen traumlosen Schlaf, bis wir erneut zum Duft der Liebe erwachten, ohne den verfluchten Krieg, Zauberer oder Befehle.

Ich sagte, sie solle sein Signal ignorieren, was immer es bedeuten mochte, und ihn jetzt gleich auf unsere Galeere bestellen. Ich trocknete mich ab, spürte, wie das Jucken begann, als das Salz trocknete, und legte Waffen und Rüstung an.

Ich ließ das Achterdeck von allen räumen, abgesehen von der Wachoffizierin und dem Steuermann, und dann Nor von zwei schwerbewaffneten Gardistinnen zu mir heraufbringen. Ich war nicht sicher, was ich zu ihm sagen sollte – er war ein harter Mann, härter als Bhazana oder seine Kapitäne. Er wußte, daß seine Offiziere ihren Eid gebrochen hatten, als sie in den blinden Untergang gesegelt waren, und ich sah keinen Grund, ihn daran zu erinnern. Statt dessen erklärte ich ihm, weder seine noch die beiden anderen Galeeren würden in der Schlacht gebraucht, was auch der Grund sei, warum sie nicht an der Konferenz auf Bhazanas Schiff teilgenommen hätten. Er zuckte sichtlich zusammen und knurrte, man könne ihn nicht daran hindern.

Ich sagte, das könne ich sehr wohl, und ich hätte keinerlei Bedenken, drei von Bhazanas Schiffen gegen die seinen zu entsenden. Die Gebrochenen seien bei den anderen gefürchtet und verhaßt, weil sie die Seeleute daran erinnerten, was das Schicksal für sie bereithielt. Außerdem seien die anderen Männer darauf bedacht, sich als Krieger zu bewähren und mir daher zu gehorchen.

Er sagte nichts, und es gab auch nichts zu sagen. Er wußte, daß ich recht hatte. Er sank in sich zusammen. »Gibt es denn keine Möglichkeit, Euren Befehl zu ändern? Ich werde für das, was Yanno und Nasby getan haben, nicht um Verzeihung bitten, aber sie haben den Eid gebrochen, den wir alle abgelegt hatten. Ich kann nicht erwarten, daß Ihr meinem Versprechen Glauben schenkt, doch wird es nie wieder geschehen. Meine Männer haben gesehen, wie ihre Brüder starben, ohne daß der Sarzana Schaden genommen hätte.«

Jetzt hatte ich ihn. Ich ließ ihn wissen, daß ihm nur eine Möglichkeit blieb, und erklärte, welche ich meinte. Nur so könne er in der Schlacht kämpfen und die gebrochenen Versprechen seiner Männer wiedergutmachen. Schon wollte er protestieren, dann hielt er inne, denn er merkte, daß ich meinte, was ich sagte, obwohl meine Befehle bedeuteten, daß er all seine Pläne aufgeben mußte und auch seinen Traum vom Kampf… es hieß alles oder nichts.

Widerstrebend willigte er ein. Ich sagte ihm, er habe zwei Stunden Zeit, seine Männer für die Umladung bereit zu machen, und bis dahin würden Boote auf sie warten.

Und so war es dann. Kaum hatten seine Männer ihre Galeeren verlassen, wurden diese von den größeren konyanischen Schiffen in Schlepptau genommen. Schwere Ruderboote machten sich um die Kolosse nützlich, die zu schwer beschädigt waren, als daß sie noch einmal hätten in die Schlacht fahren können, und hievten Lasten von Steinen aus deren Bilgen, um anderen Katapulten neue Munition zu liefern. Dann wurden diese Schiffe verlassen und versenkt.

Die Flotte setzte die Segel gen Ticino. Wir kamen nur langsam voran, wurden aufgehalten von jenen beschädigten Schiffen, die verlassen und versenkt worden wären, wenn ich eine übliche Taktik verfolgt hätte, doch jetzt, gemeinsam mit Nors Gebrochenen, sollten sie der Keil sein, mit dem ich die Attacke eröffnete.

Während wir segelten, fuhren Boote von Schiff zu Schiff, brachten gewisse Vorräte zu den beschädigten Schiffen, fuhren Seeleute von einem zum anderen und so weiter.

Auch ich war beschäftigt. Bhazana hatte ich gesagt, ich bräuchte fünf Schiffe mit den mutigsten Männern für eine besondere Aufgabe. Er mußte nicht länger als eine Minute nachdenken und erklärte, ich solle mir fünf aus Kapitän Yezos Geschwader nehmen. Die Mannschaften bestanden aus Männern, die von Inseln geflohen waren, welche der Sarzana verwüstet hatte, und Yezos gesamte Familie war vor Jahren ermordet worden, als der Sarzana noch auf dem Thron saß.

Ich hatte schon zuviel Gerede über den Mut dieser Leute gehört und verdammt wenig davon gesehen, so daß ich Bhazana erklärte, ich wolle es selbst beurteilen. Ich ließ mich zu jedem dieser Schiffe segeln, deren Mannschaften aus Freiwilligen bestanden. Widerwillig, da ich im Augenblick nur wenig Wärme für die verdammten Konyaner empfand, mußte ich eingestehen, daß sie vielleicht in der Lage wären auszuführen, was ich wollte, obwohl ich wußte, daß sich die Wahrheit letztlich in der Schlacht zeigt. Ich mußte das Risiko eingehen. Ich wünschte mir ein ganzes Bataillon Gardistinnen oder wenigstens genug, um zur Verstärkung einen Trupp auf jedem Schiff zu haben, aber die hatte ich natürlich nicht.

Ich sorgte dafür, daß jeder einzelne Seemann genau wußte, was er tun mußte, und wie unwahrscheinlich es war, daß er den nächsten Morgen erlebte. Niemand schreckte zurück. Wenn die Kolosse, die jetzt mit Nors Leuten bemannt waren, mein Keil waren, dann bildeten diese fünf Schiffe den Hebel, mit dem die Tür ganz aufgebrochen wurde.

Ich ließ mir den fähigsten Schnitzer auf unserem Schiff bringen und gab ihm Befehle. Überraschenderweise war es der mordgierige Santh, Fyns Landsmann. Ich begann ihm zu erklären, warum ich wollte, was ich wollte, doch er wußte es bereits.

»Der Sohn einer pockenkranken Hure hat wieder einen Zauber gegen uns gesandt«, sagte er. »Ist nur fair, wenn Ihr ihn gegen ihn wenden könnt.« Abschätzend wog er das Stück Weichholz in seiner Hand, dann summte er etwas für meine Ohren zutiefst Unmelodiöses und machte sich ans Werk.

Später, in Gamelans Kajüte, hatte der alte Zauberer Gelegenheit, seine langsam wiedererstarkenden Talente in die Praxis umzusetzen. Ich erinnere mich, wie froh ich war, als er seine Hände über mich hielt, die Stirn gefurcht, während er sang:

Wende dich ab
Wende dich ab
Deine Augen sind voll Sorge
Es gibt nichts zu sehen.

Er beendete die Beschwörung, berührte meinen Kopf und beide Schultern mit einem Lärchenzweig und zuckte mit den Achseln. »Nun, sollte ich irgendwelche Kräfte wiedererlangt haben und mich korrekt an diesen kinderleichten Zauberspruch erinnern, habe ich dir einen Schutz vor dem Archon zukommen lassen, zumindest für diesen einen *magischen* Augenblick.«

Er lächelte über seinen lauen Scherz, und ich lachte, nicht sosehr über seine Worte als vielmehr, weil es ermutigend war, zu sehen, daß Gamelans Lebensgeister zu dem zurückkehrten, was sie vor Konya einmal gewesen waren. Ich hoffte, seine Kräfte würden auch weiterhin zunehmen, und spürte, sollten sie es nicht tun, würde er wieder in seinen bisherigen Trübsinn verfallen.

Sein Lächeln verflog, und er wirkte besorgt. »Spürst du etwas, Rali?«

Der Zauber mochte in seiner Ausführung einfach sein, doch fand ich seine Absicht höchst gerissen. Es war eine leichte Abwandlung vom Zauber des Archon, der die Schildkrötenschiffe unter einer Nebelbank verborgen hatte, auch wenn unser Bann weit weniger Energie und Materialien nötig machte. Er war nur für eine magische »Vision« gedacht, wodurch alles weiter vereinfacht wurde. Falls ein Geisterseher in einer Gegend »suchen« sollte, in der ich mich befand, würde er ein leichtes Stechen in den Augen spüren, als hätte man ihm Wassertropfen ins Gesicht gespritzt, was Gamelan Pamphylia tatsächlich hatte tun lassen, als er begann. Es wäre einfacher und angenehmer, an anderer Stelle zu suchen, etwas anderes, auch wenn dieser Gedanke dem Seher nie in den Sinn käme.

»Woher soll ich das wissen? Ich bin kein guter Seher. Vielleicht sollten wir den einen oder anderen Archonten rufen und fragen?« sagte ich, aufgebracht von Gamelan.

»Nun, wenn es geht, dann geht es«, sagte Gamelan. »Wenn nicht, na, könnte ich dann deine Aufzeichnungen bekommen?«

Wir lachten und gingen zur nächsten Beschwörung über. Bevor wir begannen, fragte ich mich laut, wie es wohl wäre, in einer Welt ganz ohne Magie zu leben.

»Unmöglich«, schnaubte Gamelan. »Das wäre, als träumte man von einer Welt ohne Trinkwasser, ohne Atemluft.«

Mein nächster Gedanke war gleichermaßen unerheblich: »Da Schlachtenzauber meist nicht wirkt oder jedenfalls in dem Durcheinander von Beschwörungen und Gegenbeschwörungen nicht sonderlich gut... Was würde geschehen, wenn man ganz ohne welchen in die Schlacht zöge?«

»Hast du je einen leeren Weinkrug auf ein Feuer gestellt und ihn dann, bevor er abkühlen konnte, fest mit einem Korken verschlossen?«

»Als Kind habe ich es einmal versucht, aber die Scherben flogen durch die ganze Küche, und mein Vater schickte mich für den Rest des Tages ohne Essen auf mein Zimmer. Amalric hatte mehr Glück damit und erzählte, der Korken sei mit einem lauten Knall in den Krug hineingesogen worden.«

»Genau das würde geschehen, wenn man einen Krieg ohne Geisterseher und deren Beschwörung führen würde, selbst wenn sie größtenteils Hokuspokus oder ohne Wirkung sein mögen. Das Feuer hat etwas aus dem Weinkrug herausgesogen, die Leere wurde zu groß und hat den Korken hineingezogen. Der Zauber deines Feindes würde über dich geworfen wie ein Fischnetz, und du wärst gefangen wie ein Schwarm Elritzen.«

»Dann muß es also sein... Zauber und Gegenzauber und Gegengegenzauber und Gegengegen...«

»Rali, wir haben zu tun.«

Das hatten wir. Doch bevor wir zu Zauberstab und Destillierkolben zurückkehrten, dachte ich noch einmal wehmütig an eine Welt ohne Zauberei. Bei den Göttern, der Krieg wäre einfacher, wenn man sich nur auf Hirn, Muskeln und Schwert verlassen müßte. In einer solchen Welt würde es wahrscheinlich keine Armeen geben, denn es gäbe keinen Grund, sie aufzubauen, und Männer und Frauen würden ihre Zwistigkeiten klären, wie unsere Vorväter es getan hatten... Auge in Auge.

Nachdem wir unsere Beschwörungen beendet hatten, riefen wir die überlebenden konyanischen Geisterseher auf unsere Galeere. Es waren nur vier. Der Rest war umgekommen, als der Archon Admiral Traherns Galeere gesprengt hatte. Doch damit standen uns vier Akoluthen zur Verfügung, da die Konyaner tatsächlich etwas hinter den orissanischen Fähigkeiten zurückstanden. Wir hatten die wenigen noch ungeöffneten Beutel mit Windzauber von den anderen Schiffen geholt, und mit diesen als Basis einen Zauber gesprochen, der unserer Flotte hoffentlich nicht nur günstigen Wind die Meerenge nach Ticino hinauf verschaffen würde, sondern außerdem die Möglichkeit, ihn zu kontrollieren, was seine Stärke und Richtung anging.

Ich hatte vorgeschlagen, einen der kleinen Kompasse von den Ruderbooten in der Öffnung eines Lederbeutels zu plazieren, und als der Zauber von vier Konyanern gesprochen wurde, schnippte ich die Nadel mit einem Fingernagel an, so daß sie wild rotierte. Als wir fertig waren, meinte einer der Konyaner, mein Beitrag würde wahrscheinlich bedeuten, daß die Winde entweder aus allen Richtungen gleichzeitig wehten oder wir einen Zyklon bekämen. Ich achtete nicht auf ihn, da ich es besser wußte.

Als wir näher kamen, war der aufkommende Sturm des Archon verflogen, und ich fühlte mich... sollte er uns auf magische Weise suchen, hätte er längst das Auge seines Sturmes unserer Flotte hinterhergeschickt.

Es war mitten am Nachmittag, als wir die ersten Schiffe vor der Küste sahen. Erneut war ich ein Schwarm von Seeschwalben und kundschaftete weit vor der Flotte. Ich lief nicht Gefahr, entdeckt zu werden, selbst in dieser vertrauten Gestalt, solange ich mich vom Festland fernhielt. Die meisten Posten der Insel waren verwaist und die Männer nach Ticino berufen worden, nachdem sie gesehen hatten, daß unsere Schiffe ungeordnet davonsegelten, und die verbliebenen Wachmänner waren nicht eben aufmerksam. Dennoch, als wir uns ihnen näherten, gingen wir kein Risiko ein und begannen einen weiteren Zauber. Auf dem offenen Deck stellten wir fünf Pfannen auf hohe Dreifüße, die zusammen die Form eines Pentagramms bildeten. In jeder Pfanne brannte Weihrauch, von dem wir hofften, er gefiele dem konyanischen Gott der Lüfte, dazu wichtige Kräuter, die Zauberkräfte bringen sollten, ob es den Göttern nun gefiel oder nicht ... Lorbeer, Gipfelstern, Kalumbwurzel und Eisenhut.

In die Mitte des Pentagramms hatte Gamelan mit Kreide Symbole auf das Deck gemalt, wo ich vor einem kleinen Kohlefeuer kniete. Verschiedene Kräuter wurden in die Flammen geworfen, darunter Löwenzahnwurzeln und Wegerich, und ein Kochtopf daraufgestellt. Als es im Topf brodelte und Dampf aufstieg, las ich verschiedene Namen vor, die ich auf einer Schriftrolle festgehalten hatte, zusammen mit Angaben zu ihrer Aussprache. Ich wußte nicht, um welche Sprache es sich handelte, und überraschenderweise wußte Gamelan es ebenfalls nicht.

»Es ist einer dieser Zaubersprüche, die seit Urzeiten von einem Geisterseher zum nächsten weitergegeben werden. Niemand, den ich danach gefragt habe, als ich an der Reihe war, mir diese Worte zu merken, kannte eine Übersetzung, die mehr ausgesagt hätte, als daß man so Wolken zum eigenen Schutz rufen könne und der Spruch meist von Hexen in ländlichen Gegenden gebraucht werden um die sengende Wirkung der frühen Sommersonne auf junge Pflanzen zu mildern.«

Wir hatten den Zauber für unsere eigenen Zwecke bearbeitet, und während ich die Worte sprach und über ihre seltsame Aussprache stolperte, blickte ich auf und sah, wie sich die Wolken ungemein langsam, ungemein majestätisch, ihren Gefährten anschlossen, wie wir es sie geheißen hatten. Wir beendeten die Zeremonie, bevor der Nebel so dicht wurde, daß wir nicht mehr von einem Schiff zum anderen sehen konnten. Es wäre absurd gewesen, wenn der Zauber, der uns verstecken sollte, uns so blind gemacht hätte, daß wir einander ohne Feindeinwirkung gerammt und versenkt hätten.

Dann wurden Zauber und Zauberer auf Admiral Bhazanas Flaggschiff verfrachtet. Auf Strykers Galeere war kein Platz dafür, und sie wäre auch nicht eben der sicherste Ort, wenn die Schlacht begann. Ein Konyaner wurde dazu abgestellt, den Nebelzauber aufrechtzuerhalten und die Worte zu sprechen, falls sich der Nebel auflösen wollte, die anderen drei sollten für die Aufrechterhaltung des Windzaubers sorgen. Gamelan überlegte, ob man sich auf sie verlassen könne, oder ob er besser bei ihnen bleiben solle. Eine Spur der früheren Bitterkeit wurde deutlich, als er sagte: »Wenigstens steht ein alter Mann wie ich da drüben niemandem im Weg.«

Ich wollte schon etwas erwidern, doch Pamphylia war schneller: »Aber, Herr«, sagte sie schnippisch, »Ihr müßt während der Landung bei uns sein. Ich meine, wir brauchen mindestens einen im Vorgeschwader, der in der Lage ist, Frauen zu vergewaltigen. Angeblich geht es doch nicht ohne.«

Gamelan schnaubte, doch seine gute Laune kehrte zurück.

Xia war in unserer Kajüte, als ich eintrat. Sie trug die Uniform der Maranonischen Garde, hatte ihre Rüstung bereit und saß auf ihrer Kleiderkiste. Sie starrte das Schwert an, mit dem sie trainiert hatte, als hätte sie es noch nie zuvor gesehen.

»Prinzessin«, begann ich und sagte es förmlich, da das, was ich sagen wollte, ein Befehl sein würde, keine Bitte, die von einer Geliebten kam, oder zumindest hoffte ich, ich hätte meinen Entschluß mit Hilfe der Logik, nicht der Liebe getroffen. »Wenn wir in die Schlacht gehen...«

Xia unterbrach mich: »Wenn wir in die Schlacht gehen, werde ich neben Euch stehen, Kommandantin.«

Ich hielt inne. Ich hatte schon vorhergesehen, sie würde gegen das, was ich zu sagen hatte – daß sie auf Admiral Bhazanas Schiff wechseln oder wenigstens an Bord von Strykers Galeere bleiben sollte, wenn wir in Ticino landeten –, Einwände erheben.

Dafür hatte ich eine Antwort bereit. Doch sie hatte mir den Boden unter den Füßen weggezogen, indem sie mich mit meinem Titel ansprach, als ich selbst eben die Diskussion auf förmlicherer Ebene beginnen wollte.

»Kein Kanara hat je eine Schlacht vom sicheren Zelt aus gefochten. Ich werde dieser Tradition keine Schande bereiten«, sagte sie.

»Also gut«, sagte ich. »Das ist höchst bewundernswert, Prinzessin. Doch seid Ihr die letzte Kanara. Was, wenn ...«

»Dann wird mein Vater einen seiner Bastarde anerkennen und möglicherweise sogar eine seiner Konkubinen heiraten müssen«, sagte sie. »Und die schwachsinnigen Söhne seiner Lust werden das Familienerbe in zehn Jahren durchgebracht haben.

Wie dem auch sei. Es interessiert mich herzlich wenig, was vor meiner Geburt geschehen ist, solange es mich nicht betrifft, und noch viel weniger, was nach meinem Tod passiert.

Soweit ich weiß ... oder wissen will ... wird diese Welt, wenn mich derjenige holt, den ihr den Sucher nennt, flackern und sterben wie eine Kerze, die ausgeblasen wird. Vielleicht geschieht das alles hier nur zu meiner Unterhaltung.«

Zu dieser geradezu unglaublichen Arroganz wollte ich eben etwas sagen, als ich sah, daß sie ein Lächeln verbarg und ein boshaftes Blitzen in ihrem Blick lag.

Sie legte das Schwert aufs Deck und stand auf. »Es gibt noch eine weitere Tradition in meiner Familie«, sagte sie mit heiserer Stimme, als sie zu mir kam. Ich trug nur Stiefel, eine lose Tunika, die auf halber Höhe des Oberschenkels endete, und meinen Waffengurt. Mit dumpfem Schlag fiel dieser aufs Deck, und ihre Hände waren an meinen Schultern und zogen meine Tunika bis auf die Hüfte, während meine Brustwarzen sich aufrichteten. Dann lag auch das Gewand auf den Planken, und Xia schloß mich in die Arme und legte mich dazu.

Xia zog sich nicht aus, sondern nahm mich wie ein Krieger eine Jungfrau nehmen mochte, die man ihm als Siegesprämie vermacht hat. Ihre Lippen und Hände waren überall, streichelten, rieben, drängten dann, und ich warf mich hin und her, fühlte, wie die Decksbohlen mir den Rücken zerkratzten, und versuchte, nicht laut aufzuschreien, als sie mich in Höhen steigen ließ, die ich selbst mit meinem Zauber nie gesehen hatte.

Schließlich, einen Tag, eine Woche, ein Jahr später kam ich wieder zu mir und sah, daß Xia neben mir lag und mir sanft mit einem Fingernagel über die Haut strich.

»Eine wunderbare Tradition«, stieß ich hervor. »Ich glaube, die Anteros sollten sie gleich übernehmen.«

Ich raffte mich auf und wandte mich ihr zu, doch sie schüttelte den Kopf.

»Nach der Schlacht, Rali. Wenn wir sie vernichtet haben. Dann ist Zeit für noch mehr Liebe.«

In der Dunkelheit glitten unsere Schiffe an den Mündungsstädten vorüber. Auf keinem der Schiffe war Licht, und es war auch nichts zu hören, als wir daran vorüberfuhren. Ich wünschte mir, so wäre es zwei Tage zuvor bereits gewesen. Mehrere tausend Männer würden jetzt noch atmen und von Heimat und Ruhm träumen, anstatt als modernde Leichen von den Gezeiten über den Meeresboden gerollt zu werden.

Die Schlachtordnung hatten wir vor Einfahrt in die Meerenge festgelegt. Inzwischen bildeten die halbzerstörten Kolosse, bemannt mit Nors Gebrochenen und anderen Freiwilligen, das Vorgeschwader. Unsere sieben Galeeren fuhren gleich dahinter, segelten in engem Kontakt zu Kapitän Yezos fünf konyanischen Schiffen. Achteraus waren Admiral Bhazanas Flaggschiff und der Rest der Flotte. Ich hatte keine Vorschläge gemacht und keine Befehle ausgegeben, nur die, daß seine Schiffe sich jedem Feind nähern und ihn vernichten sollten. Ich vermutete, oder hoffte zumindest, daß die Divisions- und Schiffskapitäne kompetent genug seien, ihre eigenen Formationen aufzustellen. Ich sagte, es sei unwahrscheinlich, daß sie bei diesem Nachtangriff erneut mit dem Problem zu kämpfen hätten, daß der Feind uns auswich, da wir uns hoffentlich der Überraschung als

Verbündeter erfreuen konnten. Schließlich befahl ich, daß kein Schiff sich aus der Schlacht zurückziehen dürfe, wenn dieses nicht ausdrücklich von mir und nur von mir befohlen werde. Außerdem behauptete ich, einen mächtigen Zauber gesprochen zu haben, nach dem die Dämonen des Meeres aus der Tiefe kommen und jedes Schiff und jeden Seemann vernichten würden, der sich mir widersetzte.

Da ich meine Befehle nicht mit einer solchen Lüge beschließen wollte, überlegte ich einen Augenblick und kritzelte dann: »Keiner, der in dieser Nacht Kurs auf den Schlachtenlärm nimmt, kann damit einen Fehler begehen. Die Götter sind auf seiten Konyas!«

Eine ganze Weile gab es für mich nichts mehr zu tun, als zu warten und zu beten, daß man uns nicht entdeckte.

Corais stand neben mir am Bug. Ich beobachtete, wie die Lichter der Mündungsstädte hinter uns verloschen, während wir gen Ticino fuhren. Ich wandte mich ab, um aufs Achterdeck zu gehen. Sie streckte eine Hand aus und hielt mich zurück.

»Wenn du wieder in Orissa bist«, sagte sie, »würdest du am ersten Sommertag in meinem Namen einen Wettbewerb der Bogenschützen ausrichten? Und diesen für alle offenhalten, besonders für Mädchen, die sich vielleicht gern der Garde anschließen würden?«

Schon wollte ich etwas dazu sagen, dann fand ich andere Worte. »Das werde ich tun«, sagte ich. »Und du wirst die Hauptrichterin sein und das Opfer für Maranonia bringen.«

»Laß es aus frühen Sommerblumen bestehen. Rosen, Wisterien, Lilien und so weiter«, sagte sie. »Vergieß kein Blut in meinem Namen.«

»Also gut«, sagte ich. »Unter einer Bedingung. Du wirst deine Finger von den Bogenschützinnen lassen, zumindest bis ihre Mütter uns den Rücken zugewandt haben.«

Corais lächelte, und ihre Finger berührten das Stück von der Robe des Sarzana, das um ihren Oberarm gebunden war.

»Ich danke dir«, sagte sie, wenn auch nicht mehr.

Ticino schimmerte durch Nacht und Nebel. Jetzt würde ich erfahren, ob meine Strategie Wirkung zeigte. Meine Hauptsorge galt nicht ihren Möglichkeiten, sondern der Frage, ob unsere Attacke per Zauberkraft entdeckt worden war und man uns eine Falle gestellt hatte, und dazu kam natürlich die weit größere Sorge, ob die Konyaner kämpfen oder erneut fliehen würden.

Die direkte Rückkehr zum Bollwerk des Sarzana hatte ich keineswegs aus Rachsucht angeordnet und auch nicht, um das alte Sprichwort zu bestätigen, daß ein gestürzter Reiter, wenn er je wieder furchtlos reiten will, sofort wieder aufsteigen muß, sondern weil ich die Soldaten kannte. Nach einem Sieg, besonders nach einem derart niederschmetternd einseitigen Sieg wie dem unserer Gegner, findet in jedem Fall eine Feier statt. Soldaten wollen saufen, fressen, vögeln, ihre Verbingung zur Welt der Lebenden bestätigt wissen.

Am besten wäre es gewesen, wenn unser Gegenangriff noch in derselben Nacht erfolgt wäre, in der man uns vertrieben hatte, doch das wäre absolut unmöglich gewesen. Als ich jedoch näher darüber nachdachte und mir einfiel, wie lange sich ein dicker Kopf nach einer Schlacht halten kann – selbst wenn man sturztrunken versucht, ihn fortzuspülen –, war es durchaus möglich, daß die Truppen des Sarzana am zweiten Tag auch nicht kampfbereiter waren. In wenigen Augenblicken sollten wir es erfahren. Ich sah die Umrisse ankernder konyanischer Schiffe vor den hellen Lichtern Ticinos. Ich hörte die Stimmen der Feiernden, die scheppernde Musik von Militärmärschen und Saufliedern, und sah das Flackern von Fackeln auf Gondeln, die sich durch die Kanäle schlängelten, die Ticino als Straßen dienten. Nur wenige Lichter brannten im Hafen, nicht einmal die Lampen auf den Masttopps, die auf den meisten Schiffen entzündet werden, wenn sie vor Anker liegen.

Ich gab einen Befehl, und Sergeantin Ismet öffnete die Klappe ihrer Blendlaterne zum Signal »lang, kurz, lang«, das ich ausgegeben hatte. Die Geisterseher auf Bhazanas Schiff sollten ihren Singsang verstärken. Ich spürte, daß der Wind von achtern auffrischte, und Gamelan, der neben mir stand, sagte: »Wenigstens können sie Befehle befolgen. Bis jetzt jedenfalls.«

»Das will ich ihnen auch geraten haben«, knurrte Polillo. »Sonst lerne ich noch zaubern und spreche einen Bann, bei dem ihnen die Eier schrumpfen und abfallen.«

Sie sah Corais an und wartete auf eine Erwiderung, doch erntete sie nur müdes Lächeln und Schweigen. Polillo zog ein besorgtes Gesicht, dann zuckte sie mit den Schultern und bezog ihrem Posten an den Katapulten.

Unsere Segel füllten sich, und Duban zischte den Befehl, eines davon einzuholen ... der Wind war dafür gedacht, anderen, langsameren Schiffen zu helfen. Was er auch tat. Die mächtigen Großsegel auf den Kolossen füllten sich, und die Schiffe ächzten, als sie zur Geschwindigkeit gezwungen wurden. Winzige, weiße Wellen tauchten an ihrem breiten Bug auf, als sie vordrängten. Auch Kapitän Yezos Schiffe wälzten sich mit voller Geschwindigkeit an uns vorüber, da ihre Aufgabe vor der unseren beginnen sollte.

Soweit funktionierte meine Strategie perfekt, und ich sorgte mich schon wegen des alten Sprichworts, das besagt, man laufe in einen Hinterhalt, wenn der Schlachtplan ohne Schlappe begann. An einem feindlichen Wachboot blinkte ein Signal, und jemand rief etwas herüber. Sekunden später krachte das erste von Yezos Schiffen in das winzige Boot und schickte dessen zersplitterte Planken in die Tiefe. Die Schreie von Männern erstarben, als das Meer sie holte. Fackeln flammten auf den konyanischen Kolossen, als mein Plan seinen Gang nahm. Die verkrüppelten Schiffe waren Opfergaben, Brander, und auf unserer Fahrt nach Ticino mit Brennmaterial beladen worden ... Ölfässer an den Masten vertäut, weitere Fässer unter Deck mit wachsgetränkten Segeln und geteerten Tauen, die den Flammen Nahrung geben sollten. Als die konyanischen Zauberer den Wind riefen, hatten Nors Gebrochene und andere Freiwillige an Bord der Kolosse die Deckel der Tonnen eingeschlagen und Feuer entzündet.

Flammen schlugen in die Nacht hinauf, und ich hörte Schreie, als die Wachen auf den Schiffen des Sarzana aus ihrer Erstarrung erwachten. In den roten und gelben Flammen sah man die Umrisse von Männern, die Fackeln in die brennbare Decksladung warfen, und als die Hauptdecks vom Feuer eingeschlossen waren, flohen sie in die Ruderboote am Heck der einzelnen Kolosse. Auf einem Schiff liefen sie nicht schnell genug, und das Feuer griff nach ihnen und schloß die Schreienden in seine Arme. Die Brander leuchteten wie Papierlaternen, als sie dem ankernden Feind entgegentaumelten.

Auf der Reede herrschte Chaos, als die Seeleute des Sarzana an Deck torkelten, benommen von Schlaf oder Wein. Ich stellte mir vor, wie die armen Schweine zu entscheiden suchten, was zu tun, welcher der unzähligen, lautstark gebrüllten Befehle zu befolgen sei. Hier und da schlug ein wachsamer Seemann Halteleinen durch, als Brander näher kamen, und der Wind erfaßte diese Schiffe und ließ sie steuerlos gegen ihre Schwestern treiben. Eine Galeere des Sarzana war nicht in der Lage, sich rechtzeitig zu lösen, und wurde von einem Brander gerammt. Flammen schlugen vom einen Schiff aufs andere über, und die große Fackel schrie zum Himmel auf. Eine weitere und schließlich eine dritte feindliche Galeere verwandelte sich in einen Feuersturm.

Hinter uns hörte ich ein Krachen und Bersten, als die wenigen Kriegsmaschinen auf den konyanischen Schiffen ihre Wurfgeschosse abfeuerten. Sie waren noch zu weit entfernt, und wie tödliche Pflanzen wuchsen Fontänen aus dem dunklen Wasser. Dann traf ein Brocken, und dann der nächste, das Deck eines feindlichen Schiffes. Feuerpfeile segelten vom Nachthimmel herab, und hier und da flackerten weitere Feuer auf den Decks.

Das führende konyanische Schiff stieß gegen einen Feind, Enterhaken flogen, und Sturmtrupps, die nach Blut schrien, schwärmten über das Schanzkleid. Ein weiteres Schiff ging längsseits, ein drittes nahm das Heck. Selbst die klobigen konyanischen Galeeren konnten die Taktik lernen, die wir erarbeitet hatten, und ihrer Beute zusetzen wie ein Rudel Raubtiere.

Die mastknickenden Katapulte auf unserer Galeere und den anderen orissanischen Schiffen begannen zu schießen. Die Masten auf den Schiffen des Sarzana waren leichte Ziele, gut zu erkennen vor der Wand aus Flammen. Doch machte es keinen Unterschied, ob die Munition traf oder weiterflog und in der Stadt selbst einschlug. Sie war, wie alles andere, nur dazu gedacht, Schaden anzurichten und Verwirrung zu stiften. Dem fröhlichen Hurra und Geschrei auf dem Vorderdeck nach zu urteilen, amüsierte sich Polillo nach diesem langen Tag der Untätigkeit und Niedergeschlagenheit ganz großartig.

Wir hatten die beste Waffe von allen auf unserer Seite – die Überraschung –, und ich wollte sie auch weiter nutzen. All das war eine Ablenkung von meinem Angriff auf den Archon. Eins jedoch blieb mir zu tun, bevor ich ans Töten gehen konnte. Nah am Ufer lagen die Schildkrötenschiffe. Sie waren mit besseren oder nüchternen Seeleuten bemannt, denn die Hälfte von ihnen hatte bereits die Riemen ausgefahren, ihren Anleger verlassen und war unterwegs.

Ich nahm das kleine Modell des Schildkrötschiffs, das Santh so sorgsam geschnitzt und das ich mit einem Zauber belegt und mit der Spitze eines feindlichen Pfeiles berührt hatte, um sicherzugehen, daß es seine größeren Brüder »erkannte« und suchte. Ich setzte das Modell in eine mit Wasser gefüllte Pfanne, nicht so sehr um der Simulation willen, sondern um nicht unser eigenes Schiff in Brand zu setzen. Ich entkorkte eine Phiole und tropfte Laternenöl auf das kleine Schiff:

Öl nimmt Leben
Öl muß wachsen
Öl hat Flügel
Öl will Feuer.

Ich steckte einen Span in das Beleuchtungsfeuer des Kompaßhauses, bis es flackerte, dann hielt ich ihn an das ölgetränkte Modell.

Nun bist du Feuer
Nun hast du Macht
Bist stark in dieser Nacht
Du machst der Nacht ein Ende
Niemand soll stehen
Alles muß fallen
Greif und nimm
Feuer ist alles
Und alles ist Fleisch
Feuer, nimm hin.

Die Schildkrötenschiffe explodierten. Grimmig dachte ich daran, daß die Waffe des Archon, die ich zum ersten Mal im Meer der Vulkane gesehen hatte, nun Früchte trug und sich gegen ihn wendete. Sämtliche Schildkrötenschiffe waren von meinem Bann betroffen und brannten nieder. Die Panzerplatten, die sie pfeilsicher gemacht hatten, wurden jetzt zur Falle. Ich sah nur sehr wenige Seeleute, die aus den Klappen krochen, bevor sie verkohlt zur Wasserlinie rutschten, herabrollten und untergingen. Das magische Feuer verbrannte sie schneller, als jede irdische Flamme es vermocht hätte.

Der Hafen war beleuchtet, als sei hellichter Tag. Die Lichter der Stadt erstrahlten, als Ticino langsam zu sich kam, doch darum mußte ich mir keine Sorgen machen, da ich bereits den nächsten Zauber begann. Ich hielt ihn nicht für nötig, doch die Konyaner waren schon einmal vor einer Illusion geflohen, und ich hatte nicht die Absicht, diese Schlacht zu verlieren, falls derselbe Zauber noch einmal zum Einsatz kommen sollte.

Gamelan hatte seine Pfanne bereit, und über diese sprenkelte ich unter anderem getrocknete Kräuter wie Gartenraute gegen die Zauberkraft und Rosmarin als Wächterin des Todes.

Augen seht!
Augen ungeblendet
Seht, was ist

Seht, was ist
Seht die Wahrheit
Seht durch den Schleier
Seht hinter den Nebel
Augen ungetrübt.

Die winzige Rauchwolke wuchs und wuchs und breitete sich hinter uns aus, zog über die konyanischen Schiffe und verschwand. Ich hatte Admiral Bhazana vor meinem Zauber gewarnt, um zu verhindern, daß die Illusion der lebenden Toten Wirkung zeigte, und ihn angewiesen, seinen Seeleuten zu sagen, daß sie sich nicht sorgen sollten, doch trotzdem hörte ich entsetzte Schreie, und zwei Schiffe kamen von ihrem Kurs ab. Ich fluchte, doch hatte ich auch dafür keine Zeit, da sich Kapitän Yezos Schiffe ihren Zielobjekten näherten. Es handelte sich um die fünf Fluttore, die Ticinos Kanäle mit dem Meer verbanden und die normalerweise geschlossen blieben, um die Auswirkungen der Gezeiten zu mindern. Ich sah, daß Soldaten in Kampfordnung zum Ufer liefen und die Schiffe mit Pfeilen und Speeren überzogen. Doch kamen sie viel zu spät.

Es wurde Zeit, meine Geisterseherrobe abzulegen und frohen Mutes zu dem zurückzukehren, was ich am besten konnte. Mit dem Schwert in der Hand sprang ich vom Achterdeck und voran über die Sturmbrücke dorthin, wo mein Angriffstrupp wartete. Xia grinste ein freundloses Grinsen, dessen sie sich wahrscheinlich nicht einmal bewußt war, dann näherten wir uns dem Pier von Ticino.

Fünf von Yezos Schiffen ... fünf Fluttore ... Ich hatte ihm befohlen die Tore direkt vom Meer aus anzugreifen, dort, wo das Wasser am tiefsten sein würde. Eines schlingerte seitwärts, entweder versehentlich oder weil der Rudergänger getroffen war, und lief an der Uferbefestigung hart auf Grund. Doch offensichtlich erkannten die Soldaten die Absicht des Angriffs nicht, denn manche von ihnen hörten auf, die anderen vier zu beschießen, liefen los, und richteten ihre Pfeile auf das in Not geratene Schiff, welches seinen Auftrag nicht hatte beenden können. Sekunden später würden Yezos Schiffe die Tore rammen, und ich sah, daß seine Männer so diszipliniert waren, wie er geprahlt hatte. Seeleute, die den Pfeilhagel ignorierten, durchschlugen, wie sie es in aller Eile geübt hatten, die Taue, an denen am Heck der Schiffe Anker an improvisierten Kränen hingen, und die Anker stürzten in das dunkle Hafenwasser.

Yezos vier Schiffe brachen durch die Tore. Ich hörte das Bersten laut über das Tosen der Schlacht auf der Reede hinweg, als alle vier die Mitte der Einfahrten trafen und an Bord Seeleute über Deck schlidderten. Dann kamen sie wieder auf die Beine – als die Schiffe, die sie absichtlich geopfert hatten, taumelten und von einer Schlagseite zur nächsten kippten –, rannten zu den groben Ankerspillen, die wir auf den Achterdecks errichtet hatten, und warpten die Schiffe aus dem Weg.

Ich hörte, daß Stryker Befehl gab, alle Segel zu setzen, und daß Duban unseren Ruderern zurief, sie sollten schneller und noch schneller arbeiten, und wir steuerten auf Yezos Schiffe zu. Langsam, mühsam, setzten eins, dann zwei, dann drei zurück und machten die Einfahrten zu den Kanälen frei. Auf dem vierten sah ich ein Flackern, als beide Ankertaue rissen, über die Decks schlugen und dabei Männer niedermähten. Aber drei Tore zu den Kanälen standen offen, unsere Passage ins Herz der Stadt. Cholla Yi bellte auf seinem Flaggschiff, ich schrie, und die Riemen kamen hoch, als unsere Galeeren, angetrieben von jenem starken, magischen Wind der Geisterseher, die Einfahrten nahmen. Ich hörte das Knirschen und Bersten von Holz, als ein Schiff am Ufer des steinernen Kanals entlangschrammte, doch das machte nichts, solange wir uns noch bewegten.

Der Kanal wurde breiter, so daß wir rudern konnten, und wir drängten weiter. Ticinos Architekten hatten ihre Stadt logisch aufgebaut. Die Kanäle verliefen geradeaus vom Hafen her und endeten am Hauptplatz der Stadt. Diese Zielgerichtetheit sollte das Schicksal der Stadt besiegeln. Vor uns lag der leere Platz, über dem der mächtige Rundturm des Sarzana aufragte. Mir blieb ein Augenblick, mich umzusehen, als ich von diesem Bollwerk her Lärm hörte und wußte, was geschehen würde. Yezos Männer verließen ihre Schiffe, wie man es ihnen befohlen hatte. Sie schwammen, sprangen oder nahmen hoffnungsfroh lange Planken, die wir als Landungsbrücken an Bord genommen hatten. Ihre Anweisungen waren simpel. Sie sollten mit Feuer und Schwert Panik in der Stadt verbreiten. Man hatte ihnen befohlen, die Bürger zu verschonen und keine Beute zu nehmen, doch war ich nicht so dumm, das tatsächlich zu erwarten. Nicht weit hinter ihnen – falls die Schlacht auf der Reede den erhofften Gang nehmen sollte – würden die anderen konyanischen Schiffe Truppen mit gleichlautenden Befehlen anlanden.

Ich wollte Chaos, denn wenn Ticino in Schutt und Asche fiel, würden unsere wahren Feinde vielleicht nicht merken, daß meine Frauen und die Söldner es auf ihre Kehlen abgesehen hatten.

Ich hörte, wie Duban vor Schmerz aufheulte, als »sein Schiff«, unsere Galeere, gegen die steinerne Kaimauer am Rande des Platzes schlug, doch was machte es schon? Falls wir überlebten, würden die Konyaner unsere Galeeren tausendmal reparieren, bevor wir in die Heimat segelten. Landungsbrücken schlugen auf, und wir stürmten über den Pier auf den steinernen Platz von Ticino. Weitere Männer kamen aus den Kanälen, die sie eingenommen hatten. Doch blieb keine Zeit für eine Rast oder einen Blick in die Runde, und ich rannte, so schnell ich konnte, zu der Treppe, die zum Turm führte. Fünf, nein, sechs Wachposten standen dort, aber schon taumelten sie mit Pfeilen in der Brust, die ihre Rüstungen durchschlagen hatten, als wären diese nicht vorhanden.

Die Dämme zum Turm waren offen, ich konnte ins Herz des Bollwerks sehen, und wir rannten schneller noch als zuvor, um drinnen zu sein, bevor sich die Tore, die es sicher geben mußte, schließen konnten. Auf der Ringmauer vor uns standen Bogenschützen, und ein Pfeil schabte neben mir über Stein und prallte ab. Unsere Bögen surrten, Pfeile schwirrten, und die Mauern waren leergefegt.

Ich hörte die Schlachtrufe meiner Frauen. Corais juchzte wie ein wilder Fuchs, und einen kurzen Moment lang empfand ich unbändige Freude. Dafür hatte ich die Garde aufgebaut und ausgebildet. Jetzt waren sie mein schimmerndes Schwert, mit dem ich unseren Feinden den Todesschoß versetzen würde. In diesem Augenblick waren wir vereint, in diesem blutgetränkten Lauf über den Damm, vorbei an zusammengesunkenen Leichen von Soldaten. So sollte mein Leben sein, nicht eine endlose Folge von Wachgängen, nicht das Hocken um ein Feuer, Zaubersprüche murmelnd wie ein vertrocknetes, altes Weib, doch selbst noch, als mir im Blutrausch dieser Gedanke kam, wußte ich, daß er falsch war.

Wir befanden uns wenige Meter von dem kurzen Tunnel, der durch die Ringmauer des Turmes in den Innenhof führte, als rostiges, lang nicht mehr benutztes Metall quietschte und die Eisenspitzen eines Fallgitters aus dem Spalt über unseren Köpfen knirschte. Dann warfen sich Locris und Polillo dagegen und hinderten es daran, sich zu schließen. Vier weitere Frauen – an drei von ihnen erinnere ich mich nicht, doch eine davon war die Ordonnanz Neustria – sprangen an mir vorbei, und eine rammte ihren Speer in den Spalt, den das zweite, innere Fallgitter hinabgleiten sollte und verkantete es auf diese Weise. Ich stand mitten im Tunnel und sah, wie Polillo das Eisengitter ganz allein hielt, was schier unmöglich war, und dann kehrte Locris zurück. Halb schleppte, halb zog sie einen hölzernen Balken, den sie aufrecht stellte, um damit das Gitter offen zu halten, und der Weg war frei.

Der Rest meiner Frauen von den anderen Galeeren rannten den Damm hinauf, hinter ihnen Cholla Yi und seine Männer. Weit unten auf dem Platz sah ich drei Gestalten stehen und wußte, es war Gamelan – trotz seiner Blindheit unbezähmbar – mit seinen beiden Begleiterinnen. Auf dem Damm lagen Leichen meiner Gardistinnen, zu viele, als daß ich länger hätte hinsehen können, und ich wandte mich wieder dem Innenhof auf der anderen Seite des Tunnels zu. Über mir, aus einer Schießscharte in der Mitte des Tunneldachs, knallte die Sehne einer Armbrust, und ein Pfeil schlug in Locris' Seite, verschwand fast bis zur Fiederung. Sie schrie auf, riß an dem

Pfeil, machte zwei Schritte und starb. Eine Bogenschützin schoß ihren Pfeil durch die Scharte, doch war keiner mehr da, oder zumindest hörten wir keinen Treffer.

Wieder rannten wir, aus dem Tunnel in den heller beleuchteten Innenhof, dann ragte über uns der mächtige Rundturm auf. Seine gigantischen Tore waren verriegelt, davor stand eine Front von Armbrustschützen.

Ich rief: »Deckung!« und wir lagen am Boden, wie wir es oft schon geübt hatten, und Xia landete neben mir, während die Armbrustsehnen knallten wie reißende Schiffstaue, die Pfeile über unsere Köpfe flogen und nur einen oder zwei von Cholla Yis Männer trafen, die nie gelernt hatten, sich zu ducken. Kaum fünf Schritte von mir entfernt sprang Dica auf. »Schnell, bevor sie wieder laden können!« rief sie und rannte auch schon los, das Schwert hoch über den Kopf erhoben. Vergeblich war meine Warnung, denn schon kniete die erste Reihe Armbrustschützen nieder, die zweite Reihe feuerte, und Dica fiel vornüber. Ihr Schwert hatte sie im Fallen zum Nachthimmel hinaufgeschleudert; jetzt fiel es scheppernd zu Boden.

Plötzlich war die Nacht rot, nicht vom Rot des Feuers, sondern dem des Blutes, als die Garde aufprang und angriff, vor Zorn schrie und sich wie Quecksilber blitzartig über den Hof verteilte. Ismet war neben mir, knurrte wie eine Dschungelkatze aus Schmerz um ihre verlorene Geliebte, als sie lief, und mit Schwert und Axt waren wir unter den Armbrustern, bevor auch nur einer von ihnen Zeit hatte, seine Waffe wieder zu spannen. So starben sie Mann für Mann, gleich wo sie standen. Gardistinnen gingen mit ihnen zu Boden ... in diesem wilden Augenblick des Mordens nahmen unter anderem Neustria und Janela den Weg zum Dunklen Sucher.

Mir blieb kaum ein Augenblick für meine Trauer um Dica. Natürlich war es ein Fehler gewesen, gegen die Armbruster anzustürmen, bevor deren Pfeile verschossen waren, doch war sie tapfer gestorben, ihren Truppen voran. Ich fragte mich, wie viele Gardistinnen vor dem Angriff wohl gezögert, der Frontreihe Zeit zum Nachladen gegeben hätten und gestorben wären, wenn Dica sich nicht versehentlich geopfert hätte. Auf diese Weise traten allzu viele meiner Besten vor den Sucher, und das ist auch der Grund, warum die Maranonische Garde später ebenso viele Offizierinnen wie Mannschaftsdienstgrade bestatten mußte. Die riesigen Tore zum Bergfried waren verriegelt, doch unser plötzlicher Ansturm hatte den Soldaten keine Zeit gelassen, ihr kleines Ausfalltor zu schließen, und bevor sich jemand rühren konnte, waren wir schon drinnen.

Irgendwie hatte Polillo mich überholt, und drei Soldaten stürmten auf sie zu. Für diese war sie vermutlich nur eine verschwommene Gestalt, eine Mordmaschine, doch für mich waren ihre Bewegungen sehr präzise, langsam und exakt, als sie mit ihrer Axt einen Mann gegen den anderen stieß, und während sie noch taumelten und sich fingen, ihre Stoßrichtung änderte, wie mit einer Hellebarde zuschlug und dem dritten Mann die runde Klinge in die Kehle hieb. Ohne ihre Stellung zu verändern, fand sie das Gleichgewicht und riß mit enormer Kraft die Klinge frei, als sich die beiden anderen über die hermachen wollten. Sie schlug das Schwert des ersten Mannes aus dem Weg, als wäre er ein Kätzchen und sie hätte einen Stock, und beim Rückschwung nutzte sie den Haken, um das Genick des zweiten Mannes zu brechen. Der erste schrie auf und wollte fliehen, doch Polillo bewegte sich so sorgsam, als demonstrierte sie die Kunst der Axt staunenden Rekrutinnen, und versenkte das Axtblatt krachend im Rücken des Mannes, daß dieser einen Satz machte wie ein Fisch an der Angel.

Einer stieß mit seiner langen Pike zu, doch Xia durchschlug den hölzernen Schaft der Waffe und auch den Arm des Mannes. Blutspritzend schrie er auf und fiel.

In diesem Augenblick spürte ich, daß der Zauber, den Gamelan gesprochen hatte, entschwand, und ich wußte, daß ich nackt vor den Augen des Archon stand. Ich »hörte« einen Schrei überraschten Zornes, und wir alle fühlten, wie die Steinplatten unter unseren Füßen knirschten und rumpelten, als würden wir Zeugen eines Erdbebens, doch wußte ich, daß es nur ein weiteres Zeichen für das

Erstaunen des Archon war, weil man ihn getäuscht hatte und er der Tatsache gewahr wurde, daß ich noch lebte.

Wieder rief ich zum Angriff, und wir stürmten einen langen, gewundenen Korridor entlang. Trupps von Soldaten kamen aus Eingängen, und Pfeile schossen vorüber oder fanden ein Ziel, Speere klapperten gegen steinerne Mauern, als die Garde des Sarzana versuchte, uns aufzuhalten und sich zu sammeln. Aber sie scheiterte, und die Männer wurden in ihre Kammern zurückgetrieben oder starben. Dann endete der Korridor und wir standen im Thronraum des Sarzana. Das kuppelförmige Dach ragte hundert Fuß hoch über uns auf. Der Raum selbst maß gut hundert Fuß oder mehr im Durchmesser, die Wände waren mit Gobelins behangen, Fackeln flackerten an den Wänden, und ein mächtiges Feuer brannte an einer Wand.

Der Raum war leer, bis auf meine Soldatinnen und – auf einem hohen Podium in seiner Mitte – den Sarzana. Das war alles, was meine Frauen, Cholla Yi und die Handvoll Männer, die uns den Korridor hinab gefolgt waren, sahen.

Ich sah mehr.

Über dem Sarzana – aufragend wie ein Puppenspieler über seinen Marionetten – stand der Archon! Er war ungeheuer groß, gut dreißig Fuß, und ich konnte die Steine der gegenüberliegenden Mauer durch seinen nur zum Teil materialisierten Körper sehen. Er riß die Arme hoch, um nach mir zu schlagen.

Corais war neben mir, spannte den Bogen, Pfeilspitze am Holz, die Finger ganz ruhig gleich neben ihrem Ohr. Sie war so fest und ruhig, als stünde sie auf dem Schießplatz, dann ließ sie los, und der Pfeil flog genau richtig, direkt auf den Sarzana zu. Er hob die Hand, und ich schwöre, sie bewegte sich langsam wie eine Fliege im Honig, doch fing er den Pfeil mitten aus der Luft und zerbrach ihn mit zwei Fingern. Als er das tat, hörte ich ein Knacken, und Corais' Bogen, den sie vor so langer Zeit so liebevoll geschaffen hatte, brach wie ein Zweig oder der Pfeil, den der Sarzana nun beiseite warf.

Wir rannten los, stürmten verzweifelt zu dem Podium, als der

Sarzana die rechte Hand hob, die Finger geschlossen wie ein Schlangenkopf, und grünes Licht, wie ich es während eines Sturmes an Masten von Schiffen gesehen hatte, flackerte auf, sammelte sich zu einer Kugel und schoß in unsere Richtung. Es riß Corais um. Ich dachte, sie sei tot, doch dann rollte sie wieder auf die Beine, das Gesicht blutig, als hätte man sie geschlagen. Erneut flackerte grünes Feuer an der Hand des Sarzana, als Corais ihren Dolch zückte, die Klinge über das Stück Robe wischte, das sie um ihren Arm gebunden trug, und warf. Corais war keine Zauberin, sie hatte sich nie derartige Talente angemaßt, doch vielleicht hatte dieser Talisman etwas von dem Haß gesammelt, den sie in sich trug, nachdem der Sarzana sie beinah geschändet hatte.

Ihr Wurf war gut und traf den Sarzana in die Brust, gleich unterhalb der Rippen. Er schrie, heulte seinen Schmerz heraus wie ein verletzter Rehbock, dann wurde sein Heulen zu einem Freudenschrei, und er brüllte: »Ich bin frei!«

In diesem Augenblick spürte ich, wie der Archon verschwand.

Der Sarzana zog sich den Dolch aus dem Leib und warf ihn fort, Corais entgegen. Die Klinge schoß zu uns herüber wie eine Schlange im Angriff und traf sie in die Brust. Ich weiß nicht, ob der Sarzana schon tot war oder seine großen magischen Kräfte bewirkten, daß Corais ihm nur eine Fleischwunde beigebracht hatte, aber das war mir auch gleich. Ich stand auf dem Podium und schlug mit aller Wut und allem Schmerz zu. Mein Schwert traf den Sarzana voll an der Schulter, neben den Hals, und zerteilte ihn beinah bis aufs Brustbein. Blut schoß auf, und kraftlos sank er zu Boden, als ich meine Waffe wieder befreite.

Doch ging ich kein Risiko ein, und wie Ismet es getan hatte, schlug ich noch zweimal zu, dann warf ich sein bluttropfendes Herz in das glimmende Feuer. Vielleicht hätte ich es als Ikone behalten sollen, aber ich war nicht dazu imstande. Nicht, solange Corais' Leben daran hing. Die Flammen verschlangen das Herz des Zauberers und brachen in die Höhe, als hätte ich ein Ölfaß hineingeworfen. Der Raum erstrahlte wie vor Sommerhitze, erneut bebte die Erde unter meinen Stiefeln, und ich hörte ein fernes Heulen, als Dämonen die Seele des Sarzana holten oder das, was einst seine Seele gewesen war.

Die Welt war von ihm befreit.

Daran dachte ich in diesem Moment nicht, sondern ging dorthin, wo Corais lag, ihr Kopf auf Polillos Knien.

Überraschenderweise lebte sie noch, auch wenn deutlich war, daß der Sucher sie bald in seine Arme schließen würde. Sie sah mich an und versuchte zu lächeln, schaffte es aber nicht.

»Ich wäre sowieso eine ... schreckliche ... alte Frau geworden«, sagte sie, dann lief ihr Blut über die Lippen, und sie war fort.

Polillo sah mich an. »Zauber hat sie getötet«, flüsterte sie, so leise, daß nur ich es hören konnte. »Genauso, wie auch ich mein Ende finden werde.«

Ich kam auf die Beine. Xia stand neben mir, doch in diesem Moment wollte ich keinen Trost von ihr.

Ich weiß, wir alle müssen sterben, und als Corais das Soldatenleben wählte, hatte sie sich für das Schicksal einer Soldatin entschieden. Und sie hatte den Sarzana getötet. Doch in diesem Augenblick hätte ich ihn und alle anderen auf diesen verdammten konyanischen Inseln gern gegen das Leben meiner Freundin eingetauscht.

Kapitel Zweiundzwanzig

Heimwärts vor dem Wind

In den meisten Ländern ist der Gott des Sieges mit glorreichen Flügeln versehen, sein Gesicht eine Miene von grimmiger Würde. Im Grunde jedoch sollte der Götze des Sieges ein Schattenwolf sein, der über seiner erlegten Beute heult. Während der Schlacht habe ich einen Sieg niemals als glorreich empfunden, und schon gar nicht als süß. Oh, es mag eine Weile Freude herrschen, trunkene Prahlerei den Kameradinnen gegenüber, wie man einen besonders gerissenen Feind überlistet und besiegt hat. Doch die Freude einer Soldatin klingt bald hohl, wenn sie sich bewußt macht, daß sie nur lebt, weil sie Glück hatte, und wie vielen ihrer Kameradinnen an diesem Tag das Glück nicht hold gewesen war.

Natürlich hatte es – neben meinen Gardistinnen – noch andere Tote gegeben. Phocas war umgekommen, als Cholla Yis Galeere durch die Kanäle trieb und ihn der Pfeil eines Heckenschützen traf. Dazu kamen Kapitän Meduduth von unserer eigenen Truppe, Admiral Yezo, Nor, für den ich bete, daß er im Tod Erlösung gefunden hatte, und viele hundert konyanische Soldaten und Seeleute, deren Namen ich nicht kenne. Es sollte viele Jahre dauern, bis dieser Sieg seinen traurigen Beigeschmack verlieren würde.

Wir schleppten uns nach Isolde zurück, Helden allesamt. Schiffe und kleine Boote segelten uns von allen Inseln entgegen, an denen wir vorüberkamen. Trompeten und Hörner grüßten uns. Hügelkuppen wimmelten bei unserer Rückkehr von konyanischem Jubelvolk. Doch unter Deck stöhnten die Verwundeten, und oben segneten die Geisterseher eine Leiche nach der anderen und legten ihnen Münzen auf die Zungen, um den Sucher zu bestechen, daß er Gnade walten ließe, wenn er die Toten in seine Höhle holte. Ich sprach mit niemandem, nicht einmal mit Gamelan, nicht einmal mit Xia, verkroch mich nur in meinem Bett und trauerte um Corais und all die anderen Frauen, die ich den Dämonen des Krieges vorgeworfen hatte. Fünfzig von uns lebten noch. Fünfzig! Von den Hunderten, mit denen ich Lycanth verlassen hatte. Ich weinte nicht. Ich war zu starr vor Trauer. Als ich am Morgen erwachte, wartete ich lange, bis ich die Augen aufschlug – ich betete, ein weiterer Alptraum möge vorüber sein, wenn ich es tat, und Corais würde mit ihrem sarkastischen Grinsen auf mich herabsehen. Sie fehlte mir. Sie fehlt mir noch immer. Falls es ein Leben nach diesem gibt, bete ich darum, daß wir eines Tages wieder unter demselben Banner marschieren können.

Zwei Nächte vor Isolde kroch Xia in meine Arme. Unser Liebesakt war langsam und bittersüß. Hinterher schlummerten wir halbwegs in den Armen der anderen und lauschten dem Tosen der See. Kurz vor dem Morgengrauen drehtes sich Xia zu mir um und sah mir tief in die Augen. Sie waren gealtert – Schmerz lag darin, Wissen, für das ich einen hohen Preis gezahlt hatte.

»Ich liebe dich, Rali«, sagte sie. Bevor ich antworten konnte, war sie fort.

Ich stand auf, weder frisch noch sonderlich froh, doch fühlte ich mich etwas heiler. Außerdem war die Trauer der Sorge gewichen.

Ein Gefühl von Furcht nagte an mir, wovor jedoch, konnte ich nicht sagen.

Gamelan erwartete mich schon in seiner Kajüte. »Eben wollte ich dich rufen lassen, Rali«, sagte er. »Ich brauche dich.«

»Es ist der Archon, nicht?« erriet ich augenblicklich, was in ihm vorging. »Er ist mit uns noch nicht fertig. Beziehungsweise wir noch nicht mit ihm.«

»Ich bin nicht sicher«, sagte der Zauberer. »Ich habe Beschwörungen in alle Richtungen entsandt, und ihn nicht aufspüren können. Zugegeben, meine Zauberkünste sind weit davon entfernt, wiederhergestellt zu sein. Dennoch war jeder Zauber, den ich sprechen wollte, blockiert. Nein, nicht blockiert, das wäre wie eine Mauer. Es war eher so, als stünde man vor einer verschlossenen Tür. Das allein macht mir schon Sorge.«

»Wie kann ich helfen?« fragte ich und ließ mich neben ihm nieder. »Was kann ich tun, was du nicht kannst?«

»Ich glaube, es gab – oder gibt – einen Bund zwischen dir und dem Archon«, sagte er. »Es ist ein Bund des Hasses, sicher, aber es gibt keine stärkeren Ketten als jene, die auf einem solchen Feuer geschmiedet wurden. Vielleicht begann dieser Bund, als dein Bruder dem Archon trotzte. In jenen Tagen gab es alle möglichen schwarzen Zaubersprüche, doch abgesehen von Greycloak, Raveline *und* den Archonten, trauten sich nur wenige daran. Widerwillig fand sich Amalric dort wieder. Dann kamst du, und wieder ist ein Mitglied der Familie Antero dabei, wenn große Mächte am Werk sind. Schon damals in Lycanth, als Jinnah die Knochen nicht in der Hand halten und schon gar nicht werfen konnte, wußte ich, daß sie zu dir und nur zu dir sprachen. Dann hast du einen von ihnen erschlagen und die schlimmsten Befürchungen der Archonten hinsichtlich der Anteros bestätigt. Schließlich stellte, seit der letzte Archon dich mit seinem Todeshauch verfluchte und es dann schaffte, dem Tod zu trotzen, indem er in den Äther floh, dieser Fluch die stärkste Verbindung von allen dar.

Um also deine Frage zu beantworten, meine Freundin … Du

kannst eine ganze Menge tun, was ich nicht kann. Zumindest hoffe ich, daß dem so ist. Vielleicht ist es Rali Emilie Antero, die den Schlüssel zu jenem verriegelten Portal in Händen hält.«

»Was soll ich deiner Ansicht nach tun?« fragte ich.

»Den Archon suchen«, sagte er. Er zog die Schachtel mit dem schwarzen Herzen hervor.

Ich stritt nicht mit ihm, doch die Furcht wuchs zu einem schweren, pulsierenden Druck, als ich die Schachtel entgegennahm.

»Halte sie zwischen den Handflächen«, sagte er. »Schick deine Gedanken hinein. Du mußt dich so gut wie möglich konzentrieren. Sprich nicht und suche nicht nach Worten für einen Zauber. Ich spreche sie für dich.«

Ich schluckte, dann sagte ich: »Laß mir einen Augenblick, mich vorzubereiten.«

Ich atmete tief und leerte meine Gedanken, so gut ich konnte. Ich rollte meine Schultern, um sie zu lockern und drehte den Kopf von einer Seite zur anderen, um die Muskeln zu strecken. Dann nahm ich die Schachtel fest zwischen die Handflächen, atmete noch einmal tief ein und wieder aus.

»Ich bin bereit«, sagte ich.

Und Gamelan begann.

Wirf weit das Netz,
Mutter Schicksal;
Hol ein den Fang,
Den deine Tochter sucht.
Östlich der Portale
Wo die Alten Götter warten;
Und richten über den,
Der haßt.

Ich hörte einen Donnerschlag, und der Raum verdunkelte sich. Die Luft wurde schwer und heiß. Ich roch Sandelholz, den Duft meiner Mutter, stärker als je zuvor. Ich hörte eine Stimme flüstern: »Rali.« Es war die Stimme meiner Mutter, und ich wollte weinen, sosehr liebte ich sie, sosehr fehlte sie mir. Wieder flüsterte sie meinen Namen, und ich spürte ihren Atem an meinem Ohr, zart wie den Flügel eines Schmetterlings. Ein Schauer lief mir über den Rücken.

Die Schachtel machte einen harten Ruck in meinen Händen. Ich packte sie fester. Ich sah roten Glanz – es war das doppelköpfige Löwensymbol der Archonten. Die Löwen fletschten ihre Zähne, dann schossen sie davon und schwebten an der gegenüberliegenden Kajütenwand. Dann hörte ich das Fauchen eines Tieres und sah einen großen, schwarzen Panther, der unter ihnen hockte. Er knurrte mit gebleckten Zähnen und schlug wütend mit dem Schwanz. Die gräßlichen Löwenköpfe wurden größer. Dann formte sich ein mächtiger Leib, um sie zu tragen. Sie brüllten, und beide Köpfe reckten sich vom selben Hals. Das machte den Panther nur noch zorniger. Wieder fauchte er und drückte sich fester ans Deck, die Klauen ausgefahren, die Muskeln zum Sprung gespannt. Ein weiterer Donnerschlag, und hinter dem Untier der Archonten öffnete sich ein schwarzes Loch. Noch einmal brüllten die Köpfe, dann fiel das Tier ins Loch hinein. Der Panther sprang hinterher.

Die Stimme meiner Mutter flüsterte: »Folge mir.«

Ohne Vorwarnung geriet ich in einen Mahlstrom. Durch Finsternis und taumelnde Lichter stürzte ich aus großer Höhe. Mein Kopf war voller Heulen, Bellen und Dingen, die vor ewigem Schmerz schrien. Ich roch Schwefel und Blut und entleertes Gedärm. Mir war kalt, so kalt. Kalt wie ein Messer im Wintermeer. Kalt wie der Regen des Suchers, der alle hundert Jahre kommt und Wälder, Felder und Menschen tötet. Dann stürzte ich nicht mehr, rannte nur durch brandgeschwärzte Wälder. Der Pfad war schmal und steinig, und beinah wäre ich ausgerutscht, als ich auf einen riesenhaften, weißen Wurm trat, der über den Weg kroch. Ich fürchtete mich, doch wußte ich, daß ich verfolgte, nicht verfolgt wurde. Vor mir sah ich, daß der Panther um eine Ecke bog, und lief noch schneller. Im Laufen entdeckte ich Dämonen, die auf laublosen Bäumen hockten und schnatterten. Ich sah Raben, die sich an verwundeten Soldaten gütlich taten, welche nach mir riefen: »Helft mir, helft mir, bitte!« Doch konnte ich nicht stehenbleiben, ich wagte es einfach nicht, ich konnte nur dem Panther folgen.

Ich platzte aus dem toten Wald auf eine schneebedeckte, mondbeschienene Ebene hinaus. Der Pfad wurde zu einer geborstenen Straße, und ich mußte über Felsbrocken und gesprengte Schutthaufen springen. Auf der Ebene tobte eine Schlacht. Krieger droschen mit Schwertern und Äxten aufeinander ein, und der Schnee war voller Leichen und rot vom Blut. In der Ferne sah ich den Panther, weit dahinter das Tier des Archon. Vor ihnen ragte der Buckel eines schwarzen Berges auf. Blitze zuckten an seinen Gipfeln.

Die Straße führte den Berg hinauf. Die Steigung war steil, rutschig vom Eis, und ich wurde müde. Jetzt war der Panther neben mir, nicht vor mir, und drängte mich voran. Ich zwang mich weiter, und schon bald kamen wir ans Ende eines Passes. Eine schwarze, stählerne Burg kauerte, wo die Straße ihr Ende fand. Sie sah aus wie ein Dämonenschädel, mit Türmchen als Hörnern, Zinnen als Brauen und einem fackelbeschienenen Tor als Mund. Ich sah, wie das Untier des Archon durch die Tore stürmte, die hinter ihm ins Schloß fallen wollten. Der Panther sprang vor, doch war es zu spät, und die Tore schlossen sich. Der Panther schrie und kämpfte gegen die Schranken. Seine Wut brachte mein Blut zum Kochen, und ich kämpfte mit ihm, packte die Eisenstäbe und stieß meinen Schlachtruf aus.

Ich sah den Archon. Er stand auf dem Burghof, das zweiköpfige Untier neben sich. Diesmal war er keine monströse Fratze in einer Wolke, sondern menschengroß. Doch das machte ihn kaum weniger beängstigend, und als er mich sah, richtete er einen gekrümmten Finger auf mich und rief:

»Hinfort!«

Feuer sprühte aus dem Finger und traf das Gitter. Ich schrie vor Zorn und Schmerz, als das heiße Eisen meine Hände versengte. Ich packte fester zu, entschlossen, nicht loszulassen. Ich roch, daß mein eigenes Fleisch zu brennen begann, und jemand neben mir rief mir ins Ohr:

»Rali! Rali!« Es war Gamelan.

Ich ließ das Gitter los und fiel. Dann war ich in seiner Kajüte, schrie noch immer vor Wut. Die Schachtel mit dem Talisman war zu Boden gefallen. Die schwarze Hülle des Herzens lag daneben. Gamelan hatte einen Arm um mich gelegt und sagte:

»Es ist gut, Rali. Es ist gut.«

Erschauernd kam ich zu mir und sagte: »Ich bin wieder da, Zauberer.«

Meine linke Hand pulsierte vor Schmerz. Ich öffnete sie, und in meine Handfläche gebrannt fand ich das Zeichen des Archon ... den doppelköpfigen Löwen.

»Ist er unter uns?« fragte Gamelan. »Droht uns der Archon noch?«

»Ja«, sagte ich. »Er ist da.«

Nachdem ich Gamelan alles erzählt hatte, was mir geschehen war, sagte er: »Es ist wirklich ernst, meine Freundin. Der Archon hat es geschafft, sich in einer der spirituellen Welten eine Basis zu schaffen. Er muß tatsächlich sehr mächtig geworden sein.«

»Aber wir haben ihn doch eben erst besiegt«, sagte ich. »Er sollte weniger Macht haben, nicht mehr.«

»Böses nährt das Böse«, sagte der Zauberer. »Greycloak hat es versehentlich bewiesen. Der Archon hat sich von all dem vergossenen Blut, dem Schrecken, der Trauer ernährt. Die Niederlage hat ihn nur daran gehindert, mehr in sich hineinzuschlingen. Und als er die Seele des Sarzana fraß ... ah, das muß wohl hundert Toten gleichgekommen sein.«

»Was, glaubst du, hat er vor?« fragte ich.

»Dazu muß man kein Wahrsager sein«, sagte Gamelan. »Ich kenne meinen Feind. Zuerst will er Rache. Er will Orissa zerstören, bis nichts mehr daran erinnert. Dann will er noch größere Macht und sich ein Königreich in dieser Welt erschaffen. Ich glaube nicht, daß Orissa, Lycanth und selbst die Fernen Königreiche ihm genügen würden. Denk an einen finsteren Halbgott, und du weißt, mit welcher Sorte Kreatur du es zu tun hast.«

»Wie halten wir ihn auf?« fragte ich.

»Wir müssen so schnell wie möglich nach Orissa zurück«, sagte er. »Wenn unsere Geisterseher gemeinsam handeln, können wir ihn besiegen.«

Seine Stimme klang weniger sicher als seine Worte. Doch darum, wie gut unsere Geisterseher arbeiten würden, wollte ich mir Gedanken machen, wenn – und falls – wir heimkehrten.

»Was den Panther angeht«, sagte ich, »so ist er zweifellos der Panther aus der Geschichte, die mir meine Mutter erzählt hat. Auf dem meine Namensschwester ritt, als sie den Dorfbewohnern zu Hilfe kam.«

»Ja, ich weiß«, sagte Gamelan. »Dennoch... als ich dich in den Armen hielt... kurz bevor du... wiederkamst... hast du geschrien.«

»Ja«, sagte ich. »Und?«

»Du klangst wie der Panther.«

In Isolde kam die gesamte Insel zu unserer Rückkehr. Auf dem Meer drängten sich derart viele Boote und Schiffe zu unserer Begrüßung, daß es schwierig wurde, die Bucht zu befahren. Menschenmassen sammelten sich am Ufer und in den Straßen zum Anleger. Jedes Instument, jedes Horn, jede Trommel, jede Querpfeife und selbst Töpfe und Pfannen wurden zum freudigen Lärmen genutzt. Die Stadt war herausgeputzt, und Banner und Flaggen flatterten allerorten. Überall brannten knisternde Freudenfeuer, und die Menschen warfen ein Vermögen an Weihrauch in diese Flammen, um damit die Luft zu parfümieren. Tausende und aber Tausende von Blumen wurden auf unseren Weg gestreut, als wir von den Schiffen marschierten und dann den terrassenförmig angelegten Hügel hinauf, um den Herren Konyas die offizielle Nachricht von unserem Sieg zu überbringen. Allen voran gingen die überlebenden konyanischen Offiziere. Dann kam ich mit meinen Frauen, dahinter Cholla Yi mit seinen Männern. Prizessin Xia hatte beschlossen, an meiner Seite zu marschieren, und die ohnehin hysterische Menge weinte, als sie die Prinzessin sah, warf sich in den Staub und rief ihren Namen.

Vor dem Palast der Monarchen standen wir stundenlang herum, während jedes einzelne Mitglied des Rates der Reinheit – die Stimmen von den Zauberern verstärkt – unseren Sieg lobte und pries. Schließlich wurde die Menge unruhig und forderte, Prinzessin Xia und ich sollten auf die Bühne kommen, damit man uns sehen konnte. Sie jubelten, als wir es taten, und ich sah, daß Männer und Frauen gleichermaßen in sich zusammensanken, so überwältigt waren sie.

Als sie sich endlich beruhigt hatten, zupfte Lord Kanara an meinem Ärmel und winkte mir. Prinzessin Xia und ich schlichen mit ihm davon. Im Palast angekommen, führte er uns in einen kleinen, reichverzierten Raum. Dort stand ein gedeckter Tisch mit Speisen und Getränken. Er deutete darauf, wir sollten uns bedienen. Doch beide schüttelten wir die Köpfe ... Wir waren zu müde.

»Aber ich nehme einen kleinen Branntwein, Vater, wenn du so freundlich wärst«, sagte Xia.

Ich sagte, ich hätte gern das gleiche. Lord Kanara schenkte uns kristallene Kelchgläser voll, dann eines für sich selbst. Er setzte sich, und wir taten es ihm nach.

»Meine Tochter«, sagte Kanara, »ich bin sehr stolz auf dich.«

Xia neigte ihren Kopf, demütig. »Ich haben nur meine Pflicht getan, Vater«, sagte sie. Doch an ihrem Blick konnte ich sehen, daß die Demut nur gespielt war.

»Wie dem auch sei«, sagte ihr Vater. »Es war eine große Tat. Du hast deinen Namen in unserer Geschichte verewigt, mein Mädchen.«

Ich sah, wie Xia erschauerte, da er sie ein Mädchen nannte.

Doch sagte sie: »Andere waren weit tapferer als ich, Vater. Dennoch vielen Dank.«

»Man wird dir manche Ehrung zukommen lassen«, sagte er. »Bei einigen davon wird es mir eine Freude sein, sie dir mit eigenen Händen zu verleihen.«

Xia lächelte bescheiden. »Danke, Vater«, sagte sie. Und sie klang sehr ehrlich. Doch wiederum fing ich diesen Blick auf, und ich schwöre, sie schien ihren Vater zu mustern. Ich glaube, er kam ihr kleiner vor, als sie ihn in Erinnerung hatte.

»Und Ihr, Hauptmann Antero«, sagte Kanara. »Wir schulden Euch viel.«

»Ich bitte nur um Hilfe, was Karten angeht, und gute Ratschläge, wie wir in unsere Heimat zurückfinden können.«

»Die sollt Ihr haben«, sagte Kanara. »Die Karten sind schon vorbereitet. Die Ratschläge unserer besten Seefahrer stehen Euch zur Verfügung.«

»Ich danke Euch, Lord Kanara«, sagte ich.

»Darüber hinaus haben wir eine noch größere Belohnung ins Auge gefaßt«, sagte er. »Wir sind übereingekommen, Eure Schiffe mit allen Schätzen zu beladen, die diese tragen können. Wenn Ihr heimkehrt, wird selbst der geringste Seemann reich sein.«

Wiederum dankte ich ihm. Und er sagte: »Gibt es noch etwas? Irgendeinen Wunsch, den man Euch erfüllen könnte?«

Ich schaute Xia an. Doch mußte ich nicht ihre Miene sehen, um zu wissen, was mir in den Sinn kam. Also bat ich um das zweite.

»Ich möchte Euch bitten, alle Männer und Frauen in den Kerkern zu begnadigen, Lord«, sagte ich. »Wenn Ihr Euch erinnern wollt... ich war dort Euer... Gast. Und ich habe manchen der Bewohner kennengelernt und Freundschaft geschlossen.«

Kanara legte seine Stirn in Falten, und als er es tat, sah er seiner Tochter bemerkenswert ähnlich. Dann lächelte er: »Es soll geschehen«, sagte er. Er trank seinen Branntwein. Ich merkte, daß er sich für etwas anderes bereit machte.

Endlich: »Nun habe auch ich einen Wunsch an Euch, Hauptmann«, sagte er.

»Sofern es in meiner Macht steht«, sagte ich, »will ich alles tun, worum Ihr mich bittet.«

»Ihr Orissaner müßt augenblicklich abreisen«, sagte er. »Und zwar in aller Stille.«

»Vater!« rief Prinzessin Xia erschrocken. »Wie kannst du...«

Ich hob die Hand. »Es ist schon gut, Hoheit«, sagte ich. »Ich bin nicht gekränkt.« Dann wandte ich mich ihrem Vater zu. »Ihr fürchtet den Sarzana nach wie vor«, sagte ich. »Oder zumindest den Fluch, der dem prophezeit wurde, der ihn tötete.«

»Ich halte das alles für abergläubischen Unsinn«, sagte Kanara. »Andere jedoch nicht. Sie nehmen es ziemlich ernst. Sie fürchten sich vor dem, was geschehen könnte, wenn Ihr länger bleibt.«

»Dann werde ich so bald wie möglich fahren«, sagte ich. »Außerdem habe auch ich Grund, so zügig wie möglich heimzukehren.«

Lord Kanara entspannte sich. Er hob sein Glas und brachte einen Trinkspruch aus: »Auf Orissa«, sagte er. »Mögen die Götter es segnen, weil es uns in Zeiten der Not seine Töchter schickte.«

»Auf Orissa«, stimmte ich mit ein.

Als ich trank, überkam mich eine tiefe Sehnsucht nach meiner Stadt am Fluß. Ohne zu fragen, schenkte ich mir nach und trank.

Am Abend darauf sah ich Prinzessin Xia zum letzten Mal. Sie kam in meine Villa, und wir spazierten schweigend durch den Garten und genossen die Stille und den Duft der blühenden Hyazinthen. Von unten am Hafen hörten wir eine Leier, die eine alte, süße Melodie von gewonnener und verlorener Liebe spielte. Wir schlossen einander in die Arme, und ich küßte sie. Ihre Lippen waren weich, berauschend wie Wein. Ich wich zurück, spürte ihre Brustwarzen an meinen Brüsten. Tief blickte ich in diese dunklen Augen, betrachtete ihr Haar mit dem goldenen Diadem, das im Mondlicht glitzerte.

»Du wirst mir fehlen«, sagte ich.

Sie wich zurück, verblüfft. »Und du mir«, sagte sie.

Dann trat sie an den Brunnen, setzte sich. Ich stellte einen Stiefel auf die steinerne Umrandung und wartete. »Vielleicht ist es gar nicht so schlecht, daß du gehst«, sagte sie.

»Das klingt nach jemandem, der Pläne hat«, gab ich zurück. »Pläne, denen ich im Weg sein könnte«.

Sie nickte. »In letzter Zeit ist mir eine ganze Menge klargeworden«, sagte sie. »Ich habe dir ... und dem Beispiel deiner Gardistinnen zu danken.«

Ich sagte nichts. Sie hob den Kopf und sah mich an. Ihr Gesicht war eine perfekte Vorlage für ein königliches Porträt.

»Ich möchte, daß du etwas weißt«, sagte sie. »Wenn in einigen Jahren jemand aus deinem Volk Handel mit Konya treiben möchte, wird er uns willkommen sein. Das verspreche ich.«

»Höre ich da eine einflußreiche Göre sprechen«, sagte ich, »oder die zukünftige Königin?«

Sie lachte. Doch lag keine echte Freude darin. Es klang gezwungen, als lachte eine Monarchin, um zu zeigen, daß sie ein gutes Herz hatte... und wie jeder andere in der Lage war, einen guten Scherz auf ihre Kosten einzustecken.

Dann sagte sie schelmisch: »Du hast mein Geheimnis erraten, o weise Kommandantin.«

»Daß du Königin wirst?« sagte ich lächelnd. »Das zu erkennen, war keine Kunst. Ich glaube, ich habe es die ganze Zeit gewußt. Du würdest eine gute Königin abgeben. Darauf möchte ich wetten. Aber was ist mit deinem Vater?«

»Es sollte nicht allzu schwierig sein, ihn zu überreden, daß er mich unterstützt«, sagte sie. »Und wenn er... vernünftig ist... Nun, wir werden sehen...« Der Rest der Drohung blieb unausgesprochen. Ihr Vater tat mir jetzt schon leid, falls er sich ihr in den Weg stellen sollte.

»Eins noch, Rali«, sagte sie. »Ich hoffe, es wird dich nicht verletzen... ich würde dich niemals verletzen wollen. Aber sollte es dir jemals in den Sinn kommen, zurückzukehren... bitte nicht.«

»Der Fluch des Sarzana?« sagte ich, wohlwissend, daß dies nicht der Grund war. Aber ich wollte, daß sie es aussprach.

»Was das angeht, bin ich die Tochter meines Vaters«, sagte sie. »Das alles ist schlicht Unsinn. Nur machen meine Pläne es erforderlich, daß ich irgendwann heirate. Ich brauche einen Gatten, der mir Kinder macht. Die Linie der Kanaras muß fortgeführt werden.«

»Ich sehe nicht, wie ich dir im Wege sein sollte«, sagte ich.

Sie stand vom Brunnen auf, nahm meine Hand. Plötzlich ging ihr Atem schwer. Begierde blitzte in ihren Augen auf.

»Ich will dich, *jetzt* gleich, Rali!« sagte sie. »*Bitte!*«

Und barsch gab ich zurück: »Nimm die Krone ab!«

Meine Worte erschreckten sie. Sie zögerte, dann nickte sie. Ihre Hände lösten das Diadem aus den Locken, und sie reichte es mir. Ich warf es in den Brunnen, nahm sie in die Arme und trug sie die Treppe hinauf in mein Bett.

Als der Morgen graute, weinte sie. »Oh, Rali«, hörte ich ihr Klagen, »es tut mir so leid.« Es war ein langer, markerschütternder Weinkrampf, wie ich nur selten einen gesehen habe.

»Nicht, meine Liebe«, sagte ich. »Ich komme darüber hinweg. Ich werde dich nie vergessen... aber ich komme darüber hinweg.«

Sie sah mich an, und Tränen liefen ihr über das schöne Gesicht. »Ich weine nicht um dich, Rali«, schluchzte sie. »Ich weine um mich.«

Wir setzten die Segel bei heftigem Regen, und weder am Anleger noch auf dem Hügel stand jemand, um uns zu verabschieden. Die sieben Schiffe, die von unserer Flotte übrig waren, lagen tief im Wasser, schwer beladen mit goldenen Münzen und anderen Reichtümern, doch das größte Geschenk waren die Karten in Cholla Yis Privatkajüte, welche die konyanischen Kartenzeichner und Zauberer erarbeitet hatten, um uns den Weg in die Heimat zu weisen.

Ich teilte meine Frauen neu ein. Nur eine Handvoll von ihnen war übrig, und die hatte ich unter meinem Kommando auf Strykers Galeere versammelt. Ich wollte nicht riskieren, daß sie auf sämtliche sieben Schiffe verteilt wurden, da ich den Söldnern noch immer nicht traute, besonders jetzt, da sie Gold in den Taschen hatten. Außerdem wollte ich sie nah bei mir haben. Das Schlachten hatte uns alle krank gemacht, und es würde das beste sein, wenn die Maranonische Garde gemeinsam ihre Wunden leckte, wie sie es von jeher getan hatte.

Der Regen war kalt und machte den Abschied von diesen schönen Inseln grau, doch wehte der Ostwind gleichmäßig und kräftig, trug uns zügig nach Orissa. Regen und Wind blieben, doch drohte uns von dieser Seite keine Gefahr, und diejenigen unter uns, die nicht mit dem Segeln beschäftigt waren, verfielen in einen blinden Trott aus Essen und traumlosem Schlaf. Auf diese Weise verstrich mancher Tag, an dem so wenig geschah, daß wir ihn kaum wahrnahmen, und bevor wir es merkten, waren wie nahe der Meerenge, welche die Konyaner vermerkt hatten, weil sie uns um das brennende Riff lenken würde.

Es war ein trüber und windiger Tag wie alle anderen. Die Sicht war schlecht, doch weit im Norden sah man ein unheimliches Glühen am Himmel, und wir konnten das ferne Rumpeln der Vulkane hören. Wie vorausgesagt, lag südlich davon Land. Man hatte uns angewiesen, dessen Ufer zu streifen, um sicherzugehen, daß wir das nördliche Riff umfuhren. Doch darüber hinaus hatte man uns geraten, nicht zu lange zu verweilen. Die konyanischen Zauberer sagten, die Beschwörungen, die sie gesprochen hatten, um den Kurs herauszufinden, hätten in jenem Land so manches Übel erspürt. Argwöhnisch krochen wir durch die Meerenge, ein Schiff nach dem anderen, und obwohl wir nichts sahen, spürten wir doch alle die Bedrohung. Als mein Schiff durch die engste Stelle der Passage kam, sträubten sich meine Nackenhaare, als würde ich von vielen Augen beobachtet. Ganz am Rande meines Sichtfeldes meinte ich, den Panther flach an Deck hocken zu sehen ... die Zähne gefletscht, mit peitschendem Schwanz. Doch als ich hinschaute, war er fort.

Zu meiner großen Erleichterung kamen wir ohne Zwischenfall durch. Doch setzten wir eilig alle Segel und flohen, so schnell es ging, von diesem Ort. In jener Nacht klarte der Himmel auf, und es bot sich uns ein Ausblick auf vertrautere Sterne. Der nächste Morgen war sonnig und mild, und obwohl wir noch einen langen Weg vor uns hatten, spürten wir alle, daß es jetzt tatsächlich heimwärts ging.

Einige Tage später fuhr ich zu Cholla Yis Schiff hinüber, um mich mit ihm zu besprechen. Zwar hatten wir diese Gewässer schon früher befahren, aber das hieß noch nicht, daß sie uns sonderlich bekannt waren, und da sich unsere Flotte derart dezimiert hatte, war ich der Ansicht, wir sollten uns auf Piraten vorbereiten. Eine kleine

Gig war neben dem Fallreep vertäut. Cholla Yi hatte noch anderen Besuch. Ich befahl meinen Ruderern, an der Gig festzumachen und im Boot zu bleiben, um zu verhindern, daß es im Fahrwasser der Galeere sank.

Ich ging an Bord, als eben die Wache wechselte, und wie zum Beweis, daß wir vielleicht schon allzu unachtsam geworden waren, grüßte niemand, als ich kam. Der diensthabende Offizier wirkte verdutzt, als er mich sah, und salutierte. Ich erwiderte den Gruß, und als er mich zu Cholla Yis Kajüte eskortieren wollte, sagte ich, er solle warten.

»An Eurer Stelle würde ich dem Ausguck etwas die Augen öffnen«, sagte ich. »Wenn er mich schon übersehen hat, wer könnte ihm sonst noch alles entgehen?« Er murmelte eine Entschuldigung, und ich machte mich auf den Weg übers Deck.

Ich zögerte an der Tür, als das unverkennbare Klappern eines Würfelbechers zu hören war, dann der Wurf. Jemand verfluchte das Ergebnis. Es war Stryker, der unsere Galeere verlassen haben mußte, ohne daß ich es bemerkt hatte.

»Solches Glück hab ich noch nie erlebt! Wenn das hier nicht meine eigenen Würfel wären, würde ich nachsehen, ob sie geschliffen sind.«

Cholla Yi lachte. »Das war der sechste Pasch hintereinander. Wollt Ihr den Rest von Eurem Anteil einsetzen, um zu sehen, ob ich auch sieben schaffe?«

Ich lächelte. Trotz aller Reichtümer an Bord war Cholla Yi noch immer nicht zufrieden mit einem Schatz, der einen Prinzen glücklich gemacht hätte. Er war dabei, seine eigenen Leute um ihren Anteil zu bringen. Und verlieh damit dem Wort »Piratengier« eine ganz neue Dimension.

Stryker preßte ein Lachen hervor. »Was habt Ihr vor, Admiral? Wollt Ihr einen Pakt mit den Dämonen schließen?«

Cholla Yis Stimme wurde hart. »Was wollt Ihr mir da vorwerfen?«

Stryker war augenblicklich zerknirscht. »Nichts. Überhaupt nichts, Admiral. Ich habe nur Euer infernalisches Glück verflucht.«

Cholla Yi beruhigte sich, kicherte leise. »Mit dem Würfelbecher bist du genauso schlecht wie mit dem Bogen. Ich erinnere mich, daß du mal einen guten Schuß hattest, als der Wind genau richtig stand, und alle zu beschäftigt damit waren, ihre Beute einzusacken, und keiner merkte, was du vorhattest. Und dann triffst du daneben.«

Und Stryker sagte: »War nicht mein Fehler. Und war auch nicht so einfach. Das Deck hat wild geschwankt. Hatte ein halbes Dutzend Teufel im Nacken. Außerdem hätte keiner solches Glück gehabt. Ich meine, Euer Glück ist nichts gegen...«

»Achte auf deine Worte«, unterbrach Cholla ihn. »Auf einem Schiff weiß man nie, wer lauscht.«

Ich errötete, als die Vermutung versehentlich ihr schuldbewußtes Ziel traf. Mit der Frage im Sinn, ob der arme Kerl, von dem sie sprachen, schließlich mit dem Leben davongekommen war, klopfte ich an.

»Herein!« bellte Cholla Yi.

Als sie mich sahen, erröteten beide Männer und sprangen eilig auf. Beinah hätte ich gelacht. Auf diesem Schiff waren Schuldgefühle so ansteckend wie ein Sommerschnupfen.

Cholla Yi stotterte eine Begrüßung: »Ich... mh... es ist mir... äh... eine Freude, Euch zu sehen, Hauptmann Antero. Stryker und ich haben... mh... gerade... äh...«

»Ein kleines Spielchen gewagt«, unterbrach Stryker und kam dem Admiral zu Hilfe. »Natürlich nimmt er mir wie immer alles ab, wenn Ihr wißt, was ich meine... ha, ha, ha.«

Sie benahmen sich wie Schuljungen, die erwischt wurden, wenn sie Unsinn machten anstatt zu lernen. Darüber mußte ich tatsächlich lachen.

»Meine Herren, bitte!« sagte ich. »Ich bin keine prüde Jungfer. Um die Wahrheit zu sagen, habe ich selbst schon den einen oder anderen Würfelbecher geschwungen, um mir die Zeit zu vertreiben.«

Beide Männer lachten, doch klang es hohl.

»Was kann ich für Euch tun, Hauptmann?« fragte Cholla Yi.

»Ich dachte, wir sollten über unsere Sicherheit sprechen, Admiral«, sagte ich. »Diese Gewässer machen auf mich einen unfreundlichen Eindruck.«

»Gute Idee«, meinte Cholla Yi. Er warf Stryker einen Blick zu, der ihn augenblicklich strammstehen ließ, und dann suchte der Halunke eilig das Weite.

Cholla Yi und ich machten uns bei einem Becher Branntwein an die Arbeit. Bereitwillig ging er auf meine Vorschläge ein, und bald schon waren wir fertig. Dann füllte er unsere Becher nach und hob den seinen zum Gruß. »Wir hatten eine gute Fahrt, Kommandantin«, sagte er. »Fast tut es mir leid, daß sie bald zu Ende ist.«

Ich erwiderte den Trinkspruch, dann trank ich. Ich sagte: »Die Fahrt ist gewiß nicht ausgegangen, wie General Jinnah es erwartet hatte, nicht?«

Cholla Yis Miene verfinsterte sich. »Worauf wollt Ihr hinaus?« herrschte er mich an.

Sein Tonfall erstaunte mich. »Nun, ich wollte Euch keinesfalls zu nahe treten«, sagte ich. »Ich dachte, es sei offensichtlich, daß Jinnah mich aus dem Weg räumen wollte, damit er den Verdienst nicht mit mir teilen müßte. Unser Erfolg war sicher nicht erwünscht und schon gar nicht erwartet.«

»Jinnah hat mich und meine Männer um unseren rechtmäßigen Anteil an der Beute gebracht«, knurrte Cholla Yi. Aus irgendeinem Grund war sein alter Widerwille erwacht.

»Dann werdet Ihr derjenige sein, der zuletzt lacht«, sagte ich. »Bis zu den Dollborden sind wir mit Gold beladen. Weit mehr, als Euch gehört hätte, wenn wir geblieben wären.«

Doch Cholla Yi war nicht zu beruhigen. »Mit fünfzehn guten Schiffen bin ich losgefahren«, sagte er. »Jetzt habe ich noch sieben, und die sind so ramponiert, daß sie keinen Wert mehr haben. Das ist nicht richtig, das will ich Euch nur sagen. Man hat mich betrogen.«

Ich wies ihn nicht darauf hin, daß schon eine Handvoll der konyanischen Schmuckstücke, die ihm zustanden, seine verlorenen Schiffe – und mehr noch – ersetzen würden. Da unsere Reise nicht mehr lange dauern würde, wollte ich mit einem zufriedenen Piraten segeln. Es machte keinen Sinn, alles zu gefährden, wenn wir dem Ziel so nahe waren.

»Ich werde dafür sorgen, daß Ihr gerecht entlohnt werdet«, versprach ich. »Wenn es nicht anders geht, werde ich von meinem Anteil dafür bezahlen.«

»Ihr glaubt also, ich wäre nur hinter dem Geld her, was?« knurrte Cholla Yi. »Wo bleibt der Respekt? Zahlt mich aus, und Ihr seht mich nie wieder, ja? Wenn man mich braucht, heißt es Admiral hier und Admiral da, und wieso geht Ihr nicht hin und sterbt für unsere Sache, Sir? Nur wenn der Krieg vorbei ist, sind meine Freunde und ich in Euren Augen nicht mehr als gewöhnliche Verbrecher.«

Ich hatte genug. Er gab sich wirklich wenig Mühe, den Frieden zwischen uns zu bewahren. »Oft genug habt Ihr mich daran erinnert, Sir, daß Ihr nur ein Söldner seid. Daß Gold das einzige Banner ist, unter dem Ihr segelt. Soll mir recht sein. Ich habe Euch reichlich Gold besorgt. Darüber hinaus habt Ihr meinen Respekt – als Kämpfer –, falls es Euch etwas bedeutet. Doch was den Rest angeht ... nun, es ist das Leben, das Ihr Euch selbst gewählt habt, mein Freund.«

Ich warf die Würfel in den Becher und schüttelte. »Wenn Euch der Wurf nicht gefällt, habt Ihr es Euch selbst zuzuschreiben.«

Ich stülpte den Becher um. Instinktiv sah Cholla Yi hin. Er stöhnte. Ich selbst sah nach und fand dort sieben Augen ... des Schickals Lieblingskind.

Cholla Yi wirkte blaß, erschüttert. Er stürzte seinen Branntwein herunter. Dann sagte er: »Verzeiht mir meine Launen, Hauptmann Antero.« Er rieb seine Stirn. »Ich habe in letzter Zeit nicht genug geschlafen. Und in meinem Kopf hämmert es so sehr, daß ich ihn am liebsten abreißen würde.«

Es war mir egal, doch wollte ich nicht gefühllos klingen. »Mir tut es auch leid«, sagte ich. »Ich hätte sehen sollen, daß es Euch nicht gutgeht. Kann ich Euch irgend etwas holen lassen? Vielleicht ein Elixier von unserem Zauberer?«

Cholla Yi schüttelte den Kopf, ein entschlossenes Nein. Dann lächelte er, kehrte seinen schurkischen Charme hervor. »Das hier ist alles an Elixier, was ich brauche«, sagte er mit einem Fingerzeig auf den Branntwein. Er kippte den Becher, dann wischte er sich den Bart. »Ich kümmere mich um die Verteidigungsmaßnahmen, die wir besprochen haben«, sagte er, und das Gespräch hatte ein Ende. Wir plauderten noch einige Minuten, dann trennten wir uns.

Von draußen hörte ich das Rasseln der Würfel, dann das Klappern des Wurfes. Cholla Yi fluchte. Das Ergebnis schien nicht gut zu sein.

Was das alles zu bedeuten hatte, wußte ich nicht.

Polillos Trauer um Corais ging noch tiefer als die meine. So lange Jahre waren sie Freundinnen gewesen, daß es schwerfiel, sich die eine ohne die andere vorzustellen. Vom Temperament her waren sie so verschieden gewesen wie in Hautfarbe und Größe, doch hatte die eine die andere ergänzt. Polillo hatte Corais Kraft und starrsinnige Courage verliehen, während Corais Schnelligkeit und Scharfsinn zu bieten hatte. Gemeinsam waren sie jedem, der dumm genug war, sich mit ihnen auf dem Schlachtfeld oder bei einer Tavernenschlägerei anzulegen, furchteinflößende Gegner. Polillo ließ den Kopf nicht hängen und weinte nicht, nachdem Corais gefallen war. Statt dessen stürzte sie sich auf ihre Arbeit, drillte die Frauen ohne Unterlaß, lehrte sie neue Kampftaktiken, die sie ersonnen hatte, oder hielt ihnen die Hand und tröstete sie, wenn ihre Probleme übermächtig wurden. Auch in anderer Hinsicht hatte sie sich verändert.

Als sie eines Tages beim Training dem Hieb eines hölzernen Schwertes auswich, stolperte sie über einen der Seeleute, der zu nah herangekommen war, um sich all das hüpfende Frauenfleisch anzusehen.

Aufgebracht stieß er sie von sich: »Runter von mir, du Riesenkalb!«

Augenblicklich wurde es an Deck totenstill. Langsam kam Polillo auf die Beine. Sie ragte über dem Seemann auf, der leichenblaß geworden war.

»Wie hast du mich genannt, kleiner Mann?« wollte Polillo wissen.

Der Seemann schluckte. Ich wußte, er verfluchte die Dämonen, die seiner Zunge freien Lauf gelassen hatten.

Außerdem fiel mir ein Mann ein, der eine ähnliche Beleidigung in einer Hafentaverne von Orissa ausgesprochen hatte.

Wir hatten friedlich getrunken und gehurt, und der Mann war gekränkt, weil die Tochter des Tavernenwirts Polillos Gesellschaft der seinen vorzog. Deshalb hatte er Polillo von hinten mit einem Stuhl geschlagen und geschrien: »Nimm das, du dicke Kuh!« Polillo ist empfindlich, was ihre üppige Gestalt angeht. Sie war gekränkt. Bevor wir reagieren konnten, hatte sie den Mann gepackt, sein Gesicht an ihre Brust gerissen und gerufen: »Muh, muh, du Schweinehund«. Sie hatte ihm glatt die Luft geraubt. Wäre Corais nicht dazwischengegangen, hätte sie ihn sicher erstickt.

Ich befürchtete schon etwas Ähnliches und wollte vortreten. Doch zu meinem Erstaunen lachte Polillo plötzlich, langte nach unten und zerzauste das Haar des armen Seemanns. Dann schnüffelte sie an ihm und rümpfte die Nase.

»Hast dir in die Hosen gemacht, stimmt's?« sagte sie.

Der Mann nickte nur.

»Geh dich lieber waschen«, riet sie ihm. »Nichts ist übler als der Hautausschlag, wenn man die Hosen voll hatte.«

Als sie sich abwandte, sackte der Seemann ohnmächtig zusammen.

»Kann ich dir einen ausgeben, meine Schöne?« sagte ich, als sie ihre Tunika geradezog.

»Das beste Angebot des ganzen Tages«, sagte sie und hakte mich unter, als wir uns zu einer Probe des hellen konyanischen Likörs in mein Quartier begaben, der einem einen Tritt wie ein Schlachtroß versetzte.

»Das war eine eindrucksvolle Vorstellung von Gnade«, sagte ich, nachdem wir das Trinken ernsthaft aufgenommen hatten.

Polillo zuckte mit den Achseln. »Corais hat immer gesagt, mein schlimmster Fehler sei mein Jähzorn«, sagte sie. »Da sie jetzt nicht mehr da ist, werde ich selbst darauf achten müssen.«

Ihr Blick wurde trübe. »Ich glaube, ich war in mancher Hinsicht von ihr abhängig«, sagte sie. »Ich bin ein so launisches Biest. Keine

Ahnung, wie sie mit mir klargekommen ist.« Wütend wischte sie an ihren Tränen herum.

»Sie hat dich geliebt, Polillo«, sagte ich. »Wie wir alle. Und was deine Launen angeht, so habe ich schon immer gedacht, daß sie gut zu den großartigen Gaben passen, die die Götter dir gegeben haben, damit du nicht allzu perfekt wirst.«

Sie schnaubte. »Gaben? Ich bin groß, und ich bin häßlich. Was sind das für Gaben?«

Ich war erschrocken. »Häßlich?« sagte ich. »Aber, Polillo, es gibt keine Frau auf der Welt, die auf dein Aussehen nicht neidisch wäre.«

Es war die Wahrheit. Wie ich schon sagte, war Polillo perfekt geformt. Keine einzige Unze Fett verdarb die Rundung ihrer Figur. Ihre Beine waren elegant wie die einer Tänzerin, und ihr Gesicht mit diesen riesigen, leuchtenden Augen hätten jeden Maler sofort nach Farbe und Leinwand suchen lassen.

»Wenigstens zerbreche ich keine Spiegel«, knirschte sie. »Aber du mußt zugeben, daß ich die Größe und Kraft einer Mißgeburt habe.«

»Du bist mit der Kraft einer Heldin gesegnet, nicht der einer Mißgeburt«, sagte ich. »Und eines Tages, wenn diese Zeiten nichts als ferne Erinnerungen sind, wird man Lieder von dir singen, meine liebste Freundin. Die Odensänger werden die Geschichte einer schönen Frau erzählen, die die Kraft zehn ausgewachsener Männer besaß. Du solltest dir darüber im klaren sein. Du bist die geborene Legende.«

Polillo kicherte. »Mit scheußlichen Launen«, sagte sie.

»Mit scheußlichen Launen«, stimmte ich zu.

Sie nahm einen Schluck. »Vielleicht *habe* ich meinem Leben ein paar Schädel eingeschlagen, die eingeschlagen werden wollten«, räumte sie ein.

»Zweifellos«, sagte ich.

»Angefangen bei meinem Vater«, sagte sie.

»Du hast mir erzählt, daß er ein Scheißkerl war«, sagte ich. »Aber du hast es nie näher erklärt. Er war eine Art Tavernenwirt, oder?«

Polillo nickte. »Teils Tavernenwirt, teils Schmied und ein vollkommener Esel. Er war der große, starke Sohn einer pockennarbigen Hure. Und wenn du je seine Mutter kennengelernt hättest, wüßtest du, daß das keine leichtfertige Beleidigung ist. Mein Vater besaß ein dunkles Loch von einem Wirtshaus an der Kreuzung unseres Dorfes. Dahinter hatte er eine Schmiede für die Hufeisen der Reisenden und ähnliches. Seinen Gewinn hat er versoffen und ließ uns grün und blau geprügelt in Lumpen herumlaufen, bis ich etwas größer wurde. Manchmal glaube ich, daß ich nur deswegen so groß geworden bin. Seit ich denken kann, hat er uns geschlagen. Hat meinem älteren Bruder den Arm gebrochen ... und er war so ein süßer Kerl, eine sanfte Seele, daß es einem das Herz brechen konnte. Meine Mutter humpelte ständig herum, mit blauen Augen. Er hat mich so wütend gemacht, daß ich nachts mit einem Schürhaken auf ihn eingedroschen habe, als ich sechs war. Er hat mir die Seele aus dem Leib geprügelt, das Schwein. Hat höllisch weh getan, aber ich habe nicht geweint. Den Triumph hab ich ihm nicht gegönnt. Damals habe ich beschlossen, so groß und stark zu werden, daß er es nicht wagen sollte, einen von uns je wieder anzurühren. Ich habe angefangen, Sachen zu heben ... alles, was schwer war. Und ich bin gelaufen und habe gerungen. Als ich zehn war, konnte ich seinen Amboß heben. Also habe ich gewartet. Aber Wochen vergingen, bis er wieder verrückt spielte. Hat mich fast den Verstand gekostet, so lange zu warten. Ich machte mir schon Sorgen, er hätte seine Fehler eingesehen. Ich habe ihn so sehr gehaßt, daß ich hoffte, es wäre nicht so. Sosehr wollte ich ihm weh tun. Aber ich brauchte einen Anlaß.«

»Und schließlich hat er dir einen gegeben?« fragte ich.

Polillo zeigte mir ein freudloses Lächeln. »Frißt ein Hund Aas? Natürlich hat er das. Er hat sich über meine Mutter hergemacht. Und ich habe ihn daran gehindert.« Sie schlug eine große Faust gegen die andere. Bei dem knochenberstenden Geräusch zuckte ich zusammen. »Ein Schlag. Hat ihm den häßlichen Unterkiefer gebrochen. Überall lagen die Zähne herum. Sogar in der Suppe. Dann habe ich ihn aus dem Haus gejagt und meiner Mutter gesagt, von nun an gehöre die Taverne ihr.«

»Du hast ihn nie wiedergesehen?«

Polillo lachte. »Nie wieder. Wie konnte er sein Gesicht herzeigen, wenn alle wußten, daß seine zehnjährige Tochter ihn auf die Bretter geschickt hatte? Das ist das Schöne am männlichen Stolz. Einmal gebrochen, ist er nie mehr zu kitten.«

»Wie der Seemann, der sich in die Hosen gemacht hat?« fragte ich

Polillo zog eine Grimasse. »Oh, der ist nicht so übel. Ich habe ihn bei der Arbeit gesehen. Er legt sich mehr ins Zeug als die meisten anderen. Und auch im Kampf ist er nicht so schlecht. Ich habe ihn nur überrascht, das ist alles. Er wollte mich nicht kränken. Es ist ihm nur so rausgerutscht. Als ich auf ihn herabsah, dachte ich, ›Polillo, altes Mädchen, wie oft bist du schon in die Klemme geraten, weil du im falschen Augenblick dein großes Maul aufgerissen hast?‹ Und dann dachte ich, Corais wäre wirklich böse auf mich, wenn ich ihn töten würde. Also habe ich es gelassen.«

Sie wollte sich schon nachschenken, da hielt sie inne. Voll Sorge runzelte sie die Stirn. »Du glaubst doch nicht, daß die Leute denken, ich wäre weich geworden, oder?«

»Interessiert es dich?« fragte ich.

Sie überlegte einen Augenblick, dann: »Nicht wirklich.«

Sobald sie sich darüber im klaren war, was sie eben gesagt hatte, ließ ein wunderschönes Lächeln ihr Gesicht erstrahlen. »Corais wäre wirklich stolz auf mich, was?«

»Das wäre sie tatsächlich, meine Liebe«, sagte ich.

Danach verbrachten wir eine wundersame Nacht mit Trinken, Kichern und dem Erzählen von Lügenmärchen, ganz wie in alten Zeiten, als wir jung und unschuldig waren und unsere Hoffnungen so strahlend wie der ungeprüfte Stahl unserer Schwerter.

Während wir gen Osten eilten, war ich jeden Morgen so früh wach, daß ich den Tagesanbruch erlebte. Es ist ein Augenblick, dessen ich nie müde werde, besonders wenn blasses Rosa sich wie zuckriges Rosenwasser über den Himmel ergießt. Gamelan stand – wie alle alten Männer – ebenfalls gern früh auf, und so gesellte er sich zu mir, und ich beschrieb ihm den Anblick, während er fischte.

»Als Junge waren mir die Sonnenuntergänge am liebsten«, sagte er eines Tages. »All die kleinen Enttäuschungen des Tages verklangen, und das Leuchten des Himmels schien von den neuen Möglichkeiten des Morgens zu künden. Doch als ich alt wurde, schien mir die untergehende Sonne so ... nun, endgültig, verdammt! Du weißt nicht mal, ob es noch einen nächsten Morgen geben wird. Beim Sonnenaufgang kannst du dir vorgaukeln, daß deine Zukunft zumindest noch bis zum Ende des Tages dauert.«

»Aber du bist doch Zauberer«, sagte ich. »Spüren Zauberer ihren eigenen Tod denn nicht? Ich dachte, wenn der Sucher in der Nähe ist, müßte ein Zauberer es wissen.«

Gamelan lachte. »Der einzige Zauberer, den ich kenne, der erfolgreich sein Ableben im voraus ahnte, war mein alter Meister. Aber der hat auch jeden Abend geflucht, wir begriffsstutzigen Akoluthen wären noch mal sein Tod. Und was soll ich dir sagen? Der Augenblick kam, als er zweiundneunzig Jahre war.«

»Du wirst länger leben als er, mein Freund«, sagte ich. »Du solltest mich besser nicht enttäuschen. Ich werde barsche Worte mit dir reden, wenn du es tust.«

Statt über meinen leisen Versuch, einen Scherz zu machen, höflich zu lächeln, wurde Gamelan ernst.

»Ich habe gestern nacht von dem Panther geträumt«, sagte er.

»Oh?«

»Es war nichts Besonderes«, fuhr der Zauberer fort. »Im Traum war er in meiner Kajüte und wollte hinaus. Er war sehr unruhig, lief auf und ab. Doch als ich zur Tür ging – in meinen Träumen kann ich sehen, weißt du –, konnte ich den Riegel nicht anheben. Ich rief um Hilfe, doch niemand hörte mich.«

»Und dann?«

»Das war alles«, sagte Gamelan. »Ich bin aufgewacht.« Dann fragte er: »Hast du auch vom Panther geträumt, Rali?«

Ich sagte: »Ich habe überhaupt nicht geträumt. Nicht mehr, seit ...

seit ich die Vision vom Archon hatte und dem Panther zum ersten Mal begegnet bin.«

»Träumst du normalerweise?« fragte er.

»Ich träume immer«, sagte ich. »Selbst wenn ich mich nicht erinnere, worum es ging, wache ich nachts auf und weiß, daß ich geträumt habe.«

Gamelan seufzte und schüttelte den Kopf.

»Hat das etwas zu bedeuten?« fragte ich.

»Ich weiß es nicht, Rali«, sagte er. »Greycloak vermutete, Träume könnten real sein. Daß man sich, wenn man träumt, in Wahrheit in einer anderen Welt befindet. Und daß diese Welt genau wie dein Geburtsort ist, mit nur einem kleinen Detail – oder auch einem großen –, das anders verlief. Was, während du es erlebst, zum Thema deines Traumes wird.«

»Dieser verdammte Janos hat zu rein gar nichts den Mund halten können«, knurrte ich. »Warum muß immer alles gewogen oder bis in kleinste Detail vermessen werden? Warum können unsere Träume nicht einfach Träume sein und nichts weiter?«

»Dennoch«, sagte der Zauberer, »könnte etwas dran sein. Und ich habe auch nur wegen des Panthers daran gedacht. Du sagtest, dir wäre, als hättest du ihn manchmal schon gesehen.«

»Nur am Rande meines Gesichtsfelds«, sagte ich. »Und stets im Schatten. Wahrscheinlich war es Einbildung.«

»Ja«, sagte Gamelan. »Das war es wohl.«

In jener Nacht versuchte ich, einen Traum zu erzwingen. Ich dachte an Xia und baute ihr Bild auf, bis sie beinah zu leben schien. Dann, als ich eben entschlummerte, versuchte ich, das Bild zu halten. Es entglitt mir, sobald ich die Augen schloß. Ich raffte mich auf und versuchte es erneut, mit demselben Ergebnis. Ich versuchte, noch andere Bilder festzuhalten, angenehme wie unangenehme, doch wie sehr ich mich auch konzentrieren mochte, entflohen sie, sobald ich einzuschlafen drohte. Dann konnte ich überhaupt nicht mehr schlafen, wälzte mich, und mir wurde abwechselnd heiß und kalt.

Die ganze Zeit über meinte ich, das Scharren von Krallen eines großen Tieres zu hören. Ich wußte, daß es der Panther war ... der auf und ab lief, auf und ab und auf und ab.

Schließlich ging ich an Deck. Die Nacht war still, die See ruhig. Ich ging zu Gamelans Kajüte und drückte mein Ohr an die Tür. Von drinnen hörte ich das Scharren von Krallen.

Ich zog an dem Band, das die Tür verriegelte. Es saß fest. Ich zog fester, und der Riegel hob sich. Vorsichtig öffnete ich die Tür. Der Zauberer schlief friedlich.

Ich spürte einen heißen Lufthauch und trat zurück, als etwas an mir vorbeidrängte. Eigentlich hatte es keine Gestalt, und ich hätte nicht beschwören können, daß überhaupt etwas dort war. Doch spürte ich ganz sicher, daß Fell über meine Haut strich, und ich witterte den durchdringenden Geruch einer großen Katze. Ich drehte mich um und fand nichts. Wieder sah ich nach Gamelan, schloß dann die Tür und kehrte in mein Bett zurück. Augenblicklich schlief ich ein.

In jener Nacht hatte ich einen Traum. Ich träumte von dem schwarzen Panther. Er hetzte durch einen großen Wald, und ich ritt auf seinem Rücken.

Kapitel Dreiundzwanzig

Das Dämonenmeer

Während dieser Tage wehte der Wind stetig von West oder Südwest und brachte uns zügig in die Gegend, von der die Karten sagten, daß uns dort heimatliche Gewässer und am Ende auch Orissa erwarten würden.

Das Wetter blieb mild, die Anspannung unserer langen Reise nahm langsam ab, und fast schon war die Stimmung auf dem Schiff als glücklich zu bezeichnen. Meine Frauen saßen da und erzählten Geschichten; sie überlegten, was sie mit ihren Reichtümern anstellen wollten, wenn Orissa und seine Geisterseher ihren steuerlichen Anteil davon bekommen hätten. Zwei von ihnen suchten mich auf und fragten ganz, ganz vorsichtig, ob jemand so Wortgewandtes wie ich nicht vor dem Rat auftreten könne, um diesen um eine Gefälligkeit zu bitten… da so viele von uns alles für die Stadt gegeben hätten, sei doch das mindeste, was Orissa tun könne, feierlich auf seinen unverdienten Anteil an unserem Gold zu verzichten.

Beiden beschied ich dieselbe Antwort... Gier ziert den Soldaten nicht.

Eine, Pamphylia, brachte unverschämterweise vor, das Kämpfen für Gold scheine weder Cholla Yis Schwerthand noch die seiner Männer verlangsamt zu haben. Offenbar war sie schon zu lange in Gamelans Gesellschaft, und er hatte ihre Leichtferigkeit toleriert. Ich wies sie an, sich bei Flaggsergeantin Ismet zu melden und um eine besonders geruchsintensive Arbeit nach Ismets Wahl zu bemühen, welche dieser Unbotmäßigkeit entsprach. Insgeheim jedoch war ich zufrieden damit, daß meine Frauen nach so viel Verlusten und all den Monaten der Mühsahl noch solchen Elan besaßen.

Die andere, Gerasa, brachte denselben Wunsch vor, doch als ich ihr auch dieselbe Antwort wie Pamphylia gab, sah sie mich aufmerksam an, und nachdem sie mich gebeten hatte, sprechen zu dürfen, fragte sie, wie ich eigentlich darauf käme, daß sie bei der Garde bleiben wolle, wenn wir erst wieder in Orissa seien.

Darauf erwiderte ich nichts, sondern entließ sie mit dem Hinweis, daß es nun mal Gesetze gebe, und es sei weder an ihr noch an mir, in Frage zu stellen, was Orissa mit dem Gold anfinge.

Aber sie hatte mich nachdenklich gemacht. Ich merkte, daß ich bisher noch nicht sonderlich intensiv über die Zukunft nachgedacht hatte. Stets war ich davon ausgegangen, daß ich auch weiterhin der Garde dienen würde, irgendwann einen Orden bekäme, dazu ein weinseliges Bankett, man mich in einen – da ich eine Frau war – definitiv ehrenamtlichen Generalsrang erheben und ich mich dann auf die Güter meiner Familie zurückziehen würde. Entweder das oder, was wahrscheinlicher war: Ich würde in irgendeinem namenlosen Grenzscharmützel fallen. Nie hatte ich viel über mein Leben außerhalb der Garde nachgedacht. Sie war mir Mutter, Vater, Geliebte und Heimat gewesen, seit meiner Mädchenzeit, ebensoviel und manchmal mehr als jeder mit Namen Antero, Otara, Xia oder selbst Tries, sosehr ich sie auch alle liebte.

Ich gab mir Mühe, solche Gedanken zu verdrängen. Es ist für eine Soldatin nicht gesund, über die Zukunft nachzudenken, denn während sie Wache schiebt und von warmen Tavernen und geschmeidigen Bettgefährtinnen träumt, wird sich höchstwahrscheinlich jemand, der nur Augen für das Heute hat, mit gezücktem Dolch von hinten anschleichen. Aber es mochte mir nicht gelingen, diese Vorstellungen von mir zu schieben.

Außerdem wußte ich sehr gut, was als nächstes kommen würde. Noch immer mußten wir uns mit dem Archon auseinandersetzen. Wenn wir heimkehrten, würde es meine erste Pflicht sein, mit Gamelan vor den Ratsmitgliedern und Geistersehern zu erscheinen und ihnen zu berichten, was wir befürchteten.

All das trübte meine Stimmung in gewisser Weise, obwohl ich versuchte, es mir nicht anmerken zu lassen. Ich schlief unruhig und wachte oft auf. Mir wurde heiß, dann kalt. Ich weiß, daß ich träumte, und diese Träume waren nicht angenehm, doch konnte ich mich nicht an sie erinnern, wenn ich erwachte.

Einer dieser Alpträume rettete mir das Leben.

Ich war hochgeschreckt, saß aufrecht in meiner Hängematte und versuchte, gänzlich wach zu werden, obwohl mein Körper sich hier wieder zurücklehnen wollte. Ich widersetzte mich diesem Bedürfnis, da ich wußte, wenn ich nicht aufstünde, herumliefe und meine Gedanken sammelte, müßte ich zu diesem schrecklichen Traum zurückkehren, auch wenn ich mich nicht erinnerte, worum es dabei gegangen war. Ich ahnte, daß der Morgen nahe war. Durch das Knarren der Schiffsbalken und das Rauschen der See hörte ich ein leises Rascheln, als versuchte jemand, die Schlaufe am Riegel meiner Tür zu bewegen. Die Tür ging auf, ein Schatten zeigte sich, trat vor und glitt in meine Richtung. Aus der dunklen Masse kam ein Arm, der eine Waffe hielt, einen langen Dolch mit doppelter Schneide, und das Messer ging dort nieder, wo ich lag.

Nur war ich nicht mehr da.

Bevor der Attentäter vor Überraschung grunzen konnte, fuhr ich hoch, wo ich im Schutz der Dunkelheit gekauert hatte, und stürzte mich auf ihn, warf meine Decke wie ein Fischernetz, wickelte ihn darin ein und drehte mich einmal um mich selbst.

Dabei riß ich mein Bein auf Hüfthöhe hoch. Wie ein Knüppel traf es den Mann in seiner Mitte und schickte ihn zu Boden.

Ich hechtete ihm nach, blindlings in der Dunkelheit, doch meine Muskeln und Fäuste hatten nach endlosen Stunden des Trainings Augen bekommen, und mit der Handkante schlug ich ihm an die Stirn, rammte seinen Kopf gegen die Planken, traf mit der Rückhand seine Schläfe, und dann fing ich mich, bevor ich ihm den Todeshieb an der weichen Stelle seiner Kehle verpaßte. Der Mann gurgelte vor Schmerz, sackte zusammen. Ich stieg von ihm und trat zur Laterne. Ich klappte ihren Deckel auf, blies gegen den Zunder, der darin glomm, bis eine Flamme entstand, drehte am Rädchen und ließ Öl fließen, das die Flamme nährte. Ich dachte daran, die Garde zu rufen, entschloß mich jedoch, damit zu warten. Mein Angreifer stützte sich auf und versuchte, seine Benommenheit abzuschütteln. Ich nahm seinen Dolch, kniete nieder und riß seinen Kopf am Haar zurück.

Es war Stryker.

Seine Augen verloren ihren trüben Glanz, und er starrte auf die Klinge direkt vor seinem Kinn.

»Deine Idee? Oder Cholla Yis?« fuhr ich ihn an.

Er preßte die Lippen aufeinander. Ich zog die Schneide seitlich über seinen Hals, und Blut trat hervor.

»Cholla Yi«, sagte ich und wußte, wenn Stryker in einem Anfall von Zorn über mich hergefallen wäre, hätte er jetzt nicht gezögert, seinen Vorgesetzten anzuschwärzen. »Warum?«

Störrisch preßte Stryker die Lippen aufeinander, und wieder setzte ich das Messer an.

»Ihr führt uns in den Untergang«, sagte er hastig. »Da draußen erwartet uns etwas. Cholla Yi hat gesagt, er kann es fühlen, und ich fühle es genauso. Und ich weiß, was es ist.«

»Der Archon?«

»Wie klug Ihr seid«, sagte er.

»Was hilft es dir, wenn ich tot bin?«

Stryker sah mich verschlagen an, und wieder stach ich zu.

»Rede, Mann«, sagte ich. »Sonst rufe ich Polillo mit ihrer Axt und laß sie deine Finger einen nach dem anderen bearbeiten, bis du es tust.«

»Na und?« sagte Stryker. »Ihr werdet mich ohnehin töten.«

»Soviel ist sicher«, sagte ich. »In einer Minute oder einer Stunde ... das ist die Frage. Was bringt dir mein Tod?«

»Kann ich mich anders hinsetzen?«

»Du wirst reden, wie du sitzt. Oder bluten, wenn du lügst.«

»Cholla Yi hat mir gesagt, was passieren wird. Er sagt, er hat Visionen. Wie ein Geisterseher. Er sagt, der Archon wäre ihm erschienen, auch wenn er kein Gesicht gesehen hat. Er muß es gewesen sein. Hat gesagt, die Jagd sei nicht zu Ende, und wir hätten keine Chance, nach Orissa zu kommen, wenn sein Zauber gegen uns steht, und Eure verdammten Ratsherren würden uns sowieso nicht zahlen, was sie uns schulden. Er hat gesagt, diejenigen, die zu ihm halten, wird er nie vergessen, und diejenigen, die sich gegen ihn stellen, werden bis in alle Ewigkeit von Dämonen zerfleischt.«

»Und du ... oder Cholla, ihr habt dem *Archon* geglaubt?«

»Ich weiß, es hört sich an, als würde es keinen Sinn machen«, sagte Stryker. »Aber Cholla Yi sagt, wir haben keine Chance gegen einen Zauberer wie ihn. Besonders, wenn er Versprechungen macht und sagt, er bräuchte Männer, lebendige Männer, um seinen Thron zurückzuerobern. Und noch mehr.

Jetzt hat er wahre Macht, sagt Cholla Yi. Mir scheint, als wäre der Archon fast schon ein Gott: Und gegen Götter kann kein Mensch was ausrichten. Am besten trifft man ein Abkommen mit ihnen. Dient ihnen gut und hofft, einiges an Beute zu kassieren, was sie nicht wollen.«

Stryker verzog das Gesicht. »Ich hätte es wohl wissen müssen, als ich die Todesaugen warf, damals auf Cholla Yis Schiff, und alles nur, weil Ihr aufgetaucht seid. Seit ich mich bei Cholla Yi verdingt habe ... hätte ich nicht so ein Pech gehabt, wäre es gar nicht so weit gekommen.

Schon als wir dem Archon zum ersten Mal begegnet sind, hätte ich wissen müssen, daß ich verflucht war, als ich versucht habe, dem

Ganzen ein Ende zu bereiten, wie ich es sollte. Damals, bevor uns die Vulkane in diese Gewässer gespült haben.«

»Was meint Ihr damit?«

»Ich werd's Euch sagen. Kann Euch ebensogut alles erzählen und hoffen, daß es für mich spricht. Als Ihr mit dieser schwarzen Schlampe rüber zum Schiff des Archon gefahren und dann den Fockmast raufgeklettert seid.«

Deutlich sah ich es vor Augen, stöhnte leise auf und wich – ohne es zu merken – zurück, fort von Stryker, bis ich etwa in einem Meter Entfernung vor ihm kniete. Ich erinnerte mich, wie damals, als Ismet und ich auf den Fockmast des Schiffes geklettert waren, ein Pfeil zwischen uns eingeschlagen war und Ismets Arm aufgerissen hatte, ein Pfeil von einem Bogenschützen, den wir beide nicht hatten entdecken können. Was nur natürlich war, wenn er sich auf unserer eigenen Galeere befunden hatte.

»Ich erinnere mich«, sagte ich. Stryker setzte sich auf. Mit den Fingern betastete er das Blut an beiden Seiten seines Halses und zuckte zusammen. »Du hast den Pfeil geschossen?«

»Das habe ich allerdings. Und dann danebengetroffen. Hätte die schwarze Schlampe um ein Haar erledigt, was nicht das Schlechteste gewesen wäre.«

»Cholla Yi hatte es befohlen?«

»Keiner hat *irgendwas* befohlen«, sagte Stryker. »Cholla Yi hat mir nur gesagt, General Jinnah hätte ihm deutlich gemacht, daß Ihr sein ärgster Feind wärt, und wenn wir zurückkämen, säße er oben im Hohen Rat, und falls er sich nicht mit Euch beschäftigen müßte, wären unsere Angelegenheiten schneller und besser zu erledigen, und wir wären in der Lage, allein mit dem Archon fertig zu werden.«

»Dummköpfe, gottverdammte Dummköpfe! Wieso habt Ihr es danach nicht wieder versucht?« fragte ich.

»Weil ich nicht nur dumm bin. Nachdem wir über dieses Riff in unbekannte Gewässer geflogen sind, dachte ich mir – genau wie Cholla Yi –, wir brauchen alle Schwerter, die wir kriegen können.

Er sagte, um Orissa und Jinnah und das alles könnten wir uns kümmern, wenn und falls wir jemals wieder dorthin kommen.«

»Ihr beiden seid zwei selten dumme Schweinehunde«, sagte ich. »Ihr habt geglaubt, daß der Archon Euch ein stilles Plätzchen sucht? Denk doch an den Sarzana. Er dachte auch, er könnte sich mit ihm zusammentun. Noch nie habe ich...« Ich hielt inne, da ich merkte, daß auch ich gleich wie ein Dummkopf klingen würde. Selbstverständlich hätte der Geist des Archon, der Dämon oder was immer er sein mochte, sein Werben nicht ohne einen Zauber der Überredung und des guten Glaubens versucht, der diese beiden Halunken wie eine goldene Wolke umwehte.

»Also gut«, begann ich. »Wir kümmern uns der Reihe nach darum. Erst du, dann Cholla Yi.«

Ich wußte noch gar nicht, was ich mit Stryker vorhatte, wollte eben erst darüber nachdenken. Doch der Kapitän verstand meine Worte falsch und glaubte, sein Schicksal sei besiegelt. Ich hatte nicht gemerkt, daß er seine Beine unter sich gefaltet hatte, und jetzt sprang er mich an, versuchte, meine Messerhand zu packen und mir mit der anderen in die Augen zu stechen.

Doch wieder sprachen meine Muskeln für mich, und ich ließ mich zu Boden fallen, der scharfe Zahn des Dolches ragte auf, die freie Hand umfaßte ihn, und Stryker spießte sich mit seiner eigenen Klinge auf. Blut überströmte mich, und Stryker stöhnte, erstarrte und starb. Ich rollte unter seinem Wanst hervor und war schon auf den Beinen, warf mir meine Tunika über die Schultern und griff nach meinem Waffengurt. Dann stürmte ich durch die Tür zum Unterdeck, ließ die Garde raustreten, und während meine Frauen mühsam wach wurden, rannte ich die Kajütstreppe hinauf zum Hauptdeck und ins beginnende Morgengrauen und riß meine Klinge aus der Scheide.

In siebzig Fuß Entfernung näherte sich uns Cholla Yis Flaggschiff, bewaffnete Männer in der Bugspitze, die Planken zum Entern bereit. Ganz vorn stand Cholla Yi höchstselbst in voller Rüstung. Er sah, daß ich noch lebte und schrie vor Zorn. Hinter ihm kamen zwei weitere

Schiffe – eines davon war Kidais, an den Kapitän des anderen erinnere ich mich nicht. Offensichtlich dachte er, er bräuchte nur diese drei, um uns zu töten, oder er hatte die Offiziere der anderen Schiffe nicht zur Meuterei bewegen können.

Meine Frauen strömten an Deck, setzten ihre Helme auf und legten die Rüstungen an. Unter ihnen waren auch Strykers Seeleute, verwirrt von diesen Vorfällen. Offenbar war Cholla Yi – erfahren im Verrat – klug genug gewesen, sich mit so wenigen wie möglich zu verschwören. Wäre ich unter Deck ermordet worden, hätte Stryker Zeit genug gehabt, seine Männer gegen meine Frauen aufzuwiegeln. Doch nun...

»Tötet sie!« rief Cholla Yi. »Tötet die Weiber! Tötet sie alle! Sie machen mit dem Archon gemeinsame Sache!«

Einige Seeleute sahen uns an... dann die kampfbereiten Schwerter.

»Jeder, der sich gegen uns wendet, wird sterben!« rief ich zurück. »Cholla Yi ist der Verräter!« Ich verfluchte mich. Alles, was ich damit erreichte, war weitere Verwirrung, und ich änderte meine Taktik: »Alle Seeleute unter Deck! Sofort! Sonst seid ihr des Todes! Haltet Euch zurück!«

Manche machten sich zu den Kajütstreppen auf, andere rührten sich nicht von der Stelle, waren noch verblüfft. Duban schien etwas gewußt zu haben, denn er riß seinen Dolch vom Gürtel. Bevor er sich ein Ziel suchen konnte, hatte Ismet ihn niedergestreckt, und Seeleute schrien vor Wut.

Doch hatte ich keine Zeit für sie... Cholla Yis Schiffe waren schon sehr nah.

»Enterer abwehren!« rief ich. »Gerasa! Ziel auf den Rudergänger und Cholla Yi!« Meine beste Bogenschützin, die ich entgegen ihrer Proteste zur Sergeantin befördert hatte, sah mich mit großen Augen an, dann rief sie selbst Befehle, als sich ihre Gruppe entlang der Reling formierte und das Feuer eröffnete. Doch war es zu spät. Ich sah, daß ein Pfeil den Mann neben Cholla Yi traf, verzog das Gesicht, weil die Schützin nicht besser gezielt hatte, dann brach Cholla Yis

Galeere in die unsere ein, hakenbesetzte Planken schlugen auf, und wir saßen fest, Schiff an Schiff. Ein weiteres kam längsseits an Backbord, Tauschlingen summten, und Steine flogen über das stampfende Wasser zwischen uns, die drei Männer auf dem Achterdeck fielen, Leiber und Schädel zerschmettert, und das führerlose Schiff trieb ab.

Das dritte Schiff näherte sich unserem Heck, doch hatte ich andere Sorgen, als Cholla Yis Männer über die Planken kamen und das Deck ein wimmelnder Haufen von kämpfenden Männern und Frauen war.

»Speerspitze!« rief Polillo, und vier Frauen formierten sich in ihrem Rücken und griffen an. Seeleute schrien vor Angst und mühten sich, der schwingenden Axt zu entkommen. Zwei Männer rannten auf mich zu, überzeugt davon, mich in der Falle zu haben, doch sprang ich zur Seite, und sie waren einander im Weg. Ich parierte einen unbeholfenen Hieb des ersten, traf ihn am Oberarm, durchschnitt die Sehnen, und sein Schwert fiel, was mir Zeit gab, seinen Kumpanen aufzuspießen, mein Schwert herauszuziehen und dem Verwundeten den Rest zu geben, bevor der nächste kam.

»Schnappt euch die Weiber!« hörte ich Cholla Yi von unten bellen. »Tötet sie! Zuallererst ihre verfluchte Kommandantin!«

Vor mir ragte ein Mann auf, hielt eine blutige Hellebarde auf Halbmast, parierte meinen Hieb, sprang vor, als ich beiseite trat und ging wieder in Deckung. Er war ein geschickter Kämpfer. Ich hüpfte von einer Seite zur anderen, wollte ihn verwirren, kurz vor dem Sprung, und er riß die Augen auf. Ich ließ mich nach rechts fallen, rollte ab und drehte mich dabei, da fuhr Sanths Schwert nieder und erwischte nur noch das Deck.

Vor Angst kreischte er und riß an der festsitzenden Klinge, als ich aus der Hocke hochschnellte und zuschlug. Mein Schwert fegte das meiste von seinem Gesicht fort, und er stolperte rückwärts gegen die Reling, dann fiel er über Bord, doch die Hellebarde des anderen Seemanns schoß mir entgegen wie eine Schlange im Angriff, und ihr unteres Ende brannte über meine ungeschützten Rippen. Schmerz flammte auf, doch schenkte ich ihm keine Beachtung, da ich mit der freien Hand den Stock der Hellebarde fassen konnte, und ich zog den Mann zu mir hin, in mein Schwert hinein. Seine Augen starrten ins Leere, er kippte um, und mit dem Stiefel trat ich seine Leiche von meinem Schwert.

Schlachtenlärm hallte über die Decks, und ich konnte nicht sagen, zu wessen Gunsten der Kampf verlief. Deutlich war, wie die Lage zu beenden wäre, und über die Menge hinweg entdeckte ich Cholla Yi, dessen Schwert sich hob und senkte, das in öligen Zacken hochstehende Haar schimmernd im frühen Sonnenlicht, und schlug mir den Weg zu ihm frei.

Doch Polillo war vor mir da. Ich sah, daß Cholla Yi es auf sie abgesehen hatte. Polillo lehnte sich zurück, als das Schwert an ihr vorüberrauschte, und schlug dann mit dem stumpfen Ende ihrer Axt zu wie mit einem Knüppel. Der Schlag ließ Cholla Yi rückwärts taumeln, aber es war kein Blut zu sehen, und seine Miene verriet keinen Schmerz... Er trug einen Panzer unter der Tunika. Polillo und er tanzten hin und her, und irgendwo wußten alle, daß dies die Entscheidung über die Schlacht bringen würde, denn weder Speere oder Steine flogen von hinten, und niemand schoß einen Pfeil in ihre Richtung. Ich weiß nicht, warum mir der absurde Gedanke an ein Duell an Deck dieses schwankenden Piratenschiffs kam, zwischen meiner Ordonnanz und einem treulosen Abtrünnigen, doch kam er mir, wenn auch nur für einen Augenblick.

Cholla Yis Klinge war riesenhaft, für beidhändigen Gebrauch gedacht, doch perfekt ausbalanciert, und er nutzte sie sowohl beidhändig als auch einhändig, setzte ein Netz aus Stahl zwischen sich und Polillos tänzelnde Axt, als sie näher kam und ihn immer wieder rückwärts an die Reling drängte.

Polillo sah ihre Chance und holte aus. Jemand, vielleicht war ich es selbst, stöhnte auf, als sie danebentraf und für Cholla Yis tödlichen Hieb ungedeckt war. Er schlug zu, doch unglaublicherweise hielt Polillo mitten im Schwung inne und riß die Axt zurück, schmetterte seine Klinge ab, was Cholla Yi zum Taumeln brachte und ihn das Gleichgewicht verlieren ließ. Er fing sich, drehte sich um, doch wieder wurde seine Attacke abgeblockt, und dann schlug Polillo mit aller Gewalt aus ihrer Deckung mit so viel Kraft zu, wie ich sie nur mit vollem Schwung der Axt erreicht hätte, und die Klinge traf Cholla Yis Seite, durchbrach seinen Panzer, als sei er nackt, und Blut und Gedärm quollen hervor.

Der Pirat stieß einen gequälten Schrei aus und stürzte rückwärts, das Gesicht wie schwarz in seiner letzten Wut.

Ich kam wieder zu mir und hieb auf einen Seemann ein, doch der ließ sein Schwert sinken, hob die leeren Hände und flehte um Gnade. Überall an Deck tat man es ihm nach, Waffen fielen klappernd auf die Planken, und man hörte Stimmen, die ihre Kapitulation erklärten. Dennoch sah ich rot, als ich drei, nein, vier der mir verbliebenen Frauen am Boden entdeckte, und vielleicht hätte ich nicht befohlen, die Männer zu verschonen, doch bemerkte ich Gamelan am anderen Ende des Achterdecks, flankiert von Pamphylia und seiner anderen Gefährtin.

»Halt!« rief er. »Er kommt! Er kommt! *Ich kann ihn sehen*!«

Eine einzige Sekunde blieb mir, um zu verstehen, was Gamelan da sagte, Zeit genug, hinzusehen und zu erkennen, daß sein Blick klar war, daß er nicht mehr nur leere Worte wahrnahm wie schon so lange.

Die Meeresoberfläche brach, und der Archon griff an.

Doch blieb er in den kurzen Augenblicken dieses rasenden Alptraums unsichtbar, denn er griff nicht mit reiner Magie an, sondern mit Dämonen des Meeres und Wesen aus den dunklen Tiefen des Ozeans.

Das Wasser wurde schwarz, als hätte jemand Farbe hineingegossen, und Tentakel wanden sich hervor, streckten sich und packten einen Mann, dann den nächsten vom Nachbarschiff und rissen sie hinab, wo riesige, lidlose Augen starrten, ein Papageienschnabel klaffte und sich schloß, und die Schreie verstummten. Ein weiteres Wesen tauchte aus der Tiefe auf, ein geschuppter Salamander, dreimal so groß wie ein Mensch, die Schuppen schwarz mit roten Streifen, und jedesmal, wenn sich sein Maul öffnete, schoß Feuer hervor. Unbeholfen kletterte er seitlich an Kidais Galeere hoch, und ich sah Seeleute, die mit Speeren auf ihn einstießen und dann schrien, als sie sich in lebende Fackeln verwandelten.

Auf dem Meer entdeckte ich weitere Kreaturen, manche offensichtlich Dämonen, Elam nicht unähnlich, wenn auch kleiner als der Dämonenherrscher, die Schiffe enterten, die Klauen blitzend wie Schwerter, oder schlicht Männer um die Hüfte packten und mit ihnen Zähnen zerkauten. Etwas mit Tentakeln, die noch größer waren als die des Kraken, kam aus dem Meer, umschlang eine Galeere und sank wieder, ließ nur etwas Treibgut und einen kreiselnden Mahlstrom zurück.

Wahrscheinlich verloren wir in diesem Moment allesamt den Verstand, denn wir erblickten, was kein Mensch je sehen sollte, und fanden uns einem Tod gegenüber, den man sich selbst mit der finstersten Phantasie kaum vorstellen konnte. Manche von uns erstarrten einfach und starben. Andere kämpften tapfer und fanden dennoch den Tod.

Die Schlacht verlief nicht gänzlich einseitig. Das Maul des Feuersalamanders öffnete sich, und Kidai schleuderte einen Speer hinein, als die Flamme herausschoß. Kidai starb, aber auch der Salamander heulte vor Schmerz und rollte sich im Todeskampf zusammen, zerschmetterte Männer dabei, zerschlug die Masten der Galeere, als er ins schwarze Wasser rollte und die Galeere kippend, kenternd und versinkend hinter sich zurückließ.

Ein Dämon kletterte über den Rand unseres Schiffes und lernte Polillos Axt kennen, als sie ihm den Kopf abschlug. Doch das Monstrum starb nicht, sondern taumelte blindlings übers Deck und stürzte auf der anderen Seite wieder ins Meer.

Ein weiteres Ungeheuer glitt aus der Tiefe hervor. Es mochte wohl zwanzig Fuß lang sein und war wie eine mächtige, schleimgrüne Schlange, nur daß sie keine Augen hatte, nur Luftlöcher, und das Maul war rund, besetzt mit Reißzähnen, trichterförmig. Sie griff mich an, und ich sprang beiseite, sah die Hellebarde des Mannes, den ich erschlagen hatte, ließ mein Schwert fallen und packte die schwerere

Waffe. Als das Biest, was immer es sein mochte, wieder nach mir schnappte, schlug ich mit aller Kraft zu, und die Klinge nagelte das Monstrum an die Planken. Es zappelte wie ein Wurm am Angelhaken, dann lag es still.

Eine gigantische Seeschlange bäumte sich über dem Bug auf, Reißzähne schimmernd in ihrer hornbesetzten Schnauze. Sie zuckte vor und holte eine meiner Frauen, dann zischte sie lauter als tausend Schreie, als Pfeile ihren Kopf wie ein Nadelkissen besetzten, und ich kam wieder zu Verstand.

Zauberkraft hatte diese Brut heraufgeholt, und nur Zauberkraft konnte sie wieder in die Tiefe schicken. Ich suchte nach Worten, nach einem Spruch, doch wußte ich, daß soviel Zeit nicht war, und lief zu Gamelan, als eben ein Dämon aus dem Meer aufs Achterdeck sprang. Er sah aus wie eine unmögliche Art von Wasserlemure, nur daß er mit faulendem Fleisch durchzogen war und anstelle von Armen Sensen hatte. Er schlug nach Gamelan, doch der sprang rechtzeitig aus dem Weg. Er griff nach einem Marlpfriem auf einem Gestell, und wieder griff der Dämon an. Pamphylia war zwischen ihnen, tat, wie man ihr befohlen hatte, fing den Hieb mit ihrem Körper auf und fiel, als sich ihre Klinge tief in die Brust des Dämons bohrte.

Ich kam die Treppe hinauf, doch Gamelan streckte die Hände aus.

»Nein, Rali«, sagte er ganz ruhig, als säßen wir in seinem winzigen Raum und diskutierten die Theorie der Zauberei. »Komm nicht näher.«

Ich wußte, daß ich mich fügen mußte, und blieb, wo ich war.

Gamelan lächelte mich an, ein freundlich warmes Lächeln, das gleichzeitig Willkommen und Lebewohl sagte, dann schaute er über mich hinweg aufs schwarze Meer hinaus.

Er griff in seine Robe und nahm die schwarze Onyxschachtel hervor, in der sich das Herz des Archon befand. Er hob sie mit beiden Händen über seinen Kopf, sprach leise, doch seine Stimme hallte lauter übers Meer als noch der stärkste Taifun.

Macht nimmt Macht
Schwarz nimmt Schwarz
Dunkelheit nicht bleiben kann
Flammen nehmen Dunkelheit
Feuer tötet Nacht

***

Nimmermehr
Nimmermehr
Es gibt ein Ende
Macht nimmt Macht.

Seine Hände beschrieben seltsame Bewegungen, zogen eine Reihe von Kreisen nach, als schriebe er unsichtbare Symbole, während er sang. Aus dem Nichts kam ein gepeinigtes Brüllen und ein Geräusch, das ich nur als ein mächtiges *Knacken* beschreiben kann, als würde eine Eisfläche zerschlagen.

Ich kann nicht die rechten Worte finden für das, was als nächstes auftauchte, doch sah es aus wie eine Nebelbank, die der Wind zerteilte. Es waren graue Fetzen, Ranken, und sie trieben fort von Gamelan über Deck, über das Meer, wirbelten den Dämonen entgegen, und als sie die Ungeheuer trafen, schrien diese vor Schmerz und starben oder versanken im Meer. Man hörte das Donnern, das Heulen eines Wirbelwinds, doch unsere Segel hingen schlaff herab.

Ich hörte einen Schrei des Triumphs vom Himmel herab und glaubte Gamelans Stimme zu erkennen, dann war alles still.

Das Meer war ruhig wie ein Mühlteich.

Die Kreaturen des Archon waren fort.

Doch überall an Deck war Blut, und Leichen lagen dort, und jetzt begannen die Verwundeten ihre Qualen herauszuschreien und zu stöhnen.

Regungslos stand Gamelan da, und nun waren seine Hände leer. Ich konnte zu ihm gehen, als er in sich zusammensank. Ich fing ihn, bevor er auf die Planken schlug, und hielt ihn im Arm. Seine Augen waren klar, sehend, doch blickte er durch mich hindurch.

Noch einmal lächelte er.

Dann war er tot.

Ich spürte, wie er ging, spürte eine Leere in der Welt, einen unendlichen Verlust, wo vor Sekunden noch ein Mensch gelebt hatte.

Ich legte ihn nieder und stand auf, kämpfte nicht gegen die Tränen an.

Gamelan war von uns gegangen, er hatte sich geopfert und dabei hatte er unseren einzigen Talisman mitgenommen, das Herz des Archon.

Aber ich konnte die Gegenwart des Archon nicht mehr spüren.

Mit seiner Heimtücke und Zauberkraft hatte er uns fast vernichtet. Von unseren sieben Schiffen schwammen nur noch zwei... das unsere und Cholla Yis Flaggschiff. Die anderen waren in die Tiefe gerissen worden oder schlicht gesunken.

Wir bandagierten unsere Verwundeten und bestatteten unsere Toten.

Es waren viele, fast so viele wie die Schlacht gegen den Sarzana gekostet hatte. Pamphylia. Cliges. Dacis. Auch andere. Mehr Seeleute als Gardistinnen, doch was konnten wir tun? Manchmal hatten wir eine Leiche, an der wir ein paar Worte sprechen konnten, dann wieder nichts als einen Fetzen ihrer Kleidung, ein Fläschchen Duftwasser, eine Lieblingswaffe, oder in Cliges' Fall ihre liebste Feldflasche, mit der wir verhindern konnten, daß ihr Geist bis in alle Ewigkeit würde herumwandern müssen.

Notdürftig reparierten wir unser Schiffe und setzten einmal mehr die Segel, schleppten uns weiter, noch immer gen Osten.

Zwei Tage später kam ein Schiff aus Orissa in Sicht.

Drittes Buch
Orissa

Kapitel Vierundzwanzig

Den Heldinnen zum Gruße

Je näher das Schiff kam, desto sicherer wurden wir, daß es keine Sinnestäuschung war, keine Folge eines schlachtenmüden Geistes.

»Es kommt aus der Heimat!« donnerte Polillo und schlug mir auf den Rücken.

Manche von uns jubelten, andere weinten, doch wir alle staunten, als man uns in unserer *eigenen* Sprache begrüßte. Oh, wie sehr wir jeden Zentimeter dieses Schiffes liebten, von seiner vertrauten Form bis hin sogar zum Holz, aus dem es war, gehauen in den duftenden Wäldern vor unserer Stadt. Und die Männer, die uns in dieser schwungvollen, fließenden Sprache unsers geliebten Flusses grüßten, waren uns ebenso vertraut. Wir kannten die Straße der Weber, in der ihre Kleider genäht waren, hatten uns über den Geruch der Färberküpen beklagt, die ihren Kleidern diese sonnigen, orissanischen Farben verliehen. Die Form ihrer Bärte, der Schnitt ihrer Stiefel und Sandalen, selbst die Ringe und Kettchen, die sie trugen und wie sie diese trugen, dies alles kündete von der Heimat.

Größere Freude noch folgte, als der Kapitän uns grüßte und wir erfuhren, wie weit abseits unserer Karten wir uns befanden ... anstelle mehrerer Wochen waren wir nur wenige Tage von Orissa entfernt. Eine schwere Last wurde uns von den Schultern genommen. Von nun an würden unsere Bürden, die Sorgen, die Schicksalsprüfungen von unseren Landsleuten geteilt. Sollte uns der Archon erneut bedrohen, müßte er sich mit Zehntausenden von Orissanern auseinandersetzen. Wir trugen diese Last nicht mehr allein, sondern konnten auf die Hilfe unserer Freunde, unserer Gefährten und Familien zählen.

Federnden Schrittes ging ich an Bord, und die Kriegsmüdigkeit fiel so leicht von mir ab, wie man sich in einer warmen Sommernacht eines leichten Hemdes entledigt. Man kümmerte sich sorgsam um unsere Verwundeten. Vertraute Gebete wurden gesprochen, sowohl um den Toten die Reise zu erleichtern, als auch um unsere Trauer über ihr Ableben zu lindern. Zwar war das Schiff vollbesetzt, doch hatten nur noch zwanzig von uns überlebt, so daß wir keine Schwierigkeiten hatten, Raum zu finden. Dann setzten wir augenblicklich die Segel, um die Heimat anzusteuern. Unsere beiden Galeeren wurden in Schlepptau genommen. Da sie kleiner und leichter waren als das orissanische Handelsschiff, war es einfacher, unsere Schätze an Bord des anderen zu bringen, obwohl ich glaube, daß sich inzwischen keiner mehr so recht für das Gold interessierte. Der Preis dafür war allzu hoch gewesen.

Ich teilte mein Quartier mit Polillo, und sobald wir uns eingerichtet hatten, kam der Kapitän, dessen Name Wazanno war, um nachzusehen, ob wir uns auch wohl fühlten.

»Ihr wart so lange fort, Hauptmann Antero«, sagte er, »daß wir Euch schon tot glaubten.« Er schenkte uns beiden einen Kelch roten orissanischen Weins ein, auf den wir fast zwei Jahre hatten verzichten müssen. Man konnte beinah die sonnenverwöhnten Reben schmecken, von denen er stammte.

»Ihr hättet öfter um ein Haar recht gehabt, als mir lieb war«, meinte ich.

»Der schwerste Kampf von allen«, sagte Polillo, »fand statt, kurz bevor Ihr kamt. Meeresungeheuer und Dämonen und Gott weiß was uns noch alles angegriffen hat.«

»Was Ihr nicht sagt«, brummte der Kapitän. »Ihr werdet mir davon erzählen müssen, sobald Ihr ausgeruhter seid.«

Polillo schnaubte. »Nehmt Euch reichlich Zeit und bringt ein halbes Dutzend Flaschen dieses Weines«, sagte sie. »Es gibt viel zu berichten. Nun, wir sind fast um die halbe Welt und zurück gesegelt. Haben Dinge gesehen, daß einem beim Erzählen die Köpfe abfrieren könnten.«

Wazanno erhob sich, um zu gehen. »Ich bin sehr gespannt, Eure Geschichte zu hören«, sagte er. »Falls meine Pflichten es erlauben. Ich bin ein Kapitän, der gern selbst Hand an die Ruderpinne legt, und daher bleibt mir nicht viel Zeit.«

Dann gähnte er. »Verzeiht«, sagte er. »Ich habe auf dieser Reise nicht viel geschlafen. Wir hatten eine Menge Probleme damit, die Ladung richtig zu verteilen.« Er entschuldigte sich, und schon war er fort.

»Der Bursche hat das Blut eines Fisches«, sagte Polillo. »Und nur halb soviel Phantasie.«

Ich seufzte. »Er muß einer von diesem neuen Schlag sein, über die sich mein Bruder ständig beklagt«, sagte ich. »Seit uns die Fernen Königreiche offenstehen, gibt es einen Mangel an qualifizierten Seefahrern. Gott sei Dank macht er einen halbwegs fähigen Eindruck. Amalric hat so manche grauenhafte Geschichte von dem Abschaum zu erzählen, den er einstellen mußte.«

»Wenigstens hat er den Wein dagelassen«, sagte Polillo und schenkte uns nach.

Sie prostete mir zu: »Willkommen daheim.«

Und ich sah ihr in die Augen: »Willkommen daheim.«

Ein Heldenempfang erwartete uns, als wir in Orissa anlegten. Es gab Musik und Tanz in den Straßen, Reden der Ratsmitglieder und feurige Zaubervorführungen der Geisterseher. Soldaten in ihren prunkvollsten Uniformen paradierten vor uns, angeführt von General Jinnah, und dann – Wunder über Wunder – hielt er eine bewegende Ansprache darüber, welch große und edle Kriegerinnen wir seien... besonders ich! Als ich wegen dieser zynischen Wendung des Schicksals, daß mich mein schlimmster Todfeind begrüßte, die Augen verdrehte, endete Jinnah seine Rede, und die Militärmusiker trompeteten uns ein aufrüttelndes Hurra. Dann marschierten Jinnah und seine Soldaten, so schnell wie sie herausgetreten waren, wieder von dannen. Sobald sie außer Sichtweite waren, löste sich die Menge auf, und meine Landsleute wanderten ab, um sich wieder ihrer täglichen Routine zu widmen.

Die ganze Sache wirkte flach und oberflächlich. Offensichtlich war der Krieg, soweit es meine Mit-Orissaner anging, lange schon vorbei, und wir stellten nur noch die Nachwirkung eines nicht sonderlich wichtigen, unvollendeten Geschäftes dar. Ich hörte schon das Tavernengeschwätz in wenigen Wochen: »Hauptmann Antero, nicht? Oh, ja. Ihr wart bei der Maranonischen Garde oder so. Jinnahs Mädchen. Habt Ihr nicht irgendwas Edles und Aufopferndes getan? Verdammt, wenn ich nur erinnern könnte, was es war. Ich würde Euch ja einen ausgeben, aber mein Geldbeutel ist momentan leider allzu leicht. Kommt ein andermal wieder, gute Frau, und ich spendiere Euch einen ordentlichen Trunk.« Ich war nicht neidisch und bedauerte mich auch nicht selbst, sondern schüttelte das alles ab – Soldaten sind zu allen Zeiten so behandelt worden. Wir sind die Helden des Landes, solange Kriegstrommeln rollen, aber sie können uns nicht schnell genug loswerden, wenn wieder Frieden herrscht. Außerdem war ich zu sehr davon überwältigt, wieder daheim zu sein, als daß ich mich lange damit aufgehalten hätte.

Ich ließ die Garde antreten und übertrug sie dem Protokoll entsprechend der Flaggsergeantin Ismet, da ich es, wie alle meine Frauen, kaum erwarten konnte, dem Klirren von Waffen und Tod zu entkommen und heimzukehren. Doch als sie die Frauen mit scharfem Befehl entließ, und die Gardistinnen zweimal aufstampften und sich dann unter die wartende Menge mischten, rief ich Ismet zu mir.

»Sergeantin«, sagte ich, »soweit ich weiß, habt Ihr keine Familie.«

»Ich habe die Garde, Kommandantin. Was kann eine Frau mehr verlangen?«

Wieder blitzte Erstaunen in mir auf. Konnte diese schwarze Frau tatsächlich die Verkörperung der Maranonia sein? Ich wählte meine Worte sorgsam:

»Ich dachte nur, in der Kaserne könnte es vielleicht einsam werden, wenn alle anderen auf Urlaub sind. Möchtet Ihr mich begleiten, als mein Gast? Wir haben mehr als genügend Platz, und wir Anteros sind nicht glücklich, wenn nicht mindestens sechs oder sieben Freunde bei uns wohnen.«

Ismet wirkte verlegen, und ich merkte, daß sie Schwierigkeiten hatte, Worte für eine Situation zu finden, die über das Militärische hinausreichte.

»Ich bitte die Kommandantin um Verzeihung, aber ich bin mir nicht sicher, was Einsamkeit bedeutet. Allein in der Kaserne zu sein – nun, ich freue mich darauf. Es gibt mir Gelegenheit, mich zu entspannen, mich zu erinnern, wer ich bin und wieder Kraft zu schöpfen. Wenn ich mit jemandem reden muß, finden sich reichlich Tavernen vor dem Tor. Wenn ich müde werde, kann ich heimkehren und der Stille lauschen, auch wenn immer irgendwo Waffen klirren, Posten plaudern und die Wache herausgerufen wird. Ich glaube, ich wüßte nicht, was ich tun sollte, wenn ich das alles nicht um mich hätte.

Die Garde ist meine Familie. Ich schätze, andere Frauen brauchen mehr. Ich nicht. Vielleicht... vielleicht liegt es daran, woher ich komme.« Ihr Mund wurde starr, und ich wußte, ich würde nie wieder zu hören bekommen, daß Ismet eine Vergangenheit jenseits der Garde einräumte, ganz zu schweigen davon, wie diese Vergangenheit ausgesehen haben mochte.

Ich suchte nach Worten, um zu beenden, was für uns beide langsam peinlich wurde. Doch bevor ich die richtigen Worte gefunden hatte, sagte sie: »Danke, Hauptmann, für die Einladung. Aber Ihr braucht keine alte Soldatin um Euch, wenn Ihr Euch um wichtigere Dinge kümmern müßt. Vielleicht treffen wir uns einmal, trinken ein paar zusammen und reden über diesen Feldzug, wenn Ihr wollt. Ich habe mir einige Gedanken gemacht, was falsch gelaufen ist, und was getan werden muß, bevor man uns wieder hinausschickt.«

So war Ismet. Ich sagte, natürlich würden wir uns sehen, und sie salutierte, und schon war sie fort.

Polillo und die anderen Gardistinnen wurden von Freunden und Verwandten fortgeschwemmt, um sich ihres langen, wohlverdienten Urlaubs zu erfreuen. Ich suchte die sich auflösende Menge nach meinem eigenen Lieben ab, stellte jedoch traurig fest, daß Amalric nicht gekommen war. Ein Knoten des Selbstmitleids schnürte mir die Kehle zu. Dann sah ich, daß Porcemus und meine anderen Brüder mit ihren Frauen vortraten. Da ich ihre übliche, kühle Abneigung fürchtete, schleppte ich mich nur widerwillig hinüber.

Man stelle sich meine Überraschung vor, als Porcemus seine Arme um mich warf und rief: »Den Göttern sei Dank, daß du heimgekehrt bist, Rali!« Dann küßte er mich. Ich wich zurück und sah, daß er so voll überschäumender Gefühle war, daß ihm Tränen in die Augen traten.

Dann drängten die anderen vor, erklärten, wie stolz sie auf mich seien und gaben noch weitere Geistlosigkeiten von sich, die dennoch offenbar von Herzen kamen. Meine Brüder umarmten mich, klopften mir auf die Schulter und sagten, eine derart tapfere Frau hätten sie noch nie gesehen. Ich war ganz überwältigt von alledem und weinte ebenso, war ganz verheult und verrotzt.

»Wo ist Amalric?« brachte ich schließlich hervor.

»Er wird es furchtbar bedauern, daß er dich verpaßt hat«, sagte Porcemus. »Und Omerye genauso. Vor kaum zwei Tagen sind sie wieder in die Fernen Königreiche aufgebrochen. Wir müssen ihnen die gute Nachricht gleich zukommen lassen. Er war ebenso besorgt wie wir alle.«

Ich hatte mehr als nur einen selbstsüchtigen Grund, Amalric

sehen zu wollen. Irgend etwas mußte mit dem Archon geschehen – und zwar schnell! Nachdem Gamelan tot war, fehlte mir ein offenes Ohr an hoher Stelle. Dann entdeckte ich eine vertraute, schwungvolle Gestalt, die sich eben entfernen wollte. Es war Malaren, einer von Amalrics – wie auch meinen – besten Freunden. Kurz vor unserem Marsch gegen Lycanth war er seinem Vater als Mitglied des Hohen Rates gefolgt.

Ich entschuldigte mich, löste mich aus der klebrigen Umarmung meiner Familie und lief ihm nach. Ich holte ihn ein, als er eben um eine Ecke biegen wollte.

»Malaren!« rief ich. »So warte doch!«

Als er mich sah, blieb er stehen. Ein trübes Lächeln zuckte über sein geckenhaft hübsches Gesicht.

»Meine liebe Kommandantin Antero«, sagte er. »Welche Freude, Euch nach diesen langen Monaten sicher wiederzusehen.« Er streckte eine Hand zum Gruße aus.

Ich lachte, stieß sie beiseite und schloß ihn fest in meine Arme. Mir fiel kaum auf, daß er verblüfft schien. »Warum diese Förmlichkeit, Malaren?« sagte ich. »Als wir uns zuletzt trafen, war ich die Schwester, die du nie hattest, und wir planten, Porcemus loszuwerden, damit du in unsere Familie eintreten konntest. Natürlich waren wir beide betrunken, aber ich fand, daß du für einen Burschen, der auf dem Tavernenboden lag, noch ganz vernünftig klangst.«

Malaren stieß ein nervöses Kichern aus und erwiderte die Umarmung, wenn auch etwas steif. »Ja, mh … Rali, meine Liebe«, sagte er. »Du weißt, daß ich dich mehr als alle anderen liebe.«

»Wie ist es dir ergangen, alter Herzensbrecher?« fragte ich. »Hat deine Frau dich inzwischen vor die Tür gesetzt?«

Wieder dieses nervöse Kichern. »Ach, du kennst uns ja, Rali. Wir streiten hin und wieder. Aber am Ende, meine Liebe, ist alles vergeben und vergessen.«

»Es ist wirklich eine Last«, sagte ich. »Du bist einfach zu aufgeweckt, sonst hätte sie schon längst ein Küchenmesser genommen und dich im Sopran singen lassen.«

Noch mehr Kichern. »Wie ausgesprochen drastisch«, meinte er und dann: »Jetzt, da du zurück bist, mußt du zu uns zum Essen kommen.«

»Hast du neben deinem Verstand auch deinen Sinn für Humor verloren?« sagte ich. »Du *weißt*, daß deine Frau mich haßt. Sie glaubt, ich hätte insgeheim ein Auge auf dich geworfen.«

»Ja, das stimmt«, erwiderte er müde. »Das ist wohl wahr.«

Wieder nahm er mich steif in die Arme. »Entschuldige, wenn ich unhöflich bin«, sagte er. »Aber ich muß mich wirklich beeilen. Eine Ratsversammlung.«

Ich hielt ihn auf, bevor er gehen konnte. »Hör zu«, sagte ich. »Es gibt noch einen Grund, warum ich dich sehen wollte, abgesehen davon, daß ich dein hübsches Gesicht vermißt habe. Einen weit wichtigeren Grund.«

Ich hielt seinen Ärmel fest, und er versuchte, ihn mir zu entziehen, ohne unhöflich zu wirken. »Wirklich, meine Liebe«, sagte er. »Ich muß gehen.«

Ich war müde, ungeduldig und verwirrt. Wut kochte hoch, und ich wollte ihn anschreien, ihm sagen, das Schicksal Orissas stehe auf dem Spiel. Doch da holte uns meine Familie ein, und plötzlich kam ich mir albern vor, übermäßig dramatisch und schlaff wie ein alter Schnürsenkel. Ich sagte: »Bitte, Malaren! Um unserer alten Freundschaft willen flehe ich dich an. Finde die Zeit, dich mit mir zu treffen. Es ist von lebenswichtiger Dringlichkeit, das kann ich dir versprechen.«

»Also gut«, sagte er seufzend. »Ich schicke dir morgen nachmittag eine Sänfte.«

Er machte sich los, als Porcemus und die anderen näher kamen, und wieder wurde ich von einem Berg ungewohnter familiärer Zuneigung erdrückt.

Malaren schickte die versprochene Sänfte weder am Tag darauf noch am nächsten, noch am übernächsten. Ich sandte ihm mehrere Aufforderungen, jede flehentlicher als die vorangegangene. Alle beantwortete er mit lauen Ausflüchten, als wollte er mir ausweichen. Gleichzeitig überschüttete mich meine Familie mit abgöttischer Liebe als sei ich ein preisgekröntes Wunderkind. Sie hatten sich in Amalrics Villa eingerichtet und erfüllten meine Tage mit allen möglichen Feierlichkeiten. Ein Fest nach dem anderen gab man zu meinen Ehren, mit Speisen und Getränken im Überfluß. Seltsamer noch war, daß man mir manch verführerische Frau vorstellte. Abgesehen von Amalric hatten sich meine Brüder stets von meiner sexuellen Vorliebe abgestoßen gefühlt, und ihre Frauen noch um so mehr. Im Geiste ihrer neugewonnenen Liebe jedoch schien das alles vergessen. Ich war zu müde, den Versuchungen zu erliegen, doch spielte ich so gut mit, wie ich konnte, nach so vielen Jahren als Außenseiterin erleichtert, daß meine Familie mich als das zu akzeptieren schien, was ich war. Mit keiner dieser Frauen teilte ich mein Lager ... Ich spürte keinen Drang in mir, besonders nicht, nachdem ich mich nach Tries erkundigt und erfahren hatte, daß sie mit irgendeinem Burschen verheiratet war und ein Kind hatte, das kaum ein Jahr alt war.

Im nachhinein weiß ich, daß ich ein Vulkan kurz vor dem Ausbruch gewesen sein muß. Jedesmal, wenn es fast soweit war, zog ich mich zurück, fürchtete, ich könnte das Unglück nicht verhindern. Im Kern all dessen stand Gamelan.

Und das nicht nur, weil er sein Leben für mich gegeben hatte ... Als wäre das noch nicht genug. Es war die mutigste Tat, die ich je gesehen hatte. Da war dieser alte Zauberer, blind und seiner Macht beraubt. Es war unvorstellbar, wie tief er hatte graben müssen, um die Kraft zu finden, die für seine Tat nötig war. Ich hatte einige Schattenwelten der Magie gesehen ... Falls es denn solche gewesen waren, doch dabei war ich nur knöcheltief in ein kaltes, dunkles Meer getaucht. Gamelan dagegen schien am Meeresgrund gewesen zu sein – und tiefer noch –, um die Macht zu sammeln, den Archon zu besiegen. Nacht für Nacht und in jedem stillen Augenblick wacher Stunden durchlebte ich wieder und wieder seinen Tod und meine Rettung, die ich nicht wert war. Von meiner Mutter einmal abgesehen, betrauerte ich Gamelan wie keinen anderen, nicht einmal Otara oder – schließlich hatte ich ehrlich sein wollen – meinen eigenen Vater.

Ich versuchte, mich mit Alkohol zu betäuben, doch jedesmal, wenn ich die Klippen erreichte, an denen die Nüchternheit ihr Ende nahm, zögerte ich und stellte das Glas beiseite. Ich war so müde, die Kontrolle zu verlieren. Warum, konnte ich nicht sagen. Außerdem fühlte ich mich, als stünde ich unter Beobachtung, und zwar nicht von meiner Familie, auch wenn sie stets über mir schwebte und dafür sorgte, daß ich alles hatte, was ich brauchte, sondern von irgend etwas Unsichtbarem. Bei Nacht hatte ich das seltsame Gefühl, ich würde nach meinen Schwächen ausgehorcht. Ich sparte mir, meiner Familie vom Archon und der Bedrohung zu erzählen, die er nach wie vor darstellte. So liebevoll sie sein mochten, waren meine Brüder doch ein schwacher Haufen und seit Halabs Tragödie vor so vielen Jahren nach wie vor übermäßig nervös, was die Magie anging.

Darüber hinaus sehnte ich mich nach meinen Gardistinnen, die zwei Jahre lang fast meine einzige Gesellschaft gewesen waren. Allerdings hatten sie allesamt Heimaturlaub und waren nicht aufzutreiben. Eines Abends schlich ich mich allein hinaus, um unsere Lieblingstavernen abzusuchen. Trotz der frühen Stunde schien Orissa schon zu schlafen, und nur wenige Lichter waren zu sehen. Wie man weiß, ist unsere Stadt für gewöhnlich ein eher lebensvoller Ort vielfältigen Nachtlebens. Doch an diesem speziellen Abend sah ich nicht einmal Ratten oder Echsen in den Müllhaufen. Einzig im Palast der Geisterseher schien es noch Aktivitäten zu geben. Ein Heiligenschein magischen Lichts umfing das alte Gebäude, weiteres Licht strahlte im unteren Stockwerk, und in der Luft lag dieses seltsame Prickeln, das entsteht, wenn die Zauberer hart arbeiten. Da liegt die Antwort, dachte ich. Es mußte sich um eine religiöse Feier handeln, die ich vergessen hatte. Das erklärte, warum es in der Stadt so still war.

Dennoch, selbst an religiösen Feiertagen waren stets einige Tavernen geöffnet. In der Allee der Bäcker nahm ich eine Abkürzung, die zu einer Wirtschaft führte, in der das nächste Glas weit wichtiger war als irgendwelche Götter. Doch nahm die Gasse eine seltsame Biegung, und bevor ich es merkte, kam ich in derselben Straße wieder heraus, von der ich abgebogen war. Ich drehte mich um und sah vieles, was ich kannte. Dort war der Saal der Bäckergilde, gegenüber das Lagerhaus, in das die Müller das Mehl lieferten, damit die Öfen der Bäcker Arbeit hatten. Erneut trat ich in die Gasse ein, und wieder führte sie mich dorthin zurück, wo ich gewesen war. Langsam verlor ich den Mut, dann zuckte ich mit den Achseln. Amalric hatte schon oft davon gesprochen, wie die Erinnerung einen täuschen kann, wenn man lange Zeit von zu Hause fort war. Also gut, dachte ich, nehme ich den langen Weg.

Ich lief die Straße entlang, scherte an der Schweinskopfzeile ein, wo die Küfer leben und arbeiten, und bog schließlich bei Amalrics liebstem Kerzenmacher ab. Drei Läden weiter fand ich die Taverne genau da, wo sie sein sollte. Ich stöhnte leise, als ich sah, daß alles still und dunkel war, ganz wie im Rest der Stadt. Draußen vor dem Lokal hängt immer eine Tafel, an der Stammgäste Nachrichten für Freunde hinterlassen können. Mehrere Zettel sah ich dort hängen, und als ich näher hinsah, stellte ich fest, daß sie allesamt von meinen Gardistinnen stammten, die einander suchten. Darunter war auch einer, dessen Schrift ich kannte.

Darauf stand: »Besuche meine Mutter. Bin bei Vollmond zurück. Unser Hauptmann gibt jeder Gardistin einen aus, die kommt... Liebe und feuchte Küsse... Polillo.«

Ich grinste, wohl wissend, daß die Nachricht mir galt... und meinem Geldbeutel. Mir fiel auf, daß der Termin nicht mehr fern war. Es wäre schön, sie bald wiederzusehen. Daraufhin fühlte ich mich schon viel besser und ging heim.

Meine gute Laune hielt jedoch nicht einmal bis zum Morgengrauen. Brütend erwachte ich mit dem Gefühl, mir liefe die Zeit davon. Ich war nicht eben nett zu meinem Pferd, als ich es aus dem Stall scheuchte und zu Malarens Haus ritt. Je näher ich kam, desto entschlossener wurde ich, mich nicht abweisen zu lassen. Unangemeldet trat ich ein. Ein Diener kam und wollte eben sagen, sein Herr sei nicht im Hause, doch schob ich ihn beiseite und rief Malarens Namen, bis der Ratsherr blinzelnd aus seinem Arbeitszimmer kam. Seinen gestotterten Ausreden schenkte ich keine Beachtung, sondern schleppte ihn in sein Zimmer zurück, schubste ihn auf einen Stuhl und erzählte meine Geschichte. Als ich fertig war, sah er mich an, als sei ich verrückt.

»Du möchtest, daß ich all das den Ratsmitgliedern unterbreite?« fragte er. »Daß ich ihnen sage, entgegen aller Beweise habe einer der Archonten überlebt? Und daß ich dafür das Wort einer Frau habe, die nie vorher magisches Talent gezeigt hat, jedoch behauptet, plötzlich eine große Zauberin geworden zu sein?«

Er seufzte, schüttelte verzweifelt den Kopf. »Das kann ich nicht erlauben, liebe Freundin«, sagte er. »Es wird deinem Ruf großen Schaden zufügen.«

»Zur Hölle mit meinem Ruf«, stieß ich hervor. »Ich habe geschworen, wenn nötig für Orissa zu sterben. Und jetzt, da es einer größeren Bedrohung gegenübersteht als je zuvor ... warum sollte ich mich vor bloßer Erniedrigung fürchten? Ich will gehört werden, verdammt! Ich fordere eine Anhörung vor dem Hohen Rat *und* dem Rat der Geisterseher! Es ist mein Recht und meine Pflicht als Kommandantin der Maranonischen Garde, von meinem Auftrag zu berichten. Auf *ihren* Befehl hin wurde ich ausgesandt. Und wegen dieses Befehls sind nur zwanzig von uns heimgekehrt.«

Er ließ sich erweichen. »Schön und gut«, sagte er. »Ich will es versuchen und sehen, was ich tun kann.«

Ich explodierte. »Du wirst mehr tun müssen, als es nur zu versuchen! Du scheinst nicht zu verstehen. Der Archon ist mächtiger als je zuvor. Bei den Göttern, wenn Gamelan oder Amalric hier wären, würdet ihr alle längst springen.«

»Ja, ja«, sagte er. »Beruhige dich, beste Rali. Ich werde mich sofort darum kümmern.«

Noch mehr Zeit verstrich. Dann kam eine Nachricht von Malaren. Die Ratsherren und Geisterseher hatten einer Anhörung zugestimmt. Doch vorher wollten sie einen schriftlichen Bericht, damit sie sich in allen Einzelheiten mit der Sache auseinandersetzen konnten. »Doch vorher«, fiel mir auf, war die Lieblingsphrase der Papiertiger und Kleinkrämer. Nur Steuereintreiber verwenden sie nicht. So arbeitete ich also tagelang an dem Bericht und entwarf immer wieder aufs neue meine Argumentation, bis sie überdeutlich war. Der Bericht ging hinaus, und überraschenderweise wurde schon bald ein Termin festgelegt... der erste Tag des Vollmonds, also in einer Woche. Während dieser ganzen Zeit verlor meine Familie kein Wort über meine Forderungen. Als ich Porcemus warnte, daß ich einige Unruhe stiften würde, sagte er nur: »Was immer du für das beste hältst, Rali.« Seine Haltung war so aufmunternd, daß es mich ängstigte.«

Endlich kam der Tag, und mit besonderer Sorgfalt bereitete ich mich darauf vor. Ich nahm ein langes Schaumbad. Ich schnitt und feilte meine Nägel, ließ mein Haar zu einem Helmschnitt trimmen, ölte meinen Harnisch, daß er glänzte, polierte jedes Stück Metall und zog mein Schwert noch einmal ab. Als ich schließlich vollständig bekleidet war, erstrahlte alles um mich herum, vom rein weißen Uniformrock bis zu meinen blanken Stiefeln. Selbst Arme und Beine, die ich unbekleidet ließ, schimmerten in goldenem, von See und Sonne geküßtem Braun.

Auf dem Weg zur Villa hinaus zögerte ich, und mir fiel ein, ich sollte vielleicht dem Gartenschrein meiner Mutter einen Besuch abstatten, damit sie mir Glück brachte. Sobald ich durch das Tor trat, wußte ich, daß etwas nicht stimmte. Normalerweise war der Garten ein hübsches Durcheinander von Blumen und Bäumen, doch jetzt fand ich nur kalte Perfektion. Alle Steine waren weiß getüncht, das Gras bis beinah an die Wurzeln abgemäht, die Bäume so genau in Reih und Glied, daß, wenn man hinter einem stand, der nächste nicht zu sehen war. Auch Pflanzen und Blumen waren nach diesem Muster geordnet, als hätte ein Geometer sie gepflanzt. Erschrocken stand ich da und fragte mich gerade, ob Amalric den Verstand verloren und unseren alten Familiengärtner entlassen hatte, der seit unserer Kindheit bei uns war, da fiel mir das Fehlen jeglicher Gerüche auf. Die Luft war mild, doch wo blieb der Duft der Rosen, des Sandelholzes und der Früchte? Außerdem zirpte, wo sonst ein ganzer Schwarm von Vögeln war, nur noch ein einziger in den Bäumen, und ich hörte das Summen von nur einem Insekt. Kein weiteres war zu sehen. Mein Schritt wurde schneller, als ich zum Schrein vordrang. Dort erwartete mich ein noch üblerer Hohn. Der schlichte, kahle Stein war fort, wie auch der Rosenstock, der ihn umgeben hatte, und der hübsche, kleine, plätschernde Brunnen. Statt dessen stand dort eine riesenhafte Statue meiner Mutter. Oh, sie sah ihr wirklich ähnlich und zeigte eine so wunderschöne Frau, daß ich das Ganze nicht eigentlich häßlich nennen konnte. Doch kündete dieses Standbild von einer derart edlen Märtyrerin, daß ich wußte, sie hätte es gehaßt und wäre geradezu gekränkt gewesen.

Ich rief nach Porcemus, und als er herantrottete, brachte ich die Luft zum Glühen. »Was hast du getan?« schrie ich ihn an.

»Aber was ist denn, Rali?« sagte er, staunend über meinen wütenden Ton.

»Mutters Schrein ist nicht mehr da«, herrschte ich ihn an. »Statt dessen steht da dieses häßliche Ding.«

Porcemus betrachtete die Statue; er glotzte sie so dämlich an, als sähe er sie zum ersten Mal.

»Weiß Amalric davon?« wollte ich wissen.

Porcemus fing sich und lächelte. »Oh, natürlich weiß er es. Schließlich ist es sein Zuhause.«

»Ich kann nicht glauben, daß er so etwas zulassen würde«, sagte ich. »Ihr müßt es getan haben, als er fort war.«

»Stimmt genau«, sagte Porcemus. Er schien seltsam erleichtert. »Wir wollten ihn überraschen. Es wird ihm bestimmt gut gefallen. Schade, daß du es anders siehst!«

Ich wollte kein Wort mehr davon hören, drehte mich um und stampfte hinaus, wütend und leise fluchend. Ich hatte dasselbe Pferd wie zuvor und erwartete, daß es scheu würde, wenn ich in den Stall stürmte, um es zu holen. Statt dessen trug es seine Bürde gelassen, was mich nur noch böser machte. Schon wollte ich es zum Galopp anspornen, dann fiel mir auf, daß es ungerecht wäre, meine Wut an dem armen Tier auszulassen, und ich schlug nur seine Flanke mit den Zügeln. Es fiel in einen sanften Trab, und bald schon ließen wir die Villa hinter uns. Ich beruhigte mich. Wichtige Dinge waren heute zu bewältigen. Ich hoffte nur, daß der Beginn dieses Tages kein Omen darstellte für das, was als nächstes folgen sollte.

Eine Stunde später wurde ich in den Hauptsaal der Zitadelle des Hohen Rates geführt und stand reglos da, als die Herrscher über unsere Stadt einer nach dem anderen an ihre Plätze gingen. Ansonsten war der Saal leer. Es sollte eine private Anhörung werden. Sieben von ihnen waren gekommen, die fünf, aus denen sich der Hohe Rat zusammensetzte, dazu zwei Jüngere, die den Rat der Geisterseher zu vertreten schienen. Beide hatte ich noch nie gesehen. Die Ratsmitglieder dagegen waren sämtlich Männer, die ich kannte, besonders Malaren, der mich freundlich anlächelte, als er am einen Ende Platz nahm.

Dann verließ mich der Mut, als ich sah, daß sich eine entsetzlich vertraute Gestalt in der Mitte auf dem Stuhl mit der höchsten Lehne niederließ, den man für den Höchsten Rat reserviert hielt. Es war Jinnah! Bei allen Göttern, wie hatte dieser Schweinehund zu einem derart hohen Amt aufsteigen können? Aber daran konnte ich nichts ändern, und ich beschloß, mich dem Urteil der anderen sechs Männer zu unterwerfen. Ich stählte mich und begann die Rede, die ich mit viel Sorgfalt vorbereitet hatte.

»Edle Herren«, sagte ich. »In tiefer Trauer stehe ich vor Euch. Die Mission, die Ihr mir anvertraut hattet, ist fehlgeschlagen, trotz aller Mühen Eurer geliebten Maranonischen Garde. Um die von Euch gestellte Aufgabe zu erfüllen, segelten wir weit gen Westen, weiter als jeder Mann und jede Frau aus unseren Gefilden je gereist sind. Wir trafen Dämonen und feindliche Mächte und besiegten sie alle. In Eurem Namen und im Namen Orissas schlossen wir Freundschaft mit dem Volk des fernen Königreiches Konya, das für die Aufnahme von Handelsbeziehungen Eure Emissäre erwartet. Es ist ein reiches

Volk, ein gutes Volk, und wird ein brauchbarer Verbündeter sein, wenn diese neuen Länder im Westen sich uns öffnen. Doch muß ich Euch leider mitteilen, daß diese Erfolge nichts sind, verglichen mit unserem Versagen, Eure Befehle auszuführen.

Der letzte Archon von Lycanth ist uns entkommen. Nur zwanzig von uns sind heimgekehrt, edle Lords. Zwanzig von all jenen, die vor zwei Jahren in See gestochen sind. Der einzige Grund, warum ich hier heute vor Euch stehen kann, liegt darin, daß meine Mitkriegerinnen bereit waren, ihr Blut zu vergießen, damit ich Euch die Warnung überbringen kann.

Edle Herren, Orissa steht vor der größten Krise seit seinem Bestehen. Während ich hier zu Euch spreche, brütet der Archon seinen endgültigen Plan aus, uns zu erniedrigen und zu vernichten. Lord Gamelan selbst, der größte Geisterseher, den Orissa je hervorgebracht hat, gab sein Leben, damit ich die Trompete gellen lassen kann. Ich wünschte, die Götter hätten es anders bestimmt, und er könnte hier jetzt vor Euch stehen, damit Ihr die Gefahr erkennt, der wir uns gegenübersehen. Bitte, edle Herren, stellt Euch der Tatsache, daß unser größter Feind noch lebt. Erkennt, daß unser größter Feind uns nach wie vor verfolgt und nicht mehr viel Zeit vergehen wird, bis er sich auf uns stürzt.«

Ich hatte mich so sehr auf meine Rede konzentriert, daß ich die Reaktion meiner Führer nicht bemerkte. Doch als ich fertig war und in ihre Gesichter blickte, war ich erstaunt, dort derart leere Mienen zu sehen. Es war, als hätte ich kein Wort gesagt.

Endlich räusperte sich Jinnah. Er schenkte mir das Lächeln eines Wiesels. »Ein ausgezeichneter Bericht, Hauptmann Antero«, sagte er. »Man kann Euch dazu nur gratulieren. Laßt mich der erste sein, der Euch sagt, wie sehr ich um die edlen Frauen trauere, die ihr Leben für Orissa gegeben haben.«

Auch andere Mitglieder der Gruppe gaben gönnerhaftes Gebrabbel von sich. Ich fühlte, wie mein Blut zu kochen begann. Wut hämmerte in meinen Schläfen. Jinnah hob eine Kopie des Berichts an, den ich vorbereitet hatte.

»Wir haben das hier eifrig studiert, Hauptmann«, sagte er. »Daher müßt Ihr diesmal nicht weiter ins Detail gehen. Ich muß sagen, wir sind einigermaßen beunruhigt, habe ich nicht recht, meine Lords?«

Er wandte sich den anderen zu, die zustimmend murmelten. Malaren nickte mit Nachdruck.

»Wir waren so beunruhigt, daß wir nicht bis zu dieser Anhörung warten wollten«, fuhr Jinnah fort. »Seid versichert, daß unsere edlen Geisterseher augenblicklich gehandelt haben.«

Erleichtert seufzte ich auf. Te-Date sei Dank, daß etwas geschah. Doch war meine Erleichterung nur von kurzlebiger Natur.

»Beschwörungen wurden gesprochen«, fuhr Jinnah fort. »Beschwörungen, von denen man mir versichert hat, sie seien von allerhöchster Raffinesse. Ich freue mich, Euch mitteilen zu können, Hauptmann, daß es keinen Grund für Eure drückenden Befürchtungen gibt.«

»Was?« brüllte ich und vergaß mich ganz. »Was sagt Ihr da?«

Jinnah hob nur eine Augenbraue. »Ich sage, tapfere Frau, das Gegenteil Eurer Befürchtungen ist der Fall, und Eure Mission war ein voller Erfolg. Eure Soldatinnen sind *nicht* umsonst gestorben. Und auch nicht der große Lord Gamelan. Der Archon ist tot. Dank Euch ist Orissa sicherer als je zuvor in seiner Geschichte. Es gibt keine Bedrohung.«

Kannst du dir, Schreiberling, den Alptraum vorstellen, der mich gefangenhielt? Dort saß der lebende Beweis dafür, daß Zynismus der wahre Herrscher dieser Welt ist. Seine Motive, die Maranonische Garde dem Archon nachzuschicken, waren von übelster, eigennützigster Art gewesen und hatten nichts mit seiner Sorge um Orissa zu tun gehabt. Dieselben Motive hatten ihn dazu bewegt, der Kommandantin der Garde nach dem Leben zu trachten und damit die ganze Mission zu gefährden. Dieser Mann, dieser Narr, hielt nun das Schicksal Orissas in seinen ruhmgierigen Händen.

»Ihr begeht einen furchtbaren Fehler!« rief ich. »Lord Gamelan selbst hat bestätigt, was ich hier sage.«

Jinnah lächelte amüsiert. Er blickte hinüber zu seinen beiden jungen Geistersehern, die die Frechheit besaßen, leise zu kichern. »Das behauptet *Ihr*, Hauptmann«, sagte Jinnah. »Doch bei Eurem eigenen Einsatz wurde Lord Gamelan geblendet und verlor seine Zauberkräfte. Außerdem – und ich spreche nicht gern schlecht von Toten – *war* Gamelan ein alter Mann. Weit über seinen Zenit hinaus, so mächtig und glorreich dieser Zenit auch gewesen sein mag.« Er sah die anderen Geisterseher an. »Ist es nicht so, meine Herren?«

Einer der junge Zauberer nickte, kicherte noch immer. Dann versuchte er, feierlich und ernst zu wirken. »Ich fürchte, alles, was Ihr sagt, ist wahr«, sagte er. »Nicht zuletzt aufgrund seines hohen Alters war Lord Gamelan geradezu übermannt von all den neuen Entdeckungen auf dem Felde der Magie, die gemacht wurden, seit der Bruder unseres guten Hauptmanns die Fernen Königreiche entdeckte. Er klammerte sich stets an die alten Methoden und weigerte sich, die neuen Theorien anzunehmen, die der verstorbene Lord Janos Greycloak aufgestellt hatte ... den er im stillen verurteilte. So hart es klingen mag, zwingt uns die Vernunft doch zu dem Schluß, daß Lord Gamelan nicht mehr kompetent war.«

Das war kompletter Wahnsinn! Gamelan mochte befürchtet haben, daß hohes Alter sein Talent bedrohte, doch wußte ich aus unseren zahlreichen, langen Gesprächen über die Philosophie der Zauberei, daß diese Befürchtungen ihn nur angespornt hatten, tiefergehend nachzusinnen. Wie oft hatte ich gehört, daß er Greycloaks Theorien bedachte und sich fragte, wohin sie uns eines Tages führen würden? All das erzählte ich. Ich verteidigte Gamelan bis zum letzten, doch nichts von allem, was ich sagte, konnte dieses verfluchte Lächeln wegwischen.

Dann beugte sich Jinnah vor. »Das mag ja alles stimmen, Hauptmann Antero«, sagte er. »Doch in Eurem Bericht heißt es, *Ihr* hättet den Bann gesprochen, nicht Lord Gamelan. Und *Ihr* wäret es gewesen, die den Beweis für die Bedrohung durch den Archon gefunden hätte. Stimmt das nicht?«

»Doch«, sagte ich. »Nur war es Gamelan, der es mich gelehrt und mich gelenkt hat.«

»Und nun behauptet Ihr also, eine Zauberin zu sein?« sagte Jinnah. »Eine so große Zauberin, daß Eure magischen Bemühungen über die besten Zauberhirne ganz Orissas zu stellen seien?« Er deutete auf die beiden Geisterseher.

»Ich kann nur sagen, was ich *weiß*«, sagte ich. »Ich stelle keine Behauptungen auf, bis auf die, daß ich die Wahrheit sage. Seht, hier auf meiner Handfläche das Brandzeichen des Archon! Bitte, edle Herren. Ihr *müßt* auf mich hören. Der Archon muß aufgehalten werden!«

»Verzeiht mir, Hauptmann Antero«, sagte Jinnah. »Doch ich muß diese Anhörung hier abbrechen. Ich kann und will nicht zusehen, wie sich eine der größten Heldinnen Orissas der Lächerlichkeit preisgibt. Ihr habt eine Menge durchgemacht. Sicher seid Ihr müde. Durcheinander. Ihr solltet Euch eine Weile ausruhen, Hauptmann. Dann, wenn die Zeit reif ist, wenn Ihr über alles nachgedacht habt, was hier und heute vorgebracht wurde, und Ihr dennoch Zweifel hegt, dann kommt zu mir. Meine Tür steht Euch stets offen, Hauptmann. Das nur zum Zeichen meines Respekts für Euch.«

Und während ich mit offenem Mund dastand und meinen Augen und Ohren nicht trauen wollte, erhoben sich die sieben Männer und verließen den Saal. Ein Wachmann schloß die Tür hinter ihnen und bezog davor Posten.

Wutentbrannt stürmte ich hinaus. Nur wenige Menschen waren unterwegs, als ich die Straße hinablief, auf der Suche nach einem abgeschiedenen Ort, an dem ich nachdenken konnte. Orissaner suchen ihren Frieden unten am Fluß. Er schenkt uns Trost, wenn alles andere uns verlassen hat, und so nimmt es nicht Wunder, daß ich mich dort wiederfand. Kaum Schiffe fuhren, und nur ein einsamer Fischer kümmerte sich weit draußen in der Mitte des Flusses um seine Netze. Ich saß auf der Bank und ließ mir das Geschehene durch den Kopf gehen. Ich wußte nicht, was ich anders hätte machen sollen, ebensowenig wie ich wußte, was als nächstes zu tun war.

Brütend saß ich da, bis es kühl wurde und ich aufsah und merkte, daß es dämmerte. Draußen auf dem Fluß stand der Mann in seinem Boot und warf sein Netz aus. Als er es tat, verspürte ich einen unbändigen Drang, nach Hause zu gehen. Meine Familie würde mich trösten. Ich stand auf und ging zum Stall, um mein Pferd zu holen. Als ich näher kam, sah ich, daß der Stall der einzige geöffnete Laden in der Straße war. Alle anderen, darunter zwei Tavernen, hatten früh schon für die Nacht geschlossen. Ich zahlte den Stallbesitzer aus und holte mein Pferd. Als ich draußen aufstieg, verriegelte der Knecht die Tür.

Das alles war sehr seltsam. Tavernen an den Hauptstraßen schließen nur selten, und Ställe eigentlich *nie*. Und jetzt, da ich darüber nachdachte, fiel mir auf, daß auch der Fischer reichlich seltsam gewesen war. Noch nie hatte ich gesehen, daß ein Fischersmann zu dieser Tageszeit dort draußen fuhr. Dann lockten mich die Gedanken an Amalrics friedliche Villa, und ich spornte mein Pferd an, mich heimzubringen. Doch kaum war ich im heimatlichen Stadtviertel, da fiel mir plötzlich Polillos Nachricht ein. Sie hatte geschrieben, bei Vollmond wolle sie in der Taverne bei der Kerzenmacherei sein. Heute war Vollmond. Ich wendete das Pferd zur Stadt hin, und jeder Gedanke an die Villa verflog.

Als ich die Kerzenmacherei erreichte, lag die Stadt im Dunkel. Abgesehen vom leuchtenden Vollmond war nur der unheimliche Glanz vom Palast der Geisterseher oben auf dem Hügel zu sehen. Ich bog um die Ecke und sah, daß die Taverne geschlossen war. Schon wollte ich absteigen und an der Tafel suchen, ob wieder eine Nachricht von Polillo da wäre, als ich jemanden rufen hörte:

»Paß auf, Ismet!«

Mir blieb kaum Zeit, mir klarzumachen, daß es Polillos Stimme war, als ich ein grauenhaftes Brüllen hörte. Ich zog mein Schwert und gab dem Pferd die Sporen bis zum Eingang einer Gasse, aus der das Brüllen kam.

Als ich sie betrat, sah ich, daß Polillo und Ismet um ihr Leben kämpften. Ein mächtiger Dämon hatte sie an einer kahlen Gassenwand in die Enge getrieben. Er war von gedrungener, krötenförmiger Gestalt mit massigen, behaarten Beinen und langen, dicken haarlosen Armen. Ein Dämon, hier im Herzen Orissas! Soviel zu Jinnahs Geistersehern!

Als ich in die Gasse stürmte, wandte sich der Dämon um und sah mich. Er hatte das Gesicht eines fetten Mannes mit ausladendem Unterkiefer und wulstigen Lippen. Er kreischte mich an, fletschte eine Reihe spitzer Zähne. Mein Pferd scheute bei seinem entsetzlichen Geheul, und ich fiel herab, befreite meine Füße eben noch rechtzeitig aus den Steigbügeln.

Strampelnd kam ich auf die Beine, mein Schwert noch immer in der Hand. Der Dämon hatte sich wieder Polillo und Ismet zugewandt. Bevor ich vorstürmen konnte, holte das Untier mit einem seiner mächtigen Beine aus und trieb Polillo und Ismet auseinander. Der riesige Fuß traf die Wand, pulverisierte den Stein. Dann, als sich die beiden Frauen zum Gegenangriff bereit machten, zuckten scharfe Klauen nach Ismet, und ich sah, daß sie sich unter ihnen zusammenrollte. Das war nur eine Finte gewesen, aber als sie wieder hochkam, schoß der andere Arm des Dämon mit enormer Geschwindigkeit hervor und hieb auf ihren Bauch ein.

Mir war klar, daß die Wunde tödlich sein mußte. Dazu brauchte ich Polillos Schrei vor Trauer und vor Wut nicht erst zu hören. Ich stieß meinen Schlachtruf aus und stürmte zum Angriff. Bevor ich mein Schwert jedoch in das Untier rammen konnte, sprang es hoch in die Luft, und beinah wäre ich gegen die Wand geprallt. Ich rannte an ihr hoch und kam mit einem Salto rückwärts wieder auf die Beine. Nur hatte ich nun keine Deckung mehr, und der Dämon brüllte und sprang mich an, die Klauen ausgefahren.

Aus dem Nichts kam Ismet. Blut quoll aus ihrem Mund, und sie hielt ihre Eingeweide mit einem Arm zusammen, doch legte sie alle Kraft in den Hieb mit ihrem langen Schwert, schlug dann noch einmal, schnitt tief ins Bein des Dämons, bevor dieser mich erreichen konnte.

Das Untier schrie... und war verschwunden.

»Da oben sitzt er!« rief Polillo.

Der Dämon hockte auf dem Dach der Taverne, und Blut lief aus der Wunde an seinem Bein. Polillo und ich spannten die Muskeln; wir erwarteten, daß er gleich wieder angreifen würde. Das Wesen starrte mich an, und ich glaubte, ein angsterfülltes Zucken zu erkennen. Dann stieß es noch ein Heulen aus und verschwand vor unseren blinzelnden Augen.

Polillo und ich rannten zu Ismets zusammengesunkener Gestalt. Noch lebte sie. Sie lächelte müde, als sie mich sah.

»Ich wußte, daß Ihr kommen würdet«, sagte sie. Und starb.

Lange knieten wir bei ihrer Leiche. Diese merkwürdige Kriegerin, die der Geist der Garde gewesen war, mehr als jedes Banner, jede Statue der Göttin, war tot.

Ich wußte, ich würde nie mehr einer wie ihr begegnen. Sie war meine rechte Hand gewesen und – soweit jemand Ismets Seele berühren konnte – meine Freundin.

Ich erinnerte mich, wie sie mir vor langer Zeit zur Seite gestanden hatte, entgegen meinem Befehl, als ich die Treppe in der Festung von Lycanth erstürmte, um die Archonten zu erschlagen. *Wir waren Kameradinnen, und als Kameradinnen würden wir sterben*... Statt dessen war sie für mich gestorben.

Ich hatte sie im Stich gelassen, obwohl es nichts gab, was ich hätte tun können. Vielleicht hätte ich darauf bestehen sollen, daß sie ihren Heimaturlaub bei mir verbrachte. Vielleicht... vielleicht... doch blieb uns keine Zeit für solche Überlegungen.

»Wir sollten lieber gehen«, sagte Polillo. »Er könnte wiederkommen.«

Das bezweifelte ich, doch sagte ich nichts davon. Mein Pferd war tot, und so schlichen wir zu Fuß aus der Gasse und machten uns auf den Weg zum Fluß. Polillo führte mich zu einem Versteck unter den Docks. Flüsternd erweckte sie Feuerperlen zum Leben, und überrascht sah ich mich um und merkte, daß dieses Versteck seit langem schon bewohnt wurde. Unter anderen Bequemlichkeiten fanden sich dort eine Matratze und ein Krug, den Polillo öffnete. Sie nahm einen großen Schluck und reichte ihn mir. Fast ließ mich der rohe Branntwein würgen, doch als meine Kehle wieder frei war, ging es mir besser.

»Offensichtlich bist du schon eine Weile hier«, sagte ich. »Du solltest mir vielleicht erzählen, was los ist.«

»Bis zu meiner Mutter bin ich nie gekommen«, sagte Polillo. »Mein Bruder wartete, mich abzuholen, falls du dich erinnerst.«

Ich nickte, dachte an den großen, dünnen Mann, der seine Arme um Polillo geworfen hatte und dann so charmant errötet war, als sie uns im Chaos des Wiedersehens einander vorstellte.

»Nun, ich habe ihn in der Menge verloren, als wir gingen«, fuhr Polillo fort. »Zumindest glaubte ich es anfangs. Fast eine Stunde habe ich nach ihm gesucht, dann dachte ich, daß er wahrscheinlich an der Kreuzung draußen vor der Stadt auf mich warten würde. Ich ging zum Osttor, doch standen dort Soldaten, die sich weigerten, mich hinauszulassen. Ich stritt mit ihnen, doch waren sie sture Flegel und ließen mich nicht passieren. Ebenso erging es mir an den anderen Toren.«

»Aber ich habe das Westtor schon einige Male benutzt, seit wir zurück sind«, sagte ich. »Und nirgendwo habe ich Soldaten gesehen, ganz zu schweigen davon, daß mir jemand den Durchgang verweigert hätte.«

Polillo grunzte überrascht. »Das mag sein«, sagte sie. »Aber allen anderen Frauen, mit denen ich sprechen konnte, erging es ebenso. Keine von ihnen durfte die Stadt verlassen.«

»Wo bist du untergekommen?« fragte ich.

»Ein paar Nächte habe ich bei Ismet in der Kaserne zugebracht«, sagte sie.

Dabei errötete ich und bereute erneut, daß meine Einladung an Ismet nicht eindringlicher ausgefallen war.

Polillo ahnte, was ich dachte. »Ismet war nicht die einzige, die sterben mußte«, sagte sie. »Soweit ich weiß, haben Dämonen drei weitere getötet.« Mir wollte sich der Magen umdrehen. Welch wunderbare Heimkehr dies doch war.

»Am Tag war es nicht schlimm«, sagte Polillo. »Man konnte in einer Taverne etwas trinken. Und an einer Bude etwas essen. Aber am Abend schließen alle, und dann machten sich die Dämonen über uns her. Anfangs wußte keine, was vor sich ging. Ich selbst habe es rein zufällig bemerkt, als ich die Nachrichten draußen vor der Taverne fand.«

»Ich habe deine Nachricht gesehen«, sagte ich.

»Das hatte ich gehofft«, erwiderte Polillo. »Man hat mich jedesmal zurückgewiesen, als ich versuchte, zu deiner Villa zu gelangen, um dich zu besuchen. Aber ich dachte mir, *irgendwann* würdest du wieder in die Stadt kommen, und habe gehofft, wenigstens du könntest das Tor passieren. Gebetet habe ich wie eine Priesterin im Wahn, daß du uns in unserer alten Spelunke suchst und die Nachricht findest.« Sie brachte ein schmales Lächeln zustande. »Ich wußte, daß du dich nie drücken würdest, wenn es darum geht, eine Runde zu spendieren, und so dachte ich, die Chancen stünden gut, daß du kommst, wenn du den Zettel siehst.«

»Wo sind die anderen?« fragte ich.

Polillo hob die Schultern. »Verstecken sich überall in der Stadt. Es wird eine Weile dauern, sie zusammenzurufen, aber man könnte es schaffen.«

Weiter erzählte sie, Ismet und sie seien, einige Abende nachdem sie sich in der Kaserne verkrochen hätten, angegriffen worden. Sie waren dem Dämon entkommen und erfuhren nach und nach, daß auch den anderen aufgelauert wurde. Sie beschlossen, zusammenzubleiben und mit so vielen Gardistinnen wie möglich Kontakt aufzunehmen. Seither waren sie dem Tod entronnen und hatten auf den Abend gewartet, an dem ich kommen würde.

»Wahrscheinlich hat der Dämon es herausgefunden«, sagte Polillo. »Er wartete schon, als wir kamen. Hat uns in die Gasse getrieben.«

»Da ist noch etwas seltsam«, sagte ich. »Seit wann gibt es dort eine Sackgasse? Führte der Weg nicht in die Bäckergasse?«

»Natürlich«, sagte Polillo. »Hat mich ganz verrückt gemacht. Aber das ist noch gar nichts. Durch die ganze Stadt bin ich gelaufen, seit wir wieder da sind. Selbst Häuser sind verschwunden. Straßen führen zu Gebäuden und enden dort. Bei Nacht habe ich sogar versucht, in Fenster zu spähen, und ich schwöre, manchmal glaubte ich, alle Seelen Orissas schleichen aus der Stadt, nur um uns zu ärgern. Ich meine, man hört keine Paare streiten, keine Kinder heulen, die nicht ins Bett wollen, nicht einmal einen Großvater, der spätnachts laut schnarcht.«

Sie nahm noch einen Schluck aus ihrem Krug. »Jetzt will ich dich dasselbe fragen, was du mich gefragt hast, Hauptmann«, sagte sie. »Was, im Namen aller Götter, die man noch verfluchen kann, geht hier vor?«

»Was immer es ist«, sagte ich schnaubend, »unseren weisen Oberhäuptern zufolge hat der Archon definitiv *nichts* damit zu tun.«

Polillo glotzte mich an. Als ich ihr von meiner Anhörung vor dem Hohen Rat und den Geistersehern erzählt hatte, hing ihr Kinn praktisch auf dem Boden.

»Man muß nicht Janos Greycloak sein«, sagte ich, »um eins und eins zusammenzuzählen und die simple Antwort zu finden. Wer anders als der Archon könnte uns mit Dämonen plagen? Wer anders als der Archon würde wollen, daß sämtliche Überlebende der Expedition den Tod finden? Ich weiß nicht, was die anderen Merkwürdigkeiten zu bedeuten haben, aber was auch immer der Grund sein mag, der Archon *muß* dahinterstecken.«

»Warum haben die Geisterseher ihn dann nicht aufgespürt?« fragte Polillo.

»Ich weiß es nicht«, sagte ich. »Doch das einzige, was jeden Abend wach und hellerleuchtet zu sein scheint, ist der Palast der Geisterseher. Also schlage ich vor, wir unternehmen einen kleinen Spaziergang im Mondenschein, meine schöne Polillo. Und sollten wir per Zufall am Palast vorüberkommen, wer kann schon sagen, was dann geschieht?«

Polillo grinste mich böse an. »Warte einen Moment, Hauptmann«, sagte sie. »Laß mich meine Axt holen.«

Sie zog sie unter der Matratze hervor. Tödlich schimmerte die Waffe im Licht der Feuerperlen. Polillo warf einen wehmütigen Blick darauf.

»Ich dachte schon, für eine Weile wäre ich mit ihr fertig«, sagte sie. »Was für ein Empfang für Soldatinnen bei ihrer Heimkehr aus dem Krieg. Den Heldinnen zum Gruße! Bah!«

Kapitel Fünfundzwanzig

Die Eisenburg

Ich bin nicht sicher, was ich an jenem Abend im Palast der Geisterseher zu finden glaubte. Als wir näher kamen, waren meine Nerven gespannt wie die Saiten einer Leier. Über uns wölbte sich der Palast in den Himmel, grelles Licht schien durch die Scheiben, doch fehlte jede Spur von Leben, abgesehen vom dumpfen Pulsieren des Bodens unter uns.

Es gab nur wenig Deckung auf diesem Hügel, und als wir auf einer freien Fläche mühsam Deckung hinter Bäumen suchten, bedauerte ich schon, daß wir hierhergekommen waren. Ich hatte einen Zauber gesprochen, um unsere Aura zu trüben, falls Jagddämonen uns erwarten sollten, doch gegen das helle Mondlicht über unseren Köpfen war ich machtlos. Selbst als wir schließlich in den dunklen Schatten des Palastes krochen, wollte sich Erleichterung nicht einstellen. Die Luft stank nach schwefliger Magie, und meine Nackenhaare sträubten sich wie heiße Nadeln in der Haut. Es tröstete mich nicht, als ich sah, daß das große Haupttor wenn auch verschlossen, so doch nicht bewacht war.

Noch nervöser wurde ich, als wir hinter einem dichten Strauch von Rosmarin kauerten und ich mit meinen Sinnen nach einem magischen Netz suchte und nichts fand. Unsere Geisterseher waren von jeher ein heimlichtuerischer, verschlossener Haufen, und ich glaube, hätte ich den erwarteten Alarm ausgelöst, wäre ich dort bereits umgekehrt. Sein Ausbleiben jedoch schürte nur mein Mißtrauen, und selbst in diesem Moment zögerte ich noch.

Polillo beugte sich vor und flüsterte: »Was werden sie tun, wenn sie uns finden?«

Noch vor nicht allzu langer Zeit, bevor Amalric sie zähmte, hätten sie uns ohne zu überlegen dem Tod überantwortet – auf gräßliche Weise. Meinen Bruder Halab hatten sie tatsächlich fälschlicherweise der Ketzerei beschuldigt und ermordet. Daher haben die Anteros mehr Grund zur Vorsicht als die meisten anderen. Die neue Sorte amtierender Geisterseher muß sich, wie wir alle, den Gesetzen fügen. Was konnten sie der Heldin von Lycanth, Bezwingerin der Archonten, schon antun, was über eine öffentliche Rüge hinausreichte? Das zumindest wollte ich gern glauben. Meine Antwort an Polillo war ein Achselzucken ... Wer weiß? Dennoch überwog die pflichtschuldige Vernunft einer guten Bürgerin Orissas. Ich sollte, so dachte ich, gleich morgen mit dem Hohen Rat und den Geistersehern sprechen. Ich konnte ihnen beweisen, daß die Dinge nicht so standen, wie sie glaubten. Da war Ismets Blut und das der anderen Gardistinnen zum Beweis. Manche von uns hatten die Dämonen selbst gesehen. Ja, dachte ich, es war ein Metzgergang, den wir hier machten.

Da sah ich den Panther. Er kauerte am Haupttor und lugte durch das Gitter. Er wandte seinen Kopf und sah mich an, mit Augen, die im Mond leuchteten. Ich spürte einen Ruck, als habe er mich gerufen. Dann wandte er sich um, kam auf die Beine, sprang geisterhaft durchs Gitter und verschwand auf der anderen Seite. Aus Polillos mangelnder Reaktion schloß ich, daß sie die große Katze nicht gesehen hatte. Ich winkte ihr, und wir schlichen über die freie

Fläche hin zum Tor. Wir knieten nieder und suchten nach einer Wache, doch wieder war kein Mensch zu sehen. Da merkte ich, daß etwas an den Gitterstäben klebte. Als ich näher hinsah, war es ein Büschel schwarzen Fells. Ich nahm es an mich und hätte es beinahe fortgeworfen. Doch irgendein Instinkt schritt ein, und statt dessen steckte ich es in meine Tasche. Dann winkte ich Polillo ... Es wurde Zeit.

Sie hob mich auf das Gitter. Als ich oben balancierte, sprang sie, packte die oberste Strebe, schwang sich hinüber und landete auf der anderen Seite. Das Staunen über die unbändige Kraft meiner Freundin stählte mein Zutrauen. Ich sprang, sie fing mich auf und setzte mich sanft ab. Ich lächelte sie an ... wie in alten Zeiten! Sie unterdrückte ein Lachen, klopfte mir auf die Schulter, und gemeinsam schlichen wir den Weg zum Palast entlang.

Seitlich von uns sah ich den Panther wieder. Er wartete unter dem Bogen eines kleinen Tors, das zum Teil hinter dem dicken Stamm einer Pappel verborgen war. Als ich mich ihm zuwandte, verschwand er drinnen. Polillo war ebenso überrascht wie ich, als wir zu dem Bogen kamen und feststellten, daß es sich nur um einen leeren Türrahmen handelte. Es war, als hätte der Zimmermann den Rahmen gebaut und sei dann so sehr mit anderen Dingen beschäftigt gewesen, daß er vergessen hatte, die Tür hinzuzufügen. Wir warteten lange, um sicherzugehen, daß drinnen niemand auf uns lauerte. Ich schickte meine Sinne voraus, doch ich fand nichts Magisches, das uns behindert hätte. Polillo machte ihre Axt bereit, und ich zog mein Schwert. Ich nickte ihr zu, und wir traten ein. Drinnen kam mir ein verrückter Gedanke. Falls sie uns tatsächlich fangen sollten, konnten wir noch immer Trunkenheit vortäuschen. Niemand zweifelt eine Soldatin an, wenn sie sagt, der Schnaps habe sie zu etwas verleitet.

Wir betraten einen langen dunklen Korridor. Die Wände waren glatt und kahl, aus irgendeinem schwarzen Metall. Als wir vorsichtig weiterstrebten und sahen, daß auf beiden Seiten weder Türen noch sonstige Öffnungen zu finden waren, nahm unsere Spannung zu, da uns klar wurde, daß der einzige Fluchtweg dorthin führte, woher wir kamen.

Der Korridor endete in einem riesigen Raum, nur vom Mondlicht durch die hohen Fenster erhellt. Während ein Teil meiner selbst nach Gefahren witterte, überlegte ein anderer, wie der Raum so dunkel sein konnte, wenn wir doch von draußen Licht in diesen Fenstern gesehen hatten. Aber es war eindeutig: dieser Raum war leer.... keine Bank, keinerlei Dekoration, nicht mal eine Feuerstelle, mit der der kalte Winter zu vertreiben wäre. Der einzige Ausgang – außer dem, vor dem wir standen – lag auf der gegenüberliegenden Seite des Raumes. Er klaffte wie ein totes Auge. Wir stahlen uns dorthin, entlang der dunklen, metallischen Wand. Als wir an einem Fenster vorüberkamen, packte mich Polillo plötzlich fest an der Schulter. Ich blieb stehen, machte mich auf einen Angriff oder den schnellen Rückzug bereit, je nach dem, was gefordert war. Ich sah, daß sie die Augen vor Erstaunen – vielleicht auch Furcht – weit aufgerissen hatte. Ich merkte, sie wollte, daß ich nach draußen sah. Ich konnte nicht... Es war zu hoch, begann erst bei Polillos Kinn. Mit den Händen formte sie einen Steigbügel. Ich trat hinein, und sie hob mich an.

Anfangs wußte ich nicht, was ich dort sah. Dann stieg Entsetzen in mir auf, als ich erkannte, was es *nicht* war. Der Ausblick hätte mir Orissa zeigen sollen, das friedlich unter den wachsamen Augen des Palastes lag. Statt dessen entdeckte ich nur kahle Landschaft. Jenseits eines verlassenen Schloßhofes standen hohe, schwarze Eisentore. Vor dem Fenster, aus dem ich blickte, wanden sich hohe, schwarze Mauern, auf denen zu beiden Seiten erschreckend vertraute Panzertürme ragten. Mir stockte der Atem, als mir klar wurde, wo wir waren. Es war *nicht* der Palast der Geisterseher... es war eine Fassade, eine Fälschung. In Wahrheit waren wir nicht einmal in Orissa. Statt dessen befanden wir uns auf einem alptraumhaften Berg... im Innernen der schwarzen Eisenburg des Archon. Ich fiel zu Boden, sank an der Mauer in mich zusammen. Polillo starrte mich an, fragte sich, was los war. Ich wußte es nicht, und selbst, wenn ich es gewußt hätte, war ich zu benommen, um zu sprechen. Dann hörte ich das Scharren von Klauen, schreckte auf und sah den Dämon kommen.

Polillo und ich sprangen auseinander. Er heulte auf, weil ihm das leichte Töten versagt blieb. Er wandte sich mir zu und wirbelte seinen krötenförmigen Leib herum, als hätte er kein Gewicht zu tragen. Polillo kam in seinen Rücken, doch der Dämon trat mit einem seiner mächtigen, behaarten Füße aus, traf sie an der Brust. Der Hieb schleuderte sie durch den ganzen Raum, daß sie an eine Mauer prallte und zu Boden sank. Doch ließ mir ihr Angriff einen kleinen Vorteil, ich duckte mich unter dem Klauenhieb und schlug nach seinem Bauch. Die Klinge ging tief, und der Dämon schrie vor Schmerz. Er sprang zurück, bevor ich folgen konnte, und holte gleichzeitig mit seinen Klauen aus. Eine Kralle traf mein Schwert mit solcher Macht, daß es mir aus der Hand gerissen wurde. Er sprang mich an, als ich nach meiner Klinge griff. Doch bewegte er sich langsam, und Blut trat aus der Wunde, die ich ihm geschlagen hatte. Dennoch hatte ich eben erst mein Schwert erreicht, als er nah genug war, um zuzuschlagen. Ich verlor das Gleichgewicht und konnte nicht mehr ausweichen. Trotzdem versuchte ich es und wandte mich unbeholfen ab, wohlwissend, daß es keine Hoffnung für mich gab. Bevor jedoch sein Hieb mich traf, hörte ich ein reißendes Geräusch, und ohne einen letzten Seufzer brach der Dämon in sich zusammen. Ich stand auf und sah, daß Polillo über ihm aufragte. Ihre Axt hatte sich in den Schädel des Untiers gegraben. Sie stellte ihren Fuß auf seinen Leib und riß die Waffe daraus hervor, dann wischte sie die Axt an seinem Fell sauber.

Sie faßte sich an die Brust, wohin er sie getreten hatte und zuckte zusammen: »Die nächste Frau, die auf meine Brüste neidisch ist, werde ich erwürgen«, sagte sie. »Die sind mir immer nur im Weg.«

Ich lachte wild, kümmerte mich nicht darum, wie laut es in der stählernen Kammer hallte. Auch Polillo lachte, und wir umarmten einander. Dann traten wir zurück.

»Ich liebe dich wirklich, Polillo«, kicherte ich.

»Ich wette, das sagst du zu allen dämonenmordenden Mädchen«, erwiderte sie.

Unser Gelächter verklang. »Er weiß, daß wir dasind«, sagte ich.

»Gut«, antwortete Polillo und wog ihre Axt in der Hand. »Suchen wir den Scheißkerl und erledigen ihn.«

Festen Schritts marschierten wir dem anderen Eingang zu, und die Stiefel hallten laut auf dem stählernen Boden. Der Korridor, zu dem er führte, war lang und finster wie der andere, doch erweckten wir flüsternd Feuerperlen zum Leben und hielten sie hoch, daß sie unseren Weg beleuchteten. Der Korridor wand sich in weiten Kurven, die uns in die Tiefe führten, und je tiefer wir kamen, desto schwerer wurde das seltsame, maschinengleiche Pulsieren. Mehrmals glaubte ich, den Schatten der großen Katze an einer Biegung zu sehen. Dann brannte meine Schwerthand, ich blickte auf meine Handfläche und sah, daß die Narbe mit dem doppelläufigen Löwen geschwollen und ganz bläulich war. Wir waren ihm nah. Wieder kamen wir um eine Biegung, und vor mir sah ich Licht.

Ich winkte, wir sollten stehenbleiben. In wenigen Augenblicken würden wir keine Zeit mehr zum Nachdenken haben. Unsere Chancen standen lächerlich schlecht... nur Schwert, Axt und Muskeln gegen die Zauberkraft des Archon. Und weder hatte ich Gamelan mit seiner unermeßlichen Erfahrung an meiner Seite noch einen Koffer mit Zauberpulvern und Phiolen. Tatsächlich hatte ich überhaupt keine einschlägigen Utensilien dabei. Dann fiel mir ein, daß Gamelan gesagt hatte, Janos Greycloak habe derlei schlicht verachtet. Er behauptete, sie halfen einem nur, Gedanken und Energien zu konzentrieren. Nun, schön für Janos Greycloak, dachte ich. Schön für den hinterhältigen, heuchlerischen Sohn einer pockenkranken Hure. Und während ich ihn und unser Unglück verfluchte, wie auch mich selbst ob meiner schulmädchenhaften Zauberkünste, kam mir das Bild des Panthers in den Sinn. Ich erinnerte mich an das Stück Fell, das ich in meiner Tasche trug.

Polillo muß gedacht haben, ich sei verrückt geworden, als ich es hervorholte, am Boden kniete und vor mich hinmurmelte, während mir Gedanken durch den Kopf schossen wie Papierfetzen im aufkommenden Sturm. Dann hatte ich es – betete, daß ich es hatte – und preßte das Fell an meine narbige Hand.

Tochter der Dunkelheit,
Durchtriebener Jäger der Nacht,
Jage nun mit mir;
Jage das zweiköpfige Tier,
Das in seiner Höhle lauert,
Jage den schwarzen Meister der Magie,
Wohin auch immer er entfliehen mag!

Meine Handfläche brannte immer heißer, bis ich beinah schrie. Ich öffnete die Hand und sah, daß Fell und Narbe verschwunden waren. Doch immer noch brannte meine Hand, und ich leckte daran, um den Schmerz zu lindern. Augenblicklich war der Schmerz verflogen. Ich stand auf, mein Verstand wacher als je zuvor. Es war, als hätte ich von einer magischen Quelle der Klarheit getrunken. Wieder machte ich mich zum Licht auf, stark und zuversichtlich.

Ich hatte noch kein halbes Dutzend Schritte hinter mir, als mich Zauberkräfte trafen wie eine Woge, die sich aus unruhiger See erhebt. Doch hielt ich der Wucht stand und schlug mit meinem festen Willen zurück. Die Woge entwich, aber ich wußte, sie würde wiederkommen, und in Gedanken errichtete ich einen Deich. Als sie sich wieder erhob, prallte sie dagegen. Ich lachte wie verrückt und wandte mich um, Polillo anzutreiben, daß sie mit mir gegen den Archon stürmte.

Aber sie stand nur da, das Gesicht eine Maske des Schmerzes. Sie krächzte: »Rali, ich ...« Wieder erfaßte sie eine Woge des Schmerzes, schnitt den Rest des Satzes ab. Als ich ihr helfen wollte, versteifte sie sich plötzlich und richtete sich zu ihrer ganzen Größe auf. Statt Schmerz verzerrte nun Haß ihre Miene. Sie öffnete den Mund, und die Stimme des Archon drang aus ihrem Mund: »Nun sollst du sterben, Antero!«

Mit ihrer ganzen, unglaublichen Kraft schwang Polillo ihre Axt nach mir. Ich wich zurück. Die Axt rauschte an mir vorbei und schlug an die Eisenwand. Ihr Hieb war von solcher Kraft, daß ein riesiges, gezacktes Loch im Metall zurückblieb, als sie die Waffe hervorzog, um erneut auszuholen.

»Polillo, nicht!« schrie ich, obwohl ich doch wußte, daß es nicht meine Freundin war, die mich angriff.

Ich sprang zurück, als die Axt erneut niederkrachte und diesmal den Boden spaltete. Als ich aufstand, erkannte ich meine Chance, da sie die mächtige Waffe hob. Selbst in Polillos Händen war eine Axt schwerfälliger als ein Schwert. Und ich war schneller, viel schneller. Ich mußte nur in ihre Deckung springen und sie durchbohren. All mein Übung und Erfahrung schrien, ich solle es tun. Aber ich konnte es nicht, ich wollte meine Schwester nicht erschlagen. Lieber wäre ich selbst gestorben. Ich duckte mich unter der Axt und huschte davon. Polillo folgte mir den Korridor hinab, verfluchte mich mit der donnernden Stimme des Archon, schlug nach mir, wann immer ich in Reichweite kam. Der eiserne Korridor hallte von der todbringenden Musik ihrer Axt wider.

Wieder bot sich eine Chance, und diesmal sprang ich vor, wechselte mein Schwert in die andere Hand. Mit der Faust hämmerte ich auf sie ein und legte alle Kraft in diesen Schlag, zu der ich fähig war. Doch Polillos Rippen waren wie Stahl, und fast brach ich mir das Handgelenk. Sie lachte, doch war es das donnernde Lachen des Archon. Mühelos hob sie mich am Nacken an, als wäre ich aus Luft. Wieder schlug ich zu, nicht nach meiner Freundin, sondern nach dem Lachen, nach dem Archon. Ich spürte, wie Knochen unter meinen Knöcheln barsten und der Mund – Polillos hübscher Mund – zur blutigen Masse wurde. Blut und Zähne spuckte sie. Sie schüttelte mich wie ein Schwein, das eine Schlange tötet, und ich war hilflos gegen ihre rasende Wut. Dann schleuderte sie mich von sich, und ich segelte durch die Luft, kreiselnd, verzweifelt im Versuch, auf den Beinen zu landen. Doch mein Schwert – das ich in Todesangst umfaßte – war mir im Weg, und ich fiel heftig auf die Knie.

Entsetzen trieb mich hoch. Ich war mit dem Gesicht zum Licht am Ende des Korridors gestürzt. Ich konnte hören, wie sie mich verfolgte, und so rannte ich davon, lief, so schnell ich konnte. Doch der Zorn ließ sie immer schneller werden, und ich wußte, daß sie fast schon bei mir war. Jeden Augenblick würde sie mir mit der Axt den Rücken spalten. Dann lag der Korridor hinter mir, und das Licht blendete mich. Gleich vor mir versperrte ein Geländer den Weg. Ich ließ mich zu Boden fallen und hörte, wie Polillo vor Überraschung grunzte. Sie fiel über mich, und ich hörte, wie sie gegen das Geländer schlug.

Mein Kopf kam hoch, und ich hörte ihre Schreie. Diesmal war es nicht die Stimme des Archon, sondern Polillo ... meine Polillo, die vor Entsetzen schrie. Sie stürzte über das Geländer, und ich hörte sie schreien: »Rali!« Der Schrei erstarb. Und alles, was ich hören konnte, war eine mächtige Maschine, die mahlte und mahlte, gleich jenseits des Geländers. Stöhnend kam ich hoch, humpelte dorthin und sah hinab.

Polillo lag zerschmettert auf einem riesigen Zahnrad, Teil einer monströsen Maschine.

Unter ihr erstreckte sich Orissa!

Es war Nacht, und ich sah den Vollmond über der schlafenden Stadt. Ich sah die Zitadelle des Hohen Rates und den großen Platz mit all den Statuen unserer Helden. Dort lag das große Amphitheater mit seinen zahllosen Reihen steinerner Sitze, die sich wie Kaskaden zum Boden der Arena ergossen. Dahinter lagen die Docks, und der Fluß rollte still zum Meer hin. Dann bemerkte ich, daß sich die ganze Szenerie langsam drehte, und wich zurück, als mir klar wurde, daß ich auf ein riesiges Abbild der Stadt starrte. Ein Ebenbild in Miniaturform, das sich drehte, über einer Maschine schwebte, die wie ein umgekippter, metallener Mühlstein aussah, welcher von diesen mächtigen Zahnrädern angetrieben wurde.

Während ich die seltsame Maschine mit offenem Mund betrachtete, dämmerte mir, daß dies die Vernichtungsmaschine sein mußte, vor der wir uns so lang schon fürchteten. Der Archon hatte schließlich doch genügend Kraft gesammelt, sie zu bauen, und als Gamelan ihm in der letzten Schlacht einen Strich durch die Rechnung machte, hatte mich der lycanthische Zauberer hineingeholt. Vom orissanischen Schiff, das uns nach der Schlacht aufsammelte, bis hin zur leblosen Parade, die uns bei unserer Heimkehr empfing, war alles nicht mehr als ein kunstvoller Zauber.

Dann erinnerte ich mich all der Fehler, die ihm bei der Darstellung Orissas unterlaufen waren. Gebäude fehlten, Straßen endeten an den falschen Stellen, und alles außerhalb der Stadtmauern war leer. Nun, nicht alles. Ich sah die Straße, die zu Amalrics Villa führte, von Bäumen und Büschen gesäumt. Je länger ich hinsah, desto bewußter wurde mir, daß die Unkenntnis des Archon hinsichtlich meiner Stadt nicht nur zu greifbaren Makeln geführt hatte. Er hatte Jinnah zum Höchsten Rat ernannt, weil dieser der Feind war, den er kannte, der Kommandeur, der ihn – wenn auch schlecht – in Lycanth bekämpft hatte. Außerdem wußte er nicht, daß Malaren mein Freund war, weshalb sich der Automat, der sich als Malaren ausgegeben hatte, ausgesprochen merkwürdig benahm. Und schließlich die größte Merkwürdigkeit von allen... die Liebe meiner Familie. Er konnte nicht wissen, wie Porcemus und die anderen tatsächlich über mich dachten. Unter den lebenden Anteros liebt mich allein Amalric, und ich ihn. Ich errötete vor Scham, daß ich so schwach gewesen war, mich von diesen Kreaturen täuschen zu lassen. Sosehr hatte ich mir die Anerkennung meiner Familie gewünscht, daß ich nie in Frage gestellt hatte, ob ihre Zuneigung vielleicht falsch sein mochte.

Plötzlich kreischten Zahnräder auf, und ruckend kam die Maschine zum Stehen, als sich Polillos zerschmetterter Leib in den riesigen Zähnen verkeilte.

Ich spürte, daß ich nicht allein war, und schützte meine Augen vor dem grellen Licht, das von der Decke des eisernen Gewölbes leuchtete. Ich stand auf einem Steg, der den Rand der gähnenden Grube umgab, in der sich die Vernichtungsmaschine des Archon befand. Auf der anderen Seite der Grube lockte eine offene Tür. Ich ging darauf zu, und mein Stiefel stieß an etwas. Ich sah hinab und fand Polillos Axt. Ich steckte mein Schwert weg und hob sie auf. Sie war schwer, doch als ich nach festem Halt suchte, schoben sich meine Finger in Furchen, die Polillos Finger geschaffen hatten. Ich spürte, wie die Axt leichter wurde, bis sie mir ebensowenig eine Last war wie meiner Freundin.

Ich flüsterte ihr zu: *»Nimm Rache für uns, Schwester.«*

Ich nahm den Steg zur Tür hinüber, und als ich dort war, zögerte ich nicht, sondern trat in den Raum. Der Archon wartete schon.

Er stand an einem Fenster, und an dem düsteren Ausblick sah ich, daß wir uns im Hauptturm der Eisenburg befanden. Seine Augen glühten, und ein starres Grinsen hinter dem Bart legte seine großen gelben Zähne bloß. Doch diesmal hörte ich kein Lachen, kein Fluchen, kein obszönes Lästern meines Geschlechts, kein Deuten mit gekrümmtem Finger, keinen Schrei – Hinfort! Ich hätte mich fürchten sollen, hätte diesem mächtigen Zauberer weichen müssen. Statt dessen ließ ich meinen Blick an ihm vorüberschweifen, fühlte mich kühn und stark. Das Turmzimmer quoll über vor Reliquien eines Schwarzen Magiers, Schädeln, Dämonenkrallen, menschlichen Körperteilen in Gläsern und kleinen Steinfiguren von schmerzerfüllten Lebewesen. Es war heiß und roch nach Kot und Moder. Neben mir bemerkte ich geschmeidige Bewegungen, doch wich ich nicht erschrocken zurück. Ich wußte, was es war, sah ruhig hinab und fand den Panther neben mir. Er fauchte den Archon an.

Ich kraulte ihn hinter den Ohren und sah zu unserem Feind hinüber. »Es ist aus«, sagte ich.

Mit der Axt in der Hand trat ich vor, und der Panther mit mir. Der Archon machte eine Geste, die Luft vor unseren Augen flimmerte, und ich kam an eine unsichtbare Wand. Doch gab ihre Oberfläche nach, und ich stieß mit meinem eigenen Zauber dagegen. Erneut wich sie zurück und versteifte sich, als der Archon seinen Bann verstärkte. Aber ich wußte, daß es nur eine Frage der Zeit sein würde, bis sie nachgab.

»Wessen Dämon bist du?« krächzte er.

Ich war überrascht. »Dämon? Ich bin kein Dämon.«

»Für *mich* bist du es«, sagte er. »Du bist das Frettchenweib, das mein Reich zerstört hat. Du hast meinen Bruder getötet und mich gejagt, wohin auch immer ich geflohen bin.«

Aus seinem finstern Blickwinkel hatte er vermutlich recht. Ich stieß fester gegen die Wand, spürte, wie sie bebte. Der Panther knurrte zufrieden. Etwas Zeit noch, und sie würde weichen.

Der Archon lachte voll neuerlicher Zuversicht. »Ich bin noch nicht fertig, Antero«, sagte er. »Du weißt, daß du gegen meine Macht zu schwach bist. Es ist nur etwas in deinem Blut, das dir Talent verleiht. Ein Keim, den deine Mutter dir vermacht hat, die unserer Kunst den Rücken kehrte. In solcher Magie kann keine Größe liegen.«

Jetzt lachte ich. »Warum fürchtest du mich dann?« sagte ich. »Wie konnte ein so armes, schwaches Ding dich täuschen?«

»Mein einziger Fehler war, dich zu verfluchen«, sagte der Archon. »Fast hättest du mich erschlagen, und ich dachte, der Fluch sei meine einzige Rache. Doch als ich starb, sah ich eine andere Möglichkeit und floh in diese Welt. Nur der verdammte Fluch hat dich an mich gekettet. Hat mich daran gehindert, den größten Traum zu erfüllen, den ein Zauberer nur träumen kann . . . die Macht der Götter selbst.«

Spöttisch grinste ich ihn an. »Du glaubst, *du* könntest ein Gott sein?«

»Das *bin* ich schon, Frettchenweib«, sagte der Archon. »Meine Schlachten mit dir haben mich nur immer stärker gemacht. Ich habe mich von deinem Unglück ernährt. Ich habe das Blut deiner Toten getrunken. Und auch meine erschlagenen Verbündeten habe ich mir einverleibt. Du hättest besser umkehren sollen, Antero. Du hättest auf die Angst achten sollen, die ich in deine Träume verwoben habe. Du hast mich leiden lassen, das ist wahr. Doch habe ich dir mehr Leid angetan. Ich habe deine Soldatinnen getötet. Ich habe deine Freundinnen erschlagen. Ich habe die letzte Freundin, die du jemals haben wirst, gegen dich gewandt. Und als sie starb, habe ich ihre Angst geschlürft. Fast war ich betrunken von ihrem Verrat.«

»Sie hat mich nicht verraten, Zauberer«, sagte ich. »Sie war von dir besessen. Du warst es, nicht Polillo, die mich töten wollte.«

Das Gelächter des Archon verhöhnte mich. »Kaum ein Unterschied«, sagte er. »Kann er dich trösten?«

Das konnte er allerdings. Polillo war kein Greycloak, der sich gegen meinen Bruder gewandt hatte. Sie war mir treu gewesen bis in den Tod. Ich lächelte ihn an, und er sah die Wahrheit in diesem Lächeln. Er runzelte die Stirn. Es verletzte ihn, mich nicht verletzen zu können. Der Panther knurrte, als ich den Schutzwall des Archon berührte, doch diesmal kämpfte der Zauberer härter und zwang uns, ein paar Schritte zurückzutreten, bis ich mein Gleichgewicht wiederfand.

Daraus sammelte der Archon Kraft. »Ich muß zugeben, daß du mich bedrängt hast, Frettchenweib«, sagte er. »Lange habe ich darüber nachgesonnen, woher es kommen mag, daß die Anteros mir so große Schwierigkeiten machen. Daß hinter deiner Familie – besonders hinter dir – eine Macht waltet, steht außer Frage. Dieser Panther ist zweifellos ihr Bote. Wie sonst hättest du so lange erfolgreich sein können? Wie sonst hättest du überleben können? Eins nur sollst du wissen, Rali Antero, deren Mutter Emilie war. Wisse, daß, wer auch immer für dich eintritt, es für seine Zwecke tut, und nur für seine. Er kann dir nicht länger Sicherheit bieten.

Wisse, daß ich nur deinen Tod herbeiführen muß, um den Götterthron zu besteigen, der mir noch fehlt. Wenn du stirbst, stirbt auch Orissa. Die Maschine steht bereit und braucht nur dein Blut als Öl, damit sie ihren Zweck erfüllen kann. Nach Orissas Niedergang werden die Fernen Königreiche folgen. Bald schon wird die ganze uns bekannte Welt mir untertan sein. Und mit dieser Macht werden mir auch die Welten zu Füßen liegen, die ich betreten habe, um meinem Tod zu entgehen.«

Ich lauschte seinem wahngestörten Geplapper nur mit halbem Ohr. Während er redete, erinnerte ich mich an Gamelans Überlegungen, die auf Greayloaks Theoremen fußten. »Magie braucht Energie, Rali«, hatte Gamelan gesagt. »Wie ein Mühlstein einen Ochsen braucht, um sich zu drehen. Und der Ochse braucht Getreide als Futter. Und das Getreide braucht den Samen, der die Kraft der Sonne sammelt, um zu wachsen. Und nur die Götter wissen, was die Sonne antreibt. Doch selbst deren Kraft mag nicht endlos sein, und je mehr von ihr genommen wird, desto weiter kühlt sie ab.«

Falls es stimmte, dachte ich, würde es erklären, warum der Archon in schwacher, sterblicher Form vor mir erschien und nicht als allmächtiger Geist am Himmel. Seine ganze Kraft wurde von der Aufrechterhaltung der seltsamen Wirklichkeit – falls man das, worin wir uns befanden, denn so nennen konnte – verbraucht. Von diesem Turmzimmer über die Eisenburg selbst, bis hin zum falschen Orissa, das wartete, von der Schicksalsmaschine zermahlen zu werden. Und die Maschine selbst verbrauchte sicher die meiste Energie von allem.

Ich streichelte den Panther, und er schnurrte furchterregend. »Was geschieht, Zauberer«, sagte ich, »wenn meine Schwester hier und ich schließlich doch durch deine Mauer brechen? Du weißt, daß es geschehen wird. Du weißt, daß du schwächer wirst, während wir immer stärker werden.«

Der Panther knurrte, und der Blick des Archon wurde unruhig. Ich hoffte, es wäre Furcht.

Ich hob die Axt. »Wagst du, dich mir in dieser Form zu stellen, Zauberer?« sagte ich.

Ich schwang die Axt mit aller Macht. Es klang, als explodierte der Ofen eines Töpfers. Das Flimmern der Wand wurde glühend weiß und verflog. Ich trat vor, den Panther an meiner Seite.

»Um mich zu töten«, sagte er, »mußt du alles andere zerstören.«

Am erlöschenden Feuer in seinen Augen sah ich, wie recht ich hatte. Haß trieb ihn an, er bäumte sich auf, und die Luft knisterte vor Magie. Ich warf die Axt. Sie traf ihn mitten in die Brust… durchschlug sie und trieb ihn zurück. Er prallte gegen die Mauer. Eigentlich hätte er tot sein müssen. Oder besser: erneut tot sein müssen, denn schon einmal hatte ich ihn erschlagen. Doch zog er sich wieder hoch, die Axt noch in der Wunde. Ich zückte mein Schwert, um ihm ein Ende zu bereiten, doch bevor es mir gelang, quoll roter Rauch aus seinem Körper. Er kochte hoch, bis er den Raum bis an die Decke füllte. Und aus diesem Rauch bäumte sich der verwandelte Archon auf.

Der doppelköpfige Löwe brüllte mich an, zwei Mäuler mit knirschenden Zähnen so lang wie Speerspitzen. Das Brüllen jedoch fand seine Antwort im Panther. Dieser sprang dem Untier entgegen und schlug seine Zähne tief in dessen Pfote. Die Löwenköpfe schrien vor Schmerz und Zorn. Das Untier schleuderte den Panther von sich, doch als mein Verbündeter sich windend durch die Lüfte flog, nahm er an Größe zu, und als er gelandet war und aufstand, ragte sein Kopf bis zu meinem auf. Mit einem letzten, wütenden Heulen durchschlug das Untier, das der Archon war, die Mauern des Turmes, breitete Flügel aus und flog davon.

Die Burg erbebte. Geschmolzendes Eisen lief an den Wänden herab. Das gesamte Gefüge – Burg, Maschine, Abbild und auch alles andere – brach um mich herum und unter mir zusammen. Der Panther schrie, und das holte mich aus meinem Schrecken hervor. Irgendwie wußte ich, was zu tun war. Als der Boden unter uns zusammenbrach, stürzte ich zu ihm und packte zwei große Handvoll seines Fells. Ich spürte, wie er sprang, und wir rauschten durch das klaffende Loch, das der Archon hinterlassen hatte.

Statt zu fallen, flog die Raubkatze hoch und höher. Ich kämpfte mich auf ihren Rücken, ritt auf ihr über den Nachthimmel. Ich blickte unter mich und sah, daß die Eisenburg in Flammen stand und explodierte. Dann schaute ich nach vorn und sah in weiter Ferne die roten Flügel des fliehenden Archon.

Der Panther flog schneller und immer schneller, bis im stechenden Wind alles vor meinen Augen verschwamm. Ich packte ihn fester, spürte, wie ich mich mit diesem mächtigen, rollenden Muskel verband. Dann waren die geschmeidigen Muskeln mein, und auch die schweren Klauen. Das Herz des Panthers war mein Herz, meine Nerven brannten vor Haß – dem Haß einer Katze –, und mein ganzes Sein hungerte nach Pirsch und Töten. Jetzt war ich der Panther, und ich heulte vor Freude über die Kraft und den Haß in mir, als ich dem

Archon folgte. Ich sprang von Wolke zu Wolke, verächtlich allem Geflügelten gegenüber, das mein Fressen sein sollte, wenn mich danach verlangte.

Ich holte ihn auf einem Gipfel ein. Feuer und Blitze schossen aus den Mäulern des Untiers. Doch meine Pantherreflexe ließen mich mit Leichtigkeit diesen Bedrohungen ausweichen, und als ich näher kam, floh er erneut. Ich war ihm auf den Fersen, aber am Himmel gähnte ein großes, schwarzes Loch und das Untier schoß hindurch. Ich folgte ihm, wohl wissend, daß ich aus dieser Welt in eine andere kam, doch mein Pantherherz fürchtete sich nicht, meinem Pantherhirn war es egal... Und mein Panther-Ich stürmte über ein endloses Feld von Eis.

Es war durchscheinend blau, durchzogen mit dicken, rosafarbenen Adern. Meine Klauen schossen heraus, krallten sich ins Eis, und ich stolperte darüber, schrie mein Pantherkriegsgeheul dem Löwen hinterher. Ich mußte nicht überlegen, ob wir beide an diesem Ort ebenfalls in die Lüfte würden steigen können, ich wußte es einfach, daß es nicht ging, nahm es hin als das Gesetz, das Kreaturen wie uns beherrschte.

Dann wandelte sich die Welt erneut, und ich war an einem anderen Ort. Einem Ort des Feuers und dichten Rauches. Blindlings stürmte ich voran, meine Pfoten zuckend und versengend auf dem heißen Pfad, die Lungen schmerzend in der Hitze. Für den Archon muß es ebenso höllisch gewesen sein, da die Flammenwelt um mich sich plötzlich auflöste... und ich mich in einer schmalen Schlucht wiederfand.

Giftschlangen lagen zu Hunderten am Weg, und sie schlugen nach mir – ein Dutzend auf einmal –, doch sprang ich über sie hinweg, sprang von Fels zu Fels. Die Schlucht, deren Wände zu beiden Seiten hoch aufragten, wand sich wie eine Schlange einer Felswand zu. Weit oben auf den Klippen stand ein Palast aus Smaragden mit goldenen Säulen, schimmernd im Licht des Mondes.

Der doppelköpfige Löwe versuchte, die Felswand zum Palast hinaufzuklettern. Irgendwie wußte ich, sollte er ihn je erreichen, wäre alles verloren. Doch der Fels war poröser Schiefer, zerfiel unter seinen machtvollen Pfoten.

Ich schrie, und mein Jagdgeheul ließ ihn erstarren. Das Untier fuhr herum, um sich mir zu stellen. Er wurde groß und größer, nahm wieder die Gestalt des Archon an. Doch dieser Archon ragte zwanzig Fuß auf oder mehr, besaß ungeheure Löwenkrallen und riesenhafte, gelbe Zähne. Er stieß einen Schrei aus, der durch die Schlucht hallte. Ich sprang zu ihm auf, fühlte, wie die Krallen mich umschlossen und mein Fleisch durchbohrten.

Ich schlug nach ihm, biß durch den Bart, spürte seine heiße, weiche Kehle darunter und preßte meine starken Kiefer fest zusammen. Das Blut, nach dem es mich gelüstete, quoll hervor. Die Krallen lösten sich. Der Archon brach zusammen. Ich löste meinen Todesgriff nicht, sondern schüttelte und schüttelte, bis kein Blut mehr floß und sein Herz stillstand.

Ich ließ ihn los und hob den Kopf. Ich stand auf der Leiche des Archon. Ich sah ein kleines, dunkles Etwas von seiner Brust aufsteigen und wußte, das war alles, was von seiner Seele übrig war. Wie eine Maus schlug ich es mit der Pfote nieder und zerquetschte es.

Der Archon war nicht mehr.

Mein Siegesgebrüll hallte von allen Monden wider.

Dann verschwanden Archon, Palast, Schlucht und Mond, und ich war kein Panther mehr, nur noch Rali, eine allzu sterbliche Frau und Soldatin.

Ich lag an Deck eines Schiffes, blutend aus zahlreichen Wunden. Es war *mein* Schiff, und die Leichen meiner Gardistinnen stapelten sich um mich herum. Auf einer Seite lag der tote Gamelan. Neben ihm Polillo. Mit Mühe stand ich auf und blickte auf die wogende See hinaus.

Ich wußte, daß ich selbst dieses Deck nie verlassen hatte, nur mein Geist. Wir hatten hier eine Schlacht geschlagen und den Kampf im Äther fortgesetzt, wo ich ihn schließlich gewonnen hatte. Ich stützte mich auf ein Knie und sprach ein Dankgebet zu Maranonia, daß sie ihren Töchtern einen so noblen Tod gewährt hatte.

Ich sah auf meine Handfläche. Die Löwennarbe war für immer fort.

Dann weinte ich. Ich weinte um Polillo. Ich weinte um Gamelan und Corais und Ismet und all die anderen. Und um mich. Ich lebte noch und wußte, daß die Schuld, noch unter den Lebenden zu sein, nicht leicht zu tragen wäre.

Kapitel Sechsundzwanzig

Der Schrei der Möwe

Ich erinnere mich nicht mehr so genau daran, was als nächstes geschah. Es war eine lange, beschwerliche Heimreise. Ich glaube, ich hatte Hunger. Möglicherweise litt ich unter Kälte und Hitze. Ich kann es nicht sagen. Irgendwie setzte ich ein behelfsmäßiges Segel und fuhr weiter, immer noch gen Osten, immer noch der Heimat entgegen. Irgendwie muß ich die Ruderpinne festgezurrt haben. Irgendwie waren die Winde günstig und rissen das Segel nicht vom Mast. Irgendwie hielten sich die Meere zurück. Vielleicht machten die Götter ihren Scherzen ein Ende und merkten, daß mit mir nicht mehr viel anzufangen war.

Eines Tages endlich kam ein Schiff in Sicht, ein orissanisches, ein Handelsschiff aus Amalrics Flotte. Diesmal war es keine Täuschung, und der Kapitän, der mich begrüßte, staunte sehr, als er erfuhr, wer ich war und was ich getan hatte.

Zu Hause angekommen, bereitete man mir einen Heldenempfang, wie Ihr sicher wißt, ehrlich und warm, und ich floß schier über vor Freude. Das Volk von Orissa stürzte sich auf mich und trug mich über die Straßen zum Großen Amphitheater, wo man mein Loblied sang und mich mit Ehrungen überhäufte. Danach floß der Wein in allen Häusern und Tavernen ungehemmt, wie bei echten, orissanischen Festen üblich.

Amalric hieß mich mit einer Umarmung willkommen, die mir fast die Rippen brach. Omerye küßte mich, und beide weinten wir vor Glück. Porcemus und meine anderen Brüder waren erfreulich kühl und distanziert. Ihre bleibende Abneigung bedeutete mir ebensoviel wie Amalrics Liebe.

Zufriedener noch war ich, als ich erfuhr, daß Jinnah sich keineswegs der Ehrungen erfreute, die ihm der Archon in seinem falschen Orissa zugedacht hatte. Als er von Lycanth heimgekehrt war, hatten Hoher Rat und Geisterseher ihn für seine Missetaten während der Belagerung und dafür, daß er mich mit einem derart kümmerlichen, bunt zusammengewürfelten Haufen dem Archon nachgeschickt hatte, bestraft. Man hatte ihm Rang und Stellung genommen und ihn, der selbst von seiner Familie ausgestoßen wurde, aus der Stadt und allen ihren Provinzen vertrieben. Das letzte, was man hörte, war, er sei von Sklavenhändlern gefangen worden und inzwischen Ruderer auf einem lecken Kahn, der die piratenverseuchten Gewässer von Jeypur durchpflügte.

Während ich fort war, hatte man zwei Jahre lang Wache gehalten und manche Gebete gesprochen und Opfer gebracht, auf daß wir sicher und siegreich heimkehren mochten. Vor meiner Ankunft war Orissa von einem mächtigen Erdbeben erschüttert worden, dessen Zentrum im Hügel zu liegen schien, auf dem der Palast der Geisterseher stand. Glücklicherweise waren der Schaden und die Verluste an Menschenleben gering. Die Geisterseher haben berechnet, daß das große Beben stattfand, während ich als Panther den Archon im Äther bekämpfte.

Was dieses heilige Tier selbst angeht, so habe ich es nie mehr wiedergesehen … nur in bösen Träumen.

Mein Liebesleben könnte erfüllt sein, wenn ich es wollte. Manche Frau hat meine Tage und Nächte mit mir teilen wollen. Wie Prinzessin Xia vorausgesehen hatte, drängte es Tries zu mir zurück, sobald ich wieder da war. Natürlich hatte sie nicht geheiratet, sondern schwor, sie habe ihre Liebe zu mir in all den Jahren wachgehalten. Sie sagte, es sei alles ein dummes Mißverständnis gewesen, und manchmal möchte ich ihr beinahe zustimmen. Doch dann wieder ... Nun, sagen wir, ich habe es vorgezogen, eine Weile ungebunden und keusch zu bleiben.

Ihr fragt, was ich als nächstes tun will? Was macht es schon? Das Buch ist fertig, die Geschichte erzählt, und damit sollte es ein Ende haben.

Oh, also gut, Schreiberling, ich erzähle es dir, so gut ich kann.

Vor einer Woche lud mich Amalric in seine Villa ein. Wir hatten einen netten Abend, tranken Wein und plauderten, während Omerye uns mit ihrer Leier unterhielt. Der Garten war wieder das alte Gewirr aus überwachsenen Pfaden zwischen süßlich duftenden Blumen und reifenden Bäumen. Mein Bruder und ich schlenderten darin herum, nahmen den Wein mit uns und fanden einen bequemen Platz neben dem Brunnen beim schlichten, steinernen Schrein meiner Mutter.

Amalric stellte mir dieselbe Frage wie du ... Was wollte ich als nächstes tun?

Ich lachte. »Ich dachte, du suchst nur meine Gesellschaft, liebster Bruder«, sagte ich. »Aber jetzt sehe ich, daß du dich der Meute angeschlossen hast, die mich verfolgt. Niemand läßt Soldaten je in Frieden, wenn sie heimkehren. Gleich muß man wieder eifrig sein, gleich wieder sein Leben planen. Te-Date bewahre, daß man zum Müßiggänger wird.« Ich hob meinen Kelch. »Also gut, alles, was ich will, ist noch etwas hiervon. Dazu ein wenig Sonne und ein Lied. Was ist daran falsch?«

Amalric verstand und schenkte nach. Dann sagte er: »Du solltest wissen, daß sie die Maranonische Garde wieder aufstellen.«

Ich seufzte. »Das ist es also. Hör zu: Der Rat hat mich schon bestürmt, die neue Garde zu kommandieren. Und ich habe es so höflich wie möglich abgelehnt.«

Amalric erfreute mich mit seinem jungenhaften Grinsen. »Das hat man mir erzählt«, sagte er. »Und sie haben mich gebeten, ein bißchen Druck auszuüben, damit du deine Meinung änderst.«

Ich schüttelte den Kopf. »Sag ihnen, du hättest mich angefleht«, sagte ich. »Aber ich hätte einfach keine Vernunft zeigen wollen. Und die Antwort sei noch immer nein.«

»Was hat sich verändert, Rali?« fragte er. »Früher war die Maranonische Garde dein ganzes Leben. Soldatin zu sein, war der Traum deiner Kindheit.«

Ich trank noch etwas Wein. Dann: »Ich bin es müde, junge Frauen in den Tod zu führen«, sagte ich. »Ich habe genug Geister zu meiner Gesellschaft. Ich brauche nicht noch mehr.«

»Dann hast du mit dem Soldatenleben abgeschlossen?« fragte er.

»Ich bin mir nicht sicher«, sagte ich. »Aber solange Orissa sicher ist, bezweifle ich, daß ich je wieder zu den Waffen greife.«

»Was also willst du tun?« drängte er.

Unwillkürlich stiegen mir Tränen in die Augen. »Ich will nur in Ruhe gelassen werden«, sagte ich und mühte mich, nicht zu weinen.

Amalric kam zu mir und legte seine Arme um mich. »Das werden sie nicht tun, Schwesterchen«, sagte er. »Dein Unglück ist, daß du eine lebendige Heldin bist.«

Ich verdrängte mein Selbstmitleid und wischte mir die Augen. »Außerdem ist es mein Unglück«, sagte ich, »daß ich nur vom Soldatendasein etwas verstehen.«

»Das stimmt nicht«, murmelte mein Bruder. »An dir ist mehr dran als nur Schwert und Schild. Das weiß ich schon, seit ich ein heldenverehrender Jüngling war, der seine Schwester damit bedrängte, daß er stets in ihrer Nähe sein wollte.«

Ich betrachtete den moosbewachsenen Schrein meiner Mutter. Auf der Suche nach ihrer Hilfe, wie ich vermute. Doch kam sie nicht. Kein plötzliches Aufflackern eines Bildes war zu sehen. Kein